# Schrei nach Liebe - das war mein Leben



Dir lieber Klaus
zur freundlichen
Erinnerung an

Inge Templin

Weihnachten 2020

# Schrei nach Liebe - das war mein Leben

Inge Templin

Verlagshaus Schlosser

Impressum



Text: Inge Templin
Coverumsetzung: Verlagshaus Schlosser
Satz und Layout: Verlagshaus Schlosser
ISBN: 978-3-96200-372-2

# Teil IV

## Geächtet

### Mein Lebensabschnitt von 1995-2000

Es wird Frühling. Wieder hörte sie die Rufe der Wildgänse, ganz niedrig fliegen sie. Am Morgen singt schon die Amsel.
Die Schüler-Wettbewerbsarbeit gedieh, am 12. April war Abgabetermin. Das Frühlingskonzert hatte Inge auch wieder gut über die Bühne gebracht. Diesmal hatte sie eine talentierte Hauptschülerin aus dem Keyboard-Wahlpflichtunterricht überzeugen können, mit ihr vierhändig das Moldau-Thema aus Smetanas gleichlautendem Musikstück zu spielen. Die Eltern freuten sich sehr, waren stolz über den Mut ihrer stillen, zurückhaltenden Tochter. Gemeinsam sangen Eltern, Lehrer, Schüler am Ende einige Frühlingslieder mit.
Klaus bestand sein Vordiplom in Merseburg im Studiengang Ver- und Entsorgungstechnik mit „Sehr gut“. Inge war bass erstaunt, als sie las: Mathematik:1,0, Physik:1,7, Chemie: 1,1, Allgemeine und Anorganische Chemie:1,3, Analytische und Physikalische Chemie: 1,0, Werkstoffkunde: 1,3, Technische Thermodynamik:1,0, Elektrotechnik: 1,3.
Informatik/ Datenverarbeitung, Mess- und Reglungstechnik, Verfahrenstechnische Grundlagen und Umweltschutz gehörten ebenfalls zu den Fächern. Sie stießen am Abend mit einem Glas Sekt an. Sie schenkte ihm einen neuen Drucker.
Susanne bewarb sich zum Projekt “Streetwork“ in Neubrandenburg.
Das Kultusministerium informierte die Kooperative Gesamtschule, dass Inges eingesandte Arbeit zum Schülerwettbewerb „Tausend Jahre Mecklenburg“ einen 1. Platz errungen habe. Zur Preisverleihung am 30. Mai im Schweriner Schloss wurde sie mit den Schülern eingeladen.
Die Fahrtkosten werden zurückerstattet, wurde versichert.
Über Himmelfahrt lud Jörg seine Mutti nach Dresden ein.
Mit viel Freude und Erwartung fuhr Inge mit der Bahn nach Dresden, Claudia war nun bereits im siebenten Monat schwanger. Sie hatte eine günstige Zweiraumwohnung am Nürnberger Platz bezogen und befand sich noch in der Ausbildung zur Bauzeichnerin.
Inge wurde zum Klettern eingeladen. Claudias jüngerer Bruder sollte ebenfalls mitkommen, sagte dann aber ab. In letzter Minute hetzten sie

zum Bahnhof. Crippen hinter Bad Schandau war das Ziel.
Nachdem sie den Zug verlassen hatten, überquerten sie die Elbe und wanderten durch den Wolfsgraben auf die Ostrauer Scheibe, danach bergauf und bergab zum Schrammstein-Tor. Jörg trug seine Bergsteigerausrüstung und hatte einen schnellen Schritt, so dass Inge kaum folgen konnte. Um zehn Uhr waren sie am Felsen.
Inge wollte zu gern auch einmal auf einen Felsen klettern.
Der Berg hatte den Schwierigkeitsgrad fünf auf der Skala eins bis zehn erklärte ihr Jörg. Sie wurde angeseilt und los ging es. Beim ersten Absatz am Felsen, nach etwa fünf Metern Höhe bekam sie Angst und wollte hinunter. „Lass dich ins Seil fallen!" meinte Jörg, aber sie traute sich nicht. Sie klebte am Felsen und schrammte sich den ganzen rechten Arm auf, zum Glück blutete es nicht. Froh war sie, als sie wieder Erde unter den Füßen spürte. Nun wollte Jörg natürlich richtig klettern und Inge sollte zusehen. Nein, das wollte sie nicht, lieber wandern und die Zeit bis Mittag überbrücken.
Es gab schöne Ausblicke und als sie um zwölf Uhr wieder bei Jörg war, liefen sie jetzt den gleichen Weg gemeinsam. Inge bat, den Weg doch abzukürzen, sie sei schon müde, Jörg blieb taub. Sie war eine ungeübte Bergwanderin und ab der Ida-Grotte lief Jörg vorne weg und sie trottete die Straße zum Beuthental-Wasserfall hinterher. Als sie um vier Uhr nachmittags anlangte, erweckten sie zwei Becher Kaffee wieder zum Leben.
Überfüllt war der Zug auf der Rückfahrt von Bad Schandau nach Dresden. Inge hatte nur noch einen Wunsch: so schnell wie möglich nach Hause! Jörg hatte nichts dagegen, dass sie einen Zug früher als vereinbart am nächsten Morgen abfuhr. Er wollte sowieso beim Schornstein mauern helfen. Claudias Eltern bauten ein Eigenheim in Freital.
Als Inge am Sonntag ihre Papiere auf dem Klavier ordnete, fiel ihr ein ungeöffneter Brief von Uta in die Hände. Wie kam er da bloß hin? Irgendjemand hatte ihn unter die Noten geschoben. Es war ein rührender Bericht über ihren Sonntag, den sie allein mit Hänschen in Berlin verlebte. Julian war mit ihrem Mann nach Castrin zu den Großeltern gefahren.
Uta war für sie das „Himmelfahrtskind", da sie an diesem Tag geboren wurde. Nun war es also schon ihr dreißigster Geburtstag. Inge hatte ihr eine Staffelei in einem Dresdener Geschäft gekauft und diese von dort aus gleich an ihre Adresse nach Berlin schicken lassen. Auf der Rückfahrt von Dresden wollte sie Uta besuchen und gratulieren, aber Uta lehnte mit der Begründung ab, dass sie ihre Eltern erwarte. Inge war so betrof-

fen, dass sie einen Abschiedsbrief schrieb:" Du hast Eltern, Großeltern, Schwiegereltern, Geschwister und Freunde. Ich bin da überflüssig!" Kaum hatte sie den Brief abgeschickt, bedauerte sie es zutiefst.
Nach ein paar Tagen rief Uta an und kündigte einen Brief an. „In der kurzen Zeit, in der wir uns kennen, habe ich so viel Übereinstimmung gefunden, wie in dem ganzen Leben mit meinen Eltern nicht!" schrieb sie. Die Bekanntschaft mit ihr bereichere sie ungemein und sie bittet, die Verbindung nicht zu lösen. „Irgendwann wird es eine Versöhnung mit meinen Eltern geben, aber im Moment ist daran nicht zu denken, sie fürchten Liebesverlust durch mich."
Viel Zeit zum Trauern und Nachdenken blieb Inge nicht, denn die Auszeichnungsreise nach Schwerin stand vor der Tür.
Die Regionalpresse war in der Schule und machte ein Foto am Eingang zum Haus II der Schule. Alle strahlten auf dem Foto.
Sie bewunderten das Schweriner Schloss, das einem Märchenschloss glich. Hier fand die Feier statt. Ihre Gruppe erhielt als Preis eine Reise nach Strasbourg in den Herbstferien.
So glücklich Inge auch über die Auszeichnung war, mit Sorge dachte sie daran, dass es dann keine Herbstferien für sie geben würde. Reisen mit Schülern sind anstrengend.
Dr. Lißke, verantwortlicher Projektleiter, würde aber mitfahren, das beruhigte sie. Außer ihrer Gruppe waren noch andere Gruppen aus Klassenstufe neun von Mecklenburg/Vorpommern ausgezeichnet worden und würden ebenfalls mitfahren.
Am Siebenschläfer-Tag wagte sich die Sonne hervor, es war der erste schöne Sommertag. Inge fuhr zum Friedhof, setzte Liguster-Stecklinge um Omas Grab und goss die Begonien. Sie leuchteten im strahlendem Rot und Gelb aus dem Grün. Es duftete und die Vögel jubilierten in den hohen Bäumen.
Am Montag war Generalprobe für das Schulfest. Es dauerte über zwei Stunden. Nach der Dienstberatung erhielt Inge den längst fälligen Dank für den 1. Preis im Schülerwettbewerb, einen Blumenstrauß.
Susanne jobbte beim Mannesmann-Mobilfunk drei Tage lang je zehn Stunden für 15 Mark pro Stunde.
Die Ferientage flogen dahin wie der Wind. Eine unerklärliche Ahnung ließ Inge am Samstag zu Hause bleiben. Um vier Uhr nachmittags klingelte das Telefon. Jörg teilte mit, dass am 1. Juli Malte, ein gesunder Junge, von Claudia geboren worden war. Jörg war bei der Entbindung

dabei. Sechs Pfund schwer und fünfzig Zentimeter lang, ganz normal. Inge schickte sofort per Fleurop einen Blumenstrauß an die junge Mutti. Schon in den Ferien machte sich Inge Gedanken über eine Musical-Fahrt zum „Phantom der Oper“ in Hamburg.
Es hatte sich bei den Schülern herumgesprochen, welch tolles Erlebnis das war. Sie heftete ein Blatt an das Brett im Lehrerzimmer mit Teilnehmerwünschen, denn bis 20.8. hatte ihr das Verkaufsbüro in Hamburg Zeitlimit zur Bestellung gegeben. Sie plante den 23. Dezember, gleichsam als Weihnachtsgeschenk. Je mehr Teilnehmer mitfuhren, desto billiger wurde die Fahrt durch die entsprechende Ermäßigung.
Ein Brief von Onkel Hans überraschte Inge im Juni. Es war die Kopie eines Briefes an die Staatsanwaltschaft beim Landgericht Dortmund:

*Johannes Stier* *19. 06. 1995*
*Hallesche Straße 45*
*04435 Schkeuditz*

*Sehr geehrte Damen und Herren,*

*das Verwaltungsgericht Chemnitz hat, wie es mir schrieb, die mich betreffenden Akten § AR*
*48/§ 95 vor einiger Zeit an Sie weiter gegeben. „Meine Rehabilitierung“ sei ohne Ihre Mitwirkung nicht möglich.*
*Würden Sie mir in dieser Sache behilflich sein?*
*Die Sache liegt sechzig Jahre zurück, wenn man die ersten Anfänge betrachtet.*
*Ich wurde 1904 geboren. 1923 Abitur, Bankangestellter, Zollsupernumerar, dann Studium der Theologie (mein Vater war evangelischer Pastor in Sachsen-Anhalt), zuletzt studierte ich 1929 in Berlin. Dort eine frühere Bekannte, die ich aus der Gegend von Torgau näher kennenlernte. Beiderseits „große Liebe“, Verlobung war eingeplant. Der Vater der angehenden Braut war Bergwerksdirektor in der für uns heimatlichen Gegend (meine Verlobte und ich sind in Torgau zur Schule gegangen). Mein Vater war Pastor im Nachbardorf. Im Dezember 1929 arbeitete meine Verlobte Jeanette in Michendorf bei Berlin im Büro. Ich studierte sechs Semester Theologie in Berlin.Wir trafen uns öfter. Im Dezember unglaubliche Liebeserklärung Jeanettes beim abendlichen Treffen auf*

*dem Bahnhof Friedrichstraße. Ich war völlig hin. Ihre Eltern waren einverstanden. „Am besten, Sie kommen gleich her!“ Ich fuhr nur kurz zu meinen Eltern nach Naumburg, um den Segen der Eltern einzuholen. Sie waren am Bahnhof. Meine Mutter sagte entsetzt: „Sie ist katholisch!“ Es war eine furchtbare Enttäuschung für sie. „Dann bedauere ich, gegen euren Willen handeln zu müssen!“ Zu ihren Eltern am Telefon:*
*„Meine Eltern sind dagegen, aber ich bitte, trotzdem kommen zu dürfen!“*
*„Hans, kommen Sie zu uns als zu ihren Eltern. Die Limousine erwartet Sie um 7,30 Uhr am Bahnhof!“ Ich hatte von Makranstädt aus Bescheid gesagt. Beim nochmaligen Überdenken kamen mir doch Bedenken. Es war unerträglich, wie meine Mutter entsetzt war. Ich hing sehr an meiner Mutter. Dieser tragische Konflikt nahm mir die Besinnung.*
*Mit meinem kleinen Taschenmesser stieß ich mich in die linke Brustseite. Kein Blut, kein Schmerz, keine Verletzung war zu sehen. Nur schlechtes Gewissen. Einem gerade vorüber gehenden Polizisten berichtete ich: „Ich wollte mich umbringen!“*
*Der Polizist: “Wo sind Sie denn zu Hause?“ „In Naumburg!“ „Wir bringen Sie dorthin.“ Im Krankenhaus der Arzt, ohne mich eines Blickes zu würdigen: “Was haben Sie da gemacht?“*
*„Das ist harmlos, ich werde erwartet, bitte lassen Sie mich gehen!“ „Na, ich danke schön!“*
*Der Arzt nahm sich nicht die Zeit, meinen Körper anzusehen. „Selbstmordversuch, ab in die Zelle nach Alt-Scherbitz bei Leipzig!“ Ein Pfleger: „Sie haben doch keinen Stuhlgang, hinlegen!“ Der Einlauf war so stark, dass ich meinte, mein Leib würde platzen. Der Arzt hielt es nicht für nötig, mich nach den Gründen meines Suizidversuches zu fragen. Verständlicher Grund: Konflikt zwischen Liebe und Gehorsam gegen die Eltern. Auch bei anderen Menschen gibt es in der gleichen Lage die gleiche Reaktion. Wieso Schizophrenie?*
*Ich wusste, was ich wollte und blieb meiner Sache treu. Warum fragte der Arzt mich nicht nach dem Warum?*
*Erst jetzt nach sechzig Jahren kommt die Wahrheit zutage.*
*Meine Klage bei der Staatsanwaltschaft 1930 wurde nicht beachtet. Ich sei nicht prozeß- und geschäftsfähig hieß es. Als „nicht normal“ wurde ich mehrmals in andere Anstalten gebracht, einmal unterwegs von der Reichsbahn frei gelassen. Dann kam die Erbgesundheitssache (Nürnberger Rassengesetze), das zweite Verfahren.*
*Meine Hoffnung, nun einen reellen Termin zu erhalten, erfüllte sich nicht.*

*Ich wurde wegen Schizophrenie zur „Unfruchtbarmachung" verurteilt. Meine 1990 verstorbene Freundin und Kronzeugin wurde nicht vorgeladen und konnte nicht zu Worte kommen.*
*„Er war ein sehr kluger Kopf und es plauderte sich gut mit ihm. Ich hätte nie gedacht, dass eine absolut harmlose Freundschaft zwischen zwei Menschen so unglaubliche Folgen haben würde", schrieb sie an die Anstalt. Ohne Rehabilitierung konnte ich ihr nicht zu nahe treten und musste alles über mich ergehen lassen.*
*Am 1. April 1945 wurden wir durch die amerikanischen Truppen befreit. Ich kämpfe nicht um Geld-Entschädigung, sondern um meine Ehre, Ich will nicht, dass ich mir von jedem Hergelaufenen auf der Straße nachrufen lassen muss: „Sie waren ja auch in Scherbitz!"*

*Johannes Stier*

Da war sie wieder die verschleierte Vergangenheit und das Geheimnis um Onkel Hans.
Nun wusste sie, was damals geschehen war. Ihre Mutter hatte erzählt, dass sein Onkel Ewald (Professor für Neurologie und Psychiatrie an der Charite´ in Berlin) ihn kraft seines Amtes auf den Paragraphen 51, nicht zurechnungsfähig, gestellt hatte. Dadurch wurde Onkel Hans nicht nur das KZ, sondern auch die Sterilisation erspart. Er war aktiv gegen Hitler geworden, als dieser am 1. Juli 1934 seinen Stabschef der SA ermorden ließ. Onkel Hans beschuldigte Hitler des Mordes und schrieb an den Prager Rundfunk. Dieser Brief geriet in die Hände der Gestapo.
Bernd, sein Sohn, sagte einmal lächelnd zu Inge: „Es ist alles gut so, wer weiß, ob ich sonst überhaupt auf der Welt wäre?"
1950 wurde Onkel Hans aus Alt-Scherbitz entlassen, siedelte sich im nahe gelegenen Schkeuditz an, lernte eine Witwe kennen und heiratete 1954. 1955 wurde Bernd geboren, sein großer Stolz.
Else, eine Witwe vom Lande, hatte noch zwei halbwüchsige Kinder (einen Jungen und ein Mädchen) in die Ehe gebracht, so dass Bernd mit Geschwistern aufwuchs.
Mit 92 Jahren kämpfte hier ein Mann um seine Rehabilitation, es war unglaublich, wie genau er sich an seine Jugend und das erlittene Unrecht erinnerte. Nun hieß es warten, ob er die Rehabilitierung noch erlebte.
Für Inge begann der Jahresurlaub. Sie hatte beim Reisebüro "Studiosus München" eine Reise zu den klassichen Stätten Griechenlands gebucht. Davon hatte sie ihr ganzes Leben geträumt.

Um drei Uhr morgens klingelte der Wecker. Susanne brachte Inge mit dem Auto zum Bahnhof. Um sechs Uhr war sie in Oranienburg, um sieben Uhr Bahnhof Zoo. Die letzten Schnapsleichen wurden von Polizisten „entfernt", weggebracht. Kurz vor acht Uhr war sie im Flughafen Tegel. Der Flug von Berlin nach München dauerte nur eine Stunde. Halb zwölf Uhr ging es weiter nach Athen. Unter ihr flogen buntgefleckte Felder, grüne Wälder und blaue Seen vorbei, über ihr die gleißende Helle durch die Sonne. Hinreißend war der Flug über die Alpen, Inge musste einfach fotografieren. Immer näher kamen die Bergriesen, die Dolomiten, das Inntal. Ja, sogar den Achensee konnte sie sehen. Die Erinnerung an die drei Tage vor Omas Tod schmerzte.
Um vier Uhr Ortszeit landete sie in Athen.
Im Hotel „Titania" war es durch die Klimaanlage angenehm kühl. Draußen jedoch war nicht nur eine Wahnsinnshitze, sondern auch Wahnsinnsverkehr, hier wurde ständig gehupt. In Athen baute man gerade eine Metro, die ganze Stadt glich einem Bauplatz. Nach dem Abendessen fuhr Inge in den elften Stock, dort befand sich ein Cafe´. Sie aß ein Eis und genoss den herrlichen Blick auf die Stadt. Der Burgberg mit der Akropolis wurde angestrahlt.
Achtzehn Teilnehmer hatte diesmal die Studiosus-Gruppe. Olga Nelli Gahna, die Inge bereits von der Kykladen-Reise kannte, war wieder ihre Reiseleiterin. Wie immer erklärte sie sehr gut.
Gleich um acht Uhr begann die Stadtrundfahrt mit dem Bus. Zuerst fuhren sie in die nördlichen Vororte, von da zu dem der Akropolis gegenüberliegendem Hügel. Am Eingang der Akropolis erwartete sie eine lange Menschenschlange. Zuerst betraten sie die Propyläen, dann standen sie vor dem Parthenon, an dem gebaut wurde. Das ionische Heiligtum aus dem 5. Jahrhundert v. Ch.
enthält die berühmte Korenhalle, die aus Frauengestalten besteht, die das Gebälk mit ihrem Kopf tragen. Die Figuren sind Gipskopien, die Originale stehen im Britischen Museum in London, wurde ihnen erklärt. Das war ein Festtag für Inge und obwohl es sehr heiß war, hatte Inge deshalb ihr dunkelblaues Seidenkostüm angezogen. Je näher die Mittagszeit heranrückte, desto heißer wurde es.
Am nächsten Tag begann die Busfahrt nach Arachova, einem Bergdorf in neunhundert Meter Höhe, nahe bei Delphi, dem Ort, wo den Griechen die Zukunft durch Priesterinnen geweissagt wurde. Die Fahrt über Malakasa nach Norden über Theben, Aliartos und Levadia führte in frucht-

bare Täler, wo Baumwolle wuchs. Vor Inges Blick aus dem vierstöckigen Hotel erhob sich das Bergpanorama. Nach der großen Hitze fuhren sie ins Kloster des Heiligen Lukas. Der Leichnam des geheiligten Lukas war in einem gläsernen Sarg zu besichtigen. Wunderschöne Mosaiken von Heiligen mit großen braunen mandelförmigen Augen, die staunen und zu fragen schienen, enthielt das Kloster.
Delphi war in einem hohen Bergmassiv errichtet. Im Archäologischen Museum gab Olga erst einmal eine gründliche Übersicht.
Absoluter Höhepunkt von Delphi war die Bronzestatue des Wagenlenkers. Die Augen aus Perlmutt, bemalt mit brauner Emaille, zeigen sogar die hochgewölbten bronzenen Wimpern. Ein Band hält die Locken auf seinem Haupt; es muss ein reicher Knabe gewesen sein. Dieser Jüngling wirkte so lebendig, dass man glaubte, er steige jeden Moment hinab und beginne zu laufen.
Nach dem Besuch des Museums folgte der Aufstieg zu den Ausgrabungsstätten, besser gesagt, es waren Ruinen. Ein französischer Archäologe grub die Stadt einst aus. Auf den ehemaligen Tempeltrümmern hatten die Griechen längst eine neue Stadt errichtet. Die Delphiner verkauften ihre Häuser, dann konnte gegraben werden.
Bezaubernde Ausblicke gab es ins „Oliven-Meer“ wie Olga die Olivenhaine nannte. Sie erstreckten sich bis an das Mittelmeer. Immer höher ging es hinauf. Sie sahen Schatzhäuser, den Apollo-Tempel, das Theater und das 187 m lange Stadion.
Nach der Kastalia-Quelle führte die Straße hinunter zum Gymnasion.
In schwindelerregende Höhe führte anschließend der Bus. Tannen und würzige Luft erinnerten Inge an Thüringen, immerhin waren sie nun in einer Höhe von 1300 Metern.
Die Reisegruppe wanderte zur Korykischen Grotte, die der Legende nach einmal Pan und seinen Nymphen geweiht worden war. Feucht und kalt war es darin. Der Pan ist eine griechische Naturgottheit, bocksbeinig mit Hörnern dargestellt, eher bekannt mit dem lateinischen Namen Faun. Er soll der Sage nach die Panflöte der Hirten erfunden haben
In einer reizenden Taverne in Delphi-Dorf aßen sie Mittag. Inge aß Griechischen Salat, gebackenen Fetakäse und trank Sodawasser. Es schmeckte vorzüglich.
Eine große Wanderung unternahmen sie am folgenden Tag. Um fünf Uhr nachmittags kamen sie in Olympia an, nur eine einzige Straße führte durch den Ort. Beim Kofferauspacken vermisste Inge ihren Reise-Tauch-

sieder. Den hatte sie mitgenommen, um sich öfter einmal am Abend einen Tee kochen zu können; nun lag er im Hotel in Arachova.
Von Arachova waren sie um acht Uhr morgens losgefahren und bereits eine Stunde später stiegen sie schon wieder aus dem Bus. Von der Stadt Itea am Korinthischen Golf wanderten sie neunzig Minuten im flotten Wanderschritt durch blühende Olivenhaine zur reizvollen Bucht von Itea. Dort konnten sie baden. Gleich über den Umkleideräumen der Badeanstalt war ein Restaurant. Der Wirt war regelrecht unhöflich. Als Inge nach „Joghurt with honey", köstlich für eine durstige trockene Kehle, fragte, verneinte er. So etwas Billiges hatte er wohl nicht. „Trinken, Essen, Kaffee?" fragte er. Am Nachbartisch saßen Niederländer, die waren wohl eher nach dem Geschmack des Wirtes, denn die waren alt, dick und besaßen die griechische Ruhe.
Von Itea passierten sie eine der schönsten Küstenstraßen Griechenlands bis Nafpaktos. Dort wollten sie mit der Fähre auf den Peloponnes übersetzen. Was heißt eigentlich Peloponnes? Es sind die Inseln des Pelops, Name des Sohnes von Tantalus und sagenhafter Stifter der olympischen Spiele, erklärte Olga. Es ist eine südgriechische Insel, die im Hochland Arkadien genannt wird und im Süden zwei große Gebirge aufweist: das Taygetos-und das Parnon-Gebirge.
Die Meerenge zur Nordspitze des Peloponnes ist geschichtlich durch die Seeschlacht von Lepantos berühmt geworden. So heißt Nafpaktos in der italienischen Sprache. Juan d´Austria besiegte 1571 die Türken in der Seeschlacht von Lepanto, eine italienische Burg erinnert noch heute daran. Im Hafen von Nafpaktos stiegen sie auf die Fähre nach Rio, dem ersten Ort auf dem Peloponnes. Sie beobachteten das millimetergenaue Einschieben der Lastauto und PKWs, begleitet von lauten Ordnungsschreien der griechischen Arbeiter.
Wieder fuhr der Bus an der Westküste zwei Stunden bis nach Olympia. Herrliche fruchtbare Landschaften zeigten sich, die Felder waren voller Mais, Gerste und Tomaten. Hier waren die Temperaturunterschiede zwischen Morgen und Abend erheblich, auch schien es Inge, dass die Sonne viel schneller als bei in Deutschland unterging. Morgens war eine warme Jacke nötig und am Mittag musste man sich hochsommerlich anziehen.
Am Abend erlebten sie ein griechisches Folklorefest. Sechs tanzende Paare trugen wunderbare farbige Trachten. Das Publikum wurde mit einbezogen. Am Ende wurde ein Kreis gebildet und alle tanzten oder versuchten nach geduldiger Anleitung Sirtaki zu tanzen. Die Männer trugen

blaue Anzüge mit roten Schärpen und auf dem Kopf eine Schiffermütze. Begeistert applaudierte das Publikum. Es war eine tolle Stimmung.

In der Nacht schmerzten und zuckten Inges Füße, sie hatte den Sirtaki gelernt.

Es war wieder Vollmond, es wurde eine schlaflose Nacht für sie.

Am nächsten Tag war eine Fahrt und Wanderung in den Elis (ein Wald bei Olympia) geplant.

Immer höher ging es hinauf, plötzlich gab der Bus seinen Geist auf. Olga fand den Weg nicht wieder und so schlug eine Reiseteilnehmerin vor, nach unten in das Dorf Lalas zu wandern. Leider war es kein Weg, sondern ein Pfad mit viel Geröll, man musste höllisch aufpassen, um nicht auszurutschen. Ein Flussbett wurde überquert, mehrere Quellen mit frischem Wasser löschten ihren Durst und die Sonne stieg. Gegen elf Uhr wurde die Hitze unerträglich. Da konnten auch nicht die zahlreichen Schmetterlinge, Libellen, Käfer, gelbe Disteln und Zitronenbäume, die ihnen begegneten, trösten.

Eine Pause gönnte ihnen Olga, dann ging es weiter, bis sie endlich in einer hübschen kleinen Taverne ihren Durst löschen und ihren Hunger stillen konnten.

Nachmittags um fünf, als die große Hitze vorbei war, besichtigten sie die Ausgrabungsstätten von Olympia. Herrliche Säulen, zerschnittene Trommeln (das sind durch Erdbeben auseinandergeborstene und zerschnittene Säulen) bewunderten sie. Der Altar der Hera (Gattin des Zeus) war der Ort, wo die olympische Flamme alle vier Jahre entzündet wird.

Absoluter Höhepunkt jedoch war das Museum mit dem Hermes von Praxiteles. Die mannshohe Statue ist aus weißem Marmor gefertigt und steht vor einer braunroten Wand, so dass sie im Kontrast noch mehr auf den Zuschauer wirken kann. Faszinierend auch die Gestalten des Ost- und Westgiebels am Fries vom Zeus-Tempel. Als sie noch durch das Gymnasion schritten, ertönten plötzlich Trillerpfeifen. Es war das Zeichen für die Schließung der Stätten. Die uralten grünen Tamarisken und Pinien bildeten einen reizvollen Kontrast zu dem Grau der Muschelkalk-Steine. Inge beschloss, keine Fotos zu machen, sondern ein Kunstbuch über Olympia zu kaufen. So gut würde sie die Fotos niemals machen können. Außerdem gingen zehn Prozent des Preises an die Kulturstätten, man tat also noch ein gutes Werk.

Am folgenden Tag war ihr Ziel Methoni, an der Südwestküste des Peloponnes gelegen, eine riesige Festungsanlage erinnerte an die venezia-

nische Herrschaft. Es war bereits dunkel, als sie eintrafen. Am Morgen ging nach einer halben Stunde der Bus wieder kaputt, diesmal war eine Schraube in den Ventilator gekommen und die Metallflügel an den Enden eingerissen. Über eine Stunde reparierte der Fahrer, dann ging es weiter. Elf Kilometer stiegen sie nun die Berge hinauf zum Bassae-Tempel, ein dem Apoll geweihter imposanter Bau in 1013 Meter Höhe. Oben auf dem Tempel lagen geborstene Steinplatten aus Muschelkalk, sie sahen aus wie geschnittene Koteletts am Stück. Der Tempel war mit einem riesigen Zeltdach zugedeckt, Stützpfeiler aus Metall hielten diesen. Blickte man durch die Säulen des Tempels von Nord nach Süd, sah man, dass die Säulen schief waren. Dieser Tempel war eine Ausnahme, da sonst Tempel immer in Ost-West-Richtung gebaut wurden. Der Grund: die Säulen sollten genug Licht erhalten.
Die Hitze kam und sie wanderten noch immer, nun den Berg hinab in das Städtchen Adritsena, wo sie in einer Taverne ihren Hunger und Durst stillen wollten. Inge dachte, sie schaffte es nicht mehr. Gnadenlos brannte die Sonne vom Himmel, kein Baum, kein Strauch, der Schatten spenden konnte. Die Taverne war enttäuschend primitiv. Es gab Ziegenfleisch mit Kartoffeln und Salat, das Wasser nahm der Wirt gleich aus der Quelle, die dem Stamm einer Platane entsprang, unter der sie saßen. Die Kartoffeln waren kalt und der Käse ranzig.
Noch war Methoni nicht erreicht. Es war inzwischen vier Uhr, die Fahrt führte nach Megalopoli, da sollte einmal das zweite Athen entstehen, teilte ihnen Olga mit. Von dort waren es 180 km bis zum Meer. „In Griechenland gibt es keinen Ort, der weiter als 75 Kilometer vom Meer entfernt liegt“ sagte sie.
Jetzt führte die Straße geradewegs in den Süden, die Abendkühle begann und in Kalamata bekamen sie endlich einen Eiskaffee. Im Bus klebten inzwischen alle Sachen am Körper, sie sehnten sich alle nach einer Dusche. Pylos, an der Südwestküste gelegen, war eine entzückende kleine Hafenstadt, das Meer begrüßte sie endlich wieder.
Pylos, auch als Navarino bekannt, ging in die Geschichte ein.1827 riefen die Griechen die Engländer, Franzosen und Russen im Kampf gegen die türkischen Eroberer um Hilfe. Dabei entstand die Legende, dass die Griechen nur dem Kampf zuschauten. Die zerklüfteten Felsen und Grotten bei Navarino bildeten die malerische Kulisse für die große Seeschlacht, in der die Türken vernichtend geschlagen wurden.
Olga machte den Vorschlag, eine Rundfahrt mit dem Boot in der Bucht

von Navarino zu unternehmen. Begeistert stimmten die Teilnehmer zu, auch wenn extra bezahlt werden musste. Die wunderbaren Farben des tiefblauen Meeres und die grauen verkarsteten Steinhöhlen in der Bucht mit ihren faszinierenden Licht- und Schattenspielen in der Mittagszeit begeisterten alle.
Nur zehn Kilometer weiter südlich in Methoni bauten die Venezianer im 13. Jahrhundert eine imposante Festung mit einer langen Mauer, die noch heute begehbar ist.
Das Hotel in Methoni war Extraklasse, Inge hatte ein Doppelzimmer für sich allein. Wieder hatte sie etwas im Hotel vergessen, diesmal war es das Duschbad. Aber sie hatte ja noch Seife.
Am nächsten Tag wurde der nahe gelegene Palast des Nestor besichtigt. Er stammt aus mykenischer Zeit (1.300 v. Ch.). Witzig erschien ihnen die kleine Badewanne, braungefliest und mühselig zusammengeklebt. Wie klein waren damals die Menschen.
Rings um den Nestorpalast arbeiteten amerikanische Kunststudenten, die Sand siebten und nach Steinen suchten.
Olga hatte inzwischen telefonisch in Athen einen neuen Bus bestellt, der am Abend eintreffen sollte. Am folgenden Tag war der Höhepunkt der Reise. Da erreichte Olga eine Hiobsbotschaft, ihre Mutter hatte einen Gehirnschlag erlitten, und sie wollte sofort zu ihr nach Athen eilen. Eine neue Reiseleiterin wurde für den Rest der Reise erbeten. Gleichzeitig mit dem neuen Bus kam Sophia, die Reiseleiterin, älter als Olga und streng wirkend.
Geplant war eine Wanderung durch die Schlucht des Taygetos-Gebirges und abends Ankunft in Limenion, einem Dorf bei Areopoli, in einer Bucht auf dem „2. Finger der peloponnesischen Hand" gelegen. Es ist die äußerst karge Mani, Verwaltungsbezirk Sparta. Hier nächtigten sie in ganz neu gebauten Häusern am Hang, es waren regelrechte kleine Kastelle, aus einfachen Steinquadern gebaut, typisch für die Bewohner der Mani.
Am Morgen lag das Meer spiegelglatt, wie Seide, blassblau und ein herrlicher Badestrand lud sie zum Schwimmen ein.
Erst zu Mittag traf der neue Bus aus Athen ein und die Fahrt über die grünen Berge Messeniens konnte beginnen. In der Bezirksstadt Kalamata, auch am Messenischen Golf gelegen, änderte sich schlagartig das Landschaftsbild durch die Ausläufer des Taygetos-Gebirges. Plötzlich waren nur noch kahle braune Berge zu sehen.
In der Hafenstadt Kardamyli aßen sie gut zu Mittag. Inge merkte, dass

es ein griechischer Urlaubsort war, es wurde freundlich bedient und das Essen war gut.
So gestärkt fuhren sie mit dem Bus hinauf in die Berge des Taygetos nach Tseria, um dort die als anspruchsvoll bezeichnete Wanderung zu beginnen. Etwa neunhundert Meter hoch lag Tseria. Sie begannen die Wanderung erst um fünf Uhr am Nachmittag, als die größte Hitze vorbei war. Zuerst liefen sie durch Strauchwerk hinunter, dann hangelten sie schmale Pfade abwärts und zum Schluss holperten sie eine Stunde in der Schlucht auf Geröll, das aus riesengroßen abgeschliffenen weißem Kieselsteinen bestand. Die Steine hatten die Größe von Ziegelsteinen, manchmal waren es auch riesige Gesteinsbrocken. Für Inge war es keine Strapaze, sie hatte die richtigen Wanderschuhe angezogen. Es war die eindrucksvollste Wanderung, die sie erlebt hatte.
Als sie in die neu erbauten Kastelle kamen, verschwitzt und müde, wurde ihnen mitgeteilt: no water, later! So mussten sich alle ungewaschen an den Abendbrottisch setzen, was sehr unangenehm war. Das Essen aber mundete. Gefüllte Auberginen, Souflaki mit Pommes und Salat wurden ihnen serviert. Als Nachtisch gab es rote Wassermelonen und Honigmelonen, die schmeckten einfach köstlich. Nach dem Essen war dann auch Wasser zum Duschen da.
Schon kurz nach sechs Uhr war Inge wach, genoss die morgendliche Stille und das Alleinsein.
Es sollte nach Dryalos, am Fuß der Mani, gehen. 1214 Meter hoch lag Dryalos. In steilen Serpentinen ging es hinauf mit dem Bus. Eine zweieinhalbstündige Wanderung begann nun. Es war eine geheimnisvolle Landschaft, äußerst karg und Häuser wie aus der Vorzeit. Hier wurde ohne das Bindemittel Zement Stein auf Stein übereinander gesetzt, um Häuser zu bauen. Die Menschen der Mani hatten den Ruf, sehr stolz zu sein. Zahlreiche Stammes- und Sippenfehden wurden in der Vergangenheit geführt. Es gab Engländer, so erzählte man, die von der Zivilisation satt waren, ihrem Heimatland den Rücken kehrten und in die Mani zogen, um dort ihren Lebensabend zu verbringen. Sie leben dort wie Eremiten.
Grau waren die Häuser, den Bergen angepasst. Drei Dörfer passierten sie bei ihrer Wanderung: Vamraka, Mina und Bambaka. Dann nahm sie der Bus wieder auf und fuhr sie zum höchsten Ort Vathia und besichtigten einige Häuser. Unwirklich, rau und völlig einsam, so kam Inge Vathia vor. Hohe Berge und steil ins Meer abfallende Felsen boten sich ihren Augen.
Endlich kam die Belohnung für alle Wanderstrapazen:

Fahrt zur Bucht von Gerolimin und Baden im Meer.
Als sie zum Kaffeetrinken in Aeropoli rasteten, hatte Inge ein schönes Erlebnis. Sie schlenderte allein über den Markt, der ihr mit seinen alten Buden äußerst ärmlich schien. Ein Hotel verführte sie zum Eintreten, aber die Besitzerin wollte sie gleich abwimmeln. Doch ehe sie ging, erblickte sie in der Ecke eine Konzertgitarre. Magisch angezogen, ging sie hin, nahm sie in die Hand und spielte und sang „Freude schöner Götterfunken“. Drei junge Mädchen kamen auf sie zu. Es war so stickig, dass Inge mit der Gitarre nach draußen ins Freie ging, dann sang sie die berühmten Marlene Dietrich-Lieder „Sag mir, wo die Blumen sind“ und „Wie viele Straßen auf dieser Welt“. Nun redeten die Mädchen in englischer Sprache mit ihr. Eins der Mädchen erzählte, dass es seit drei Jahren Konzertgitarre spiele. Inge bat sie, nun auch ein Stück vorzuspielen und sie tat dies lächelnd. Das Eis der Fremdheit war gebrochen. Wieder einmal erlebte Inge die verbindende Kraft der Musik. Als sie mit dem Bus davon fuhren, winkten ihr die Mädchen freundlich nach.
Am nächsten Morgen verließen sie die Mani und fuhren ostwärts nach Gythio und passierten die fruchtbaren Hänge des Taygetos - Gebirges. Die Ostküste der Mani überraschte sie mit Orangen - und Zitronenhainen sowie vielen Olivenbäumen. Man erzählte ihnen, dass jetzt eine neue Sorte angebaut würde, die auch im Sommer reift. Orangen sind die Frucht, die am meisten angebaut und exportiert wird.
Nach zwanzig Kilometern erreichten sie über eine ganz schlechte Straße den Ort Skala, von dort waren es noch sechzig Kilometer nach Monemvasia. Die Gebirgszüge des Taygetos setzten sich im Süden als Halbinseln fort, auf der östlichen Halbinsel lag auf einem Felskegel die ganz von Mauern umgebene Stadt Monemvasia. Sie bildete einen wichtigen strategischen Punkt für griechische Händler, Piraten, Türken und Italiener. Eine Landebrücke, jetzt aus Beton, verband Monemvasia mit dem Festland. Als sie ankamen, war Mittagszeit und die Hitze war enorm. Ihnen stand ein Aufstieg zur Kirche Hagia Sophia bevor, erbaut im 13. Jahrhundert. Interessant war, dass die Türken nach der Eroberung im 16. Jahrhundert keine Moscheen errichteten, sondern die byzantinischen Kirchen einfach zu Moscheen umfunktionierten.
Die Hagia Sophia war ein achteckiger Kuppelbau, also ein Oktogen mit vielen Wandmalereien. Nun ging es noch höher hinauf, denn einen sagenhaften, schönen Ausblick versprach der höchste Turm in der Oberstadt. Trümmer säumten ihren Weg, schmale fast unwegsame Pfade, bis endlich

die Traumaussicht zu genießen war.
Ganz winzig lag unter ihnen Neu - Monemvasia. Die Reiseleiterin verabschiedete sich wohlweislich vorher und wartete in der Taverne „Kanoni“,bis die Gruppe zurück kehrte.
Die Preise in der Gaststätte waren sehr hoch, kein Wunder, Monemvasia war eine Touristen-Hochburg.
Eine Stunde Wartezeit verkürzte sich Inge, indem sie den langen Weg vom Berg bis über die Landverbindung zum Bus lief. Rechts und links lockte das klare Wasser der Ägäis. Die Reiseleiterin hatte jedoch anderes vor, erst nach der Ankunft im Hotel durften sie baden. Hier war das Wasser lauwarm und keine Erfrischung.
Nun waren sie also auf dem „3. Finger der Hand des Peloponnes“ angekommen und am nächsten Tag begann der große Ritt nach Norden. Noch erwarteten sie tolle Erlebnisse.
Morgenstimmung, die Zeit der Ewigkeit, dachte Inge, als sie um halb sieben Uhr in der Frühe erwachte und aufstand.
Über Gythion fuhr der Bus nach Mistra, wo die Burg besichtigt wurde. Mistra war die Hauptstadt von Sparta. Bis zweihundert Meter hoch bauten die Kreuzritter und Franken ihre Verteidigungswälle und Burgen. Eine byzantinische Kirche nach der anderen schauten sie sich an, Sophia schwelgte in Kunstbetrachtungen, man merkte, dass dies ihr Steckenpferd war. Inge blieb der griechisch-orthodoxe Stil fremd.
Ganz anders war es im Kloster Nikolaus bei Astros, einem Nonnenkloster. Hier herrschte mustergültige Ordnung, alles blühte im Garten. Die zwanzig Frauen bereiteten das Fest der Verklärung Jungfrau Marias am 6. August vor. Sie strichen den steinernen Fußboden mit Nitroglyzerin, es roch ganz stark.
Eine Tasse Kaffee und ein Glas Wasser wurde jedem Gast gereicht.
Selbstgemachtes, sehr süßes Konfekt, wurde ihnen ebenfalls angeboten. Sie waren alle von der Atmosphäre beeindruckt, die das Nonnenkloster ausstrahlte. Drei Jahre dauert die Bewährungszeit für Frauen, die Nonne werden wollen, erzählte man ihnen.
Zwischen den beiden Gebirgen Taygetos und Parnon entlud sich nun ein starkes Gewitter. Blau-schwarze Wolkenberge türmten sich, Blitze zuckten, es war ein fantastisches Naturschauspiel, und sie saßen trocken im Bus und waren nicht betroffen.
In Astros, eine Stadt kurz vor Nauplia, konnten sie die Wochenendhäuser der reichen Griechen bestaunen.

In der Hafenstadt Nauplia herrschte große Hitze. Auch hier war wieder eine Festung und lange Uferpromenade. Ihr Hotel lag diesmal direkt am Wasser. Inge war im dritten Stock mit schönem Rundblick untergebracht. Die Bucht war sehr weit eingeschnitten und am Abend begann ein intensives Nachtleben. Inge ließ sich zum Einkaufsbummel überreden, aber es war ihr einfach zu öde und sie kehrte bald allein zurück.
Majestätisch erhoben sich die Berge von Mykene am nächsten Tag. Es ist schon unglaublich, was die vorchristlichen Menschen aus Kyklopen-Steinen bauten. Der deutsche Archäologe Heinrich Schliemann entdeckte Mykene. Die Reiseleiterin erzählte die Geschichte des Astridengeschlechtes. Zweitausend Jahre vor Christi entstanden die Ringmauern, mannshohe Felsblöcke wurden ungehauen übereinander geschichtet.
Sie sahen den Goldschatz des Agamemnon.
Wirklich erschüttert war Inge, als sie vor dem Löwentor stand. Im Geschichtsbuch war es nur eine kleine Fotografie und hier erlebte sie die wirklichen Ausmaße, unglaublich groß.
Fünfhundert Meter weiter erreichten sie über eine 35 m lange Rampe das Schatzhaus des Atreus. Die vierzehn Meter hohe Kuppel entstand aus aufgerichteten Steinblöcken. Bis zum Bau des Pantheon in Rom soll dies der größte Kuppelbau der Antike gewesen sein.
Zu Mittag aß Inge mit Hackfleisch gefüllte Weinblätter und danach zur Erfrischung eine Melone. Beim anschließenden Baden in der Bucht von Kalitea stürzte sie, als sie aus dem Wasser stieg, fiel hin und spürte einen stechenden Schmerz in der rechten Pobacke. Sie rannte zur Bademeisterin, die aus einer Wasserflasche Wasser auf ihren Po goss und dann Jod darauf strich. Inge brüllte vor Schmerzen, sollte das richtig sein? Vor Seeigeln hatte Sophia immer gewarnt, aber dies waren die Stiche einer Feuerqualle, mehrere ihrer Kentakel hatte Inge zu spüren bekommen, denn Feuerquallen lähmen ihr Opfer mittels ihrer Kentakel, die ein Gift bei Berührung auslösen und das Opfer praktisch handlungsunfähig machen. Der Po brannte höllisch, es war drei Uhr nachmittags.
Sophia schlug vor, ins Hotel zu laufen, da sie Ammoniaksalbe im Gepäck habe. Eine Stunde dauerte der Weg zurück zum Hotel. Einige Gäste hatten ebenfalls Bekanntschaft mit Feuerquallen gemacht, aber keiner war so schlimm dran wie Inge. Wie sollte sie nur das Abendbrot sitzenderweise überstehen?
Der Himmel bezog sich, es wurde wahnsinnig schwül. Nach dem 1.Gang des Menüs brach mit Vehemenz ein Gewitter los. Die Plane des Zeltda-

ches hielt dem Regen nicht stand, alles flüchtete vom Tisch weg, nur ein beleibter Biertrinker verschwand mit seiner Bierflasche im Arm lustigerweise im WC, das wie in amerikanischen Western als Saloon gestaltet war, nur halbhohe Klapptüren aufwies. Das gab Gaudi und für eine Weile vergaß Inge ihre stechenden Schmerzen. Erst nach einer Stunde gab es den nächsten Essensgang, Inge konnte nicht mehr sitzen und verließ den Tisch. Nun konnte sie nicht mal das Dessert, den herrlichen Pfirsich, genießen. Sie atmete die frische Luft nach dem Gewitterguss und versuchte zu schlafen. Zwecklos, das war in keiner Stellung möglich, wie sie sich auch drehte und wendete. Irgendwann schlief sie für ganz kurze Zeit doch noch ein, war aber um fünf Uhr wieder wach, fiel dann noch einmal in einen kurzen Erschöpfungsschlaf.

Am Morgen bat sie Sophia, einen Arzt konsultieren zu dürfen. Ja, versprach sie, in Epidauros. Zuerst aber wurde die Palamiden-Festung in Nauplia besichtigt; unbarmherzig knallte die Sonne auf sie hernieder. In Epidaurus führte sie Sophia durch sämtliche Trümmerreste, aus denen die Reiseteilnehmer sich mit ihrer Fantasie das Gymnasion, den Tempel, die Liegehalle u.a. vorstellen sollten.

Unterwegs hielten sie in einem Ambulatorium. Nach einer Viertelstunde kam ein Arzt, redete mit Sophia und schickte sie wieder hinaus, ohne Inges Po auch nur einmal angesehen zu haben. Inge war sauer, es reichte. Die vom Bademeister empfohlene Salbe Fenistil, ein kühlendes Gel, hatte Sophia einem jungen Mann aus der Reisegesellschaft gegeben, nun bekam Inge sie und die erste Linderung war spürbar.

Sophias langatmige Erklärungen wurden Inge zur Qual, weil sie sich nirgends hinsetzen konnte. Das berühmte Theater behielt sie sich als letztes „Bonbon" vor. Hier wurden also die griechischen Tragödien gespielt. Fünfundfünfzig Stufen bis zur obersten Reihe zählte Inge.

Überwältigend war die Aussicht auf die grünen Pinienwälder, dahinter die Berge. Die Plätze waren in Blöcke aufgeteilt, hier wurde noch heute Theater gespielt. Magisch zog sie der kleine Kreis auf der Bühne an und Inge konnte eine Dresdnerin überzeugen, mit ihr von diesem Standort zu singen. So erklang „Freude schöner Götterfunken" und „Dat du min Leevsten bist" in den strahlend blauen Himmel. Sie waren überrascht, wie das Echo ihrer Stimmen fast doppelt so laut von den Rängen zurückgeworfen wurde. Die anderen Teilnehmer ihrer Reisegruppen machten nur Klatschproben mit den Händen.

Als alle gegangen waren, stellte sich Inge noch einmal in den Kreis und rezitierte Schillers „Kraniche des Ibykus". Sie hatte als Schülerin die Ballade gelernt, weil sie ihr so gut gefiel. 165 Jugendstil - Federzeichnungen in dem deutschen Hausbuch von Franz Stassen, erschienen 1922 im Verlag Ludwig Schroeter in Berlin, hatten Inges Fantasie als Siebzehnjährige beflügelt:

*"Zum Kampf der Wagen und Gesänge,*
*der auf Korinthus' Landesenge*
*der Griechen Stämme froh vereint,*
*zog Ibykus der Götterfreund.*
*Ihm schenkte des Gesanges Gabe*
*der Lieder süßen Mund Apoll;*
*so wandert er an leichtem Stabe*
*aus Rhegium, des Gottes voll......*

*Da hört man auf den höchsten Stufen*
*auf einmal eine Stimme rufen:*
*„Sieh da, sieh da, Timotheus,*
*die Kraniche des Ibykus!"*

Inge hatte für eine Weile ihre Schmerzen vergessen.
Der letzte Reisetag brach an. Es sollte zurück nach Athen gehen. Durch den Bezirk Argolis über den Kanal von Korinth zum Kloster Dafni fuhr der Bus.
In Korinth war es angenehm, die Luft lau, ein leichter Wind fächelte Kühlung zu, nicht so heiß wie in den vorher gegangenen Tagen. Der Kanal bei Korinth war achtzig Meter tief und sechs Kilometer lang, ein Schnitt durch den Isthmus. Apostel Paulus' Redestätte in Korinth, bei der Bekehrung zum Christentum, zeigte man ihnen.
Die Mosaiken im Kloster Dafni waren sehr gut erhalten. Gott Vater war in die Himmelskuppel gemalt.
In Korinth kaufte Inge drei Bildbände über Korinth, Mykene und Epidauros. In Deutschland würde sie für den Preis niemals die Bücher kaufen können.
Mittags waren sie in Athen, noch einmal besuchten sie mit Sophia das Nationalmuseum. Angefangen von der Kykladenkunst, die Inge noch von der Inselreise im Vorjahr kannte, über den Goldschatz des Agamemnon, herrliche Vasen, Statuen aus Marmor bis zu den anrührenden Grabreliefs erschöpfte sie nun die Fülle des Gesehenen. Die nächsten Wochen mag

ich keine Ruinen mehr sehen, dachte Inge, den anderen Gästen ging es ebenso. Alle waren vom Busfahren und dem Besichtigen erschöpft.
Wieder waren sie im Hotel „Titania“ untergebracht und beim Duschen bemerkte Inge in der Innenseite des linken Oberschenkels eine Zecke, auch das noch. Der Zeckenkopf brach beim Herausziehen ab. Sie wollte lieber nicht weiter mit der Nadel herumstechen, das musste sie zu Hause der Ärztin überlassen.
Ihr Flieger ging erst am Abend, sie hatte noch bis 15 Uhr Zeit und schlenderte durch Athen. Einen Stadtplan hatte sie und den Syntagma-Platz kannte sie nun auch schon.
Im Botschaftsviertel begegnete ihr ein hochgewachsener Franzose, der sie in Englisch ansprach.
Er lud sie zum Kaffee ein, aber Inge lehnte ab, sie hatte Angst. Der charmante Jean, wie er sich vorstellte, gab ihr zum Abschied seine Adresse.
Als sie das Fernsehen am Mittag kurz anstellte, erfuhr sie, dass im Waldgürtel von Athen, ein Brand wütete.
In der größten Hitze fuhr das Taxi zum Flughafen. Es ging nur immer Stop and Go, dann begann das große Warten: “Der Luftraum über Athen ist überfüllt, so dass wir noch keine Starterlaubnis erhalten!“ verkündetet der Lautsprecher. Eine Stunde später ging es in die Luft, eine pechschwarze Wolke stand im Nordwesten von Athen.
Der Flughafen liegt direkt am Meer, südlich von Athen. Inge saß auf der richtigen Seite am Fenster. Einen letzten Blick auf Athen erhaschte sie, deutlich erkannte sie die Akropolis. Der böige Wind, Windstärke acht, schaukelte das Flugzeug hin und her.
Als sie in München ausstieg, sah sie „ihren“ Airbus, wie er sich in die Luft hob. Der Pilot hatte längst gefunkt, nachdem Inge der Stewardess ihre Sorge wegen des Gepäcks mitgeteilt hatte. Abends um sieben Uhr flog sie weiter nach Berlin/Tegel. Auch das Gepäck war ordnungsgemäß verladen worden, und sie nahm es dankbar in Berlin/ Tegel in Empfang.
In Berlin herrschte Affenhitze.
Die Angestellte in der Auskunft am Bahnhof Zoo hatte keine Ahnung und behauptete steif und fest, nach 21 Uhr fahre kein Zug mehr nach Oranienburg und Neustrelitz. Mit schwerem Koffer in zugiger S-Bahn erreichte sie um 21 Uhr Lichtenberg. Der Schaffner vermittelt ihr einen Zug um 23.52 Uhr nach Waren. Inge orientierte sich natürlich nicht am Aushang, erfuhr aber später, dass man auf den EC aus Budapest warte. Es sei der Kopenhagen-Express, auf den sie warte. Der fuhr schon seit langer

Zeit über Neustrelitz, erinnerte sich Inge. Sie rannte zum Telefon, rief Susanne an und sagte, dass sie nicht von Waren, sondern von Neustrelitz abgeholt werden möchte.
Eine Stunde nach Mitternacht kam sie in Neustrelitz an. Susanne war mit dem neuen Bekannten, einem Kaufmann für Damenwäsche (aus Wien), gekommen. Der fuhr einen BMW. Inge war total aufgedreht. Das Sternbild des großen Wagens stand wieder über ihrem Haus und nicht mehr auf der rechten Himmelshälfte, wie in Griechenland.
Beim Aufwachen hatte sie Schwierigkeiten: wo war das Meer, wo war der Tempel? Sie besann sich, dass sie wieder zu Hause war.
Susanne half ihrer neuen Bekanntschaft beim Auspreisen der Waren. Seine Tochter lebt in Miami und arbeitet dort als Model. Zum Inselfest in Mirow hat er Susanne engagiert, die dort als jüngste Teilnehmerin Bademoden vorführen sollte.
In großer Hitze um zwei Uhr am Nachmittag fuhren sie los. Über Waren, Penzlin, Neustrelitz und die wunderschöne Useriner Alleenstraße erreichten sie Mirow.
Viermal war Durchlauf der Models. Susanne war die jüngste und hübscheste Teilnehmerin, makellos ihre schlanke Figur.
Am Dienstag war Inge im Wohnungsamt, bass erstaunt, als keinerlei Einwände für Susannes Einzug in Omas Wohnung erhoben wurden. Lediglich ein Nachzugs-Antrag sollte gestellt werden. Inge hatte Susanne versprochen, monatlich die Hälfte der Miete zu zahlen.
Klaus wollte sich für eine Arbeit als Ingenieur bewerben. Susannes neuer Bekannter schlug vor, in einer Boutique in Greifswald die passende Kleidung zum Vorstellungsgespräch zu erwerben. Der erste Eindruck sei von entscheidender Bedeutung. Ob Inge mitfahren wolle. Sie sagte zu und nutzte die Gelegenheit, den pensionierten Archivar, Herrn Wächter, in der Anklamer Straße zu besuchen.
Herr Wächter stellte sich als studierter Geschichts-Geographie-und Deutschlehrer vor. Seit vielen Jahren hätte er jedoch als Archivar gearbeitet und unterrichte jetzt noch zeitweise Studenten des Theologischen Seminars in Wittenberg in der Sütterlinschrift. Inge zeigte ihm das Tagebuch ihrer Urgroßmutter und er bat Inge, einmal vorzulesen. Er staunte, wie gut sie das bereits konnte und meinte: „Machen Sie weiter, Sie erlernen das schnell, wenn Sie sich damit intensiv beschäftigen." Inge hatte gehofft, dass e r ihr die Arbeit abnehmen würde, da irrte sie sich jedoch gründlich. Er erklärte ihr dann noch geduldig die drei verschiedenen Ar-

ten, in der Sütterlinschrift das „s“ zu schreiben.
Susanne verkündete erschreckende Nachrichten. Die Tochter ihres Bekannten, die in New York als Model arbeitet, hatte aus Liebeskummer Suizid begangen, sie war in Susannes Alter. Susanne war völlig aufgelöst und versuchte, dem Vater Trost zu geben und in seinem Schmerz beizustehen.
Endlich bekam Susanne Arbeit. Ihre Bewerbung als Kindergärtnerin im neu erbauten Kinderhaus „Janus Korczak“ in Hamburg Eimsbüttel wurde angenommen. Für dreißig Stunden die Woche konnte sie ab dem 1.September beginnen. Die evangelische Gemeinde in Eimsbüttel hatte das Kinderhaus für Emigrantenkinder bauen lassen. Das würde eine Herausforderung für Susanne werden.
Nun brauchte sie Omas Wohnung nicht mehr und Inge kündigte diese zum 15. September. Aber was sollte mit der schönen Schrankwand geschehen? Inge rief das Sozialamt an und gab bekannt, dass sie eine fast neue Schrankwand für Bedürftige zur Verfügung stellen wolle. Ein Termin wurde ihr genannt, an dem die Schrankwand abgebaut und abgeholt werden würde.
Susanne kam völlig erkältet von ihrer ersten Arbeitswoche aus Hamburg. Inge schickte sie zu ihrer Ärztin, die ihr Medikamente verschrieb und sie schlief sich gesund.
Inge übergab die Wohnung fristgemäß.
Das Zusammenpacken der Bücher bei Oma hatte sie viel Zeit gekostet, unglaublich, was alles in eine Schrankwand passt. Susannes Sachen mussten nun ebenfalls wieder in das Elternhaus zurückgebracht werden. Sie hatte in Hamburg eine Zweiraum-Wohnung in Aussicht, eine Maklergebühr von viertausend Mark war als erstes fällig. Inge teilte sich die Summe mit ihrem Exmann und schoss sie Susanne vor.
Über das Wochenende waren Jörg mit Claudia und Klein-Malte zu Besuch gekommen.
Das Wetter war angenehm und sie unternahmen einen Spaziergang zum Badehaus. Claudia übergab ihr nach dem Stillen das kleine Menschen-Bündel und schwamm mit Jörg ein Stück in den Tollensesee. Ein Kinder-Reisebett hatte sich Jörg gewünscht und Inge kaufte es. Es war ganz schöner Trubel im Haus, denn zum Essen fanden sich alle Familienmitglieder ein, auch Marc, Susannes Freund. Die Hausarbeit machte sogar Spaß, da alle mithalfen.
Klaus arbeitete seit September in der Deutschen Bank als Hilfskraft und

isolierte elektrische Leitungen.
Das Kultusministerium teilte mit, dass der Bus nach Strasbourg und Luxemburg in Neubrandenburg halten würde.
Neunzehn Schüler aus Mecklenburg/ Vorpommern waren zur Auszeichnungs -Reise nominiert worden.

***1. Oktober 1995***
***Erntedankfest und bei uns herrscht seit 11 Uhr das absolute Chaos. Die große Stube wird ausgeräumt, die Schrankwand leer gemacht und in den Raum gerückt. Die Tapeten reißen Klaus und sein Vater ab. Sie warteten nicht auf mich und begannen allein. Die Tapete ist noch die Ersttapete von 1975, nicht zu fassen, was dahinter für ein pechschwarzer Staub (Pilz?) klebte. Susanne war bereits Donnerstagabend gekommen. Gestern Mittag zog sie aus. Gunnar und Marc kamen mit dem Vier-Tore-Kombi, luden alles auf und um 14 Uhr zogen sie los. O, wie wehe war mir ums Herz, nun ging Susanne wirklich für immer weg.***
Die Malerei dauerte fünf Tage, ein Wunder dachte Inge später, wie hast du das bloß alles neben dem Unterricht geschafft?
Ein völlig neues Wohngefühl entstand, eine neue Lampe (ein Bogen mit vier beweglichen Strahlern) kam an die Decke in die Mitte des großen Wohnzimmers. Im Teppichgeschäft kaufte sie neue Stores und Übergardinen im warmen rotbraunen Ton.
Am nächsten Tag begannen die Herbstferien und damit die Reise nach Strasbourg und Luxemburg. Pünktlich um elf Uhr morgens holte sie der Bus an der Gaststätte „Sandkrug“ ab, es war warmes Herbstwetter.
Sie fuhren zuerst zum Güstrower Schloss, wo sie sich die Ausstellung „Tausend Jahre Mecklenburg“ ansahen. Der berühmte Goldschmuck von Hiddensee, gefunden am 13. November 1872, dem Tag der großen Sturmflut, war das schönste Stück in der Ausstellung.
Um fünf Uhr abends stiegen die restlichen Preisträger des Schülerwettbewerbs in Rostock zu und die Fahrt in den Süden begann. Um neun Uhr morgens erreichten sie Strasbourg.
Die Jugendherberge hatte noch nicht geöffnet. Sie stellten ihr Gepäck ab und gingen in die Altstadt. Am Mittag kam die Sonne heraus, ein herrlicher Sonnentag erwartete sie. Die Schüler baten um ein bisschen Freizeit und Dr. Lißke, ihr Betreuer, ließ ihnen diese auch.
Sie war überwältigt, als sie vor dem Münster stand. 324 Stufen mussten

sie klettern, ehe sie die Aussichtsplattform erreicht hatten. Inge glaubte, ihr letztes Stündlein hätte geschlagen, so sehr war sie außer Puste geraten. Doppelnetze waren als Vorsorge bei eventuellen Selbstmördern gespannt. Sie nahmen leider etwas die Sicht.
Über die gedeckten Brücken liefen sie zum Fluss Ill und mit der Straßenbahn fuhren sie nach dem Mittagessen zur Jugendherberge. Inge kämpfte gegen den Schlaf, aber die Schüler waren fit, sie spielten nach dem Abendessen noch Tischtennis und schrieben Ansichtskarten.
Inge hatte ein Zimmer in einer Dachkammer mit schrägen Wänden und einen ziemlich weiten Weg in den anderen Teil der Jugendherberge. Die Züge ratterten mit ungeheurem Getöse mehrmals an ihrem Fenster vorbei. Zum Glück hatte sie Ohrstöpsel mit, die den Lärm dämpften.
Am Montag wurden sie durch die Stadt geführt, am Mittwoch besuchten sie das Europäische Parlament, sprachen mit dem Bürgermeister von Strasbourg. Ausführlich erzählte er von den Problemen der Jugendlichen. Alfred Gomolka, der ehemalige Ministerpräsident von Mecklenburg/ Vorpommern, jetzt Abgeordneter des Europäischen Parlaments, begrüßte sie und unterhielt sich mit ihnen.
Am Donnerstag fuhren sie in die Vogesen, besichtigten den berühmten Isenheimer Altar von Matthias Grünewald in Colmar und erlebten das Weinstädtchen Riquewihr.
In Karlsruhe machte der Bus ebenfalls Station und sie schauten in den wunderbaren botanischen Garten und das Schloss, von dem strahlenförmig alle Straßen abgingen. Und dann war die ganze Woche schon verflogen und es ging heimwärts.
Um in Sachen Musik auf dem neuesten Stand zu bleiben, hatte sich Inge für ein Wochenend- Seminar in der Akademie Remscheid beworben. Sie wurde angenommen und fuhr über Hamburg mit dem IC nach Wuppertal und von dort mit der Regionalbahn nach Remscheid. Nach neun Stunden kam sie am Nachmittag in der Akademie an und stellte verwundert fest, dass sie sich unter lauter Professoren und Doktoren befand.
Idyllisch lag die Musik-Akademie im Wald. Professor Wicke, der den Lehrstuhl für Pop-Musik an der Humboldt-Universität in Berlin innehatte, referierte über die Rock-Ikone Michael Jackson am Beispiel seines Liedes im Video „Dangerous." Der Vortrag begeisterte und spontan fragte sie in der Diskussion: „Und wie bringe ich das meinen Schülern bei?"
Lächelnd gab Professor zur Antwort: "Deswegen bin ich Musikwissenschaftler und nicht Pädagoge geworden!"

Am nächsten Tag referierte ein Dozent über die Verwerfungen in der Gesellschaft, ein Professor, der noch nie vor einer Klasse gestanden hatte, sondern immer nur Weiterbildungen an Hochschulen durchführte.
Danach wurde in zwei Arbeitsgruppen diskutiert. Inge schloss sich der Gruppe an, die Schularbeit zum Inhalt hatte, die andere Gruppe befasste sich mit dem Lehrplan.
Ein junger Berliner Grundschullehrer (Musik), Meinhard Ansohn, gefiel ihr besonders. Er hatte eine Kassette mit eigenen Liedern mit, die Inge sofort kaufte, weil sie eine Bereicherung ihres Liedgutes darstellten und für neue Lieder brannte Inge ständig.
Natürlich unterhielten sich die Lehrer der ehemaligen DDR besonders gern miteinander und Inge nahm das Angebot von Dr. Freytag, einem Musikpädagogen aus Berlin an, sie bis Berlin im Auto mitzunehmen.
Die siebenstündige Fahrt bot ihnen die Gelegenheit, alle Bereiche ihres Musiklehrer-Lebens zu berühren. Freytag war beim Verfassen eines neuen Volksliederbuches für einen österreichischen Verlag, das interessierte sie sehr.
Bereits am Montag sang Inge in der fünften Klasse den Kindern das Lied „Lasst die Tiere in Ruh!“ vor, die begeistert das neue Lied zum Schutz der Tiere erlernten.
Julias vierter Geburtstag stand bevor. Inge rief bei Angela an, ob sie Julia am Sonntag besuchen dürfe. Sie war willkommen.
Früh um acht Uhr trabte sie zum Bahnhof und fuhr mit dem Regionalzug nach Pasewalk.
Zaghaft kam die Sonne hervor, der Schnee war geschmolzen und etwa fünf Grad zeigte das Thermometer. Im Juni 1970 war sie das letzte Mal diese Strecke von Sponholz aus gefahren, da ging es zur Geschichtsprüfung nach Greifswald mit Umsteigen in Pasewalk. Inge erinnerte sich, wie verzagt sie auf dem Bahnsteig stand und versuchte, alle „Feudalismus-Fakten“ in ihrem Gedächtnis zu reaktivieren. Damals war es Juni, nun war es November. Tiefgrüne Wintersaaten, dicke, dunkelblaue, tief hängende Wolken und goldenes Birkenlaub sah sie, es war eine einzigartige Farbsinfonie.
Angela holte sie vom Bahnhof Jüterbog ab. Julia versteckte sich zuerst beim Betreten der Wohnung hinter der Tür, kam aber bald hervor, als Inge aus James Krüss´ Buch „Hü und Hoppla“ vorlas. Julia wurde bald müde und streckte sich auf Inges Knien aus. Zum Geburtstag hatte sie ein Keyboard bekommen.

Viel zu schnell verging die Zeit und kurz vor fünf Uhr abends fuhr bereits ihr Zug. Julia winkte am Bahnhof und rief als letztes: „Grüß´ Tante Susanne!"

***16. Dezember 1995***

***Nun ist alles überstanden. Enormer Wetterumschwung ( +5 Grad) führte zu massenweisen Erkrankungen der Lehrer. Heute ist auch mein Hals krebsrot und schmerzt. Die Lehrerweihnachtsfeier am gestrigen Abend hätte ich mir verkneifen sollen. Zu dünn angezogen, dann 22.30 Uhr ins eiskalte Auto gestiegen. Kein Wunder. Die angekündigte Weihnachtsfeier war nichts anderes als ein Besäufnis. Exakt hatte jeder seine „Freundin" neben sich gesetzt, ich saß ganz außen. Der ungewohnte Arbeitsvormittag am Mittwoch mit anschließender Generalprobe (5./ 6. Stunde) machte mir zu schaffen. Der Krach, die Hektik, das Geschrei der Kinder waren mir alles zu viel. Um 16 Uhr fuhr ich noch kurz zum Curie-Gymnasium, wo die Durchlaufprobe für die Soiree stattfand (die 10. Klassen). Aber auch da war mir die Unruhe unerträglich. Durch das Mischpult, mehrere Mikrofone und Scheinwerfer, die an einer Steckdose angeschlossen waren, wurde diese so sehr überlastet, dass das Keyboard plötzlich verrückt spielte. Alle Tasten leuchteten mit einem mal auf, bei „White Christmas" war die falsche Tonart eingespeichert. Ich hatte keine Brille, war geblendet vom Scheinwerfer, es war richtig schlimm. Eingeklemmt, über einen Stuhl steigend, konnte ich auch nicht sofort raus. Und so gut hatten die ersten beiden Lieder „O, du stille Zeit" und „Leise rieselt der Schnee" geklappt. Jana war noch krank. Kathleen übernahm eine Strophe, blieb aber im Text hängen. Ich klärte auf und tröstete und unter Beifall sang sie noch einmal die erste Strophe „Vom Himmel hoch" wunderschön. Am nächsten Tag bewältigte ich mit Frau Rosenow und den Kindern die dritte Aufführung unseres Weihnachtsprogramms.***

Am Samstag, dem 23. Dezember war die Musical-Fahrt nach Hamburg. Am Morgen hatte es gefroren, die Straßen waren spiegelglatt. Inge überlegte und zog Socken über die Schuhe, so gelangte sie ohne Sturz den Brauberg hinunter zur Bushaltestelle.

Es war eine wundervolle Aufführung. Der Darsteller des Raoul, ein Sänger aus Chemnitz, war sängerisch besser als das Phantom. Susanne saß in der sechsten Reihe im Parkett, ihre Karte kostete 180 Mark, Inges Weihnachtsgeschenk. Nachdem der erste Beifall aufbrandete, verließ Inge mit den Schülern das Theater. Das war klug, denn sofort bekamen sie ihre

Garderobe und waren bereits kurz vor sechs Uhr abends auf dem Bahnsteig. Jeder konnte sich noch eine Kleinigkeit zu essen kaufen.
Endlos schien die Rückfahrt. Beim Umsteigen in Bützow atmete Inge tief durch, endlich wieder klare, reine Mecklenburger Luft. Katjas Bruder nahm Inge mit dem Auto bis zum „Sandkrug“ mit.
Das erste Weihnachtsfest ohne Oma.
Inges Exmann hatte wieder Arbeit gefunden und richtete sich im Haus ein. Das große Zimmer im Erdgeschoss, das anfangs als Kinderzimmer, später als Fremdenzimmer diente, war nun durch den Auszug ihres letzten Untermieters freigeworden und Klaus hatte seinem Vater den Vorschlag gemacht, sich ein Wohnzimmer darin einzurichten und im kleinen Zimmer, das einmal Jörg bewohnte, zu schlafen. Inge wagte nicht zu widersprechen, hatte sie doch gemerkt, wie wichtig seine Hilfe in allen Angelegenheiten, das Haus betreffend, war. Im Handwerklichen war Tom unschlagbar.
Oma Margarete hatte wie alle Jahre eine Weihnachtsgans geschenkt und Tom war natürlich zum Weihnachtsessen eingeladen.
Einen wunderbaren Spruch fand Inge in einem Artikel von Pastor Rabe „Auswandern müssen oder heimkehren können“, er stammt aus Island:

> „Nicht, dass jedes Leid dich verschonen möge,
> noch, dass dein zukünftiger Weg stets Rosen trage,
> keine bittere Träne über deine Wange komme und kein
> Schmerz dich quäle, dies alles wünsche ich dir nicht.
> Sondern: dass dankbar du allzeit bewahrst die Erinnerung
> an gute Tage. Dass mutig du gehst durch Prüfungen,
> auch wenn das Kreuz auf deinen Schultern lastet, auch
> wenn das Licht der Hoffnung schwindet.
>
> Was ich dir wünsche:
> dass jede Gabe Gottes in dir wachse, dass einen Freund
> du hast, der deiner Freundschaft wert.
> Und, dass in Freud und Leid das Lächeln des menschgewordenen
> Gotteskindes dich begleiten möge!“

Das nächste große Ereignis wurde verkündet: Hochzeit am 6. Juli 1996.

Das Damokles-Schwert einer eventuellen Entlassung spürte Inge über

ihrem Haupt. Nachdem sie einen Antrag auf Vorruhestand gestellt hatte, zog sie den Anfang April zurück, denn bei der Bundesanstalt für Arbeit war ihr die Höhe der eigenen Rente gesagt worden. "
Es gibt zu viel Lehrer in Neubrandenburg, wir müssen einfach abbauen!", sagte man ihr im Schulamt. Wo geht unserer Bildung hin? dachte Inge. Etliche Lehrer glauben wohl, Musik unterrichten zu können, auch wenn sie nicht e i n Instrument beherrschen.

*7. April 1996*

***Unser Frühlingskonzert hat doch tatsächlich den Frühling hervorgelockt. Traumhaftes Wetter, Sonnenschein, laue Luft. Die ersten Bienen und Hummeln schwirren durch die Luft.***

***Gestern sah ich einen Zitronenfalter und ein Pfauenauge. Die Angst und das Lampenfieber vor dem Auftritt waren wieder ganz schlimm, um vier Uhr war die Nacht für mich zu Ende. Um acht Uhr war ich bereits in der Stadt, Aufschnitt kaufen, Brotbüchse für Klaus als Ostergeschenk, Fotoalbum für Susanne, dann Kirschtorte belegen. Um dreiviertel drei fuhr ich los. Eine bildhübsch anzusehende Katja erwartete mich bereits am Eingang zum Schloss Kittendorf. Schüchtern übergab sie mir ein Osterei (echt Nougat, das ich so liebe).***

***Nach und nach trudelten alle ein, bis auf Fanny und Benjamin. Nach dem Einsingen stellten wir fest, dass Daniels helle Stimme immer herauszuhören war. Katja, Jana und Janine meisterten mit Bravour ihre Lieder. Ich sah ein, dass wirklich nur die besten Sänger auftreten dürfen. Der Chor war rechts platziert, der weiße Steinway-Flügel in der Mitte vor dem Fenster (der Saal heißt ja auch Gartensaal), im Halbkreis angeordnet die Biedermeiersessel. Es waren dreizehn Sängerinnen und Sänger mit ihren Eltern, Geschwistern z.T. auch Großeltern gekommen, also fast dreißig Plätze waren von uns besetzt, den Rest bildeten die Hotelgäste. Wie erwünscht, sangen wir also vor großem Publikum. Genau sechzig Minuten dauerte das Programm. Mir war unheimlich heiß geworden.***

***Herr Trettler, der Schlossbesitzer, kündigte uns mit freundlichen Worten an, anschließend sangen wir mit dem Publikum „Der Mai ist gekommen". Susanne und Klaus waren auch gekommen und bestätigten mir anschließend, dass der Chor besser gewesen wäre, als vor zwei Jahren. Herr Trettler bedankte sich anschließend und machte noch eine Führung durch die Bibliothek. Das Schloss war bis zur Vertreibung 1945 der Sitz der Familie von Oertzen. Zum Abschied überreichte er***

***uns die Spende der Zuhörer: 195 Mark für die Chorkasse.***
***Allen hatte es gefallen und viele Eltern bedankten sich bei mir für den schönen Nachmittag. Während wir probten, sahen sich viele den Park an. Überglücklich nach diesem Erfolg fahre ich nach Hause und erlebe die sprichwörtliche kalte Dusche: Tom erzählt von der Silberhochzeit seiner Verwandten am Karfreitag in Grünplan. Klaus ist beim Abendbrot und richtet den Salat an, alle Vorräte standen auf dem Tisch, Tom wie selbstverständlich eingeladen. Er hatte trotz meiner vorherigen Absage eine tiefgefrorene Ente gebracht, die sollte ich Sonntag braten, da er Montag bei Oma sei. Der Herr bestimmt schon wieder, als sei er hier der Chef. Ich war zu gut gelaunt, um mich zu ärgern. Der Abwasch blieb mir.***
***Klaus setzte sich sofort an den Fernseher. Ich machte die Rouladen fertig und kam abends um zehn Uhr aus der Küche. Dann verlangte ich energisch, die Nachrichten zu sehen. Schweigend zog er ab, sein Film war ohnehin zu Ende. Bei seinem Vater trank er dann Whisky, ich hörte die Eiswürfel klimpern. Susanne hatte nur ein Thema: Schwierigkeiten mit Mark, Tränen flossen.***
***Sonntagmorgen gingen wir um halb zehn Uhr zum Festgottesdienst, die Ente hatte ich doch vorher fertig gemacht, angebraten und in den Ofen geschoben. Pastor Rabe predigte, es war eine gute Stunde. Anschließend fuhren Susanne und ich zum Friedhof, kauften eine Rose im Blumengeschäft und legten sie auf Omas Grabstein.***
Der Frühling hatte nur einmal ein Gastspiel gegeben, nach Ostern wurde es wieder kalt, Schneetreiben setzte ein.
Wieder gab es Ärger in der Schule. Ein Schüler sagte in der:“ Der Schulleiter hat gesagt, dass dieses Jahr drei Lehrer entlassen werden? Gehören Sie auch dazu?“ Er dürfe nicht sagen, wer diese drei seien. Eigenartig, die Kollegen liegen völlig im Unklaren und der
Schulleiter sagt so etwas zu Schülern. Als Inge im Lehrerzimmer eine Kollegin fragte, bestätigte sie die Worte, auch sie hatte ein Schüler gefragt. Noch am Abend klingelte das Telefon. Ihr Chef wollte den Namen des Schülers wissen, der das geäußert hatte.
Die Einladung zur Hochzeit kam. Claudia hatte eine Pension in Pillnitz gefunden, denn Inge wollte einen Tag früher mit Susanne anreisen, um nicht unter Stress zu stehen.
In der Kirche „Maria am Wasser“ in Hosterwitz bei Pillnitz sollte am sechsten Juli um 14 Uhr die Trauung stattfinden.

Die Sehnsucht nach Julia wurde so stark, dass Inge telefonisch fragte, ob sie am Samstag vor Muttertag einen Besuch in Jüterbog machen dürfe. Angela war einverstanden und früh um sieben fuhr Inge mit dem Auto los. Etliche Baustellen und Umleitungen erschwerten die freie Fahrt, aber dann war sie doch endlich angekommen. Tiefe Enttäuschung nach dem Klingeln: keiner zu Hause. Dann mache ich eben einen Spaziergang, dachte Inge, gesessen habe ich genug und spazierte durch die Hauptstraße von Jüterbog. Am Backsteintor las sie erstaunt auf einer Tafel:

> Wer seinen Kindern gibt das Brot und leidet
> danach selber Not, den schlage man mit der Keule tot

Was für ein Spruch!
Zwei Uhr war es inzwischen geworden, die Mittagsmüdigkeit machte sich bei Inge bemerkbar. Noch einmal klingelt sie an der Haustür in der Mönchenstraße und diesmal schaute Angela aus dem Fenster. Julia kam in weinroten Strumpfhosen, weinrotem Pulli und Seidenkleidchen aus der Haustür, bildhübsch anzusehen. Inge übergab ihr ein paar Süßigkeiten, nahm den Roseneibisch-Blumentopf für Angela aus dem Auto und ging die Treppen hinauf. Julia zeigte sofort ihr Zimmer und wollte mit ihr spielen. Der Plumpsack geht rum, Verstecken und Haschen waren angesagt. Inge war restlos glücklich und viel zu schnell verging die Zeit. Vorsorglich gab ihr Angela etwas zu trinken und ein Vesperbrot mit. Sie konnte es gut gebrauchen. Dreieinhalb Stunden fuhr sie zurück. So viel Frohsinn hatte sie lange nicht mehr erlebt.

Himmelfahrt fuhr Inge das erste Mal nach Hamburg, um Susanne zu besuchen. Sie überlegte, dass am Herrentag wahrscheinlich viele Männer auf ihr Auto verzichten und lieber ein Bier trinken, wandern oder feiern. Die Autobahn würde also nicht so voll sein. Inge hatte richtig gedacht. Ganz zügig kam sie voran, denn anhand des Autoatlas´ hatte sie sich Tage vorher alle Kreuzungspunkte und Fernverkehrsstraßen herausgeschrieben. Das war optimal, denn so verfuhr sie sich nicht ein einziges Mal. Als sie um 12 Uhr an der Stadtgrenze von Hamburg ankam, wurde es schwierig, nach dem Berliner Tor das große Fragezeichen, wie weiter? Sie verfuhr sich und landete erst eine Stunde später in der Müggenkamp-Straße bei Susanne.
Es war herrliches Wetter und sie fuhren zum Stadtpark, den Susanne für

sich entdeckt hatte. Überall tummelten sich Kinder beim Spielen und auf der Wiese lagen Menschen und aalten sich in der Sonne.
Am nächsten Tag regnete es in Strömen. „Ich wollte doch schon immer mal nach Husum, um das Geburtshaus von Theodor Storm kennen zu lernen, wollen wir nicht hinfahren?“ fragte Inge Susanne. Sie war einverstanden und glücklich, einmal Auto fahren zu dürfen. Die graue Stadt am grauen Meer, es war genau, wie im berühmten Gedicht von Storm.
In Husum parkten sie auf dem Gelände der Stadtwerke, am Wochenende würde wohl keiner etwas dagegen haben. Es war kalt, der Nordwestwind pfiff. Die Marschen leuchteten im satten Grün, Schafe grasten auf den Deichen. Nach dem Essen in einer Fischgaststätte besuchten sie das Storm-Haus. Inge kaufte zwei Bändchen mit den Novellen „Viola tricolor“ und „Aquis submersis“, vielleicht würde Susanne auch Gefallen an dieser Lektüre finden. Inge liebte die Novellen von Theodor Storm seit frühester Kindheit. Sie hatte sich nicht getäuscht, Susanne war begeistert, als sie es später las.
Am nächsten Tag schien wieder die Sonne. Inge brauchte dringend ein Paar Schuhe und Susanne war gern bereit, beim Einkauf zu helfen. Im Winterschlussverkauf fand sie auch die passenden Pumps und so beschlossen sie, einen Spaziergang um die Außenalster zu machen. Die Kerzen der Kastanien ragten mächtig in die Höhe, überall blühte es, Inge fotografierte unaufhörlich.
Festhalten, ja festhalten wollte sie diese Naturschönheiten. Es war ein langer Weg und sie beschlossen, von der „Schönen Aussicht“ aus mit dem Dampfer bis zum Jungfernstieg zu fahren. Nun kamen sie in das richtige Samstaggewühl, Menschen über Menschen.
In einem griechischen Lokal stillten sie ihren Hunger und als sie um vier Uhr am Nachmittag bei Susanne ankamen, hatten sie nur noch einen Wunsch: ausruhen, schlafen.
Am Sonntagmorgen verabschiedete sich Inge und fuhr zurück nach Neubrandenburg, die Fahrt war noch einmal ein Erlebnis. Je weiter sie in den Süden fuhr, desto stärker strahlte die Sonne.
Für das Pfingstfest meldete sich Susanne ab, Inge war froh, dass sie sich in Hamburg einzuleben begann.
Der Grabstein war geliefert und vom Steinmetz aufgestellt worden. Inge beschloss, eine Ligusterhecke um Omas Grab zu pflanzen. Im Baumarkt erstand sie eine zweijährige Hecke, die bereits fünfzig Zentimeter hoch gewachsen war. Vier laufende Meter reichten, meinte der Verkäufer.

Es hatte geregnet und war günstig zum Pflanzen.
Klaus war bereit, ihr beim Ausgraben und Stecken der Hecke zu helfen. Er grub mit dem Spaten, tarierte die Löcher aus und Inge stellte die Wurzeln der Hecke hinein. Die bereits im Vorjahr angewachsenen Setzlinge nahm sie mit nach Hause und pflanzte sie an der Mauerkante zum Nachbargrundstück, als ein Sichtschutz. Nun würde Omas Grab eine schöne Einfassung haben, Inge dachte an eine kleine Bank, die sie später einmal aufstellen würde.
Klaus war für ein einjähriges Zusatzstudium in den USA vorgeschlagen. Er bangt jedoch ein wenig wegen der Sprachbarriere. Überraschend kam von der Fachhochschule Merseburg die Mitteilung, dass er zum Fulbright-Stipendium (eine amerikanische Stiftung für Studierende) vorgeschlagen sei.
In den Pfingstfeiertagen nahm sich Inge die Zeit und leerte den Korbkoffer von Oma, der in der Garage stand. Dahinein hatte Inge beim Auszug aus der Wohnung Omas zahlreiche Bücher gepackt. Nun sortierte Inge die Bücher: englische und französische Literatur, DDR-Literatur und Reisebeschreibungen. Dabei fand sie die Lederbüchertasche ihres Stiefvaters. Sie enthielt alle wichtigen Papiere seines beruflichen Werdeganges. Gerade hatte die Oberfinanzdirektion Düsseldorf an Inge geschrieben und eine Nachversicherung angekündigt. Dazu musste sie viele Unterlagen einreichen. Aus lauter Wut wegen der entstehenden Arbeit wollte Inge das Schreiben schon in den Papierkorb werfen, ein Glück, dass sie es nicht getan hatte. Sie stellte fest, dass sie vom Leben ihres Stiefvaters gar nichts wusste. Seine erste und zweite Lehrerprüfung bestand er 1916 und 1922, mit neunzehn Jahren musste er in den 1.Weltkrieg. Auch seine Versicherungspapiere fand sie. Nun schrieb sie nach Weißenfels und erbat beim Standesamt die Kopie seiner Geburts-und Heiratsurkunde. Es ging um die Festsetzung der Witwenrente von Oma.
In diesem Jahr brauchte Inge nicht an der Musikprüfung der Realschulklassen teilnehmen. "Wir haben Frau Leihward in die Prüfung genommen." Sie ist Mathematiklehrerin und nicht Fachlehrer für Musik. Es fiel Inge schwer, ruhig zu bleiben, offensichtlich wollte man ihr zeigen, dass man sie nicht mehr als zugehörig rechnete.
***6. Juni 1996***
***Susanne rief Dienstag an, dass sie schreckliche Halsschmerzen hat und Verdacht auf Scharlach besteht. Der Arzt hat Penicillin verschrieben. Aufregung durch den Chef, der gestern anrief, ob es bei meinem An-***

***trag auf Vorruhestand bleibt. Ich erkundigte mich bei Lilo, die sagte, dass ich nur unter der Bedingung zu stimmen solle, wenn das Personalkonzept realisiert würde. Da der Arbeitsminister Blüm das Rentenalter ab 1997 erhöhen will, werde ich wohl auch später als 2000 in Rente gehen können. Im Gespräch ist, für jedes geborene Kind, ein Jahr Abzug (Rentenalter) zu gewähren. Das sind bei mir vier Jahre, also doch schon 1998 Vorruhestand. Das Ministerium in Schwerin wartet auf Anweisungen aus Bonn, Neubrandenburg auf Anweisungen aus Schwerin und so weiß Niemand richtig Bescheid.***

***Dienstag habe ich Jörg eintausend Mark als Geschenk für die Hochzeit überwiesen. Noch immer habe ich kein Lebenszeichen von ihm. Es schmerzt sehr. Heute Morgen rief ich Claudia an. „Ich kann nicht sprechen, Malte ist an der Tür, habe Friseurtermin."***

***Gestern habe ich die Hecke auf dem Friedhof gegossen, es war höchste Zeit.***

***Ein schöner Abend, ich sitze im Garten, noch immer scheint die Sonne. Es sind die hellsten und längsten Tage des Jahres. Alles grünt in verschwenderischer Fülle und überall singen die Vögel in den Gärten um uns herum.***

In der Dienstberatung platzte die Bombe, als der Chef die Perspektive der Kooperativen Gesamtschule bekannt gab. 2004 soll die Schule aufgelöst werden, Haus A wird Berufliche Schule, Haus B wird Grundschule. Die KGS soll im Gebäude der ehemaligen Oberschule IX an der Schwimmhalle aufgebaut werden. Die Kollegen waren aufgeregt, Jeder rechnete sich seine Chancen zur weiteren Beschäftigung aus. Für Inge war das kein Grund zur Aufregung.

Sie wusste, dass sie 2004 bereits in Rente sein würde. Aus den vier fünften Klassen hatte sie einen neuen Chor gebildet, begeistert sangen und probten die Schülerinnen und Schüler. „Moskauer Nächte" hatte sie wieder entdeckt, ein romantisches Lied in russischer Moll-Intonation.

Susannes Scharlach erwies sich als eine Streptokokken-Erkrankung, sie blieb jedes Wochenende in Hamburg und kurierte sich aus.

Der Schulleiter hatte den jährlichen Wandertag, das Dankeschön für die vielen Auftritte des Chores im Jahr, für Anfang Juni gestattet. Inge schlug eine Fahrradtour zum Südufer des Tollensesees nach Prillwitz vor.

Sonnenschein erfreute sie gleich am Morgen. Punkt neun Uhr starteten sie von der Oberbach-Brücke aus. Schon nach wenigen Minuten passierte ein großes Malheur: hinter der Gaststätte „Onkel Willi" stürzte Katja,

das Pedal war verbogen. Ratlos und kreidebleich stand sie da, aber zum Glück kamen ein paar halbwüchsige Jungs, die sich als echte Kavaliere zeigten und in Windeseile alles wieder in Ordnung brachten, so dass Katja wieder weiter fahren konnte.
Halb elf Uhr waren sie in Alt Rehse. Die alte LPG-Gaststätte war renoviert worden, ein Schrei der Bewunderung entrang sich Inge. Eine Hochzeitsgesellschaft war in der Gaststätte und die Kinder schlugen spontan vor, ihnen ein Ständchen zu bringen. Nachdem sich jeder aus der Speisekarte ein Mittagessen ausgewählt und gegessen hatte, gingen sie nach draußen und sangen sich ein. „Gegen manche Traurigkeiten“, „Freunde lasset uns beim Singen“ und „Frage“ brachten sie zu Gehör. Die Brautmutter war zu Tränen gerührt und spendierte den Kindern ein Eis. Inge drückte sie beim Abschied fünfzig Mark in die Hand. Inge war sprachlos, nun wurde das Mittagessen gleich bezahlt.
Schon nach einer halben Stunde kamen sie in Prillwitz an und es war kein Halten mehr. Die Kinder wollten unbedingt baden. Nur Jana und Katja unterließen es. Es war ein schönes friedvolles Zusammensein der Kinder. Das ehemalige Jagdschloss der Herzöge von Mecklenburg-Strelitz, später Ferienheim des Energiekombinates Neubrandenburg war zu einem Hotel umgebaut worden. Der Erker stilvoll renoviert. Sie schaute sich alles mit den Kindern an und fotografierte auch. Sie kaufte jedem Kind noch einmal ein Eis, denn es war sehr heiß geworden.
Katja drängte zur Heimfahrt. Der große Berg in Zippelow war rasch erstiegen, aber wo blieben Dana und Steffen? Sie hatten etwas am Strand liegen gelassen und waren zurück geradelt. Den gleichen Weg wollten die Kinder nicht wieder zurück fahren und Inge schlug vor, die Landstraße von Penzlin über Werder, Lübkow und Siehdichum zu radeln. Unbarmherzig brannte jetzt um zwei Uhr die Sonne auf sie herab. In Lübkow waren ihre Kehlen so ausgedörrt, dass Inge um Wasser bat, das wurde ihnen von einem Eigenheimbesitzer gleich aus dem Wasserschlauch angeboten.
Halb fünf waren sie in Alt Rehse, die Kinder waren schon wieder so verschwitzt, dass sie noch einmal ins Wasser tauchen wollten. In Alt-Meiershof konnten sie das nach Herzenslust. Die Mücken begannen, sie zu plagen. Inge erkundete den Weg, um gleich am Ufer auf den Radweg zu gelangen, ohne erst wieder zur Kastanienallee die Fahrräder hoch zu schieben. Es glückte und um sechs Uhr abends waren alle umgezogen und bereit zur Heimfahrt.

Sie fuhren gleich über die Fachhochschule, Jahnstraße, Kläranlage und Reitbahnsee zum Datzeberg, das war die kürzeste Strecke.
Noch immer war sich Inge nicht klar, was sie tun sollte. So völlig raus aus der Schule, das konnte sie sich nicht vorstellen. Dann habe ich ja gar keine sozialen Bindungen mehr, überlegte sie. Aber achtzig Prozent für das Nichtstun bekommen, statt fünfzig Prozent und arbeiten war eben eindeutig. Was auf die Rentner zukommt, das wusste niemand, nur eins stand fest: Vater Staat hat kein Geld.
Nun war erst einmal die Abschlussfeier der Abiturienten. In der Oststadt im großen Saal des Berufsausbildungszentrums fand die Feier statt. Gleich nach der Verleihung des Ordens" König Heiko der Gütige" bekam Inge den Orden eines „Zeremonienmeisters". Als alle nach vorn gerufenen Kollegen stumm wie die Fische dastanden, hatte Inge bereits ihre Rolle aufgeknüpft und entrollte ein weißes T-Shirt mit der Aufschrift:
„Frau Templin ist eine temperamentvolle Frau, doch leider nahm keiner die Musik sehr genau. Mit viel Geduld ertrug sie unsere Launen, über so viel Verständnis konnten wir nur staunen".
Darunter die Tonsilben k-p-t, blip, blap, blop, mit denen sie jede Einsinge-Übung begann.
Janine hatte sie eine Glückwunschkarte und eine Fotoalbum geschenkt. Drei Fotos vom Auftritt im Schloss Kittendorf hatte sie schon eingeklebt. Janine freute sich sehr darüber. Inge setzte sich zeitweise zu ihr und ihrem Freund, der Inge sogar einmal zum Tanz aufforderte. Es war angenehm, wie liebevoll die Atmosphäre war. Viel Komplimente bekam Inge für ihr Aussehen. Sie hatte eine schwarze ärmellose Bluse mit drei seitlich befindlichen Perlmuttknöpfen zum schwarzen Lurex-Rock angezogen. Den hatte sie 1972 nach Susannes Geburt in Woldegk vom Schneider zuschneiden lassen und selbst fertig genäht. Er passte noch immer.
***16. Juni 1996***
***Gestern kam seit acht Wochen das erste Mal Susi wieder nach Neubrandenburg. Ich holte sie am Nachmittag vom Zug ab. Sie hatte einen dunklen Blazer mit Nadelstreifen zur Niethose an und sah umwerfend aus. Abends hatte ich die Einladung zur Abschlussfeier der Realschulklasse angenommen. Es war enttäuschend. Diana, auch Chormitglied, überreichte ich wie Janine ein Fotoalbum mit Fotos vom Auftritt in Kittendorf. Man vergaß mich total, ich war nur Wahlpflicht-Lehrer. Der Freund von Diana brachte mir dann noch nachträglich eine Rose. Nachdem ich dem tollen Büfett ordentlich zugesprochen und das ers-***

***te Mal Hummer gegessen hatte, verzog ich mich kurz nach neun und schlief mich mal richtig aus.***

Am Dienstag war sie im Schulamt bestellt. Nach drei fast schlaflosen Nächten hatte sie sich durchgerungen: sie unterschrieb den Aufhebungsvertrag nicht. Am 31.7.1998 wollte sie in den Vorruhestand gehen. Das gute „Zureden“ der lieben Kollegen hatte doch nur den einen Zweck, weg mit ihr, um anderen Lehrern Platz zu machen. Ihr Musikraum sollte demnächst einen neuen Fußbodenbelag und neue Tische bekommen, jetzt, wo sie gehen sollte und wofür sie jahrelang gekämpft hatte.

Das Abschlussfest in der Turnhalle bildete den Höhepunkt des Schuljahres. Zwanzig Schüler umfasste ihr Chor. Dana und Steffen sangen wie zwei Profis die Soli beim Lied „Gegen manche Traurigkeiten“. Der Saal klatschte und sang frenetisch mit, als sie „Wir sind die Kinder des Rock´n Roll“ darboten. Daniel, als weiß geschminkter und gekleideter Geist, überreichte ihr einen Blumenstrauß.

Inge setzte sich nach ihrem Auftritt zu den Kindern auf die Matte und verfolgte das Programm weiter. Katja sang ein französisches Schlagerlied, in play back Begleitung. Drei Tanzpaare von Frau Engel tanzten nach Melodien aus dem Musical „Phantom der Oper“, Marika machte ganz allein Aerobic und Janine Jazz Dance mit zwei Freundinnen. Eine Schülerin aus der neunten Klasse spielte auf dem Keyboard ein selbstkomponiertes Lied und mit einer Kelly-Nachahmung „We are the world“ und bei gemeinsamen Gesang aller Beteiligten endete das Fest. Etliche ehemalige Schüler waren gekommen.

In der letzten Dienstberatung vor den Sommerferien wurden Personalveränderungen bekannt gegeben. Von ihr wurde nicht gesprochen. „Die Fronten haben sich derart verhärtet, geh´ lieber an eine kleine Landschule“ riet ihr die Kunsterzieherin.

Als Inge am Donnerstag über den Schulhof ging, begegnete ihr Karin Bless aus der ehemaligen vierten Oberschule. Als Inge fragte: “Was machst Du denn hier?“ antwortete sie: „Ich bin Deine Nachfolgerin!“ „Davon weiß ich ja gar nichts!“ antwortete Inge verblüfft. Daraufhin schlug Inge vor, gleich gemeinsam zum Chef zu gehen, um die Sache aufzuklären. „Davon habe ich nichts gewusst! Jetzt habe ich wieder Stunden-Überhang!“ war sein Kommentar.

Inge erfuhr von Karin, dass sie in Drosedow eine Musikweiterbildung abgeschlossen habe. Völlig kopflos lief Inge nach Hause, nachdem die Worte des Chefs in ihrem Hirn hämmerten:

“Ich bin an einer Weiterarbeit mit Ihnen nicht mehr interessiert!“
Am Sprechtag ging sie in das Schulamt. Schulentwicklungskonferenz war für den Nachmittag anberaumt. “Kommen Sie am ersten Juli wieder, dann haben wir eine Lösung für Sie gefunden!“ Schöne Aussichten, mit dieser Ungewissheit in die Ferien gehen zu müssen. Aber sie war Schuld, durch ihren Rückzieher war der Wirrwarr entstanden.
Am Abend kam Heidi, die Fachberaterin für Musik, zu ihr. “Ratgeber Recht“, einen dicken Wälzer legte sie vor Inge hin und zeigte ihr den wichtigen Abschnitt: Kündigungsgründe des Arbeitgebers: “Wenn ein Arbeitnehmer durch Streitereien den Betriebsfrieden stört, kann der Arbeitgeber kündigen!“ Nun endlich ging Inge ein Licht auf, warum alle Kollegen neuerdings beharrlich in den Versammlungen schwiegen und sich zurückhielten.

Klaus und sein Vater waren die ersten, die zur bevorstehenden Hochzeit von Jörg und Claudia nach Dresden fuhren. Jörgs Schwiegereltern hatten für sie die Übernachtung in ihrem Eigenheim angeboten. Tom hatte versprochen, eine Gans mitzubringen.
Susanne kam Donnerstagabend von Hamburg und Freitagmorgen fuhren sie los, diesmal über die östliche Autobahn Prenzlau-Berlin-Dresden. Fünfundzwanzig Grad herrschten, als sie in der Mittagszeit in Dresden ankamen. Zuerst besuchten sie die Brühlsche Terrasse, kauften Malstifte und Luftballons für Malte, der ja am ersten Juli sein erstes Lebensjahr vollendet hatte.
Nun mussten sie die Pension “Staffelstein“ am Elbhang, oberhalb von Pillnitz finden. Dort ruhten sie sich erst einmal aus. Klaus und Jörg kamen gegen sieben Uhr abends und fuhren nach Freital zu den Schwiegereltern, Inge immer hinterher. Todmüde waren sie, als sie ankamen.
Am Samstag zeigte Inge Susanne den Park von Pillnitz und sie war begeistert. Als sie zum Parkplatz zurückkehrten, begegnete ihnen Rainer mit seiner Frau. Er sollte die Trauung vollziehen.
Ganz zeremoniell betraten die Brauteltern mit dem Bräutigam und nachfolgenden Gästen die Kirche. Welch´ ein Gefühl für Inge, an der Seite ihres geschiedenen Mannes zu einer Hochzeit zu schreiten und dann noch nebeneinander zu sitzen! In ihrem Inneren tobte es. Warum ging unsere Ehe schief, warum kann Vater nicht verzeihen? Wir gehören doch zusammen, haben das Leben gemeistert, sind nach einunddreißig Jahren mit einander verwachsen?

Aus den Augenwinkeln betrachtete sie Tom, nein, nichts, es war absolut keine Gemütsbewegung bei ihm zu erkennen. Du musst es endlich akzeptieren, Inge, du kannst die Vergangenheit nicht wieder hervorzaubern, es ist vorbei! So mahlte das Gedankenrad in ihrem Kopf.
Rainer hielt eine wunderbare Predigt." Vor zwanzig Jahren wähltest Du, lieber Jörg zwischen Abitur und Konfirmation. Du wähltest die Konfirmation und den schweren Weg!" Er sprach über den Beginn ihrer Freundschaft. Klein Malte krakeelte zwischendurch und zeigte auf die Holzstatue der Mutter Maria. Nach einer halben Stunde schritten sie beim Lied „Lobe den Herren" aus der Kirche, eifrig wurde fotografiert.
Halsbrecherisch war die Fahrt auf der Holperstraße durch den Wald zur Gaststätte „Meixmühle". In T-Form war die Hochzeitstafel gedeckt. Das Brautpaar saß in der Mitte, Inge und Tom rechts, die Eltern der Braut links. Neben Inge saß Claudias Schwester, daneben Klaus, Inge gegenüber saß Susanne, neben ihr saß Katrin, eine Cousine von Claudia. Die war nicht nur bildhübsch, sondern auffallend schüchtern und sehr liebreizend.
Als erstes wurde die Hochzeitstorte angeschnitten, dann die Geschenke ausgepackt. Jörg dankte allen. Der Brautvater sammelte nun das Übernachtungsgeld ein. Er hatte vergessen, dass Inge nicht in der Meixmühle, ehemaliges FDGB-Ferienheim, übernachtete. Nein, das hatte sie vierzig Jahre genossen, in so eine Herberge wollte sie auf keinen Fall mehr. Aber nun durfte sie natürlich nur e i n Glas Wein trinken und ein wenig saß ihr die Angst im Nacken, ob sie in der Nacht den unbekannten Weg mit dem Auto zur Pension in Pappritz finden würde.
Langsam begann Inges Magen zu knurren und endlich gab es Abendbrot. Zunge, gebratenes Rindfleisch, Schweinefleisch, Gemüse und Kartoffeln gab es in reichlicher Auswahl. Und dann wurde der Tanz mit dem Walzer des Brautpaares eröffnet. Inge unterhielt sich sehr nett mit Claudias Schwester Carola, die über ihre künstlerischen Ambitionen sprach. Einen Berufsabschluss als Krankenschwester hatte sie bereits.
Jörg tanzte auch einmal mit seiner Mutti, auch der Schwiegervater und ihr Exmann. Klaus traute sich endlich nach ein paar Bier ebenfalls zu tanzen. Er war in Stimmung gekommen. Mitternacht gab ihr Jörgs Freund Norbert die Gitarre und sie stimmte Volkslieder an, die die älteren Gäste gern mitsangen. "Horch, was kommt von draußen rein", „Wenn alle Brünnlein fließen", Reinhard Mays „Über den Wolken" und „Welche Farbe hat die Welt" fehlte nicht. Dann nahm ihr Jörg die Gitarre aus der

Hand und musizierte weiter: Stimmungslieder aus der Welt der Bergsteiger. Mit dem Lied „Wir sind auf der Löwenjagd“ brachte er die ganze Gesellschaft in Stimmung und zum Mitsingen.
Gegen Mitternacht brachen die ersten Gäste auf, Katrin war richtig traurig, so früh das Fest verlassen zu müssen, jetzt, wo es richtig schön wurde. Carola schmückte Claudias Bett mit Rosenblüten, stellte Kerzen in das Zimmer. Das würde eine schöne Hochzeitsnacht werden. Wurde es auch, denn ein Jahr später war bereits Clara auf der Welt.
Im Stockdunkeln führte der Schwiegervater Inge und Susanne mit der Stablampe zum Auto und halb zwei Uhr nachts begann die Suche nach Pappritz, zur Pension, welche Inge glücklicherweise ohne Schwierigkeiten fand. Das gute Essen forderte Tribut, der Magen schmerzte.
***28. Juli 1996***
***Vor zwei Stunden habe ich Susanne zum Zug gefahren. Es war ein schönes Wochenende mit ihr. Mit Susi kommt der Sonnenschein ins Haus. Braungebrannt, gut erholt, kam sie an. Zur Geburtstagsnachfeier hatte sich Susi Eierlikörtorte gewünscht und Klaus Zitronenkuchen. Susanne zeigte Fotos von ihrem Griechenland-Urlaub. Sie hat so viele junge Menschen aus ganz Deutschland dort kennengelernt.***
Am 2. August begann das neue Schuljahr. Alle Gymnasialklassen von sechs bis zehn waren ihr genommen worden. Geblieben waren ihr die beiden Musik-Kurse der 11.und 12. Klasse. Das neue Fach „Darstellendes Spiel“ durfte Inge bereits am ersten Schultag vertretungsweise in einer sechsten Hauptschulklasse geben, der absolute Horror. Zwanzig Minuten brauchte sie zur Einstudierung eines neuen Liedes. Ihre Chormitglieder Jana und Steffen aus der 9.Klasse kamen gleich in der ersten Pause zu ihr und klagten: „Erst nehmen sie uns den Klassenleiter weg und nun noch den Chor und die Musiklehrerin!“ Inge zog den ersten Tag bis fünfzehn Uhr durch.
Es kam noch schlimmer. Plötzlich musste sie auch noch zwischen den Unterrichtsstunden den Raum wechseln, ihre Büchertasche, die Gitarre und andere Unterrichtsmaterialien unter den Arm nehmen und ins Haupthaus wandern. Also drei Stockwerke hinunter, dann über den Schulhof in das Haupthaus. Nein, dachte sie nach einer Woche, das lässt du nicht mit dir machen. Immer hatte man ihr gesagt, dass gute Musiklehrer Mangelware sind.
Sie entschloss sich, das Kultusministerium in Schwerin anzurufen und die Stellenausschreibung für das Schuljahr 1996/97 zu erbitten. Natür-

lich wurden Musiklehrer gesucht, z.B. in Eggesin, in Grimmen, sogar in Gymnasien. Was sollte sie tun? Einen Versetzung-Antrag stellen oder am 15. August zum 30. September kündigen? Aber das Schuljahr war angelaufen und die Schulleiter hatten ihre „Löcher gestopft", wie einige ihr das am Telefon sagten, sie kam zu spät.
Es gab auch Lichtblicke, die beiden fünften Gymnasialklassen sangen sehr gern, interessierten sich auch für Gitarrenunterricht und den Chor. Ihr alter Chor war auseinandergebrochen, da die Sänger, die nun bei der neuen Musiklehrerin Unterricht hatten, bei dieser blieben. Auch die beiden Musikkurse der elften und zwölften Klasse machten Spaß, obwohl es die achte und neunte Stunde war (vierzehn bis fünfzehn dreißig Uhr) und die Schüler oft übermüdet und deshalb lustlos waren.
Inge setzte alle Hebel in Bewegung, um wieder normalen Unterricht geben zu können. Die Aussprache beim Schulpersonalrat war ergebnislos. "Was wollen Sie, ich habe auch die Einstufung als Realschullehrer und muss Hauptschulklassen unterrichten!" wurde ihr von einer jüngeren Kollegin entgegen geschmettert. Ein Besuch im Schulamt und dann ein Telefonat überraschten: "Im Gymnasium Ückermünde wird am 20. Oktober die Stelle des Musiklehrers frei, da könne Sie sich bewerben, wir brauchen nur die Zustimmung des Kultusministeriums!" Inge glaubte, nicht richtig gehört zu haben, ging von dannen und fühlte sich wie „auf Wolke sieben". Das war ein richtiges Geburtstagsgeschenk. Sofort rief sie von zu Hause den Schulleiter des Ückermünder Gymnasiums an, handelte einen Vorstellungstermin aus und schrieb einen Versetzung-Antrag.
An einem Mittwochnachmittag fuhr Inge nach Ückermünde und besuchte das „schönste und modernste Gymnasium Deutschlands", wie es neidvoll eine Oldenburger Lehrerin genannt hatte. Es war unweit der Straße nach Mönkebude gebaut worden, in der Nähe der ehemaligen Bezirksklinik für Neurologie und Psychiatrie. O, wie gut kannte Inge diese Straße! Unheimlich war es ihr, obwohl inzwischen vierundzwanzig Jahre vergangen waren, als sie das letzte Mal darüber lief.
Das Gymnasium hatte die Form eines Rundbaus, strahlenförmig von der Mitte aus gingen die Klassen ab. In der Mitte des Gymnasiums befand sich ein Atrium, bedeckt von einem Glasdach.. Wunderbar für Auftritte geeignet, ging es Inge durch den Kopf. Neben dem neugebauten Gymnasium stand ein zweites Schulgebäude für die unteren Jahrgänge. Mit einem überdachten Übergang waren beide Gebäude verbunden.
Der Schulleiter, Anfang fünfzig, erwartete sie bereits, führte sie in der

Schule herum und stellte ihr die Musiklehrerin Hoppe vor, die demnächst in Schwangerschaftsurlaub gehen würde. Albert Schweitzer lautet der Name des Gymnasiums und ein Requiem, das am Geburtstag Schweitzers im Januar vom Schulchor aufgeführt werden sollte, war das Thema, das die Musiklehrerin am meisten bewegte. Sie war etwa Mitte dreißig und zeigte ganz offen ihre Antipathie Inge gegenüber. Warum nur? dachte Inge, ich bin doch nur deine Vertretung.
Dann erfuhr sie, welche Klassen sie übernehmen sollte, alles Parallelklassen fünfte, siebente, achte, neunte und elfte Klassen. Eine Hürde musst nun noch genommen werden: sie brauchte eine Unterkunft.
Ückermünde ist ein Sommer-Urlaubsort die Zimmer, die sie besichtigte, hatten keine Heizung. In Mönkebude wurde ihr sogar eine richtige Fischerkate mit Reetdach und Lehmwänden angeboten, aber ohne Heizung. Inge lächelte, es erinnerte zu stark an Castrin und ihre ersten Jahre in Mecklenburg.
Im Lehrplan Musik 11./12. Klasse war Kirchenmusik ein Thema. Aus diesem Grund fragte sie die Schüler, ob sie am Sonntag eine Messe in der katholischen Kirche in Neubrandenburg besuchen würden. Fast alle Schüler waren gekommen. Am Sonntag besuchten sie die Heilige Messe in der Katholischen Kirche. „Das ist ja eine ganz andere Welt“ sagten sie anschließend. „Ja, es ist höchste Zeit, dass ihr diese Welt auch einmal kennenlernt!“ entgegnete Inge.
Am Freitag fragten die Kinder der fünften Gymnasialklasse, warum sie die Schule nach den Herbstferien verlassen wolle. Zu ihnen hatte sie eine enge Beziehung aufbauen können, weil die Kinder sehr musisch eingestellt waren. Am letzten Unterrichtstag hatte eine Schülerin den Fotoapparat mitgebracht und fotografierte, dann musste sie in fünf Poesiealben einschreiben. Sie bekam selbstgebastelte Geschenke und Blumen, auch der Schulleiter verabschiedete sie. Er war sichtlich erleichtert und dankte für ihre sechsjährige Arbeit an dieser Schule.
Dann räumte sie ihren Schrank aus und stellte fest, wie viel sich doch in so kurzer Zeit angesammelt hatte. Zwei Schüler halfen ihr, Bücher, Schallplatten und Bilder in das Auto zu tragen.
Inge fand im zweiten Anlauf in Ückermünde eine kleine Kellerwohnung im Eigenheim der Familie Gramzow in der Stralsunder Straße. Sie würde, wie so viele Mecklenburger, ein Pendler sein.
Es waren zwei Räume, ein Wohnzimmer und ein Schlafzimmer, sowie eine kleine Küche und eine Toilette, wunderbar ruhig gelegen. Ihr Blick

aus dem Fenster schweifte auf einen gepflegten Garten mit Koniferen, fast wie zu Hause, dachte sie. Absolute Stille herrschte, wenn der letzte Zug gegen 22 Uhr den nahegelegenen Bahnhof verließ.
Der erste Arbeitstag im Gymnasium.
Der Direktor hatte angewiesen, dass sie am ersten Tag in den Musikstunden der Musiklehrerin, die in Schwangerschaft gehen würde, zuhören solle. Als sie freundlich fragte, in welchen Raum sie nun gehen solle, keifte die Frau sie an: „Solange ich hier bin, unterrichte ich!" Inge war wie vor den Kopf geschlagen. Bestimmt hier die Fachlehrerin oder der Chef? ging es Inge durch den Kopf. Na, dann nicht, dachte sie trotzig und ging durch die Schule. Es hatte bereits zur Stunden- Vorbereitung geklingelt, als sie eine sechste Klasse laut schreien hörte. „Unsere Lehrerin ist noch nicht da!" Na, dann komme ich ja gerade recht, durchfuhr es Inge. Es klingelte zum zweiten Mal, Inge betrat kurz entschlossen die Klasse und begann mit dem Singen. Bass erstaunt war natürlich der stellvertretende Direktor, der nach der Klasse sehen wollte und Inge bereits in Aktion sah.
Es gab im Gymnasium zwei Musikräume, besser Säle. Sie versetzten sie geradezu in Entzücken. Der große Musiksaal war langgestreckt, hatte grüne Wände und ein Teppich (Auslegware) dämpfte jeden Schritt. Links neben dem Lehrertisch stand eine riesige Anlage, wie ein Turm aussehend, mit Kassettendeck, CD-Player und Plattenspieler. Große Fenster gaben den Blick nach draußen frei. Die Kinder der 7. und 8. Klasse packten ihre Blockflöten aus, sie waren gewohnt, sie mit in den Unterricht zu bringen. So lernten sie nicht nur spielend die Notenschrift, sie ersetzten auch das Singen für die Jungen, die sich im Stimmwechsel befanden. Das fand Inge sehr gut.
Inge wusste, wie sie die Kinder begeistern konnte. Sie führte das „Ferienlied" ein, dass sie in Biesenthal beim Lieder-Sommer vor neun Jahren kennengelernt hatte und unzählige Male einstudiert hatte. Dann wünschten sich einige Schülerinnen Marlene Dietrichs berühmten Song „Sag´ mir, wo die Blumen sind" und „Wie viele Straßen auf dieser Welt" und das in einer fünften Klasse! Das hatte sie immer erst in den neunten Klassen bei dem Thema „Chanson" eingeführt.
Am Nachmittag hörte sie beim Chor zu, es war die letzte Stunde der Kollegin und sie betonte, dass sie Ende März wieder da sei. Ein echtes Stück Arbeit, dieses Requiem von Janssen, stellte Inge fest und sie bewunderte die Lehrerin, die ruhig und bestimmt führte. Dann übergab sie Inge ihre

Stoffverteilungspläne. „Und was ich Ihnen noch sagen wollte, Sie sind mir total unsympathisch!“ Nanu, dachte Inge, was habe ich ihr denn getan? Ärgere Dich nicht, am Montag ist sie verschwunden.
Post vom Schulamt:
***„Die Prüfung Ihres Abschlusses von 1970 als Diplomlehrer für Musik und Geschichte der Klassen 5-10 ist abgeschlossen worden. Hinsichtlich des Umfanges der Lehrbefähigung ist folgendes mitzuteilen: ′mit der Hochschulreform der ehemaligen DDR wurde die einheitliche Diplomlehrerausbildung eingeführt. Diese führte zum Erwerb der Lehrbefähigung bis einschließlich Klasse 12 der allgemeinbildenden Oberschule, gemäß § 4, Absatz 3 der Anweisung zur Verleihung des ersten akademischen Grades an die Absolventen des Fachlehrerstudiums′ vom 10.4.1970 die Bestimmungen der Diplomordnung vom 21.1.1969. Danach ist bei den Diplomabschlüssen aus dem Jahre 1970 von einer Lehrbefähigung für die Klassen 5-12 auszugehen. Ich bitte Sie daher, zur Änderung des Eingruppierungs-Bescheides und zur Unterzeichnung des Änderungsvertrages an einem Sprechtag in das Schulamt zu kommen“. Dietrich***
Nun hatte sie es schwarz auf weiß, die Anerkennung als Gymnasiallehrer. Hatte die Gewerkschaft das erkämpft? Es war anzunehmen.
Am Abend rief Susi an. Sie berichtete, dass sie mit einem Freund für eine Woche nach Wien und Salzburg fahren wolle.
Es ergab sich, dass Inge auch als Vertretungslehrer einspringen musste und so gab sie auch wieder Geschichte. Eine sechste Klasse behandelte gerade die ägyptische Hochkultur, für Inge ein Grund, in die Neubrandenburger Bibliothek zu gehen und zwei große Bildbände über ägyptische Kunst auszuleihen. Die Nofretete war auch für d i e s e Kinder das bewunderte Vorbild. Als Inge beim Telefonieren Jörg erzählte, dass sie Ägypten behandele, erklärte er ihr ausführlich den Bau einer Pyramide vom ingenieurtechnischen Standpunkt.
Das Schulamt teilte ihr mit, dass sie rückwirkend zum 22.10.1994 die Lehrbefähigung für das Gymnasium erhalte und eine Nachzahlung. Gleichzeitig unterschrieb sie die „Bereitschafts-Erklärung für die Teilnahme am Personalkonzept“.
Auch das neue Fach „Philosophie“ musste Inge in der sechsten, siebten und achten Klasse vertretungsweise unterrichten. Jostein Gaardener′s Buch „Sofies Welt“ war in aller Munde, Inge hatte es bereits mit Begeisterung gelesen. Dieser Vater wurde Schriftsteller, weil er versuchte,

seiner heranwachsenden Tochter mit einfachen Worten die Geschichte der Philosophie zu erklären. Das gelang dem Schweden so gut, dass sein Buch ein Bestseller wurde.
Eine junge Kollegin, Fachlehrerin für Russisch und Englisch, war ebenfalls als Vertretungs-Lehrerin im Gymnasium Ückermünde seit Ende der Herbstferien eingesetzt. Es stellte sich bald heraus, dass auch sie in Neubrandenburg zu Hause war. Inge nahm, sie im Auto mit und so hatte Inge jetzt jeden Freitag, wenn sie heimfuhr, eine Gesprächspartnerin.
Ein Wermutstropfen zeigte sich bald denn es zeigte sich, dass die Schule kein Mittagessen anbot. Das Gymnasium war mit einer der früheren Zentralschulen der DDR vergleichbar; sofort nach dem Unterricht fuhren die Busse zu bestimmten Zeiten die Schüler wieder in die umliegenden Dörfer, wo sie zu Hause waren.
So kochte sich Inge jeden Tag etwas, ein Gaststättenbesuch kam wegen der hohen Preise für sie nicht in Frage.
Nun merkte Inge, wie sehr sie mit ihrem Haus in Neubrandenburg verbunden war und freute sich jedes Mal, wenn sie Freitag nach Hause fuhr. Durch die Friedländer Große Wiese, die Stadt Friedland und die sogenannte alte Friedländer Landstraße über die idyllisch gelegenen kleinen Dörfer, kam sie nach Neubrandenburg. Die Strecke war etwa siebzig Kilometer lang. Der Herbststurm fegte die letzten Blätter von den Bäumen, die Landschaft war wunderschön und veränderte sich von Woche zu Woche.
Zu Klaus´ 27. Geburtstag hatte sich Susanne angemeldet. Viel Arbeit gab es für Inge, da sie mit dem Vorbereiten erst am Freitagabend beginnen konnte. Susanne half tatkräftig. Am Samstag holte Klaus Oma Margarete von Castrin ab. Zu Inge sagte sie nur einen persönlichen Satz: "Das hätte ich nicht gemacht!" Sie meinte damit die Arbeit in Ückermünde. Ansonsten zeigte sie keinerlei Interesse.
Da der Reformationstag (nach der Wende wieder Feiertag) auf einen Wochentag fiel, blieb Inge in Ückermünde und schaute sich den Ort einmal näher an.
Vom Haffbad aus schaute man auf die Inseln Usedom und Wollin.
Beim Mittagstisch in der Klinik, der sehr preiswert war, traf sie ihre behandelnde Ärztin von 1982 wieder. Sie musste lachen, als diese beiläufig erzählte, dass am Gymnasium eine neue Musiklehrerin sei, die so viel mit den Kindern singe und sie damit begeistere. Das war eine schnelle Rückmeldung, schmunzelte Inge. Leider war nach halb zwei Uhr oft das

Mittagessen bereits ausverkauft. Der Alltag in der Klinik verlief anders, da begann die Mittagszeit bereits 11.30 Uhr, und sie kam oft erst nach der sechsten Stunde gegen 13.30 Uhr.
Die Zeit der Nebel begann. An jedem Sonntagabend bzw. Montag früh bangte Inge, denn vor Eis, Schnee und Nebel hatte sie Angst.

***18. November 1996***
***Das erste Mal fuhr ich am Freitag bereits um 11.15 Uhr nach Hause. Es herrschte dicker Nebel, da es die Sonne noch nicht geschafft hatte, durch diesen zu dringen. Zu Hause machte ich erst einmal Zeitungsschau und war geschockt: Stefan, ein Junge aus der Klasse, die 1991 die zehnte Stufe abgeschlossen hatte und dann zur Erweiterten Oberschule ging, war tödlich bei einem Verkehrsunfall verunglückt. Ich kannte ihn gut, da ich die Klasse fünf Jahre in Musik und Geschichte unterrichtete und außerdem stellvertretende Klassenleiterin gewesen war. Er hatte ein heiteres Naturell, war hochsensibel und klug. Warum, warum? In der Nacht zum Sonntag war er auf dem Neubrandenburger Ring in Höhe des Treptower Tores auf einen Vorwegweiser geknallt, sofort tot, die Freundin schwer verletzt im Klinikum.***
***Sonntag rief ich Julia an, die sehr fremd wirkte. Mein Geschenk, ein Nachthemd, war angekommen, aber noch nicht anprobiert worden. Kommentar von Angela: zu groß. Ich sagte, dass ich wegen Unpässlichkeit nicht kommen könne und Jörg der Meinung sei, mich ginge Julia nichts mehr an, seitdem er verheiratet sei und schließlich sei ich ja Schuld, dass sie nicht mehr zusammen seien. Das zwang mich zum Nachdenken, ich werde mich zurück ziehen. An mir scheint Jörg kein Interesse mehr zu haben, von Claudia ganz zu schweigen.***
***Eine erfreuliche Nachricht: ein großes Kuvert enthielt sieben Briefumschläge vom Landesbesoldungsamt, rechnerische Erfassung und Darlegung meiner Nachzahlung. Ich erhalte diesen Monat auf das Konto zwölftausend Mark. Nun brauche ich nicht mehr so krampfhaft in Ueckermünde sparen. Susi erfuhr natürlich gleich die Neuigkeit.***
***Für siebenhundert Mark kann Susanne eine Wohnung (40 m2) mit Parkettfußboden in Hamburg Eimsbüttel bekommen.***
***Der Vermieter ist der Großvater eines Kindergartenkindes.***
***Wir haben ein bisschen geplaudert, wo wir das Geld anlegen.***
***Ich hatte an ein Auto für Susi gedacht, aber sie meinte, sie könne von ihrem Gehalt nicht mal die jährliche Kfz-Steuer bezahlen und in Hamburg benötige sie gar kein Auto. Vielleicht wäre es besser, ihr jeden***

***Monat einen Mietzuschuss zu überweisen.***
***So gut ging's mir beruflich noch nie. Langsam lerne ich die Schüler kennen. "Memory" aus dem Musical „Phantom der Oper" ist nun der Renner. Am Mittwochnachmittag muss ich zu einigen Klassenkonferenzen. Donnerstag ist Herbstfest und Freitag fahren wir mit dem Kollegium nach Stettin. Habe gestern mit Tom telefoniert und gesagt, dass ich Sonntagabend den Haustürschlüssel stecken ließ. Er ging wie immer durch die Garage ins Haus und merkte nichts. Abends stellte er fest, dass der Schlüssel den ganzen Tag gesteckt hatte. Was hätte passieren können! Aber unser Herrgott sorgt dafür, dass nichts passierte! Dank sei ihm.***
Das Jahr neigte sich bereits, Ewigkeits-Sonntag. Der Schmerz und die Trauer waren in einem Jahr schwächer geworden, stellte Inge am Grab ihrer Mutter fest. Sie rief ihre Schwester an und sagte ihr, dass sie den finanziellen Beitrag zum Grabstein nicht bezahlen brauche. Inge erließ ihr die siebenhundert Mark.
Am Freitag, gleich nach dem Unterricht, fuhr das Kollegium des Gymnasiums zu einem Konzert-Besuch nach Stettin. Im Bus kam Inge neben Dr. Janus zu sitzen, ein Lehrer für Deutsch, Englisch und Russisch, etwa zweiundfünfzig Jahre alt, der aus Frankfurt/ Main zum Gymnasium gekommen war und vorher immer nur Erwachsene unterrichtet hatte. Er erzählte ihr von seinen Schwierigkeiten in den Klassenstufen sieben und acht, den pubertierenden Jahrgängen. Begeistert erzählte er, dass er in einer Gruppe Gleichgesinnter die lateinische Sprache pflege und sogar in Latein schreibe. Inge bewunderte ihn.
Die Sonne schien, sie passierten die Städte Torgelow, Eggesin, Pasewalk, Prenzlau. Rechterhand wurden die Brohmer Berge sichtbar. Es war eine wunderbare herbe Landschaft. Hinter Prenzlau fuhr der Bus auf die Autobahn Berlin-Stettin und Pomellen bildete den Grenzübergang nach Polen. Zwei Kilometer später tauchte das Schild Kolbaskowa auf, früher Colbitzow, von dort waren es drei Kilometer bis nach Moczyly, dem ehemaligen Schillersdorf, direkt an der Oder gelegen, wo ihre Urgroßmutter 1885 begraben worden war.
Frischer Wind wehte in der Hafenstadt Stettin, welche sie bereits nach einer guten halben Stunde erreichten. Es ist eine schöne Stadt, stellte Inge fest, viele Jugendstilhäuser aus deutscher Zeit waren renoviert worden. Es wurde viel gebaut und historisch genau restauriert, bekanntlich sind die polnischen Restauratoren führend in der Welt.

Das Konzert begann um 19 Uhr. Zuerst wurde ein Violinkonzert von Kristof Penderecki gespielt. Es war atonal komponiert und hatte wunderschöne Streicher-Passagen. Danach wurde eine Sinfonie vom Brahms gespielt, die sehr lang war und der vierte Satz wurde wegen des frenetischen Beifalls wiederholt.
Dreieinhalb Stunden dauerte die Heimfahrt nach Ückermünde.
Drei Wochen vor Weihnachten übergab ihr der Chef kommentarlos die Hefte vom Projektkurs 11./12. Klasse und Chor-Wahlpflicht der 10. Klasse. In drei Chorproben sollte Inge Weihnachtslieder für das Weihnachtskonzert der Schule einstudieren und im Januar mit der Wiederholung der eingeübten Chöre des Requiems beginnen.
Inzwischen hatte Klaus Probleme. Er war in der Zwickmühle, einen Job annehmen zu müssen und gleichzeitig an seiner Diplomarbeit zu schreiben. Anfang Dezember wollte er noch einmal mit seinem Professor sprechen.
Zu Oma Margaretes Geburtstag fuhr sie mit Klaus am Samstag nach Castrin. Oma sah für ihre dreiundachtzig Jahre sehr gut aus. Überall lagen Blumen, sogar auf dem Fußboden in der Küche. Eigentlich wollte auch Susanne aus Hamburg kommen, hatte aber im letzten Moment abgesagt. Die Verwandtschaft redete nur von ihren Sorgen, während Oma wie immer in der Küche mit Kaffee kochen und dem Entenbraten beschäftigt war. Nach einer Dreiviertelstunde verließ sie die Feier.
Ich muss endlich eine räumliche Trennung von Tom durchsetzen, ging es ihr bei der Heimfahrt durch den Kopf. Das Gefühl, dass er im Haus direkt unter ihr wohnte, reizte ihre Ohren, auf jedes Geräusch, das von unten herauf drang, zu hören. Warum hatte sie nur all die vergangenen sechs Jahre die Sache schleifen lassen? Das Scheidungsurteil war doch eindeutig. Er sollte nach Nachweis von angemessenem Wohnraum das Haus verlassen. Seine Reaktion nach der Scheidung: "Ich gehe hier nur als Leiche aus dem Haus, denn ich habe es mit meinen Händen erbaut!" hatte sie eingeschüchtert, denn es stimmte ja. Ihre Arbeit, ihr verdientes Geld und die Erziehung der Kinder durften aber auch nicht vergessen werden. Ihre Mutter war tot, es gab nicht mehr die Ausrede: ich habe keine Zeit, mich darum zu kümmern!
Susanne kam Freitagabend vor dem 3. Advent mit dem Zug. Am nächsten Tag war Shopping angesagt. Susanne überraschte sie mit der Bitte, gefärbte Kontaktlinsen zu kaufen, der neueste Schrei. Zwei Stunden brachten sie deshalb beim Optiker zu. Der ließ Susanne erst gehen, als er sicher

war, dass sie die Kontaktlinsen selbständig ein- und aussetzen konnte. Zum Kaffee hatte Susanne ihren Vater eingeladen. Nachdem sie noch gemeinsam Plätzchen gebacken hatten, verschwand Susanne bereits wieder. Sie hatte sich mit Marc wieder versöhnt, wollte am Abend mit dem Zug nach Rostock, wo er sie in Empfang nehmen wollte.
Klaus war in Dresden, von dort teilte er mit, dass er Weihnachten nach Hause käme.
Am Montag war noch einmal Chorprobe im Gymnasium Ückermünde angesagt. Inge übte mit den Schülern der unteren Klasse und brachte dann auch noch einige Chormitglieder mit dem eigenen Auto nach Hause, da der Schulbus schon abgefahren war. Sie ahnte nicht, dass Altwarp 18 km entfernt lag, aber sie war nicht böse deshalb. Hatte sie doch wieder einmal einen neuen Ort  kennengelernt. Die Straße verlief parallel zum Haff, überall stand hohes Schilfgras.
Inge war furchtbar aufgeregt vor dem Weihnachtskonzert, obwohl sie nur mit drei Liedern beteiligt war. Zuerst begann das Programm der fünften und sechsten Klassen mit viel Flötenspiel und einige Gedichten, dann das Programm der siebenten und achten Klassen mit dem „Trommlerjungen". Danach kam ihr Lied „Gegen manche Traurigkeiten", das die Sänger sofort angenommen hatten. Die älteren Chormitglieder saßen hinten am Nordgang. Anja lächelte ironisch, was Inge beim Begleiten noch mitbekam, aber der Beifall beruhigte sie. Danach marschierte der gesamte Chor auf und sang den Kanon "Dona nobis pacem" dreistimmig, es klappte wunderbar. „Tausend Sterne sind ein Dom" folgte. Der Alt schien ihr bei der ersten Strophe zu leise, aber dann hatten sie sich gefangen. 95 Minuten dauerte das Programm. Die Spenden der Zuhörer ergaben 339 Mark.
Endlich, der letzte Schultag! Herrlicher Sonnenschein und blauer Himmel. Klaus war bereits vor ihr eingetroffen. Viel Weihnachtspost erwartete sie.
Klaus lud seinen Vater zum Weihnachtsfest ein, ohne Inge vorher zu fragen. Ihm schien es selbstverständlich, dass sich alle an ihren Tisch setzten. Inge schlug es gewaltig auf den Magen. Sibirische Kälte begann mit dem Weihnachtsfest, die Temperatur rutschte auf dreizehn Grad unter Null. Es wurde das erste Christfest ohne den Besuch einer Christmette. Inge hatte darauf verzichtet, weil Susanne so einen starken Schnupfen hatte.
Strohsterne und Schleifen kaufte Susanne für das Tannenbäumchen. Am Nachmittag vor Heilig Abend wollte Inge ein paar Weihnachtslieder am

Klavier spielen und singen, aber bei „Stille Nacht“ versagte ihr die Stimme. Schmerzlich spürte sie, dass ihre Mutter fehlte.
Die Forellen, die sie am frühen Morgen in der Forellenzuchtanlage am Tollensesee gekauft hatte, schmeckten wunderbar. Die Verkäuferin hatte ihr so große Forellen eingepackt, dass sie beim besten Willen nicht in die Pfanne passten. So entschloss sich Inge, sie in Folie zu wickeln und im Backofen mit Kräutern der Provence und Butter zu grillen.
Die Bescherung verlief herrlich, wie bei Woodi Allen. Tom saß auf dem Sofa, streckte die Hände weit von sich und rief aus: „Ich will nichts haben!“ Natürlich hatte Inge ihm etwas geschenkt, ein Paar Hausschuhe, weil seine total durchgelaufen waren. Susanne und Klaus erhielten je einhundert Mark und Inge fünfzig Mark.
Diesmal stand die köstlich gebratene Gans um halb eins auf dem Tisch. Inge hatte von den Vorbereitungen wieder starke Bauchschmerzen und aß fast nichts. Lieber ging sie anschließend zum Reitbahnsee und genoss die frische klare Winterluft. Viele Kinder und auch Erwachsene tummelten sich bereits auf dem Eis des Reitbahnsees.
Zum Kaffee kam die Überraschungstorte: eine Walnuss-Sahnekuppel; das Rezept hatte sie aus einer Frauenzeitschrift. Überschwänglich lobten Klaus und Susanne.
Silvester gab es wie jedes Jahr Karpfen blau. Bei minus fünfzehn Grad lief Inge am frühen Morgen eine Dreiviertelstunde bis zur Forellenzuchtanlage. Der Karpfen schmeckte fantastisch.
Um drei Uhr verabschiedete sich Susanne und fuhr mit Marcs Schwester Ilka und Gunnar nach Rostock, wo sie im Studentenklub Silvester feiern wollten. Der Vater von Frank schenkte Inge eine Karte zum Silvesterkonzert mit Romely Pfund, Dirigentin der Neubrandenburger Philharmonie. Klaus hatte gedrängt, Inge solle doch Silvester nicht allein zu Hause sitzen. Ohne Partner zu so einem Abend? Aber sie überwand ihre Scheu und ging hin. Nach dem schwungvollen Konzert mit vielen Walzern von Johann Strauß begann der Tanz. Da fehlte Inge natürlich der Partner, es waren fast ausschließlich Ehepaare bzw. Freundinnen anwesend.
Der Dreikönigsverein hatte ihr eine Einladung zum sechsten Januar, dem Dreikönigstag, geschickt, die Karte kostete einhundert Mark und war als Spende für den Verein vorgesehen. Inge überlegt nicht lange und bezahlte die Karte. Das bedeutet, dass sie von Ückermünde nach dem Unterricht per Bahn nach Hause fuhr und am frühen nächsten Morgen zurück, damit sie pünktlich zum Unterrichtsbeginn anwesend war. Tief verschneit war

die Landschaft und Inge genoss die winterliche Bahnfahrt. Immer wieder erblickte sie Rehe.
Als sie um 18 Uhr zur Stadthalle kam, standen bereits die Sternsinger vor der Tür und warteten auf ihren Auftritt. „Spießrutenlaufen“ schoss es ihr durch den Kopf, als sie ihren Tisch suchte und durch den ganzen Saal schritt. Ein nettes Ehepaar saß links von ihr. Die Frau begann gleich ein Gespräch mit ihr, arbeitete bei der Wohnungsgesellschaft. Der ehemalige Außenminister Dietrich Genscher sprach über die Wiedervereinigung. “Ich freue mich jeden Tag beim Aufwachen, dass Deutschland wieder eins ist!“ sagte er. Der tschechische Außenminister, ein Dissident aus der „sozialistischen Zeit“ sagte in Abwandlung von Caspar, Melchior und Balthasar, die drei Könige aus dem Morgenland laut biblischer Überlieferung, die Menschen sollten Kraft, Mut und Beharrlichkeit verinnerlichen. Das Preußisch-Uckermärkische Orchester spielte hinreißend den ersten und vierten Satz der g-moll Sinfonie von W. A. Mozart, dann gab es Essen. Auf einem großen Büfett wurden die leckersten Dinge angeboten. Inge entschied sich für Kalbsmedaillons, gebacken in Folie und chinesisches Gemüse.
Da lief ihr plötzlich Herr Wagenbrenner über den Weg. Ein Jahr lang hatte er bei ihnen zur Miete im unteren Zimmer gewohnt. Was machte denn der hier? dachte sie, erinnerte sich aber sofort, dass er gläubiger Katholik war und dies wohl der Grund war. Er arbeite jetzt bei der Volksbank in Leipzig, erzählte er.
Der Rotwein löste bei Inge langsam die Zunge. „Nehmt Abschied Brüder“ und „Kein schöner Land“ wurde dem scheidenden Genscher zum Abschied gesungen. Um elf Uhr ging Inge.
Einer kalten Dusche gleich kam Inge die Nachricht, dass Frau Hoppe entbunden habe und am 13. Februar zurück in die Schule käme. Inge hatte einen Vertrag mit dem Gymnasium bis Ende Juni 1997, sonst hätte sie die Fahrten im Winter nach Ückermünde nie hingenommen. Sie sprach beim Stellvertreter der Schule vor und bekam die Antwort: „Das interessiert uns nicht, Sie waren lediglich Vertretung für Frau Hoppe!“
Die letzte Chorprobe vor den Winterferien war ein Desaster für Inge. Sie „schwamm“ regelrecht. Im Anschluss sprach sie mit den Sängern:“Lassen Sie doch die Arbeit am Requiem und singen Sie I h r e Lieder mit uns!“ meinten die beruhigend. Eine Schülerin der 12. Klasse kam nach der Chorprobe zu Inge und meinte: „Ich wollte Ihnen nur sagen, dass ich es nicht richtig fand, wie man Sie im Chor behandelt hat, das war eine

große Schweinerei!“ Inge sagte nachdenklich: “Ich weiß es einzuordnen und habe viel mehr positive Erfahrungen in den Klassen gemacht!“
Am vorletzten Tag suchte sie am Abend die sogenannte „Gusskneipe“ auf. Die Schüler hatten begeistert von der urigen Gaststätte erzählt. Um ein rundes Fass saßen Rayk aus der 11. Klasse, Maika aus der 8c und ihre Schwester Nadja aus der 9b mit einer Freundin, einer achtzehnjährigen Krankenschwester. Sie spielten Skat. Nach einer Weile frozzelten sie, ob Inge ihnen nicht etwas spendiere. Natürlich tat Inge dies mit Cola. Die Gaststätte war total auf Nostalgie gemacht. Inge schaute sich noch den Saal an, in dem Susanne vor drei Jahren an der Misswahl teilgenommen hatte.
Die Wohngemeinschaft, die Susanne in Hamburg eingegangen war, bewährte sich nicht. Das leidige Problem war die Reinigung der gemeinsamen Räume Bad und Küche. Oft fuhr die Freundin am Wochenende nach Hause, wenn sie mit der Reinigung an der Reihe gewesen wäre. Natürlich erträgt man gerade am Wochenende keinen Schmutz und macht die Arbeit für den anderen. Susanne kam zu der Überzeugung, sich eine eigene Wohnung zu besorgen, auch wenn es teuer für die Haushaltskasse werden würde. Nun brauchte sie einen Bürgen und jemand, der half, die Mietkaution für drei Monate vorzuschießen. Inge war zum Glück zahlungsfähig und konnte helfen.
Zwischen Tür und Angel teilte ihr der Schulrat aus Strasburg mit, dass sie sich im Januar in Neubrandenburg beim Schulrat melden soll. Zum Kreis Strasburg gehöre sie nun mal nicht. Mit dem Kultusministerium sei das abgesprochen. Als Inge zaghaft dagegen hielt, sie habe doch einen gültigen Vertrag, der ihre Zeit im Gymnasium Ückermünde bis Juni 1997 festlege, wurde erwiddert, der hat keine Gültigkeit mehr, das habe man mit dem Kultusministerium schon abgesprochen. Das hatten wir doch schon einmal: erst die rote Diktatur, nun die schwarze, es ändert sich nichts, dachte Inge.
Die letzte Woche war angebrochen. Zensuren waren errechnet, Klassenkonferenzen abgesessen. Etliche Lehrer hatten sich wie immer, krankschreiben lassen, Inge bekam dadurch dauernd Vertretungsstunden aufgehalst, aber sie hatte sich vorgenommen durchzuhalten, komme, was wolle.
***31. Januar 1997, 22 Uhr***
***Ein schöner Tag zu Ende geht.... Heute kann ich das aus vollem Herzen sagen. Ein bunter Frühlingsstrauß mit Nelken, Tulpen, Margeriten,***

*vom Herrn Direktor persönlich überreicht,*
*steht auf dem Tisch. Eine „Urkunde“ mit Unterschriften der Schüler der 9b und dem Dank für die „lustigen und aufschlussreichen Musikstunden“ mit der CD “Time to say good bye“, gesungen von Sara Brightman und dem blinden Sänger Andrea Bocelli erhielt ich. Ich hatte nur eine Unterrichtsstunde, da es nun doch ab 3. Stunde Klassenleiterstunde und anschließend Halbjahreszeugnisse gab. Plötzlich klopfte es und herein kam Nancy aus der 9b, ich möchte doch mal kurz in ihren Raum kommen. Ganz still war es, als sie mir Beides übergab. Die Klassenlehrerin stand am Fenster. Ich war regelrecht sprachlos und in der Pause stellte ich den CD-Player an und spielte die neue CD, immer mehr Schüler kamen, magisch von der Musik angezogen, manche Augen wurden feucht. Das war ein Abschied! Schüler der 7a kamen dann noch angestürmt, ich möge doch die dritte Stunde zu ihnen kommen. Ich nahm die Gitarre mit und sang mit ihnen d i e Lieder, die i c h ihnen beigebracht hatte. Der Lateinlehrer Herr Dr. Janus sang den „Lindenbaum“ von Schubert, denn, so belehrte er uns, es sei heute der 200. Geburtstag von Schubert.*
*Dann gab ich die Schulschlüssel ab und fuhr bei azurblauem Himmel und strahlendem Sonnenschein nach Hause. Um ½ 5 Uhr war die Nacht für mich schon zu Ende gewesen, der Grund war die Aufregung vor dem Auszug. In den zwölf Wochen hatte sich eben doch eine Menge angesammelt, was auf den ersten Blick gar nicht auffiel. Ich bekam alles in meinen Ford.*
*11.45 Uhr stoppte ich zwischen Salow und Brunn. Ein Golf hatte die Kurve nicht bekommen und war frontal auf einen Baum geknallt. Im Waldstück kam die Sonne nicht durch. Die Straße war schmierig und glatt, wahrscheinlich war das Auto beim Abbremsen ins Schleudern gekommen. Der Krankenwagen stand auf der Straße, ein Polizeiauto blinkte. Ein Hubschrauber stand rechts auf dem Feld. Die Bahre wurde zum Hubschrauber getragen, die Frau umgelegt. Ich fuhr wieder langsam los. Hätte es mich nicht auch treffen können? In Vorfreude auf die Heimfahrt fuhr ich Tempo 120 km/h, denn wo die Sonne schien, war alles abgetaut.*
Ratlos war Inge nach ihrem Gespräch mit dem Neubrandenburger Schulrat. Er wäre nicht schuld am Vertragsbruch. „Da Sie Gymnasial-Einstufung haben, wollen wir Sie auch an einem Gymnasium einsetzen, aber Sie müssen bis Juni an zwei verschiedenen Gymnasien in der Woche

arbeiten, ab Schuljahr 1997/98 setzten wir Sie dann in einem Gymnasium ein, der jetzige Musiklehrer geht ab 1.7.1997 in den Vorruhestand. Anträge auf Trennungsgeld und Kosten für Heimfahrten überreichte er ihr noch.
Mein Gott, dachte sie, vor zwanzig Jahren hast du in dieser Schule angefangen zu arbeiten. Da hieß sie noch „Friedrich-Wolf-Oberschule" und war die erste Schule in der neu erbauten Oststadt. Gegen Ückermünde kam sie sich in diesem Schulhaus wie in einem Puppenhaus vor, alles eng und abgewirtschaftet. Sehr von oben herab begrüßte sie der etwa achtunddreißigjährige Direktor. Er habe auch gerade erst vernommen, dass Inge mit vier Geschichtsstunden pro Woche in seiner Schule eingesetzt worden sei.
Am nächsten Tag ging sie zum Sportgymnasium im Badeweg, erfuhr, dass dort nur die elften und zwölften Klassen unterrichtet werden, sie also in die Südstadt ins Haupthaus gehen müsse.
Wieder die gleiche Erfahrung: das Schulhaus heruntergewirtschaftet, dazu ein undefinierbarer Geruch von abgestandener Luft und Essen.
Inge traf niemanden von der Schulleitung an, denn es waren Winterferien, aber sie hinterließ ihre Telefonnummer und bekam prompt am Nachmittag einen Anruf mit einem Termin in einer Woche.
Für Susanne überwies sie die Mietkaution.
Am Wochenende hatte Jörg sie nach Dresden eingeladen. Diesmal entschloss sie sich, mit dem Zug bequem zu reisen. Vorher tätigte sie nach Jörgs Wünschen Einkäufe: einen Teddy mit didaktischer Funktion für Malte. Das bedeutete, den angebrachten Reißverschluß öffnen und schließen, Klettverschlüsse und Knöpfe auf und zu machen. Das sollte das Kind spielend lernen.
Es wurde ein wundervoller Reisetag, im Osten ging langsam die Sonne auf, als sie halb acht Uhr mit dem Zug losfuhr. Ab Lichtenberg raste der Schnellverkehr mit einer E-Lok und bereits kurz nach elf Uhr fuhr der Zug in den Dresdener Hauptbahnhof ein.
In Bischofswerda wollte sich Inge mit Jörg treffen. Es blieb Zeit, einen Bummel durch Dresden zu unternehmen. Viel hatte sich verändert. Hotel Kempinski und das Hilton-Hotel waren fertiggestellt, die Frauenkirche ein Riesenbauplatz mit sortierten Abbruch-Steinen. Kurz vor ein Uhr Mittag kam Jörg. Im Treppenhaus krähte eine helle Kinderstimme: „Papa, Papa!" Malte erwartete seinen Vater und staunte über die fremde Oma. Inge zog sich sofort bequeme Kleidung an und spielte

mit Malte. Er bestimmte rund um die Uhr das Familienleben. Während Claudia zum Keramikzirkel fuhr, stiegen Jörg, Malte und sie in die Straßenbahn nach Strehlen und liefen dann durch den Großen Garten. Im Süden von Dresden gelegen, ist es eine richtige Villengegend. Die warme Frühlingsluft tat ihnen gut und Malte marschierte wie ein großer Wanderer. Höhle, Mann, Bagger sind außer Papa und Mama seine häufigsten Worte. Immer wieder hieß es stehen und warten, bis Malte seinen Willen hatte. Nach dem Dunkelwerden kamen sie am Stadion heraus und schauten sich in einem Teppich-Center um. Am Monatsende zieht Jörg nach Demitz-Thumitz, wo seine Steinmetz-Schule steht.
Ein riesiger Media-Markt, war am nächsten Tag ihr Ziel. Sie fanden den Geschirrspülautomaten von Bauknecht und einen Herd. Inge sollte erst einmal mit Karte bezahlen und Jörg würde ihr die Hälfte zurückerstatten. 2224 Mark waren es, Inge schluckte ganz schön. Ein kurzes Dankeschön und weiter suchte Claudia Sachen in der Kinderabteilung.
Nach dem Mittagessen musste Claudia in ihren Kanu-Bootsschuppen schauen, da wurde der Fasching vorbereitet. Sie gingen inzwischen am Ufer des „Blauen Wunders“ spazieren. Wunderschön schien die untergehende Sonne auf das Ufer. Malte freute sich über Möwen, Gänse und Enten.
„Heute setze ich mich durch, Du guckst jeden Abend Fernsehen!“ sagte Claudia und begann mit Gesellschaftsspielen. Haushoch verlor Inge beim Romme´.
Dann verabschiedeten sich die Eltern und begaben sich zum Fasching. Inge würde ja aufpassen. Mitten in der Nacht legte Malte wie eine Rakete mit einem Geschrei los, er hatte mitbekommen, dass seine Eltern nicht da waren und die fremde Oma kannte er noch nicht genug. Inge war hilflos. Was tun? Sie nahm den Jungen auf den Arm, tröstete, gab ihm Tee zu trinken, ging ans Fenster mit ihm und wiederholte immer wieder: „Mama und Papa kommen gleich!“ Kurz nach halb ein Uhr kamen beide und sie konnte endlich ruhig schlafen gehen.
Jörg fragte am nächsten Tag, was Inge noch zu sehen wünsche. Die Brühlsche Terrasse, war ihre Antwort und mit Malte fuhren sie los. Sie schauten noch in den Zwinger und das Staatliche Museum für Mineralogie und Geologie. Zwischendurch musste Malte von der vollen Windel befreit werden. Mit Charme fragte Jörg die Angestellten, ob er die Toilette dafür benutzen dürfe, was ihm gestattet wurde. Inge staunte nur, wie gut Jörg Malte versorgte.

Mineralien sind Jörgs ganz großes Hobby und es war auch für Inge hoch interessant.
Abends brachte Jörg sie noch zum Zug. Claudia hatte ihr Isabelle Allendes Buch „Paula“ mitgegeben. So hatte Inge gleich eine interessante Lektüre auf der langen Rückfahrt.

Fleurop brachte Inge einen zauberhaften Frühlingsstrauß mit zartrosa Rosenknospen, Tulpen und gelben Chrysanthemen. Er war von Susanne. Toms Kommentar:“ Kaum hat sie Geld, gibt sie´ s gleich wieder aus!“ Es war das Dankeschön für die Mietkaution.
Im Sportgymnasium sagte sie freimütig, dass sie noch nie eine elfte Klasse in Geschichte unterrichtet hätte. So entschied der Direktor, dass sie eine neunte und eine zehnte Klasse in Geschichte erhalten würde. Er hatte mit ihr in Greifswald zur gleichen Zeit studiert. Marxismus-Leninismus und Politische Ökonomie/Vorlesungen hatten sie zusammen. „Sie sind schon so alt?“ entfuhr es ihm und Inge musste erst einmal ein paar erklärende Worte sagen, warum sie acht Jahre älter war, als ihre Kommilitonen. D a s Thema wechselte er rasant schnell, da er Genosse war.
Der erste Schultag nach den Winterferien war ein Freitag. Zweimal Geschichte in einer sechsten Klasse und Musik in fünfter, sechster und siebenter Klasse. In der Geschichtsstunde erzählte Inge von Griechenland und zeigte DIAS von Delphi. Die Kinder hingen regelrecht an ihren Lippen. Musik musste sie in einem normalen Klassenzimmer geben. Die Enge in den Räumen erstickte sie fast und das Gefühl, die Kollegen im Nachbarraum durch den Gesang zu stören, Betonwände leiten wunderbar, war auch alles andere als angenehm.
Die Bausparkasse Wüstenrot schickte eine Rechnung der noch zu zahlenden Summe für den Kredit von 28 000 Mark zur Heizungs-Sanierung. 26 000 Mark waren es noch. Also hatten sie fünf Jahre lang nur Kreditzinsen gezahlt. Inge hatte die Idee, lieber mit einem Mal die Restsumme zu begleichen, als zwanzig Jahre die Zinsen. Sie sprach mit Tom, der einverstanden war, die Hälfte zu zahlen.
In der folgenden Woche verlangte der Chef, dass sie in der Grundschule, die übernächste in der Reihe der Oststadtschulen, aushelfe. Dort herrsche Lehrermangel wegen Grippe. Ich bin doch kein Unterstufenlehrer, das ist doch eine ganz andere Methodik, dachte Inge erschrocken. Diese Ängste vertrieb sofort die liebenswürdige Direktorin der Grundschule, die sie herzlich begrüßte.

Sauber war das Schulhaus, Spielecken und ein Musikhörbereich luden die Kinder ein. Deutsch in einer 2. Klasse mit siebzehn Schülern sollte sie geben. Auch zum Schwimmunterricht begleitete sie die Klasse.
Nach einer Woche brach bei Inge die Grippe aus, sie hatte sich angesteckt. Alle Knochen taten ihr weh, sie war nur noch ein heulendes Bündel Elend und verlangte nach einem Arzt. Zur Grippe kam dann noch eine Bronchitis und sie musste lange warten, bis die Medizin anschlug. Alle acht Stunden nahm sie Tabletten eines Penicillin-Präparates ein. Trost gaben ihr Susannes tägliche Anrufe. Mit Michael hatte sie ihren Umzug bewältigt. „Ich habe heute eine Katze und eine Blaumeise gesehen!“ sagte sie begeistert. Endlich hatte sie einen Blick ins Grüne aus ihrer neuen Wohnung.
Die Einsamkeit machte Inge dennoch schwer zu schaffen. Nach einer Woche begann sie wieder, für kurze Zeit spazieren zu gehen. Von nun an war sie in der Schule auf Abruf angestellt, kein schönes Gefühl, denn jeder Tag brachte sie in neue Klassen.
Klaus war aus dem Urlaub gekommen, den er in Lanzerote allein verbrachte. Er hatte seiner neuen Sportart „Surfen“ gefrönt, wollte aber nie mehr allein in den Urlaub fahren. Das sei ja wirklich zu öde. Am Montag begann eine neue Arbeit für ihn in einem Ingenieurbüro in Halle an der Saale. Dort bekam er auch das Thema seiner Diplomarbeit. Inzwischen tat es ihm leid, die Arbeit in Neubrandenburg nicht angenommen zu haben.
Inge hatte in zwei zehnten Klassen Geschichte übernommen, da die Lehrerin durch Heirat in die alte Bundesrepublik verzogen war. Thema war die interessante Stoffeinheit „Deutschlands Entwicklung nach 1945“. Inge hatte die Briefe von Egon Müller verwendet. Er war durch Inges Mutter 1948 zum Abitur geführt worden und hatte sich entschlossen, in Berlin Geschichte zu studieren. Er tat dies gleich an zwei Hochschulen, an der Humboldt-Universität im ostdeutschen Sektor und an der Freien Universität im Westteil der Stadt. Interessante Einzelheiten hatte Inge durch diese Briefe erfahren, dass nämlich die Zeitung „Neues Deutschland“ berichtete, dass so und so viel Arbeiter am 1. Mai in Berlin demonstriert hätten, verschwiegen aber, dass die Arbeiter für ihre Teilnahme an der Demo 10 Mark erhielten. Leider konnte sie die Schüler mit solchen Details nicht vom Hocker reißen. In der 5. Unterrichtsstunde waren sie bereits müde und verlangten: “Schreiben Sie doch das Tafelbild an, das schreiben wir ab, lernen es zu Hause und Sie machen eine schriftliche

Leistungskontrolle, dann haben wir unsere Zensuren! So haben wir das immer gemacht!" „Mit mir nicht!" sagte sie ihnen klipp und klar. Es passte ihnen absolut nicht, dass Inge schriftliche Hausaufgaben stellte und sie dann auch noch einsammelte, kontrollierte und zensierte. Am Beispiel Ost-und Westberlins behandelte sie ausführlich die deutsche Geschichte von 1945-1955.
Am 11. April wurde im Ückermünder Gymnasium das Requiem für Albert Schweitzer aufgeführt. Nach gründlicher Überlegung entschloss sich Inge hinzufahren. Ein Sturm tobte sich mit 130 km/h über dem Norden aus. Einige Schüler aus der 9b begrüßten sie, andere übersahen sie geflissentlich. Frau Hoppe saß mit Saxophon in der rechten Ecke des Atriums, daneben war der Kantor mit dem Keyboard postiert, der Lebenskamerad von Frau Hoppe mit einer Bassgitarre und den Schluss bildete ein Schlagzeuger, der von der Lehrerband des Gymnasiums Eggesin stammte. Der aus 25 Sängern bestehende Chor stand genau vor ihr. Im ersten Stockwerk hatte die Regie mit Mischpult Platz genommen. Antje Rossfelds schöne Stimme schrillte in der zu laut eingestellten Mikroanlage immer über und die kleine Stimme wurde dadurch „geschönt". Schon der erste Akkord des Chores war ein Missklang. Dann stimmte man den Gesang mit der Kapelle ab. Völlig unverständlich war Inge der Einsatz des Saxophons. Es wechselten Solodarbietungen mit Chören, filmische Projektionen von großen Kriegen und jedes Mal die Wiederholung des Requiems, des wirklich einzigen Chorsatzes, der gut und sauber klang. Frau I. hatte vorsorglich umgewandelt. Das merkte Inge erst, als sie zu Hause noch einmal die Aufnahme des Requiems in aller Ruhe hörte, um mit ihrem Höreindruck zu vergleichen.
Am Sonntag besuchte sie das Grab ihrer Mutter und erschrak. Zwei Tannen waren entwurzelt, eine davon lag mit der Krone auf einem Zweig der riesigen Tanne, die links neben Omas Grab stand. Überall lagen abgebrochenen Äste herum. Inge sammelte sie auf und schleppte sie zu dem Abfallbehälter.
Am Montag steckte ein Zettel in ihrem Fach: ab 1. Mai bis Schuljahresende sollte sie Musikstunden in der Realschule auf dem Lindenberg geben. Das war die dritte Schule in einer Woche, wo sie unterrichten musste. Mit mir können sie es ja machen, dachte sie nur.

***9. Mai 1997***

***Zurückgekehrt vom „Söten Länneken" genieße ich unser Zuhause. Es waren unvergessliche Stunden. Gestern Morgen pünktlich acht Uhr***

*nach dem Tanken fuhr ich los. Die Sonne kam zwei Stunden später heraus, als das Schiff in Schaprode ablegte. Ich hatte in der Rekordzeit von ein und einer dreiviertel Stunde Schaprode erreicht und mein Auto auf dem Hof eines Gehöftes abgestellt. Diesmal sollten die beiden Tage (es war Himmelfahrt und der Freitag ein beweglicher Feiertag) wirklich Erholung sein. Waschzeug und Wäsche zum Wechseln und Verpflegung für einen Tag hatte ich im Campingbeutel verstaut. Ich lieh mir ein Fahrrad und radelte nach Kloster. Vor dem Hauptmann-Haus bot sich ein zauberhafter Anblick, ein Meer von blauen Vergissmeinnicht-Blüten, durchsetzt von roten Tulpen. Da der Frühling noch in den allerersten Anfängen steckte, das Buchenlaub auch noch nicht gewachsen war, hatte ich den vollen Blick auf das Haus. Als ich zum „Wieseneck“ kam, fragte ich in der Gaststätte nach einer Übernachtung. Der Wirt verwies mich an die Eigentümerin des Hauses, eine neunundsiebzigjährige Dame. Die war im weitläufigen Garten mit Rasenmähen beschäftigt.*

*Ihr Kater Argus kam auf mein Locken heran. Nein, sie habe kein Zimmer, aber, wenn ich mit einer Kammer, aussehend wie ein Geräteschuppen, (1.30m mal 2 m) vorliebnehme, könne sie mir helfen. Sie hätte diese immer an Studenten vermietet. Ich erzählte ihr, dass ich dieses Jahr mein 30. Jahr auf der Insel feiere, und so schaute ich mir den Schuppen an. Riesenbett, Nachttisch mit Lampe, Kaffeemaschine, Kleiderspind, Fach mit Besteck, das alles zum Preis von 20 Mark. Ich nahm dankend an. Toilette und Bad waren im angrenzenden Haus mit Heizung zu benutzen. Das nach Norden gerichtete Klappfenster gab den Blick aufs Meer und die Wiesen vor Vitte frei. Glücklich stellte ich meinen Campingsack ab und radelte auf der Plattenstraße zum Leuchtturm. Am Zaun stellte ich ordnungsgemäß das Fahrrad ab und wanderte zum Aussichtspunkt an der Steilküste unweit des Leuchtturms. Früher war dieses Stück gesperrt, weil hier die Armee stationiert war. Die Zäune wurden 1992 abgerissen, eine Tafel erinnerte daran.*

*Mit einem bayrischen Ehepaar kam ich ins Gespräch. Er ging 1948 nach Bayern und obwohl es in ihrem Heimatort zwischen Donauwörth und München auch Buchenwälder gibt, zieht es ihn immer wieder nach Hiddensee.*

*Die Sonne lachte. Sprosser und Heidelerchen hielten sich noch zurück, denen ist's wohl noch zu kalt. Der Weißdorn war auch noch nicht am Aufbrechen. Ich hatte so viel Freude und Power, dass ich spielend den*

*Swantevit-Berg bestieg. Die „Schildkröte“ (Betonelement vom Bunker 1945) war immer noch auszumachen. Die drei Kirchen von Stralsund grüßten weit hinten am Horizont.*
*Es war halb drei, als ich in Vitte ein Stück Sanddorn-Torte aß. Im „Seepferdchen“ im Süderende, saß ich geschützt vor dem Wind in absoluter Stille. Die Luft war wie Seide, keine Auspuffgase beleidigten die Nase. Weiter fuhr ich durch die Heide und sah das erste zarte Grün an den Sträuchern. Nun fegte der Nordostwind, mir wurde kalt. Als ich um sieben Uhr abends sehr müde in meiner Holzkammer ankam, fror ich erbärmlich. Ich klappte erst einmal das Fenster an, holte die Wolldecke aus dem Schrank, zog ein frisches T-Shirt, zwei Pullover, Leggins, warme Socken und zuletzt noch meine rote Kutte an. Das Gesicht brannte vom Wind. Dann kam das große „Aha-Erlebnis“: kein Laut zu hören, Stille. So etwas gibt es doch gar nicht!*
*Ich wollte nur noch schlafen, träumte wild und wachte immer wieder vor Kälte auf. Um sieben Uhr stand ich auf, nichts konnte mich mehr aufhalten, in eine warme Stube zu kommen und zu frühstücken. In der „Inselbar“ war´ s nicht möglich. Das Team bedauerte, gab mir aber wenigstens den Tipp zum „Haus am Hügel“ zu gehen.*
*Da war es wunderschön. Eine kleine Pension mit einem Restaurant und Rundumblick ins Grüne. Teuer, aber gediegen. Nach dem Frühstück lief ich zum Strand in Kloster, stieg die erste Treppe hinauf. Vogelgezwitscher von Finken, Meisen und Sprossern begleitete mich. Bleigrau war der Himmel, im Wald war ich geschützt vor dem Wind. Am „Klausner“ angekommen, warf ich einen kurzen Blick hinein. Ich vermisste die Ettenburg-Gedenkstätte. „Der ist umgelegt“ lautete die lakonische Antwort. Wohin? Das wusste Keiner.*
*Ich stieg die vielen erneuerten Holzstufen hinab zum Strand. Noch immer war das Meer bleigrau, aber es regnete wenigstens nicht. Mühselig lief ich über die Feuersteine im Sand. An der „Hucke“ hatte der Wind ganze Arbeit geleistet, immer mehr wird der ehemalige Steilhang abgetragen. Abgebrochen lag ein Baum unten, der andere hielt sich krampfhaft auf einem kreisrunden Stück Erdreich. Die Zweige hingen wie Seile herunter und wehten in der Luft. Halb zwölf war ich in Kloster. Als ich den Himmel genau betrachtete, sah ich, dass ein Streifen blauer Himmel hinter den grauen Wolken sichtbar wurde. Der Magen knurrte nach vier Stunden Wanderung und ich aß das typische Hiddensee-Gericht Sahnehering mit Salzkartoffeln.*

***Als ich die Imbissstube verließ, strahlte der Himmel hellblau. Die Sonne verzauberte mit einem Schlag das ganze Eiland. Dennoch fuhr ich nach einem zweiten Besuch im „Seepferdchen“ um viertel vier Uhr nach Schaprode.***
***Um vier kam die Fähre an und in aller Ruhe fuhr ich nach Hause.***
***Klaus war bereits eingetroffen. Offensichtlich war er froh, dass Mutter noch alles zum Abendbrot mitbrachte. Ich war so aufgewühlt, noch im Traum wanderte ich über die Insel.***
In schönster Blüte zeigte sich der Mai. Seit Deutschland wieder vereint ist, wurde der zweite Sonntag im Mai als Muttertag gefeiert, natürlich in erster Linie wegen des Geschäftsinteresses von Blumen- und Süßwarenläden. Kein Gruß von Jörg und Susanne. Klaus ließ sich bereits halb neun Uhr wecken, obwohl er sehr spät ins Bett gekommen war. Auch Tom nahm am Frühstück teil, weil Klaus da war. Glückwunsch zum Muttertag. „Wo sind die Blumen?“ Einhellige Antwort von Vater und Sohn: „im Garten!“ und schallendes Gelächter. „Im Garten blühen so viele Blumen, da brauchen wir sie Dir doch nicht in die Vase stellen.“
Die Vergangenheit holt einen immer wieder ein! Dies bewahrheitete sich für Inge. In einer Vertretungsstunde in der achten Klasse im Alban-Gymnasium kamen sie auf Religionen zu sprechen und ein Schüler fragte Inge direkt: “Glauben S i e an Gott!“ Jetzt musst du Farbe bekennen, du wirst nicht kneifen. „Ja“, sagte sie fest. “Wer an Gott glaubt, ist ein Idiot!“ so der Schüler. Inge war so wütend, dass sie empört antwortete: „Dann rechne mich mal ruhig zu den Idioten!“ Es kam noch schärfer. „Stimmt es, dass Sie in der Klappsmühle waren?“ Geduldig erklärte Inge, dass eine Psychiatrische Klinik keine Klappsmühle sei, sondern jeder Mensch psychisch krank werden könne, ohne geisteskrank zu sein. “Ja, in der DDR gab es Probleme, die einen krank machen konnten!“
Woher weiß er das? fragte sich Inge indessen unaufhörlich. Das konnte nur aus Castrin kommen, denn Castrin gehört zum Einzugsbereich des Alban-Gymnasiums. Wer könnte Dich von damals noch kennen?
Es könnte nur die Enkelin der alten Frau Hass sein, deren Sohn besucht das Alban- Gymnasium.
An einem Wochentag fuhr Inge nach Castrin, klingelte, ein sehr langer, blonder Junge öffnete ihr. Es war der Sohn. Die Mutti sei nicht zu Hause. Inge fragte ihn direkt. Ja, seine Großmutter hätte gesagt, dass sie irre sei und in der Klinik gewesen wäre. Unter dem Siegel der Verschwiegenheit hatte er dies seinem Schulfreund erzählt, der gab es weiter.

Als Inge am nächsten Tag ihre Schwägerin traf, fragte sie diese: “Was wird denn von Dir erzählt? In der ganzen Stadt ist es schon herum!“ Lass´ sie reden, dachte Inge, du kannst es nicht ändern, musst ihnen beweisen, dass du nicht irre bist.
Die Realschulklassen auf dem Lindenberg bekam sie bald in den Griff, wenn ihr auch die schnell nachlassende Aufmerksamkeit und Konzentration der Schüler zu schaffen machte. Aber der Gitarren-Unterricht bereitete ihr Kopfschmerzen. „Wo sind denn eure Gitarren?“ fragte Inge beim ersten Treffen? „Schauen Sie mal oben in den Schrank!“ wurde geantwortet. Da lagen acht Gitarren. Die musste Inge erst stimmen, womit fünfzehn Minuten vom Üben abgingen.„Die werden immer nach der Stunde in den Schrank eingeschlossen!“ Inge glaubte sich verhört zu haben. “Ja, die Lehrer geben sie nicht mit nach Hause, weil sie Angst haben, wir machen sie kaputt!“ So kann man doch gar nicht üben!“ meinte Inge. „Ja, das sollen wir ja hier bei Ihnen!“
Inge fiel auf, dass sie immer einen Schüler quälten und hänselten. O, wie grausam können Halbwüchsige sein!
Nach einer Stunde war es mit der Arbeitswilligkeit vorbei, sie war froh, wenn die zwei Stunden am Nachmittag zu Ende gingen.
In den Freistunden hatte Inge entdeckt, dass es einen schattigen Weg vom Lindenberg zum Augustasbad am Tollensesee gab. Den ging sie nun öfter und genoss die Stille und den schönen Blick auf den See.
Aussprache beim Schulrat. Der Schulleiter und der Vorsitzende des Personalrates am Alban-Gymnasiums waren zugegen. Über die Beleidigung ihr gegenüber wurde kein Wort verloren, aber über ihre unbeherrschte Aussage: “Solche Lehrer, die den Sozialismus hofiert haben, geben an dieser Schule heute noch Unterricht!“ wurde verhandelt. Bei einer Geschichtslehrerin alten Schlages war angekommen: “Frau N. ist schuld, dass Frau Templin in der Klappsmühle war!“. Die hatte nicht etwa das Gespräch mit Inge gesucht, sondern sich sofort beim Personalrat der Schule beschwert. Inge hatte sich vor dem Gespräch Notizen gemacht. Nach vierzig Minuten schickte der Schulrat die beiden hinaus und sprach im freundlichen Ton zu ihr:“ Ihr emotionales Verhalten und ´über das Ziel schießen´ schadet nur Ihnen, merken Sie das nicht? Bedenken Sie, dass sie die Eltern der Schüler mit Ihrer Holzhammermethode im Geschichtsunterricht kränken! Und bei der Kollegin entschuldigen Sie sich bitte!“ Das tat Inge nicht.
Das herrliche Sommerwetter veranlasste Inge, ihre körperlichen Kräf-

te mal wieder auszuprobieren. Sie umrundete den Tollensesee mit dem Fahrrad in drei Stunden. In der Gaststätte Klein Nemerow erschrak sie, die wunderbare alte Linde vor dem Komturei-Standbild war gefällt worden, ein gläserner Rundbau war als Veranda angebaut worden. Hinter der Gaststätte war ein großer Platz mit Tischen und Stühlen für Radler entstanden. Vorbei die idyllische Atmosphäre früherer Zeiten.
Der Unterricht im Sportgymnasium bereitete ihr viel Freude. Sie behandelte die Zeit nach dem ersten Weltkrieg, zeigte auch Filme über die Oktoberrevolution, die Interventionskriege und las aus dem Buch „Die Republik der Strolche“ von Grigori Bjelych vor. Aus der Autobiographie „Die Gratwanderung“, von Jewgenia Ginsburg las sie ebenfalls Ausschnitte. Die hatten die Zeit des Stalinistischen Terrors in der Sowjetunion zum Inhalt. Die Schüler zeigten Interesse und waren fleißig.
„Opfer haben das Recht, gehört zu werden“, das war der Tenor einer Veranstaltung in der Fachschule Neubrandenburg mit Joachim Gauck. Nach seiner guten Rede meldete sich ein Mann, der im Staatssicherheitsgefängnis in Berlin-Pankow gelitten hatte. Seine Rede war stockend und unbeholfen. Mit wachsender Erregung merkte Inge, dass einige Studenten anfingen zu lachen. Als er in der U-Haft in Dessau war, haben die Häftlinge geschrien wie kleine Ziegen oder Schafe, es sei immer noch in seinen Ohren. „Ich möchte nicht, dass es so ein System noch einmal gibt. Ich hoffe, wir passen auf und lassen es nicht noch einmal zu, dass so eine Diktatur besteht!“ schloss er seine Rede. Inge war so ergriffen, dass sie sich meldete, sie stimmte diesem Manne zu und dankte, dass er den Mut gehabt hatte, vor diesem Forum zu sprechen.
Anschließend sprach sie ein Professor der Fachschule an und lud sie zu einem Gespräch ein. Seine Frau war ebenfalls Lehrerin, stammte aus dem Altbundesland.
Inges Zeit als „Springer“ ging zu Ende. Der Schulrat hatte ihr im Gespräch versichert, dass sie im kommenden Schuljahr im Alban-Gymnasium als Musiklehrer eingesetzt würde.
Der letzte Schultag war gekommen. Sie erfuhr ihren neuen Stundenplan, nur fünfte, sechste, siebente Klassenstufe und zwei Stunden Wahlpflicht Musik in der zehnten Klasse. Da hat man mich ja schön nieder gestuft, dachte sie. Die Geschichtsklausur, die sie in den beiden zehnten Klassen schreiben ließ, sollte ein Kollege ein zweites Mal korrigieren. Einige Eltern der Schüler hatten hinter ihrem Rücken beim Schulleiter Beschwerde wegen ihres Geschichtsunterrichtes geführt. Sie waren arbeitslos und

trauerten der DDR und ihrer gesellschaftlichen Stellung, die sie da innehatten, nach. Dieser Kollege hatte jedoch das Kreuz, es abzulehnen. So ließ der Chef die von Inge zensierten Arbeiten unangetastet, die Klausuren wurden anerkannt. In Zukunft solle sie „objektiver" Geschichte unterrichten, verordnete ihr der Chef. Die beiden zehnten Klassen wurden ihr abgenommen, sie behielt im neuen Schuljahr nur eine siebente Klasse in Geschichte.

*14. August 1997*

***Heute habe ich die erste Schulwoche hinter mir. Vieles ist auf mich eingestürmt, aber dennoch überwiegt das Positive. Kein Vergleich zum „Springer-Dasein" der letzten Monate. Jetzt habe ich „meine" Klassen und unterrichte bis auf dreimal in der Woche im Musikraum. Die große Hitze hält noch immer an. Seit Montag arbeiten wir im dreißig Minuten-Takt. Wahlpflicht und Flötenkurs sind noch nicht angelaufen. Am Montag fühlte ich mich so frisch, dass ich abends um fünf Uhr Rainer in Schwarz bei Mirow anrief und Bescheid sagte, dass ich ihn besuche, um Jörg, Claudia und die Enkelkinder zu sehen, denn sie machten einige Tag dort Urlaub. Die Fahrt über Penzlin, Peckatel, Neustrelitz, Userin war wunderschön.***

***DerEmpfang im Pfarrhaus war es weniger. Jörg stand bei ihrem Eintreffen oben auf der Treppe und verkündete: "Ich muss Malte duschen!" Statt sie zu begrüßen, trug er Malte weg. Baby Clara schlummerte friedlich im Garten.***

***Im Gemeinderaum wurde gegessen. Ich zog eine Abkühlung vor und ging im See schwimmen, leider war das Wasser zu warm. Die Gummibärchen, die ich mitgebracht hatte, durfte Malte nach dem Zähneputzen nicht mehr probieren, obwohl er es zu gern getan hätte.***

***Ich sang Malte zwei Schlaflieder vor, dann gingen wir hinunter. Nach zwanzig Minuten tönte das Babyfon-Weinen. Malte: „Ich habe Angst vor dem Zahnteufel!" Wer hatte ihm denn den Quatsch erzählt? „Mama hat gesagt, wenn ich nicht artig, bin, kommt der Zahnteufel und holt mich!" Na, super, welche Erziehung! Gehorchen durch Angsteinflößen, das müsste mein Sohn als Pädagoge eigentlich wissen, dass dies grundfalsch ist.***

Klaus ist mit der Diplomarbeit fertig, wirkte gelöst.

*2. Weihnachtstag 1997*

***Der Heilige Abend verlief ohne Tränen, Kummer und Herzeleid. Auch Jörgs Fehlen war kein Wermutstropfen. Er rief spätabends aus Freital an, dankte für das Weihnachtspaket und kündigte sein Kommen mit***

***der Familie für den 29. Dezember an. Die Vorfreude auf Susannes Kommen war sehr groß. Am Samstag waren die Straßen so glatt, dass ich beinah vor der Haustür ausrutschte. Sonntagabend kam Klaus. Er musste am Sonntag schon wieder abreisen und noch drei Tage in Wienrode arbeiten.***
***Heilig Abend fiel diesmal auf einen Mittwoch. Ich kaufte wieder Forellen von der Zuchtanlage am Tollensesee; die waren so groß, dass sie nicht in die Pfanne passten und ich die Köpfe abschneiden musste. Tom hatte ein hübsches, kleines Bäumchen besorgt, Susanne und ichschmückten es. Wir staunten, dass uns Klaus zur Christmette begleitete. Die Kinder schenkten eine Tischlampe und Susanne eine CD mit der Filmmusik aus „Jenseits der Stille". Klaus gefiel das Sweatshirt, das mir eine Verkäuferin empfohlen hatte. Susanne bekam ein Kochbuch und einen Kalender von mir. Sie wollte wieder einmal Klavier spielen. Ich suchte die alte Dammschule heraus und los ging es. Ach, machte das Spaß. Ich weiß noch, wie ich mit Oma lernte.***
***" Meine" Gans, noch Heilig Abend ausgenommen und gefüllt, wurde köstlich, tiefbraun und die Brust ganz zart, sogar Tom enthielt sich diesmal jeder Kritik.***
***Klaus staunte über die vielen selbstgemachten Plätzchen und fragte immer wieder: „Wer soll das alles essen?" Susanne ließ es sich schmecken. Sie hat mir viel im Haushalt geholfen. Klaus berichtete, dass er eine Bauzeichnerin im Ingenieurbüro in Halle kennen gelernt hätte, die ihm endlich einmal wieder „Bauchflattern" bescherte.***

Klaus kündigte eine Überraschung an: „Ich komme nächstes Wochenende mit meiner neuen Freundin Cathleen!" Er hatte inzwischen eine Zusage von den Leunawerken erhalten, auch die Hobas-Werke in Neubrandenburg wollten ihn sofort einstellen, aber er entschied sich für Leuna. Auch Susanne hatte eine neue Liebe gefunden. Es war ein spanischer Physiotherapeut, der sich in Hamburg selbständig machen wollte. Zu Silvester war sie seiner Einladung gefolgt und nach Gran Canaria geflogen.
In der Rathaus-Druckerei hatte Inge Broschüren ihrer Autobiographie „Ankunft im Ungewissen" drucken lassen.
Am 17.Januar fand sie den Mut, in der Frauengruppe im Dorf Castrin aus ihrer Erzählung zu lesen.
Sinnigerweise war der Ort der Lesung der Kindergarten der Gemeinde. Es waren etwa fünfundzwanzig Frauen im Alter von 18 bis 75 Jahren

erschienen. Inge hatte vorher schreckliche Ängste. Die Lesung zog sich von sieben bis neun Uhr abends hin, anschließend verkaufte sie innerhalb einer halben Stunde alle zwanzig Exemplare und kam den Bitten nach, Widmungen in das Büchlein zu schreiben. Es war die Begegnung mit der Vergangenheit, mit Frauen, die sie seit 1963 kannte. Es kamen aber auch Neu-Hinzugezogene. Zweimal unterbrach Inge das Lesen, sie wurde gebeten, weiter zu lesen. „Sie haben geschrieben, wie das Leben ist, genau so habe ich die Küche von Jägers in Erinnerung!“sagte Viktor Jägers Frau. Zum Ende bekam sie einen zartrosa Nelkenstrauß. Inge war sehr überrascht von diesem Empfang. Hatte sie nun damit die Vergangenheit bewältigt? Ende Januar kehrte der Winter zurück, passend zum Beginn der Winterferien.

***30. Januar 1998***
***Klaus kam mit seiner neuen Freundin, sie ist klein und superschlank. Ein Weisheitszahn war ihm gezogen worden, er kühlte seine Wange mit Eis. Nachdem er sein Bett auseinander gebaut hatte, fuhren sie bereits am Sonntagnachmittag wieder ab.***

Am 16. März 1998 starb Onkel Hans. Friedlich war er in seiner Wohnung in Schkeuditz eingeschlafen. Er war bereits im 95. Lebensjahr. Inge beantragte bei der Schulleitung eine Freistellung, um an der Beerdigung teilzunehmen zu können. Es wurde nicht erlaubt. Mit Onkel Hans´ Tod verschwand das große Geheimnis eines Lebens voller Tragik. Für Inge war er die Güte in Person, er konnte keinem Menschen etwas zuleide tun. Und doch fand sie im Nachlass ihrer Mutter Schriftstücke, die einen ganz anderen Onkel Hans zeigten. Nach seiner Entlassung im Mai 1945 aus Bethel war er ins Elternhaus nach Naumburg zurückgekehrt. Die Mutter war ein Dreivierteljahr vorher an Lungentuberkulose gestorben. Ihr Erstgeborener war immer ihr Sorgenkind. Er studierte Theologie in Berlin, als die Liebe zu einem katholischen Mädchen, Tochter eines reichen Bergwerksbesitzers begann. Die Mutter war entsetzt, dass ihr Sohn ein katholisches Mädchen heiraten wollte. Onkel Hans geriet in einen Konflikt, der zu furchtbaren Folgen führte. Er wollte sich das Leben nehmen. Hätte Dr. Ewald Stier, sein Onkel, ihn nicht im Prozess auf § 51 (Unzurechnungsfähigkeit) gesetzt, wäre Onkel Hans sterilisiert worden. Die Folgen waren für die Geschwister verheerend. Die Familie Stier wurde durch die Nürnberger Rassengesetzen für erbkrank erklärt und die Töchter erhielten Eheverbot.Tante Ursel durfte noch heiraten, weil ihr Kind bereits unterwegs war und Lilo im September 1936 geboren wurde, aber

Mathilde, Inges Mutter, durfte nicht heiraten und ihre acht Jahre dauernde Liebe zu einem Marinearzt aus Liegnitz zerbrach.
Wer sollte sich aber nun um Onkel Hans kümmern? Inge war seit Weihnachten 1943 in Naumburg. Nun ergab sich plötzlich die Möglichkeit, dass sie einen Ersatzvater bekam, oder zumindest eine Person, die sie betreute. Ihre Mutter wollte wieder arbeiten und brauchte eine Aufsicht für Inge, die ja noch nicht in den Kindergarten gehen konnte. Was müssen das für Zustände in Naumburg gewesen sein?
Am 17. September 1945 wurde Inges Halbschwester Sabine in Naumburg geboren. Der Vater, ein zehn Jahre älterer Gartenbaugestalter aus Koblenz, war der Vater. Er arbeitete als Verwalter des Böttcher-Hofes in Saaleck bei Bad Kösen. Oft war die Mutter im Frühjahr 1945 mit dem Fahrrad von Naumburg nach Saaleck geradelt. Kamen die Tiefflieger, warf sie sich einfach in den Straßengraben über Inge.
Im Mai 1945 kamen die Amerikaner nach Mitteldeutschland. Inge erinnerte sich genau an diese Begebenheit. Das große Tor des Böttcher-Hofes stand weit auf und ein Jeep fuhr langsam hinauf zur Villa und hielt genau vor ihr und der Mutter. Ein farbiger US Soldat stieg aus, lächelte und gab Inge eine Tafel Schokolade. Die hatte aber so furchtbare Angst, dass sie sich unter dem Rock der Mutter versteckte. "Du kannst die Schokolade ruhig nehmen!" sagte die Mutter und dann sprach sie englisch mit dem Soldaten.
Was muss die Mutter gelitten haben, als der Vater ihres werdenden Kindes nach Bonn floh und sie nun ganz allein ließ? Musste ihre Schwester deshalb ins Kinderheim in Naumburg?
Onkel Hans wollte nach 1945 sein Theologie-Studium weiter führen. Dazu benötigte er jedoch eine ärztliche Bescheinigung, dass er gesund sei. Alle Ärzte jedoch, die er konsultierte, weigerten sich, ihm diese auszustellen. Zehn Jahre Bethel-Aufenthalt und die Diagnose „Schizophrenie" schreckten alle Ärzte ab. Natürlich war das schwer zu verkraften für Onkel Hans, er ließ nichts unversucht, aber das Geld für seine Reisen zu den verschiedensten Ärzten erbat er von seiner Schwester.
Als Inges Mutter ab 1946 in Weißenfels als Lehrerin arbeitete, kümmerte sich Onkel Hans um Inge, versorgte den Haushalt und kochte. Als Inges Mutter 1948 die schöne Wohnung in der Villa Moritz-Hill-Straße in Weißenfels bezog, kam Onkel Hans mit und dann wurde das Zusammenleben immer komplizierter. Es endete mit der Einweisung in die Psychiatrische Klinik Altscherbitz bei Leipzig. Fassungslos las Inge die eidesstattliche

Erklärung ihrer Mutter, dass Onkel Hans sie geschlagen hätte, weil sie ihm kein Geld mehr gab. Inge konnte es nicht glauben. Sie war so entsetzlich zerrissen in ihren Gefühlen. Nie hatte die Mutter mit ihr darüber gesprochen. Und doch erinnerte sie sich genau, dass nach Onkel Hans´ Weggang Sabine zu ihnen kam und eine glückliche Zeit begann.
Onkel Hans blieb nur zwei Jahre in den Kliniken von Altscherbitz. Er erhielt eine Wohnung in Schkeuditz, heiratete eine Witwe mit zwei halbwüchsigen Kindern und bekam 1955 einen Sohn. Der wurde sein ganzer Stolz. Als Briefträger arbeitete er viele Jahre in Schkeuditz und war sehr beliebt bei seinen Mitmenschen.
Neue Aufregungen gab es in der Schule. In einer Vertretungsstunde, Geschichte, neunte Klasse, heftete ihr ein Schüler einen Zettel auf den Rücken, ohne dass sie es merkte. Eine Kollegin nahm den Zettel ab. Darauf stand: „Ich hab´ Hunger, mir ist kalt, ich will zurück nach Buchenwald!" Natürlich drängte die Kollegin, sofort beim Direktor Meldung zu erstatten. Nach der fünften Stunde kamen drei Jungen und entschuldigten sich. Das ging Inge einfach zu schnell, sie nahm die Entschuldigung nicht an.
Auch in diesem Jahr beteiligten sich acht Schüler/innen der 7. Klasse am Wettbewerb des Mecklenburger Landtages mit dem Thema „No future, wir gestalten unser Leben". In vier Gruppen forschten die Schüler in den Bereichen Umweltschutz, Drogen und Alkohol bei Jugendlichen bis hin zur sinnvollen Freizeitgestaltung. Richard Glanze, einer ihrer leistungsstärksten Schüler, fertigte mit seinem Freund eine Wandzeitung an: er dokumentierte sein Hobby, das Segeln. Die Schüler stellten Wissenstests an, starteten Umfragen. Die Befragung von ca. einhundert Personen stellten sie in Statistiken dar und werteten sie aus. Die Schüler/innen arbeiteten fast ganz allein und waren sehr fleißig. Das Frühlingskonzert sollte diesmal in der Aula des Curie-Gymnasiums stattfinden, weil es im Alban-Gymnasium keine Aula gibt. In der größten Hitze fand um 15 Uhr die Generalprobe statt. Etliche Hauptdarsteller fehlten. Die gesprochenen Texte waren z.T.viel zu lang. Tröste dich, dachte Inge, die Generalprobe soll ja bekanntlich nicht klappen. In der Nacht schlief sie vor Aufregung fast gar nicht. Für das Musical hatte Inge noch Requisiten aus dem eigenen Haus angeschleppt, einen Roller, ein Dreirad und das Heide-Bild aus der Küche.
Große Freude am nächsten Tag: Das Kultusministerium teilt mit, dass acht Schüler der 7c den 2. Preis im Landeswettbewerb „No future-wir gestalten unser Leben" gewonnen haben. Zur Preisverleihung war sie mit

den Schülern ins Schweriner Schloss eingeladen. Ein Zettel im Fach der Schule kündigte ihr eine Hospitation durch den Schulrat an. Er kam jedoch nicht, stattdessen fand eine Aussprache mit dem Direktor und der Klassenleiterin des Schülers statt. Hier wurde Inge klar, dass sie die Klassenlehrerin wissentlich „ins Messer hatte laufen lassen". Es wäre ihre Pflicht gewesen, bei dem Gespräch mit Heberechts anwesend zu sein. Der Herr Direktor durfte sich den Satz anhören: „Sie hätten Frau Nabe verpflichten müssen, das Gespräch zu suchen!"

Inge reichte den Vorruhestands-Antrag per 31.7.1999 ein.

Die Auszeichnungs-Veranstaltung im Schweriner Schloss wurde schön, aber anstrengend. Fast sechs Stunden saßen sie im Zug, hin und zurück. Inge blieb die ganze Zeit bei ihren Schülern. Verletze bloß nicht deine Aufsichtspflicht! kam ihr in den Sinn. Sie spendierte allen acht Schülern einen Eisbecher und erfuhr bei dieser Gelegenheit auch einmal Interna ihrer Schüler. „Ach, Sie wissen doch gar nicht, was auf dem Schulhof los ist. Wir kennen die Orte, wo Drogen gehandelt werden!" Mehr war aber nicht von ihnen zu erfahren.

Punkt zwölf Uhr war im Sitzungssaal des Schlosses die Preisverleihung. Landtagspräsident Rainer Prachtl machte es kurz: „Hier haben schon der Zar und andere berühmte Menschen gesprochen!" Dr. Lißke, strahlend im kanariengelben Jackett, begrüßte Inge wie eine alte Bekannte. Die Schüler/innen erhielten als Preis Natur- und Tierlexika.

Mitte der folgenden Woche hospitierte der Chef in der 5a. Inge hatte in ihrer Wahlpflichtklasse (11.) bereits die Stunde mit Respighi ausprobiert und nun gestaltete sie diese in der 5a. Vier Frühlingslieder ließ sie zu Beginn der Stunde singen, dann Rhythmus klopfen und unter dem Thema : „Natur und Musik" die „Pinien der Via Appia" folgen. Die Schüler hatten Aufgaben zu lösen. Der Chef wertete nicht aus, sagte auch nichts nach der Stunde. Natürlich war die Disziplin bei Anwesenheit des Direktors hervorragend. Die Zensuren stehen fest, die Kinder tuen nichts mehr. Die Pubertäts-Erscheinungen in den 6. und 7. Klassen sind schrecklich. Inge war mal wieder reif für die Insel.

***Musical-Fahrt am 27. und 28. Juni 1998 nach Hamburg***

***Anstrengend, aber schön war es. Das Wichtigste: Uta kam Freitagabend mit dem Auto aus Vehlefanz, allerdings ohne jedes Gepäck. So schleppten wir uns mit Schlafsack, Isomatte, Wolldecke, Reisetasche und großer Umhängetasche (damit ich die Fahrkarten immer griffbereit hatte). Nach acht Stunden waren wir im Jugendhaus „Prisma",***

*empfangen von der rauchenden Leiterin, die sofort verschwand und uns am liebsten unten, in dem nach kaltem Rauch stinkenden Raum, das Nachtlager aufschlagen lassen wollte. Diesmal war keine Tante Herta zur Stelle. Ich protestierte, da ich die Räumlichkeiten aus vergangenen Jahren genau kannte. Schmutz, Dreck, Staub, überfüllte Papierkörbe, wohin man schaute. Was war aus diesem Schmuckkästchen geworden? Frau Lesse und mir wurde es so schlecht, dass wir am liebsten kehrt gemacht hätten, aber das ging nicht. Kurz vor zwei Uhr nachmittags fuhr der Bus bereits retour. Um drei Uhr begann die Vorstellung.*
*Sechs Büchsen Ravioli standen ungeöffnet, es reichte natürlich nicht für zweiundzwanzig hungrige Mäuler. Aber dann saßen wir doch endlich in der „Neuen Flora“. Claudia, meine Schwiegertochter aus Bautzen, kam auf den letzten Drücker mit schwarzem Hosenanzug und weißem Top. Vor allen Schülern drückte und küsste sie mich. Uta hatte ein enganliegendes, graublaues Minikleid an und sah wunderschön aus.*
*Die Rolle des Phantoms hatte diesmal ein tschechischer Sänger, er sang hervorragend und Christin Daae war von einer russischen Sängerin besetzt. Da das Wochenend-Ticket auch für Stadtbus und die S-Bahn gilt, konnte ich allen Teilnehmern noch fünf Mark zurückgeben.*
*Anschließend fuhren wir bei herrlichem Wetter über Blankenese nach Wedel zum Willkomm-Höft. Leider kamen wir zu spät, ab acht Uhr abends wird nicht mehr begrüßt, sagte uns eine Frau, nachdem wir eine Stunde vergeblich gewartet hatten. Im „Willkomm-Höft“ werden die Schiff jeweils begrüßt und verabschiedet.*
*Um elf Uhr nachts waren wir in Bergedorf, ein Gewitterregen prasselte auf uns nieder. Halb zwei Uhr nachts waren endlich alle eingeschlafen. Am Sonntagmorgen ging es zurück über Schwerin.*
*Im Namen aller Musical-Teilnehmer dankte mir Katrin Engel in der nächsten Musikstunde und überreichte einen rosa Nelkenstrauß mit Tausendschönchen, Gänseblümchen und gebundener Schleife, daran hing eine Schachtel Nougat-Pralinen.*
Der letzte offizielle Schultag war angebrochen. Die 5c war in der sechsten Stunde nicht mehr zu halten. Inge entschied nach ihrem Gefühl. Sie ging mit der Klasse auf den Schulhof und machte Spiele. Sofort kam der Anpfiff vom Chef: „Sie werden hier nicht für Sportspiele, sondern für den Unterricht bezahlt!“. Inge konterte:“ Schauen Sie doch mal in die vorhergehenden Seiten im Klassenbuch, wie viel Ordnungstadel und Anträge

auf Verweise da drin stehen! Ich habe das pädagogisch einzig Richtige gemacht und ihrem Bewegungsdrang Folge geleistet." Dann ließ er die Katze aus dem Sack: "Was soll ich nur mit Ihnen machen? Schon wieder habe ich einen Beschwerde-Brief auf meinem Tisch liegen, Klasse 7c. Sie sollen dort auf keinen Fall Geschichte weiter geben. Abmahnungen ändern ja nichts bei Ihnen!" Das ist also sein Kummer. Er will mich partout loswerden, folgerte Inge.
Anschließend sprach sie mit Frau Lettmann, die auch eine Enttäuschung mit ihrer eigenen Klasse im Landschulheim gerade hinter sich hatte. Sie beruhigte Inge und meinte: "Wer schreit, ist im Unrecht! Nehmen Sie es nicht so tragisch!" Bei all dem täglichem Kummer, der Undiszipliniertheit und Ungezogenheit der Jungen in Klasse 6, hatte sie aber auch ein denkwürdiges Erlebnis. Ein amerikanischer Film mit dem Titel „Schrei in die Vergangenheit" hatte i h r Problem zum Inhalt: ein Griechisch/ Lateinlehrer, ein Jahr vor der offiziellen Pensionierung, wird fristlos entlassen. Verspottet von den meisten Schülern als „Hitler der Untersekunda" kommt er zu der bitteren Erkenntnis: „Ich habe versagt. Ich hätte der Jugend Optimismus, Kameradschaft und Hilfe anbieten müssen. Ich habe es nicht getan!" Aber ein Schüler ist die Ausnahme, der schenkt ihm eine Bredowsche Übersetzung von Aischylos „Agamemnon" mit dem Eintrag:" Von ferne möge Gott auf den geliebten Lehrer blicken!" Das bewirkt den Wandel seines verkrusteten Wesens. In seiner Abschiedsrede sagt er den bemerkenswerten Satz, dem Inge aus vollstem Herzen zustimmen konnte: „Die Klassik ist das Fundament unserer Zivilisation, unserer Kultur und wenn die nicht mehr gewünscht ist, wo bleibt dann die Zivilisation?"
Die Linden blühen bereits und verbreiten einen betäubenden Duft.
Inges Projektkurs in der Projektwoche war erfolgreich. Katrin hatte gute Ideen. Gemeinsam mit Doreen nahmen sie Christian die Gipsmaske (Halbmaske) ab und drapierten sie auf einem schwarzen Tuch mit roten Buchstaben. Das war Bestandteil ihrer Wandzeitung „Phantom der Oper".
Am Wochenende war Klaus gekommen. Gemeinsam mit seinem Vater schleiften sie das Balkongeländer ab und versiegelten den Boden mit Fliesen. Auch Susanne kam mit ihrem Freund aus Hamburg.
Maltes dritter Geburtstag war am 1. Juli und Inge fragte an, ob sie zu einem Besuch kommen könne, um ihr Geschenk abzugeben. Es wurde gewährt.
Diesmal bog sie um elf Uhr von der Dresdener Autobahn in Königsbrück

ab und fuhr durch die Dörfer der Oberlausitz. Eine wunderbare Landschaft bot sich ihren Augen. Mit Kartoffelsuppe und Würstchen vom Vortag wurde sie empfangen. Ihr Geschenk wurde sofort abgewertet, als Mama feststellte, dass der Bademantel farblich ja für ein Mädchen sei. Inges Gegenargument: Na dann kann Clara ihn später tragen, wurde nicht beachtet. Dafür gefiel der bunt karierte stoffbezogene Koffer von Oma, in den Malte gleich seine Spielsachen packte. Malte erschien Inge sehr dünn, er trug jetzt auch eine Brille.
Am Abend begann es zu regnen, müde und abgespannt kam Jörg von der Schule. Nach dem Abendbrot begann Claudia: „Ich muss jetzt joggen, ich muss hier raus, ich halte das nicht aus. Ich gehe zu Birgit!“ Oma kommt und die Schwiegertochter verlässt das Haus, das ist eine merkwürdige Reaktion.
Dann zeigte ihr Jörg das Video von Claras Taufe, an der Inge nicht teilgenommen hatte. Jörg blickte immer ernst.
„Morgen muss ich nach Dresden zum Zahnarzt!“ verkündetet Claudia nach ihrer Rückkehr, da Montag unser Hochzeitstag war, hatte ich den Termin verschoben, Du kannst ja solange auf die zwei Kinder aufpassen!“ Wohlwissend, was vor zwei Jahren in Dresden passiert war (Malte war nachts aufgewacht und hatte wie am Spieß gebrüllt, als seine Mama nicht da war, stattdessen die fremde Oma), sagte Inge, dass sie die Verantwortung für zwei Kinder nicht übernehme. Gut, dann fahren wir mit beiden Kindern!“ entschied Claudia.
Um halb neun Uhr morgens fuhren sie mit dem Auto los. Es war Stau auf der B 6. Als sie auf dem „Weißen Hirsch“ ankamen, waren die Kinder bereits eingeschlafen. So konnte Inge auch ein wenig ausruhen. Claudia ging zum Zahnarzt, nun musste Malte noch wegen einer schmerzhaften Afte zum Zahnarzt. Er war brav und bekam anschließend ein Bäckerbrötchen. Inge wäre gern sofort nach Bautzen zurückgefahren, da sie am Vortag ohnehin den ganzen Tag auf der Straße im Auto verbracht hatte und es war Freitag, viel Wochenendverkehr, dazu die Hitze. Nein, nun wollte Claudia zur Standseilbahn und gleich in einer Imbissgaststätte mit den Kindern zu Mittagessen.
Wahnsinnsverkehr erwartete sie auf dem Körnerplatz und jetzt stand ihnen noch der Weg über das „Blaue Wunder“, die Elbbrücke, bevor.
Als sie halb vier Uhr in Demitz-Thumitz ankamen, fiel Inge todmüde auf die Matratze, ihre Schlafstatt im Kinderzimmer. Eine Stunde schlief sie erschöpft, dann aufwachend stellte sie fest: sie war allein in der Woh-

nung. Also zog sie sich an und ging nach draußen. Da kam Jörg ihr mit beiden Kindern entgegen. Er müsse nun noch unbedingt zu Birgit und die ausgeborgten Bänke von der Feier zurückbringen. Als beim Abendessen die Hände gereicht wurden, krähte Malte:
„Ich fasse Omas Hand nicht an!“ Kein Kommentar von Jörg. Claudia tadelte, dann klappte es. Die Aufregungen des Tages zeigten bald ihre Folgen, Inge bekam starke Bauchschmerzen.
Um Mitternacht schrie Clara, gegen zwei Uhr morgens saß Malte aufrecht im Bett und brüllte:
„Mama, mach´ die Tür auf!“ Inge versucht ihn zu beruhigen, er schlief auch tatsächlich wieder ein, aber um fünf Uhr weinte er bereits wieder und schrie:“ Ich will zu meiner Mama!“ Inge sagte die für ihn erlösenden Worte: “Na, dann geh´ doch zu Deiner Mama!“ Beiläufig erfuhr sie, dass Malte das erste Mal allein im Kinderzimmer geschlafen hatte. Bisher war er immer im elterlichen Schlafzimmer.
Es war zu viel für Inge. Sie packte ihre Sachen zusammen, schrieb eine Nachricht für Jörg und fuhr um sechs Uhr morgens nach Hause. Die Magenschmerzen verschlimmerten sich, sodass sie gleich in die Poliklinik in Neubrandenburg ging.
Am Abend erzählte ihr Jörg am Telefon, dass in Demitz-Thumitz die Magen/ Darmgrippe ausgebrochen sei.
Inge krümmte sich vor Schmerzen, endlich nach fünf Stunden Tropfen-Einnahme wirkte das Medikament. Sie hütete das Bett, wie schön, wieder zu Hause zu sein. Das herrliche Grün um sie herum, ihre Blumen. Kein Kindergebrüll, keine Hektik.
Zwei Tage vor ihrem Geburtstag begannen die Beratungen in den Arbeitsgruppen der Schule. Der undiszipliniierteste Schüler einer sechsten, jetzt siebenten Klasse, war auf Beschluss aller in der Klasse unterrichtenden Lehrer in eine Parallelklasse versetzt worden. Damit sollte ein Zeichen gesetzt werden. „So weit dürfen wir es nicht noch einmal kommen lassen, wir sind selber schuld!“ meinte Dr. Herfurth abschließend.
Inges Stundenplan sah verheerend aus. Kein Geschichtsunterricht, nur Musik in allen sechsten, siebten, achten Klassen und Religionsersatz (Musik) in den jeweiligen Klassen. Warum erhielt sie keinen Unterricht in den oberen Klassen? Und immer Unterricht in den sechsten Stunden.

Anfang Dezember hatte ihr Kinderchor den ersten Auftritt im „Radisson Hotel“ am Markt. Es war die Weihnachtsfeier der Selbsthilfegruppe Osteoporose-Kranke. Für die Kinder hatte sie die Freistellung in der sechsten Stunde erwirkt, denn es begann 14 Uhr, sie selbst musste die Stunde nachgeben. Anne, ihre Gitarrenschülerin aus der Realschule, die sie auf Wunsch der Mutter privat weiter unterrichtete, spielte fehlerfrei und tadellos. Die beiden Blockflöten spielenden Schülerinnen hatten mit der enormen Hitze im Raum zu kämpfen. Die Weihnachtslieder kamen gut an, wurden auch von den Zuhörern zum Teil mitgesungen. Zum Abschluss erhielt sie einen Strauß lachsroter Rosen und eine Prämie für die Chorkasse. Sie lud die Kinder anschließend zum Eis-Essen in das italienische Eiscafe „Venezia“ im Markt-Center ein.

Das nächste Weihnachtkonzert gaben sie im Kaufhof, jeweils eine halbe Stunde. Die Senioren im „Sandkrug“ wurden ebenfalls mit einem Programm erfreut, am gleichen Nachmittag auch das Kollegium des Alban-Gymnasiums und als Krönung am vierten Advent ein Auftritt im neuen Marktplatz-Center, das sich immer mehr zu einem Treffpunkt der Neubrandenburger entwickelte.

Zwei Schülerinnen ihrer neunten Klasse, die sie immer freitags in der sechsten Stunde unterrichtete, wollten mit ihrem Jazz-Dance-Programm gern mitmachen. Sie wurden dann auch buchstäblich der „Magnet“, denn als die jugendliche Popmusik ertönte, strömten die Zuschauer in Scharen herbei. Auch Eltern ihrer Sänger/innen waren gekommen und halfen; anschließend gab es Geschenke vom Management des Centers: für jedes Kind ein T-Shirt, Tamagotchies, Schokoladen-Weihnachtsmänner, Jo-Jos und Farbkästen. Es gab zwar keine Geld-Prämie für die Chorkasse, aber die Kinderherzen waren, so beschenkt, sehr glücklich. Bei all den Vorbereitungen hatte Inge noch eine Woche lang schwedische Gäste vom Lehrerinnen-Austausch in ihr Haus aufgenommen.

Am frühen Morgen des Heiligen Abends parkte Inge ihr Auto an der Fachhochschule und lief zur Forellen-Zuchtanlage. Die Krähen saßen noch auf ihren Schlafplätzen, den Bäumen am See und machten ein Mordsgeschrei. Rosarot ging die Sonne im Osten auf, es war eine wunderbare Morgenstimmung.

Kurz nach ein Uhr Mittag kam Susannes Zug. Im schwarzen Ledermantel wirkte sie noch schlanker. Diesmal hatte sich Inge ein besonderes Geschenk ausgedacht. Das Programm der Dresdener Musikfestspiele im Mai/Juni versprach im Zwingerhof in einer Freilichtaufführung Rossinis „Barbier von Sevilla“mit anschließendem Feuerwerk. Zwei Karten hatte sie bestellt und Susanne dazu eingeladen.

Zum Frühstück gesellte sich Tom. Oma Margarete hatte wieder eine Gans geschenkt und Inges Aufgabe war es, sie zu braten. Natürlich freute er sich, dass Susanne da war und auch Klaus kam am 2. Feiertag dazu.
Am dritten Feiertag schliefen Klaus und Susanne bis halb zwölf Uhr Mittag. Inge war sauer, denn um diese Zeit bereitete sie in alter Gewohnheit das Mittagessen. Soll ich mich immer nach meinen Kindern richten? haderte sie mit sich und verließ um ein Uhr gekränkt das Haus. Sie musste raus und fuhr nach Feldberg, wanderte und ließ den Groll dort.
Tom freute sich, er lud Klaus und Susanne zum Mittagessen in die Gaststätte „Sandkrug“ ein.
Jörg schickte ein Päckchen es enthielt Brigitte Reimann´s Roman „Franziska Linkerhand“, das sie unter Aufbietung aller ihrer Kräfte bis zu ihrem Tod geschrieben hatte.
Wegen der Kritik am Plattenbau und seinen sozialen Wirkungen war das Buch im Verlag „Neues Leben“ 1974 in gekürzter Form veröffentlicht worden. Nun hielt sie die ungekürzte Fassung, vom Aufbau Verlag herausgegeben, in der Hand.
Auch Susanne hatte ein Buch geschenkt, mit dem bezeichnenden Titel: „Du bist nicht so wie andre Mütter“ von Angelika Schrobsdorff, ein jüdisches Frauenschicksal. Hier schrieb eine Tochter das Leben ihrer Mutter nach Briefen, Fotoalben und Gesprächen mit Freunden auf, wie ein Puzzle.
Natürlich tat Inge ihr Benehmen vom Vortag leid und am 2. Feiertag lud sie Klaus, Cathleen und Susanne zum Essen ein. Inge wollte einmal nicht am Feiertag in der Küche stehen. Sie rief im Schlosshotel Kittendorf an, da war alles ausgebucht, aber im Schlosshotel Groß Plasten gelang es ihr, einen Tisch zu bestellen. Es wurde ein schöner Tag, sie wanderten anschließend durch den Park zum Schloss Klein Plasten. Das Autofahren übernahm Klaus. Er bedankte sich am Abend noch einmal extra für den schönen Nachmittag.
***31.Dezember 1998***
***Der letzte Tag des Jahres wurde ein schöner Tag. Die Sonne schien den ganzen Tag, wir haben morgen Vollmond. Ich schaute mir gestern im Autohaus Grützner Autos an. Mein Ford Fiesta ist nur noch fünftausend Mark wert. Eigentlich wollte ich Silvester im Kreis lieber Menschen verbringen, aber da dies nicht möglich ist, beschloss ich eine Wanderung zu machen. Ich fuhr nach Annenwalde, ein kleiner malerischer Ort zwischen Lychen und Templin, im Wald gelegen. Als ich um elf Uhr ankam, sagte mir der Wirt, dass alles ausgebucht sei.***

***So ließ ich mir einen Weg beschreiben und machte einen Spaziergang um den See, über Koppeln, am Ufer entlang, manchmal etwas sehr feucht.***
***Nach einer Stunde war ich wieder im Reiterhof am Ausgangspunkt. Ich leistete mir ein Fischgericht, ein überbackener Zander mit Gemüse. Leider war das Gemüse nicht gar gekocht und die Blumenkohl-und Broccoli-Röschen liegen mir noch jetzt schwer im Magen.***
***Auf dem Rückweg fuhr ich noch über Lüttenhagen zum Schmalen Luzin, wanderte noch einmal in die Runde und genoss den Blickauf den „versilberten" Luzin. Die Sonnen leuchtete, aber dann hatte ich auch Mühe, die Müdigkeit zu bezwingen.***
***Eben rief Susanne an. Sie ist doch nicht nach Amsterdam gefahren und feiert bei Freunden. Auch Klaus rief kurz an. So werde ich eben, wie immer, in aller Ruhe das neue Jahr begrüßen.***
Nach langem Überlegungen stand Inges Entschluss fest: ich kaufe ein neues Auto! Fünftausend Mark bekam sie noch für den Ford Fiesta, siebzehntausend Mark musste sie noch dazu legen. Bei strömenden Regen holte sie das Auto ab. Klaus hatte es ihr empfohlen. Es war ein Kleinauto, ein Joker, Marke VW Polo. Die Formalitäten waren in einer Stunde abgewickelt, inclusive Probefahren.
Der Fahrer stellte ihr das ABS-Bremssystem vor. Es war nicht leicht, alle neuen Griffe, Hebel und Schalter gleich zu behalten, aber ich lerne das noch, dachte sie optimistisch. Der Händler staunte nicht schlecht, als sie die gesamte Kaufsumme mit einem Mal bezahlte.
Am Freitag schleuderte ihr Frank in der sechsten Stunde Musik an den Kopf: "Wenn Sie es nicht aushalten, können Sie ja nach draußen gehen!"
Als Inge im Lehrerzimmer davon erzählte, meinte Frau Lettmann: "Bei mir und Frau Orchert biedert und schleimt er sich an, dies ist für mich ein Beweis, dass er eine „Verbrechernatur" hat, weil er bewusst quält! Denken Sie an den Beschluss des Kollegiums vom August. Wenn er sich nicht ändert, wird er von der Schule verwiesen. Regen Sie sich nicht auf!"
In der Nacht hatte sie einen Albtraum. Sie war in der Psychiatrie und wurde festgehalten, so dass sie nicht unterrichten konnte.
Zum ersten Mal in ihrem Leben erhielt ein Schüler von ihr die Note sechs in Musik auf dem Halbjahreszeugnis. Frank hatte ihr den" Krieg" erklärt, weil er durch sie in eine andere Klasse versetzt wurde.
Nun verfolgte sie sein Hass.
Die Wandzeitung über den Besuch des Musicals „Phantom der Oper"

nahm fast die ganze vordere Breite des Musikraumes ein und wurde gebührend von Schülern und Lehrern bestaunt. Jetzt interessierte sich sogar der Redakteur der Schulzeitung dafür und wollte einen Erlebnisbericht von einem Teilnehmer.
Schon wieder näherte sich das Ende des ersten Schulhalbjahres und viele Korrekturen standen an.
Die Hals-Nasen-Ohren-Ärztin in Neustrelitz, spezialisiert auf Patienten in Sänger-und Sprech-Berufen, hatte eine Kur für Inge beantragt. Mitte Januar erhielt sie schriftlich Bescheid, dass am 11. Februar ihre Kur in Bad Oeynhausen beginnt. Die Winterferien fielen in diese Zeit. Inge war inzwischen schon wieder bei der Vorbereitung des Frühlingskonzertes. In diesem Jahr wollte sie Ostern wieder im Schloss Kittendorf singen.
Einige Schülerinnen wollten sich beim Geschichtswettbewerb, den das Land Mecklenburg-Vorpommern ausschrieb, beteiligen. Das Thema war diesmal: „Zehn Jahre Wende, was hat sie uns gebracht?“ Zwei Stunden lang erarbeitete Inge eine Gliederung und erzählte dann, wie sie darüber dachte. Sie wollten von den Ereignissen des 9.11.1989 ausgehen, Fotokopien aus der „Neuen Berliner Illustrierten“einbauen und die Unvereinbarkeit der beiden System an Hand von Befragungen beweisen. Längst war die Euphorie der Wende dem nüchternen Alltag gewichen.
Die massiven Entlassungen bedrückten viele Menschen im Osten. Die „Anhörung“ beim Schulrat fand statt. Ihre schlimmen Vorahnungen bewahrheiteten sich. Bei einem Rechtsanwalt, spezialisiert für Mobbing-Fälle, hatte sich Inge einige Tage vorher erkundigt. Der sagte ihr, dass sie bei der Anhörung um eine Person des Vertrauens bitten könne, wenn das nicht geschieht, solle sie sich schriftlich bestätigen lassen, dass auf der Anhörung bestanden wurde. Der Schulrat unterschrieb, der etwas verdutzte Direktor tat es nicht. Was nun folgte, war eine Niedertracht. Nicht nur, dass ihr totale Inkonsequenz vorgeworfen wurde, viel schlimmer, fachlich sei ihr Unterricht unzureichend. „Ich habe keine Lust mehr wegen Ihres Verhaltens hier ständig ins Schulamt zu kommen. Na ja, früher sollen Sie ja auch schon aufgefallen sein. Ich weiß es ja nicht, aber das erzählen die Eltern der Schüler, die auch schon ihre Schüler waren!“ Ihre außerschulischen Erfolge und Aktivitäten wurden abgewertet. Das sei nichts Besonderes, denn man habe da ohnehin die willigsten Schüler. Und so redete, redete, redete er und machte Inge immer schlechter. Am Vortag zur Dienstberatung wurde bekannt, dass der Schüler, der Inge nach der „Klappsmühle“ gefragt hatte, betrunken zum Unterricht gekom-

men war und deshalb von der Schule verwiesen wird.
Inge hatte sich zur äußersten Ruhe gezwungen und beherzigt, was der Rechtsanwalt eindringlich gemahnt hatte. Sie sagte nichts zur Rede des Chefs und meinte nur knapp: "Kann ich mich dazu schriftlich äußern?". Der Schulrat, der die Gesetze besser kannte, meinte nur: "Ja, das dürfen Sie!"
In den folgenden Tagen bekam sie die Reaktion der Kollegen zu spüren. Jeder distanzierte sich von ihr. Und für d i e Menschen bereitest du ein Frühlingsprogramm vor? dachte sie.
Doch einen Lichtblick gab es jeden Freitagnachmittag, der Gitarrenunterricht mit Anne, die nun immer besser spielte. Was gibt es Schöneres, als wenn Schüler und Lehrer gemeinsam musizieren! In diesem sensiblen Alter sind die Mädchen oft sehr musisch tätig. Anne malte auch, schrieb Gedichte und ließ Inge an ihrem Leben teilnehmen.
Gespannt war sie, als sie in der Reha Klinik Bad Oeynhausen anreiste. Es war Westdeutschland.
Noch immer spukten im Kopf die alten Begriffe Ost, West. Die Chefärztin, eine attraktive Frau von Mitte fünfzig, untersuchte sie noch am Ankunftstag. Sie erklärte Inge, dass die Stimme und der Magen untrennbar miteinander verbunden seien. Sie wolle feststellen, ob Inge das Bakterium Helicobacter Pylori habe und verordnete eine Magenspiegelung.
Inges Therapiekalender war prall gefüllt. Die Magenspiegelung ergab, dass sie das Bakterium im Magen habe und nun eine Diätkur durchziehen müsse. Die Medikamente dafür musste sie selber aus der Apotheke holen und bezahlen.
In der logopädischen Stunde wurde ihr gesagt, dass sie zu wenig in der Tiefe spreche und dadurch ihre Stimme überanstrengt. Der Logopäde war ein junger Mann, ausgebildeter Sänger, der wunderbar erklärte. Plamm plamm, plamm plemm, plemm plemm erinnerten sie an ihre Einsinge-Übungen im Chor. Es machte richtig Spaß. Der Übungsraum hatte große Spiegel, in denen sie alle Übungen kontrollieren musste.
Natürlich erzählte Inge ihrer Psychologin von den Schwierigkeiten im Beruf. „Ihnen fehlt ein gesundes Selbstbewusstsein!" stellte diese fest. „Sie dürfen keine Angst haben, denn Schüler spüren dies instinktiv".
„Bewegung im Klassenzimmer" war ein Buch, das ihr eine Patientin, auch Lehrerin von Beruf, empfahl. Darin waren kinesiologische Übungen enthalten und erklärt. Das nächste Buch, das sie an den freien Wochenenden las, war „Brain Gym in der Schule". Das kann ich für meinen

Unterricht gebrauchen, stellte sie fest. Die Entspannungsübungen aus dem Buch probierte Inge gleich an sich selbst aus. Sie waren verpackt in reizende kleine Geschichten. Eine handelte vom Zaubermantel, eine andere von der rosaroten Wolke. Fünf Minuten den Kopf auf den Tisch legen, die Augen schließen und hören. „Wir gehen über den Regenbogen in den Himmel, wo viele Wolken in verschiedenen Farben segeln. Nun nehme ich mir eine und reiße ein Stück davon ab. Dann fliege ich zu dem Kind, mit dem ich mich gerade gezankt habe, bitte es um Verzeihung. Ich gebe ihm ein Stück meiner rosaroten Wolke. Alles ist wieder gut. Ich rutsche den Regenbogen hinab auf die Erde, zurück in die Wirklichkeit!" Das Entscheidende der Übungen war, dass die soziale Komponente, das menschliche Miteinander, eingebunden wurde.
Inge hatte erfahren, dass die Entfernung von Bad Oeynhausen bis Hamburg nur 185 km betrug und sie lud Susanne zu einem Besuch ein. Am Sonntagmorgen holte sie Susanne vom Bahnhof ab. Sie zeigte ihr den Sielpark, das Gradierwerk und sie liefen durch den Kurpark über die Bali-Therme zur Klinik. Während Susanne herzhaft in ihr Kotelett biss und es sich schmecken ließ, verging Inge der Appetit bei ihrem fettlos gebratenem Stück Fleisch. Als Inge eine Entspannungsübung mit Susanne ausprobierte, schlief Susanne ein.
Anschließend gingen sie in die Therme und schwammen eine Stunde. „Du siehst aber erholt aus!" meinte Susanne und „Du sprichst so leise!" Viel zu schnell verging dieser schöne Tag. Am Abend fuhr Susanne wieder ab.
Am Mittwoch war sie zur Abschlussuntersuchung bei der Chefärztin. Sie hielt die Zunge so brutal fest, dass das Zungenbändchen schmerzte. Die Schleimhautfärbung am Kehlkopf oberhalb der Stimmlippen war immer noch nicht ganz in Ordnung, es musste also weiter behandelt werden. Als Inge ihre Furcht vor dem Schulbeginn äußerte, meinte sie:" Sie sind so stark, Sie haben in ihrem Leben so viel gemeistert, was jetzt kommt, ist nur noch Freude. Sie müssen daran glauben!"
In der letzten Nacht ihres Aufenthaltes träumte sie, dass sie verzweifelt Oma suchte. Da kam Oma ihr entgegen und sie war jung, schön und gesund. Sie lächelte, sah aber an Inge vorbei, als kenne sie sie nicht. „Sie braucht mich nicht mehr!" schoss es Inge durch den Kopf und erwachte. Was bedeutete wohl dieser Traum? War s i e es vielleicht, die aus dem Schatten der dominanten Mutter getreten war?
Als sie sich am Morgen von den Tischgästen verabschiedete, standen alle

auf. „Ich bin doch noch nicht so alt, dass Sie alle aufstehen!“, sagte sie. Nein, dass gebiete der Respekt, wurde ihr geantwortet.
Die Fahrt nach Kittendorf zum Frühlingskonzert war geklärt. Mit Privatautos fuhren die Eltern ihrer Sänger am Ostersamstag ins Schlosshotel. Der Gartensaal war eingeräumt. Während sie Generalprobe abhielt, schauten sich die Eltern den Schlosspark an und waren begeistert.
Fünfundvierzig Minuten dauerte Inges Frühlingsprogramm. Herr Trettler, der Schlossbesitzer, vergaß am Ende des Konzertes, den Hut herum gehen zu lassen, gedacht als ein finanzieller Obulus für den Chor, aber dafür gab es einen kleinen Imbiss und anschließend eine Schlossführung. Robert überreichte Inge im Auftrag des Chores eine Gerbera, als Dank für ihre Mühen. Herr Günther, Großvater eines Sängers bat sie, sich noch einmal mit allen Sängern am weißen Steinway Flügel aufzustellen, um ein Erinnerungsfoto zu machen.
Susanne sagte ihren Osterbesuch ab. Sie hatte sich an der Wurzel des Mittelfingers mit dem Küchenmesser scharf geschnitten. Da die Stelle nicht genäht werden konnte, musste sie die Hand ruhig halten.
Inge sattelte ihr Fahrrad und fuhr den Uferweg am Tollensesee nach Klein Nemerow. Die Klosterruine war saniert und zwei große Tore eingesetzt worden. Die Philharmonie plant im Sommer ein Freiluftkonzert. Die blauen Leberblümchen und weißen Buschwindröschen blühten schon, die Finken schlugen und der See lag da wie blau gespannte Seide.
Inge hatte errechnet, dass sie jetzt ihre Ratenzahlung für das Haus beendet haben müssten. Sie sprach mit der Mitarbeiterin der Wüstenrot-Versicherung und erfuhr, dass sie erst bei der Bank eine „Löschungsbewilligung“ beantragen müsse, ehe die Notarin die Eintragung ins Grundbuch vornehmen kann.
Inge wollte das Haus verkaufen, Tom konnte sie ja auszahlen, wenn er weiter im Haus wohnen bleiben wollte.
Leichter gedacht, als getan. Wo sollte sie eine neue Wohnung in Neubrandenburg finden? In eine der alten Plattenbauten wollte und konnte sie nicht einziehen. Am Treptower Tor wurden Eigentums-Wohnungen angeboten. Ausblick auf die Hofeinfahrt und den Hof zu einem Preis von 300 000 Mark. Nein, das kam für Inge nicht in Frage. Nun brauchte sie noch ein Gutachten für den Zeitwert ihres Hauses.
Immer an den Wochenenden, wenn Inge Zeit hatte, las sie im Tagebuch der Urgroßmutter und übertrug aus der Sütterlinschrift in die heutige lateinische Schreibweise. Nun wollte sie aber auch das Tagebuch für die

Kinder und Verwandten drucken und dazu brauchte sie einen Computer. In einem Spezialgeschäft erkundigte sie sich. Der Computer hatte etliche Kabel, nahm viel Platz weg und das gefiel ihr ganz und gar nicht. Aber eine ansprechende Variante bot der japanische Laptop, Notebook. Er konnte aufgeladen, auf Reisen mitgenommen werden und war von der Steckdose unabhängig. Der Laptop allein tat es aber auch noch nicht. Jetzt brauchte sie noch einen Drucker. Der Computerhändler schwärmte ihr von dem japanischen Drucker Canon BJC- 80 vor; klein, sehr handlich. 3476 Mark kostete die gesamte Anschaffung. Mit dem Computer tat sich für Inge „ein Terra X", ein unbekanntes Land auf. Jetzt hieß es: lernen, lernen, lernen.
Eine Bekannte, die bereits einen Computerkurs absolviert hatte, brachte ihr die ersten Kenntnisse bei. Leider sprach und agierte sie so schnell, dass Inge Mühe hatte mitzukommen. Als sie ihre erste Seite geschrieben und korrigiert hatte, vergaß sie zu speichern. Groß war ihre Enttäuschung, denn die ganze Arbeit war umsonst gewesen, die Seite verschwunden. Da hilft kein Jammern, nur aus Fehlern lernt man, tröstete sie sich selber.
Am 17. April erinnerte sie sich, dass ihre Urgroßmutter vor 161 Jahren geboren wurde. Was sie wohl sagen würde, wenn sie wüsste, dass ihre Urenkelin sich ihrer erinnerte, ihr Tagebuch und die Briefe an ihren Verlobten las und aufschrieb?

Zum 65.Geburtstag von Professor Siegfried Matthus ließ Inge die Kinder Glückwunschkarten schreiben und schickte sie ab. Inge plante einen Studientag mit musikinteressierten Schülern und ihrem Chor zu einem Konzert in Rheinsberg. Generalprobe zur „Operngala im Schlosshof" war der Titel. Professor Matthus versprach ihr, über den Direktor die Freistellung vom Unterricht für sie und die Schüler zu erwirken.
Inge schrieb einen Leserbrief an die Schülerzeitung und drückte ihr Bedauern aus, dass an der dieser Schule moderne Unterrichtsmethoden unerwünscht sind (Bryan Gym). Der Brief wurde dem Chef hinterbracht, mit ihr sprach man nicht. Erneute Aufforderung zu einer Anhörung wegen „Störung des Betriebsfriedens und Verletzung der Verschwiegenheitspflicht". Inge rief ihren Rechtsanwalt Müller-Amenitsch in Berlin an, der gab ihr Verhaltensregeln. Ruhig und gelassen sagte sie ihr Sprüchlein auf: "Ich bitte um Akteneinsicht und werde mich jetzt nicht äußern, erst, wenn mein Anwalt die Angelegenheit und Vorwürfe geprüft hat!"„Pass auf, das nächste ist die Kündigung!" prophezeite ihr eine Kollegin.

Der Rechtsanwalt schlug vor, Klage einzureichen. Er verlangte, dass die Abmahnung aus Inges Akte genommen wird. Gründe:

1. keine Anhörung
2. kein Personalrat und keine Person ihres Vertrauens anwesend,
3. Keine Rechtfertigung der Abmahnung wegen Geringfügigkeit ihres Vergehens
4. Gründe für die Brechung der Verschwiegenheitspflicht nicht bewiesen, sondern unterstellt.

Auf keinen Fall solle sie einen Antrag auf Berufsunfähigkeit stellen, wie es ihre HNO Ärztin vorschlug. Das sei im höchsten Grade demütigend. Sie solle lieber das Jahr bis zur Rente über die Runden bringen und sich zur Not krankschreiben lassen.

Zu Pfingsten kam Susanne. In diesem Jahr blühten die dunkelroten Pfingstrosen genau zu Pfingsten; sie verströmten einen betäubenden Duft. Nach dem Mittagessen fuhren sie nach Feldberg und Susanne durfte wieder einmal Auto fahren.

In Carwitz verließen sie das Auto und wanderten auf die Liebesinsel. Der Himmel war leider nicht blau, sondern voller graublauer, dicker Wolken und es begann zu regnen.

Von Carwitz aus fuhren sie die Landstraße nach Feldberg, vorbei am Hotel „Hullerbusch" zum Erddamm. Die gleichnamige Gaststätte war knackend voll und urgemütlich.

Im Mittelraum der Gaststätte bekamen sie noch einen  Platz. Inge trank ein Radeberger Pils und kam in Fahrt. Heute durfte sie ja auch einmal ein Bier trinken, weil Susanne das Auto lenkte.

Der ungewohnte Alkoholgenuss ließ ihre Wangen glühen,die Worte sprudelte nur so aus ihrem Mund.

Gegen sechs Uhr abends waren sie wieder zu Hause, zum Abend kam noch einmal die Sonne heraus.

Der Pfingstmontag wurde ein herrlicher Sonnentag. Als sie um elf Uhr aus Neubrandenburg fuhren, war der Himmel noch verschleiert, aber die Luft drückend schwül. Susanne saß am Steuer. Die Strecke nach Anklam über Friedland war sie jahrelang nicht mehr gefahren. Rechts und links der Straße strahlten die gelb blühenden Rapsfelder.

Nach einer guten Stunde waren sie bereits in Ahlbeck. Einen Parkplatz gab es am Ortsausgang an einem Häuserblock. Jetzt strahlte die Sonne

und sie wanderten am Strand entlang. Das „Kaiserhotel"bot keinen Mittagstisch an und die Gaststätte, die sie dann ansteuerten, sah vertrauenerweckend aus. Sie saßen im Freien unter einer Kiefer und ein Zapfen fiel Susanne während des Wartens direkt ins Glas. Nach neunzig Minuten Warten bekamen sie ihr Essen. Der Salatteller sah aus, als hätte er bereits eine Stunde in der warmen Küche gestanden. Das Zanderfilet triefte vor Fett. Das Preis-Leistungs-Verhältnis stimmte nicht, aber Inge wollte sich nicht ärgern.
Vor ihnen lag die spiegelglatte Ostsee. Sie spazierten am Strand entlang bis zur Seebrücke.
Auch den Kaffee tranken sie im Freien. Auf der Rückfahrt machten sie noch einen Abstecher zum Streckelsberg. Inge pflückte ein Sträußchen Waldmeister, es soll die Motten im Kleiderschrank vertreiben.
Über Pfingsten hatte Inge eine E-Gitarre reparieren lassen, die sie in einem Schrank im Musikraum gefunden hatte. Die Jungen der 8c brannten geradezu, darauf spielen zu dürfen. Richard holte einen Verstärker, Andre´ baute das Schlagzeug auf und dann ging es los. Ein Höllenlärm, als „Über sieben Brücken", „Über den Wolken", „Heute hier, morgen dort" gesungen und gespielt wurden. Es war die absolute Show für die Klasse. Inge hatte ihr Versprechen, den Schülern gegenüber, gehalten, nun konnte s i e wieder Forderungen stellen.
Inge ließ sich in der BfA beraten. Die Angestellte riet ihr dringend, noch zwei Jahre bis zur Erreichung des 60. Lebensjahres durchzuhalten, da sie dann in die „gesetzliche Frauenrente" ohne Abzüge gehen konnte.
Es stellte sich auch wieder Freude im Unterricht ein. Es waren die fünften Klassen, mit denen sie eine Frühlingskantate, die die Kinder selbständig gestalteten, erarbeitete.

***7. Juni 1999***

***Ein tolles Wochenende liegt hinter mir und ein teures, aber es war traumhaft. Susanne und ich waren zu den Musikfestspielen in Dresden ( Rossinis „Barbier von Sevilla").***

***Genau wie im vergangenen Jahr fuhr ich mit dem Auto, Susanne kam mit dem Zug. Der hatte eine Stunde Verspätung. Ich wartete auf dem Neustädter Bahnhof, es herrschte große Hitze. Um 21 Uhr begann die Vorstellung. Vorher aßen wir im „Italienischen Dörfchen." Der Himmel war verhangen, aber es regnete nicht. Der Text wurde auf eine schwarze Bildleiste in gelber Schrift eingeblendet. Hervorragend sang Almaviva, ein junger Tenor mit frischer Stimme.***

***Im Finale begann das Feuerwerk, links und rechts im Zwingerhof. Es war überwältigend. Susanne wollte eigentlich mit Julian anreisen, der war aber verhindert. Nun konnte ich die Eintrittskarte nicht mehr verkaufen und das zweite Hotelzimmer war eigentlich unnötig. Da Susanne behauptete, dass ich schnarche, war es angenehm, dass wir getrennt schliefen. Wir hatten ein herrliches Appartement in der Bautzener Straße, vom Lärm der Fernverkehrsstraße hörten wir zum Glück nichts, da die Zimmer nach hinten lagen.***
***Am Sonntagmorgen überraschte mich Susanne mit dem Vorschlag, nach Demitz-Thumitz zu fahren und Jörg mit Familie zu besuchen. Sie setzte sich ans Steuer und kurz nach elf Uhr waren wir da.***
***Im ehemaligen Granitbergwerk gingen wir spazieren. Jörg wirkte abwesend und bedrückt. Susanne meinte sogar, er hätte wieder Depressionen, er sprach aber nicht darüber. Malte und sein Papa waren ein Herz und eine Seele. Clara hat die gleichen rehbraunen Augen wie ihre Mutti und schob mit Begeisterung den kleinen Puppenwagen.***
***Smaragdgrün leuchtete das Wasser am Grunde des ausgeschachteten Sees. Die Feuerwehr feierte ein Fest und wir stärkten uns mit Bratwurst und Pommes. Kurz nach ein Uhr Mittag fuhren wir wieder ab.***
Rechtsanwalt Müller-Amenitsch teilte ihr mit, dass der Schulrat die Abmahnung nicht aus der Akte nehmen wolle, ob er klagen soll. Inge überlegte eine Nacht und entschied: ich klage.
Den Redakteuren der Schulzeitung sagte sie, was mit ihrem Leserbrief geschehen sei. Kleinlaut erwiderten sie, dass ihr betreuender Lehrer den Brief erbeten und behalten hätte. Inge sagte ihnen, welche Folgen das hatte und sie nicht daran denke, sich das Recht auf freie Meinungsäußerung nehmen zu lassen. Das hätte sie sich 1989 erkämpft.
Das Tagebuch ihrer Urgroßmutter hatte sie bis zur Eintragung ihrer Großmutter Clara (1926) abgeschrieben und ausgedruckt. Ihr kam die Idee, an den Pastor in Prerow zu schreiben und von ihrem Fund zu berichten. Es dauerte nicht lange und sie wurde von Pastor Witte herzlich zu einer Lesung in der Seemannskirche eingeladen. Es sollte der 16. Juli sein. Am 15. Juli wäre Inges Mutter 93 Jahre alt geworden, ein schöner Anlass.

Drei Tage lang unterrichtete Inge sechs Stunden, anschließend musste sie an den vielen Klassenkonferenzen teilnehmen wegen einer einzigen Stunde Musik in der Woche. Ein Paukenschlag:
die Eltern eines Schülers protestierten wegen Note 6 in Musik auf dem

Zeugnis. Es war die berüchtigte 7c. Mit Hilfe ihres Hausaufgabenheftes, das sie akribisch führte, konnte sie alle Zensierungen des Jungen von April bis Juni auf den Tag genau und mit Thema nachweisen. Die Kollegen standen ihr bei, waren empört. Der Vorwurf, sie habe falsch zensiert, wurde zurückgewiesen, es war das erste Mal, dass sie sich durchsetzte.
Am 13. Juli war sie ins Arbeitsgericht Neustrelitz zur Verhandlung eingeladen. Gott sei Dank, dachte sie, da sind „alle Messen gesungen“, Ferien.
Zur Abiturfeier wurde sie gebeten, mit dem Kinderchor aufzutreten. Die Leiterin der Sekundarstufe II bestimmte die Lieder, die gesungen werden sollten. Auch das stieß Inge schon wieder unangenehm auf. Was maßte sich eine Mathelehrerin an, das richtige Repertoire zu bestimmen?
Inge praktizierte das seit fünfundzwanzig Jahren. Wundere dich nicht, du bist eben nur „Befehlsempfänger“, sie haben das Sagen.
Fünfzig Schüler und 23 Chorsänger und interessierte Schüler aus ihrem Musik-Kurs 11. Klasse fuhren bei herrlichstem Sommerwetter am 8. Juli nach Rheinsberg. Die Klassenlehrerin der 6b hatte noch ihre Teilnahme erwirkt. Mit dem Bus waren sie in neunzig Minuten in Rheinsberg.
Sie wanderten am See entlang zum Obelisken, dann in den Schlosshof. Professor Matthus begrüßte sie herzlich.
In der Pause wollte ihm Inge mit dem Chor ein verspätetes Geburtstagsständchen bringen. Er war am 12. April 65 Jahre alt geworden. Es wurde sehr heiß und die Kinder müde. Der Dirigent ermahnte Inge, darauf zu achten, dass die Schüler nicht sprechen, da es die erste gemeinsame Probe der Sänger mit dem Orchester war. Es war die Generalprobe für die am folgenden Tage stattfindende „Operngala der schönen Stimmen“. Die jungen Sänger/innen hatten wunderschöne Stimmen, Perlen der Opernliteratur erklangen (Arien aus „Figaros Hochzeit“, „Die Zauberflöte“, „Don Giovanni“, „Eugen Onegin“, „Die lustigen Weiber von Windsor“, „Carmen“ u.v.a.).
Inge stellte den großen Schülern frei, nach der Pause weiter zuzuhören, oder mit ins Schwimmbad zu kommen.
Die entschieden sich weiter zuzuhören Dann stellte sie sich mit ihrem Kinderchor auf die Bühne, sang ein Lied mit ihnen und sagte ein paar Worte, dankte und betonte, dass
hier nur musiziert werden könne, weil Siegfried Matthus die Kammeroper Rheinsberg ins Leben gerufen habe. Enrico und Diana aus der 5. Klasse blieben die ganze Zeit bei Inge. Donnerstag war immer nach der Chorprobe Gitarrenunterricht für Anfänger. Die beiden waren so eifrig,

dass sie den Tag zum Üben auf der Gitarre nutzen wollten.
Aber erst gab es einmal einen Imbiss in dem schönen Terrassen-Cafe´ im Schwimmbad. Die Schüler tummelten sich im Wasser, waren außer Rand und Band.

Am Augustabad hatte der Klassenlehrer der 6c die Eltern seiner Schüler zu einem geselligen Nachmittag eingeladen. Inge hatte mit ihnen im Unterricht ein Musical einstudiert, das sie nun darbieten wollten. Es passte wieder mal alles ganz schlecht zusammen, denn am gleichen Tag sollte sie die Abiturfeier im „Hotel am Ring“ mit dem Chor umrahmen. Sogar die Requisiten hatte Inge in weiser Voraussicht mit an den See genommen. Nach dem Spiel fuhr sie zur Rosenstraße, zog sich im Auto um und sang mit ihrem Chor. Es war extrem heiß.

Bei der Verhandlung im Arbeitsgericht Neustrelitz vertrat ein ganz junger Rechtsanwalt ihren Rechtsanwalt Müller-Amenitsch. Das Schulamt hatte eine ebenso junge Justitiarin entsandt. Die Klage wurde verändert, da Inges Leserbrief abgefangen worden war und nicht in der Schülerzeitung veröffentlicht wurde. Wieder einmal spielte ihr Magen bei den Aufregungen verrückt.

Große Überraschung: sie bekommt im neuen Schuljahr vier Geschichtsstunden (5.und 11.Klasse). Wegen der Einführung des 13. Schuljahres in M/V gab es einen neuen Lehrplan.
Janine bat Inge, mit nach Prerow fahren zu dürfen. Sie würde gleich ein wenig aufpassen, dass Inge nicht zu schnell las. Der Pastor hatte Inge die Ferienwohnung für zwei Tage und Nächte angeboten. Diese befand sich im Anbau vor dem blaugestrichenem Pfarrhaus. Herrlich kühl war die Wohnung und vor dem Fenster stand eine alte Linde mit dickem Stamm, dahinter eine herrliche Eiche mit weit ausladenden Ästen.
Inge war natürlich sehr aufgeregt. Überall hingen Plakate von ihrer Lesung. Pastor Witte konnte nicht zu ihrer Lesung kommen, da er ein Konzert in Ahrenshoop besuchen wollte, aber seine Frau und die Katechetin kamen.
Ein siebenarmiger brennender Leuchter neben einem Stehpult erwartete sie am Abend in der Seemannskirche. Etwa fünfunddreißig Zuhörer waren gekommen. Neunzig Minuten las Inge stehend. Dann stürzte ein großer älterer Herr nach vorn zu ihr und hielt eine lange Rede.

Inge war geschockt. Es war Professor Kehnscherper, als Urlaubsvertretung für den Pastor im Sommer in Prerow tätig, wie man ihr später erzählte. „Ich möchte dreimal das Ziemssen-Buch und zweimal die Farbkopie vom Pfarrhaus in Garz!“ Inge war sprachlos, denn ihre Aufzeichnungen waren im Moment noch fliegende Blätter.
Mit seiner Rede erstickte der Professor jede weitere Diskussion, da sich die Zuhörer, die Patienten der Rehaklinik waren, verabschiedeten. Ihre Ausgangszeit war beendet.
Inge war sehr glücklich, an dem Ort gewesen zu sein, wo Laura Mathilde mit ihrem Johannes ein-und ausgegangen war. Todmüde fiel sie in einen tiefen Schlaf.
Ein neuer Tag begann. Die Luft war wunderbar weich, und die paradiesische Stille wurde nur vom Gesang eines Vogels unterbrochen. Die vier Monate alte Appenzeller-Hündin Nora begrüßte sie, als sie aus dem Haus traten und der winzige Kater Mäxchen forderte Streicheleinheiten,
die sie ihm gern gaben.
Der kürzeste Weg zum Strand war durch den Pfarrgarten, in dem sich eine alte Bungalow-Siedlung aus DDR Zeit befand. Die Mücken überfielen sie gnadenlos, so dass sie rannten. Am Strand fütterten sie die hungrigen Möwen.
Einen Tropfen der Bitterkeit gibt der Herr in jeden Freudenbecher, so ging es ihr. Ein Brief vom Schulamt versetzte sie erneut in Unruhe. Am 23. August, einen Tag vor ihrem 59. Geburtstag sollte sie sich im Schulamt einfinden.
Susanne war nicht mit Julian in den Urlaub an die Algarve gefahren, sondern mit einer Kollegin kurz entschlossen auf die Insel Ibiza geflogen. „Ich habe ihm seine Sachen gebracht und mich von ihm befreit, jetzt geht es mir besser!“ Die Wunden, die Susanne geschlagen bekommt, sind schwer. Wird sie endlich den passenden Mann finden?
Traumhaftes Spätsommerwetter begann Anfang September. Es schien, als wolle der Sommer noch einmal alle Süße und Wärme verströmen, bevor die rauen Herbststürme einsetzen.
Am 3.September war die Beerdigung von Utas Oma Anna-Marie. Sie war nur achtundsiebzig Jahre alt geworden. Spät abends fuhr Inge nach Castrin. Das Grab war über und über mit Blumen geschmückt. Inge hatte weiße Rosen gekauft und steckte sie in den Rosenstrauß von Uta. Dann lief sie zum Schloss. Die beiden Eichen auf dem Vorplatz waren noch mächtiger geworden und erst die Bäume im Park, nicht zu glauben.

Wir Menschen gehen dahin, die Bäume aber werden immer größer und stattlicher, ehrfurchtgebietend. Inge ging am ehemaligen Wohnhaus der Großeltern vorbei, sah im Geist die kleine Uta darin spielen, wissend, dass sie bei der Oma gut aufgehoben war. Als sie den Speicher passiert hatte, kam ihr eine kleine Menschengruppe entgegen. Es war die Trauergemeinde. Umdrehen und weglaufen war nicht mehr möglich, denn links und und rechts waren Garagen, sie musste direkt an ihnen vorbei. Vorn lief Utas Tante mit Mann, dahinter bleich und massig ihr Vater. Ihr erster Impuls war: die Hand zur Kondolenz drücken, aber sie erstarrte in der Vorstellung. Nein, es war ihr unmöglich und gesenkten Hauptes ging sie vorbei.
Eine verpasste Gelegenheit.
Je größer der Druck in der Schule wurde, umso mehr strebte Inge nach einem Ausgleich und innerem Frieden. Und diesen Ausgleich verschaffte ihr die Natur. In einem Zeitungsartikel hatte sie vor ein paar Wochen gelesen, dass man die Greifswalder Oie, seit 1990 Naturschutzgebiet, besuchen könne, wenn man sich beim Schiffsführer telefonisch anmelde. Als „Helgoland der Ostsee" wird die Oie bezeichnet. Einmal am Tag fährt ein Schiff zur Insel. Sie wartete nicht lange und rief an. An einem Samstagmorgen fuhr sie in aller Herrgottsfrühe los. Um neun ging das Schiff von Karlshagen auf der Insel Usedom aus in See. Achtundvierzig Personen waren an Bord.
Früh am Morgen lag die Peene noch im Dunst. Sie passierten Peenemünde, den Ort Kröslin, dann tauchten die Betonklötze des Kernkraftwerkes Lubmin auf. Es war ein unheimlicherAnblick. Die Einflugschneise für die Jagdflieger der ehemaligen NVA war zu sehen und die Richtungstürme für die Insel Ruden.
Erst jetzt kamen sie in die offene Ostsee. Fast um die ganze Insel Oie zog sich ein Steinwall herum. 1893 wurde mit dem Bau begonnen und 1913 beendet. Die schmalste Stelle der Insel betrug 350 Meter. Noch heute schützt dieser Steinwall die Insel vor den gröbsten Unbilden der Natur. Nach dem dreißigjährigen Krieg verpachtete die Stadt Greifswald die Oie an den schwedischen Feldherrn Wrangel. 1749 löste die Stadt Greifswald die Insel wieder für sich von den Erben Wrangels ein.
1811 gab es drei Fischerhäuser auf der Insel.
Da die Pächter zu üppig den Wald rodeten, ordnete die Stadt an, Dornenhecken zu pflanzen, die die Insel schützen sollten. Die Söhne der Pächter wurden Fischer oder Schiffer an den umliegenden Küsten. 1889 wurde

auf dänische Initiative hin ein Seemannshaus gegründet.
Im Westteil der Insel war 1832 ein Leuchtturm gebaut worden. Es war ein achteckiger Turm, der auf einem viereckigen Unterbau stand. Der Leuchtturm hatte eine Höhe von 38,6 Meter. Das Leuchtfeuer befand sich 48,5 Meter über dem Meeresspiegel. Bei günstigen Wetterbedingungen hatte das Leuchtfeuer eine Reichweite von 26 Seemeilen und war damit der am weitesten strahlende Leuchtturm in der Ostsee. Die Station der Deutschen Gesellschaft zur Rettung Schiffbrüchiger kooperierte mit dem Wasserstraßenamt Stralsund. Gemeinsam betreiben sei ein kleines Kraftwerk, das den Leuchtturm und einige Gebäude mit Strom versorgt. Die gesamte Energieversorgung hängt von diesem Aggregaten ab. Früher mussten alle sechs Stunden die Tanks gefüllt werden. Heute geschieht das automatisch. Dadurch ist gesichert, dass sich die Schiffe und Boote immer orientieren können. Seit 1937 war die Insel militärisches Sperrgebiet. Halb elf Uhr legten sie an. Überall liefen kleine Shetlandponys herum, die gestreichelt werden wollten. Sie leben in freier Wildbahn. Es waren sechsundzwanzig Stuten und vier Fohlen.
Regelmäßig wird ein Zuchthengst ausgesetzt, damit frisches Blut in die Herde kommt. Es war still und die ersten Seevögel sammelten sich für ihren Zug in den Süden. Als Inge über die Insel schritt, flog plötzlich vor ihr eine junge, flügellahme Schwalbe. Immer wieder fiel sie hin, weil ihr verletzter Flügel sie nicht trug. Eine Weile schaute sich Inge das an, dann aber überfiel sie das Mitleid. Sie hob die kleine Schwalbe auf, das Herz klopfte wild. Eine Mitreisende verspottete Inges Mitleid mit den Worten: "Das ist Naturschutz, die überlebt nicht, lassen Sie die liegen. Sie dürfen hier nichts anfassen!" Das tat Inge nun gerade nicht. Sie behielt das Schwälbchen in der Hand und ging zum Seemannsheim. Dort übergab sie den Vogel einem Angestellten.
Um halb ein Uhr legte das Schiff wieder ab. Die Frau des Bootsführers hatte inzwischen an Bord für die Gäste Erbseneintopf gekocht.
Die Rückfahrt gestaltet sich noch schöner als die Hinfahrt. Rügens Kreideküste wurde von der Sonne bestrahlt und unzählige weiße Segelboote schwammen auf der Ostsee. Die Insel ist wirklich ein Kleinod und sollte erhalten bleiben. Nach der Wende hatten sich gewissenlose Menschen daran gemacht, alles auf der Insel zu zerstören und Müll an der Ostküste abzulegen. Entlassene NVA-Angehörige hatten diesen Schmutz und Unrat 1990/91 beseitigt. In Zukunft könnten erfahrene Betreuer Führungen auf der Insel durchführen. Die Oie wäre ein Domizil für Ornithologen,

Botaniker, Zoologen und Geologen. Der die gesamte Insel umschließende Steingürtel reicht in Zukunft nicht mehr aus, um dieses Eiland für die Menschen zu behüten.

Die Tutorin der 11 A hatte zu einem Gespräch eingeladen. Inge ackerte an dem Geschichts- Stoffverteilungsplan. Die Klassensprecherin hatte einen großen Zettel und begann gleich mit dem Vorwurf:"Sie sind wohl mit dem Unterricht in der 11. Klassenstufe überfordert!" Inge konterte. "Wo sind denn ihre schriftlichen Hausaufgaben?" „Ich war nicht da!". Nun weiß jeder, dass man schriftliche Hausaufgaben nachholen muss. Inge zeigte nun ihre schriftlichen Stundenvorbereitungen und bewies damit, dass sie sehr wohl diese Aufgabe bewältige. Nächster Kritikpunkt der Klassensprecherin: „Sie sprechen so schnell, Sie erzählen so viel von ihren Reisen!"
„Warum nicht, wenn es zum Unterrichtsstoff passt", erwiderte Inge. Nun kam der letzte Punkt: "Sie unterrichten nach den Aufzeichnungen eines Schülers!" Inge hatte vergeblich ihre Kolleginnen um Hilfe gebeten. Eine Fachberatung zum neuen Lehrplan fand nicht statt. So wandte sie sich an Christian, einen Schüler aus dem Musikkurs 12. Klasse. Er wollte ihr einmal seinen Geschichtshefter vom Vorjahr zeigen. Woher wusste die Klassensprecherin das? Christians Feundin hatte geplaudert und Gerede entstand.
Die Aussprache zeigte jedoch Wirkung. Die Tutorin wies die Schülerin in die Schranken, ergriff Inges Partei. Inge wechselte Methoden, aktivierte die Klasse mit Kartenarbeit und gab Bücher vom vorhergehenden Jahrgang aus. Endlich schien Ruhe in die 11.Klasse einzukehren.
Christian schrieb ihr einen Brief: „Ich hoffe, dass Sie in dieser Situation auch für mich Verständnis haben. Ich versichere Ihnen nochmals, dass mir nicht bewusst ist, wie wer davon erfahren konnte. Alles Gute und behalten Sie das Lachen!"
***25. September 1999***
***Montag große Überraschung. Ruprecht Ziemssen aus Dortmund (geboren am 9.10.1919) schreibt begeistert, dass ich den „Runze-Stammbaum entschleiert habe". Die gesamte Geneaogie (ausgedruckt in Papierstreifen) schickte er mir. Er bittet mich um die Erklärungen zur 5. Generation. Tante Ursel fehlte völlig in seinem Stammbaum. Ich rief am Abend an und führte ein langes Gespräch.***
Um für den Unterricht in der 11. Klasse topfit zu sein, hatte Inge in der

Europäischen Akademie Waren eine Bildungsreise nach San Marco de Castellabata in den Herbstferien gebucht. Und nun sollte sie am Montag, dem ersten Tag in den Herbstferien, im Schulamt erscheinen. Sie rief dort an und sagte, dass sie erst die Reise machen müsse und am 25. Oktober ins Schulamt käme.
Mit schwerem Herzen und einem Kopf voller Probleme fuhr sie am 16. Oktober frühmorgens nach Waren. Vor dem Gebäude Europäischen Akademie parkte sie ihr Auto und wartete auf das Eintreffen der anderen Reisegäste.
Um acht Uhr setzte sich der Reisebus in Bewegung. In Jenbach/ Österreich kamen sie spätabends an. Es wurde Abendbrot gegessen, ein kleiner Spaziergang unternommen, dann gingen sie schlafen. Wieder lag ein ganzer Tag im Bus vor ihnen.
Die Villa von Peppino Pasarello war schwer zu finden. Der Fahrer musste mehrere Male fragen. In der Villa war eine Kochschule untergebracht. Dadurch konnten die Gäste natürlich die besten Kreationen der angehenden Köche am Abend genießen.
San Marco de Castellabata hat eine Burg. Sie befindet sich oberhalb des Tyrrhenischen Meeres. San Marco lebt vom Bootsbau. Aus Mahagoniblättern, das sind geschliffene Holzblätter, werden Boote gebaut. Sie schauten sich den Ort genau an und entdeckten auch die südamerikanische Blume Strelitzie, nach der Neustrelitz benannt wurde.
Am Montag lernten sie Amalfi kennen. Es war ein stürmischer, regenreicher und windiger Tag.
Viel sahen sie nicht, als sie auf der berühmten Küstenstraße nach Amalfi fuhren.
Die Kirche des Heiligen Andreas war der erste Besichtigungspunkt. Berühmt ist der gotisch-maurische Kreuzgang. Die Bögen, die jeweils auf zwei Säulen entsprangen, führten im spitzen Bogen und ungewöhnlich lang nach oben. Auch die massive, eiserne Kirchentür im Portal, grünspanfarben, bildete einen wundervollen Kontrast zu den goldfarbenen Mosaiken im halbrunden Bogen über der Tür. Inmitten des Bogens sah der Heilige Andreas den Betrachter an, die beiden Hände segnend erhoben, im Rücken zwei diagonal gerichtete braune Holzbalken, an ein Kreuz erinnernd, und zwei Fische, Symbol des Christentums.
Nach der Besichtigung hatte jeder Zeit, sich den Ort allein anzusehen. Der Wind peitschte Inge den Regen ins Gesicht, aber sie wanderte tapfer immer weiter. Direkt über dem Felsen am Meer befand sich eine Villa,

die eine besondere Beachtung verdiente. Sowohl Ibsen, als auch Richard Wagner sollen hier gewohnt haben und inspiriert worden sein. Darüber informierte den Gast eine eiserne Tafel am Haus.
In halsbrecherischen Serpentinen zog sich die Küstenstraße nach Salerno hin. In Salerno wollten sie die Kathedrale besichtigen. Berühmt wurde die Kathedrale, weil sie das Grab von Gregor VII. enthält, dem Schöpfer des Gregorianischen Chorals. Ganz feierlich wurde es Inge zumute, als sie vor seinem Grab stand. Der Kreuzgang in dieser Kathedrale hatte wunderschöne romanische Rundbögen.
Jede Nacht grübelte Inge über die bevorstehende Aussprache im Schulamt nach. Jetzt hatte der Chef begründeten Anlass, sie loszuwerden. Sollte sie die Demütigungen weiter ertragen? Sie war ratlos.
Jeden Morgen genoss sie die Aussicht von der Terrasse der Villa auf das Meer.
Unheimlich schwül war es an dem Tag, als sie Pompeji besuchen wollten. Als sie den Eingang der Ruinen von Pompeji betraten, donnerte ein Gewitter mit Regenschauern auf sie hernieder.

> „Wer lebt dort unten im Grund? Unter der Lava versteckt lebt ein neues Volk?
> Kehrt die Vergangenheit zurück? Oh kommet Griechen und Römer! Schauet:
> wieder erschienen ist das antike Pompeji, von neuem erhebt sich die Stadt Herculaneum!“

so besang Schiller in seinem Gedicht „Pompeji und Herculaneum“ den Ort.
Heute sieht man den Vesuv in stiller Majestät über einer mit Häusern und Grünflächen übersäten Landschaft. Es bleibt schwierig, sich vorzustellen, dass diese Landschaft von sanfter Schönheit einstmals Bühne von Tragödien und Tod, von Gewalt und Zerstörung war. Hier handelt es sich nicht nur um eine Zivilisation, die untergegangen war, sondern hier war es das alltägliche Leben, das urplötzlich stehen geblieben war. Hier waren Menschen auf der Türschwelle gestorben, hier waren die Brotformen in den Backöfen geblieben, die Hunde an ihren Ketten und die Sklaven in ihren Fesseln. Hier waren die Geldstücke auf den Tischen in den Schenken und die Papyrusrollen in den Regalen der Bibliothek geblieben und auf diesen Mauern waren die Wahlschriften und die Worte von Liebe und von Hohn verewigt. Für ihre Bewohner gab es keine Möglichkeit, den Schwefeldämpfen und den unsichtbaren Schleiern von Asche, die langsam alles

erstickten und bedeckten, zu entfliehen. Für alle war das Schicksal des Unterganges das gleiche und nach fast 1700 Jahren kommt für die Opfer die Auferstehung. Nur die Chronik von Plinius dem Jüngeren berichtete von den dramatischen Einzelheiten. Am 24. August des Jahres 79 n. Ch. brach der Vulkan aus. Der Mann, der im 18.Jahrhundert Pompeji und Herculaneum wiederfand, brachte nicht nur zwei begrabene Städte ans Tageslicht, er gab all jenen das Leben wieder, denen die Götter es genommen hatten.
Beim zweistündigen Rundgang bekamen sie soviel zu sehen, dass es unmöglich war, all diese Eindrücke zu fassen. Ruinen und Wandmalereien, erotische Szenen in einzelnen Villen. In einer Szene war ein Mann zu sehen, der seinen Penis mit einer Waage wiegt. Wir würden es heute pornographisch nennen, dachten die Menschen damals anders darüber? Bestimmt war es ein Zeichen großer Männlichkeit.
Nach der Führung durch die Ruinen von Pompeji fuhren sie mit dem Bus hinauf auf den Vesuv. Etwa 1200 Meter hoch ist er, die letzten vulkanischen Bewegungen registrierte man zwischen 1982 und 1984. Im 1.Jahrhundert hatte der Vulkan das Aussehen eines Gebirges, wo wilde Weinreben wuchsen und die Ranken der Weinstöcke dienten den Gladiatoren um Spartakus 72 v. Ch. dazu, eine Leiter zu bauen. Die Sklaven umzingelten die Römer, konnten aber gleichzeitig über die Leitern rückwärtig fliehen. In etwa sechshundert Meter Höhe durften sie aussteigen und nun zu Fuß an den Kraterrand gehen. Den Augen bot sich ein fantastisches Panorama auf die Stadt und den Golf von Neapel. Der Blick reichte bis zu den Inseln Sorrent und Capri. Die Wände des Kraters waren zweihundert Meter tief und hatten einen kreisförmigen Durchmesser von ungefähr sechshundert Metern.
Die Stadt Neapel sahen sie an dem Tag, an dem sie mit dem Schiff nach Capri fuhren.
Ein weiterer Ausflug führte sie nach Paestum. Drei Tempel stehen malerisch eingefügt in der Landschaft, der Poseidon Tempel (um 450 v. Ch. erbaut) ist der besterhaltene und dem Parthenon auf dem Burgberg in Athen an Schönheit ebenbürtig.
Professor Nunzio Daniele, 1942 geboren, war von seiner Führungsmission so erfüllt, dass er alle mit seiner Begeisterung ansteckte.
Sein Buch „Paestum-Hypothesen und Wirklichkeit“ kaufte Inge. Mit wachsender Zustimmung las sie die Sätze:
„Was die Griechen im Bereich der Kunst, Musik und Philosophie geschaf-

fen haben, leuchtet wie eine Fackel im dunklen Tunnel der Geschichte.... Alle, deren Auge und Geist das Schöne suchen, empfinden große Freude angesichts diesen kulturellen Reichtums und behalten eine unauslöschliche Erinnerung. Die Griechen hatten große Ideale, andere als die, die unsere Konsumgesellschaft so arm machen. Um diese Ideale greifbar zu, machen, sie zu ehren und weiter zu geben, haben die Griechen Tempel und Kunstwerke geschaffen, die in ihrer Gesamtheit ein wertvolles Gut darstellen, mit dem sich unsere Pseudozivilisation auseinandersetzen muss, wenn sie den Ruin vermeiden will. Eine Welt, die so weit von uns entfernt scheint, die aber in jedem von uns lebt, weil diese von Homer geschilderte, irreale und abenteuerliche Welt einen fundamentalen Bestandteil jedes menschlichen Wesens darstellt: den Traum, die Phantasie und die Vorstellungskraft...Außer ihrem künstlerischen und religiösen Wert besitzen diese Monumente und Kunstwerke vor allem einen moralischen Wert. Sie existieren seit zweieinhalb Jahrtausenden, sie haben keine Stimme, aber sie sprechen zu uns. Mit ihrem Schweigen, das uns berührt und bezaubert, belehren sie uns und erinnern uns daran, dass unsere Existenz auf Erden nicht so dauerhaft ist wie die eines Tempels oder einer Vase. Wir haben nur einen Augenblick, um ein Fenster zum Garten unserer Illusionen und unserer Träume zu öffnen. Und das sollte eigentlich alle dazu bringen, in Frieden und Harmonie zu leben, ohne Streit und Auseinandersetzungen, auf dem Pfad der Moral und Legalität. Wir sollten uns zufrieden geben, in dem wir unsere Aufgabe auf Erden so gut wie möglich erfüllen und dabei die Gesetze und die Zehn Gebote achten.“

Der letzte Ausflug war eine Tagesreise mit dem Schiff auf die Insel Capri. Bevor sie an Bord eines Ausflugschiffes stiegen, erlebten sie die Stadt Neapel. Die Stadt war eine griechische Kolonie und behielt auch unter römischer Herrschaft ihre Selbständigkeit. Später regierten die spanischen, österreichischen und bourbonischen Könige die Stadt, ehe sie endgültig unter italienische Herrschaft kam. Sie besichtigten im Zentrum die mächtige Kathedrale, das Theater, im klassizistisch erbauten Stil, und staunten über die engen schmal aufsteigenden Gassen und Straßenschluchten. Überall flatterte auf den Balkonen die Wäsche im Wind. Zwei bildhübsche Polizistinnen ritten sogar zu Pferd. Prunkvolle Häuser aus der Gründerzeit waren mit Glas überdacht und zu Einkaufszentren umgewandelt worden.
Wenig Menschen waren auf dem Schiff in Richtung Capri, denn die Sai-

son war vorbei. Im Hafen der Insel Capri stellten sie fest, dass sich die eigentliche Stadt hoch oben auf dem Berg befand. Erst stiegen sie in eine Drahtseilbahn, die sie nach oben in die Stadt brachte, dann ging es weiter mit dem Bus ins Zentrum. Die Sonne war herausgekommen. Sie bewunderten in der Kirche die wunderbaren Mosaiken vom himmlischen Paradies. Dann wanderten sie zur Villa des Augustus. Von überall boten sich herrliche Ausblicke auf die Insel und das Meer.
Viel hatte Inge in der vergangenen Woche gesehen und wieder folgten zwei Tage Busreise. Die Strapazen wirkten nach.
Eine Menge Post erwartet Inge. Zwei Briefe vom Rechtsanwalt waren darunter und sie überflog nur den Text. Die Kopie des Gerichtsurteils war in einem beigelegt. Sie las erstaunt:

1. Das beklagte Land wird verurteilt, die Abmahnung vom 5.5.99 nicht zur Personalakte zu nehmen und das Abmahnungs-Schreiben vom 5.5.99 ersatzlos zu vernichten.
2. Die Kosten des Rechtsstreites hat das beklagte Land zu tragen.
3. Der Rechtsstreit wird auf 6000 DM festgesetzt.

Sie konnte sich darüber nicht freuen. Was sollte sie tun? Sie rief ihren Rechtsanwalt an und dieser riet, einen neuen Prozess zu führen. Nein, nein, und nochmals nein hämmerte es in ihrem Kopf. Das stehst Du nicht noch einmal durch. Sie versuchte Jörg, Klaus und Susanne telefonisch zu erreichen, aber an diesem Sonntagabend war keiner zu sprechen. S i e musste sich entscheiden, keiner nahm ihr dies ab.
Der 25. Oktober war ein wundervoller Herbsttag. Die Sonne strahlte vom wolkenlosen blauen Himmel.
Schweren Herzens begab sie sich zum Schulamt. „Sehen Sie nicht, dass Sie den schulischen Anforderungen nicht mehr gewachsen sind? Soll sich eine Überreaktion wie in der 6. Klasse am 1. Oktober wiederholen? Sie werden in einem Dreivierteljahr sechzig Jahre alt und können die staatliche Frauenrente beantragen. Unterschreiben Sie doch den Auflösungsvertrag!“ so redete der Schulrat und zwei Angestellte auf sie ein. Ich möchte nur noch meine Ruhe, war Inges einziger Gedanke, und sie unterschrieb. Damit endete ihr Lehrerdasein am 31. Oktober 1999.
Die Angestellte des Arbeitsamtes nahm sich am folgenden Tag viel Zeit für Inge. Sie erklärte ihr, dass sie das absolut F a l s c h e getan hatte.
Ein Auflösungsvertrag kommt einer Kündigung des Unterzeichneten gleich. Im Schulamt hatte man von „beiderseitigem Einverständnis“ gesprochen.

Gegenseitige Rechte und Pflichten aus dem Arbeitsverhältnis waren damit abgegolten. Im Klartext hieß das: sie fiel in die „Sperre“ und würde bis zur Überprüfung des Arbeitsamtes ein Vierteljahr kein Arbeitslosengeld erhalten. Die Angestellte bat um die Kopie des Gerichtsurteils, damit würde sie die Mitarbeiter überzeugen, dass sie den Auflösungsvertrag nur unterschrieben hatte, um einer drohenden Kündigung vorzubeugen.
Am schlimmsten aber traf Inge der sang- und klanglose Abschied von ihren Schülern.
Früh halb sieben war sie am Donnerstag in der Schule. Sie holte ihre Gitarre, nahm ihre Bilder von der Wand und packte ihre Musiklehrbücher ein. Jede Nacht quälten sie aufwühlende Gedanken, jede Nacht empörte sie sich über die erlittene Ungerechtigkeit.
Ihr Rechtsanwalt bedauerte, dass sie Abschied genommen hatte. „Ich will nicht nur Gerechtigkeit, sondern dass es meinen Mandanten gut geht!“ sagte er ihr am Telefon. Er hätte schon viele Male das Phänomen erlebt, dass nach einem gewonnenen Prozess die Mandanten zusammenbrechen. Amerikanische Ärzte haben dieses Krankheitsbild PTS (Posttraumatisches Stress-Syndrom) genannt. „Lassen Sie sich krankschreiben, der neue Prozess zieht sich bestimmt achtzehn Monate hin und sie brauchen gar nicht mehr vor eine Schulklasse treten!“ Nein, auf keinen Fall wollte sie sich in die Krankheit flüchten.
Am 1. November lud sie die Chormitglieder zu einem Abschiedsbesuch in ihrem Haus ein.
Annika überreichte ein zyklamrotes Alpenveilchen, Robert einen Strauß mit roten und gelben Margeriten und Matthias übergab ihr ein kleines Marzipanschweinchen. Das sollte Glück bringgen. Diana hatte eine Karte mit Wachsmalerei angefertigt. Gräser vor blauem Himmel und Möwen waren darauf zu sehen. Auf der Rückseite hatte ihre Mutter geschrieben: „Wir bedauern sehr Ihr Ausscheiden aus dem Schuldienst und wünschen Ihnen alles Gute im weiteren Leben!“ Aufgeregt erzählten die Kinder. Beim Kaffeetrinken kam Anne auf die Idee, in ihrer Realschule um einen Raum für eine wöchentliche Chorprobe zu bitten, denn die Chormitglieder wollten unbedingt weiter singen. Inge versprach, darüber nachzudenken. Enrico schaute sich dann noch ihren Laptop an und machte den Umbruch auf DINA 5-Format. Inge kam aus dem Staunen nicht heraus, was der Elfjährige alles auf dem Laptop hervorzauberte.
Zeit zum Grübeln gab es nicht, denn am Wochenende wollten Klaus und Cathleen kommen und mit den engsten Freunden seinen 30. Geburtstag

feiern. Auch Susanne kam mit Sven und Anke aus Hamburg. Tom lud Oma Margarete am Sonnabend zum Mittagessen ein. Klaus zeigt Fotos von seinem Urlaub auf Teneriffa, die ein eindrucksvolles Bild von der Landschaft vermittelten. Viel zu schnell verging das Wochenende. Susanne bat Inge, Weihnachten in Hamburg bei ihr zu verleben.
Inge begann, die Briefe ihrer Urgroßmutter zu übersetzen. Jeden Tag schrieb diese einen Brief an ihren Verlobten. Wundervoll drückte sie ihre Gefühle in Worten aus. Jede Anrede war anders formuliert.
Ihre Freundin Gudrun schrieb aus Magdeburg und zitierte einen Satz von Albert Schweitzer:

> „Man muss etwas, und sei es noch so wenig für diejenigen tun, die Hilfe brauchen, etwas, was keinen Lohn bringt, sondern die Freude, es tun zu dürfen".

Könnte das nicht ein Motto für ihr neues Leben sein?
Inzwischen hörte sie bei jeder Vorstellung im Arbeitsamt, dass sie sich doch krankschreiben lassen solle, da würde sie Krankengeld bekommen und die Sperrfrist überbrücken. Noch immer war über ihre Sperrfrist nicht entschieden, es gab kein Geld.
Susanne war mit ihrer Freundin für zwei Wochen nach Miami geflogen. Ein Freund erwartete sie dort. Neun Stunden dauerte der Flug von Hamburg bis Atlanta und dann noch zwei Stunden bis Miami. Euphorisch berichtete Susanne am Telefon, dass alles geklappt hätte, sie sitzen gerade in ihrem Appartement mit Blick auf das Meer. Und hier schneit es, dachte Inge.
Inzwischen hatte Anne in ihrer Schule mit der Klassenleiterin gesprochen. Die sagte, dass Inge im Schulamt die Genehmigung für die Benutzung des Musikraumes einholen müsse. Wohl war Inge nicht, als sie dies am Dienstag tat. Der Angestellte war überraschend freundlich und genehmigte die Chorprobe einmal in der Woche. Jetzt konzentrierte sich Inge auf die Vorbereitung des Weihnachtsprogramms.
Freudestrahlend rief Susanne am ersten Advent an. Auf der Rückreise hatte das Flugzeug neun Stunden Verspätung, sie habe erst mal ausgiebig geschlafen. Durch die Klimaanlage sei sie krank geworden und hätte starken Husten. Eigentlich war sie nur nach Miami geflogen, da ihr zeitweiser Arbeitgeber, der Wäschehändler aus Österreich, sie eingeladen hatte. Er meldete sich nicht, als Susanne mit ihrer Freundin in Miami ankam und Susanne musste Unterkunft und Verpflegung allein bezahlen. Zum Glück hatte Inge ihrer Tochter beim letzten Besuch in Neubrandenburg

großzügig eine größere Geldsumme geschenkt, so dass Susanne Urlaub machen konnte. Am letzten Tag ihres Urlaubs war sie zu einer Modelparty eingeladen worden und lernte dabei ein amerikanisches Starmodel kennen. Sie war glücklich.
Am 8. Dezember erhielt Inge die Nachricht vom Arbeitsamt, dass sie rückwirkend Arbeitslosengeld erhält. Klassisches Mobbing wurde als Begründung für die Gewährung desselben angegeben. Diese Mitteilung wirkte auf Inge wie eine moralische Rehabilitierung.

***Dritter Advent 1999***

***Am Mittwoch bekam ich einen Schreck, als ich die Zeitung aufschlug. Das Foto mit Oma vor der Steinplastik der drei kleinen Sänger (19990) am Eingang zum Kulturpark, war abgebildet.***
***Darüber die Überschrift „Tagebuch der Urgroßmutter beginnt 1872“. Das war eine Überraschung. Eine Pastoren-Witwe aus Groß Gievitz schrieb mir einen Brief und bekundete Interesse an meinem Buch, sie habe den Zeitungsartikel gelesen und möchte mein Buch erwerben. Sie ist im Museumsgeschichtsverein von Waren und hat auch schon eine Chronik ihres Dorfes geschrieben. Donnerstag will ich sie besuchen.***

Dieses Weihnachtfest wurde schön ohne Verletzungen und Schmähungen von dritter Seite.
Am 23. Dezember fuhr sie von Neubrandenburg mit dem Auto nach Hamburg. Halb fünf Uhr war die Nacht für sie zu Ende. Der Rundfunk sendete ständig Warnungen wegen Blitz-Eis, das langsam von Nordwesten nach Mecklenburg/Vorpommern zog.
Halb acht Uhr war sie bereits am Campingplatz Plauer See. Glutrot färbte sich der Himmel über den kahlen schwarzen Bäumen, es sah traumhaft aus. Beim Vorbeifahren dachte sie immer daran, wie sie im Urlaub 1956 in Plau am See mit der Schulklasse gezeltet hatte. Damals dachte sie: wenn ich in meinem Leben irgendwo einmal leben und wohnen möchte, dann ist es hier in Mecklenburg. Sie hatte es wahr gemacht.
In Parchim war die Straße bereits vereist und in Ludwigslust der Busverkehr schon eingestellt. Kurz vor neun Uhr fuhr sie in Neustadt-Glewe auf die Autobahn.
Als sie um zehn Uhr die Stadtgrenze von Hamburg erreichte, ging das große Suchen los. Sie verfuhr sich, fragte zweimal entnervt nach Hagenbecks Tierpark. Dort in der Nähe war Susannes Kindergarten.
Gegen zwölf Uhr war sie in Susannes Kindergarten, bekam ihre Wohnungsschlüssel und fand auch einen Parkplatz vor Susannes Haus.

An alles hatte sie gedacht. Sie holte das Bäumchen aus dem Kofferraum, setzte es in den Christbaumständer, schnitt Zweige ab, schraubte es fest und schmückte es. Omas bemalte Holztruhe wählte sie als Standplatz aus. Als sich der Hunger meldete, schmorte sie sich mit einer Paprika- Schote und Tomaten sowie Salzkartoffeln ein schmackhaftes vegetarisches Mittagessen. Nachdem Essen bummelte sie durch Eimsbüttel. Viel Verkehr und jede Menge Geschäfte erwarteten sie. Es war die Hektik der Großstadt zu spüren.
Als sie an einem Fischgeschäft vorüber ging, kam sie auf die Idee, für Heilig Abend einen Karpfen zu bestellen. Gesagt, getan.
Endlich kam Susanne und nun wurde erzählt. Susanne zeigte ihre Urlaubsfotos von Miami, war begeistert von Key West, wohin sie einen Abstecher mit dem Auto unternommen hatten und da noch abenteuerlich im Auto übernachtet hatten, weil es zu spät für die Rückfahrt geworden war. Das Model J. M. hatte sie zu Silvester nach Miami eingeladen. Auch vom Marius war die Rede, den sie am Herrentag an der Alster kennen gelernt hatte und der nach Miami gegangen war. Inzwischen war Marius jedoch wieder nach Hamburg zurückgekehrt.
Die letzten Einkäufe erledigten sie am Morgen des Heiligen Abend, Inge gelang der Karpfen gut und am Abend wollten sie in der Kirche von Eppendorf die Christmette besuchen.
Die Kirche war überfüllt, als sie ankamen und Susanne fuhr ins Zentrum. Fast menschenleer war die Innenstadt. Es war eine traditionelle Christvesper in der Petri-Kirche. Ein „Kerzenbaum“ aus Metall interessierte Inge. „Setzen Sie eine Kerze für eine Wunde, die ihnen geschlagen wurde!“ sagte eine Frau zu ihr.
Anschließend beschenkten sie sich. Die CD mit Musik der siebziger Jahre gefiel Susanne.
Die Ente, die Inge am ersten Weihnachtsfeiertag gebraten hatte, war natürlich viel zu viel für sie beide. Ein Verdauungsspaziergang war unbedingt nötig und Susanne fuhr nach Altona. Dort parkten sie das Auto und wanderten über eine Stunde an der Elbe entlang bis zu einem riesengroßen Findling, der vor einigen Wochen aus der Elbe gehievt worden war. Viele Senioren und Familien mit Kindern begegneten ihnen.
Am zweiten Feiertag war Schietwetter, Regen und Schneeschauer. Deshalb besuchten sie eine Ausstellung in den Deichtorhallen. „Projekt 2000“ von dem Amerikaner Jason irritierte sie. Das Gestänge, unter dem Glasdach angebracht, konnte sie nichts abgewinnen.

Fuck und Shit waren die am häufigsten auftretenden Worte auf den mit Bleistiftkritzeln versehenen Bildern. Mit einem Kranheber durfte man dann noch auf den „Dachboden", also in das erste Stockwerk fahren und sich von oben das Gewirr ansehen.
Am Abend sahen sie sich den Film „Sonnenallee" an, den Inge bereits in Neubrandenburg gesehen hatte. Er handelte von der Maueröffnung, spielte in der ehemaligen DDR. Interessant war, dass die Lacher jetzt immer etwas später als im Kino zu Hause einsetzten.
Am nächsten Tag verabschiedete sich Inge. Sie verspürte große Sehnsucht nach ihrem Zuhause.
Susanne war einverstanden. Zweimal verpasste sie die Abfahrt auf die A 24, schließlich fragte sie in einer Tankstelle. „Ja, fahren Sie ruhig weiter, es kommt dann das Schild Lübeck-Berlin, darüber gestülpt Rostock-Schwerin.
Nach zweieinhalb Stunden war sie in Klink an der Müritz. Zähneknirschend bemerkte sie, dass sie bei der Abfahrt von der A 19 geblitzt wurde. Sie hatte nicht schnell genug gebremst. 86 km/h statt erlaubter 50 km/h zeigte der Tacho.
Schloss Klink besitzt magische Anziehungskraft. Sie setzte sich in den „Garten Eden", wie der Salon innerhalb des Restaurants hieß, und schaute auf das Wasser der Müritz. Sie verspürte am ganzen Körper die magische Ruhe, die von diesem Blick auf sie wirkte.

Eine Jahrtausendwende bescherte diesmal der Silvesterabend. Eine halbe Stunde vor Mitternacht zog sich Inge festlich an, nahm eine Flasche Rotkäppchen Sekt unter den Arm und klingelte bei ihrer Nachbarin Lilo Schwandt. Gemeinsam begrüßte sie mit der Familie das neue Jahr und verabschiedete sich bald. Auf der Straße begegnete ihr Tom, er stand wankend vor Keules Haus. Großes Hallo, als sich die Tür öffnete. Sie waren einmal Freunde gewesen, hatten viele Jahre Silvester mit den Kindern gemeinsam gefeiert und nun standen sie als geschiedene Eheleute vor ihnen. Keules Freund hatte Inge bestimmt seit fünfzehn Jahren nicht mehr gesehen, sie wurden ins Haus gebeten, das Erzählen begann. Immer wieder fragte Kasimir: "Wie kann man nur als geschiedene Eheleute nach zehn Jahre so friedlich miteinander leben und wohnen?" Ach, wenn der wüsste, wie oft wir miteinander streiten, dachte Inge. Sollte er sich ruhig wundern, sie plauderte nicht. Tom verkrümelte sich bald, aber Inge blieb bis drei Uhr.

Den Katerbummel machte sie am Neujahrsmorgen von Klein Nemerow aus. Sie wanderte den Naturlehrpfad fast bis Nonnenhof, genoss die wunderbare Stille. Auf dem Rückweg schaute sie in den „Heidehof“ und fragte nach den Modalitäten für ihren 60.Geburtstag. Sie bekam ein Prospekt des Hotels und den Termin der endgültigen Reservierung.
Am nächsten Tag klingelte zu Mittag das Telefon: “Wir sind in einer halben Stunde da!“ So etwas liebt eine Hausfrau, denn nun hieß es, zeig mal wie du improvisieren kannst. Fünf Personen wollten Mittag essen. Es war Jörg mit seiner Familie und Carola, Claudias Schwester. Sie hatten Silvester auf der Insel Hiddensee verlebt und waren nun auf der Rückfahrt nach Bautzen. Clara aß mit gutem Appetit vom übriggebliebenen Entenbraten, die anderen bekamen Gulasch und ein Bofrost Gericht, das Inge schnell aufgetaut hatte. Sie waren schnell wieder verschwunden, da sie noch Oma Margarete besuchen wollten. Der Prospekt vom „Heidehof“ konnte Inge ihnen gerade noch in die Hand drücken.

***6. Januar 2000***

***Heute muss ich ein großes Kreuz im Kalender machen: Klaus hat mich zum Essen eingeladen. Ich schlug vor, dass wir im Schlosshotel Klink essen. Das Wetter spielte auch einmal mit. Minus sechs Grad, Sonnenschein und blauer Himmel, was gibt es Schöneres? Wir spazierten am Ufer der Müritz entlang, aßen dann ein Gericht im Keller des Schlosses, im Rittersaal. Wir wählten Wels, Klaus gegrillt und ich gedünstet nach Mecklenburger Art, mit roten Beten Kartoffelbrei und frischem Dill, garniert. ABM Kräfte schnitten die Büsche und aus dem Jachthafen wurde Schlamm abgepumpt. Klaus hat noch ein paar Tage Urlaub.***

In der zweiten Januarwoche hielt Inge im Gemeinderaum der Michaelskirche eine Lesung aus dem Tagebuch ihrer Urgroßmutter. Außer Pastor Rabe und seiner fünfundachtzigjährigen Mutter war Inges Hausärztin, deren Freundin und ein ehemaliger Ingenieur, jetzt arbeitslos, anwesend. Inge sah, dass in den Augen der Frauen Tränen blinkten, es war also zu Herzen gegangen.
Mitte Januar besuchte das Starmodel J. M. aus Miami tatsächlich Susanne in Hamburg. Vierzehn Tage wohnte er bei ihr, während sie jeden Tag ihrer Arbeit im Kindergarten nachging. Dann kam Nachricht: “Ich gehe mit ihm am 1. April nach Amerika, er ist der richtige Mann für mich!“ Zu Hause ist er in Portland bei Seattle. „Du weißt, dass Du meinen Eltern das Herz brichst!“ „Ja ich übernehme voll und ganz die Verantwortung für Dich, Du kannst jederzeit zurück, wenn wir uns nicht verstehen sollten“,

sagte er. Es war ein Schock für Inge, aber es ist ihr Leben, dachte sie. Sie sprach am Telefon mit ihrer Freundin Rosemarie in Berlin und fragte sie um Rat. Susanne soll die Greencard, eine Arbeitserlaubnis, beantragen und einen Ehevertrag abschließen. „Gib ihr das Gefühl, dass sie jederzeit ins Elternhaus zurückkehren kann!“ sagte Rosemarie zum Abschluss.
Mitte März fuhr Inge nach Hamburg, es sollte für lange Zeit das letzte Wochenende mit Susanne sein.
Sie räumten die Bücher aus dem Schreibschrank und leerten die rosenbemalte Truhe. Bücher, Gläser, Tassen, Töpfe und vor allem Bücher und Bilder packten sie ins Auto. Gemeinsam fuhren sie am Freitagabend nach Neubrandenburg.
Die Abfahrt Schwerin hinter Ludwigslust erreichten sie bereits um sieben Uhr abends. Susanne löste sie in Lübz am Steuer ab, kurz vor Crivitz an einer scharfen Kurve wurden sie geblitzt.
Inge hatte zu spät an das 50 km Schild erinnert. Noch nie war Inge die Strecke so schnell gefahren. Ja, es ist schon ein Unterschied, ob man allein oder mit Beifahrer, der einen am Steuer ablöst, fährt.
Nun hieß es Abschied nehmen. Klaus und Cathleen reisten an, Oma Margarete und Tom kamen am Sonntag zum Mittagessen.
Am Morgen fuhren Inge, Susanne, Klaus und Cathleen zu den Schneeglöckchen-Wiesen nach Woggersin, danach an den Tollensesee zum Badehaus, welches nach Renovierung vor einer Woche wieder eröffnet worden war. Nachmittag kamen Sven und Anke und nahmen Susanne in ihrem Auto mit nach Hamburg.
Inzwischen hatte Inge mit den treuesten Sängern ihres Schulchores fleißig jede Woche geübt und die ersten Auftrittstermine wurden abgesprochen.
Der Pastor der Friedenskirche fragte, ob sie am Donnerstag im Gemeindenachmittag das Frühlingsprogramm bringen könnte.
Sie sagte zu. Im Schlosshotel Groß Plasten hatte sie schon vor Wochen mit der Witwe des Besitzers gesprochen und für Ostersamstag einen Auftritt festgelegt.
Diana kam auch wöchentlich einmal zu ihr ins Haus und nahm weiter Gitarrenunterricht. Sie machte große Fortschritte.
An einem Abend im April rief Inge Susanne in Amerika an. Sie hatte ihr die Telefonnummer beim Abschied gesagt.
Es klappte mit der Verbindung. Sie waren einige Tage in Arizona, nun wollten sie ein Woche in Miami bleiben und sich erholen. Dann beginnen sie eine dreiwöchige Reise durch den Süden der Vereinigten Staaten.

„Es gibt hier kein Schwarzbrot, das Weißbrot bläht, ich habe Angst, dick zu werden.“

Na, wenn das alle Sorgen sind, die Susanne hat, dann ging´ s ihr wohl gut, dachte Inge.

Als Susanne Ostern anrief, klang ihre Stimme gar nicht fröhlich.

„Ist meine Karte aus New Orleans schon angekommen?“ fragte sie.

Inge verneinte.

Inzwischen war sie bereits in Santa Fe (New Mexico).

## Teil V

## ...“und jedem Anfang wohnt ein Zauber inne....“

## Mein Lebensabschnitt von 2000-2005

*30. April 2000*
***Gestern nahm ich an einer Wanderung auf der Insel Rügen teil. Wir waren acht Frauen und ein Mann. Mit dem Wochenendticket ging es 6.15 Uhr nach Sassnitz, nach zweieinhalb Stunden waren wir bereits da. Um zehn Uhr ging es weiter mit dem Bus zum Königsstuhl. Dort stiegen wir aus und wanderten den Uferweg an der Steilküste nach Lohme. Es war ein zauberhafter Weg, denn die ersten grünen Blätter waren an den Buchen zu sehen. Himmelschlüsselchen, weiße und blaue Anemonen säumten den Weg.***
***Nach zwei Stunden waren wir in Lohme und tranken im Hotel „Silence“ einen Kaffee. Zurück nahmen wir einen anderen Weg durch den Wald, vorbei am Hertha-See und der Hertha-Burg. Wir hatten genug Zeit zum Plaudern und zum Gedankenaustausch.***
***Am Königsstuhl angekommen, stellten wir fest, dass wir noch neunzig Minuten Zeit hatten, ehe der Bus wieder nach Saßnitz fuhr. Warum nicht die Treppen hinter zum Ufer der Ostsee steigen? Gedacht, getan: es waren 425 Holzstufen und unten angekommen lief ich noch bis zur nächsten Biegung. Es war ein Traumtag. Studentenfutter, Paprika, Bananen, ein Apfel und drei Flaschen Wasser stillten meinen Hunger und Durst.***
Einschneidende Entscheidungen trifft Inge nun. Sie will in der oberen Etage gründlich renovieren. Der ständige Nikotingeruch, der vom Erdgeschoss zu ihr aufsteigt, noch ehe sie gefrühstückt hat, soll endlich aufhören. Sie hat den Maler, Fliesenleger und Installateur bestellt und nun ging es los. Malte, ihr langjähriger Chorsänger, gerade zum Elektriker ausgebildet, begann, neue Steckdosen einzubauen.
Am 1. Mai leerte sie die Bücherschränke, entstaubte jedes Buch und nahm alle Sachen aus dem Kleiderschrank. Mein Gott, wie viel Klamotten hast du denn? ging es ihr durch den Sinn. Einiges wanderte gleich in den Müll, gut erhaltene Stücke kamen in den Diakonie-Behälter an der Gaststätte „Sandkrug“. Der Maler half dann zwei Tage später, die schweren Sachen wie Matratzen und Lattenroste nach unten ins Erdgeschoss zu tragen. Der

Kleiderschrank wurde auseinander gelegt und kam in die Küche. Es war das reinste Chaos. Aber das Schlimmste stand Inge noch bevor: das Rausschlagen der fünf Türen. Der Handwerker hatte Silberhochzeit und kam einfach einen Tag später, so dass Maler und Türenmacher gemeinsam zu arbeiten begannen. Das Bettgestell hatten die Maler hochkant gestellt, mit der Giebelseite nach unten. Ohne zu warten, dass Inge mit Folie abdeckt, begannen sie, die Tapete abzureißen und im Handumdrehen waren Spritzer auf dem Naturholz. Ärgerlich. Inge legte schnell Betttücher darüber, die Maler spannten Folie darauf, so ging es einigermaßen. Am Nachmittag brauchte sie eine Stunde, um die Farbflecke vom Holz des Bettes weg zu wischen. Während die Maler arbeiteten kaufte sie Teppich-Auslegware. Sie entschied sich für einen hellbraun gesprenkelten Ton, die Grundfarbe war beige.
Eine Karte aus New Orleans erinnerte sie an Susanne. Seit Anfang Mai befand sie sich in Portland, der Heimat von Jeff Monroe. Ihr letzter telefonischer Anruf war eine Woche her und kam aus Santa Fe´ (New Mexico).
In der Stadt sprach sie Gerd Skibbe an, er gehört zur Kirche der Heiligen der letzten Tage. Diese Kirche befindet sich in der Brodaer Straße. Junge Missionare aus den USA würden einmal in der Woche kostenlos Englisch-Unterricht erteilen. Er lud sie dazu ein.
So machte sich Inge am Mittwochnachmittag auf und besuchte den Kurs. Ganz unkompliziert unterrichteten die vier jungen Missionare. Es ging um die Verlaufsformen Präsens, Präteritum und Futur in Englisch. Sie spielten eine Szene vor, die die Zuhörer nacherzählen sollten. Elder Krohn ist deutscher Abstammung, sein Vater Zimmermann, er hat acht Geschwister. Er konnte besonders gut erklären. Als sie im Anschluss über ihre Renovierungs-Aktion sprach, bot er seine Hilfe an. Warum soll ich sie nicht annehmen? dachte Inge.
Am Freitag lud Inge die Missionare Krohn und Lowell und ihre Chorkinder ein. Während sie Diana Gitarrenunterricht erteilte, rissen die Missionare und Enrico mit Robert die Tapete im Bad ab. Dann machte sie mit Diana griechischen Salat mit Feta, Olivenöl und Gewürzen. Nach getaner Arbeit setzten sie sich alle in den Garten, Elder Krohn grillte und alle ließen es sich schmecken. Es blieb nichts übrig.
Am Montagmorgen kamen die Installateure und rissen im Bad die Toilette, das Waschbecken und die Badewanne heraus; am darauffolgenden Tag gab es eine Havarie: “Rufen Sie die Stadtwerke an, wir können das

Wasser nicht abstellen!“ Zu Mittag kamen zwei Arbeiter von den Stadtwerken und stellten fest, dass Rohre ausgewechselt werden mussten. Das ginge aber erst am nächsten Tag, da alle Anwohner der Brauerei-Siedlung informiert werden mussten, dass das Wasser abgestellt wird.
Wieder gab es Verzögerung. Der Fliesenleger teilte mit, dass er nicht kommen könne, da einer seiner Arbeiter krank geworden sei. Was mach´ ich bloß? dachte Inge, ich will nicht länger warten. So fragte sie die Installateure, ob sie einen Handwerker empfehlen könnten. Ja, Herr Freund aus Neverin, der sei verlässlich. Inge rief an, er kam sofort, schaute sich das Bad an, machte Vorschläge und nach vier Stunden hielt Inge bereits das schriftliche Angebot in der Hand. Nur die Fensterwand wird geklebt, weil sonst die Heizung nicht mehr angebracht werden kann. Waschbecken, Toilette und Badewanne sollen am gleichen Platz bleiben. Inge hatte eigentlich an eine Dusche gedacht, da wäre jedoch kein Platz mehr für die Badewanne gewesen und natürlich mehr Kosten entstanden. Freund kannte die Renovierungen in den Plattenbauten der Oststadt, wo man an der Wand neben der Badewanne eine faltbare Dusche befestigte. Man konnte dann in der Badewanne duschen. Der Vorschlag gefiel Inge.
Der Schmutz, den der Fliesenleger machte, war unbeschreiblich. Der Handwerksmeister hatte festgestellt, dass die Wände im Bad alle schief waren. Kein Wunder, es waren WBS 70 Platten, die damals verbaut wurden. Inge kochte jeden Tag für den Fliesenleger Mittagessen mit, es schmeckte ihm.
Wie wunderbar, dachte Inge, als das Bad fertig war. ISie hatte keine weißen, sondern erdfarbene Fliesen gewählt, dazu eine Borte in blau weiß, an Mäander erinnernd, und drei Dekorfliesen in den gleichen Farbtönen blau, weiß und braun.
Zum Einräumen kamen wieder die beiden Missionare. Inge bedankte sich mit einem Abendbrot und anschließend studierten die Elder Inges Familienbibel. Die war in Leder gebunden mit Goldschnitt und 1869 herausgegeben. „Meiner lieben Tochter Elisabeth zur Förderung in der Gottseligkeit, Weihnachten 1879 Johannes 5/ 39“ hatte Urgroßvater Breithaupt auf die erste Seite geschrieben. Die Elder waren ganz begeistert von diesem Kleinod.
Sie hörten sich dann noch gemeinsam das „Lacrimosa“ aus Mozarts Requiem an und anschließend brachte Inge alle drei nach Hause.
Nach dem die Türen eingebaut waren und das Bad renoviert war, ließ Inge noch Susannes kleines Zimmer tapezieren. Nach drei Tagen sah sie,

dass der Maler nicht gleichmäßig gestrichen hatte. Nie wieder nehme ich Laien-Maler, sie können es eben doch nicht so gut wie Facharbeiter, war ihre Erkenntnis.
Das Geld schmolz wie Schnee in der Sonne, aber die Renovierungen waren nötig und außerdem würde sie wieder sparen.
Ein Anruf von Susanne machte sie traurig und nachdenklich. Was ist mit Susanne los? Sie wirkte traurig.
Inge sollte in der Visastelle der amerikanischen Botschaft anrufen und eine Erkundigung einziehen. Ist diese neue Liebe auch schon wieder am Ende?
Pfingsten war sie bei Jörg in Bautzen eingeladen. Die Familie war von Demitz-Thumitz in die Stadt gezogen und Inge lernte das Jugendstilhaus kennen. Die ganze Familie Wandslebe begrüßte sie; der Opa war gerade von Mallorca aus dem Urlaub gekommen und feierte seinen 76. Geburtstag. Wunderschöne Glasfenster mit Blumenmotiven sah sie im Treppenhaus und in den Zimmern.
Die Wohnung erstreckte sich über eine ganze Etage, man ging wie im Kreis von Zimmer zu Zimmer. Im ersten Zimmer, Richtung Südosten, war der Arbeitsplatz der Eltern. Jeder hatte seinen Schreibtisch und seinen eigenen Computer. Bücherregale und Schränke beherrschten das Zimmer. Eine Tür führte auf den kleinen Balkon, er bot gerade noch Platz für zwei Personen. Eine lange rechteckige Stube schloss sich an. Ein feuerroter Teppich leuchtete in der Stube, darin ein Kachelofen aus dem 19. Jahrhundert. Das angrenzende Schlafzimmer war knallrot gestrichen, eine Schaufensterpuppe in der Ecke trug das Hochzeitskleid von Claudia. Das Gästezimmer war orange und gelb gestrichen. Die anschließenden Kinderspiel-und Kinderschlafzimmer zeigten nach Süden und Westen. Die Küche bot einen schönen Blick auf Bautzen. Claudia hatte alles selbst gemalert, eine tolle Leistung.
Am nächsten Tag fuhren Claudia, die Kinder und Inge zum Reiterhof, während sich Jörg Inges Auto auslieh und zur Schule nach Demitz-Thumitz fuhr. Es war sehr heiß, Jörg kam am Mittag dazu und anschließend fuhren sie vom Reiterhof aus nach Freital zu Claudias Eltern.
Sehr liebenswürdig wurde sie empfangen, erhielt ein Gästezimmer im Keller, wo es angenehm kühl war. Am Abend hatte Inge im Rahmen der Dresdner Musikfestspiele Claudia zu einem Opernabend in die Semper Oper eingeladen: Drei Ballette wurden gezeigt:
Maurice Ravel „Daphnis et Chloe´", Debussy „Der Nachmittag eines

Faun“ und Strawinski „Sacre du printemps“.
Sie saßen im 2. Rang Mitte, ein wunderbarer Platz. Es wurde meisterhaft getanzt. Die Musik fand Inge geradezu berauschend. Anschließend saßen sie noch bis Mitternacht im Garten und erzählten lange. Das Haus der Eltern befand sich im Kaizgrund, einem ehemaligen Erzbergbaugebiet. Im Grund gelegen, absolut ruhig, ein kleiner Bach lief parallel zum Haus. Nachdem Jörg mit Familie nach Bautzen gefahren war, zeigten ihr Claudias Eltern den Großsedlitzer Barockgarten. Angenehm war die Unterhaltung, sie fanden ein gemeinsames Thema: die Literatur.
Am frühen Pfingstsonntag brachte Claudias Vater Inge mit dem Auto bis zur Autobahnauffahrt Görlitz-Berlin. Sie wählte die Autobahn Prenzlau-Stettin ab Berlin. Besonders eindrucksvoll schien ihr die Landschaft der Uckermark. Es war natürlich auch wenig Verkehr am Pfingstsonntag.
Susanne meldete sich: „Am 20. Juni komme ich zurück nach Hamburg, suche mir Arbeit und eine neue kleine Wohnung“. Es geht alles wieder von vorn los, hatte sie nicht gerade erst ihre Zelte in Hamburg abgebrochen?
Die Nachbarstochter brachte ein großes Paket. Es entpuppte sich als Preis der Leseraktion: „Familiengeschichte(n) des Jahrhunderts“, zu der Inge einen Bericht über das Tagebuch der Urgroßmutter eingesandt hatte. Dieser Bericht wurde mit einem Foto, welches sie und ihre Mutter vor der Chorsänger-Plastik am Eingang des Kulturparkes zeigte, veröffentlicht.
Es war ein Nachschlagewerk über bedeutende Persönlichkeiten des 20. Jahrhunderts unter dem Titel „Sie veränderten die Welt, Frauen und Männer des 20. Jahrhunderts“. Inge staunte, wie die Persönlichkeiten beschrieben wurden. Das Original stammte aus Italien, Mailand 1999, eine Sonderausgabe für den H+L Verlag GmbH Köln. Das prachtvolle Buch enthielt nicht nur schöne aussagekräftige Fotos, sondern auch sehr gute Texte.
***04. Juli 2000***
***Seit gestern Nachmittag ist Susanne wieder einmal hier. Wie zu alten Zeiten, braungebrannt in weißem Sonnentop, weißen Leinenhosen und blauen Badesandalen sprang sie aus dem Zug. Rundherum erholt sieht sie aus. Sie kam mir ein wenig fremd vor, oder schüchterte sie mich mit ihrer jugendlichen Schönheit so ein? Aber das ging schnell vorbei. Gebührend bewunderte Susanne das neue Bad, stellte aber auch gleich fest, dass die alten Gardinen nicht mehr dazu passen. Gleich am nächsten Tag suchten wir neue aus. Susanne will sich an einer Musik-***

***schule bewerben. An dieser werden Kinder ab drei Jahren in Englisch und Musik unterrichtet, die Leiterin der Musikschule sucht eine Nachfolgerin. Susanne kam auch mit zum Englischunterricht und war ganz angetan vom Unterricht der Missonare.***
Gleich am Morgen ihres 60. Geburtstages gratulierten Klaus, Susanne, Angela, Julia und Bettina telefonisch. Einen Strauß gelber und roter Chrysanthemen brachte der Bote von Fleurop. Die Absender waren Klaus und Cathleen. Neueste Neuigkeit: Cathleens Bewerbung im Architekturbüro in Hamburg war angenommen und bestätigt worden. Sie wird wohl eine Wohngemeinschaft mit Susanne gründen. Inges ehemalige Studienkolleginnen hatten geschrieben und ihre Kinderfreundin Brigitte Ochse aus Weißenfels. Die Nachbarinnen kamen am Nachmittag. Inge hatte sich gut vorbereitet, allen schmeckte der Kuchen, mundete der Kaffee und es wurde viel geplaudert.
Warum aber rief Jörg nicht an? Nach dem Abendbrot, es war nach neun Uhr, klingelte das Telefon. Das muss er sein, nein, es war Claudia. „Geh bitte in ein anderes Zimmer! Jörg ist an einer Depression erkrankt und kommt nicht zur Geburtstagsfeier am Samstag. Bitte kein Wort zu den Gästen!“ Als Inge wieder zu den Gästen kam, war sie kreidebleich. Was ist mit Jörg? Sie log: “Er ist an einem Infekt erkrankt.“ In den Becher der Freude schüttet mir der Herrgott einen Wermutstropfen, du kannst es nicht ändern, dachte sie traurig. Nicht einmal gratuliert hatte er seiner Mutter.
Die Feier sollte am Samstag in der Gaststätte „Heidehof“ in Klein Nemerow stattfinden.
Als Inge am Samstag kurz vor sechs Uhr abends im „Heidehof“ ankam, traf sie Niemanden an. Claudia war mit den Kindern allein am Vormittag mit dem Auto von Bautzen angereist und nach dem Mittagessen nach Klein Nemerow weitergefahren. Klaus und Cathleen waren am Freitagabend spät gekommen. Susanne holte sie am Mittag vom Zug ab, sie war mit Wochenendticket fünf Stunden von Hamburg bis Neubrandenburg gefahren.
Inges Freundin Gudrun,aus ihrer Studienzeit in Halle,kam zuerst mit ihrem Mann Gerhard. „Deine Schwiegertochter hat kleine Kinder, das dauert eben, bis sie fertig sind“, beruhigte sie die aufgeregte Inge. Gudruns blond gefärbtes Haar irritierte Inge. Sie kannte Gudrun nur mit schwarzem Haar. Gerhards Haar war schon weiß geworden.
Bernd und Familie begrüßte sie als nächstes. Sie hatten ihren amerikani-

schen Austauschschüler mitgebracht. Die ganze Terrasse gleißte im Sonnenlicht. Nach einer Stunde kamen endlich Claudia, Susanne, Malte und Clara.
Inge mag keine Rede mehr halten, sondern lässt mit dem Lied „Die Gläser erhebet, die Gläser empor, viva la musica" anstoßen. Dann bittet Gudrun um das Wort." Du bist die Einzige aus meinem ersten Leben, aber du bist auch die, die in meinem zweiten Leben präsent, wenn auch selten, geblieben ist. Du bist immer die Klügste im Studium gewesen und ich erinnere mich an eine Belegarbeit, die du über Kellers Sinngedicht gehalten hast. ´Wie willst du weiße Lilien zu roten Rosen machen? Küss´ eine schöne Galathee, sie wird errötend lachen.´ Es war schwer für uns, erwachsen zu werden." Es war eine ergreifende Rede.
„Im Alter braucht man Freunde und Freundschaften muss man pflegen!" endete sie ihre Rede.
Die Gaststättenleiterin bestand darauf, das Büfett zu eröffnen. Christine hatte ihre Schüchternheit mit Muttis Zureden überwunden und spielte ein Geburtstagsständchen für Inge auf der Blockflöte.
Um 20 Uhr fragte der Discjockey, mit wem Inge den ersten Tanz eröffne wolle. Gerhard bot sich an. „Du sollst immer so schön sein!" klang durch den Raum. Susanne fotografierte inzwischen unentwegt. Dann überreichte sie einen Scheck: „Wochenende für zwei Personen in Hamburg mit Besuch der kubanischen Gruppe Buena Vista, am Samstag, dem18. November". Es war das Geschenk der Kinder.
Hadmut drängelte nach dem Essen: „Lass uns zur Badestelle gehen!" Wider bessere Vernunft ging Inge mit. Es war doch schon empfindlich kühl, als sie aus dem Wasser stiegen. Inge brachte Clara und Malte zu Bett, sang ihnen noch Schlaflieder auf der Gitarre vor.
Christine tanzte den ganzen Abend mit ihr. Bernd und Hadmut waren doch sehr müde. Sven und Anke schauten auch noch kurz ein und gratulierten. Claudia und Hadmut verstanden sich sehr gut, unterhielten sich angeregt und blieben lange auf.
Es war so viel Essen vom kalten Büfett übrig geblieben, Fleisch, Aufschnitt, Käse, Reis und Gulaschsuppe, dass Inge beschloss, die Reste mit nach Hause zu nehmen. Klaus half kräftig beim Einpacken.
Bei strahlendem Sonnenschein fuhr Inge bereits am nächsten Morgen zum „Heidehof" und begegnete Lilo und Dieter, die bereits frühstückten. Sie hatten in Zislow bei Waren an der Müritz eine Ferienwohnung gemietet und wollten nun dorthin zurückfahren. Zuvor aber baten sie Inge,

zum Auto zu kommen. “Möchtest Du das Bild unserer Oma Clara? Bei uns hängt es schon Jahrzehnte in der Wohnstube, wir wollen jetzt tapezieren und es nicht wieder aufhängen“. Inge überlegte, wo sie es hinhängen könnte. Im Schlafzimmer war noch Platz. Sie nahm das Bild in Empfang und packte es in ihr Auto.
Bernd und Dieter kamen auf die Idee, eine Schifffahrt mit der „Mudder Schulten“ vom „Heidehof“ bis zum Badehaus in Neubrandenburg und zurück zu unternehmen. Das schöne Wetter lud geradezu ein. Susanne war noch nicht erschienen, Inge heftete einen Zettel an die Frontscheibe ihres Autos und informierte sie darüber.
Es wurde ein Familienausflug mit vier munteren Kindern. Clara und Michael waren beide drei Jahre alt, die neunjährige Christine und der fünfjährige Malte verstanden sich ebenfalls gut.
Heiß und windig war es. Der Spielplatz in Broda wurde sofort in Besitz genommen. Bernd wanderte mit Inge zum Belvedere und sie genossen den Blick auf den Tollensesee. Lilo staunte über den schönen See. Sie kannte ihn noch nicht. Sie versprach, in der Woche noch einmal bei Inge vorbei zu kommen.
Um 13 Uhr fuhr das Schiff zurück. An Inges Auto heftete nun Susannes Antwort: “Klaus war 12 Uhr hier und hat mich abgeholt! Wir treffen uns alle bei Dir!“
Hadmut ging mit den Kindern noch einmal baden und gegen drei Uhr am Nachmittag waren sie in Neubrandenburg. Schnell wurde Essen warm gemacht und die Betten für die Übernachtung hergerichtet. Am nächsten Tag fuhr Claudia mit den Kindern ab.
Die letzte, die sie verließ, war Susanne. Am Nachmittag hatte sie wieder Bewerbungen geschrieben und um 18 Uhr brachte Inge sie zum Zug.
Ungewohnt war die plötzliche Stille.
Die Elder hatten ihr einen Abschiedsbrief geschrieben: „Wir haben bloß eine große Begeisterung für die Botschaft, besonders das Buch „Mormon“ ist für uns und alle Menschen hier auf der Erde sehr wichtig. Wir lieben das Buch und haben dadurch eine große Freude empfangen, eine Freude, die wir kaum erklären können. Wir wissen doch, dass das Buch „Mormon“ wahr ist und wir möchten es ja auch, dass Sie wissen, dass es wahr ist. Es ist nicht nur für uns, sondern für Sie und Ihre Familie wichtig“. Sie dankten für Inges „Gütigkeit“, eine hübsche Wortschöpfung, dachte sie. Ich habe meinen Glauben und die Bibel, ich brauche diesen Mormonen-Glauben nicht, resümierte sie.

Klaus bewarb sich in Schkopau in einer großen amerikanischen Chemie-Firma.Inge drückte ihm die Daumen.

***2. Oktober2000***

***Das war ein Wochenende! Wie immer bei Reisen war ich vorher so aufgeregt, dass ich die Nacht schlecht schlief. Um halb fünf Uhr war ich wach. Was sollte ich noch warten? Also raus aus den Federn. Genau geplant, packte ich meine paar Sachen, als Proviant Apfelsaft, Nüsse und Avocado. Ich goss noch einmal alle Blumentöpfe und dann ging es los. Bereits um sechs Uhr war ich am Ortsausgang von Neubrandenburg, es fuhr sich wunderbar. Kurz vor zehn Uhr war ich bei Klaus in der Türkstraße, der mir im gleichen Moment mit seinem Auto entgegen kam. Cathleen war im Aufbruch, sie wollte zur Verabschiedung zu ihren Kollegen fahren. Am 2. Oktober beginnt sie in Hamburg zu arbeiten. Die Wohnung kann sie erst am 1. November beziehen. Susanne hat die Geschäfte mit der Maklerin abgewickelt.***

***Die Sonne strahlte vom wolkenlosen Himmel, es war Traumwetter. Klaus erklärte mir am Computer den Internet-Zugang. Um zwei Uhr nachmittags verabschiedete ich mich und besorgte mir einen Kurzfahrschein für die Straßenbahn. Halle erkannte ich nach zweiundvierzig Jahren erst, als ich über den Universitätsring lief. Und da war das imposanteste Haus am Platze, das Archäologische Institut. Ich öffnete die schwere Tür und erblickte Gipsabgüsse von Statuen, die ich in Athen und anderswo in Griechenland im Original gesehen habe. Hier fühlte ich mich gleich zu Hause. Dann schlenderte ich zur Moritzburg, zur Saale und zur Peißnitz. Dann lief ich in Richtung Neustadt, um meine Schulfreundin Sibylle Schneider zu besuchen, rief aber doch erst an und meine Vermutung bestätigte sich: sie war nicht zu Hause.***

***Die Füße schmerzten bereits, als ich in die Linie 6 am Girnitzer Platz einstieg und bis zum Markt fuhr. Dort sah ich mir noch den zauberhaften Brunnen vor der Händelhalle an und fuhr mit der Linie 5 zur Lutherstraße, eine Parallelstraße zur Türkstraße.***

***Klaus und Cathleen waren inzwischen nach Neubrandenburg gefahren. Ich sah, dass die Wäsche vom Vormittag getrocknet war und beschloss, mich nützlich zu machen und bügelte Hemd für Hemd und Hose für Hose. Mein Abendbrot bestand aus einer Avocado und einer Butterstulle.***

***Um sechs Uhr war ich am nächsten Tag wach, fuhr um acht Uhr los nach Weißenfels und parkte auf dem Parkplatz meiner alten Ober-***

*schule, heute Goethe-Gymnasium. Der Hausmeister schlug mir vor, mein Auto kostenlos auf dem Parkplatz vor dem Arbeitsamt (ehemals Schumannhaus) zu stellen. Nun schlüpfte ich erst einmal in eine Bluse, denn es war warm geworden.*
*Treffpunkt Bahnhof. Fünfundzwanzig Mitschülerinnen treffen sich zu einem Ausflug nach Bad Kösen. Großes Hallo beim Wiedersehen. Renate Rotter hatte für jeden ein Brottäschchen genäht mit Klettverschluss und Trägern und diese mit einem Apfel etwas Süßem und einer Brotschnitte gefüllt.*
*In Bad Kösen haben wir Glück: eine Reisegruppe ist ausgefallen und wir können das Schiff zur Rudelsburg mieten. Rosemarie Schnabel, Renate Döring und Dagmar Friedrich sind die einzigen, die mit mir auf die Rudelsburg klettern. Weil es uns so gut gefällt, beschließen wir, nicht mit dem Boot wieder zurück zu fahren, sondern die acht Kilometer bis Bad Kösen zu laufen. Um drei Uhr am Nachmittag sind wir in „Schoppes Garten“ und stärken uns gemeinsam mit den anderen bei Kaffee und Kuchen.*
*Einmal in Bad Kösen, besuchen wir das Käthe Kruse-Puppen-Museum, bewundern die Gesichter der Puppen und schwelgen in Kindheitserinnerungen. Damals war eine Käthe-Kruse-Puppe etwas Unerschwingliches für uns.*
*Wie in alten Zeiten fahren wir dann gemeinsam mit dem Regionalzug nach Weißenfels. Die Nachmittagssonne beleuchtet den Blütengrund, überall hat der Herbst seine Farben getupft. Rot, braun, gelb und grün leuchten die Blätter der Bäume.*
*Es ist ein Fest für das Auge.*
*In der Saale-Gaststätte, gleich gegenüber dem Bahnhof in Weißenfels gelegen, beginnt dann das große Fotografieren und Erzählen. Hannelore Raue und Marion Orth gesellen sich noch dazu, sie hatten die Fahrt nach Bad Kösen nicht mitgemacht. Karin Lange liest eine Strafarbeit vor, die sie 1952 bei Herrn Seibicke, unserem damaligen Musiklehrer, anfertigen musste. Viel Gelächter begleitet ihren Vortrag. Christa Süß, bleichsüchtig und dick geworden, spricht mich anklagend an: “Deine Mutter hat mir noch eine fünf in Geschichte gegeben, da blieb ich sitzen!“ Erika Müller, die einzig Unverheiratete, sagt beschwichtigend: “Ach, hört doch auf!“*
*Um neun Uhr abends bin ich sehr müde, verabschiede mich, muss ja wieder nach Halle fahren. Ich bekomme sogar einen Parkplatz in der*

*Türkstraße, schlafe sehr gut und bin bereits um acht Uhr auf der Autobahn. In Niemegk biege ich ab und fahre die Landstraße bis Bochow bei Jüterbog.*
*Julias Freundin ist zu Besuch, denn durch den Feiertag 3. Oktober ist das Wochenende verlängert. Angela spaziert mit mir durch das Dorf. Sie erzählt vom Urlaub auf Kreta. Ihr Lebenskamera Manfred ist nicht da.*
*Um halb fünf Uhr abends fahre ich los, bin doch ganz schön geschafft. Ich verlasse den Berliner Ring an der Ausfahrt „Havelland" und fahre auf die A 19, Richtung Rostock. Schön und reizvoll ist das Ruppiner Land. Schwärme von Wildgänsen fliegen über mir. Wie ein rotglühender Ball geht die Sonne unter. Halb sieben Uhr verlasse ich die Autobahn an der Ausfahrt Röbel und bin um acht Uhr abends zu Hause.*
*Aus Bautzen kam gute Nachricht. Jörg teilte mit, dass ein Medikament gut angeschlagen habe, er fühle sich besser und wolle zu Beginn der neuen Woche wieder arbeiten.*

*Eine Vernissage in Greifswald weckte Inges Interesse. Helmut Maletzke, bekannter Maler aus Greifswald, feierte seinen 80. Geburtstag und eine Ausstellung im Pommernhaus zeigte Werke aus seiner langjährigen Schaffenszeit. Inge hatte seine Lebenserinnerungen „Signum B.T." vor einiger Zeit gelesen und fuhr hin.*
*Es regnete in Strömen, als sie am Morgen im Pommernhaus ankam. Sie war die erste Besucherin und wurde gefragt, ob sie von der Presse sei. Gestern Abend seien der offizielle Empfang und die Geburtstagsfeier gewesen, die Herren würden wohl etwas später kommen. Dann kam Maletzke, nicht groß, weißes Haar, ganz gebräunt, schlank, gut aussehend. Die Augen fielen sofort auf, sie durchdrangen Inge regelrecht. In dem grau gehaltenen Raum hingen seine Ölgemälde aus verschiedenen Epochen. Maletzke war immer der Partei fern geblieben und hatte seine christliche Gesinnung in den Bildern verdeutlicht. Ein Mahner!*
*Sie gratulierte herzlich und sagte: "Ich glaube, wir haben die gleichen Lebensanschauungen, deshalb erlaube ich mir, Ihnen meine kleine Autobiographie „Ankunft im Ungewissen" zu überreichen.*
*Etwa zwanzig Personen waren gekommen und ein Professor brachte zum Ausdruck, dass der Maler zu den Künstlern gehöre, die ihre Bilder auch erklären wollen und sie würden vom Zuschauer verstanden. Maletzkes Reisebilder, in Aquarell-Technik, werden im Literatursalon*

*für den nächsten Tag vorbereitet. Der Maler empfahl ihr, ruhig heute schon den Literatursalon zu besuchen, sie würde bestimmt die Aquarelle ansehen dürfen. Tatsächlich wurde sie freundlich dort empfangen und dann sah sie das Aquarell „Am toten Meer“, 1999 signiert. Die warmen rotbraunen Farbtöne der Berge und das hingetupfte Blau des Meeres begeisterten sie sofort. „Rufen Sie doch Herrn Maletzke an und handeln Sie!“ meinte die Angestellte. Mit 550 DM war das Bild ausgepreist. Inge rief den Maler an und sagte: „hier ist die Frau, die eben mit Ihnen gesprochen hat, ich würde so gern ihr Bild 'Am toten Meer' erwerben, aber als Arbeitslose ist der Preis für mich unbezahlbar. Er ging auf 300 DM herunter, nachdem Inge ihm 400 DM vorgeschlagen hatte. Sie war überglücklich.*
*Die Brautbriefe ihrer Großmutter Clara warteten auf die Übertragung. Sie zu lesen war eine anstrengende Arbeit, denn Clara hatte eine ganz kleine Handschrift. Die Briefbögen waren winzig, die Ränder ringsum vollgeschrieben. Sie waren im Zeitraum von Juni bis Dezember 1903 verfasst.*
*Nun aber wollte Susanne ihre Haushaltsgegenstände, die sie im März nach Neubrandenburg gebracht hatte, wieder in Hamburg haben. Sie hatte eine Wohnung in der Rellinger Straße gefunden, allerdings im 6. Stock. Am Samstag begann Inge mit dem Einpacken von Tassen, Gläsern und Töpfen in den Wäschekorb. Die Bücher trug sie stapelweise nach unten in den Flur. Montag in aller Frühe fuhr sie nach Hamburg, war bereits zu Mittag im Laufgraben, wo Susanne ein Zimmer bewohnte. Zuerst transportierten sie die Sachen von dort in die Rellinger Straße, dann ging es in die Heußstraße, wo in der Dachkammer vor ihrer Reise Staffelei, Bücher u.a. eingelagert worden waren. Neunzig Stufen zählte Inge nach unten, am schwersten war der Transport der alten, von Oma Clara mit Rosen bemalten, Holztruhe. Sie schafften es nicht an einem Tag und machten am nächsten Tag weiter.*
*Zu Mittag stand Cathleen in der Tür, sie sah sich alles an und Inge brachte sie mit dem Auto nach Ochsenzoll, wo sie ein Zimmer bewohnte. Im Dunkeln fand sich Inge mit dem Stadtplan nicht zurecht und irrte über eine Stunde durch Hamburg. Fuhlsbüttel bei Nacht, mal etwas ganz anderes!*
*Todmüde schlief sie auf der Matratze in Susannes Zimmer bei Max. Der hatte Gäste, bis in die Nacht wurde palavert und geraucht.*
*Dann ging das Einräumen und Hochschleppen weiter. Die Dachkam-*

*mer im Heußweg war fast leer. Nur das Sofa musste noch transportiert werden. Die beiden Amerika-Koffer holte Susanne am Nachmittag allein von Max. Wieviel Schuhe hatte das Mädchen? stellte sie fest, das war ja Wahnsinn!*
*Cathleen hatte ausgerechnet, dass die gemessene Quadratmeterzahl ihres Zimmers nicht stimmt. Dann fuhren sie zum Baumarkt und kauften Farbliner und Lack.*
*Gleich nach dem Abendbrot begann Susanne zu streichen. Einen schweren Tisch hatten sie mit Hilfe eines vorübergehenden Mannes auch noch ins Auto gewürgt bekommen. So hatten sie wenigstens eine Sitzgelegenheit, Oma Claras Truhe und einen Tisch. Der Zufall bescherte ihnen am Dienstag einen Transporteur und Inge fragte ihn, ob er Susannes Sofa am nächsten Tag hinunter tragen könne. Er sagte zu.*
*Nach dem Frühstück fuhren sie wieder in Susannes alte Wohnung, das Sofa wurde ins Auto gehievt und tschüs Susanne!*
*Ach, wie freute sich Inge auf die Behaglichkeit ihrer Wohnung.*
*Sie fand die richtige Ausfahrt in Hamburg und um 12 Uhr ging es los. Es war nicht so starker Verkehr wie am Montag, viele LKW, aber die waren auf der rechten Spur und störten sie nicht. Zeitweise trat dicker Nebel auf, aber in Schwerin-Süd, wo sie von der Autobahn abfuhr, leuchtete schon wieder die Sonne. Die Herbstfärbung zwischen Karow und Waren war einzigartig. Inge hielt am Campingplatz, Nordufer des Plauer Sees, an. Viele Schwäne und Haubentaucher waren auf dem See und genossen die Sonne. Inge stärkte sich mit Körnerbrötchen, griechischem Käse und einigen Tomaten. Um vier Uhr war sie zu Hause, eine von der Sonne überflutete Wohnung erwartete sie.*
*20. Oktober 2000, 23.30 Uhr*
*Ich sitze im Flugzeug nach Amman. Gerade gab es warmes Abendbrot, Reis mit Huhn, schreckliche Pampe.*
*21. 10. sieben Uhr dreißig, Sonne begrüßt uns am Morgen. Die gelben Übergardinen mit blauen Blättern leuchten geradezu. Jetzt würde sich in Deutschland mühsam die Sonne hervorwagen.*
*Um ein Uhr dreißig landeten wir in Amman. Mein jordanischer Nachbar im Flugzeug erzählte mir in gebrochenen Deutsch, dass er gerade aus Kanada käme und zeigte mir das Lichtermeer von Jerusalem und Tel Aviv. Der Mond hing links wie eine Apfelsinenscheibe herab. Zuerst wurden uns alle Pässe weggenommen, da es ein Gemeinschaftsvisum gab. Dann warteten wir auf den Koffer. Die österreichische Reiselei-*

*terin, eine siebzigjährige Dame, machte auf mich einen zwiespältigen Eindruck, irgendwie kam sie mir furchtbar schmierig vor. Sie war klein, hatte nach beiden Seiten abstehende, gefärbte, rotbraune Haare, trug einen langen Rock zu einer orangefarbener kurze Lederjacke.*
*Dann begann die Zimmerverteilung. Da ich der einzige weibliche Single neben einem einzigen männlichen Single bin, kam ich mit einer großen schlanken Frau aus Kasnewitz von der Insel Rügen in ein Zimmer. Sie wurde von ihrem französischen Lebenskameraden, einem Bauingenieur, und ihrem dreizehnjährigem Sohn getrennt. Der Lebenskamerad musste mit dem Single-Mann nächtigen.*
*Heute geht es nach Jerasch (Gerasa), Temperatur 22 Grad, das Wasser tröpfelt nur aus dem Hahn des sonst sehr vornehmen Hotels. Mit dem Geld sind wir schlecht dran. Der Dinar ist die Währung, ein Dollar = 69 Dinar, also noch weniger wert.*
*Neun Uhr Abfahrt nach Gerasa. Es liegt 50 km nördlich von Amman in den Bergen Gilead. Es ist die besterhaltene römische Provinzstadt, vermutlich weltweit. Die Stadt war ein wichtiger Handels-Schnittpunkt zwischen Ost und West, hier stieß das Römische Reich auf den Vorderen Orient. Die Stadt wurde auch zum Modell für die neue römische Stadtanlage mit eigenem orientalischem Stil. Es ist ebenso groß wie Pompeji, eine griechisch-römische Tempelanlage mit Kathedralen, Mosaiken und Kolonnaden (Säulengänge). Ich sah viele arabische, schwarzäugige und schwarzhaarige Araberkinder, die ebenfalls mit ihrem Lehrer die Stätte besichtigten. Ionische Säulen standen im Piazza Oval, noch schöner war das Nymphäum mit korinthischen Säulen.*
*Um zwölf Uhr fuhren wir nach Umm Qeis (lateinisch Gadara), welches wieder von deutschen Archäologen aufgebaut worden war. Wir sahen Gardenische Türen aus schwarzem Basalt, waren überwältigt vom Blick auf den Golanberg und den See Genezareth mit Tiberias (weiße Häuser). Vorher besichtigten wir Usch (muslimisch Ajlun), eine Kreuzfahrer-Burg.*
*Um sieben Uhr abends kehrten wir übermüdet ins Hotel zurück. Die siebzigjährige Kunstgeschichtlerin (Wienerin) redet mit endlosen Pausen und oft unvollendeten Sätzen.*
*22. 10.*
*um 21 Uhr überwältigte mich die Müdigkeit, um drei Uhr nachts erwachte ich. Erster Gedanke: Jörg hat heute seinen 37. Geburtstag. Wim und Simmert, seine Bergsteigerfreunde kommen, sagte er mir am*

*Telefon, bevor ich verreiste. Mein Geschenk, Geld für eine neue Schultasche, habe ich ihm schon vorher überwiesen.*
*Der Autolärm ist schlimm und ich schlafe immer mit einem Finger im Ohr ein. Der Mond inspirierte mich zu einem Foto und dann versuchte ich weiter zu schlafen. Der Muezzin sang mich gegen vier oder fünf Uhr wieder in den Schlaf, na da fühlt man sich doch gleich ganz anders.*
*Heute geht es in die Wüstenschlösser der Omajaden.*
*Der Tag begann mit Wolken und Regen. Auf einer Autobahn fuhren wir östlich in die Stein- oder Kieswüste. Eine persische Karawanserei mit Namen Qasr Kharana wurde angeschaut. Unter einem luftigen, mit Teppichen ausgelegtem Teppich wurde uns Tee angeboten.*
*Im Badeschloss von Qasr Amra (Weltkulturerbe der UNESCO) erblickten wir die einzig islamisch ausgemalte Kirche. Wir waren sehr erstaunt, als wir sahen, dass die Fresken Männer und Frauen in Badehosen zeigten, z.T. trugen die Frauen auch lange Gewänder. Ein französischer Archäologe entdeckte diese Kirche erst vor kurzem. Sogar Fußbodenheizung gab es darin. Fünfundachtzig Kilometer östlich von Amman liegt dieses, wahrscheinlich schönste, omajadische Wüstenschloss Jordaniens. Die Wände und Decken sind mit Fresken bemalt und vermitteln einen Eindruck von der frühen arabischen Kunst. Es soll z. Z. der Herrschaft des Kalifen Walid I. (705-715) begonnen und von Walid II. (743-744) vollendet worden sein. Das erste moslemische Verbot der Darstellung von Menschenbildern in der Kunst erging zwischen 720 und 724, doch die Fresken von Qasr Amra blieben unberührt. Wir staunten über Männer auf Pferden, die Tiere in Netzfallen trieben, nackte badende Frauen, Männer beim Spiel im Freien, liegende Frauen mit Pfauen, Tänzerinnen und anderes mehr.*
*In der Empfangshalle schmückten vier Porträts der „Feinde des Islam“, die von Walid I. besiegt worden waren, die Wände. Es waren der byzantinischen Kaiser, der letzte Westgotenkönig in Spanien, der persische Sassaniden-Herrscher und der Negus von Äthiopien. Wir waren alle tief beeindruckt.*
*Nicht weit von Qasr Amra liegt Azraq, 1917 weltberühmt geworden durch Thomas Edward Lawrence von Arabien. Sein Buch „Die sieben Säulen der Weisheit“ muss ich unbedingt einmal lesen.*
*Er schlug hier sein Hauptquartier auf, um mit dem Sherif Hussein von Mekka den arabischen Aufstand gegen die Osmanen zu führen.*

*In vorgeschichtlicher Zeit lag das Gebiet unter einem riesigen See, später machten Quellen und Bäche Azraq zu einer bedeutenden Oase. 80 mal 70 Meter misst das Fort, es war Teil einer durch die Wüste laufenden Verteidigungskette der Römer. Im Laufe der Jahrhunderte war die Salzgewinnung Haupteinnahmequelle der Bevölkerung. Tonnenschwere schwarze massive Basalttüren, die sich ohne Angel noch heute im Türrahmen bewegen, faszinierten uns und jeder wollte einmal die schwere Tür bewegen.*
*Ich spürte Hunger, als mir verführerisch der Duft von gebratenem Lamm in die Nase stieg. Die anderen Teilnehmer hatten keinen Appetit und verzichteten, weil es abends ja die warme Mahlzeit gab. Ich ging einfach dem Geruch nach und fand einen syrischen und einen arabischen Arbeiter, die einen Stand unterhielten. Ich konnte mich in Englisch verständigen. Sie sagten, dass sie in Jordanien als Ausländer gelten und diskriminiert werden.*
*Zuerst probierte ich ein gegrilltes Fladenbrot mit einer Tomatenpfeffer-Füllung, die war höllisch scharf, so dass ich nach Luft schnappen musste. Das Lammkotelett wurde mit gebratenen Zwiebeln und Petersilie in einen Fladen gewickelt und schmeckte köstlich. Ich bezahlte für beides nur einen Dinar.*
*Nun fuhren wir fast zwei Stunden nördlich zur „Schwarzen Stadt" Umm el-Jimal. Ein riesiges Trümmerfeld von Quaderhäusern, alle aus schwarzem Basalt, erwartete uns. Hier lebten einst Bauern und Schafhirten. Wir kletterten halsbrecherisch über die Trümmer und halb fünf Uhr ging die Sonne blutrot unter und beleuchtete gespenstisch die Steine. Der Lebensgefährte von Frau Cord, erklärte die Statik. Aus Basaltquadern wurde Geschoss auf Geschoss ohne Holz gesetzt.*
*Viele der Ruinen haben noch heute zwei oder drei Stockwerke. Die Mauern scheinen planlos in alle Richtungen zu verlaufen. Häuser sind durch Türen und Tore verbunden und erhaltene Treppen führen hoch und runter. Ich wollte den einheimischen Wächter auf einer der Treppen fotografieren, ruckartig hielt er eine Zeitung vor das Gesicht. Ich musste erfahren, dass man hier nicht einfach ungefragt fotografieren darf.*
*Ein Reiseteilnehmer sagte den klugen Satz: Leben in der Wüste und Wüste im Leben.*
*23. Oktober 2000*
*Um drei Uhr nachmittags kamen wir am Toten Meer an. Vierhundert*

*Meter unter dem Meeresspiegel liegt es am tiefsten Punkt der Erde. Das Hotel ist erstklassig, ein Kurbetrieb für Hautkranke ist angeschlossen. Wir waren in einem Bungalow, weit weg von der Straße, untergebracht. Die Stille war eine Wohltat für die Nerven.*

*Der Morgen hatte mit einer Stadtführung durch Amman begonnen. Die Zitadelle befindet sich auf einem der sieben Hügel, gleich hinter den Resten eines römischen Tempels aus dem 2. Jahrhundert.*

*Der Blick schweift auf die sich endlos breitende Stadt und die Wüstenebene dahinter.*

*Amman ist die Hauptstadt des Haschemitischen Königreiches, seit das Land 1946 unabhängig wurde. Fast 9000 Jahre alt ist diese hochmoderne Metropole. Erstmals wird die Stadt als Rabbat-Ammon, als Hauptstadt der Ammoniter in der Bibel, im 3.Kapitel des 5. Buch Moses erwähnt. Der Prophet Jeremias und Hesekiel sagten voraus, dass Nebukadnezar die Stadt erobern würde, doch das erwies sich als falsch. Der babylonische Herrscher besiegte stattdessen Jerusalem.*

*In hellenistischer Zeit wurde die Stadt abwechselnd von den syrischen Seleukiden und den ägyptischen Ptolemäern regiert. Im 3. Jahrhundert wollte sich Ptolemäus II. verewigen und benannte sie um in Philadelphia. Dann herrschten kurz die Nabatäer, doch Herodes eroberte die Stadt schon bald für sich.*

*Im römischen Städtebund Dekapolis war Amman eine der zehn Städte. Die Stadt blühte während der Zeit der Römer, Byzantiner und Araber auf, aber dann begann der Abstieg. Vernachlässigt wurde die Stadt durch vierhundert Jahre Osmanische Herrschaft. Erst 1921, als Prinz Abdullah, aus der angesehenen Beduinenfamilie der Haschemiten, die Herrschaft über die neugeschaffene Einheit Transjordaniens übernahm und Amman als seine Hauptstadt wählte, begann die Stadt wieder aufzuleben.*

*Im Museum sahen wir die berühmte Flasche aus dem Tell Siran mit folgender Inschrift:*

1. *Arbeiten des Amminadab, Königs der Ammoniter*
2. *Sohn des Hissael-el, Königs der Ammoniter*
3. *Sohn des Amminadab, Königs der Ammoniter*
4. *der Weinberg, die Gärten, die Kanalisation*
5. *und die Zisternen*
6. *er frohlocke und erfreue sich*

*7. zahlreicher Tage*
*8. und langer Jahre*

***Im Hotel „Orient Splendor" aßen wir echt orientalisch. Eiskalt wehte der Wind, als wir die Gaststätte verließen.***
***Und hier am Toten Meer sind 25 Luft- und und 30 Grad Wassertemperatur. Das Ufer des Toten Meeres bildet grauer Schlamm, darin zu schwimmen ist unmöglich, denn das Wasser hat eine so starke Hebekraft, dass ich nur aufpassen musste, nicht umzudrehen und Wasser in die Augen zu bekommen. Ich hatte das 1992 in Israel erlebt, das Wasser brannte wegen des Salzgehaltes wie Feuer in den Augen.***
***Nach dem Baden gönnte ich mir einen echten arabischen Kaffee mit Kardamon gewürzt. Mein ganzes Kleingeld, 60 Piasten, hatte ich zusammengesucht, sie reichten zur Bezahlung.***
***Am Abend bekam ich eine neue Schlafgenossin, Frau Willert, angehende Religionslehrerin.***
***24. Oktober 2000***
***Im Dunkeln sind wir eben in der Kreuzfahrerfestung Kerak angekommen, das einzige Hotel befindet sich vor der Burg. Um sieben Uhr dreißig fuhren wir schon ab. Ich war noch zweimal am Strand und sah auf die mir gegenüberliegenden Berge, über denen die Sonne aufging.***
***Berg Nebo, der Moses Berg, war der erste Höhepunkt. Die Stange mit der sich darum windenden Schlange sah ich zuerst und fand die passende Bibelstelle: Moses 4, Kapitel 21, Vers 7:***

> ***......" kamen sie zu Mose und sprachen:***
> ***Wir haben gesündigt, dass wir wider den Herrn und wider dich geredet haben; bitte den Herrn, dass er die Schlangen von uns nehme. Mose bat für das Volk.***

***Da sprach der Herr zu Mose: Mache dir eine eherne Schlange und richte sie zum Zeichen auf; wer gebissen ist und siehet sie an, der soll leben. Da machte Mose eine eherne Schlange und richtete sie auf zum Zeichen; und wenn wenn Jemanden eine Schlange biss, so sah er die eherne Schlange und blieb leben. Und die Kinder Israels zogen aus und lagerten sich in Oboth."***

***Nebo ist der Berg, auf dem Moses stand und ins gelobte Land Kanaan blickte, nachdem er sein Volk 40 Jahre lang durch die Wüste geführt hatte. Achthundert Meter über dem Meeresspiegel hatten wir einen***

*atemberaubenden Blick über alles, was Moses sehen konnte und nie berührte, denn Gott verbot ihm, seinen Fuß auf das lang ersehnte Land zu setzen. Es waren die Berge Judäas, das Tote Meer und Jerusalem. Da Moses auf dem Berg gestorben sein soll, wurden im Laufe der Jahrzehnte eine Kirche und Gaststätten errichtet. Im 6. Jahrhundert erstand eine Basilika mit wunderschönem Mosaikfußboden, auf dem Jagdszenen dargestellt sind. Auf dem Gipfel des Berges steht ein Kloster.*
*Ein ganz neu geschaffener weißer Stein enthält jüdische Schriftzeichen, darunter steht in Englisch: Mount Nebo Si Yagha Memorial of Moses. Ziemlich weit unten am Sockel in dunkelbrauner Schrift:*

| | |
|---|---|
| *UNUS DEUS* | *einziger Gott* |
| *PATER OMNIUM* | *Vater aller* |
| *SUPER OMNES* | *über allem* |
| *JUBILAEUM* | |
| *2000 A. D.* | |

*Nicht weit entfernt, unterhalb des Berges Nebo, ist die Stadt Madaba. 1898 stießen Bauarbeiter beim Bau einer griechisch-orthodoxen Kirche, an Stelle einer früheren byzantinischen, auf eine aus Mosaiksteinen zusammen gesetzte Landkarte aus dem 6. Jahrhundert. Auf ihr sieht man das Heilige Land, von Alexandrien im Süden bis Sidon im Norden, vom Mittelmeer im Westen bis zu der Wüste östlich von Amman. Im Mittelpunkt der Landkarte (von den ursprünglich 25 mal 5,6 Metern blieben 15,7 Meter erhalten) ist ein detaillierter Stadtplan von Jerusalem. Im Herzen der Stadt sieht man die Grabeskirche. Der Stadtplan besteht aus 2,3*
*Millionen Mosaiksteinen. Die Stadt erhielt den Beinamen „Stadt der Mosaike“.*
*Eine halbe Stunde marschierten wir zu dem Ort, an dem der Palast des Herodes Antipas, wo das Haupt des Johannes abgeschlagen wurde, stand. Das Laufen tat uns gut, dann setzte strömender Regen ein.*
*25. Oktober 2000*
*In Kerak bekamen wir ein ganz schlechtes Hotel. Hier in neunhundert Meter Höhe zieht es im Hotel wie Hechtsuppe, kein warmes Wasser kam aus der Leitung, wir froren. Windstärke acht, die oberirdischen Räume sind lange schmale Hallen mit kleinen Fensterschlitzen. Um die Anlage läuft ein tiefer, trockener Graben, in den früher Gefangene geworfen wurden, wo der sichere Tod auf sie wartete.*
*Dann fuhren wir auf der Königsstraße Richtung Rotes Meer nach*

*Akaba. Hier gibt es statt Kalkstein Sandstein. Halt in Shaubak, einer ehemaligen Kreuzritterburg, von ihr stehen nur noch Außenmauern und ein Treppe mit 375 Stufen, die direkt tief unten zu den Wasserspeichern (Zisterne mit Quelle) der Festung führt. Hier wurden die Handelsrouten kontrolliert.*
*26. Oktober 2000*
*Höhepunkt unserer Reise, ein Tag in P e t r a, der berühmten Beduinenstadt.*
*Als wir am Morgen aus dem Fenster schauten, fiel uns das Herz in die Hose, denn dicker Nebel herrschte. Sollte das unser langersehnter schönster Tag werden? Bereits um acht Uhr morgens fuhren wir vom Hotel zum Eingang von Petra, der größten Touristenattraktion Jordaniens. Die achthundert Meter Zufahrt bis zur Schlucht, dem Siq, konnte man mit dem Pferd hinunterreiten. Ich wagte es für einen Dinar. In meinem ganzen Leben habe ich noch nie auf einem Pferd gesessen. Mit sechzig Jahren bot sich unerwartet diese Gelegenheit. Der Führer führte das Pferd am Zügel. Es lief gut, ich streichelte seinen Hals und ließ nur einmal einen kurzen Galopp zu.*
*Die Wolken verschwanden und wir liefen die 1200 Meter bis zum Schatzhaus (welches früher ein Begräbnishaus war, aber nie ein Schatzhaus). Wenn man durch die enge Felsspalte die römisch-korinthischen Säulen sieht, ist man von der erhabenen Größe erschüttert. Unsere Kunstgeschichtlerin erklärte uns die Opfersteine der Nabatäer (erstmals im 6. Jahrhundert v. Ch. hier). Sie sehen wie ein einfacher Stein mit einem Aufsatz aus. Ein Stein erinnerte mich an den Omphalos in Delphi.*
*Petra bedeutet in griechischer Sprache der "Fels" und war die Hauptstadt der Nabatäer. Eine der Legenden besagt, dass Moses mit dem Stab gegen den Fels schlug, worauf eine Quelle demselben entsprang. Die Nabatäer waren reich, weil sie sich mit den Römern arrangiert hatten und friedlich mit ihnen zusammen lebten. Aber 106 n. Ch. eroberten die Römer Petra, dazu kamen Erdbeben 363 und 747 und Petra wurde für eintausend Jahre von der westlichen Zivilisation abgeschnitten. Die Beduinen aber, die in den Felsen weiter lebten, wachten streng über ihr Geheimnis und ließen Fremde nicht ein.*
*1812 verkleidete sich der Schweizer Ludwig Burckhardt als gläubiger Moslem und fand in Petra Einlass. Sein Bericht wurde in Europa veröffentlicht und allmählich wurde die Stadt Fremden zugänglich.*
*Die Felsen rechts und links im Siq leuchten rot, orange und rosa.*

*Die Fassade des Schatzhauses ist gut erhalten und zeigt Totensymbole: nabatäische Götter, die die Seelen der Toten begleiten, Medusenhäupter, Adler und geflügelte Siegesstatuen. Es war wirklich gewaltig. Die mannigfaltigen Schattierungen von rot, gelb, blau, lila faszinierten uns. Wir liefen von einem gewaltigen Tempel zum nächsten Tempel. Sie waren in den Sandstein hineingehauen.*
*Wir trafen Kamele, Esel, Souvenirverkäufer und Beduinen.*
*Das römisch aussehende Theater wurde von den Nabatäern 4 v. Chr. und 27 n. Chr. erbaut. Dreiunddreißig Sitzreihen bieten siebentausend Zuschauern Platz. Das Theater ist in den Berghang gemeißelt. Überlegt man, welche Werkzeuge den Arbeitern damals zur Verfügung standen, ist man vom Ergebnis dieser Arbeit tief beeindruckt. Ob das Theater der Unterhaltung, als politischer Versammlungsort oder als religiöser Mittelpunkt galt, ist unbekannt.*
*Der hohe Opferplatz liegt zweihundert Meter über den Königsgräbern und dem Siq. Er ist eine Plattform, die aus dem Berg herausgearbeitet wurde. Darauf sind zwei Altäre, je mit einer kleinen Zisterne und Abflussrinnen für das Blut der Opfertiere. Einige Wissenschaftler glauben, dass die Nabatäer nicht nur Tiere, sondern auch Menschen opferten.*
*Ganz allein schlenderte ich den Weg zurück durch den Siq.*
*27. Oktober 2000*
*Heute fuhren wir von Petra nach Akaba. Nach zwei Stunden Busfahrt jedoch war erst einmal Wadi Rum gefragt; die majestätische Berge und bizarre Felsformationen begeisterten schon Lawrence von Arabien. Wie Mondkrater sehen die Gebirge aus. Wir bogen von der Königsstraße ab und fuhren zu einer Sammelstelle. Dort befanden sich Toiletten, ein Restaurant, Kameltreiber und Jeepfahrer für Trips in die Wüste. Jeweils sieben Personen passten in einen Jeep und los ging die Fahrt. Ausgerechnet dieses Mal hatte ich kein Unterhemd angezogen und fror in meiner dünnen weißen Bluse.*
*Grandios die geologischen Schichten der Berge: der Granitsockel (2000 Millionen Jahre alt), schwarz, steinhart, keine Spur von Leben, dann die Sandsteinschichten (600 Millionen Jahre alt) gelb und zum Schluss durch Wasser entstandene Sandsteinschichten, marine Schichten genannt, ganz weiß.*
*Eine Eisenbahnlinie verläuft zu dem Gebirge „Sieben Säulen der Weisheit“, so bezeichnet von Lawrence v. Arabien.*

*Es ist eine Linie, die Phosphat nach Akaba befördert.*
*Am Eingang einer Schlucht hielt der Jeep, in den Innenwänden entdeckten wir Felszeichnungen, ganz primitiv die Geburt eines Kindes. Es war eine Schlangenlinie unter dem horizontalen Strich des Körpers.*
*In der Mittagspause unterhielt ich mich mit Mohammed, unserem jordanischen Führer. Worin besteht für Sie der Unterschied zwischen Ost- und Westdeutschen? fragte ich ihn. Er wollte nicht antworten und lachte nur zustimmend, als ich sagte: „Die Ostdeutschen sind geiziger!" Ja, wir müssen sparen!*
*Halb vier Uhr am Nachmittag waren wir im Hotel "Coral Beach" in Akaba. Südliche Wärme umfing uns. Alle strebten zum Strand und badeten. Für das Hotel und den Strand benötigten wir einen Passierschein. Ich sah nur betagte Touristen, wahrscheinlich ist es die einzige Bevölkerungsgruppe, die sich solche Reisen überhaupt finanziell leisten kann.*
*28. Oktober*
*Unser letzter Tag ist angebrochen. Akaba bei Nacht erlebten wir gestern nach dem Abendbrot.*
*Mit zwei angehenden Religionslehrerinnen, wesentlich jünger als ich, durchstreiften wir die Läden. Neben viel Tand gab es teuren Schmuck, mich interessierten die Gewürze. Weißen Pfeffer, Muskatnuß und Malventee kaufte ich für je einen Dinar.*
*In der Nacht ließ Frau Willert die Klimaanlage laufen und ich konnte bei dem Geräusch nicht einschlafen. Um neun Uhr morgens fuhren wir mit einem Glasbodenboot zu einer Koralleninsel. Einige unserer Teilnehmer wollten unbedingt schnorcheln. Wir beobachteten seltene, vielfarbige Fische zwischen den Korallen vom Boot aus. Zu Mittag hätten wir gern gebadet, aber nun hieß es, in der größten Hitze Abschied nehmen, der Bus fuhr zurück nach Amman.*
*Eine wunderbare Wüstenfahrt begann, immer parallel zum Toten Meer und dem Jordan, links die Berge Israels (Massada, Qumran). Traumhaft waren die Ausblicke auf die Berge, gelb, orange, grau-weiß, grünbraun, rot-blau in pastellfarbenen Ton. Ich nahm einen Zettel, skizzierte mit einem Bleistift und schrieb die Farben auf. Irgendwann, dachte ich, musst du das einmal in Aquarell malen.*
*Wir stoppten an der Stätte, wo Sodom und Gomorrha und Lots Wohnung gewesen sein sollen.*
*.. „Und Lots Weib erstarrte zur Salzsäule", sahen die Phosphatlager-*

***stätten, dann die bewegungslose Fläche des Toten Meeres. Im Untergang beleuchtete die Sonne die Kuppen der Berge, drei Kamele mit ihren Führern begegneten uns, es war märchenhaft.***
***Zum Schluss kam die schreckliche Hektik der Großstadt Amman. Aus der Wüste kommend, ist man ein ganz anderer Mensch, das erlebten alle.***
***Nach dem Abendbrot wurde die Fahrt ausgewertet, es war ja die Abschlussfahrt angehender Religionslehrer/innen. Ich hatte durch Zufall davon gehört und hingeschrieben, ob ich teilnehmen dürfe. Es wurden Reden gehalten, gedankt und um 20 Uhr zur Nachtruhe verabschiedet. Niemand konnte schlafen, da wir um 23 Uhr zum Flughafen gefahren wurden.***
***Im Flughafen von Amman tauschte ich einen 30 Dinar Schein um und erhielt 90 DM.***
***Die Kontrollen waren doppelt und dreifach. Halb drei Uhr ging der Flieger in die Luft, die Sterne des Südens leuchten stärker als die des Nordens, das war mein letzter Gedanke.***
***Noch einen Blick auf Israel, Tel Aviv und das Mittelmeer, dann übermannte mich der Schlaf.***
***Um sechs Uhr landeten wir in Frankfurt, um acht ging es weiter nach Berlin Tegel.***
***Schlimm war das nach Hause kommen, keiner erwartete mich.***
Der Herbst holte nach, was der Sommer schuldig geblieben war. Jeden Tag schien die Sonne, der Himmel war strahlend blau.
Große Freude bereitete Inge eine Einladung des Museums in Prerow. Anlässlich des Jahrestages der großen Sturmflut von 1872 lud man sie zu einer Lesung am 13. November ein.
Es gab noch eine Überraschung, die Post brachte einen Dankesbrief von dem Maler Helmut Maletzke aus Greifswald. Anlässlich einer Ausstellungseröffnung im Klinikum Neubrandenburg lud er sie dazu herzlich ein.
Susanne teilte ihr mit, dass sie sich in der Nähe der belgischen Grenze um die Stelle einer Kinder-Animateurin bewerben wolle. Um Geld zu sparen, lieh sie sich ein Auto und fuhr um vier Uhr morgens los und kam nach achtzehn Stunden völlig erschöpft wieder in Hamburg an.
Das Arbeitsamt Neubrandenburg lud zu einem kostenlosen Lehrgang an der Volkshochschule „Einführung in das Internet“ ein.
Es waren zweimal drei Stunden und Inge machte es viel Freude.

Nun konnte sie per mail korrespondieren.
Der 13. November, Jahrestag der großen Sturmflut von 1872, fiel auf einen Montag.
Um neun Uhr fuhr sie über Teterow, Laage, Ribnitz-Damgarten auf die Halbinsel Darß. Halb zwölf war sie bereits in Ahrenshoop und machte Pause. Wie klein kam ihr die „Hohe Düne" vor, die sie als Zwölfjährige riesengroß empfand. In allen Farben leuchteten die Bäume im Herbstlaub.
In Prerow aß sie in einer Fischgaststätte und wanderte am Strand stundenlang.
Endlich war es 18 Uhr. Im Museum war der Kamin bereits angezündet worden, es war behaglich und warm. Fünfunddreißig Stühle standen im Raum. Ob sie wohl alle besetzt werden würden?
kurz vor sieben Uhr füllte sich der Raum, vierzig Personen waren gekommen.
Wieder eine Überraschung, als eine junge Frau sie ansprach: „Sie waren vor zwanzig Jahren meine Musik-und Geschichtslehrerin in Neubrandenburg. Ich arbeite hier im Nationalpark und bin im Babyjahr."
Inge eröffnete mit dem Lied „Wo die Ostseewellen trekken an den Strand", die Gitarre hatte sie mitgebracht und die Zuhörer sangen mit. Das Eis war gebrochen. Sie spürte beim Lesen die Resonanz der Zuhörer und endete mit dem Abendlied „Ade nun zur guten Nacht".
Wieder stand Weihnachten vor der Tür, es sollte das letzte Weihnachtsfest mit Klaus und Susanne werden.
Ein gutes Jahr später wurde Laura geboren werden, das gemeinsame Kind von Klaus und Cathleen.
Um sechs Uhr abends gingen sie alle zur Christmette in St. Michael, dabei traf Klaus seinen Freund Frank, der ebenfalls mit seiner Freundin erschienen war.
Gleich nach der Bescherung und dem Abendbrot fuhren Klaus und Cathleen zu Oma Margarete, um die Gans zu holen. Inzwischen füllte Inge die bunten Teller und bereitete den Kartoffelsalat zu.
Nichts ist schlimmer zu ertragen, als eine Reihe von guten Tagen! sagt das Sprichwort. Dies spürte Inge am nächsten Tag. Sie verzichtete deshalb am 1. Feiertag auf die gebratene Gans und begnügte sich mit der Brühe vom Gänseklein. Es bekam ihr gut, während sich die anderen die Gans schmecken ließen. Sie spielten am Abend ein wenig Scrabble und dann wurde mit Spannung „Titanic" gesehen.

Die Kinder schliefen bis in den Morgen, Inge ging deshalb allein zum Singe-Gottesdienst in St. Michael. Dies war gut für die Seele.
Klaus holte Oma Margarete zum Mittagessen aus Castrin ab, anschließend fuhren Klaus, Susanne und Cathleen zu Tom, der neuerdings bei einer Freundin auf dem Dorf am Tollensesee wohnte.
Es setzte Schneetreiben ein. Stunde um Stunde verging und die Kinder kamen nicht zurück, endlich um zehn Uhr erschienen sie. Die Straßen waren sehr glatt gewesen und sie mussten im Schritttempo fahren. Oma Margarete wurde auch erst nach Hause gebracht. Es gab viel zu erzählen. Die neue Frau von Tom wohnt bei ihren Eltern, feierte im Partyraum; ein Husky war die große Überraschung. Polaroid Fotos wurden sofort geschossen und zur Erinnerung mitgegeben.
Und nun war der 3. Feiertag angebrochen, das große Abschiednehmen begann. Susanne konnte mit Sven und Anke nach Hamburg im Auto mitfahren. Inge gab ihr noch die gewünschte Feuerzangenbowle für Silvester mit.
Klaus besuchte am Morgen seine Freunde und fuhr erst nach dem Mittagessen mit Cathleen zurück nach Halle.
Klaus hatte seinen Vater überreden können, dass Inge nun endlich ihren VW Polo in die Garage stellen durfte. Die war leer, seit Tom bei der Freundin wohnte. Ungewohnt war dieses Hinein- und Hinausfahren aus der tief gelegenen Garage und Inge spürte Angst. Schon passierte es: sie blieb mit der Stoßstange im Türrahmen stecken. Das war eine schöne Neujahrsbescherung! Sie hatte Vollgas gegeben und streifte die Garagentür beim Hinausfahren, aber sie war erst einmal raus aus der Garage. Dann besah sie sich den Schaden. Die rechte Stoßstange war aus der Verankerung gerissen, der Kotflügel war jedoch nur gestreift.
Klaus hatte Inge als Weihnachtsgeschenk eine website über das Tagebuch von Laura Mathilde Ziemssen/Runze angefertigt. Ein Foto von Laura war farbig abgebildet, die gemalten Rosen übertragen und über Sütterlin hatte er einen Abschnitt geschrieben. Jetzt nach Weihnachten schaute sie sich das erst einmal in Ruhe an. Ob sich wohl jemand melden würde?
Lehars Operette „Das Land des Lächelns“ wurde kurz vor Silvester im Theater Neustrelitz aufgeführt. Obwohl sie telefonisch erfuhr, dass die Aufführung ausverkauft sei, fuhr sie abends hin. Zwanzig Personen standen vor ihr an der Kasse und hofften auf eine Karte. Und das Glück war ihr wieder einmal hold. Auf dem 1. Rang, hinter dem Scheinwerfer, hatte man einen Stuhl für sie hingestellt.

Wieder erinnerte sie sich ihrer Mutter, die immer von den Melodien aus der Operette geschwärmt hatte und vom Komponisten Lehar ohnehin. „Dein ist mein ganzes Herz“ und „Eine Mondnacht im April“ rissen das Publikum zu Beifallsstürmen hin. Wie aktuell ist doch der Inhalt, auch noch nach Jahrzehnten, dachte Inge.
Hier in der Operette treffen Vertreter zwei verschiedener Kulturen auf einander und trotz großer Liebe beider zu einander zerbricht die Beziehung auf Grund der unterschiedlichen kulturellen Identität. Jeder ist in diese eingebunden und kann sich nicht von ihr lösen. Dasselbe erleben die Deutschen täglich im Zusammenleben mit türkischen Emigranten.
In der Auto-Werkstatt teilte ihr der Meister mit, dass man versuchen würde, die alte Stoßstange auszubeulen. Vielleicht ist der Einbau einer neuen gar nicht nötig. Mit 600 DM Kosten müsse sie aber rechnen. Welch eine freudige Überraschung war es für sie, als bereits nach drei Tagen angerufen wurde, die Reparatur sei erfolgt. 160 DM musste sie nur zahlen, sie hatten die alte Stoßstange verwendet.
Die Kultureinrichtung „Alte Kachelofenfabrik“ Neustrelitz kündigte den Film „Stern ohne Himmel“ nach dem Buch von Ossowski aus dem Jahre 1980 an. Der Film war von Ottokar Runze gedreht worden. Nach der Vorführung sollte ein Gespräch mit dem Regisseur stattfinden. Das ist doch der Enkel von Georg Runze, Philosophie-Professor aus Berlin, da musst du hinfahren, ging es Inge durch den Kopf.
Inhalt des Films waren die letzten Tage im April 1945 im Internat der St. Hedwigs Kathedrale in Berlin. Die Schüler entdecken einen geflohenen KZ Häftling. Jeder der Schüler hat eine andere Meinung zu dem Vorfall. Die einen wollen den jüdischen Jungen der Gestapo ausliefern, andere wollen ihn retten. Es war ein bewegender, spannender und düsterer Film. Der Regisseur Ottokar Runze war eine attraktive Gestalt, hochgewachsen und redegewandt. Die Ähnlichkeit mit seinem Großvater war unübersehbar. Schließlich wagte Inge, ihn am Ende der Diskussion anzusprechen. Sie zeigte ihm das Foto von Georg Runze im Tagebuch von Laura Mathilde Ziemssen. „Ja, das ist mein Großvater, können Sie mir eine Kopie des Tagebuches geben?“ Inge schluckte, sie hatte monatelang an der Entstehung des Buches gearbeitet und der Mann wollte es so einfach geschenkt bekommen. „Ich gebe Ihnen die Adresse meines Cousins Klaus, der ist Musikprofessor in Köln, der interessiert sich für Familiengeschichte! „Du bist also meine Nichte!“ sagte er.
Ende Januar war Inge mit der Übertragung der Briefe ihrer Großmutter

Clara fertig geworden. Sie war froh, die Arbeit beendet zu haben und überlegte, ob sie Tagebuch, die Brautbriefe von Laura und die Brautbriefe ihrer Tochter Clara zusammen in einem Buch drucken sollte. Wie schön wäre es, nun ein richtiges Buch daraus zu machen! Und sie wusste, wen sie fragen konnte, die nette Bibliotheksangestellte Frau Mohr, die sie in der Neubrandenburger Bibliothek kennengelernt hatte.
Susanne war hoffnungsvoll nach Frankfurt/Main gefahren, um sich bei der Fluggesellschaft Hapag Lloyd vorzustellen. Fleißig hatte sie wochenlang vorher gelernt. Bei der Prüfung der Abkürzung von Flughafen-Namen versagte sie und sie bestand nicht. Aber sofort steckte sie sich neue Ziele. Vier Monate hatte sie in den Vereinigten Staaten gelebt und fühlte sich stark genug, Englischlehrerin zu werden „Ich werde Kurse geben und Kindern ab einem Jahr Englisch beibringen!"
Im März oder April wollte Cathleen bei Susanne ausziehen und zurück nach Halle gehen.
Es schneite, da es tagelang vorher sehr kalt gewesen war, blieb der Schnee liegen und Inge schnallte die Skier an. Ein Stück lief sie parallel zur B 96 und fing manch einen fragenden und sehnsüchtigen Blick auf. Ein Kind rief aus dem Auto:" Was hast du denn da an?" „Skier, weil´ s mir Spaß macht!" rief sie zurück. Drei Tage später regnete es und die Temperaturen kletterten auf plus zehn Grad.
***11. Februar 2001***
***Heute, an Omas 6.Todestag habe ich ihr Grab besucht, es sieht ganz grün aus.***
***Heute Abend gab es noch ein langes Telefongespräch mit Jörg. Er will meine finanziellen Belange wissen, er rät mir dies und das, aber jedes Gespräch endet mit dem leidigen Thema Geld. „Tausende hast du mit deiner Kündigung verschenkt, ich habe einen Rechtsanwalt gefragt!"***
Der Frühling schickt seine Boten. Die ersten Schneeglöckchen blühten an Inges Treppe, geschützt vor dem kalten Nordostwind. Jeden Tag ärgerte sich Inge über den Müll links und rechts des Weges hinunter zum Sportplatz an der Demminer Straße. Sie beschloss, Müll zu sammeln. Sie begann mit Flaschen und Plastetüten, machte Haufen und sortierte. Dann rief sie die Stadtwirtschaft an, ob die den Müll abholen würden. Daraufhin erreichte Inge ein Anruf vom Umweltamt, sie solle sich am nächsten Tag in der Amtsstube einfinden.
„Das ist Privatgelände, das geht Sie nichts an, sie haben dort keinen Müll zu sammeln!"

Ist ja wunderbar, dachte sie, da machst du diese Schweinearbeit und bekommst als Dank Schelte. Ja, natürlich ging es wie immer ums Geld, denn die Stadtwirtschaft würde dem Umweltamt die Rechnung für den Abtransport der Säcke präsentieren.
Jetzt habe ich die Arbeit begonnen, jetzt beende ich sie auch, war Inges trotzige Reaktion. Sie schleppte die Säcke zu ihrem Haus, dort würde sie diese bei dem nächsten planmäßigen Abholtermin als eigenen Müll hinstellen. Nur die Flaschen, die ließ sie stehen. Zum Spott der Anwohner kam nun noch der Ärger. Nein, kommt nicht in Frage, ich kaufe mir einen Primeltopf und hole mir den Frühling ins Haus. So kann man auch mit Ärger fertig werden.
Ihr Besuch beim Umweltamt zeigte jedoch Wirkung, denn an einem der nächsten Tage traf Inge zwei Männer, die die Treppe vom Sportplatz herauf kamen und in eine Flurkarte schauten. Neugierig geworden, gesellte sich Inge dazu und fragte. Wer für den Weg verantwortlich sei, das stand hier als Frage. Eindeutig gehörte er zum Gelände des Brauereibesitzers. Die Flaschen räumten die Herren anschließend tatsächlich weg und verstauten sie im PKW.
Professor Kehnscherper gratulierte zur dritten Übertragung, die Brautbriefe von Clara Runze und empfahl Inge, ein Exemplar dem Pommernmuseum in Greifswald anzubieten und der Universitätsbibliothek in Greifswald. Professor Kehnscherper war einer der Zuhörer ihrer ersten Lesung 1999 in der Seemannskirche von Prerow gewesen. Er wisse durch seine Mitarbeit an dem Buch „Johann Christoph Ziemssen 1747-1824 Theologe, Lehrer und fast ein Aufklärer“, herausgegeben von Gesine Pirskawetz und Almut Christiane Zimdahl, Berlin, 2000 im Eigenverlag, dass bei der Pommerschen Landeskirche wenig Interesse an dieser Arbeit bestünde.
Es war wieder Winter geworden, es schneite, nachdem drei Tage ein Sturm geheult hatte.
Im Buchhandel bestellte sie „Die sieben Säulen der Weisheit“ von L. v. Arabien in Paperback.
„Luise lädt zum Adelsball-Theaterfasching ganz feudal“ so lautete das Motto des diesjährigen Theaterfaschings in Neustrelitz, bekannt und außerordentlich beliebt. Inge hatte Janine gefragt, ob sie nicht Lust hätte, mit Rene´ mitzukommen. Die fand die Idee wundervoll und holte sich am Mittwoch im Kostümverleih ein Nonnen-Kostüm, einen Tag später tat es ihr Rene´ nach und besorgte ihr ein „Hochwürden“-Kostüm.

Schlachtruf „Thalia, o ha!“ ertönte laut, als sie eintrafen. Im Bühnensaal war um 20 Uhr das Eröffnungsprogramm „Empfang bei Königin Luise“ Ab 20.30 Uhr konnte man auswählen: Stimmzimmer/ TiC„Die letzten 100 Jahre der Queen Mum“- ein Schauspielprogramm, zur gleichen Zeit „Blaue Blüten“, Musik-Theater im Rang-Foyer, 21.30 Uhr im großen Saal “Adel verpflichtet“, 22.45 Uhr „Die letzten 100 Jahre der Queen Mum“, Schauspiel im TiC, 22.45 Uhr„Blaue Blüten“, Musiktheater im Rang Foyer und um Mitternacht Schlussprogramm „Adelsdämmerung“ mit Striptease„Bad Boys & Girls“, Ende 3 Uhr.
Rene´ fuhr mit dem Auto, welches er als bester Azubi von seinem Betrieb „Semcon“ geschenkt bekommen hatte.
Groß war die Freude, als sie an der Kasse nur den halben Preis zahlen mussten, Janine als Studentin, Inge als Arbeitslose. Dann stürzten sie sich ins Getümmel. Inge erschrak, als sie beim Umkleiden feststellte, dass sie ihre Bluse vergessen hatte, aber Janine half aus. Sie gab Inge ihr langärmeliges schwarzes T-Shirt, es passte, trotz Größe 38 und vervollständigte Inges Kostüm: schwarze Strumpfhosen, schwarzer Zylinder mit angesteckter roter Tüllblume und ein langer roter Organza-Schal, um den Hals gebunden. Sie sah umwerfend aus. Nun die erste Enttäuschung: nur Pärchen waren zu sehen.
Seitlich vom Bühnenvorhang bekamen sie noch einen Platz an einem Tisch.
Sie sah, wie die Regisseurin im Hintergrund das Geschehen managte. Wunderbare Kostüme, bestimmt aus dem Theaterfundus, erblickte sie. Dann wurde getanzt und schon ging es zur nächsten Vorstellung „Blaue Blüten“ im Rang Foyer. Jetzt war man auf Tuchfühlung mit den Sängern, etwas ganz Ungewöhnliches. Deftig war der Humor und deutlich die Anspielungen. Neben Inge saß ein als Troll verkleideter Mann in ihrem Alter. Er forderte sie anschließend zum Tanz auf, plauderte mit ihr. Später kam er auch an ihren Tisch und trank wie sie Saft. Janine und Rene´ igelten sich ein, nichts war von Fröhlichkeit und Heiterkeit bei ihnen zu spüren. Neckte jemand Janine, zog sie sich keusch zurück. Rene´ war erkältet und fühlte sich nicht wohl. Bereits um Mitternacht drängte er zum Aufbruch. Wenn´ s am schönsten ist, muss ich gehen, dachte Inge wehmütig und der Troll fragte zum Abschied: “Sind Sie morgen wieder hier?“
Um ein Uhr nachts war sie zu Hause, das Thermometer zeigte minus neun Grad. Die klare saubere Luft tat den Lungen gut, denn im Theater war sie rauchgeschwängert. Sie hustete viel in der Nacht.

Dennoch war es ein schöner Abend.
Zum Geburtstag ihres Vaters kamen Susanne, Klaus und Cathleen. Freitagabend holte Inge Susanne vom Zug ab, zwei Stunden später kamen Klaus und Cathleen. Ihre Katze Elli hatten sie mitgebracht, die war rollig und jaulte ununterbrochen, alle Türen mussten offen bleiben, bestimmte Klaus. Nach dem Mittagessen fuhren sie alle nach Castrin zu Oma Margarete, wo Toms Geburtstag gefeiert werden sollte.
Am nächsten Morgen lud Inge Susanne zu einer Ausstellung im Saal des Webasto-Betriebes ein. Konrad Götze und Maximilian Glas hatten Makrofotografien hergestellt unter dem Titel „Lichtgestalten", Bilder aus Jahrmillionen-Mythen aus Jahrtausenden. Die Fotos, Vergrößerungen, waren so schön, dass sich Inge und Susanne spontan anschließend einen Bildband kauften.
Klaus erklärte ihr am Nachmittag die Einstellung von Fußnoten am Computer, darüber verging eine ganze Stunde. Inge hatte sich entschlossen, ein eigenes Buch mit dem Nachdruck von Lauras Tagebuch und Brautbriefen Mutter und Tochter herzustellen. Alle drei Bücher werden in einem Band sein, dazu kommen die Farbkopien. Wie teuer wird das werden? Gerade Seitenzahlen müssen beim Buch immer links sein, auch das wusste Inge noch nicht. Immer wieder las sie Korrektur und staunte, wie schnell man einen Fehler übersehen kann.
Inge bemühte sich, Sponsoren zum Druck ihres Buches zu finden. Pastor Göll von der Friedensgemeinde riet ihr, Herrn Dr. Buske, Vorsitzender des Vereins für Pommersche Kirchengeschichte, anzusprechen. Dieser wohnte in Greifswald. Inge schrieb einen Brief, bekam aber keine Antwort. Ich packe den Stier bei den Hörnern und fahre unangemeldet hin, entschied sie. So geschah es.
„Sie haben aber Glück, ich bin gerade von einer Reise gekommen und muss auch morgen schon wieder wegfahren. Kommen Sie kurz in die Küche!" Die war ungeheizt, nicht sehr angenehm. Inge erzählte, zeigte das Originaltagebuch, Tagebuch und Brautbriefe, die sie in DIN A-Format in lateinischen Buchstaben geschrieben und gedruckt hatte. „Der Verein hat dafür kein Geld. Lassen Sie die Bücher hier, ich schicke sie dann an den Helms Verlag!" Na, dachte sie, du wirst doch wohl nicht das kostbare Original-Tagebuch bei dem Mann lassen. Herrn Thomas Helms kann ich in Schwerin allein besuchen. Bücher über Kirchen in Mecklenburg/Vorpommern schreibt der Mann, aber für das Schicksal einer pommerschen Pastorenfrau hat er kein Interesse.

Das entmutigt mich noch lange nicht, dachte sie trotzig.
In der Stadt sah sie sich das im Bau befindliche Pommersche Landesmuseum an. Anschließend fuhr sie in den Literatursalon. Frau Langer begrüßte sie herzlich. Sie war begeistert vom Tagebuch und den Brautbriefen Mutter/Tochter und schlug einen Termin für eine Lesung im April, vor.
Im Wiekhaus Nr.11 am Kloster, Sitz der „Fraueneinfälle“ Neubrandenburg sprach sie mit der Angestellten. Sie bekam den Bescheid, am Mittwoch, dem 4. April aus den Brautbriefen zu lesen. An diesem Tag war herrliches Frühlingswetter und Inge ahnte, dass wenig Interessierte kommen würden. So war es auch. Die beiden angestellten Frauen waren ihre einzigen, aber sehr geduldigen Zuhörer. Zwei Stunden las Inge und unterbrach mit Liedern zur Gitarre.
Anruf vom Literatursalon: Lesung muss auf den 6. Juli verschoben werden. Da kommt kein Mensch, da sitzen die Leute im Garten und grillen, dachte Inge.
Zum Osterfest lud Inge Susanne ein, mit ihr in Berlin das neue Musical „Der Glöckner von Notre Dame“ anzusehen.
Pünktlich 11.52 Uhr ging der Zug von Neubrandenburg nach Berlin-Zoo. Wunderbar zog am Fenster die Landschaft vorbei. Vorfrühling. Mit etwas Mühe fanden sie den Aufgang zur U2 Pankow, um zum Potsdamer Platz zu kommen. Dann standen sie vor dem riesigen Sony-Gebäude und Wolkenkratzern und fanden einfach nicht das Theater. Endlich fragte Inge einen Passanten. Das Theater war ein Stahlgerüst, fünf Stockwerke hoch, wie in der neuen „Flora“ in Hamburg. Erste Enttäuschung: so wenig Menschen!
Sie fuhren in den 5. Stock, um die Plätze einzunehmen und trauten kaum ihren Augen. Der 2. Rang war spärlich besetzt. Bis auf ein Pärchen, waren sie die einzigen Zuschauer.
Dann begann das Spektakel. Schnell merkte Inge, dass dieses Musical ein Abklatsch von Webbers „Phantom der Oper“ war. Hauptdarsteller waren ein Erzähler, ein Unhold (Quasimodo), ein verliebter Offizier und die Zigeunerin Esmeralda. Eine Laserschau faszinierte sie dagegen. Die Kathedrale „Notre Dame“ erschien auf der hinteren Bildfläche.
Sie sahen, dass im Parkett die vierte Reihe leer war und nach der Pause setzten sie sich einfach auf diese Plätze.
Jetzt konnten sie die Darsteller viel besser sehen.
Tolle Effekte, wie der Sturz des liebestollen Priesters von Notre Dame in

feuerspeiende Drachen aus Stein, bot die Technik.
Nur Esmeralda, am Ende in Sackleinen gehüllt am Marterpfahl, überzeugte nicht. Ein Zigeunerin stellt man sich blut- und temperamentvoll vor und das ist eine Japanerin nun einfach nicht.
Inge kaufte sich noch ein Programm und konnte nachlesen, dass die Darsteller vom Stuttgarter Theater kamen, wo sie im Musical „Miss Saigon" gesungen hatten. Der Beifall war ehrlich, aber die Musik berührte nicht das Herz, es war eben eine amerikanische Disny-Produktion, an Webbers Format reichte sie einfach nicht heran.
Anschließend versuchten sie, in das Reichstagsgebäude zu kommen, aber die Schlange war so lang, dass sie es aufgaben. Sie begnügten sich damit, einmal um den Komplex herum zu gehen, schritten dann durch das Brandenburger Tor, Richtung Alexanderplatz, da fühlten sie sich gleich heimisch. Im Restaurant „Dressler" kehrten sie ein, Inge hatte nicht gesehen, dass es ein Nobelrestaurant war. Sofort wurde ihnen die Garderobe abgenommen und wurden an einen hübschen Zweiertisch geführt. Als Inge die Speisekarte studierte, stockte ihr das Herz. D a s waren Preise.
Susannes Handy klingelte, Anruf von einem Freund aus Hamburg. „Back in the town! " Der Freund war wieder in Hamburg gelandet, nun wollte Susanne gleich am nächsten Tag zurück nach Hamburg fahren. Bitter für Inge, die gehofft hatte, dass Susanne beide Festtage bei ihr bleibt.
Ziemlich verfroren kamen sie um Mitternacht in Neubrandenburg an und waren so aufgekratzt, dass an Schlafen nicht gleich zu denken war. Heiße Milch mit Honig wärmte sie auf.
Das Buch „Geh, wohin dein Herz dich trägt" von Susanna Tamaro schenkte ihr Susanne. Es war eine Geschichte über drei Frauen-Generationen.
Grau und trübe war das Wetter am 1. Osterfeiertag und am frühen Nachmittag fuhr Susanne wieder nach Hamburg.
Am 12. Mai war die Festveranstaltung anlässlich des zehnten Jahrestages vom Goethe-Gymnasium und des Vereins" Freunde des Goethe-Gymnasiums" e.V., dem Inge 1998 beigetreten war. Um sechs Uhr morgens fuhr sie mit ihrem Auto los, um acht Uhr kam sie in Birkenwerder auf die Autobahn und um 10 Uhr war sie bereits in Weißenfels. Strahlend schien die Sonne, der Frühling zeigte sich überall. Die Augen konnten sich nicht satt sehen. Bei Hannelore Raue, ihrer ehemaligen Klassenkameradin aus der Grundschulzeit, durfte sie übernachten.
Sie begrüßten sich herzlich, tranken einen Cappuccino und dann lief Inge Richtung Bootshaus an die Saale. Plötzlich hörte sie in der Beuditzstra-

ße, Höhe Beudegut, die Sirene eines Rettungswagens der Schnellen Medizinischen Hilfe. Sie wurde Zeuge eines Unfalls, ein PKW war rechts von der Straße direkt auf den Zaun vor einem Zweifamilienhaus gerast und über die Hecke endlich zum Stehen gekommen. Der Fahrer, Mitte fünfzig, hatte eine Herzinfarkt erlitten, seine Frau saß neben ihm und streichelte immer wieder seine Hände. Leichenblass war das Gesicht des Ehemannes, sein Kopf war nach hinten gesunken. Er war bereits tot, die Frau hatte das wohl noch gar nicht realisiert.
Keiner der Rettungssanitäter kümmerte sich um die Frau, die unter Schock stand. Inge sprach sie an, ob sie helfen könne, ob sie Angehörige benachrichtigen solle. Die Frau erzählte, dass sie im Krankenhaus einen Besuch machen wollten. Schließlich erklärte sich eine Hausbewohnerin bereit, die Ehefrau des Verstorbenen telefonieren zu lassen. Nachdenklich ging Inge weiter.
Die Brücke über die Eisenbahn sah wie neu aus, die verrosteten Eisengitter waren verschwunden, alles sandgestrahlt.Überall duftete es nach Flieder.
Das Bootshaus bot einen traurigen Anblick. Die Gaststätte gab es nicht mehr, abrissreif und unbewohnt sah das Gebäude aus. Nur die Kanuten hatten wie eh und je ihre Hallen unten im Bootshaus.
Am Nachmittag besuchte sie die Jahreshauptversammlung des Vereins. Es wurde darüber diskutiert, der Schule einen neuen Namen zu geben, da Goethe nicht mehr aktuell sei.
„Wenn diese Schule nicht mehr Goethe-Gymnasium heißt, werde ich mich nicht mehr dazugehörend fühlen und aus dem Verein austreten!" sagte sie und erfuhr allgemeine Zustimmung.
Um 17 Uhr begann die Festveranstaltung zum 140. Jubiläum „Gymnasiale Ausbildung in Weißenfels und zehn Jahre Goethe-Gymnasium."
1861 wurde das Gymnasium Augusteum „Höhere Privatschule für Knaben" gegründet. Bis 1869 hieß es so, danach nannte man es „Städtische höhere Bürgerschule" bis 1878, dann „Städtisches Progymnasium" von 1871-1900, „Städtische Oberrealschule 1895", „Städtische Oberrealschule mit Reformgymnasium" ab Ostern 1909, „Städtische Oberschule für Jungen" September 1938-1948, dann „Oberschule für Jungen und Mädchen 1948-1949" und ab September 1949 „Erweiterte Oberschule bis 1991", nun „Goethe-Gymnasium seit 1991.
Die Aula, in der Inge 1958 ihr Abiturzeugnis erhielt, strahlte nach umfassender Renovierung in pastellfarbenen Tönen.

Helmut Franke, ein Studienrat im Ruhestand, sprach fast eine halbe Stunde, leider so leise, dass nach und nach Unruhe in den hinteren Reihen spürbar wurde. Er war Deutsch-Geschichtslehrer gewesen und hob die Bedeutung der Klassiker für die geistige Bildung der Jugend hervor. Medizinalrätin Liane Baier, Abitur 1951, sprach anschließend, auch leise und sehr langsam.
Sie sprach Herrn Franke nach der Feier an und bat, ihr die Rede zu kopieren und zuzuschicken. „Kennen Sie noch meine Mutter?" Von 1938-1945 war sie Studienrätin für Fremdsprachen und Sport an der Städtischen Oberschule für Jungen gewesen. Ja, meinte er, sie war ein ganz besonderer Mensch, aber unbequem und von einigen Lehrern gemieden.
Ehemalige Schüler des Gymnasiums brachten anschließend ein Konzert, welches drei Stunden dauerte. Das „Allegro barbaro" von Bela Bartok, New Orleans Jazz, Chopin-Nocturne, Musik von Camille Saint Saens kamen zu Gehör. Es war toll. Scott Joplins „The Entertainer", Inge kannte den Titel noch unter„Winchester Cathedral", bildete den Schlusspunkt.
Der Apfelbaum im Garten„wartete" auf Inge. Zwei Tage konnte sie sich noch an dessen Blütenpracht erfreuen, jede Nacht regnete es und dennoch war der Erdboden am nächsten Tag wie ausgedörrt. Nun begannen bereits die Pfingstrosen zu blühen.
Im Stammbaum der Familie Runze entdeckte Inge den Namen Ingeborg Runze. Sie soll 1983 nach Anafi, eine griechische Insel, mit einem griechischen Freund ausgewandert sein. Ihr Vater war der jüngste Bruder von Clara Stier, Inges Großmutter. Ob sie noch lebt? Ob ich etwas erfahre über meine Mutter? Wo liegt Anafi? Südöstlich von Santorin.
Die wunderbare Vulkaninsel Santorin war Inge im Gedächtnis geblieben. 1994 hatte sie diese auf der Kykladenreise von „Studiosus München" kennengelernt, besonders die Krater-Wanderung von Thira nach Oia war ihr unvergesslich geblieben. Nun hatte sie sich entschlossen, privat hinzufahren und etwas über Ingeborg Runze zu erfahren. Diesmal bekam sie eine Pension am Kamari-Strand, also in unmittelbarer Nähe des Flugplatzes am Badestrand im Osten der Insel.
Die Flugreise war mit Aus- und Einsteigen auf der Insel Mykonos gekoppelt.
Gleich am ersten Tag traf sie ein Neubrandenburger Ehepaar am Strand, das Inselhüpfen machte und gerade von Paros gekommen waren. Auch sie nutzten den frühen Vormittag zum Schwimmen. Sofort erzählte Inge begeistert von ihrer geplanten Krater-Wanderung von Thira nach Oia. Sie

wollten die gleiche Wanderung unternehmen, da er Hobbyfotograf war. Nun fragte sie beim Bürgermeister von Santorin in Thira nach Ingeborg Runze. Sie kam aber nur bis zum Sekretär. Ein Hotelier dolmetschte, so dass Inge sich in Englisch verständlich machen konnte. Nachdem sie ihre Urlaubsadresse gesagt hatte, wurde sie vertröstet: Anafi gehört verwaltungsmäßig zu Santorin, sie würde über die Pensionsbesitzer Bescheid erhalten.
Für 9000 Drachmen, umgerechnet 60 DM, leistete sich Inge eine Bootsfahrt mit einem Segelschiff (mit Motorantrieb) in der Caldera von Santorin. Leider ließ die Sonne am Vormittag auf sich warten, es war kühl auf dem Schiff. Im Hafen von Athinios, wo auch die großen Fähren von Piräus ankommen und weiter nach Kreta und anderen Inseln fahren, begann der Tagesausflug. Es war sehr windig. Sie fuhren südlich bis zum Leuchtturm von Akrotiri, ankerten zwei Stunden am Vulkankrater und fuhren dann zu den Schwefelquellen Palea Kameni. Tapfer sprang Inge vom Boot und schwamm zur Quelle, nicht bedacht hatte sie, dass dieser Schwefelgeruch am Badeanzug hängen bleiben würde und sich ihr neuer grüner Badeanzug gelb färben würde.
Über ihnen kletterten am Berg Wildziegen, sie waren hier die Herrscher und schauten auf die kleinen Menschen unter ihnen im Wasser herab.
Gegenüber dem Krater von Athinios lag die Insel Thirassia. Als sie dort in der Mittagsstunde ankamen, hatte die Sonne sich durchgesetzt. Gleich sah die ganze Landschaft anders und schöner aus. Die Caldera wurde voll ausgeleuchtet, wie Schnee leuchteten die weißen Häuser am Rand des Kraters von Thira herüber, es war faszinierend.
Am letzten Abend vor ihrer Abreise sagte ihr die Wirtin, dass Ingeborg Runze vor vier Jahre verstorben sei und auf dem Friedhof von Anafi liege. Ob sie noch einer gekannt hat? Warum ist sie schon mit 69 Jahren gestorben? Am Telefon hörte sie den Sekretär sagen: „The German woman has problems with the love!“
(„Die deutsche Frau hatte Probleme mit der Liebe!“) Erst abends halb acht Uhr ging ihr Flieger nach Deutschland. Da sie das Zimmer um 10 Uhr räumen musste, verbrachte sie den ganzen Tag in der Taverne am Strand. Ein deutscher Urlauber setzte sich zu ihr und entpuppte sich als Landsmann aus Weißenfels. Sie hatten Gesprächsstoff für den ganzen Nachmittag. Von ein Uhr Mittag bis fünf Uhr Nachmittag saßen sie in der Taverne mit Blick auf das Meer, das von Stunde zu Stunde tintenblauer wurde.

Sein Vater arbeitete als Zahnarzt in Weißenfels, er wurde mit vierundzwanzig Jahren Zahntechniker. Viele Jahre aber sei er schon geschieden und lebe nun sehr gut mit einer Kubanerin zusammen.
In Berlin Tegel kamen sie erst um 23 Uhr an, Inges letzter Zug war weg, aber sie hatte Glück. Sie traf das Neubrandenburger Ehepaar, welches mit ihr die Krater-Wanderung unternommen hatte. Die hatten einen Bustransfer bestellt und Inge fragte den Fahrer, ob er sie noch mitnehme, denn es war noch Platz im Bus. Er willigte ein. Er fuhr Inge bis vor die Haustür, verlangt nur fünfzig DM. Dafür hätte sie in Berlin nicht mal ein Hotelzimmer bekommen.
Susanne teilte ihr mit, dass sie ein Einstellungsgespräch in London bei Herrn v. Bismarck habe. Sie würde als Kindermädchen (zwei Kinder) arbeiten.
***11. Juni 2001***
***Alles überstürzte sich bei der Nachricht, die mich am Sonntag um 12 Uhr erreichte. Tom hatte Susanne angerufen und mitgeteilt, dass Oma Margarete am Freitagabend friedlich eingeschlafen sei. Nach meinem Besuch am 20. Mai klagte sie über Beschwerden beim Atmen. Am Freitag hatte die Castriner Ärztin sie in das Klinikum Neubrandenburg überwiesen, dort wurde ihr Luft aus der Lunge gepumpt. Ganz still und sanft ist sie in der Nacht zum Pfingstsamstag eingeschlafen. Susanne befand sich auf dem Weg nach London zum Bewerbungsgespräch. Ich rief ihre Freundin Diana an und fragte, ob sie ihren Flug storniert habe, nein zum Glück nicht. Dann rief ich Jörg an, der mir Vorwürfe machte, weil ich ihn nicht in Bautzen besucht hatte.***
***Um 15 Uhr war Tom zu Hause, ich kondolierte und bat, die Beerdigung bis zum 11. Juni zu verschieben, da ich mit einer Gruppe der Friedenskirche für eine Woche nach Bornholm fahren wollte und mich bereit erklärt hatte, Gepäck der anderen in meinem Auto zu transportieren. Ich erzählte ihm, dass ich von seiner Mutter Abschied genommen hatte, als ich sie am Sonntag im Mai besuchte.***
***“Heute will ich Dir einmal etwas bringen, weil Du i m m e r gibst“, begrüßte ich sie. Wie eh und je liefen etliche Katzen um das Haus. Ich hatte ihr selbstgebackenen Zitronenkuchen mitgebracht. Sie zeigte mir ihren Garten, auf einem Baumstumpf saß eine hübsche braun-gelb-weiß gestreifte Katze. Ganz ungewöhnlich für Oma, nach deren Ansicht Katzen in den Stall, aber nicht in die Wohnung gehören, sagte sie: “Das ist meine Lieblingskatze!“ und streichelte sie. Nanu, dachte ich,***

***so kenne ich Oma gar nicht, diese zärtliche Art ist ihr doch sonst fremd. Der Garten war bestellt, bestimmt hatte Tom geholfen und sie war fröhlich und optimistisch. Eine Tüte gefrostete Erdbeeren und Hühnerklein drückte sie mir zum Abschied in die Hand. "Landwirtschaft ist doch nun mal mein Leben!" meinte sie. Irgendeine innere Stimme sagte mir: zeig ihr doch mal, dass du sie magst! Und ich küsste sie auf die Wange. Das habe ich eigentlich noch nie bei ihr getan. Ich tat es ehrlichen Herzens. War sie nicht immer wie eine Mutter zu mir gewesen? Jetzt bist du auch so einsam wie sie, ging es mir durch den Kopf. Sie war mir nicht böse, das war wichtig für mich, und wir sprachen kein einziges Wort über Tom.***

***Was sollte ich tun? Klaus war telefonisch nicht zu erreichen. Mein Auto hatte ich gerade voll gepackt mit Taschen und Koffern der Bornholm-Teilnehmer. Ich sprach mit meiner Ex- Schwägerin. „Entscheide Du!" sagte sie. Die Vorstellung, Tom mit einer neuen Frau am Grab zu sehen, nein, das ging nicht. Ich hatte dennoch ein schlechtes Gewissen, ein ganz schlechtes Gewissen. Ich ahnte, dass Tom die Beerdiggung nicht später ansetzen würde.***

Mit der Fähre fuhren sie um 8 Uhr von Sassnitz zur Insel Bornholm. Die Kreidefelsen leuchteten noch lange im Morgenlicht, 25 km waren es noch bis zum gemieteten Ferienhaus im Norden der Insel. Während Inge und noch ein Teilnehmer mit ihrem eigenen PKW fuhren, radelten die anderen gleich los. Überall leuchtete der gelbe Ginster, der in voller Blüte stand. Die Vögel zwitscherten.

Inge bezog mit der ältesten Teilnehmerin, einer„Kräuterfrau" aus Sachsen, eingeladen von Sigrid Ludwig, ein Zimmer im ersten Stock zur Südostseite. Renate machte abends die besten Salate. Am ersten Abend stellten sich alle Teilnehmer vor. Zwei Männer und sieben Frauen waren sie. Auf vielseitigen Wunsch wurde gesungen, die Gitarre hatte Inge mitgenommen, natürlich wurde auch mitgebrachter Wein getrunken, die Männer zogen Bier vor. Zur Nacht fand sie keine Ruhe. Nun begann Renate noch stark zu schnarchen. Inge zog aus dem Zimmer und versuchte es im Raum auf einer Isomatte, das half aber auch nicht und sie kehrte reumütig ins Bett zurück.

Am Morgen weckte sie die Sonne, alle schliefen noch. Inge schlüpfte in ihre Turnschuhe und begann zu joggen. Herrliche Luft, stellte sie fest. Barfuß lief sie zum Schluss durch das Gras, o, wie belebte das.

Mit dem Fahrrad radelten einige nach dem Frühstück in den Ort Allinge,

ganz im Norden, die anderen fuhren mit dem Auto. Die ersten Einkäufe wurden getätigt, denn sie verpflegten sich selbst, stellten dann die Räder ab und wanderten zum Hammersknoten.
Viele Ginsterbüsche blühten am Fuße der langgestreckten Klippen und leuchteten weit. Sie wanderten um einen kleinen See und erreichten die größte mittelalterliche Burgruine Nordeuropas Hammershus. Sie liegt auf einem 74 m hohen Felsplateau, strategisch sehr günstig, und wird von einer 750m langen Ringmauer umgeben. Sie wurde im 13. Jahrhundert erbaut, war im 16. Jahrhundert Sitz der Lübischen Vögte. Der letzte Kommandant verließ 1743 die Burg, die als Steinbruch genutzt und 1822 unter Denkmalschutz gestellt wurde.
Überall duftete es nach geräuchertem Fisch, Bornholms Spezialität. Sie probierten den goldgelb geräucherten Hering, er schmeckte sehr gut.
Am nächsten Tag wanderten sie ins Echotal, es ging immer bergauf und bergab. Leider war es trübe und regnerisch. Am Donnerstag machten sie eine große Wanderung von Gudhjem (Nordküste) zu den Klippen. Eine halbe Stunde fuhren sie mit dem Motorboot nach Gudjem, es boten sich herrliche Ausblicke auf die vielgestaltigen Klippen. Zurück wanderten sie. In einem kleinen Cafe, das von einem deutschen Ehepaar betrieben wurde, machten sie Halt.
Um ein Uhr dachte Inge ununterbrochen an Castrin, jetzt begann die Trauerfeier für Oma Margarete.
Am Freitag kam endlich die Sonne heraus und mit dem Auto fuhren sie zur Südküste nach Dueodde. Dort erwarteten sie herrliche Sandstrände. Sie wanderten in völliger Einsamkeit.
Am Samstag bat sie, auch einmal Fahrrad fahren zu dürfen, da sie die vergangenen Tage nur immer die Nicht-Fahrradfahrenden mit dem Auto kutschiert hatte.
Ganz allein fuhr sie nach Allinge, weiter nach Hammershus, Vang und Hasle. Es wehte ein starker Wind. Unterwegs traf sie Kalle, einen aus ihrer Gruppe, der ihr riet, über Rysker und Olsk zurückzufahren und sie querte praktisch die Insel von West nach Ost. Immer wieder blieb sie stehen und genoss den Blick auf die kleinen Dörfer, die grünen Saaten und das blaue Meer.
Nachmittags um drei Uhr war sie wieder in Bähograd. Immer wieder kreisten ihre Gedanken um ihre Kinder. Sonntagabend war sie wieder in Neubrandenburg, am nächsten Tag fuhr sie zur Friedhofsgärtnerei, kaufte ein Blumengesteck und fuhr nach Castrin.

Oma Margaretes Grab war ein Blumenmeer, Rosen über Rosen.
Nebenan stand Else Pellin am Grab ihres Mannes, der vor drei Jahren gestorben war. Er war Schweinemeister und beide im Stall beschäftigt, hoch angesehen und vermögend. Inge hatte sie 1963 bei ihrer Ankunft in Castrin kennengelernt.
Inge begrüßte sie und dann sagte sie:„Schau nur, min Deern, da siehst Du, was aus deiner großen Liebe geworden ist!“ und damit meinte sie Tom. Es begann zu regnen.
Am Nachmittag erreichte sie telefonisch Susanne, die ausführlich von der Feier berichtete. Der Pastor hielt eine gute Rede und charakterisierte Oma Margarete gut. Enkelin Christine hatte gerade ihren 14. Geburtstag gefeiert und weinte genau wie Dirk herzzerreißend. Tom aber sei völlig aufgelöst gewesen, noch nie habe sie ihren Vater so erlebt.
Klaus brachte sie anschließend zum Bahnhof in Neustrelitz, wo sie gleich einen Bekannten aus Neubrandenburg traf. Die Bewerbung in London sei nicht das Richtige für sie gewesen. Die Leute, Nachfahren der berühmten Bismarck-Familie, wären reich und so konventionell gewesen, dass sich Susanne durch deren Standesdünkel eingeschüchtert fühlte.
Claudia hatte eine in Hamburg stattfindende Ruderregatta genutzt, an der sie teilnahm, um mit Jörg und Clara Susanne zu besuchen. Begeistert erzählte Jörg, dass er bei Tom im Sommer mit Familie eingeladen sei.
Im Gemeindenachmittag in der Friedenskirche wurde „Der Regenbogenfisch“, ein Stück von Kindern der 9.Grundschule aufgeführt. Gespielt wurde sehr gut, aber die musikalische Begleitung war schwer zu ertragen. Die Tonhöhe der Blockflötenstimme passte absolut nicht zur Singstimme, es wurde für Inges Ohren falsch gesungen. Ob das die anderen Zuhörer auch merkten?
Anschließend sprach Inge mit der Hortleiterin und Inge erfuhr, dass eine Mitspielerin ihre Schülerin in der 5c war, wo die Ohrfeige 1999 gefallen war und zu Inges Berufsende geführt hatte. Erstaunt hörte sie, dass Franziskas Eltern beim Klassenleiter protestiert hatten und zu Inge standen.
„Kommen Sie doch zu uns in den Hort und singen mit den Kindern, wenn Sie Zeit haben, wir würden uns freuen!“ sagte sie abschließend.
Hadmut rief aus Pritzwalk an und lud Inge zu einer Theateraufführung „Die Schrift an der Wand“ ein, in der Christine mitspielte.
In knapp zwei Stunden war Inge mit dem Auto in Pritzwalk. Um drei Uhr nachmittags begann in der Kirche die Aufführung. Etwa hundert Zuhörer lauschten gespannt. Christine spielte sehr konzentriert, bescheiden und

wirkte immer ernst. Es war eine beachtenswerte Leistung der evangelischen und katholischen Kinder der Gemeinde. Die Schrift auf der Wand bezog sich auf das berühmte Mahl, als Belsazar, letzter Herrscher von Babylon (gestorben um 539 v. Chr.), nachdem er Gott geschmäht hatte, sein Todesurteil an die Wand geschrieben erblickt. Berühmt wurde die Geschichte durch Heinrich Heines Gedicht. Anschließend schaute sie sich Christines neues Häschen „Error“ an und spielte mit Michael im Garten. Am Abend erzählte Bernd von seinem Besuch in Motzen, auch er hatte sich die Kirche und das Pfarrhaus seines Großvaters angesehen. Inge las einige Stellen aus den Brautbriefen, die nun gedruckt vorlagen. Inge ließ ein Exemplar als Geschenk bei Bernd.
Am Montagnachmittag fuhr sie in die Hans Christian Andersen-Schule in der Oststadt. Dort machte sie mit der Hortnerin einen Termin aus.
Sieben Hortkinder und die Hortnerin waren anwesend, als sie nach zwei Tagen das erste Mal den Hort besuchte. Inge sang ihnen das Lied “Ich möchte dein Freund sein“ und „Kleine Europäer“ vor. Sie tanzte und sang mit den Kindern, die begeistert mitmachten.
Am Samstag brachte der „Nordkurier“ auf der „Wochenend-Seite einen langen Artikel von Rita Hidde unter der Überschrift „Väterchen soll Mama auch so geliebt haben“ über das Tagebuch von Laura Mathilde Ziemssen/Runze. Frau Hidde hatte sie zweimal zu Hause besucht und sich das Tagebuch und die  Briefe ausgeliehen. Ein wenig ärgerte sich Inge, dass dennoch der Name Runze immer falsch geschrieben war „Runzen“ statt „Runze“. Ein schwarz-weiß-Foto zeigte Inge unter dem blühenden Kirchbaum im Garten dar. Farbig war außerdem eine Seite aus dem Tagebuch am rechten Zeitungsrand abgebildet.
Eine gute Nachricht erreichte sie. Susanne hat einen Job im Second Hand-Laden Hohe Bleichen, nahe dem Jungfernstieg, in Hamburg erhalten. Das war das richtige Geburtstagsgeschenk und Inge freute sich für sie.
Am Donnerstag, nach Susannes Geburtstag, fuhr sie nach Hamburg.
Da Susanne bis 19 Uhr arbeiten musste, wollte sie Tante Herta in Wentorf bei Bergedorf am Tag besuchen. Wie immer war sie um sechs Uhr gestartet und bereits um zehn Uhr an der Ausfahrt Schwarzenbek auf der A 24. Dann ging das große Suchen los, denn Inge fand sich nicht zurecht.
Die Kasernen, an denen sie sich sonst orientiert hatte, waren abgerissen worden. Stattdessen standen Eigentumswohnungen im  sogenannten Südring. Links abbiegen von der Hauptstraße war nicht mehr möglich. Nach langem Suchen gab Inge auf und fragte zwei Bauarbeiter, die so

nett waren und sie per Auto hinfuhren.
Sie kam zu früh, Tante Herta und ihre Enkeltochter Silke schliefen noch, aber Franziska, ihre Tochter, öffnete die Tür.
Und dann kam Tante Herta die Treppe hinunter, Inge erkannte sie kaum. Weiß waren die Haare geworden, das Gesicht bleich und rund. Sie trug ein Hörgerät. Wenn man sie beim Sprechen nicht ansieht, versteht sie einen nicht und grenzt sich damit aus. Sie unterhielten sich lange und am Nachmittag spazierte sie mit Tante Herta durch den angrenzenden Wald. Zum Abend verabschiedete sich und fuhr nun auf der Landstraße ins Zentrum von Hamburg. Sie gelangte mit dem Strom der Autos über eine Brücke und befand sich plötzlich vor dem Hotel "Vier Jahreszeiten".
Kaum hatte sie geparkt, sprachen sie zwei Bedienstete des Hotels an: „Hier ist Parken verboten!" „Ich will nur fragen, wo sich die Hohe Bleiche befindet!" entgegnete sie diesen. Die Straßen wurden immer enger und schließlich fuhr sie in ein Parkhaus im Hanseviertel. Im 4. Stockwerk fuhr ein Auto hinaus und sie blitzschnell in die entstandene Lücke. Nun ging das Suchen weiter, Gänsemarkt, Bleichenhof und dann stand sie endlich vor den Auslagen des Secondella-Ladens. Die Puppen hatten rote Crepe-Kleider an, die Susanne gestaltet hatte, wie sie später erzählte. Susanne sah sehr gut in einem eng anliegenden roten Sommerkleid aus. Inge war zu früh da, es war erst sechs Uhr abends und sie schlenderte weiter durch die Straßen. Plötzlich hörte sie ein Lied, das sie in ihrer Kindheit das letzte Mal 1950 vernommen hatte: "Zwei Gitarren am Meer, klingen leis´ durch die sternklare Nacht, doch die herrliche Zeit ist vorbei, längst vorbei!" Vor einer Brücke stand ein junges Mädchen und Inge fragte, woher sie das Lied kenne. „Das hat mein Vater vom Flohmarkt mitgebracht!" Inge kam es vor wie ein Stück Heimat in der Weltstadt Hamburg.
Kurz vor sieben Uhr holte Inge das Auto und fuhr zu Susanne. Sie empfahl ein spanisches Restaurant an der Elbe. Es gab ein leckeres Gericht, Salat, Muscheln und gebackene Kartoffeln.
Um neun Uhr abends waren sie im Laufgraben 27. Susanne hat das große Zimmer nach Osten, eine schräge Wand mit zwei Fenstern, sehr hübsch eingerichtet. Dunkelrote Rosen standen in der Vase.
Inge schlief wieder an der Terrasse bis sechs Uhr. Ihr Blick fiel auf Susannes Bügelwäsche und sie bügelte diese. Nach einer Stunde legte sie sich noch einmal hin und schlief wieder ein. Susanne war erstaunt, als sie ihre Mutter noch schlafend fand.

Sie brachte Susanne zur Arbeit und fuhr heimwärts.
Als sie auf der Autobahn war, überlegte sie, ob sie alles eingepackt hatte und vermisste ihre Windjacke, das war ärgerlich, nun musste sie Susanne bemühen, sie nachzuschicken.
Es begann ein Bilderbuchsommer, es war so heiß, dass Mensch und Tier ab ein Uhr Mittag von der Straße verschwunden waren.
Am nächsten Tag hatte sie eine Einladung in den Literatursalon in Greifswald. Sie wollte eine Fahrradtour auf der Insel Usedom mit dem Besuch in Greifswald verbinden. Um 12 Uhr war sie dort, spielte zwei Stücke aus dem Jugendalbum von Schumann und sang zwei Lieder: „Heute hier, morgen dort", Inge nannte es das „Lied der Wende" von Hannes Wader und „Der einfache Frieden" von Gisela Steineckert.
Dann fuhr sie über Eldena, Lubmin, Wolgast auf die Insel Usedom. In Koserow parkte sie das Auto und stieg auf das Fahrrad. Der Radweg führte durch den Wald. Über den Streckelsberg, Kölpinsee, Ückeritz, Bansin bis Heringsdorf, radelte sie, immer bergauf und bergab. Vereinzelt dufteten noch die Linden, die Vögel zwitscherten.
Als sie auf der Strandpromenade von Heringsdorf ankam, erkannte sie das einstige kleine Seebad nicht wieder. Was war daraus geworden? Ein mondänes Bad der Superklasse, immer wieder Hinweise auf die historische Vergangenheit, man nannte sich jetzt „Kaiserbad". Vor 25 Jahren war sie das letzte Mal hier. Sie schloss ihr Fahrrad an und lief zum Strand, zog den Badeanzug an und schwamm bis zur Boje.
Nun musste sie den ganzen Weg zurückfahren. Warum nicht direkt am Strand entlang bis Bansin? Damit entging sie dem Verkehr auf der Straße. Gesagt, getan, aber es war sehr mühselig, der Sand hemmte die Reifen des Fahrrades.
Sie fuhr der Abendsonne entgegen, die leuchtete durch die Buchenblätter. Es war unbeschreiblich schön und die Stille faszinierte. Nach insgesamt 40 km Radfahren war sie so geschafft, dass sie das Fahrrad am Auto nicht mehr hochstemmen konnte, sie bat einen jungen Mann um Hilfe.
In der Gaststätte „ Salzhütte" in Koserow stillte sie ihren Hunger und aß geräucherten Heilbutt, so gestärkt trat sie die Heimfahrt an.
Susanne fuhr am Wochenende nach Putlitz bei Pritzwalk, wo die Band „Who" spielte. Sie machte sich dort gleich als Kinderbetreuerin nützlich.
Claudia rief aus Bautzen an und erzählte, dass sie ihren Urlaub nun doch nicht bei Tom in Mecklenburg Vorpommern gemacht hätten, sondern in Kroatien. Inge sei herzlich eingeladen, da Julia aus Jüterbog ebenfalls ein

paar Tage zu Besuch käme und Inge dann gleich alle drei Enkelkinder treffen würde.
Inge wählte die Reiseroute über Prenzlau, um auf die Autobahn Stettin-Dresden zu gelangen. Es regnete unaufhörlich, sie musste die Geschwindigkeit drosseln, beim Überholen klatschten ihr die LKW´s die Wassermassen so auf die Frontscheibe, dass sie sekundenlang nichts sehen konnte.
Die erste Pause machte sie in der Raststätte „Freienhufen".
Nach sechs Stunden war sie in der Löhrstraße und niemand öffnete auf ihr Klingeln. Enttäuschung wollte sich schon breit machen, aber nicht lange dauerte es, da hörte sie´Kinderstimmen, es waren Malte, Clara und Julia, die vom Brombeerpflücken heimkehrten. „Mutti kommt gleich", sagten sie.
Die Kinder entführten sie gleich in ihr Zimmer, wo „Kaufmann" gespielt wurde. Es war ein richtiges kleines Haus mit Treppe zum Oberstock und nun „kaufte" Inge ein. Julia schrieb fleißig Kassenzettel.
Zu Mittag kam Jörg. Er holte die Fahrräder aus dem Keller und los ging die Fahrt.
In der Hauptstraße von Bautzen wurde angehalten und gekauft; Clara maulte und verlangte Wassereis, auch dieser Wunsch wurde erfüllt, dann liefen sie zu einem Spielplatz an der Wasserkunst. Von dort kletterten sie hinunter an die Spree, auf der anderen Seite wieder hinauf zum Friedhof.
Abends erwartete sie Claudia mit einem Bohneneintopf.
Den Kindern las sie am Abend die erste Geschichte aus ihrem Lieblingskinderbuch (1950) "Die silberne Brücke" vor. Sie waren ganz Ohr, gingen mit und waren begeistert. Jörg spielte Gitarre und sang Malte Schlümpfe-Lieder vor. Sehr spät schliefen die Kinder ein.
Um halb zehn Uhr wurde gefrühstückt, Jörg war schon in die Schule gefahren. Zu Mittag kam er und sie fuhren mit Inges Auto zu einem Badesee.
Der See war früher ein Steinbruch gewesen, lag sehr hübsch, auch einen Campingplatz gab es. Zuvor hielt Jörg an einem alten Barockschloss, in dem sich eine Naturschutz-Station befand. Hier wurden verletzte Vögel, die man gefunden hatte, wieder versorgt und geheilt. Meist waren die Flügel beschädigt. Es gab Mäusebussarde, Elstern, Dohlen und Milane zu sehen. Jörg tobte mit den Kindern, Julia vergötterte geradezu ihren Vater, verständlich, weil sie ihn wochenlang nicht sieht.
Das Wasser des Badesees war klar, wenig Menschen waren zu sehen.

Am nächsten Tag hatte Malte Nachmittag einen Zahnarzt-Termin. Jörg fuhr mit Inge, Julia und Clara zu einem „Hochstand“ wie er es bezeichnete. Julia sollte einmal die Möglichkeit haben zu klettern. Plötzlich fiel Jörg ein, dass er das Wichtigste, das Seil, vergessen hatte. Clara war sanft und selig im Auto eingeschlafen. Während Jörg zurückfuhr, liefen Julia und Inge durch den Wald auf den Hochstand. Julia entdeckte immer wieder etwas Neues auf dem Weg.
Nun konnte es endlich losgehen, aber der Wettergott machte einen Strich durch die Rechnung, es begann zu regnen. Jörg brüllte unbeherrscht über das Schietwetter. Julia wurde so nass und klamm, dass Jörg aufgab, obwohl er eine Plane aufrollte. Dann merkte Jörg zu Hause, dass er die Plane am Berg liegengelassen hatte.
Claudia verabschiedete sich am Abend mit einer Flasche Wein und ging zu ihrer Freundin, Jörg saß bis Mitternacht am Computer. Ein Gespräch war also nicht möglich. So ging Inge schon um neun Uhr abends schlafen. Um 10 Uhr morgens startete sie zur Rückfahrt, es waren drei schöne Tage, aber nun war sie auch wieder froh, nach Hause zu kommen. Herrliche dicke weiße Schlagsahne-Wolken segelten am Himmel, ab und zu traf sie ein kleiner Wolkenschauer. Wie herrlich ist unsere deutsche Heimat, dachte sie dankbar.
***12. August 2001***
***Die schönen Stunden mit Klaus sind Vergangenheit. Ich durfte wieder Mutter sein und hatte den freundlichsten und aufgeschlossensten Sohn. Er wollte mit seinem Vater die Garage in Castrin ausräumen. Um acht Uhr sollte ich ihn wecken, um neun Uhr wollte er in Castrin sein. Am Nachmittag zeigte Klaus herrliche Fotos von den Schlössern der Loire, Vendome z.B. Cathleen kam ihr auf den Fotos irgendwie verändert vor, weiblicher. Ich sagte es Klaus heute beim Mittagessen und stolz meinte er: „Cathleen ist im vierten Monat schwanger, im Februar 2002 wird unser Kind erwartet!“ So eine Freude!***
***Abends kam sein Freund Frank, sie wollten noch zum Burgfest nach Burg Stargard. Am Sonntagmorgen besichtigten sie die Konzertkirche, Klaus fand die Gestaltung gelungen. Der beste Platz, so meinte er, sei allerdings oben auf dem Rang.***
***Susanne rief an, dass sie nicht zu meinem Geburtstag kommt. Nach dem Mittagessen packte Klaus sein Auto voll, auch Kleidungsstücke “musterte“ er aus, füllte einen ganzen Sack für die Diakonie. Im September machen sie Urlaub in Kroatien, da will er surfen. Noch einmal***

***herzlich drücken und Abschied nehmen, die Sonne kam für einen winzigen Moment heraus.***

Ein Sturm tobte in der Nacht zum Sonntag und Inge beschloss, eine Radwanderung nach Prillwitz um den Tollensesee zu unternehmen. Überall entdeckte sie Zeugen des Gewitters. Die große alte Eiche am Ufer der Lieps an der Schiffsanlegestelle hatte eine „Umarmung“ einer umgestürzten Pappel erhalten. Sie fiel von rechts über das Geländer der Brücke, verbog dieses und sperrte die Brücke mit ihren Zweigen. Die Krone der Pappel verfing sich in den oberen Ästen der Eiche. Die hatte standgehalten.

Einige Kinder erzählten ihr aufgeregt, dass sie schon etliche tote Fische gefunden hätten. „Ist das eine Pest?“ fragten sie Inge. Die musste lachen und verneinte.

Am Montag meldete sich Inge bei der Verbraucherzentrale. Tom hatte schon wieder zwei Monate keinen Anteil an Gas- Wasser-Strom bezahlt. Die Herren schickten sie zur Stadtwirtschaft John-Scheer-Straße. Da war sie endlich an der richtigen Stelle. Es gibt einen Grund- und einen Verbraucherpreis (als Arbeitspreis in der Rechnung ausgewiesen). Auch, wenn er nicht im Hause wohnt, muss er den halben Grundpreis im Monat entrichten, bei Wasser und Strom käme zum halben Grundpreis dann aber noch die Hälfte der Öko-und Umsatzsteuer hinzu. Zu Hause rechnete Inge die Kosten für ein Vierteljahr aus und schickte die Rechnung mit Einschreiben-Rückantwort an die neue Adresse von Tom.

Und wieder einmal war ihr Geburtstag. Eine selbstgemalte Karte von Susanne überraschte sie. Eine Frauengestalt, umgeben von echten dunkelroten Rosenblättern, das soll wohl Inge darstellen? Darunter ein Spruch von Marc Aurel:

„Das Glück im Leben hängt nur von den guten Gedanken ab, die man hat.“ Wie wahr, wie wahr!

Am Abend erlebte sie Peter Schreyer, ihren Lieblingssänger, in der Konzertkirche. Seit sieben Monaten fieberte Inge diesem Erlebnis entgegen. Zum ersten Mal sah und hörte sie den Sänger persönlich, den sie seit ihrer Jugend verehrte. Peter Schreyer war ein lyrischer Tenor, ehemals Knabenalt, im traditionsreichen

Dresdener Kreuzchor. Zu Zeiten der DDR war es ihr nie vergönnt, eine Karte für ein Konzert zu bekommen. Nun war er bereits sechsundsechzig Jahre alt. Wie würde das Publikum auf einen Sänger reagieren, der in diesem Alter Schumanns „Dichterliebe“ op. 48, die Vertonung von Heinrich

Heines wunderbaren Liebesgedichten und den „Liederkreis“ op. 39 nach den Gedichten von Eichendorff sang?
Sie hatte einen guten Platz im Parkett, sechste Reihe.
Eine junge Frau begrüßte die Zuhörer. Dieses Konzert sei Bestandteil der Festspiele Mecklenburg/Vorpommern. Die Zuhörer wurden gebeten, nur am Ende des jeweiligen Liederzyklus zu klatschen.
Peter Schreyer betrat den Raum, begleitet von dem jungen Pianisten Camillo Raddicke, der seine Ausbildung in Dresden erhielt und schon internationale Klavierwettbewerbe gewonnen hat. Peter Schreyer sah noch immer stattlich aus, wenn auch die Jahre unübersehbar waren.
Die Verzauberung begann, als die Lampen in der Konzertkirche erlöschen und das Podium angestrahlt wurde.

Im wunderschönen Monat Mai,
als alle Knospen sprangen,
da ist in meinem Herzen
die Liebe aufgegangen.

Im wunderschönen Monat Mai,
als alle Vögel sangen,
da hab´ ich ihr gestanden
mein Sehnen und Verlangen.

Wie zauberhaft, wie ausdrucksstark sind die Verse. Das ist d e u t s c h e Sprache. Wann hatte sie die das letzte Mal so konzentriert gehört? Unerhört der sprachliche Duktus, die genaue musikalische Differenzierung, und doch, wo ist der Glanz dieser Stimme geblieben, wo die strahlende Höhe?
Hervorragend begleitete der Pianist, das Publikum lauschte, es herrschte atemlose Stille.
Schumanns „Dichterliebe“ verklang, nun folgte „Sängers Trost“ op. 127, ein Text von Kerner, vertont von Robert Schumann:

...... denkt auf diesen Fluren bald kein Erzner mein,
denkt doch mein die Aue und der stille Hain.
Blumen, Hain und Aue, Stern und Mondenlicht,
die ich sang, vergessen ihres Sängers nicht.....

Der Beifall brach los. Die Verzauberung ging weiter. Schumanns “Liederkreis“ nach Eichendorff-Gedichten folgte. Jetzt sang er die „Mondnacht“, das Lied welches für die ganze Epoche der Romantik steht. Inge kannte jede Zeile, jede Note auswendig. Wie oft hatte sie es in der 11. Klasse „zerpflückt“, um den Schülern die vollendete Einheit von Sprache und Musik zu verdeutlichen:

Es war, als hätt´ der Himmel
die Erde still geküsst,
dass sie im Blütenschimmer
von ihm nur träumen müsst.

Die Luft ging durch die Felder,
die Ähren wogten sacht,
es rauschten leis´ die Wälder,
so sternklar war die Nacht.

Und meine Seele spannte
weit ihre Flügel aus,
flog durch die stillen Lande,
als flöge sie nach Haus.

Nun brach doch der Beifall los. Das letzte Lied verklang, nun schlug Inges Stunde. Die Teerose nahm sie aus dem kleinen Glas und zwängte sich durch die Reihe. Nützt nichts, da musst du durch, dachte sie.
Sie überreichte die Blume, der Beifall brach wieder los. Inge blieb am Geländer der Treppe stehen, eine Zugabe folgte. Brahms Wiegenlied sang Peter Schreyer. Inge sah, wie einem hochgewachsenen, siebzigjährigen Mann die Tränen die Wangen hinunter liefen.
Zu Hause warteten Cathleen und Klaus, gemeinsam verspeisten sie Inges vorbereitete Köstlichkeiten.
Es kamen richtige Hundstage. Inge lud Klaus und Cathleen zum Mittagsimbiss in die Gaststätte der Wasserskianlage am Reitbahnsee ein. Dort saß man direkt am Wasser und im Schatten.
Nach dem Mittagessen verabschiedeten sich beide.
Stau auf der B 96. Genau an der Kreuzung Feldweg Klein Nemerow-Rowa sah Inge einen Greifvogel im Gras liegen. Sie hielt an, da sie ohnehin über Rowa aus dem Stau entweichen wollte. Sie besah sich den Sperber, er war grau, braun und weiß gesprenkelt, die Augen standen offen. Wahrscheinlich war er an ein Stromkabel gekommen. Inge hob ihn auf, wickelte ihn in ein Papiertaschentuch und fuhr nach Neubrandenburg. Man könnte doch den Vogel präparieren lassen, das wäre ein schönes Geschenk für den kleinen Malte. Wen frage ich?
überlegte sie beim Weiterfahren. Da fiel ihr ein Journalist vom „Nordku-

rier“ ein, der war engagierter Naturschützer.
Die Regionalzeitung hatte ihre Geschäftsräume am Engels-Ring, da kam sie sowieso vorbei. Sie hatte Glück, Herr E. war tatsächlich an diesem Sonntag im Büro.
„Rufen Sie den Präparator in Neu Heide bei Ribnitz-Damgarten an, der wird Sie beraten.“
„Besorgen Sie bitte eine schriftliche Genehmigung vom zuständigen Förster, damit ich den Vogel präparieren kann!“ Sie bekam also unentgeltlich den Vogel, den sie gefunden hatte, eigentlich ein Witz.
Drei Tage später war sie bei Herrn Krasselt im Waldmuseum Klockenhagen. „Wie wollen Sie den Vogel präpariert haben, sitzend oder mit ausgebreiteten Schwingen?“ Sie entschied sich für die letztere Variante. Den Antrag zum Präparieren musste Inge an das Landesamt für Umwelt und Natur in Güstrow senden. Es würde also einige Zeit dauern.
Sabine machte inzwischen Urlaub in Prerow. Walter und sie hatten sich eine kleine Ferienwohnung gemietet und genossen das Strandleben. Inge wollte sie besuchen, da sie ohnehin nach Neu-Heide zum Präparator wollte. Sie packte Zitronenkuchen und selbstgemachten Apfelsaft (gerade in der Mosterei Alt Rehse aus eigener Apfelernte gewonnen) ein und fuhr los. Als sie in der Waldhausstraße bei Sabine ankam, wurde sie brüsk abgelehnt: wir wollen nach Dierhagen, den selbstgebackenen Zitronenkuchen solle Inge allein essen. Es wirkte bei Inge wie eine kalte Dusche. Walter sagte natürlich nichts dazu.
Nun besorgte sie sich erst einmal ein Quartier für zwei Tage. Unweit des Darß-Museums empfahl man ihr das ehemalige Betriebsferienheim der Stadt Leipzig, jetzt Hotel „Kresse“. Im Mansardenzimmer im zweiten Stock hatte man ein Zimmer für sie. Fünfundvierzig DM pro Nacht mit Frühstück sollte es kosten.
Ihre erste Radtour führte zum Weststrand, da erlebte sie einen wahnsinnigen Sturm, die Urgewalt des Meeres zeigte sich. Die Wellen hatten hohe weiße Schaumkämme und überschwemmten den ganzen Strand. Es brodelte, tobte, rauschte, kein anderes Geräusch war zu hören. Dieses Rauschen beruhigte Inge. Sie wanderte am Esper Ort, nur eine einzige Kiefer, einen Windflüchter, sah sie. Sie kletterte auf einen Stamm, um noch besser sehen zu können und merkte wie der ganze Stamm bebte, ihr kam es vor, als klopfe das Herz des Baumes.
Um 21 Uhr war sie wieder im Hotel, so müde, dass sie sofort einschlief.
***Am nächsten Tag wollte sie nach Pramort, dort begann die Kernzone***

***des Nationalparkes Vorpommersche Boddenlandschaft. Leider verlief der Radweg parallel zur Straße und Benzingestank und Lärm begleiteten sie erst mal bis zum Ortsausgang von Zingst.***
***Am frühen Morgen war es noch feucht und kühl. Neue Ferienhäuser und Baustellen zeugten von der neuen Zeit.***
***Vom „Schlösschen“, einer Gaststätte und der letzten Parkmöglichkeit für Autos, ging es nun die Plattenstraße bis Pramort. Das waren acht Kilometer. Zu DDR Zeiten war die Straße militärisches Sperrgebiet. Links der Betonstraße war dichtes Buschwerk, viele Brombeerbüsche hingen voller Beeren und Inge tat sich gütlich daran. Zahlreich auftauchende Verbotsschilder verkündeten „Explosionsgefahr von lagernder Muniton-Achtung Lebensgefahr“. Das verursachte ein komisches Gefühl, aber auch Zweifel, vielleicht sollten die Leute nur abgehalten werden, in Küstennähe zu laufen?***
***Dann erreichte sie die „Hohe Düne“, das war ein Sandberg von dreizehn Meter Höhe.***
***Als sie zur Schutzhütte Pramort kam, flog im gleichen Moment ein großer Schwarm weißer Schwäne auf den Gellen zu. Nun sah sie auf der gegenüberliegenden Seite des Boddens den Ort Kinnbackenhagen. Dort stand sie vor einem Jahr im März.***
Wieder in der Gaststätte „Schlößchen“ angekommen, trank sie erst einmal einen Pott Kaffee, aß ihren mitgebrachten Zitronenkuchen, der nach einer Woche noch genau so gut wie am ersten Tag schmeckte, und plauderte mit dem Wirt. Die Sprache verriet den Sachsen, er stammte aus Chemnitz.
Nun wollte sie unbedingt den Sonnenuntergang am Weststrand fotografieren und mit letzter Kraft fuhr sie mit dem Rad die vier Kilometer bis zum Leuchtturm Darßer Ort. Es war fast ein perfekter Sonnenuntergang, sogar ein weißes Segelboot fuhr ausgerechnet vor der untergehenden Sonne. Es wurde von ihr mit dem Fotoapparat verewigt.
Ein junges Mädchen schloss sich ihr bei der Rückfahrt durch den dunkel werdenden Wald an. Als sie an die Biegung der Waldstraße zu ihrem Hotel kam, hörte sie plötzlich ihren Namen rufen. Sabine war es. Natürlich war sie wenig erfreut, hatte ihr Sabines abweisende Art am Vortag doch sehr wehgetan, nun hatte sie sich plötzlich Inges Einladung erinnert. Inge war durchgefroren und trank erst einmal eine Tasse Sanddorntee in dem Restaurant „Teeschale“, dann fuhr sie in ihr Hotel, machte sich frisch, zog sich um und ging wieder in die Gaststätte.

Am nächsten Morgen machte sie eine Wanderung bis zum Aussichtsturm, Nähe Leuchtturm. Sie kam am Nothafen vorbei. Überall war Geländer gebaut worden und Holzbohlen gelegt, weil der Weg ständig feucht und voller Pfützen war. Es war wundervoll, in den Morgen zu laufen. Nur junge Eltern mit Kleinkindern oder ältere Ehepaare begegneten ihr.
Mittags um zwölf Uhr war sie wieder am Ausgangspunkt Strand und hörte schon von weitem Sabines Stimme. Eine Stunde plauderte sie mit ihr und Walter, verabschiedete sich dann und fuhr nach Hause.
Tom hatte auf ihren Einschreibebrief reagiert. Er zahlte die Kosten für das vergangene Vierteljahr und stieg sofort aufs Dach. Inge hatte vor einer Woche die Dachdecker im Haus gehabt. Nach dem Sturm stellte sie fest, dass es im Schlafzimmer hinein geregnet hatte. Sechsundzwanzig Jahre hatten sie treu die Gebäudeversicherung gezahlt, nun sollte auch einmal eine Gegenleistung erfolgen. Da Inge sofort in der Versicherung vorgesprochen hatte, wurde die Bezahlung der Reparatur bewilligt. Tom schaute sich die Arbeit an und ließ eine Schimpfkanonade los. Er verunsicherte Inge gründlich. „Ich hätte das für 300 DM gemacht." Fragt sich nur wann? dachte Inge.
Inge rief den Dachdecker an, der schickte seine Söhne am Mittag und sie stieg sogar mit auf das Dach. Die jungen Männer waren rührend besorgt: „Fallen Sie bloß nicht hinunter!" Dann erklärten sie ihr in aller Ruhe, wie die Dachpappe gelegt worden war. Man gehe immer von der Mitte nach außen, klebt jeweils einen Quadratmeter und verschweißt am Ende. Nun war Inge beruhigt.

***14. September 2001***

***Am Dienstag regnete es wieder den ganzen Tag. Ich war in fürchterlicher Stimmung. Abends wollte ich zu dem beginnenden Malzirkel im Atelier auf dem Datzeberg gehen und rufe am Morgen an. „Frau Jochens ist noch nicht da."Wann kommt sie denn?" „Weiß ich nicht." Ich stelle am Nachmittag den Fernseher an und denke: Um die Zeit gibt es doch noch keine Nachrichten? Dann sehe ich die Bilder vom Einsturz der beiden Türme des World Trade Centers in New York, immer wieder die gleichen Fotos. Zuerst den Nordturm um neun Uhr, achtzehn Minuten später fliegt eine entführte Boing direkt in die Mitte des oberen Südturmes. Flammen, Rauchwolken, Minuten später stürzen beide Türme in sich zusammen, tausende Menschen mit sich in den Tod ziehend.***
***Man sieht, wie einige Menschen aus den Fenstern springen. Das ist ein***

***Schock, Terroristen haben dies vollbracht, die Welt hält den Atem an.***
Susanne hatte Inge zum Geburtstag zwei Bücher geschenkt. „Seide" und „Oceano Mare" von Allesandro Baricco.
Der 1958 in Turin geborene Italiener hatte Philosophie und Musikwissenschaft studiert. 1997 erschien „Seide" in Deutschland. Im Jahre 2000 wurde „Oceano Mare" genau so ein sensationeller Erfolg wie „Seide".
Inge las begeistert beide Bücher. Es ging um Liebe, Angst, Verzweiflung und Hoffnung in den Beziehungen von Mann und Frau.
Der Malzirkel begann eine Woche später. Sechs Frauen verschiedenen Alters waren im Atelier auf dem Datzeberg zusammen gekommen, einige Frauen kannten sich bereits von früheren Malkursen. Inge war die älteste Teilnehmerin und Anfängerin. Sie lernte als erstes das Mischen von Farben und das Behandeln von Zeichenkarton. Sie malte einen Regenbogen und übte sich im Lasieren. Die beiden Stunden vergingen ihr wie im Flug, es machte Spaß.
Im Hort der 9. Grundschule sang sie die ersten Herbstlieder mit den Kindern. „Fantasia" von Gerhard Schöne und das Volkslied „Das Laub fällt von den Bäumen" waren auch dabei.
Am 6. Oktober war die Hochzeit von Rosemarie Bonillas jüngster Tochter Isabell in Berlin. Rosemarie hatte sie dazu eingeladen. Inge war natürlich sehr aufgeregt und als sie sich auf dem Berliner Ring befand, dachte sie kurz: Hast du auch dein Kleid eingepackt? Nein, das hatte sie in der Aufregung vergessen, das hing in der Garderobe im Haus.
Um neun Uhr fand sie die Pension in Zehlendorf, die ihr Rosemarie empfohlen hatte. Sie war wieder einmal viel zu früh angereist. Sie parkte ihr Auto und wanderte die Argentinische Allee bis zum Fischtal. Es wurde wärmer und Inge immer müder. Sie fragte einen Passanten nach der nächsten Gaststätte und kam in den „Eierkuchen", ein kleines, hübsches Cafe. Dort stärkte sie sich bei Kaffee und Kuchen.
Danach meldete sie sich in der Pension. Die Eigentümerin machte einen sympathischen Eindruck auf sie. Ihr Vater sei Mathematikprofessor gewesen und sie hätte in Greifswald die Ausbildung zur Medizinisch-technischen Assistentin gemacht. So konnten sie sich gleich über die schöne Stadt Greifswald austauschen. Seit 1994 sei sie arbeitslos und vermiete deshalb das Haus ihrer Eltern an Gäste.
Von der Küche aus ging man gleich in den Garten, der sehr schön ruhig gelegen war. Sie erklärte ihr noch, wie sie zum Hohenzollerndamm mit dem Auto komme. Das war gar nicht schwer, weil die Argentinische Al-

lee in den Hohenzollerndamm übergeht.
Margaritha, Rosemaries älteste Tochter, öffnete auf ihr Klingeln die Tür. Rosemaries Kinder waren alle angereist. Isabelle trug ein cremefarbenes Hochzeitskleid aus venezianischer Seide. Sie sah mit dem schwarzen Haar bildschön darin aus. Drei weiße Blüten zierten ihr Haar. Patrizios Freundin, eine superschlanke, junge Frau, von Beruf Pressesprecherin, wirbelte wie der Wind durch die Zimmer und sorgte für Aufregung. Isabelles Freundin war aus Ambato angereist. Sie hatte ein langes blau-weißes Batikkleid an, das ihr wunderbar zum ebenfalls tiefschwarzen Haar stand. Inge unterhielt sich gleich in Englisch mit ihr.
Dann erzählte sie Rosemarie ihr Missgeschick und die hatte sofort eine Lösung parat. Mit einem traumhaft schönen, roten Seidenkleid kam sie aus dem Schlafzimmer und bot Inge an, es anzuprobieren. Es passte.
Die Katholische Kirche „Heilig Kreuz“, neu erbaut, die Kuppel in Form eines Blütenkelches, befand sich nicht weit in Wilmersdorf. Um vier Uhr nachmittags begann der Traugottesdienst. Es war eine sogenannte „Worttrauung“. Ein Diakon predigte. Die Brautmutter und die Geschwister lasen die Fürbitten. Ein Gedicht über die Ehe, verglichen mit einer Brücke, war sehr nachdenkenswert. Margaritha sprach auch ein paar Sätze in spanischer Sprache.
Margaritha und Inge bekamen Tüten mit Rosenblättern in die Hand gedrückt, die sie anschließend über das Paar beim Hinausschreiten werfen sollten.
Nun war es so weit, die Gäste stießen mit einem Glas Sekt auf das Paar an. Sie fuhren zu einer Gasstätte, im zweiten Stock war für die Gäste gedeckt. In der Ecke stand ein kleines Keyboard und Inge schauderte. Da sollte sie spielen! Sie hatte ein Klavier erwartet. An einem runden Tisch nahm sie Platz. Zwei Ehepaare und drei Freundinnen von Rosemarie saßen an dem Tisch.
Eine Stunde dauerte das Essen, Lachs in Blätterteig mit Spinatfüllung wurde angeboten, der Lammbraten mit Limettensoße schmeckte wunderbar, als Vorspeise gab es Aal. Tiramisu und Obstsalat bildeten das Dessert. Gegen acht Uhr abends kündigte Rosemarie an: „Meine Freundin Ingeborg spielt das Andante aus der Sonata facile von Wolfgang Amadeus Mozart.“ Rosemarie stand ihr zur Seite und blätterte die Seiten um. Dreimal verspielte sie sich, Inge, wäre am liebsten in den Erdboden versunken, aber die Gesellschaft klatschte Beifall. Die schmale, viel zu kurze Tastatur irritierte sie.

Um neun Uhr abends verabschiedete sich Inge. Sie fand die Abfahrt Hüttenweg, landete aber auf der Autobahnauffahrt. Sie schaute auf den Zettel und dachte, hast du es am Morgen geschafft, zur Treibjagdstraße zu kommen, wirst du es auch jetzt schaffen, mach dich nicht verrückt. Und sie fand die Straße und einen Parkplatz.
Inges Magen krümmte sich, sie hatte zuviel gegessen, aber dann schlief sie doch endlich ein.
Zeitig um acht Uhr frühstückte sie und fuhr die Straße weiter nach Potsdam. Über Babelsberg kam sie direkt auf die Straße, die nach Sanssouci führte. In einer Nebenstraße fand sie einen Parkplatz.
Wunderschön war der Blick im Morgenlicht auf das Schloss. Inge lief zuerst zum Obelisken und genoss den Blick über die 2300 Meter lange Allee bis zum Neuen Palais. Zwei Springbrunnen befanden sich in der Sichtachse. Die Marmorplastiken hatte man begonnen zu restaurieren, einzelne Gliedmaßen, wie Finger und Zehen oder Arme und Beine waren ersetzt.
Zu Mittag schloss sie sich einer Führung im Neuen Palais an und erlebte neunzig Minuten „Geschichts-Unterricht“. Es war spannend. Die Zimmer des Königs und Stücke aus dem Berliner Stadtschloss, zierten die Zimmer. Am beeindruckendsten war der Muschelsaal mit Bergkristallen, Malachiten und Amethysten, einfach fantastisch. Anschließend schaute sie sich noch die Gemälde des Hofmalers Pesne an und kam mit einem Aufsicht führenden Herrn ins Gespräch. Er stellte sich als Sudetendeutscher vor und unterhielt sich mit ihr über den Verlauf der Geschichte nach 1945. Ist der preußische Untertanengeist noch immer bei den Deutschen anzutreffen? fragte er, oder schon wieder?
Inzwischen hatte sich der Himmel bezogen, Inges Magen meldete sich, sie hatte vorgesorgt und am Morgen Stullen geschmiert und einen Apfel sowie Wasser in der Flasche dabei. Sie schaute sich dann noch den Botanischen Garten und eine Pilzausstellung an, nahm Samen einer chinesischen Wunderblume und Stechapfel mit.
Auf der Heimkehr-Strecke lag Vehlefanz, gleich an der Autobahn Berliner Ring. Sie wollte Uta überraschen. Das gelang.
Uta begrüßte sie freundlich, zeigte ihr selbstgemalte Aquarellbilder der Mühle von Vehlefanz, vom Achterwasser auf der Insel Usedom und Blumen. Sie waren sehr hübsch. Mäxchen, ihr zweiter Sohn, war gerade in die erste Klasse gekommen. Inge hatte für ihn und seinen großen Bruder Florian ein Überraschungs-Ei mitgebracht. Es wurde eine harmonische

Kaffeestunde. Utas Mann blieb die ganze Zeit fern.
Uta erzählte von einem Unfall. Die Motorhaube ihres Autos war nicht fest genug herunter gedrückt und knallte während der Fahrt an ihre Frontscheibe. Sie  musste quasi blind an den rechten Fahrstreifen heranfahren. Zum Glück passierte ihr nichts und die„ Ritter der Landstraße“, hilfsbereite Kraftfahrer, waren natürlich gleich zur Stelle.
Die Welt hat wieder einen neuen Krieg. Die USA-Streitkräfte greifen Kabul, die Hauptstadt von Afghanistan an, er gelte den Taliban, begründet die USA-Regierung ihr Vorgehen. Die flohen in die Berge und die geschundene Bevölkerung, die seit dreiundzwanzig Jahren Krieg mit der Sowjetunion führt, leidet erneut.
Am Wochenende kamen Jörg und die Kinder. Brav setzten sie sich an den gedeckten Tisch. Die gebratenen Hähnchenschenkel schmeckten ihnen. Dann ging es nach Burg Stargard und begeistert kletterten die Kinder auf den Bergfried, die besterhaltene Höhenburg Mecklenburgs. Sie hatten einen wunderbaren Blick auf die Herbstlandschaft. Anschließend besuchten sie noch den Tierpark in Burg Stargard. Jörg war unermüdlich im Erklären. Inge fehlte der Nachmittagskaffee und mit Wehmut dachte sie an ihre Torte, die zu Hause wartete. „Wir machen dann alles in Einem!“ tröstete Jörg, „das machen wir zu Hause immer so.“
Abends wollte Jörg unbedingt noch einige Filme von Castrin sehen. Inge staunte, dass Malte die beiden Omas so gut unterschied und wieder erkannte.
Am nächsten Tage durfte sich Jörg sein Geburtstagsgeschenk im Sportgeschäft des Center-Warenhauses aussuchen. Er wünschte sich Inline Skater. Die waren Inge zu teuer und es blieb bei einer Niethose.
Auf dem Autodach hatte Jörg die Fahrräder, sein eigenes, das tigerbraune von Malte und das Kinderrad mit Stützrädern für Clara, aufgestellt. Nun gingen sie zum Parkplatz, holten die Fahrräder herunter, Inge hatte ihr Fahrrad auf dem VW Polo. Nun fuhren sie in den Kulturpark. Ach, war das herrlich für die Kinder, auf dem Spielplatz zu toben.
Am Nachmittag beschlossen sie, zum Neuen Friedhof in Neubrandenburg und zum Friedhof nach Castrin zu fahren, um beiden Omas Blumen auf das Grab zu legen. Malte stellte die Vase mit der dunkelroten Rose direkt in die Mitte des Grabes und Clara steckte ihre rote Rose in eine bereits stehende Vase in Castrin. Anschließend wanderten sie durch den Park und Malte erkannte die beiden Brücken und die beiden großen Eichen wieder. Um diese beiden mächtigen Bäume waren sein Vater mit

Onkel Klaus immer als Kinder herumgelaufen. Inge hatte es damals mit der Super 8-Kamera aufgenommen. Jörg erzählte den Kindern von den Streichen, die sie im Schloss getrieben hatten. Es war ein wunderschöner Tag mit vielen Kindheitserinnerungen.
Anruf vom Literatursalon: „Können Sie Dienstag ein Programm gestalten?“ Die Eisenbahner-Gewerkschaft
Ortsverein Greifswald/Stralsund, suchte dringend Ersatz für eine krank gewordene Kollegin. Inge sagte zu, doch es wurde schwierig, weil Jörg mit den Kindern einen Tag länger bleiben wollte. Während Malte mit den Legobausteinen und Clara mit Susannes Puppenstube spielte, packte Jörg den Koffer. Er wollte am Nachmittag zurück nach Bautzen fahren. Inge plante, in der Gaststätte am Reitbahnsee essen zu gehen und anschließend nach Greifswald zu fahren. Aber die Gaststätte hatte bereits Winterruhe und geschlossen. In Windeseile machte Inge zu Hause Milchreis mit Zucker und Zimt, die Kinder jubelten. Es wurde zeitlich sehr knapp.
Um zwei Uhr fuhr sie ab, eine Baustelle vor Neddemin zwang sie zu zwanzig Minuten Warten, sie kam ins Schwitzen. Die nächste Baustelle war vor dem Dorf Groß Below. In der Not wird man erfinderisch. Inge überholte einfach alle Autos und drängelte sich direkt vor die Ampel, so war sie beim Grünschalten der Ampel die erste, die losfahren konnte. Was dachten wohl die Fahrer von ihr? Das musste ihr gleich sein.
Punkt drei Uhr stand sie vor dem Literatursalon. Noch einmal gut gegangen. Sie wurde ordentlich von dem Gewerkschaftsvorsitzenden begrüßt und spielte am Flügel Beethovens „Elise“, das „Märchen“ von Dmitri Kabalewski und zum Schluss Schumanns „Träumerei“. Sie bekam einen roten Nelkenstrauß, eine große Flasche Sekt, Kaffee und Kuchen. Was will man mehr? dachte sie zufrieden. Ein Honorar erhielt sie auch, das gab sie gleich für den Erwerb des Buches“ Zehn Schritte zur Unsterblichkeit“ aus. Es ging um gesunde Ernährung. Dann baten sie die Veranstalter, gleich einen Bericht für die Zeitung zu schreiben. Inge notierte die nötigen Fakten und sagte zu.
Zu Hause angekommen, wartete der Malkurs auf sie. Diesmal malte sie ein Herbstblatt mit Kastanien, Negativmalerei und freie Landschaft. Letzteres gelang ihr am besten. Todmüde fiel sie am Abend ins Bett.
Am nächsten Tag rief Jörg an und bat Inge zum Spielplatz am Reitbahnsee zu gehen, er hatte Maltes Windjacke dort liegen gelassen. Er hatte Glück, sie war tatsächlich noch dort und Inge schickte sie ihm sofort mit der Post nach.

Das nächste große Ereignis wartete bereits auf Inge. Der Literatursalon hatte zu einem „Genießerabend“ in die Gaststätte „Utkiek“ in Wieck, dem Hafen von Greifswald am Bodden, eingeladen. „Liebe, Phantasie und Kochkunst“ lautet das Motto des Abends.
Ursula Winnigton hatte fünfzehn Jahre im DDR „Magazin“ unter dieser Rubrik Rezepte vorgestellt. Zehn Jahre lebte sie mit ihrem Mann in China und dann noch einmal vier Jahre in Indien. Natürlich war es gleichzeitig eine Werbeveranstaltung für ihre im Klatschmohn-Verlag erschienenen Kochbücher„Köchelei für ´s Paradies“, „Aphrodites Gaben“ und „Liebe, Phantasie und Kochkunst“.
Es wurde ein toller Abend und Inge hatte viel auf der Gitarre zu begleiten. Nach jedem der vier Gänge wurde sie aufgefordert, Herbstlieder zu spielen und zu singen. Da sie eine Übernachtung im „Utkiek“ als Honorar erhielt, durfte sie mit gutem Gewissen auch einmal ein Glas Rotwein trinken, das ihr sehr gut bekam. Wie leicht und schwerelos sang es sich auf einmal und die Gespräche wurden immer lebhafter.
Lange wurde noch geplaudert und erst nach Mitternacht verabschiedeten sich die Gäste.
Im Hotelzimmer schaute sie aus dem Fenster und genoss den Blick auf den Bodden. Vor dem Einschlafen hörte sie das gleichmäßige Plätschern der Wellen, sah die Lichter vom Hafen Ladebow und den Bodden mit dem Waldstreifen hinter Ludwigsburg. Kein störendes Geräusch, es war einfach paradiesisch.
Am 24. Oktober führte der Literatursalon eine Litera-Tour durch. Motto der Tagesfahrt war „Literarische Spuren auf Rügen“. Um neun Uhr morgens sollte es vom Literatursalon Lomonossow-Allee in Greifswald losgehen, als sachkundiger Begleiter war Professor Dr. Ewald Tietz eingeladen.
Um halb acht Uhr morgens fuhr Inge mit ihrem Auto von Neubrandenburg los. O, es war noch sehr frisch; strahlend ging die Sonne hinter Klempenow auf, wie eine riesige feuerrote Kugel erhob sie sich von der Erde.
Sie parkte neben dem Literatursalon und ging zum Treffpunkt. Frau Langer war erkrankt und ihr Mann vertrat sie. In Bergen stieg Professor Tietz zu. Er erzählte die Geschichte des Arndt-Turmes auf dem Rugard bei Bergen. Zum 100. Geburtstag von Ernst Moritz Arndt, am 26. Dezember 1869, wurde der Turm feierlich eingeweiht. Fürst zu Putbus hatte den Bauplatz zur Verfügung gestellt, auch einen großen Posten gebrann-

ter Ziegelsteine aus seiner Ziegelei Tegelhof für den Bau gespendet. Die Turmhaube des Arndtturmes wurde gerade restauriert und sie konnten den Turm nicht besteigen, schade.
In Bergen besichtigten sie die Marienkirche. Die Malereien stammten aus dem 12. Jahrhundert, waren sehr farbenfroh.
Im Hotel „Rugard" aßen sie zu Mittag gefüllten pommerschen Nackenbraten. Danach fuhr der Bus nach Göhren. Das "Hanseatic Hotel" war das Highlight. Der fünfstöckige Turm, der auf das Hotel gebaut worden war, ermöglichte ihnen einen herrlichen Blick auf die Ostküste Rügens und nach Süden auf die Halbinsel Mönchgut mit Zicker und Gager. Inge konnte sich von dem Anblick gar nicht losreißen. Rügens Landschaft war noch sommerlich grün und die Sonne verschönte alles. Nur die Luft im Turm war sehr schlecht, weil aus Vorsicht alle Fenster hermetisch abgeschlossen waren.
Professor Tietz erzählte ausführlich vom Leben des Dramaturgen Max Dreier, der den meisten Teilnehmern unbekannt war. Die Mittagsmüdigkeit überkam Inge. Jetzt brauchte sie dringend einen Kaffee, aber es hieß sich gedulden, denn erst in Klein Zicker war Kaffeepause. Der kleine anschließende Spaziergang auf die „Zickerberge" zeigte ihnen die untergehende Sonne, die herrliche Weite der Ostsee.
Die letzte Station ihres Tagesausfluges wurde Groß Schoritz, das Geburtshaus von Ernst Moritz Arndt und seit DDR-Zeit Museum. Inge brannte die Frage auf den Lippen: Warum verlobte sich meine Urgroßmutter Ostern 1871 in Groß Schoritz, wenn es kein Pfarrhaus war? Natürlich weckte sie mit dieser Frage das Interesse des Professors, der meinte, dass das Haus provisorisch als Pfarre genutzt wurde. Er gab Inge seine Visitenkarte und wollte mit ihr ins Gespräch kommen. Natürlich war ihm das Ziemssen-Buch von Professor Kehnscherper bereits bekannt. Sie solle doch eine Lesung aus dem Tagebuch ihrer Urgroßmutter Laura Mathilde Ziemssen, verheiratete Runze, in Groß Schoritz halten. Sie erfuhr, dass die E. M. Arndt-Gesellschaft einmal im Monat, am Samstag 15 Uhr, eine Veranstaltung mit literarischem oder künstlerischem Inhalt abhält.
Der Tod kam in Inges unmittelbare Nähe. Nachbar Kurt Pflichtbeil war gestorben. 1975 hatte er mit Tom die unteren drei Stufen am Fuße der Treppe zum Obergeschoss bei ihnen gemauert. Er war ein Vorbild an Pflichterfüllung, hatte sechs Kinder, seine Frau war immer Hausfrau gewesen. Inge ging mit ihrer Nachbarin zur Beerdigung.
Es war eine atheistische Beerdigung. Kein Lied wurde gesungen, kein

Gebet gesprochen, nur großartige Reden von der Idealgestalt des Verblichenen. Aber sie erfuhr etwas vom Leben ihres Nachbarn.
Er wuchs in Pommern als ältester Sohn eines Landwirtes mit fünf Geschwistern auf. 1941 meldete er sich zur Marine. Es folgten drei Jahre Gefangenschaft in Afrika und 1948 kam die Familie als Umsiedler nach Castrin. Er begann eine Maurerlehre in Neubrandenburg, lernte 1948 Elli kennen und heiratete sie.
Am Ende der Feier wurde das Intermezzo aus „Cavalleria rusticana" von Pietro Mascagni gespielt, ein Lieblingsstück ihrer Mutter.
Sie forschte nach dem Zusammenhang von Wilhelm Theodor Ziemssen, dem Vater von Laura, und Johann Christoph Ziemssen, letzter Superintendent unter schwedischer Herrschaft in Greifswald. Letzterer hatte Ernst Moritz Arndt 1801 In St. Marien Greifswald getraut. Einer der Ziemssen hatte 1806 kurz als Hauslehrer auf Groß Schoritz gearbeitet, aber bereits Weihnachten 1806 starb er sehr jung an einem Nervenleiden.
*13. November 2001*
***Gestern war ich wieder an der Ostseeküste, aber nur bis Graal-Müritz, um den präparierten Vogel (Sperber) abzuholen. Ich fuhr direkt in den Regen und war schon nach neunzig Minuten auf der Abfahrt Rostock/Überseehafen der A 19. Neunundzwanzig Jahre ist es her, dass ich mit Tom, Jörg und Klaus Urlaub im September, den ersten in unserer Ehe, in Graal-Müritz machte. Natürlich musste ich erst einmal an den Strand, vergaß den Schirm und bekam den prasselnden Regen zu spüren. Ich hatte die grüne Kutte an und sah wirklich nur die Wellen, Fernsicht nicht möglich.***
***Der Präparator hatte mir den Weg am Telefon so gut erklärt, dass ich sein Tiermuseum sofort fand. „Mein" Sperber hing unübersehbar in der Werkstatt an einer fast unsichtbaren Angelschnur. Der junge Präparator schrieb den Kassenzettel aus: 140 DM, ich schluckte. Ist es diesen Preis wert? Ja, ich habe es für Malte getan. Der soll ihn bekommen.***
Professor Tietz bat Inge um die Lesung in der Arnd-Gesellschaft und gab ihr den Rat, genau die Beziehhung der Ziemssens zu E. M. Arndt zu untersuchen und in den Vortrag einzubauen, quasi als Einleitung. Den 20. April gab er als Lesetermin an.
Susanne hatte inzwischen eine neue Wohnung in der Weckmannstraße, unweit der Rellinger Straße, bezogen. Die Wohnung befand sich im Parterre und jeder, der an den beiden Fenstern vorbeiging, war zu sehen. In der ganzen Straße war nicht ein Baum oder Strauch, am Straßenrand

standen Fahrräder, gegenüber der Straße wieder Fahrräder, Autos. Es war eine Einbahnstraße, denn hier kamen nicht zwei Autos aneinander vorbei. Susanne hatte in „Secondella“ begonnen, auch als Model etwas dazu zu verdienen. Sie besuchte Castings, auf denen Probeaufnahmen gemacht wurden, und dann wartete sie auf den Auftrag. Sie hatte eine größere Summe verdient und eine Fahrt nach Kapstadt zu Jörg unternommen. Am 19. Dezember wollte sie in München landen, dann mit dem Zug nach Hamburg weiterfahren. Sie lud Inge nach Hamburg ein.
Am 16.Dezember hatte Tante Herta ihren 80. Geburtstag. Verbinde doch gleich den Besuch bei ihr mit dem Besuch bei Susanne, dachte sie. Gedacht, getan.
Am 15. Dezember fuhr sie in aller Frühe mit dem Auto nach Hamburg und war bereits um zehn Uhr in „Secondella“. Die Geschäftsführerin übergab ihr einen Briefumschlag, in dem sich die Wohnungsschlüssel von Susanne befanden. Die Apostelkirche diente Inge als Wegzeichen. Baumaßnahmen und Einbahnstraßen wurden Hindernisse für die Einfahrt zur Weckmannstraße, aber irgendwann parkte sie vor Susannes Haustür. „Immer ruhig bleiben!“ lauteten die ersten Zeilen in Susannes Brief an sie. Sie musste lachen, Susi kannte ihre Mutti. Direkt neben der Haustür befand sich das Schlafzimmer. Inge hörte jeden Besucher, der das Haus betrat, regelmäßig schaltete sich die Gasheizung mit durchdringendem Geräusch ein. Das nervte. Als sie die Rollos in der sehr warmen Wohnstube hochrollte, sah sie die Bescherung: die Fensterscheiben waren völlig verdreckt: Na, da habe ich ja gleich etwas zu tun, dachte sie. Im Bad fand sie das Fensterputzmittel und dann ging es los. Als Hausfrau sah sie sofort, was alles fehlte: Handbürste, Tischdecke, Kerzen und Geschirrtücher. Kein Radio, kein Fernsehapparat waren im Zimmer, dafür aber genug Bücher. Inge genoss die Ruhe.
Der Sonntag war ein würdiger Tag für Tante Hertas Geburtstag. Ohne Probleme fand sie, über die Landstraße nach Bergedorf, Wentorf. Das Geburtstagskind schlief noch, als Inge um elf Uhr klingelte. Franziska öffnete. Inge stieg die Treppen hinauf und sang das Geburtstagslied von Rolf Zuckowski „Heute mag es regnen, stürmen oder schnein´, denn du strahlst ja selber wie der Sonnenschein, heut´ ist dein Geburtstag, darum feiern wir, alle deine Freunde freuen sich mit dir. Wie schön, dass du geboren bist, wir hätten dich sonst sehr vermisst, wie schön, dass wir beisammen sind, wir gratulieren dir Geburtstagskind.“
Tante Herta war nicht zu sehen. Zaghaft klopfte sie an der Schlafzimmer-

tür. „Herein!" hörte sie. Da saß sie auf dem Bett, zog sich die Perlonstrümpfe an, es war so eine rührende Geste, dass Inge ihr um den Hals fiel und wieder„Kind" wurde. Tante Herta machte sich richtig hübsch mit einer cremefarbenen Seidenbluse und einem dunkelblauen Faltenrock. Schlank und rank war sie noch immer, wie in ihrer Jugend.
Nun gingen sie die Treppe hinunter zum Frühstücken. Immer neue Gäste kamen, es wurde ein schöner Tag. Zuerst stießen sie mit Sekt an, dann wurde gesungen und viel erzählt. Vier Generationen waren hier vereint. Gegen sechs Uhr abends verabschiedete sich Inge. Die Straßen waren inzwischen gefroren, es war dunkel und wieder suchte Inge lange die Einfahrt zur Weckmannstraße.
Am nächsten Morgen fuhr sie "Probe" und suchte einen Parkplatz am Hauptbahnhof. Dann schlenderte sie zum Rathaus, sah die Stände des Weihnachtsmarktes, die aber im Tageslicht von ihrem Glanz viel verloren. Da gehst du einmal abends mit Susanne hin, dachte sie. Abends kam ein Anruf von Susanne: „Komme erst Mittwoch früh in Hamburg an". Sie hatte also noch einen Tag für sich. In einem türkischen Geschäft kaufte sie Obst und Gemüse und war von dem erfrischenden Geschmack begeistert. Sie kochte sich Mittagessen.
Am Nachmittag nahm sie den Bus von der Satorin-Haltestelle und fuhr bis zum Rathaus. Mitten im Gewimmel war sie nun. Sie kaufte einen Wecker für Cathleen und schlenderte über den Weihnachtsmarkt. Die ISBN Nummer für das von Klaus gewünschte Buch hatte sie leider nicht mitgenommen. Was gab es nicht alles zu sehen! Ein Tiroler Haus, Stände, in denen Feuerzangenbowle und Glühwein angeboten wurden.
Mit der U-Bahn legte sie die Strecke vom Hauptbahnhof über die Landungsbrücken, St. Pauli bis zum Schlump zurück. Allein der beleuchtete Hafen war ein Erlebnis. Am Schlump stieg sie um und fuhr mit der U-Bahn von Wandsbek bis zur Osterstraße, von dort lief sie. Vor Aufregung schlief sie ganz schlecht.
Susannes Zug kam auf einem anderen Gleis an und hatte Verspätung. "Schön, dass mich jemand abholt!" waren ihre ersten Worte. Hübsch und braungebrannt sah sie aus.
In aller Ruhe frühstückten sie gemeinsam, dann kam ein Anruf für Susanne: Casting am Nachmittag. Inge überlegte nicht lange. Sie packte ihre Sachen, nahm Susanne bis zum Jungfernstieg mit und verabschiedete sich von ihr. Der Regen schüttete ununterbrochen. Am nächsten Tag stand ein Termin zur Gestaltung einer Weihnachtsfeier bei den Senioren

auf dem Lindenberg im Kalender. Es war besser einen Tag vorher in Neubrandenburg anzukommen.

Am 5. Januar rief Klaus an und teilte ruhig mit, dass Cathleen ein Frühchen geboren habe. Er sei bei der Geburt dabei gewesen. 22.51 Uhr erblickte es das Licht der Welt. Sie haben es L a u r a M a r g a r e t e genannt. Laura nach Inges Urgroßmutter und Margarete, nach Toms Mutter. Inge war völlig überrascht, denn Laura sollte erst am 20. Februar zur Welt kommen. O, sie hatte es eilig. Inge war nun zum vierten Mal Großmutter geworden. Als sie Susanne verständigen wollte, wusste diese längst Bescheid. Cathleen wurde geschnitten (am Damm) und hatte wohl sehr zu leiden, Klaus sprach ihr Mut zu. Was tut eine Großmutter? Natürlich, sie erinnert sich, als ihr Sohn, der jetzt Vater wurde, geboren wurde. Sie holte das Babyfoto von Klaus mit den seidigen Haarproben und schickte es Klaus.

Ein neues Leben, eine neue Generation. Ich sehe den Sonnenuntergang meines Lebens deutlicher als je, dachte sie.

Am Abend trank sie ein Glas Rotwein, zum Anstoßen hatte sie niemanden.

Inge las inzwischen ihre Tagebücher von 1967/68. Es schmerzte.

Klaus schickte ihr eine mail mit den ersten Fotos von Laura. Sie sah genauso aus wie Klaus in dem Alter. Dreiviertel des Kopfes nahm die hohe Stirn ein. Ernst, fast grüblerisch war der Ausdruck des kleinen Gesichtes.

Am Abend rief Klaus noch einmal an. Er wünschte sich für Laura einen Gutschein aus dem Dänischen Bettenhaus, dafür wollte er ein Kissen für Laura kaufen.

Das Leben wurde teurer, denn der Euro war zum 1. Januar 2002 eingeführt worden, dazu kam die Ökosteuer.

Cathleen wurde am 9. Januar aus der Klinik entlassen und bedankte sich telefonisch für den Gutschein. „Laura öffnet jetzt schon die Augen und lächelt, wenn die Spieluhr (Guten Abend, gut Nacht...) läuft“, erzählte sie. Das ist der Wiedererkennungseffekt, denn die Spieluhr hatte sie in der Schwangerschaft oft auf den Leib gelegt.

***10. Januar 2002***

***Neunzig Minuten Gespräch am Telefon mit E. Ich glaube, er ist ein Riesen-Egoist. Er sieht nur sich, nur seinen Kummer. Allen Trost schmettert er ab. „Ich liebe sie immer noch, aber wir können nicht zusammen leben!“ sagte er von seiner geschiedenen Frau. Was soll ich***

***dazu sagen? Seit vier Tagen komme ich nicht mehr zum Schreiben, weil ich mir ständig Gedanken um i h n mache. Ich glaube, ich nehme Abstand. Seelische Müllhalde zu sein, ist mir auf die Dauer zu anstrengend.***

Anfang Februar wollte Susanne wieder nach Kapstadt zu Jörg fliegen. Er modelte nebenbei und Susanne sollte in seiner Wohnung die Set-Karten für die Vorstellung beim Casting holen und ihm nach Kapstadt bringen. "Ich habe diesmal gar keinen Karpfen zu Weihnachten oder Silvester gegessen, wie schade!" Kein Problem, dachte Inge, das holen wir nach.

Am 1. Februar fuhr Inge nach Hamburg. Karpfen und alle zum Kochen nötigen Zutaten kaufte sie am Tag vorher ein. Um 13 Uhr stand sie vor dem Secondella-Laden. Susanne hatte keine Zeit und war im Stress. „Ich komme abends halb acht Uhr". Da hatte Inge genügend Zeit, das Essen vorzubereiten. Alles gelang wunderbar. Es schmeckte ihnen vorzüglich. Gemeinsam schliefen sie auf der großen Schlafmatratze.

Es war strahlendes Vorfrühlingswetter an dem Wochenende. Nach dem Frühstück fuhr Susanne zur Außenalster, sie parkten und liefen den weiten Weg, immer am Wasser entlang, bis zum Jungfernstieg. Überall begegneten ihnen Jogger, Singles, Leute mit Hunden an der Leine und Liebespaare.

Susanne brauchte eine neue Brille. Im Fachgeschäft lief der Fernseher. Maxima und Willem Alexander, das niederländische Königspaar, wurden gerade getraut. Sie hatte ein cremefarbenes, bildschönes Seidenkleid mit einer acht Meter langen Schleppe an. Der Pastor redete über „Ruth" aus der Bibel. Während Susanne sich im Geschäft eine neue Brille aussuchte, schaute Inge der Trauung im Fernsehen zu.

Endlich hatte Susanne die passende Sonnenbrille gefunden und nun planten sie den Tag. „Lass´ uns den Film ´Vanille Sky´ mit Tom Cruise und Penelope Diaz ansehen, der läuft im UFA Palast." Warum nicht? Inge kaufte die Karten im Vorverkauf, dann wollten sie zum Griechen, der öffnete sein Lokal aber erst 17 Uhr. So fuhren sie zur Gaststätte „Maybach" in die Heußstraße, wo sie vor Jahren schon einmal gegessen hatten.

Der Film war gut, aber sehr anstrengend, weil Autounfall, Mord, Liebe und Gewalt der Inhalt war.

Inge war bereits um sieben Uhr putzmunter, Susanne aber schlief gern lange. Inge zog sich leise an und wanderte zur Apostelkirche in den beginnenden Morgen.

Die Sonne wärmte bereits mit ihren Strahlen, als sie halb zehn Uhr bei

Susanne wieder ankam.
Es war Sonntag, sie fuhren mit dem Auto an die Elbe. Der Wind pfiff, Menschen über Menschen drängten sich auf dem kleinen Bürgersteig, junge Ehepaare ließen ihre kleinen Kinder schon im Sand spielen und Burgen bauen. Bei einem Cappuccino stärkten sie sich. Susanne war wegen der bevorstehenden Reise schon aufgeregt und packte ihre Reisetasche.
Diesmal wollte Inge die A 24 bis Abzweigung Pritzwalk fahren, um Bernd und seine Familie zu besuchen und Christine das verspätete Weihnachtsgeschenk zu überreichen. Um 14 Uhr war sie in Pritzwalk. Christine nahm das Geschenk in Empfang, verabschiedete sich gleich, um zu ihren Freundinnen zu gehen. Sie ist in einer sogenannten „Schnellläufer Klasse“. Sie besucht die 5. Klasse des Gymnasiums und wird die 8. Klasse überspringen.
Ihr kleiner Bruder Michael schien eine angeborene Aggressivität zu besitzen. Im Garten bewarf er Inge mit Steinen und Dreck, Bernd sagte dazu liebevoll: „Unser kleiner Pazifist!“
Um 22 Uhr rief Susanne aus Paris an, am nächsten Tag zehn Uhr komme sie in Johannesburg an.
An der Hauswand entdeckte Inge die ersten Schneeglöckchen. Einer Eingebung folgend hatte Inge den wunderschönen Frühlingsblumenstrauß in Susannes Wohnung in nasses Zeitungspapier gewickelt und mitgenommen. Nun erfreute sie sich noch in Neubrandenburg daran „Du kannst vom 15.-17. Februar kommen und Laura ansehen!“ hörte sie auf dem Anrufbeantworter.
***9. Februar 2002***
***Heute Mittag bin ich vom Neustrelitzer Faschingsvergnügen wieder in Neubrandenburg angekommen. Wie erhofft, wurde es ein wunderschöner Abend. Geselligkeit und Unterhaltung pur, tanzen, fröhlich sein und nicht zu viele Menschen. Ich hatte den Pareo angezogen, darunter schwarze Strumpfhosen, das neue schwarze Top von Cathleen mit der Muschelkette als“ Hippi“. Im Laufe des Abends würde ich dann die weiße Bluse (langärmelig, durchsichtig) ausziehen, den Pareo ablegen und stattdessen den roten Schal (aus Organza) wie ein Korsar um die Hüfte binden. Um 16 Uhr war ich in Neustrelitz im „Klausner“, eine kleine Pension am Katersteig. Geparkt hatte ich an der gleichen Stelle, wie im Januar, als ich das Zimmer bestellte. Die 67-jährige, couragierte Wirtin des Familienunternehmens gab mir ein kleines Zimmer nach***

*hinten raus, sehr ruhig. Ich schlenderte wegen des schönen Wetters durch den Ort, sah einem Abriss (Getreidespeicher) am Zierker See zu und ruhte mich dann eine Stunde aus.*

*Um 19 Uhr war ich im Theater, der NDR war bereits beim Drehen. Dreimal bat ich vergeblich an einem Tisch Platz nehmen zu dürfen, dann bekam ich doch noch an der Stirnseite eines Tisches einen guten Platz.*

*„Welcome to Evergreen“ lautete diesmal das Motto des Faschings. Es begann mit einem Empfang auf der Hauptbühne, im „Stimmraum“ folgte ein Heinz Ehrhard-Programm. Der Garderobier riet mir, immer etwas eher an den Spielstätten zu sein, so dass ich den besten Platz einnehmen konnte. Wann hat man schon einmal Schauspieler auf zwei Meter Distanz vor sich? Als dieser dann noch auf die Knie sank und meinte, so schöne Beine hätte er lange nicht mehr gesehen und mir die Hand küsste, lachte ich aus vollem Herzen. Dann ging ich wieder hinunter in den Saal, das Rock´ n Roll Orchester spielte. Der Rhythmus ließ mich aufstehen, alles nur Paare, hoffnungslose Pärchenwirtschaft. Nein, da stand ein Mann meines Alters, groß mit Schürze und Kochlöffel. Der schaute mich an, ich schaute ihn an. „Würden Sie mit mir tanzen?“ fragten meine Augen. Natürlich, er wollte und schon hatte ich den Tänzer meiner Träume gefunden. Seit langem war ich nun einem Mann mit gleicher „Wellenlänge“ begegnet.*

*„Wir tanzen noch einmal!“ meinte er und schon folgte das nächste Programm “Willi Scvhwabes immergrüne UFA-Stars“. Das wurde noch schöner, kannte ich doch alle Hits „Ein Freund, ein guter Freund“, Zarah Leander, Victor de Koma (statt Kowa), Heinz Glühmann (statt Rühmann) und Marlene Knietrich (statt Dietrich), die ähnelte allerdings mehr Veronica Ferres. Anschließend gab es „Oldies-but goldies“ auf der Hauptbühne.*

*Um Mitternacht war mein Tänzer verschwunden. Wo war er bloß? Dann sah ich ihn nach der Stripper-Show. Er kam an meinen Tisch, große Augen bei den beisitzenden Pärchen. Sein Dialekt kam mir vertraut vor, richtig, ein Sachse aus Chemnitz, 63 Jahre alt, seit 1963 im Konzertchor Neustrelitz angestellt und seit 20 Jahren mit einer Chorsängerin verheiratet, zwei Kinder. Im Dezember 2004 beginne seine Altersrente. Großes Staunen über mein Alter, Komplimente über Komplimente. Wie stolz ist ein Mann, wenn seine Tänzerin auffällt! Das war bei uns der Fall. Sekt lehnte ich ab, ich wollte nur tanzen, tanzen,*

***tanzen. Ungläubiges Staunen, dass ich schon so lange allein sei. Gegen ½ zwei Uhr nachts kam eine junge Frau mit Pferdeschwanz. „Darf ich bitten?“ und schon holte sie meinen Tänzer weg. Ich war´s zufrieden. Er hatte mir einige der Mitwirkenden vorgestellt. Ich hatte erlebt, was ich mir gewünscht hatte. Ich verließ die Faschings-Party und war um zwei Uhr in der Pension.***

Im Kulturzentrum von Stadt Templin war eine Lesung mit dem Schauspieler Hardy Krüger angezeigt. Inge wollte diese besuchen. Hardy Krüger war der Schwarm ihrer Jugendzeit. Der Film "Solange du da bist“ mit Maria Schell hatte damals Tausende zu Tränen gerührt.

Sie war zeitig genug mit dem Auto gekommen und stand eine halbe Stunde, bis endlich die Saaltüren geöffnet wurden. Und dann kam Hardy Krüger, weiß geworden, gütig wirkend. Er las aus seinem Buch „Szenen eines Clowns“ und bewies seine große Schauspielkunst.

Er ist Berliner, 1928 im Stadtteil Wedding geboren. Er hasst die Nazis und brachte dies auch immer wieder zum Ausdruck.

„ Die Geschichte von Mauern“ war die erste Leseprobe, dann spielte er den Dialog zwischen einem Grenzsoldaten und ihm, als er fälschlicherweise auf dem Flughafen Schönefeld statt Tempelhof mit dem Flugzeug landete, z. Z. der Grenze. Am Checkpoint Charly „durfte er nicht rübermachen“ wie er im schönsten Berliner Dialekt sagte. Dann schilderte er die Begegnung mit den Berlinern. Es war köstlich und es wurde viel gelacht.

Er las siebzig Minuten, der Saal war voll besetzt mit Menschen seiner Generation. Natürlich war er stolz, in der Wüste „Der Flug des Phönix“ mit James Stuart gedreht zu haben. Die Zuhörer erfuhren, dass James Stewart eine ganz helle Mädchenstimme hat, die so gar nicht zu seinem äußeren Habitus passte.

Am Ende, ernst werdend, erzählte er die Geschichte von Yul Brunner, der ihm einmal sagte: "Unser Job ist krisensicher, denn wenn man Theater und Kino schließen wird, dann gibt es noch immer u n s. Wie machen es wie die Araber, die es uns seit Tausenden von Jahren vormachen, wir gehen auf den Markt, stellen einen zerlumpten Hut vor uns hin, warten, bis genug Menschen da sind und erzählen Geschichten von Liebe,
Glück und Tod“. Er verabschiedete sich und verwies darauf, dass er keine Gespräche von der Bühne in den Saal führe. Beim Signieren seines Buches könne man Fragen stellen.

Inge war die Mutigste und die Erste, die ihn ansprach. Sie fragte nach

dem Film „Solange du da bist". Er antwortete nicht, signiert nur das Buch, das sie gekauft hatte. Um seine blauen Augen lag ein Ring von trüber Alterssichtigkeit.
„Im nächsten Jahr komme ich wieder, wenn ich gesund bleibe!" damit verabschiedete er sich.

Am Freitag fuhr Inge nach Halle, um Laura das erste Mal ansehen zu dürfen. In Teschendorf stärkte sie sich beim Bäcker mit einer Tasse Kaffee und fuhr dann über Schwante auf den Berliner Ring. Um ein Uhr mittags war sie bereits an der Raststätte „Fläming". Tapfer widerstand sie einem Besuch, parkte nur und verzehrte die selbstgemachten Schnitten, die mit Tomate, Ei und Milch wunderbar schmeckten.
Bei ihrem Klingeln öffnete sich die Tür, die Palme wurde entgegengenommen, angeschaut und weggestellt. Nicht ein Funken von Freude. Der Frankfurter Kranz, den Inge gebacken und mitgenommen hatte, erzeugte ebenfalls keine Freude.
Laura lag auf einem Kissen im Sessel von Oma. Sie sah ganz klein und rosig aus.
Um vier Uhr nachmittags kam Klaus. Sie tranken Kaffee, aßen Kuchen und Klaus ging noch einmal mit dem Kinderwagen hinaus, obwohl es bereits fünf Uhr abends war. Er zeigte Inge den Bäckerladen, wo sie am nächsten Morgen die frischen Brötchen kaufen konnte.
Abends durfte Inge Laura das Fläschchen geben. Das Baby blieb auf dem Sessel liegen und der Fernseher lief nebenher. Inge beobachtete, wie Laura manchmal schmerzhaft das Gesicht verzog.
Im Computerraum stand die Wickelkommode. Um Inge nicht zu stören, hatte Klaus alles mit in die Stube genommen. Um Mitternacht versorgte er fachmännisch und liebevoll das Baby: er wickelte es, gab das Fläschchen und wartete das Bäuerchen ab.
Inge war schon um sieben Uhr wach, stand aber erst auf, als sie Cathleen in der Küche hörte. Es war ein klarer, kalter Wintertag. Sie holte die Brötchen und danach wollte Klaus einkaufen gehen. Das Baby wurde in die Tragetasche gelegt und schon ging es die vielen Treppen hinunter in die Innenstadt.
Zuerst in die Apotheke, dann in den Fahrradladen, eine Pumpe wurde gekauft, um die Räder vom Kinderwagen aufzupumpen. Dann kauften sie Gemüse. Fisch gab es leider nicht, wie geplant, denn der Fischladen war wegen Renovierung geschlossen.

So gab es Fischstäbchen zu Mittag, die auch gut schmeckten.
Nach dem Mittagsessen wollte Klaus, dass Inge sich ausruht, aber sie setzte sich lieber neben den Sessel, auf dem Laura im Kissen lag, und studierte ihr Gesicht, die unbewussten Zuckungen ihres Mundes und das feine Lächeln. Und schon flossen bei ihr die Abschiedstränen. Cathleen berührte das in keiner Weise. Inge hatte das Gefühl, dass sie für Cathleen ein völlig fremder Mensch war. Inge versuchte, mit ihr ins Gespräch zu kommen, es war unmöglich.
Klaus brachte sie zum Auto. "In drei Wochen sehen wir uns ja wieder, wenn Papa seinen 60. Geburtstag feiert. Cathleen hat Probleme, wahrscheinlich eine Geburtspsychose!"
Als Inge fragte, ob er ihr zum Valentinstag ein paar Blumen geschenkt hätte, zeigte er nur auf einen wunderschönen Frühlingsblumenstrauß in der Küche. Was Inge sofort aufgefallen war: in der Vase war nur zu einem Viertel Wasser.
Die Sonne schien, aber Inge heulte sich auf der Autobahn aus.
Sie wollte auf dem Rückweg über Magdeburg fahren und ihre Freundin Gudrun besuchen. Denn Gudrun hatte ebenfalls Geburtstag.
In harmonischer Gemeinschaft mit anderen Gästen verging der Nachmittag wie im Flug.
Klaus, Cathleen und Laura kamen am Freitag Abend mit demAuto. Rosig, rund und gesund sah Laura aus.
Nach dem Mittagessen am Samstag schlief sie sanft bei der Musik von Beethovens Romanze für Violine in F-Dur und seinem 5. Klavierkonzert ein. Ein reizendes Lächeln lag auf ihrem Gesicht. Cathleen klärte sie auf: „Das ist unbewusst und wird das E n g e l s l ä c h e l n genannt", klärte sie Cathleen auf.
Inge wurde es traurig ums Herz, als sie alle zur Gaststätte „Weißes Haus" am Baumwallsweg liefen, um den Geburtstag ihres Vaters zu feiern. Um dreiundzwanzig Uhr stürmte Susanne ins Zimmer und verkündete:
„Gott sei Dank, das habe ich überstanden, Mutti, Du hast nichts versäumt!"
Nach dem Mittagessen fuhren Klaus und Familie zurück. In Löwenberg lief ihnen ein Hund ins Auto. Inge bekam noch nachträglich Angst.
Es gab zum Glück nur einen Schaden an der Stoßstange.

Knarrt der Wind in kahlen Ästen,
ach, der Sommer ist dahin.

Woll´n im Ofen Strauch verbrennen,
schluck´ die Tränen in den Hals.

Niemand kommt vorbei am Fenster,
seht, wie ich alleine bin.

Feuer wird uns Äpfel braten,
Äpfelchen schmeckt nicht
mit Salz.

Dieses Gedicht war der Todesanzeige von Margarete Neumann vorangestellt. Sie war eine Schriftstellerin, die nicht uneingeschränkte Anerkennung fand. Ihr kleines Häuschen stand unten am Tollensesee, unweit von Broda. Im Zirkel schreibenden Arbeiter hatte Inge sie in den achtziger Jahren kennengelernt.
Sie war nach dem Krieg Neubäuerin in Mecklenburg/Vorpommern geworden, kam aus Mitteldeutschland, ihr erster Mann fiel im 2. Weltkrieg und sie stand mit drei Kindern vor dem Nichts. Zwei ihrer Söhne nahmen sich das Leben.
Margarete Neumann war an der Gas-Trasse in Perm, hatte ein Tagebuch darüber geschrieben, jedoch die friedliche Revolution von 1989 verkraftete sie nicht mehr. Sie wanderte nach Sousse, einem tunesischen Badeort, aus.
Bei einem Urlaubsaufenthalt hatte sie Luft, Sonne und Meer begeistert. Aber allein in der Fremde, das war keine gute Alternative für ihr Leben. Sie vereinsamte immer mehr. Erst durch eine Krebserkrankung fand sie den Weg zurück in die Heimat. Im christlichen Hospiz Rostock wurde sie aufgenommen und und betreut, die Kindern besuchten sie ständig bis zu ihrem Tod. Fünfundachtzig Jahre alt wurde sie. Fünf Kinder brachte sie zur Welt. Ihre Tochter Dorothee Rätsch ist Bildhauerin geworden und lebt in der Nähe von Penzlin, Sohn Gert und Tochter Vera Koselek wurden auch als Autoren bekannt.
Margarete Neumann wurde die „Bauerndichterin“ genannt. „Der grüne Salon“ (1972), „Die Webers“ (1976) „Magda Adomeit“ (1985) sind einige ihrer Romantitel. Zuletzt erschien ihre Barlach-Novelle „Der Geistkämpfer“.
Inge ging zur Bestattung nach Carlshöhe. Es war eine atheistische Beerdigung, Inge kondolierte kurz.Eine andere große Frau ging von der Erde: Marion Gräfin Dönhoff. Seit 1946 arbeitete sie in der Redaktion der Wochenzeitschrift „ZEIT“ in Hamburg. Sie selbst kämpfte im Widerstand gegen Hitler und trotz des Verlustes ihrer ostpreußischen Heimat, sie stammte aus altem preußischem Adelsgeschlecht, kannte sie keinen Hass. Revanchistischen Forderungen setzte sie immer ihre liberale Position entgegen. „Zivilisiert den Kapitalismus“, dieses Buch mit den zehn Thesen eines ethischen Minimalkonsenses begeisterte Inge derart, dass

sie spontan einen Brief an die Gräfin schrieb. Sie fühlte, dass es richtig war, was sie im Unterricht zu vermitteln suchte und selbst lebte: nicht Mitläufer, sondern Gestalter im Leben zu sein. Die Worte der Gräfin hatten ihr neuen Schwung und Mut vermittelt. Marion Gräfin Dönhoff antwortete sogar kurz und dankte.

In der Presse stand ein Aufruf: Sänger für den Extrachor zur Operette „Weißes Rössl" in Neustrelitz gesucht. Mario, der Chorsänger aus dem Neustrelitzer Theaterchor, den sie beim Fasching kennen gelernt hatte, erzählte ihr bereits davon und ermutigte sie, sich zu melden. Du bist einundsechzig Jahre alt, da wird er dich kaum nehmen, aber versuchen kann ich es, so überdachte sie das Ganze. Die Bretter, die die Welt bedeuten, auf denen möchte sie auch einmal stehen.
Sie fuhr Mittwochabend nach Neustrelitz. Der Chorleiter begann mit der Stimmprobe für Sopran und Alt. Es waren zwei Altstimmen und vier Sopranstimmen. Inge vermutete, dass sie die älteste Sängerin war. Kein Einsingen, kein persönliches Wort kam vom Dirigenten. Der Mann hämmerte auf dem Klavier herum, dass ihr bald Hören und Sehen verging. Sie sangen die Hälfte der Partitur hintereinander weg durch. Inge fragte, wie die Sache nun weiter laufe. Eine Statistin, etwa vierzig Jahre alt, klärte sie auf: „Ich habe schon einen Vertrag, ab 30. April beginnen die gemeinsamen Proben mit den Männern. Es bleibt erst einmal bei den Proben jeden Mittwoch 17.30 bis 20 Uhr."
Inge war inzwischen mit ihren Aufzeichnungen (Familiengeschichte) bis 1963 gekommen und wollte in Greifswald recherchieren. Sie schaute in das Telefonbuch und stellte verwundert fest, dass es eine Frau Professor Elsässer in Greifswald gab. War sie die Frau des Professors, der ihre Abschlussuntersuchung im Dezember 1963 durchgeführt hatte?
Sie rief an, ließ sich einen Termin geben und suchte die Originaldokumente hervor. Das Herz schlug ihr bis in den Hals, als sie die Ärztin begrüßte, und dann kam die Überraschung: Sie war tatsächlich die Frau des Professors gewesen und seit 1967 in der „Frauenwache" (schwerste Abteilung in den Psychiatrischen Kliniken Greifswald) tätig. Ihr verstorbener Mann war wesentlich älter, deshalb praktizierte sie noch, nachdem ihr Mann verstorben war.
„Erzählen Sie mal!" wurde sie aufgefordert. Sie kannte sämtlich Mitarbeiter, die Inge nannte: Schwester Frieda, Schwester Gertrud, Dr. Gall. Sie bat, den Abschlussbericht kopieren zu dürfen, ebenso die Unterlagen

von Frau Doktor Dabrunz aus Ueckermünde.
Einmal in Greifswald, beschloss Inge in ihr geliebtes Wieck zu fahren. Sofort war sie in Urlaubsstimmung. Spiegelglatt und blau schimmerte das Wasser des Boddens in der Sonne. Weiße Möwen schrien und tobten dort, wo die Fischer die Netze in die Boote entleerten. Es roch nach Fisch. Sie parkte an der ersten Gaststätte und schritt über die alte Holzziehbrücke. Der neue Aussichtsturm am „Utkiek" verleitete sie, nach oben zu steigen. Weit reichte der Blick bis zur Insel Rügen.
Inge lief ein Stück den Deich, Richtung Ladebow, entlang und dachte: Schau dir doch mal an, wo Herr S. wohnt, der Ingenieur-Invalide, den sie Neujahr bei ihrem ersten Spaziergang getroffen hatte. Hübsch sahen die Fischerhäuser im Dorf aus, viele schmucke Ferienwohnungen waren entstanden. Direkt in der Ortsmitte sah sie ein ungepflegtes Grundstück. Die Fensterkreuze schienen jahrelang keine Farbe gesehen zu haben. Im Hof war ein altes Holzboot aufgebockt. Das war das Haus des Ingenieurs. Sie klopfte nicht an, ging zurück zum Hafen, kaufte frische, grüne Heringe und fuhr nach Hause.
Die Chorproben in Neustrelitz fanden nun mit den Männern statt und das klang natürlich viel schöner.
Ende April rief die Förstersfrau und Musiklehrerin im Ruhestand, Frau Eckermann, aus Castrin an und bat, dass Inge im Pflegeheim in der Oststadt Neubrandenburg doch mit den Senioren einmal in der Woche singen möge. Ihre Freundin, Frau Günther, wäre gerade im Altenheim eingezogen und hätte sie angerufen. Das würde eine neue Aufgabe für Inge.
***28. April 2002***
***So viel ist passiert in den letzten drei Tagen! Zuerst das Wichtigste: die Lesung in Groß Schoritz war ein Erfolg. Zwanzig Anwesende zählte ich. In dem Raum, in dem sich meine Urgroßmutter Laura Mathilde Ziemssen mit Johannes Runze Ostern 1871verlobte, las ich nun neunzig Minuten.***
***Fünfzehn originale, braune Holzbalken durchziehen an der Decke den Raum. Die Wände sind weiß gestrichen und an der linken Seite reiht sich Fenster an Fenster. Am Vorabend hatte ein Sturm in Norddeutschland gewütet. Überall auf den Straßen lagen Äste.***
***Die Zuhörer lauschten aufmerksam. Professor Tietz überreichte mir am Ende einen Blumenstrauß und einen Band „Märchen" von Ernst Moritz Arndt.***
***Telefonisch hatte ich ein Zimmer im Hotel "Rotraut" in Sellin bestellt***

***und verbrachte dort die Nacht. Am nächsten Tag wanderte ich den ganzen Vormittag von Sellin nach Göhren und fuhr zum „Hanseatic-Hotel“.***

Wieder einmal zeigte der Frühling seine Wirkung. Inge wollte Veränderungen in ihrer Wohnung. Die viereinhalb Meter lange Schrankwand sollte raus, stattdessen wollte sie eine kleine Schrankwand. Diese sollte dem großen Zimmer einen mehr wohnlichen Charakter verleihen. Die alte Schrankwand hatte sie den Castriner Senioren für ihren Mehrzweckraum angeboten. Anne Cyko, die Leiterin, wollte dafür den Abtransport der Schrankwand organisieren. Nun konnte der Maler wirken, denn die Stube war ausgeräumt.

Als der Maler die Reste der ersten Tapete aus dem Jahre 1975 mühselig mit Wasser abweichte, staunte sie. Die Türumrandung gipste er und klebte die neue Tapete an. Inge hatte sich eine leuchtend gelbe Farbe ausgesucht. Es war ein warmer, heller Ton. Er gefiel Inge sehr. Auch das Internetkabel legte er durch die Wohnzimmerwand auf den Flur zum Telefon.

Am 2. Mai war Inge in das Neustrelitzer Theater bestellt. Sie sollte sich beim Maskenbildner und in der Kostüm-Abteilung melden.

Die Dame in der Kostümabteilung steckte sie in zwei „Verkleidungen“. Einmal war es eine weiße Batistbluse mit beigefarbenen Rock und Mieder. Dazu bekam sie ein paar braune Slipper mit kleinem Absatz. Das weite Kleid, das in den sechziger Jahren Mode gewesen war, stand ihr sehr gut. Es war blau-weiß gepunktet. Nur der braune Hut, der ihr zugedacht war, gefiel ihr überhaupt nicht. Wie ein Topfdeckel wurde dieser über ihren Kopf gestülpt. Vorher hatte die Kostümbildnerin ihr Haar streng nach hinten gekämmt und einen künstlichen Dutt in ihrer Haarfarbe befestigt. Die Schuhe bereiteten ihr arge Schwierigkeiten, da sie zu weit waren und Inge ständig befürchtete, sie beim Tanzen zu verlieren. Die netten Kostümfrauen lösten jedoch das Problem, indem sie ihr nach der zweiten Vorstellung zwei Gummibänder einnähten, so dass sie nun endlich Halt in den Schuhen fand.

Die Proben im Schlosspark waren wunderbar. Von Woche zu Woche wurde der Park grüner, sie blickten ja immer direkt von der Bühne auf den Zierker See. Jetzt fuhr Inge auch über Penzlin zurück nach Neubrandenburg.

Und dann kam die Generalprobe. Unglaublich, aber wahr: nach dem Regenfinale im 1. Akt „Wenn es hier mal richtig regnet“ setzte wolkenbruchartig Regen ein und der Regisseur Wolfgang Lachnitt musste die

Generalprobe abbrechen. In einundzwanzig Jahren Theaterarbeit sei ihm so etwas noch nicht passiert, sagte er. Solisten, Chor, Extrachor, Mitglieder der Deutschschen Tanzkompanie und Statisten brachten es auf einhundert Personen. Die Sicherheit und Gesundheit der Mitwirkenden war ihm wichtiger und er dankte um 22.30 Uhr den Mitwirkenden und ließ das Finale ausfallen.
Die Premiere wurde ein Erfolg. Im Hintergrund überragte die Schlosskulisse alles. Die beiden hochgewachsenen Eiben links und rechts der Bühne verdeckten die Spieler beim Auf- und Abgehen. Ein Pferd aus Pappmache´ bildete die Gaststätte. Stilecht zeigte sich der schöne Brunnen, der tanzend umsungen wurde: „Im weißen Rössl am Wolfgang See, da steht das Glück vor der Tür!" Sechshundertfünfundzwanzig Zuschauer waren zu den Vorstellungen gekommen und spendeten begeistert Beifall. Die Operette lebt, das war nun bewiesen.
***30. Juni 2002***
***Nun ist die letzte Vorstellung gespielt und alles Geschichte. Als wir um 15 Uhr mit der Nachmittags-Vorstellung begannen, verspätete sich der Beginn um zehn Minuten, da das Fußball-Finalspiel Deutschland gegen Brasilien übertragen wurde. Die Männer hörten Radio. Unser Bus, der im 1. Akt vor der Schlosskulisse hält, hauchte seinen Geist aus und wir mussten tatsächlich schieben, das war ein Gaudi. Beim Finale begann es punktgenau zu regnen. Als ich in der Pause zur „Maske" ging, dufteten die Linden betörend. Nach dem Finale suchte ich Schutz im Zelt. Die Blaskapelle überbrückte die Zeit mit dem Spielen des Mecklenburger Heimatliedes „Wo die grünen Wiesen leuchten weit und breit". Am Ende der Vorstellung standen wir tatsächlich alle im Regen. Es wurde noch ein Gesamtfoto gemacht, dann ging ich zum Umziehen in das „Kostümhaus". Die Zuschauer lobten die Aufführung. Das tat gut.***
Susanne hatte es vorgezogen an dem Wochenende, an dem Inge die letzte Vorstellung hatte, zur „Fusion", ein großes Rock-Event, mit ihren Freund nach Lärz zu fahren. Inge war schon recht traurig, wenn sie die anderen Mitspieler hörte, wie interessiert ihre Angehörigen seien und es selbstverständlich fanden, eine Vorstellung mit ihrem Familienmitglied anzusehen.
Dafür kam Susanne eine Woche später, ihr Geburtstag stand bevor.
Als sie am Dienstag gerade gekommen war, sagte sie verlegen: "Ich habe eben einen Anruf von meiner Agentur bekommen, ich habe am Donnerstag ein wichtiges Casting und muss also schon Donnerstag zurück fahren."

Den nächsten Tag machte Inge mit ihr einen Ausflug nach Neustrelitz, zeigte den Park, die Spielstätte der Operette „Im weißen Rössl“, die Gaststätte „Helgoland“ am Zierker See und die „Luisen-Stube“. Der Wirt erkannte sie sofort und grüßte freundlich, da auch er als Statist in der Operette mitwirkte.
Am nächsten Morgen reiste Susanne ab, versorgt mit Proviant und Reisegeld.
Der Literatursalon in Greifswald hatte sie gebeten, die Ausstellungseröffnung einer vierundsiebzigjährigen Hobbymalerin musikalisch zu umrahmen. Bäume, Blumen und Bäche waren die Themen ihrer Bilder. Nun suchte Inge passende Lieder dazu aus.
In den Räumen der Stadtwerke fand morgens um zehn Uhr die Eröffnung statt und da es dort kein Klavier gab, war man froh, dass Inge zur Gitarre sang. Sie durfte sich anschließend ein kleines Blumenbild aussuchen. Die Malerin hatte Textilfarbe benutzt.
Es geschehen wirklich noch Wunder. Inge hatte einer Freundin in Magdeburg von ihrer Spurensuche erzählt. Daraufhin gab diese ihr die Adresse einer Freundin, die mit der Familie Runze bekannt war. Dieser Abkömmling der Runze-Familie half ihr weiter. Er nannte Namen und Anschrift eines Nachkommen, der seit langem intensiv Familienforschung betrieb. Es war Klaus Runze, 1930 geboren und Enkel von Georg Runze. Georg Runze war der jüngste Bruder von Johannes Runze.
Klaus Runze hatte 1992 in Woltersdorf, dem Alterswohnsitz von Wilhelm Runze, auf dem jetzt polnischen Friedhof, die beiden Grabkreuze des Ehepaares Wilhelm und Therese Runze gefunden. Es war eine richtige Kriminalgeschichte. Klaus Runze hatte gebeten, sich auf dem Friedhof 1992 umsehen zu dürfen. Das war ihm gestattet worden. An der Friedhofsmauer, von niemandem beachtet, lehnte das eiserne, schwarze Grabkreuz von Wilhelm Runze. Klaus hatte das Kreuz umgedreht, um die Inschrift zu lesen. Da fasste er den Entschluss, eine Grabstätte für dieses Kreuz auf dem Friedhof von Woltersdorf, heute Sobiradz, anzulegen. Gespräche mit polnischen Bodendenkmalpflegern folgten. Von einem stillgelegten Friedhof in Klein Mellen, südlich von Sobiradz, durfte er sich eine metallene Umrandung (von einem ehemals deutschen Grab) abbauen und um die neue Stätte auf dem Friedhof Sobiradz stellen.
Einige Wochen später suchten Einwohner von Sobiradz auf ihrem Friedhof eine neue Grabstätte und entdeckten unter Gestrüpp und Buschwerk ein zweites deutsches Grabkreuz und dieses trug den Namen Therese

Runze. So waren die Eheleute mit ihren Grabkreuzen wieder vereint.
Klaus Runze war in Berlin-Zehlendorf aufgewachsen. In der sogenannten „Gralsburg“ hatten ihn die Großeltern gefördert und sein Talent zum Klavier spielen entdeckt. Sie sorgten dafür, dass er frühzeitig unterrichtet wurde. Er war jetzt Musikprofessor in Bonn und Installationskünstler. Verheiratet mit einer Japanerin zeigte er großes Interesse am Tagebuch von Laura Mathilde Ziemssen/Runze. In Bonn unterrichtete er einen Studenten aus Stettin. Dessen Vater wiederum hatte Beziehungen zu polnischen Denkmalpflegern. Nachdem sie sich kennen gelernt hatten, beschlossen sie, die beiden Grabkreuze in einer symbolischen Grabstätte wieder aufzustellen. Das Metallgitter wurde um das Grab gesetzt und an einer Stelle eine gusseiserne Platte befestigt, auf der in polnischer und darunter in deutscher Sprache zu lesen stand:
„Diese Grabstätte für Pastor Louis Wilhelm Gottrau und seiner Ehefrau Therese, geb. Brause wurde 1992/93 als Spur der Vergangenheit und als Zeichen der Gemeinsamkeit, der Besinnung und Versöhnung neu errichtet.“ Die Inschrift auf seinem Grabkreuz lautet Johannes 15,V. 13:

Ich habe euch erwählet und gesetzt,
dass Ihr hingehet und Frucht bringet
und eure Frucht bleibe.

Im Frühjahr 1994 wurde die Platte angebracht.
Klaus Runze hatte akribisch alles festgehalten und fotografiert. Inge wollte sich diese Grabstätte der Schwiegereltern von Laura Mathilde ansehen. Klaus Runze war begeistert. Er verabredete mit Stanislaw Tarnowy in Stettin, dass Inge sich mit ihm in Pomellen, dem Grenzübergang nach Polen treffen sollte.
Am ersten Sonntag im Juli um elf Uhr war es soweit. Inge war sehr aufgeregt und viel zu früh in Pomellen. Da Schillersdorf nicht weit von Pomellen liegt, beschloss sie, erst einmal allein nach Schillersdorf zu fahren. In Schillersdorf waren die Gräber von Laura Runze und ihrem Sohn Carl, der mit 26 Jahren an Kehlkopfkrebs verstorben war. Im Tagebuch von Laura war ein Foto von diesen beiden Grabstellen und Inge wollte diese finden.
Das Dorf lag oberhalb der Oder und Inge lief hinunter zum Fluss. Eine weißhaarige alte Frau harkte in ihrem Garten. Inge grüßte in deutscher Sprache und staunte, als die Frau mit „Guten Morgen“ antwortete. Das muss doch eine Deutsche sein, dachte Inge, lief zurück und sprach die Frau an. „Ich bin Berlinerin und habe hier seit vielen Jahren ein Sommer-

häuschen!“ antwortete diese. Inge erzählte ihr vom Grab ihrer Urgroßmutter in Schillersdorf und zeigte das Tagebuch mit den Fotos von Schillersdorf. Die Frau war begeistert und versprach zu helfen. „Es sollen noch ein paar deutsche Gräber auf dem Friedhof stehen“, meinte sie. Sie ging mit ihr zu einer Polin, die ihr sagte, wo früher der Friedhof war. Inge ging dorthin und kämpfte sich durch mannshohe Büsche, alles war zugewachsen. Mücken fielen über sie her. Sie sah kein Grabkreuz und gab bald auf. Es wurde heiß und sie musste zurück nach Pomellen, um pünktlich Staschek zu treffen. Tatsächlich kam ein hoch gewachsener grauhaariger Mann mit Sonnenbrille auf sie zu und begrüßte sie mit Handkuss. Sie unterhielten sich in Englisch. Das war nicht einfach, denn die Vokabeln waren nicht griffbereit in ihrem Kopf. Staschek war bereit, noch einmal mit ihr nach Schillersdorf zu fahren. Sie kletterte in die eingestürzte Kirchenruine, aber dann fuhren sie zum eigentlichen Ziel dieses Tages, nach Woltersdorf/Sobiradz.
Von Kolbaskowa bog die Landstraße östlich nach Gryfino (Greifenhagen) ab und von dort war es nicht mehr weit bis Sobiradz.
In Gryfino betraten sie die große, stattliche Kirche, in der Wilhelm Runze drei Jahrzehnte als Pastor gewirkt hatte. Jetzt war es eine katholische Kirche. Staschek begrüßte den weißhaarigen Priester, der auf dem Weg zur Messe war. Die Kirche war voller Menschen. Inge erfuhr nun von Staschek, dass Wilhelm und Therese Runze auch in dieser Kirche getraut wurden.
Sie fuhren weiter durch die Dörfer und Inge stellte erstaunt fest, wie gepflegt all diese Kirchen aussahen.
Kurz vor Sobiradz, mitten auf der Chaussee, begegnete ihnen Anna Kamiennik. Das gibt es doch gar nicht, dachte Inge. Der einzige Mensch, den sie kannte und der deutsch sprach, kam ihnen da entgegen. Staschek hielt an, begrüßt sie und steckt ihr gleich einen Geldschein zu. Sie pflegte nämlich die Grabstätte der Runzes. Auch Inge gab ihr einen Euro-Schein. Lange hielt sich Staschek nicht auf. Seine Frau war Asthmatikerin und er wollte sie nicht solange allein in Stettin warten lassen. In einer Gaststätte an der Fernverkehrsstraße Stettin-Posen aßen sie zu Mittag. Als Inge bezahlen wollte, protestierte er. „Sie sind mein Gast, wir fahren jetzt zu mir nach Hause, ich stelle Ihnen meine Frau vor und zeige Ihnen die Sehenswürdigkeiten von Stettin! Fahren Sie mir einfach nach, wenn Sie mich nicht mehr sehen, wenn ein Auto sich dazwischen schiebt, halten sie einfach an.“ Ob das gut geht? dachte Inge und es ging nicht gut. Ein Auto

war schneller als Inge und fuhr zwischen Staschecks und ihrem Auto und nach einer Kurve verlor sie ihn aus den Augen. Inge tat, wie ihr geheißen, wartete, aber Staschek kam nicht.
Inge fuhr weiter und kam zum „Port", also zum Hafen von Stettin. Das Zentrum öffnete sich ihrem Blick. Sie fuhr über eine Brücke, passierte die Oder und fand einen Parkplatz. Es war sehr heiß um die Mittagszeit und Inge war froh, sich nun die Beine vertreten zu können. Sie suchte eine Telefonzelle, um Staschek anzurufen, fand aber keine. Sie sah ein in Renovierung befindliches Schloss, zwei Kirchen und viele Straßenbahnen, die sich kreuzten. Nach einem Rundgang gab sie auf. Sie wollte nur noch nach Hause.
Endlich fand sie die Ausfallstraße, war halb fünf Uhr in Schmölln und fragte nach einer Gaststätte. Freundlich begrüßten sie die Wirtsleute in Falkenwalde und sie stärkte sich bei Kaffee und Kuchen. Der Wirt erklärte ihr, dass sie von Damme auf die A 20 bis Pasewalk fahren könne. Es war eine neue Asphaltstraße und nach einer Viertelstunde war sie bereits in Pasewalk. Nun bog sie von der A 20 ab und fuhr über die Landstraße durch die Dörfer über Strasburg, Woldegk nach Neubrandenburg.
Am 14. Juli feierte Susanne ihren 30. Geburtstag. Den wollte sie allein, nur mit ihren Freunden feiern, aber einen Tag später durfte Inge sie besuchen.
Es war ein strahlender Sommertag, als Inge kurz nach sechs Uhr morgens losfuhr. Ihre selbstgebackene Eierlikörtorte und der „Kalte Hund"(Kekstorte) lagen gut verpackt im Kofferraum. Um zehn Uhr stand sie vor dem „Secondella" Geschäft Hohe Bleichen. Susanne stürzte aus dem Geschäft. Bildschön sah sie in ihrem langen Kleid aus. Sie holte einen Teller und schnitt die Hälfte des Kuchens auf. Gemeinsam Kaffee trinken? Daran war nicht zu denken. Die Angestellten kamen gerade von zu Hause und hatten das Frühstück noch nicht verdaut. Susanne gab ihr den Haustürschlüssel und Inge fuhr in Susannes Wohnung, die Eierlikörtorte musste in den Kühlschrank.
Zu Mittag kaufte sich Inge eine Schale Blaubeeren und Milch dazu. Um ein Uhr stieg sie in den Bus und fuhr in die Stadt, um Susanne abzuholen. „Ich lade dich zum Essen ein!" rief Susanne. Der Stadtteil „Sternschanze" war ihr Ziel. Das war ein Szene-Viertel mit Arbeitslosen, Sozialhilfeempfängern und Ausländern. Ein Fisch-Restaurant war Susannes Ziel. Eine halbe Stunde warteten sie auf den gebratenen Tintenfisch. Die Strafe folgte auf dem Fuße: kaum zu Hause angekommen, musste sich Inge

übergeben. Sie glaubte, der Fisch oder das Bratfett seien Schuld. Wahrscheinlich waren es einfach die Anstrengungen des Tages. Schwarzer Tee und Toast halfen ihr wieder auf die Beine.
Am nächsten Tag war sie mit Ortrud Runze verabredet. Klaus Runze hatte die Bekanntschaft vermittelt. Ortrud war einer ihrer Cousinen. Laura Mathilde Runze hatte vier Söhne und eine Tochter. Johannes war der älteste Sohn und dessen Enkeltochter war Ortrud. Um elf Uhr stand Ortrud pünktlich vor dem Rathaus. Klein, zierlich, schlank und blond stand sie vor Inge.
Es geschah etwas Ungewöhnliches. Das einzige Familienbild von Johannes Runze (Sohn) aus dem Fotoalbum ihrer Mutter hatte Inge zu Hause eingesteckt. Sie zeigte es Ortrud und die meinte: „Das ist mein Vater!" Ihre Schwester Bärbel war nicht mit gekommen. Sie war am Vorabend mit ihrem Ehemann gerade von einer tausend Kilometer Auto-Tour aus Polen gekommen, wo sie Köslin, den Ort ihrer Kindheit, besucht hatten. 1944 hatte Ortrud mit ihren Eltern und ihrer Schwester Zemlin, den Wohnort ihrer Großeltern, verlassen. Das ganze Dorf floh vor der russischen Armee. Ortruds Vater war auch Studienrat, weigerte sich aber, der NSDAP beizutreten und wurde an eine kleine Schule versetzt. Er war 1944 bereits wieder in Schlawe bei der Familie, weil er verwundet worden war und an Krücken ging. Da kam die Aufforderung, die Stadt zu verlassen. Zuerst kamen sie nach Demmin, Vorpommern, dann ging es weiter nach Hitzacker in Niedersachsen und später fanden sie eine Wohnung in Lüneburg. Ortrud erlernte den Beruf einer Technischen Assistentin und arbeitete nun seit 1988 im Geomar-Forschungsinstitut in Kiel. Sie war praktisch die rechte Hand des Institutsleiters.
Sie setzten sich auf die Alster-Terrasse und genossen den herrlichen Blick auf die Fontäne der Binnenalster. Doch der Himmel meinte es nicht gut mit ihnen, um 13 Uhr begann es zu tröpfeln. Ortrud wollte natürlich auch Susanne kennenlernen, und sie liefen ins Geschäft und begrüßten sie.
Im Cafe´ des Ohnesorg-Theaters saßen sie dann zwei Stunden und plauderten miteinander. Ortrud wollte auch das Tagebuch ihrer Urgroßmutter kennenlernen. Ihr Lebensgefährte Harald war Zoologe. Gemeinsam wohnen sie in einer Eigentumswohnung in Raisdorf bei Kiel.
Ortrud hatte ihr Auto in Harburg abgestellt und war mit dem Zug ins Stadtzentrum gekommen. Inge brachte sie zum Hauptbahnhof und verabschiedete sich. Ortrud lud sie zu einem Besuch ein.
Susanne überraschte sie am Abend mit dem Vorschlag, ins Kino zu ge-

hen. „Acht Frauen“ lautete der Titel des Films. Die gesamte französische Schauspielerinnen-Elite war vertreten: Danielle Darrieux, Catherine Deneuve, Isabelle Huppert, Emanuele Beart u.a. Hinreißend spielten die Frauen, es ging wie immer um die Liebe. Die älteste der Frauen sang zum Schluss: „Es gibt keine glücklichen Lieben!“
Philipp, Susannes Freund, groß, schlank, gutaussehend, schenkte ihnen beiden eine winzige Sonnenblume.
Inge hatte sich an das Schlafen auf der Matratze gewöhnt, ihr Magen hatte sich auch wieder beruhigt.
Am nächsten Morgen fuhr sie zurück nach Neubrandenburg. Nach einer Viertelstunde hatte sie die Großstadt hinter sich gelassen. Wälder, Kornfelder und die weite, freie Natur boten sich ihren Augen und sie war glücklich.
Am 20. Juli 2002 war sie zur Jahreshauptversammlung der Ernst-Moritz-Arndt-Gesellschaft in Groß Schoritz eingeladen. Sollte sie das Fahrrad mitnehmen? Sie entschied sich dafür.
Um halb zehn Uhr morgens platzte sie in die Mitgliederversammlung hinein. Herr Schultz, ein Vorstandsmitglied, begrüßte sie und flüsterte: „Ich konnte an Ihrer Lesung leider nicht teilnehmen!“ Nun ging das Sitzen für Inge weiter, was ihr überhaupt nicht gefiel. Sie schaute sich um und bemerkte, dass sie neben lauter „illustren Herren“ saß. Dr. Manfred van Rey, zweiter gleichberechtigter Vorsitzender der E. M. Arndt-Gesellschaft aus Bonn, redete gut, gern und lange. Er schien gar nicht mehr aufhören zu wollen. Dagegen machte es die Schatzmeisterin aus Groß Schoritz erfreulich kurz und bündig. Eine junge Lehrerin aus Bergen stach mit ihrem Beitrag hervor. Ihr Gymnasium, das den Namen von Arndt trägt, pflegt das Erbe von Arndt. Sie nannte praktische Beispiele. In der 5. Klasse wurden Märchen von Arndt vorgelesen und Bilder gemalt. Als v. Rey über die emotionale Wirkung von Liedern sprach, meldetet sich Inge und schlug vor, das Pommernlied zu singen. Begeistert stimmten die Zuhörer mit ein.
In der Mittagspause sprach sie ein älteres Ehepaar an. Sie hatten Inges Lesung im April beigewohnt und sagten ihr die Adresse des Pastorensohnes, der nach Johannes Runze in Schillersdorf lebte. Die Spurensuche konnte weiter gehen.
Nach dem Mittagessen setzte sich Inge an den Flügel, spielte „Pour Adeline“ und lud zum Volksliedersingen ein. Professor Tietz hatte sie darum gebeten, um die Zeit von 13 bis 14 Uhr bis zu einer Ausstellungs- Er-

öffnung zu überbrücken. Inge stellte sich im Saal mit der Gitarre vor die Zuhörer und gemeinsam sangen sie fast eine Dreiviertelstunde. Immer mehr Zuhörer kamen dazu und sangen mit. Sie zählte am Ende fünfundvierzig Personen.
Die Ausstellung zeigte Fotos von Groß Schoritz ab dem Jahre 1825.
Der Garten war seit April wunderbar hergerichtet worden. Links der Treppe (Ostseite) stand eine riesige Blutbuche, daneben ein uralter Nussbaum. Die Terrasse war neu gestaltet worden. Ein blau-weißes Zelt und Stühle waren für die Nachmittagsveranstaltung bereits aufgestellt. Ein Münchener Blechbläserquintett, es sollte das einzige in Deutschland sein, spielte nicht nur die Badinerie (eigentlich für Flöte komponiert) von Bach, sondern auch Titel von Frank Sinatra, Barbara Streisand und anderen Künstlern.
Um fünf Uhr war Schluss. Inge freute sich, endlich auf ihr Fahrrad steigen zu können und loszuradeln. Über Dumsewitz erreichte sie Garz und von dort den Rosengarten-Weg nach Groß Schoritz. Laura hatte diesen Weg in ihren Briefen an den Bräutigam oft beschrieben. Dieser Weg war einst auch der Schulweg von E. M. Arndt. Der Kalfaktor des Hauses, Herr Schröder, hatte ihr drei Schlüssel gegeben: für den Saal, für die Toilette und die Haustür.
Als Inge abends zurückkam, beendeten die Frauen gerade ihre Arbeit in der Küche. Sie fragte, ob sie sich eine Tasse Tee in der Küche machen dürfe. Sie waren so nett und ließen die Tür auf, so dass sie auch am Morgen Kaffee kochen konnte. Nun besichtigte Inge den angrenzenden Raum, wo sie die Nacht verbringen wollte. Es war die Nordseite, es roch sehr muffig, die Tapete am Waschbecken war fleckig und schmutzig.
Noch eine Stunde wanderte sie um den Ort herum, pflückte einen Feldblumenstrauß und versuchte, mit dem Beginn der Dämmerung zu schlafen. Nach einer Stunde hielt sie den muffigen Geruch nicht mehr aus, nahm die Camping-Liege und zog in den Saal. Da keine Gardinen vor den großen Fenstern hingen, konnte sie die Sterne sehen. Es kam ihr vor, als leuchteten sie hier viel stärker. Endlich schlief sie ein. Stille, Stille, Stille, das war beeindruckend und Erholung pur.
Der Kaffee schmeckte wunderbar am frühen Sonntagmorgen. Sie radelte drei Kilometer zur südlich gelegenen Halbinsel Zudar. Scharen von Wildgänsen zogen über sie dahin, ihr heiseres Schreien verriet sie schon lange vorher. Ein Silberreiher stand im feuchten Graben.
Um halb neun Uhr begann die Exkursion.

Die Gäste aus Bonn waren alle da, der Bus jedoch nicht voll.
Nach zweihundert Metern hielt der Bus. Auf einer kleinen Insel war früher der Spielplatz von Arndt, LÜLO genannt. So waren auch die monatlichen Mitteilungshefte der Arndt-Gesellschaft betitelt. Das Wohnhaus Arndts in Bonn trägt ebenfalls diesen Namen. Dann ging es weiter nach Silmenitz, von Arndt „der Himmel" genannt. Die Verbindungsstraße nach Dumsewitz bot eine Überraschung: ein Hügelgrab mit einer uralten Eiche in Richtung Osten. Von dort oben bot sich ein herrlicher Blick bis zu den „Zicker Alpen", einem Höhenzug im Norden der Halbinsel Zudar. Der Bodden leuchtete in der Morgensonne, ihre Strahlen versilberten das Wasser.
Nicht weit entfernt, zeigte Professor Tietz ein kleines Söll (Wasserstelle), den sogenannten „Mäusewinkel". In einem Märchen erzählt Arndt davon. Dann fuhr der Bus nach Garz. Dort schauten sie sich das Pfarrhaus an. Nichts hatte sich da verändert, es war ja das Geburtshaus von Laura Mathilde Ziemssen/Runze. Aber auf der Rückseite des Hauses, o, Graus, sah Inge, dass die Hecke in Form einer Kirche geschnitten war, die die hinteren Fenster völlig verdunkelte.
In der Kirche hielt der neue Pastor, aus dem Altbundesland und im ersten Beruf Tischler, eine Rede. Sie liefen am Witwenhaus (Gedenktafel für Frau Pistorius, eine Freundin von Arndt), völlig herunter gekommen, vorbei zum Museum. Die junge Leiterin hatte sich extra den Sonntag freigenommen und hielt einen langen Vortrag über die Probleme des Museums und forderte mehr Zusammenarbeit mit der Gedenkstätte Groß Schoritz. Inzwischen war es Mittag geworden, Inge schaute in den Himmel, sah die Schäfchenwolken am Himmel und wusste, nun gibt es Regen. Viel lieber wäre sie am Nachmittag noch nach Göhren gefahren und hätte in der Ostsee gebadet. Dazu war es nun zu spät.
Nach dem sie sich im Museum verabschiedet hatten, erstieg die Gruppe den Slawischen Burgwall in Garz und Herr Schultz erläuterte ausführlich. Die Bäume waren im Laufe der Zeit so hoch gewachsen, dass sie geschnitten werden müssten, sonst würde man die Reste des Slawischen Burgwalls nicht mehr erkennen.
Im Garten von Groß Schoritz war inzwischen von den Angestellten der Tisch gedeckt. Es gab Kartoffelsalat mit Bockwurst und schmeckte sehr gut.
Eine Urenkelin von Ernst Moritz Arndt, die mit ihrer Mutter auch zu den Gästen gehörte, unterhielt sich angeregt mit Inge und gab ihr auch ihre

Hamburger Adresse. Sie war Theologin und bereitete sich gerade auf das Kantoren-Examen vor. Danach begann das Verabschieden der Gäste aus Bonn, die noch einen weiten Heimweg vor sich hatten.
Der Himmel bedeckte sich, er wurde schwarz. Inge fuhr dennoch nach Lauterbach, unweit von Putbus. Die Insel Vilm war ein Geheimtipp der Rüganer. Als Inge aus dem Auto stieg, entlud sich ein Gewitter mit prasselndem Regen, Blitz und Donner. Unverdrossen lief sie die Hafenpromenade entlang, von der Insel Vilm war nichts zu sehen. Nach nur vier Stunden Schlaf spürte sie nun die Müdigkeit.
Sie fuhr zurück nach Neubrandenburg ab, Greifswald hörte der Regen auf.
Als sie zu Hause das LÜLO-Heft durchblätterte, erblickte sie die gemalten Rosen aus Laura Mathildes Tagebuch. Professor Tietz hatte diese Malerei, ohne sie zu fragen, einfach kopiert.
Es war Sommerzeit und die verbrachte Inge am liebsten im Freien. Wieder einmal wagte sie eine Radtour um den Tollensesee. Von ihrem Zuhause in der Nordstadt waren es gut 50 km hin und zurück. Sie fuhr über Broda, Gatsch-Eck und Siehdichum. Mittag um zwölf war sie in Prillwitz. Das Wasser des Sees war so warm, dass sie beschloss, auf die vorgelagerte kleine Insel zu schwimmen. Vor drei Jahren sahen die Bäume auf der Insel weiß aus, der Kot der unzähligen Komorane hatte das bewirkt. Vor zwei Jahren hatte man einen Ring von Buhnen und Faschinen um die Insel gezogen und das Wunder geschah: vom Lärm vertrieben, zogen die Komorane an einen anderen Ort (Kanal in der Lieps), und die Bäume begannen wieder zu grünen. Inge schwamm zügig auf die Insel zu und etwa zehn Meter vor der Insel erhoben sich ungefähr sechzig Wildgänse und flogen mit lautem Geschrei davon. Inge hatte sie in ihrer Ruhe gestört. Viele, viele Pfauenaugen flogen durch die Luft und Schmetterlinge, die mit zugeklappten Flügeln fast schwarz aussahen.
Als sie zurückschwamm, spürte sie unter sich verschiedene Strömungen und musste kämpfen, um an Land zu kommen. Sie schwamm abwechselnd auf dem Rücken und machte "toten Mann".
Nun ging es hinter Usadel immer bergauf, parallel zur B 96, und um drei Uhr war sie im Gasthof „Heidehof". Sie stärkte sich bei Kaffee und Kuchen und das letzte Stück durch den Wald bis zum Augustasbad war noch einmal sehr schön und vor allem schattig.
Noch einmal tauchte sie am Badehaus in den See, merkte aber erschrocken, dass das Wasser viel kälter als in Prillwitz war.

Wahrscheinlich war sie nun aber auch von der Fahrt erschöpft.
Am 3. August war die Einschulung von Malte. Inge war eingeladen und fuhr am frühen Morgen mit dem Auto los. Sie hatte nicht nur eine Zuckertüte für Malte mitgebracht, sondern auch auf Jörgs Wunsch eine kleine Zuckertüte für Julia und eine für Clara.
Als Inge am Mittag in Bautzen eintraf, saßen noch alle am Tisch und frühstückten. Susanne war am Tag vorher mit Philipp eingetroffen. Jörg, Claudia, Susanne und Philipp gingen nach unten in den Garten, setzten ein Sonnensegel und banden Luftballons auf die Leinen, die rings um den Garten gezogen waren. Tische und Bänke standen bereits, auch ein Fass Bier und ein Grill. Mittagessen gab es nicht. Inge knurrte der Magen. Schüchtern fragte sie, ob sie sich ein paar Kartoffeln kochen könne und die Kinder müssten doch Mittag essen. „Wir haben noch eine Pizza, die könnt ihr essen!“ Also wurde die Pizza erwärmt und in vier Teile geschnitten. Natürlich aßen die Kinder nun auch.
Der Saal war schon zu Dreiviertel gefüllt, als sie halb zwei Uhr in der Schule eintrafen. Ein hübsches Theaterstück wurde von den Zweitklässlern aufgeführt. Es beinhaltete den Traum eines Schulanfängers, eine Nacht vor dem großen Ereignis. Dann redete die Schulleiterin. Sie setzte den Schulanfänger in Beziehung zum „Kleinen Prinzen“, der einen Freund sucht. Dieser Freund könne Vater und Mutter, Großeltern oder der Kumpel sein, oder aber auch der liebe Gott. Einen Freund brauche ein Schulanfänger aber unbedingt. Und nun bekamen alle Anfänger einen Wanderstock, sie wurden einzeln aufgerufen und „wanderten“ gleich mit ihrer künftigen Klassenleiterin in den Klassenraum. Maltes Klassenraum trug den Namen “Tabaluga“, benannt nach dem Musical von Peter Maffay.
Es war sehr heiß und Inge zog sich sofort ein Sommerkleid an, als sie wieder in der Löhrstraße ankamen. Die Torten und Kuchen, von den Gästen mitgebracht, wurden nach unten in den Garten getragen. Klaus, Cathleen und Laura trafen nun auch aus Halle ein.
Inge begann auf der Gitarre Kinder-und Volkslieder zu spielen und sang dazu; abrupt unterbrach Jörg sie und begann selbst zu spielen. Sein Freund Norbert erbat sich Inges Gitarre und dann sangen sie „ihre“ Lieder.
Susanne malte indes die Gesichter der Kinder als Katze oder Tiger an. Philipp machte Zauberkunststücke mit brennenden Stäben, Bällen und Flaschen. Die Kinder waren selig und tobten im Garten.
Am Abend grillten Klaus und Berthold. Es schmeckte sehr gut und um

zehn Uhr verabschiedete sich Inge. Gegen Mitternacht kam Carola, sie war aus Dänemark angereist und feierte mit den Anwesenden weiter.
Um sechs Uhr war Inge in alter Gewohnheit wach geworden. In der Küche traf sie auf Tobias´ Frau, eine junge Architekturstudentin, die sich im Erziehungsjahr befand. Der eine Sohn war fast zwei Jahre alt, der andere gerade mal dreizehn Monate. „Ihr steht schon auf?“ fragte Jörg verwundert. „Ja“, meinten sie, „wir wollen um zehn Uhr bei den Eltern in Freital sein!“ Auch Cathleen kam und machte eine Flasche für Laura. Inge durfte sie ihr geben. Daraufhin fuhr sie Laura ein wenig in der Sportkarre spazieren. Prachtvoll hat sich Laura entwickelt, stellte Inge fest.
Dann verabschiedete sich Inge und fuhr auf die Autobahn Dresden-Berlin, über den Berliner Ring und Prenzlau nach Hause.
Der Garten schrie förmlich nach Wasser, die verwelkten Rosen musste sie abschneiden und Unkraut ziehen. Viele Äpfel waren heruntergefallen und Inge verarbeitete sie zu Apfelmus.
Öfter sah sie nun Tom. Sie hatte sich die Garage am Vormittag vorgenommen, gefegt und aufgeräumt. Seit ein paar Jahren standen zwei Fahrräder nutzlos herum. Tom hatte sie einmal vom Sperrmüll mitgebracht. „Bist Du einverstanden, dass ich die Fahrräder dem Familienzentrum in Neustrelitz spende?“ Er brüllte unbeherrscht los: „Das wird nicht weggegeben, das wird später alles noch mal wertvoll! Ich wollte gerade aufräumen, jetzt finde ich wieder nichts mehr, Du willst ja alles wegwerfen!“
Nun konnte sich Inge nicht mehr beherrschen und schrie: „Früher hast Du anderen Menschen auch einmal etwas geschenkt, aber das ist wohl nun alles vorbei!“
Große Ereignisse warfen ihre Schatten voraus. Inge hatte ihre ehemaligen Studienkollegen und Dozenten zum Seminargruppen-Treffen Anfang September eingeladen. Nun begann sie mit den Vorbereitungen. Sie bestellte Aufschnitt-, Fisch- und Käseplatten. Ihre ehemalige Institutsleiterin, Frau Professor Brock, bereits zweiundachtzig Jahre alt, hatte ihr Kommen ebenfalls zugesagt. Inge bestellte ein Hotelzimmer.
Es gab riesige Regenfälle, besonders im Süden entstanden verheerende Schäden. Die Mulde, ein Fluss in Sachsen, trat über die Ufer, viele Häuser wurden einfach von den Wassermassen mitgerissen. In ganz Deutschland spendeten die Menschen für die Betroffenen. Auch Inge beteiligte sich. Sie hatte im Frühjahr ein japanisches Futonbett gekauft und in das leerstehende große untere Zimmer gestellt. Tom wohnte ja bei einer Freundin. Damit wollte sie eine Übernachtungsmöglichkeit für Klaus und

seine Familie schaffen. Plötzlich ereiferte sich Tom maßlos: „In 24 Stunden ist das Bett weg, oder es passiert etwas!“
„Gib´ mir eine Woche Frist!“ bat sie. Da kam sie auf die Idee, das nagelneue Bett zu spenden. Es wurde abgeholt. Inge war sehr traurig, erstens hatte es Geld gekostet und zweitens gab es nun keine bequeme Übernachtungs-Möglichkeit mehr für die Kinder. Aber sie hatte ein gutes Werk getan, ein kleiner Trost. Auch für die Stadt Grimma in Sachsen, durch die die Wassermassen gerast waren und in der es praktisch kein Zentrum mehr gab, überwies sie fünfzig Euro.
Den Einschulungsgottesdienst in der Friedenskirche gestaltete Inge auf Wunsch von Pastor Göll mit. Ein junger Pastor machte Vertretung für Pastor Göll. Herr Neumann hatte sie gebeten, im Gottesdienst „Rede an die Schulanfänger“ von Erich Kästner vorzulesen. Die Kirche war voll. Sie sah nur lächelnde Gesichter, als sie die heitere und satirische Rede Kästners vortrug. Jeder Schulanfänger sollte dann seinen persönlichen Wunsch zum Schulanfang aufschreiben. Die Zettel wurden in einer Zuckertüte gesammelt und vorgelesen. Es waren sinnvolle, gute Wünsche.
Als sie nach Hause kam, blinkte der Anrufbeantworter. „Wir kommen heute Mittag bei Dir vorbei! Klaus.“ Nun wurde es eng, denn Inge hatte nichts zum Wochenende eingekauft, da sie am Montag nach Zingst reisen wollte, um eine Lesung der „Brautbriefe“ in dem Lesestübchen der Kirche zu halten. Dann mache ich eben eine Obsttorte, es ist ohnehin so heiß, dachte sie.
Als das Auto vorfuhr, war sie enttäuscht, weil sie glaubte, Laura wäre mitgekommen. “Die ist bei meiner Mutter!“ sagte Cathleen und Inge wunderte sich. Es war sehr heiß und Inge hatte doch ein paar Pellkartoffeln gekocht, gebratene Hühnerleber und Crepes mit Weintraubengelee gezaubert. Da kam Klaus um die Hausecke mit einer Flasche Rotkäppchen-Sekt. “Wir wollen erst einmal anstoßen!“ „Bei der Hitze trinke ich doch keinen Sekt!“„Willst Du nicht auf unsere Hochzeit anstoßen? Wir haben am Freitag in Templin geheiratet!“ Das war ein Schock, und natürlich trank sie einen Schluck und gratulierte. Inge erinnerte sich, dass auch sie Tom 1968 geheiratet hatte, ohne jemanden einzuladen. Sie hatte die ersten zwei Studienjahre geschafft und kein Geld für eine Hochzeit. Auch sie hatte damals gesagt: „Das ist unsere Hochzeit und unser Tag!“ Es wiederholt sich eben alles. Wie weh sie ihrer Schwiegermutter damit tat, das bedachte sie damals nicht, jetzt aber spürte sie es. Ihre Mutter war damals zur Schwester nach Ansbach gefahren und wollte sowieso nicht kommen.

Im Landhaus „Arnimshain“ der berühmten Familie von Arnim hatten Klaus und Cathleen ein Wochenende gebucht. Tom ließ sich nicht blicken.
„Bleibt ihr noch?“ fragte Inge. “Nein, wir wollen gleich nach Hause fahren. Wir haben keine Zeit, Deine Torte zu essen.“ „Möchtest Du die halbe Torte mitnehmen?“ fragte Inge. Klaus hatte knallrote Ohren bekommen, als Cathleen extrem unfreundlich reagierte und Inge nur meinte: „Cathleen, nicht in diesem Ton!“ Grußlos lief diese davon. Inge ging ihr nicht nach und verabschiedete sich auch nicht von ihr. Klaus nahm die halbe Torte mit.
So sind deine eigenen Kinder, dachte sie, das ist bitter, sehr bitter.
Der Sommertag war viel zu schön, um traurig zu sein. Sie setzte sich unter die Birke. Sei zufrieden, Inge. So ist eben das Leben.
***23. August 2002***
***Vier Tage fern der Heimat und meiner paradiesischen Wohnung, das merke ich jedes Mal, wenn ich woanders bin. Es waren vier sonnige, herrliche Tage in warmer Seeluft. Ich habe alles genossen: das Fahrradfahren, das Toben und Schwimmen in der Ostsee, die Seefahrt mit der „Sundevit“ von Zingst durch die Boddengewässer über Barhöft, vorbei am Bock nach Vitte auf Hiddensee. Ich aß in der „Heiderose“, unterhielt mich mit einer geistig regen achtzigjährigen Frau und wanderte durch die lila blühende Heide. Wind, Wind, Wind am Darßer Ort, allein mit Wind und Meer.***
***Die Lesung selbst war enttäuschend: zehn Frauen waren gekommen, kein einziger Mann. Mein Honorar war das Eintrittsgeld der Anwesenden, 25,50 Euro. Im Voraus hatte ich eine Übernachtung erbeten. Der Pastor tat erstaunt: „Schlafen? Nein, nicht ausgemacht! Die Musiker wollen noch einen Urlaub dranhängen.“ Ich blieb dabei, es war versprochen. Der Pastor war zu einem Kompromiss bereit. Er schob das Bett einfach in den Gemeinderaum. Da schlief es sich schlecht, weil der Vollmond ins Zimmer schien. Die Fenster hatten keine Gardinen. Die ersten zwei Nächte bei der liebenswürdigen Frau Schaller waren ganz anders. Wir frühstückten gemeinsam und erzählten lange. Zwanzig Euro pro Nacht berechnete sie mir.***
***Mittwoch früh radelte ich nach Pramort. Das ist schon Kerngebiet des Nationalparks“ Vorpommersche Boddenlandschaft.“ Weiße Schwäne schwammen auf blauer See, das war ein traumhafter Anblick. Gestern Abend war ich wieder zu Hause.***

*9. September 2002*
*Alles überstanden. Es war unvergleichlich. Alle fünfzehn Teilnehmer waren begeistert. Dank, Blumen, Bücher, Schokolade, Kaffeegeschenke. Es war überwältigend. „Bleibe in deinen Kreisen!“ hatte Oma immer gesagt und das stimmt.*
*Um vier Uhr war ich vor Aufregung wach. Stühle brachte mir Renate. Den großen Ausziehtisch lud Ralph vom Jeep ab. Die Aufregung stieg von Minute zu Minute. Um 11 Uhr fuhr ich los, kaufte zwei Kaviarbrote, zwei Vitalmeter, dann weiter zur Schillerstraße, dort nahm ich die Fischplatte in Empfang. Sie passte nicht in den Kühlschrank, ich stellte sie ins Bad auf die kalten Fliesen, der kühlste Raum im Haus. Dann fuhr ich ins Vogelviertel zur Fußgängerbrücke und holte Heidi ab. Im ersten Moment erkannte ich sie gar nicht. Sie hatte kurz geschnittene schwarze Haare.*
*Ich schlage ihr vor, die halbe Stunde bis zur Zugankunft von Bärbel und Frau Professor Brock, in der Stadt zu schlendern. Die Sonne strahlt, es ist prachtvolles Spätsommerwetter, wir schaffen es sogar bis zur Konzertkirche. Dann laufen wir über den Markt, das HKB und den Fangelturm zum Bahnhof zurück. Wir holen Bärbel und Frau Professor ab und bringen zuerst Frau Professor zum Hotel Schönbrunn, dann fahren wir zu mir. Ich biete ihnen als Erfrischung ein Schälchen selbstgemachtes Apfelkompott und einen Becher leckeres Sahne-Kaffee-Eis an. Sie sind begeistert. Natürlich hat mir jede Blumen mitgebracht: Heidi einen gelben Chrysanthemen-Strauß, Bärbel einen hübschen Sonnen-Blumenstrauß. Dann beginne ich, Geschirr nach unten zu bringen und Kaffee zu kochen. Die Kaffeemaschine streikt. Zehn Tassen sind ihr mit einem Mal zu viel, das ist sie nicht gewohnt. Riesenschweinerei entsteht, als der Kaffee überläuft. Heidi und Bärbel beruhigen mich und schicken mich in den Garten, wo ich die Torten anschneide. Dann drängeln sie schon: Du musst Frau Professor Brock abholen! Witzig: zeitgleich treffen Dr. Zimpel mit Iris, Fräulein Strate, Herr Wirsig und Dr. Westien ein. Alle überreichen Blumen, Frau Professor ein Buch, es ist ihr eigenes (Biographie von Edvard Grieg). Ich hatte so viel zu tun mit dem Hinschauen, ob jeder Kaffee und Kuchen hatte, dass ich gar nicht dazu kam, selbst ein Stück von meiner selbstgebackenen Eierlikörtorte zu essen. Dann wurde erzählt. Anneliese versuchte, Tom zum Kaffeetrinken zu bewegen, auch Dietmar, Bärbels Mann, aber er hatte sich im Zimmer eingeschlossen. Zwecklos!*

***Um sechs Uhr abends musste sich Heidi schon fertig machen. Ihr Zug fuhr gegen sieben Uhr. Sie lebt in Herzberg und wollte am nächsten Tag mit ihrem Mann in den Urlaub fahren.***
***Ich ließ mit Rotkäppchen-Sekt anstoßen, stellte die Fischplatte auf den Tisch, schnitt Kaviar-und Vitalbrot in Scheiben. Pünktlich um sechs Uhr brachte der Party-Service die Käse-und Aufschnittplatte. Ich wollte gern mit den Gästen singen. "Nein, wir wollen nicht singen, wir wollen erzählen!" war die einhellige Meinung.***
***Frau Professor Brock zeigte ich meine beiden Chorchroniken. Sie war eine geduldige Zuhörerin. Gegen 21 Uhr kam Annelieses Mann, um sie abzuholen. Eine Stunde später begann das große Verabschieden. Ich brachte Professor Brock ins Hotel und Iris und Herbert zu einer Freundin auf den Datzeberg, wo sie übernachten wollten.***
***Inge Haubold hatte ich eingeladen, bei mir zu übernachten. Als ich zurückkam, war sie schon beim Geschirr abwaschen. Bis Mitternacht hatten wir beide noch zu tun. Danach schlief ich wie eine Tote.***
***Am nächsten Tag war der Tag des Denkmals und nach dem Frühstück fuhr ich mit Inge in die Konzertkirche. Inge Haubold war von der tollen Akustik beeindruckt.***
Nach dem Mittagessen fuhr sie mit Inge nach Burg Stargard. Sie bestiegen den 38 Meter hohen Bergfried, genossen die Fernsicht, machten Picknick im Kräutergarten und am Nachmittag brachte sie Inge zum Zug auf dem Bahnhof Burg Stargard. In drei Jahren wollen sie sich alle wieder treffen.
Eine neue große Aufgabe hatte sich Inge gestellt. Die eng beschriebenen Seiten der schmalen rechteckigen Briefbögen der Korrespondenz ihrer Großmutter Clara übersetzte sie. Es waren lateinische Buchstaben, also leicht zu lesen, aber die Bögen waren eng geschrieben, jeder Platz des kostbaren Briefpapiers war ausgefüllt. Der Termin der Lesung im Pfarrhaus Motzen stand bevor.
Zuerst aber las sie das Büchlein, welches ihr Anneliese geschenkt hatte. „Die Weisheit der Römer" lautete der Titel mit wundervollen Kopien der Wandmalereien von Pompeji. „Erwäge ohne Unterlass: die Welt ist Verwandlung, das Leben ständiger Widerspruch", war einer der Sprüche.
Am 19. September war es soweit. Um 15 Uhr begann ihre Lesung im Pfarrhaus von Motzen. Es war wirklich ein eigenartiges Gefühl, in dem Raum zu sitzen, in dem die Großeltern lebten, in dem die eigene Mutter mit den Geschwistern aufwuchs.
Neun Seniorinnen waren gekommen, ein Mann, der Pastor, war auch

dabei. Bei echtem schlesischem Streuselkuchen, von einer Teilnehmerin gebacken, wurde aber nun erst einmal Kaffee getrunken und gesungen. Dann begann Inge zu lesen. Aufmerksam hörten die Anwesenden eine Stunde zu. Dann verabschiedete sich der Pastor, weil er seinen Sohn von der Schule abholen wollte. Die Seniorinnen bestürmten Inge, noch weiter mit ihnen zu singen, denn die Gitarre hatte Inge wieder dabei. Aber um 17 Uhr bat Inge dann, zu beenden. Sie ging noch einmal zum Friedhof. Ein Naturdenkmal erregt ihr Interesse; eine mindestens 80 Jahre alte, hohle Ulme zeigte zwei dick verknorpelte, ineinander verschlungene Äste, an menschliche Hände erinnernd. Die Wirtin vom Cafe´ Seeblick erzählte ihr später, dass Motzen der Ort der Ulmen genannt wird. Jeder Einwohner, der ein Haus gebaut hatte, pflanzte eine Ulme, über einhundert Ulmen sollen noch in Motzen stehen.
Der Weinstock, der vor einhundert Jahren die gesamte Vorderfront des Pfarrhauses mit der Terrasse bedeckte, hatte wieder ausgeschlagen.
Der Pastor bat sie noch einmal ins Haus, erzählte ein wenig von seinen privaten Verhältnissen und fragte, was er Inge schulde. Sie bat um Spritgeld und erhielt dreißig Euro. Für Übernachtung musste sie selbst sorgen, aber das klappte auch, denn bei der Lesung war eine Frau aus Kallinchen, am Motzener See gelegen, dabei. Deren Vater kannte noch ihren Großvater Martin Stier. Spontan bot sie Inge eine Übernachtung in ihrer Bungalowsiedlung an.
Herrliche Stille, sanfte, milde Luft umfing sie dort. Bei offenem Fenster schlief sie bald ein und bereits um fünf Uhr war sie wieder munter. Sie stand auf, wanderte zum See und erblickte das erste gelbe Morgenleuchten am Himmel. Der Bäcker öffnete erst um sieben Uhr, sie legte sich wieder ins Bett und schlief noch zwei Stunden.
Sie packte ihre Sachen zusammen und fragte die Wirtin, ob sie eine Tasse Kaffee für sie habe. Ja, gern, antwortete diese. Dann plauderten sie und Inge erfuhr, dass eine Differenz zwischen den Einwohnern von Motzen und den Einwohnern von Kallinchen bestehe. „Die Motzener geben nicht gern!“ so ihre Meinung.
Sie wollte Inge die Übernachtung schenken, aber Inge gab ihr trotzdem eine kleine Summe.
Frau Professor Brock schrieb ihr und kommentierte ihr Manuskript. „Es strahlt Offenheit, Gradlinigkeit und Konzentration aus! Schreiben Sie unbedingt weiter!“
Am 28. September fand in der Turbinenhalle des ehemaligen Kraftwer-

kes Peenemünde die Aufführung des War-Requiems von Benjamin Britten statt. Das Orchester des NDR, die BBC Singers und der Philharmonia Choir London unter dem berühmten Dirigenten Mstislav Rostropovich sollten musizieren. Das Ganze war eine Veranstaltung des Usedomer Musikfestivals. Inge rief in Heringsdorf an und erhielt die Antwort: bis 12 Uhr Mittag können Sie sich die Karte im Festival-Büro in Ahlbeck abholen.

Die Karte kostete sechzig Euro. Du bist total verrückt, dachte sie, aber so etwas bekommt man so schnell nicht wieder geboten, das spare ich beim Essen wieder ein.

Es wurde ein langer Tag, morgens fuhr sie über Wolgast auf die Insel Usedom, holte die Karte ab, wanderte anschließend am Strand von Ahlbeck nach Heringsdorf.

Um halb sieben Uhr war sie in Peenemünde. Wie hatte sich dort inzwischen alles verändert. 1992 war Inge das letzte Mal hier. Damals bewunderte sie die Fotos aus dem Weltall, die Siegmund Jähn geschossen hatte. Sie nahm ihren Proviant-Korb aus dem Auto und aß in aller Ruhe. Als sie ihren Platz in der 31. Reihe eingenommen hatte, merkte sie, dass sie den Autoschlüssel steckengelassen hatte. Sie ging zur hinteren Saaltür, sagte der Platzanweiserin Bescheid und verließ die Halle. Draußen wimmelte es von Polizeiautos. Sie fragte einfach einen Polizisten, ob er ihr helfen könnte und er tat dies. Er fuhr sie zu ihrem Auto. „Wie alt?" Inge war so überrascht, das sie brav antwortete: „62 Jahre". Der Polizist lachte nur. In nicht einmal zehn Minuten saß sie wieder an ihrem Platz. Glück gehabt.

Nun schaute sie sich erst mal in Ruhe um. Sie saß in der Turbinenhalle des ehemaligen Kraftwerkes, unter ihr befand sich eine Treppe zum Erdgeschoss. Dort unten lag eine Rakete. Sie saß in der letzten Reihe. Links, rechts und oben im Gestänge waren Kameras angebracht. Der Bundespräsident Johannes Rau begrüßte die Gäste und um acht Uhr begann das außergewöhnliche Konzert.

Der Knabenchor von Coventry sang engelsgleich. Der NDR Chor, die BBC Singers, der Philharmonische Chor London und der Hamburger Knabenchor von St. Nikolai waren beteiligt. Der Tenor Antony Rolfe-Johnson sang hinreißend zart und mitfühlend, ebenso der Bariton Eberhard Schmidt.

Es war unbeschreiblich eindrucksvoll. So ist es, wenn man ein Spitzenorchester, Chöre und Sänger hört. Das wird ihr noch lange in Erinnerung bleiben. Die Zuschauer bestanden aus vielen älteren Menschen, die wuss-

ten alle noch, was Krieg bedeutet, weil sie ihn vermutlich erlebt hatten. Sekundenlang herrschte nach dem letzten Akkord atemlose Stille „Lasst uns nun schlafen, mögen sie in Frieden ruhn´. Amen!“ Es war totenstill und nach etwa zwanzig Sekunden brach der Beifall los. Inge ging nach vorn und entdeckte Gorbatschow unter den Ehrengästen.
Weil sie das Auto weit außerhalb geparkt hatte, kam sie gut auf die Straße. Kurz nach elf Uhr ar sie zu Hause.
Herrlich windstill war es, als Inge einen Fahrradausflug um den Tollensesee bis Prillwitz unternahm. Sie war nicht die Einzige, die noch einmal das schöne Wetter im Herbst genießen wollte.
Viele Menschen waren auf der Terrasse des Hotels im ehemaligen Jagdschloss Prillwitz. Unzählige Fahrräder standen vor dem Hotel. Inge hörte die Wildgänse laut schnattern, als sie ihren Eisbecher aß.
Von der Seebrücke aus erblickte sie die Lieps, angestrahlt von der Sonne. Über die braunen, kahlen Felder zogen junge Habichte Kreise, während ein großer Habicht darüber langsam und majestätisch ebenfalls flog. Blau schimmerte der Tollensesee und als sie zwischen Zippelow und Wustrow auf dem Radrundweg nach oben schaute, hörte sie die markanten Rufe von etwa zwanzig jungen Kranichen. Immer höher stiegen sie, um sich schließlich in einem ordentlichen Vogelzug in V-Form zu formieren und nach Süden weiter zu fliegen.
Im Wald war es schon recht kühl, während in der Sonne das Fahren angenehm war. Ganz entspannt kam sie gegen drei Uhr wieder zu Hause an.
Ortrud Runze hatte ihr die Erinnerungen von Maximilian Runze geschickt. Es waren seine Erlebnisse als junger Student im Deutsch-Französischen Krieg, 1870/71, an dem er teilnahm. 1886 war das Büchlein gedruckt worden. Inge stellte fest, wie fesselnd ein persönlicher Erlebnisbericht ist, denn der Krieg bekommt plötzlich ein “Gesicht“.
Sie rief Professor Kehnscherper an und erschrak bei seinen Worten: “Ich werde sterben!“ Er war an Krebs erkrankt. Hilflos dachte Inge: was soll ich denn jetzt bloß sagen? Billige „es wird schon wieder werden-Sprüche“ wollte sie nicht von sich geben. „Seien Sie behütet und vergessen Sie nicht, ihr Buch dem Landeskirchlichen Archiv anzubieten!“
Am 19. Oktober wurde Christine Stier zwölf Jahre alt. Sie war Inges Patenkind und Inge rief Hadmut an, ob sie kommen dürfe. Sie wollte in Pritzwalk eine Nacht bleiben, um am nächsten Tag weiter nach Wendgräben zu einem Wochenendseminar zu fahren.
Hadmut war einverstanden. Sie überreichte Christine einen kleinen glä-

sernen Delphin und ein Usambaraveilchen. Michael rief beständig „Ingeborg, Ingeborg!“. Eine festliche Torte hatte Hadmut gebacken und anschließend spielten sie mit den Kindern Gesellschaftsspiele.
Am Morgen brach sie um neun Uhr auf, die Sonne kam heraus. Sie fuhr Landstraße, passierte Havelberg, Genthin, Fläming, Ziesar und Loburg. Mittags um zwölf Uhr erreichte sie Schloss Wendgräben, malerisch gelegen. Da die Gästezimmer noch nicht fertig waren, ging sie erst einmal im weitläufigen Park spazieren. Es war ein Mischwald, viele Laubbäume zeigten schon die ersten Färbungen.
Dann bezog sie das schöne Einzelzimmer. Es lag über dem Eingangsportal, ein Springbrunnen plätscherte.
Halb fünf Uhr eröffnete ein junger Mann das Seminar und stellte das Tagungsprogramm vor. „Kirchengeschichte im heutigen Sachsen-Anhalt“ war das erste Thema. Der Vortrag war sehr gut. Als der Redner jedoch ständig von der „Ostbewegung“ im 12. Jahrhundert sprach, meldete sie sich und sagte, dass sie im Studium den Begriff „Ostexpansion“ gelernt hätte. „Das hören wir nicht gern!“ wurde sie getadelt.
Nach dem Abendbrot fuhren die Teilnehmer in die Dorfkirche von Loburg, sechs Kilometer östlich von Wendgräben gelegen. Die Kahrling-Orgel ist von einem Mirower Meister gebaut worden und wurde gerade renoviert. Nur Weihnachten sei die Kirche richtig voll, sagte der Pastor. Nun entwickelten sich zwanglose Ost-West-Gespräche zwischen den Teilnehmern.
„August Hermann Francke und der Pietismus“ war das Thema am nächsten Tag. Sechs Jahre habe ich insgesamt Geschichte studiert, aber noch nie etwas über den Pietismus von Francke gehört, dachte Inge beschämt. Ihre Mutter hatte immer begeistert von den hohen ethischen Zielen des Pietismus und August Hermann Francke erzählt. Nach dem Vortrag fuhren sie nach Halle und im Haupthaus das Museum zu besichtigen. Inge erkannte den Waisenhausring nicht wieder. 1960 war sie das letzte Mal in Halle gewesen, da gab es die Neustadt noch nicht. Die hässliche Magistrale nach Halle-Neustadt hatte die Stadt brutal zerteilt, wie mit einem Messer.
Nun brannte Inge darauf, Laura wiederzusehen und sie fragte einen Passanten, wie sie am schnellsten in die Straße „Pfännerhöhe“ komme. Zum Glück war das gar nicht weit. „Du kannst hochkommen!“ klang Cathleens Stimme durch den Lautsprecher an der Haustür. Inge gab das Geburtstagsgeschenk für Klaus ab.

“Emotional Führung“ hatte sich Klaus gewünscht.
Laura wurde aus dem Bett gehoben und sah im blauen Samtstrampler ganz entzückend aus. Inge durfte sie auf den Schoß nehmen und bewunderte ihre wunderschönen veilchenblauen Augen. Nur zwanzig Minuten konnte sich Inge aufhalten, dann musste sie zurück zur Gruppe.
Frau Professor Dr. Anne Steinmeier, eine fünfundvierzigjährige Hamburger Theologin, sprach über die Universitäts-Theologie heute. Die Theologie sei heute eine „Orchideen-Fakultät“ und würde wegen Einsparungen demnächst zu den „Kulturwissenschaften“ geschlagen.
„Der Dom und das Bistum Magedeburg“ war wieder ein sehr guter Vortrag am nächsten Tag. Um elf Uhr fuhren sie in die Dorfkirche von Pretzin, wo die Pastorenfrau, eine gelernte Restauratorin, über die abenteuerliche Entdeckung der Wandmalereien in dieser Kirche berichtete. Für ihre aufopferungsvolle Arbeit erhielt sie das Bundesverdienstkreuz.
Nach der Besichtigung des Magdeburger Domes wurden sie verabschiedet. Inge war im eigenen PKW hinter dem Bus hergefahren, da sie nicht noch einmal zurück zum Tagungsort Schloss Wendgräben fahren wollte, als sie in Magdeburg waren.
Eine stille, zurückhaltende Frau aus Karlsruhe war vertrauenerweckend und Inge bot ihr zum Abschied ihre Autobiographie zum Lesen an.
Am letzten Oktober-Wochenende besuchte Susanne mit Philipp Inge in Neubrandenburg.
Sie waren bei der Abfahrt Röbel von der Autobahn Hamburg-Berlin falsch gefahren und statt nach Südosten nach Norden gefahren. Nun waren sie schon kurz vor Teterow, als Susi mit dem Handy um Auskunft bat. Endlich, kurz vor Mitternacht, trafen sie ein.
Obwohl es regnete und stürmte, zeigte Inge am nächsten Morgen die vier Tore der Stadt und fuhr mit ihnen in den 14. Stock des HKB-Turmes, wo sie von der Aussichtsplattform die Aussicht über die Stadt und den Tollensesee genossen. Philipp kannte die neuen Bundesländer noch nicht und war ein geduldiger und interessierter Zuhörer. Am nächsten Tag fuhr Inge mit ihnen nach Burg Stargard, wo sie den Bergfried bestiegen und die Herbstlandschaft, die sich vor ihnen ausbreitete, bewunderten. Dann ging es weiter nach Feldberg über den Erddamm, Wittenhagen durch den Buchenwald nach Carwitz. Die Wälder um den Schmalen Luzin leuchteten in den schönsten Farben.
Gegessen wurde zu Hause und Inge freute sich als Susanne meinte:
„Du kochst jetzt viel besser als früher!“

Viel zu schnell verging der Nachmittag. Plötzlich klingelte es. Herr Schöler stand vor der Tür und fragte, ob hier ein junger Mann mit Vornamen Philipp wohne. Er hielt Philipps Geldbörse in der Hand. Den Verlust hatte Philipp noch gar nicht bemerkt.
Abends fuhren sie wieder nach Hamburg. Um elf Uhr abends kam der erlösende Anruf: wir sind gut angekommen.
In der Heimatzeitung las sie, dass das Volkshaus in Friedland zu einem kostenlosen Konzert einlade. „Die Internationale Stiftung zur Förderung von Kultur und Zivilisation" wurde 1996 in München gegründet und führte eine Veranstaltungsreihe mit dem Titel „ Musik am Nachmittag" durch. Senioren sollten einen kostenlosen Nachmittag bei Kaffee und Kuchen erleben.
Von September bis November zogen die jungen Sänger und Instrumentalisten von Stadt zu Stadt, beginnend in Konstanz über Bautzen, Braunschweig, Halberstadt, Erfurt, Dresden, Chemnitz, Magdeburg, Leipzig, Rostock, Neustrelitz, Wittenberge, um nur einige zu nennen. Nun also auch in der Kleinstadt Friedland. Dort war nämlich ein großer Saal, in dem Tische aufgestellt waren. In der Pause wurde Kaffee und Kuchen serviert. Das ließ sich Inge nicht entgehen.
Sie war erst einmal erstaunt, wie viel hochbetagte Senioren im Saal zu sehen waren. Im Programmheft wurde genau die musikalische Abfolge beschrieben „Musik ist das Medium des Geistes, wodurch das Sinnliche geistig wird", ein Ausspruch von Bettina von Arnim, war dem Programm vorangestellt. Das Thema lautete: Kompositionen von Frauen.
In der Pause lud Herr Hartmut Zimmermann, ein Mitglied des Stiftungsrates, zu „Mozart toujours", Mozart von Jedermann, ein. Diese Geburtstagsparty für Mozart wird seit 1997 immer alljährlich Ende Januar in der Salzburger Residenz veranstaltet, seit 2002 auch in Prag und in Wien. Die gemeinnützige Stiftung zur Förderung von Kultur und Zivilisation, München, wurde 1995 von Erich Fischer gegründet. Er hält den „sogenannten Perfektionismus" des heutigen Musikbetriebes für zutiefst unmusikalisch, weil dabei der spontane Ausdruck von Lebensfreude und -leid, der ja dem Wesen der Musik innewohnt, fast immer auf der Strecke bleibt. Bach, Mozart, Chopin und wie sie alle heißen, können nicht in erster Linie für ´Profis´ komponiert haben, schon weil es die damals so gut wie nicht gab, sondern vor allem für uns mehr oder minder begabte, geübte Musikliebhaber. So äußert sich Herr Fischer selbst im Programmheft.
Nach der Veranstaltung meldete sich Inge bei Herrn Zimmermann, er

schrieb sich ihre Telefonnummer auf und versprach, sie zu benachrichtigen.
Anfang November kam der erste Schnee.
Im November besuchte Inge im E-Bau des Pflegeheimes in der Oststadt Frau Günther aus Sponholz. Diese war viele Jahre Lehrerin gewesen und hatte nie geheiratet. Nun hatte sie zugestimmt, im Erweiterungsbau des Pflegeheimes zu leben, da sie sehr schwerhörig geworden war und sich selbst nicht mehr ausreichend versorgen konnte. Sie hatte Inge vor ein paar Jahren zu einer Lesung in die „Schmiede“ nach Sponholz eingeladen, wo sie aus dem Tagebuch ihrer Urgroßmutter las.
Im 5. Stock fand sie das Zimmer der resoluten Seniorin. Sie hatte gerade ihren Geburtstag begangen und wollte nun mit den Heim-Insassen ein wenig bei Gesang und Gitarrenbegleitung feiern. Sieben Frauen und ein Mann saßen in dem geschmackvoll eingerichteten Raum. Natürlich hatte Inge die Gitarre, den Notenständer und Liedblätter mitgebracht. Zuerst spielte sie einige Solostücke auf der Gitarre, dann sang sie Volkslieder und die Senioren stimmten mit ein. Die Sonne begann unterzugehen und sie sahen in das Abendrot. „Was sind wir Ihnen schuldig?“ fragte Frau Günther beim Abschied und „Bitte kommen Sie bald wieder!“ Es war ein sinnvoller Sonntag-Nachmittag für Inge und sie versprach, wieder zu kommen. Natürlich nahm Inge kein Geld an.
„Ich möchte etwas von Dir!“ rief Jörg an. „Hast Du noch meine Briefmarkenalben?“ Nein, die hatte Inge bei ihrem Weggang von der Kooperativen Gesamtschule 1996 den Schülern geschenkt.“ Ich habe nur noch mein eigenes!“ antwortet sie. Inge versprach, in Zukunft für Malte Briefmarken zu sammeln.
Der Literatursalon Greifswald lud zu einer Zwei-Tage-Fahrt nach Stettin ein. Frau Langer, die selbst als studierte Kulturwissenschaftlerin Gedichte schreibt, wollte einen Lyrik-Abend mit polnischen Autoren halten und eine Stadtbesichtigung organisieren. Das war für Inge die Gelegenheit, Staschek und seine Frau kennenzulernen. Sie rief Staschek an und vereinbarte einen Treffpunkt am Abend.
Stettin ist eine wunderschöne Stadt, überall erinnern Häuser, Straßenzüge, das Schloss, die Hakenterrasse und der Berliner Bahnhof an die deutsche Vergangenheit. Oberhalb des Bollwerks, im Restaurant „Kolumbus“ blickten sie weit über die Oder und den Hafen. Die berühmte Jacobi-Kirche besichtigten sie. Carl Loewe, der nordische Schubert genannt, hat hier sechsundvierzig Jahre die Orgel gespielt. Es soll die schönste Orgel

im nordischen Raum gewesen sein. Ein Pfeiler in der Kirche zeigte die Gedenkplatte für Carl Loewe und im oberen Teil des Pfeilers befand sich eine silberne Schatulle mit dem Herz von Carl Loewe.
Stettin bei Nacht.
Staschek fuhr mit ihr hinunter zum Hafen, dann wieder ein paar Straßen hinauf. Vor einem alten Mietshaus, im Jugendstil gebaut, hielt er an. Im zweiten Stock bellte ein kleiner Dackel, das war Figor, der sein Herrchen begeistert begrüßte. Seine Frau im rotbraunen Wollmantel erwartete sie und als sie die Stube betraten, traf Inge fast der Schlag. Sie kam sich wie in einem Antioquariat vor. In zwei Schränken türmten sich Nippes und Porzellanfiguren in allen Größen und Farben. Ein Flügel stand vor dem Fenster. Als sie auf ihm spielen wollte, erschrak sie, denn er war völlig verstimmt.
Eine Biedermeier-Couch und ein Sessel vervollständigten die Einrichtung.. Überall lagen und standen Puppen und Bilder. Der runde Tisch in der Mitte der Stube war festlich gedeckt mit Canapees, zwei Torten brachte die Hausfrau auch noch herein. Wer soll das alles essen? Das Brot, so erzählte ihr Staschek in Englisch, war nach polnischem Rezept zubereitet und auf einer deutschen Maschine gebacken worden. Die Canapees waren lecker mit Ei und Schinken belegt. Inge bat um eine Tasse schwarzen Tee.
Zum Abschied drückt ihr Staschek zwei CD´s in die Hand. Es war eine Aufnahme mit Balladen von Carl Loewe. Am Klavier begleitete Stascheks Sohn Bartok, der bei Klaus Runze in Bonn Klavier studierte. Die zweite CD war ein Mitschnitt eines Konzertes vom 14. November 1996 von Klaus Runze „Sterne aus der Unterwelt“. Lächelnd meinte Staschek, diese Musik sei nichts für ihn, sie sei ihm fremd und zu modern.
Inge bat, zum Hotel „Ibis“ laufen zu dürfen. Figor, der kleine Dackel, durfte mitkommen und freute sich.
Am Samstag vor Totensonntag war Inge wieder im Pflegeheim. Dieses Mal war keine der freundlichen Schwestern zu sehen. Dann kam Frau Günther.
Inge hatte das Büchlein des holländischen Telefonseelsorgers Phil Bosman „Vitamine fürs Herz“ mitgebracht und las daraus vor. Sieben Frauen waren gekommen. Inge bot von ihrem Weihnachtsgebäck Ischler Mandelschnitte an. Es wurde viel gesungen. Der Kanon „Abendstille überall“ gefiel allen.
“Sie kommen doch noch einmal vor Weihnachten“?“ bat Frau Günther.

***25. November 2002***
***19 Uhr, geschafft! Heute hatte ich meinen ersten Auftritt im Markt-Center, Herzklopfen kostenlos. Elfriede Böse aus Castrin, vor langer Zeit meine Nachbarin im Neubaublock am Dewitzer Weg, war eine meiner Zuhörer. Mit Ehemann und Enkel war sie zum Einkauf im Markt-Center gekommen. Ich freute mich, zwei bekannte Menschen zu sehen. Das Mikrofon wurde erst zwei Minuten vorher angebracht.***
***Im ersten Stock fand der Auftritt statt. Ein grüner Sessel stand zentral und ziemlich verkrampft saß ich nun darin und las aus dem Kinderbuch „Die silberne Brücke", welches ich 1950 von meiner Mutter geschenkt bekam. Das Kinderbuch hatte bei Clara und Malte so große Begeisterung gefunden, dass ich es nun für die Lesung verwendete.***
***Drei Kapitel schaffte ich. Die Liedtexte, schon Vorweihnachtslieder, hatte das Management vervielfältigt. Eine Stunde ist eine lange Zeit und anschließend bekam ich siebzig Euro, mein erstes selbstverdientes Geld im Ruhestand.***
***Eben rief die Frau des Fotoreporters, der die Markt-Center Zeitung schreibt, an und wollte meinen Vornamen wissen. Ihr Mann wäre von meiner Darbietung ganz begeistert gewesen.***
Inge bereitete sich auf die Adventszeit vor: sie buk Plätzchen, wie Schokoherzen, Zimttaler, Ischler Mandelschnitten, Schimmersterne u.a. Dann schickte sie das erste Päckchen, pünktlich zum ersten Advent an Susanne. Wer gibt, dem wird gegeben, dachte sie, als es am Nikolausmorgen klingelte und der Postbote ein Päckchen brachte. Es war von Susanne. Es enthielt Honig-Kosmetik, die Inge gut gefiel.
Die Salzburger Stiftung „Mozart von Jedermann" schrieb. Für Sonntag, den 26. Januar war sie vorgesehen, das Sololied „Das Veilchen" von Mozart zu singen. Ein Blatt Papier mit vorgedruckten Fragen lag dabei, diese musste sie nun beantworten. Außerdem bat man um ein persönliches Foto von ihr, das im Programmheft veröffentlicht werden sollte. Sie fragte beim Copy-Shop und der Angestellte stellte die geforderte Diskette mit ihrem Foto her. Inge wählte ein Foto vom Urlaub in Griechenland. Sie saß auf einem Findling, locker in kurzen Hosen und weißer Bluse inmitten der Berge.
„Komm´ doch nach Halle", bat Klaus und Inge fuhr, obwohl der Wetterbericht minus 10 Grad voraussagte.
Bereits um ein Uhr Mittag, im schönsten Sonnenschein, war sie in Halle und in der Pfännerhöhe. Klaus hatte mit Cathleen das Kinderzimmer von

Laura neu tapeziert und gestaltet. Eine bunte Märchenbordüre begrenzte die blau gemalte untere Hälfte der Wand. Laura war ein richtiger Wonneproppen geworden. Sie kullerte und kroch bereits auf dem Fußboden, fasste alles an und griff nach allem. Dann liefen sie alle gemeinsam zum Weihnachtsmarkt. Laura staunte über die vielen Lichter.
In der Nacht gesellte sich Katze Elli zu Inge. Sie sprang auf das Fußende des Bettes, offensichtlich hatte sie Inge wiedererkannt, denn Weihnachten 2000 war sie ja mit in Neubrandenburg gewesen. Klaus staunte, denn das war nicht Ellis Art.
Um acht Uhr schrie Laura. Inge erlaubte sich, das schreiende Kind hochzunehmen und sie sah Inge mit ihren großen veilchenblauen Augen an. Die Sonne kam strahlend heraus. Laura aß ihr Breichen und nach dem Frühstück wurde sie ordentlich warm verpackt, der Kinderwagen in den Kofferraum gelegt und los ging die Fahrt zum Petersberg. Dieser vulkanische Berg liefert heute noch Porphyr, der an seinen Hängen abgebaut wird. Auf dem Berg befindet sich eine romanische Stiftskirche, St. Petri genannt. Eine große Olivenbaumwurzel schmückte den Eingang. Eisiger Wind wehte. In der Sonne war das Laufen angenehm, im Schatten jedoch sehr unangenehm und kalt. Halb zwei Uhr waren sie wieder zu Hause. Inge schälte Kartoffeln und Möhren, Klaus briet die Buletten und fertig war das Mittagessen. Einige Kritik von Cathleen an Klaus musste Inge überhören, aber alles verlief friedlich.
Klaus gab ihr zu verstehen, dass sie kein Gästebett haben, er also mit Cathleen unter einer Decke schlafen müsste. Das war ein deutlicher Hinweis, dass Inge nach zwei Tagen wieder abfahren soll. Nach dem Kaffeetrinken verabschiedete sie sich deshalb. Es war ein kurzer, aber intensiver Besuch. Sie hatte Laura erleben dürfen. Das allein zählte.

Der Verband der Beamten und Ruheständler hatte angerufen, ob Inge ein Weihnachtsprogramm am 15. Dezember im Latücht bringen könne. Inge sagte zu. Sie sang, rezitierte Gedichte, erzählte Geschichten, spielte Gitarre und sang mit den Anwesenden. In der ehemaligen Kirche, heute Kino „Latücht“, war eine gute Akustik, sie hatte auch kein Lampenfieber. Anschließend fuhr sie weiter nach Hamburg, um zu Tante Hertas Geburtstag da zu sein. Im Radio hörte sie Warnungen über einsetzendes Blitzeis. Sie fuhr trotzdem los und schalt sich. Hatte sie vergessen, wie schlimm es ist, von entgegen kommenden Scheinwerfern geblendet zu werden? Aber alles ging gut. In Talkau fuhr sie von der Autobahn ab, um nach Schwarzenbek-Wentorf zu kommen. Jetzt konnte sie wegen der Eisglätte nur noch 30 km/h fahren und nach fünf Stunden war sie bei Tante Herta. Die staunte, denn Inge war der e i n z i g e Geburtstagsgast. Noch nicht einmal die Nachbarn hatten gewagt, ihr Haus zu verlassen. Und sie kam von weit her!

Für zwölf Personen waren ein Weißkohl-Möhren-Salat und eine Paprikasuppe angerichtet. Inge langte kräftig zu, sie hatte nach den Strapazen ordentlichen Hunger. Draußen ging der Eisregen unvermindert nieder.

Am nächsten Morgen begann sie mit Franziska Plätzchen zu backen. Arbeitsmaterialien wie Schüssel, Nudelrolle und Förmchen zum Ausstechen hatte Inge mitgebracht.

Dann überraschte sie Franziska mit der Bitte, statt mit Horst ihrem Ehemann, mit ihr nach Hamburg zur ersten Weihnachtsfeier der Pensionäre in St. Petri zu fahren. Horst war gerade in den Ruhestand verabschiedet worden. Viel lieber wäre Inge mit Tante Herta ein wenig spazieren gegangen, aber Franziska brannte förmlich darauf, aus ihrem Eheallltag einmal auszubrechen. Die Gewerkschaft Ver.di hatte zum Streik aufgerufen. Es ging um Lohnerhöhung. Der Linienbus nach Hamburg fiel aus. Sie fuhren in Inges Auto nach Hamburg und kamen gerade noch rechtzeitig in die Kirche, mussten sich aber gleich Klappstühle besorgen. Neunhundert Pensionäre, ihre Ehefrauen inbegriffen, warteten gespannt. Vier Studenten aus Petersburg

bliesen auf ihren Trompeten und Posaunen Händels „Tochter Zion, freue dich!“, alle sangen mit. Mit dem Adventslied „Macht hoch die Tür“ ging es weiter. Die Pastorin der Feuerwehrleute sprach in ihrer Rede von den Schwierigkeiten, die etwa zehn Meter hohe Tanne zu fällen. Die stand nun, festlich geschmückt, links neben dem Altar.

Dann gab es Kaffee aus extra angefertigten Porzellantassen (für 2,50 Euro zu erstehen). Inge beließ es beim Kaffee im Pappbecher, der kostete nichts. An Tischen, die seitlich aufgestellt waren, konnte sich jeder ein Stück Butterkuchen abschneiden. Das laute Stimmengewirr in der gotisch gewölbten Stadtkirche war kaum zu ertragen.

Pfadfinder brachten ein Kerzenlicht von Bethlehem und zündeten nun Teelichter an, die in Pappbecher gesteckt waren. Inge machte Franziska den Vorschlag, die Kirche v o r dem offiziellen Schluss zu verlassen, das war eine gute Idee, und sie entgingen damit dem Menschengewühl.

Nun besuchten sie Susanne im Geschäft, die schon versuchte hatte, anzurufen. Da es aber in Wentorf eine zweite Frau gleichen Namens gab, war

sie an die falsche Frau Meyer geraten.
Sie verabredeten, dass Inge am Mittwoch Susanne besucht.
Nach einem kleinen Imbiss in einem italienischen Restaurant, schleppte Franziska Inge noch auf den Weihnachtsmarkt und um neun Uhr abends waren sie endlich wieder in Wentorf.
Wegen einer Baustelle in Bergedorf verlor Inge am Morgen eine halbe Stunde und kam erst um elf Uhr bei Susanne an.
Zu Lauras erstem Geburtstag buk Inge einen Marmorkuchen und packte ihn mit einem kleinen Xylophon in das Päckchen. Es kam tatsächlich am 4. Januar in Halle an.

Nun kam am letzten Januar-Wochenende das Erlebnis „Mozart von Jedermann“ in Salzburg. Sie erwarb ein Flugticket nach München. Man hatte ihr gesagt, es sei billiger, von München mit dem Zug nach Salzburg zu fahren, als direkt nach Salzburg zu fliegen.
Anruf von Schwester Liane aus dem Pflegeheim Oststadt: „Können Sie wieder kommen und mit uns singen?“ Inge versprach, am Montag zum kommen.
Schwester Liane begrüßte sie freundlich. Sie ist eine sogenannte „grüne“ Schwester, also ehrenamtlich tätig. Zwölf Seniorinnen, aus allen Abteilungen waren zusammengekommen. Einige Liedblätter hatte Inge mitgebracht. „Sag mir, wo die Blumen sind?“ war auch dabei. Begeistert sangen die Frauen fast zwei Stunden lang. Natürlich ergaben sich dabei auch Gespräche. „Tausend Dank und kommen Sie bald wieder“ riefen sie Inge nach.
***22. Januar 2003***
***Endlich hat das zermürbende Warten ein Ende. Um elf Uhr brachte der Postbote die Unterlagen für „Mozart toujours.“ Am Sonntag 13.07 Uhr bin ich an der Reihe. Die Mitgliedskarte und die Hotelzuweisung lagen dabei. Die Probe mit dem Klavierbegleiter wurde für Freitag zwischen 20 und 22 Uhr angesetzt. Werde ich dazu überhaupt in der Lage sein? Nun gibt es kein Zurück mehr.***
***Gestern kam mein Manuskript (Arbeitstitel„Gelebt, geliebt, gelitten“, Autobiographie) von Frau Professor Brock zurück, die mich beim Treffen darum gebeten hatte. Sie ermunterte mich, unbedingt weiter zu schreiben.***
***Kein Anruf von Jörg, obwohl ich auf Band gesprochen hatte. Resigniert nahm ich meine Tagebücher und las bis morgens drei Uhr. Wie***

*habe ich damals bloß alles geschafft? Hatte mir die Liebe Flügel verliehen (1985)? Es muss wohl so gewesen sein. Scheidung ist schon ein Thema. Wie hat der Mann mich erniedrigt und ausgenutzt! Ich habe a l l e n, aber auch allen immer nur g e g e b e n, nur um g e l i e b t und a n e r k a n n t zu werden.*
*Im Kaisersaal, im schönsten Saal der Salzburger Residenz, werde ich singen. Ich bin mächtig aufgeregt. Aus München kam ein Anruf, dass ich um 19.15 Uhr im „Blauen Zimmer" bei Professor Widmer workshop habe. Ich würde über das zweiundneunzig Seiten starke Programmheft staunen, in dem auch ich mit Foto und Meinungsäußerung über Mozart stehe. Er freue sich außerdem, meine Bekanntschaft zu machen.*
*27. Januar 2003*
*Um neun Uhr war ich am Freitag in Berlin. Fast drei Stunden wartete ich auf den Abflug nach München. Urplötzlich war die "graue Suppe" verschwunden, gleißend strahlte die Sonne, blauer Himmel, weißer Wolkenteppich, einfach grandios!*
*In München war ich unaufmerksam. Statt zu fragen mit welcher S-Bahn ich zum Ostbahnhof fahren muss, setzte ich mich in die falsche Bahn und fuhr eine geschlagene Stunde um München herum. In Unterschleißheim stiegen Schüler ein. Ich traute kaum meinen Augen: sah der Junge nicht wie Max, Philipps Bruder aus? Ich überwand meine Scheu und fragte ihn. Ja, er war es, gerade sechzehn Jahre alt geworden.*
*In München /Ost war Tumult, klar, es war Wochenendbeginn. Junge Menschen und Berufstätige standen dicht gedrängt auf den Bahnsteigen. Einige Züge, hörte ich, seien gestrichen worden.*
*Um zwei Uhr fuhr der Zug los und immer schöner wurde draußen die Schneelandschaft, besonders bei Traunstein.*
*Um vier Uhr am Nachmittag war ich in Salzburg. Auf Anhieb fand ich mit Hilfe des Stadtplans das Hotel. Es lag in einer Nebenstraße. Das Zimmer war klein und schmal, genügte jedoch allen Ansprüchen. „Heute ist Ruhetag, Sie können nichts zu essen bekommen!" meinte der Portier in blauer Uniform. Einen heißen Tee servierte er jedoch. Danach ging ich zu einer Bushaltestelle und fuhr zum Hanusch-Platz, der liegt rechts der Salzach, wo die Altstadt von Salzburg beginnt.*
*Ich sehe eine Fischgaststätte und denke, etwas Warmes könntest du nach diesem langen Tag gut gebrauen, betrete die Gaststätte, obwohl*

*es bereits sechs Uhr ist und Schließzeit. Die Kellnerin ist unheimlich nett und bietet mir überbackenen Kabeljau an. Dessen Größe darf ich mir sogar aussuchen (paniert und im Kühlschrank liegend). Dazu gibt sie Kartoffelsalat und verschiedene Rohkost-Gemüse für vier Euro. Na, denke ich, wenn das nicht preiswert ist. Ich stärke mich und frage gleich, wie ich zur alten Residenz komme.*
*Über den Ehrenhof links gehen etwa sechs Stufen, nun stehe ich vor einer Marmortreppe, sagenhaft flach, etwa siebzig Stufen hoch. Die kann man wirklich nur hinaufschreiten. Mir ist total feierlich zumute. Die Garderobiere muss mir das wohl angesehen haben. Der Carabinieri-Saal ist riesig, trotzdem ist es angenehm warm. Viele Menschen sehe ich.*
*Die Kammerphilharmonie Amade´(alles junge Musiker) proben am „Thamos", einer Vesper (Stundengebet) von Mozart. Ich frage nach Professor Widmer. „Kennen Sie den nicht?" werde ich ungläubig gefragt. Dann erkenne ich ihn im Orchester, es ist ein älterer Mann mit schütterem Haar. Als er mit einem Gespräch zu Ende ist, frage ich ihn nach der angesetzten Probe. "Nein, heute unmöglich, alles hat sich verschoben. Morgen Abend halb sieben Uhr habe ich Zeit!" Ich war mächtig sauer, aber, was half es?*
*Ich ging zeitig schlafen und war bereits um sieben Uhr beim Frühstück. Ich stelle fest, dass die Stadt sehr verwinkelt ist. Große Häuser und viele Geschäfte reihen sich aneinander.*
*Um zehn Uhr ist die Eröffnung von „Mozart von Jedermann" im Kaisersaal. Das ist d e r Saal, in dem ich am nächsten Tag singen werde. Eine Frau meines Alters erzählt mir, dass sie mit ihrer ganzen Familie aus Basel gekommen sei. Johannes, ihr neunzehnjähriger Sohn, ist Improvisator auf dem Klavier, die siebzehnjährige Tochter spielt Querflöte. Ihr Mann sei Musikliebhaber, von Beruf Maschinenbau-Ingenieur. Wir kommen sofort ins Gespräch. Als nach einem Lied für die Improvisation gefragt wird, melde ich mich und schlage das plattdeutsche Lied "Dat du min Leevsten büst" vor. „Sie kennen das bestimmt nicht!" sage ich forsch. „Ich komme gleich einmal nach vorn und singe es Ihnen vor". Nach der ersten Strophe sage ich: „Vielleicht sind hier aber noch mehr Norddeutsche?" und siehe da, eine Gruppe von Senioren aus Rostock meldet sich und nun singen wir gemeinsam alle Strophen des Liedes zur Freude der Zuhörer. Alles klatscht und Johannes improvisiert anschließend wunderschön in „Mozart-Manier".*

*Die Messe „Thamos“ höre ich mir im Anschluss an. Die Solosopranistin hat eine herrliche Stimme.*
*Wohin nun? Ich beschließe, doch erst mal etwas zu essen, schlendere über den Markt. Was gibt es da nicht alles zu sehen!*
*Um 13 Uhr interpretiert der amerikanische Pianist Malcolm Bilson die berühmte A-Dur Sonate von Mozart. Einmal s o die Sonate spielen können, denke ich bewundernd.*
*Um 14 Uhr beginnt eine szenische Aufführung von „Apollo und Hyazinth“, die erste Oper des elfjährigen Mozart. Der Rittersaal ist proppenvoll. Die jungen Sänger, allesamt von Professor Widmer ausgebildet, singen die Arien einfach hinreißend. Der spanische Tenor David Alegret hat ein schmelzende Stimme und dennoch auch metallische Härte. Er singt den König Oebalus. Die Zuhörer klatschen am Ende frenetisch Beifall. Ein neuer „Orpheus“, denke ich.*
*Professor Widmer erklärt mir in der Probe. Das eigene 'Ich' muss in den Gesang fließen, ich solle beim Singen malen. Ich frage: „wieso?“*
*„Es geht um den Fluss der Melodie, es darf nichts Gewaltiges sein!“*
*Anschließend lobt er meine Mühe. “Sie haben gut mitgearbeitet!“*
*Nun fuhr ich ins Hotel, war todmüde, aber die Fülle des Gehörten ließ mich nicht zur Ruhe kommen und einschlafen. Langsam kam das Lampenfieber für den nächsten Tag.*
*Dieses Mal lief ich an der Salzach bis zum Hanusch-Platz. Es schneite. Ich fragte nach meinem Klavierbegleiter Herrn Schmitt. Nein, jetzt könne er noch nicht mit mir üben, erst eine Stunde später. Ich war geschockt, blieb einfach im „Weißen Saal“ sitzen. Überall wurde geprobt und gespielt.*
*Endlich, kurz vor zwölf Uhr, kam er und stellte fest, dass ich an einer Stelle zu schnell singe. Nun wurde ich erst richtig nervös. Geduldig erklärte er:“ Zertrat... das arme Veilchen“. Jetzt war es zum Umlernen zu spät, das wusste ich.*
*Nach dem Auftritt des Hornensembles um 13 Uhr im Kaisersaal wurde ich aufgerufen und der junge Mann stellte mich als „Sängerin“ vor. Da konnte ich nicht schweigen und meinte:*
*“Ich muss doch zuvor etwas klarstellen, ich bin keine Sängerin, sondern war fünfundzwanzig Jahre Musiklehrerin. Mein größter Wunsch war es immer, einmal das 'Veilchen' von Mozart zu singen.“ Er: “Wie lange singen Sie schon?“ Ich: “Solange ich lebe!“ Alles lachte.*
*So entspannt begann ich. In der ersten Reihe saß ein kleines Mädchen,*

*ich schaute es an und sang für sie. Als die Stelle kam „Das arme Veilchen“ übermannte mich wohl das Mitleid mit dem Veilchen, ich stockte, der Pianist setzte ein, ich drehte mich irritiert um und sang die letzten Takte. Starker, herzlicher Beifall, als ich abtrat.*
*Eine Rostocker Seniorin war so nett, fotografierte mich zu Beginn. „Sie waren wundervoll, alles hat gestimmt, Gestik und Mimik. Sie haben mich so an meine Musiklehrerin erinnert!“ Als ich von meinem Patzer sprach, meinte sie:“ Lieben Sie vollkommene Menschen? Nein, sehen Sie, erst durch ihren Fehler wurden Sie uns liebenswert.“*
*Im weißen Saal wartete ich auf die nächste Darbietung (Laute mit Barockvioline). Es kam niemand. Ich ging ans Spinett, schlug die Tasten an und sang ein Frühlingslied, die Zuhörer stimmten mit ein, als ich den Kanon „Es tönen die Lieder“ folgen ließ. Mein Gefühl sagte mir: da hört jemand mit! Und richtig. Im angrenzenden Saal sang sich Professor Widmer ein, anschließend sollte er zehn Mozartlieder singen. Ich entschuldigte mich und schwieg fortan. „Setzen Sie sich zu uns, so wurde zu Mozarts Zeiten musiziert!“ Ich setzte mich gleich neben das Spinett, wo er und sein Begleiter Rolf Möser Platz genommen hatten. Er sang, für mich ungewohnt, im Sitzen. Mir ging es ans Herz, als er „Einsamkeit“, „Lied der Freiheit“ und „Die betrogene Welt“ interpretierte. Ja, Mozart kannte die menschliche Seele.*
*Es war sechs Uhr abends. Ich war müde. Auf Wiedersehen, du wunderbare Residenz.*
*Ich lief über die Brücke zum Mirabell-Platz, ein junger Bursche rannte mir hinterher und bettelte mich um Geld an. Das war die Realität.*
*Im Hotel bat ich um zwei Scheiben Vollkornbrot, Butter und ein Glas Tee. Das Brot war noch feucht vom Auftauen. Das würde mein Reiseproviant am Montag werden.*
*Pünktlich 13 Uhr landete der Flieger in Tegel, ich bekam sofort einen Regionalzug nach Neubrandenburg. In Neustrelitz hatte ich eine Stunde Aufenthalt. Der Bahnhof ist renoviert worden, gelb gestrichen, er war nicht wiederzuerkennen.*
*„Mozart von Jedermann“ ist vergangen, aber es wird ein lebenslanges Erlebnis bleiben. Traumhaft, traumhaft, traumhaft. Auf Wolke Sieben schwebend, zwei Tage nur Mozart-Musik, Architektur und Malerei, alles im Stile der Mozart-Zeit. Alles atmete den Geist Mozarts, nein, seine ganze Seele. Wir Mitwirkenden, egal ob Profis oder Laien, ob Kind, Schüler, Student, Professor, alle beseelte Mozarts Geist.*

Jeden Morgen saß Inge am Laptop und schrieb an der Familiengeschichte. Das Tagebuch-Lesen ging ihr sehr ans Herz, manchmal wollte sie aufhören, aber nun war sie schon zu lange dabei. Sie musste einfach weiterschreiben.

Am 26. März gab Inge im Universitätsarchiv eine Kopie des Tagebuches von Laura Mathilde Ziemssen ab. Der Archivar Dr. Alvermann begrüßte Inge freundlich. Er zeigte ihr am Computer die vielen Bücher, die Ludwig Ziemssen geschrieben hatte. Inge wiederum schenkte dem Archiv die „Familiengeschichte der
Ziemssen" von Otto Ziemssen, Lauras ältestem Halbbruder, 1944 herausgegeben. Sie schrieb eine kleine Widmung hinein. An Inges eigener Autobiographie waren sie ebenfalls interessiert.

Fast jeden Tag meldete die Presse Überfälle in der Stadt Neubrandenburg. Der Irakkrieg belastete die Psyche. Was nützt die Schönheit der Natur, der erwachende Frühling, wenn abends das Fernsehen brennende Ölfelder, tote, verletzte Soldaten und zerstörte Häuser zeigt? Jörg schickte eine mail zum Boykott amerikanischer Waren wegen des Irakkrieges. Inge sandte die mail an zehn weitere Adressen.

Am 11. April fuhr Inge nach Vehlefanz. In Schwante fragte sie nach dem Raum, in dem sie lesen sollte. Gitarre, Buch, Bild (von Laura) und die Liedtexte ließ sie gleich dort und fuhr zu Uta nach Vehlefanz. Der Schlüssel steckt in der Haustür. Die Tür ging auf, Uta hatte sie schon durch das Küchenfenster gesehen. Maximilian, Utas jüngster Sohn, war zu Hause. Inge übergab ihm ein Mitbringsel. Du bist ein ungebetener Gast, das zeigte er ihr gleich. Uta erklärte: Er hatte sich gefreut, seine Mutti einmal für sich allein zu haben und nun kam plötzlich Besuch. Inge fragte, ob sie sich ein wenig hinlegen und ausruhen könne. Es wurde erlaubt. In dieser Siedlung war es sehr still und nach einer Stunde ging es ihr besser.

Uta begleitete sie zur Lesung. Trockene Luft war im Raum, ab und zu trank sie einen Schluck Wasser. Nachdem sie mit dem Singen von Frühlingsliedern begonnen hatte, begann sie zu lesen. Bald merkte sie, dass das Publikum nicht mitging, es war nicht i h r Publikum. Ich hätte doch lieber den Pastor des Ortes fragen sollen, ob er für seine Gemeinde einen Lesung wollte.

Eine Journalistin war anwesend, sie stellte anschließend noch Fragen zu Laura Mathilde Ziemssen.

Am Ende erhielt sie einen Blumenstrauß und stärkte sich bei Kaffee und Kuchen.

Anschließend gingen sie zu Uta. Rainer kam gegen 19 Uhr, es wurde Abendbrot gegessen und am nächsten Morgen verabschiedete sich Inge um acht Uhr.

Über das Torfmoor
Über das fahle Ried
einsam und verloren
eine weiße Weihe zieht.

Ein lichtes Liebesgedenken
in meiner Seele lebt
über die schwarze Wüste
ein weißer Vogel schwebt.

Dieses Löns-Gedicht zierte die Todesanzeige von August-Wilhelm Tornow, der Mann von Omas bester Freundin Magda. Inge hatte wieder einmal aufgeräumt und den Brief gelesen. Dieses Gedicht war es wert, aufgehoben zu werden.
Am 16. April sang Inge im Marktplatz-Center Frühlingslieder und rezitierte Gedichte. Zweimal eine halbe Stunde plante sie, damit die Stimme nicht eine Stunde lang belastet wird. Das Center war wunderschön österlich dekoriert. Während einige Omis mit ihren Enkelkindern begeistert mitsangen (z.B. "Die Vogelhochzeit"), rümpften die jungen Leute die Nase und gingen unbeeindruckt vorbei.
Es war Frühling geworden und im Wald nach Gatsch-Eck blühten die weißen Annemonen, auch Buschwindröschen genannt, in verschwenderischer Fülle. Die „Fahnen" der Birken sind heraus, blaue Vergissmeinnicht sind auch schon im Garten zu sehen. Perlenhyazinthen und rote Tulpen zieren den Garten an der Straße.
Am Samstag kam ein schwarz umrandeter Brief, der Inge sofort in Erschrecken versetzte. Es war die Todesanzeige der liebenswerten Frau Schaller aus Zingst. Ein Jahr zuvor hatte sie bei Inge das Tagebuch nach der Lesung in Zingst bestellt. Der Krebs war wieder ausgebrochen und sie kämpfte wie ein Löwe, auch mit alternativen Mitteln. Und nun hatte sie doch verloren. Auch ihre Nachbarin Elli Pflichtbeil war mit 77 Jahren gestorben, zwei Jahre nach dem Tod ihres Mannes. Ein Stück Leben von einem selbst geht mit ihr in der Erinnerung.

***24. Mai 2003***

***Es ist Ruhe eingekehrt. Seit einer halben Stunde liegt Laura im Reisekinderbett in Susannes Zimmer. Im Regen kamen Klaus und sie gestern***

*Abend an. Heute ist ein traumhaftes Wetter. Sonnenschein pur, Wind bei 25 Grad Temperatur. Laura ist einfach entzückend. Nach Klaus′ Wünschen kaufte ich gestern Mischbrot, Brötchen, kernlose Weintrauben und Bananen. Nutella, Leberwurst, Schinken, Käse, Wasser, Apfelsaft und Schlangengurke mussten es auch noch sein. Klaus macht alles: Laura füttern, waschen, an- und ausziehen, ins Bett bringen. Nein, ich durfte kein Schlaflied singen, denn er hat seinen ganz bestimmten Rhythmus. Sie erzählt und krabbelt durch die ganze Wohnung, stößt Laute aus. „Papa" kann sie natürlich schon sagen. Ein paar mal meldete sich Laura in der Nacht, schlief aber schnell wieder ein, ehe ich aufgestanden war.*
*25. Mai*
*Zwölf Stunden schlief Laura. So etwas hat es bei meinen Kindern nie gegeben, aber das waren natürlich ganz andere Verhältnisse. Wegen der großen Hitze fuhren wir nach dem Mittagessen zum Augustasbad. Laura war vom See wie elektrisiert. Immer wieder wollte sie direkt ans Ufer ins Wasser und schrie, wie am Spieß, wenn wir uns nur vom Ufer abwendeten. Zum Kaffeetrinken hatte ich Sandkuchen gebacken und unter dem Sonnenschirm tranken wir hinter dem Haus Kaffee. Klaus füllte warmes Wasser in eine kleine grüne Plastewanne und setzte Laura hinein. Da planschte sie begeistert. Da Laura ihr Sommerhütchen nicht mithatte, liefen wir am See bis zum Ende der ehemaligen Panzerübungsstrecke im Schatten der Buchen. Hier durfte sie nun endlich ins Wasser und war glücklich. Um 19 Uhr verabschiedete sich Klaus und ging zur Party zu Frank. Laura schlief schnell ein.*
*Um 10 Uhr hatte ich mich bereit erklärt, in der Friedenskirche Kindergottesdienst zu halten. Klaus fuhr in dieser Zeit nach Castrin, stellte Blumen ans Grab von Oma. Wir aßen zu Mittag im Garten und pünktlich, mit Beginn des Mittagsschlafes für Laura, fuhr er zurück nach Halle. Zum Abschied übergab er mir eine Einladung zur Party „Ein Jahr Ehepaar". Am 16. August ist in der Lindenblatt-Gaststätte, nicht weit von ihrer Wohnung, die nachträgliche Hochzeitsfeier. Bis Ende Juni soll ich Bescheid sagen, ob ich teilnehme.*
Was hatte Inge sich für Gedanken gemacht, weil sie als Letzte die Einladung erhielt. Susanne und Jörg hatten diese schon längst erhalten.
Claras sechster Geburtstag stand bevor. Sie rief Jörg an und erfuhr, dass Claudia mit ihrer Schwester, einer Freundin und Clara Urlaub auf Rügen macht und Inge warten müsste, bis sie wieder in Bautzen sei.

Clara wünschte sich eine kleine farbige Puppe.
Inge fuhr am 31. Mai sehr früh los, verpasste die Abfahrt nach Dresden und befand sich plötzlich auf der Autobahn nach Cottbus. Inge wunderte sich schon, dass ihr immer weniger Autos begegneten, da zeigte ein Schild an: Breslau 200 km. Sie war also östlich, statt südlich gefahren. Macht nichts, dann werde ich eben Bad Muskau, Weißwasser und den Boxberg kennen lernen.
Zur Mittagszeit war sie in Bautzen. Jörg begrüßte sie äußerst zurückhaltend. Nicht einmal eine Umarmung gab es zur Begrüßung. Um drei Uhr nachmittags begann die Kindergeburtstagsfeier, sechs Kinder kamen, auch Julia war da.
Inges Geschenk kam gut an. Das Negerbaby mit Teddy, Mützchen und Nuckel wurde von Clara nicht mehr aus der Hand gegeben. Stolz zeigte sie Inge ihre Geschenke, u.a. einen Schminkkoffer.
Ein Buch von Afrika „ Papa Dambo erzählt“ war sehr schön. Inge las es ihr am nächsten Tag vor.
Im Garten wurde gefeiert, die Kinder blieben lange auf und Inge zog sich bereits um neun Uhr abends zurück.
Julia, die schon einige Zeit Keyboard-Unterricht hat, interessierte sich für die Gitarre und Inge begann, ihr einige Griffe beizubringen. Sie staunte, wie schnell Julia begriff, kein Wunder, da sie die theoretischen Dinge schon beim Keyboardspielen erlernt hatte. Inge tollte mit Malte beim Ballspielen, übertrieb und bekam später schreckliche Fußschmerzen.
In alter Gewohnheit war sie um sechs Uhr morgens putzmunter. Da noch alles schlief, zog sie sich an, verließ leise die Wohnung und spazierte durch Bautzen. Um zehn Uhr stand die Familie auf. Begeistert zog Clara ihr Negerpüppchen an und aus und windelte es. Um zwölf Uhr schickte Claudia Jörg mit den Kindern zum Baden.
In der größten Hitze kamen sie um zwei Uhr an einen ehemaligen Tagebau, jetzt ein See mit Campingplatz. Clara wollte woanders liegen als Jörg und nun  begann ein Machtkampf. Zwanzig Minuten lang heulte Clara wie ein Schlosshund, sie wollte ihren Dickkopf durchsetzen. Jörg blieb hart, Inge durfte nicht vermitteln. Jörg, verkatert vom Abend vorher, konnte sich kaum noch beherrschen. Aber dann siegte der Vater, und die Kinder gingen baden. Inge hütete die Sachen, blies das Plasteboot auf und schlief tatsächlich ein wenig.
Gegen vier Uhr brach ein Sturm los, alle Badegäste begannen, ihre Sachen einzupacken, aber das Gewitter kam nicht. Nun begannen die Kin-

der zu jammern:„Wir haben Hunger!"
Um sechs Uhr trafen die Großeltern ein. Das war eine ganz andere Begrüßung, herzlich und liebevoll.
Jörg und Claudia waren hocherfreut, als Inge ankündigte, am nächsten Morgen zurück zu fahren.
Jörg begrüßte sie am Morgen, Claudia machte ihr einen Capuccino, die Wohnungstür wurde geöffnet und sie gleich an der Tür verabschiedet. Nicht einmal das Gepäck trug ihr Jörg die drei Stockwerke hinunter. So etwas Unhöfliches ist mir mein Lebtag noch nicht passiert, stellte Inge fest. Ohne sich noch einmal umzusehen, fuhr sie los.
Nach dreieinhalb Stunden war sie bereits in Prenzlau. In Woldegk machte sie die erste Pause, kaufte gleich Lebensmittel auf dem Markt ein und parkte anschließend in Castrin. Sie fotografierte die wunderbaren, alten, stattlichen Eichen vor dem Schloss. Hier hatten ihre Kinder gespielt. Ach, wie lange war das her! Omas zweiter Todestag war am nächsten Tag, ihr Grab war liebevoll geschmückt.
Auf der Dorfstraße begegnete ihr Frau Eckermann mit Linde, ihrer Tochter. Frau Eckermann hatte einen Herzschrittmacher eingesetzt bekommen. Nun ging es ihr besser.
Wie schön ist dein Zuhause, und du merkst es immer erst, wenn du einmal weggefahren bist, dachte Inge bei ihrer Heimkehr.
Im „Herold" einer christliche Zeitschrift, die Inge seit 1990 jeden Monat kostenlos erhielt, fand Inge folgenden Satz, der genau auf ihre Situation passte: „Hinterlasse ich bei anderen Frieden oder Unruhe, Vergebungsbereitschaft oder Verbitterung, Zufriedenheit oder Streit? Freude oder Enttäuschung, Liebe oder Groll?" Da musste sie sehr nachdenken.
Tom hatte von Montag bis Donnerstag ununterbrochen die Hauswand zur Gartenseite weiß gestrichen. Inge musste in den Fensterhöhlen die Spinnweben entfernen und Tücher auslegen.
Zu Pfingsten war hochsommerliches Wetter, 32 Grad im Schatten. Inge beschloss, ihren traditionellen Ausflug bereits am Samstag zu machen. Sie fuhr diesmal die alte Landstraße über Friedland nach Anklam. Vor der Zecheriner Brücke staute sich bereits der Verkehr. Ein Unfall war geschehen, der Krankenwagen kam. Sie bog hinter der Stadt Usedom von der Hauptstraße ab zum Lieper Winkel. Hinter Suckow parkte sie, nahm das Fahrrad vom Auto herunter und fuhr los.
In Rankwitz entdeckte sie den reizenden kleinen Seglerhafen. Direkt am Achterwasser stand eine Fischgaststätte mit reichhaltigem Angebot.

In Quilitz fragte Inge einen Einheimischen, ob sie mit dem Fahrrad am Achterwasser weiterfahren könne. Es wurde ihr bestätigt. Von Quilitz aus hatte sie einen wunderbaren Blick hinüber auf die Stadt Lassan. Es waren ganz neue unbekannte Ausblicke, die Inge von dieser kleinen Halbinsel genoss. Ein leichter Wind machte das Radeln in der Hitze erträglich und nach zwei Stunden hatte sie bereits den Nordteil der Halbinsel umrundet. Sie erblickte seltene Vögel und im Wasser blühten gelbe Sumpflilien. Zur Schönheit der Landschaft kam die wohltuende Stille.
Wieder zurückgekehrt in Rankwitz, kaufte sie eine geräucherte halbe Forelle mit Preiselbeermerrettich und Schwarzbrot. Das war das richtige Essen. Ein Radler erzählte ihr von einer uralten Eiche in Suckow, die solle sie sich unbedingt ansehen.
Die aus dem 13. Jahrhundert stammende Eiche war niedergedrückt von der Last der Jahrhunderte Jahrhunderte. 1997 war ein großer Ast abgebrochen, die Blätter am Ast blühten, obwohl dieser am Erdboden lag. Der Umfang der Eiche war riesig. Ein Bus hielt in einigem Abstand, die Reisegruppe war gerade beim Picknick.
Um zwei Uhr stieg sie ins Auto und fuhr über die kleinen Orte Krienke, Mellenthin, Neppermin, Pudagla nach Koserow. In der Nähe des Streckelberges parkte Inge und wanderte hinauf.
Alles lechzte nach Regen, aber er kam nicht, obwohl sich genug schwarze Wolken am Himmel türmten. Spätabends kam der erlösende Regen. Am Morgen sang die Amsel schon wieder hingebungsvoll in den Zweigen der Birke.
Was tun? Zu Hause sitzen und warten? Nein! Um zehn Uhr verließ sie bei Glienke die A 20, fuhr an der Abzweigung Brohmer Berge ab und weiter nach Schönbeck. Hinter der Kirchhofs-Mauer stand ein Baum, der viel Schatten spendete. Dort parkte sie und stieg auf das mitgeführte Fahrrad. Vier Kilometer waren es bis Schloss Rattey. Alles lag noch im Sonntagsschlaf, denn am Vortag hatte eine Hochzeit stattgefunden. Inge sah die vielen Weinstöcke. Rattey ist das nördlichste Weinbaugebiet in Deutschland.
Die Wegweiser gaben Wittenborn (5km) und Galenbeck (11,5 km) an. Sie fuhr Asphaltstraße, der Wind trieb von hinten. Von Brohm nach Rattey führte die alte Mecklenburg-Vorpommersche Schmalspurbahn. Das war 1864. Nun war diese Strecke ein Radwanderweg geworden. Ein Bahnhofsschild „Friedberg“ erinnerte noch an alte Zeiten. Der Raps blühte, Klatschmohn, Kamille und Kornblumen säumten die Roggenfelder.

Welch´ ein Farbenspiel!
In Cosal bei Brohm ging es richtig steil aufwärts nach Friedrichshof. Die Brohmer Berge ließ sie links liegen und radelte ins Dorf Galenbeck. Der Galenbecker See ist Naturschutzgebiet, im Frühjahr und Hebst rasten viele Kraniche an seinem Ufer.
Im Dorf stand eine Naturdenkmal, eine Tanzlinde. Es duftete intensiv, da sie blühte. Inge fielen die Verse aus dem Lied „Keinen Tropfen im Becher mehr" ein:

„vor ihm stand ein volles Glas,
neben ihm Frau Wirtin saß
unter der blühenden Linde".

Auf der Rückfahrt nach Rattey hatte sie den Wind immer gegen sich, es wurde anstrengend, aber sie schaffte es.
***11.Juni 2003***
***Was für ein Tag! Um halb zehn Uhr am Morgen klingelt das Telefon, als ich gerade Fotos im Trauerbuch von Oma ordnen will. Auf dem dicken braunen Pappfoto von 1904 ist Clara, mit Schürze, hochschwanger neben ihrem Mann zu sehen. Am 7. Oktober wurde ihr erster Sohn Hans geboren. Eine männliche Stimme fragt: „Kennen Sie Clara Stier, geborene Runze?" Ich denke, das kann doch nicht wahr sein, dass gerade in dem Moment, in dem ich das Foto betrachte, jemand nach ihr fragt. Der Herr stellt sich als Erben-Ermittler der Hoerner Bank Heilbronn vor. Ich erfahre, dass die Nachfahren von Clara, also meiner Großmutter, gesucht werden. Das sind die Enkelkinder Bernd, Lilo, Sabine und ich, denn Claras eigene Kinder Johannes, Mathilde und Ursula sind verstorben, ebenso Claras Brüder Johannes, Walter und Wilhelm.***
***Durch meine Familienforschung hatte ich natürlich alle Daten im Kopf und gab dem Herrn bereitwillig alle Auskünfte, inklusive der Wohnanschriften. Da hatte ich ihm wohl ein großes Stück Arbeit abgenommen. Er bedankte sich vielmals. 25% der Erbmasse bekommt die Bank für ihre Bemühungen (Urkunden beschaffen usw.).***
***Natürlich war ich neugierig und fragte, wie viel es wohl sein würde. Ja, einige tausend Euro würden es schon werden. Natürlich musste ich die Neuigkeit sofort meiner Schwester Sabine, meiner Cousine Lilo und meinem Cousin Bernd mitteilen. Sie wollten es gar nicht glauben. Ungefähr zu Weihnachten können wir mit dem Erbe rechnen.***
***Jetzt bestürmten mich Sabine, Lilo und Bernd, heraus zu bekommen,***

***wer der Erblasser ist, um die g e s a m t e Geldsumme des Erbes zu bekommen. Das wird schwierig, denn es bedeutet, alle Ämter anzurufen und die Kopien der Geburts-, Heirats- und Sterbeurkunden zu beschaffen.***

Inge entschloss sich, eine Rechtsanwältin aufzusuchen. Die sagte ihr klipp und klar, dass sie es niemals allein schaffen würde, alle Urkunden zu beschaffen und dies lieber der Hoerner Bank überlassen solle.

Nachdem Inge für dieses halbstündige Gespräch 200 Euro bezahlte, ließ sie die Finger von weiteren Besuchen beim Rechtsanwalt.

Sie übersandte der Hoerner-Bank schriftlich ihre Vollmacht, Bernd, Lilo und Sabine taten es ihr nach ein paar Tagen gleich.

Die Sauerkirschen im Garten reiften dieses Jahr sehr früh, nun gab es viel Arbeit.

Während Susanne mit Philipp die GOA-Party bei Perleberg besuchte, war Inge zur gleichen Zeit, gar nicht weit entfernt davon, in Pritzwalk. Christine hatte sie telefonisch gefragt, ob sie das Buch „Sofies Welt" von Jostein Garder kenne, sie haben es im Philosophieunterricht. Inge konnte es als Paperback in der Buchhandlung kaufen und kam Bernds Einladung, zum Wochenende nach Pritzwalk zu kommen, nach.

Christine ist ein hübsches Mädchen mit sanften braunen Augen geworden. Sie ist sehr zurückhaltend und still. Michael nahm Inge im Garten voll in Beschlag. Seine Freundlichkeit schlug plötzlich wieder in Feindseligkeit und Frechheit um. Er bewarf sie mit Sand, trat mit den Füßen nach ihr.

Abends ging es zum Konzert in die Blutkapelle des nahegelegenen Klosters Heiligengrabe. Ein Ehepaar musizierte, sie war Sängerin am Nationaltheater Weimar, er Organist und Musikwissenschaftler. Michael schlief sofort ein und war ungnädig, als er nach einer Stunde geweckt wurde. Er wollte am Abend nicht schlafen gehen, um 11 Uhr abends schlief er endlich ein.

Um zehn Uhr wurde am Sonntag gefrühstückt. Christine spielte Inge auf der Klarinette ein Stück vor und anschließend machten sie einen schönen Spaziergang im Hainholz.

Susanne wollte ihren Geburtstag nach einer Woche mit Philipp in Neubrandenburg nachfeiern.

Das Singen im Pflegeheim brachte Inge wieder auf andere Gedanken. Sie hatte die beiden Lieder „Wie lieblich schallt" und „Ännchen von Tharau"

kopiert und Schwester Liane freute sich sehr über die Lieder, die sie noch nicht kannte.
Griechische Temperaturen herrschten in Neubrandenburg, die Hitze war am Mittag unerträglich. Immer war Susannes Geburtstag mit i h r, wenn auch ein paar Tage später, gefeiert worden. Nun war sie allein an diesem Tag. Sie ging zum Reitbahnsee, schwamm einmal quer ganz hindurch und wieder zurück. Als sie aus dem Wasser kam, bemerkte sie ein etwa zweijähriges Mädchen mit einem Nuckelfläschchen in der Hand. Ihre beiden Brüder, etwa neun und zehn Jahre alt, betreuten es. Von der Mutter war weit und breit nichts zu sehen. Die Kleine bemerkte Inge, kam auf sie zu und bewunderte die blauen Delphine auf ihrem Badetuch. Ganz zutraulich legte sie plötzlich ihr Köpfchen auf Inges Schoß. Nach einer Weile ergriff sie Inges Schlüsselbund und torkelte damit zum Spielhaus und versuchte es aufzuschließen.
Die Jungen tobten inzwischen im Wasser, froh einmal nicht aufpassen zu müssen. Sie fragte den Rettungsschwimmer, wo denn die Mutter der Kinder sei. Inge vermutete, dass sie arbeitete. Die sei zu Hause und arbeitslos. Unverantwortlich, dachte Inge. Der Rettungsschwimmer holte die Jungen nach einer Weile aus dem Wasser und forderte sie auf, mit dem völlig erschöpften Kind nach Hause zu gehen, denn seit dem frühen Morgen war das Kleinkind der prallen Sonne ausgesetzt. So ist das Leben, dachte Inge, hier das Kind, dessen Mutter die Betreuung den Geschwistern überlässt und in Halle eine behütete Laura, ein Einzelkind, liebevoll von Mama und Papa umsorgt.
Am Abend schleppte sie wieder Gießkanne um Gießkanne, der Garten lechzte nach Wasser.
Pünktlich kam am Freitagabend der Zug aus Hamburg. Einen prachtvollen Rosenstrauch drückte ihr Susi in die Hand. Tom wartete auf Susanne, umarmte sie, weigerte sich aber, am Tisch im Garten Platz zu nehmen. Inge hatte ein Windlicht auf den Tisch gestellt, Mozarella, Basilikum, Schinken und Käse standen auf dem Tisch. „Das sieht aber ärmlich aus!" war sein Kommentar. Nein, ärgere dich nicht, dachte Inge. Sie öffnete eine Flasche Spätburgunder und es wurde geplaudert.
Am nächsten Tag wanderten sie um die Stadtmauer und zum Tollensesee. Philipp war sehr angetan und meinte, der Tollensesee erinnere ihn sehr an den Starnberger See.
Am nächsten Tag fuhren sie über die A 20 nach Rattey. Sie spazierten über die sonnenbeschienenen Weinberge. Auf der Schlossterrasse aßen

sie Eis. Von Rattey fuhren sie nun über die Landstraße nach Woldegk und Castrin. Sie liefen durch den Park und Susanne erzählte aus ihrer Kindheit. Zum Abschluss dieses schönen Sonntags erreichten sie Alt Meiershof am Tollensesee und badeten.
Dann war es bereits wieder Zeit, Abschied zu nehmen.
In Gr. Schoritz war Sommerfest. Inge hatte durch die Vermittlung einer Angestellten Quartier im Poltenbusch bezogen. Das alte, etwa hundert Jahre alte Bauerngehöft lag hundert Meter abseits der Straße Garz- Glewitz.
Als Inge zu Mittag eintraf, saß ein altes Ehepaar auf der Bank vor dem Haus. Inge dachte an Philemon und Baucis. Ihr Quartier erwies sich als ehemaliger Stall, umgebaut zu einer Ferienwohnung. Vom Küchenfenster hatte sie einen herrlichen Blick auf ein wogendes Kornfeld.
Um halb fünf radelte sie zum Arndt-Haus nach Gr. Schoritz. „Witzlaw, der Verführer" hieß der musikalische Bilderbogen, eigentlich ein Theaterstück in vier Akten. Inge erfuhr, dass Witzlaw ein Minnesänger von der Insel Rügen war. Die Zuhörer waren von Spiel und Gesang begeistert. Eines seiner Lieder lautet:

Mai, du schöner, gib´ dir Müh,
Komm´ schon, es ist nie zu früh,
wir warten.
Frauen schließen noch ihr Kleid,
uns ist das von Herzen leid.

Sie taten all´ die lichten Stoffe
in die Truhen.
Mai, nun lasse sie dort nicht länger ruhn,
denn die Mäntel, warm und dick,
gönnen uns nicht einen Blick,
nicht einen Blick, o Kälte!

Es gibt noch Paradiese auf Erden. Inge lernte ein solches kennen. Frau Putbrese, die Schwiegermutter der jungen Frau Putbrese, durch deren Vermittlung Inge überhaupt erst die Ferienwohnung mieten konnte, entpuppte sich als eine ganz wunderbare Frau.
Sie wuchs in Vitte auf Hiddensee auf, wo sie 1924 geboren wurde. Seit fast sechzig Jahren wohnte sie mit ihrem Mann auf dem Poltenbusch. Sechs Mädchen und einen Jungen brachte sie zur Welt. Sie spielt die Treckfidel, eine Harmonika mit Knöpfen.

Am zweiten Abend saßen Frau Putbrese und Inge tatsächlich zweieinhalb Stunden und sangen und spielten. Alle Lieder, die Inge als Kind zu Hause mit ihrer Mutter und Schwester sang, sang auch Frau Putbrese.
Am Morgen zeigte ihr Frau Putbrese stolz ihr Gästebuch. Seit 1969 vermietete sie an Urlauber. Inge blätterte in dem Buch und fand viel Lob über das „gelbe Ufer“. Inge fragte, wo sich dieses befinde. Das ist ein Geheimtip, meinte Frau Putbrese. Hinter dem Palmer Ort auf der Halbinsel Zudar befindet sich eine Seeschwalbenkolonie an den kleinen Klippen am Greifswalder Bodden. Sie beschrieb Inge den Weg und Inge radelte am frühen Morgen dorthin.
Nach einer Stunde kam sie in dem gottverlassenen Ort an. Sie war tatsächlich weit und breit das einzige menschliche Wesen. Sie wanderte die Klippen entlang und ging schwimmen, als die Sonne höher stand.
Auf der Rückfahrt wurde es gefährlich. Die Landstraße von Glewitz (Fähre nach Stahlbrode) nach Garz war sehr stark befahren und die Autos, die von der Fähre kamen, fuhren ziemlich schnell und rücksichtslos.
Zu Mittag war Inge wieder im Poltenbusch und gerade, als sie sich etwas zu essen kochen wollte, kam Frau Putbrese und lud sie zum Fischessen ein. „Sie sind bestimmt müde und verschwitzt und gewiss zehn Kilometer geradelt!“ Inge dankte und folgte ihr in die angenehm kühle Küche des reetgedeckten Hauses. Es gab Pellkartoffeln mit Kochfisch (Barsch) und Kompott von frisch gepflückten Renekloden. Es tat so gut, einmal umsorgt zu werden.
Frau Putbrese hatte ihr ein plattdeutsches Lied vorgesungen, das Inge ganz besonders gefiel. Es lautete:

Alles is vergäten
wat mi tags hätt quält,
wenn uns Nawer abends
sine Treckfidel speelt.

Buten still is worden
Feld un Hof un Hus
hin un her in schummern
schütt de Fledermus.

Ok de Sünn ging unner,
up de Wisch steht Dak
sachting treckt de Köhlung
över Feld un Brak.

Un mi is so selig
as, wenn nix mi fählt,
wenn uns  Nawer abends
sine Treckfidel speelt.

Die Töchter hatten das Lied auf CD aufgenommen und Inge durfte die CD mit nach Hause nehmen, um es sich einzuprägen. „Im nächsten Jahr werde ich achtzig Jahre alt, dann kommen Sie bitte wieder zu mir!“ sagte sie zum Abschied.
Um der großen Hitze am Mittag zu entgehen, fuhr Inge bereits nach dem Frühstück zurück. Faszinierend war der Blick auf Stralsund im Morgenlicht, als sie über den Rügendamm fuhr. Das Wasser des Boddens gleißte und schimmerte silbern. Die Brücke war hoch geklappt und Inge konnte das Panorama richtig anschauen.
Zur Hochzeitsfeier bei Klaus und Cathleen kaufte sich Inge ein teures Kleid in einer Boutique im Center. Es war ein klassisch zeitloses Kleid in der Farbe Flieder aus den USA. Vorn war es mit Strass-Steinen besetzt.
***17. August 2003***
***Ich bin seit zwei Uhr Mittag wieder zu Hause. Die Hochzeitsparty ist Vergangenheit, es war trotz allem ein harmonisches Fest. Klaus war krank. Er hatte Verdacht auf Gürtelrose (Ursache Stress). In der Lendengegend attackierten ihn messerartige Schmerzen. Windpocken mit dem dazugehörenden Ausschlag kamen dazu.***
***Jörg war der Einladung nicht gefolgt, er hatte Urlaub, der lange vorher geplant war.***
***Am frühen Nachmittag war ich in Halle. Klaus war noch nicht zu Hause. Laura hat viele Löckchen bekommen. Sie ist ein kleiner Wirbelwind. Ich packte mein Geschenk, ein bunt bemaltes Xylophon, aus und spielte ihr etwas vor. Begeistert machte sie es nach.***
***Die Inhaberin der Ferienwohnung, die für mich gemietet war, rief an. Sie wartete auf die Bezahlung. Wir fuhren mit dem Kinderwagen dorthin. Die Ferienwohnung lag direkt an der verkehrsreichen Philipp-Müller-Straße, die zum Rannischen Platz führt. Der Verkehr war lauter als am Ring in Neubrandenburg.***
***Inzwischen war Klaus zu Hause angekommen und ging mit mir und Laura noch einmal hinaus, um mir die Gaststätte „Lindenblatt“ zu zeigen, wo die Party steigen sollte.***
***Am nächsten Morgen sollte ich um neun Uhr kommen und Laura betreuen, während Cathleen zum Frisör gehen wollte. Laura freute sich,***

*als ich zur Tür ging, denn sie wusste, nun geht es hinaus.*
*Ich kannte noch den Weg zum Johannes-Kirche, wo sich ein Spielplatz befindet. Wir hatten Förmchen, Eimer und eine kleine Harke in einem Beutel mitgenommen, aber Laura zeigte kein großes Interesse am Sandkasten. Sie wollte sich bewegen. Ich schaukelte sie. Ein junges Ehepaar spielte mit seiner vierjährigen Tochter Ball. Das interessierte Laura brennend, und sie lief ständig dem Ball nach. Immer wieder rief sie: Ball, Ball und stieß mit dem rechten Fuß an den Ball.*
*Gegen elf Uhr setzte ich sie in den Buggy, sie schlief beim Fahren sofort ein. Sie erwachte, als ich sie aus dem Wagen vor der Haustür hoch nahm und brüllte dann ununterbrochen.*
*Mit dem Öffnen der Wohnungstür hörte das Schreien ruckartig auf, sie erkannte wohl ihr Zuhause.*
*Während Laura gefüttert wurde, ging ich in die Pension. Es war Samstag. Wo bekam ich jetzt noch  Blumen her? Eine Passantin wies mich auf den Wochenmarkt hin. „Wenn Sie sich beeilen, bekommen Sie noch etwas, die Händler werden schon beim Einpacken sein.“ So war es auch. Sie bekam einen kleinen Blumentopf mit blassrosa Rosenblüten. Besser als ein Strauß, dachte ich, der verwelkt zu schnell.*
*Susanne hatte inzwischen per Handy mitgeteilt, dass der Zug Lokschaden habe und sie einen Zug später komme. Nun wurde es richtig eng.*
*Susanne kam allein. Philipps Großvater lag im Sterben und er war zu ihm gefahren. Susanne war natürlich traurig. Nach fünfstündiger Bahnfahrt sah sie müde aus.*
*Um vier waren wir in der Gaststätte. Ich sah lauter fremde Gesichter. Susanne wurde an der Stirnseite platziert, ich wurde neben Cathleen gesetzt, dann Laura, Klaus, Tom und Melitta.*
*Cathleens Mutter ist superschlank, sie sieht sehr gut aus. Auch sie hatte ihren Lebensgefährten mitgebracht. Cathleens Bruder, zehn Jahre jünger, erkannte man sofort an der Ähznlichkeit mit seiner Schwester und der Vater von Cathleen hatte seine neue Frau auch dabei.*
*Es gab Schwarzwälder Kirschtorte und Bienenstich zum Kaffee. Anschließend spazierten wir in den Anlagen des angrenzenden Kurt-Wabbel-Stadions. Natürlich war Laura der Mittelpunkt. Sie hatte ein kurzes, blaues Nietenröckchen mit Trägern und eine weiße Bluse an und sah allerliebst aus. Da sie gerade das Laufen erlernt hatte, war sie kaum zu halten.*
*Zum Abend kamen die Freunde mit ihren Frauen und Kindern. Su-*

*sanne setzte sich zu ihrem Vater und unterhielt sich angeregt mit seiner neuen Lebensgefährtin Melitta. Ich kam mir doch sehr verloren vor. Frank R. und Frank L., Klaus´ Freunde aus Neubrandenburg, waren ohne ihre Frauen gekommen. Sie haben andere Verpflichtungen, sagten sie.*
*Ich wollte mich zum Abend umziehen, fuhr die falsche Straße ab und wusste nicht mehr, wo ich war. Ich kam deshalb zu spät, Klaus hatte seine Rede bereits gehalten. Das war nicht schön von mir. Ich hatte ein rotes Herz aus Plaste mit einem Geldschein gefüllt und übergab es jetzt als Geschenk.*
*Der Sturm auf das kalte Büfett konnte beginnen. Ich langte zu. Wellfleisch mit Sauerkraut reizte mich, ein bisschen ungewöhnlich, aber ich hatte richtigen Hunger.*
*Das Hochzeitspaar eröffnete den Tanz mit einem Wolfgang Petry-Titel. Klaus forderte mich einmal zum Tanz auf.*
*Dann machten zwei Frauen eine Art Stuhltanz. Zwölf Männer bekamen sie zusammen. Nach der Musik des berühmten Sirtaki aus „Alexis Sorbas" umkreisten die Herren die Stühle. Wer ausschied, bekam ein Stück Papier, das eine „Strafe" enthielt. So wurde z. B. Frank L. bestraft, bei Templins die Fenster zu putzen, ein anderer sollte Laura einen halben Tag hüten. Das wollte der „Bestrafte" gleich auf eine volle Woche ausdehnen.*
*Mit Hüten und Kappen wurden Paar-Fotos geschossen. Da ich ohne Partner da war, suchte ich mir Oliver (Cathleens jüngerer Bruder)aus. Er ist ein bescheidener Junge und wie sein Stiefvater Elektriker.*
*Er wird in seiner Arbeitsstelle sehr geschätzt. Trotz seiner zweiundzwanzig Jahre hat er noch keine passende Freundin gefunden.*
*Laura war völlig aufgedreht und nicht mehr zur Ruhe zu bringen. Ich war öfter mit ihr spazieren gegangen und halb zehn Uhr nahm sie die Schwiegermutter dann mit. Auch Susanne und ich verließen die Feier bald.*
*Eigentlich wollte Susanne bei Klaus übernachten, zog es aber dann doch vor, in meiner Unterkunft im Ehebett zu schlafen, denn sie wollte schon am nächsten Morgen um zehn Uhr zurück nach Hamburg fahren. Tom und Melitta schliefen in Klaus´ Wohnung und blieben auch noch am nächsten Tag.*
*Ich hatte am Samstag in weiser Voraussicht alles für ein gemeinsames Frühstück eingekauft. Susanne fühlte sich am Sonntagmorgen merk-*

***lich wohler. Sie zeigte Fotos vom Urlaub in Italien, den sie mit Philipp und dessen Freund Luigi verlebt hatte. Es war wohl nicht so ein erholsamer Urlaub, wie es sich Susanne vorgestellt hatte.***
***Ich brachte sie zum Zug und fuhr gleich weiter nach Neubrandenburg, wo ich nach vier Stunden Fahrt ankam.***
***Unterwegs boten Händler in den Orten Teschendorf, Löwenberg und Dannenwalde Pfifferlinge, Kartoffeln und Obst an. Ich kaufte ein und zauberte mir bei meiner Ankunft sofort ein Mittagessen. Am Abend rief Klaus an, bedankte sich für das Hochzeitsgeschenk und kündigte seinen und Lauras Besuch zum Vier-Tore-Fest am letzten Augustwochenende an.***

Frau Putbrese schrieb einen lieben Brief, ein kleines Blumenaquarell war eingelegt. Sie stellte den Hausspruch der Putbreses vor:

Wenn Du einmal zur kurzen Rast
In unserm Hause bist zu Gast,
dann lass´ des Lebens Unbill drauß´,
denn wisse, dass in diesem Haus
nur der was gilt, der Sonnenschein
und frohes Lachen bringt herein.
Richt´ Dich danach, es wird Dir frommen,
und Du darfst dann auch wieder kommen.

Sie berichtete, dass sie ihrer Tochter von Inge erzählt hatte. Die lebt in München. Da Frau Putbrese schon seit langem Aquarelle malt, schlug Inge vor, die Feier zum 80. Geburtstag mit einer Personalausstellung ihrer Bilder in Gr. Schoritz zu verbinden. Die Tochter war Feuer und Flamme von diesem Vorschlag.
Sabine verlebte ihren Urlaub auf der Insel Poel. Lange vorher kündigte sie an, auf der Heimfahrt Inge zu besuchen. Nun kam die Absage.
Am 25. August war der Abschiedsgottesdienst von Pastor Göll in der Friedenskirche. Er hatte eine Stelle in der Diakonie in Ducherow angenommen. Anschließend wurde bei Kaffee und Kuchen gefeiert. Ganz erstaunt war Inge, als ihr die ehemalige Reinigungskraft vom Alban-Gymnasium zum Geburtstag gratulierte. Sie drückte ihr ein Päckchen in die Hand, welches ein Platzdeckchen aus Plauener Spitze enthielt. Inge war total überrascht und erfreut. Sie hatte sich öfter mit dieser Frau unterhalten, die aus Pommern stammte und ebenfalls Familiengeschichte betrieb. Für die Abschlussfeier hatte auch Inge eine Torte gebacken und mitge-

nommen. Sie sagte: „Herr Pastor Göll hat den alten Menschen ihre Würde wieder gegeben, das werden wir nie vergessen!“ Ihr persönlich hatte er über die schwere Zeit nach ihrem Berufs-Ende durch die Mitarbeit im Gemeindenachmittag geholfen.
„Das haben Sie wundervoll gesagt“, meinte eine Seniorin anschließend zu Inge. Die war nahe am Weinen.
Nach dem heißen Sommer kam nun überraschend schnell der Herbst. Sturm herrschte und die Temperatur sank auf zwanzig Grad. Vorbei waren die herrlichen Tage, an denen man fast nichts anzuziehen brauchte. Spät abends kam Klaus mit Laura im Auto. Aus dem Schlaf gerissen, weinte Laura erst einmal gründlich, schlief aber sofort weiter, als Inge sie ins Bett gelegt hatte. Sie schlief bis halb acht Uhr am Morgen. Mit den Fahrrädern fuhren sie zum Treptower Tor. Dort wurde Wolle gefilzt und gepresst, kunstgewerbliche Stände waren aufgebaut und ein Puppenspiel dargeboten. Laura flitzte wie ein Wiesel überall hin und wollte alles ansehen. Wetterumschlag veranlasste Klaus, eine Jacke für Laura zu kaufen. Das war ein Zirkus. Laura lief sofort zur Spielecke im Kaufhaus, sie jauchzte, rannte zur Rutsche und rutschte hinunter. Sie wollte die Jacke nicht anprobieren. Inge schlug vor, in das“Family“-Geschäft zu gehen. Dort bekamen sie, was sie suchten, eine rote Jacke mit Kapuze aus Mikrofaser. Am Nachmittag fuhren sie zum Badehaus an den Tollensesee und Laura fütterte begeistert die Enten.
Klaus ging es am Abend so schlecht, dass er gar nicht vom Sofa hochkam, so schmerzte sein Rücken. So legte Inge das erste Mal in ihrem Leben Laura Pampers an. Zu ihrer Zeit wurden die Kinder in Baumwollwindeln gewickelt.
Am Sonntag regnete es, sie mussten in der Wohnung bleiben. Inge holte das alte Koffergrammophon, kurbelte 78 Mal und die Platte lief ab. Viel mehr Spaß machte es jedoch Laura, von dem geschlossenen Grammophon herunter zu springen. Es war köstlich. „Ball“ und „Teddy“ kann sie schon sagen.
Um 18 Uhr sollte Klaus Cathleen von Fürstenberg abholen. Sie beendete dort einen Fahrradausflug mit ihren Freundinnen am Wochenende.
Nach dem Mittagessen fuhren sie am Montag ab. Klaus bedankte sich für alles. Sie fuhren für ein paar Urlaubstage nach Alt-Reddevitz auf der Insel Rügen. Auf drei Plastebehälter hatte Inge die Obst-Sahne-Torte verteilt, die sie am Vortag noch für die Gäste gebacken hatte.
Nun war wieder Normalität eingekehrt. Inge konnte in ihrem Bett schla-

fen und genoss die Ruhe. Alle Eindrücke musste sie erst einmal verarbeiten. Laura war ihr ans Herz gewachsen, sie ist ein richtiger Sonnenschein. Beim Singen im Pflegeheim hatte Schwester Liane an ihren Geburtstag gedacht. Ein Blumenstrauß und eine Geburtstagskarte, die alle unterschrieben hatten, wurden ihr überreicht. Das war Freude und Überraschung, die sie nicht erwartet hatte.
Der September bescherte wundervolle Tage. Es war warm und Inge beschloss, einen kombinierten Auto-Fahrrad-Ausflug nach Rosenhagen zu machen. Über Friedland, Schwichtenberg, Ratheburg, Neu Kosenow fuhr sie nach Rosenhagen. Dort parkte sie das Auto und nahm das Fahrrad vom Ständer. Sie radelte auf das Moorgebiet zu, der Wegweiser an der Plattenstraße zeigte fünf Kilometer bis Kamp, am Ufer der Peene. Sie kreuzte den Bodden-Radweg (Ueckermünder Haff) und nach drei Kilometern Fahrt in den Gespensterwald warnte ein ihr begegnendes Ehepaar: „Sie kommen da nicht durch!“ Aber dickköpfig versuchte Inge es dennoch. Als die Räder des Fahrrades jedoch von Wasser umspült wurden, gab sie auf, das Risiko zu stürzen war ihr zu groß. Ein Bewohner aus Rosenhagen war ihr mit dem Fahrrad nachgefahren und wollte sie warnen. Bereitwillig erzählte er, wie es hier früher ausgesehen habe. Weideland, grünes Buschwerk und Wald hatte er noch kennen gelernt, dann war alles geflutet worden. Der Naturschutz hatte das gegen den Willen der Bauern, die nun ihre Weideflächen verloren hatten, durchgesetzt.
Bald würde das Wasser hier alles verschlingen. Dann zeigte er ihr den kürzesten Weg nach Kamp. Dies war der alte Bahndamm der Strecke Berlin-Karnin-Swinemünde. Neunzig Minuten schob sie das Fahrrad über den steinigen und holprigen Schotterdamm.
Am Peenebollwerk in Kamp stand ein Campingwagen. Warmes Essen wurde angeboten. Bratkartoffeln mit Spiegeleiern, an der frischen Luft genossen, schmeckten einfach köstlich.
Auf dem Deich lief sie, gepeitscht vom Wind, zur Anklamer Fähre. Ständig taten sich Wassergräben vor ihr auf, sie verlor die Orientierung. Auf einem Hinweisschild stand zwar „Radwanderweg“, aber nicht das Ziel. Inge beschloss, zurück nach Kamp zu fahren. Ein Autofahrer erklärte ihr schließlich den richtigen Weg: „Bleiben Sie immer links des Stroms, dann kommen sie nach Rosenhagen und Bugewitz!“ Nach vier Stunden erreichte sie ihr Auto und hatte einen Traumtag erlebt.
„Weißt Du, dass Jörg vierzig Jahre alt wird?“ fragte Claudia am Telefon. Inge lächelte, wie kann das eine Mutter vergessen? „Wir wollen in einer

Bergbaude bei Schmilka feiern, aber erst am 31.Oktober. Am 22. Oktober, seinem eigentlichen Geburtstag, fahren wir nach Florenz, das Geld dazu haben uns meine Eltern geschenkt! Ihr könnt in einer Pension übernachten!“ Klaus hat am 30. Oktober Geburtstag, daran hatten sie wohl auch nicht gedacht.
Susanne lud sie zu einer Modenschau im„Secondella“ ein. Inge wollte dann weiter nach Raisdorf fahren, wohin sie Ortrud eingeladen hatte.
Philipp holte Inge verabredungsgemäß am Bahnhof ab. Bei Susanne angekommen, bat er sich gleich einmal Inges Auto aus.
Am nächsten Morgen brachte Inge Susanne zum Bus und fuhr dann mit dem Fahrrad an die Elbe. Sie kam zum Fischmarkt. Die Landungsbrücken, Werft- und Hafenanlagen beeindruckten sie. Auch die Speicherstadt schaute sie sich an. Dann fragte sie nach dem Weg zum Jungfernstieg. Susanne staunte, als sie um zehn Uhr im Geschäft erschien.
Zu Mittag kaufte Inge in einem türkischen Lebensmittelgeschäft ein. Hier waren alle Waren frisch und das Angebot sehr groß und preiswert. Philipp lief sofort aus der Küche, als sie Hähnchenleber briet. „Ich möchte keinen Küchendunst ausstrahlen, wenn ich beim Casting bin!“
Nach dem Essen fuhr er sie zu einem Friseur. „Diesen Dackelohren-Schnitt werde ich erst einmal verkleinern, vorne etwas den Pony ausdünnen...“ so plauderte der Friseur. Nach einer Stunde war er fertig und sie fünfunddreißig Euro los. Philipp holte sie wieder ab, gemeinsam tranken sie zu Hause Kaffee und aßen Inges mitgebrachten Kuchen. Auch Philipp sollte am Abend als Mannequin auftreten.
Susanne war von Inges neuer Frisur begeistert. Die Aufregung stieg, vor dem Geschäft wurde alles vorbereitet: Holzplatten verlegt, Beleuchtung installiert und Tische aufgestellt. Es begann mit dem Naschen von Kleingebäck, Spirituosen wurden angeboten. Inge suchte sich einen guten Platz vor der Eingangstür, um gut sehen zu können.
Dann begann die Modenschau, sie dauerte neunzig Minuten. Viele Freunde und Angestellte von „Secondella“ waren gekommen. Philipp sah gut aus, wirkte sehr steif, aber es war ja auch sein erster Auftritt als Model.
Susanne hatte die beste Figur, war gertenschlank. In einer roten Abendrobe, mit tief ausgeschnittenem Rücken und vielen Falten sah sie umwerfend aus. Nachdem Blumen übergeben worden waren und der Applaus abgeebbt war, stürzte Susanne auf Inge zu, stieß dabei ein volles Sektglas um. Der Inhalt ergoss sich auf Inges Hose.
Sie entdeckten Julian unter den Zuschauern. Er hatte sich sehr zu seinem

Vorteil verändert. Er erzählte von seiner Galerie und einer erfolgreichen Ausstellung.
Zum Feiern war Inge zu müde und sie machte Susanne den Vorschlag, sie mit dem Auto nach Hause zu fahren. Susanne fand das nicht so gut, aber Inge beruhigte sie: „Feiert allein, ich bin im Bett besser aufgehoben.“
Natürlich schlich sich nun doch der Gedanke in Inges Kopf: wird Philipp mein Vertrauen rechtfertigen und das Auto heil wieder herbringen?
Die vielen Eindrücke des Tages ließen sie einfach nicht zur Ruhe kommen. Um vier Uhr hörte Inge Türen schlagen, sie waren wieder da und nun schlief auch sie endlich ein.
Am Morgen redeten beide auf sie ein: “Du bist eine coole Mama!“
Die Sonne schien so schön, als sie sich verabschiedete, so dass sie vergaß, den Anorak mitzunehmen.
Sie brachte Susanne mit dem Auto zu „Secondella“ und fuhr dann Richtung Norden über Hamburg-Horn zur A7. Dann entschied sie sich doch für die Landstraße und fuhr über Bad Segeberg nach Raisdorf.
Ortrud erwartete sie zum Mittagessen im Garten. Sie stellte Inge ihren Lebensgefährten, einen Dr. rer. nat. (Zoologe) vor. Sie bemühten sich rührend um Inges Wohlergehen.Nach einer warmen Kürbissuppe ging es erst einmal an den Selenter See.
Im Keller des Hauses war das Gästezimmer und Inge schlief in der Nacht wundervoll. Am nächsten Morgen fuhr Ortrud mit ihr nach Kiel. Sie spazierten entlang der Förde.
Der 2. Weltkrieg hat den mittelalterlichen Stadtkern von Kiel vernichtet, zu 80% sei alles zerstört worden, erklärte Ortrud.
Lange unterhielten sie sich über das Schicksal der Runze-Familien.
Am nächsten Tag fuhr sie wieder ab. Eigentlich wollte sie noch nach Hamburg fahren, ließ es aber dann doch sein.
Zu Hause erwartete sie ein Brief der Bibliothekarin von Eichstädt. Zum Senioren-Nachmittag lud sie am 15. Oktober ein. Das hatte Uta wohl organisiert.
Das Wetter war sehr angenehm. Warme, sonnige Herbsttage folgten.
Inge fuhr schon am frühen Morgen los. In Marwitz bei Eichstädt wollte sie unbedingt einmal die berühmte Keramik-Werkstatt von Frau Bollhagen besichtigen. Sie war begeistert von dem volkstümlichen Design, das dennoch praktisch war.
Nach dem Mittagessen, das sie in einem kleinen Reiterhof einnahm, spazierte sie über die Felder. Über ihr erblickte sie zwei Kreise Kraniche, die

vom Aufwind getragen, immer höher stiegen und schließlich nach Süden am Himmel verschwanden. Noch lange hallten deren charakteristische Rufe in ihren Ohren nach.
Pünktlich 15 Uhr betrat sie die Baracke, in der sich die Senioren versammelt hatten. Freundlich und interessiert begegneten ihr die Landfrauen.
Kurz nach 17 Uhr kam Uta. Zur blauen Niethose trug sie eine weiße Bluse und einen lila Schal, darüber eine enge schwarze Jacke. Sie liefen über eine Stunde in Vehlefanz spazieren. Da das Land Brandenburg Herbstferien hatte, waren die Kinder bei den Großeltern in Castrin.
Den Strauß blassrosa Nelken ließ Inge bei Uta, als sie sich am Morgen verabschiedete. Denn nun ging die Fahrt weiter nach Bochow bei Jüterbog. Es lag auf dem Weg nach Weißenfels, wo sie am 17.Oktober drei Lesungen im Goethe-Gymnasium halten sollte.
Julia und Angela hatten gerade eine Angina überstanden. Julia freute sich und wollte unbedingt wieder ein wenig Gitarrenunterricht bekommen. Inge erzählte von der Hochzeitsfeier in Halle und am Nachmittag verabschiedete sie sich. Von Rot nach Schwarz färbte sich im Abendschein der Himmel, als sie in Weißenfels eintraf.
Beim Auspacken vermisste Inge ihre Tasche mit der Lesebrille und der Geldbörse. Die lag in Jüterbog.
Hannelore, ihre ehemalige Mitschülerin, bei der sie Quartier bezogen hatte, beruhigte sie: „Ich leihe Dir Geld!"
Großes Herzklopfen befiel sie am Morgen. Inge packte ihre neunzehn Exemplare „Gelebt, geliebt, gelitten", gedruckt in der Rathaus-Druckerei von Neubrandenburg ein, schulterte die Gitarre und lief den alten Schulweg aus Kindertagen.
Im Vorraum der Aula befand sich ein kleiner Raum mit hohem Fenster und einem Flügel. An den Wänden hingen Bilder, gemalt von Schülern. Frau König, die Vorsitzende des Freundeskreises Goethe-Gymnasium, kündigte sie an, danach verließ sie sofort den Raum und ließ sie mit den etwas verschlafen wirkenden Schülern der 13. Klasse allein. Sie sahen so jung aus und eine „Wand" tat sich vor Inge auf.
Sie nahm die Gitarre und stimmte das Hannes Wader-Lied „Heute hier, morgen dort, bin kaum da, muss ich fort" an. Die ersten Schülerinnen lächelten, das Eis war gebrochen. Scherzhaft sagte Inge: "Verzichten Sie heute einmal auf ein McDonald Brötchen und nehmen Sie für zwei Euro meine Broschüre!" Tatsächlich kamen fünf Mädchen nach der Lesung zu ihr nach vorn.

Nach der zweiten Stunde verkaufte sie fünf Broschüren und dann war erst einmal Pause für sie. Nun ging sie in den Stadtpark. Die Sonne strahlte mächtig vom Himmel. Sie schlenderte durch die Stadt bis zur großen Saale-Brücke. Die Bäume an der Saale waren in den vergangenen fünfzig Jahren noch größer geworden.
In der letzten Unterrichtsstunde am Vormittag hatte sie erwachsene Abiturienten vor sich. Sie kamen aus dem zweiten Bildungsgang und hörten aufmerksam zu. Inge las aus ihrer Kaderakte von den Ketten-und Nagelwerken (TEWA) Weißenfels vor und die Schüler fragten interessiert, wo sie denn die Originaldokumente herhabe. Sie sagte, dass der LPG-Vorsitzende ihr 1963 die Kaderakte mit den Worten übergab: "Was Sie gemacht haben, interessiert mich nicht, mir ist wichtig, wie Sie j e t z t arbeiten!"
Diesmal waren die Klassenlehrerinnen anwesend und baten ebenfalls um ein Exemplar. Sie wollten, dass sie eine Widmung in die Broschüre schreibt und Inge brauchte eine halbe Stunde, ehe sie damit fertig war.
Um 17 Uhr begann die Jahreshauptversammlung des Fördervereins. Es ging um den beschädigten Pavillon (auf dem hinteren Schulhof), der nun doch nicht von der Stadt renoviert wurde, weil der Förderverein das bezahlte. Die Stadt sparte das Geld.
Rotwein und Käsehäppchen wurden angeboten und um 18 Uhr begann Inge mit der vierten Lesung an diesem Tag. Der Raum war voller Menschen.
In allen drei Unterrichtsstunden hatte Inge etwas anderes aus ihrem Manuskript gelesen, jetzt beschränkte sie sich auf „Kindheit und Jugend" und lag damit richtig. Drei oder vier Lehrerinnen erkannte sie. Frau König überreichte ihr einen wundervollen Herbststrauß. Die letzte Broschüre ging weg. Nun nahm sie sogar Vorbestellungen entgegen.
Was für ein Tag! So viele Menschen waren ihr an diesem Tag begegnet, überall war sie freundlich aufgenommen worden. Das hatte sie nie zu träumen gewagt.
Auf der Rückfahrt besuchte sie Klaus und Familie. Klaus ging mit ihr und Laura in der Stadt spazieren, während Cathleen das Mittagessen vorbereitete. Es wurde der letzte der wundervollen Herbsttage. Laura lächelte sie aus ihrem zitronengelben Schlafsack an und wollte nach dem Mittagsschlaf gleich hoch genommen werden.
Am Spätnachmittag verabschiedete sich Inge, um nun in Bochow die vergessene Tasche mit der Lesebrille und Geldbörse abzuholen. Angela hatte alles bereit gelegt, sie stärkte sich bei Tee und Abendbrot und um acht

Uhr abends fuhr sie ab. Nach einer Stunde war sie bereits in Nassenheide, musste dann aber wegen Bauarbeiten in Dannenwalde eine Umleitung über Zehdenick, Zossen, Ribbeck bis Fürstenberg fahren. Zu Hause angekommen, war sie sehr erschöpft und die Füße „fuhren“ im Schlaf weiter.
Die Hoerner-Bank teilte ihr mit, dass für die Ausstellung des Erbscheinverfahrens etliche Formalitäten notwendig sind, so die Kopie ihres Passes und ihrer Original-Geburtsurkunde, die Kopien der Geburts-Heirats-und Sterbeurkunde ihrer Mutter. Sie müsse Geduld haben.
Die beglaubigte Ablichtung aus dem Personenstandsbuch des Standesamtes Kassel kam in den nächsten Tagen und erstaunte sie. Das war nun ihre e c h t e Geburtsurkunde, nachdem sie so viele Kopien ihrer „Geburtsurkunden“ in Omas Hefter gesehen hatte. „8.27 Uhr geboren in Kassel, Am Rain 1/ 2, eingetragen auf mündliche Anzeige der Ärztin Dr. der Medizin, Elisabeth Kuhn, Am Rain 1/ 2. Die Anzeigende ist bekannt. Sie erklärte, bei der Niederkunft zugegen gewesen zu sein. Unterschrift: Dr. med. Elisabeth Kuhn.“ Der ganze linke Rand des DIN A 4 Blattes war handschriftlich in deutscher Schrift gefüllt. Es stand die richtige Namensfolge ihrer Mutter: Mathilde, Maria, Frieda Stier, dann das genaue Datum des gerichtlich vollzogenen Kindes-Annahmevertrages (16. 12. 1941) und nicht wie fälschlicherweise angegeben 20. 05. 1942.
Inge kam aus dem Staunen nicht heraus, Was sollte das alles? Sie war und blieb doch ein uneheliches Kind.
Nun sollte sie aus datenschutzrechtlichen Gründen die Urkunde an die Hoerner-Bank weiterleiten.
Endlich nahm sich Inge ein Herz und wählte Jörgs Telefonnummer. Klaus hatte ihr erzählt, dass sein Bruder wegen einer Nierenkolik im Krankenhaus liege. Das beunruhigte sie sehr. Genau, wie Inge es vermutet hatte, war es geschehen: nach der Geburtstagsfeier setzten am Morgen Koliken ein. Das Sitzen am Lagerfeuer bei den kühlen Temperaturen war Gift für die Nieren gewesen. Er wurde in ein Dresdener Krankenhaus gefahren und behandelt. Die Nierensteine sollten mittels Schlauch in die Harnröhre durch elektromagnetische Schwingungen zerstört werden. Nach einer Woche wurde er entlassen.
Er schwärmte von der Reise nach Florenz. Als Inge bat, Claudia sprechen zu dürfen, antwortete er: „Das geht nicht, ich sitze auf der Toilette!“ Das ist also der einzige Platz, auf dem er Ruhe hat, um zu telefonieren, dachte Inge belustigt.
Die Ärzte wollten nach einer Woche über eine eventuelle Operation ent-

scheiden. Jörg wünschte sich zum Geburtstag nachträglich „Mein deutsches Dschungelbuch“ von Wladimir Kaminer. Dieser junge Autor, etwa vierzig Jahre alt, russischer Herkunft, lebte seit Anfang der neunziger Jahre in Berlin und leitete anfangs eine sogenannte Russen-Disco, die legendären Ruhm erlangte. Seine Darstellung des typisch „Deutschen“ war derart treffend und humorvoll, dass er überall zu Lesungen eingeladen wurde.
Jörg wurde operiert, der Nierenstein entfernt, er hatte noch große Schmerzen.
Die Eltern von Jörgs leiblichem Vater sind gestorben, eine Freundin aus Weißenfels erzählte ihr dies am Telefon. Nun habe Jörgs Vater ein Vermögen geerbt und brauche nicht mehr zu arbeiten. Vor zwei Jahren hatte er Jörg in Bautzen besucht und versprochen, mit ihm in Kontakt zu bleiben. Er hielt sein Versprechen nicht. „Ich bin sein Sohn und verlange mein Erbe!“ sagte Jörg.
Zu Julias Geburtstag beschloss Inge, ihre eine Gitarre zu schenken. In Neubrandenburg bekam sie beim
Antiquitätenhändler Scheibeler eine preiswerte Gitarre und sogar noch eine Götze-Gitarrenschule aus DDR-Zeiten, nach der Inge immer ihre Schüler mit Erfolg unterrichtet hatte.
***26. November 2003***
***Was für ein wundervoller Tag, dieser 25. November! Ich bin noch am gleichen Tag abends halb elf Uhr wieder in Neubrandenburg angekommen. Als ich am frühen Morgen auf dem Berliner Ring war, hörte der Nieselregen auf und die Sonne kam heraus. An der Abfahrt Brück verließ ich die Autobahn, passierte Treuenbrietzen und Jüterbog-Oberes Lager, eine Kette von verfallenen, fensterlosen Häusern, deren Anblick schrecklich war.***
***In Jüterbog machte ich Pause, stärkte mich bei einem Döner-Essen und war Punkt zwei Uhr in Bochow. Julia erwartete mich bereits und winkte vom Fenster herab. Ich blies vor dem Eintreten ins Haus drei Luftballons auf und gratulierte dann. Angela kredenzte ein Glas Sekt, mit Oma und Uroma wurde angestoßen. Nach dem Kaffeetrinken unterrichtete ich zwei Stunden lang Julia im Gitarre-Spiel. Sie stellte sich so geschickt an, dass sie am Abend ihrer Familie schon die Lieder „Kling Glöckchen“, „Es ist für uns eine Zeit angekommen“ und „Süßer die Glocken“ mit Akkordgriffen vorspielen konnte. Sie freute sich so sehr, dass diese Freude auf mich übersprang.***

***Dann kam Angelas Lebensgefährte und beim gemeinsamen Abendbrot stellte ich fest, wie lecker Angela kochen kann. Es gab Gehacktes in Blätterteig mit grünem Salat und Tomaten. Als ich mich verabschiedet hatte und ins Auto stieg, lief Julia noch ein Stück voraus. Sie war die personifizierte Freude. Was für ein schöner Tag.***

Das dicke Ende kam leider. Am alten Lager, Ortsausgang von Jüterbog, fuhr sie zu schnell und wurde geblitzt. Auf dem Berliner Ring verpasste sie die Abfahrt nach Stralsund, musste bis zur Autobahn-Abfahrt Birkenwerder weiterfahren und hatte einen Umweg von dreißig Minuten, da sie nun durch die Stadt Oranienburg fahren musste. In der Stadt reihte sich Ampel an Ampel. Der Tachometer ihres Autos zeigte in Neubrandenburg 484 Kilometer, das hatte sie an diesem Tag bewältigt.

Auf Cathleens Vorschlag hin bestellte Inge einen Spielhund „Tira“ im Versandhaus für Laura. Er wurde schnell geliefert. Das Zeichen “Käthe Kruse“ war am Hals angebracht. Es sollte das Weihnachtsgeschenk für Laura werden.

In Christine Stiers Jahreskalender stand für November ein Gedicht, von ihr selbst geschrieben:

Auch der Herbst hat gute Seiten

Viele, Leute meinen, der Herbst sei nur grau und fahl,
ich glaube aber Keinem, o nein, der Herbst ist nicht kahl.
Denkt an die Blätter, die das Land bedecken
viel Dunkelheit der Welt verdecken.
Wie im Winter der Schnee, im Frühling die Blumen
und im Sommer der Klee.
Denn auch der Herbst hat gute Seiten,
nur manchmal will er sie nicht zeigen.
Doch, wenn ich vom Herbst sollt malen ein Bild, dann würd´ ich
mit diesem zeigen, wie die Blätter tanzen fröhlich und wild,
und bis zum Winter bleiben.

Klaus Runze schickte Fotos vom Familien-Stammbaum der Runzes. Er hatte es 1992 in Lüneburg bei Lucie Runze abfotografiert. Die alte deutsche Schrift konnte Inge beim besten Willen nicht lesen.

Am Morgen rief Klaus an, plötzlich ein markerschütternder Schrei, Laura hatte sich mit dem Kopf am Tisch gestoßen. Inge beruhigte sie und ließ die Tira-Spieluhr laufen. Laura hörte aufmerksam zu und wurde still.

Die Neubrandenburger Tageszeitung „Nordkurier“ bot im Sommer eine

Leserreise „Vom Atlantik zum „Zuckerhut“ an. Es war eine Kreuzfahrt. Das möchte ich schon einmal mitmachen, dachte Inge, zumal sie die Erinnerungen der fast gleichen Reise von ihrem Vater gelesen hatte. Dieser hatte 1938 die Reise von Hamburg nach Rio de Janeiro mit Stop auf der Insel Madeira gemacht und sie mit über hundert schwarz-weißen Fotos dokumentiert. Die Cousine ihres Vaters hatte ihr 1990 diese Reisebeschreibung mit einem Foto des damals Dreißigjährigen geschenkt.

Die Leserreise sollte über die Kapverdischen Inseln, Salvador de Bahia, Rio de Janeiro und Buenos Aires führen. Kostenpunkt: 2243 Euro. Da Inge die Geldsendung von der Hoerner-Bank erwartete, entschloss sie sich teilzunehmen.

***3. Dezember 2003***

***Gleich geht es los. Um 23.30 Uhr fährt der Bus mit den Kreuzfahrt-Teilnehmern nach Frankfurt/Main zum Flughafen.***

***Der Bus war mit achtzehn Personen nur halb besetzt, so dass ich mich um ein Uhr nachts auf die hintere Bank im Bus legte und mit der Kutte zudeckte, dennoch fror ich gegen vier Uhr morgens jämmerlich.***

***Auf dem Flughafen fand der Busfahrer nicht die Einfahrt und ließ uns einfach aussteigen und verflüchtigte sich.***

***Der schönste Moment war der, als das Flugzeug die Wolkendecke durchbrach und blauer Himmel und Sonne zu sehen waren. Sofort war der graue Novemberhimmel in Deutschland vergessen. Das Frühstück im Flieger war gut und um 13 Uhr landeten wir in Las Palmas.***

***Um 15 Uhr bezog ich meine Kabine am Bug des Schiffes im untersten Deck. Ich wunderte mich, dass meine Mitpassagierin nicht anwesend war. Um 18 Uhr klingelte das Telefon. Die Dame hat das Schiff um 18 Uhr beim Auslaufen in Las Palmas verpasst. Sie wird geholt. Sie hat Verlängerung ihrer Reise und möchte die Kabine für sich allein. Ob ich mit dem Tausch in eine Vier-Mann-Kabine (ohne Zuzahlung) einverstanden sei. Mein Herz jubilierte. Natürlich nahm ich das Angebot an.***

***Statt 350 Passagieren hatte das Schiff nur 171 Passagiere. Ich zog in eine neue Kabine. Gegenüber der Eingangstür befand sich zwischen den Betten ein großes Bullauge, ich hatte also den Blick auf die Wellen bei Tag und Nacht. Links vom Eingang war das Bad mit Dusche, Waschbecken und WC. Daran schloss sich ein Doppelbett. Rechts stand ein zweites Doppelbett.***

***Mit wem würde ich nun dreizehn Tage an einem Tisch sitzen? Ich war gespannt. „Mein“ Tisch stand auf der linken Seite des Speise-Saals,***

*direkt am Fenster. Ein Elektromeister aus Malchin, etwa 55 Jahre alt, hatte bereits mit seiner Frau die Fensterplätze eingenommen, ich saß links von ihm. Mir gegenüber saß ein Monteur, neunundvierzig Jahre alt, der nicht nur als Kraftfahrer für Chemieanlagen im Raum Bielefeld arbeitet, sondern diese gleich an Ort und Stelle zusammenbaut. Nach siebenundzwanzig Jahren war seine Ehe gerade gescheitert. Nun wollte er sich erst einmal erholen.*

*Das Abendbrot zog sich neunzig Minuten hin. Ich schlief anschließend wie eine Tote bis morgens fünf Uhr. In Ruhe packte ich dann erst mal meinen Koffer aus. Jeden Abend lag auf dem Bett ein gedrucktes Programm für den nächsten Tag.*

*Um 7.45 Uhr wurde eine halbe Stunde Frühsport angeboten. Etwa zehn Frauen taten es mir gleich. Auf dem Oberdeck, wo der Frühsport stattfand, wehte unaufhörlich der Wind. Um zehn Uhr wurde eine Übung für die Anwendung der Schwimmwesten auf Deck durchgeführt, an der jeder Passagier teilnehmen musste.*

*Danach schaute ich mir in Ruhe das Schiff an. Zwei Musiksalons erregten mein Interesse. In dem einen stand tatsächlich ein Flügel auf schwankenden Planken, da musste ich einfach zu spielen probieren. Was für ein Gefühl, im schwankenden Schiff Klavier zu spielen!*

*Das Mittagessen war sehr gut, es bestand aus drei Gängen. Die Portionen waren klein, aber es vergingen neunzig Minuten, bis das Dessert gereicht wurde. Nun muss man Konversation machen, das ist ganz schön anstrengend.*

*5.12. 2003*

*Durch das Bullauge habe ich ständig „Tuchfühlung“ mit dem Atlantik und beobachte die weißen Schaumkämme.*

*Am Abend stellten sich die Mitarbeiter des Kreuzschiffes vor. Der Kapitän ist Spanier. Er sprach drei deutsche Sätze. Die junge Reiseleiterin stammt aus Hamburg.*

*Das Frühstück ist fantastisch, denn immer wird am Büfett frisches Obst angeboten. Vorspeisen und Salate muss ich mir ebenfalls am Büfett abholen.*

*Um 15 Uhr war eine Führung auf der Kommandobrücke, das war sehr interessant.*

*Zum abendlichen Kapitänsempfang zogen sich alle Passagiere festlich an. Ich hatte das fliederfarbene Kleid von Klaus′ Hochzeit an. Da ich allein kam, flankierten mich der junge Kapitän und die Reiseleiterin*

*für das Foto. Auf dem Schiff wird den ganzen Tag fotografiert und nach vier Stunden kann man die Fotos bereits in einem Glasschaukasten ansehen und kaufen.*
*Nach dem Empfang wurden die Künstler vorgestellt. Diese kamen fast ausschließlich aus den östlichen Ländern, so der Geiger aus Prag und die Lektorinnen aus Potsdam (hielten Vorträge zu stattfindenden Ausflügen während der Fahrt). Ein Saxophonist spielte nicht nur hervorragend, sondern sang auch sehr gut. Der tschechische Geiger spielte Zigeunerweisen (Komm' Zigan...). Am besten gefiel Arno Bell, ein Bauchredner, er begeisterte alle mit seinen Darbietungen.*
*Im Musiksalon lernte ich eine sechsundsiebzigjährige Dame aus Köln kennen. Sie stellte sich als Studienrätin vor und war verwitwet. Sie hatte Chopin-, Schumann- und Bach-Noten mit und ich Noten von Mozart.*
*7.12. 2003*
*Ich bin erst den dritten vollen Tag hier, aber habe schon soviel gesehen, dass es mir vorkommt, als sei ich schon tagelang auf dem Schiff. Jetzt verlaufe ich mich nicht mehr. Ich bin ja quasi eine „Kellerassel", ganz unten in der fünften Etage. Ich benutze den Fahrstuhl, wenn ich auf das Oberdeck will.*
*Heute Morgen erwachte ich um sechs Uhr und erblickte eine Lichterkette vor dem Bullauge. Wir waren in der hufeisenförmigen Kette der Kapverdischen Inseln angekommen und nahmen den Lotsen an Bord. Ich stürmte sofort auf das Oberdeck an die Reeling. Es war überwältigend, als es immer heller wurde und die Konturen der Wolken die Berge zeichneten.*
*Die Kapverdischen Inseln sind hufeisenförmige Inseln, die größte, nördlich gelegene Insel im Archipel, heißt Santo Antao. Für 33 Euro konnten wir Passagiere nun eine Halbtagesfahrt auf die Insel mit einigen Kleinbussen erleben. Der Vulkangipfel Tope de Coroa ist 1979 m hoch. Die einzige Straße vom Hafen Porto Novo zur Inselhauptstadt Ribeira Grande ist 38 Kilometer lang. In Serpentinen ging es in mehreren Kleinbussen hinauf. Die Westseite der Berge mit Terrassen ist grün, da wachsen Pinien, Kiefern und Brotbäume. Die Ostseite der Berge dagegen ist kahl und braun. Von Afrika kommen dort die heißen Winde an. Über 70% der Bevölkerung Kap Verdes sind Mulatten; sie sind die Nachkommen der portugiesischen Einwanderer und afrikanischer Sklaven. Mir fiel auf, dass diese Menschen alle sehr schlank waren und blendend weiße Zähne zeigten.*

*Wir fuhren direkt in eine Hochgebirgslandschaft. Schroffe Bergrücken wechselten sich ab mit kahlen Geröllhalden hinauf zum Cova-Krater. Je höher wir kamen, desto grüner wurde die Landschaft. Zum Teil führte die Straße direkt auf dem Grat entlang. Wir sahen von oben tief eingeschnittene, fruchtbare Täler, Häuser, die förmlich am Berg klebten. Jedes noch so kleine Stück fruchtbarer Erde wird zum Anbau von Zuckerrohr, Maniok, Bananen, Kaffee und Tabak genutzt. Als wir die Berge erklommen hatten und nach unten blickten, konnten wir kaum das Schiff am Hafen ausmachen, so hoch waren wir. Über die Inselhauptstadt Ribeira Grande fuhren wir wieder zurück zum Porto Novo. Es gibt außer der Landwirtschaft für den Eigenbedarf nur den Fischfang als Einnahmequelle der Einheimischen. Die östlichen Inseln werden touristisch vermarktet, da die langen Sand-Strände die sonnenhungrigen Europäer anlocken.*
*Alle Fenster im Bus waren geöffnet und es zog fürchterlich, denn der einheimische Fahrer fuhr ein rasantes Tempo. Punkt 12 Uhr waren wir wieder am Hafen. Ich wusste, das würde böse Folgen haben.*
*Am Abend war ein Wissensquiz. Ich beteiligte mich und bekam den zweiten Preis, eine Flasche italienischen Rotwein.*
*In der Nacht hörte ich die Wellen an das Bullauge schlagen, es wurde stürmisch und die Erkältung kam. Klatschnass wachte ich in der Nacht auf, Halsschmerzen und Fieber stellten sich am nächsten Tag ein. Ich ging zum Schiffsarzt. „Lieber gleich im Ansatz die Krankheit ersticken!" war seine Meinung. Ein Antibiotikum, Lutschbonbons und Hustensaft gab er mir. Der Himmel war wolkenbedeckt und es stürmte den ganzen Tag.*
*„Ohne Medikamente hätten Sie jetzt eine Lungenentzündung!" meinte der Arzt, als ich ihn nach zwei Tagen wieder besuchte. Außen herrscht subtropische, feuchtwarme Luft und im Innern des Schiffes sorgen die Klimaanlagen für 20 Grad. Das empfinde ich dann als kühl. Beim Essen läuft unentwegt der Ventilator über mir und ich friere, weil ich keine Strickjacke oder ein Tuch übergezogen hatte.*
*Beim Abendessen wurde mir so schlecht, dass ich in die Koje flüchten musste. Am Morgen drehte sich alles im Kopf, kaum hatte ich das Antibiotikum eingenommen, wurde mir so schlecht, dass an Essen nicht zu denken war. Ich musste mich hinlegen. Die anderen Passagiere erfreuten sich an den Späßen bei der Äquatortaufe, tanzten ausgelassen die ganze Nacht. Ich bekam in der Nacht eine Fieberattacke und dachte,*

*mein letztes Stündlein hätte geschlagen. Ich kam schließlich auf die rettende Idee, mit Handtüchern und Waschlappen Wadenwickel anzulegen und dieses alte Hausmittel half. Dreimal in einer Stunde legte ich diese an, dann schlief ich endlich ein.*
*Warum gehst du nicht zur Reiseleiterin? Sie hatte in ihrer Begrüßung gesagt, dass man sich bei auftretenden Problemen bei ihr melden solle. Ich tat dies und schon zu Mittag kam der Chefkoch an meinen Tisch und fragte, was ich essen wolle und könne. Meine Tischnachbarn nahmen ebenfalls regen Anteil und boten mir Aspirintabletten und „Klosterfrau Melissengeist“ an.*
*Am Abend zeigte der Bauchredner Arno Bell mit der kleinen Gans und Hund Socke seine Künste. Es war einfach köstlich und wir kamen aus dem Lachen nicht heraus.*
*Schließlich suchte er für die „Darstellung eines Bauchredners“ zwei Mitspieler für nur dreieinhalb Minuten. Es sollte ein Mann und eine Frau sein. Ich saß wieder am gleichen Tisch wie beim Quiz am Abend vorher. Ich duckte mich, so gut ich konnte, aber der Mann hatte wohl ein Auge auf mich geworfen. „Die Dame im grünen Kleid, wenn Sie so nett wären....“ und unter dem Beifall der Teilnehmer marschierte ich nach vorn. Immer, wenn er meine Hand drückte, sollte ich ganz weit den Mund aufmachen, dann würde er „mich“ sprechen. Ich machte meine Sache so gut, dass mir hinterher nicht nur einige Leute gratulierten, sondern ich auch Freude verspürte. Der Hals schmerzte viehisch, ich konnte weder schlucken noch sprechen. Arno Bell gab mir einen Handkuss und eine signierte Autogrammkarte mit Dank für meine Teilnahme. Vielleicht versuche ich das später mal meinen Enkeln vorzusopielen.*
*Am Morgen ließ ich mir eine Scheibe Toastbrot geben, aber ich konnte nicht schlucken. Der entzündete Hals ist einfach grässlich. „Probieren Sie doch einfach mal ein Glas Sekt!“ meinte mein Nachbar. Tatsächlich, ich trank und der Sekt erwies sich als reinster Lebenswecker. Der Kreislauf kam wieder in Bewegung. Ich setzte mich an den Pool, wo es bis elf Uhr schattig war. Am Nachmittag schlief ich zwei Stunden in meiner Koje und holte den Nachtschlaf nach.*
*Seit heute morgen sehen wir steuerbord die Küste von Südamerika. Winzige Fischerboote erkennt man in der Ferne.*
*Wieder einmal wurden heute Nacht die Uhren umgestellt, diesmal eine Stunde zurück. Um 8.30 Uhr sollen wir in Salvador de Bahia anlegen.*

*Die Nacht wurde wieder schlimm, ich musste erneut Wadenwickel machen. Kaffee und Abendbrot ließ ich ausfallen.*
*Die Hafenangestellten hielten uns bis 10 Uhr an Bord, die Bürokratie ist allgegenwärtig. Erst dann durften wir in die Busse steigen. Eine halbe Stunde fuhren wir an der Bucht entlang in die Oberstadt.*
*Salvador de Bahia ist die erste Stadt, die in Brasilien gegründet wurde und Regierungssitz war. Das war am 29. März 1549. Bis 1763 blieb sie die erste Stadt, dann übernahm Rio de Janeiro die Führung. Salvador hat eine Ober-und eine Unterstadt. Eine steile Hangstraße, eine Stadtseilbahn und Aufzüge stellen die Verbindung zwischen beiden Städten her. Die Unterstadt ist in erster Linie Handels-, Geschäfts-und Dienstleistungszentrum, die Oberstadt erlangte u.a. durch ihre historische Altstadt Berühmtheit. 1987 wurde sie zum Weltkulturerbe erklärt.*
*Wir besichtigten zuerst die Altstadt. Die San Francisco Kirche ist stilistisch ein Mischung aus Manierismus und Barock, der Innenraum verkörpert das Lissabonner Ideal einer „Goldenen Kirche“. Alle drei Schiffe sind mit prunkvollem, vergoldetem Schnitzwerk ausgestattet. Ich war erschüttert von der Fülle an Gold. An Jesus Hüfte (Kreuzdarstellung) kniete Franz von Asissi, so eine Darstellung habe ich noch nie gesehen. Der Kontrast zur Stadt konnte nicht größer sein. Die Kirche des ehemaligen Jesuitenkollegs aus dem 17. Jahrhundert schauten wir als nächstes an. Das Jesuiten-Seminar war zu jener Zeit das größte seiner Art außerhalb von Rom. Im Pelourinho-Viertel hatten wir eine halbe Stunde zur freien Verfügung. Es ist ein beliebter Treffpunkt der Einheimischen und Touristen.*
*Beim Aussteigen stürzten sich sofort Einheimische mit Ketten und Armbändern, die Glück bringen sollen, auf uns. Wir sollten kaufen. Achtzig der Einheimischen sind afrikanischer Herkunft. Meine ersten beiden Dollar wurde ich gleich los, als ich mich mit einer Brasilianerin in heimischer Tracht fotografieren ließ. Leichtsinnig hatte ich meinen Campingbeutel auf die Erde gestellt und nicht beachtet, aber Beate, eine Reiseteilnehmerin, stürzte sich sofort auf ihn, ehe ihn jemand stehlen konnte. „Mein Gott, wie leichtsinnig sind Sie bloß?“*
*Die Bevölkerung ist sehr arm, das sieht man, aber die Häuser sind wunderbar verputzt. Wieder staunte ich, wie schlank diese Menschen sind, wie makellos ihre schwarze Haut war und wie blendend weiß ihre Zähne.*
*Wir gingen zu einem Juwelierladen, der erste und wohl auch teuerste*

am Platz. Der Laden war klimatisiert, eine Wohltat, und sofort wurde uns ein Glas eiskaltes Wasser und ein viertel Glas Majacura angeboten, das war Labsal für die trockenen Schleimhäute. Dann zeigte man uns Aquamarine und Smaragde, die nur in Salvador gefördert werden.

Es war schlimm, überall wurde ich angebettelt. Ein dreizehnjähriger Junge (ich hatte nach seinem Alter gefragt), wollte mir die Schuhe putzen, aber ich hatte Sandalen an. Ich fragte, ob er mir ein brasilianisches Lied vorsingen könne, daraufhin sang er leise drei Strophen. Ich verstand das Wort Liberta´,“Freiheit“ und dachte, es müsse wohl die Nationalhymne sein. Er war völlig überrascht, als ich ihm einen Dollar schenkte.

Dann sang ich “I´ m sailing“. Wir verständigten uns mit Händen und Füßen und er wollte wissen, ob der Neustrelitzer Kollege (auch ein Musiklehrer) mein “married“, also Ehemann, sei. Ich sagte:”No, I´m a Single.” Joans Bruder, sieben Jahre alt, wollte nun auch einen Dollar verdienen, weil sein Bruder ihm stolz den Dollarschein auf der Schuhbürste präsentierte. Ich blieb hart, aber der Neustrelitzer nicht. Er nannte seinen Namen, Horst. Sagte der Dreizehnjährige zu mir:“ Ich Joan, wie Du heißt?“ „Inge“ wiederholte er mehrmals, als ich es ihm sagte. Nun legte der Siebenjährige seinen Kopf an die Brust von Horst und meinte: „Papa!“ Alles lachte. „Grandpapa“ No, no! rief dieser sofort. Und schließlich gab er ihm doch einen Dollarschein.

Mittag um 12 Uhr mussten wir zurückgehen. Joan kam bis zum 70 Meter abwärts führenden Aufzug mit, drückte meine Hand und bedankte sich noch einmal. Er wird wohl nicht so schnell vergessen, dass ihm eine weiße Lady einen Dollar für ein gesungenes Lied gab.

Diesmal schmeckte das Mittagessen nach dem vielen Laufen viel besser. Herrlich anzuschauen war das Auslaufen des Schiffes nach dem Mittagessen. Viele bunte Surfer und Segelboote belebten das Bild in der Bucht.

Am Abend spielte der sechzigjährige Eddy auf dem Akkordeon Seemannsweisen.

Meine Kabine liegt wahrscheinlich neben dem Maschinenraum, nachts ist der Lärm sehr groß, obwohl ich die Ohrstöpsel einstecke.

15. Dezember 2003

Das war die erste Nacht, in der ich traumlos von 23 bis 7 Uhr morgens schlief. Endlich habe ich keine Halsschmerzen mehr. Jetzt erst merke ich, wie ich mich Nacht für Nacht gequält habe. Die ständigen Schweiß-

*ausbrüche machten schlapp und deprimierten mich. Am Mittag, als alle beim Essen saßen, ging ich an den Pool und sprang ins Wasser. Da merkte ich, was mir die ganze Zeit gefehlt hatte. Ich plantschte und tobte wie eine Verrückte im Wasser des kleinen Pools, in dem man nur etwa vier Züge diagonal schwimmen kann. Da wurde mir besser. Vom Wind und von der Sonne ließ ich mir die Haare trocknen.*
*Um 17 Uhr war ein Vortrag über den Zuckerhut und den Ausflug zum Corcovado in Rio de Janeiro.*
*Zehn Stunden hatte ich  nichts gegessen, der Magen knurrte. Ich bestellte aus dem Tagesangebot eine Krabbencremesuppe, Blätterteig mit Spinat und Rinderbraten. Zum Nachtisch gab es Schokoladeneis. Ich schaffte es kaum. Ein Schluck Rotwein half zu verdauen.Nach dem stimmungsvollen Musikabend bei Kerzenlicht schaute ich mir den Sternenhimmel an. Die östliche Himmelseite war sternenübersät. War es die Milchstraße oder Nebel? Steuerbord sah ich den leuchtenden gelbroten Mars. Das letzte Abendrot zeigte sich in der Ferne.*
*16. 12. 2003*
*Gleich nach dem Frühstück ging ich wieder an den Pool. Das Wasser hatte „nur“ 19 Grad, umso mehr erfrischte es. Zu Mittag duftete es am „Lido-Deck“ nach frisch gebratenem Schnitzel. Ich aß eins, zwei winzige Scheiben Brot dazu und Melone als Nachtisch. Das reichte mir völlig.*
*Im Musiksalon hatte man Tische aufgestellt und die Köche (meist Honduraner) schnitzten aus Obst und Gemüse wahre Kunstwerke mit dem Messer. Auf weißgedeckten Tischen bewunderten wir nun Hasen aus Apfelsinen, Fische in Melonen, Pinguine aus Auberginen.*

*Der Höhepunkt der Reise wurde bei herrlichem Sonnenschein die Einfahrt in den Hafen von Rio. Es soll die schönste Hafeneinfahrt der Welt sein, sagte der Kapitän. Ein paar Schäfchenwolken am Himmel störten nicht. Rio lag im Sonnenlicht. Ein schmaler bläulicher Nebelstreifen lag vor der Kulisse der von Granitfelsen geschützten Guanabara-Bucht. Rio ist ein Naturhafen. Rechterhand zogen sich Sandstrände vor steil aufragenden Felsen hin. Blauer Dunst lag über allem. Immer weiter kristallisierte sich das Panorama heraus. Der linke zackige Felsen nannte sich „Kleiner Hund“, dann der erste runde Bergkegel, “großer Bruder“, daneben der zweite Berg der „kleine Bruder“. Der Zuckerhut, schräg nach links sich neigend, schob sich nun in den*

*Vordergrund und über allem ragte majestätisch der 700 Meter hohe Corcovado mit der Christusstatue. Wir fuhren quasi in die ausgebreiteten Arme von Christus.*
*In der Hafeneinfahrt dominierten die Hochhäuser und eine fünfzehn Kilometer lange Brücke verband zwei Stadtteile von Rio. Fast alle Passagiere standen zwei Stunden lang, um dieses Erlebnis fotografisch festzuhalten. Die Sonne brannte.*
*Am Abend waren in Rio um 21 Uhr noch 40 Grad. Wir sahen es an einer Anzeige. Die Hitze schlug wie eine Bombe auf uns ein.*
*Die Mehrzahl der Passagiere hatte eine teure Samba-Show gebucht, ein Ehepaar und eine sehr füllige Frau wollten aber in die Stadt gehen. Ich schloss mich an. Der Mann, ein aktiver Sportler, hielt einen Stadtplan in der Hand und fand sich gut zurecht.*
*Es war ein Montag und Mülltag. Berge von Abfallsäcken standen überall herum. Es stank nach Urin und Fäulnis, der Geruch schien aus allen Ecken zu strömen. Es war schrecklich. Ich musste eine Cola trinken, um meinen Durst zu löschen. Dann sah ich einen Händler vor einem Supermarkt, der kleine Kunstwerke herstellte. Er nahm einen Draht und bog mit einer Zange geschickt ein kleines Fahrrad (11 cm lang, 7 cm hoch) daraus. In das Vorderrad „schrieb" er den gewünschten Namen des Touristen. Ich ließ ein Fahrrad mit dem Namen "Inge" und eins mit dem Namen „Klaus" herstellen und gab ihm zwei Dollar. Es waren zwei Drähte aus denen er das Fahrrad bastelte, ein gelber und ein roter. Nun hieß es, die zierlichen Gebilde heil nach Haus zu bringen.*
*Dann sahen wir die Bienenwachskirche, gebaut von Oskar Niemeyer. Es sah aus, als bestünde die Kirche aus lauter gelben Waben.*
*Plötzlich stöhnte die füllige Frau auf. „Ich kann nicht mehr, ich bekomme keine Luft, ich glaube ich bekomme einen Herzanfall, genau wie mein verstorbener Mann vor zwei Jahren". Ich erschrak und erklärte mich bereit, mit ihr zurück zum Schiff mit einem Taxi zu fahren. Das war noch einmal gut gegangen!*
*Im Musiksalon saßen nur das Tanzpaar, der Conferencier und ein älterer alleinstehender Herr. Er kam mit mir ins Gespräch und machte sich über die Touristen lustig, die ständig ihre Digitalkamera im Anschlag hatten. "Ich präge mir alles ein, ich brauche nicht zu fotografieren!" meinte er stolz. Ich hatte schon wieder brennenden Durst und bestellte eine Pina Colada ohne Alkohol.*

*Das hatte mir eine Serviererin empfohlen und die bekam mir ausgezeichnet.*
*Der Herr entpuppte sich als Musikschullehrer aus Wien. Das war nun also mit mir der dritte Musiklehrer an Bord. Fünfundzwanzig Jahre habe er Cello und Blockflöte unterrichtet. Sein großer Kummer war, dass all seine Kinder unmusikalisch waren. Angeregt unterhielten wir uns bis 23 Uhr.*
*16. Dezember 2003*
*Am frühen Morgen zeigte das Thermometer 39 Grad. Heute sollten die Ausflüge (wahlweise) zum Zuckerhut bzw. auf den Corcovado stattfinden. Die blonde Reiseleiterin stellte sich als Hamburgerin vor. Seit dem 15. Lebensjahr hatte sie mit ihrer Mutter in Rio gelebt, da diese einen Brasilianer geheiratet hatte. In Deutschland studierte sie und kehrte wegen Heimweh wieder zurück nach Rio und arbeitete nun schon lange als Reiseleiterin.*
*Die Schweizer Zahnradbahn fuhr durch einen aufgeforsteten Regenwald, besser Tropenwald. Wunderbar erschien mir das Grün. Hundertfach sah ich lachsfarbenen Roseneibisch in Knospenform. Gelbe, sackförmige Gebilde waren Stink-Früchte, die an Baumstämmen hingen. Dann liefen wir die zweihundert Stufen zur Christus-Statue hinauf. Es war halb elf Uhr, feiner Dunst lag über dem Meer. Nach Norden war der Zuckerhut zu sehen, ging man um die Christusstatue, konnte man alle Stadtteile sehen. Die berühmte Copacabana war als feiner heller Streifen zu sehen. Grün leuchtete der Botanische Garten, der von Napoleon 1808 errichtet wurde. Den nationalen und regionalen Flughafen erkannte ich und viele grüne Inseln. Die Sonne strahlte vom blauen Himmel.*
*Achtunddreißig Meter hoch ist der aus Speckstein ummantelte Christus, die Spannweite der Arme beträgt achtzehn Meter. 1931 wurde die Statue von den Franzosen gebaut. Von der Höhe (740 Meter) genießt man einen überwältigenden Blick auf die Stadt. Man sagte uns, dass es tagelang in Rio geregnet hätte. Wir brachten nun den Sonnenschein.*
*Nach Meinung der Cariocas, den Bewohnern von Rio de Janeiro, verwendete Gott von den sechs Tagen der Schöpfung eine für die Erbauung Rios. Diese Auffassung ist typisch für das Lebensgefühl der Einwohner.*
*Attraktiv und vital blieb Rio auch nach der Fertigstellung der künstlichen Hauptstadt Brasilia. Das größte Kapital Rios, die Lage am Rande*

*der von Bergen geschützten Guanabarabucht, war ein Anlass für die Stadtgründung. Der Naturhafen erwies sich als günstiger Ausgangspunkt für die Kolonialisierung des Hinterlandes. Bevor die Portugiesen1567 die Stadt Sao Sebastiao de Rio de Janeiro gründen konnten, mussten sie die Franzosen vertreiben, die die Bucht seit 1555 beherrschten. Der Name der Stadt beruht auf einem Irrtum. Die Entdecker hielten die Bucht für die Mündung eines Flusses, dem sie am 01.01.1502 den Namen "Rio de Janeirao" (Januarfluss) gaben. Die Stadt erlangte erst Bedeutung, als Anfang des 18. Jahrhunderts im Bundesstaat Minas Gerais Gold und Edelsteine gefunden wurden. Rio de Janeiro war der nächstgelegene Hafen und profitierte von dem entstehenden Wohlstand.*

*1763 löste es Salvador als Hauptstadt der Kolonie ab. Rio besteht aber nicht nur aus der schönen Architektur des ausgehenden 18. Jahrhunderts, der Kaiserzeit und der Frühzeit der Republik. Die wirtschaftlichen Schwierigkeiten des gesamten Landes haben die Verstädterung des Großraums Rio gefördert. Verarmte Landbewohner strömten in großer Zahl in die Stadt und haben die „Favelas", die Slumviertel am Stadtrand immer weiter anwachsen lassen.*

*Das wichtigste Ereignis im Veranstaltungskalender der Stadt ist der Karneval, dessen Höhepunkte die letzten fünf Tage vor Aschermittwoch sind.*

*Am Fastnachtssonntag und Rosenmontag ziehen die "Samba Schulen" (nachbarschaftlich organisierte Komitees) tanzend und singend durch die von Tribünen gesäumte Avenida Presidente Vargas. Die Parade gestaltet jedes Jahr ein Thema der brasilianischen Geschichte oder Folklore. Aber auch in den Straßen und Kneipen wird ausgelassen gefeiert, denn der Karneval wirkt wie ein Ventil für die wirtschaftlichen und sozialen Nöte einer aus allen Nähten platzenden Stadt. Diese äußern sich auch in einer hohen Kriminalität.*

*Wir sahen die Badenden auf der Copacabana, dem berühmtesten Strand Brasiliens mit einer Länge von vier Kilometern. An der schmalsten Stelle ist der Sandstrand 100 Meter breit.*

*Die Fahrt vom Corcovado hinab dauerte eine halbe Stunde. Durch einen zwei Kilometer langen Tunnel fuhren wir anschließend unten durch den Corcovado. Der Strand von Ipanema gehört den vornehmen Villenbesitzern. Die Copacabana ist dort von einem Kanal durchstochen worden. Gegen Mittag wurde die Hitze immer stärker und wir waren*

*froh, wieder auf dem Schiff zu sein.*
*Nachmittag um vier Uhr lief unser Kreuzschiff aus. Den Zuckerhut sahen wir nun in voller Größe an uns vorbeiziehen. Nach zwei Stunden hatte uns der Atlantik wieder.*
*In Deutschland soll Schnee gefallen sein, erzählten Passagiere. Unangenehm fegte der Wind über das Oberdeck und ich ahnte einen kommenden Sturm.*
*17. Dezember 2003*
*Und dann ging es los. Die See begann zu kochen, unruhig warf ich mich hin und her und fand keinen Schlaf. Windstärke sechs, verkündete die Reiseleiterin im Bordfunk. Schweißnass erwachte ich. Das Duschen half. Zum Frühstück saß ich allein am Tisch. Am Geländer waren in bestimmten Abständen Tüten angebracht, falls sich Jemand übergeben musste. Unser Steward Mario empfahl mir, nur ein trockenes Brötchen zu essen und ein Glas Tee zu trinken. Das Schiff schlingerte so schlimm, dass ich mich ständig festhalten musste. In der Bibliothek las ich die „Zeit". Um elf Uhr konnte ich mich mit anderen Passagieren an dem alten Kinderspiel „Stadt, Land, Fluss" beteiligen und wir kamen auf andere Gedanken. Inzwischen war mir so kalt geworden, dass ich in die Kajüte ging, Strumpfhosen, feste Schuhe und die Kutte anzog und an Deck ging. Mit Macht zog es mich an die frische Luft, die tat dann richtig gut. Die Temperatur waren auf 19 Grad herab gesunken. Mittschiffs setzte ich mich auf einen Stuhl und versuchte, meinen wild klopfenden Magen zu beruhigen. Das gelang schließlich. Zu Mittag trank ich nur ein wenig Brühe und schlief in meiner Koje bis weit in den Nachmittag. Endlich legte sich der Sturm.*
*Eine Kartographin aus Potsdam hielt um 17 Uhr einen Vortrag über Montevideo, Uruguays Hauptstadt, am Nordufer des Rio de la Plata gelegen. Hier wollten wir anlegen und einen Ausflug in die Stadt unternehmen. Wir freuten uns bereits auf die schönsten Bauwerke, Monumente, Parks und Grünanlagen, aber es kam anders. Durch den Sturm hatten wir viel Zeit verloren. Die „Vistamar" schipperte aus Vorsichtsgründen langsam an der Küste entlang und aus dem Stop in Montevideo wurde nichts. Wieder wurden in der Nacht die Uhren um eine Stunde zurückgestellt.*
*18. 12. 2003*
*Heute Morgen kam endlich die Sonne hervor, ich genoss den herrlichen Sonnenschein. Es war kühl und windig, nicht mehr die feuchte,*

*tropische Luft wie in Rio de Janeiro. Unser Steward wird morgen vierunddreißig Jahre alt. Ich schlug vor, um acht Uhr zum Frühstück zu erscheinen und ihm ein Ständchen zu bringen. Die anderen Tischgäste waren damit einverstanden.*
*Heute Abend ist der Abschiedsgruß der Bordleitung. Da werden sich wieder die Frauen in teure Garderobe werfen und anmalen. Ach, wie ist mir dieses ganze eitle Gehabe zuwider! Aber das Schlimmste steht uns noch bevor: ein Zwölfstunden Flug von Buenos Aires nach Paris. Zwei Tage komme ich dann nicht aus meinen Sachen, vom hygienischen Standpunkt betrachtet, ein Horror, denn vom Tagesausflug in Buenos Aires geht es direkt zum Flughafen.*
*Alle Künstler wollen sich heute Abend noch einmal vorstellen. „Auf Wiedersehen und nicht good bye" lautet das Motto. Wir haben einen Sternenhimmel und heute Nacht will ich endlich einmal das Kreuz des Südens sehen. Eine Frau hat es mir schon einmal aufgezeichnet. Von drei Punkten aus muss man gedanklich eine Linie ziehen, so erkennt man das Kreuz.*
*19. 12. 2003*
*Das Essen zog sich zwei und eine halbe Stunde hin, zuvor war ein Empfang im Musiksalon. Als ich eintraf, waren alle Plätze besetzt. In einer Sesselgruppe entdeckte ich dann unsere „Tischrunde". Der Elektromeister rückte ein wenig zur Seite und bot mir Platz an.*
*Das Menü bestand aus Hummer, besser gesagt, der winzigste Teil eines Hummers, und einer Eisbombe.*
*Welch ein Effekt, als die Kellner nacheinander herein marschierten und die mit brennenden Wunderkerzen und blauen Flammen verzierten Eisbomben nach vorn trugen.*
*Das Fotografieren wollte kein Ende nehmen. Es wurden Reden gehalten, mit Sekt angestoßen, und im Musiksalon ging es um 22 Uhr weiter. Alle Künstler zeigten noch einmal, was sie können.*
*Das Tanzpaar tanzte Cha Cha Cha, der Bauchredner Arno Bell hatte ein sprechenes "Erdbeerchen" mit, Horst Ofenhammer riss Witze am laufenden Band, Eddy sang ein amerikanisches Country-Lied und Lubos Hasan spielte Geige.*
*Gegen Mitternacht war das Programm zu Ende, nun drängten die Ehepaare auf die Tanzfläche. Es wurde eine lange Nacht. Ich tanzte einmal mit Frau Hofstetter, der Studienrätin aus Köln.*
*Wir schauten uns noch den Sternenhimmel an und ich entdeckte end-*

*lich das Kreuz des Südens. Es steht in der Milchstraße auf der östlichen Himmelshälfte.*
*Von unseren Junggesellen tanzte keiner. Wie am Anfang der Reise sind sich die Menschen am Ende der Reise alle wieder fremd.*
*Das Aufstehen fiel mir heute Morgen doch sehr schwer, aber wir wollten Mario das Ständ*
*chen singen. Der Elektromeister war mit seiner Frau pünktlich um acht Uhr am Tisch. Ich glaube, Mario freute sich sehr über unser Geburtstagslied .*
*Dann ging ich zur Rezeption, um die Rechnung begleichen. Da ich vor Reiseantritt keine Krankenversicherung abgeschlossen hatte, musste ich 148 Euro bar bezahlen.*
*Alle packen. Ich lasse mir Zeit. Der Sekt und das reichliche Essen fordern ihren Tribut. Ein letztes Mal gehe ich auf das Oberdeck und genieße die Abendstimmung.*
*20.12. 2003*
*Um sieben Uhr gab es schon Frühstück, um acht Uhr begannen die Ausschiffung und der Tagesausflug in die Stadt Buenos Aires.*
*Buenos Aires ist die Hauptstadt von Argentinien und wird die „Stadt des Tangos" genannt. Sie gilt als „Stadt der guten Luft". Zwölf Millionen Menschen der verschiedensten Nationalitäten wohnen hier.*
*Es gibt moderne Hafenanlagen, große Außenhandelsunternehmen und einen der größten internationalen Flughäfen der Welt.*
*Die Metropole ist eine großzügig angelegte Stadt mit weiten Plätzen und unzähligen Parkanlagen. Gassen und breite Avenidas gliedern schachbrettförmig das „Paris Südamerikas". Der Baustil ist europäisch und spanisch. 1536 gründete Pedro de Mondeza die erste Siedlung, wurde aber von den Indianern zum Rückzug gezwungen. Die zweite Gründung 1580 durch Juan de Garay war erfolgreicher. 1776 wurde Buenos Aires Hauptstadt des Vizekönigreiches Rio de la Plata. Nachdem zwei Jahre später endlich der Handel mit allen spanischen Häfen und südamerikanischen Kolonien frei gegeben wurde, entwickelte es sich schnell zu einem Wirtschafts-, Verwaltungs- und Kulturzentrum des südatlantischen Raumes. Anfang des 19. Jahrhunderts löste es sich vom spanischen Mutterland und hielt die Briten ab, ihre Hauptstadt zu erobern. Wie ein Schachbrett ist die Stadt angelegt.*
*In der Mitte befindet sich ein großer Obelisk.*
*Nach der Erlangung der staatlichen Selbständigkeit (1853 –60) wurde*

*Buenos Aires 1880 zur Hauptstadt Argentiniens erklärt.*
*Wir besichtigten die Kathedrale. Sie ist ein dreischiffiger Bau mit einer hohen Kuppel. Die besteht aus einer Kristallsonne in der Decke. In einem Seitenschiff befindet sich das Grabmal von Jose´ de San Martin, dem Befreier Südamerikas.*
*Am schönsten war das Hafenviertel, genannt La Boca. Die bunten Häuser des italienischen Viertels sind reich verziert und bestimmen die Atmosphäre des Stadtteils. Da die Wellblechhütten bei der Errichtung so unansehnlich waren, kamen die Italiener auf die Idee, sie farbenprächtig anzumalen und veränderten damit das Gesicht des Viertels. Heute ist es ein Künstler-und Vorzeigeviertel.*
*Die Plaza de Mayo wird als das Herz des Landes bezeichnet. Kundgebungen und Demonstrationen finden hier statt, eine weiße Pyramide soll Freiheit und Frieden symbolisieren. Wir konnten nur kurz auf den Platz schauen, weil Polizisten bereits die umliegenden Straßen abriegelten, denn auch heute, am Samstag, sollte wieder demonstriert werden.*
*Traurige Berühmtheit hat dieser Ort durch die „Mütter der Plaza de Mayo“ erlangt, die hier nach wie vor die Aufklärung über das Verschwinden ihrer Familienangehörigen während der Diktatur fordern.*
*Die Lindenalleen standen in voller Blüte und dufteten. Es war etwa zwanzig Grad warm und die Luft angenehm frisch.*
*Den Nationalfriedhof besichtigten wir ebenfalls. 1822 gegründet, enthält er viele Grabdenkmäler im Jugendstil. Staatspräsidenten und auch die legendäre Präsidentengattin Evita Peron wurden hier bestattet. Durch Andrew Lloyd Webbers Musical „Evita” mit dem Lied „Don´t cry for me Argentina“ (Wein´ nicht um mich, Argentinien) wurde sie weltberühmt.*
*Mittagessen erhielten wir in einem “Happening“ Restaurant. Das noch blutige Rindersteak war ganz dick und wog 380 Gramm pro Portion, sagte man uns. Es schmeckte sehr gut, aber es war zu viel, ich schaffte es nicht aufzuessen. Um 16 Uhr waren wir im Flughafen, 18.15 Uhr flogen wir ab. Ein Flug von zwölf Stunden begann. Neben mir saß wieder mein Tischherr vom Kreuzfahrtschiff. Im Rücksitz des Vordermannes war ein Fernseher eingebaut, so dass ich mir die Zeit mit Fernsehen vertreiben konnte. Irgendwann, gegen zwei Uhr morgens, schlief ich ein. Um sieben Uhr waren wir in Paris. Die Uhren wurden um vier Stunden vorgestellt und 13.15 Uhr flogen wir weiter nach Berlin/Tegel.*

***Von dort fuhr 15 Uhr der Bus nach Neubrandenburg. Als wir 18 Uhr am Nordkurier-Gebäude auf dem Datzeberg ankamen, wollte ich nur noch frische Luft und endlich Bewegung. Trotz Sturm und Regen lief ich mit meinem Koffer nach Hause. Ich war völlig vom Regen durchnässt.***

Es dauerte ein paar Tage, ehe Inge den Schock überwunden hatte. Vor 24 Stunden befand sie sich im dreißig Grad warmen Buenos Aires. Die Zeitverschiebung musste ihr Körper erst einmal realisieren.

Als sie am nächsten Morgen gegen 10 Uhr erwachte, nachdem sie gegen zwei Uhr morgens endlich in den ersehnten Schlaf fiel, war Schnee gefallen, pünktlich zum kalendarischen Winterbeginn. Inge vermisste die Wassergeräusche des Schiffes, das Schwanken und den Maschinenlärm.

Nachdem sie eingekauft hatte, überall Menschen über Menschen, denn es waren nur noch zwei Tage bis zum Fest, genoss sie das erste Frühstück mit Vollkornbrot. Es schmeckte unvergleichlich gut.

Klaus war am vorangegangenen Wochenende mit Laura in Neubrandenburg gewesen und hatte die Weihnachtsgeschenke schon vorher ausgepackt, obwohl er versprochen hatte, bis zum Fest zu warten.

Sie kaufte einen Tannenbaum, obwohl sie wusste, dass sie Weihnachten allein verleben würde. Am Abend kam Tom. Sie bat ihn, den Tannenbaum in den Ständer zu stellen, das tat er auch. Da seine Firma Betriebsweihnachtsfeier hatte, übernachtete er unten in seinem Zimmer.

Am Abend rief Susanne an und teilte mit, dass sie zu Weihnachten nicht käme. Warum soll ich mich immer um Dich kümmern? Ich fahre dieses Jahr zu Jörg!“ Es war ein tränenreicher Heiliger Abend. In allen Weihnachtsbriefen, die sie erhielt, stand der Satz: “Du verlebst Weihnachten bestimmt bei Deinen Kindern!“ Wenn die wüssten!

Es blieb der Gang in die Kirche, um unter Menschen zu sein. Pastor Rabe predigte mit einer Handpuppe (Hirtenjunge mit Kuh), er lässt sie sprechen: „Ich habe den Stern gesehen!“ Die einfachen, hart arbeitenden Menschen haben Jesus zuerst gesehen, betonte er. Lastend schwer schien Inge die Christvesper. Die vielgepriesene „Freude“ fehlte.

Bärbels Brief enthielt ein brasilianisches Weihnachtsgedicht, das Inge mitten ins Herz traf:

| | |
|---|---|
| Jedes Mal, wenn zwei Menschen einander verzeihen | ist Weihnachten |
| Jedes Mal, wenn ihr Verständnis zeigt für eure Kinder | ist Weihnachten |
| Jedes Mal, wenn ihr einem Menschen helft | ist Weihnachten |
| Jedes Mal, wenn jemand beschließt, ehrlich zu leben | ist Weihnachten |

Jedes Mal, wenn ein Kind geboren wird ist Weihnachten
Jedes Mal, wenn du versuchst,
deinem Leben einen neuen Sinn zu geben ist Weihnachten
Jedes Mal, wenn ihr einander anseht
mit den Augen des Herzens,
mit einem Lächeln auf den Lippen ist Weihnachten.

Laura hat einen grippalen Infekt, sagte Klaus am Telefon. Ab 1. Januar macht Cathleen eine Mutter, Kind-Kur in Motzen. Sie lud Inge zu einem Besuch dorthin ein. Lauras Geburtstag stand ja bevor.
Die Trauer verflog, Heilig Abend war überstanden.

***Drei Dinge helfen die Mühseligkeiten des Lebens zu tragen: die Hoffnung, der Schlaf und das Lachen. Immanuel Kant***
Am 8. Januar war eine Vernissage, initiiert vom Literatursalon, im neuen Rundbau (Gasversorgung der Stadt Greifswald) auf dem Koppelberg. Ein ehemaliger Eisenbahner (achtzig Jahre alt) stellte seine Ölgemälde aus. Nach der Pensionierung hatte er begonnen, diesem Hobby intensiv nachzugehen. Dazu sollte Inge ein musikalisches Programm bringen. Sie wählte als erstes Lied „Frage" von Hildegard Maria Rauchfuss aus, dann das Pommernlied und das plattdeutsche Lied „Alles is vergäten".
Sie entdeckte beim Anschauen der Bilder die beliebte Ausflugsstätte „Utkiek" in Wieck. Es war eine Darstellung des „Utkiek" aus den sechziger Jahren. Inge erinnerte sich sofort der vielen schönen Stunden, die sie gemeinsam mit Jörg dort im Sommer verbracht hatte. Mit dem Fahrrad waren sie immer von der Steinbaracke in der Rathenauer Straße, ihrem Greifswalder „Zuhause", nach Wieck geradelt. Über die historische Holz-Ziehbrücke ging es vorbei an den vielen Segelbooten bis zum Ende der Hafenmole, da stand der „Utkiek" und lud zum Verweilen ein.
Nach der Wende war der historische „Utkiek" einem Glasbau gewichen und längst nicht mehr so idyllisch wie vorher, glaubte sie. Inge fragte den Maler nach dem Preis. „Sie können das Bild gleich mitnehmen!
Es kostete 160 Euro."
Inge vereinbarte eine Ratenzahlung und nahm das Bild mit.
Sie war glücklich, als sie das Bild zu Hause an die Wand im Wohnzimmer aufhängte.
Klaus verlebte seinen Winterurlaub in der Nähe von Budweis. Laura war wieder gesund und konnte mitfahren.
Am 22. Januar feierte Frau Günther ihren 87. Geburtstag im Pflegeheim. Aus diesem Anlass fuhr Inge ins Heim. Als sie an der Tür ihres Zimmers

klopfte, antwortete niemand. Sie öffnete und sah Frau Günther zusammengerollt auf dem Sofa schlafend. Leise verließ sie das Zimmer, um sie nicht zu wecken und klopfte bei einer anderen Heimbewohnerin, der liebenswürdigen Frau Zink. „Kommen Sie mit zum Kaffeetrinken!“ meinte diese. Vier Tische waren besetzt. Die junge Schwester mit blau gefärbten Lidschatten teilte wortlos Kaffee und Kuchen aus. Niemand sprach. „Ist es hier immer so still?“ fragte Inge. Frau Zink bejahte. Da fiel es Inge wieder ein, die noch so keimfreie, saubere Atmosphäre kann nicht darüber hinweg täuschen, dass hier Entscheidendes fehlt: e c h t e H i n w e n d u n g und L i e b e zum alten Menschen. Gemeinsam gingen sie dann in die Bauernstube, um zu singen. Inge hatte von Salvador de Bahia eine Ansichtskarte geschrieben und erzählte nun von ihrer Kreuzfahrt. Dann durfte sich jeder der Anwesenden ein Lied wünschen.

Auch mit der Familiengeschichte ging es weiter. Dr. Ziemssen aus Dortmund hatte ihr mitgeteilt, dass Frau Wesemann, in Husum lebend, eine Verwandte sei. Sie war auch schon über achtzig Jahre alt, aber immer noch berufstätig im Schmuck- und Uhrengeschäft ihres verstorbenen Mannes. Seit früher Jugend interessierte sie sich für Familiengeschichte. Ihre Großmutter war Ida Ziemssen, verheiratete Schmidt. Ida war die jüngste Schwester von Laura Mathilde Ziemssen. Da Idas Mann in Born auf dem Darß Förster war, ergab sich ein enger Kontakt zu Laura und ihrer Familie. Johannes Runze und sein Schwager Oberförster Schmidt sollen das Badewesen Ende des 19. Jahrhunderts auf dem Darß ins Leben gerufen haben.

Frau Wesemann antwortete sofort auf Inges Brief, studierte die website im Internet und bat um ein Exemplar des Tagebuches von Laura Mathilde Ziemssen.

Für Laura hatte sie match-box Autos gekauft. Inge fand es sehr ungewöhnlich, dass Laura mit zwei Jahren schon mit diesen Autos spielte. Das Interesse rührte von einem Jungen im Kindergarten her, der match-box Autos hatte. Seit einiger Zeit besuchte Laura den Kindergarten.

Cathleen hatte Mitte Januar ihre Kur angetreten, zum Wochenende durfte Inge nach Motzen kommen und einen Besuch abstatten. Auch Klaus wollte am Samstagnachmittag in Motzen eintreffen.

Blutrot ging die Sonne auf, als Inge Richtung Osten, nach Prenzlau fuhr. Im ersten Moment glaubte Inge, dass es brennt. Genau sechsundsechzig Kilometer war sie gefahren, als sie in Hohengüstow auf die Autobahn gelangte. Es fuhr sich wunderbar, weil am frühen Samstagmorgen die

Straßen leer waren. Sie fand auch gleich die Einfahrt zur Psychosomatischen- und Suchtklinik. Im Haus acht der hufeisenförmig gebauten Häuser war Cathleens Zimmer.
Laura war gewachsen, sehr schlank und die blonden Haare noch länger. Inge packte die match-box Autos aus, das Polizei-Auto gefiel ihr am besten und ein Büchlein vom „Töpfchen". Das musste sie ihr gleich vorlesen, nicht nur einmal, sondern gleich mehrere Male.
Nach etwa zwanzig Minuten klopfte es an der Tür und Klaus trat ein. Laura flog geradezu auf ihren Papa und freute sich unbändig.
Um 12 Uhr gingen sie durch sieben Flure zum Speisesaal. Erstes Theater: Laura wollte nicht laufen, sondern getragen werden. Sie warf sich einfach auf den Boden. Inge durfte sie nicht aufheben und tragen, aus Erziehungsgründen, wie die strengen Eltern verkündeten.
Nach dem Essen wurde sie ins Kinderbettchen gelegt. Das stand am Fußende von Cathleens Bett und zeigte eine praktische Vorrichtung:
Zwei Gitterstäbe waren herausgenommen, so dass Laura allein hinein- und hinausklettern konnte.
Das Wetter war schön und Inge beschloss, nach Kallinchen in den „Alten Krug" zu fahren, um eine Übernachtung zu bekommen. Sie bekam ein Zimmer im 4. Stock, eine steile Treppe führte hinauf, aber es war angenehm warm im Zimmer.
Dann fuhr sie gleich wieder zurück und war um 15 Uhr bei Cathleen. Sie holte ihre Walnusstorte aus dem Auto, besorgte in der Cafeteria drei Teller und drei Löffel, ein Messer und schnitt die Torte an. Sie aßen im Zimmer, denn Klaus hatte wohlweislich Kaffee in der Thermoskanne mitgebracht. Dann wurde der Schlitten ins Auto gesteckt und los ging die Fahrt nach Motzen, wo sie den Kahlen Berg hinauf liefen.
Es war schon ein eigenartiges Gefühl, als Inge daran dachte, dass ihre Mutter hier ihre Kindheit verlebt hatte und wohl die gleichen Wege gegangen war.
Laura war dick eingepackt und sah aus, wie ein kleiner Teddybär. Inge befürchtete ständig, dass sie vom Schlitten falle, aber Klaus tadelte: "Sie muss ihr eigenen Erfahrungen machen, Du kannst sie nicht immer beschützen!"
Um 18 Uhr gab es Abendbrot, Inge verabschiedete sich und fuhr zum „Alten Krug". Dort trank sie Tee, aß ein Würzfleisch und ging halb neun Uhr zu Bett.
Zeitig war sie wach und schritt bereits kurz nach sieben Uhr in den er-

wachenden Morgen. Es schneite ein wenig und ein Wanderweg zum„Seeblick“ war ausgeschildert.
Um neun Uhr war sie bei Cathleen. Sie zeigte ihr die Fotos von der Kreuzfahrt und spielte wieder mit Laura. Das Fahrrad aus Rio, das begriff sie, musste man ganz vorsichtig anfassen. Das interessierte sie besonders. In einem Holzkästchen hatte Inge das Fahrrad transportiert. Nun freute sich Laura, das Kästchen ständig auf- und zumachen zu können.
Cathleen wollte Ruhe und Entspannung und schickte Laura, Klaus und Inge nach draußen. Sie besuchten den Streichelzoo innerhalb des Klinikbereiches und Laura „redete“ mit den Lämmern, es war allerliebst.
Zu Mittag gab es Reis mit Hähnchenkeule, alles aufgewärmt und weich. Laura mochte es ebenso wenig wie Inge und hielt sich lieber an den Nachtisch, eine Banane. Langes Sitzen war Lauras Sache nicht. Sie tobte gleich wieder durch die langen Flure.
Klaus bot ihr an, noch ein wenig Mittagsruhe im zweiten Bett in Cathleens Zimmer zu halten. Das war eine gute Idee.
Laura lag in ihrem zitronengelben Daunenschlafsack, Daumen im Mund und den Tiramisu im Arm, ohne den geht nichts. Nach einer guten Stunde war sie wach und beobachtete ganz genau, ob Inges Augen offen waren. Dann versuchte sie, den Reißverschluss ihres Schlafsackes zu öffnen. Zweimal rief Klaus, sie solle zum Anziehen zu ihm kommen. Sie reagierte nicht und schon gab es einen Klaps auf den Po. Das hatte sie ganz schnell verstanden und war dann auch lieb.
Die Zeit raste, schon wieder war Kaffeezeit. Die Cafeteria war hoffnungslos überfüllt. Sie wollten dort ihren Kuchen essen. Im Speiseraum fanden sie noch Platz. Laura aß ein halbes Stück Torte, aber dann lockten wieder das Fenster, die Bäume u.a.
Inge machte sich fertig für die Abfahrt. Cathleen wollte wieder nicht mit an die frische Luft kommen. Inge meinte, dass es ihrem Schnupfen gut täte, frische Luft zu atmen. Nein, sie wollte ihren Krimi zu Ende lesen.
Es war vier Uhr Nachmittag, alles war wieder grau in grau. „Gib´ der Oma ein Küsschen!“ forderte Klaus Laura auf. Mit großen Augen sah sie Inge an und schüttelte den Kopf. Sie war ihr fremd geworden, weil sie sie so wenig sah.
Inge fuhr in den immer dunkler werdenden Abend, es schneite. Von Prenzlau aus, musste sie fast Schritt fahren, denn es wurde glatt auf den Straßen.
Am 31. Januar lud die Ernst Moritz-Arndt-Gesellschaft zu einem Vortrag

„Die Geschichte des schwedischen Volksliedes“ nach Groß Schoritz ein. Diesmal holte Inge ein Mitglied der Gesellschaft in Greifswald ab. Frau Vahsholz, weit über siebzig Jahre alt, hatte sie bei einer der letzten Zusammenkünfte gebeten, dass Inge sie mitnehme. „Sie fahren doch sowieso durch Greifswald“.
„Bitte nicht vor 11.30 Uhr kommen!“ bat sie, als Inge am Freitag telefonierte, zu welcher Zeit sie abgeholt werden wolle.
Es war nicht einfach, den Block 29 A in der Feldstraße zu finden, aber die Postbotin erwies sich als rettender Engel: “Sie stehen genau davor!“ meinte sie lachend.
„Fahren Sie doch bitte in die Stellingstraße 3, da holen wir noch Herrn Milenz ab. Nun war Inge doch erstaunt. Herr Milenz war sonst immer mit Frau Vahsholz nach Groß Schoritz mit dem Auto gefahren, nun wollte sich Frau Vahsholz quasi einmal revanchieren. Herr Milenz war Biologielehrer gewesen und nun neunundsechzig Jahre alt.
Es goss in Strömen und der Schnee begann wegzutauen.
Kurz nach 14 Uhr waren sie in Groß Schoritz. Sie suchten sich im Saal einen guten Platz und Inge wanderte nach „Klein Wustrow“ an die idyllische Badestelle am Bodden. Das Wasser des Boddens war vereist und schneebedeckt. Zweimal flogen vier Jungschwäne über Inge hinweg. Der Wind pfiff eiskalt von Ost. Inge blieb nur eine halbe Stunde draußen, aber dies tat gut.
Professor Tietz war nicht anwesend. Er sei krank, wurde erklärt. Sein junger Stellvertreter eröffnete und bei Kaffee und Kuchen stärkten sich die Zuhörer. Dann hielt der ehemalige Musiklehrer Fockenbrock einen sehr guten Vortrag. Der hochgewachsene Mann, grauhaarig, etwa sechzig Jahre alt mit sorgfältig gescheiteltem Haar, stellte sich als guter Kenner des schwedischen Volkliedes vor. Er warb auch für das Erlernen der schwedischen Sprache und schwärmte von seinen zahlreichen Aufenthalten in Schweden. Er erzählte die Geschichte des schwedischen Volksliedes und stellte Bezüge zum deutschen Volkslied her. Liedblätter mit den Texten wurden ausgeteilt und nun sangen alle gemeinsam: „Heut´ soll das große Flachsernten sein“, „Über den Berg ist mein Liebster gezogen“, “Zum Tanze, da ging ein Mädel mit güldenem Band“, “Horch, was kommt von draußen rein“, “Es zogen auf sonnigen Wegen“. Mozarts berühmtes Frühlingslied „Komm´ lieber Mai und mache“ wird auch in Schweden gesungen, erfuhren die Zuhörer.
Zum Schluss sangen alle Anwesenden in schwedischer Sprache den Ka-

non “Abendstille überall“. Es war eine wunderbare, gelöste, heitere Stimmung.
Inge brachte ihre Mitfahrer wohlbehalten nach Greifswald zurück.
Abschied im Pflegeheim. Schwester Lianes ABM-Zeit ging nach vier Jahren zu Ende und Inge wollte am 8. März den Hallux valgus an ihrem rechten Fuß operieren lassen.
Im Pflegeheim war der Tisch festlich gedeckt. Eine Karte ging herum und jeder unterschrieb, mancher mit zitternder Hand.
Schwester Liane übergab Inge zum Abschied eine kleine Palme und wünschte alle Gute für die Operation. Alle gaben Inge die Hand und Frau Ziesch sagte:“ So schön, wie mit ihnen Beiden wird es wohl nicht wieder!“
Jeden Morgen ackerte Inge an ihrer Autobiographie. Eigentlich wollte sie einen großen Zeitsprung machen. Aber da fiel ihr ein, dass es die Oberschule IV in der Stavener Straße, Neubrandenburg, seit 2000 nicht mehr gab. Sie war abgerissen worden. In ihren Erinnerungen würde sie wieder zum Leben erweckt.
Die ersten Schneeglöckchen entdeckte Inge bereits Anfang Februar. Geschützt vom Wind blühten sie am Fuße der Treppe zur Straße.
Anfang Februar stellte sie sich beim Arzt in Rostock Evershagen vor. Er galt als der Spezialist auf diesem Gebiet. Er schaute sich den rechten Fuß an und diagnostizierte eine schwere Fußwurzelarthrose. Dann nahm er den Fuß zwischen seine Hände und meinte: “Nein, wir machen doch etwas anderes, wir machen die Scarf-Methode.“ Das bedeutet, dass der Ballen abgeschnitten wird und mit zwei Schrauben im Knochen des ersten Zehs fixiert wird. Er drückte ihr ein Faltblatt mit allen Informationen für die ambulante OP in die Hand und empfahl ihr, im ehemaligen Arbeiterwohnheim, heute Gästehaus, in Lütten Klein eine Übernachtung für vierzehn Tage nach der OP zu reservieren.
Inge fuhr gleich nach Lütten Klein zum Gästehaus und machte mit der freundlichen Dame an der Pforte alles klar. Sie wählte ein Zimmer im zehnten Stock. Anreise: 7. März, Abreise voraussichtlich am 22. März. Übernachtungskosten: 217 Euro.
Frau Wesemann aus Husum schickte einen dicken Brief mit Fotokopien ihrer Vorfahren. Die Familiengeschichte konnte also weiter erforscht werden.
Ida war die jüngste Schwester von Laura Mathilde Ziemssen. Sie wurde am 22. März 1853 in Garz geboren, war also sechs Jahre jünger als Laura.

Ihr späterer Ehemann war Oberförster in Born auf dem Darß. Den heiratete sie am 14. August 1878. Die Mutter von Ernst Schmidt war eine geborene „Tourbier“ und entstammte einer Hugenottenfamilie. Ein Familienbild aus dem Jahre 1924/25 zeigte die bereits zweiundachtzigjährige Ida bei einem Familientreffen in Berlin. Die Zwillinge Oskar und Hubert Schmidt sahen entzückend aus. Frau Wesemann hatte Fotos der Zwillinge in unterschiedlichem Alter geschickt.
Dieses Jahr war ein Schaltjahr. Der 29. Februar fiel auf einen Sonntag. Es wurde viel Rummel in der Tagespresse deswegen gemacht. Die Außentemperaturen sanken auf Null Grad.
Am 2. März musste sich Inge in der Station „Avitus“ in Rostock melden. Dort sollte am 8. März die Ballen-Operation durchgeführt werden. Zu diesem Zweck musste sie die Blutbefunde beim Arzt in Evershagen abholen und in Lütten Klein abgeben. In der Nähe des „Avitus“ war ein Markt, ein Riesenkonsumtempel. Da konnte sie ihr Auto kostenlos parken.
Um 14 Uhr war sie bei der Ärztin im „Avitus“ bestellt, Die Ärztin, im grünen Anzug mit aufgedrucktem Namen, gab ihr sofort einen Fragebogen (Amnesie) in die Hand und wollte ihn nach fünf Minuten bereits wieder haben. Sie erklärte ihr, dass Inge bei einer ambulanten Operation eigentlich eine Betreuungsperson bei sich haben müsse, es gäbe aber auch Fälle, wo so lange gewartet wurde, bis die Narkose ausgewirkt hatte und dann würde ein Taxi bestellt. „Die ersten Tage können Sie vor Schmerzen nicht gehen. Es ist ein gebrochener Knochen. Bestellen Sie sich Essen auf Rädern beim Deutsche Roten Kreuz!“
Um 16 Uhr fuhr Inge direkt durch den nahegelegenen Warnow-Tunnel auf die Autobahn und war in knapp zwei Stunden wieder zu Hause.
Die Hoerner-Bank hat den Namen des Erblassers bekannt gegeben. Es war Ingeborg R u n z e, verheiratete Pütz, die Inge als letzte lebende Cousine aus dem Stammbaum der Runzes heraus gefiltert hatte. Laura Mathildes jüngster Sohn Wilhelm (1881 geboren) war ihr Vater. Inge wollte sie 2001 in Anafi besuchen, erfuhr jedoch in Santorin, dass sie 1997 gestorben sei.
Der Arzt verlangte vor der OP, dass Inge sich ein Handy anschafft. Sie hatte nun überhaupt keine Ahnung, wie man mit diesem Telefon umgeht. Die nette Angestellte im Center zeigte ihr die Bedienung und gab ihr auch ein Ladegerät mit.
Mit vollgepacktem Auto fuhr Inge am Vorabend ihrer geplanten OP nach Rostock. Das warme Federbett hatte sie in letzter Minute doch noch ein-

gepackt, eine gute Idee, wie sich schnell heraus stellte, denn es zog aus allen Ecken und Winkeln im Zimmer des zehnten Stockes, besonders aber am Fenster. Sie füllte den Kühlschrank mit Lebensmitteln und nahm am Abend die vorgeschriebenen Medikamente ein. Die ungewohnten Geräusche, wummernde Heizung und der klappernder Fahrstuhl, ließen sie nicht einschlafen.
Ihr Radio hatte Inge ebenfalls eingepackt. Am frühen Morgen hörte sie eine kirchliche Sendung "Lobe den Herrn!" und war beruhigt. Es war die Züricher Heilsarmee, die zwanzig Minuten sendete.
Um acht Uhr morgens war die Operation, um zehn Uhr erwachte sie bereits aus der Narkose.
Um 18 Uhr rief der Arzt an und befahl: "Auf keinen Fall den Fuß aufsetzen, der Krankentransport fährt Sie ins Gästehaus! Am Mittwoch komme ich zum Verbinden!"
Vier Männer legten sie auf die Trage, mit dem Fahrstuhl ging es in den zehnten Stock. Das Mittagessen wurde ihr in einer Assiette auf den Bauch gelegt. Kartoffeln, Gulasch und Gurke schmeckten auch jetzt am Abend noch. Um 20 Uhr setzten heftige Schmerzen im Fuß ein. Inge nahm die verordneten zwölf Tropfen gegen die Schmerzen und schlief gegen 22 Uhr ein.
Susanne und Lilo riefen am nächsten Tag an. Klaus fragte, ob es bei dem Termin (24. März) bleibt, er wolle die Fahrkarte zum Sparpreis kaufen.
Das Spritzen am Morgen ging einwandfrei. Inge kam sich ein wenig „gedopt" vor, das machten wohl die Medikamente.
In der folgenden Nacht rauschte es in den Heizungsrohren so laut, dass Inge keinen Schlaf fand. Warum hatte sie bloß die Ohropax vergessen?
Den ganzen Tag musste sie im Bett liegen. Sie hatte jede Menge Bücher mitgenommen.
Handy ist teuer, stellte Inge fest. Die Karte für 15 Euro war bereits nach einem Tag abgelaufen.
Am Mittwochnachmittag kam der Arzt. Er schnitt den Verband auf, eiste ständig mit einer Sprühflasche und Inge sah das erste Mal die Naht. Die war bestimmt zehn Zentimeter lang, gerade nach unten führend. Z-förmig war der Ballen herausgeschnitten worden. Die zwei Schrauben im Knochen des ersten Zehs würde Inge mit ins Grab nehmen. In einer Woche wollte der Arzt wieder vorbeischauen.
Der Frühling schien Einzug zu halten. Sonnenschein lag über Lütten-Klein, das Radio kündigte Plusgrade von zehn bis zwölf Grad an.

Am Freitagabend fiel eine Horde von zwei Sportgruppen in den elften Stock ein. Sie tobten am Abend durch die Flure, vermuteten, allein zu sein. Ab zehn Uhr abends ging über ihr großer Lärm los: Getrampel, Gerenne, Gejohle und Gekreisch bis Mitternacht. Aber auch das ging nach einem Tag vorbei.
Das zweite Buch, welches sie las, war eine Autobiographie der schwedischen Schauspielerin Asta Nielsen „Die schweigende Muse“, 1961 erschienen. Eine wundervolle Frau, einwechselvolles Leben und eine Schwesternliebe, die einfach ergreifend war. Erstaunt las sie: “Als meine Mutter starb, erkannte ich zu spät, um wieder gut zumachen. Zu spät, um Vergebung zu erbitten, alles hoffnungslos zu spät. Ist das nicht der ewig wiederkehrende, verzweifelte Schrei der Jugend am Grabe der Eltern?“
Abends rief Klaus an. Inge musste Laura wieder ein Schlaflied singen und Laura wiederholte ständig: „nomal“, noch mal. Klaus erzählte, dass sie im Kindergarten gefallen war, sich sehr weh getan hatte. Anstelle der Omi streichelte sie den Telefonhörer, sagte Klaus.
Südwestwind trieb die ersten Kraniche auf den Darß. Hoch oben am blauen Himmel zogen sie in Keilformation.
Inge kam auf die Idee, sich in ihr parkendes Auto zu setzen und die Sonnenstrahlen zu genießen. Sie drehte einfach den Fahrersitz ganz weit nach hinten, so dass sie liegen konnte. Das war herrlich.
Am Samstag besuchte sie Ingeburg Neumann, die sie beim Radio-Treff kennen gelernt hatte. Die lebte viele Jahre in Rostock und kannte sich gut aus. Sie brachte Inge Zeitschriften und Ohropax mit. Sie blieb bis zum Abend und fuhr dann mit dem Zug zurück.
Das Assietten-Essen war kein vollgültiges Mittagessen. Nach zwei Stunden hatte Inge jedes Mal Hunger. Deshalb schulterte sie nach acht Tagen den Campingsack und lief mit den Gehhilfen im Schneckentempo zum Supermarkt. Sie kaufte Tomaten, Zwiebeln, Milch, Wurstaufschnitt, Pfeffer, Käse und Kotelett. Es wurde ein Festessen.
Mitternacht wachte sie auf. Der Fuß schmerzte stark, es tuckerte in ihm, als wäre alles Blut des Körpers darin. Plötzlich hörte sie Vögel singen, es wird Frühling, dachte sie. Welch´ ein Trost!
Am Abend rief Klaus an. Laura hatte nun auch die Windpocken bekommen, nachdem sie im Kindergarten in Motzen und im Kindergarten in Halle ausgebrochen waren. Trotzdem war sie ganz heiter, ihr hohes Stimmchen war rührend. Sie wollte wieder, dass Omi Schlaflieder für sie singt.

Als die Schwester den Verband löste, ahnte Inge, woher die Schmerzen in den letzten Tagen rührten: links der Narbe, in Höhe des Ballens, hatten sich dicke Blasen gebildet. Wenn d i e aufgehen, meinte die besorgte Schwester, bestünde die Gefahr, dass Bakterien in die Wunde kommen. Da wollte die Schwester, dass der Arzt sich dies ansehe. Die Schwester rief den Arzt an und erfuhr, dass der Doktor über das Wochenende zu einem Ärztekongress gefahren sei. „Wird es schlimmer, rufen Sie bitte Morgen den Bereitschaftsarzt an, ich übernehme nicht die Verantwortung!“ sagte sie.
In der Nacht tobte ein Orkan. Der Winter wollte nicht weichen. Der Wind rüttelte an den Fenstern, in der Küche heulte der Sturm im Luftabzugsschacht. Genau wie eine Woche zuvor, fielen Freitagabend wieder die „Hottentotten“ ein, eine Kindersportgruppe. Diesmal aber hatte Inge Ohropax, es war zu ertragen.
Lilo schickte ihr ein Päckchen mit Süßigkeiten. Welche Freude!
Es war Nusskuchen, in hauchdünne Scheiben geschnitten, und Früchteschnitten.
Bis 18 Uhr tobte der Sturm am Tag, aber die Sonne behielt die Oberhand. Am Dienstag kam der Arzt und schnitt den Verband auf. Inge wurde speiübel, denn die Blasen waren aufgegangen und die noch zu waren, schnitt er auf. Blaurote Flüssigkeit und gelber Eiter strömten aus den Blasen. Das Fäden ziehen tat nicht weh, ziepte nur ein wenig. Dann folgte der Horror. Er bog den Zeh ganz weit nach hinten, dann ganz weit nach vorn bis zur Schmerzgrenze. Inge schrie so laut, dass der Doktor meinte, sie schreie wie ein Stier. „Das ist mein Fuß und mein Schmerz“ konterte Inge.
Noch einmal musste Inge in die Praxis des Arztes. Sie bat inständig, den Zeh nicht zu bewegen. Daraufhin gab der Arzt drei Spitzen in den Fuß, links, rechts und oben in den Spann. Die letzte Spritze brannte so höllisch, dass Inge losschrie. Dann durfte sie sich im Sanitätshaus eine Ballenschiene kaufen und musste den Fuß noch röntgen lassen. Trotz der Spritzen spürte Inge einen ungeheuren Druck im Gelenk. Mit der Operation war der Arzt zufrieden. Er legte die Schiene an. „Am 20. April kommen Sie wieder!“ meinte er zum Abschied. Jetzt dürfe sie den ganzen Fuß aufsetzen, sollte aber mit den Gehhilfen laufen.
Am nächsten Tag holte Klaus sie ab. Ganz allein hatte sie am frühen Morgen viel Gepäck nach unten getragen und im Auto verstaut. Der Fahrstuhl war eine große Hilfe.
Ach, wie schön war es, wieder im eigenen Heim zu sein.

Klaus kaufte Lebensmittel für sie ein, als sie in Neubrandenburg angekommen waren.
Die Amseln und die Finken sangen, die Meisen zirpten. Der Frühling nahte mit Riesenschritten und war nicht mehr aufzuhalten.
Inges Hausärztin war mit der Wundheilung zufrieden. Inge durfte nun den Fuß baden und die Wunde mit Öl abtupfen, denn die Haut sollte wieder geschmeidig werden.
Inge bekam Ärger. Die Krankenkasse erstattete ihr nicht die Kosten, welches diese vorher vorher versprochen hatte. „Sie hätten die Operation auch am Ort machen lassen können!", bekam sie als Begründung. Und was ist es mit der freien Arztwahl?" fragte Inge. In Neubrandenburg gab es keine Orthopädische Klinik und der Arzt in Altentreptow hatte ihr deutlich gesagt, dass eine Operation in ihrem Alter keinen Sinn mache, Inge solle sich Einlegesohlen verschreiben lassen. Daraufhin erinnerte sie sich an ihren Studienfreund Wolfgang aus Greifswald, der jetzt in Rostock lebte, und rief ihn an. Er empfahl ihr den Rostocker Spezialisten Dr. K.
Am 19. April waren alle roten, holländischen Tulpen im Vorgarten erblüht.
Am nächsten Tag musste sie sich wieder bei Dr. K. in Rostock vorstellen und war entsprechend aufgeregt. Durch Zufall war ihr vor einigen Tagen ein ehemaliger Heizungsingenieur über den Weg gelaufen. Der bot sich an, Inge in ihrem VW Polo nach Rostock zur Konsultation zu fahren.
Der Arzt wollte gleich wieder mit der Bearbeitung der Zehen beginnen, aber Inge bat um ein Rezept für eine physiotherapeutische Behandlung, wie ihre Hausärztin in Neubrandenburg vorgeschlagen hatte. „Sie haben das ganze Sprechzimmer zusammen geschrieen!" meinte der Arzt tadelnd. Als sie fragte, ob sie weiterhin die Gehstützen nehmen müsse, hieß es erst "ja", dann „nein", ein völliges Durcheinander. "Treten Sie schön allmählich auf und Auto fahren können Sie auch in den nächsten Tagen!" Inge hatte ihre Sandalen mit Klettverschluss mitgebracht und zog sie freudestrahlend an.
Zum Mittagessen lud Inge ihren Fahrer zum Fischessen am alten Strom in Warnemünde ein. Am Abend gab sie ihm die gewünschte Doppel-CD der Aufnahme „Lucio Silla" von Mozart. Herr F. schwärmte für die italienische Sängerin Cecilia Bartoli und wollte die CD kopieren.
Der Fuß schmerzte stark. Die verordnete Lymphdrainage begann nun.
„Kannst Du ein Kinder-Reisebett für Laura kaufen?" fragte Klaus.
Er wollte nach mit Laura kommen. Inge erkundigte sich im An- und

Verkauf und bekam ein preiswertes Reisebett.
Die Schwester in der Physiotherapie gab sich unendliche Mühe. Inge musste wieder lernen die Zehen zu bewegen. Das war sehr schmerzhaft. Aber die ermunternden Worte der Schwester taten gut und machten Mut.
Am 1. Mai wagte sie das erste Mal, Auto zu fahren. Da das Bremsen mit dem Pedal zu wehtat, nahm sie einfach die Handbremse. Sie parkte an der Mühle, jetzt eine Gaststätte „Kornhus“, und wanderte den Weg zum Oberbach. Die gewaltige, ausladende Kastanie vor dem ehemaligen „Haus der Intelligenz“ trug schon weiße Kerzen. Das Haus stand seit der Wende zum Verkauf, aber bisher wollte niemand die teure „Ruine“ erwerben.
Am nächsten Tag fuhr sie über Wulkenzin, Neu Rhese, Alt Rhäse, Siehdichum und Lübkow nach Prillwitz. Rechts und links des Weges blühte schon der Raps, sehr früh, fand Inge. Die Bäume jedoch hatten noch nicht so weit ausgeschlagen, wie in der Stadt am Wall. Wunderbare Luft und Stille empfing sie im ehemaligen Jagdschloss der Königin Luise.
Montagabend kam Susanne mit dem Zug. „Ich muss am Mittwoch wieder nach Hamburg fahren, ich habe ein Casting“, waren ihre ersten Worte.
Bei der Physiotherapie war „Fußkrallen“ angesagt. Die Bandage für die Lymphdrainage war so fest gebunden, dass Inge sie nach zwei Stunden wieder abwickeln musste.
Susanne hatte beschlossen, wieder in ihrem Beruf als Kindergärtnerin zu arbeiten. Da ihre Gitarre inzwischen beschädigt und unbrauchbar war, wollte sie sich eine neue kaufen. Inge kannte einen guten Händler in Neubrandenburg und Susanne fand, was sie suchte.
Ausgerechnet an den beiden Tagen, in denen sie in Neubrandenburg weilte, herrschten die Eisheiligen. Kalter Wind bei 12 Grad ließ sie frösteln.
Susannes Besuch hatte sie wieder richtig aufgemöbelt. Viel zu schnell verging die Zeit und schon war der Abschied gekommen.
***20. Mai 2004, Himmelfahrt***
***Ein Traumtag war dieser Tag. 4.15 Uhr weckte mich meine innere Uhr. 5.15 Uhr stieg ich ins Auto. Die Straßen waren leer, es war geradezu paradiesisch und bereits kurz nach sieben Uhr war ich in Schaprode. Frau Mundt, Besitzerin eines Hauses mit Parkplatz, fand tatsächlich noch einen Stellplatz für mich, obwohl offensichtlich alles besetzt war. Der Wind tobte, gut dass ich den Rollkragenpullover und Anorak angezogen hatte. Einen Marmorkuchen buk ich am Tag vorher. Am Hafen war alles geschlossen. Etliche Gäste standen und froren. Um acht Uhr***

*öffnete die Kasse. 13.90 Euro bezahlte ich für die Überfahrt nach Neuendorf. Ich setzte mich im Schiff vorn in die erste Reihe und schaute auf den schwarzen Himmel. Um neun Uhr war ich bereits in Neuendorf. Die Pastorin Katherina begrüßte mich in der Kirche, sie bereitete ihre Predigt vor. Ich übergab meinen Marmorkuchen als Geschenk. Ihr zweiter Ehemann Ernst Arfken, Kantor und Komponist, war bei ihr. Sie herrschte ihn an: "Spiel noch mal deine Lieder auf der Orgel, damit es klappt!" Er bat mich, auch mit Gitarre einige Lieder zu begleiten. Es war noch genug Zeit bis zum Gottesdienst, und ich begrüßte die Ostsee. Türkisfarben und dunkel war die, weiße Schaumkämme tanzten darauf. Ein starker Wind landeinwärts trieb das Wasser über den Strand, der schmal war. „Mein" kleines weißes Pony, das mich jedes Jahr begrüßte, vermisste ich. Man hat es getötet sagte man mir, es war zu alt geworden.*

*Zwanzig Personen versammelten sich zum Gottesdienst. Es waren in der Mehrzahl ältere Frauen. Erst sprach Ernst, dann redete sie weiter und verwendete eine Geschichte aus der Kirchenzeitung. Ein Astronaut will Gott im Himmel suchen, aber er findet ihn nicht. Auf keinem Planeten ist er zu entdecken. Da sagt seine Begleiterin:" Schau´ doch einmal nach unten, da ist Gott!" In jedem von uns steckt ein Stück Gott, war die Quintessenz ihrer Predigt.*

*Ernst lieh mir sein altes Fahrrad, es war ein Uralt-Modell. Bis auf den Sattel, der immer wieder ins Rohr niederrutschte, fuhr es sich gut.*

*Wie schön war die Insel im Maiengrün. Die Wiesen strotzten von gelben Butterblumen, dunkelblau glänzte der Bodden und die weißen Schwäne bildeten den perfekten Kontrast. Auf der Mole fuhr ich von Vitte in Richtung Dornbusch. Wieviele Schattierungen von Grün gibt es? dachte ich. Nicht zu glauben, wie viel es sind. Naturliebhaber zu Fuß, zu Pferd, auf dem Fahrrad und in der Pferdekutsche begegneten mir. Um 13 Uhr war ich in Kloster. Neben dem Markt lud ein Cafe zu einer preiswerten Linsensuppe ein.*

*Am Heimatmuseum legte ich mich an den Strand und schlief beim gleichmäßigen Wellenrauschen bald ein. Der Nordwestwind kam nun von hinten, es fuhr sich leichter auf dem Fahrrad.*

*Im Pfarrhaus von Neuendorf stand die Tür geöffnet, aber niemand war zu sehen. Ich radelte weiter zum Leuchtfeuer, musste jedoch bald absteigen, da der Sand bremste und das Fahren schwierig wurde.*

*Zurückgekehrt, saßen beide am Kaffeetisch. Ich verabschiedete mich*

***und wurde gebeten, noch ein Plakat mitzunehmen. Dass sollte ich in Schaprode an die Kirchentür hängen. Katherina wollte in Middelhagen in Mönchgut auf Rügen am nächsten Wochenende eine Lesung ihrer Autobiographie halten.***
***Ernst Arfken wird nächstes Jahr achtzig Jahre alt. Siebenundzwanzig Jahre beträgt der Altersunterschied zu seiner Frau. Das ist zu spüren und ich hörte deutlich die ständigen Bevormundungen von Katherina. Er ist ein herzensguter Mensch.***
***Ernst ließ es nicht zu, dass ich allein zum Hafen ging. Er nahm mein Gepäck auf das Fahrrad und begleitete mich zum Hafen. Wie schön, dies auch einmal zu erleben!***

***Gottes ist Woge und Wind, aber Segel und Steuer, dass ihr den Hafen gewinnt, sind euer.***

Pfingstsonntag kamen Klaus und Laura zu Besuch. Fröhlichkeit herrschte und die Kleine wollte alles entdecken. Im Garten fühlte sie sich am wohlsten. Gleich nach dem Frühstück kletterte Inge mit Laura auf den Spielplatz neben dem Maleratelier.
Zu Mittag wollte Klaus unbedingt im Freien essen. Er hatte lange genug am Steuer seines Autos gesessen.
Am Abend geschah großes Malheur, Klaus wollte den Fernseher ein wenig seitlich rücken, da fiel er vorn hinunter, schrammte den Holztisch und fiel auf die Frontscheibe. Natürlich war er nun kaputt.
Am Nachmittag liefen sie zum Kulturpark, wo Karussells und andere Belustigungen aufgestellt waren. Begeistert fuhr Laura Karussell.
Die Nacht war schlimm. Beide Füße schmerzten Inge sehr. Heute bleibe ich in meinem Bett, dachte sie. Soll Klaus sich auf die Couch in der Stube legen. Ich gebe mein Bett nicht her. Er würde mir sein Bett zur Übernachtungs ja auch nicht anbieten, dachte sie.
Laura war dankbar für jede Zuwendung. Inge spielte mit ihr am Nachmittag Ball, goss mit ihr die Blumen und las aus einem alten Lesebuch die Geschichte vom„Goldtöchterchen“ vor. Vor dem Schlafen sang sie Laura Lieder vor. Ihren geliebten Tira im Arm, schlief sie spät ein.
Der Fernsehmonteur holte den Fernseher am Dienstag ab. Hoffentlich war er noch zu reparieren.
Inge kam auf die Idee, eine Matratze neben das Sofa im Kinderzimmer zu legen. Dort schlief sie gut. Das Sofa war für ihre langen Beine zu kurz.
Am Abend rief regelmäßig Cathleen an. Laura sprach eine paar Sätze mit ihr, schien aber offensichtlich keine Sehnsucht nach ihr zu haben.

Sie ist wohl ein richtiges Papa-Kind.
Der Fernsehmonteur rief an. Der Fernseher sei repariert, allerdings gebe es rechts oben eine Farbtrübung, da der Zeilentrafo beschädigt sei. Klaus bezahlte die Rechnung.
Freitag war der erste Tag, an dem es regnete. Sie besuchten das Grab von Oma an der Hochbrücke. Laura konnte sich gar nicht beruhigen und sagte immer wieder:„Oma von Klaus ist tot." Inge kam auf die Idee, die Zeit bis zu Cathleens Ankunft zu überbrücken und an den Tollensesee zu fahren, um die Enten und Möwen zu füttern.
Sie waren die einzigen Gäste am Augustasbad, aber es war eine wunderbare Abendstimmung. Schwäne, Haubentaucher und Enten schwammen herum und Laura war begeistert. Dann ließ sich Inge nach Hause fahren und bereitete das Abendbrot vor, so dass Cathleen sich gleich an den gedeckten Tisch setzen konnte.
Cathleen wünschte sich am nächsten Tag eine Fahrt an die Ostsee, die hätte sie schon so lange nicht mehr gesehen. So beschlossen sie, nach Stralsund zu fahren und als erstes das Meereskundemusem zu besuchen. Laura entpuppte sich als routinierte „Autofahrerin". Eine Kassette mit Kinderliedern wurde eingeschoben und Laura war bestens mit Zuhören und Mitsingen beschäftigt.
Es war herrlicher Sonnenschein. Sie parkten in der Mönchstraße und gingen ins Museum. Dort blieben sie bis halb zwei Uhr. Die Attraktion war das neue Aquarium mit den Meeresschildkröten, die man von oben und von unten ansehen konnte.
Sie aßen in einer Gaststätte im Freien. Laura stand wieder sehr schnell vom Tisch auf.
Es war drei Uhr, als sie aus der Gaststätte kamen. Mit Rücksicht auf Laura verzichteten sie darauf, nun an den Strand zu fahren und Cathleen fuhr im rasanten Tempo nach Neubrandenburg. Im Garten klang der Tag aus. Inge sang Laura „Schlafe, mein Prinzchen" vor. Es dauerte lange, bis Laura eingeschlafen war. Soviel hatte sie an diesem Tag erlebt.
Es war wieder still geworden, nachdem Klaus, Cathleen und Laura abgefahren waren. Das helle, silberne Lachen von Laura war verstummt. In Gedanken war sie noch immer hier. Inge würde lange von diesem Besuch zehren.
Am 1. Mai trat ein neuer Pastor in der Friedenskirche seinen Dienst an. Es war Matthias Leibach, ein gebürtiger Würzburger, einunddreißig Jahre alt. Er studierte Theologie in Neuen-Dettelsau bei Nürnberg, in Heidel-

berg und Berkeley (USA). Sein zweijähriges Vikariat leistete er nicht in der bayrischen Landeskirche, sondern in Wismar. „Ich liebe den Norden und wollte den Osten kennen lernen!“ so seine Begründung. Viele Bekannte aus der Zeit in Wismar waren zum Ordinationsgottesdienst erschienen. „Ich will die Menschen der Friedensgemeinde und ihre Geschichten kennen lernen. Und ich möchte auch von mir erzählen.“
Susanne hatte einen Probetag im Evangelischen Kindergarten in Blankenese. Es gefiel ihr dort sehr gut. Inge freute sich für sie.

***21. Juni 2004***

***Heute ist Sommersonnenwende, der längste Tag des Jahres. In strömenden Regen fuhr ich nach Halle. Ein wunderbares, harmonisches Wochenende liegt hinter mir. Ich bin noch völlig beeindruckt von der entzückenden Laura, die ihre Omi nicht eine Sekunde aus den Augen ließ. Sei es beim Spielen mit dem Bauernhof, mit Bausteinen, am Kochherd, sei es beim Essen, Spazieren gehen, Zubettbringen, Aufstehen.***

***In einem Geschäft in Neubrandenburg hatte ich eine Nietenjacke in der Größe 92 bekommen und sie passte Laura. Cathleen war in der Generalprobe zu dem Konzert der Hutten-Schule, dessen Chor sein vierzigjähriges Bestehen feierte. Ich vermisste Omas Sofa und die beiden Sessel. Die hatten sie Kosovo-Frauen geschenkt.***

***Um 16 Uhr begann das Konzert in der Huttenkirche. Laura wurde piekfein angezogen, ein rotes Oberteil mit langen Armen und weißen Schleifchen an den Ärmeln zierte sie und dann ging es zu Oma Rita in den Schrebergarten. Dort blieb Laura, während wir in die Stadt fuhren. Das Konzert begann mit „Cantamus“ von Lajos Bardos. Danach folgte die Rede des Direktors. „Als ich klein war, träumt′ ich vom Fliegen“ von Siegfried Bimberg leitete dessen Rede ein. „All mein Gedanken, die ich hab“ sangen dann die etwa sechsunddreißig Sänger a capella. Der Gesang war sehr schön.***

***In der Pause wurde Sekt angeboten. Ich brauchte aber dringend einen Kaffee und suchte mir schnell eine Gaststätte gegenüber der Kirche. In Windeseile stürzte ich den hinunter und fühlte mich gleich besser. Wir saßen ziemlich weit hinten. Cathleens Vater und seine neue Frau waren ebenfalls gekommen; neben mir saß Cathleen, rechts von mir Klaus. Er trug eine beigefarbene Hose und ein fein kariertes blauweißes Oberhemd mit Pullover darüber und sah sehr gut aus. Nach der Pause wurde mein geliebtes „Kommt ihr G′ spielen“ gesungen, das ich immer in den zehnten Klassen im Sommer sang. Ein Satz von Melchior***

*Frank, ein italienisches Lied, das deutsche Volkslied „Zu Regensburg auf der KirchturmSpitz“ „O, du lieber Augustin“ und fünf Lieder von Siegfried Stolte reihten sich aneinander. Nun folgte wieder eine Pause. Eingeleitet wurde sie von einem Sänger, der dem Chorleiter eine riesige Torte mit vierzig Lichtern übergab. Der musste die Kerzen ausblasen. In der Pause verkleideten sich die Kinder, um den „fliegenden Zirkus“ von Jean Absil vorzuspielen. Im allerfeinsten Französisch hielt der Zirkusdirektor, das war die verkleidete Französischlehrerin, eine Ansprache an das Publikum. Es war herzerfrischend und lockerte ungemein auf.*

*Dann war wieder eine kurze Pause. „Es schlagen freudig unsre Herzen“ aus Händels Oper „Julius Cäsar“, Glucks Feierlied „Füllt mit Schalle“ und die „Sängerhymne“ von Bimberg bildeten mit „O, du schöner Rosengarten“, „Die Konzertprobe“ und dem Heimatlied von der Burg Giebichenstein den Höhepunkt. Ich war begeistert, lange schon hatte ich nicht mehr so schöne Kinderstimmen singen hören.*

*Im letzten Liedblock kamen die ehemaligen Sänger dazu. Cathleen stand nun auch auf der Bühne und sang im Sopran. Mit den Männerstimmen wurde es ein gemischter Chor und vollkommen im Klang.*

*Nachdem wir uns von Cathleens Vater und Frau verabschiedet hatten, fuhren wir zu Oma Rita und Opa Kalle. Es war spät geworden und um 20 Uhr kamen wir an.*

*Die Laube ist ein Meisterstück, alles aufs Feinste und auf kleinstem Raum gearbeitet. Es war für uns gegrillt worden, Steaks, Hähnchenschenkel, Knoblauch-Baguetts wurden angeboten. Ich bat um ein Glas schwarzen Tee.Um 21 Uhr fuhren wir nach Halle zurück. Laura war sehr müde. Ich erzählte ihr noch eine Geschichte und schon war sie eingeschlafen.*

*Sehr hell und schön ist die neue Wohnung im fünften Stock der Pfännerhöhe. Die Zweige und Blätter der hochgewachsenen Bäume sieht man vom Fenster aus. Klaus hatte von seiner Prämie einen Glasvitrinenschrank, einen Tisch und vier Stühle gekauft. Sie waren aus hellem Erlenholz gefertigt.*

*„Na, wann hat Dich Omi geweckt?“ wurde Laura gefragt, als wir beim Frühstück saßen. Aber Oma hatte nicht geweckt, sondern gesehen, dass Laura um acht Uhr die Augen öffnete. Ach, war das Kind glücklich, so umhegt zu werden. Anziehen, spielen, immer wieder kam sie zu mir, erzählte und zeigte mir etwas. Gemeinsam gossen wir die vielen Blumen-*

***töpfe. „Alleine machen! Ich kann das!" sagte sie ständig. Gegen zehn Uhr fuhren wir zum sogenannten „Grünen Dreieck", eine Eigenheim-Siedlung gegenüber „Hanoi" (Halle Neustadt). Zwischen den Eigenheimen wuchs wildes Gestrüpp mit Kamille und rotem Klatschmohn. Ich pflückte einen großen Strauß. Laura blieb immer bei mir, während ihre Eltern voran gingen. Lange lief sie nicht, dann wollte sie getragen werden. Ich zeigte ihr einen Habicht, sie wiederum hörte schon lange vor dem Sehen ein Flugzeug und einen Hubschrauber am Himmel.***
***Nach dem Mittagsschlaf fuhren wir zur Peißnitz und erblickten die Pioniereisenbahn. Ich machte den Vorschlag, eine Runde mit Laura zu fahren. Die war natürlich Feuer und Flamme. Dann ging es zum Spielplatz. Kein Gerät war Laura zu hoch und Klaus hatte zu tun, auf sie aufzupassen. Kontaktschwierigkeiten kennt Laura nicht, sie geht auf jedes Kind zu.***
***Am Abend musste ich zum wiederholten Male die Geschichte vom Goldtöchterchen erzählen. Der Tira hat ein „Baby" bekommen, also einen Tira in Kleinformat und geht immer mit Laura ins Bett. Auch in den Kindergarten wurde der kleine Tira am nächsten Morgen mitgenommen. „Ich will nicht in den Kindergarten!" weinte Laura.***
***Ich begleitete sie bis in den Raum, nahm einen Schellenring und Schlegel und schlug einige Male darauf. Laura machte es nach und ich verschwand schnell. Im Auto konnte ich dann meinen Tränen freien Lauf lassen.***
***Ich fuhr quer durch Berlin. In Fürstenberg schlug das Wetter um, es gab Gewitter und im strömenden Regen kam ich in Neubrandenburg an.***
***Susanne teilte Inge mit, dass am 19. Juli ihre Arbeit im Kindergarten Blankenese beginne.***
Im Garten gab es jetzt viel Arbeit. Die Sauerkirschen waren reif und Inge entsteinte sie und weckte sie ein.
Die Psychotherapeutin verabschiedete sich nun bei Inge. Sie hatte gute Arbeit geleistet, Inge konnte wieder laufen, wenn auch langsam.
Im Reisebüro „Rethra" bot Frau de Krook eine preisgünstige last Minute-Reise an. Eine Woche in einem Hotel in Cala Millor auf der Insel Mallorca für 379 Euro, Halbpension. Inge griff zu, sie würde ihren Fuß im Meer kühlen und im warmen Sand laufen.
Es wurde ein Aktiv-Urlaub. Der Ort befand sich an der Ostküste Mallorcas und der ständige Ostwind ließ die Hitze erträglich sein.

An drei Fahrten nahm Inge teil und lernte dabei die ganze Insel kennen. Die erste Fahrt führte in die Hauptstadt Palma de Mallorca. Sie liegt im Südwesten der Insel in einer geschützten Bucht. Sie besichtigten die um 1230 begonnene gotische Kathedrale La Seo am Alten Hafen von Palma de Mallorca. Sie war aus Sandstein gebaut. Der Ostgiebel zeigte eine wunderbar buntverglaste Rosette.
Anschließend fuhr der Bus an die Westküste in die Berge nach Valldemosa. Dort befindet sich im ehemaligen Kartäuserkloster die Gedenkstätte für Frederic Chopin. Er verbrachte hier den Winter1838/ 39 mit seiner Freundin George Sand, einer französischen Schriftstellerin. Leider regnete es in jenem Winter ununterbrochen. Es gab Unstimmigkeiten zwischen den beiden. Das Regentropfen-Prelude ist der Nachwelt von diesem Aufenthalt als musikalische Kostbarkeit erhalten geblieben.
Nach der offiziellen Besichtigung schritt Inge noch einmal allein durch die beiden „Zellen“, die Räume, die Chopin mit Sand bewohnt hatte. Ein Foto an der Wand zeigte die Hand Chopins. Die polnische Fahne hing über dem kleinen Klavier, das Chopin benutzte. Der an die ehemaligen Klosterzellen grenzende Garten mit dem herrlichen Blick hinunter ins bewaldete Tal war einmalig schön.
Schon am zweiten Tag hatte Inge einen Fahrradverleih in der Straße zum Hafen entdeckt. Der öffnete aber immer erst um zehn Uhr. Inge wurde Stammkunde. Jetzt erkundete sie die Umgebung von Cala Millor. Südöstlich war die Küste ein Naturschutzgebiet. Davor befand sich ein Schloss, genannt Es Castell de sa Punta de N´ Amer mit wunderbaren Blick auf den ganzen Küstenbogen und die gegenüberliegende Küste Costa del Pins (Küste der Pinien). Sie fuhr durch die dichten Maccia-Büsche und landete in Casa Bona und las das Schild: 5 km bis Porto Christo. Dort befanden sich berühmte Höhlen mit Stalagmiten und Stalaktiten. Inge wagte sich auf die Autostraße, eine viel befahrene Fernverkehrsstraße. Einen Radweg gab es nicht.
Für 12 Uhr war eine Führung angesagt und nun stand sie inmitten einer Menschenmenge, bestehend aus Familien mit Kindern aus aller Herren Länder. Ein Stimmen-und Sprachgewirr rauschte in ihren Ohren.
In der Drachenhöhle befand sich ein unterirdischer See. Ein klassisches Konzert mit romantischen Stücken wurde geboten. Zeit und Muße hatten alle Teilnehmer, um die Unterwelt zu bewundern. Drei Boote mit jungen Musikern zogen an ihnen vorbei. Von der Seite waren die Boote beleuchtet, es entstand eine überirdische Stimmung. Kein Laut, kein undiszipli-

niertes oder schreiendes Kind waren zu hören. Anschließend durften die Menschen auch ein Stück auf dem See im Boot fahren.
Brütende Hitze empfing Inge, als sie halb zwei Uhr wieder ins Freie trat. Nun lagen fünfzehn Kilometer Fahrt vor ihr. Der Händler war entsetzt, dass sie Straße gefahren war.
Am nächsten Tag wanderte sie zur nordöstlichen Küste, zur Pinienküste. Vornehme Villen standen an den Kalksteinfelsen. Vier Stunden brauchte sie, ehe wie wieder im Hotel war. Sie beschloss, die Tour noch einmal mit dem Fahrrad zu machen. Reine, frische Luft drang aus den Pinienwäldern. Die Gärten der Villen zeigten üppig blühende Oleanderbäume, Bougainvillea u.a. In der Bucht war das Wasser kristallklar. Das war etwas anderes, als der von Menschen überfüllte Strand von Cala Millor. Sie schwamm ein Stück hinaus. Sie war fast allein am Strand.
Gegen halb zwei Uhr Mittags beendete sie ihre Fahrradtour und machte Siesta. Danach trank sie Kaffee, denn Tauchsieder, Tasse und Kaffee hatte sie im Reisegepäck mitgenommen.
Am Sonntag war die zweite Fahrt geplant. Der Markt von Alcudia, das Cap de Formentor sowie die Bucht von Pollenca waren die Ziele. Um acht Uhr morgens begann die Busfahrt, Über Manacor, Petra und Sinen ging es die Hauptstraße entlang bis Inca, in der Mitte der Insel gelegen. Über Sa Pobla fuhr der Bus nach Alcudia, im Norden. Hier war es bereits gegen elf Uhr sehr heiß. Eine Stadtmauer, wie eine Festung gebaut, umgab die ganze Stadt. Inge war froh, sich die Beine nun eine wenig beim Laufen vertreten zu können. Viele Straßen führten von der Stadtmauer zum Markt. Rote, flaschenförmige Tomaten, Apfelsinen, Feigen, Backpflaumen, Kartoffeln und Zucchini wurden angeboten. Inge entschied sich für ein Glas, gefüllt mit frisch gepressten Apfelsinen.
Die letzte Etappe war eine kurze Fahrt nach Pollenca. Berühmt wurde dieser Ort durch den englischen Schauspieler Sir Peter Ustinov, der im gleichnamigen Emigrantenhotel jahrzehntelang seinen Sommerurlaub verlebte. Die Spanier sind darauf stolz. Die nördlichste Spitze der Insel Mallorca war nun erreicht. Das Cap Formentor bot einen atemberaubenden Blick auf das Mittelmeer und riesige Felsenschluchten mit Höhlen. Das Cap war so ausgebaut, dass ein schmaler Pfad bis zur äußersten Spitze führte. Es wurde immer steiler. Nur die Menschenmassen und die Hitze störten, aber Inge hatte Sonnenbrille und Basecape auf.
Der Felsen von Cap Fermentor war 353 m hoch. Gleichmäßig wehte der Wind von Ost nach Nord. Um drei Uhr am Nachmittag fuhr der Bus zu-

rück. Ein ganzes Stück fuhr der Bus die Küstenstraße von Alcudia bis Arta, dann ging es über Son Severa zurück nach Cala Millor.
Am Montag stürzte Inge, als sie mit dem Fuß in einer Wurzel der Maccia-Büsche hängen blieb. Mit voller Wucht fiel sie auf das rechte Bein, federte im Fallen mit dem rechten Unterarm ab. Die Haut von Arm und Bein war abgeschürft, aber es blutete nicht, noch einmal Glück gehabt.
Am Dienstag hatte Inge die schönste und aufregendste Fahrt. Es ging von Cala Millor nach Coll de Soller. Von Palma fuhr um zehn Uhr die historische Eisenbahn. Es ging durch einen 2,8 km langen Tunnel. Langsam, aber stetig fuhr die aus hölzernen Waggons bestehende Eisenbahn den Berg hinauf. Oben gab es einen Halt: Fotostop für den Blick auf Soller. Kein mehrstöckiges Haus, nichts Fremdes war zu erkennen, alles original mallorcinisch. Sie befanden sich in siebenhundertfünfzig Meter Höhe.
Nun ging es steil bergab mit der Bahn. Alle Teilnehmer stiegen aus und wurden mit dem Bus zum Hafen von Soller gefahren. Dieser befand sich in einer idyllisch gelegenen Bucht. Sie stiegen auf einen Katamaran und fuhren eine Stunde an gewaltigen Felsmassiven vorbei zur Bucht von San Calobra. Auf der Karte waren zwei grüne Punkte eingetragen und Inge fragte nach der Bedeutung.“Das ist die berühmte Bucht Torrent de Pareis.“ Die musste sie natürlich sehen. Der Weg führte durch einen Felsentunnel und sie lief mit vielen anderen Touristen die fünfhundert Meter bis zur Bucht, die eingezwängt zwischen zwei Felsen lag. Sie stürzte sich trotz der drangvollen Enge in das glasklare Wasser und schwamm ein Stück hinaus. Das Wasser war tiefblau und wirklich ganz rein.
Als sie wieder in den Bus stiegen bewölkte sich der Himmel. Nun ging es mit dem Blick auf den höchsten Berg Mallorcas, den Puig Mayor (1445 Meter), in vierzig Haarnadelkurven in die Höhe, durch einen sogenannten Krawattenknoten auf der anderen Seite des Berges wieder im weiten Bogen nach unten zum Mönch-Kloster de Lluc.
Über Inca, Sinen und Petra fuhr der Bus nach Cala Millor. Es war sehr schwül und drückend. Als sie am Abend im Garten des Hotels ein Glas Tequila genießen wollte, brach ein Gewitter mit Sturzbächen los.
Beim Fahrradfahren entdeckte sie in der Bucht von Cala Bona eine entzückende Musikgaststätte, direkt am Wasser gelegen. Inge reservierte beim Wirt für den übernächsten Abend einen Platz.
Mit dem Bus fuhr sie am Abend nach Cala Bona. Zurück wollte sie laufen. Sie bekam vom Kellner einen Platz zugewiesen, bestellte ein Glas Rotwein und eine Schale Salzmandeln und lauschte der Musikdarbietung.

Zwei ältere Musiker spielten Klavier und Geige, ein junger Tenor und eine Sopranistin sangen. Es erklang „Granada“ und „Denk′ an mich“ aus dem Musical “Phantom der Oper“. Es war fast dunkel geworden, am Himmel stand ein Vollmond. In der Pause fragte sie die Sängerin, woher sie käme. „Ich studiere noch in Barcelona Musik“ antwortete sie.
Leise schlugen die Wellen ans Ufer. Es war eine wunderbare Stimmung, die sich so wohltuend von dem üblichen Disco-Lärm abhob.
Inge nahm sich ein Herz und fragte, ob sie in der Pause einmal auf dem Klavier spielen dürfe. Fehlerlos spielte sie nun „Pour Adeline“. Die Anwesenden klatschten. Rasch setzte sich Inge wieder allein an ihren Tisch. Halb elf Uhr bezahlte Inge, verabschiedete sich und lief den ganzen Weg zurück. Sie brauchte dafür nur vierzig Minuten.
Am nächsten Tag lieh sie wieder ein Fahrrad aus, radelte nach Cala Bona, bog dann aber an der Kreuzung nach San Severa ab. Hier bot die Landschaft ein ganz anderes Bild. Kleine Häuser und Olivenbäume sah sie. In den Ort führte eine steile Straße hinauf. Die Kirche aus Sandstein war eine Ruine, der Hof war zu einem Konzertsaal umgestaltet. Ein Plakat vom Tanzfestival im Juli lag auf dem Rasen. Wunderbare Kühle empfing sie hier unter den schattigen Bäumen. Wolken verdunkelten die Sonne und Inge war froh, nun im Schatten zurückfahren zu können. In der Bucht von Costa de Pinos erfrischte sie sich in den Fluten.
Am Freitag wanderte sie die ganze Küste bis Punta de N′ Amer. Ganz zeitig brach sie auf, genoss die Stille, die Sonne glitzerte schneeweiß auf den Wellen. Aus vielen Steinen hatten Touristen Gebetstürme, wie im Himalaja üblich, errichtet. Inge lief um die ganze Spitze und sah auf der entgegengesetzten Seite, dass hinter Costa de Pinos der nächste Felsen auftauchte.
Am letzten Ferientag nahm sie den Fotoapparat mit und fotografierte die schönsten“Augenweiden“.
In aller Frühe fuhr am nächsten Tag der Bus von Cala Millor nach Palma. Halb neun Uhr erhob sich der Flieger von Palma in die Luft. Sie landeten in Rostock-Laage.

Die Olympischen Spiele wurden in Athen eröffnet.. Es war grandios. Alles war in der Farbe des Meeres, blau, gehalten. Ein kleiner Junge kam in einem Boot (aus Papier gestaltet), stieg aus dem Wasser und lief zur Managerin der Spiele. Nun folgte eine Zeitreise durch die Geschichte Olympias. Anschließend trafen die Fackelläufer ein. Der Olympiasieger von 2000 im Surfen war derjenige, der die olympische Flamme, die die Form eines Olivenblattes hatte, anzündete. Dieses „Blatt“ schnellte in die Höhe und die Flamme erstrahlte. Neben einem echten Olivenbaum wurde dann der olympische Eid gesprochen. Inge blieb wie gefesselt am Fernseher sitzen und schaute bis zum Ende der Eröffnungsfeier.

Am Mittwochnachmittag traf Sabine mit Götz ein. Inge deckte den Kaffeetisch und lud zum Kaffeetrinken ein. “Ich mache mir nichts aus Kuchen“, sagte Götz, „ eine Tasse Kaffee und ein Bier reichen mir!“ und ging hinunter in den Garten, um eine Zigarette zu rauchen. Sabines Mann war nicht mitgekommen, da er erkrankt war. Anschließend liefen sie zum Reitbahnsee, Sabine staunte, wie sich dieses Gelände, vorher ein Kiessee, zu einem Naherholungsgebiet gewandelt hatte. Es war strahlender Sonnenschein und sie schwammen ein Stück in den See.
Sabine hatte echte Thüringer Rostbratwürste mitgebracht und Götz grillte am Abend. Sabine machte ihrem Herzen Luft, sie redete über ihre Probleme mit Walter. Jetzt, wo beide zu Hause sind, gehen sie sich in der kleinen Zweizimmerwohnung mit Akribie gegenseitig auf die Nerven. „Walter sieht immer nur das Negative, unsere Freunde kommen nicht mehr!“, klagte sie.
Am nächsten Tag zeigte Inge Sabine den umgestalteten Museumsladen an der Mühle/Treptower Tor und die Photo-Art, eine Ausstellung.
Dann besuchten sie das Grab ihrer Mutter. Sabine stellte einen Nelkenstrauß an den Grabstein.
In der Gaststätte Im Augustasbad lud Inge zum Mittagessen ein und anschließend erstiegen sie den Turm von Behmshöhe.
Am Abend gesellte sich Tom zu ihnen, Götz hatte ihn zum Grillen eingeladen. Eine Flasche Rotwein wurde ebenfalls getrunken und Sabine erzählte. Mit Schrecken dachte Inge daran, dass Tom am Wochenende alles haarklein seiner Lebensgefährtin erzählen würde.
Die Mücken stachen unaufhörlich, so dass Inge halb zehn Uhr nach oben ging. Götz erleichterte sein Herz, berichtete von seiner gescheiterten Ehe. Drei Kinder wuchsen nun bei der Mutter auf und hatten wenig Kontakt zu ihm.
Kurz vor Mitternacht rief Jörg an und Götz unterhielt sich über eine Stunde mit ihm. Götz interessiert sich für alles Geschichtliche, er hat ein ruhiges, freundliches Wesen und kann zuhören. Er arbeitet als Steuerberater in Altenburg und ist in seinem Wohnort Teichwolframsdorf

so beliebt, dass man ihn zum Bürgermeister wählen wollte.
Am Freitag radelte Inge mit ihnen nach Prillwitz. Am Oberbach befand sich seit der Wende ein Boots- und Fahrradverleih. Bereits nach fünf Kilometern, in Alt Rehse, stöhnte Sabine: „Wie weit ist es denn noch? Ich will baden!“ Sie hatte keinen Blick für die herrliche Landschaft, den See und die Terrasse. Inge wollte in der Gaststätte am Seeufer in Prillwitz einen Eiskaffee trinken, Sabine stand abrupt auf. Inge sah eine schwarze Wand am Himmel stehen, die sich langsam über den See zu ihnen schob. Inge ließ Kaffee, Kaffee sein und stieg aufs Fahrrad. Sie erreichten gerade noch Alt Rehse, als ein Platzregen herunter ging. Nun war Inge auch wütend. Sie hatte Sabines Kräfte überschätzt. Dafür entschuldigte sie sich nun bei ihr.
Am nächsten Tag fuhren beide zurück nach Greiz.
Am Sonntag begann Inges einwöchige Reise nach Hippach im Zillertal/ Österreich.
Als sie in Rostock ihre Ballenoperation auslag, hatte sie einen Artikel in einer Zeitschrift gelesen und sich entschlossen, an dieser Fahrt teilzunehmen. Um 6.30 Uhr startete der Bus in Neubrandenburg und sammelte die Teilnehmer in den Städten Gransee, Berlin/Ostbahnhof und Michendorf bei Potsdam ein. Nach vierzehn Stunden Fahrt langten sie in Hippach an. Das Hotel bestand aus zwei Häusern, Inge war im Nebenhaus, welches sehr ruhig lag, untergebracht.
Der erste Urlaubstag begann mit einer Stadtführung in Innsbruck, dann ging es zu den „Kristallwelten“ von Swarowski. Dieses war ein „virtuelles Museum des Kristallinen“ von dem bekannten Künstler Andre´ Heller. Es war einmalig schön und bewundernswert, was aus Edelsteinen und Glas gezaubert worden war.
Am Abend rief überraschend Götz an. Er war völlig außer sich, denn am 17. August war sein leiblicher Vater gestorben, was er erst nach der Rückkehr aus Neubrandenburg erfuhr. Bodo war erst achtundfünfzig Jahre alt. Die schreckliche Krankheit Krebs war schuld an seinem frühen Tod. „Er hat meine Mutter immer geliebt“, versicherte Götz.
„Sie hat mich um meine Kindheit betrogen, mein Vater war ein guter Mensch, Mutter hat ihn immer nur schlecht gemacht!“ Das waren harte Worte und Inge versuchte, ihn zu trösten, so gut es ihr möglich war.
Am Morgen ihres 64. Geburtstages bat Inge die Küchenmamsell um eine Kerze. Nur den Tischnachbarn erzählte sie, dass sie Geburtstag hatte.
Nach dem Frühstück fuhren sie zu einer großen Sennerei nach Mayrho-

fen. Interessant war die Herstellung der verschiedenen Käsesorten und anschließend durften sie an einer Verkostung teilnehmen. Zillertaler, Emmentaler, Doppelschimmel, Bergtilsiter, Zillertaler Graukäse, Zillertaler Edelweiß-Frischkäse und Tiroler Gold wurden angeboten. Der Käse, der 45% Fett enthielt, schmeckte Inge am besten. Brot und ein Glas Frischmilch wurden ebenfalls angeboten. Für Klaus, den sie auf der Rückfahrt in Halle besuchen wollte, kaufte sie 400 Gramm Tiroler Gold.
Mit der Zillertalbahn fuhren sie nach einer Stunde Aufenthalt in Mayrhofen, nach Kaltenbach. Der Busfahrer bot einen Ausflug zum Hintertux-Gletscher an. Inge verzichtete und setzte sich lieber in ein kleines Kaffee, um ihren Geburtstag zu feiern. Sie wählte einen sogenannten „Topfstrudel“, ein Gebilde aus Quark in Blätterteig.
Susanne gratulierte am Abend telefonisch. Sie hatte sich die Telefonnummer von Klaus geben lassen.
Am Abend musizierte die Gruppe „Alpa casanovas“ in einem Biergarten von Hippach. Gemeinsam mit einer Teilnehmerin ihrer Gruppe ging sie dorthin, vergaß bei Musik und Tanz alle Sorgen und feierte nach Herzenslust mit. Klaus hatte in ihrer Abwesenheit zweimal angerufen.
Bad Tölz war das Reiseziel am nächsten Tag. Der Bus fuhr über Jenbach, den Achensee und Achenpass. Inge erkannte den Ort, wo sie 1995 weilte, als Oma einschlief. Es war ein wehmütiges Erinnern.
Am Tegernsee gefiel es ihr sehr und als sie am Abend in Hippach ankamen, erwartete sie sogar die Sonne.
Inge wollte sich endlich einmal wieder richtig bewegen und lieh sich ein Fahrrad in Hippach aus. Entlang der Ziller radelte sie bis Mayrhofen. Der Hausberg in Mayrhofen ist der Penken (2000 Meter hoch). Inge sah Paragleiter, die von dort oben heruntertrudelten.
Am nächsten Tag regnete es ununterbrochen. Eine Fahrt auf dem Achensee war geplant und wurde auch unternommen, aber es war kein Vergnügen, in der Nässe auf die grauverhangenen Berge zu blicken, die zum Teil im Nebel verschwanden.
In Rattenberg, einer Stadt bei Wörgl, wurden Glasbläser-Geschäfte sichtbar. Geschützt durch eine Umgehungsstraße, konnten die Touristen die in den Kalkfelsen gebauten Betriebe, die Glas verarbeiteten, in Ruhe besichtigen.
In der Pfarrkirche Notburga (eine Heilige mit der Sichel), erbaut 1473, erblickten sie zwei Altäre, einer für die Bergknappen, der andere für die reichen Bürgersleute. Es gab viel Gold und barocke Kunst zu sehen. Die

Legende besagte, dass Notburga ihre Herrschaft bat, am heiligen Sonntag nicht arbeiten zu müssen. Als es ihr nicht gestattet wurde und sie begann, mit der Sichel zu arbeiten, flog die Sichel aus ihrer Hand in den Himmel.
Eine wunderbare Konditerei begeistert Inge. Es gab eine schwarze „Augustinertorte“ mit Nüssen, die hatte es ihr angetan und schmeckte köstlich.
Am Abend rief Inge in Halle an. Cathleen war am Telefon. „Ich will auch anrufen“ hörte sie Lauras Stimmchen. Klaus weilte betrieblich in Hamburg. „Ich bringe Dir etwas Schönes mit.“ sagte Inge.
Am späten Vormittag verabschiedete sich Inge von der Gruppe und machte allein einen Ausflug. Mit dem Lift fuhr sie hinauf zu der 1350 Meter hohen Sonnenalm. Die Wolken stiegen die Berge hinauf, es war noch kalt. Zweige Wege führten zum Gerolsberg. Inge wählte den kürzeren, aber schweren Weg. Es ging steil bergauf durch einen Wald und in einer Stunde war sie am Gerolsberger Berghotel. Die Sonne hatte gesiegt. Vor ihr lag im Tal bis zu den Innsbrucker Bergen märchenhaft das ganze grüne Zillertal. Sie konnte sich nicht satt sehen. Nun wollte sie unbedingt noch höher hinauf zu einem Ausblick. Silberdisteln, kleine blaue Glockenblumen und weiße Margariten entzückten sie. Nach zwei Stunden machte sie Pause, aß einen Pfirsich und stieg wieder hinab. Im Hotel fragte sie, wie hoch sie gestiegen war. Die Höhe betrug 650 Meter. Sie kannte das Zillertal nur in der verschneiten Winterzeit.
Schnell versanken die Berge, als sie am nächsten Morgen im Sonnenschein in den Reisebus stiegen. Nach zehn Stunden waren sie in Halle. Sehr müde war sie, als sie aus dem Bus stieg. Dann telefonierte sie in einer Gaststätte und binnen fünf Minuten war Klaus mit dem Auto da. Zuerst gratulierte er, überreichte eine Schachtel Hallorenkugeln, ein typisches Konfekt aus der Stadt Halle, eine Tube Tagescreme und eine Tüte schwarzen Tee. Dann kam die große Überraschung: Cathleen ist schwanger. Das Kind wird im Januar erwartet.
Laura war gewachsen. Pausenlos erzählte sie vom Karussellfahren. Und dann ging es los zum Laternenfest. Massen von Menschen tummelten sich auf den Wiesen am Saalestrand. Buden, Karussells und immer wieder Bierschenken waren zu sehen. Österreichische Musik drang aus einem Zelt. Der neue Hit aus dem Erzgebirge „Lebt denn der alte Holzmichel noch?“ war zu hören. Bis zur Brücke an der Burg Giebichenstein schoben sie den Kinderwagen. Viele bunt gestaltete Boote, zum Teil beleuchtet, und „Glühwürmchen“ schwammen auf der Saale. Es war schwülwarm.

Um 22.30 Uhr begann das Feuerwerk. Leider war durch das Blätterwerk der Bäume wenig davon zu sehen. Inge mahnte, nicht zu lange zu warten, um nicht in den Stau zu kommen. Alles strömte zur Straßenbahnhaltestelle. Laura war völlig überdreht, sie wurde sofort zu Bett gebracht.
Pünktlich halb acht Uhr morgens kam Laura auf nackten Sohlen zu Inge an das ausgezogene Sofa. Inge zog sich an, frühstückte mit Laura, nach dem diese ihr gezeigt hatte, wo Teller, Tassen und Besteck zu finden waren.
„Wo ist der Mond?“ fragte Inge sie scherzhaft. Noch immer benutzte Laura das kleine blaue Keramikschälchen mit Mond und Sternen darauf und aß daraus ihr Crookis. Es regnete und Inge spielte mit ihr ein neues Spiel. Farben und Formen musste sie zuordnen. Das klappte sehr gut.
Erst um fünf Uhr, die Sonne war endlich hervorgekommen, erwachte sie. Jetzt durfte sie endlich Karussell fahren. Diesmal nahm Klaus jedoch das Auto und nicht die Straßenbahn. Laura wurde auf dem Karussell in ein Auto gesetzt und jauchzte, während sie ständig das Lenkrad drehte. Klaus überredete Inge, erst am Montagmorgen nach Hause zu fahren. Klaus, Cathleen und Laura stiegen sogar in ein Riesenrad. Inge schaute sich das lieber von unten an.
Sie sang Laura noch ein Schlaflied vor, ging an das Fenster und zeigte ihr den Vollmond. Sonne und Mond spielen im Moment eine große Rolle in Lauras Leben.
Kurz war der Abschied. Klaus brachte sie zum Zug, der um sieben Uhr nach Bitterfeld fuhr. Inge dachte daran, wie sie Klaus immer zum Zug brachte, als er noch an der Kinder-und Jugend-Sportschule in Berlin war. In Bitterfeld hatte sie eine Dreiviertelstunde Aufenthalt bis zum Eintreffen des Connex, der von Gera nach Rostock fuhr. Es war ein angenehmes Fahren.
In Neustrelitz musste sie umsteigen und in Neubrandenburg goss es derart in Strömen, das sie ein Taxi nahm.
Auf dem Anrufbeantworter waren jede Menge Anrufe mit Glückwünschen zu ihrem Geburtstag. Von Uta lag ein DINA 4-Briefumschlag auf dem Tisch. Es war eine Aquarellmalerei mit dem Titel „Stoppelfeld bei Kremmen.“ Die goldfarbenen Ähren kontrastierten wunderschön zum Blau des Himmels.
Die Hoerner Bank schickte einen Brief und teilte die Erbensumme mit. Sabine und Inge bekamen je 1.200 Euro, die Wills und Ortrud je 3.200 Euro, Lilo und Bernd je 2.400 Euro, weil sie keine Geschwister haben

und die Summe nicht geteilt wurde. Du bist durch Lauras Tagebuch und ihre und Claras Briefe reicher beschenkt, dachte Inge.
Der diesjährige Gemeindeausflug der Friedenskirche führte nach Wismar. Pastor Leibach wollte den Gemeindemitgliedern seine Ausbildungsstätte zeigen. Pünktlich zum Gottesdienst um zehn Uhr war der Bus in Wismar. Pastor von Maltzahn predigte über das Thema "Werft eure Sorgen auf Ihn!" Seine junge Frau hielt eine weiße Lilie in der Hand und zitierte die berühmten Verse: „Seht die Lilien auf dem Feld, sie sind schöner als Salomons Seide!" Anschließend wurden sie im Gemeinderaum an eine gedeckte Kaffeetafel gebeten.
Danach erfolgte eine Stadtbesichtigung durch Pastor Leibach. Nun kam die Sonne hervor. Um 13.30 Uhr war Treffpunkt an der alten Wasserkunst. Pastor Leibach erzählte von der Sprengung der Marienkirche im Jahre 1960 durch die DDR-Behörden. Nur der hohe Turm stand noch, da er als Schiffszeichen diente. St. Georgen war die nächste Station.
Diese gewaltige Backsteinkirche wird seit 1990 wieder aufgebaut. In der Nacht vom 14. zum 15. April 1945 war die Kirche von zwei Bomben getroffen worden. Das Gotteshaus erlitt schwere Schäden, die aber gemessen am heutigen Wiederaufbau, mit vergleichsweise geringen Kosten hätten behoben werden können. Das geschah nicht und in der Zeit von 1945 bis 1990 war die Kirche dann weiter dem Verfall und der Zerstörung preisgegeben. Es gab keine Fenster und Türen mehr. Ehemals war die Kirche ein Schmuckstück der Stadt, nun bot sie den Anblick einer trostlosen Ruine. Am 25. Januar 1990 brachte ein Orkan den Giebel des Nordquerhauses zum Einsturz. Die losgerissenen schweren Steinmassen stürzten aus einer Höhe von fünfunddreißig Metern auf zwei gegenüberliegende Wohnhäuser. Ein Kind wurde unter den Trümmern begraben, die anderen Bewohner kamen mit dem Schrecken und leichten Verletzungen davon. Dieses Ereignis gab den Anstoß für die Sicherung und den Wiederaufbau der St. Georgen-Kirche. Bitten um schnelle Hilfe gingen an die Deutsche Stiftung Denkmalschutz. Diese stellte noch im selben Jahr eine größere Summe zur Verfügung und die Hansestadt Wismar nahm die Sicherung und den Wiederaufbau sofort in die Hand und trieb das Vorhaben voran. Die Spendenbereitschaft der Menschen ging weit über Wismar hinaus. Am Ende des Jahres 2002 waren alle Gebäudeteile, außer dem Turm, mit einer Dacheindeckung versehen. Es waren, mit einer Ausnahme, alle Fenster verglast.
Mitte des nächsten Jahrzehnts hoffte man mit der Fertigstellung der Kirche.

Die Heilig Geist-Kapelle war das nächste Ziel. Es diente einst als Hospital und die Kranken sahen liegend die gemalten Bilder an der Decke. Eine Mosaik-Tafel zeigte die Worte DEO GRACIA (Gott die Ehre), die verschiedentlich von oben nach unten, rechts, links und diagonal gelesen werden konnten.
Um 15.30 Uhr fanden sich alle Teilnehmer zur Hafenrundfahrt ein. Der Himmel nach Osten war schwarz, dicke Wolken türmten sich, nur an der Westseite schien die Sonne unvermindert. Der Schiffsführer erklärte die Fahrtroute, leider gingen seine Worte im Stimmengewirr unter. Alle waren von diesem Ausflug begeistert.
Ein denkwürdiger Tag: Der Computerhändler Vogel hatte Wort gehalten und ihr zu Hause am Computer den Zugang zum Internet geschaffen.
Das Rätsel der verschiedenen Geldsummen (Erbe von Ingeborg Runze-Pütz) wurde Inge telefonisch erklärt. 1/12 des Erbes bekamen die Enkel von Johannes, während Inge, Lilo, Bernd und Sabine die Urenkel von Johannes Runze sind und 1/18 der Erbsumme erhielten.
Lilo rief an und teilte eine Neuigkeit mit. Almut hatte am 14. September einen kleinen Jungen, Niklas, geboren.
„Du kannst mich am Wochenende besuchen!" rief Susanne an.
Inge packte einen Korb mit frisch eingeweckter Kirsch-und Pfirsichkonfitüre ein und buk noch einen Apfelkuchen. Diesmal wählte sie eine neue Fahrtroute. Die Landstraße fuhr sie bis Teterow, wechselte dann auf die Autobahn nach Rostock und später auf die kreuzende A 20 Lübeck-Stettin. Nach zwei Stunden war sie bereits in Schönberg bei Lübeck und 12.30 Uhr nahm sie die Abfahrt Bergedorf. Sie kam ohne Schwierigkeiten bei Secondella an. „Du solltest doch erst 16 Uhr kommen!" Die kalte Dusche wirkte nicht nachhaltig. „Ich weiß mir schon bis dahin meine Zeit zu vertreiben." parierte Inge. Sie fand einen Parkplatz, schlenderte zu den Alsterterrassen und aß ein Eis.
Die Zeit verging wie im Fluge. Sie holte Susanne pünktlich um vier Uhr nachmittags ab und fuhr mit ihr zur Bornstraße. Neben Susannes Haus wird eine Tiefgarage in ein drei-oder vierstöckige Haus umgewandelt. Ein riesiger Kran schwenkte über Susannes Dach. Eine Kreissäge zerriss die Stille. Susannes Wohnung lag im sechsten Stock.
Eine Dachschräge ließ viel Licht durch zwei rechteckige Fenster in den Raum. Gelbe Tapeten unterstrichen den hellen, freundlichen Eindruck. Eine winzige Küche mit Herd, Abwäsche und Waschmaschine befanden sich links im Wohnzimmer.

Susanne war in einem tiefen seelischen Tal. Neben der Schlaf-Matratze stand ein gusseiserner Buddha auf einem weißen Seidentuch. Um seinen Hals waren Ketten geschlungen und ein Foto von ihr mit P. stand davor. Der reinste Altar. Hinter dem Wohnzimmer befand sich ein kleines Zimmer, welches ihr als Ankleidezimmer diente. Das Bad enthielt sogar eine Badewanne. Die mit roten Rosen bemalte Holztruhe von Oma Clara brachte Farbe in die Wohnung.

Hoffentlich schnarchst du nicht, war Inges letzter Gedanke, bevor sie einschlief.

Am nächsten Morgen besuchten sie am Gänsemarkt eine Ausstellung mit Kinderbildern. Am Nachmittag statteten sie Julian in seinem Atelier einen Besuch ab. Dieses befand sich in einer ehemaligen Garage mit einem Fenster zu einem Wasserarm (ein Kanal, der von der Außenalster abzweigte). Julian war gerade beim Schneiden eines Metallstückes. Im Oktober hat er eine Ausstellung. Sein Markenzeichen ist eine runde Blume mit Männchen. Susanne lud ihn zum Kaffee ein. Mit dem Auto waren sie sehr schnell in Susannes Wohnung. Susanne schlug Sahne zum Apfelkuchen, Inge erzählte von Mallorca und Julian zeigte auf der Karte, wo seine Großmutter ein Haus besitzt. Es war auf der Westseite der Insel in Andrax. Inge ließ die beiden erzählen. Sie war nun doch recht müde, der gewohnte Mittagsschlaf fehlte ihr. Noch immer arbeiteten die Männer mit der Kreissäge.

Am Sonntag war endlich Ruhe, kein Baulärm. Sie fuhren nach Blankenese, spazierten an der Elbe entlang und nach dem Mittagessen fuhr Inge zurück nach Neubrandenburg. Die Sonne schien, es war eine schöne Fahrt. 299 km zeigte der Tacho, als sie um sieben Uhr abends zu Hause anlangte. Sie war die gleiche Strecke gefahren.

Mit den Gedanken war sie noch immer bei Susanne. Ihr Boheme´ Leben beunruhigte Inge doch sehr, aber Susanne versichert ihr, wie gut ihr Inges Besuch getan hätte.

***17. Oktober 2004***

***Seit Freitagabend ist wieder Leben in dieses Haus gekehrt und ich genieße es in vollen Zügen. Freitagnachmittag begann es zu regnen, richtiges Schietwetter. Um 19 Uhr musste ich nach Neustrelitz fahren, um Klaus und Laura vom Zug abzuholen. Der hatte Verspätung. Viele Menschen stiegen aus dem Zug, und ich sah Klaus nicht. Dann endlich erblickte ich ihn im blauen Anorak mit Laura an der Hand. Ein blaues Stirnband bändigte die blonden Locken, sie trug eine aubergine-***

*farbene dicke Jacke und blaue Cordhosen. Klaus setzte sich ans Steuer und im Handumdrehen waren wir in Neubrandenburg. Lauras kleines Plappermäulchen stand nicht eine Minute still, und ich sang aus voller Brust: „Hab′ mein Wage voll gelade“.*
*Halb acht Uhr wachte Laura am Samstagmorgen auf und wollte gleich aufstehen. Ich machte Frühstück, dann gingen wir hinaus. Es begann zu nieseln, der Spielplatz war nicht das Richtige. So kam ich auf die Idee, meine Ex-Schwägerin zu besuchen. Die brachte gleich Spielzeug herbei. Laura ordnete einem Bild die Farben zu. Das gelang ihr auch ganz schnell.*
*Ich hatte Laura von der Eisenbahn im Modellpark erzählt und nun drängte Laura, sich diese anzusehen. Leider wurde ausgerechnet an diesem Vormittag die Bahn eingepackt. Die Winterzeit stand bevor.*
*Am Nachmittag hörte der Regen auf und wir fuhren zum Augustasbad. Ich hatte altes Brot klein geschnitten und Laura fütterte begeistert die vielen Enten am Bootssteg.*
*„Weißt du, wieviel Sternlein stehen“, „Die Blümelein, sie schlafen“ und „Guten Abend gut Nacht“ versetzten Laura bald in tiefen Schlaf.*
*Ich holte die alten Kinderbücher meiner Mutter hervor und las Laura am nächsten Morgen daraus vor. Aus den Legobausteinen, die Klaus 1972 von seiner Patentante Lilo bekommen hatte, setzte Laura nun ein Schiff zusammen.*
*Noch einmal fuhren wir zum Augustasbad und trafen, welch ein Zufall, Frank, Klaus′ Freund mit seiner Lebensgefährtin und dem acht Monate alten Sohn Erik.*
*Auf Behmshöhe pfiff der Wind, aber er hielt uns nicht ab, den Turm zu besteigen und die Aussicht zu genießen. Der Wald begann sich schon herbstlich zu färben.*
*Die Zeit verging wie im Fluge. Lange schlief Laura am Nachmittag und wachte erst gegen halb fünf Uhr auf. Bald war es Zeit, nach Neustrelitz zu fahren. Laura saß auf meinem Schoß und sagte immer wieder: „Omi, steig′ in die Eisenbahn und fahr′ mit nach Halle. Ich will morgen nicht in den Kindergarten gehen!“. Ein Doppelstockzug kam. Viele Menschen drängten sich auf dem Bahnsteig. Zielgerichtet lief Klaus nach oben, winkte noch einmal, vorbei, vorbei dieses wunderbare Wochenende ohne einen Missklang.*
Am 21. Oktober kam Christa Jede/Busch Inges Einladung nach und besuchte sie. Inge fuhr nach Neustrelitz und holte sie vom Zug ab. Christa

ist Diabetikerin und muss jeden Morgen ihren Blutzuckerspiegel messen. Sie schenkte Inge eine CD mit Geistlichen Chören von Heinrich Schütz, einen Bildband „70 Jahre St. Marien Weißenfels“ und einen ahreskalender„Weißenfelser Geschichte“ für das Jahr 2005.
Inge hatte sich für Christa etwas ganz besonderes ausgedacht. Sie hatte zwei Karten zum Presseball des „Nordkurier“ gekauft. Nun machten sich beide schön und gingen am Abend in die Stadthalle, die auch schon fünfunddreißig Jahre alt wurde. Ihr Tisch mit der Nummer fünfzig war der, der am äußersten Rand vor dem Büfett stand. Fisch, Käse, Salate, Desserts und warme Speisen wurden angeboten. Zuerst aber begrüßte der Tanzkreis des HKB (Haus der Kultur und Bildung) die Gäste mit einem Wiener Walzer. Zwei Ehepaare setzten sich an Inges Tisch, sie waren stark geschminkt und aufgedonnert. Die Frau mit den pechschwarz gefärbten Haaren und einem unschuldigem Puppenblick, etwa fünfundvierzig Jahre alt, hatte Silberpünktchen auf ihre blau gefärbten Lieder gesprüht. Sie trug ein schwarzes Kleid mit rundem Ausschnitt. Ein dicker Pelzkragen wurde von ihr ständig in anderen Variationen drapiert. Ihre Ehemänner waren Verkäufer in einem Autohaus, Unterhaltung war mit ihnen nicht möglich.
Am Büfett begegnete Inge dem Neubrandenburger Bürgermeister, der sie grüßte und auf eine italienische Köstlichkeit hinwies. Inge probierte sie und war angenehm überrascht.
Schade, dass man in diesem Rahmen nicht tanzen konnte, jedenfalls nicht Frau mit Frau. Dann wurden Lose der Tombola verkauft, deren Erlös dem Leser-Hilfswerk zugute kommen sollte.
Gegen elf Uhr trugen vier Kellner, verkleidet als Gondoliere, Eisbomben herein. Die Wunderkerzen auf dem Eis waren angezündet, das war ein toller Anblick. Eine italienische Kapelle machte anschließend richtige Stimmungsmusik. Glanz und Schönheit zeigte der Abend, aber die Jugend fehlte, die meisten der Anwesenden waren im fortgeschrittenen Alter um die fünfzig und sechzig Jahre. Christa mit ihrem sanften, ruhigen Wesen fiel sehr angenehm auf, ein älterer Herr machte ihr den Hof, sie ließ ihn aber abblitzen.
Sie brachte Christa wieder zum Zug.
Klaus wurde fünfunddreißig Jahre alt. Inge schenkte ihm zum Geburtstag die gewünschten Birkenstockschuhe, die sie im Sanitätshaus Neubrandenburg gekauft hatte. Sie passten ihm.
Er erzählte ihr am Telefon, dass er auf der Suche nach einem Haus sei.

„Laura soll aufwachsen wie ich mit Haus und Garten."
Christa rief aus Weißenfels an und lud sie zum Weihnachtsfest ein. Sie hatte gerade eine Prediger-Ausbildung beendet und die Weihnachts-Tage waren natürlich Arbeitstage für sie. Auch die älteste Tochter, Kantorin in der Marienkirche, hatte reichlich Dienst zum Fest, aber dennoch sollte Inge kommen.
Schon zum Nikolaus-Tag hatte Inge die Ischler Mandelschnitte, ein Weihnachtsgebäck mit Himbeerfüllung und Schokoladenguss, in reichlichen Mengen gebacken.
Die Fischverkäuferin packte die zehn Forellen am frühen Morgen in eine Storopyrkiste und verteilte gleichmäßig Eisstücke, so würden die Forellen die Fahrt überstehen. Strahlend schien die Sonne, als sie gegen elf Uhr die 704 Meter lange Havelbrücke bei Potsdam passierte. In der attraktiven Raststätte "Marche´" machte sie Pause.
Sie stärkte sich und nach einer halben Stunde Fahrt verlangte der Körper Ruhe. Sie musste anhalten und „Augenpflege" machen. Dann ging es wieder. Vor Dessau verschwand die Sonne, die Bäume zeigten Raureif, dicker Nebel breitete sich aus.
Um 14 Uhr war sie in der Streiberstrasse. Sie durfte aber erst 15 Uhr ankommen. So parkte sie ihr Auto auf der gegenüberliegenden Straßenseite und lief zur Hauptpost. Das schöne alte Gebäude stand noch am alten Ort, unverändert wie vor fast fünfzig Jahren. Sie erkannte die Steinstraße, die Große und Kleine Ulrichstraße. Überall wurde in der Innenstadt gebuddelt, Straßenzüge waren aufgerissen. Das Gekreische der Straßenbahn war ständig zu hören.
Um 15 Uhr klingelte sie. Cathleen erschien mit leidendem Gesichtsausdruck. Inge packte die drei Schüsseln mit Weihnachtsgebäck aus. „Ich kann sie sowieso nicht essen!" meinte Cathleen. Warum eigentlich nicht? Inge bat um eine Tasse Kaffee und danach holten sie Laura aus dem Kindergarten ab. Die saß selbstvergessen im Sandkasten und die große Pudelmütze verhinderte, dass sie Inge rufen hörte. Erst als sich Inge hinunter bückte und sie ansprach, verstand sie. Schnell war das Eis gebrochen. Zu Hause wurde Inge sofort von Laura in Beschlag genommen. Sie sah Lauras Kinderzimmer und die nagelneue lachsrote Leder-Couch. Ein großer brauner Plüschbär stand in der Ecke. "Der ist von Papa und schau mal, die beiden kleinen Bären küssen sich gerade!" Ein wunderbares Farbenbuch, herausgegeben von einer Gräfin Schönfeld, gefiel Inge besonders, denn auf hübsche Art und Weise wurden darin die Grundfarben rot, blau,

grün, gelb, orange und grau (als Mischung von Schwarz und weiß) erklärt. “Das Haus am Fluss“ mit Erklärungen der Tierwelt war ihr Lieblingsbuch.
Um 18 Uhr holte Klaus Susanne vom Zug ab. Nach dem Abendbrot durfte Inge Laura waschen, ins Bett bringen und eine Geschichte vorlesen. “Wo ist deine Tarre?“Inge verstand nicht gleich, was sie meinte, aber dann wusste sie, was sie meinte. Diesmal hatte sie die Gitarre nicht mitgebracht.
Am Abend zeigte Klaus die Fotos vom Urlaub auf Mallorca, Laura war begeistert, wenn sie sich auf den Fotos wiedererkannte.
Am nächsten Morgen liefen sie über die Frankischen Stiftungen in die Innenstadt. Die Marktkirche war sandgestrahlt und leuchtete im hellen Beige, nicht mehr schwarz verrußt. Sie hatten klein geschnittenes Brot mitgenommen und fütterten die Enten. Immer mehr Enten kamen hinzu und Laura war selig. Zurück fuhren sie mit der Straßenbahn. Klaus briet die Forellen in der Pfanne mit Basilikum. Sie schmeckten wunderbar. Laura hatte allerdings kein Gefallen am Fisch. Sie hielt sich wie ihre Mama nur an das Möhrengemüse.
Laura schlief bis halb vier Uhr, spielte dann wieder mit Inge, erzählte von ihrer ungarischen Freundin Esther und wollte immer wieder die Geschichte von der Eisenbahn aus dem Buch „Pünktchen“ (noch aus DDR-Zeit) hören. Sie turnte auf ihrer Matratze, fuhr mit den Füßen Fahrrad und Inge tollte mit. Das Lachen wollte kein Ende nehmen. Was für ein entzückendes Kind, immer fröhlich.
Früh halb sechs Uhr war Inge bereits wach. Katze Elli strich ihr um die Beine. Sie zog die Gardinen auf. Einige Autos warfen Lichtreflexe an die Decke. Das Haus, in dem sie wohnen, ist ein Eckhaus und ruhig gelegen. Die Zimmer sind hoch und hell. Ein langer Flur verbindet die Zimmer; überall ist Laminat gelegt. Laura zieht sich allein an, wäscht sich auch allein. Sie hat einen großen Entwicklungssprung gemacht. Sie merkt genau, dass sich alles um das neue Baby dreht und ist gar nicht mehr so begeistert von dem neuen Geschwisterchen.
Beim Frühstück wurde Inge getadelt, weil sie Laura in alter Gewohnheit Kakao mit Milch gekocht hatte und Laura zu Omi ins Bett kletterte. Halb sieben Uhr erschien sie barfuß und Inge fürchtete, dass sie sich erkälten würde. Die Eltern wollten ausschlafen und nicht gestört werden. In Neubrandenburg war Klaus froh, wenn sich Inge morgens um Laura kümmerte und hier, in Halle, machte er ihr Vorwürfe. Das verstand sie nicht.

Susanne platzte heraus: "Ich halte das hier nicht länger aus, kein freundliches Wort zwischen den beiden, Cathleen verbreitet ständig schlechte Laune!“ Freute sie sich überhaupt auf das Kind?
Susanne suchte per Internet eine Zugverbindung heraus, Inge brachte sie mit dem Auto zum Zug. Laura wollte ihre Omi nicht gehen lassen und sagte immer wieder: „Darum?“ das hieß in ihrer Kindersprache „Warum?“ Inge tröstete: „Ich komme bald wieder!“
Weihnachten stand vor der Tür. Inge fragte Klaus, was sie Laura schenken könne. Sie wünscht sich in ihr neues Zimmer einen Sternenhimmel, das war ein blaues Tuch mit aufgesetzten Sternen, die nachts leuchteten. Per Katalog sollte sie das bestellen. Inge hätte als Adresse gleich Halle angeben sollen, nun kam das Paket nach Neubrandenburg. Da Inge nach Weißenfels zum Fest bei Christa Jede/Busch eingeladen war, beschloss sie, es auf der Hinfahrt in Halle abzugeben.
Als sie am 23. Dezember um 12 Uhr bei Cathleen klingelte, war Laura im Kindergarten. Sie gab das Paket mit dem Sternenhimmel ab, trank ein Glas Wasser und fuhr nach einer Stunde die Landstraße nach Weißenfels über Merseburg und Leuna.
Inges Angst vor Eis und Schnee war zum Glück unbegründet, es waren Plusgrade und die Sonne schien.
Das Haus in der Jüdenstraße fand Inge gleich. Christa wohnte mit ihrer Familie im dritten Stock. Zwei der vier Zimmer waren zu Kinderzimmern für die Töchter umfunktioniert worden, im Schlafzimmer hatte sich Christa ihren Schreibtisch gestellt. „Für dich ist schon ein Brief angekommen!“ begrüßte sie Christa. Er war von Susanne, sie wünschte „ein Fest der Stille“ und erwähnte, dass sie am 29.12. in die indische Stadt Ashram fliegt, um einen Monat lang Meditation zu erlernen.
Carmen zog sie gleich ins Gespräch. Sie sollte auf einem Lattenrost, auf dem eine Matratze gelegt worden war, nächtigen. Die Zimmer waren mit Büchern voll gestellt, riesengroße Fotos von Engeln hingen an den Wänden. Sie stammten von Doreens Aufenthalt in Schottland. Der Nekrolog von Glasgow sei weltberühmt, erfuhr sie. Das Kinderzimmer zur Straße war meerblau gestrichen. Es war Carmens Zimmer mit einem Himmel. Sie hat die Farben selbst gemischt und aufgetragen. So ein schönes, warmes Blau hatte Inge noch nie gesehen.
Nach dem Abendbrot schauten sie sich Doreens Kantorenwohnung gegenüber der Marienkirche an. Die Türen waren aus Stein gehauen und mittelalterlich. Sie halfen, den Tannenbaum in den Ständer zu stellen.

Das dauerte eine ganze Weile. Inge ging um 22 Uhr schlafen. Christas Mann kam in der Nacht, er war als Kraftfahrer bei einem Zustellungsbetrieb mit Namen „Würfel“ angestellt.
Heilig Abend gingen sie in die Marienkirche, wo Doreen die Orgel spielte und Inge gebeten wurde, die Lieder des Chores mitzusingen. Doreen hatte vorher einen Gottesdienst in Burgwerben und fand an der Marienkirche keinen Parkplatz. Sie stand ziemlich unter Stress. Die Pastorin betonte den Friedensgedanken in ihrer Christmette.
Anschließend musste Doreen noch in der St. Laurentius-Kirche in der Neustadt Orgel spielen. Am Vormittag hatte Christas Mann dort den Tannenbaum aufgestellt. Diese Predigt war gut. „Sie kennen alle das Märchen von Rumpelstilzchen, der musste sterben, wenn Jemand seinen Namen kannte, aber Jesus Namen kennen wir seit 2000 Jahren und er lebt.“ Etwas ungewöhnlich war dieser Einstieg, aber originell. Zupackend und offen war die Predigt. Inzwischen war Inge trotz warmer Strumpfhosen und langer Hose zum Eisklumpen gefroren. Sie machte sich erst einmal ein heißes Fußbad, als sie in Christas Wohnung ankamen.
Das half. Carmen und der Papa waren zu Hause geblieben und hatten Kartoffelsalat zubereitet und die Geschenke liebevoll eingepackt. Inge hatte das Kunstbuch „Geschichte der Hanse“ als Geschenk mitgebracht. Sie wollte die Familie auf den Norden neugierig machen.
Carmen schenkte ein kleines selbstgemaltes Bild und ein Foto im Glasrahmen, welches Inge und Christa am Tollensesee zeigte. Das Foto war bei Christas Besuch im Oktober entstanden.
„Aschenputtel und die drei Haselnüsse“, den wunderbaren tschechischen Märchenfilm, schaute sich die Familie anschließend an.
Doreen hatte sich in den Kirchen erkältet und schniefte und hustete, beide Töchter verbrachten den ersten Feiertag auf dem Sofa, jede auf einer Seite desselben. Die Küchenarbeit erledigte der Papa. „Ich mache das gern!“ war seine Antwort, als Inge Hilfe anbot, die er nicht wollte. So ging sie an der Saale zwei Stunden spazieren und ließ den Gedanken freien Lauf. Dann begann es ausgiebig zu regnen.
Am zweiten Weihnachtstag fuhren sie mit dem Auto zur Lutherkirche und erlebten im Gemeindesaal einen Singe-Gottesdienst. Inge bat anschließend, die Kirche kurz betreten zu dürfen. Das gewährte ihr der Hausmeister. Er schaltete das Licht an und Inge bewunderte die farbigen, bleiverglasten Fenster mit den Darstellungen aus Christus Leben. Jesus Geburt war im Fenster mit dunkelblauer und weißer Farbe dargestellt. Weiche,

fließende Linien waren dies, dann folgten Fenster in blau, rot, gelb und lila. Am eindrucksvollsten jedoch war die grob geschnitzte Holzplastik des sterbenden Christus am Kreuz. Die ehemals braune Holzplastik war inzwischen fast schwarz geworden. Kraftvoll und schön war diese Darstellung, die Christus so m e n s c h l i c h zeigte. In dieser Kirche war sie vor fünfzig Jahren am Sonntag Palmarum konfirmiert worden.
In der Nacht war Vollmond und Inge lag mindestens drei Stunden wach, ehe sie einschlief. Am Nachmittag hatte die Welt eine fürchterliche Schreckensbotschaft erreicht: ein Erdbeben, zehn Kilometer im Wasser unter der Erde, Kern bei der Insel Sumatra, hatte ein dreißig Meter hohe Flutwelle erzeugt, die sich vor den Stränden Thailands aufgebaut hatte und in Sekundenschnelle alles überschwemmt und mitgerissen hatte, was sich ihr in den Weg stellte. 20 000 Tote waren die erste Bilanz. Es geschah um acht Uhr morgens Ortszeit. Die Medien überschlugen sich mit Berichterstattungen und Filmen, einfach furchtbar. Um 18 Uhr rief sie am zweiten Feiertag Klaus an und fragte, ob sie auf der Rückreise in Halle vorbei schauen dürfe. Inge bat, Laura sprechen zu dürfen. Die erzählte begeistert vom neuen Bett mit Rutsche und Inges Sternenzelt. „Omi komm, Omi mit der Bahn nach Neubrandenburg!“ plapperte das kleine Mündchen. Die Verwandtschaft von Cathleen war vollzählig versammelt. „Ich rufe dich an, wenn ich mit Cathleen gesprochen hatte!“ sagte Klaus. Anruf von Klaus um 21 Uhr: Heute Morgen fünf Uhr wurde Mareike Sophie geboren. Klaus brachte Cathleen ins Krankenhaus, Cathleens Mutter betreute inzwischen Laura. Nein, Inge solle nicht kommen. Wie weh, wie unsagbar weh tat ihr Klaus damit. Womit hatte sie diese Antipathie dieses Ausgeschlossensein verdient? „Ich will nicht mit dir streiten, ich bin müde!“ sagte Klaus.
Die Stunden schlichen dahin, sie wälzte sich auf ihrer Matratze und fand keinen Schlaf. Unaufhörlich liefen die Tränen. Kein Wort des Dankes für die Geschenke, die sie vor Weihnachten überreicht hatte. Ein Kind ist geboren worden, das ist doch etwas Wunderbares, darüber musst du dich freuen, dachte sie. Ich werde Cathleen gratulieren, ihr das Geschenk zur Geburt und Blumen überreichen, mit diesem Gedanken schlief sie ein.
Im Telefonbuch suchte sie die Nummer von Oliver Lüs, den Bruder von Cathleen, und das klappte tatsächlich sofort. „Sie liegt im Krankenhaus Halle /Kröllwitz“, sagte er.
Sie verabschiedete sich von Christa und sagte, dass sie Silvester doch lieber in Neubrandenburg verleben möchte.

Carmen hatte ihr das Buch von Gerhard Schöne noch liebevoll eingepackt.
Sie musste durch Halle/Neustadt fahren, um nach Kröllwitz zu gelangen. In einem Blumengeschäft kaufte sie eine lachsfarbene Rose und zur Mittagszeit war sie in der Klinik. Sie trug der Schwester ihr Anliegen vor. “Ich drücke beide Augen zu, kommen sie, hier ist Frau Templin!“
Im Zimmer war eine zweite Frau, Cathleen war nicht zu sehen. Sie ist gerade auf der Toilette, sagte die junge Frau. Inge hatte Zeit, das kleine Wesen im gläsernen Bettchen anzusehen. Ein winziges Mündchen und ein lächelndes Gesicht, wie schön, dass du das sehen darfst. Sie strahlte Cathleen an, überreichte die Rose und das Geschenk und entschuldigte sich für den unangemeldeten Besuch. Cathleen war so überrascht, dass sie gar nichts sagte.
Sie fuhr sofort über den Autobahnzubringer auf die A 9. Der Pförtner hatte ihr bereitwillig den Weg erklärt.
Ach, wie genoss sie ihr Zuhause.
Am Vorabend von Silvester meldete sich Susanne telefonisch aus Ashram. Nun konnte ihr Meditationskurs beginnen.
Indien ist eine fremde, für Europäer unvorstellbare Welt, teilte Susanne ihr per mail mit. Tausende Menschen meditieren hier täglich. Ich laufe mit einer roten Robe den ganzen Tag, schrieb sie weiter. In Indien ginge es nur um das nackte Überleben. In der ersten Woche müsse sie täglich drei Stunden nur lachen, in der zweiten Woche täglich drei Stunden nur weinen und in der dritten Woche täglich drei Stunden nur still sitzen und schweigen.
Am 4. Januar war Lauras dritter Geburtstag. Inge telefonierte am frühen Morgen, aber das Telefon war abgestellt. Zwei Tage später dann der Anruf. “Ich auch!“ hörte Inge ihr Stimmchen und dann erzählte Laura von ihrer Geburtstagsfeier und sang vor: „Hoch soll sie leben. Tschüs, Omi, ich habe keine Lust zu sprechen!“ und schon war das Gespräch beendet.
Endlich, endlich hatte das lange Warten ein Ende. Herr Steffen, Verleger und Drucker aus Friedland, meldete sich auf Inges telefonische Anfrage. Ja, er will ein Buch aus Inges Familiengeschichte machen. Das Manuskript sei mit so viel Offenheit und Herzblut geschrieben, er wage es. „Einen Lektor brauchen wir nicht, das ist nur bei einem wissenschaftlichen Buch nötig.“ Einen Korrekturleser hätte er im Verlag und Fehler gäbe es in jedem Buch, da wir alle nur Menschen seien. Am 1. Februar solle sie zum Gespräch kommen.

***11. Januar 2005***
***Es gibt noch Wunder! Heute Morgen erhielt ich auf Anfrage bei Wüstenrot, wie lange ich noch die Kreditsumme zahlen muss, die verblüffende Antwort: „Sie können sofort alles bezahlen!" Ich glaubte, meinen Ohren nicht zu trauen. Ab heute ist unser Haus nach 30 Jahren s c h u l d e n f r e i. Ist das nicht ein Grund zum Feiern? Nun könnte ich überlegen, Tom auszuzahlen. Auch das errechnete die geschäftstüchtige Frau sofort. Vier Prozent Zinsen würde die Bank nehmen, die monatliche Kreditsumme würde 269 Euro betragen. Ja, das sind so Träume.***
Endlich konnte sie mit Laura sprechen und zum Geburtstag gratulieren. Das Sternenzelt hatte Klaus am 11. Januar endlich an der Zimmerdecke befestigt.
Mitte Januar bekam Laura eine Bindegewebsentzündung an beiden Augen. Sie durfte nicht in den Kindergarten gehen und Klaus bat, dass Inge nach Halle kommt, um Laura zu betreuen. Am Samstag sollte sie jedoch schon wieder nach Hause fahren. Wochenende wollten sie die Oma nicht da haben.
„Wen Gott strafen will, dem erfüllt er seine Wünsche!" sagt ein deutsches Sprichwort. Das könnte das Motto der Woche bei Klaus sein. Beladen mit Koffer, Korb, Gitarre und Kissen traf Inge am Mittag in Halle ein. Laura freute sich und zog Inge gleich ins Kinderzimmer. Mareike wurde all vier Stunden gestillt, Cathleen war voll damit beschäftigt. Inge hatte das Tiermärchen-Buch mitgebracht und immer wieder musste sie das Märchen „Der Wolf und die sieben Geißlein" vorlesen und Laura wiederholte begeistert:"Was rumpelt und pumpelt in meinem Bauch herum?" Natürlich war Inge am Abend völlig geschafft. Über dem Zimmer, in dem sie schlief, trampelten Kinderfüße, dann lautes Schreien und Weinen, es war grässlich. Das Zimmer war kalt, denn Cathleen verlangte, dass das Fenster geöffnet blieb. Nun kam der Autolärm auch noch dazu.
Als Klaus morgens um sieben Uhr zur Arbeit ging, wurde Laura natürlich wach. Wieder schrie sie, weil sie im Bett bleiben sollte und natürlich nicht wollte. Sie sollte Früchtetee aus der Thermoskanne trinken, was ihr aber nicht schmeckte. Ein halbes Brötchen schmierte sie sich mit Butter und Nutella bereits allein. Um zehn Uhr ging sie mit Laura zum Spielplatz. Da bemerkte Laura, dass Inge Salbeibonbons ohne Zucker zum Lutschen in der Handtasche hatte. „Omi gibst du mir auch einen Bonbon?" Wer konnte diesen Äuglein widerstehen? Laufen konnte Laura nun schon wie

ein Wiesel. Kam ein Auto, sagte sie: “Rot ist meine Lieblingsfarbe, Esthers Lieblingsfarbe ist grün.“
Als Inge um elf Uhr mit der Vorbereitung des Mittagessens begann, wollte Laura mithelfen. Inge stellte das Stühlchen neben den Herd und ließ Laura unter Aufsicht rühren. Cathleen ließ sich den ganzen Vormittag nicht blicken. Das Essen (Gulasch mit Möhren, Kartoffel und Apfelmus) schmeckte Laura gut. Cathleens Stimmung war noch immer im tiefsten Keller. Der Mittagsschlaf tat Inge und Laura gut.
Abends gab es Geschrei. “Geh´ in dein Zimmer, da kannst du dich ausweinen!“ Inge konnte nicht weiter essen. „Omi, Omi, komm spielen!“ tönte es dann wieder. Sie bekam ihr Abendlied mit der Gitarre.“Heute Abende schläfst du wieder allein in deinem Zimmer und Oma in der Stube, du weißt dass du in deinem Bett zu bleiben hast!“ Ist es wirklich so schlimm, wenn das Kind eine wenig Wärme bei der Oma empfängt? Es fühlt sich vernachlässigt. Die Mutter hat ja nur noch Zeit für das Baby und stillt.
Am Mittag war es Inge so schlecht, dass sie Angst hatte, den Tag nicht zu überstehen. Ihr Magen krampfte schon eine ganze Weile. Lag es an dem genossenen Spiegelei am Mittag? Nein, es war wohl die Lieblosigkeit, die sich auf ihren Magen gelegt hatte. Gerade, als sie spazieren gehen wollten, begann es wie aus Kannen zu gießen. Inge setzte sich mit Laura einfach in ihr Auto und wartete den Guss ab. In der Apotheke kaufte sie ein Packung Buscopan. Aber dann ging nichts mehr. Der Bauch war zu einer Trommel angeschwollen. Inge krümmte sich vor Schmerzen und kauerte auf dem Sofa. Wieder brüllte Laura herzzerreißend, als sie ins Bett gehen sollte. “Omi soll bei mir schlafen!“
Klaus und Cathleen saßen in der Küche und ließen sich das Abendbrot schmecken. Zwischen ein und drei Uhr schrie das Baby wie jede Nacht. Klaus erzählte, dass er dann Mareike herumtrage.
Endlich wirkte das Medikament und die Schmerzen ließen nach. Der Regen klatschte an die Fensterscheiben. Wie sollte sie nur den Tag überstehen? Als aber am frühen Morgen die Türklinke zaghaft heruntergedrückt wurde und Laura mit Tira im Arm erschien, war alles vergessen.
Um 17 Uhr kam Klaus, drängte zum Aufbruch in die Stadt. „Der Mond!“ rief Laura, als sie auf die Straße traten. Tatsächlich, da strahlte ein Vollmond am Himmel. Klaus ging in einen  Telekom-Laden. Die Verkäuferinnen waren von Laura entzückt und beim Bäcker erklärte ihr die Angestellte, warum an der Treppe eine Rampe (für Behinderte) gebaut war.

Als Klaus an einem Automaten einen Fahrschein für Inge löste, holte sich die kluge Laura das Wechselgeld von einem Euro heraus und war nicht bereit, ihn Klaus zu geben. “Siehst du, so wirst du schon von einer Dreijährigen ausgebootet!“ meinte er lachend.
Am Abend war Laura rührend bemüht, Inge immer wieder die Brille zu holen, als sie lesen wollte. Am nächsten Tag sollte Inge nach Hause fahren.
Am Abend gab es wieder Geschrei. Ein letztes Mal las Inge das Märchen vom Wolf und den sieben Geißlein vor. Gemeinsam sangen sie „Hänschen klein“. Die erste Strophe beherrschte Laura bereits. In der Nacht las Inge, weil sie keinen Schlaf fand.
Um acht Uhr wagte Inge, leise aufzustehen. Klaus buk Brötchen auf. Laura fühlte sich auf ihrem Kinderstühlchen wie eine Königin. Sie sah wie ein kleiner Page aus. Zu dunkelblauen Strumpfhosen trug sie ein blaues Kapuzenhemd und sah entzückend aus.
Dann packt Inge alles ein. Schon am ersten Tag hatte Cathleen ihr eine Tüte überreicht. Darin befand sich ein selbstgestalteter Jahreskalender mit Fotos von Mama, Papa, Laura und eine Eintrittskarte zum Händelkonzert mit anschließendem Feuerwerk am 12. Juni in der Hallenser Galgenbergschlucht. Nun hatte sie wieder ein Ereignis, auf welches sie sich lange freuen konnte.
Laura kam mit zum Auto. Sie brüllte wie am Spieß und wollte unbedingt mit Omi mitfahren. Inge bat  Klaus, das Kind einen Moment in ihr Auto zu setzen, um es zu beruhigen, es war sinnlos. Die umstehenden Bauarbeiter, die Zeuge wurden, schüttelten die Köpfe. Einen schrecklicheren Abschied gibt es wohl nicht. Inge weinte nur, als sie abgefahren war.
Klaus rief am nächsten Tag an, dass Laura das ganze Wochenende nach Oma gejammert hätte, er versprach ihr, im Frühjahr nach Neubrandenburg zu kommen.
Am 1. Februar besuchte sie den Verleger in Friedland. Die erste Enttäuschung kam prompt: „Sie müssen auf zweihundert Seiten kürzen!“ Das bedeutete wieder viel Arbeit. Der Vertrag beinhaltete den Druck von zweihundert Exemplaren ihres Buches. Titel: “Gelebt, geliebt, gelitten“. Diesen Titel hatte Herr Franke, ein alter Lehrer aus Weißenfels, der noch Inges Mutter kannte, vorgeschlagen. Inge hatte ihm das Manuskript zur Prüfung geschickt.
Anruf vom Literatursalon: “Können sie am 7. April zur Ausstellungseröffnung `Maritimes` singen?“ Inge sagte zu.

„Omi Inge, bist du das?“ fragte zaghaft ein Stimmchen am Freitagabend. „Ich will zu dir, wenn Papa Urlaub hat. Hast du ein Bett für mich?“ Es war wieder herzerfrischend. „Teddy und Bett warten auf dich!“ antwortete Inge.
Götz rief begeistert aus Teichwolframsdorf an. Er hatte eine Theaterprobe und lud Inge zur Vorstellung der Bauernkomödie „Happy Beethoven“ ein. Die anderen Laienspieler waren schon länger dabei, für Götz war es das erste Mal. Für den 18. März reservierte er eine Karte für Inge.
Den ganzen Februar schneite es. Die unwirkliche Schneelandschaft war wunderbar anzusehen.
***1. März 2005***
***Ganz Deutschland friert. Auf dem Brocken und dem Berchtesgadener Land wurden minus 43 Grad gemessen.***
***Die Krönung des Tages war eine liebevoller Brief von Frau Professor Brock. Meine Naturschilderungen, besonders von Hiddensee, hätten ihr besonders gefallen. Mit vielem jedoch könne sie sich nicht mehr identifizieren. Toll fand sie das umfangreiche Liedgut, welches ich mir erarbeitet hatte und meine Chorarbeit. Wenn ich ein Gutachten über das Buch brauche, würde sie das gern übernehmen.***
Am 8. März war sie in Friedland beim Verleger. Er hatte angeregt, ein paar Schwarz-Weiß-Fotos mit zu bringen und dadurch das Buch interessanter zu gestalten. Lange überlegte Inge, welche Fotos sie nehmen wollte und traf dann eine Auswahl. Das war ein verhängnisvoller Fehler, wie sich bald herausstellen sollte.
Sie mit dem Auto nach Teichwolfsramdorf. Ohne Hindernisse kam sie kurz nach zehn Uhr an.
Ein Schäferhund bellte, als sie die Pforte des Gartens zum Eigenheim von Götz öffnen wollte. Es war ein großer Schäferhund. Hinni sein Name, wie Götz später vorstellte. Inge bot ihm ihre Schinkenstulle in kleinen Stücken an, die er gleich verschlang.
Es war laue Luft und wunderbarer Sonnenschein. Sie schlenderte durch den Ort, fand einen Blumenladen und kaufte einen Strauß lila Margariten für Götz. Den wollte sie ihm nach der Vorstellung überreichen. Hinni war sofort mitgegangen, er hörte auf Zuruf. Ein kleiner Bach im Ort vervollständigte die Idylle.
Eine alte Frau schleppte einen Beutel mit Lebensmitteln. Inge sprach sie an und bot ihre Hilfe an, die gern angenommen wurde. Nach etwa zweihundert Metern waren sie am Haus der neunundachtzigjährigen Frau. Sie

trug ein Hörgerät und bedankte sich vielmals. Im Gespräch erfuhr Inge, dass in der Nähe eine kleine preiswerte Gaststätte sei. Inge suchte diese auf und stärkte sich. Zur Feier des Tages leistete sie sich ein Thüringer Rostbrätel und ein Glas Köstritzer Bier.
Langsam ging sie zurück, ein blaues Auto stand vor der Tür, Götz war also bereits gekommen. „Ich habe dich später erwartet!“ war nicht gerade ein Kompliment, aber es störte Inge nicht. Das Gästezimmer, Christines Zimmer im ersten Stock, war noch gar nicht vorbereitet. Inge konnte sich gleich nützlich machen.
Götz führte sie dann durch das Haus, welches Götz allein mit Freunden renoviert hatte. In der Wohnstube, parterre gelegen, waren zwei Fenster, eins nach Osten, eins nach Westen, Balken waren an der Decke original erhalten, darunter Paneele gezogen. Eine kleine Schrankwand mit Fernsehapparat, ein Schaukelstuhl und ein grünes Ledersofa vervollständigten die geschmackvolle Einrichtung. Das schwarz-weiße geflieste Bad hatte Götz mit den Nachbarn allein renoviert. Es enthielt eine Fußbodenheizung. Die nebenan liegende Küche war klein, aber unheimlich praktisch mit allem Notwendigen ausgestattet. Inge kam aus dem Staunen nicht heraus.
Um 19.30 Uhr war sie in der Turnhalle von Weißendorf. Götz war bereits um fünf Uhr losgefahren, der Nachbar holte Inge ab. Es schüttete wie aus Kannen.
Inge saß in der Mitte des Raumes. Tische waren längs aufgestellt und rechts und links standen Stühle, so dass jeder gut sehen und auch aufstehen konnte.
Das Stück enthielt vier Akte. Nach jedem Akt waren zwanzig Minuten Pause. Jeder, der wollte, konnte sich Getränke oder etwas zu essen kaufen. Das Publikum bestand aus einfachen Bauern gemischten Alters.
Vater Dürrnagel ist Beethoven-Fun und drangsaliert die ganze Familie mit dem ständigen Gesang der Ode „Freude schöner Götterfunken“. Sohn Johann Sebastian liebt jedoch die Heavy-Metal-Musik. Die neunzehnjährige Tochter ist schwanger. Nun erwartet man den Schwiegersohn mit der Mama. Es kommt zum Streit. Das Liebespaar flüchtet. Erst im 4. Akt kam Götz auf die Bühne und es gab sofort Applaus. Er sah zum Totlachen aus: Strumpfhosen wie ein Harlekin in rot, gelb, grün. Darüber trug er einen weißen Arztkittel mit Stethoskop. Die Haare waren hochkämmt, ein Spitzbart angedeutet und dazu eine Brille. Das Publikum raste. Beim Schlussapplaus übergab Inge ihm die Margariten, leider vergaß er, sie mit

nach Hause zu nehmen.
Götz blieb noch dort, der Nachbar fuhr Inge wieder in Götz´ Haus.
Götz stand bereits um acht Uhr am nächsten Morgen auf, holte Brötchen und sie frühstückten in aller Ruhe. Er erzählte von seinen Eheproblemen. Seine geschiedene Frau verlangt das Haus. Sie ist der Meinung, dass sie Anspruch darauf habe, da sie die drei Kinder aufzieht.
Götz hatte wieder eine Aufführung. Diesmal war das Publikum nicht so gut wie am Vortag, erzählte er am Abend. Inge nahm den Hund an die Leine und machte am Nachmittag eine große Wanderung. Götz kam erst spät in der Nacht.
Am Morgen waren Minusgrade, aber die Sonne schien. Inge ging als erstes mit Hinni spazieren. Götz staunte, als er im Stall nach Hinni schaute und sie nicht vorfand. Sonntägliche Ruhe war zu spüren. Um zehn Uhr hatte Götz schon wieder einen Termin. Inge verabschiedete sich und fuhr die gleiche Strecke zurück über Ronneburg, Giebelroth, Zeitz und dann auf die A 9.
Auf dem Berliner Ring bog sie bei Abfahrt Oberkrämer ab und war in einigen Minuten in der Eigenheimsiedlung von Vehelefanz. „Erschrick´ nicht, ich will nur Guten Tag sagen und gleich weiter fahren!“ rief sie Uta zu, die gerade beim Wäscheaufhängen war. Sie war superschlank, das Haar war etwas länger mit blonden Strähnen und lockig. Rainer und Florian waren in der Turnhalle und spielten Badminton. „Ich habe Zeit, lass uns ein wenig spazieren gehen!“ meinte Uta. Sie wanderten zum Gutshaus von Schwante, das grün bemooste Treppenstufen zeigte, Löwen aus Stein zierten rechts und links den Eingang. Das Gutshaus war unbewohnt, dem Verfall preisgegeben. Uta plauderte über ihre Hobbys, das Malen und das Volleyballspielen.
Rainer, der inzwischen angekommen war sagte, als Inge von Götz´ Scheidung und den Forderungen der Gattin sprach: „Wir haben alles geregelt, wenn wir uns scheiden lassen sollten. Die Kinder bleiben mit dem Partner im Haus, jeder kann mit seinem Verdienst das Haus halten.“
Am 13. April konnte Inge das erste Mal im Garten sitzen, so stark schien bereits die Sonne. Jetzt gab es viel Arbeit. Der Kompost musste umgeschichtet werden, eine Arbeit, die sehr schwer für eine Frau ist.
Böse Überraschung gab es beim Winterreifen-Wechsel.“ Sie haben noch die Originalbereifung, nach sechs Jahren ziehe ich Ihnen da nicht noch mal die Reifen auf. Sie brauchen neue!“ Das bedeutete eine ungeplante Geldausgabe, aber es war unumgänglich.

Am Freitagabend kamen Klaus und Laura mit der Eisenbahn an. Inge holte sie mit dem Auto ab. Freudig begrüßte Laura Inge, aber sie war sehr müde.
Am Samstagmorgen klopfte sie bereits kurz nach sechs Uhr an Inges Schlafzimmertür. Sie kochte wieder Kakao mit ihr, wobei Laura die Milch rühren durfte, den Zucker einstreute, den angerührten Kakao zugab. Sie frühstückten beide und gingen dann auf den Spielplatz auf den Datzeberg.
Am Nachmittag holten sie Susanne vom Zug ab. Diesmal hatte Laura keine Ängste bei der Begrüßung. Im Gegenteil, Susannes Gegenwart lockerte die ganze Atmosphäre auf. Immer wieder sagte Laura: "Ich bin so müde!" Ob das Kind so wächst, oder hatte es in der Woche nicht genug Schlaf bekommen?
Am Morgen weckte Laura ihre Tante mit einem Küsschen, die deshalb auch nicht böse wegen der frühen Stunde war. Sie ist unser kleiner Engel und wird noch vielen Menschen im Leben Freude bringen.
Am 7. Juli war sie zu einer Ausstellungseröffnung „Explosion der Farben" nach Greifswald eingeladen. Die Ausstellung war in den Räumen der städtischen Gasversorgung. Der Tag entwickelte sich zu einem richtigen heißen Sommertag.
Es war Utas vierzigster Geburtstag. Sie hatte wettermäßig einen Traumtag. Inge sang ihr das Geburtstagslied von Rolf Zuckowski am Abend vor. Am Tag war Uta ja auf Arbeit. Uta schlug ein gemeinsames Wochenende auf der Insel Hiddensee im September vor. Sie wollte sich endlich einmal in Ruhe mit Inge aussprechen.
***2. Juni 2005***
***Es ist vollbracht! Heute waren wir, Tom und ich, bei der Notarin und haben die Löschungsbewilligung, den Eintrag ins Grundbuch, unterschrieben. Interessant war für mich, dass Toms Hauptwohnsitz weiterhin Neubrandenburg bleibt, obwohl er ja jetzt in Zinnowitz lebt.***
Freitagabend rief Herr Granitzki vom Geowissenschaftlichen Verein an und fragte, ob Inge Interesse habe, am Samstag an einer Expedition nach Rügen teilzunehmen. Ein Mitglied habe sich abgemeldet. Inge überlegte nicht lange und sagte zu.
Früh 7.30 Uhr stand sie am nächsten Morgen an der Gaststätte„Sandkrug" und erwartete den Bus, der pünktlich eintraf. Es wurde ein wundervoller Tag. Das Thema der Exkursion war die Weichseleiszeit auf Rügen. Etliche Orte sollten angesteuert werden. Einige Blätter mit Informationen

wurden ausgegeben und man konnte sich gleich ein wenig vorbereiten.
In Bobbin, kurz vor Glowe, ganz im Norden der Insel Rügen, wurde das erste Mal angehalten. Von dort fuhren sie nach Lohme, wo sie einhundertvierzig Treppen hinunter zum Strand stiegen und die Abbruchkante vom Winter ansahen. Fünfzig Meter Erdreich waren damals durch Regenfälle verursacht, heruntergerissen worden, und dennoch blühten nun bereits wieder Blätter an den herabgestürzten Bäumen.
Von Lohme ging es nach Sassnitz. Auf dem Parkplatz, an dem der Wanderweg zum Königsstuhl beginnt, stiegen sie aus und stiegen die Treppe zum Strand hinab. Sie gelangten an die sogenannte „Piratenbucht“. Nun wanderten sie am Strand, immer entlang der strahlend weißen Kreideberge, die teilweise fünfunddreißig Meter Höhe erreichten. Senkrecht und waagerecht eingebettet, wurden sie auf die grauweißen Feuersteinfelder hingewiesen. Das blaue Meer, die grünen Buchen und das Weiß der Kreidefelsen bildeten einen einmaligen Anblick.
Zur Mittagszeit kletterten sie im Kreideabbruchwerk Promoisel bei Sassnitz herum und suchten Steine. Viele Pfützen hatte der Regen hinterlassen und die Kreide in Schlamm verwandelt.
Dieser hing als zähe Masse an den Schuhen. Viele suchten nach Ammoniten, Donnerkeilen und Hühnergöttern und wurden auch tatsächlich fündig. Nach einer Stunde führte der Expeditionsleier zu einem stillgelegten Tagebau, der mit einem Bagger wegen seiner tiefen Lage nicht mehr zu erreichen war. Smaragdgrün leuchtete das Wasser von unten, erste Vögel hatten bereits vom Wasser Besitz genommen, die beginnende Verlandung erkannten sie an kleinen Büschen und Birken. In ein paar Jahre wird das ein einzigartiges Biotop sein, meinte Herr Granitzki.
Um drei Uhr am Nachmittag erreichten sie über Prora, Binz und Mönchgut Klein Zicker. Dies ist der südöstlichste Zipfel von Rügen. Hier schäumten die Wellen, weil starker Wind wehte. Am Steilufer waren viele Höhlennester von Uferschwalben.
Um 17 Uhr begann die Rückfahrt. Der Bau der zweiten Rügendamm-Überquerung lieferte den Teilnehmern Gesprächsstoff. Er machte Angst, weil er so groß und imposant erschien. Die Betonssäulen zur Stützung der Brücke werden höher als die Marienkirche von Stralsund sein. Das ganze mittelalterliche Stadtbild, welches man jetzt bei der Fahrt von der Insel Rügen nach Stralsund bewunderte, würde verschwinden.
Es war ein ganz besonderer Tag.
Wenige Tage später erreichte sie vom Verlag das Manuskript und layout

für ihr Buch. Inge war sich nicht sicher, ob sie ihren Geburtsnamen oder verheirateten Namen als Autor eintragen sollte. „Gelebt, geliebt, gelitten" hatte ihr Studienrat Helmut Franke als Titel vorgeschlagen, als Inge ihm das Manuskript vor Wochen zugesandt hatte und um Wertung gebeten hatte. Der Verleger hatte ein Porträtfoto von Inge aus dem Jahre 1959 auf den Umschlag gedruckt. Unten rechts auf dem Einband stand ihr Name (Templin) und der Name des Verlegers. Wieder musste Inge Korrekturlesen.
Am Sonntag war das Konzert in der Galgenbergschlucht in Halle, zu der Cathleen schon lange eingeladen hatte.
Inge kaufte für Laura das gewünschte Buch „Der Wald".
Sie musste das Büchlein gleich zweimal Laura vorlesen, als sie gegen Mittag in Halle eintraf. Laura war müde und wollte nicht essen. „Dann geh´ in dein Zimmer!" befahl Klaus. Ach, wie tat Inge das Kind leid. Sie sang ihr noch ein Lied auf der Gitarre vor und legte sich dann auch ein wenig hin.
Am Nachmittag liefen sie zum „Thüringer Bahnhof", einem ehemaligen Güterbahnhof, nun zu einem hübschen Freizeit- und Spielplatz umgestaltet. Stolz fuhr Laura mit ihrem kleinen Fahrrad ohne Stützräder. Nur einen kleinen Anstoß zu Beginn benötigte sie. Mareike lächelte in ihrem Kinderwagen. Sie hat ganz blaue Augen.
Nach dem Abendbrot fuhr Klaus mit Inge zu Cathleens Vater, um ihn und seine Lebensgefährtin Christine zum Konzert abzuholen.
Bereits eine Stunde vor Beginn war es sehr voll in der Galgenbergschlucht. Inge hatte einen warmen Pullover und einen langen Sommermantel an, aber es war dennoch sehr kühl.
Das Konzert war sehr schön. Es zeigte einen Querschnitt aus Händels Schaffen, es war das 50. Händelfest seit Beendigung des zweiten Weltkrieges in Halle. Leider wurden alle Texte in Englisch gesungen. Als das berühmte Weihnachtslied „Tochter Zions freue dich" erklang, musste Inge einfach mitsingen.
Zeitgleich mit der Ouvertüre zur „Feuerwerksmusik" begann das Feuerwerk. Gut sichtbar für alle Zuhörer wurde es direkt über den Bäumen gezündet. Das war überwältigend.
Zu Hause hatte Laura nach Inge gefragt und geweint. Cathleen setzte sie an das Fernsehen und erklärte ihr, dass Oma dort sei, was sie jetzt sehe. Der Stadtsender übertrug das Konzert live und Laura schlief sanft ein.
Am nächsten Morgen begleitete Inge Cathleeen und Laura zum Kinder-

garten und fuhr dann gleich nach Neubrandenburg weiter.
Sie musste noch einmal nach Friedland zum Verleger. Sie suchten die passenden Fotos für den Druck aus und Inge lieferte die dazugehörigen Unterschriften. Inge erfuhr, dass sie nun noch einmal Korrektur lesen musste und die Präsentation ihres Buches im September geplant sei.

Susanne teilte ihr mit, dass ihre Ausstellung“Faces“ am 20. Juli im Cafe´ Latte eröffnet wird.

## Teil VI

### Weißt Du wohin die Träume all′ entfliehn…..

### Mein Lebensabschnitt von 2005 bis 2010

Vor zwei Jahren hatte Inge im September eine Radtour von Rosenhagen nach Kamp bei stürmischem Wind gemacht. Nun war es heute ganz anders. Weißer Holunder, blühender Klatschmohn und grüne Alleen entzückten ihre Augen. Ohne Mühe fand Inge das Dorf Rosenhagen. Am hölzernen Beobachtungsturm parkte sie das Auto, nahm das Fahrrad herunter und radelte in Richtung Kamp, die alte Plattenstraße, eigentlich verboten und gesperrt. Zwei Frauen auf Fahrrädern begegneten ihr, wechselten aber keinen Gruß.
Gespenstisch hoben sich die kahlen Birkenstämme aus dem moorigen Wasser rechts und links des Weges. Überall waren Vogelstimmen zu hören, die Sumpfblumen leuchteten gelb. Hohes Schilfgras, Reiher und Kormorane sah sie. Es war unheimlich. Das Schilfgras war mindestens 2,50 Meter hoch. Plötzlich stand Inge im Wasser, die Straße war nur noch zu ahnen, trüb und braun das Wasser. Aber es war warm und Inge zog einfach die Sandalen aus und führte ihr Fahrrad barfuß auf der Straße weiter. Das war ein richtiges Schlammbad! Rechterhand erblickte sie die ehemaligen LPG- Ställe, schmutzig und grau sahen sie aus. Aber was war das? Im Hintergrund rechts sah sie eine unzählige Menge von weißen Schwänen und sechs Seeadler, die plötzlich aufflogen. Sie hatten wahrscheinlich so gute Ohren, dass sie Inge gehört hatten. Es war überwältigend.
Inges Füße waren bis zu den Waden schwarz gefärbt. Barfuß stieg sie in die Pedale und war um elf Uhr in Kamp. Der Ort schien völlig verlassen, auch die Imbissbude stand nicht mehr. Sie sprach einen Arbeiter an. “Wer soll hier herkommen?“ meinte er resigniert. „Ihr müsst eure Gegend besser vermarkten, es ist doch ein Paradies für Naturliebhaber!“ entgegnete sie.
Zurück fuhr Inge den Radweg, die Umgehung. Der Schotterweg war ehemals die alte Bahnstrecke Berlin-Swinemüde gewesen und führte an einem Graben vorbei. Ein Silberreiher erhob sich langsam, flog ein Stück und setzte sich in gebührendem Abstand wieder nieder. Als Inge vorbei geradelt war, flog er an seinen alten Platz zurück.
Um ein Uhr Mittag war sie wieder am Auto, fuhr nach Neu-Kosenow und

parkte an einer Wiese. Ein schwarzer Hengst äste und ließ sich von Inges Gegenwart in keiner Weise stören. O, wie schmeckten die mitgebrachten Stullen zu Tomaten und Wasser.
Aber dann kam doch die Müdigkeit, als sie wieder am Steuer saß. In Rathebur musste sie halten und „Augenpflege“ halten.

***Dienstag, 21. Juni 2005***

***Es ist vollbracht! Der Garten hat ein neues Gesicht. Pünktlich um acht Uhr kam ein Transporter mit zwei Männern. Sie schlugen vor, die Wurzeln der Bäume erst auszubuddeln, wenn die Früchte geerntet sind, also im Herbst. In zwei Stunden waren sie fertig. Wie groß der Garten jetzt wirkt. Zum Nachbarn werde ich eine Ligusterhecke pflanzen. Die Wurzeln der drei Lebensbäume können nicht ausgegraben werden, da sie unter der Steinmauer liegen und diese einstürzen würde. Sie füllten das Wurzelloch einfach wieder zu. Die Lebensbäume hatten soviel Zweige, dass der Hänger zweimal beladen wurde. Die Männer harkten sogar noch den Rasen.***

Zu Susannes Ausstellung wollte Inge einige Sachen mitnehmen, die Susanne dringend im Haushalt benötigte. Das war eine Waschmaschine. In der Waschküche stand noch immer Inges alte Waschmaschine, die nicht genutzt wurde, seit Tom ausgezogen war. Auch eine Kaffeemaschine und ein Aufladegerät für ihr Handy fehlten. Noras Mann und Nachbar Wittchow halfen ihr, die achtzig Kilogramm schwere Waschmaschine in den Kofferraum zu heben. Die Ecken polsterten sie mit Decken aus.
Um neun Uhr war Inge bereits am Horner Kreisel in Hamburg. Über die Kennedy-Brücke erreichte sie die Bornstraße und fand zum Glück eine Parklücke. Susanne erwartete sie, trug die Sachen nach oben und gemeinsam frühstückten sie. Die schwere Waschmaschine trugen zwei russische Arbeiter nach oben, die gerade einen Umzug im Nebenaufgang bewältigten.
Dann fuhren sie mit dem Bus zur Speicherstadt. Es war sehr schwül, aber windig, Regen kündigte sich an. Sie besichtigten den neuen Aussichtsturm am Hafen. Ein ganz neues Wohngebiet ist hier entstanden. Zu Mittag führte Susanne Inge in ein Sushi-Restaurant am Gänsemarkt, das war etwas ganz Neues für Inge. Auf einem Band liefen die Köstlichkeiten auf Tellern in verschiedenen Farben und unterschiedlichen Preisen, bedeckt mit einer Plastehaube, an ihnen vorbei. Sie nahmen ein Menü mit Vorsuppe, drei Teller nach eigener Wahl und einmal eine Tasse grünen Tee.

Es schmeckte sehr gut.
Julian war am Morgen nicht zu erreichen. Inge beruhigte Susanne. In ihrem kleinen VW Polo würden die zwölf Bilder auch hineinpassen.
Das „caffe´ latte“, im Schanzenviertel von Hamburg gelegen, war hübsch. Gepolsterte Bänke und Stühle luden zum Verweilen ein, die Wände waren okerfarbig gestrichen. Susanne vermisste die Aufkleber für die Numerierung der Bilder. Inge verließ das Cafe´ suchte und fand ein Papiergeschäft und kaufte die farbigen Aufkleber. Als sie zurückkam, war Julian bereits eingetroffen. Er spannte Nylonfäden, entfernte Nägel aus den Wänden und positionierte die Bilder. Im Anschluss zeigte er ihr einen Katalog seiner Arbeiten. Ein roter Elefant (30 x 30 cm groß) gefiel Inge so gut, dass sie spontan ausrief: „Den möchte ich Laura schenken!“
Am Abend reichte Julian ihr ein Paket und als sie es öffnete, war es ein auf Holz gemalter roter Elefant. In vier Stunden hatte er den für Inge fertig gemacht. Sie war gerührt.
Inge hatte noch einen Film gekauft und fotografierte anschließend jedes einzelne Bild der Ausstellung.
12.30 Uhr waren sie fertig und sie fuhren erst einmal nach Hause, um noch ein wenig auszuruhen. Langsam aber sicher kam die Aufregung. Um 17 Uhr war die Eröffnung der Ausstellung.
Viele Freunde und Freundinnen trafen nach und nach ein. Christian überreichte Susanne einen riesengroßen dunkelroten Rosenstrauß. Eifrig wurden die Bilder angeschaut, begutachtet und darüber Meinungen ausgetauscht. Es waren zwölf Bilder in Acrylmalerei, Titel“ Faces“, also Gesichter. Die Titel lauteten:

wasser
verzweiflung
mut
wesen
das böse
puzzle
chaos
feuer
kraft
kind im hara
geister
leichtigkeit

Das Bild „mut“ verkaufte Susanne innerhalb der ersten halben Stunde.

Inge tat es leid, sie hätte es auch gern genommen.
Dann meldete sich der Hunger. Inge bestellte eine Linsensuppe mit Ingwer und Chili gewürzt, das trieb ihr die Tränen in die Augen, schmeckte jedoch vorzüglich.
Plötzlich merkte Inge, dass es bereits neun Uhr abends war und sie sollte doch eigentlich nur zur Eröffnung anwesend sein. Nach einer halben Stunde schloss die Wirtin ihr Cafe´. Fünf junge Männer schlugen vor, den Abend im Hörkino zu beenden. Susanne brachte ihre Mutti nach Hause und fuhr dann zum Hörkino.
In der Nacht regnete es unaufhörlich. Am Morgen erzählte Susanne, wie angetan ihre Freunde von der temperamentvollen Oma waren.
Um zehn Uhr verabschiedete sich Inge am Morgen und fuhr auf der Autobahn 24. In Waren war Stau, es ging nur stop and go. Kein Wunder es war Urlaubszeit.
Inge überwies Julian das Honorar für den roten Elefanten. Sie hatten bei der Preisbestimmung den gleichen Gedanken.

Am 17. August führte sie ihre erste Chorprobe für den Seniorenchor in der Begegnungsstätte „Am Anger“ durch. Sieben Frauen waren gekommen. Die Geschäftsführerin der Volkssolidarität (eine zu DDR-Zeit gegründete Seniorenvereinigung) und Frau Dr. Unger stellten sie den Sängern vor. Inge hatte sich gut vorbereitet und begann mit Einsinge-Übungen und Herbstliedern.

Am Wochenende hatten sich sowohl Klaus mit Familie als auch Susanne angemeldet. Es gab viel vor zu bereiten.
Laura kam am Abend als erste und überreichte einen wunderbaren Strauß aus blassrosa Lilien und Rosen. Sie kam die Treppe hinauf, lief sofort ins Schlafzimmer und verkündete: “Das ist mein Bett!“ Ach, das arme Kind würde eine Odyssee erleben. Sie wechselte auf das Sofa in der Wohnstube, als Susanne am Donnerstag kam. Inge hatte ihr Ehebett für Klaus und Cathleen frei gemacht. Da Inge nun in der Stube nächtigen musste, schlief Laura bei ihren Eltern im Doppelbett. Bei einer verregneten Grillparty hatten sich beide sehr erkältet und Cathleen musste zum Arzt gehen. Sie bekam ein Antibiotikum, auch Laura hustete nachts ganz schlimm.
Stolz setzte Laura am Morgen ihren „Biene Maja“-Helm auf und radelte mit Inge zum Reitbahnsee, während Mareike von Mama und Papa in der Sportkarre geschoben wurde. Lauras Plappermäulchen stand keine Minu-

te still. Sie war wie immer sehr zeitig wach und Inge beschäftigte sich mit ihr, indem sie Kakao mit ihr anrührte und kochte, frühstückte und dann nach draußen ging, während die Eltern noch schliefen. Am Nachmittag begann es zu regnen. Am Samstag wurde das traditionelle Vier-Tore-Fest in der Stadt eröffnet und sie gingen dorthin. Der Kunstmarkt im Treptower Tor bot viele schöne Dinge an. Ein Puppenspiel schauten sie sich an und Laura besuchte Stände für Kinder.
Am Abend wurde Laura gebadet. „Omi, ich möchte noch ein wenig kuscheln!“ sagte sie, als Inge sie ins Bett legte. Inge legte sich einen Moment dazu, da erschien Cathleen. Nein, sie erlaubt nicht, dass Oma und Laura kuscheln.
Am nächsten Tag fuhren sie in den Urlaub nach Trassenheide, wo sie ein Ferienhaus gemietet hatten.
Das Geschenk der Kinder waren zwei Karten zu einer Vorstellung des Musicals „Mamma Mia“ mit ABBA-Songs in Hamburg. Susanne würde sie begleiten.
***31. August 2005***
***Mein erstes literarisches Kind ist da. Anruf 8.30 Uhr:***
***„15 Vorexemplare können bei Webasto an der Pforte abgeholt werden.“***
***Erste Enttäuschung beim Auspacken des Paketes: es ist kein fester Buchumschlag, sondern eine Glanz-Broschüre von 230 Seiten. Das hält nicht lange. Zeit für ein Mitteilungsgespräch hatte der Verleger vor dem Druck leider nicht.***
***Ich fuhr zu Ingeburg und schenkte ihr ein Exemplar mit Widmung. Ingeburg köpfte ein Flasche afrikanischen Rotwein und stieß mit mir an.***
Zur zweiten Chorprobe kam nur der achtzigjährige Herr R., der Inge seine schriftliche Stellungnahme zum neuen Chorleiter vorlas. Er konnte nach einundzwanzig Jahren Mitgliedschaft nicht verwinden, dass es den Chor der Volkssolidarität nicht mehr gab. Herr P. hatte einen neuen Chor mit Namen „Viva la musica“ gegründet und den Chormitgliedern angeboten, nun unter seiner Leitung weiter zu singen. Daraufhin hatte ihm die Leiterin der Volkssolidarität gekündigt. Der Chor hatte immer ehrenamtlich gearbeitet. Jetzt wurde das anders, der Chor würde nur noch gegen Bezahlung auftreten und die Mitglieder mussten monatlich einen Geldbetrag leisten. Inge erkannte zu spät, dass sie nur die Lückenbüßerin war und einen neuen Chor so schnell wie möglich aus dem Boden stampfen sollte.
Sie beruhigte den aufgeregten K., sang erst einmal einen Kanon mit ihm:

„Stimmt alle mit uns ein“, dann Kurt Schwaens „Wer möchte nicht im Leben bleiben“ und das plattdeutsche Lied “Alles is vergäten“. Nach einer halben Stunde verabschiedete sie sich, es war kein anderer Sangesfreudiger gekommen.
Inges Geburtstag wurde auch in der Friedenskirche am Gemeindenachmittag gefeiert. Die vielen alten Menschen, die sie nun auch schon fünf Jahre kannte, gratulierten ihr herzlich. „Mache dich auf und werde Licht!“ war das Thema der Andacht. Das Lied „Von guten Mächten wunderbar geborgen“ hatte sie sich als Geburtstagslied ausgesucht. Kurz vor vier Uhr kamen elf Sänger (fünf Männer, sechs Frauen) eines Chores aus Gumbinnen, ehemals Ostpreußen. Sie gaben ein Konzert mit geistlichen Liedern, dem berühmten “Ännchen von Tharau“ in russischer und in deutscher Sprache gesungen. Volkslieder folgten. Es waren herrliche Stimmen, fantastische Artikulation und Dynamik. Die junge Chorleiterin hatte das Keyboard vor den Chor gestellt und begleitete selbst.
Zu Hause erwartete sie ein Anruf von Professor Tietz aus Binz. Er bat um eine Lesung ihres Buches, da ein Autor, der ebenfalls eine Familiengeschichte vortragen sollte, abgesagt hatte. Termin: 17. September im Hotel „Vier Jahreszeiten“ .

***Montag, 12. September 2005***

***Was für ein herrliches Wochenende liegt hinter mir! Zwei Tage Hiddensee und Utas Gegenwart von Freitagabend bis Sonntagabend.***

***Uta kam mit dem Auto. Bei einem Glas Rotwein plauderten wir und ich legte den Super-8-Film von 1973 in den Projektor ein, auf dem Uta beim Faschingsvergnügen im Castriner Schloss zu sehen ist.***

***Um fünf Uhr stand ich am Samstag auf, aber es wurde 6.15 Uhr, ehe wir losfuhren. Zum Glück waren die Straßen frei und wir kamen schnell voran. Während Uta in Schaprode mit dem Gepäck ausstieg, fuhr ich zum Gehöft von Frau Mundt, um das Auto unterzustellen. Telefonisch hatte ich mich schon lange vorher angemeldet.***

***In Neuendorf kam mir Dr. Schliecker schon entgegen, als wir auf sein Haus zugingen. Wir bekamen das Zimmer im ersten Stock auf der rechten Seite mit Blick auf den Hafen mit unzähligen Segelschiffen und den hohen Pappeln. Der Himmel war bedeckt und starker Ostwind herrschte.***

***Zuerst frühstückten wir, liehen uns anschließend jeder ein Fahrrad aus und radelten nach Kloster. Am Heimatmuseum schlossen wir die Fahrräder an und wanderten nun den herrlichen Vineta-Weg zum Leucht-***

*turm. Endlich hatten wir einmal genug Zeit, uns in aller Ruhe zu unterhalten. Uta erzählte von ihrer Arbeit in einer Versicherungsfirma, von ihrer Familie, den Kindern, ihren Freundinnen und ihren Hobbys. In Aquarell- und Acryltechnik malt sie schon lange. Blumen, alte Häuser, Mühlen und Landschaften sind ihre bevorzugten Motive. Lesen ist ihre zweite große Leidenschaft.*
*Um 12 Uhr waren wir an der Gaststätte „Klausner", wanderten den Plattenweg hinunter nach Kloster, holten die Fahrräder und radelten nach Vitte. Im Hotel „Godewind" gingen wir in den Raum der Gaststätte, wo die Tische mit weißem Tischtuch festlich gedeckt waren. Sherry-Hering mit Mango-Sahne-Soße empfahl der Kellner. Es mundete zu Pellkartoffeln köstlich und der Kellner verriet ihnen zum Abschied sogar das Rezept der Mango-Soße. Das Essen wollte Uta unbedingt bezahlen. „Das ist mein Geschenk zu Deinem Geburtstag, du hast ja schon die Übernachtung bezahlt!" Ich war einverstanden.*
*Nun waren wir erst einmal sehr müde und hielten Mittagsruhe.*
*Kaffee tranken wir in der „Stranddistel". Uta wünschte sich, den Gottesdienst um 19 Uhr in Neuendorf zu erleben. Pastor Domrös sprach über die Auferstehung.*
*Ein Sturm wütete die ganze Nacht. Dennoch radelten wir am Sonntagmorgen zum Alt-Bessin. Die Büsche hielten den Wind ab.Wir schauten uns die neue Gaststätte „Enddorn" an, die der Besitzer genau vor die alte historische Gaststätte gleichen Namens gebaut hatte.*
*Alles war noch sommerlich grün, die Stille traumhaft. Die Kühe und Schafe grasten vor demLeuchtturm, es war ein Bild des Friedens. Ach, könnte man die Zeit festhalten! Aber unnachgiebig rückten die Zeiger der Uhr.*
*Von Kloster aus fuhren wir auf der Mole zum Vitte-Hafen. Still und ruhig lag die See, nur eine leichte Dünung bewegte das Wasser, blaugrau hingen die Wolken schwer am Himmel. Aber es war nicht kalt, die Luft war warm, es war angenehm zu fahren. Von Vitte aus hatten wir tatsächlich Rückenwind.*
*15.30 Uhr ging das Schiff von Neuendorf nach Schaprode. Uta wollte unbedingt noch nach Garz, um die Grabstätte von Theodor Ziemssen und seiner Frau und das Pfarrhaus kennenzulernen.*
*Um 19 Uhr waren wir in Neubrandenburg, Uta fuhr gleich weiter nach Vehlefanz.*
„Kommen Sie, wir haben ein Paket für Sie!" rief der Nachbar an. Es wa-

ren die ersten 20 Exemplare ihres Buches. Natürlich konnte Inge das nicht für sich behalten und der Nachbar kaufte sofort ein Buch. Die Rechnung lag darin und es wurde darauf hingewiesen, dass sie pro Buch drei Euro Rabatt behalten könne. Ja, ich fange bescheiden an, tröstete sich Inge. Es fiel ihr sehr schwer, ihr eigenes Buch anzubieten.
Natürlich hatte sie zuerst an die Bewohner der Brauberg-Siedlung gedacht, weil ja die Entstehung der Siedlung auch Inhalt des Buches war. Es gab aber auch Überraschungen, als eine Nachbarin ein zweites Exemplar erbat, weil sie es verschenken wollte.
Auch in ihrer alten Heimatstadt Weißenfels waren Mitschülerinnen aktiv geworden und schlugen vor, ihr Buch bei den nächsten lokalen Literaturtagen vorzustellen. Sie nannten ihr den Namen des Verantwortlichen. Der Verleger rief nach ein paar Tagen an und erzählte, dass aus Weißenfels drei Buchbestellungen bei ihm eingetroffen seien. Die Buchhändlerin in Weißenfels wunderte sich, dass das Buch noch gar nicht in auf dem Markt angeboten wurde. Der Verleger war wohl sehr vorsichtig.

Zwei Tage lebte Inge im „Schlaraffenland“. Es waren die beiden Tage in Binz.
Das Wetter war wundervoll, Sonnenschein und blauer Himmel. Gegen 12 Uhr war sie im Hotel „Vier Jahreszeiten“ angekommen. Es befand sich gleich hinter dem imposanten Kurhaus. Das Haus war dreigeteilt. Im älteren Teil, Haus “Odin“, bekam sie ein Einzelzimmer. Es war blauweiß im Biedermeier-Stil eingerichtet, an der Decke hing ein prachtvoller Kronleuchter aus Kristall.
Sie ging erst einmal zur Seebrücke. Es war Anreisetag für die Urlauber und eine kompakte Menschenmasse wälzte sich über die Seebrücke in die zahlreichen Restaurants, Hotels und Geschäfte. Nein, das war ganz und gar nichts für sie. In zwei Restaurants versuchte sie, Mittagessen zu bekommen. Da sich aber nach zwanzig Minuten noch kein Kellner zeigte, ging sie zurück in ihr Hotel. Dort aß sie eine preiswerte Lauchcremesuppe, Paella, einen Salat und trank eine Flasche Wasser. Alles schmeckte sehr gut. Aus der Mittagsruhe wurde nichts, sie war viel zu aufgeregt.
Am Nachmittag schlenderte sie wieder zur Seebrücke, kaufte eine Tageszeitung und las erstaunt, dass ihre Lesung um 17 Uhr beginne. Sie fragte die Angestellten im Fremdenverkehrsbüro und erhielt die wenig freundliche Antwort: “Das geht uns nichts an, die Zeitung wird in Bergen gemacht!“ Nicht verrückt machen lassen, ging es ihr durch den Kopf.

Sie wanderte am Strand entlang, beruhigte sich durch das Rauschen der Wellen. Weiß leuchteten die Klippen von Stubbenkammer, gekrönt von den grünen Buchenwäldern. Eine halbe Stunde vor Beginn fuhr sie im Haupthaus des Hotels in den 2. Stock. Da befand sich der Literatursalon. Professor Tietz kam mit seiner Lebensgefährtin und stellte Inge den Zuhörern kurz vor.
Inge begann mit dem Lied „Heute hier morgen dort“ von Hannes Wader. Die Gitarre hatte sie mitgebracht.
Viel zu schnell las sie und Professor Tietz ermahnte sie zweimal, langsamer zu lesen. Sie kam zeitlich nur bis zum Jahre 1965, da war eine Stunde vergangen und die Diskussion begann. Schnell merkte Inge, dass sie nur westdeutsche Zuhörer hatte. Ein Bibliothekar aus Hameln fragte sie nach einem Lied aus der Pfadfinder-Bewegung. Da musste sie verneinen, das kannte sie nicht. Der Herr war auch zwölf Jahre älter als sie. Mit dem Lied „Wo die Ostseewellen trekken an den Strand“ beendete sie die Lesung.
Professor Tietz überreichte eine Urkunde und las vor: „Ein Abendessen im Restaurant ´Vier Jahreszeiten´. Wir freuen uns auf Ihren Besuch! Direktor Peter Schwarz“.„Wandern Sie ordentlich, holen Sie sich Appetit und abends essen Sie, was Sie möchten!“ riet ihr Professor Tietz. Inge war so aufgewühlt, dass sie lange keine Ruhe fand.
Um sechs Uhr war sie bereits wach, zog sich an, verließ das Hotel. Ein Traktor säuberte und glättete den Strand. Rechts am Horizont zeigte sich ein roter Streifen, der immer heller wurde. Kormorane und Wildgänse flogen vor ihr durch die Luft, ein leichter Ostwind wehte. Die ersten Frühaufsteher waren zu sehen, es waren Jogger und Spaziergänger mit ihren Hunden. Rotgold wie Kupfer sahen die Ränder der Wolken aus und plötzlich, gegen sieben Uhr, flammte glutrot die Sonne aus der Ostsee hervor, ein unvergesslicher Anblick. Inge hatte den Fotoapparat zum Glück mit und hielt den Moment fest. Auf der anderen Seite des Himmels, direkt über dem Kurhaus, wölbte sich ein riesengroßer Vollmond. Was hatte sie schon wieder alles gesehen! Um acht Uhr fuhr sie bereits mit dem Auto nach Sassnitz. An der Kreuzung zum Hafen von Mukran winkten zwei Tramper, sie freuten sich, als Inge bereit war, sie zum Bahnhof Sassnitz mitzunehmen. Sie waren gerade aus Schweden mit der Fähre gekommen und stammten aus der Universitätsstadt Tübingen, wo sie studierten.
Inge suchte sich einen Parkplatz, zog Leggins und Turnschuhe an und begann ihre Wanderung auf der Steilküste, Richtung Königsstuhl.

Die Sonne schien aus Richtung Sassnitz, die noch grünen Buchenblätter bildeten einen wundervollen Kontrast zum Kreideweiß der Felsen und dem Tiefblau der Ostsee. Was für ein Glück hatte sie mit diesem herrlichen Wetter.
Treppauf, treppab ging es nun und nach etwa vier Kilometern war sie an der Arndt-Höhe, einem markanten Punkt mit herrlichem Blick und einer Bank zum Rasten.
Sie wanderte zurück. Todmüde ruhte sie am Mittag am Strand aus, Schäfchenwolken erschienen am Himmel und Inge wusste, nun ändert sich das Wetter. Tatsächlich, um ein Uhr verschwand die Sonne.
In der Wedding-Straße lud ein Fischrestaurant ein. Die Fischsuppe stärkte sie. Im Auto ruhte sie sich aus, indem sie den Sitz nach hinten klappte und fast lang lag. Dann fuhr sie nach Binz zurück.
Ganz allein saß sie nun am Abend im Restaurant und bestellte das Gericht ihrer Wahl: Entenbraten mit grünem Salat, Schwarzwurzelgemüse in Kartoffelgratin und Kompott. Dazu trank sie ein Glas trockenen Rotwein. Sie schaute sich um und stellte fest, sie war die einzige Frau, die allein am Tisch saß.
nach diesem Tag schlief sie sofort ein.
Am 7. Oktober fuhr Inge nach Hamburg. Ihr Geburtstagsgeschenk, Besuch des Musicals „Mamma Mia“ wartete auf sie. Inge besuchte eine Vorstellung am Abend mit Susanne.
Zu Mittag war sie an der Hohen Bleiche, aber Susanne war nicht im Geschäft. Sie aß erst einmal eine Kleinigkeit nach den Strapazen der Fahrt. „Bitte fahre mich zu Dir nach Hause!“ bat Inge, weil der Wochenendverkehr begonnen hatte und Inge unsicher war. Nein, das ginge nicht, lehnte Susanne ab. Natürlich verfuhr sich Inge, weil sie Angst hatte und landete auf dem Großmarkt. Das Hinweisschild zum Grindelhof, wo sie abbiegen musste, übersah sie. Das Schild war so klein, dass sie es nicht bemerkte. Sie fragte vier Mal Passanten, dann parkte sie in der Sedanstraße, gegenüber der Bornstraße.
Abgespannt und müde kam Susanne um 18 Uhr, sie aßen Abendbrot und fuhren dann mit dem Bus zum Operettenhaus. Sie waren in St. Pauli. Viele Touristen begegneten ihnen. Sie saßen im Parkett in der 20. Reihe, ein guter Platz. Blutrot war der Samt der Sitze. Punkt 20 Uhr ging der Vorhang hoch und sie befanden sich in der Taverne einer griechischen Insel. Die Farben blau-weiß dominierten.
Inge war als Griechenland-Fan begeistert.

Auf der rechten Seite war ein Fernsehapparat installiert, auf dem der Klavier spielende und gestikulierende Dirigent in schwarz-weiß zu sehen war.
Nun entfaltete sich eine hübsche Geschichte auf der Bühne. Die Gastwirtin, eine alleinerziehende Mutter, hat eine zwanzigjährige Tochter, die heiraten und von ihrem leiblichen Vater zum Altar geführt werden möchte. Sie weiß aber nicht, wer ihr Vater ist. In einem alten Koffer des Hauses findet die Tochter das Tagebuch ihrer Mutter, in dem drei mögliche Väter erkennbar werden. Die Tochter kommt auf die Idee, alle drei Väter einzuladen. Passend zur Handlung erklangen die berühmten ABBA-Songs aus den siebziger Jahren mit neuem Text. Alle drei Väter fühlen sich nun auf einmal als der richtige Vater und wollen die Braut am Hochzeitstag zum Altar führen. Aber die Tochter entscheidet sich anders. Sie beschließt, statt zu heiraten eine Weltreise zu machen und überlässt der Mutter das Heiraten. Einer der Väter bekennt seine Liebe zur Mutter.
Kaum war der Vorhang gefallen, ging es erst richtig los. Das Publikum erhob sich, klatschte und sang mit. Das Orchester spielte noch einmal alle Hits, es war eine unglaubliche Stimmung. Kurz vor elf Uhr war dann endgültig Schluss. Gern hätte Inge den Abend mit einem Glas Wein ausklingen lassen, aber Susanne war müde und wollte am nächsten Tag zu einem Polterabend. Da musste sie natürlich am Tage vorher zeitig schlafen gehen.
Weil sie viel zu früh wach war, beschloss Inge hinaus zu gehen, Brötchen zum Frühstück zu kaufen und zu sehen, warum sie sich am Vortag so verfahren hatte. Sie lief immer geradeaus in Richtung Fernsehturm, vorbei an der U-Bahn-Station „Messehallen“. Dann kam der Sievekingplatz mit dem Oberlandesgericht. Schöne Anlagen erblickte sie, ein Kaiser Wilhelm Denkmal und Häuser im Jugendstil. Sie frühstückte mit Susanne und verabschiedete sich dann.

Die Post vom Verleger enthielt die Klage von Tom, angefertigt von einer Rechtsanwältin aus Zinnowitz. Sie forderte den Verleger auf, alle Bücher zurückzuziehen, weil diese „beleidigenden Inhalt“ hätten. Der Streitwert war mit 10000 Euro angegeben. Soviel ist Tom der Rechtsanwältin wert. Da konnte sie ja ordentlich verdienen, dachte Inge.
Der Verleger beruhigte sie und sagte: “Reagieren Sie nicht!“ Inge war nicht wohl. Das Ultimatum zum „Einstampfen“ ihrer Bücher war mit dem 14. Oktober angegeben. Dann würde der „gerichtliche Eilantrag mit

10 000 Euro Forderung je unterlassenem Punkt“ folgen.
Am Abend des nächsten Tages rief sie eine unbekannte weibliche Stimme an und rezitierte Inges Gedicht „Gesundung“. „Kennen Sie das Gedicht?“ Da wusste Inge, wer am anderen Ende der Telefonleitung war. Es war ihre Ärztin aus Ueckermünde. Sie hatte Inges Buch erhalten. Sie kannte sogar den Vater des Verlegers, der Patient in Ueckermünde war und einige Zeit auch in Ueckermünde mit seiner Familie wohnte. „Meine Tochter und ihr Verleger gingen gemeinsam einige Zeit in den gleichen Kindergarten!“ Jetzt ahnte Inge, warum ihr Verleger von ihrer Geschichte so angetan war. Die Ärztin erzählte ihr, dass sie noch immer in Ueckermünde im Klinikum praktiziere.
***Donnerstag, 20.Oktober 2005***
***Der Hexentanz beginnt! Gestern erhielt ich die Prozess-Antragsunterlagen der Anwältin nebst einer Eidesstattlichen Erklärung von Tom zwecks “einstweiliger Verfügung“, das bedeutet die Vernichtung und den Einzug aller Bücher bei Androhung von 50 000 Euro Strafgeld, bzw. von sechs Monaten Haft.***
Aber wie sagt das Sprichwort? Ist die Not am größten, ist Gott am nächsten. Sie traf in der Stadt eine ehemalige Kollegin, die ihr stolz erzählte, dass ihr Sohn gerade sein Examen als Rechtsanwalt in Hamburg abgeschlossen habe. Michael war sowohl in der Otto-Rühr-Oberschule als auch in der Kooperativen Gesamtschule auf dem Datzeberg ihr Schüler gewesen und hatte am Musikkurs 11./12.Klasse teilgenommen und sein Abitur abgelegt. „Er ist bestens vertraut mit Presserecht, wende Dich an ihn!“ schlug seine Mutter vor. Bis 31.10. 2005 hatte Inge Frist für ihre Antwort an die Rechtsanwältin. Sie rief Michael an, der sofort versprach, ihr zu helfen. Er trug ihr auf, alle Unterlagen samt einem Exemplar ihres Buches, an ihn zu schicken. Bereits einen Tag später meldete sich Michael und sprach von „Schadensbegrenzung“ Er hatte das Buch bereits gelesen und versicherte, dass der Streitwert viel zu hoch angesetzt worden sei. Er wolle auch mit dem Verleger sprechen.
Per e-mail schickte er Inge die „Unterlassungsverpflichtungserklärung“, die sie ausdrucken, ausfüllen und an die Rechtsanwältin von Tom senden sollte. Auch eine „Vollmacht“ musste sie Michael schicken. Auf keinen Fall wird der Druck des Buches verboten, versicherte er. Aber der Verleger hielt sich zurück, er wollte wohl nun nichts mehr damit zu tun haben.
Am 27. Oktober sollte die Signierstunde in der Weiland-Buchhandlung im Markt-Center stattfinden. Unter dem Motto „NB liest, 24.-29.Oktober

2005“ lud die Regionalbibliothek auch in das Marktplatz-Center ein. Das war nun alles vorbei. Im Schaufenster hatten schon drei Exemplare ihres Buches gelegen. Sie musste in die Buchhandlung gehen und die Bücher aus dem Schaufenster nehmen lassen.
Am 5.November kam ein Brief der Rechtsanwältin, der die Zwangsvollstreckung ihres Hauses zum Inhalt hatte. Tom hatte dies bei ihr beantragt. Nun will der Mann dich wirklich fertig machen, dachte Inge. Darf er das? Ja, wurde sie aufgeklärt, er darf das. Das ist unser heutiger Rechtsstaat. Michael beruhigte sie am Telefon: „Da Ihr Ex-Mann Geld aus dem freien Verkauf des Hauses herausschlagen will, wird er mit der Zwangsvollstreckung warten, denn die bringt ihm keinen Gewinn! Erkundigen Sie sich bei der Bank nach einem Kredit und zahlen Sie Ihren Mann aus. Dann gehört das Haus Ihnen und Sie haben Ruhe!“So einfach erwies sich dieser Vorschlag nicht. Inges Rente war der Bank zu gering, sie bekam keinen Kredit.„Schreib´ Papa einen Brief und entschuldige Dich für das Buch!“ riet ihr Klaus.
Sie setzte sich tatsächlich an einem der nächsten Tage hin und formulierte einen Brief mit der Bitte, sie im Haus wohnen zu lassen.
Das Landgericht wies Toms Klage ab. Michael hatte gute Arbeit geleistet. Klaus rief ein paar Tage später an. Er hatte seinem Vater ins Gewissen geredet.“Wenn Inge mich nicht auszahlen kann, lassen wir alles beim Alten. Außer der halben Grundsteuer muss sie dann alle Kosten des Hauses tragen!“ Das war Erpressung, aber was blieb ihr übrig?
„Aus dem Himmel der Autorin in die Hölle der Beklagten!“ formulierte der Lehrer Helmut Frank die Situation in einem Brief an Inge. „Meine Frau hatte bereits beim Lesen Bedenken geäußert!“ Warum um alles in der Welt hatte ihr Verleger sie nicht gewarnt? Wahrscheinlich hatte er das Manuskript nur überflogen oder von Mitarbeitern lesen lassen.

Die Leiterin Volkssolidarität rief an, ob sie am Freitag bei zwei Weihnachtsfeiern in der Begegnungsstätte Adlerstraße singen könne. Sie sagte zu, das Programm stand. Es war die Premiere ihrer neuen Singegruppe, alle hatten sich festlich angezogen. Kurt trug zum weißen Hemd einen roten Schlips. Es gab sogar ein Honorar von 30 Euro. Das kam in die Chorkasse. Schlag auf Schlag folgten nun Auftritte in verschiedenen Begegnungsstätten der Volkssolidarität innerhalb der Stadt. Besonders schön fand sie die Begegnungsstätte „Am Blumenborn“ in der Südstadt. Da befand sich auch die Geschäftsstelle des Behindertenverbandes.

Am Wochenende zum vierten Advent kamen Klaus und Laura zu Besuch. Es wurde für Inge d a s Weihnachtsfest. Sie waren mit dem Zug gekommen, verpassten jedoch den Anschluss in Neustrelitz, weil der D-Zug aus Berlin Verspätung hatte. Eine Stunde später kamen sie an.
Der Weihnachtsmarkt war das Ziel am Samstagmorgen. Die beweglichen Holzfiguren der Märchengestalten am Karussell beeindruckten Laura am meisten. Es schneite und sie konnten nachmittags am Hang zum Datzeberg Schlitten fahren.
Vor dem Mittagsschlaf musste sie wieder eine Geschichte erzählen, diesmal war es Storms Geschichte vom kleinen Häwelmann und das Grimm-Märchen vom Wolf und den sieben Geißlein. Als Klaus ihr den Tannenbaum in den Ständer stellte, wollte Laura gleich mit dem Schmücken beginnen.
Am Morgen spielte Inge auf der Schallplatte Prokofjews „Peter und der Wolf“ vor. Inge war baff, als Laura den ganzen Text auswendig konnte und mitsprach. Sie hatte es schon einmal bei einem Besuch in Neubrandenburg gehört.
Es regnete und sie konnten nun nicht hinaus. Da fiel Inge ein, die Geschichte vom kleinen Muck, die sie als Schmalfilm besaß, Laura zu zeigen. Es war zwar nur ein Stummfilm, aber Laura begriff die Handlung.
Mittags wurde Laura unruhig, denn um drei Uhr am Nachmittag fuhr bereits der Zug zurück. “Omi, ich bin so aufgeregt!“ meinte sie. Vorbei, vorbei das wunderschöne Zusammensein mit ihr.
***Heiligabend 2005***
***Nun ist er endlich da, der Heilige Abend. Zu Ende der Konsum-Einkaufs-Stress, das Gedudel der Weihnachtslieder in den Geschäften. Kein Auto ist auf der vielbefahrenen Bundesstraße 96 zu hören. Gestern Abend rief Klaus noch an. Cathleen wurde am Dienstag mit Verdacht auf Hirnhautentzündung ins Krankenhaus gebracht. Ihr Blut wurde untersucht, aber man fand nichts. Klaus nahm Urlaub und kümmerte sich um alles. Zwischen Weihnachten und Neujahr wollen sie mit einer befreundeten Familie Urlaub im Harz, in Wernigerode, machen.***

Weihnachten schneite es wieder und die Temperaturen fielen. Obwohl sie auch Silvester allein blieb, kaufte sie sich einen Karpfen und kochte ihn blau. Ein Festessen war dies. Die Glockenschläge der Dresdener Frauenkirche, auf einer von Siegfried Matthus vor Jahren geschenkten CD, begleiteten Inge ins neue Jahr.

Klaus überraschte sie mit der Mitteilung, dass er ein Haus in Halle-Dieskau in der Nähe der Schwiegereltern gekauft habe. „Nächstes Jahr kann ich nicht mehr so oft kommen, wir müssen sparen!"
Zu Lauras Geburtstag wurde sie eingeladen. Laura wünschte sich Zubehör für ihre Babyborn-Puppe. Im Spielemax bekam Inge Taucherbrille, Flossen, Schnorchel und einen Badeanzug für die Puppe.
Als Inge am 4. Januar in Halle eintraf, war Laura im Kindergarten und sie musste sich bis abends gedulden. Gemeinsam mit Mutti und Mareike wurde sie abgeholt. Inge ließ sich von einer Kindergärtnerin die Gitarre geben und betrat singend das Zimmer und Laura stürzte auf sie zu. Die Überraschung war gelungen. Alle Kinder stimmten in den Refrain des Geburtstagsliedes „Heute mag es regnen, stürmen oder schnei´n" von Rolf Zuckowski ein. Wie hat sich Laura in dem Jahr entwickelt, stellte Inge fest. Sie wäscht und zieht sich allein an und aus. Mareike konnte schon stehen und versuchte, sich an Möbelstücken festhaltend, zu gehen. Ständig kamen Anrufe für das Geburtstagskind.
„Seid schön leise und weckt nicht Mareike!" sagte Klaus am Morgen, bevor er zur Arbeit ging.
„Du darfst zu Oma und kuscheln!" O, das ließ sich Laura nicht zweimal sagen. „Omi, erzähl´ eine Geschichte!" Na, da nehmen wir mal Andersens „Schneekönigin", passend zur Jahreszeit.
„Heute Nachmittag gehst Du mit Oma ins Kasperle-Theater!" verkündete Cathleen. Klaus rief im Laufe des Tages an und berichtete, dass er krank geworden sei. Leichenblass sah er aus, als er Mittag kam.
Eine Virusgrippe hatte der Arzt festgestellt und Klaus durfte kein Antibiotikum nehmen. Er sollte die Krankheit ausliegen.
„Kasperle im Zauberland" hieß die Geschichte, die in einem Zelt von Puppenspielern aus dem Erzgebirge gezeigt wurde.
Es war sehr kalt im Zelt, nur ein paar Heizkörper strahlten Wärme ab. Begeistert stimmte Laura in die Rufe der Kinder nach dem Seppel ein. In der Pause kaufte Inge für Laura Zuckerwatte, die fürchterlich klebte. „Omi soll ganz lange bei mir bleiben!" rief Laura am Abend.
Nachts schrie Mareike. Klaus erzählte am Morgen, dass sie jede Nacht schreien würde und er sie dann lange beruhigend herumtrage. Das war eine enorme Belastung, weil er am nächsten Tag fit auf Arbeit sein musste.
Kurz nach dem Frühstück verließ Inge das Haus, Laura winkte lange am Fenster.

Inge überarbeitete ihr Buch. Sie gab dem Ex-Mann und seiner Verwandtschaft andere Namen, um keine Persönlichkeitsrechte zu verletzen.
Ihr Rechtsanwalt hatte versucht, die schriftliche Bestätigung von Tom zu erhalten, dass Inge Wohnrecht auf Lebenszeit im eigenen Haus bekommt. Er lehnte ab und die Ungewissheit blieb.
Ende Januar fielen die Temperaturen auf minus zwölf Grad. Die Sonne schien und Inge wanderte bis zum See. Er war zugefroren und bot einen seltenen Anblick. Schneeweiß leuchteten Bäume, Sträucher und Wege. Die Partie am Oberbach war völlig vereist, es grenzte an ein Wunder, dass sie nicht ausglitt und hinfiel.
„Ich habe eine neue Wohnung in einer alten Villa an der Außenalster bekommen, Toplage!“ erzählte Susanne stolz am Telefon. Gemeinsam mit ihrem neuen Freund Samir wollten sie sich die hohen Mietkosten teilen. Die Wohnung befand sich im dritten Stock, bis zur Außenalster waren es zehn Gehminuten.
Gestrenge Herren regieren nicht lange, sagt ein deutsches Sprichwort. Es stimmt, stellte Inge fest, denn nach einer Woche kletterten die Temperaturen in den Plusbereich, es begann zu tauen.
In der Singegruppe probten sie bereits Frühlingslieder.

„Tim Thalers Puppen, oder die verkaufte Menschenliebe“ von James Krüss fesselte Inge in den nächsten Tagen. Es ist die Geschichte über die Geldsucht des Menschen und die Folgen im Zusammenleben der Menschen. James Krüss hatte sie mit dem Buch“ Tim Thaler oder das verkaufte Lachen“ ein Jahr zuvor kennengelernt. Interessant entwickelte sich der Dialog im Buch. „Warum Gewinn? Woher soll er denn kommen für so viele? Wenn jeder Mensch Gewinne machen sollte, Baron, dann müssten wir ja andere Sterne plündern.“„Aber Gewinn schafft Fortschritt“ sagte der Baron, worauf fast alle an der Tafel lachten. Doch dann sagte Tim einlenkend, weil das Lachen den Baron verstörte.“ Gewiss, Gewinn kann Fortschritt schaffen, aber er muss es nicht, Baron. Sie kennen ja die Sitte alter Völker,Besitz vor allen Augen zu verbrennen, oder Besitz mit in das Grab zu geben. Man fürchtet, er könne sich vermehren, zu Lasten Vieler und zu Gunsten eines Menschen, oder eines Hauses. Man fürchtet, üble Geschäfte könnten daraus entstehen.“ „Alles, was Menschen tun, dient den Geschäften“, sagte der Baron „Alle Geschäfte sollten aber nur dem Menschen dienen!“ sagte Tim, „Damit er frei und freundlich bleiben kann.“ „Aber verkaufen ist nun mal nicht verschenken“ sagte der

Baron. „Verschenken und ein bisschen freundlich tun, kann Jeder. Verkaufen aber, das ist harte Männersache, von der nicht Jedermann etwas versteht. Wer´s aber versteht, der kann verkaufen, was er will.“„Ja, sagte Tim“, sogar die Menschenliebe und dass Sie die verkauft haben, Baron, nehme ich Ihnen und Ihresgleichen übel!“ Der Baron sagte:“ „Nichts ist so wirklich, wie das Geld, Herr Thaler, doch mit dem Menschen endet seine Zeit.“ „Wer Geld für einen Wert an sich hält, irrt sich. Er weiß mit der Wirklichkeit auch gar nichts anzufangen. Ihm sind die Bäume nichts, wenn sie nicht Ware werden, in ihren Früchten oder ihrem Holz. Ihm sind die Menschen nichts, wenn sie nicht Käufer werden. Er liebt das Flüchtige, das Hin und Her. Er hat keine Schwere.“
Da konnte Inge nur zustimmen.
„Omi, wo bist Du? Kommst Du am Montag auch zum Fasching? Du hast mich doch schon einmal mit Mama vom Kindergarten abgeholt. Ziehst Du auch um? Wenn ich wieder bei Dir bin, fahren wir mit dem Schiff auf dem Tollensesee, ich weiß noch, wie ich die Enten gefüttert habe!“ Inge staunte, sie hatte nichts vergessen.
Mareike war am Wochenanfang wegen des Verdachtes auf eine Lungenentzündung ins Krankenhaus gebracht und intravenös ernährt worden. Am Freitag durfte sie das Krankenhaus verlassen. „Warum bist Du nicht in den Kindergarten gekommen, hast Du es vergessen? “Ach, was sollte Inge dem Kind darauf sagen? Sie redete sich mit ihrer Chorarbeit und dem Lehrgang heraus. Als Inge nach ihrem Kostüm fragte, erzählte sie: „Das Kleid war gelb an der Seite offen mit Flügeln und eine Krone war auf meinem Kopf. Die hat mir Sophie gleich heruntergerissen, aber ein anderer setzte sie mir wieder auf. Omi, wann kommst Du mich endlich besuchen?“ „Wenn Du in eurem neuen Haus bist, dann besuche ich Dich!“ versprach Inge.

Der Frauentag wurde wieder gefeiert und Inge hatte mehrere Auftritte mit der Singe-Gruppe. Sie hatte das berühmte Gedicht „Mutter´ns Hände“ von Kurt Tucholsky und „Sogenannte Klassefrauen“ von Erich Kästner mit in das Programm aufgenommen. Das bildete eine gute Ergänzung zu den Frühlingsliedern. Manchmal gelang es ihr, alle Gäste zum Mitsingen zu animieren. Dann machte das Singen richtig Spaß.
Der Winter blieb in Mecklenburg, obwohl es bereits Mitte März war.
Gute Nachricht kam von Susanne, sie bekommt eine neue Stelle in der Grundschule in Eppendorf als Erzieherin. Dann braucht sie nicht mehr

vierzig Minuten, um zur Arbeitsstelle zu kommen und verdient auch mehr.
Es wurde Frühling, überall blühten schon Schneeglöckchen in den Vorgärten.

Ostern stand vor der Tür. Wieder würde sie allein an den Feiertagen sein. Nein, das muss nicht sein. Sie rief in Saßnitz im Hotel „Meeresgruß" an, welches ihr vor einiger Zeit von der Volkssolidarität empfohlen worden war. Sie buchte zwei Übernachtungen.
Die Sonne ging auf, als sie Ostersonnabend um sieben Uhr von zu Hause startete. Kurz vor neun Uhr stand sie vor dem Hotel in Saßnitz. Die Tür war verschlossen, nach zweimaligem Klingeln öffnete eine junge Frau mit hellen blauen Augen und einer Kurzhaarfrisur. Sie war aus dem Keller gekommen, in dem sich das Frühstückszimmer befand.
„Haus Meeresgruß", 2003 erbaut, zeigte ein bescheidenes, aber altersgerechtes Aussehen. Sie bekam ein Zimmer im 2. Stock mit Meeresblick. Inge packte ihren Campingsack und begann mit der Wanderung. Vor einem halben Jahr war sie den gleichen Weg gegangen, nun blickte sie überall durch die hohen, kahlen Buchenstämme auf die blaue Ostsee. Silberne Funken zauberte die Sonne auf das Wasser. Sie traf keine Menschenseele so früh am Morgen. Bald erreichte sie die Wissower Klinken. Milchig weiß lief ein Streifen Wasser in den smaragdgrünen Teil des Wassers, welches immer tieferes Blau zeigte.
An der Arndt-Aussicht machte sie die erste Pause. Heute gehe ich an meine Grenzen und werde die sechs Kilometer bis zum Königsstuhl wandern, beschloss sie.
Unzählige Holztreppen führten über die Schluchten hinauf und hinab. Holzbohlen bewahrten sie vor nassen Füßen. Endlich schimmerte der Kreidefelsen durch die Buchen. Sie hatte die Victoria-Höhe erreicht. Kaiser Wilhelm I. hatte 1865 den Aussichtspunkt eingeweiht. Bis zum Königsstuhl waren es noch etwa 200 Meter. Auf diesem drängten sich Menschenmassen. Nichts für mich, es genügt, wenn du hier die Aussicht genießt, dachte sie und kehrte um.
Nun, auf dem Rückweg, hatte sie ständig die Sonne vor sich. Inge entdeckte die ersten weißen Anemonen und blaue Leberblümchen.
An der Arndt-Höhe ruhte sie sich aus und schöpfte neue Kraft. Die Schönheiten der Natur entschädigten sie für alle Strapazen des Weges.
Nachmittag um drei Uhr war sie wieder am Ausgangspunkt, zwanzig Ki-

lometer war sie gewandert, die Füße schmerzten. Aber sie hatte ja ein wunderbares Zimmer und konnte sich ausruhen.
Am Abend meldete sich energisch der Hunger. Sie lief zum Rügen-Hotel, vor dem zwei große Reisebusse standen. Als sie das Restaurant betrat, erblickte sie viele Senioren, teilweise mit stattlicher Leibesfülle. Sie wurde platziert und sah, dass die Reiseteilnehmer an das Büfett gehen mussten, während sie bedient wurde. Putenschnitzel mit Salzkartoffeln und Champignons bestellte sie. Zuerst jedoch nötigte sie die Bedienung: "Wollen Sie nichts trinken?" Sie bestellte ein Radeberger Pils und das mundete. Die nötige Bettschwere hatte sie damit.
Ostersonntag jedoch war Kontrastprogramm: es zeigte sich keine Sonne, sondern ein dicker Nebel hüllte alles ein und es war kalt. Inge schmerzten noch die Waden vom Wandern.
Der Nieselregen blieb und Inge entschied, in der Biographie über Maria Callas zu lesen. Zum Glück hatte sie an die Lektüre bei schlechtem Wetter gedacht. Ein ehemaliger Tonmeister, der die Callas noch kennenlernte, hatte die Biographie verfasst. Sie war unheimlich spannend.
Am Nachmittag packte Inge die Badesachen ein und ging in die Rügen-Therme, die sich an dem Hotel befindet und auch für Einheimische geöffnet ist. Mit einem Ehepaar und zwei Kindern war sie allein im Schwimm-Becken und genoss es.
Am Montag wehte Ostwind, das bedeutete gutes Wetter und die Sonne ging auf. Nachdem sie alles gepackt, gefrühstückt und bezahlt hatte, machte sie einen Abschiedsspaziergang. Sie wollte dem Rückstau entgehen, aber auch andere Gäste waren zeitig zur Rückkehr aufgebrochen und in Samtens begann der Stau. Im Schritttempo dauerte es neunzig Minuten, bis an der Auffahrt zur Rügen-Brücke sich endlich der Pulk auflöste.

Die Forsythien blühten, im Wald vor Gatsch-Eck breiteten sich Teppiche von weißen Buschwind dröschen aus. Es war ein wundervoller Anblick. Inge setzte sich zum ersten Mal mal in diesem Jahr auf das Fahrrad und fuhr über Broda den Uferweg nach Gatsch-Eck. Jetzt konnte die Arbeit im Garten beginnen.
Nun aber stand ein freudiges Ereignis bevor: Julias Jugendweihe in Bochow bei Jüterbog. Da sich Jörg und Angela getrennt hatten, zählte sie als Oma nun nicht mehr zur Familie und bezog ein Hotelzimmer in einem kleinen Nachbardorf. Es war gar nicht so einfach, dieses zu finden, aber schließlich stand sie doch vor dem Hotel. Die Feier fand in der Gemein-

debaracke von Bochow statt. Der erste Gast, der ihr begegnete, war Julias Großvater, Inge erkannte ihn im ersten Moment gar nicht. Alle hatten sich festlich angezogen, am schönsten sah Julia aus. Sie trug ein Kleid der kleinsten Damengröße, hauteng aus dunkelrotem Taft. Dann erblickte sie Jörg und erschrak, denn er hatte die Haare ganz kurz geschoren."Wie siehst Du denn aus?" entfuhr es Inge nicht sehr taktvoll. Claudia war nicht mitgekommen, sie hatte in der Nacht Schüttelfrost bekommen. Das war bestimmt eine seelische Erkrankung, denn bei der ehemaligen Lebensgefährtin und Mutter seiner ältesten Tochter Julia zu sitzen, war dann wohl doch zu viel für Claudia, glaubte Inge.

Cathleen war auch zu Hause geblieben, denn Klaus kam mit Laura allein. Es wurde eine kleine Rede gehalten und der Lebensgefährte von Angela zeigte Digitalfotos, mittels Beamer an die Wand projeziert. Es waren Fotos von Julia im Potsdamer Krankenhaus als Frühchen, Julia im neuen Eigenheim, Julias Einschulung, also ihr ganzes bisheriges Leben. Julia ist Einzelkind geblieben.

Das Handy klingelte und Susanne teilte mit, dass sie mit Samir später käme, da sie sich verfahren hatten. Bei Groß-Kreutz, nahe Potsdam, gab es auch einen Ort Bochow und diesen hatten sie angesteuert. Sie waren also nach Norden gefahren.

Nach einer Stunde kamen sie an und waren die Überraschungsgäste. Inge erkannte Samir nicht wieder, er hatte Locken. Im vergangenen Jahr waren seine Haare kurz geschoren. Seine blauen Augen bildeten einen reizvollen Kontrast zum schwarzen Haar. Susanne hatte ihr Bild „Leichtigkeit" mitgebracht und gab es Inge später als Geschenk. Es war als letztes Bild entstanden, als sie aus Indien zurück kam und lässt die optimistische Denkweise der Malerin ahnen. Inge freute sich sehr und hing das Bild zu Hause sofort in die Wohnstube gegenüber der Couch auf, wo sie es immer im Blick hatte.

Malte, Clara, Laura, Julia und eine Nichte von Manni (Angelas Lebensgefährte) stürmten hinaus in den Garten. Um 19 Uhr kam eine elfköpfige Trommelgruppe, der Leiter war Julias Keyboard-Lehrer. Fünf Stücke spielten sie und Laura zeigte die einzige natürliche Reaktion: sie hielt sich die Ohren zu, weil es zu laut war.

Ein Partyservice hatte inzwischen leckere Speisen gebracht. Laura hatte sich voll in die Kindergruppe integriert und setzte sich ungeniert neben die Hauptperson Julia, speiste in aller Ruhe Weintrauben, Feigen und Kiwis. Nein, warmes Essen wollte sie nicht.

Dann begann das Auspacken der Geschenke.
Inge unterhielt sich angeregt mit Mannis Mutter, die vor einigen Wochen gerade siebzig Jahre alt geworden war. Stolz zeigte sie Fotos von ihrer Geburtstagsfeier. Ihr dreißigjähriger Sohn war unlängst verstorben, was natürlich tiefe Trauer hinterlassen hatte.
Jetzt könnte man ein wenig singen, dachte Inge, holte die Gitarre und begann Frühlingslieder zu singen. Es tat weh, dass Klaus und Jörg daraufhin den Tisch wechselten und Inge praktisch nur Mannis Mutter etwas vorsang. Da diese aber Kindergärtnerin gewesen war, sang sie mit und freute sich.
Um zehn Uhr verließ Inge die Feier, es waren nur noch die engsten Familienmitglieder anwesend. Susanne, Samir, Klaus und Laura waren auch schon frühzeitig aufgebrochen.
Am nächsten Morgen schlenderte Inge durch das Dorf und hörte plötzlich Musik. Die kam aus der Kirche, der Gottesdienst hatte bereits angefangen. Inge betrat die Kirche und hörte noch die Predigt. Der Ort war historisch interessant, weil in der Mitte desselben ein großes Denkmal stand. Eine bronzene Figur stand da und zeigte zwei Soldaten der preußischen Armee 1813 in angriffsbereiter Pose, das blinkende Bajonett nach vorn gerichtet, darunter eine gusseiserne Platte mit dem Porträt des Grafen Bülow von Dennewitz. Auf dem Steinsockel darunter war in goldenen Lettern ein Spruch von Ernst Moritz Arndt zu lesen:

Auf mutig drein und nimmer bleich
denn Gott ist allenthalben.
Die Freiheit und das Himmelreich
gewinnen keine Halben.

Der Spruch gefiel ihr.
Sie fuhr jetzt eine besonders schöne Strecke, indem sie kurz vor Treuenbrietzen abbog und nach Potsdam-Nord fuhr. Das Neue Palais war ihr Ziel. Sie wollte die Allee vom Neuen Palais bis Sanssouci laufen. Die Sonne schien noch nicht, aber die Buchen zeigten erste zarte, grüne Blättchen, die Fontäne unterhalb des Schlosses Sanssouci war angestellt. Himmelsschlüsselchen in jeder Menge blühten.
Sie fand schnell die Autobahnauffahrt zum Berliner Ring bei Nauen, und am Nachmittag halb drei Uhr befand sie sich bereits in Teschendorf. Der Hunger meldete sich energisch, sie brauchte mindestens einen Kaffee. Danach war sie wieder frisch.
Durch die Umleitung (in Dannenwalde wurde die Brücke neu gebaut)

kam sie nun durch das reizvolle Havelland, welches Theodor Fontane so wunderbar beschrieben hat. Zehdenick, Ribbeck, Marienthal bis Fürstenberg lernte sie so kennen. Die grünen Felder zeigten die erwachende Natur.
Der Mai machte seinem Wonnemonat-Namen alle Ehre. In Inges Garten blühten Maiglöckchen, Vergissmeinnicht, Himmelsschlüsselchen und die Kirsch- und Apfelbäume.
Am zweiten Mai-Wochenende hatte sich Klaus mit Laura angemeldet. Was Inge nicht wusste, Klaus hatte sich mit seinem Vater verabredet. Sie wollten beide den Tritt vor der Haustür erneuern. Die Steine waren gebrochen und der Eingang zu einer Gefahrenquelle geworden.
Pünktlich kam Freitagabend der Zug aus Neustrelitz. Laura hatte ein kurzärmeliges weißes Blüschen, weiße Söckchen, Sandalen und ein kurzes Röckchen an und sah allerliebst aus. Es war heiß, aber der Wetterbericht hatte schon Gewitter angekündigt. Laura erkannte sofort Inges Auto, als sie auf der Fußgängerbrücke waren. „Omi, hier war ich doch schon mal im Winter!"
Ziemlich schnell schlief Laura ein. Den ganzen Abend werkelten Vater und Sohn. Sie kauften eine große Granitplatte (Farbe: Pfeffer, Salz), einen Meter lang, und betonierten sie an die Haustürschwelle. Es regnete inzwischen und Inges Sonnenschirm kam zum Einsatz.
Sonnabend früh, halb sechs Uhr, ging die Schlafzimmertür auf und Laura stand vor Inges Bett. Inge war so erschrocken, dass sie Laura sofort bat, im Ehebett weiter zu schlafen. Eine Stunde tat sie das auch. Dann stand Inge auf, fuhr mit dem Fahrrad zum Bäcker und kaufte frische Brötchen. Kakao wurde dann gemeinsam gekocht, nun schon ein Ritual, wenn Laura zu Besuch da war. Klaus machte sich nützlich, reparierte die Dachrinne am Balkon, danach schaufelte er den Kompost um.
Um neun Uhr wanderte Inge mit Laura zum Reitbahnsee und zeigte ihr den neuen Spielplatz. Es war kühl und trotz der warmen Fleecejacke fror Laura. Ab und zu regnete es und sie stellten sich unter die Bäume. Genau wie ihr Vater als Kind, versuchte Laura, auf kleine Bäume zu klettern. Geschickt hielt sie sich an den Zweigen fest und hangelte hinauf. Fast zwei Stunden waren sie beide unterwegs, am Ende wollte Laura nicht mehr laufen und Inge nahm sie Huckepack.
Gemeinsam aßen sie Mittag. Frischer Spargel mit Schnitzel stand auf dem Speiseplan, aber Laura wollte kein Fleisch essen. So machte Inge in Windeseile Milchreis und holte Sauerkirsch-Kompott aus dem Keller.

Das schmeckte ihr und es gab keine Tränen.
Fast drei Stunden schlief Laura am Nachmittag.
Auch die after eight-Torte lehnte Laura ab, der Geschmack war nicht ihr Fall. Zum Glück hatte Inge noch Hanuta-Kekse in Reserve.
Am Nachmittag wollte Klaus in das Markt-Center gehen, um Sandalen für Laura und ein Muttertags-Geschenk für seine Frau zu kaufen. Laura wollte jedoch lieber im Haus bleiben und Inge ließ sich etwas einfallen. Sie stellte den Plattenspieler auf den Tisch, verteilte die beiden Lautsprecherboxen und nun spielte sie „Peter und der Wolf" von Sergej Prokofjew (Mathias Wiemann als Sprecher) und die Amiga-Märchen-Schallplatten „König Drosselbart", „Der kleine Häwelmann", „Der Wolf und die sieben Geißlein" und „Von einem der auszog, das Fürchten zu lernen" vor. Laura war begeistert.
Am Abend hatte sie eine heiße Stirn. Wahrscheinlich hatte sie sich durch den Wetterumschlag erkältet. Als Klaus für die Heimfahrt einpackte, wollte sie bei Inge bleiben und weinte herzzereißend. Der Abschied am Zug war schlimm, Inge sah immer noch ihr weinendes Gesicht und ihr Winken.
Inge machte bei der Aufsicht „Offene Kirche" in der Johanniskirche die Bekanntschaft eines Historikers. Sie erzählte ihm von ihrem Misserfolg mit dem Buch. "Sie werden doch jetzt nicht aufgeben, nachdem Sie sich soviel Mühe mit dem Schreiben gemacht haben. Gehen Sie ins Internet, suchen Sie bei ´Neue Verlage´, Sie werden bestimmt fündig." Inge tat wie ihr geheißen und stieß auf den Novum-Verlag Neckenmarkt in Österreich. Dort gab es die Möglichkeit, auf printed on demand-Basis drucken zu lassen und so die Kosten niedrig zu halten. Jetzt musste sie das Manuskript, auf Diskette geschrieben, nur noch abschicken.
Die Unterlagen für den Verlag reichte Inge ein, es waren zwei Disketten mit je 189 Seiten (Teil I „Kindheit und Jugend", Teil II „Ehe, Familie, Beruf") und ein neues drittes Kapitel „Neubeginn 1990-1995", ein Expose´ und eine kurze Biographie. Die e-mail Adresse, ihre Anschrift, Telefonnummer und Pseudonym vervollständigten das Ganze. Sie hatte sich entschieden, ihren Mädchennamen als Autor anzugeben.
***Montag, 19. Juni 2006***
***Nun beginnt wieder die Zeit der Rosen. Alles blüht: im Vorgarten die englischen hellrosa Rosen, hinter dem Haus die hochstämmigen, dunkelroten Kletterrosen. Es ist ein Fest für die Augen. Als ich gestern früh um neun Uhr Klaus anrief, war Laura am Telefon. "Omi Inge, du***

***bist´s!" jubelte sie. Ach, wie ging mir das Herz auf. Ja, sie hatte schon gefrühstückt und Mama hat Erdbeertorte gebacken. Sie erzählte und bat energisch um Ruhe, als sie mich durch Mareikes Plappern oder Mamas und Papas Hantieren in der Küche nicht verstand. „Ruhe, ich will mit Omi sprechen!" versuchte sie sich durchzusetzen. „Du hast mich doch schon mal vom Kindergarten mit der Gitarre abgeholt, als ich Geburtstag hatte?" wusste sie noch. Ich soll am 30. Juni kommen, da Laura mit der Tanzgruppe beim Parkfest in Dieskau mittanzt.***

Inge las die Biographie von Elisabeth Mann-Borgese, die jüngste Tochter der Thomas Mann-Familie. Sie war Meeresforscherin gewesen, ihr Mann, ein Professor aus Mailand, war dreißig Jahre älter. Sie war eine emanzipierte Frau und trennte sich zeitig von der Familie Mann. Das tat ihr gut. In dem mehrteiligen Film über Thomas Mann spielte sie noch mit, eine kleine, zierliche, sehr agile Frau. Sie wurde „Botschafterin der Meere" genannt. Ein Gedicht von Baudelaire aus „Die Blume des Bösen" zitierte sie im Buch:

> O freier Mann du liebst für alle Zeit das Meer!
> Es ist ein Spiegel in dir, der Seele Urgewalten.
> Schaust du in seines Schwall´s unendlichen Entfalten;
> Dein Geist ist wie sein Schlund von bitteren Salzen schwer.

Viel Arbeit gab es im Garten. Die Sauerkirschen waren schon reif und Inge machte Konfitüre. Die Bohnen begannen bereits ihre Zweige um die Stangen zu winden. Erdbeeren gab es reichlich. Die Reise nach Halle stand bevor.

Drei Kinder spielten auf dem dem Spielplatz des Kindergartens, unter ihnen war Laura. Sie hatte ein rotes Hängerkleidchen an, die langen, blonden Haare kräuselten sich in Locken um ihren Kopf. Als Inge ihren Namen rief, reagierte sie sofort, riss drei Blümchen aus der Erde und rannte auf den Zaun zu: "Omi Inge!" Inge musste erst einmal um den ganzen Zaun laufen, um sie in die Arme zu schließen zu können.
Sie setzte sich mit Laura auf eine Bank und gab ihr die grünen Waldmeister-Gummibärchen, die sie mitgebracht hatte.
Um halb vier Uhr kam Cathleen. Acht Kilometer lang war die Fahrt nach Dieskau, südöstlich von Halle gelegen. Das ehemalige Dorf lag idyllisch

an einem See, ein Schloss stand im Park und eine Kirche gleich daneben. Die Eigenheimsiedlung nannte sich Parkring. Die Nummer sechzig war ein gelb gestrichenes Haus mit rotem Spitzdach. Die Küche befand sich im Parterre, Richtung Südosten, die große rechteckige Stube mit Terrasse zeigte nach Süden. Im ersten Stock waren das Kinderzimmer, ein Computer-Arbeitsraum für Klaus, das elterliche Schlafzimmer und das Bad. Laura nahm Inge gleich in Beschlag. Mareike konnte mit Inge nichts anfangen, sie kannte Inge ja kaum. Das änderte sich jedoch in den nächsten Tagen.
Am Abend kam ein junges Ehepaar. Herr M. stellte sich als Landschafts- und Gartenarchitekt vor. Das Paar war kinderlos, sie freuten sich über Mareike und Laura. Besonders Mareike war der Liebling der beiden. Inge unterhielt sich fachmännisch mit Herrn M. über ihren Garten, er hörte zu und gab gute Ratschläge.
Auf der Terrasse wurde gegrillt und das Fußballspiel Deutschland-Argentinien geschaut (Weltmeisterschaft).
Klaus hatte Laura erlaubt, auf dem Sofa, auf dem Inge nächtigen sollte, einzuschlafen. Nun trug er sie in das elterliche Schlafzimmer und Inge konnte sich hinlegen.
Früh um sechs Uhr schrie Mareike und sofort kam Laura angetrippelt. "Omi, erzähl´ die Geschichte von der silbernen Brücke". Auf Klaus´ ausdrücklichen Wunsch hatte Inge dieses Märchenbuch mitgebracht; 1950 hatte sie es von ihrer Mutter zum Geburtstag geschenkt bekommen. Es war eines ihrer Lieblingsbücher.
Hochsensibel, intelligent kann Laura nicht eine Minute ohne Beschäftigung sein.
Klaus machte inzwischen Frühstück.
Anschließend ging sie mit Laura in den Park. Die Sonne schien und es wurde ein schöner Morgenspaziergang. Inge hatte ihren Fotoapparat mitgenommen und ließ Laura auch ein Foto "schießen". Was gab es nicht alles zu sehen: Nacktschnecken, Weinbergschnecken, sogar einen Bienenkorb mit summendem Bienen. Sie schauten auch auf den Friedhof und in die offen stehende Kirche. Da standen vor dem Altar zwei festlich geschmückte Stühle, denn am Nachmittag sollte eine Hochzeit stattfinden.
Schon halb elf Uhr wurde zu Mittag gegessen, denn am Nachmittag fand die Tanzaufführung statt. Laura war sehr aufgeregt. Zuerst wollte der Schlaf nicht kommen und dann war er zu kurz, weil sie geweckt werden musste.

Um 16 Uhr waren sie mit beiden Autos im „Kastanienhof".
Auf der Festwiese wartete bereits Opa Rüdiger, Tante Christine, Ehepaar M., alle mit einer Videokamera ausgerüstet. Eine Bühne war aufgestellt, davor standen Sonnenschirme, Tische und Stühle. Die Insassen des Pflegeheimes hatten bereits Platz genommen. Kaffee und Kuchen, Eis und Fischbrötchen konnten an Ständen gekauft werden. Eine Bowling-Anlage und eine Vorrichtung „Hau´ den Lukas" waren aufgestellt. Ein offenbar hallisches Original, eine ältere Frau im Halloren-Kostüm, hielt in der rechten Hand eine Trompete und in der linken Hand ein Akkordeon und schon erklang "An der Saale hellem Strande".
Ein Gesangsduo aus Leipzig, ein junger Mann mit Ehefrau, sang Schlager aus den fünfziger und sechziger Jahren.
Dann holte die junge schwangere Tanzlehrerin ihre drei Gruppen und der Auftritt begann. Laura hatte ein rosafarbenes Smockyhemd mit Röckchen und Flügeln an und sah entzückend aus. Sie tanzte mit Hingabe und verbeugte sich am Ende tief. Inge hatte sich zu Esther, Lauras Freundin, gesetzt. Erst an der Kegel-Anlage sah sie Laura wieder, und sie schaffte es tatsächlich, mit einem Wurf, alle Neune zu treffen.
Mareike hatte ein kleines, kurzes Nietenröckchen an und lief nur barfuß. Auch sie sah reizend aus. Noch ein zweites Mal tanzte Lauras Gruppe, als Schmetterlinge und Marienkäfer verkleidet.
Nun gab es Streit, denn Cathleen vermisste ihr Schlüsselbund. Klaus beschuldigte Cathleen, Sie wiederum beschuldigte Klaus. Sie ging dann noch einmal zurück und fand den Schlüssel auf der Bank liegend. „Seit achtzehn Monaten habe ich keinen richtigen Nachtschlaf mehr, ich bin fix und fertig!" klagte Cathleen.
Lange brauchte Laura, um einzuschlafen. Es war ein aufregender Tag für sie gewesen.
Am Sonntag gingen sie alle gleich nach dem Frühstück im Park spazieren. Mittagessen kochte Klaus. Nach dem Mittagsschlaf fuhr Cathleen mit Mareike zu einer Freundin. Klaus, Laura und Inge beschäftigten sich auf der Terrasse.
Am Montagmorgen machte Inge Frühstück für die Kinder, da Klaus zeitig zur Arbeit aufgebrochen war. Sie plante, weiter über Leipzig nach Bautzen zu fahren, um Jörg zu besuchen.
Eine Weile musste Inge schon suchen, um das neue Haus von Jörg zu finden. Es stand gegenüber der steinernen Brücke, auf der die Bahn von Dresden nach Görlitz stündlich einmal verkehrte.

Das Haus war dreistöckig, umgeben von einem schönen, großen Garten. Jörg schlug gerade mit Malte eine Ziegelwand ein. Im ersten Stock befand sich ein kleines Bad, das Schlafzimmer der Eltern, angrenzend die Wohnstube und die Küche. Im zweiten Stock war ein großes Kinderzimmer mit einem Hochbett. Darunter auf einer Matratze schlief Inge sehr gut.
Claudia verabschiedete sich sofort, weil sie von 17-19 Uhr arbeitete. Sie fuhr Medikamente zu Patienten. Der Garten war hübsch gestaltet. Inge überreichte die Geburtstagsgeschenke für Clara und Malte.
Bereits am nächsten Tag fuhr sie zurück nach Neubrandenburg.
Mit ihrer Singe-Gruppe führte sie einen Tagesausflug nach Feldberg durch. In zwei Autos passten die sieben Mitglieder. Auch sie sollten einmal die wunderbare Landschaft kennen lernen. Zuerst fuhren sie nach Schlicht, parkten und wanderten den Spazierweg zum Aussichtspunkt auf dem Reiherberg. Sie genossen die schöne Aussicht auf die Stadt Feldberg und schlenderten wieder zurück zum Parkplatz. Der nächste Halt war die Klinik am Haussee.
In der idyllisch am Zansen gelegenen Fischgaststätte nahmen sie ihr Mittagessen ein. Ein Schwanen-Paar mit vier Jungen, die noch ein graues, flaumiges Fell hatten, schwamm majestätisch über den See. Es sah aus, als wären sie auf einer Perlenschnur aufgezogen.
Nach einer Stunde ging die Fahrt weiter durch den Wald zur Krüseliner Mühle. Es staubte dabei entsetzlich, große Löcher wies die Strecke auf. Hinterher merkte Inge, dass sie einen Waldweg gefahren war, der nicht für PKW erlaubt war.
Über einen Plattenweg fuhren sie weiter nach Mechow. Über Triepkendorf und Lüttenhagen gelangten sie wieder nach Feldberg an den Schmalen Luzin. Die Hitze war inzwischen unerträglich. Als sie die hundert Stufen hinunter zum Fährmann stiegen, staunte Inge. Unter schattigen Bäumen war eine Tafel für sie gedeckt. Die Frau des Fährmanns hatte Kuchen gebacken, der ihnen nun mit Kaffee serviert wurde. Da sie zwei Personen weniger dabei hatte, als angemeldet, lud sie kurzerhand den Fährmann mit seiner Frau und seinem Arbeitskollegen ein, mit ihnen gemeinsam Kaffee zu trinken. Es war ein unvergesslicher Tag.
***Samstag, 8. Juli 2006***
***Heute ist der Tag, an dem ich Susanne nach einem Jahr wieder einmal in Neubrandenburg begrüßen kann.***
***Punkt 12 Uhr rief sie per Handy an, dass sie nur mit 80 Stundenkilo-***

***meter fahren könne, weil ein starkes Gewitter hernieder ging. Ich hatte Forellen zu Mittag vorbereitet, eine Torte gebacken und zum Grillen etliches eingekauft. Samir begleitete sie.***
***Gemeinsam aßen wir zu Mittag und dann zeigte Susanne eine Mappe, die ihr die Kinder der Kindertagesstätte beim Abschied überreicht hatten. Es war sehr interessant, weil sie zu jedem Kind eine Geschichte erzählte.***
***Nach dem Kaffee fuhren wir zum „Kornhus", eine Gaststätte in der ehemaligen Mühle des Herbord von Raven, und parkten beim „Hoffriseur". Den schönen Weg am Oberbach liefen wir bis zum Badehaus. Ich zeigte stolz das neue Sportgymnasium im Kulturpark.***
***Schade, dass am Sonntag nur ein kurzer Spaziergang um den Reitbahnsee möglich war. Sie mussten am Nachmittag wieder abreisen.***
Liebe, böse Schwiegermutter" von Eva Jaeggi entdeckte sie in der Bibliothek. Die Professorin für Psychotherapie beschrieb ausführlich die Probleme von Schwiegermüttern mit Schwiegertöchtern.„Im Grund gilt im Umgang zwischen Schwiegermüttern und Schwiegerkindern das, was für jede Kommunikation zwischen Menschen, die miteinander auskommen, gilt: „Den anderen in seiner Eigenart tolerieren und die Kunst des taktvollen Fragens erlernen. Was für jede Kommunikation gilt, gilt aber für das oft prekäre Verhältnis zwischen den ´Schwiegern´ in ganz besonderem Maße!"
Der Rasen erholte sich durch den Regen wieder, die Rosen blühten und der Apfelbaum trug so viele Früchte, dass sich die Äste weit nach unten bogen. Auch der Pfirsichbaum war voller Früchte und versprach eine reiche Ernte.
Reichlich fielen in ihrem Garten die Pfirsiche von den Bäumen. Inge machte Kompott, fror auch etliche Früchte ein und schenkte auch den Nachbarn und der Küche in der Volkssolidarität Adlerstraße Pfirsiche.
Lilo lud Inge zu ihrem 70. Geburtstag nach Bensheim ein. Inge hatte bei der Bahn eine Fahrkarte zum Sparpreis erwerben können. Lilo wollte in der Nähe von Almuts Wohnung feiern. Das war in einem kleinen Landhotel "Kuralpe Kreuzhof" bei Bensheim, nahe Frankfurt/Main.
Es war eine lange Fahrt mit der Eisenbahn. Endlich, nach zwei Uhr am Nachmittag, war sie in dem kleinen Städtchen Bensheim angekommen. Dieter und Lilo holten sie ab. Idyllisch von Wiesen und Wäldern umgeben, lag das kleine Landhotel. Geographisch befand sich Inge nun im Rheintal, im Nibelungenland.

Es war prachtvolles Sommerwetter und Lilo bat, in den Garten zu kommen, nachdem Inge das Zimmer bezogen hatte. Lilos Schwägerin Eva war mit ihrem Ehemann Rudi inzwischen aus Leipzig mit dem eigenen PKW eingetroffen.
Eva trug ihr blondiertes Haar ganz glatt nach hinten gekämmt. Es endete in einem Zopf. Ihr Mann hatte kurz geschorene graue Haare und rauchte unablässig Pfeife.
Um 18 Uhr sollte es Abendbrot geben. Eine Stunde später kam Almut mit ihrem zweijährigen Sohn Niklas und Baby Bastian, gerade vier Wochen alt. Marcus, der Lebensgefährte von Almut, war superschlank und auch siebenunddreißig Jahre alt wie Almut. Karin, Lilos älteste Tochter, war mit ihrem Ehemann Peter gekommen. Geschenke wurden überreicht. Karin schenkte Lilo eine Vier-Tage-Reise für zwei Personen nach Paris. Im Hotel feierten noch andere Gäste im gleichen Gastraum. Es gab Klößchensuppe, Aufschnitt von Wurst und Käse und vor allem Bier, das von allen getrunken wurde. Auch Inge trank ein kleines Glas Bier und musste sich um elf Uhr verabschieden. Ihr fielen vor Müdigkeit die Augen zu.
Am Morgen fuhren sie zur Burg Auersbach. Zwei Türme waren zu sehen und der eine Bergfried konnte erstiegen werden. Wunderbar war die Aussicht im hellen Sonnenschein in das liebliche Rheintal.
Halb zwei Uhr zu Mittag traten sie in den Rittersaal, wo das Essen eingenommen wurde.
Im Dorf Reichenbach befand sich die Wohnung von Almut mit ihrer Familie. Dort hatten Karin und Almut mit ihrem Vater ein kleines, musikalisches Programm vorbereitet.
Almuts Haus stand im Grünen, sie bewohnten den zweiten und dritten Stock.
Nach dem Kaffeetrinken wurde ein Mozart-Programm aufgeführt.
Zuerst spielte Karin eine Mozart-Sonate, dann blies Karin auf der Querflöte, Dieter begleitete sie dabei am Klavier. Danach spielten Almut und Karin vierhändig."Reich mir die Hand mein Leben", die Arie des Don Giovanni aus der gleichnamigen Oper von Mozart, interpretierten Vater und Tochter (Karin). Ganz zum Schluss sagte Marcus: "Nun kann Inge ja auch einmal etwas vorspielen!" aber dazu war keine Zeit mehr.
Karin hat acht Jahre Klavier- und Querflötenunterricht gehabt und betrieb die Musik als Hobby. Sie ist Lehrerin und unterrichtet vorrangig Physik. Marcus hatte inzwischen seine Doktorarbeit über „afrikanischer Musik" beendet und erfolgreich verteidigt.

In Bensheim übernahm er einen Chor von einem Musiklehrer, der in den Ruhestand ging. Das war natürlich eine wunderbare Startmöglichkeit für einen Musiklehrer, der gerade seinen Studien-Abschluss gemacht hatte.
Das Abendbrot wurde wieder im Hotel „Kuralpe“ eingenommen. Ein Feuerwerk, ganz überraschend von einem anderen Gast arrangiert, war der krönende Abschluss.
In Bensheim war am Sonntag, ihrem Abreisetag, Marathonlauf und sie konnten nicht vor dem Bahnhof parken. Lilo und Dieter brachten sie zum Zug, der 11.49 Uhr abfuhr.
Die Fahrt ging über Hamburg, Schwerin, Bützow, Rostock nach Stralsund. Inge fuhr also quasi mit „der Kirche ums Dorf“, einen riesengroßen Umweg wegen des Sparpreises. Das schlimmste Ende war der Regionalzug von Bützow nach Neubrandenburg, der brauchte fast eineinhalb Stunden und hielt ständig. Nach zehn Stunden Zugfahrt war sie endlich in Neubrandenburg.
Was war das für ein Jahr! Schon wieder ging Inge auf große Fahrt. Diesmal war es der nördlichste Punkt auf der Vulkaninsel Santorin, wo sie eine Woche Urlaub machen wollte. Ihre sympathische Reisekauffrau de Krock in Neubrandenburg hatte ein Hotel mit Blick auf die Caldera in Oia versprochen, aber als sie in Oia spätabends eintraf, stand sie vor einer Ferienwohnung, direkt an der Hauptstraße gelegen.
Als sie am Morgen zwei Treppen hinter dem Haus hinaufstieg, erkannte sie den Wanderweg, der von Thira nach Oia führt und den sie 1994 mit Olga Nelli Gana mit der Studiosus-Gruppe im heißen August gelaufen war. Unvergesslich war diese Wanderung in ihrem Gedächtnis geblieben.
Sie wendete sich zuerst links, nach Osten, viele neue Häuser waren entstanden. Gegen acht Uhr kam die Sonne über die Spitzen der Berge und leuchteten den Ort Oia und die Ägäis aus.
Nun konnte sie frühstücken. Es bestand aus Käse, Wurst, Joghurt, Orangensaft, roter Marmelade, Weißbrot und Kaffee.
Inge zog es magisch zum Meer, zum Schwimmen, aber das war in Oia nicht so einfach. Sie musste erst durch den ganzen Ort laufen, um am Ende zum Hafen Amoudi hinab steigen zu können. „Gehen Sie um den Felsen links herum, da besteht die Möglichkeit, ins Wasser zu steigen!“ sagt ihr ein Händler. Voll Begeisterung wollte Inge schwimmen, da spürt sie plötzlich einen stechenden Schmerz im Oberarm, kurz danach dasselbe über der linken Brust. Was war das? „Shellfish“ hörte sie, als sie zu

schreien begann, nur raus aus dem Wasser, ehe noch mehr Stiche kommen. Es waren Feuerquallen, deren Tentakel so beißen. In der Taverne gab ihr den Wirt einen Stift, mit dem sie über die Stellen strich. Das half leider gar nicht. Es war zwei Uhr, die größte Hitze.
Zweihundert Stufen musste sie nun die Felsenwand hinauf laufen, die Biss-Stellen brannten wie Feuer.
In der einzigen Geschäftsstraße voller Modegeschäften, Malerateliers, Souvernier-Läden, Restaurants und Schmuckgeschäften entdeckte sie am Vormittag ein winziges Schmuckgeschäft „Wave“. Die Besitzerin, etwa vierzig Jahre alt, sprach zu ihrer Überraschung deutsch. Sie stellte sich als eine geborene Münchnerin vor. Als sie an ihrem Geschäft um zehn Uhr vorbei gegangen war, vernahm sie die Stimme von Maria Callas, die die Arie der Norma aus Bellinis gleichnamiger Oper, sang. Da blieb Inge wie angewurzelt stehen und lauschte, so kamen sie ins Gespräch.
Zu ihr gehe ich jetzt, dachte Inge und das war goldrichtig. Ruhig nahm Uschi eine Papierserviette, tauchte sie in Essig und gab sie Inge. Damit kühlte sie die Nesselstellen. Wie gut tat Inge das Mitgefühl. Uschi redete beruhigend auf Inge ein und schlug vor, dass sie sich erst einmal in der Ferienwohnung ausruhe. Das tat sie auch.
Am Morgen brach Inge zur großen Krater-Wanderung nach Thira auf. Zwölf Kilometer würden das sein, ob sie es schaffte? In den Campingsack steckte sie die Shorts, weil es im Laufe des Tages heiß werden würde und natürlich die volle Wasserflasche. Auch der Fotoapparat wurde nicht vergessen. Diese Wanderung wollte sie fotografisch festhalten.
Wie wundervoll ist es, den Aufstieg zur Caldera von der Ost- zur Südseite zu beginnen. Vor ihr türmten sich die Berge. Unbeschreiblich schön waren das tiefblaue Wasser der Ägäis und die smaragdgrünen Wellen am Fuße der Felsen anzusehen. Die Felsen waren schwarz und rot gefärbt. Auf der Hälfte des Weges erreicht sie eine entzückende kleine Kapelle.
Nach drei Stunden hatte Inge die Höhe von Imerovigli erreicht (330 Meter hoch). Imerovigli gegenüber lag die ehemals venezianische Festung Skaros, das hieß, die Reste dieser Festung waren noch zu sehen.
Die Turnschuhe tauschte Inge nun gegen Sandalen und die Niethosen gegen die kurzen Shorts. So lief es sich viel geschwinder den Berg nach Thira hinunter. Immer mehr Wanderer kamen Inge entgegen. Sie war die einzige, die von Oia kam.
Inge fragte sich durch das Gewirr der Gässchen und Straßen zum Busbahnhof durch. Sie wartete eine Stunde, stieg in den Bus und war bereits

halb zwei Uhr in Oia. Die Busfahrt kostete nur 1.10 Euro.
Die Sonne hatte noch ungeheure Kraft und sie erfuhr, dass der September der beliebteste Urlaubsmonat für die Touristen sei.
Am dritten Tag beteiligte sich Inge an einer Insel-Rundfahrt, die um neun Uhr begann. „Nanu, warum gehen wir ins Museum?“ fragte sie den Reiseführer. Das Dach über der Ausgrabungs-Stätte von Akrotiri im Südwesten der Insel war im vergangenen Jahr eingestürzt, ein türkischer Arbeiter dabei zu Tode gekommen. Seitdem war das Museum, welches Inge 1994 besichtigt hatte, geschlossen und die Fundstücke teilweise ins Museum von Thira gebracht worden.
Nach einer Stunde war der Rundgang beendet und endlich ging es auf richtige Inselfahrt. Der 560 Meter hohe Berg „Prophet Elias“ war das erste Ziel. Wunderbar war die Aussicht auf die ganze Insel und dazu wehte ein frischer kühler Wind in dieser Höhe. Der junge Reiseleiter erzählte spannende Geschichten über die Insel Santorin und seine Einwohner.
Durch die kleinen Dörfer Pyrgos und Emborio ging die Fahrt an die Ostküste der Insel, nach Perissa. Dort wurde gebadet.
Inge wagte sich jedoch nicht ins Wasser, obwohl keine Quallen zu sehen waren.
Gegen 19 Uhr ging die Sonne schon unter. Unentwegt karrten die Busse die Touristen nach Oia, jeder wollte den Sonnenuntergang sehen. Inge lief lieber die Anhöhe links von ihrer Feriensiedlung hinauf, wo ein kleines Kirchlein stand, dort konnte sie ohne „Massenbeteiligung“ das Schau spiel genießen.
Drei Tage wehte ein stürmischer Wind und die Sonne versank in einer Wolkenbank, ehe sie unterging. Ein Halbmond zauberte silberne Perlen auf das Wasser, die Lichter von Thira, Imerovigli und Oia erstrahlten tausendfach.
Inge schlief abends schnell ein. Die frische Luft, den ganzen Tag genossen, zeigte Wirkung.
Am Morgen war es immer still. Um sieben Uhr begann sie noch vor dem Frühstück spazieren zu gehen. Zuerst gesellte sich ein Hund zu ihr, bald folgte der zweite und dritte und schließlich hatte sie acht Hunde an ihrer Seite. Die sind wohl genauso einsam wie ich, dachte sie belustigt.
Nach dem Frühstück stieg sie zu dem kleinen Hafen Armeni hinunter. Er diente den Eseltreibern als Ruhestätte für die Tiere in der Nacht. Die Treppe begann direkt an der Hauptstraße in Oia nach unten zu führen. Sehr steil war diese.

Am nächsten Tag beschloss sie, die venezianische Festung Skaros vor Thira zu besteigen. Sie fuhr mit dem Bus bis Imerovigli und wanderte durch den Ort zum Felsen. In zwanzig Minuten war sie an der höchsten Stelle des Felsens. Ein Tourist sprach sie an: „only climb!“ Das bedeutet wohl, nun musst du klettern, einen Weg gab es nicht mehr.
Nun erinnerte sie sich an ihre Cousine Ingeborg Runze/Pütz und fragte in einem Reisebüro, wann sie von Santorin auf die Insel Anafi komme. Ja, letzten Samstag, als sie die Inselfahrt hatte, wäre ein Schiff nach Anafi gefahren, am Sonntagmorgen zurück. Was wäre, wenn ich nächstes Jahr von Piräus/Athen mit der Fähre direkt nach Anafi fahre und ein paar Tage auf der Insel bleibe? Dann kann ich ihr Grab suchen, dachte sie.
In der Siedlung angekommen, ging sie wieder in den Pool und am Nachmittag knurrte der Magen. Sie beschloss, einmal essen zu gehen. In Oia fand sie in einer Seitengasse eine Taverne mit einem eingebauten Grill. Es duftete verführerisch nach gebratenem Lamm, da lief ihr das Wasser im Mund zusammen. Sie wählte einen griechischen Salat, vier gebratene Tomatenbällchen und eine Flasche Wasser. Der Ober hatte rappelkurz geschnittenes, schwarzes Haar, ein blütenweißes Hemd und lange schwarze Hosen an. Er überraschte Inge, weil er fließend deutsch sprach. Natürlich fragte ihn Inge, wo er so gut Deutsch gelernt hätte. Er war in der Schweiz, als auch in Österreich ausgebildet worden. Als ein junges Pärchen die Taverne betrat, unterhielt er sich weiter mit Inge, die Dame warf ihm wütende Blicke zu. Da sagte er im bestem Deutsch zu der Dame: “Sie sehen doch, dass ich hier ein Gespräch mit einem Gast habe, das kann ich doch nicht einfach abbrechen!“ Inge war sprachlos. So höflich war dieser Mann zu ihr. Sie fühlte sich ja ohnehin als Exot zwischen den Paaren.
Inge schaffte nur zwei Fleischbällchen, die anderen nahm sie mit. Die wollte sie Uschi anbieten, die stand von zehn Uhr morgens bis zehn Uhr abends in ihrem kleinen Laden. Erst im November endete die Saison und im April begann sie wieder.
Natürlich freute sich Uschi und wollte Inge nun auch etwas schenken. Eine selbstgefertigte Kette aus schwarzem Lavagestein und roten Kügelchen dazwischen, legte sie Inge um den Hals. Und sie gefiel ihr. Sie unterhielten sich über Musik und da gerade der 1. Satz der 5. Sinfonie von Beethoven erklang, erklärte ihr Inge gleich einmal das Bauprinzip des Sonatenhauptsatzes. Dass die Sinfonie in c-moll begann und im strahlenden C-Dur endete, wusste Uschi auch noch nicht. Sie saugte alles wie einen Schwamm auf. Inge war wirklich über ihr großes Interesse erstaunt.

Uschi hatte eine Realschule besucht, dann den Beruf einer Zahntechnikerin erlernt und ein Jahr in den USA gelebt. Danach ging sie nach Griechenland, nahm Keramikunterricht und begann, Schmuck herzustellen. Einen Griechen lernte sie kennen und vor zehn Jahren zog sie zu ihm nach Santorin. Er hatte eine kleine Taverne und sie begann sich selbständig zu machen. Nur zu Weihnachten besuchte sie regelmäßig ihre Eltern, die in der Nähe von München wohnen. Kinder hatte sie leider nicht und mit über vierzig Jahren hatte sie sich damit abgefunden, keine mehr zu bekommen.

Schon war der letzte Urlaubstag angebrochen. Noch einmal wanderte Inge hinunter zum Hafen von Ammoudi. Am frühen Morgen lagen die Treppen hinunter nach Ammoudi noch im Schatten und es lief sich gut. Ganz allein stand sie unten und betrachtete die furchteinflößenden Vulkanschichten über sich. Sie lief wieder um den Felsen herum, erblickte den winzigen Hafen Armeni, in dem ein paar Segelschiffe am quadratischen Bootssteg festgemacht hatten. Im Hintergrund schienen die weißen Häuser von Thira in der Luft zu schweben.

Eine junge Frau kam mit ihrer etwa vier Jahre alten Tochter. Ihr Akzent verriet die Französin. Freundlich grüßte sie mit“ Hallo“. Inge erzählte ihr von den Feuerquallen. Die Tentakel sondern ein Gift aus, welches die Opfer betäubt und lähmt, erklärte sie Inge.

Sie lief zurück, die Sonne kam über die Seite. Diesmal jedoch stieg sie nicht die steilen unzähligen Stufen hinauf, sondern wanderte den Fahrweg, der in sanften Serpentinen in den Ort führte. Sie entdeckte, dass der Felsen längs der Straße aus Bimsstein bestand.

Schon nach einer halben Stunde war sie im Ort Oia. An der Bushaltestelle befand sich ein großer Supermarkt und Inge kaufte Lebensmittel.

Nudeln mit Tomatensoße kochte sie das erste Mal in ihrer Küche in der Ferienwohnung.

Ein letztes Mal besuchte sie am Nachmittag Uschi und versprach ihr, eine CD mit klassischer Musik und ihre Diplomarbeit zu schicken. Die handelte nämlich von der Musikgeschichte ab der
Bach-Händel-Zeit bis 1970. „Überlegungen zum Entwurf einer Hörliste auf der Grundlage des neuen Studienprogramms und unter dem Aspekt einer im Zuge der 3. Hochschulreform veränderten Ausbildung sozialistischer Lehrerpersönlichkeiten in der Fachrichtung Musikerziehung“. Das war Inges Staatsexamensarbeit für das Lehrerdiplom an der Ernst-Moritz-Arndt-Universität Greifswald 1970 gewesen. Nie hätte Inge gedacht,

dass Jemand diese Arbeit noch einmal lesen wollte. Wie gut, dass sie sich ein Kopie aufgehoben hatte. Am Ende der Arbeit war eine lange Liste von Hörbeispielen zu den Werken der einzelnen Komponisten.
Unwirklich blau waren der Himmel und die Ägäis an ihrem letzten Urlaubstag. Schwer wurde ihr der Abschied. Erst am Abend ging ihr Flieger, sie musste um zehn Uhr morgens ihr Zimmer verlassen und den Tag irgendwie ausfüllen.
Inge bekam wieder einen Fensterplatz im Flugzeug. Die Lichter der immer mehr verschwindenden Insel erhaschte sie noch beim Hinunterschauen.
22.30 Uhr landete sie in Tegel, der Shuttle fuhr sie zum Parkplatz, wo sie nun in ihren VW Polo stieg und durch die Nacht nach Hause fuhr. Der Kreislauf war völlig durcheinander. Um zwei Uhr morgens lag sie endlich im Bett. Die Füße bewegten sich, als würde sie wandern.
In der folgenden Nacht holte Inge den versäumten Schlaf nach, sie schlief tief und fest sieben Stunden ohne Unterbrechung. Am Morgen regnete es in Strömen.
Der Herbst färbte inzwischen die Blätter der Bäume und Büsche. Inge fuhr wieder verstärkt mit dem Fahrrad und machte so oft es möglich war, einen Abstecher zum Tollensesee.
Jörg und Klaus hatten Geburtstag, aber sie bekam keine telefonische Verbindung zu Jörg.
„Omi, kommst Du zu meinem Geburtstag?“ “Ach, Laura, der ist im Januar, jetzt ist doch erst einmal Dein Papa mit dem Geburtstag an der Reihe!“
Klaus sagte: “Ich möchte nicht, dass Du zum Geburtstag kommst!“
In der Post war ein Dankeschön-Schreiben von Almut Kirmse mit einem gemeinsamen Foto, betitelt:3+1=4 und einen Liedtext dazu. Dazu ein Foto von Bastian Jakob, der am 26. August 2006 geboren worden war. Ja, Almut fiel immer etwas Besonderes ein. Sie bedankte sich für die Pfirsiche, die Inge noch mitgenommen hatte, als sie zur Geburtstagsfeier von Lilo im Lautertal war. Sie hätte wunderbare Marmelade davon gekocht.
November ist Lesezeit und Inge entdeckte bei Ulrich Beer „Glücklich alt“ den Satz: „Die dritte Lebensphase kann die beste sein!“
Auch Simone Beauvoir schrieb:“ Wollen wir vermeiden, dass das Alter zu einer spöttischen Parodie unserer früheren Existenz wird, so gibt es nur eine einzige Lösung, nämlich weiterhin Ziele zu verfolgen, die unserem Leben einen Sinn geben: das hingebungsvolle Tätig-Sein für Einzelne, für Gruppen oder für eine Sache, Sozialarbeit, politische, geistige oder

schöpferische Arbeit.....Das Leben behält einen Wert, solange man durch Liebe, Freundschaft, Empörung oder Mitgefühl am Leben der anderen teilnimmt..." ( aus „Das Alter", Hamburg 1972).
Noch besser war der Spruch Salomons: „Wohl dem Menschen, der Weisheit erlangt, und dem Menschen, der Einsicht gewinnt! Denn es ist besser, sie zu erwerben als Silber, und ihr Ertrag ist besser als Gold. Sie ist edler als Perlen und alles, was du wünschen magst, ist ihr nicht zu vergleichen" (Sprüche 3, 13-15).
Viel Arbeit brachte die Vorbereitung des Weihnachts-Programmes für ihre Singegruppe. Das war der 25. Auftritt im Jahr 2006, stellte Inge am 14. Dezember fest, als sie im Gebäude der Polizei die Weihnachtsfeier der Ortsgruppe IV umrahmten.
Inge machte sich selbst ein Weihnachtsgeschenk. Sie fuhr am 20. Dezember in die Caspar David Friedrich-Ausstellung „Die Erfindung der Romantik" in Hamburg. Sie war pünktlich um zehn Uhr in Hamburg. Unter einem Gemälde, das einen Wasserfall darstellte, las sie den Spruch:
„Schwinge dich auf, mein Gesang. O tauige Frühe des Morgens. Was auch der Tag mir beschert, strahle mir Herz und Gemüt".
Die Ausstellung war unter bestimmte Themen gestellt, z.B. „Weite". Sie enthielt nicht nur die berühmten Gemälde von Rügen und Böhmen, die Wiesen von Greifswald, sondern auch viele Skizzen. Es waren die Eichen vom Wall in Neubrandenburg, die Inge sofort erkannte. Caspar David Friedrich hatte Verwandte in Neubrandenburg und zeichnete sehr oft die Eichen auf dem Wall. Sie erschienen dann später in seinen Gemälden, z.B.„Ruine Eldena". Am Ende der Austellung gab es auch sogenannte Transparentbilder, die damals 1835 Mode waren. Sie wurden durch Licht zum Leuchten gebracht. Friedrich schickte sie nach Petersburg.
„Himmlische und religiöse Musik" mit einer Harfenspielerin war ebenfalls zu hören. Allerdings waren es nur Bleistiftskizzen, die Gemälde gingen verloren.
Am Ende der Ausstellung konnten sich die Besucher in einem Raum ein Video anschauen, welches die Entstehung und Deutung der Bilder zum Inhalt hatte und käuflich erworben werden konnte. Ihre Eintrittskarte berechtigte sie auch zum Besuch der neuen Kunsthalle, in der chinesische Malerei gezeigt wurde.
Es war ein deutlicher Kontrast zu Caspa David Friedrich. Schockierend war es, was sie in den drei Stockwerken zu sehen bekam. Dem großen Führers Mao Tse tung wurde gehuldigt.

Fotos von der Scheide der Frau mit feinem Blutstrahl, Jungfernhäutchen in einer Großaufnahme stießen Inge ab. Sie schritt immer schneller durch die Räume und versuchte, sich nicht „fest zu sehen".
Gegen Mittag verließ sie die Ausstellung. Ihr Magen knurrte und sie erinnerte sich an das Steakhaus am Gänsemarkt. Dort ging sie hin. Um drei Uhr war sie mit Susanne am Rathaus verabredet. Es begann zu nieseln.
Susanne kam pünktlich und fuhr mit ihr per Bus zu ihrer neuen Wohnung in die Sophienterrasse.
Diese war eine dreistöckige Jugendstil-Villa, eingezwängt zwischen anderen Häusern der Straße, nahe der Außenalster. Nach zweiundvierzig Stufen waren sie endlich oben angekommen. Nach beiden Seiten schaute man auf herrliche alte Bäume. Weiß war die herrschende Farbe in den Zimmern. Der dritte Raum war durch ine Glastür von dem anderen Raum getrennt.
„Du siehst müde aus. Schläfst ja halb, ruh´ dich aus, kannst in meinem Bett schlafen" sagte Susanne. Inge war so müde, dass sie sofort einschlief.
Ganz erschrocken war sie, als sie erwachte, der Zeiger der Uhr zeigte 18.25 Uhr. Die Uhr war noch auf Sommerzeit gestellt. Sie tranken Kaffee und dann wurde es schon wieder Zeit, zum Bahnhof zu gehen. Fürsorglich packte ihr Susanne Abendbrot und Obst ein.
Das erste Layout ihres Buches vom Novum Verlag kam zwei Tage vor Weihnachten. Ein braunes Herz mit einem hellen Lichtkegel bildete den Umschlag. Darauf waren braune Großbuchstaben. Inge erkannte ein A, ein K und ein H, dazwischen einen zerbrochenen Buchstaben. Was hatte sich die Designerin wohl dabei gedacht? Und dann kam der große Moment: sie öffnete den Umschlag, der die Rechnung enthielt und erstarrte: nein, das durfte nicht wahr sein! 998.90 Euro. Alle Kosten waren akribisch aufgelistet. Buchankauf 351-450 Seiten, 25 Fotos, ein Korrekturabzug, Mehrwertsteuer, Versandspesen, Gebühr für die Teilnahme bei der Präsentation ihres Buches auf der Leipziger und Frankfurter Buchmesse 2007. Aber der dritte Teil ihres Buches „Neubeginn" (1990-1995) fehlte.
Weihnachten verbrachte sie allein.
Am zweiten Feiertag beteiligte sie sich an einer Winterwanderung. Treffpunkt war die Hinterste Mühle. Achtunddreißig Personen waren gekommen. Sie liefen das kleine Mühltal hinauf und hinab, um nach einer Stunde am Großen Stein, einem Findling von 35 Quadratmetern, zu rasten.

Die Böschung an der alten Papiermühle hatte man wunderbar renaturiert. Die Sonne war herausgekommen, es wurde ein schöner Tag. Während die meisten Teilnehmer nun in der Gaststätte den Entenbraten genossen, ging Inge zum Bahnhof und fuhr zurück nach Neubrandenburg.
Ruhig verlebte sie Silvester und wollte Laura zum Geburtstag gratulieren, aber das Telefon war in Halle abgestellt. Langsam kroch die Wut in ihr hoch. Mit allen Mitteln, so schien es ihr, wollte man die Verbindung zu Oma abbrechen.
Zwei Tage später konnte Inge Laura telefonisch erreichen. „Ich muss ganz nötig zur Toilette, Omi Inge, ich leg´ dich mal schnell hin, aber geh´ nicht weg!“ sagte sie. Dann erfuhr Inge die große Neuigkeit “Oma Rita hat uns eine Prinzessinnen-Kutsche geschenkt!“ Inges Geschenk, eine Blockflöte, war wohl nicht das Richtige gewesen, Laura erwähnte nichts. Schon nahm Klaus ihr den Telefonhörer aus der Hand, bedankte sich für Inges Weihnachtspäckchen und legte den Telefonhörer wieder auf.
Die Sonne lockte Inge zu einem Ausflug. Sie fuhr nach Norden und bog in Richtung Sülten/ Briggow von der Fernverkehrstrasse ab. Über Bredenfelde gelangte sie auf dem schnellsten Weg zum Schloss in Kittendorf. Der mächtige Tudorbau erstrahlte in hellem Gelb. Die Orangerie war inzwischen fertiggestellt worden
und zeigte sich nun als ein lichtdurchflutetes Cafe´. Der Sohn des verstorbenen Schlossbesitzers begrüßte sie. Er erzählte, dass er in Berlin Politikwissenschaft studiere. „Das Geschäft läuft gut!“ versicherte er. Sie haben sich jetzt auf Hochzeiten und Geburtstagsfeiern spezialisiert. Zum Abschied schenkte er Inge ein Heft „Schlösser und Gärten in Mecklenburg/ Vorpommern“. Das konnte sie nun zu Hause in Ruhe studieren.
Sie spazierte durch den angrenzenden Lenne´-Park. Die Peene floss gemächlich durch die Wiesen. Im Wald wurde der Fluss durch ein kleines Wehr zu einem See. Die Uferböschungen waren alle von Unkraut befreit.
Teil III ihrer Familiengeschichte schickte sie an den Novum-Verlag. Dieser umfasste den Zeitraum von 1990-1995, Schwerpunkt war das Leiden und Sterben ihrer Mutter. Es war ihr sehr schwer gefallen, dies alles noch einmal lesend zu durchleben.

Der Novum Verlag rief an, dass durch Teil III der Umfang des Buches größer würde und der Ladenpreis jetzt über zwanzig Euro steigen werde. „Sind Sie damit einverstanden?“ fragte die Lektorin. Sie bejahte. Weiter-

hin informierte sie die Lektorin, dass die vierzig Buchexemplare, die sie demnächst erhalte, in der Rechnung inbegriffen seien, die Präsentation ihres Buches auf den Messen in Leipzig und Frankfurt bedeute nicht, dass sie dort persönlich anwesend sein musste.
Die Neubrandenburger Stadtwerke schickten einen Nachzahlungsbescheid über 1429 Euro. Dazu kam der Abschlag für Januar 2007 von 220 Euro. Das kann doch nicht stimmen, war Inges erste Regung. Aber wie sollte sie das beweisen? Sie entschied, erst einmal persönlich im Büro der Stadtwerke vorzusprechen. „Die Rechnung stimmt, wir haben dies vom Zähler abgelesen!"wurde ihr unmissverständlich entgegen geschleudert. „Zahlen Sie die Hälfte der Rechnung, die andere Hälfte können Sie durch Ratenzahlung begleichen." Jetzt kann ich den Druck meines Buches vergessen, dachte Inge traurig. Was tun?
Samstag, 12. März 2007
Ein blauer Himmel, jetzt um 18 Uhr ist es noch nicht dunkel, blaue Stunde!
Um halb zwölf klingelte das Telefon. „Wir sind in Castrin, besuchen das Grab von Oma Else und sind gleich bei dir!" Ich deckte den Küchentisch, taute die Erdbeeren aus dem Tiefkühlfach auf und schlug die Sahne.
Vier Kinder standen um 12 Uhr vor meiner Haustür. Malte, hoch aufgeschossen im weißen Pullover und Jeans, Clara auch gewachsen mit grauer Jacke, braunem Rock. Laura hatte ich seit vier Monaten nicht mehr gesehen. Sie streckte mir einen Blumenstrauß entgegen. Mareike hatte eine rosa Zwergen-Mütze auf und sah allerliebst aus. Sie ist ein richtiger Wonneproppen, viel Babyspeck. Ich schickte die Kinder gleich in die Küche, wo sie mit Begeisterung die Erdbeeren mit Schlagsahne aßen. Klaus beteuerte, keinen Hunger zu haben, da er gerade erst gefrühstückt hätte. Die beiden Schwiegertöchter waren nicht mitgekommen, sie wollten sich lieber den Bergfried in Burg Stargard ansehen.
Jörg durchstöberte gleich das Bücherregal im Schlafzimmer und zog einige Exemplare des DDR-Magazins aus dem Fach und blätterte interessiert darin. „Gib die ja nicht weg, sie werden einmal wertvoll sein!" ermahnte er mich. Laura fragte sofort nach den Indianern. Ich gab ihr diese und die Tüte mit den Kindermöbeln vom Puppenhaus. Sofort spielten alle vier in der Wohnstube auf dem Teppich. Es war ungewohnt und anstrengend für mich, sechs Personen um mich zu haben. Klaus war sehr still. Er schaute sich noch einmal die Fotos vom Sommer an.
Ich bot eine Tomatensuppe an, um 13 Uhr verabschiedeten sie sich. Malte

erzählte, dass Laura gesagt hätte, dass Oma Inge nur i h r e Oma sei und konnte gar nicht verstehen, dass Malte und Clara mich auch als Oma haben. Mareike fragte zum Abschied: “Warum schenkst Du mir nichts?“ „Ich weiß ja gar nicht, was Du Dir wünschst!“ „Ein Babymobil wünsche ich mir.“ Da muss ich erst einmal im Spielwarengeschäft fragen, was das ist.

„Können die Kinder mich nicht im Sommer einmal besuchen?“ fragte ich Klaus. „Wir würden Dir die Kinder gern herschicken, aber wir haben Angst. Du bist so unberechenbar.“ Und schon wurde mir der2. Juli in Halle vorgeworfen, als Laura radelte und ich in der größten Hitze nebenher hechelte. „Du hättest einen Hitzschlag kriegen können!“ Da Laura gerade erst Fahrradfahren gelernt hatte, war ich aus Sorge immer nebenher gelaufen.

Warum magst du Mama nicht?“ fragte Laura beim Abschied. Die Frage schnitt mir ins Herz. Cathleen scheint ihr das dauernd zu sagen.

Ein paar Tage später rief Susanne an und erzählte ausführlich von der Geburtstagsfeier. Allgemeiner Tenor: “Laura sieht genauso aus wie Oma Inge, ist genau so lebhaft und ´verrückt
wie diese!“

Am Sonntag nahm sich Inge ein Herz und rief abends um sechs Uhr in Dieskau an. Mareike wollte sie als erstes sprechen, aber Inge verstand ihr „Kinderdeutsch“ nicht und musste sich erst von Klaus „übersetzen“ lassen. Dann bat Laura um ein lustiges Lied und Inge erinnerte sich an das Küsschen-Lied von Gerhard Schöne. „Gab ihr Küsschen Nr.1, eins ist so wie keins…“ Alle zehn Strophen sang Inge. „Kannst du noch mehr?“ Nun ließ Inge „Das Lied vom Popel“ und das italienische Kinderlied “Das Auto von Lucio, das hat´ nen Loch im Reifen“ folgen. Das gefiel natürlich Laura. Nach ihren Urlaubsplänen befragt, erzählte Klaus, dass er mit den Kindern eine Woche bei seinem Vater in Zinnowitz verbringen wird. Cathleen müsse arbeiten.

“Frohlocket ja nicht allzu früh, der Winter kehrt zurück“ heißt es in Haydns Oratorium „Die Jahreszeiten“. So kam es Inge in den Sinn, als sie am 20. März auf das Außenthermometer schaute. Die Temperatur war unter Null Grad gesunken, als bäume sich der Winter noch einmal mit aller Kraft auf. Aber der Frühling würde in ein paar Tagen gesiegt haben, die Forsythien blühten bereits in ihrem Garten.

Unter der Kiefer im Vorgarten entdeckte Inge das erste Veilchen.
Am Samstag, dem 24. März fuhr Inge nach Leipzig zur Buchmesse. Frau Professor Brock, die ehemalige Leiterin des Musikinstitutes in Greifswald, hatte Inge zwei Übernachtungen für Freitag und Samstag in ihrer Wohnung angeboten. Inge hatte einen Sparpreis bei der Bahn erworben und war bereits um zehn Uhr in Leipzig. Mit der Straßenbahn fuhr sie zum Coppi-Platz, Richtung Gohlis, und war erstaunt über das stattliche, im Jugendstil erbaute Haus, in dessen Belle Etage Frau Professor eine Flut von Zimmern bewohnte. Obwohl es kurz vor elf Uhr morgens war, saß Frau Professor noch am Kaffeetisch. Inge überreichte ihr einen kleinen Frühlingsgruß, ein Primeltöpfchen, packte ihre Sachen in das Gästezimmer und fuhr gleich weiter mit der Straßenbahn zu den Buch-Messehallen. Durch überdachte Glasscheiben waren diese alle miteinander verbunden. Neun Euro musste sie für eine Tageskarte bezahlen. Sie fragte sich zur Halle 4 durch und erblickte endlich das Schild „Novum Verlag“. Frau Hofer, mit der Inge auch telefoniert hatte, erzählte dass sie Inges Buch noch im Handgepäck im Flugzeug mitgenommen hätte. In letzter Minute sei es aus der Druckerei gekommen. Und dann sah Inge ihr Buch im 1. Regal. Es war ihr „zweites Kind“. Die Designerin sei ganz jung und habe sich das Titelbild ausgedacht. Natürlich hatte Inge ihren Fotoapparat mitgebracht, nahm ihr Buch in die Hand und ließ sich fotografieren. Sie unterhielt sich noch eine Weile mit Frau Hofer und ging dann durch die Halle, die voller Menschen war. In Halle 5 war das Autoren-Lese-Zentrum. Alle dreißig Minuten wechselten die Autoren. Ach, das war Inges Welt!
Nun wurden ihr das Treiben und das Menschengewühl doch zu viel. Sie verließ die Messe und kehrte zu Frau Professor Brock zurück. Sie aßen gemeinsam Abendbrot und gleich um acht Uhr verabschiedete sich Inge. Sie ging schlafen, nach zehn Stunden wachte sie erst wieder auf.
Nach dem Frühstück wollte ihr Frau Professor Brock die Grieg-Gedenkstätte in der Talstraße, nahe dem Grassi-Museum, zeigen. Als 15-jähriger Knabe hatte Grieg dort gewohnt, weil er das Konservatorium besuchte. Das Zimmer lag im dritten Stock, die Kastanie vor dem Fenster war noch die gleiche wie zu Griegs Zeiten. Durch jahrelange Spendenaktionen war es Frau Professor Brock gelungen, die erste Etage von der Stadt abzukaufen und eine Gedenkstätte für Grieg einzurichten. Ein Freundeskreis „Edvard GriegGesellschaft“ war unter ihrer Leitung ebenfalls entstanden.
Nach dem Mittagessen ging Inge in die Thomas-Kirche. Leider sangen

die Thomaner nicht um 15 Uhr, da sie am Abend die Matthäus-Passion von Johann Sebastian Bach aufführen sollten. Ein anderer Chor sang. Inge nahm in Seitenschiff Platz, es zog fürchterlich, aber ein Stunde musste sie ausharren.

Am nächsten Morgen verabschiedete sich Inge und fuhr mit der Straßenbahn nach Schkeuditz, um das Grab von Onkel Hans zu besuchen. Am 7. Oktober 1989, zum 90. Geburtstag von Onkel Hans, war sie das letzte Mal in dieser Stadt gewesen. Lange musste sie suchen, denn der Friedhof befand sich nicht in Schkeuditz, sondern in der sogenannten Gartenstadt, zwei Straßenbahnhaltestellen vor Schkeuditz. Das war Alt-Scherbitz, weithin bekannt durch seine Anstalt für psychisch kranke Menschen. Eine Gärtnerei bot ihr die Möglichkeit, eine Rose zu kaufen, um sie am Grab abzulegen. Überall blühten schon die gelben Forsythien, auch die Kirschbäume begannen weiß zu erstrahlen. Milde ist das Klima in der Leipziger Tieflandebene. Hier war kein kalter Wind wie im Norden.
Ein schlanker, grauer Granitstein stand an Onkel Hans´ Grab. 1904 geboren, am 13. März 1998 gestorben, das war nun auch schon wieder neun Jahre her. Auch Bernd hatte, wie Inge, auf dem Grab ihrer Mutter, Efeu auf das Grab gepflanzt und rechts am Kopfende stand eine große Tanne. Am Grab ihrer Mutter befand sich eine etwa 20 Meter hohe Tanne links vom Grab. Welche Ähnlichkeiten, dachte Inge überrascht.
Die Post hatte eine Benachrichtigung geschickt, das Bücherpaket aus Österreich war gekommen. „Sie wollen doch nicht etwa das Paket schleppen, das ist viel zu schwer!“, mahnte die Angestellte. Inge öffnete einfach das Paket und nahm je zehn Bücher unter den Arm und trug sie nacheinander zum Auto.
Zu Hause setzte sie sich erst einmal in Ruhe hin und überlegte, wer denn an ihrem Buch Interesse zeigen könnte. Da fielen ihr doch eine ganze Menge Menschen ein.
In diesem Jahr kam der Frühling sehr zeitig, bereits am 31. März blühten die Kirschbäume, die Forsythien und die japanischen Kirschbäume. Die Knospen an den Kastanienbäumen rund um den Wall waren dick und die Himmelsschlüsselchen verschönten in ihrem strahlenden Gelb die Chausseegräben.
Noch einmal ging Inge in das Kundenbüro der Stadtwerke am Busbahnhof und zeigte einer Angestellten die überhöhte Rechnung.“Das ist falsch, Sie können doch nicht vom 26.11. - 31.12.2006 2358 m3 Gas verbraucht

haben, das muss ein Ablesefehler sein!"sagte die Angestellte im Brustton der Überzeugung. Nun erinnerte sich Inge, dass im November 2006 ein neuer
Gaszähler in ihrem Heizungskeller eingebaut worden war. Wahrscheinlich stand der Zähler nicht auf Null nach dem Einbau. Die Angestellte ging sofort an den Computer und stellte einen Antrag auf Korrektur, das bedeutete Rückzahlung oder Verrechnung der falschen Summe. In aller Form entschuldigte sich bei Inge für den Fehler der Stadtwerke. „Ich habe viele Jahre in der Buchhalttung der Stadtwerke gearbeitet und bin erst seit kurzem hier in der Mobilitätszentrale." Inge
hätte die ganze Welt vor Freude umarmen können. Und wie hatten die Angestellten in der Zentrale mit ihr gestritten!
Bernd kündigte sein Kommen für den nächsten Tag an. „Lass uns eine Tour um den Tollensesee mit dem Fahrrad machen, es ist so herrliches Wetter, Michael hat Osterferien!"
Gegen elf Uhr waren Bernd, Hadmut und Michael in Neubrandenburg. Am Oberbach liehen sie sich die Fahrräder aus und los ging es Richtung Broda. Was gab es nicht alles zu sehen! Ein riesengroßer Findling, kurz vor Alt-Meiershof, erregte Michaels Interesse. Er lag an der
Mündung eines Baches zum See. Sofort kletterte er hinauf und ließ sich stolz fotografieren. In Prillwitz, am Südufer des Sees, wollte Inge ein Eis essen, aber Hadmut lehnte strikt ab. So ging es also gleich wieder zurück, der steile Berg hinter Zippelow strengte mächtig an, aber bald war der geschafft. In Gatsch-Eck stand am Rand des Radweges ein Imbisswagen und nun konnten sie sich bei einer Bockwurst stärken. Als sie um sechs Uhr in Neubrandenburg ankamen, merkte Inge aber doch die Strapazen. Es war ein wunderschöner Nachmittag und noch lange würde sie daran denken.
Die Korrekturrechnung der Stadtwerke lag im Briefkasten. 1.317 Euro sollte Inge erstattet bekommen, und die neue Abschlagsumme betrug monatlich 147 E. Damit kann ich leben, dachte sie erfreut.
Aus Motzen kam ein Brief von Dr. Günther Schellheimer. Inge hatte ein Exemplar ihres Buches über die Gemeindebibliothek angeboten und hingeschickt. „Wir sind doch Landsleute" begann er seinen Brief.
„Sie führten mich durch das Kämmereihölzchen, ich habe auf jenen Straßen und Plätzen und in den Schulen meiner Heimatstadt gelebt, die sie beschreiben. Die Altstadtschule an der Pfennigbrücke besuchte ich von 1942-1945, das 5. bis 8. Schuljahr absolvierte ich an der Goethe-Ober-

schule, 1950 habe ich dort mein Abitur gemacht. Warum beenden Sie das Buch mit dem Tod ihrer Mutter?“ fragte er abschließend.
Er war Student an der Pädagogischen Hochschule in Moskau, Lehrer in Droyßig, wissenschaftlicher Mitarbeiter im Ministerium für Volksbildung und arbeitete an der Akademie der Pädagogischen Wissenschaften in Berlin. Außerdem war er freischaffendes Mitglied im Vorstand der Internationalen Makarenko-Gesellschaft. Sein Büchlein „Makarenko in meinem Leben“ hatte er beigelegt. Inge war sehr überrascht und erstaunt. Er versprach Inge, eine Lesung ihres Buches im Gemeindehaus Motzen zu organisieren.
Seit sechs Wochen hatte es nicht mehr geregnet. Inge sprengte jeden Abend den Garten. Der Apfelbaum stand jetzt, Ende April, in voller Blüte.
Klaus bat um die Internationalen Kinderlieder, von Gerhard Schöne gesungen. Sie waren 1990 auf einer Schallplatte in der DDR erschienen. Inge ließ diese im Bürger-Radio, NB 88 HZ, auf CD überspielen.
Kater Peter kam jetzt immer mit einer hübschen, grau gestromten jungen Katze, die trächtig war. Sie hatte einen weißen Latz und vier weiße Pfötchen. Der Kater wartete immer, bis sie aus dem Napf gefressen hatte. Wer war sie? Woher kam sie? Sie fragte im Tierheim nach, was sie nun tun solle. Es war abzusehen, dass die jungen Kätzchen bald das Licht der Welt erblicken würden. Dann hätte sie sechs Katzen zu füttern. „Auf keinen Fall füttern, die Katze soll dahingehen, wo sie hergekommen ist!“ sagte der Mitarbeiter. Aber das brachte Inge nicht fertig, es war zu spät, jetzt kam sie immer wieder mit Peter.
„Stehst Du, oder liegst Du?“ fragte Susanne am Telefon. Inge setzte sich vorsichtshalber. „Ich habe mich von Samir getrennt, er hat gesagt, ich liebe Dich nicht mehr!“ Ach, wieder eine Hiobsbotschaft. Seit zehn Jahren nähme er schon Kokain. Nun, da seine Freunde ständig um ihn herum sind, ist er wieder süchtig geworden. Nein, er will erst mal im Job etwas schaffen, keine Kinder vorläufig. Aber die wollte Susanne nun langsam. Sie war vierunddreißig Jahre alt. Die biologische Uhr tickte. Die herrliche Wohnung war nun finanziell nicht mehr zu halten.
Claras zehnter Geburtstag war am 30. Mai. Ein Brief mit Wünschen kam eine Woche vorher. Inge kaufte eine CD „Vier verrückte Schwestern voll verknallt“ von Hilary Mc Kay. Inge hörte sich die Doppel CD zwei Stunden an und fand die Zwischenmusik darauf einfach scheußlich. Aber es war Claras Wunsch. Das Kinderbuch „Großvater und die Wölfe“ las

Inge, als sie beim Arzt wartete. Das gefiel ihr sehr. Eigentlich wollte sie nach Bautzen fahren, aber die Ärztin riet ab, es ging ihr noch nicht gut.
Pfingsten war gekommen. In diesem Jahr herrschte extreme Hitze an diesen Festtagen. Im Kulturpark waren Schausteller und Imbissbuden. Ein Volksfest für die Menschen der Region, die scharenweise in die Stadt kamen. Am Samstagabend gab es ein Feuerwerk.
Große Überraschung durch Frau de Krock, Leiterin des Reisebüros auf dem Datzeberg. Sie hatte Mitte Juni ein Last Minute Angebot für Santorin im Atlantic Beach-Hotel im Südosten der Insel für 384 Euro inclusive Flug ab und an Hamburg. So billig hätte sie noch nie eine Reise nach Santorin verkauft. Inge schlief eine Nacht und entschied dann am Morgen: ich greife zu. Sie rief Susanne an, ob sie bei ihr einen Tag eher anreisen und übernachten dürfe. Dafür könne sie Inges Auto eine Woche benutzen. Sie war einverstanden. Sie wollte nach Anafi fahren und das Grab ihrer Groß-Cousine Ingeborg Runze/Pütz suchen.
Inge erkundete die kürzeste Strecke für die Autofahrt nach Hamburg. Waren und Malchow waren die ersten Orte, die sie passierte. Am Campingplatz zwischen Malchow und Karow machte sie die erste Pause.
Wunderbar erlebte sie die Morgenstimmung am Nordufer des Plauer Sees. Karow, Plau, Lübz, Parchim waren die nächsten Orte, die sie durchfuhr. In Neustadt-Glewe wechselte sie auf die Autobahn A 24. Um zehn Uhr passierte sie den Horner Kreisel und schaffte es, zum Mittelweg und Sophienterrasse zu kommen. Sogar einen Parkplatz fand sie vor Susannes Haus. Inge war froh, endlich aus dem Auto aussteigen zu können. Sie schulterte ihren Campingsack und lief zur Außenalster, Harvestehuder Weg. Susanne kam erst 17 Uhr, so hatte Inge noch einen halben Tag, um sich Hamburg anzusehen. Sie lief den ganzen Uferweg bis zum Jungfernstieg, dafür benötigte sie eine Stunde. Das Flair der Großstadt beeindruckte sie, in einer Thalia
Buchhandlung stöberte sie im Bücher-und Schallplatten-Regal.
Planten und Plomen war ihr nächstes Ziel. Im wunderschönen Park, der sich unterhalb des Fernsehturmes befand, sonnten sich viele Menschen.
Susanne war gerade von einer Wohnungs-Besichtigung gekommen, als Inge in der Sophienterrasse ankam.
Susanne hatte am nächsten Morgen Frühdienst. Gemeinsam fuhren sie zur Schule. Entzückend fand Inge die Erstklässler. Inge durfte am Morgenkreis teilnehmen. Ein Junge führte als Gesprächsleiter. Wer sprechen wollte, musste sich melden und auf die Einwilligung dazu warten. Nach

einer Viertelstunde teilte sich die Gruppe. Die erste Gruppe ging zum Mathematik-Unterricht, die andere Gruppe blieb im Raum zur Deutschstunde. Inge schaute sich die Arbeitsmaterialien der Kinder an und dachte an Laura, die in zwei Jahren eingeschult werden würde. Nach einer weiteren halben Stunde war Frühstückspause. Interessant und neu war für Inge, dass die Kinder im Raum sitzen bleiben durften und ihr Pausenbrot aßen und erst dann auf den Hof zum Spielen gingen. Unter einer riesigen Kastanie konnten die Kinder ihren Bewegungsdrang ausleben.
Anschließend fuhr Susanne ihre Mutti zum Flughafen, setzte sie nur ab und war gleich wieder verschwunden. Ach, wie klein kam ihr der Flughafen Fuhlsbüttel vor. Sie schaute sich um und
wartete auf den Abflug.
Auf Santorin angekommen, stellte sie fest, dass sie der einzige Fahrgast in einem großen Bus war. Nach wenigen Minuten setzte sie der Busfahrer in der Hauptstraße von Perissa ab. Das stand sie nun, ein Stück Papier mit der Beschreibung der Ferienwohnung in der Hand, und suchte. Zweimal ging sie den Weg hinauf und hinunter, fand jedoch nicht die Feriensiedlung. Ein junger Mann sprach sie in deutscher Sprache an. Es war ein Österreicher und gemeinsam fanden sie den Eingang zu der burgähnlichen Anlage. Sie musste klingeln, um eingelassen zu werden. Ein Pool war vor
dem Hotel, an der Seite desselben konnte man im Freien frühstücken. Am Eingang zu ihrer Ferienwohnung rankte blühender Jasmin, der duftete betörend.
Perissa lag direkt am Meer. Inge konnte die kegelförmige Insel Anafi in der Ferne sehen, wenn sie am Strand lag. Die Angestellte in der Pension sagte ihr, dass sie am Mittwochnachmittag von Athinias Port in zwei Stunden nach Anafi mit dem Schiff fahren könne. „Nehmen Sie sich eine Übernachtung und kommen Sie am nächsten Morgen zurück, dann sind Sie um neun Uhr wieder hier und können noch im Hotel frühstücken!" Sie bestellte auch gleich ein Taxi für den nächsten Tag.
Es wurde eine wunderbare Seereise, denn das Schiff fuhr um 16 Uhr erst einmal aus der Bucht um die Südspitze der Insel Santorin herum und dann Kurs Südosten. Das dauerte schon eine Stunde. Eine Stunde später legte das Schiff im Hafen von Anafi an. Wie auf Santorin leuchteten die weißen Häuser auf der Spitze des Kegels. Nur ein paar Autos warteten auf Gäste. In steilen Serpentinen ging es nun den Berg hinauf in den Ort, Chora genannt. 290 Meter lang war die Straße und endete am Orts-

eingang. Jetzt hieß es laufen, denn der sich nach oben zuspitzende Ort hatte viele Gassen und Winkel in der typischen Kykladen-Architektur. Der Ort war für den Auto-und Motorrad-Verkehr gesperrt. Inge bekam für 30 Euro eine Übernachtung im Keller eines Ferienhauses. Sie stellte nur ihren Campingbeutel ab und machte sich auf den Weg zum Friedhof. Die untergehende Sonne bestrahlte die prächtigen, dunkelgrünen Zypressen und die weißen Marmorgräber. Sie schaute sich jedes Grab an, aber das Grab ihrer Cousine fand sie nicht. In der kleinen Kapelle am Eingang des Friedhofes standen in zwei Regalen Gebeinkisten, aber auch hier wurde sie nicht fündig. Du musst einen Einheimischen fragen, dachte sie, ging in die erste Taverne, die sie sah und fragte. Nur einer der Männer konnte ein wenig Englisch. „In the yellow house she has lived! Come tomorrow, than I show you the house!" (In dem gelben Haus hat sie gelebt, komm´ morgen wieder, dann zeige ich Dir das Haus!). Sie schüttelte den Kopf, das hätte noch einmal 30 Euro Übernachtung bedeutet, das gab ihr Etat nicht her. Sie versuchte es in der nächsten Taverne, aber da konnte keiner der Anwesenden Englisch sprechen. Hunger meldete sich. In einer kleinen Taverne aß sie sehr preiswert und genoss den Blick über das weite Meer, das die ganze Insel umschloss.
War sie umsonst hier gewesen?
Es war noch dunkel, als sie am nächsten Morgen erwachte. Um sechs Uhr sollte sie vor dem Haus stehen, um wieder mit dem Kleinbus zum Hafen zu kommen. Bloß nicht verschlafen, aber sie wachte zeitig genug auf. Halb fünf Uhr wanderte sie um den Ort in Richtung Westen. Überall am Berg sah sie Baustellen. Später erfuhr sie, dass 1998 ein schwedischer Dokumentarfilm für Aufsehen gesorgt hatte und seitdem Grundstücke von Schweden gekauft wurden. Sie bauten sich Ferienhäuser.
Als sie am Hafen ihr Ticket kaufte, schaute sie die ältere Frau prüfend an, strich sich über die Augen und meinte: „You have the same eyes!" (du hast die gleichen Augen). Inge hatte ihr von der Suche nach Ingeborg Pütz erzählt. Du musst noch einmal herkommen, das war ihr letzter Gedanke beim Abfahren.
Die Seefahrt wurde stürmisch, denn es ging nach Westen. Sie bekam am Athinias Port ein Taxi und saß halb zehn Uhr tatsächlich am Frühstücktisch neben dem Pool in ihrer Hotelanlage „Meltemi". Die Angestellte wollte natürlich wissen, wie ihre Mission verlaufen war. Auch sie meinte, dass Inge noch einmal nach Anafi fahren müsse, am besten dort für ein paar Tage Urlaub machen sollte, um in Ruhe nachzuforschen.

Perissa war ein typischer Badeort im Südosten der Insel Santorin. Der Sand war schwarz von der Vulkanerde. Da an der Caldera nicht im Meer gebadet werden kann, nur in den Pools der Hotels oder in der Ferienanlage, fuhren die meisten Touristen von den anderen Orten der Insel mit dem Bus nach Perissa. Es gab eine Strandpromenade mit vielen Restaurants, Hotels und unzähligen Geschäften, leider wurde viel Lärm
gemacht. Das war nun gar nicht Inges Sache. Aber im Pool zu schwimmen, wenn das Meer vor der Tür lag, kam für sie nicht in Frage.
Beim Frühstück um acht Uhr war sie immer die erste und saß allein. Dann begann sie ihre Wanderungen. Sie bestieg den Berg, der hinter Perissa lag und auf dem sich die höchste Erhebung der Insel, der Prophet Ilias, befand. Hinter dem Berg war der Ort Kamari mit dem Flughafen. Da die Landebahn extrem kurz war, bedeutete das für die Piloten eine Herausforderung und viel Geschick beim Starten und Landen.
Wie im Flug vergingen die acht Tage. Um 19 Uhr flog das Flugzeug von Santorin ab. Sie hatte einen Fensterplatz und die Sonne schien durch das Fenster. Ein blauer Himmel spannte sich über sie und ein unendlich scheinendes blaues Meer lag unter ihr. Nach griechischer Zeit war es kurz vor 23 Uhr, als sie in Hamburg landeten.
Die Sonne verschwand und der Flieger sackte in schmutziggraue Wattewolken. Sie wartete auf den Koffer, trat durch die Schleuse und sah kurz ein junges Paar, aber keine Susi. Plötzlich riefen beide: "Erkennst Du deine Kinder nicht mehr?" Es waren Klaus und Susanne. „My two children!" sprudelte Inge heraus. So sehr hatte sie sich an das Englischsprechen in Santorin gewöhnt. „Ich wusste es", meinte Susi „erst ist sie sprachlos und dann schreit sie los!" Was für eine Überraschung! Klaus hatte dienstlich in Stade zu tun und war mit einem Leihwagen nach Hamburg gekommen, um gleich mit Susanne Inge abzuholen. Leider verabschiedete er sich sofort, nachdem er beide in der Sophienterrasse abgesetzt hatte.
Inge war völlig aufgedreht. Der Wechsel vom heißen Santorin mit 40 Grad Temperatur am Tag in das kühhle, regnerische Hamburg war zu abrupt. Um zwei Uhr nachts war sie immer noch wach, träumte dann wirres Zeug. Der Wecker klingelte um sieben Uhr, Susi machte Frühstück und dann fuhr Inge um acht Uhr zurück nach Neubrandenburg.
Es war ideales Reisewetter, der Himmel bedeckt.
Am Langenhagener See (Kranichraststation) machte sie die erste Pause. Groß war die Enttäuschung an der Kreuzung Karow, weil die Straße nach Alt-Schwerin gesperrt war. Sie musste einen Umweg über Linstow neh-

men. Gut, lerne ich gleich eine neue Gegend kennen, dachte Inge.
Auf dem Anrufbeantworter war eine Nachricht der Weiland-Buchhandlung. Die Leiterin teilte Inge mit, dass sie am 19. September in der Buchhandlung im Markt-Center aus ihrem Buch lesen könne. Sie bat um ein Foto für das Plakat.
Inge suchte einen Fotografen auf. Die junge Angestellte war Schülerin im Alban-Gymnasium und kannte Inge. Sie war sehr nett. 37 Mal drückt sie auf den Auslöser der Kamera, jedes Mal mit einem anderen
Hintergrund. Grau, rot und blau war dieser. Inge musste anschließend ein Foto auswählen und sie nahm das Foto mit einem roten Hintergrund. Sie lächelte, die weißen Zähne strahlten im gebräunten, ungeschminkten Gesicht.
Ihren Kater hatte die Nachbarin gefüttert, als sie verreist war. Nun lud sie Grete zu einem Glas Sekt und Häppchen ein. Im Garten plauderten sie angeregt und aßen und tranken mit Appetit.
Susanne hatte keine Wohnung gefunden und wollte nun doch erst in der Sophienterrasse wohnen bleiben. Sie hatte einen jungen Mann kennen gelernt, einen Graphikdesigner, leider ohne festen Job.
Am Johannistag, dem 24. Juni, war die feierliche Glockenweihe der fünf Glocken für die Neubrandenburger Marienkirche, jetzt Konzertkirche. Der Gottesdienst fand auf der Südseite der Marienkirche im Freien statt. Inge bekam sogar einen Sitzplatz. Am eindrucksvollsten war es, als Bischof Beste jede einzelne der fünf Glocken beschrieb, segnete und dann wurden sie nacheinander angeschlagen. Die kleinste Glocke ist in h gestimmt, die anderen in a, gis, e und H. Zuletzt erklangen alle Glocken gleichzeitig. Gesteuert wurde das alles mittels Handy von der Johanniskirche aus. Inge sah viele bekannte Gesichter unter den zahlreich erschienen Anwesenden.
Inge hatte schwere "Kost“ zu verdauen. Zu Mittag hatte sie Jörgs Telefonnummer gewählt. Claudia war am Apparat. „Du kannst nicht zu Maltes Geburtstag am 1. Juli kommen. Meine Gersche-Oma aus Gera und Julia haben sich angemeldet!“ Kein Wort, wie geht es Dir? oder ähnliches. Eiskalt, völlig uninteressiert. Ach, Inge, ärgere dich nicht, du sparst Geld und setzt dich keinen Reisestrapazen aus.
Gegen Abend rief Malte an. Wortreich erklärte er Inge, dass es doch viel besser wäre, wenn sie zu Hause bliebe. Er würde ohnehin die meiste Zeit mit seinen Freunden verbringen. Seit einigen Jahren hatte Inge jeden Monat für Malte einen kleinen Geldbetrag gespart, nun wollte sie ihm

einen Kontenauszug über den derzeitigen Stand senden.
Es war wieder Kirschen-Zeit und Inge verbrachte viel Zeit mit dem Abpflücken, Einwecken und mit der Konfitüre-Herstellung.In der Johannis-Kirche wurde eine Ausstellung des bekannten Neubrandenburger Fotografen Bernd Lasdin eröffnet. „Jugend in Deutschland", das war spannend zu lesen. Die porträtierten Jugendlichen hatten etwas zu ihrem Foto gesagt, das stand unter den Fotos. Inge war erstaunt, wie viel „Aussteiger" es bei den Jugendlichen gab, wie sie gar nicht bereit seien, das Leben im Kapitalismus zu führen.
Überraschend meldete sich Janine an, die für einen Tag nach Neubrandenburg gekommen war. Sie verbrachten den Nachmittag im Garten. Die roten Rosen und Malven blühten in toller Farbenpracht. Als sie Samstagabend Klaus anrief, hatte sie Glück. Er war allein mit den Kindern und sie konnte ein richtiges gutes Gespräch mit ihm führen. Auch Laura erzählte ihr vom Auftritt mit der Tanzgruppe. „Oma, sing´ doch noch einmal das Lied vom Popel und „Gab ihr Küsschen Nr.1!" bat sie. „Und nun singe ich dir ein Lied!" „Wenn du glücklich bist, dann klatsche in die Hand!" sang sie nun wunderschön. „ich hab´ dich lieb!" folgte, da ging Inge das Herz auf.
Am 21. Juli, dem Geburtstag des Schriftstellers Hans Fallada, fuhr sie nach Carwitz.
Matthias Wegehaupt hielt eine Lesung. Er ist Maler, lebt auf der Insel Usedom und hatte zu DDR-Zeiten ab 1970 Tagebuch geschrieben. Kurz vor der Wende schickte er das Manuskript an einen Westberliner Verlag. Die Lesung war interessant, denn Wegehaupts Geschichten waren voll trockenen Humors.
Es regnete viel in diesem Sommer, es gab sehr viele Mücken, die stets Inge überfielen, wenn sie Unkraut jätete.
Am letzten Juli-Wochenende hatte sie Rosemarie eingeladen. Donnerstagabend Anruf von Klaus."Ich komme am Samstag mit Laura und Mareike, bleibe aber nur zum Mittagessen und fahre dann weiter nach Zinnowitz zu Papa. Habe keine Lust, alles auszupacken!" Er brauchte am Freitag nur vier Stunden von Dieskau bis Neubrandenburg. Inge hatte am Vortag bunte Luftballons gekauft, am Vormittag aufgeblasen. Als Laura aus dem Auto stieg, erkannte Inge sie nicht gleich. Sie war noch schlanker geworden, die Augen tiefdunkel umschattet.
Die Haare hingen strähnig herab. Aber sie taute schnell auf, als sie die flatternden Luftballons erblickte. Mareike sah mit dem kurz geschnitte-

nen Blondhaar genauso aus wie Laura in diesem Alter.
Inge hatte Kartoffelsalat gemacht, den Tisch im Wohnzimmer ausgezogen, eine weiße Tischdecke und Servietten hingelegt.
Rosemarie unterhielt sich angeregt mit Klaus und staunte, wie gut er mit den Kindern umgehen konnte und wie sportlich er aussah. Laura schmeckte der Kartoffelsalat so gut, dass sie sich ein zweites Mal auffüllte. Der Vanillepudding mit selbstgemachtem Kirschsaft mundete auch allen. Klaus stellte fest, dass die Balkontür nicht richtig schloss und betätigte sich als Handwerker. Mareike und Laura sollten nun Mittagsruhe halten, das war nicht möglich, denn Mareike hatte von Nassenheide bis Neubrandenburg fest im Auto geschlafen. So erzählte Inge also wieder ein Märchen. Inge schlug vor, Kakao anzurühren, zu kochen und Laura war mit Feuereifer dabei. Um drei Uhr gab es Kaffee und Kokoskuchen. Schon war der Abschied gekommen.
Nun konnte sich Inge ihrem Gast widmen. Sie fuhr in die Stadt und besichtigte mit Rosemarie die Johanniskirche. Danach wanderten sie am Oberbach zum Tollensesee. Es begann zu regnen. Den Abend beschlossen sie mit Volksliedersingen zur Gitarre.
Am Sonntag fuhr sie nach Burg Stargard. Rosemarie war von der Stadt und der Burg sehr angetan, wollte aber den Bergfried nicht besteigen. Deshalb war der Reiherberg in Feldberg das nächste Ziel. Auch hier staunte Rosemarie über die wunderbare Landschaft. Inge erzählte über die Entstehung der Seen und des Ortes. Um 13 Uhr waren sie wieder in Neubrandenburg und Inge zauberte in Windeseile ein schmackhaftes Mittagessen. Am Nachmittag half ihr Rosemarie, die Kopf-und Fußzeile am Computer einzurichten. Am nächsten Morgen reiste Rosemarie ab.
Am Abend rief überraschend Hadmut aus Pritzwalk an, ob Michael Anfang August ein paar Ferientage bei ihr verbringen könne. Sie würden ihn mit dem Auto bringen. Inge war einverstanden.
Vergeblich wartete Inge auf einen Anruf von Klaus. Er hatte bei seiner Abfahrt nach Zinnowitz versprochen, dass sie einen Tag nach Zinnowitz kommen könne um den Tag gemeinsam mit den Enkelkindern am Strand verleben. Der Wetterbericht kündigte für den nächsten Tag Sonne an und Inge entschloss sich, nach Zinnowitz zu fahren, ohne Klaus vorher um Erlaubnis zu fragen.
Es kam, wie es kommen musste. "Was willst Du denn hier? Ich habe Dir doch gesagt, dass i c h Dich anrufe, wenn Du kommen kannst." Melitta lenkte ein. "Ich will hier keinen Streit!" Mareike und Laura wurden in

den Bollermann gesetzt und sie liefen zum Strand. Sie waren die ersten Urlauber am Strand. So früh am Morgen war es noch sehr kühl, ab und zu kam die Sonne durch die Wolken. Klaus packte das Iglu-Zelt aus, Förmchen, Eimer, Schippen und ein großer aufblasbarer Ball kamen hinzu. Das Spielen konnte beginnen. Laura versuchte immer wieder, den Ball über ein Netz zu werfen. Inge lobte, nachdem sie es endlich geschafft hatte. Nach zwei Stunden war Inge ganz schön außer Puste. Klaus drängte zum Aufbruch. Das Mittagessen wartete. „Bist Du nach dem Schlafen noch da, Oma?" fragte Laura. Inge verneinte.
„Warum?" wollte Laura wissen. „Papa möchte das nicht!" Die beiden Mädchen waren so müde, dass sie schon im Wagen fast einschliefen. Beim Abschied liefen die Tränen. Sie, die alle Gäste immer liebevoll aufnahm, wurde vom eigenen Sohn wie ein Hund davon gejagt, nur weil dieser zu feige war, sich bei seinem Vater durchzusetzen. Inge war die Großmutter und hatte nach ihrer Vorstellung ein Recht, die Enkelkinder zu sehen.
Sie fuhr nach Koserow, für sie der einzige Ort auf der Insel Usedom, der seine ursprüngliche Schönheit erhalten hatte. In den Salzhütten kaufte sie ein Fischbrötchen und einen Becher Kaffee und stärkte sich.

Ein neues Buch brachte Licht in die Geschichte des Literaturzentrums. Sabine Lange, von 1984-1999 Archivarin im Fallada-Archiv Carwitz, hatte das Buch „Fallada ad acta" herausgegeben. Sie bestätigte, dass die Leiterin des Literaturhauses IM gewesen sei, genau wie der Bürgermeister von Feldberg und der Chef des Hotels „Hullerbusch". 1988 erhielt Sabine Lange die Kündigung, wurde aber wieder eingestellt und 1999 endgültig vom Vorstandsvorsitzenden des Literaturzentrums entlassen. Der Grund war: Frau Lange weigerte sich, in einer Veranstaltung am "Ort der Unfreiheit", wie sie es nannte, vor Helmut Sakowski und anderen ehemaligen SED-Mitgliedern zu lesen. Das Fallada-Archiv sollte nach Carwitz kommen. In einer Nacht-und Nebelaktion jedoch brachte man es von Feldberg nach Neubrandenburg. Sabine Lange wurde als Querulantin abgestempelt.

***Sonntag, 5. August 2007***

***Gestern, pünktlich zu Mittag, kamen Bernd, Hadmut und Michael. Einen wunderbaren bunten Sommerblumenstrauß überreichte mir Michael. So etwas erfreut mein Herz. Unter dem Sonnenschirm saßen wir im Garten. Meine Kartoffelsuppe wurde über den grünen Klee gelobt.***

*Der Abwasch war in Windeseile erledigt, weil Hadmut abtrocknete. „Ich mache das gern, man kann sich beim Abtrocknen so gut unterhalten!“ meinte sie. Um der Müdigkeit vorzubeugen, schlug ich vor, gleich Kaffee zu trinken. Der Zitronenkuchen schmeckte ihnen so gut, dass ich Nachschub holen musste.*
*Bernd ist noch schmaler geworden. Und er hatte gerade erst Urlaub. Nun brannte Michael darauf, baden zu gehen. Um 16 Uhr verabschiedeten sich Bernd und Hadmut, nachdem Cornflakes und Milch für Michael ausgepackt worden war. Nach dem ereignisreichen Tag war ich sehr müde und schlief schnell ein.*
*Michael war um acht Uhr am Morgen wach. Gleich nach dem Frühstück fuhren wir mit den Fahrrädern zur Hintersten Mühle. Wir schauten uns die Tiere in den Volieren an, die gerade gefüttert wurden. Kaninchen, Meerschweinchen, Zebrafinken, Papageien und Pfauenweibchen waren zu sehen. Wir warfen nach dem Rundgang eine kleine Spende in den bereitstehenden Kasten.*
*Zu Mittag machte ich Michaels Lieblingsessen, Spaghetti mit Tomatensoße, es schmeckte ihm. Schnell wusch ich das Geschirr ab und bereits 12.45 Uhr waren wir mit den Fahrrädern schon wieder am Tollensesee und stiegen in das Linienschiff. Michael erhielt einen Feldstecher vom Kapitän. Eine Stunde verging, ehe wir am Südufer des Sees anlangten, dann ging es durch den Kanal in die Lieps bis Prillwitz. Michael wurde es langweilig auf dem Schiff, ihm fehlte die Bewegung. Aber wir wurden auch belohnt. Wir sahen nicht nur Seeschwalben, Kormorane und Haubentaucher, auch einen Seeadler. Er schwebte ganz oben in der Luft. Mit dem Fernglas konnte ich ihn gerade noch ausmachen.*
*In Prillwitz verließen wir das Schiff. Im ehemaligen Jagdschloss der Herzöge von Mecklenburg/Strelitz, heute Hotel und Restaurant, tranken wir eine Eisschokolade. Dann radelten wir den Rundweg um den Tollensesee in Richtung Neubrandenburg. In Alt-Meiershof gingen wir baden. Das Wasser war sehr kalt, da in diesem Bereich des Sees unterirdische Quellen fließen. Es waren viele Badegäste am See. Michael kannte den Weg noch vom Frühjahrs-Ausflug und war begeistert. Er wollte unbedingt vorfahren. Er versprach, in Broda am Strand zu warten. Dort sprang er nach meiner Ankunft noch einmal ins Wasser. Über die Kläranlage und die Laubenkolonie längs des Reitbahnviertels kamen wir nach Hause. “Tante Inge, ich möchte so gern Schinken und Leberwurstbrot essen!“ Natürlich besorgte ich es.*

*Die Sonne am folgenden Tag schien und bereits mit dem ersten Linienschiff fuhren wir halb zehn Uhr nach Gatsch-Eck. Hier am See wehte ein starker Wind. Das Wasser war kalt, Wolken jagten am Himmel und verdunkelten oft die Sonne. Dennoch gingen wir tapfer als einzige Badegäste ins Wasser und schwammen. Anschließend erwärmten wir uns beim Volleyballspielen. Ein Junge in Michaels Alter fragte, ob wir mitspielen wollten. Leider war Michaels Ausdauer nicht so groß. Er wollte schon wieder zurückradeln zum Reitbahnsee. Genau wie gestern ermahnte ich ihn, am Brodaer Strand auf mich zu warten. Als ich dort eintraf, war kein Michael zu sehen. Nun, vielleicht ist er gleich weiter geradelt, dachte ich. Aber langsam bekam ich Angst. Ich hatte die Verantwortung für den Jungen.*
*Am Reitbahnsee fragte ich den Bademeister, ob er ihn gesehen habe. Hatte er nicht. Jetzt war mein letzter Gedanke: er kann nur zu Hause sein. Die Angst steckte mir bereits im Hals.*
*In der Garageneinfahrt saß er, nun entlud sich meine Angst in Vorwürfen: „Was hast Du Dir dabei gedacht? Weißt Du, was ich mir für Sorgen um Dich gemacht habe? Du hast versprochen, auf mich zu warten!“ Michael stand auf: “Ich fahre jetzt zurück nach Pritzwalk!“ „Nein, erst sprechen wir miteinander und ich sage Dir, warum ich schimpfe!“ Ich erklärte ihm, dass er nicht einfach allein losfahren könne.*
*Da kam Kater Peter und der wirkte beruhigend und versöhnend. Er lief zu Michael und der vergaß augenblicklich seine Wut. Ich machte Mittagessen und am Abend fuhren wir mit dem Auto zur Bibliothek. Michael sucht sich ein paar Bücher aus.*
*Hadmut rief jeden Abend an und fragte immer: “Hältst Du es noch aus mit Michael? wir holen ihn ab, wenn es Dir zu viel wird. „Nein“ versicherte ich, “ im Gegenteil, es macht mir Freude.“ Von Michaels Ausreißen erzählte ich ihr nichts. Seit unserer Aussprache folgte er aufs Wort, es hatte geholfen. Er malte, er las, er grüßte höflich die Leute aus der Nachbarschaft, wenn sie uns begegnen.*
*Auch der Dienstag wurde ein wundervoller Sommertag mit vielen Erlebnissen für Michael. Ich wollte ihm die Museums-Mühle in Woldegk zeigen. Schon um zehn Uhr morgens waren wir in Woldegk. Michael sah sich alles mit großem Interesse an. Auch die Ruine der Kreienbrinkschen Mühle besichtigten wir. Die war von Buschwerk so überwuchert, dass wir sie gar nicht fanden. An der Feldkante standen etliche Obstbäume. Die Äpfel waren z. T. schon herab gefallen. Wir sammelten*

*sie auf und pflückten auch einige Birnen und Pflaumen. Über die Alleenstraße fuhr ich dann über Fürstenwerder, Göhren, Wrechen und Wittenhagen nach Feldberg. Überall begegneten uns fröhliche, gut gelaunte Menschen. Auch viele Radfahrer sahen wir. Am Parkplatz oberhalb der Luzin-Fähre hielt ich an, nahm die Fahrräder vom Autodach und nun radelten wir um den Schmalen Luzin zur Badestelle „das Schmal" genannt. Hier wimmelte es von Wanderern, Fahrradtouristen und „Kanu-Besatzungen". Das Wasser war glasklar und smaragdgrün. Die Bäume am Ufer spiegelten sich im Wasser. Natürlich wollte auch Michael ins Wasser. Gemeinsam schwammen wir auf die andere Seite des Schmals. Dann holte Michael seinen Kescher und begann, kleine Schnecken unter den Steinen und unter den Zweigen der Büsche zu suchen und zu fangen.*

*Es war Mittag geworden und wir fuhren nach Carwitz und bestellten in einer kleinen Imbissbude einen Erbseneintopf. Den Becher Kaffee, den ich gekauft hatte, goss mir ein Gast über den Schoss, als er am Tisch rückte und der Becher umfiel. Ich erzählte Michael vom Dichter Hans Fallada und zeigte ihm das Grab auf dem Friedhof in Carwitz, direkt am Ufer des Schmalen Luzins. Die Sonne brannte unbarmherzig und Michael bettelte: "Lass mich nochmal ins Wasser gehen!" Auch ich konnte nicht widerstehen, das Wasser war einfach herrlich. Als wir zurückgefahren waren und beim Fährmann rasteten, fing Michael einen kleinen Krebs. Den wollte er natürlich unbedingt mitnehmen. Ich suchte ein Gefäß, um den Krebs zu transportieren. Im Papierkorb sah ich eine leere Plasteflasche, füllte sie mit Wasser und setzte den Krebs hinein.*

*Im Garten zu Hause war es angenehm kühl. Die englischen blassrosa Rosen blühten im Vorgarten und die roten Kletterrosen leuchteten an der Hauswand auf der Südwestseite. Ich brachte alle Stühle und Sitzgelegenheiten ins Haus, denn der Wetterbericht hatte Regen angesagt.*

*Wir gingen am nächsten Tag in die Bibliothek, denn Michael wollte wieder Comics ausleihen, er ist ein Fan der Ente Donald Duck. Anschließend fuhren wir zum Badehaus. Links neben der Schiffs-Anlegestelle war ein Spielplatz, auf ihm befand sich ein Piratenschiff. Kaum angekommen, ergoss sich ein Regenschauer über uns, es blitzte und donnerte. Patschnass kamen wir zu Hause an.*

*In Feldberg hatte ich Michael von meinem Scherbenfund im April 2006 auf dem Schlossberg erzählt. Nun drängte er darauf, das Alter dieser*

***Keramikscherbe bestimmen zu lassen. Ich hatte ihm vom Geo-Park in Neubrandenburg erzählt. So besuchten wir am nächsten Tag den Denkmalpfleger Herrn Strübing in der Geschäftsstelle des Geo-Parks in der Brodaer Straße. Er konnte sofort dias Alter der Scherbe bestimmen. Sie ist ein Beispiel slawischer Keramik vom Typ „Feldberg". Der Rand ist verziert und***
***stammt aus dem achten oder neunten Jahrhundert. Michael war beeindruckt, eine über hundert Jahre alte Scherbe in der Hand zu halten.***
***Wie schnell war die Woche vergangen und Freitagabend rief Hadmut ab. „Kannst Du morgen Michael mit dem Auto bringen?" Ich sagte zu. Am Samstag verpackte ich Michaels Fahrrad mit einer Plastefolie und verstaute es auf dem Autodach und bereits am Mittag waren wir in Pritzwalk. Eigentlich wollte ich am Nachmittag zurückfahren, aber Bernd und Hadmut baten mich, noch zu bleiben und in ihrer Ferienwohnung zu übernachten. Es war so wunderbar still, dass ich am Abend schnell einschlief. Die Zimmer der Ferienwohnung gingen zum Garten hinaus. Nach dem Frühstück kam dann eine große Überraschung für mich: "Du hast Dir doch eine Fliegenklatsche gewünscht, bitte hier hast Du sie!" Ich schaute mir die Klatsche an und sehe, dass ein Papierschmetterling am oberen Ende befestigt ist. Ich falte das Papier auseinander und entdecke einen Geldschein. „Das kommt überhaupt nicht in Frage, ihr seid Verwandten, da nehme ich kein Geld. „Nein, Du hast Michael überall mit dem Auto durch die Gegend gefahren, das kostet doch Spritgeld und gegessen hat er doch auch bei Dir." Ich musste es annehmen.***
***Das war die große Überraschung dieser Woche. Ich war buchstäblich im prallen Leben. Plötzlich gehörte ich wieder zu Menschen, die eine Familie haben. Wie dankbar war Michael für all die Zuwendung, die ich ihm geben konnte.***
Der Sommer fährt dahin, die Blätter am Kirschbaum wurden schon gelb, welkten und fielen ab. Es waren wohl die letzten Sommertage, die sie erlebte. Michael schrieb ihr einen langen, entzückenden Brief. "Ich habe Sehnsucht nach Mecklenburg/Vorpommern!" schrieb er. Ein Zeichenblatt mit Buntstiften bemalt, verriet, wie ihm das Radfahren, die Ausflüge mit dem Schiff und der Aufenthalt in Neubrandenburg gefallen hatten.
„Hat die Miezi schon Junge?" fragte er.
Aus Jütland kam eine Ansichtskarte von Jörg mit einem Glückwusch zu ihrem 67. Geburtstag. Dauerregen setzte am nächsten Tag, dann aber kam

die Sonne wieder und ließ alles vergessen.
Als Inge um den Reitbahnsee radelte, begegnete ihr Hartmut Boek. Dieser war in Neubrandenburg bekannt. Er vermutete, dass sagenumwobene Heiligtum der Slawen, Rethra, auf der Fischerinsel im Tollensesee liegt. Inge sprach ihn an und erfuhr eine Menge über Neubrandenburger Persönlichkeiten. Viele haben ihn zu DDR-Zeiten bespitzelt. 1993 nahm er Einsicht in seine Stasi-Akte. Inge fragte nach seinen literarischen Arbeiten und er antwortete: "Da sitze ich gerade drauf!" Inge dachte, er mache sich über sie lustig, aber weit gefehlt. Er erhob sich, zog die Plastetüte hervor, auf der er gesessen hatte und entnahm ihr ein kleines, schmales Büchlein. „Das ist es, ich wollte es gerade jemanden schenken, aber der ist nicht gekommen, ich schenke es Ihnen!" Das meerblaue Heft mit dem Titel „Ich bin nur Gast auf Erden" enthielt Gedichte aus fünf Jahrzehnten. Inge bedankte sich vielmals. Anlässlich seines 60.Geburtstages hatte der Fotograf Bernd Lasdin einen Flyer über ihn herausgegeben. „Lieber lasse ich´s Leben zerlaufen ins Nirgendwohin, als mich zu verkaufen", stand über der Biographie am Ende des Flyers. Die Gedichte, die nach 1990 entstanden, verrieten, dass er sehr deprimiert war.
Lange Jahre hatte er im Stadtarchivar gearbeitet und zweihundertfünfzig Jahre alte Ratsprotokolle (in Sütterlin geschrieben) in die heutige lateinische Schreibweise übertragen. Er hatte gerade eine Knie-Operation überstanden und bewegte sich nun mit Hilfe eines alten Campingfahrrades aus DDR Zeiten vorwärts. Inge wünschte ihm alles Gute.
Die Zeit rast, nun bist du schon siebenundsechzig Jahre alt geworden. Wie lange mag dir noch Leben gewährt sein? dachte Inge. Schon am frühen Morgen klingelte das Telefon ununterbrochen. Am Nachmittag kam Grete und sie tranken Kaffee, aßen Kuchen und plauderten bei einem Glas Rotwein und Salzmandeln bis in den späten Abend.
Anlässlich des Vier-Tore-Festes durfte die Marienkirche kostenlos besichtigt werden. Inge nutzte dieses Angebot und kletterte am Morgen die Stufen hinauf bis in den Turm. Es waren 244 Stufen. Wunderbar war die Aussicht von oben in alle Himmelsrichtungen, der Wind pfiff anständig.
Am Sonntag beteiligte sich Inge an einem Ausflug zum Helpterberg, die höchste Erhebung von Mecklenburg/Vorpommern, 179 Höhenmeter. Der Landfrauenrat hatte dazu öffentlich eingeladen. Die Initiatorin war Frau Otum, eine Bergsteigerin. Sie war klein, trug eine blonde Kurzhaarfrisur und war sehr nett. Ihre siebenundfünfzig Jahre sah man ihr nicht an.
Um neun Uhr war Inge mit dem Auto in Woldegk am Mühlenmuseum,

dem Treffpunkt. Etwa sechzig Frauen waren insgesamt gekommen. Die Finanzministerin von Mecklenburg/Vorpommern, Sigrid Kehler, wurde als Ehrengast begrüßt. Sogar eine Mutti aus dem Dorf Helpt war mit ihrem zweijährigen Sohn dabei.
Die Vorsitzende des Landfrauenrates, Frau Dr. Sobkowiak, eröffnete mit einer kleinen Rede und dann ging es endlich kurz vor elf Uhr los. Sie liefen auf dem ehemaligen Bahndamm der Strecke Neustrelitz, Woldegk, Strasburg. Ein sechsundsiebzigjähriger Burg Stargarder erklärte Inge, dass die Schienen 1945 für die Reparationszahlungen an die Sowjetunion abgebaut worden waren. In der Nähe des Dorfes Scharnhorst, offenbar eine geschichtsträchtige Gegend, bogen sie nach rechts ab und erblickten einen riesengroßen Granitblock aus Bornholm. Er hatte vierzig Kubikmeter Größe. Als sie diesen lange genug beschaut hatten, ging es durch den Wald und sie erklommen den Helpter Berg praktisch von hinten. Oben auf dem Gipfel war tatsächlich ein Kreuz aus Metall. Die Mücken plagten arg. Leider nahmen die hochgewachsenen Lärchen die Sicht auf die Umgebung.
Eine junge Bildhauerin erzählte anschließend bei der Rast die Geschichte der Entstehung des Lichtes.
Weiter ging die Wanderung und endlich erblickten sie eine alte Eisenbahnbrücke und kletterten auf den schon bekannten Bahndamm-Weg. Die Finanzministerin und Angelika Gramkow (PDS-Linke) hatten sich nach dem Abstieg verabschiedet und wurden mit dem Auto abgeholt.
Gegen 15 Uhr langten sie im Mühlenmuseum an. Im Garten des hübschen Cafe´s wurde ausgiebig Kaffee getrunken und der leckere Kuchen probiert. Viele Gespräche wurden geführt. Ein Teilnehmer erzählte ihr von den Vorbereitungen zur Rostocker Bundesgartenschau. Er drückte Inge gleich einen Flyer in die Hand, den der Seniorenrat entwickelt hatte.
Die Weiland-Buchhandlung schickte ein Heft mit der Vorschau im 2. Halbjahr. Inge stand unter der Rubrik „Neubrandenburg“, 19. September 2007, Eintritt 3 Euro. Nun verdient man noch an ihr, dachte sie. Sie selbst hatte nur die „Ehre“, bekam aber kein Honorar.
Inge fand sich „in guter Gesellschaft“. Andreas Schorlemmer “Manchmal hilft nur Schweigen“, Anne-Kathrin Bürger „Der Rest, der bleibt“ und Wladimir Kaminer „Mein Leben im Schrebergarten“ standen auch in der Vorankündigung.
Mittwoch, 19. September 2007
***Langsam wird es unerträglich, wieder eine Zeitungsmeldung:***

*"Der Schrei nach Liebe", Buchhandlung Weiland, Marktplatz 20.30 Uhr-Lesung mit Autorin Inge Stier." Falsch, denn „Der" gehört nicht in den Titel. Aber morgen um die Zeit ist alles Geschichte.*
*Donnerstag, 20. September 2007*
*Geschafft, endlich geschafft! 25 Personen bildeten die Zuhörerschaft. Frau Schröder saß mit ihrem Mann in der ersten Reihe. Sie begrüßte ich zuerst. Dann sah ich meine ehemalige Arbeitskollegin von der CDU Frau Valtin, meine ehemalige Schülerin Simone Petermann mit Freund, Frau Bohl von der Begegnungsstätte Lindenberg, Frau Plesse vom Alban-Gymnasium mit Familie, Kolleginnen von der Oberschule IV, Frau Barein, Frau Knoblich, Frau Reiner. Frau Schiemann hatte ein kleines Geschenk in der Hand. Es war eine Schachtel Toffifee, die ich so gern nasche.*
*Vorbereitet hatte ich mich wahrlich genug. Noch einmal war ich alle Textstellen, die ich lesen wollte, durchgegangen und hatte Einiges weggelassen. Eine Frau mittleren Alters hielt mir ein Buch entgegen. Es war „Gelebt, geliebt, gelitten" und ich erschrak. „Bitte schreiben Sie mir eine Widmung hinein!" meinte sie. !"Ich darf das Buch nicht vertreiben!" „O, nein, sagte sie „ich habe es ja v o r Ihrem Rechtsstreit gekauft." Ich erfüllte ihren Wunsch. Frau Bohl kaufte das Buch für ihren Lebenskameraden und wollte auch eine Widmung. Ich war ganz furchtbar aufgeregt, aber als ich dann endlich begann, war alle Aufregung wie weggeblasen. Schon beim ersten Liedvortrag „Wenn abends die Heide träumt" erklang Beifall, ich war richtig erschrocken.*
*Gut eine Stunde las ich, dann lud mich Frau Bohl zu einem Glas Sekt in ihre nahe gelegene Wohnung in der Treptower Straße ein. Ihr Lebenskamerad ist Professor und bescheinigte mir Disziplin und Fleiß. Wir stießen mit einem Glas Sekt an und ich fand, zu Hause angekommen, lange keinen Schlaf.*

Groß war die Überraschung, als sie zwischen Mauer und Birke vier, winzige Kätzchen hinter dem Haus entdeckte. Es waren die Jungen der kleinen, graugestromten Mieze. Ein Junges sah aus wie Kater Peter, schwarzweiß, die anderen drei waren ebenfalls grau gestromt mit weißen Pfötchen wie die Katzenmutter. Inge hatte sie durch ihr klägliches Fiepen entdeckt. Die Mutter säugt sie ja noch.
Inge rief das Tierheim an. „Lassen Sie sie die Jungen noch drei Wochen bei sich, dann bringen sie sie her!"

Ende September fuhr Inge nach Schierke in den Harz. Sie wollte vor dem Winter noch ein wenigerholen. Sie wählte die Fahrroute über Pritzwalk und stattete Bernd mit seiner Familie gleich einen Besuch ab. Christine war noch hübscher geworden, Inge hatte sie zur Konfirmation das letzte Mal gesehen.
Ab zehn Uhr strahlte die Sonne vom blauen Himmel. Die Alleenstraße von Pritzwalk über Havelberg, Jericho, Parey und Burg kannte Inge noch nicht. Es war eine liebliche Landschaft, in der Mischwald vorherrschte. Inge fuhr nach Autokarte und verfehlte ihr Ziel nicht. Bei Magdeburg-Sudenburg bog sie von der Autobahn ab und war um 13 Uhr bei ihrer Freundin Gudrun. Diese ging gleich mit ihr in den Garten. Sie setzten sich auf die Terrasse. Bei Apfelkuchen und Tee plauderten sie.
Ein richtiges Paradies hatten sich Gudrun und Gerhard geschaffen. Gerhard war im Krankenhaus und Inge fuhr Gudrun zuerst in ihre Wohnung und anschließend in die Klinik. Es lag auf dem Weg, den Inge nehmen musste, um nach Schierke zu kommen.
Sie fuhr nach Westen, immer der Sonne entgegen. In Halberstadt kam sie in einen Stau, weil ein Unfall die Straße nach Wernigerode blockierte. Die Straße war halbseitig gesperrt. Über Derenburg kam sie halb sechs Uhr in Wernigerode an. Nun ging es steil die Berge hinauf.
Sie hatte sich in der Jugendherberge angemeldet. Diese lag am Ortsende von Schierke. Die muntere Bode rauschte direkt an der Jugendherberge vorbei. Dreißig Jahre bestand sie schon. Inge bekam ein Zweibettzimmer im ersten Stock. Himmlische Ruhe hatte sie hier. Der Blick aus dem Fenster zeigte die Höhenrücken des Harzes, irgendwo da oben befand sich der Brocken. Den wollte sie erklimmen. Immer war der Brocken militärisches Sperrgebiet zur Zeit der DDR gewesen, nun durfte man ihn wieder als Wanderer betreten. Wie schön, als die Sonne mit ihren letzten Strahlen die Bäume auf dem gegenüberliegendem Höhenrücken beleuchtete. Am Abend zogen dicke, blaue Wolken am Himmel entlang, ihre Ränder waren von der Sonne rotglühend gefärbt.
Am Morgen regnete es, aber Inge spazierte dennoch nach dem Frühstück zu einem ersten Spaziergang los. 6.2 km bis zum Brocken, verriet ein Schild im Wald, „sehr steil und anstrengend" war hinzugefügt. Massenweise lagen Granitsteine herum. Moose und Flechten hatten sie zum Teil überzogen. Lautes Hämmern verriet Bauleute, sie arbeiteten an einer Brücke. Danach wurde es richtig steil. Inge stand plötzlich vor einer Bahnschranke und hörte die Harzbahn fauchen. Dicke Nebelschwaden wurden

von Westen über den Brocken-Gipfel gejagt. Inge war ins Schwitzen gekommen. Nun waren es noch 1.2 Kilometer Asphaltstraße bis zum Gipfel. Der Wind pfiff und drang unangenehm durch die Kleidung.
In einer Gaststätte, urig aus Holz gebaut, konnte sie sich aufwärmen und Kaffee trinken. Noch immer waberte der Nebel und um 11 Uhr kam erneut die Harz-Bahn aus Wernigerode. Viele Senioren entstiegen dem Zug. Immer mehr schaffte es nun die Sonne, sich durch die Wolken zu schieben und die Nebel verschwanden.
Der Führer des Brocken-Gartens wartete auf Gäste, aber Inge blieb der einzige Gast. Der Rundgang zeigte Pflanzen aus allen Hochgebirgsregionen der Welt. 1990 waren von ehemals 1.400 Arten nur noch 97 Arten vorhanden. Die Universitäten Halle und Göttingen beteiligten sich bei der Wiedereinrichtung des Gartens. Jetzt waren es wieder über 1500 Arten. Enziane und den gelben Mohn zeigte ihr der Führer. Auf dem Brocken herrscht ganzjährig eine Temperatur von 45 Grad. Bäume wachsen hier nicht mehr, aber die Pflanzen gedeihen. Inge fotografierte eifrig, dankte am Ende und warf eine Spende in den Kasten. Weit sah sie nun ins Land. Zurück fuhr sie mit der Harz-Bahn. Für die eine Station bis Schierke musste sie 16 Euro bezahlen. Das sei der Standardpreis für die Benutzung und sie könne mit der Fahrkarte bis Wernigerode fahren, sagte der Schaffner. Die Fahrt war natürlich bei dem strahlenden Sonnenschein ein Erlebnis.
Vom Bahnhof Schierke musste sie noch zweieinhalb Kilometer bis zur Jugendherberge laufen. Eine kleine, hübsche Bäckerei lud sie zu Kaffee und Kuchen ein.
Den Abend verbrachte sie mit der Lektüre von Gerhard Löttels neuem Buch „Frage nach Gott, dass er wahr wird“. Es ist in Dialogform geschrieben. Sophia, die Weise antwortete auf die Fragen Gotthelfs.
Am nächsten Tag tat Inge einen Blick in ihre Kindheit. Sie wusste, dass sie 1942-43 im Kinderheim in Ilsenburg war. Sie hatte Fotos gesehen. Nun wollte sie diesen Ort kennenlernen. War es Schicksal oder Fügung? Als sie in die Stadt einfuhr, hielt sie an und fragte eine Frau nach dem ehemaligen Kinderheim. “Kommen Sie mit mir, ich betreue eine 97 jährige Frau, die wird das wissen.“ Ja, sie wusste es. „Schloss-Straße 1!“, sagte sie. Inge lief die Straße entlang, die ihr bekannt schien, und blieb instinktiv vor dem richtigen Haus stehen. Es war eine dreistöckige Villa, die linke Seite des Hauses war schiefergetäfelt, die Fensterläden sahen grün aus. Riesige Eiben standen im Garten vor dem Haus. Bis 1995 war

es noch als Kinderheim genutzt worden, dann eine katholische Familien-Begegnungsstätte. Inge erkannte den Garten wieder. Ein Namensschild an der Tür veranlasste sie zu klingeln. Der junge Mann, der ihr entgegenkam, stellte sich als Diakon vor. „Fragen Sie mich alles, was Sie wollen! Kommen Sie herein, Sie können gern durch das Haus gehen!“ meinte er freundlich. „Ich habe hier mit meiner Familie bis 2001 gelebt!“ Die Zeichnungen seines damals vierjährigen Sohnes schmückten noch den Treppenaufgang. Inge kam aus dem Staunen nicht heraus, sie erinnerte sich an den großen Saal mit Erker nach Osten. Dort hatte sie immer mit den anderen Kindern zu den Mahlzeiten gegessen. Besonders schön war der Blick in den Garten, der sich weit nach oben, bis zur Straße, hinzog.
Inge bedankte sich bei dem Diakon und fuhr nach Blankenburg. Auch dort warteten wieder Erinnerungen an die Kindheit auf sie.
Es war die Burg Regenstein. Als Inge zehn Jahre alt war, fuhr die Mutter mit ihr in den Sommerferien nach Blankenburg.
In der Nähe eines alten Postgebäudes, im Jugendstil erbaut, nun aber nicht mehr als solches genutzt, konnte sie parken. Hoch über der Stadt war ein Schloss, dieses wollte sie nun besuchen. Einen wunderschönen Anblick bot sich ihr über die rotgedeckten Dächer der Fachwerkhäuser. Leider kam sie nicht in das Schloss, Führungen waren nur für den Sonnabend ausgewiesen.
Burg und Festung Regenstein erreichte sie in der Mittagsstunde. Im Laufe der Jahrhunderte war der weiße Sandstein grau geworden. Der Regen hatte riesige Höhlen darin ausgewaschen. Weit konnte sie sehen und erkannte die Türme des Halberstädter Domes.
Auf der Rückfahrt wählte sie eine kürzere Route über die Stadt Elbingerode. Von da ging es nämlich über die Berge nach Drei Annen Hohne. Es war eine viel kürzere Strecke als über Wernigerode.
Am Morgen regnete es erneut, sie wollte dem Wetter trotzen und lief ein Stück in den Wald Richtung Braunlage, aber sie gab bald auf, nach einer Dreiviertelstunde war die Hose ab Oberschenkel, trotz ihres Regenschirmes, durchgeweicht. Es regnete den ganzen Tag.
Nebel dampfte über dem Tal, als sie am nächsten Morgen aus dem Fenster blickte. Ein zweites Mal wollte Inge den Weg zum Brocken laufen und klettern. In der Ederlochbaude machte sie nach einer Stunde die erste Pause. Dann kam der steilste Anstieg. Oben auf dem Brocken war der Nebel so dicht, dass sie nichts mehr erkennen konnte. Es kam ihr vor, als laufe sie in Watte. Die Sicht reichte nicht einmal zwei Meter und prompt

verlief sie sich. Sie wunderte sich, dass der Weg abwärts führte. Ein junger Jogger klärte sie auf. Als sie den Weg hinablief, kamen ihr Wanderer aus allen Richtungen entgegen. Ein Schild verkündete: Schierke 5 km. Den Weg beschritt sie. Nach einem Kilometer sah sie ein weiteres Schild„Abkürzung nach Schierke“ den Weg wählte sie nun und befand sich plötzlich auf einer schönen breiten Straße, es war die alte Bobbahn. Direkt an der Jugendherberge kam sie heraus.
In der Nacht begann es wie aus Kannen zu schütten, die kleine Bode entwickelte sich zu einem reißenden Fluss. Sie rauschte so laut, dass Inge es durch die Fenster hörte.
Auf der Rückfahrt machte sie einen Abstecher zu Jörg nach Bautzen. Sie brauchte eine ganze Weile, um die Damaschke-Straße zu finden. „Ich dachte, Du kommst zu Mittag, jetzt habe ich mich wieder ungezogen und will arbeiten! “ wurde sie von Jörg empfangen. Er zeigte ihr das Haus. Im Keller hatte er eine komplett eingerichtete Werkstatt. Im Erdgeschoß befand sich der Speiseraum mit Küche. Die Wand zwischen beiden Räumen war herausgeschlagen. Bad, Dusche und WC schlossen sich an. Im 1. Stock befand sich die Wohnstube, daneben das Arbeitszimmer von Jörg. Im 2. Stock war ein kleines Zimmer, welches Claras Zimmer werden soll. Da das Sofa so schlecht zum Schlafen sei, musste Inge wieder auf einer Matratze schlafen. Das größte Zimmer war das Kinderzimmer mit zwei Schreibtischen und einem Hochbett. Unter dem Hochbett lag die Schlafmatratze für Inge.
Gegen fünf Uhr kamen die Kinder von einer Geburtstagfeier. Sie wunderten sich, dass die Oma keine Süßigkeiten mitgebracht hatte. „Ich weiß ja nicht, was ihr gern esst, ich gebe euch lieber etwas für eure Sparbüchse!“ sagte Inge. Dann bat Claudia, dass Inge mit Clara zusammengesetzte Substantive übe. Als echte Sächsin verwechselte Clara „b!“ und „ p“, sowie“ t“ und „ d“. Sie schrieb halt so, wie sie sprach. Am Abend las sie noch Tiergeschichten vor. Dann schliefen die Kinder ein und Jörg zeigte ihr seine Fotos vom Dänemark-Urlaub. Sie hatten eine Ferienwohnung gemietet und ereignisreiche Tage verlebt.
Am nächsten Tag begann der Alltag für die Familie, Inge verabschiedete sich und fuhr halb neun Uhr nach Neubrandenburg. 35 Kilometer Umweg sparte sie ein, weil sie auf die Landstraße, die nach Kamenz, Bernsdorf, Ruhland führt, an der Abzweigung Uhlyst wechselte. Hinter Berlin wurde es ruhiger und in der Raststätte „Werbellinsee“, in der Uckermark, gönnte sie sich ein Mittagessen.

Bekanntlich ist das letzte Ende immer das längste und endlich war sie Nachmittag drei Uhr daheim. Zuerst begrüßte sie die kleinen Kätzchen, die schon wieder gewachsen waren.
“Bringen Sie uns die Kätzchen, wir geben Ihnen eine Falle mit, so dass sie den Kater kastrieren und die Mieze sterilisieren lassen können!“ Der Abschied von den reizenden kleinen Kätzchen wurde ihr doch recht schwer. Im Tierheim tröstete man sie. „Die Kleinen werden bestimmt bald ein schönes Zuhause bekommen, machen Sie sich keine Gedank en!“ Die Mieze jaulte den ganzen Tag herzzerreißend, natürlich suchte sie nach ihren Jungen. Inge hatte ein schlechtes Gewissen, sie tat ihr so leid.
Die eiserne Falle war so konstruiert, dass man einen Fressnapf hinein stellt und dann die Seitenklappe schloss, wenn die Katze darin war.
Die Tierklinik hatte ihr telefonisch einen Termin zur Kastration gegeben. Peter lief sofort zur Futterschüssel in der Falle, er hatte inzwischen großes Vertrauen zu Inge gefasst. Dann trug sie den Kater in die Tierklinik. Am Nachmittag sah sie ihn schlafend in der Kiste liegen. Die Narkose wirkte noch. Einen abgebrochenen Schneidezahn hatte man auch bei ihm gefunden und behandelt.
Eine Woche später lockte sie die Mieze in die Falle. Das dauerte sehr lange, denn die war misstrauisch,
nachdem sie aber den ganzen Tag nichts zu fressen bekam, schlich sie dann doch in die Falle. Eine Stunde lang jammerte sie ununterbrochen, Inge versuchte sie zu beruhigen.
Inge ließ sie gleich am nächsten Tag wieder ins Freie. Der Arzt hatte von einigen Tagen Hausaufenthalt gesprochen. Die Katze jammerte so sehr, dass Inge das Wagnis einging und sie raus ließ. Sofort lief sie davon, als wäre nichts geschehen.
Sofort suchte die Mieze ihre Jungen, klagte auch nicht. Nach ein paar Tagen beruhigte sie sich und gesellte sich zu Kater Peter. Inge beschloss, sie weiterhin zu füttern, auch wenn sie freilaufend war. Sie hatte ihr die Jungen genommen, so sollte sie nun wenigstens das Gnadenbrot bei ihr bekommen.
Die Falle brachte sie wieder ins Tierheim. Die Leiterin, Frau Hommel, erzählte ihr, dass alle Kätzchen vermittelt worden seien, also ein Zuhause gefunden hätten. Sie schenkte Inge zum Trost einen entzückenden Katzenkalender. Sie bedankte sich noch einmal für Inges Mühe mit der Kastration und Sterilisation.
Im neueröffneten Seniorenheim „Vitanas“ hatte Inge einen Auftritt mit

der Singegruppe.Von Herzen soll es wieder zum Herzen gehen, das war ihr Ziel und es gelang. Die zahlreich erschienenen Heimbewohner waren im Atrium versammelt, der herrliche Flügel war in die Mitte gerückt. Am schönsten war es für Inge, dass die Demenzkranken die alten Volkslieder mitsangen. „Es gibt noch gute, liebe Menschen!“ hatte eine Bewohnerin zu der Betreuerin nach dem Singen geäußert. Im November verpflichtete sie Inge wieder für einen Singe-Nachmittag.
Die ersten Bäume waren schon kahl, die Birkenblätter flammten in Gelb, der Ahorn war von Dunkelrot zu Lichtgelb gefärbt.
Ein großes Ereignis fand in Stralsund statt: die neue Rügen-Brücke wurde am Wochenende eingeweiht. Die Bundeskanzlerin war bereits am Samstag anwesend und zerschnitt symbolisch das Band. Inge sah im regionalen Fernsehen "Nordmagazin“ am Abend einen Bericht. Viele Menschen waren aus der ganzen Republik zu diesem Ereignis angereist. Inge wäre auch gern dabei gewesen, aber das schlechte Wetter hatte sie abgehalten. Aber am Sonntag strahlte die Sonne und Inge beschloss spontan am Morgen, doch noch nach Stralsund zu fahren. Von 13-18 Uhr durften Spaziergänger über die Brücke wandern. Sie hatte Glück und fand in der Nähe des „Ozeaneums“ einen Parkplatz.
Zuerst wanderte Inge zum Hafen und schaute sich die Brücke von weitem an. Es herrschte klare Sicht, scharf hoben sich die Konturen der Kirchturmspitzen und des Rathauses von Stralsund ab. Sie überlegte
sich gut, ob sie von Stralsund nach Altefähr über die Brücke laufen sollte, oder lieber mit dem Zug bis Altefähr fahren und von dort zurück nach Stralsund wandern wollte. Der Vorteil war, dass sie dabei immer das Stadt-und Hafen-Panorama vor sich hatte und der Sonne entgegen ging. Sie entschied sich für die zweite Variante und das war goldrichtig.
Wenig Menschen standen um 13 Uhr in Altefähr auf der Straße, aber dann kamen immer mehr dazu. Es ging richtig aufwärts bis zur höchsten Stelle, wo der Pylon in die Luft ragte. Der Wind pfiff, aber die Sonne schien und ließ die Kälte vergessen. Der Pylon bildete den Scheitelpunkt der Brücke. Von da an ging es abwärts, dreieinhalb Kilometer betrug die Strecke. Ziemlich müde kam Inge nach zwei Stunden wieder am Auto an. Sie hatte das „Jahrhundertereignis“ miterlebt.Das Chortreffen der Seniorenchöre in der Güstrow war der nächste Höhepunkt. Inge hatte sich vor Wochen angemeldet. Drei Sängerinnen ihres hores meldeten sich ab, sie waren krank geworden. So waren sie nur eine Singegruppe von sieben Sängern. Es kostete Inge viel Überredungskunst, um ihren Sängern die Hemmun-

gen zu nehmen. Da waren Chöre von 20 bis 30 Mitgliedern angereist. Alles war wunderbar in der ehemaligen Pädagogischen Hochschule vorbereitet. Sie suchten die Reihe, wo ein Schild „Chor Neubrandenburg“ am Stuhl angeheftet war und setzten sich. Gemeinsam wurde ein Kanon gesungen und dann begann der Wettstreit. Langsam aber sicher stieg das Lampenfieber bei Inge. Zwanzig Minuten vor dem Auftritt durften sie sich in einem Raum einsingen. Nur fünf Titel durfte jeder Chor singen. Inge hatte gut gewählt. Sie begann mit dem DDR-Lied „Es wollen zwei auf Reisen gehen“. Sofort stimmte der ganze Saal beim Refrain mit ein. „Wenn abends die Heide träumt“ war das Lied, welches sie immer an ihr Mutter erinnerte, denn sie hatte es damals jeden Abend am Klavier gespielt und gesungen, als sie Kind war. Auch „Beim Holderstrauch“ war gut gewählt und bei vielen Sängern bekannt. Louis Fürnbergs „Spätsommerabend“ begleitete sie am Klavier und mit dem plattdeutschen Lied „Alles is vergäten“ verabschiedeten sie sich. Beifall brauste auf, ach war Inge froh, nun konnte sie entspannt den Liedern der anderen Chöre lauschen.

In der Mittagspause erkundete sie sich nach den Abfahrtszeiten für den Bus, denn am Morgen waren sie den ganzen Weg vom Bahnhof bis zur Hochschule gelaufen. 17.45 Uhr mussten sie fahren.

Nachdem der Duchower Chor gesungen hatte, stand Inge auf, verabschiedete sich offiziell und ging mit der Gruppe los. Sie wurde aufgehalten und ein riesengroßer Herbstblumenstrauß und eine Urkunde wurden ihr überreicht.

Der Tag schien glücklich zu enden, aber im Bus wurde es Edith ganz schlecht. Quittegelb war ihr Gesicht, Inge holte ein Glas Wasser, als sie am Bahnhof ausstiegen. Das half erst einmal. Ingo erklärte sich bereit, sie nach Hause zu begleiten, denn er wohnte in ihrer Nähe.

Am nächsten Tag sammelte Inge die Nüsse unter dem Haselnussstrauch auf. Sie begann Triebe am Sauerkirsch- und am Pfirsichbaum abzuschneiden.

Am 3. November war die Jahreshauptversammlung der Grieg-Gesellschaft in Leipzig. Inge hatte sich angemeldet und wollte einen Besuch bei Klaus damit verbinden. Diesmal hatte sie sich im „Martha-Stift“ in der Nähe des Theaters in Halle angemeldet und bekam ein preiswertes Zimmer. Sie aß dort bei ihrer Ankunft gleich zu Mittag, ruhte sich ein wenig aus und fuhr um 14 Uhr in Lauras Kindergarten. Dort war gerade der Mittagsschlaf beendet. Inge holte die Gitarre und sang, aus allen Zimmern strömten die Kinder und klatschten begeistert. „Sie müssen noch mehr singen, kommen Sie in Lauras Gruppenraum“ sagte die Erzieherin. „Lass die Tiere in Ruh“ und „Du und ich, wir könnten viel zusammen machen“ sang sie vor. “Bunt sind schon die Wälder“ kannten die Kinder bereits und sangen mit. „Laura, geh´ zu Deiner Oma, ich mache ein Foto von Euch beiden!“ sagte die Kindergärtnerin. Scheu legte Laura den Arm um Inge. Ach, Inge ahnte noch nicht, was in dem einen Jahr geschehen war, als sie der Tür verwiesen worden war.

Ein Kind nach dem anderen wurde abgeholt. Esther und Laura waren die letzten Kinder, sie tobten im Turnraum. Gegen 17 Uhr hörte sie Klaus´ Stimme. „Was machst Du denn hier?“ „Ich möchte nach einem Jahr meine Enkelkinder wieder einmal sehen!“„Na, wenn Du schon einmal hier bist, kannst Du zum Ballett-Unterricht mitkommen!“

Im Turnsaal bewegten sich etwa vierzig Kinder im Alter von acht bis fünfzehn Jahren. Laura war die Kleinste. Sie trug ein weißes T-Shirt, eine lange enganliegende, lachsfarbene Hose und Ballett-Turnschuhe. Brav machte sie den anderen Kindern alles nach. Zuerst wurden Erwärmungsübungen gemacht, dann erklang Musik und ein Programm lief ab. Ein brauner, großer Teddybär spielte die Hauptrolle. Nach einer Stunde war die Probe beendet. Klaus verabschiedete sich, ohne Inge zu einem Besuch eingeladen zu haben. „Ruf mich morgen früh an, ich werde mit Cathleen sprechen!“

Nach dem Frühstück rief Inge in Dieskau an. „Du kannst um 10 Uhr kommen und mit den Kindern im Park spazieren gehen!“

Es war grau und trübe, als Inge im „Parkring“ ankam, aber es regnete wenigstens nicht. Laura und Mareike standen vor der Tür. Inge übergab Geschenke an die Kinder und dann wanderten sie in den Park. Der Park von Dieskau enthielt viele Ziergehölze und Obstbäume. Die Blätter waren bunt. Mareike trug zwei Stöcke in der Hand. Der eine war besonders schön, ein richtiger knorriger Wanderstab. „Wir wollen die letzten Äpfel vom Baum herunterschlagen!“ meinte Laura. Plötzlich Wehgeschrei. Was war geschehen? Laura wollte einen der Stöcke haben, aber Mareike lehnte ab. Inge vermittelte. „Wenn Du eine Weile den Stock getragen hast, gibst Du ihn Laura, wechselt Euch ab!“

Auch Kunstobjekte waren im Park. In einem großen Holzgestell war eine metallene Halbkugel eingebaut. Mit einem festgemachten Holzbolzen konnte von beiden Seiten auf die Kugel geschlagen werden, die dann einen tiefen Ton abgab. Das Ganze wirkte geheimnisvoll und fernöstlich.

„Jetzt gehen wir zu unserem Apfelbaum! “ verkündete Laura.
Tatsächlich, da hingen noch Äpfel ganz oben in den Ästen. Geschwind kletterte Laura hinauf. Inge bekam Angst. Dann musste sie jedoch viele Male den Stock in die Äste werfen, damit endlich die Äpfel herabfielen. „Die essen wir drei!“ sagte Inge. „Nein, nur Mareike und ich !“ entgegnete Laura. „Aber ich habe die Äpfel doch erst heruntergeschlagen!“sagte Inge vorwurfsvoll. Das überzeugte Laura überhaupt nicht. „Mama kann Dich nicht leiden, ich Dich auch nicht!“ Inge verschlug es die Sprache. „Warum?“ fragte sie, bekam aber keine Antwort. Ein Jahr hat Cathleen gereicht, um mich Laura zu entfremden, dachte Inge traurig. O, wie weh das tat. „Ich kann nicht mehr laufen, tragen!“ bat Mareike und riss Inge damit aus ihren Gedanken.
Halb zwölf Uhr waren sie wieder zu Hause. Sie wurde in die Küche gebeten, plötzlich läutete das Handy. Nun musste Cathleen sich endlich zeigen, denn es war i h r Handy. Mit eiskaltem Blick begrüßte sie Inge. Klaus hielt Inge zurück, als sie sich verabschieden wollte. „Du kannst mit uns essen, es gibt Schichtkohl, der Rest von den gestrigen Kohlrouladen.“ Inge aß mit. Laura zeigte ihr neues Zimmer. „Bleibst Du hier?“ fragte Laura. Sie verabschiedete sich, fuhr ins Martha-Stift und von dort weiter nach Leipzig zur Jahreshauptversammlung der Edward-Grieg-Gesellschaft in der Talstraße.
Frau Professor Brock war bereits anwesend und begrüßte sie herzlich. Der Raum, in dem sie tagten, war das Zimmer, in dem Grieg den Verlegern seine neuen Klavierwerke vorstellte. Eine Sekretärin aus dem Norwegischen Konsulat in Berlin eröffnete die Versammlung.
Am Abend wurde zu einer szenischen Theateraufführung von „Peer Gynt“ eingeladen. Eine junge Künstlerin aus der Schweiz hatte dies mit dem Einsatz von DIAS vorbereitet. Sie spielte sowohl den Peer als auch seine treue Geliebte Solveig. Danach wurde noch ein Klavierkonzert gegeben, aber Inge dachte daran, dass sie nun noch nach Halle zurück fahren musste. Sie verließ die Versammlung.
Am Sonntagmorgen rief sie noch einmal Klaus an. „Wir sind gestern erst um ein Uhr zu Bett gegangen, hatten Gäste, es passt nicht!“ Ja, es war ja sein 38. Geburtstag. Hier war nichts mehr zu machen. Finde dich damit ab, sagte sich Inge.
Ein trauriger Abschied stand Inge bevor. Edith Müller, ihre achtzigjährige Chorsängerin zog in das Hotel am Ring, dort befanden sich im Nebentrakt Zimmer für „Betreutes Wohnen“. Ediths Lebensgefährte, auch

schon neunzig Jahre alt, war dort eingezogen und Edith wollte ihm nahe sein. Ein letztes Mal besuchte Inge sie in ihrer sonnigen, schönen Parterrewohnung in der John-Scheer-Straße. Da fiel ihr ein Gedicht auf, das eingerahmt im Flur an der Wand hing. Es gefiel Inge so gut, dass sie es abschrieb:

Es war nur ein sonniges Lächeln,
es war nur ein freundliches Wort,
so scheuchte es lastende Wolken
und schwere Gedanken fort.

Es war nur ein warmes Grüßen,
der tröstende Druck einer Hand,
doch schien´ s wie die leuchtende Brücke
die Himmel und Erde verband.

Ein Lächeln kann Schmerzen lindern,
ein Wort von Sorgen befrei´ n,
ein Händedruck Sünde verhindern
und Liebe und Glaube erneu´ n.

Es kostet dich wenig zu geben,
Wort, Lächeln und helfende Hand,
doch arm und kalt ist dein Leben,
wenn Keiner solch Trösten empfand.

Edith hatte es aus ihrer Heimat Schlesien bei der Vertreibung mitgenommen. Inge machte sich Sorgen um Edith, denn diese hatte bisher ihren Haushalt allein bewältigt. Von einem Tag auf den anderen war sie nun zur Untätigkeit verdammt. Das konnte nicht gut gehen. Sie versprach Edith, sie am Mittwoch zu den Chorproben abzuholen und wieder zurückzubringen.

Inge besuchte Edith und es war genauso, wie sie befürchtet hatte. Edith beklagte sich, dass sie in der Küche nicht mithelfen dürfe, zum Nichtstun verurteilt sei. Sie warte den ganzen Tag auf die Mahlzeiten, bei denen man sich im Essenraum traf. Das Zimmer war so winzig, dass es Inge wie eine Zelle vorkam.

Am Samstag besuchte Inge das erste Mal den Heilpraktiker in Malchow. Frau Grabe hatte ihn ihr empfohlen, den Termin bekam sie nach telefonischer Rücksprache. Er stellte Blockaden in Inges Körper fest. Sie habe eine Allergie gegen Weizenmehl. Sie musste natürlich aus ihrem Leben

erzählen. Die Narbe vom Kaiserschnitt 1969 sei verhärtet, die solle sie mit Öl behandeln. Dort seien im Bauch Blockaden.
Nach neunzig Minuten entließ sie der Heilpraktiker, draußen strahlte die Sonne. Die Stadt lag malerisch von Wasser umgeben. In Klink parkte sie am Schloss-Hotel und machte einen Spaziergang an der Müritz.
Am 21. November brachte der „Anzeigenkurier“ ein Interview mit einer Neubrandenburger Lyrikerin. Iris Schwanenberger lautete ihr Pseudonym. „Nicht ohne Liebe! Immer wieder“ war der Titel ihres Lyrik-Bandes. Auch sie hatte, wie Inge, im Novum-Verlag in Neckenmarkt/Österreich ihr Buch drucken lassen. Inge beschloss, zu ihrer 1. Lesung in einem Fitness-Center zu gehen. Die anwesenden Frauen waren alle mindestens zehn Jahre jünger als Inge. Ein bisschen komisch kam sie sich vor. Aber das war nicht nötig. Der Chef des Fitness-Centers begrüßte freundlich und erklärte, warum gerade bei ihm die Lesung stattfinde. Frau Schwanenberger war nämlich eine regelmäßige Besucherin in seinem Studio und bekäme beim Sporttreiben die besten Ideen.
Es wurde ein sehr emotionaler und spannender Abend, die Gedichte gingen unter die Haut. „Das Schreiben tut mir gut, es hilft mir, Gedanken zu sortieren, den Kopf frei zu bekommen. Für mich sind Gedichte die beste Therapie.“ Sie sprach über ihre Ängste und Depressionen. „Ich möchte Menschen, denen es ähnlich geht wie mir, einfach zeigen, dass sich niemand für sein Leben schämen muss und es sich lohnt, Hilfe anzunehmen.

So ist das Leben

mächtig verknallt,
18, 19 war ich alt.
Unbedingt wollt´ ich es wissen
in der Seele hat es mich zerrissen.
Liebe? Nein, das war es nicht.
Es ist eine Freundschaft, die nichts zerbricht.
Die erste Liebe ich entdeckte.
Er mich leise berührend tiefe Dinge in mir weckte.
Verborgenes, was mich heute noch begleitet,
meine Wege mit entscheidet.
Was es ist kann ich nicht definieren.
Es fühlt sich schön an und ich will es probieren
…gewiss war ich: es immer so bliebe.

Er war meine große Liebe!?
Wir gingen ein den Bund der Ehe,
beigestanden hat er mir bei jeder Wehe.
Er war mein Mann, mein Freund, mein Kind....
Heute wir geschieden sind.

Mitte Dezember hatte sie einen Auftritt mit der Singegruppe in einer Ortsgruppe im Vogelviertel.
Als sie gesungen hatten, gab es weder eine Tasse Kaffee noch eine Spende für die Chorkasse und ihre Sänger/innen waren sauer. Da saßen die wohlgenährten „Alten“ und ließen es sich bei Kaffee, Kuchen und Wein schmecken und sie bekamen außer einem “Danke schön!“ nichts. Kultur zum Nulltarif, dachte Inge.
Ein paar Tage später fragte sie die Angestellte in der Geschäftsstelle der „Volkssolidarität“ und wurde zurechtgewiesen: “Sie müssen zweimal im Jahr kostenlos auftreten und singen, das sieht ihr Vertrag vor!“ Der Vertrag beinhaltete ihre ehrenamtliche Arbeit, die mit einer Aufwandsentschädigung von 300 Euro am Jahresende bedacht wurde. Ein Jahr wöchentlich eine Stunde Chorprobe und jede Menge Auftritte ohne Sommer-Pause, das war ihre Leistung.
Am 3. Advent hatte sich Susanne angemeldet und brachte ihren neuen Freund Stefan mit. Wegen Bauarbeiten zwischen Malchin und Güstrow war die Strecke für die Bahn gesperrt und Susi wählte einen Intercity nach Berlin und fuhr mit der Regionalbahn quasi die Strecke zurück nach Neubrandenburg.
Um Mitternacht holte Inge sie vom Bahnhof ab. Ein schwarzhaariger, junger Mann mit einer stattlichen Größe von einem Meter und neunzig Zentimeter begrüßte sie. Inge hatte ihr Schlafzimmer geräumt und schlief in der Stube auf der Couch. Akribisch bereitete sie alles vor, es sollte ja ein vorgezogenes Weihnachtsfest werden. Eine Flugente, aufgezogen und gefüttert von Ingos Freund, schob sie am Morgen in den Backofen. Mittag stand sie knusprig braun gebraten auf dem Tisch. Stefan langte ordentlich zu und Inge freute sich, dass es ihm schmeckte. Nach dem Essen machten sie einen Spaziergang auf den Datzeberg. “Hier habe ich meine Kindheit verbracht, wie hässlich hier alles ist, wie in der Pampa!“ Das tat Inge doch sehr weh, denn sie wohnte seit 1975 unterhalb des Datzeberges und hatte die Entstehung dieses Stadtteiles miterlebt.
Am Nachmittag zeigte ihr Stefan seine Diplomarbeit, ein Bastelbogen

für Kinder mit modernen expressionistischen Figuren. „Penis mit Herz“ verunsicherte Inge ziemlich, sie war eine andere Generation, wo so etwas ein Tabu-Thema war. Kinder sehen das ganz gelassen, meinte Stefan. Eine Bildergeschichte „Hitler-Stalin“ war als Karikatur gestaltet. Stefans Vater, Bibliothekar in Stuttgart, hatte einen russischen Text übersetzt, der Sohn machte die Zeichnungen dazu. Dafür bekam Stefan die Note eins in der Diplomarbeit. Grafik-Designer ist seine Berufsbezeichnung.
Bis zehn Uhr schliefen die beiden. Anschließend fuhr sie mit ihnen zur Johanniskirche und sie wanderten zum Treptower Tor.
Interessiert hörte Stefan ihren historischen Erläuterungen zu. Viel zu schnell verging die Zeit und am frühen Nachmittag war bereits der Abschied gekommen. Herzlich umarmte Stefan sie zum Abschied. Ach, wie freute sich Inge, dass Susi nun offensichtlich den Partner fürs Leben gefunden hatte.
***Montag, 17. Dezember 2007***
***Geschafft! Letzter Auftritt erfolgreich. Wir hatten sechs Lieder gewählt, die wir gemeinsam mit den Bewohnern sangen. Auf beiden Etagen standen und saßen die Heimbewohner und sangen und klatschten mit. Ich spielte öfter am Flügel, wechselte auch zur Gitarre. Ingo hatte sein Akkordeon mit und spielte auch einige Lieder und Stücke. Die drei Pedale des Flügels waren noch in Plastetüten eingewickelt. Ich sagte es lächelnd der Ergotherapeutin, ein Beweis, dass noch niemand auf dem wunderbaren Flügel gespielt hatte. Als ich das Heim verließ, sah ich, dass die Plasteverhüllungen verschwunden war. Ich brachte Gerda noch mit dem Auto nach Hause. Am nächsten Morgen hatte ich starke Halsschmerzen und gurgelte sofort mit Salbeitee.***
Als es nach drei Tagen nicht besser wurde, stattdessen noch trockener Husten dazu kam, suchte sie ihre Hausärztin auf. Die verschrieb ein Antibiotikum, alle 12 Stunden musste sie eine Tablette einnehmen. Alle ihre Planungen waren hinfällig. Das Konzert des Einstein-Gymnasiums, auf das sie sich schon so lange gefreut hatte, konnte sie nicht besuchen und die Radio-Sendung „Arbeits- und Lebenswelt“ fand ohne sie statt. Die Tabletten und Schleimlöser halfen endlich.
Zwei Tage vor Weihnachten kaufte sie doch noch ein Tannenbäumchen, es war eine Nobile-Tanne, die wunderhübsch aussah und duftete. Inge putzte das Bäumchen und erinnerte sich an die vergangenen Weihnachtfeste.Die Post brachte Glückwünsche zum Fest. Klaus schickte einen selbstgebastelten Familienkalender für 2008. „Wir hoffen, es geht Dir gut

und wir freuen uns auf ein baldiges Wiedersehen im kommenden Jahr!" Billiger Trost, denn seit sieben Wochen hatte Inge keinen Anruf, keinen Brief oder ähnliches bekommen. Was soll ich mit den Fotos, wenn man mich verteufelt und Laura manipuliert? dachte sie. Das Foto, welches die Kindergärtnerin bei Inges Besuch gemacht hatte, war beigelegt. Inge erschrak über Lauras Aussehen. Sie sah richtig elend aus, der Mund war zu einem erzwungenen Lächeln verzogen. Die Körpersprache sagte alles. Ach, wie weh tat Inge dieses Foto. Nein, weine nicht, sagte sie sich.
Am ersten Feiertag klingelte es zu Mittag. Es war Janine, die in Neubrandenburg zu Besuch war. Sie war im vierten Monat schwanger. Inge unterhielt sich lange mit ihr. „Ich bin immer müde und möchte nur schlafen!" „Tu das doch, und freue Dich auf das Kind!" Ja, Inge wusste aus eigener Erfahrung wie schwer das war, wenn die Beziehung zum Partner nicht stimmte. Janine war so unglücklich, wenn sie doch nur helfen könnte.
Susanne hatte ihr die Autobiographie von Daniel Hope "Familienstücke" zu Weihnachten geschenkt. Darin vertiefte sie sich nun. Die Medizin schlug endlich an.
Am 2. Feiertag musizierte sie im „Vitanas", obwohl sie das eigentlich noch nicht hätte tun dürfen, aber sie hatte es versprochen. Acht Seniorinnen waren anwesend, alle anderen waren von ihren Angehörigen nach Hause geholt worden. Nach fast einer Stunde beendete sie ihr Programm mit Beethovens „Elise". Die junge Betreuerin überreichte ein kleines Geschenk, liebevoll verpackt in Goldpapier, mit Tannenzweig und roter Blüte eines Weihnachtssterns. Weihnachten war passe´.
Das Ballett „Engel" hatte viel Staub aufgewirbelt, überall wurde es in der Presse gelobt. Am 29. Dezember sollte die letzte Vorstellung im Theater Greifswald sein und Inge rief den Theater-Service an. „Holen Sie sich die Karte an der Abendkasse ab, ich werde eine Karte für Sie auftreiben!" versprach die freundliche Angestellte.
Es wurde ein unvergesslicher Abend. In der siebenten Reihe im Parkett saß sie. Genau vierzig Jahre waren es her, dass sie das letzte Mal im Greifswalder Theater war. Als Chormitglied stand sie damals auf der Bühne, als die Feier zum 50. Jahrestag der Oktoberrevolution im Beisein des Verkehrsministers Kramer stattand.

Und dann begann das Ballett. Vierzehn junge Tänzer/innen boten fast zwei Stunden lang ein exquisites Programm. Die Geschichte der Engel von den Anfängen bis in die Gegenwart wurde getanzt und gespielt. Die

Herkunft der Tänzer war international. Sie kamen aus Brasilien, Sao Paulo, Wien, Salzburg, aus der Normandie, Italien, Koblenz, der Schweiz, Kroatien und aus Japan. Die Tänzer hatten lange weiße Bahnen-Röcke und ein ärmelloses weißes Oberteil an, am Rücken waren Flügel befestigt. Sie wirkten ätherisch schön und geschlechtslos. Und dann die Musik! Klassische und moderne Musik wechselten sich ab, am Ende erklang aus der Oper „Hänsel und Gretel" von Humperdink das berühmte Abendlied „Abends wenn ich schlafen geh´ vierzehn Englein um mich steh´ n". Die Zuschauer klatschten frenetisch Beifall.
Silvester wurde wieder wie verrückt geballert. Wozu geben die Leute das Geld für die Knallerei aus? dachte Inge. Das sollten sie lieber für die hungrigen Kinder in Afrika spenden. Und die Tiere, die von dem Lärm vor Angst nicht wussten, wohin sie kriechen sollten, taten ihr auch leid. Kater Peter ging es genauso. Wer weiß, wo er sich versteckte, er kam erst am Morgen wieder zum Futternapf. Dann rollte er sich zusammen und schlief den ganzen Tag auf dem Schaukelstuhl.
Lauras sechster Geburtstag war gekommen. Inge rief an und eine schüchterne Laura erzählte, dass sie in einer großen Halle mit anderen Kindern, den Eltern und Animateuren feiere. Mareike wollte auch mit Inge reden. Sie überraschte Inge mit einem hallischen „Sächsisch". Heiter und vergnügt erzählte sie.
Der Winter kam nach Mecklenburg/Vorpommern. Es begann am Morgen mit Blitz-Eis, die Temperaturen sanken. Inge musste das Auto stehen lassen, als sie im Supermarkt in der Stadt eingekauft hatte. Sie stieg in den Stadtbus.
Am Abend erzählte ihr Susanne, dass Cathleen ab 7. Januar eine dreiwöchige Mutter-Kind-Kur mit Mareike in Koserow auf Insel Usedom antritt.
In der Nacht fiel Schnee und verwandelte die Stadt in eine traumhafte Winterlandschaft. Sie wagte es, in ihr
Auto zu steigen und zum Brauberg zu fahren. Allerdings ließ sie das Auto auf der Parkfläche unter dem Wohnzimmerfenster stehen
In die Garage traute sie sich nicht zu fahren.

Am Sonntag rief Klaus an. Es wurde ein langes Gespräch. Endlich hatte er einmal Zeit und Ruhe zum Reden. „Laura hat vier Tage gebraucht, um den Besuch von Oma zu verkraften", hat die Leiterin getadelt." Du hast ja so eine tolle Oma, die so schön singen kann!" bestürmten die Kinder

Laura. Ja, das passte natürlich nicht zu dem Bild, das Mama von der bösen Oma vermittelt. "Es ist unser Kind und da hat Oma uns nicht reinzureden!" Inge ahnte es. Es war die Angst, dass Oma ein klitzekleines bisschen Liebe abbekam, daß sie Einfluss auf das Kind nehmen könnte. „Eine Aussprache mit Cathleen ist sinnlos, sie will keinen Kontakt mehr zu Dir, sie will keine Versöhnung!" sagte Klaus Das waren klare Worte.
Ende Januar entdeckte Inge an der Treppe zur Straße Schneeglöckchen, der erste Frühlingsgruß.
Schon lange war in der Presse von Abrissarbeiten in der Oststadt geschrieben worden. Nun erhielt Inge eine Einladung zur „Abschiedsparty" in der ehemaligen Polytechnischen Oberschule „Friedrich Wolf", später „Ernst-Alban-Gymnasium". Die Erinnerungen an diese Schule waren sehr widersprüchlich, aber Inge beschloss, doch hinzugehen. 1974 hatte sie dort begonnen zu arbeiten, um den Bau des Eigenheimes finanziell zu unterstützen. 1997 bis 1999 war sie wieder Lehrerin an dieser Schule. Da hieß die Schule „Ernst-Alban-Gymnasium".
Viele ehemalige Kolleginnen und Kollegen waren gekommen. Über Genossen und Sozialismus wurde kein Wort verloren. Es kam Inge vor, als hätte es diese Zeit nie für die Anwesenden gegeben. Sie saß neben der ehemaligen Kunsterzieherin und hatte damit die richtige Gesprächspartnerin. Dann wurden sie zu einem Gruppenfoto in den ehemaligen Musikraum gebeten. In dem hing noch immer ihr „Phantom der Oper"-Tuch mit der weißen Halbmaske über dem Ventilator.
Nein, der Winter war noch nicht vorbei, denn es wurde in den nächsten Tagen wieder sehr kalt und ungemütlich. Der Sturm, der Ende Januar über Mecklenburg/Vorpommern tobte, hatte auch auf dem Friedhof Spuren hinterlassen. Als Inge das Grab aus Anlass von Omas 13. Todestages besuchte, war es von Ästendes Tannenbaumes regelrecht zugedeckt. Sie fegte Laub und Tannenzweige rund um das Grab und richtete alles wieder ordentlich her.
Der Maler Roland Möller war gestorben. Er stammte aus Gotha in Thüringen, Inge kannte ihn gut. Er war nicht nur Maler, sondern auch Keramiker und Grafiker. Mit seiner Familie wohnte er auf dem Kunstgut Schmiedenfelde bei Altentreptow. Er war wie Inge 1940 geboren und einer der seltenen Menschen, die sich in der DDR nie verbiegen ließen. Inge war öfter zu seinen Ausstellungen gefahren.
Endlich raffte sich Inge einmal auf und brachte ihre Steinfunde in das geologische Institut Seestraße. Der rote Stein aus Anafi sei ein Vulkan-

gestein, aber durch Kalkbestandteile weich. „Hat er im Wasser gelegen?“ wollte der Geologe wissen. „Nein, aber Wasser war immer um ihn herum.“ Der glatte, schwarz-weiße Stein war Tonschiefer. Ihn hatte sie vom Berg Prophet Elias auf Santorin mitgenommen. Die anderen Steine waren Feuersteine und Sandsteine.

Gudrun hatte Inge zu ihrem 70. Geburtstag nach Magdeburg eingeladen. Inge nahm den Zug, das Wetter war ihr zu wechselhaft. In Berlin stieg sie um. Der IC fuhr nach Amsterdam über Rathenow, Stendal und Wolfsburg. Diese Strecke war sie noch nie gefahren. Das riesige Hochhaus am Berliner Hauptbahnhof war nun fertig.

In der sonnenbeschienenen Landschaft leuchteten die Felder schon grün. In Stendal verließ sie den Zug und wartete auf den Regionalzug nach Magdeburg. Da war sie nach einer Dreiviertelstunde. Das „Haus der Athleten“ war der Ort, wo die Geburtstagsfeier stattfinden sollte. Das Hotel lag direkt am alten Lauf der Elbe. Wanderpfade führten über die Insel. Nach der Begrüßung ging Inge erst einmal spazieren.

Um 18 Uhr begann der Empfang. Den Blumenstrauß hatte Inge vorsorglich in Neubrandenburg gekauft, sie ahnte, dass es im Magdeburger Hauptbahnhof kein Blumengeschäft geben würde. Eine lange Schlange der Gäste wartete. Inge suchte ihren Platz. Mit dem Rücken zur Saalmitte saß sie ganz am Ende der hufeisenförmigen Tafel. Die engsten Familien-Angehörigen saßen zusammen, die Freunde schlossen sich an. Im August sind es wirklich fünfzig Jahre, die wir uns kennen, dachte Inge.

Gerhard hielt als erster eine Rede und schilderte die Jahrzehnte ihres Zusammenlebens.

Gudruns älteste Tochter Anke führte vierzig Minuten lang ein Soloprogramm auf. Es wurde pantominisch vorgetragen. Anke arbeitet als freischaffende Künstlerin für Kinder. Sie ist selbst kinderlos. Silke, ihre jüngere Schwester, hat vier Kinder. Silke sang voll Leidenschaft drei andalusische Lieder in spanischer Sprache Danach folgte ein Ständchen eines befreundeten Ehepaares. Neben Inge saß ein ehemaliger Mitschüler von Gudrun aus Langenstein, wo Gudrun geboren wurde.

Er wohnt jetzt in der Nähe von Bremen. Seine Frau trug einen langen Pferdeschwanz, ihr Haar war feuerrot. Interessiert hörte sie zu. Sie leben auf dem Land, haben Hühner, vier Katzen, aber leider noch keine Enkel. Er sei der jüngste von acht Geschwistern und arbeitet neben seiner regulären Arbeit in einer Mineralwasserfabrik noch als Zeitungausträger für ein Zubrot.

Nun kam das Essen. Der erste Gang bestand aus einer Tomatensuppe, dann folgte ein Wildbraten mit Birnen und Preiselbeeren. Sie konnten zwischen Klößen, Kartoffeln und Kroketten wählen. Junge Erbsen, Blumenkohl, Rotkohl und Rosenkohl standen als Gemüse zur Wahl. Inge genoss das Essen. Es schmeckte wirklich vorzüglich. Zwei Stunden später wurde Eis mit Früchten angeboten und gegen 22 Uhr gab es Kaffee und Pralinen. Langsam wurde Inge müde. Anke hatte eine komplette Musik-Anlage mit Mikrofon, CD-Player und Lautsprecher aufgebaut. Nun wurde getanzt. Auch Rock´ n Roll wurde gespielt, die Musik ihrer Jugend. Da hielt Inge nichts mehr, sie tanzte nach Herzenslust. „Wie alt ist denn Deine Freundin?" wurde Gudrun gefragt. „Sie ist ja noch so beweglich!" Um 23 Uhr verabschiedete sich Inge. Der Hals tat ihr vom Sprechen und Singen weh, das war sie überhaupt nicht gewohnt. Doch der Schlaf wollte nicht kommen, es war einfach zu viel auf sie eingestürmt.
Es war heller Tag, als sie erwachte. Der Frost hatte die Landschaft zauberhaft weiß verwandelt. Inge ging erst einmal eine halbe Stunde am Elbufer spazieren, ehe sie frühstückte. Um zehn Uhr sollte das Zimmer geräumt sein. Nun musste sie fünf Stunden überbrücken, denn ihre Sparpreis-Fahrkarte war erst ab 15 Uhr gültig. Sie wanderte über die „Strombrücke", also die Brücke über die richtige Elbe. In einem Auto kamen ihr Gudrun und Gerhard entgegen, sie verabschiedeten sie herzlich. Danach lief sie zum Dom. In ihm arbeiteten Bauleute und Archäologen gruben in ihm. Dennoch durften Besucher in den Dom betreten.
Das Grabrelief des ersten deutschen Kaisers Otto I. mit seiner Frau konnte sie bewundern. Auch den Gedenkstein für die Gefallenen des ersten Weltkrieges von Ernst Barlach schaute sie sich an.
Immer mehr gewann die Sonne an Kraft, nur ein paar Schleierwolken zogen ab und zu am Himmel entlang. Dann entdeckte sie das Hundertwasserhaus, welches so ähnlich aussah, wie das in Wien. 1997 war sie fünf Tage mit dem Reisebüro Studiosus/München in Wien. Auch hier stand vor dem Haus ein Springbrunnen mit einer Putte darauf. Dann lief sie immer den Straßenbahnschienen nach und wandte sich wieder dem Elbufer zu. Da war es richtig schön. Unter der Brücke führte parallel zum Fluss eine Flaniermeile. Viele Plastiken und Sitzbänke waren aufgestellt und luden zum Sitzen ein.
Ein riesiges Einkaufs-Center im Stadtinnern beherbergte eine Bäckerei. Inge ließ sich in einen Sessel fallen und genoss einen Cappuccino. Das Panoramafenster bot einen herrlichen Blick auf die sonnenbeschienene

Elbe. Endlich war es 14 Uhr und sie lief zum Bahnhof. Vom vielen Laufen war sie so müde, dass sie im Zug einschlief. In Stendal bestieg sie wieder den IC, der nun von Amsterdam nach Stettin fuhr. Nach zweieinhalb Stunden war sie in Berlin und stieg in den Regionalzug nach Stralsund.

Das Stadtgebiet Datzeberg wurde dreißig Jahre alt. Ein Fest-Komitee wurde gegründet, in der Zeitung wurden die Bürger aufgerufen mitzumachen. Da gehst Du hin, dachte Inge, denn sie kannte den Datzeberg seit 1975, als sie in ihr Eigenheim in der Brauerei-Siedlung eingezogen waren. Auf der ersten Versammlung wurden die Arbeiten verteilt. Inge wurde gebeten, die kulturelle Vorbereitung zu übernehmen.
"Wenn Frauen zu sehr lieben - die Sucht gebraucht zu werden", das Buch einer amerikanischen Psychotherapeutin, mit Namen Norwoods (1985 erschienen), fesselte Inge ungemein. "Wer nicht lernt, sich selbst zu lieben, wird nie Glück finden, denn zig Männer können es einem nicht geben… in jeder dysfunktionierenden Familie wird ein Stück Realität gemeinsam geleugnet. Wenn nun ein Familienmitglied versucht, diese Verleugnung aufzuheben, beispielweise in dem es die familiäre Situation zutreffend benennt, dann setzt sich gewöhnlich der Rest der Familie gegen diese Wahrnehmung zur Wehr. Häufig wird Spott dazu benutzt, diese Person in die Familie wieder einzugliedern. Misslingt der Versuch, dann wird das abtrünnige Familienmitglied ausgeschlossen. Anerkennung, Zuwendung und Einbeziehung bleiben ihm in Zukunft versagt, immer beharrlicher wird sie all die Menschen und Dinge meiden, die eine Bedrohung für ihren Schutzwall gegen Schmerz und Kummer darstellen. Sie will ihre Scham, Angst, Wut, Hilflosigkeit, Panik, Verzweiflung, ihr Mitgefühl und ihren Ekel nicht fühlen müssen…. Sie zieht es deshalb vor, überhaupt nicht zu fühlen. In dieser selbstauferlegten Empfindungslosigkeit liegt der Grund für ihr Bedürfnis, die Menschen und
Ereignisse in ihrem Leben zu kontrollieren ... für sich dadurch eine Sicherheit zu schaffen." „Vom zu sehr lieben zur Genesung" schlägt die Autorin vor: „Liebe dich selbst vollständig und akzeptiere dich wie du bist! Achte und respektiere andere, versuche sie nicht zu verändern und deinen Bedürfnissen anzupassen!
Schätze dich in jeder Hinsicht: in der Persönlichkeit, in der Erscheinung, in den Glaubens- und Wertvorstellungen, liebe deinen eigenen Körper, deine Interessen und Leistungen. Betrachte dich als wertvoll, statt eine

Beziehung zu suchen, die dir Selbstwertgefühl gibt. Deine Selbstachtung ist so groß, dass du es genießen kannst, mit Anderen Gesellschaft zu teilen.
Du lieferst dich nicht Menschen aus, denen dein Wohlergehen gleichgültig ist.
Du hast keine Angst, von den Anderen im tiefsten Wesen erkannt zu werden. Frage dich: Ist die Beziehung gut für mich? Ermöglicht sie mir weiter zu wachsen und meine Persönlichkeit voll zu entfalten?
Wenn dir eine Beziehung schadet, gibt diese auf, ohne in Depression zu fallen. Du hast Freunde und Interessen, die dich auffangen. Schätze deine Gelassenheit mehr, als die der Anderen.
Schütze selbst deine Gesundheit und dein Wohlbefinden. Erkenne, dass eine positive und erfüllende Beziehung nur möglich ist zwischen Partnern mit gleichen Wertvorstellungen, Interessen und Zielen. Jeder ist fähig zu Nähe. Wisse, dass du es wert bist, all´ das zu bekommen, was das Leben zu bieten hat. Sage dir: ich bin frei von Schmerz, Wut und Angst. Ich habe inneren Frieden gefunden. Ich bin frei und von Licht erfüllt. Gott liebt mich, Gott segnet mich, Gott wirkt in meinem Leben."
Inge war regelrecht begeistert. Arbeite an dir! erkannte sie.
***Mittwoch, 27. Februar2008***
***Ich bin wieder in den Bergen, im Schneeparadies Oberstorf, Riezler und Hirschegg. Genau wie ich es mir vorgestellt hatte, ist das" Wäldele", der Ort, wo ich übernachte. Etwas abseits der Hauptstraße wird es umgeben von Bergen mit 2000 Meter Höhe. Gegenüber vom Haus ist die Loipe. Den Berg hinunter nach Riezler verläuft in Windungen die Rodelbahn. Als ich gegen 14 Uhr bei strahlendem Sonnenschein in Oberstorf ankam, zeigte das Thermometer 18 Grad, Schnee in Hülle und Fülle, kein Lüftchen wehte. Endlich wieder einmal Schnee sehen! Was für ein Unterschied zum Norden. Die Berge halten die rauen Winde ab. Die einzige Straße ist sehr eng. In Riezler wimmelte es von niederländischen Gästen, da in Holland Schulferien sind. Die Piste und Schlepplifte befanden sich gleich unten an der Straße auf der gegenüberliegenden Straße. Die Vermieterin zeigte mir mein kleines Zimmer im 2.Stock. Das eine Fenster zeigte nach Osten, das andere nach Süden, der sogenannte „Sonnenblick". Ich zog mich um und stürmte gleich hinaus ins Freie. Der Wetterbericht hatte beginnende Bewölkung und Regen angekündigt. Jede Stunde nutzen! Ich wanderte die Straße nach Breitenbach, dort begann die Hauptstraße, verlief mich dann und***

*kam immer höher. Wegen der engen Straße musste ich immer wieder den Lastwagen ausweichen und in den aufgetürmten harschen Schnee hüpfen. Endlich lief ich auf den links liegenden Berg und landete auf einer Piste. Nein, hier käme ich nicht ohne Ski hinunter, sagte man mir, unten sei die Abzweigung nach Hirschegg. Ich musste die gleiche Strecke zurückgehen.*
*Ich schaute mir bei einem Skiverleiher Langlauf-Ski an, nahm aber noch keine mit. „Es soll morgen regnen, warten Sie lieber den Tag ab!" meinte er. Nach den sechs Kilometern, die ich nun etwa gelaufen war, wechselte ich von der Straße auf die daneben verlaufende Rodelbahn, wo mich die Kinder arg beschimpften. „Runter von der Bahn!" Ja, es lief sich eben besser im Schnee, als auf der Straße. Ich war so müde, dass ich nach dem Duschen nur eine Tasse Tee trank und restlichen Proviant aß. Stille, wie wunderbar. Deswegen war ich auch hierher gefahren.*
*Bereits um neun Uhr hielt der Bus am Hotel "Sonnenblick" und ich stieg ein. Es ging nach Ifen. Dort befand sich ein Schlepplift und Wanderer können ebenfalls nach oben fahren und am Hahnenköpfle (2143m) einen drei Kilometer langen Wanderweg (Gottesacker genannt) unter die Füße nehmen. Das erzählte mir der junge Busfahrer. Aber nun war Nieselregen, Nebelschwaden stiegen auf, keine Sicht. Er sagte mir aber eine Wanderroute zum Wäldele, er sollte etwa zwanzig Minuten dauern und am Gasthof „Küren" enden. Schön war der Spaziergang durch den Wald, aber es war so glatt, weil der Regen sofort zu Eis gefror. Ich hatte große Mühe, nicht hinzufallen.*
*Die Wirtin gab mir den „ Kleinwalser Urlaubsbegleiter" und eine Gästekarte, die mir das kostenfreie*
*Busfahren innerhalb der Orte ermöglichte. Nun konnte ich mich erst einmal schlau machen. Um elf Uhr fuhr ich mit dem Bus ins Zentrum von Hirschegg, wo das „Walserhaus" zu besichtigen war, ein wunderbarer Bau mit naturkundlichen Erklärungen, einem Hotel und einem Schwimmbad. Dann schaute ich mir den Ort an. In einer kleinen Gaststätte „Zum Hirsch" aß ich ein Schnitzel.*
*Ich hatte mir einen Bus ausgesucht, leider aber an der Haltestelle nicht geprüft, wohin er fährt. Ein Ehepaar klärte mich auf.*
*Mir blieb nichts anderes übrig, als mit dem Oberstorfer Bus bis zur Breitenbachbrücke zu fahren. Das war aber nicht die Brücke am Ausserhirschegg, ich befand mich plötzlich in fremder Umgebung.*

*Die Wegweiser zeigten nach Egg.*
*Schließlich, als ich einen Berg erklommen hatte, fragte ich Wanderer. Sie wiesen mir den Weg zum Wäldele. Es war ein wundervoller Waldweg über „Naturbrücken" mit rauschenden Quellen, die von drei Seiten gespeist wurden. Endlich kam ich am „Hammer Gasthof" an. Da der nächste Bus aber erst in einer Stunde kam, lief ich die letzten drei Kilometer zu meiner Pension.*
*Donnerstag, 28. Februar 2008*
*Was für eine Tag! Klarer, blauer Himmel, ein Halbmond über dem Berg, als ich heute Morgen nach Süden schaute. Heute gab es ein frisches, weiches Ei zum Frühstück. Dann zog ich Skihose, Windjacke und Handschuhe an und bestieg den Bus 8.45 Uhr. In Hirschegg ging ich zum Skiverleiher, der mir gleich eine Route vorschlug. Von der Tennishalle bis zum Ort Baad sollte ich die Loipe benutzen. Immer an dem Fluß Breitenbach entlang lief ich, das Wasser rauschte, aber leider fuhr ich immer im Schatten. Die Berge vor mir wurden immer höher. Nach fünf Kilometern Wanderung kam ich in Baad an. In der Gaststätte gönnte ich mir ein Glas Milch zur Stärkung und fuhr mit dem Bus zurück nach Hirschegg. Am Nachmittag fuhr ich auf der Loipe, die an meiner Tür im Wäldele vorbeiführt. Sie geht von der Au über Hotel Küren nach Hirschegg. Als ich dann in den Schatten geriet, wurde es halsbrecherisch glatt und steil und ich gab auf. Erneut nahm Ich den Bus nach Hirschegg und gab die Skier ab. Der Himmel hatte sich inzwischen bewölkt. Morgen soll es wieder regnen, aber ich danke dem Himmel für diesen Tag .*
*Freitag, 29. Februar 2008*
*Tatsächlich, heute Morgen regnete es. Ich werde mir die Drei D-Schau im Walserhaus ansehen, denn „Europa und Asien sollen sich im Walsertal treffen" (Zitat aus dem Flyer), eine riesige Kontinentalspalte verläuft am Berg Ifen. Die Wirtin hatte mir beim Frühstück ein Heimat-Buch „Das kleine Walsertal" gegeben. Es enthielt viele Fotos und war 1971 gedruckt worden. Das interessierte mich. Die Bärgunthütte (1408 m) war danach mein Ziel. Mit dem Bus fuhr ich bis Baad, von dort sollte ein Wanderweg hinführen. Zuerst bewunderte ich aber den 2536 Meter hohen Widderstein, der hinter Baad aufragte. 45 Minuten Wanderzeit verhieß das Schild zur Bärgunthütte. Ein Waldweg führte zu einer Brücke. Darunter floss die Breitach. Es ging stetig bergauf, ein wenig hatte der Regen aufgehört. Riesige Schneeblöcke lagen zu*

*beiden Seiten des Flusses. Es war nur das wunderbare Rauschen des Flusses zu hören. Um 11 Uhr langte ich in der Hütte an, war aber nicht der erste Gast. Sechs Männer saßen bereits am Stammtisch in der kleinen urgemütlichen Wirtsstube. Ein Fenster zur Küche diente dazu, sich selbst zu bedienen. Ich bestellte einen Germknödel mit Vanillesoße und dann erblickte ich an der Wand eine Gitarre. Ich fragte, ob ich sie einmal herunter nehmen dürfe. Es wurde erlaubt. Ich stimmte die Saiten, die E-Saite fehlte, und dann begann ich Frühlingslieder zu singen. Beifall bekam ich von der geballten Männerschaft, nur ein einziger Mann sang mit. Der stellte sich als Landsmann aus Thüringen vor und bat darum, das Rennsteiglied anzustimmen. „An der Saale hellem Strande" folgte und den Kanon „Es tönen die Lieder" sangen wir dann sogar zweistimmig. Es war eine schöne Abwechslung.*

*Nach einer Stunde brach ich auf und lief nun einen anderen Weg, er hieß „Panoramaweg". Es ging steil abwärts, aber ich stürzte zum Glück nicht ein einziges Mal. Wundervolle Aussicht bot er, aber es regnete nun wieder ununterbrochen. Als ich um 13 Uhr im Walser-Haus Rast machte, war mein Lammfellmantel schon durchgeweicht. Eine Rote Bete-Milchschaum-Suppe wurde im Glas serviert und wärmte mich ordentlich durch.*

*Samstag, 1. März 2008*

*Mein letzter Tag. Nun hab' ich doch wieder Sehnsucht nach meinem Zuhause. Da der Regen nicht aufhörte, begann ich gleich im Buch zu lesen. Besiedelt von Schweizer Walisern, haben die deutschen Fürsten erlaubt, dass sie Landwirtschaft treiben. So wurden sie langsam sesshaft.*

*Der Wetterbericht sagte Orkanstürme an, im Norden Deutschlands tobten sie bereits und zogen nun in den Süden. Am Morgen fuhr ich in Richtung Oberstorf und stieg auf halber Strecke aus. Ich stand an der Walserschanze, wo die Grenze zu Deutschland verläuft. Ein Schild „Zum Breitachklamm" machte mich neugierig, denn hier war der Fluss noch ein Bach. „Zum Breitachklamm vorübergehend geschlossen" sagte ein Schild aus. Nun, das war mir klar. Hier war alles vereist. Ich wartete also auf den nächsten Bus, der wieder zurück nach Hirschegg fuhr. „Alle Pisten geschlossen" rief der Schaffner mehrere Male, denn Unverbesserliche wollten trotz Regen weiter Abfahrtsski laufen.*

*Es war Mittagszeit. Heute gönne ich mir einmal ein richtiges Mittagessen in einer Gaststätte, dachte ich, bestieg den Bus nach Ifen und*

*wollte dann von oben zum Gasthof laufen. „Steigen Sie eine Station eher aus!“ sagte der Busfahrer, es war ein guter Rat, denn oben auf der Höhe wäre alles vereist gewesen.*
*Obwohl ich mir von der Wirtin einen Schirm geliehen hatte, war mein Campingbeutel durchgeweicht.Der Schneeregen hörte nicht auf.*
*Mein Abreisetag war ein Sonntag und natürlich fuhren die Busse nicht so häufig. Ich bat den Wirt, dass er mich zur Bushaltestelle fährt. Er war einverstanden.*
*Das Fernsehen brachte inzwischen Horrormeldungen über ein Sturmtief. Jetzt löse ich Kreuzworträtsel, denn die Zeit vergeht einfach nicht beim Nichtstun. In der Nacht polterte der Sturm im Gebälk, es war zum Fürchten.*
*Montag, 3. März 2008*
*Alles klappte, wie geplant. Um sieben Uhr in der Früh war ich in Oberstorf, wartete eine Stunde auf den Zug nach München/Pasing, von dort ging es weiter mit der S-Bahn zum Flughafen. Hier erschrak ich. „Lösen Sie ihre Bordkarte selbst am Automaten!“ Ich hatte so etwas noch nie gemacht, aber eine nette Flughafenangestellte half, richtiger, sie tat dies für mich. Es war viel Betrieb im Flughafen. Laufen, laufen, laufen war angesagt, bis ich den Gate erreichte. 13 Uhr stieg die Maschine in den Himmel, ich dachte ständig an die Wettervorhersage. Beim Anflug auf den Berliner Flughafen Tegel wurde es turbulent, das Flugzeug schaukelte wie verrückt. Ich starrte krampfhaft nach vorn, Angst befiel mich, plötzlich ein starker Arm, eine Hand auf meinem linken Arm: “Keine Angst, alles wird gut!“ Der junge Mann hatte mir wohl die Angst vom Gesicht abgelesen. Dankbar lächelte ich ihn an. Hart setzte die Maschine auf, bremste, wackelte noch ein bisschen, dann war alles vorbei, die Erde hatte mich wieder.*
Sie kommt gut zu Hause an, auf dem Anrufbeantworter sind jede Menge Gespräche. Das Wichtigste: Klaus kündigt sein Kommen zum nächsten Wochenende an. „Kaufe bitte einen Kindersitz für Laura!“
Überall blühen Krokusse in den Gärten, auf der Wiese unter der Kiefer im Vorgarten entdeckt sie zwei Veilchen. Aber der Winter war noch lange nicht zu Ende. Es gab Hagelschauer, blau-schwarze Wolken zogen über den Himmel. Dann fiel Schnee. Erst, als die Sonne höher stieg, verschwand das Glatteis.
Am 7. März kam Klaus mit Laura. Nach zwei Jahren war sie das erste Mal wieder bei ihrer Oma. Inge holte sie vom Bahnhof ab. Roter Anorak,

eine Niethose mit Glitzereffekten, eine rote Mütze und ein rosa Kinderkoffer mit Rollen (genau wie die Erwachsenen), so stand sie vor Inge. Groß war sie geworden. Nach dem Abendbrot brachte Inge Laura zu Bett, sang ihr ein Schlaflied vor und sie schlief sofort ein.
Wie immer war Laura sehr früh wach. Inge frühstückte mit ihr, dann fuhr Klaus mit Laura zu einem Freund, um ein Teil für sein Oldtimer-Auto, den P 70, zu besorgen. Das Auto hatte Tom seinem Sohn geschenkt und er wollte ihn nun wieder aufbauen und flott machen, nachdem er lange Jahre in der Garage unbenutzt gestanden hatte.
Das Mittagessen schmeckte Laura nicht, sie wollte keine Möhren essen. Am Nachmittag kam Klaus auf die Idee in den Naturpark Mühlenhagen, kurz hinter Altentreptow gelegen, zu fahren. Das Areal ist sehr schön angelegt, etwas hügelig. Einen Bach und eine Biberburg konnten sie entdecken. Damhirsche, vietnamesische Hängebauchschweine, Esel und weiße Budapester Tauben waren zu sehen. Laura war restlos begeistert und nicht zu halten. Nach einer Stunde kamen sie auf den Spielplatz. Jetzt tobten Vater und Tochter um die Wette. Die ausgestellten landwirtschaftlichen Geräte interessierten Klaus besonders. Es war bereits dunkel, als sie wieder zu Hause ankamen.
Klaus nahm sich nun die alten Super 8 Filme vor, ließ sie durch den Projektor laufen, um zu sehen, ob sie in Ordnung waren. Da diese Filme in den siebziger Jahren gedreht wurden, gab es nun doch Risse und Klaus begann die Filme zusammen zu kleben.
Am Abend wollte Klaus seinen Freund besuchen. „Laura soll baden und Du wäscht ihr bitte den Kopf!“ bat er. Es war ein aufregender Tag für die Sechsjährige gewesen und sie fand keinen Schlaf. Die Filme hatte sie auch gesehen und war wahrscheinlich deshalb so aufgewühlt. Inge erzählte Märchen, aber sie kam nicht zur Ruhe und Inge erzählte nun Geschichten aus ihrer Kindheit. Es war spät, als Laura einschlief („Das Licht muss aber im Flur brennen!“) und Inge fiel ebenfalls todmüde ins Bett.
Um fünf Uhr stand Laura vor Inges Bett und wollte sich anziehen. Sie huschte in das große Doppelbett, Inge drehte sich zur anderen Seite und dann schlief Laura noch eine Stunde. “Omi, erkläre mir die Uhr!“ Eine Minute hat sechzig Sekunden, eine Stunden hat sechzig Minuten, dann kommt der große und er kleine Zeiger an die Reihe, alles wollte sie wissen, alles verstehen.
Um sieben Uhr frühstückte sie mit Laura. Klaus kam dazu und beschwerte sich über das “ Plappern“, setzte sich aber dazu. Laura spielte wie am

Vortag mit Klaus´ Indianern. Der kleine Sessel mit den Fransen wurde zur Burg. „Die Fransen, bitte schön Oma, binde hoch!“ Nun quengelte sie. „Ich will zum Spielplatz!“, aber Klaus wollte zu seinem Freund, weil der 40. Geburtstag hatte. Also gingen sie erst einmal eine halbe Stunde auf den Spielplatz und anschließend fuhr Klaus mit Laura zu seinem Freund. Inge hatte vorgeschlagen zum See zu fahren, nein er wollte nicht. Inge setzte sich an den Fernseher und war eigentlich froh über eine kleine Atempause. Sie schaltete einen evangelischen Gottesdienst im Fernsehen ein. Der Pfarrer verglich die Rose mit der Liebe und die Dornen mit den bitteren Erfahrungen des Menschen in seinem Leben.
Halb zwölf kamen die beiden wieder. Inge kochte Nudeln mit Tomatensoße, das schmeckte Laura. Die Sonne schien. Laura schlief zwei volle Stunden. Klaus plante um. „Lass´ uns gleich
alles zusammenpacken, dann fahren wir zum See, um die Enten und Möwen zu füttern und von dort aus fahren wir zum Bahnhof!“

Sie parkten am Augustasbad, kauften einen Becher Kaffee am Stand, besuchten den Spielplatz und fütterten die Möwen und die Enten. Als Inge versonnen sagte: “Laura, ich möchte noch erleben, wie Du eine Braut in Weiß wirst!“ meinte Klaus sofort lachend: “Laura heiratet mich!“ Laura entgegnet entrüstet: “Papa, Du bist doch viel zu alt für mich!“ Nun lachten alle drei.
Pünktlich standen sie auf dem Bahnsteig. Klaus kaufte noch ein Malbuch „Lilofee“ und etwas zu trinken für Laura. Der Zug wartete noch auf einen Zubringer aus Pasewalk. „So ist das mit dem Abschied, der macht traurig!“ sagte Klaus tröstend zu Laura und doch war es anders, als sonst. Es gab keine Trauer von Inges Seite. Sie wusste: ihr Platz wird immer außen sein. Um 21 Uhr rief Klaus an „Wir sind gut angekommen, Laura sitzt in der Küche und erzählt Mama vom Besuch bei der Oma!“
Am Morgen sangen schon die Vögel, die Forsythien-Blüten begannen ihr herrliches Sonnengelb zu zeigen.

Die Frauentags-Feiern begannen wieder und Inges Singegruppe hatte viel zu tun. Inge machte alles: Singen, Begleiten, Moderieren. Edith sang weiter mit und Inge holte und brachte sie jedes Mal zum „ Hotel am Ring“ in ihr Zimmer. In der Begegnungsstätte „Am Anger“, der auch ihr Probenraum war, saßen sechsundvierzig Personen. Sie sangen sich ein und dann ging es los. Schon beim ersten Kanon merkte Inge, wie einige

Frauen begeistert mitsangen. Auch in den Kanon „Es tönen die Lieder“ und „Heut´ kommt der Hans zu mir“ stimmten die Gäste mit ein. Sie sangen dreißig Minuten. Das neu einstudierte Lied „Waldglöcklein“ und Beethovens„Seid gegrüßt lasst´ euch umfangen“ klappte. Anschließend blieben sie gleich in der Begegnungs-Stätte und stärkten sich bei Kaffee und Kuchen.
Inges Buch musste sich herumgesprochen haben, denn eines Abends kam ein Nachbar und bat sie, seinen Lebenslauf aufzuschreiben und am 80. Geburtstag vorzulesen. Seine Kinder hätten dazu keine Zeit. Inge verabredete einen Termin. Es wurde ein spannender Nachmittag. Herr R. erzählte seinen Lebenslauf, der aus einer Kindheit in Bessarabien, Vertreibung und schwierigem Neuanfang bestand. Zwei volle Stunden erzählte er. Ein Unfall an der Kreissäge, bei dem sich drei Zähne in das Gehirn bohrten, wurde erfolgreich behandelt. Er bekam später eine eiserne Platte eingesetzt. Jahrelang war er Leiter einer Lebensmittel-Verkaufsstelle.
Die Vorbereitungen zum Fest auf dem Datzeberg wurden schwierig. Sie wollten den städtischen Fanfarenzug oder die Lindetaler Blasmusikanten verpflichten, aber die Honorare waren so hoch, dass sie diesen Wunsch aufgaben. Da war Inge mit ihrem Angebot viel bescheidener. Sie vereinbarte fünfzig Euro Honorar für eine Stunde Volkslieder-Singen ihrer Singegruppe und anschließend noch offenes Singen, das heißt Singen mit allen Gästen.
Sechs Stunden hatte Inge für das Schreiben und Drucken des Lebenslaufes gebraucht. Sie wusste nicht, wie hoch sie das Honorar ansetzen sollte, aber Herr R. machte einen guten Vorschlag. Ihre Arbeit war noch nicht zu Ende, am Geburtstag sollte sie den Lebenslauf auch vortragen.
Es wurde immer turbulenter. Mitte März setzte Frost und eisiger Nordostwind ein. Der Winter war zurückgekehrt. Die Temperaturen sanken unter den Gefrierpunkt. So blieb es bis Ende März
.

Von Lilo kam ein großer DINA 4 Umschlag. Er enthielt die CD und das Buch „Von Trommlern, Zauberern und wilden Tieren“, sechs afrikanische Geschichten mit vielen Liedern, Tänzen und Spielen. Das Buch hatte Almuts Lebensgefährte geschrieben, sie hatte ebenfalls Anteil an der Herstellung. Inge hörte sich die CD gleich an und fand sie wunderschön. Am Abend rief sie Klaus an und erzählte davon. Laura sagte zu ihrer Überraschung: “Omi, Du hast ja so eine schöne Stulle mit Salami für

mich gemacht, als wir nach Halle gefahren sind!“ Das war Laura in Erinnerung geblieben, sie konnte nur staunen, aber ein Gespräch kam nicht zustande.
Janine meldete ihren Besuch für das Osterwochenende an und Inge begann mit den Vorbereitungen. Gründonnerstag fuhr sie ins Schlosshotel Kittendorf. Sie war bitter enttäuscht, als sie weder ein Plakat, noch eine Anzeige über ihre Lesung im Schaukasten sah. Da kommt niemand, ging es ihr durch den Kopf, dennoch fragte sie beim Portier. „Doch, zwei Frauen haben schon gefragt!“ verkündete er. „Sie werden in der Bibliothek lesen, weil im Gartensaal eine Veranstaltung stattfindet.“ Der Portier führte sie in die Bibliothek, in der ein Flügel stand. Rotsamtene Sessel, zwei Kronleuchter, Glasmalereien in den Fenstern links und rechts des Wappens, schüchterten Inge ein. Sie setzte sich an den schwarzen Förster-Flügel und spielte noch einmal ihre sechs Stücke durch. Um 17 Uhr kam eine ältere Dame, sie war ihr einziger Zuhörer. Inge erinnerte sich an die Worte ihres Musikprofessors im Studium: “Auch wenn nur ein einziger Sänger zum Chor kommt, Sie lassen die Probe nicht ausfallen, das nächste Mal kommen wieder mehr, das sind Durststrecken, die müssen Sie einfach durchstehen!“
Die kleine Dame, mit fast männlichen Zügen, stellte sich als studierte Landwirtin (ausgebildet an der Humboldt-Uni Berlin) vor. Sie arbeitete als wissenschaftliche Mitarbeiterin und wurde dann in Jürgenstorf bei Malchin Berufsschullehrerin. Damals wurden Zootechniker mit Abitur in Jürgenstorf ausgebildet. Ihr Alter (dreiundachtzig Jahre) konnte Inge nicht glauben.
Sie begann zu lesen und staunte, wie interessiert Frau Wudtke war. Die Passagen über Castrin gefielen ihr besonders. Mit dem Klavierstück „Träumerei“ von Schumann beendete Inge ihre Lesung. Sie gingen auf Anraten von Frau Wudtke in die Dorfgaststätte, da gab es preiswertes Essen.
Nun erzählte Frau Wudtke ausführlich aus ihrem Leben. Sie stammte aus einer kinderreichen Familie. Aus Hinterpommern waren sie 1945 geflohen. “Die Männer meiner Generation blieben im Krieg!“ Sie hat nie geheiratet.

Sie war so glücklich, mit einem Menschen ihres Bildungsniveaus sprechen zu können und gab Inge zum Abschied ihre Adresse und wollte mit ihr in Verbindung bleiben.

Als sie 19.30 Uhr die Gaststätte verließen, lag Schnee auf dem Auto, alle Scheiben waren gefroren. Aus Vorsichtsgründen fuhr Inge nicht über Bredenfelde, sondern die Hauptstraße in Richtung Waren. In Groß Plasten bog sie nach Neubrandenburg ab. Es waren elf Kilometer mehr an Fahrzeit. Sie war gar nicht mehr traurig und tröstete sich: in Motzen habe ich garantiert mehr Zuhörer.
Das Programm  für das Stadtteilfest Datzeberg war fertig.
Am Gründonnerstag traf Janine ein, die mit einer Fahrgemeinschaft von Rostock gekommen war. Sie war bereits im siebenten Monat schwanger. Am 5. Juni ist Geburts-Termin, erklärte sie. Sie färbten gemeinsam Eier und Samstagnachmittag fuhr Inge zur Geburtstagsfeier von Herrn R. Es war ein großer Saal in der Ihlenfelder Straße gemietet worden und Inge bekam Herzklopfen. Mit dem Geburtstagsständchen begann sie. Es ging besser, als sie dachte und die Rede wurde gelobt.
Die Umstellung auf die Sommerzeit machte Inge zu schaffen. Um fünf Uhr morgens war es nun noch dunkel, da es in Wirklichkeit erst vier Uhr war
.
Vierzehn Tage nach Ostern meldete sich Klaus telefonisch. Mareike und Laura hätten im Urlaub Fieber gehabt, an Erholung sei nicht zu denken gewesen. Sie hätten keine Nacht durchgeschlafen, da Mareike jede Nacht ins Bett der Eltern flüchtete. Nun habe er sich angesteckt und sei zu Hause. Das Osterpäckchen, das Inge für die Kinder geschickt hatte, erwähnte er gar nicht.
Janines Mutter hat sich per Handy gemeldet, sie will sich um Janins Baby kümmern, Inges Hilfe war nun nicht mehr gefragt.
Mitte April folgte Inge der Einladung von Frau Wudtke und fuhr nach Kittendorf. Die Sonne strahlte an diesem Sonntag vom wolkenlosen, blauen Himmel. Die Knospen der Bäume verwandelten sich langsam in Blätter. Halb zehn Uhr morgens war sie bereits in Kittendorf. Inge hatte einen Marmorkuchen gebacken und übergab diesen als Geschenk. Sie unterhielten sich und machten gemeinsam einen Spaziergang durch den Lenne´ Park von Schloss Kittendorf. Durch die Wiesen führte ein kleiner Fluss, es war ein Peene-Arm. Bänke luden zum Verweilen ein. Als sie wieder zum Dorf zurückkehrten, standen sie vor einem verwitterten Gedenkstein aus Granit, zweieinhalb Meter hoch und lasen sie die eingemeißelte Schrift "Unser Heimaturt" (unser Heimatort). Um zwölf waren sie wieder am Neubau angelangt und gingen in die Dorfgaststätte. Die Gaststube war bis auf den letzten Platz mit jungen Familien gefüllt. Nach dem

Essen wurden sie beide so müde, das sie eine Ruhepause einlegten. Während Frau Wudtke den Sessel bevorzugte, durfte Inge das Sofa benutzen. Halb drei Uhr klingelte es und die ehemalige Gemeindesekretärin von Kittendorf, Frau Ziems, kam. Sie erzählte, dass sie sich für Inges Buch interessiere. Sie wollte damals auch zur Lesung kommen, aber keiner konnte ihr sagen, wann und zu welcher Zeit die stattfinden sollte, nicht einmal die Angestellten im Schloss wussten es. Nun wurde erst einmal bei Kaffee und Kuchen geplaudert.
Der Plakat-Entwurf für das Stadtteilfest Datzeberg wurde in der Sitzung besprochen. Frau Schmöker, eine ausgebildete Gebrauchswerberin, hatte lange um den besten Text gerungen. „30 Jahre Datzeberg, wir wollen bleiben“ war die Endfassung.
Am 5. Juli fand das Stadtteilfest statt. An Spenden waren erst 500 Euro eingegangen. Der Verkauf der Lose war im vollen Gange.
Wieder einmal holte Inge Edith ab und ging mit ihr und dem Lebensgefährten über den Wall. Der gemeine Lauch, kein Bärlauch wie viele meinen, spross überall aus den Gräben und verströmte einen starken Duft.
Am Mittwoch rief Susanne an und Inge bekam sprichwörtlich die „Keule“ zu spüren. „Wir drei Kinder haben uns ausgesprochen und sind der Meinung, dass Du uns nicht das geben kannst, was man von einer Mutter erwartet! Als ich letztens sagte, ich habe Migräne, hast Du gleich von Dir erzählt.“ Inge führte das Gespräch weiter, als wäre nichts geschehen, aber in der Nacht kam ihr die Ungeheuerlichkeit erst richtig zu Bewusstsein. Das sagt ihr die Tochter, für die sie jahrzehntelang alles getan hatte? Alles vergessen?
Am Morgen jedoch konnte Inge schon wieder lächeln, sie dachte an den Satz einer Bekannten: „Ab 30 hört die Familie auf. Sie brauchen andere Menschen, nicht mehr ihre Kinder! Fremde Menschen werden ihre Familie sein.“
Frau Ziems, die Nachbarin von Frau Wudtke, die sie am Sonntag kennengelernt hatte, meldete sich per Telefon bei Inge, sie ihr Buch bei Inge bestellt und gelesen hatte. “Ich habe mich in ihrem Buch wieder gefunden, ich habe schon einhundert Seiten gelesen, es ist spannend.
Nun hatte der Frühling endgültig gesiegt. Ach, wie freute sich Inge, wieder eine Radtour rund um den See machen zu können. Überall „blickten“ die weißen Buschwindröschen mit ihrem Gesicht zur Sonne. Es war schön, das erste Grün an den Bäumen zu sehen.
Die rote Tulpenpracht, das Meer von Vergissmeinnicht und die wilden

Veilchen im Garten erfreuten Inge jeden Tag.

***Samstag, 26. April 2008***

***Die Lesung in Motzen ist Geschichte, es war ein wundervoller, harmonischer Tag. Ich habe mit dem Ehepaar Schellheimer liebe Menschen kennengelernt. Zwanzig Zuhörer waren der Einladung des Heimatverbandes, der Volkssolidarität und des Kirchgemeinderates gefolgt. Das Haus des Gastes lag mitten im Zentrum des Ortes. Mit Fördermitteln der EU war es 2000 fertiggestellt worden. Damals war Motzen noch eine eigenständige Gemeinde, jetzt nicht mehr, weil Motzen mit dem Nachbarort Mittenwalde zusammengelegt wurde.***

***Das Haus von Dr. Günther-Schellheimer lag in einem Feuchtbiotop. Es nannte sich „In den***

***Hecken“. Früher war das Haus ein typischer Sommer-Bungalow gewesen, nach der Wende***

***hatten sie angebaut und es befestigt, so dass es ihr ständiger Wohnsitz wurde. An dem Haus wurde gerade eine neue Straße gebaut.***

Dr. Günther Schellheimer war ein kleiner Mann mit einer sehr hohen Stirn, er wartete schon auf mich und erzählte wie ein Reiseführer. Das Haus war klein, schmal mit einem spitzen Dach und einstöckig.

***Seine Frau, 74 Jahre alt, war groß und schlank. Sie empfing mich mit großer Herzlichkeit. In der winzigen Küche war bereits der Tisch gedeckt. Am Eingang befand sich ein gläserner Anbau, den sie im Sommer und im Winter nutzen können, weil er beheizt werden kann. Es gab das russische Nationalgericht Pelmeni mit einer Möhren-Gemüse-Suppe. Es schmeckte sehr gut und anschließend durfte ich im Gästezimmer Mittagsruhe halten. Halb zwei Uhr hatte Frau Günther Schellheimer einen großen Korb mit drei Kannen Kaffee fertig gepackt. Als Vorsitzende der Volkssolidarität war sie für den Kaffee am Nachmittag verantwortlich.***

***Ihr Mann führte mich durch das Gemeindehaus. Es waren schöne, helle Räume, viel Glas.***

***Hufeisenförmig waren die Tische im großen Saal aufgestellt. An der Stirnseite standen zwei Stühle. Ich wunderte mich, wollte er die ganze Zeit neben mir sitzen? Ja, das war so. Er begrüßte die Anwesenden im Namen des Heimatverbandes und des Museums. Vom***

***Kirchgemeinderat war Niemand gekommen. Dann wurde Kaffee und Kuchen angeboten.***

***Auf der rechten Seite des langen Tisches saß ein junger Mann, er verschlang mich förmlich mit den Augen und kam nach der Lesung nach vorn. Er sei von Beruf Kriminalist und wollte unbedingt mein Buch kaufen. In weiser Voraussicht hatte ich ein Exemplar mit nach Motzen genommen. Ein junges Ehepaar fragte und wollte ebenfalls ein Buch. Er war Rohrleger gewesen und durch einen Rückenschaden arbeitslos geworden. Seine Begleiterin stellte sich als Chorleiterin und Querflötenspielerin vor. Sie waren aus dem Altbundesland erst vor kurzem nach Motzen gezogen. Ich verkaufte ihnen das Buch für weniger Geld. Der einunddreißigjährige Kriminalist bekam von Dr. Günther-Schellheimer gleich das Buch in die Hand gedrückt.***
***Dann übergab mir Dr. G.-Schellheimer fünfzig Euro Honorar, ich hatte überhaupt nicht damit gerechnet und freute mich entsprechend. Zu beiden Teilen hatten der Heimatverband und die Volkssolidarität gespendet.***
***Dr. Günther-Schellheimer lud mich nun zu einem Spaziergang durch das Dorf ein.***
***Meine Anspannung legte sich allmählich. Den Kirchenschlüssel hatte er sich besorgt und wir schauten uns das Kircheninnere an. Schlicht und einfach war die Kirche gestaltet, gerade waren hinter dem Altar mittelalterliche Malereien entdeckt worden.***
***Motzen ist ein Dorf der Ulmen. Immer, wenn ein Haus gebaut worden war, pflanzte man eine Ulme. Es soll über 100 Ulmen in Motzen geben. Todmüde war ich, als wir halb sieben Uhr abends bei Dr. Günther-Schellheimer zu Hause eintrafen. Bei schwarzem Tee und ein paar belegten Schnitten wurde ich wieder munter. Wir saßen in der Terrasse, plauderten und sangen russische Lieder zur Gitarre. Es war ein besonderer Abend.***
***Motzen hat ein sehr mildes Klima. Der See und die großen Höhenunterschiede um Motzen sind der Grund dafür.***
***Der nächste Tag war wieder ein wunderbarer Frühlingstag. Um neun Uhr begleitete mich das Ehepaar zum Auto. Ich bedankte mich vielmals für den schönen Tag und beschloss, gleich durch das Zentrum von Berlin zu fahren und nicht den Umweg über die Autobahn Prenzlau.***
Ende April war es sommerlich warm und endlich regnete es. Nun erblühten der Birnbaum und die Kirschbäume im Garten.
Die Bibliothekarin Frau Mohr schickte Inge eine Liste mit Teilnehmern „Regionale Autoren“ vom 15.-17. Mai in der Weiland-Buchhandlung im

Marktcenter Neubrandenburg. Dreißig Autoren hatten sich gemeldet.

Wieder einmal sang Inge mit der Singegruppe im „Vitanas-Seniorenheim“. Den Flügel hatten die Angestellten in die Mitte des Atriums gestellt. Drei Stockwerke erhoben sich darüber vom Erdgeschoss. Günstig war dies für die Hörer, die auf den Etagen standen, aber nicht für die Hörer im Erdgeschoss. Die verstanden nicht so gut, weil der Schall nach oben stieg. Aber Inge wusste Rat, sie ging einfach ein Stück vor und trat genau vor die erste Reihe und der Bann war gebrochen, sie wurde verstanden und einige Senioren sangen sogar mit. Bei Mörikes berühmten Frühlingsgedicht „Er ist´ s!“ klatschten die Hörer begeistert, denn sie hatten jedes Wort verstanden, außerdem kannten sie es aus ihrer Jugendzeit.
Pffingstsamstag fuhr Inge nach Carpin, wo eine Vogelstimmenwanderung um sechs Uhr stattfinden sollte.
Der junge Mann, der sie begrüßte, war vom Nationalparkamt. Fünfzehn Personen zählte Inge, meist ältere Menschen, sogar drei Blinde waren dabei. Der sehende Sohn ging in der Mitte, der blinde Vater links von ihm und die blinde Mutter rechts von ihm. Hinter dem Vater, verbunden mit einem Stock, ging ein etwa vierzigjähriger blinder Mann. Sie entpuppten sich als wahre Vogelkenner. Bis zum Naturschutzamt Serrahn waren dreieinhalb Kilometer zu laufen. Erst nach gut zwei Stunden waren sie dort angekommen, weil der Führer sehr oft stehen blieb und erklärte. An einem „Schweinegartensee“ sahen sie zwei Schell-Enten.
Mönchgrasmücken, Kleiber, Singdrosseln, Amseln, Buchfinken und ein Zirpzarp waren zu hören. So früh am Morgen war es sehr schön im Wald, wenn auch sehr kühl. Die Sonne wärmte jedoch zunehmend.
Einen Strauß mit roten Tulpen und blauen Vergissmeinnicht pflückte sie am Pfingstsonntag und stellte ihn an das Grab ihrer Mutter. Am Nachmittag setzte sie sich auf das Fahrrad und fuhr zum Tollensesee. Die Kastanienallee von Alt-Meiershof nach Alt Rehse stand in voller Blüte. Der Ostwind kühlte.
Am 2. Feiertag fuhr sie zum Augustasbad und schritt den Weg hinauf zum Turm Behmshöhe. Ein herrlicher Blick bot sich ihren Augen. Weiße Segelboote leuchteten im blauen See.
Am 15. Mai begannen die Tage der „Regionalen Autoren“ in der Weiland-Buchhandlung im Markt-Center. Kleine Tische und kleine Stühle waren aufgestellt worden, Schilder verkündeten die Namen der Autoren. Die erste Autorin, die sie erkannte, war eine Kollegin. Frau Paschen,

Grundschullehrerin in der ehemaligen Oberschule I, hatte eine Familiengeschichte geschrieben. Sie stammt aus dem kleinen Dorf Wulkenzin bei Neubrandenburg.
Frau Mohr und Frau Zerwer, zwei ehemalige Bibliothekarinnen, begrüßten die anwesenden Autoren und Zuhörer. 12.20 Uhr kam Inge an die Reihe. Herr Runge, Angestellter im Steffen-Verlag Friedland, kündigte sie an. Inge begann singend „Der Mai ist gekommen", das zündete gleichsam und zog Besucher an. Zehn Minuten Lesezeit hatte jeder Autor. Inge las zwei Ausschnitte aus „Schrei nach Liebe" vor. Frau Mohr hatte einen Reiseführer über Wanderwege an der Tollense geschrieben, Frau Zerwer ein Büchlein über die Brohmer Berge.
Ein Autor aus Carwitz, Dietmar Kruczek, fiel Inge auf. Er war auch 1940 geboren. Sie erinnerte sich dunkel, ihn irgendwo schon gesehen zu haben. Dann fiel es ihr ein. Zur Leipziger Buchmesse 2007 hatte er aus seinem Büchlein „Uns Pastor, Geschichten von Anno dunnemals" gelesen. Inge sprach ihn an und erfuhr, dass er seit 1981 freischaffend sei. Siebzig Geschichten habe er für den „Abendgruß" des Sandmännchens geschrieben. Er sei Arbeitshygieniker von Beruf und habe in Weißenfels studiert. Er hat den Zug der Zeit erfasst, schreibt Kinderbücher, liest in Bibliotheken, Schulen, bei betagten Menschen, in Krankenhäusern, in der Justizvollzugsanstalt und bei Aidskranken. Für Schüler der oberen Klassen führt er Schreibwerkstätten durch, es war beeindruckend. Er gab Inge eine Mappe mit Texten mit. Da sie am Freitag erst um 16 Uhr zur Lesung angekündigt war, wollte sie ihm die Mappe am Morgen zu seiner Lesung zurückbringen.
Am zweiten Tag saß sie zwischen Herrn Pergander, einem Journalisten, der bei der „Frankfurter Allgemeinen Zeitung" arbeitete und für die Berichterstattung Norddeutschlands verantwortlich zeichnete, und Dr. Olaf Thomsen, der sich dem Publikum als Segler vorstellte. Pergander hatte ein Tourismus-Buch über „.Hundert Stufen", die Geschichte des Belvedere am Tollensesee, veröffentlicht. Er war ein Hüne von 1.90 m, Inge schätzte ihn Anfang fünfzig. Dr. Thoms, braungebrannt und blond, stellte ein Buch über das Segeln vor.
Noch einen Bekannten traf Inge. Es war der PC-Fachmann Herr Vogel, der ein Büchlein über Diabetes veröffentlicht hatte. Das Buch richtet sich an junge Leser, beschrieb Unter- und Überzuckerung, den Zuckerschock und anderes. Herr Vogel hatte ihr beim Einrichten des Internets in ihrem PC geholfen.
Streng wurde auf die Einhaltung der Zehn Minuten-Lesezeit geachtet.

Der junge Neubrandenburger Taucher Oliver Zimmermann machte mit seinem Buch über die Geschichte der Torpedo-Station im Tollensesee neugierig. Am dritten Tag saß sie zwischen Herrn Pergander und dem Leiter des Neubrandenburger Heimatmuseums Herrn Voß.
Diesmal lasen zwei Frauen. „See im Sonnenglanz", war der Titel des Erzählbandes von Frau
Brudnicki (aus Burg Stargard). Frau Friedrich stellte ein kleines Kinderbuch vor, ihr Sohn war Graphiker und hatte die Zeichnungen im Buch beigesteuert, also eine richtige „Familienarbeit". Inge kam mit ihr ins Gespräch. Sie stammte aus Ückermünde und wohnt jetzt in Broda. Sie verstanden sich auf Anhieb und tauschten ihre Telefonnummern aus.
Dem Tierarzt Dr. Köpp aus Alt Rehse ging es um das ethische Anliegen der Erhaltung von Arten in der Natur für unsere Enkelgeneration.
Frau Mohr machte die Hörer mit der Doppelburg Osten bei Schmarsow bekannt.
Dann war Inge an der Reihe. Sie las aus dem Kapitel „Ankunft in Castrin". Sie hatte gut gewählt, denn immer mehr Frauen hörten zu. Applaus, überstanden.
Frau Birkenkampf von der Regionalbibliothek überreichte jedem Autor ein Buchgeschenk und einen Blumenstrauß. Alle Autoren wurden auf das Podest gebeten und ein Foto geschossen. Es waren inhaltsreiche Tage, die viele Gespräche, Begegnungen und Kontakte mit Gleichgesinnten und jede Menge geistige Anregungen brachten.
Am Sonntag rief Janine an und sagte, dass die Geburt unmittelbar bevorstehe. Kurz nach Mitternacht gebar sie durch Kaiserschnitt einen kleinen Jungen, sie nannte ihn Finn. Jungen kommen meist früher auf die Welt, so war es auch bei Janine.

***Freitag, 6. Juni 2008***

***Heute bin ich wieder einmal tief enttäuscht worden. Irgendwie hatte mein „Bauch" das schon vorher prophezeit, denn ich zweifelte, ob es richtig wäre, nach Rostock zu fahren. Statt eines Besuches wurde es ein Tag des „ Ausnutzens". Umtausch einer Babydecke bei Spielemax im Ostsee-Center, dann bat Janine, sie mit dem Baby zum Kinderarzt zu fahren. Statt Mittagessen gab es eine Fahrt nach Warnemünde.***
***Spazieren gehen, Fläschchen geben waren nun angesagt. Ich wurde sehr müde, kaufte zwei Tassen Kaffee und Mango-Torte in Warnemünde. Eigentlich war i c h ja der Gast. Über dreißig Minuten lang hatte***

***ich die Wohnung von Janine in der Weberstraße gesucht und dann der Schock: zwei Namen fanden sich auf dem Türschild. Ihr Name und der Name eines für mich Unbekannten. Auf meine Frage erfuhr ich, dass ihr jetziger Lebenskamerad ein Wirtschaftsingenieur sei, den sie letzten Herbst bei einem Segeltörn in Rostock kennengelernt hatte. Er sei auch der Vater des kleinen Finn. Dann eröffnete sie mir, dass sie gleich mit mir nach Neubrandenburg mitkommen wolle. Wir hielten an einem Blumenladen kauften einen Blumenstrauß für die Mama und los ging die Rückfahrt. Die Mutter erwartete uns auf dem ehemaligen Parkplatz Divi. Kein Wort des Dankes hörte ich beim Abschied. Dass die Fahrt nach Rostock hin und zurück für mich eine Strapaze sein würde, auf diese Idee kam Janine nicht. Das Kind ist der Mittelpunkt ihrer Welt, das ist ja auch in Ordnung. Ich lerne daraus.***

Zu Claras Auftritt „1000 Schritte“, ein Galaprogramm zum 15jährigen Bestehen des Tanzstudios Wendisch war Inge nach Bautzen eingeladen worden. Um sechs Uhr stieg sie ins Auto. Da sie über Castrin zur Autobahn nach Prenzlau fahren wollte, pflückte sie noch einen Strauß Rosen und stellte sie in Castrin an das Grab von Oma Else. Halb elf Uhr war sie an der Abfahrt Ruhland und fuhr nun Landstraße. Bernsdorf und Kamenz waren die nächsten Orte, die sie durchfuhr.
Clara hatte rotgefärbte Haare und wurde von ihrer Mutti geschminkt. Um 15 Uhr sollten die Kinder im Deutsch-Sorbischen Volkstheater sein. Sie spielte im Stück eine Elfe. Als sie Clara ins Theater gebracht hatten, liefen sie den Weg zurück. Inge war froh, nach dem stundenlangen Sitzen im Auto nun laufen zu können.
Sie setzte sich mit Claudia in den Garten, der sehr hübsch gestaltet ist. Die Erdbeerbüsche hingen voller Früchte, ebenso die Himbeersträucher. Viele Blumen waren zu sehen. Jörg hatte Steintreppen gelegt.
Das Theater war sehr groß. Der Vater des Tanzstudios war ein Palucca-Schüler. Er war bereits vierundsechzig Jahre alt. Seine Tochter, achtunddreißig Jahre alt, war mit im Unternehmen. Die Mutter war hinter der Bühne die gute Seele, die nicht nur Kostüme nähte und änderte, sondern auch den Tänzerinnen beim Umziehen half. Der Schwiegersohn, von Beruf Schauspieler, bediente die Technik, also ein richtiges Familien-Unternehmen.

In zwei Stunden liefen wunderbare Tanzprogramme ab. Kinder ab fünf

Jahre und Jugendliche zeigten ihr Können. Endlich kam das Spiel „Böse und gute Träume“, in dem Clara tanzte. Sie spielte eine Elfe mit goldgelben Flügeln. Ein durchsichtiger Anzug zeigte ihre sehr schlanke, schöne Gestalt. Sie tanzte todernst und lächelte erst beim Schlussbild, als sich alle verneigten.
Anschließend wollte Claudia in einer Gaststätte feiern. In einem italienischen Restaurant stießen sie mit einem Glas Sekt an und aßen eine Kleinigkeit.
Am nächsten Tag war eine zweite Vorstellung. Zu Mittag erschienen Jörg und Malte. Sie waren in den Bergen der Sächsischen Schweiz klettern gewesen. Jörg sah sehr müde aus, er war erst morgens um vier Uhr ins Bett gekommen. Inge hatte sich noch eine Karte für die Nachmittagsvorstellung gekauft und konnte von ihrem hinteren Platz sehr gut sehen.
Auch Jörg und Malte sahen nun die Aufführung.
Es war sehr schwül, als sie nach Hause kamen. Claudia wollte den neuen Wok ausprobieren, den sie erst eine Woche zuvor gekauft hatte. Es war ein Gefäß aus Schamottsteinen, das in Kambodscha benutzt wird. Als in der Pfanne das Putenfleisch schmorte, ging ein Gewitterregen hernieder. Sie mussten alles hoch in die Küche tragen. Dazu gab es Safranreis und Salat.
Claudia verkündete, dass sie am nächsten Tag nach Dresden fahren wolle.
Am Montagmorgen fuhr Inge die Kinder zur Schule.
Mit 160 km/h raste Claudia über die Autobahn, am Dresdener Kreuz war Schluss damit, sie standen im Stau. Drei Stunden dauerte die Geduldsprobe, bis sie endlich auf dem Neustädter Markt parken konnten.
Sie liefen über die Brühlsche Terrasse zur Frauenkirche. Um 12 Uhr war eine Führung. „Geh´ nur hinein, ich kenne die Kirche schon von innen. Ich warte auf Dich.“
Rosa, hellgrün, gold und grauweiß waren die dominierenden Farben im Kircheninneren.
Es war falscher Marmor.
Nach dem Orgelspiel erzählte eine Frau Einiges aus der Geschichte der Kirche. Seit der Reformation war sie immer eine protestantische Kirche gewesen. Auf dem Altar stand ein Nagelkreuz, aus drei Nägeln bestehend. Diese Nägel stammten aus Coventry. Die Bombardierung Dresdens am Ende des 2. Weltkrieges war ja die Vergeltung für die Bombardierung der englischen Stadt Coventry. Alte Steine, die im Schutt gefunden worden waren, hatte man mit verbaut. Um 13 Uhr war die Führung beendet. Clau-

dia schaute sich nun mit ihr einige Geschäfte auf dem Neustädter Markt an. Am Nachmittag ging Inge mit Clara in Bautzen zum „Holzwurm", einem Spielwarengeschäft. Dort bekam sie ihr Geburtstagsgeschenk, eine Käthe-Kruse-Puppe. Sie war in Donauwörth hergestellt, hatte aber das Siegel der Käthe-Kruse-Puppen. Die Original-Werkstätten befanden sich in Bad Kösen, unweit von Weißenfels. Inge kannte die Kruse-Werkstätten. Die handbemalte Puppe kostete dreißig Euro. „Lucie hat ein ganzes Sortiment dieser Puppen" erzählte Clara.
Jörg arbeitete inzwischen in Maltes Zimmer. Die Paneele waren noch immer nicht fertig angebaut. Plötzlich eine irrer Schrei. Inge blieb fast das Herz stehen. Sie schaute nach und erlebte einen Wutausbruch ihres Sohnes. Wasser, eine Mischung von Zement und Wasser, war an die Mauer gespritzt. Er schrie, stieß mit den Füßen an dem Eimer, rannte wie ein Verrückter herum und fing dann an, mit einem Lappen das Wasser aufzuwischen. Inge fragte, ob sie helfen könne. Nein, er mache das selbst. Malte, der inzwischen auch nach oben gekommen war, sagte nur: "Das kennen wir von Papa!"
Abends entschuldigte er sich dann.
Um 21 Uhr kam Claudia von ihrer Arbeit zurück. Sie telefonierte sofort mit ihrer Mutter. Der Opa, ebenfalls in Bautzen lebend, konnte plötzlich nach einer Blasenoperation nicht mehr laufen. Nun wurde beratschlagt, ob er in ein Pflegeheim kommt, oder in ein „Betreutes Wohnen." „Bitte, nicht schon wieder!" war Jörgs Reaktion. Er wollte davon nichts hören.
Inge ging ins Bad und machte sich für die Nacht fertig.
Sie kennen nur i h r e Probleme. Oma hat das Geschenk abgeliefert, die Tanzveranstaltung besucht, mehr Interesse haben sie nicht.
Schneidet sie ein Thema an, wird gar nicht reagiert. Andersens Märchenbuch, Inges über alles geliebte Märchenbuch, das sie Jörg beim Weggang von Neubrandenburg schenkte, fand sie verlottert im Bücherregal stehen. Das Deckblatt war abgerissen, das erste Blatt mit der Eintragung „Ingeborg Stier, Eigentümer 1952" lag irgendwo in der Mitte des Buches. So verschandelt, dachte Inge. Sie schlug Jörg vor, es mit nach Neubrandenburg zu nehmen und reparieren zu lassen. „Gib´ mir das Geld, dann lassen wir es hier machen!" Inge war sprachlos. Nein, das tat sie nicht, sondern nahm es mit und ließ es in Neubrandenburg reparieren.
Kurz nach sechs Uhr wurde gefrühstückt. Inge fuhr Malte und Clara wieder zur Schule. Malte umarmte sie herzlich, dann auch Clara.
Gleich bei der ersten Abfahrt, nur sieben Kilometer von Bautzen-Ost,

fuhr Inge auf die Landstraße, die nach Norden führte.
Eine wunderbare Sommerlandschaft im Morgenkleid bot sich ihr. Sie sah viele Christus-Holzkreuze zum Verweilen und Beten am Weg. In Bernsdorf musste sie eine Umleitung über Senftenberg fahren, dann waren es noch 107 Kilometer bis Berlin. Kurz vor dem Berliner Ring machte sie eine Pause und trank einen Cappuccino. Halb zwölf Uhr war sie in Gramzow, die Abzweigung für Prenzlau. In dem kleinen Dorf Bietikow war ein Kiosk, dort gab es warmes Essen. Bei frischen Bratkartoffeln und einem saftigen Schnitzel stärkte sie sich für die letzte Etappe.
In Castrin hielt sie noch einmal an, ging an Oma Margaretes Grab und gab den Rosen frisches Wasser. Halb zwei Uhr war sie zu Hause, Kater Peter kam gelaufen und wich nicht mehr von ihrer Seite. Am Abend entdeckte Inge oberhalb ihrer linken Brust einen roten Kreis, vermutlich ein Zeckenstich, ein Andenken an ihren Anafi-Aufenthalt im Mai. Sie ging zur Ärztin und bekam eine Tetanus-Wiederholungsspritze. Die letzte Tetanus-Spritze hatte sie 1994 bekommen,
auch nach einem Zeckenstich (Reise zu den Kykladen-Inseln).
Ende Juni waren die ersten Sauerkirschen im Garten reif, viel Arbeit gab es jetzt. Die verblühten Rosenblätter musste sie täglich abschneiden bzw. zusammenfegen, die Hecke schneiden und Rasen mähen.
Die Memoiren von Dmitri Schostakowitsch hatte sie inzwischen ausgelesen, es war eine spannende Lektüre. Der Abschnitt über sein Verhältnis zu Stalin war einfach unglaublich. Das Wiederholungsthema aus der „Leningrader Sinfonie“ war nicht die Darstellung des Faschismus, so hatte Inge es im Studium gelernt, sondern sollte die Gewaltherrschaft Stalins musikalisch verdeutlichen. Schostakowitsch bezeichnet Stalin als „Wahnsinnigen“.
Inzwischen liefen die Vorbereitungen zum Stadtteilfest auf Hochtouren. Auch Inge hatte Lose gekauft und insgesamt 75 an den Mann gebracht.
***5. Juli 2008***
***Das war ein Tag! Um 6.45 Uhr klingelte das Telefon und Herr Liebelt fragte mich: “Wir brauchen dringend zehn Sicherheitsnadeln für die Armbinden der Ordnungshüter. Können Sie uns helfen?“ Ich konnte helfen. Um neun Uhr begann der Aufbau des Zeltes und der Bühne. Ich begrüßte die Mitglieder des Fanfarenzuges. Eine Spielerin sprach mich strahlend an, sie war meine Schülerin vor über 20 Jahren in der Oberschule IV. Erst nach halb zehn Uhr setzte sich der Zug in Bewegung, ich schritt mit der Kartenskizze immer voran, denn die Spieler***

*kannten nicht die angegebenen Straßen. Rechts und links neben mir liefen fünf Kinder der kinderreichsten Familie auf dem Datzeberg (11, 8, 7, 6 und 2 Jahre alt). Zehn Kinder hat die Familie. Den Kleinsten setzten wir kurzerhand auf den Sattel meines Fahrrades. Um 10.15 Uhr kürzte der Spielmannzug einfach den vorgegebenen Weg ab und marschierte zum Kinderfest auf den Platz der Grundschule.*

*Nun sollte das Rollstuhlrennen beginnen, aber Niemand war zu sehen. Daniela Rossek, eine bekannte Neubrandenburger Rollstuhlfechterin, wurde feierlich verabschiedet. Sie hatte nicht die Fahrkarte für die Olympischen Spiele in Peking bekommen und beendet nun ihre sportliche Laufbahn. Mit der Schwester sollte sie fechten, die Vorbereitungen zogen sich lange hin. Um 11.40 Uhr begannen die Cheerleader zu tanzen und ich fuhr erst einmal nach Hause, um etwas zu essen.*

*Mit dem Auto holte ich meine Sänger aus der Südstadt. Das Programm „Dit und dat auf platt" wurde schon gezeigt. Zuerst machte ich die Mikrofonprobe, dann ging es los. „Heut' ist ein wunderschöner Tag" war ein guter Anfang. Der Moderator hatte sich hinter Karin gestellt und redete ständig dazwischen. Ein junger Mann hielt das Mikrofon an die Gitarre. Ich sah viele ältere Menschen, die mitsangen. Ich gab ihnen die Texte vom Rennsteiglied und Mecklenburger Heimatlied „Wo die grünen Wiesen leuchten weit und breit". Es war wirklich eine wunderbare Atmosphäre, obwohl es sehr heiß war.*

*Dann dauerte es nicht mehr lange, und ich wurde zum „Offenen Singen" gerufen. Ich verließ die Bühne und trat direkt vor die erste Reihe der Gäste, verteilte die Liedtexte und los ging es. „Welche Farbe hat die Welt?", „Alt wie ein Baum", „Über sieben Brücken", „Jetzt kommen die lustigen Tage" und „Nackedei" waren dabei. Dann begrüßte der Oberbürgermeister die Anwesenden. Die Landtagspräsidentin Frau Brettschneider war schon am Mittag gekommen.*

*Ich fuhr meine Sänger mit dem Auto wieder in die Südstadt.*

*Nun begann die Verlosung. Der 15. Gewinn kam auf ein Los von mir. Es war ein 25 Euro- Gutschein, gesponsert vom Modehaus Rühs. Das Los hatte ich einer Frau im Gemeindenachmittag verkauft. Die würde sich ja freuen! Nach 18 Uhr war ich zu Hause und hatte Durst, Durst, Durst.*

*Am nächsten Tag ging ich ins Modehaus Rühs und bekam auf das Los eine Wolldecke. Am Donnerstag ist eine „Nachbereitungsfeier" im Stadtteilbüro auf dem Datzeberg.*

Da wurde das Fest ausgewertet. Herr Schürgut gab ein vernichtendes Urteil über die Technik ab. Er war von 7.30 Uhr bis 2.30 Uhr nachts auf dem Platz. Beim Abtransport der Technik ereignete sich ein Unfall mit dem Hänger, der hatte sich vom Wagen gelöst und ein Auto beschädigt. Die Polizei wurde gerufen und er musste den Schaden beheben.
Im nächsten Jahr soll der Festspielplatz umgestaltet werden. Herr Schürgut kritisierte den Moderator und meinte: „Das hätte Frau Templin genauso gut gekonnt!" O, welch´ unerwartetes Lob. Ansonsten war das Fest ein voller Erfolg.
Die Einladung zur Einschulung von Laura kam überraschend. Inge rief Klaus in Halle/Dieskau an und fragte nach einem Geschenk. Klaus schlug vor, ein Grundschul-Lexikon zu schenken.
Einen Sommertag nutzte Inge, um einen Tagesausflug auf die Insel Usedom zu machen. In Neddemin fuhr sie auf die A 20 und nach 20 km war sie bereits in Klempenow, von dort fuhr sie ab auf die Landstraße nach Anklam und zur Insel Usedom. Die Alleenstraße nach Anklam spendete wunderbaren Schatten.
Am Wasserschloss in Mellenthin machte sie das erste Mal Pause. Diesmal fuhr sie in Neppermin ab und nordöstlich nach Beenz. Halb elf Uhr war sie an der Seebrücke von Koserow, parkte und stieg auf den Streckelsberg. Steilufer und Wald bildeten einen wunderbaren Kontrast zur blauen See.
Sie lief hinunter zum Strand und schwamm. Das Wasser war sehr kalt. Danach fuhr sie weiter nach Bansin und wollte zum Gothensee im „Hinterland". Der See war in der Karte als Naturschutzgebiet ausgewiesen und wirklich idyllisch gelegen. Vor einem Eisenbahnviadukt parkte sie das Auto und wanderte nun nach Gothen. Der Gothensee war unzugänglich, an seinem Ufer wuchs so viel Strauchwerk, dass sie nicht durchgehen konnte. Kurz vor dem Dorf Gothen hatte ein Züchter Shetlandponys, Schafe, Ziegen und Lamas auf der Weide. Im Cafe´ „Storchennest" genoss sie Kaffee und Obstkuchen.
Im Ort war eine kleine Sehenswürdigkeit. Ein Anwohner hatte seit mindestens 40 Jahren die jährliche Ankunft der Störche auf einem großen Schild aufgeschrieben, deshalb hieß das Café wohl auch „Storchennest". Am schönsten fand Inge die wunderbare Stille, die das Dorf umgab.
Zu Mittag wurde das Wetter richtig schön und sie fuhr auf der Rückfahrt noch zum Lieper Winkel. In Rankwitz besuchte sie die Fischgaststätte, die direkt am Achterwasser lag.

Ein Zeesenboot mit braunen Segeln kreuzte vor der Zecheriner Brücke. Am nächsten Tag wimmerte den ganzen Tag die Kreissäge. Ihr Nachbar gegenüber ließ eine herrliche Blautanne fällen und die Birke folgte. Jahrelang hatte sich Inge an ihrem Anblick erfreut. Was bezweckte der Nachbar damit?

Drei Tage verbrachte Inge in Hamburg. Sie wollte mit Susi Geburtstag feiern. In aller Herrgottsfrühe fuhr sie los. Es war sehr heiß und da sie sich verfahren hatte, zu früh abgefahren war, landete sie in Wandsbeck, statt im Mittelweg, der zur Sophienterrasse führt. Es war die reinste Odyssee und schließlich befand sie sich sogar auf der Reeperbahn. Ein Arbeiter erwies sich dann als der sprichwörtliche Retter in der Not, denn er zeichnete ihr den Straßenverlauf mit markanten Gebäuden auf und nun fand sie die Sophienterrasse ohne Schwierigkeit.

Stefans Mutti wollte Inge kennen lernen und am nächsten Abend fuhren sie zu ihr. „Am alten Gaswerk" war die Adresse. Es waren ausgebaute Wohnungen an einem ehemaligen Gaswerk. Von ihrem Balkon aus konnte man rundherum in alle Nachbar-Wohnungen schauen. Ein festlich gedeckter Tisch erwartete sie. Oliven, Tomaten, frischer Salat und Quiche (überbackenes Ei-Schmandt-Gemisch mit zerlaufenem Schinkenspeck) standen auf ihm. Mit Sekt stießen sie an. Stefans Mutti war eine rassige, schwarzhaarige Frau, Ende 50, sie sah in der bläu-weiß gestreiften Bluse zu schwarzen langen Hosen blendend aus. Sie sprach den typischen Pfälzer Dialekt, da sie in der Nähe von Stuttgart aufgewachsen war. Auch ihr Vater war evangelisch-lutherischer Pastor gewesen, lebte aber nicht mehr. In der Wohnstube stand ein kleines Klavier, eine Klavierschule für Anfänger mit dem Titel „Guter Mond, du gehst so stille" lag auf dem Klavier und erinnerte Inge sofort an ihre Dammschule.

Am nächsten Tag wollte sie mit Susanne ihr Geburtstagsgeschenk kaufen. Susanne wünschte sich einen MP 3 Player. Im Geschäft „Saturn" in der Nähe des Hauptbahnhofes wurden sie Zeuge eines Unfalls.

Ein Mann war wohl ohnmächtig geworden und lag auf dem Boden. Er war auf den Hinterkopf geschlagen und blutete. Susanne sprach ihn an und stützte erst einmal seinen Kopf mit einem Tuch. Ein junger Mann rief gleich mit dem Handy den Notarzt. Der kam sehr schnell.

Sie sahen ihn noch in den Krankenwagen steigen. Zum Glück war es kein Schlaganfall und der Mann war ansprechbar. Trotzdem waren sie sehr erschrocken.

In dem indischen Restaurant „Baluschistan" aßen sie zu Mittag.

Das Restaurant lag direkt an der Bundesstraße und der Verkehr war dementsprechend groß.
Nach einer ausgiebigen Mittagsruhe und köstlichem Kaffee mit der Obsttorte, die Inge mitgebracht hatte, gingen sie zur Station „Fährdamm“, um „Alsterschippern“ zu machen. Das kleine Fahrgastschiff fuhr erst einmal zur Station „Jungfernstieg“, um dann die ganze Außenalster bis zum „Winterhuder Fährhaus“ zu
durchfahren. Es war herrlicher Sonnenschein und sie genossen die Fahrt, weil sie einen Platz im Heck des Schiffes gefunden hatten. Prachtvolle Villen, wunderbar angelegte Gärten und immer wieder Brücken waren zu sehen. Hinter der Krugkoppelbrücke bog das Schiff in einen Seitenarm, in das sogenannte „Mühlenkamp“. Dort paddelten Familien und winkten ihnen freundlich zu. Das „Winterhuder Fährhaus“ war dann die letzte Station vor dem Wenden. Volle zwei Stunden dauerte die Fahrt.
Stefan saß an seinem hochmodernen Computer, als sie zu Hause eintrafen. Sein Job im NDR- Archiv dient ja nur dem Lebensunterhalt, seine künstlerischen Aktivitäten lebt er erst nach der Arbeit aus. Einige Arbeiten von ihm hingen an der Wand, ein kleiner Raum mit Oberlicht diente als „kleinste Galerie“ von Hamburg, wie Susi lachend bemerkte.
Mit Spannung erwartete Susi den Besuch beim Frauenarzt am nächsten Tag. Inge hatte auf ihrer Wange braune Flecken entdeckt, für sie war klar, dass Susi schwanger war. Der Arzt fragte, ob sie ihre Mutter mitgebracht hätte. Sie bejahte und anschließend durfte Inge das erste Babyfoto sehen. Es war ein Ein-Zentimeter großer Zellhaufen auf der rechten Bauchseite. Nun war es amtlich: Susi erwartet im März ein Baby. Natürlich musste zuerst Stefan die Nachricht per Handy bekommen.
Zur Feier des Tages aßen sie in der Gaststätte am Jungfernstieg. Da wurde gebaut, aber zum Glück hatten die Arbeiter Mittagspause und es war ruhig.
Am Spätnachmittag fuhren sie auf Susis Wunsch hin nach Blankenese. Sie parkten im Ort und liefen 110 Stufen hinab an die Elbe. In der vorangegangenen Nacht hatte es stark geregnet, nun hatten sich Bäume und Gräser wieder wunderbar erholt. Gegenüber der Elbe erblickten sie Finkenwerder und den größten Airbus aller Zeiten, der gerade landete. Die Sonne stand schon tief und sie spazierten immer weiter Richtung Nordsee. Überall sahen sie Radfahrer, Wanderer, Kinder, die mit ihren Muttis am Strand spielten. Das Wasser der Elbe war schwarzbraun, vielleicht lag es an den Steinen, die auf dem Grund lagen. Dann entdeckten sie das

älteste Restaurant von Blankenese „Zum Bäcker". 1733 war es erbaut worden. Eine alte Linde hatte ihre Zweige über den Häuptern der Gäste zu einer Pergola verbreitert. Sie setzten sich in die Gaststätte. Immer tiefer sank die Sonne, eine frische Brise kühlte nun.
Susanne fuhr zurück und Inge freute sich, einmal nicht fahren zu müssen und nur zu schauen.
Am nächsten Morgen verabschiedete sie sich.
Um 12 Uhr war sie schon am Campingplatz Plauer See bei Alt-Schwerin. Sie bezahlte Eintritt und konnte nun schwimmen. Ach, das war eine willkommene Erfrischung.
Einer nach dem anderen geht, ging es Inge durch den Kopf, als sie die Todesanzeige von Elfriede Oltmann aus Castrin las. Ihr Mann, der ehemalige LPG Vorsitzende von Castrin, war vor drei Jahren im November verstorben, nun war seine Frau, achtzig Jahre alt, ihm nachgefolgt.
Klaus machte eine Woche Urlaub mit Familie in der Ferienwohnung seines Vaters in Zinnowitz. Susanne war ebenfalls hingereist.
Auf der Rückfahrt wollte Klaus mit seiner Familie und Susanne in Neubrandenburg Station machen.
Sonne, Wind und Wolken herrschten am 15. August, als sie eintrafen. Laura begann sofort im Rasen nach vierblättrigen Kleeblättern zu suchen und fand auch ganz schnell einige. Begeistert streckte sie Inge eine Handvoll entgegen. Kater Peter wurde auch gleich von ihr gestreichelt.
Mareike und Laura hockten sich auf den Teppich in der Wohnstube und spielten nach dem Mittagessen. Zur Mittagsruhe bat Laura wieder: „Oma, erzähl´ uns eine Geschichte!" Inge erzählte wieder vom Goldtöchterchen. Plötzlich sagte Laura: „Du hast doch einmal erzählt, wie Du als Kind auf der Straße auf Deine Mama gewartet hast und von einer Bäckersfrau, die Dich dann ins Haus rief und Dir etwas zu essen gab!" Mein Gott, das hatte Laura alles behalten? Die Ruhe hielt nicht lange an und um 14 Uhr durften sie aufstehen. „Wir fahren zum See und ihr bekommt ein Eis!" verkündete der Vater. Sie fuhren mit beiden Autos, parkten am Augustbad und wanderten zum Turm von Behmshöhe. Cathleen wollte nicht hinaufsteigen, aber Klaus, Mareike und Laura waren nicht zu halten. Zurück nahmen sie den Weg am See und trafen gegen fünf Uhr auf Frank, Klaus´ Freund.
Seine Frau ist im Pflege-Management tätig und der dreijährige Erik spielte sofort mit Laura und Mareike. Inge fragte eine wenig nach ihrer Arbeit und erfuhr, dass sie drei Pflegeheime betreut, das eine ist Seltz bei Alten-

treptow, das zweite auf dem Lindenberg und nun käme noch eine Einrichtung „Betreutes Wohnen“ auf dem Lindenberg dazu.
Klaus wollte noch einmal baden gehen und begeistert zogen sich nun auch die Kinder aus und tobten mit ihm im Wasser. Es war ein schöner Nachmittag.
Gegen sechs Uhr mahnte Klaus zum Aufbruch. Als Laura vom Strand zurückkam, brachte sie Inge eine kelchförmige, weiße Blüte und meinte: “Die kannst Du Dir ins Haar stecken!“
Mehrmals fragte Laura nach dem Abendbrot, ob Inge nun traurig sei, weil sie wieder wegführe.
Nein, meinte diese. „Ich sehe Dich ja bald wieder zur Einschulungsfeier!“ Susanne aber blieb noch bis zum nächsten Tag.
Toms Lebenskameradin hat am 24. August Geburtstag, aus diesem Grund wollte sie nicht am 23. August zur Einschulung nach Halle/Dieskau fahren. „Ich werde mit Papa sprechen, dass er Dich im Auto mitnimmt, das ist doch Quatsch, dass Du auch allein fährst, ihr könnt´ Euch doch die Spritkosten teilen!“ Na, dachte Inge, da bin ich ja mal gespannt.
Groß war die Überraschung, als die Post ein Päckchen von Gerhard Löttel brachte. Es war ein Buch des tschechischen Philosophen Milan Machovec „Der Sinn der menschlichen Existenz“.
Machovec ist 1925 geboren und lebte in Prag. Gerhard hatte an der Übersetzung mit gearbeitet. Nach 1990 wurde Machovec wieder anerkannt und das Buch erschien 2004 in Deutschland.
Das Buch war Gerhards Geburtstagsgeschenk.

Klaus hatte als Friedensengel erfolgreich gewirkt. „Papa holt Dich zwischen 10 und 11 Uhr ab, halte Dich bereit!“ verkündete er am Telefon.
Tom kam pünktlich. Er fuhr sehr gut. Am Schkeuditzer Kreuz bog er jedoch falsch ab, Richtung Leipzig. Inge widersprach ihm, zwecklos. Erst, als er den Wegweiser las: 10 km bis Leipzig, sah er seinen Irrtum ein und wendete. Endlich fand er die B6. Es war die Parallel-Straße zur Autobahn A 14, Halle-Magdeburg. Kurz nach 15 Uhr kamen sie in Halle/Dieskau an. „Du gehst erst einmal in das Parkhotel und kommst in einer Stunde zum Kaffeetrinken wieder her!“ sagte Klaus.
Heiß schien die Sonne, es war sehr schwül.
Das Zimmer befand sich im ersten Stock, genau über dem Eingang zum Hotel. Das Zimmer war hübsch mit IKEA-Möbeln eingerichtet.
Inge schlug vor, einen Spaziergang im Park zu machen. Die Kinder waren

gleich begeistert. Mareike konnte bereits Fahrradfahren und wollte das Fahrrad mitnehmen. „Fahrt´ nicht so
schnell, damit Oma nicht rennen muss!“ ermahnte Klaus die Mädchen.
Viele Schwäne schwammen auf dem Teich, sechs Jungschwäne, noch im grauen Federkleid, fielen Inge auf und sogleich erzählte sie Laura und Mareike die Geschichte vom hässlichen jungen Entelein.
An einem kleinen Bach wollte Laura unbedingt auf eine großen Stein klettern und Inge bangte, dass sie herunterfallen könnte. Natürlich wollte Mareike es ihr nachtun. Nach zwei Stunden wurde Mareike aber so müde, dass Inge sie auf das Fahrrad setzte und schob.
Inzwischen war es 18 Uhr geworden und Jörg kam mit Clara und Malte. Claudia war nicht mitgekommen. Jörg setzte sich sofort zu Tom und trank und rauchte mit ihm. Klaus begann zu grillen und wollte von Inge wissen, wieviel Steaks sie essen wolle. Eins, sagte sie, bereute es später, denn es schmeckte vorzüglich.
Auch griechischen Salat machte Klaus mit Cathleen.
Gegen 20.30 Uhr sollten die Kinder zu Bett gehen. “Lies´ ihnen noch aus der Kinderbibel vor, ich lese ihnen jeden Abend eine Geschichte vor und lerne dadurch auch gleich die Bibel!“ sagte Cathleen zu Inges Verwunderung. Inge landete bei der Geschichte vom barmherzigen Samariter. Protest von Mareike: “Ich möchte, dass Du aus meinem Buch ´Tiere in der Erde´ vorliest.“ Daraus las Inge anschließend. Es ging um Hasen, Maulwürfe und Regenwürmer. Mit einer Art Lupe wurde das Pergamentpapier mit Malereien sichtbar gemacht.
Susanne war noch immer nicht angekommen.
Inge war so müde, dass sie sich kurz nach neun Uhr verabschiedete und ins Hotel ging. Gegen drei Uhr wachte sie auf, weil Regen auf das Dach trommelte. Sie war „ausgeschlafen“, schaute ein Stunde lang im Fernsehen die olympischen Schwimmwettkämpfe in Peking an und schlief dann gegen 5 Uhr wieder ein. Der Regen hatte am Morgen aufgehört. Für sieben Uhr hatte sie das Frühstück bestellt. Marmelade, verschiedene Wurstsorten, Schinken, Käse, Quark und ein Glas Orangensaft standen neben dem Kaffee auf dem Tisch, wahrlich, ein köstliches Mahl, und Inge ließ es sich schmecken. Die Sonne brach hervor, Wind frischte auf, es würde ein schöner Tag werden.
Um 10 Uhr sollte sie an der Schule sein. Es war noch viel Zeit und deshalb spazierte sie nun allein durch den Park. Als sie kurz vor 10 Uhr am Parkring erschien, standen bereits alle Verwandten von Cathleen bereit:

Oma Rita mit Kalle, Opa Rüdiger mit seiner Frau Christine, Oliver, der Bruder von Cathleen und der Onkel von Cathleen.
Susanne hatte sich mit dem Auto verfahren und war erst um 22 Uhr angekommen.
Vor der Schule war ein großer Auflauf, die Zuckertüten wurden verteilt. Cathleen hatte einen Fotografen eingeladen und nun wurden Erinnerungsfotos gemacht. Lächeln auf Befehl, ach, wie Inge das hasste. Sie hatte ihren eigenen Fotoapparat mit und machte Schnappschüsse, die bekanntlich oft besser gelingen.
Lauras Ranzen war orangenfarbig. Ein schmal geschnittenes, braunes Kleid mit einem grauen Bolero-Jäckchen, das über der Brust verknotet war, vervollständigte ihr Aussehen.
Dann marschierten alle zum Parkhotel, wo schon für drei Familien die Tische gedeckt waren. Sie waren achtzehn Personen. Da Inge am Nachmittag mit Tom wieder nach Hause fahren sollte, packte sie nun ihren Sachen in den Koffer und räumte das Hotelzimmer.
Susanne hatte einen Platz gewählt, von dem man aus in den Garten sehen konnte. Klaus sah sehr gut aus. Er hatte ein weißes Hemd mit einem offen stehenden Kragen und einen taubengrauen Anzug an. Das Essen zog sich über neunzig Minuten hin. Mareike wurde müde und lümmelte sich auf ihrem Stuhl, rutschte herum und begann auch noch zu weinen, aber Klaus beruhigte sie.
Während sich Susanne zurückzog, beschlossen die Erwachsenen, einen Spaziergang durch den Park zu machen. Jörg erklärte dabei jeden Stein. Nach einer Stunde waren sie wieder im Haus. Malte, Clara, Laura und Mareike spielten inzwischen wunderbar miteinander, wobei die dreijährige Mareike ihren Charme an Malte ausprobierte. Es war köstlich anzusehen.
Nun kamen noch Freunde von Cathleen zur Feier. Torten, Kuchen und eine Kinderbowle wurden angeboten. Um 17 Uhr sprang Tom auf, verabschiedete sich und machte einen Lacher auf Inges Kosten: „Dann kommt sie eben in den Kofferraum, da sieht sie nicht, wie schnell ich fahre!“ hörte sie noch.
Die Fahrt in den Samstag-Abend war wundervoll, denn es war Feiertagsverkehr und wenig Lastkraftwagen fuhren. Um 20 Uhr waren sie an der Tierklinik in Neubrandenburg. Inge stieg aus, bedankte sich und zahlte ihren Spritanteil. „Erzähle Niemanden, dass wir zusammen gefahren sind!“ ermahnte Tom sie zum Abschied.

Am nächsten Tag war Inges Geburtstag. Klaus rief als erster an und gratulierte. Die Kinder schliefen noch. Das Geschenk für sie war unter die Geschenke für Laura gerutscht und sollte nachgeschickt werden. Eigentlich wollte Inge erst am Sonntag von Halle zurückfahren, nun war sie schon einen Tag eher da und ihr Kühlschrank leer. Keine Sorge, dachte sie, dann ruhst du dich mal richtig schön aus und machst die Feier einen Tag später. Viele Freunde und Verwandte riefen sie an und wünschten alles Gute.
Am nächsten Tag kam ihre Nachbarin Grete, Hedwig und Ingeburg zum Geburtstagskaffee. Die Sonne
schien, sie setzten sich auf den Balkon, eingerahmt von roten Kletterrosen. „Hol´ doch Deine Gitarre und lass´ uns ein wenig singen!“ schlug Ingeburg vor. Das ließ sich Inge nicht zweimal sagen. Mit Sekt stießen sie an und bei Kartoffelsalat, Halberstädter Würstchen, Tee und Bier ließen sie den Abend ausklingen.
Das Feiern ging weiter. In ihrer Singegruppe war es üblich, jeden Geburtstag zu bedenken. Am Donnerstag im Gemeindenachmittag brachte sie einen Kuchen mit und ließ sich ebenfalls feiern. Pastor Leibach schenkte ein wunderschönes Buch mit dem Titel „Farben des Lebens“, es enthielt Kurzgeschichten und Fotos. Endlich kam auch das versprochenen Geburtstagspäckchen aus Dieskau. Es enthielt eine Garnitur Hemd, Hose ohne Verzierungen und Stickerei. Inge war begeistert, das konnte sie gut gebrauchen. Eine leckere Ingwer-Schokoladentafel war ebenfalls beigelegt.

***Der letzte Augusttag des Jahres 2008***
***Was für ein Tag!***
***Die Sonne ging strahlend auf. In Neddemin musste ich schon die Sonnenbrille aufsetzen, so blendete die Sonne. So früh am Sonntagmorgen waren die Straßen noch leer. Erst in Gützkow kamen Autos hinzu. 8.30 Uhr parkte ich in Lietzow am Großen und Kleinen Jasmunder Bodden. Die Eisenbahnschranken gingen hinunter und ich schaute mich ein wenig um. Dann sah ich das Schild „ Zu den Feuersteinfeldern, Fußweg“. Da ist ja etwas, was ich noch nicht kenne. Leider war die Entfernung nicht angegeben. Das erfuhr ich erst am Nachmittag von einem Paar, das in der „Räucherstube“ an meinem Tisch saß. Es sind fünf Kilometer, also die nächste Tour konnte ich schon planen. Um 9 Uhr stand ich auf dem Parkplatz am Rügenhotel. In dem ganzen Abfahrtsgetümmel der Reisebusse erblickte ich gerade noch eine Lücke für meinen VW Polo. Nun konnte es losgehen, wieder mit den Trekkingsanda-***

*len, dem Campingsack auf dem Rücken und einer Strickjacke. In der Seestraße, hinter dem Grundvighaus, erblickte ich eine Treppe, die zum Hafen führte.*
*Nun begann meine Wanderung. Die Sonne zauberte glitzernde, silberne Sterne auf das blau schimmernde Wasser. Es war zauberhaft am Strand, aber auch beschwerlich. Stücke vom Kreidefelsen waren abgebrochen, herabgestürzte Bäume und Sträucher versperrten den Weg, aber die Wanderer hatten schon wieder Trampelpfade ausgetreten. An der „Piratenbucht“ stieg ich die Treppen hinauf. Sofort fühlte ich den Unterschied zum sonnigen Strand, denn das Blätterdach verdeckte die Sonne, ein kühler Nordostwind wehte. Die Ausblicke waren bezaubernd. Viele, viele Menschen waren unterwegs, schauten und fotografierten. Ich sprach eine Gruppe Chinesen oder Japaner an: “I wish a nice day!“ Lächeln allerseits.*
*An einer Stelle, unweit der Wissower Klinken, war der Berg abgesackt. Zwei große Buchenstämme sah ich von oben am Strand liegen. So nahe am Weg, dachte ich, das ist höchst gefährlich, wenn da Jemand abstürzt!*
*Halb elf Uhr machte ich Picknick, ach, wie schmeckte das an der frischen Luft und die Wanderer, die vorbeigingen, wünschten auch noch „Guten Appetit!“*
*Nun merkte ich, dass ich in der Nacht nur vier Stunden geschlafen hatte und die Füße waren vom Treppen Auf- und Absteigen müde. Bis zur „Arndthöhe“ wollte ich durchhalten und schaffte es auch. Ich stieg wieder an der Piratenbucht zum Strand hinunter und relaxte erst einmal, in dem ich mich auf mein Handtuch legte und dem Rauschen der Wellen lauschte. Das Wasser war trübe, nur Steine waren zu sehen. Ich gab den Gedanken an Schwimmen auf.*
*Der Hunger meldete sich, acht Kilometer war ich bestimmt schon gelaufen. Ich hatte mir vorgenommen, auf der Rückfahrt den „Friedwald“ in Pansewitz zu besuchen. Ich wollte die neue Bestattungsweise unnter einem Baum kennen lernen.*
*Jetzt um die Mittagszeit standen viele Autos auf dem Parkplatz in Lietzow. Ich lief zur „Räucherhütte“, direkt am Bodden gelegen, und bestellte Dorsch mit Salzkartoffeln und Petersiliensoße. Ich musste zwar eine halbe Stunde warten, weil ich keine Bratkartoffeln wollte und um Salzkartoffeln bat, aber dafür schmeckte es anschließend vorzüglich. Das junge Paar an meinen Tisch kam mit mir ins Gespräch. Er war*

***begeisterter Angler und erzählte von den Hurtig-Reisen, einer Schiffsgesellschaft aus Norwegen. Ich müsse unbedingt einmal die Fahrt zu den Lofoten mitmachen, im März sei es am preisgünstigsten.***
***Dann fuhr ich nach Gingst und ungefähr nach zwölf Kilometern bog die Straße, ein Platttenweg, nach Pansewitz ab. Der Park war 12 ha groß, der angrenzenden Wald 35 ha. Nur eine Ruine, eine schlanker Turm, erinnerte noch an ein ehemaliges Schloss. Es war als Privatgelände abgezäunt und gesperrt. Die Nachfahren der von Innhausen und Knyphausen hatten sich ein Haus auf die freie Fläche bauen lassen. Im Park standen frisch gepflanzte Bäume. Ich sah Linden, eine schmalblättrige Buche mit Namen des Spenders und der Jahreszahl versehen. Wunderbare Teiche waren angelegt worden, es gab den „Schwanenteich", den „Wanderseee mit Liebes-Insel" und einen „Herz- und Nierenteich". Auch einige Plastiken***
***und einen großen Granitfindling entdeckte ich. Dann stand ich vor einem „Gemeinschaftsbaum", unter dem mehrere Urnen bestattet waren. Ein kleines, schwarzes Schild verriet die Namen der Toten. Ist das eine Alternative für mich? Irgendwann werde ich sterben, wer soll mein Grab pflegen, wenn alle Kinder nicht in Mecklenburg/Vorpommern leben? Siebenhundert Euro kostet die billigste Art der Bestattung.***
***Anschließend fuhr ich zurück nach Kasnewitz und besuchte Friedrich-Karl Meinhof, den ich vorher telefonisch gefragt hatte. Ich erzählte von meinem Besuch in Hamburg, der Reise nach Anafi, der Einschulung in Dieskau und zeigte auch Fotos, doch sein Interesse war gering. Viel wichtiger war es ihm, ein Kirchenlied zu singen und mit ihm zu beten.***
***In Stralsund war die Brücke hochgezogen, die Sonne schien genau zwischen den Blöcken hindurch. Um 18 Uhr übermannte mich die Müdigkeit und auf dem Parkplatz „Ried" auf der A 20 machte ich eine Pause.***
Peter fraß sein Futter seit einigen Tagen nicht mehr und Inge fuhr mit ihm in die nahegelegene Tierklinik. „Wir mussten einen Backenzahn ziehen und haben Zahnstein entfernt!" sagte der Arzt am Nachmittag, als sie ihn wieder abholte. Deshalb hatte Peter die Nahrung verweigert und ständig gejault. Nun sollte sie noch einmal ein paar Tage später kommen und eine Antibiotika-Spritze holen, damit die Entzündung im Mund abklingt. Die Rechnung betrug 86 Euro. O, Tierliebe wird dem Halter teuer. Der Kater trank am Abend nur ein wenig Kaffeesahne und schlief schnell ein. Nach ein paar Tagen hatte er sich erholt, fraß wieder und jaulte nicht mehr.
Das Seniorenbüro Neubrandenburg rief an und fragte, ob sie an einer Aus-

bildung zum Seniortrainer in Schwerin interessiert sei. Die Ausbildung würde sich über fünf Wochen hinziehen, jeweils drei Tage in Schwerin und sie würde befähigt, Senioren zu neuen Projekten anzuleiten. Inge sagte zu.
In Inges Garten war die Erntezeit gekommen. Vom Pfirsichbaum nahm sie zehn große Früchte ab, ehe sie herunterfielen. Sie würden nachreifen. Am Freitagnachmittag wollte sie noch einmal den Turm auf Behmshöhe besteigen und den Blick von oben auf den See und die umgebenden Buchenwälder genießen. Es war 17 Uhr, als sie oben stand. Plötzlich hörte sie die untere Tür gehen und wartete, dass die Gäste nach oben steigen, aber es kam niemand. Dann kam ihr die Erkenntnis: die haben mich doch nicht etwa eingeschlossen? Sie stürmt hinunter, fasste die Tür an und erstarrte, die Tür war zu. Was tun? Erster Gedanke, hoch stürmen und rufen, aber das war sinnlos. Die 111 Stufen war sie nicht so schnell wieder hoch gelaufen und der oder die Schließerin waren längst weg. Nun begann sie nachzudenken. Sie rief vom Turm und hoffte, dass die Segler und Bootfahrer sie auf dem See hören würden, aber das war ein Irrtum. Du musst warten, aus dem unteren Fenster schauen und hoffen, dass Jemand vorbeikommt. Sie hatte nicht einmal eine Strickjacke bei sich und es wurde langsam kühl. Eine Stunde Hoffen und Bangen verging, dann sah sie ein junges Liebespaar von unten heraufkommen, rief und wurde gehört. Die junge Frau begann sie sofort zu trösten. „Wir haben unser Handy im Auto auf dem Parkplatz Augustasbad, wir gehen und holen es, rufen die Polizei, haben Sie keine Angst!“
Nach zehn Minuten hörte sie das Martinshorn und sah Blaulicht, ein Auto der Berufsfeuerwehr war gekommen. Zwei Männer sprangen heraus und einer lachte. Es war ein ehemaliges Mitglied des Zirkels „Schreibender Arbeiter“, dem Inge von 1983 bis 1986 angehört hatte. Er begrüßte sie nach 25 Jahren. Der zweite Mann versuchte die schwere Tür am Turm zu öffnen, da war jedoch ein Sicherheitsschloss, das wollte er nicht kaputt machen. Er bemerkte, dass das untere Fenster keinen senkrechten Metallstab hatte, da musste man doch durchkommen. Er kletterte durch das ca. 40 cm breite Fenster in den Turm und forderte Inge auf, hinaus zu klettern, aber die hatte Angst. Gutes Zureden half, sie schürzte den Rock und schlüpfte durch das Fenster, wurde aufgefangen und atmete auf. Der Fahrer gab ihr sofort eine Flasche Mineralwasser. „Trinken Sie erst einmal und beruhigen Sie sich, der Kreislauf muss wieder stabilisiert werden. Eigentlich müssten Sie eine Anzeige wegen Freiheitsberaubung stellen,

denn Sie sind eingeschlossen worden und hätten bis Montag hier ausharren müssen, nicht auszudenken!“ meinte der Fahrer. Inge bedankte sich erst einmal bei dem jungen Paar, lud sie zu einem Getränk ein, aber die lehnten ab. “Wir wollen noch zum ′Heidehof′ in Klein Nemerow wandern.“
Hier muss unbedingt ein Schild mit den Öffnungszeiten her, dachte Inge. Als sie den Wanderweg beendet hatte und am Augustasbad ankam, hatte sie sich einigermaßen beruhigt.
Am Sonntag rief sie Klaus an und erzählte von ihrer „Gefangenschaft“ im Turm. Das war natürlich etwas für die Kinder. „Omi, Du warst ja Rapunzel, aber Papa hätte Dich bestimmt befreit!“
Abend fuhr sie zum Augustasbad und ging zum Turm. Wer würde zuschließen? Eine Frau kam, öffnete die Tür und stieg nach oben. Offensichtlich war das die Schließerin. Als sie hinunterkam, hielt Inge sekundenlang die Tür von außen zu, öffnete dann und sagte sarkastisch: “Damit Sie mal sehen, wie das ist, wenn man eingeschlossen ist!“ „Nein, ich war das nicht, am Freitag hatte ich frei und ein Rettungsschwimmer vom Reitbahnsee vertrat mich!“ Inge kannte diesen jungen Mann, der starke Muskeln vom body building hatte und lange lockige Haare trug. „Sie haben ja gesehen, dass ich mich vergewissert habe, ob noch Leute im Turm sind!“ setzte sie hinzu. Inge fragte sie, wer für den Turm verantwortlich sei. Das sei SIM, das „Städtische Immobilien Management“. „Kommen Sie mit, ich gebe Ihnen die Telefonnummer und sage Ihnen den Namen des Verantwortlichen!“. Inge stieg in ihren PKW und im Handumdrehen waren sie unten an der Gaststätte. „Der Turm hat dieselben Öffnungszeiten wie das Schwimmbad, am Mittwoch ist Saisonschluss!“ Inge überlegte, ob sie Anzeige erstatten sollte.
Die Rettungsschwimmerin hatte den Verantwortlichen vom SIM bereits informiert, als Inge ihn am Montag im Rathaus aufsuchte. Er entschuldigte sich für das Versehen. Inge war das zu wenig. „Eine erzieherische Maßnahme dem Rettungsschwimmer gegenüber fände ich nötig, meinte sie. Wir konfrontieren ihn mit meiner Anzeige und sagen dann, sie nicht zur Anwendung zu bringen, quasi ein Schreckschuss!“ Der Vorsitzende war einverstanden. Als Wiedergutmachung bot er Inge eine kostenlose Fahrt mit dem Linienschiff auf dem Tollensesee an, oder ein Essen im „Badehaus“. Sie entschied sich für Ersteres. So hatte die Geschichte doch noch ein gutes Ende gefunden.
Vom 9.-11. September war sie in Schwerin, wo die erste Zusammenkunft

zur Senior-Trainer-Ausbildung begann. Sie waren im Sporthotel, gleich neben dem Fußballstadion, untergebracht und liefen dann eine lange Straße hinunter zum Pfaffenteich. Die Friedrich-Ebert-Stiftung hatte im obersten Stockwerk Räume gemietet. Die Teilnehmer konnten auf den Pfaffenteich und die ihn umgebenden Bäume schauen, die von Woche zu Woche bunter wurden.

Sie waren 20 Teilnehmer, geleitet wurde das Seminar von Frau Bomplitz, einer ehemaligen Schuldirektorin.

Zuerst musste jeder eine Fragebogen ausfüllen, dann vorn auf einer Tafel seine wichtigsten Persönlichkeitsmerkmale aufschreiben. Danach stellte sich jeder Teilnehmer vor.

Inge schaute sich die Seminarmitglieder genauer an. Es waren unter den zwanzig Mitgliedern vier Männer im Alter von sechzig bis vierundsechzig Jahren. Inge war die älteste Frau. Es war hochinteressant, aber auch sehr anstrengend.

Mittag um ein Uhr war Mittagspause. In der nahegelegenen Gaststätte „Martins Gasthaus“ aßen sie.

Am Nachmittag sprach eine Ministerin vom Land Mecklenburg/Vorpommern über alles, was in Puncto Seniorenarbeit seit 1992 geschehen war. Um 17 Uhr war der erste Tag zu Ende.

Inge hatte ein sehr schönes Zimmer im 3. Stock des Hotels. Der Blick aus dem Fenster fiel genau ins Innere des Stadions. Kein Autolärm störte sie, es war geradezu paradiesisch. Zum Zimmer gehörte ein etwa zwölf Meter langer Balkon.

Am nächsten Tag wurden von der Leiterin ständig Folien aufgelegt, an die Wand projeziert und dann als Kopie an die Teilnehmer weitergegeben wurden. Es war ermüdend.

Am Abend des dritten Tages gingen sie gemeinsam zur Orangerie des Schlosses. Die Grotte, die Inge noch von einem Ferienaufenthalt 1957 kannte, war wieder hergerichtet. Wasser sprudelte aus einem Springbrunnen. Das Geländer an der Treppe hinunter zur Grotte war braun gestrichen und vermittelte die Illusion, aus Holz gefertigt zu sein.

In der Orangerie-Gaststätte hingen sechs wundervolle, fein ziselierte Kronleuchter.

Inge hatte fleißig den Stadtplan studiert, weil sie mit ihrem eigenen VW Polo angereist war. Dennoch verfuhr sie sich bei der Rückfahrt nach Neubrandenburg.

Inge war der einzige Passagier, als sie am Samstag in das „Rethra-Schiff“

stieg und ihren Freifahrtsschein einlöste. Dicke, graue Wolken hingen um zwei Uhr am Himmel, aber die Sonne schaffte es, hindurch zu kommen. Als sie die Lieps durchfahren hatten, zeigte der Kapitän nach oben. In der Krone eines hohen Baumes saß ein Seeadlerpaar. Sie blieben unbeweglich am gleichen Ort sitzen, als das Schiff in Prillwitz anlegte. Durch das Fernglas konnte Inge deutlich das braun-weiße Gefieder und den gelben Schnabel sehen. Erst, als sie wieder gewendet hatten, waren sie verschwunden. In den Zweigen der Bäume hingen die Kormorane geradezu. Es war ein düsteres Bild.
Der Kapitän, Herr Sempert, war natürlich auch informiert worden und bot ihr eine Tasse Kaffee an, die Inge gern annahm. Auf dem Schiff war es überall blitzsauber. Sie unterhielten sich angeregt, er nannte ihr noch die Namen von zwei Tischlern, wo sie die Gebeinkiste für ihre Cousine anfertigen lassen konnte. Sie war der einzige Passagier.
Am 15. September war Edith Müllers 82. Geburtstag. Inge pflückte die schönsten roten Rosen vom Strauch und ging in das Hotel, wo das Betreute Wohnen in einem Seitentrakt eingerichtete war. Sie freute sich sehr über die Überraschung.
Am nächsten Tag suchte sie die Tischler auf, die ihr der Kapitän genannte hatte. Dreimal war ihre Suche vergeblich, dann jedoch klappte es. Als sie auf die große Tischlerei zuging, die sich unterhalb des Tierheimes befand, wusste sie, das ist der richtige Tischler. Eine junge Frau empfing sie, es war die Tochter des Tischlers. Sie solle am Freitag noch einmal vorbeischauen, dann sei ihr Vater anwesend. Herr Laszarzik hatte schon öfter Urnen für Überführungen aus anderen Ländern angefertigt. Er schlug vor, indonesisches Sperrholz im rötlichen Ton zu nehmen. Ein Foto wollte sie ebenfalls auf der Vorderseite einbauen lassen. Sie hatte nur einziges Familienbild, auf dem Ingeborg Runze als zwölfjähriges Mädchen zu sehen war. Das war genau die Zeit, als Inges Mutter bei den Eltern von Ingeborg ihre Schwangerschaftszeit verbrachte. Offiziell war es als „wissenschaftlicher Urlaub“ getarnt. Und nur, weil diese Ingeborg Ihrer Mutter so gut gefiel, beschloss sie, ihre eigene Tochter nach ihr zu benennen.
Noch etwas Interessantes stellte Inge fest. Pfingsten 1952 trug sie auf dem Foto vor dem Haus in der Moritz-Hill-Straße in Weißenfels das Kleid, welches Ingeborg auf dem Foto von 1940 an hatte. Es war nach dem Krieg üblich, dass Kleider der Verwandtschaft aus Sparsamkeitsgründen aufgetragen wurden.
Am 19. September hielt Inge eine Lesung in St. Spiritus in Greifswald.

Sie wollte unbedingt auch in Greifswald eine Lesung halten. Leider fand ausgerechnet an diesem Tag die sogenannte „lange Nacht der Kultur“ statt und wenig Besucher kamen am Nachmittag.
Acht Frauen und eine Omi mit zwei Kindern waren gekommen. Zuerst gab es Kaffee und Apfelkuchen, dann begann Inge mit dem Lied „Wenn abends die Heide träumt“. Sie hatte die Textstellen herausgesucht, die von Greifswald handelten. Sie schloss mit dem Gedicht “Gesundung“ aus ihrem Buch. Da sprang eine Frau spontan auf und rief: “ Das Buch will ich haben, ich komme aus Wismar, habe meine Kindheit in Greifswald verlebt. Ich war auch in der Psychiatrie, habe das Gleiche wie Sie als ′Nichtgenosse′ in der DDR erlebt. Ich gehe nur zum Geldautomaten, hole Geld, um bezahlen zu können!“
Nun kam eine Überraschung. Eine kleine, schlanke Frau fragte plötzlich zielgerichtet, was mit Peter geschehen sei, der 1967 in Lubmin wegen seiner Äußerung gegen den Staat verhaftet wurde. Sie war ebenfalls Musikstudentin, aber bereits 4. Studienjahr, als Inge im ersten Studienjahr war. Inge sagte, dass sie keine Erklärung, weder von Frau Professor Brock, damals Leiterin des Musikinstitutes, noch von Kommilitonen erfahren hätte. „Sie schreiben nur Negatives über die DDR, so habe ich das nicht erlebt!“ Und schon waren sie wieder in der lebhaftesten Debatte. Inge entgegnete ruhig, sie solle doch erst einmal das Buch lesen, ehe sie urteilt. Inzwischen war die Frau zurückgekommen, die Geld holen wollte. Sie unterhielt sich noch eine Weile mit Inge, die auch auf Wunsch eine Widmung in das Buch schrieb.
Eine große Überraschung bereitete ihr der Brief von Frau Christel Nowak aus Hannover. Sie ist die Cousine mütterlicherseits von Ingeborg Runze-Pütz. Auch sie ist kinderlos geblieben. „Sie imponieren mir enorm mit ihrem Engagement!“ schrieb sie. Den Stammbaum der mütterlichen Runze-Linie hatte sie ebenfalls aufgeschrieben und beigefügt. Gern will sie sich an den Kosten für die Gebeinkiste beteiligen.
Klaus erzählte von der ersten Elternversammlung der künftigen 1. Klasse. Die Kinder sollten ein Mäuschen mit spitzer Schnauze malen und Lauras Mäuschen war das schönste.
***Samstag. 27. September 2008***
***Heute kam ein gefütterter DIN A 4 Brief von Frau Nowak. Als ich ihn öffne, sehe ich eine rote Papierserviette, falte sie auf und erstarre: vier 50-Euro-Scheine schauen mich an. Nun kann ich den Tischler bezahlen. Ich rief sie sofort an und bedankte mich.***

***Nein, ich solle nicht danken, das sei ihr Anteil an der Aktion.***
Stralsund ist um eine Touristenattraktion reicher. Das „Ozeaneum" wurde eröffnet. Inge hatte die Möglichkeit mit einer Gruppe des Behindertenverbandes mitzufahren. Eine riesige Menschen-Schlange stand vor dem Eingang, sie wurden sofort eingelassen, weil sie angemeldet waren.
Der Fußboden im Eingangsbereich war gepflastert. Es gab Schließfächer für Mäntel und Jacken. Sie bekamen einen Gebäudeplan beim Eintritt in die Hand gedrückt. Mit den Rolltreppen fuhren sie drei Stockwerke hinauf. „Weltmeer-Vielfalt des Lebens" lautete der Titel der Ausstellung. Leider war die völlige Dunkelheit sehr hinderlich. Nur die Exponate und Tafeln wurden schwach beleuchtet. Muscheln, getrocknete und versteinerte Fische waren zu sehen.
Ein Stockwerk tiefer war die Ausstellung „Ostsee" betitelt, da war es schon interessanter. Am besten war es im „Ostsee-Aquarium", wo man unter und neben den Aquarien lief. Hechte, Störe, Heringe und andere Fische konnte man genau beobachten, auch von ihrer „Bauchseite". Die Ausstellung „Riesen der Meere" über die Wale (Größe 1:1) war noch in Arbeit.
Um 15 Uhr war die Sonne herausgekommen und Inge verließ das Ozeaneum. Sie schlenderte zum Hafen und sah in der Ferne den weißen Leuchtturm von Hiddensee als schmalen Strich. Nach der Wende hat sich der Segler-Hafen unheimlich vergrößert. Inge lief am Strelasund entlang in Richtung der Stadt. Da hörte sie plötzlich Musik. Eine kleine Gruppe sang. Eine große Menschentraube von meist älteren Bürgern hatte sich gebildet. Eine Gruppe russischer Sänger hatte sich aufgestellt. Jeder Sänger trat auch solistisch hervor. Es waren die typischen, schwarzen, samtenen Bässe.„Katjuscha", Leis´ das Glöckchen nun klingt" und „O, Abendklang" wurden gesungen. Beifall brandete auf. Die Menschen spürten, dass sie mit innerer Anteilnahme sangen.
In den nächsten Tagen fuhr Inge zum Copy-Shop und holte das laminierte Foto von Ingeborg Puetz ab. Der Angestellte hatte das wunderbar in Medaillon-Form (Postkartengröße) gestaltet. Über dem Kopf stand in Druckbuchstaben "Ingeborg Runze-Puetz", im unteren Bogen „1928-1997". Anschließend suchte sie den Tischler auf. Das Sperrgutholz für die Gebeinkiste kommt aus Indonesien und ist rötlich-braun gefärbt. Das Foto wurde auf der Vorderseite mit vier kleinen Schrauben befestigt. Der Tischler schlug vor, die Kiste in einen Karton zu packen und mit zwei Schlaufen zum Tragen zu versehen.

So würde im Flughafen Keiner nach dem Inhalt fragen.
Am 14. Oktober landete sie um 13.15 auf Santorin. Mit der Taxe fuhr sie ins Hotel „ Olympia“. Freundlich begrüßte sie der Seniorchef. Um neun Uhr ging am nächsten Morgen das Schiff nach Anafi. Die Fahrt war sonnig und windstill. Gleich nach dem Auspacken ging sie ins Fremdenverkehrsbüro. Die junge Angestellte rief den Papas (Priester) an. „Kommen Sie heute Abend 18 Uhr mit der Gebeinkiste auf den Friedhof!“
Schwach leuchtete die Sonne am Abend. Der Priester kam mit seinem Jeep angebraust. Er schwenkte ein dampfendes Weihrauchgefäß und parlierte. Inge nahm den Leinensack aus dem braunen Plastebeutel und legte ihn vorsichtig in die Kiste. Dann drehte sie den Schlüssel auf dem Deckel der Kiste, es machte klack und der Bart war abgebrochen. Der Priester lief zum Jeep, brachte ein dickes gelbes Hanfseil und schlang es um die Kiste. Nun sah es wie ein Paket aus. Er segnete die Gebeinkiste und schwang noch einmal das Weihrauchgefäß. Als er geendet hatte, übergab Inge eine Spende von fünfzig Euro. Inges Mission war damit beendet. Sie nutzte die verbleibenden Tage und wanderte über die Insel, schwamm im Meer und genoss die Stille. Jeden Tag strahlte die Sonne vom wolkenlosen Himmel.
Die Rückfahrt war diesmal um 12 Uhr. Am Hafen in Santorin sprach sie einen Tavernen-Besitzer an und bat ihn, den Chef vom Hotel „Olympia“ mit seinem Handy anzurufen. „Um 15 Uhr werden Sie abgeholt!“ sagte er zu ihr.
Ein Tag blieb ihr, um auf Santorin zu wandern. Natürlich wollte sie auch Uschi Schmidt im „Wave“ in Oia besuchen. Mit dem Bus fuhr sie am frühen Morgen nach Immerovigli und begann die Wanderung an der Caldera entlang nach Oia. Der Weg war mit neuen Hotels und Swimming Pools zugepflastert. Inge fand das einfach schrecklich. Die Santoriner machen einen großen Fehler, sie zerstören das Kostbarste ihrer Insel: die wunderbare, einzigartige Natur. Sie musste zurück über ein Weinfeld laufen, überwand dabei  Terrassen-Höhenunterschiede, um endlich den Wanderpfad auf dem Hügel zu finden. An dem kleinen  Kirchlein rastete sie das erste Mal. Noch immer blühte der rote Oleander. Hinter der Kirche wurde in den letzten Jahren eine Mauer gebaut, damit der Weg für die Wanderer sicherer wurde.
In einem kleinen Imbiss-Geschäft an der Straße stärkte sie sich bei einem Frappe´ und wanderte nun endgültig befreit von allem „zivilisiertem Schrott“ den Berg hinauf. Wieder bot ein Kirchlein auf der Bergspitze vor

Oia einen atemberaubenden Blick auf den nördlichsten Ort der Insel. Es war sehr heiß geworden.
Im Supermarkt kaufte sie drei Würstchen mit Käsefüllung. Auch das war neu für sie, es schmeckte lecker. Als sie in der einzige Straße am Rande der Caldera das Schmuckgeschäft von Uschi aufsuchen wollte, war es geschlossen. Inge fragte die Nachbarin. „May be in the afternoon, 14, clock!“ (Vielleicht am Nachmittag) sagte diese. Inge bestellte Grüße und ging zum Zentralen Busplatz. Sie fuhr zurück nach Thira.
Sie bat den Wirt, sie um 5.30 Uhr zu wecken, denn der Flieger sollte um 7 Uhr nach Athen starten. Von dort würde das Flugzeug um 10 Uhr nach Berlin fliegen.
In der Nacht hatte sie einen Albtraum: der Flieger fällt aus. Der Traum erwies sich als Omen.
Als sie 6.30 Uhr im Flughafen ankam, war es merkwürdig still und menschenleer. „Wir streiken!“ Was sollte sie nun tun? „Nehmen Sie den Super-Jet, ein Schnellboot, es geht um 9 Uhr vom Athinias Port ab. Das Ticket von Berlin nach Athen schreibe ich Ihnen für den nächsten Tag um!“ Wieder musste sie die Taxe nehmen und das Ticket nach Athen kostet 63 Euro. So schnell wird man Geld los, dachte sie.
Der Super-Jet war modern und mit nummerierten Sitzen versehen. Inge hatte Glück und bekam einen Fensterplatz. Japaner und Chinesen bildeten die Mehrzahl der Gäste.
Nach einer Stunde legten sie auf der Insel Naxos an. Hier leerte sich das Schiff. Das Wahrzeichen von Naxos, das große Tempeltor, sah sie noch lange.
Nun endlich konnte sie auch etwas essen. Die Spinatpastete schmeckte vorzüglich.
Es ging westwärts. Meterhohe Wellen schlugen über das Tragflächenboot, es schaukelte wild und die Wellen spülten das Wasser über die Fenster. Hinter ihr saß ein chinesisches, älteres Ehepaar. Nun musste sie erleben, wie der Mann ständig von Erbrechen geschüttelt wurde. Er tat ihr in der Seele leid.
Inges Magen hielt stand. Sie hörte ein Gespräch, aus dem sie entnahm, dass alle Busse und auch die Metro in Athen streikten. Also blieben nur die Taxen als Verkehrsmittel.
55 Kilometer waren es bis zum Flughafen Athen, der Preis 55 Euro. Aber Inge hatte nur noch 20 Euro Bargeld in der Geldbörse. Was tun? Zuerst sprach sie einen älteren Taxifahrer an und sagte ihm, dass sie nur 20 Euro

habe. Er lehnte natürlich ab. Ach, wie dumm bist du Inge, mit Ehrlichkeit kommst du hier nicht weit, sei das nächste Mal klüger. Sie sah einen jungen Taxifahrer, der gerade eine Mutter mit halbwüchsiger Tochter in sein Taxi geladen hatte. Rasch sprach Inge ihn an: "Airport?" „Yes!" war die Antwort. Er öffnete sofort die Beifahrertür, Inge nahm Platz. Nun erzählte sie in Englisch dem Fahrer ihre Geschichte mit der Gebein-Kiste. Der junge Mann sah symphatisch aus und hörte aufmerksam zu. Das Taxometer tickte unaufhörlich. Am Flughafen angekommen zeigte es 20 Euro an. Inge war froh ihm die Summe geben zu können, er aber schüttelte den Kopf: " No, 55 Euro!" Inge machte ihm verständlich, dass sie nicht mehr Bargeld hatte. Das englische Wort für Bankverbindung hatte sie nicht im Kopf. Er schaute sie an, ging einmal um sie herum, lächelte und sagte: "Go off!" Was hast Du für ein Glück! dachte Inge.
Der für die Olympischen Spiele neu erbaute Flughafen versetzte sie in Staunen. Zielstrebig steuerte sie auf einen Schalter zu und fragte nach dem Olympic Airways-Schalter. Sie bekam sofort das neue Ticket für Athen-Berlin am nächsten Morgen sechs Uhr. Nun standen 13 Stunden Wartezeit vor ihr. Was tun? Sie stellte den Koffer in die Ecke und schaute sich erst einmal um. Vor dem Flughafen stand ein Sofitel-Hotel. Inge ging hinein und fragte nach den Übernachtungskosten für eine Person. 250 Euro war die Antwort. Inge schlich aus dem Hotel. Nein, niemals würde sie das bezahlen. Ich muss die Nacht im Flughafen zubringen. Ist ja nicht das erste Mal, dass du so etwas tust, dachte sie. 1995 war ihr das auch passiert, als sie von der Insel Naxos mit der Fähre am Abend ankam.
Ständig rieselte klassische Musik aus den Deckenlautsprechern. Inge lief, setzte sich, lief wieder, die Zeit totschlagen war einfach schrecklich. Sie schaute sich die Sitze an und bemerkte, dass fast alle Sitze Lehnen zwischen den Stühlen hatten. Aber es gab auch einige, wo kein Lehnen die Sitze trennten. Als so eine Kombination frei wurde, stürzte sich Inge darauf, streckte die Beine aus, legte den Campingbeutel als Kissen unter ihren Kopf und deckte sich mit der Kutte zu. Endlich ausruhen und schlafen.
Als sie erwachte, blickte sie in das Gesicht einer Inderin.Tief umschattet waren deren Augen vor Müdigkeit. Den flehenden Blick ertrug Inge nicht. Sie stand auf und bot ihr den Platz an. Es war drei Uhr. Sie ging in die Toilette, machte sich frisch, putzte die Zähne und fühlte sich gleich wohler. Dann ging sie aus dem Flughafengebäude und spazierte im Freien. Langsam füllte sich der Flughafen mit Reisenden.

Um 5 Uhr stellte sie sich in die Endlos-Schlange vor den Schalter. Hektik spürte sie mit allen Fasern ihres Körpers. Sie hatte Glück und bekam einen Fensterplatz in der 5. Reihe. Der Flügel des Flugzeuges war hinter ihr, sie hatte herrliche, freie Sicht nach unten.
In Saloniki war Zwischenstopp. Es war Nachsaison und das Flugzeug musste ausgelastet werden. Um 10 Uhr landete sie in Tegel. Nur einen Wunsch hatte Inge jetzt: so schnell wie möglich nach Hause zu kommen. Der Regionalzug nach Stralsund war voll besetzt und Inge blieb im Gang. Unablässig schaute sie nach draußen, wo die wunderbare Herbstlandschaft vorbeiflog. Wie schön ist Deutschland dachte sie, wie schön, dass du das alles erleben darfst!
Weißpfötchen kam sofort angelaufen, Kater Peter kam erst am Abend.
In der Nach zum 27. Oktober wurden die Uhren um eine Stunde zurückgestellt, die Winterzeit begann. Inge hatte gleich wieder Schwierigkeiten mit dem Tagesrhythmus.
Am nächsten Tag zeigte der Herbst sein „nasses" Gesicht, es begann zu regnen. Ein Sturmtief zog in den nächsten Tagen über den Nordosten, es regnete unaufhörlich.
Am 24. Oktober starb Frau Eckermann. Sie hatte die letzten Jahre im Pflegeheim verbracht, wo sie noch immer musikalisch aktiv war und mit den Heiminsassen sang und auf dem Keyboard spielte. Ihr Sohn starb ein Jahr zuvor. Schon damals vermutete Inge, dass sie diesen Verlust nicht überwinden würde. So war es auch. Am 1. November war die Beerdigung auf dem Friedhof Carlshöhe in Neubrandenburg, anschließend wurde gebeten, nach Castrin zur Bestattung in das Familiengrab mit zu kommen.
Linde Eckermann, ihre Tochter, begrüßte und umarmte Inge sofort: "Wenn ich Deine Anschrift gehabt hätte, hätte ich Dir geschrieben, schön dass Du gekommen bist!" Ja, in der Tat, es gab viele Erinnerungen, die mit Frau Eckermann verbunden waren. In den sechziger Jahren war sie eine der Wenigen im Dorf, die einen Telefonanschluss hatte. Waren Inges Kinder krank, führte ihr Weg immer zuerst zu Frau Eckermann und sie durfte das Telefon benutzen, um den Arzt anzurufen. Auch Linde studierte in Greifswald Musik/ Deutsch auf Lehramt, konnte aber den Beruf später nicht ausüben, da ihre Stimme nicht die Anstrengungen des Berufes gewachsen war. Sie heiratete, zog nach Waren und wurde Bibliothekarin.
In einem braunen Sarg war sie aufgebahrt, ein schwarz-weißes Foto von ihr stand daneben. Fast männlich und hölzern wirkten ihre Züge, aber sie lächelte. Neunzig Jahre war sie alt geworden. Weiße Lilien lagen auf

dem Sarg. Die Trauerrednerin schilderte vierzig Minuten lang ihr reiches, erfülltes Leben.
Anschließend fuhr Inge mit ihrem Auto nach Castrin und wohnte der Bestattung bei. Sie sagte ein paar Worte am Grab und betonte die Vorbildwirkung dieser Frau. Wieder umarmte sie Linde herzlich und bat, dass Inge zum Kaffeetrinken in das Haus der „ Dörpschaft " mit komme.
Plötzlich sprach sie eine Frau Lindenberg an: „Sie haben doch mit uns im Pflegeheim gesungen, könnten sie nicht an paar Herbstlieder singen, es wäre bestimmt im Sinne der Verstorbenen!" Inge war sehr erstaunt und fragte aber erst Linde, die einverstanden war. So sang sie mit der 87 jährigen Frau „Bunt sind schon die Wälder" und in Bezug auf Frau Eckermanns Ehepartner, der Förster war, „Auf, auf zum fröhlichen Jagen".
In Weißenfels fand das Treffen anlässlich ihres 50-jährigen Abiturs ohne Inge statt. Sie hatte die Einladungen im Frühjahr entworfen, aber durch die Anfertigung der Gebein-Kiste und die damit verbundenen Aufregungen war alles andere in den Hintergrund getreten.
Anke Pannek schicke ihr Fotos vom Treffen. Sie erkannte nur wenige ehemalige Mitschüler, weil auch die Abiturienten des damals naturwissenschaftlichen Zweiges, die B-Klassen, eingeladen worden waren. „Wir haben Dich vermisst, aber deiner gedacht!" schrieb sie. In fünf Jahren wollen sie sich wieder treffen.
Freitagabend kam Klaus mit Laura. Inge holte sie vom Regionalzug ab. Die Abteiltür ging dicht vor Inge auf. Laura stürzte wie ein kleiner Stier auf sie los und verbarg ihr Köpfchen in Inges Kutte. Sie trug einen neuen orangefarbenen Anorak, nicht sehr praktisch in der Farbe, wie sich bald herausstellte. Sofort ging das Erzählen los und Kater Peter interessierte sie am meisten. Eine Weile dauerte es, bis sie verstand, dass sie vor ihm keine Angst zu haben braucht. Er beißt nicht, er kratzt nicht, er ist einfach lieb.
Ausführlich erzählte Klaus von seinem Vortrag in Köthen vor Ingenieuren über Chemie-Unfälle. Irgendwie passte der Beamer am Anfang im Tempo nicht zum Vortrag. Er entschuldigte sich, machte aber ruhig weiter. Es war gut, meinte er.
Um vier Uhr stand Laura am nächsten Morgen vor ihrem Bett. Sie war putzmunter. Was tut man in so einer Situation? Inge redete mit ihr, holte den Wecker und sagte: „Wenn der kleine Zeiger auf der 6 ist, stehen wir auf." Und sie schlief wieder ein.
Begeistert kochte sie unter Inges Anleitung Kakao, aß ein Brötchen, mit

Nutella bestrichen. Dann nahm sie ihre „Lilofee“-Zeitung und malte hingebungsvoll. Dann begann sie Mama, Papa und Oma Inge zu schreiben. Das „g“ kannte sie noch nicht, als Inge es aber mehrere Male aufgemalt hatte, begriff sie es sofort.
Gegen zehn Uhr ging sie  mit Laura auf den Spielplatz gleich hinter dem Haus. Zaghaft schob sich die Sonne durch die Nebelbank. Es würde ein schöner Tag werden. Inge schlug vor, bereits 11.30 Uhr Mittag zu essen. Klaus wusste ja nicht, wie lange Laura schon wach war. Das war eine gute Idee, denn Laura schlief
auch sofort ein. Zu Mittag war Tom gekommen und unterhielt sich mit Klaus. „Papa hat mir die Verfügung über das Haus übertragen. Nun könnt ihr das Haus renovieren lassen und zwei Wohneinheiten schaffen. Bis Lebensende bleibst Du im Haus wohnen. Bei der Bank müsst ihr eine Kredit beantragen!“ Wir arbeiten für die Erben, was tun unsere Kinder eigentlich für uns?
„Oma, wir stehen immer so früh auf!“ begrüßte sie Laura am Sonntag um ¾ 5 Uhr. „Dann spielen wir, hören Kassette oder  eine CD. Ich bin immer so früh wach!“
Sie musste ein Lied lernen. „Kommt ein Lied, so leise, leise!“ hieß es. Inge fand es für eine Erstklässlerin schwer. Sie setzte sich an das Klavier, spielte die Begleitung und übte mit ihr.
„Hat es Dir denn bei Oma gefallen?“ fragte Klaus beim Abschied. „Und wie!“ antwortete Laura.
Der letzte Weiterbildungs-Termin für die Senior-Trainer-Ausbildung sollte am 20. Und 21. November in Pasewalk stattfinden. Weil Inge in Anafi war, konnte sie nicht die letzten Seminare in Schwerin besuchen.
Bereits um acht Uhr war sie an der Kürassier-Kaserne in Pasewalk. Darin befanden sich die Räume der Volkshochschule.
Frau Bomplitz, die Leiterin der Senior-Trainer-Ausbildung, war bereits im Raum. Eng war es in diesem und fußkalt. Fünfzehn Teilnehmer, davon zwei männliche, trafen langsam ein. Eine fünfundfünfzigjährige Berlinerin erzählte, dass sie vor einem Jahr nach Springersfelde bei Louisenhof gezogen sei. Dort lebten nur fünf fünfzig Menschen. Gernot Mainwald, ein ehemaliger Musik/Geschichtslehrer aus Halle, stellte sich als Leiter des Ahlbecker Shanty-Chores vor. Er war so alt wie Inge. Seine Frau hatte mit einer Freundin begonnen, ein Cafe-Lesestübchen im Ort einzurichten. Die beiden Projekte wurden dann auch am nächsten Tag bei der Auszeichnungsveranstaltung im „Hotel am Park“ per Video gezeigt.

Herr Sembritzki aus Schwerin berichtete vom „BUGA“ (Bundesgarten Schau)-Projekt. Er erzählte stolz von seinen Team-Erfahrungen.Frau Bärbel Wiechert, vierundsechzig Jahre alt, stellte ihre beiden Therapie-Hunde vor. Sie ging mit ihnen in Alten- und Pflegeheime und brachte den alten Menschen damit Freude. Sie durften die Hunde anfassen und streicheln. Es wurde richtig heiter und locker, weil der kleine zwölf Monate alte Mischling so drollig und quirlig war, dass sie aus dem Lachen nicht herauskamen.
Am nächsten Tag musste jeder angehende Senior-Trainer sein Projekt, geplant oder schon in der Vorbereitungs-Phase, vorstellen. Die Teilnehmer hatten ihre Projekte auf große Blätter geschrieben und erläuterten sie dann. Es war wirklich sehr interessant. „Weihnachten im „Schuhkarton“, “Gedächtnistraining und Computer-Nachhilfe für Senioren waren einige der Projekte.
In der Mittagspause schaute sich Inge die Innenstadt von Pasewalk an. Die Sonne schien, es war klare, kalte Luft. Die Marienkirche war im strengen gotischen Stil aus Backstein gebaut und sehr beeindruckend. Der Pulverturm und das Prenzlauer Tor sind auch historische Zeugnisse.
Zur Feierstunde Im „Parkhotel“ waren der Stellvertretende Stadtrat des Uecker-Randow-Kreises, die Stadtverordnete für Soziales und Frau Henke aus Schwerin anwesend.
Ein kleines Podest, bestückt,mit weißem Stoff,war aufgebaut, Frau Bomplitz eröffnete. Drei Musikschüler boten dann ein kleines Programm. Das Mädchen spielte Sopranblockflöte, der junge Mann Bassblockflöte. Frau Bomplitz hielt eine Rede und überreichte den frisch gebackenen Seniortrainern die Urkunden.
Der Winter brach über Mecklenburg/Vorpommern herein. Hatte es tagelang gestürmt und geregnet, schlug das Wetter jetzt plötzlich um, es schneite und wurde empfindlich kalt.
Zu Hause erwartete sie ein Brief von Frau Nowak aus Hannover. „Dank, herzlichen Dank für den ausführlichen Bericht von der Anafi-Reise und die Fotos. Wenn ich alles noch einmal Revue passieren lasse, kann ich nur sagen: Hochachtung vor so viel Courage und Beharrlichkeit, mit der Sie Ingeborg Runze-Pütz zur letzten, angemessenen Ruhestätte verholfen haben. Das war schon eine starke Leistung!“
Als Dankeschön hatte sie einen 15 Euro Fleurop-Schein beigelegt.
Klaus schenkte sie zum Geburtstag das Büchlein „der Sinn der menschlichen Existenz“ von Milan Machovec.

Sie hatte es bereits gelesen und fand es sehr gut.
Fernsehen und Rundfunk überschlugen sich in ihren Meldungen, denn in den USA war zum ersten Mal ein Farbiger zum Präsident gewählt worden. Barak Obama lautete sein Name.
„Omi, Deutsch mache ich gern, aber Rechnen ist schwer!“ berichtete Laura am Telefon. Ach, dachte Inge, das Kind ist mir auch in diesem Sinne ähnlich.Von ihrem Papa hat sie in dieser Hinsicht leider nichts geerbt. Inge tröstete sie am Telefon: „Manchmal liegt das auch am Lehrer!“
Frau Müller, die Angestellte im Radio-Treff Neubrandenburg, schlug Inge vor, die Sendung mit Inges Lesung jeweils dreißig Minuten zu halten. Am 25.11. sollte sie das erste Mal sprechen. „Familiengeschichten“ sollte die Sendung heißen und eine Kurzfassung ihres Buches „Schrei nach Liebe“ beinhalten. Sechs Wochen sollte gesendet werden, immer am gleichen Tag (Sonntag) zur gleichen Zeit (20-21.00 Uhr). Zwei Stunden saß sie das erste Mal mit Gabriele im Studio. Eine Dreiviertelstunde las Inge und war zeitlich gerade bis zum Abschluss ihrer Grundschulzeit gekommen.
Zum ersten Advent hatte Bernd sie nach Pritzwalk eingeladen. Es war ein schöner Sonntag. Ab Waren fuhr sie auf der Autobahn bis Wittstock und dann Landstraße. Dafür brauchte sie zwei Stunden. Ein neue Umgehungs-Straße war in Pritzwalk gebaut worden und Inge fuhr statt ins Zentrum nach Süden, sie befand sich plötzlich auf der Landstraße nach Perleberg.
Um 11 Uhr war sie in Pritzwalk. Michael öffnete auf ihr Klingeln. Groß war er geworden. Er nahm sie sofort in Beschlag, zeigte seine Spielzeugwaffen. Alles Militärische interessierte ihn ungemein. Auch sein Kaninchen und sein Meerschweinchen musste sie in Augenschein nehmen.
Zu Mittag waren sie sieben Personen am Tisch. Christine und ihr Freund und Martin waren dazu gekommen.
Nach dem Mittagessen konnte sie sich in der Ferienwohnung im ersten Stock ausruhen.
Michael wünschte sich zum bevorstehenden Weihnachtsfest einen Kescher, da er sehr gern angelt. Christine wünschte sich das Buch „Biologie-Basiswissen, Klasse 11- Abitur“.
Michael litt noch immer an seinen Aggressionen, die plötzlich auftraten und geriet dadurch in Konflikt mit seinen Klassenkameraden und anderen Menschen. Um Inge war er rührend besorgt, brachte ihr sogar ein afrikanisches Lammfell für die Knie, als sie klagte zu frieren.
„Darf ich mich noch ein bisschen mit Dir unterhalten? “ fragte er.

Herzlich verabschiedete sie sich.
Am Abend hörte sie nun „ihre“ erste Sendung. Frau Müller hatte eine „Erkennungs-Melodie“ eingebaut, die immer wieder erklang. Für Inges Geschmack ein wenig zu oft. Sie ließ sich aber später belehren, dass die Hörer Denkpausen brauchten.
Die Weihnachts-Bäckerei begann wieder. Vanillekipferl und Ischler Mandelschnitten machten viel Arbeit,
In der Singegruppe bereitet sie vier Auftritte vor. Im „Vitanas“- Seniorenheim waren Stände aufgebaut. Es wurden Adventsgestecke und Keramik-Artikel angeboten. Eine Waffelbäckerei
lieferte pausenlos frische Waffeln.
Sie waren sieben Sänger (Das Fähnlein der sieben Aufrechten, Titel von Gottfrieds Keller Novelle fiel ihr ein). Die Pflege-Insassen sangen mit, Inge moderierte und spielte auch am Flügel. Nach fünfundzwanzig Minuten machte sie erst einmal Pause. Das gemeinsame Singen mit den Insassen kam besonders gut an. Anschließend spielte Ingo noch auf dem Akkordeon Weihnachtsmelodien.
Ein neues Buch war in aller Munde „Generation Doof“, das musste Inge natürlich auch lesen. Anne Bohl borgte es ihr aus.
„Rate mal, was ich gerade mache? Ich esse Deine Plätzchen, danke schön, Mama“ verkündete der Anrufbeantworter. Na, das hat ja wunderbar geklappt, dachte Inge.
Der nächste Auftritt fand in der Friedenskirche statt. Nach und nach trafen immer mehr Emigranten-Kinder vom nahegelegen Asylheim ein. Sie sangen drei Lieder, danach kam ein verkleideter Nikolaus mit Knecht Ruprecht. Die Kinder wurden aufgefordert, etwas vorzusingen oder aufzusagen.
Inge saß an einem Tisch mit einer armenischen Familie. Die Mutter war schwer nierenkrank und hatte deshalb den Ausreiseantrag gestellt. Hier in Deutschland kam sie regelmäßig an die Dialyse, was für sie lebensnotwendig war. Sie hatte zwei kräftige Jungen im Alter von elf und zwölf Jahren.
„Lasst´ uns froh und munter sein“, „Kling Glöckchen“, „Schneeflöckchen, Weißröckchen“ sangen dann alle. Bei Kaffee und Kuchen lernten sich die Anwesenden kennen.
St. Michael hatte seine neue Begegnungsstätte für Laien-Künstler geöffnet. Auch Russlanddeutsche traten mit einem neu gegründeten Chor „Berjoska“-Birke auf. Drei Männer und fünf Frauen waren in dieser Gruppe.

Sie begannen zuerst mit ihrem Weihnachts-Programm. Dann folgte Inges Singegruppe. Der Akkordeonspieler von „Berjoska“ fragte anschließend, was „ plattdeutsche Sprache“ bedeute. Inge erklärte es ihm.
Inzwischen waren die Wünsche von Clara und Malte schriftlich eingetroffen. Clara hatte ein Foto mit ihrer kleinen Katze Minuch beigelegt. Sie war auch graugestromt wie Inges Miezi. Sie wünschte sich eine Porzellanfigur „Elfe“ von Schleich und hatte auch gleich die Nummer im Katalog aufgeschrieben. Clara lernt jetzt auch Klarinette spielen.
Klaus erzählte ihr, dass in seiner Firma 7000 Mitarbeiter entlassen werden sollen. Er selbst sei gerade für ein Projekt in Rostock ausgezeichnet worden.
Mit der Singegruppe ging Inge in die Gaststätte „Augustasbad“. Traditionell, einmal im Jahr veranstaltete sie dies. Jeder durfte nach Karte wählen. Von den Spenden, die sie im Lauf des Jahres ersungen hatten, bezahlte sie die Zeche.
Wunderbar war der Blick auf den Tollensesee, der nun verlassen da lag.
Inge hatte in der Thalia-Buchhandlung ein Buch „Schnellkurs Griechisch“ bestellt. Zu dem Buch gehörten drei CDs. Nun begann sie also Griechisch zu lernen, aber das war schwer. Zuerst musste sie das Alphabet erlernen. Da die kyrillischen Buchstaben im russischen Alphabet ebenfalls vorkommen, fiel Inge das gar nicht so schwer. Schließlich hatte sie acht Jahre Russisch-Unterricht in der Schule gehabt. Aber die Aussprache bereitet ihr Probleme. Immer wieder hörte sie sich die CD an, sprach laut nach, aber es fehlte der Lehrer. Sie machte Schreib-Übungen. Sie wandelte deutsche Worte in griechische Worte.
Die Bittbriefe an die Erben von Ingeborg Runze-Puetz hatten Inge das ganze Reisegeld nach Anafi erbracht. Sie beschloss, ihren Küchen- Fußboden mit versiegeltem Naturkork auslegen zu lassen. Schon lange war es ihr Wunsch, den Fußboden in der Küche zu erneuern. Sie ließ sich von drei Fußbodenlegern Angebote machen und entschied sich dann für einen Malermeister, der in ihrer Siedlung Am Brauberg wohnte.
Nie hätte sie vermutet, wieviel Arbeit im Ausräumen der Küche steckte. Zuerst riss der Handwerker den Fußbodenbelag heraus. Danach begann er zu spachteln und den Fußboden zu begradigen. 11.30 Uhr rührte er eine Masse an, die nun auf den Fußboden kam. Er öffnete weit die Fenster und stellte die Heizung auf die höchste Stufe. Zwei Tage musste nun alles trocknen, danach wurde der Korkfußboden verlegt.
Um 12 Uhr klingelte es und Uta stand vor der Tür. In diesem Chaos!

Was tun? Sie lud Uta ein, die baulichen Veränderungen in ihrem Wohngebiet anzuschauen. Das war die alte Friedländer Bahnstrecke, die nun ein Radfahrweg geworden war. Ein paar aufgestellte Schienen erinnerten genau wie ein Prellbock und ein Stück Schiene an die alte Funktion.
Das Cafe´ an der Wasserski-Anlage Reitbahnsee war der nächste Haltepunkt.
In der Oliva-Gaststätte (ehemalige Mühle des Herbord von Raven) aßen sie zu Mittag.
Dann fuhren sie zum Augustasbad und besichtigten abschließend die Johanniskirche, in der Uta noch nie war.
Als sie um 16 Uhr wieder zu Hause waren zeigte Uta ihre Bilder aus dem letzten Weiterbildungskurs „Ölmalerei". Inge breitete alle Bilder auf dem Teppich aus und fotografierte jedes einzelne Bild. Es waren Kopien von Cezanne (Mt. Victoire), Modersohn u.a. Aber auch selbstgemalte grüne und rote Äpfel waren dabei. Inge war so begeistert, dass sie ihr spontan das Skizzenbuch ihrer Großmutter Clara schenkte. Sie weiß es zu schätzen, dachte Inge.
Im Spielwarengeschäft bekam Inge nun auch die „Elfe auf dem Pferd " für Clara und die „Schatzkammer" für das Schloss, gewünscht von Mareike und Laura.
Endlich war das Werk am Freitag-Abend, nach drei Tagen, vollbracht und die Küche fertig. Inge konnte die Küche wieder einräumen. Am Morgen hatte der Handwerker die zu verlegenden Kork-Platten und Fußbodenleisten mit Maschinen-Motorkraft geschnitten, es entstand ein Höllenlärm und sie floh.
Gabriele Müller sagte Inge, dass sie ihre Sendung auf fünf CD´s überspielen könne. „Ist mein Weihnachtpäckchen schon angekommen?" fragte Inge telefonisch bei Jörg nach. „Nein, ich rufe heute Abend an!" Aber, wie so oft, hielt er nicht sein Versprechen und rief nicht an. Vergessen?
Eigentlich wollte Inge nach Halle-Dieskau mit ihrem Auto fahren. Als sie jedoch am Abend die grellen Scheinwerfer beim Heimfahren aus der Stadt sah, entschloss sie sich, doch mit dem Zug zu fahren. Nun gab es natürlich keine Ermäßigung mehr, zu lange hatte sie gezögert, ob sie Klaus´ Einladung überhaupt folgen sollte. Das wurde ein teures Fest.
Inge fütterte am Morgen des 23. Dezember die Katzen und lief zum Bahnhof. Herr Sager würde dies in ihrer Abwesenheit tun.
Pünktlich fuhr in Berlin der EC nach München und 11.57 Uhr stieg sie in Halle aus. Mareike und Laura stürzten auf sie und erzählten gleich

munter. „Verträgst Du Dich jetzt wieder mit Omi Inge? “ fragte Mareike ihre Mutti, als Cathleen aus der Waschküche kam und Inge begrüßte. „Ich werd´ s versuchen!“ war die Antwort.
Als erstes packte sie ihre Hausschuhe aus und übergab die 3 kg schwere Ente, gezüchtet von Ingos Freund, der einen Bauernhof in Ihlenfeld, unweit von Neubrandenburg bewirtschaftete. Dann gab es Mittagessen. Es bestand aus Reis mit Geflügel und indischen Gewürzen. Klaus hatte gekocht, es schmeckte Inge sehr gut. „Nun muss sich Oma erst einmal ausruhen!“ hieß es und die Kinder sollten Mittagsschlaf halten. Nach dem Kaffeetrinken wanderten Laura, Mareike und Inge in den Park. Begeistert zeigten sie Inge ihren „Kletterbaum“ und den Apfelbaum, Sorte „Prinz“, den Papa vor kurzem gepflanzt hatte. Am Mühlenteich tummelten sich Blesshühner und Enten. Ein Schwan erhob sich majestätisch in die Luft. Viel gab es zu sehen. „Oma, ich kann nicht mehr laufen, trage mich bitte!“ Also Mareike auf die Bank gestellt, ein Bein von Mareike auf die rechte Schulter von Inge, das zweite auf die linke Schulter und los ging es.
„ Ab zwölf Uhr dürft ihr nicht mehr in das Wohnzimmer! “ verkündete Klaus am Heilig Abend zum Frühstück. Inge ging mit ihnen ins Kinderzimmer. Welche Fülle an Spielzeug entdeckte da Inge. Laura spielte ihr etwas auf der Melodika vor. Die hatte sie von der Musikschule „Fröhlich“ erhalten. Es war eine Kombination von Flöte (Schlauch mit Mundstück) und Tastatur.
Wahrscheinlich war es eine Vorübung für das Keyboard-Spiel. Sie hatte auch Noten und spielte begeistert vor. Dann zeigte sie Inge ein Blumentöpfchen mit einer Grünpflanze, ein Ableger und eine selbstgemalte Weihnachtskarte. Aufgeregt fragte sie Inge, ob sie die Pflanze noch gießen müsse. Die war aber so nass, dass Inge sie davon abhielt. Mareike tobte wie ein ungebärdiges Füllen herum. Wenn sie läuft, bewegt sie nicht nur Arme und Beine, sondern der ganze kleine Körper hüpft vor Freude. Und immer lächelt sie.
Ein wunderbarer Duft entströmte der Küche. Klaus hatte Regenbogenforellen gekauft und sie in Folie gebacken. Sie waren innen mit Tomate, Pfeffer und Salz gefüllt. Dazu gab es Fenchelgemüse. Das hatte Inge noch nie gegessen und selbstgemachte Meerrettich-Soße mit Sahne und geriebenem Apfel. Es schmeckte vorzüglich.
„Ich bin so aufgeregt!“ flüsterte Laura, als sie Inge um halb zwei Uhr im Mittagsschlaf weckte.
Endlich, endlich war es so weit und sie zogen sich halb sechs Uhr abends

an, um die Christmette in der Dorfkirche zu besuchen. Die Kirche war schon zur Hälfte besetzt. Die Predigt des sechzigjährigen Pastors, bereits im Ruhestand, war etwas merkwürdig. Er machte ständig Witze. „Die Lampen vor der Kirche brennen nicht, sie sind feucht geworden. Sind Sie auch feucht?“ Großes Gelächter. Dann bat er, die Weihnachts-Geschichte nach Lukas mit ihm gemeinsam auf zu sagen. „Sie haben das alle in der Religionsstunde gehört!“ Danach predigte er über einen Satz der Musik-Gruppe „Tote Hosen“: „Lieber staunend leben, als meckernd sterben.“ In die Stille sagte Mareike laut: “Was erzählt der für einen Quatsch!“ Das ist Kindermund und der sagt ja die Wahrheit, dachte Inge.
Nun begann das große Bescheren und Pakete auspacken. Die Ritterburg und Inges Schatzkiste erzeugten Freudengeschrei bei beiden Kindern. Papa hatte gleich mit dem Aufbau zu tun. In der Mitte des großen Zimmers stand der wunderschön geschmückte Tannenbaum.
Auch Inge bekam ein Päckchen mit Sarotti-Pralinen und eine Flasche Olivenöl, selbst gemacht von Cathleen. In drei Monaten solle es benutzbar sein. Klaus hatte die ganze Zeit die Kamera betätigt und sie sahen sich anschließend die Bilder an.
Bis Mitternacht schaute sich Laura die CD „Der Prinz von Narnia“, Teil 3, an.
Kurz nach sieben Uhr weckte Mareike Inge. „Papa ist schon in der Küche“ verkündete sie. Inge nähte die Flugente zu, nachdem sie diese mit Backpflaumen gefüllt und die Drüse entfernt hatte. Auch Klaus hatte eine Ente gekauft und beide wurden nun in den Backofen geschoben und sollten auf dem Rost braten.
Laura wollte unbedingt Schularbeiten machen. Sie zeigte Inge ihr Hausaufgabenheft, die Arbeitsblätter, das Mathematik-und Schreibheft. Alle Hefte hatten DINA 4-Format. Inge staunte, wie komfortabel die Arbeitshefte und die Fibel waren. Im Handumdrehen war Laura mit den Schularbeiten fertig und sie gingen wieder in den Park. Etliche Leute wanderten bereits auf den Wegen. Halsbrecherisch ging es über zahlreiche Brücken. Als sie zurückkamen, waren Gäste eingetroffen. Cathleens Mutter, ihr Mann und der Bruder Oliver. Allen schmeckten die Enten zu Rotkraut und Klößen. Mit einem Glas Rotwein stießen sie an. Inge dachte schon an die Rückreise.
17.12 Uhr fuhr der Zug von Halle nach Leipzig. Die ganze Familie begleitete sie zum Bahnhof.
Wunderbar war der Bahnhof von Halle renoviert worden. Hellgrün strahl-

te das Oval der sich wölbenden Decke. Als Laura traurig wurde, sagte Klaus: „So ist das nun mal im Leben mit dem Abschiednehmen!“ Nach einer Weile sagte Laura: “Ich bin nicht mehr traurig, denn ich bin hier zu Hause. Das ist meine Heimat!“ Umarmungen, Küsse, dann war es vorbei. Inge setzte sich in die Ecke des Abteils und schloss die Augen. Trotz aller Freude war der Besuch doch sehr anstrengend für sie gewesen

In Leipzig fuhr sie gleich mit dem IC weiter bis Berlin-Gesundbrunnen. Dort hatte sie vierzig Minuten Aufenthalt. Weit und breit war kein Mensch zu sehen, es war ja der 1. Weihnachtsfeiertag. Sie suchte einen Kiosk, wo sie eine Tasse Tee trinken konnte. Am U-Bahnhof fand sie diesen. Der türkische Verkäufer begrüßte sie freundlich. „Kann ich bei Ihnen eine Tasse Tee bekommen?“ fragte sie. Ja, antwortete er. Endlich bekam ihr Magen etwas Warmes. Jetzt, wo sie allein war, schien die Zeit still zu stehen. Endlich kam der Regionalzug aus Falkenberg nach Stralsund.

Um 21.30 Uhr war sie in Neubrandenburg. Es hatte gefroren und war sehr glatt. Ihr Koffer hatte Rollen, das war kein Problem. Klaus hatte ihr noch vorsorglich eine Tasche mit Entenklein, Klößen und Rotkohl in Zwei Tupper-Schüsseln eingepackt.

Zu Hause erwartete sie Post von Jörg. Ein Päckchen enthielt das hübsche „Verhör-Büchlein“ und einen Kalender. Sie lachte schallend über den „weissen Neger Wumbaba“, ursprünglich „Der weiße Nebel wunderbar“ und „Du grinst nicht nur zur Sommerzeit“, ursprünglich „O, Tannenbaum“.

In der Nacht bekam sie Halsschmerzen. Um 10 Uhr sollte ihr musikalisches Weihnachts-Programm im Pflegeheim „Vitanas“ beginnen.

Etwa zwanzig Pflegeinsassen saßen im Atrium des Pflegeheimes vor ihr. Sie begann mit dem Lied „Maria durch ein Dornwald ging“, danach sang sie gemeinsam mit allen „Es ist ein Ros entsprungen“.

„Letzte Rose“, ein Lied, das in Flotows Oper „Martha“ gesungen wird, folgte. Inge erzählte die Geschichte des Liedes. 1446 war es in einem alten Königsschloss in Irland entstanden. Als Inge auf dem Flügel spielte, spürte sie plötzlich einen unangenehmen Durchzug über den Kopf. Sie fragte eine Betreuerin, wie das abzustellen sei, die zuckte nur die Achseln und wusste es nicht. Inge hätte ein Tuch umbinden müssen.

Zu Hause angekommen, bekam sie starke Kopfschmerzen, die Halsschmerzen nahmen zu. Sie brauchte Medizin. In der Apotheke kaufte sie pflanzliche Medikamente.

Am Abend hörte sie die letzte Lesung ihrer Familiengeschichte. Sie en-

dete mit dem Lied „Rose“ in der Interpretation von Nana Mouscouri. Sie war gespannt, wie das Lied, mit Gitarre begleitet, herüber kommen würde. Freunde hatten ihre Sendung ebenfalls gehört und bestätigten ihr, dass es gut war.
Als nach einer Woche keine Besserung eingetreten war, ging sie doch zu ihrer Ärztin. Sie bekam ein Ersatzmittel für Penicillin, welches sie alle zwölf Stunden einnehmen musste.
Das Jahr 2008 ging zu Ende. Für Inge war es ein ereignisreiches und gutes Jahr gewesen.
Endlich Friede und Harmonie mit Klaus und seiner Familie.
Der Mitteldeutsche TV-Sender übertrug wie alle Jahre Silvester die Neunte Sinfonie von Beethoven aus dem Gewandhausorchester Leipzig. Ein Fest für die Sinne.
Kater Peter und Mieze überstanden die schreckliche Knallerei.
„Die Reise der Pinguine“, eine Filmdokumentation von Luc Jaquet aus dem Jahre 2005 begeisterte Inge. Kaiserpinguine sind die einzigen Tiere, die es am Nordpol aushalten. Es waren wundervolle Aufnahmen von Eiswüste, Meer, Felsen und Himmel.
Am 3. Januar ging strahlend die Sonne auf. Sie zeigte schon Kraft und Stärke. Blau war der
Himmel und am Abend sah der Horizont fantastisch aus. Dunkelrot, schwarz, dann orange, gelb und blau färbte er sich. Darüber spannte sich der Halbmond, links davon der Abendstern. Inge konnte sich nicht sattsehen.
Nach einer Woche waren die Mandeln nicht mehr gerötet, der Halsschmerzen abgeklungen, das Medikament hatte gewirkt.
Laura beging ihren 7. Geburtstag. Inge rief an, aber Laura hatte es sehr eilig. Draußen lockte der Schnee.
Inges Geschenk, ein Buch, hatte sie bekommen.
Am 4. Januar war immer Bürgerempfang in der Konzertkirche Neubrandenburg aus Anlass des Stadt-Geburtstages. Es hatte tüchtig gefroren.
Am schönsten waren wieder die Tänze der Tanzaktion e. V. von Karin Schmidt. Sie tanzten einen Schneeflockentanz und einen Rock´ n Roll. Die Zuschauer klatschten viel Beifall. Es kam gut an. Die Big Band von der Musikschule contentus spielte sehr gut, aber leider ohrenbetäubend.
Die Rede des Oberbürgermeisters Paul Krüger dauerte 45 Minuten und war sehr informativ.
Positive und negative Entwicklungen in der Stadt wurden mitgeteilt.

Anschließend sprach der Stadtpräsident Günter Rühs, der an diesem Tag immer seinen Geburtstag feiert. Er zeichnete ehrenamtliche Bürger aus. Es waren Frau Fanslau, die für ihre Arbeit in der Fritz Reuter-Gesellschaft zur Pflege des Niederdeutschen ausgezeichnet wurde, Herr Luttkus, langjähriger Tischtennis-Chef, Frau Holznagel für Integrationsarbeit und eine Frau von den „Fraueneinfällen". Sie wurden jeweils von den „Stadtgestalten" Müller Herbord, Mutter Finksch, dem Weber, einer Fürstendame und Fritz Reuter auf die Bühne geführt.
Eine wunderbare Schneelandschaft bot sich in den nächsten Tagen ihren Augen.
Michael schrieb einen Brief und bedankte sich für den Kescher. Er wollte wissen, ob man auf dem Reitbahnsee Schlittschuh laufen könne.
Klaus erzählte am Telefon, dass zu Lauras Geburtstag elf Kinder in ihrem Haus gefeiert hätten. Da in Sachsen/Anhalt der Dreikönigstag Feiertag ist, haben sie immer noch ein wenig Ruhe nach der Geburtstagsfeier von Laura.
Die Fotos, die Inge zu Weihnachten in Dieskau gemacht hatte, waren sehr schön geworden.

***Freitag, 9. Januar 2009***

***Heute habe ich wieder einmal einen Ausflug machen können. Die Presse hatte auf eine Ausstellung in Stavenhagen aufmerksam gemacht.***
***Es ging um "Historische Kinderbücher". Das Reuter-Museum war der Ausstellungsort. Der Initiator, ein Rentner aus Cuxhaven, 1929 geboren, war nicht anwesend, da er den Winter immer auf Teneriffa verbringt. Ich hatte extra ein paar alte Kinderbücher mitgenommen und hoffte auf einen lebhaften Gedanken-Austausch, Fehlanzeige. Ich schaute mir die kleine Ausstellung an. Einige Bücher kannte ich, z. B. „Herzblättchens Zeitvertreib", den „Struwelpeter" und Coopers „Lederstrumpf". Ich war sehr enttäuscht, dass nicht ein einziges Kinderbuch der DDR dabei war.***
***Es war Mittag geworden und ich ging in das erste Hotel am Platz, das den Namen „Hutzbach" trug. Es war angenehm warm in der Gaststätte und viel Holz verarbeitet. Alles machte einen gediegenen Eindruck. Eine gefüllte Taube war im Angebot. Ich weiß nicht, wann ich das letzte Mal diese Köstlichkeit gegessen hatte und fragte, ob ich sie bekommen könnte. Ja, war die Antwort, eine haben wir noch.***
***Ein Spruch an der Wand erregte mein Interesse, er hängt seit 1969,***

***dem Beginn der Tätigkeit der Kellnerin in dieser Gaststätte:***
***Hier ward drunken***
***Un nich sapen***
***Hier kamen Minschen***
***Un kein Apen***
***Hoch un platt***
***Mark di dat!***

***Ich musste schmunzeln und wunderte mich nicht, dass die Kellnerin eine waschechte Sächsin war.***
***Stavenhagen und Ivenack gehören untrennbar zusammen. Wenn du einmal hier bist, kannst du doch einen Abstecher dorthin machen, dachte ich. Im Autoatlas suchte ich die kürzeste Strecke heraus und stand dann vor den drei uralten Baumriesen. Die Sonne leuchtete durch die kahlen Äste, es war ein wunderbarer Anblick. Vom ersten der drei Eichen war schon ein großer Ast abgebrochen, er lag vor den Wurzeln. Die zweite Eiche sah auch sehr mitgenommen aus. Die dritte Eiche jedoch bot sich dem Betrachter beinahe unbeschädigt. 600 bis 700 Jahre sollen die Eichen sein. Im Volksmund spricht man aber immer von den tausendjährigen Eichen. Ich fand bald die Kreuzung der Landstraße Stavenhagen-Altentreptow und fuhr nun durch kleine Ortschaften, die zauberhaft in der Sonne lagen.***
In aller Munde war das Buch des Jahres „Der Turm“ von Uwe Tellkamp. Tausend Seiten dick ist es und spielt in einem Dresdener Akademiker-Milieu.
Am 14. Januar wollte Inge eine Einladung der Volkssolidarität in Sparow bei Alt-Schwerin wahrnehmen.
Sie hatte schon am Vorabend ein komisches Gefühl, das war richtig, denn als sie am nächsten Tag um 10 Uhr bei teilweise gefährlichem Glatteis in der Ferienanlage „Gutshof Sparow“ ankam, wurde ihr mitgeteilt, dass die Veranstaltung abgesagt sei. Sie war die einzige, die angereist war, offensichtlich hatte man vergessen, sie zu benachrichtigen. Sie schaute sich in Ruhe das moderne Wellness-Hotel an und bestellte eine Tasse schwarzen Tee. Der war so dünn, dass das Wasser sich nicht mal dunkel färbte. Ja, „Sparow“ kommt von Sparen, dachte Inge belustigt und verließ das ungastliche Hotel.
In der Geschäftsstelle der Volkssolidarität in Neubrandenburg hatte man zwar Bedauern für sie, aber das unnütz ausgegebene Spritgeld wurde ihr

nicht ersetzt. Die Veranstaltung sollte eine Weiterbildung für Chorleiter der Volkssolidarität sein.
Der Freundeskreis des Goethe-Gymnasiums in Weißenfels hatte zu einer Vorstellung des Musicals „Linie 1“ am 17. Januar eingeladen. Frau Teichert, die Musiklehrerin, hatte die Einstudierung übernommen. Inge fuhr mit der Bahn. In Weißenfels fand sie eine preiswerte Pension.
In der Aula fand die Aufführung statt.
Kaum hatte Inge die Aula betreten, erkannte sie sofort Frau Teichert und besorgte ihr einen Platz in der 5. Reihe. Bis auf einige Plätze in den hinteren Reihen, war alles besetzt. Vor der Bühne nahm ein Geländer die ganze Breite der Aula ein. Davor waren Sitze, diese sollten die U-Bahn, Linie 1, darstellen.
Drei Stunden dauerte die Vorstellung mit einer zwanzigminütigen Pause. Im Programmheft konnte sich Inge gut informieren. Sie zählte dreiundzwanzig Mitwirkende. Die Texte der Lieder waren im Programmheft abgedruckt. Die 15jährige Hauptdarstellerin überzeugte stimmlich und darstellerisch. Sie war das Kind vom Land, das morgens um 6 Uhr am Bahnhof Zoo ankommt und erwartet, dass ihr Freund, ein Rockmusiker, sie abholt. Der kommt nicht und sie lernt nu die unterschiedlichsten Menschen und deren Schicksale kennen. Das waren Kleindealer, Junkis, Penner, Yuppies, Schulschwänzerinnen, genervte Eltern, Ausländer, Ausländerhasser, Ewig-Gestrige, Aussteiger und Weltverbesserer. Unbefangen ging sie auf die Menschen zu und erfährt teils komische, teils tragische Lebensgeschichten. Höhepunkte waren die Sololieder und Chorgesänge. Junge Männer traten dann auch einmal als „Wilmersdorfer Witwen“ auf. Im Laufe der Handlung wirft sich ein Drogensüchtiger vor die U-Bahn und stirbt. Die U-Bahn bleibt stehen und die Fahrgäste beginnen nachzudenken.
Hochaktuell waren die Jugendarbeitslosigkeit und die Herzenskälte vieler Menschen. Leider wurde es zum Ende kitschig. Happy End, das Mädchen, bereits schwanger vom Rockmusiker, will nichts mehr von diesem wissen und lernt einen „Weltverbesserer“ kennen, der ihr nachgefahren ist und sich in sie verliebt hat.
Alles spielt an einem Tag und in einer Nacht. Inge war, genau wie das Publikum, begeistert.
Sie lief anschließend die Naumburger Straße hinauf. Rechterhand standen unbewohnte, vierstöckige Häuser, linkerhand waren die Häuser abgerissen. Ein Supermarkt „Netto“ war an die Stelle getreten. Die alte Brauerei

war ebenfalls verschwunden, stattdessen sah sie eine Tankstelle. Endlich war sie in der Kirschallee in der Pension.
Nach dem reichhaltigen Frühstück verabschiedete sich Inge. Ihr Zug fuhr am Mittag. In der Schumann-Straße wohnt doch Familie Brettnagel? fragte Inge die Wirtin. „Ja, aber Herrn Brettnagel wurde Weihnachten der Magen heraus operiert, er hat Krebs. „Suchen Sie ihn noch einmal auf, er wird nicht mehr lange leben."
Inge nahm all ihren Mut zusammen und klingelte. Es dauerte eine ganze Weile, ehe ein spindeldürrer Mann an die Pforte trat. „Wer sind Sie, was wollen Sie?" „Treten Sie doch erst einmal näher!" Dann stand er vor ihr, vom Tod gezeichnet. „Ich wollte noch einmal den Menschen sehen, der mich vor 46 Jahren veranlasste, meine Heimatstadt zu verlassen!" Keine Reaktion. „Ich bin im Auftrag deines Sohnes Jörg hier, dem Du versprochen hattest, mit ihm und seiner Familie in Verbindung zu bleiben, nachdem Du ihn einmal in Bautzen besucht hattest. Er leidet darunter!" Noch immer kam kein Wort über seine Lippen.
„Ich wünsche Dir alles Gute!"
Der bereut nichts, gibt es Schuld und Sühne? Du wirst nicht mehr lange leben, dachte Inge, drehte sich um und ging. Weg, nur weg!
Sie lief über die Eisenbahnbrücke hinunter zur Saale. Sie musste höllisch aufpassen, denn es war gefroren und die Pflastersteine glitschig. Das Wehr rauschte, das Wasser hatte sich einen Weg gebahnt.
Eine Biberfamilie entdeckte sie überrascht auf dem Eis. Sie waren genau wie die Enten, Schwäne und Vögel zur Futterstelle gekommen. Das junge Biberkind rutschte dann mit dem Vater ins Wasser, während die Mutter weiter nach Fressen suchte.
Inge ging immer an der Saale entlang. Fast eine Stunde brauchte sie bis zur Großen Deichstraße.
Die Sonne war herausgekommen, es war ein richtiger schöner Sonntag. Kein Auto störte, kein Mensch war zu sehen.
Sie lief sie durch die Fischgasse zur ehemaligen Altstadtschule, heute Volkshochschule. Die Saalegaststätte war geschlossen. Die letzte Feier war Silvester, das Schild hing noch.
So stand sie, genau wie vor fast sechsundvierzig Jahren, auf dem Bahnhof und schaute auf die markanten Punkte der Stadt: das Schloss Augustusburg, den Bismarck-Turm, die Bergschule, die Marienkirche, das Goethe-Gymnasium und die Lutherkirche.
Das Backsteingebäude mit riesigen Fenstern auf der Neustadt-Seite hatte

viele, kaputte Fenster, ein Sinnbild dieser maroden Stadt?
Pünktlich fuhr der EC. Inge bekam einen Platz im Großraum-Abteil. Sie ließ die Landschaft an sich vorbeiziehen und träumte. Wo war die Zeit geblieben? So viele Jahre waren inzwischen vergangen. Um 16 Uhr war sie in Neubrandenburg. Herr Sager hatte die Katzen gefüttert. Der Kater stürmte an ihr vorbei. Es schien Inge, als sei er ihr böse.
Ingo feierte Geburtstag. Inge buk einen Marmorkuchen. Nach der Chorprobe gingen sie alle gemeinsam in seine kleine Zweiraumwohnung Am Anger 5. Dort kochten sie Kaffee und aßen Kuchen. „Ich habe noch nie so ein schönes Geburtstagfest gehabt!“ sagte Ingo gerührt zum Abschied.
Ende Januar zeigte der Winter seine Macht. Eisiger starker Ostwind vertrieb die Menschen von den Straßen.
Nach sieben Wochen sprach Inge das erste Mal wieder mit Susanne. Sie ist gesund und munter, es sei alles in Ordnung. Gestern sei Stefan mit ihr beim Ultraschall gewesen. Für die Entbindung hat sie ein katholisches Krankenhaus gewählt.
Anfang Februar erblickte Inge die ersten Schneeglöckchen an der Treppe zur Straße, da war es windgeschützt. Auch die Tulpen und Narzissen lugten schon vorwitzig aus der Erde.
Nana Mouskouri´s Autobiographie „Stimme der Sehnsucht“ las sie aus. Offen, ehrlich, emotional, einfach anrührend, so wie sie auch singt, schrieb sie. Aus der Bibliothek lieh Inge sich ihre schönsten Lieder auf CD aus „Weiße Rosen aus Athen“, „Liberte´“ nach dem Freiheitschor aus Verdis „Nabucco“ und „Die Rose“. Das war wirklich einmal eine Lektüre nach Inges Geschmack.
Griechisch übte Inge nun jeden Tag. Sie schrieb ganze Sätze und Wendungen auf. Könnte sie doch einen Kurs belegen, aber den gab es in Neubrandenburg nicht. Die nächste Stadt wäre Rostock oder Berlin.
Am 7.Februar kam Klaus mit seiner Familie aus Kleinkirchheim vom Skiurlaub zurück. Beide Kinder hatten an einem Skikurs teilgenommen und konnten nun Ski fahren. Begeistert erzählten sie Inge davon.
Am 25. Februar war Janines Scheidungstermin. Sieben Jahre dauerte ihre Ehe. Nun aber wollte Janine nicht, dass ihr Kind als eheliches galt, da sie ja noch mit Rene´ verheiratet war.
Das Theater Berlin und Theater Mogul gastierten im Haus der Kultur und Bildung in Neubrandenburg mit dem Ein-Mann-Stück „Cavema- Du sammeln. Ich jagen!“ von Volker Meyer-Dabisch gespielt. Es war ein köstlicher Abend. Inge hatte einen Platz in der vierten Reihe, genau in

der Mitte. Der Vorhang ging auf und die Zuschauer schauten auf eine verschlossen Tür, vor der ein Koffer und anderes Gepäck lagen. Seine Frau hatte ihn ausgesperrt. Caveman entfaltete ein Stück Papier und die Höhle von Lascaut wurde sichtbar.
„Weiß Jemand was das ist?", Inge rief: „Höhlenmalereien von Lascaut!"
„Waren Sie schon dort?" fragte er von der Bühne herab. „Das kann ich mir nicht leisten, ich kenne sie vom Foto!" „Was stellt es denn dar?" kam wieder eine Frage von oben. „Einen Jagdzauber!" Er daraufhin zum Publikum:"Eine bessere Antwort können Sie heute nicht bekommen!" Es war kurzweilig, immer wieder wurde gelacht.
Männer und Frauen sind eben verschieden, das kam als Botschaft herüber. S i e macht mehrere
Dinge gleichzeitig, aber E r ist ein Jäger und geht stets gerade auf sein Ziel los. Er angelt für sein Leben gern, sie reizt den Mann ständig mit ihrer Redelust.
Am Morgen und am Abend sang nun die Amsel im Garten ihr Lied. Der Frühling war eingekehrt. Im Zwischenraum von der Markise und der Hauswand baute ein Vogelpaar sein Nest. Ständig flogen die Vögel ein und aus.
Zur Ehrenamts-Messe in Neustrelitz hatte sich Inge mit der Singegruppe angemeldet. Pünktlich 9.30 Uhr stand Ingo mit seinem Weltmeister-Akkordeon Am Anger.
Die Strelitzen-Halle steht direkt neben dem Gymnasium Carolinum am Glambecker See. Viele Rettungswagen, Feuerwehr-Autos u.a. zeugten von dem Ereignis. Gegenüber vom Eingang befand sich eine kleine Küche, in der Getränke, Bockwurst, Erbseneintopf preiswert gekauft werden konnten.
Der Bürgermeister von Neustrelitz und die neue Landrätin hielten eine Rede und eröffneten die Ausstellung. Dann setzte sich eine Gruppe von Kommunalpolitikern mit dem Bürgermeister und der Landrätin in Bewegung und besichtigte jeden Stand.
Die Landrätin übergab Inge ein Papier, das ihre Teilnahme würdigte. Nun schaute sich Inge auch einmal die Stände an. Der Sozialverband, das Deutsche Rote Kreuz, der Tierschutzverband Sadelkow, die Deutsch-Russische Landsmannschaft, das Europäische Integrationszentrum Rostock, die Diakonie, der Seniorenverband Neustrelitz und die Arbeiterwohlfahrt waren vertreten. Auch der Zirkel „Schreibender Strelizia" hatte einen Stand.

Um 11 Uhr begann ein abwechslungsreiches und interessantes Programm. Die russlanddeutschen Frauen tanzten in wunderschönen, selbstgenähten Kostümen. Es waren Zigeunertänze und Bauchtänze.
Die Vorführungen der Rettungshunde-Staffel wurden mit Spannung von vielen Gästen erwartet. Die beiden schwarz-weißen Polder collins hingen mit ihren Augen unablässig an ihrem Führer und parierten auf Blick.
Auf dem Glambecker See wurde ein Loch in das Eis geschlagen, ein Taucher sollte einen Ertrinkenden spielen und dann wurde „gerettet".
Nun gab es erst einmal eine Kaffeepause. Die Dance-Liner begeisterten viele Zuschauer. Es war ein amerikanischer Tanz und die Mitglieder trugen Cowboyhüte. Inzwischen sang sich Inge in einem Nebenraum ein und 16 Uhr traten sie mit ihrem Frühlingsprogramm auf. Eigentlich war es am 1. März noch ein wenig früh für ein Frühlings-Programm, aber alle sehnten sich ja bereits nach ihm.
Ingo war schrecklich aufgeregt und verpasste die Tonart bei dem Lied „Tulpen aus Amsterdam". Er stimmte zu hoch an. Er zitterte am ganzen Körper und Inge musste ihn erst einmal anschließend beruhigen.
Beim Gärtner Blecha in der Schwedenstraße kaufte Inge Stiefmütterchen und pflanzte sie ins Rondell. Seine Pflanzen haben stets eine hohe Qualität. Das hatte sie in den vergangenen Jahren festgestellt.
***Sonntag, 8. März 2009***
***Ein kalter Frauentag ist das heute. Nebelgrau, Nieselregen herrschen. Kurz vor Mitternacht riß mich Telefonklingeln aus dem ersten Schlaf. „Ich bin Stefan!" und gleich sprudelte er los: "Unsere Tochter ist 2700 g schwer und 50 cm lang, sie wurde kurz nach 22 Uhr geboren. Sie hat schwarze Haare wie ich! Ich sitze hier am Bett von Susanne."***
***Beide waren am Abend zu einem geburtsvorbereitenden Kurs, als die Wehen einsetzten.***
***„Wie soll sie denn heißen?" fragte ich. Lilli verstand ich, später wurde ich korrigiert. Sie heißt Lilith, nach Adams erster Frau, die sehr dominant gewesen soll. Mutter und Kind seien wohlauf, ich konnte Susanne nicht sprechen.***
Im Mehrgenerationen-Haus in der Friedländer Straße war Inges nächster Auftritt zum Frauentag. Es kam gut an, anschließend machte ein Discotheker Musik auf dem Keyboard und sie konnten das Tanzbein schwingen.
Bei der Rentenversicherung erkundigte sich Inge, was für eine neue Rentenberechnung es gäbe. Es ging um die Freiwillige Zusatzrente, die man

in der DDR abschließen konnte. Die Angestellte auf dem Lindenberg war sehr nett. Ein Lehrer hatte wohl nach der Wende um die Anerkennung dieser Zusatzrente gerichtlich gestritten und Recht bekommen. Nun meldeten sich natürlich andere Betroffene. Für Inge waren es nur die Monate August 1970 (Beginn ihrer Lehrertätigkeit)
bis Juli 1972, da wurde Susanne geboren und sie kam in den Erziehungs-Urlaub. Die Zeit von März 1984 bis Februar 1986 standen ihr ebenfalls zu. Da hatte sie im Bezirksverband der CDU gearbeitet und regelmäßig eingezahlt. Die Angestellte füllte die Anträge aus, nun hieß es abwarten.
Susi schickte per mail als Anhang drei Fotos von Lilith, Inge gelang es, sie auszudrucken. Sie lag schlafend neben ihrer Mama, das linke Händchen zur Faust geballt. Der Kopf ist groß und gut geformt. Es möge gedeihen, das kleine Mädchen!
Zum Geburtstag seines Vaters war Klaus mit der ganzen Familie nach Zinnowitz gereist.
Zwei Wochen später rief Mareike sie an. „Warum hast Du Laura ein Foto von Kater Peter geschickt und mir nicht? Ich möchte auch eins haben!“ Inge sagte ihr, dass Laura sich extra ein
Foto gewünscht hatte. „Ich habe ein ganz schönes Schmetterlingskissen geschenkt bekommen!“ meinte sie noch. Dann nahm Laura das Telefon. „Oma, sing´ mir doch noch einmal das Frühlinglied ‚Eh´ noch der Lenz beginnt´, vor, das gefällt mir so sehr!“ Nachdem Inge es viermal vorgesungen hatte, konnte es Laura. Und schon war das Gespräch zu Ende. “Marsch in´ s Bett!“ war Klaus´ Stimme zu hören.
In den Osterferien kam Rene´, der Sohn eines alten Freundes aus der Nachbarschaft und fragte,ob Inge seinem Sohn fast zwölfjährigem Sohn Lucas Gitarren-Unterricht für die Zeit der Ferien geben könne.
Rene´ wohnte und arbeitete seit 1990 in der Nähe von Bremen. Inge fühlte sich etwas überrumpelt, sagte aber zu. Lucas geht in eine Schule, deren Träger die Katholische Kirche ist. Dort lernte er schon Schlagzeug spielen.
Jeden zweiten Tag gab sie nun Unterricht und Lucas stellte sich ganz geschickt an. Inge lieh Rene´ ihre alte Gitarrenschule von Götze aus, die er kopieren wollte.
Am 31. März war der erste warme Frühlingstag und Inge wagte es, sich in den Garten zu setzen.
Lucas überraschte sie mit dem Wunsch, „Deutschland, Deutschland über alles“ mit Akkorden zu begleiten. Inge brachte ihm nicht nur das Spielen

nach Noten auf den drei ersten Bunden bei, sondern auch die Akkorde. Die nächste Überraschung ließ nicht auf sich warten. „Kennen Sie das Lied ′Liebeskummer lohnt sich nicht, mein Darling′?“. Ach, nun musste Inge lachen, das
war ein uralter Schlager. Wie kam Lucas bloß darauf? Natürlich kenne ich den, meinte Inge. „Wie lange übst Du denn am Tag?“ fragte sie. „Zehn Minuten!“ Das sei entschieden zu wenig, versicherte Inge ihm.

Nun aber fieberte Inge dem Besuch bei Susanne und Stefan entgegen. Stefan hatte sie als erster oben vom Balkon schauend, bemerkt, er kam hinunter und half ihr beim Hinauftragen. Inge packte die Geschenke aus. Für Stefan hatte sie ein Kunstbuch über den Maler Brodwolf mitgebracht. Der Strauß mit Himmelschlüsselchen, Vergissmeinnicht, Tulpen und blühenden Kirschzweigen hatte sich gut gehalten.
„Wann kommst du denn endlich herein?“ rief Susanne aus der Stube. Und da saß die Mutti mit Lilith an der Brust. Da blieb sie auch den ganzen Tag. Susanne war der Meinung, dass das Baby immer Körperkontakt
zur Mutter haben müsse. Inge dachte an ihre drei Kinder und wunderte sich sehr. Aber es waren andere Zeiten und andere Sitten. Susi war eine „alte“ Mutti im Vergleich zu ihr. Mit 37 Jahren war sie das erste Mal Mutter geworden. In der DDR galt Inge als 32jährige, sie war mit Susanne schwanger, schon als „Spätgebärende“.
Nun betrachtete Inge in Ruhe die kleine Lilith, sie staunte über die winzigen Finger, das kleine Köpfchen mit den schwarzen Haaren. Ausführlich erzählte Susanne von der Schwangerschaft und der Geburt. Stefan hätte die Schwangerschaft sehr intensiv miterlebt, er sei sehr nervös geworden und hatte auch abgenommen. Sie hatten schon an eine vorübergehende räumliche Trennung gedacht.
„Jeder macht das, was er am besten kann!“ sagte Stefan. Er kocht abends, erzählte Susanne.
Stefan musste zum Flughafen, da er eine Ausstellung in Dresden hatte. Lilith legte er mit dem Köpfchen an seine Schulter, den kleinen Körper an seine Brust, so gefiel es ihr. Eine ganze Weile lag sie so an seiner Brust. Liebevoll verabschiedete er sich von seinem Baby.
Um 16 Uhr war Susanne zum Spaziergang an der Alster bereit, Lilith wurde in ein Tragetuch gewickelt, so brauchten sie keinen Kinderwagen. Das Wetter war einfach traumhaft und viele Menschen wanderten am Ufer der Alster entlang. An der Kreuzung „Harvestuder Weg“ verkündete

ein Schild, dass hier „Weiße Villen“ gebaut werden. Fünf gesunde, alte Bäume hatte man gefällt, die Stubben standen und zeigten, wie groß sie einmal waren. Für Inge ein Jammer, auch Büsche waren massenweise entfernt worden.
Dampfer, Boote und Kanus kreuzten auf der Alster.
Dann bekamen Baby und Mama Hunger. Es ging wieder nach Hause. Unterwegs kauften sie Spargel und Koteletts. Inge kochte, während Susanne Lilith stillte.
Lilith schlief dann die ganze Nacht, ohne einmal aufzuwachen, oder zu schreien. Inge staunte.
Jetzt war Zeit, sich einmal ungestört zu unterhalten. Susanne erzählte von einem Buch, welches mentales Denken zum Inhalt hatte. Groll, Frust und Neid sollen Krebs, Blasenleiden und andere Krankheiten verursachen. Einheit von Körper, Geist und Seele wurde angestrebt, aber das wusste Inge schon längst.
Inge schlief auf dem Sofa, Susanne nahm Lilith mit in ihr Bett und stillte sie dort im Liegen, das war natürlich sehr vorteilhaft für Mutter und Kind. Um sieben Uhr stand Inge auf. Lilith hatte tatsächlich die ganze Nacht durchgeschlafen.
Nach dem Frühstück wurde Lilith gebadet und Inge durfte sie auch einmal im Arm halten.
Wieviel Enkelkinder ich schon im Arm hielt, dachte sie. Das war Julia 1991, Jörgs erste Tochter, Florian und Mäxchen, Utas Kinder, 1995, Jörgs Sohn Malte im Juli 1995, Clara ,Jörgs zweite Tochter 1997, Laura 2001, Mareike 2004, Klaus Töchter und nun Lilith, ihr jüngstes Enkelkind. Aber alle wohnten nicht in Mecklenburg/Vorpommern, weit weg von ihr.
Eigentlich wollte Inge erst zum Abend zurück nach Neubrandenburg fahren, aber Susanne gab zu bedenken, dass dann der Feierabend-Verkehr einsetze und das Auto, das den ganzen Tag in der Sonne stehe, dann richtig aufgeheizt sei. So gingen noch einmal kurz an die Alster spazieren.
Um 13 Uhr verabschiedete sie sich. Susanne hatte ihr vorsorglich Proviant eingepackt und hinter Zarrentin machte sie die erste Pause.
Je weiter sie nach Osten fuhr, desto knospiger wurden die Bäume, hier steckte der Frühling noch in den Kinderschuhen.
Als sie zu Hause ankam, zeigte der Tacho 230 Kilometer, eine Spitzenzeit fand sie.
Der Pirol war wieder da und schrill klang sein Lied im Garten.
Ihre Cousine Lilo schrieb, dass sie große Schmerzen in den Gelenken

habe und kein Arzt helfen könne. Sie würde sehr oft bei ihrer Tochter Almut sein, die mit den drei Kindern viel allein war, weil ihr Mann am Wochenende Kurse über afrikanische Musik gab.

Am Muttertag rief Klaus gleich am Morgen an und gratulierte. Laura sang Inge ein hübsches Lied nach der Melodie des amerikanischen Liedes „Glori, Glori Halleluja“ vor. Aber dann war der Wirbelwind gleich wieder verschwunden. Auch Mareike gratulierte. „Mama schläft noch!“
Nun endlich wagte sich Inge, eine Fahrradtour um den Tollensesee zu unternehmen. Sie zog sich warm an, merkte aber, dass der Wind sehr kalt war. An der Schiffsanlegestelle in Gatsch-Eck machte sie die erste Pause. Das Linienschiff legte an und sie grüßte den Bootsführer, der in diesem Jahr in Pension gehen wird.
Die Buschwindröschen waren längst verblüht, nun leuchtete weiß der Waldmeister mit den Kastanienkerzen um die Wette.
In der Rethra-Gaststätte war ein neues Gastwirt-Paar. Die junge Frau erzählte, dass sie male und schreibe und in Kürze ein Kinderbuch veröffentlichen wolle.
Inge radelte weiter in Richtung Siehdichum. Noch immer stand die große, breite Kastanie, gleich rechts hinter Alt-Rhese. Inge hatte sie vor Jahren fotografiert und kaum in der Breite auf das Foto bekommen.
Linkerhand erstreckte sich ein gelbes Rapsfeld und in der Ferne leuchtete der blaue Tollensesee. Es war einfach herrlich anzuschauen. Aber der Wind blies kalt, stehen bleiben konnte sie nicht.
In Castrin war das ehemalige Gutshaus der v. Dewitz an einen holländischen Pferdehändler verkauft worden. Die Gemeinde konnte das Geld für die Instandsetzung und Erhaltung nicht aufbringen. So hatte der Gemeinderat dem Verkauf zugestimmt. Aber es war nicht nur das Schloss, sondern der ganze Park, der verkauft wurde, und das tat Inge richtig weh. Sie durften den herrlichen Park nicht mehr betreten, in dem ihre Kinder unter den mächtigen Eichen getobt hatten.
„Wie gut, das Mia Möwen mag“, dieses Kinderbuch wurde in der Weiland-Buchhandlung vorgestellt. Verfasst hatten es zwei Frauen: Elke Riedel, Leiterin der Kinderbibliothek in der Regionalbibliothek und Susanne Brandt, eine Hobbyfotografin aus Hamburg, die den Text dazu schrieb
Inge gefiel es so gut, dass sie es gleich für Clara zum Geburtstag kaufte.
„Nehmen Sie ruhig, Sie mussten ja auch Sprit tanken!“ überzeugte sie Inge. „Uns hat ihr Programm gut gefallen!“

Die schönste Zeit des Jahres begann, am Morgen weckte sie der Gesang der Vögel. Die Rosen im Vorgarten und am Balkon blühten bereits. Das Unkraut wuchs ebenfalls sehr schnell und Inge hatte viel zu tun, es zu vertilgen.

***Donnerstag, 18. Juni 2009***

***Seit heute Morgen 8 Uhr bin ich wieder hier. Es war das komplette horrende Abenteuer, das ich erlebte.***

***Ich bin wieder gesund nach Hause gekommen. Am 2. Ferientag wurde ich in Athen um 470 Euro"erleichtert", ausgerechnet in der Metro-Station „Akropoli". Beim Hinuntergehen zu den Gleisen wurde ich geschubst, vor mir lief ein Mann ganz schnell weg, unten angekommen, sehe ich dass mein Campingsack geöffnet und die Geldbörse verschwunden ist. Trotzdem habe ich meinen Urlaub genossen, viel Hilfe bekommen. Das mir verbliebene Geld teilte ich genau ein, so dass es bei großer Sparsamkeit reichte und ich am Montag (15.6.) in Athen noch 80 Euro in der Geldbörse hatte. Aber die große Angst blieb trotz allem.***

***Mit der Fähre fuhr ich zehn Stunden nach Anafi. Stationen waren Mykonos, Naxos und Santorin. Das war schon ein großes Erlebnis.***

***Für die Rückfahrt von Anafi am Sonntag 20 Uhr, kaufte ich ein Ticket mit Übernachtung in einer Viererkabine für 50 Euro. Damit sparte ich eine Übernachtung in Athen.***

***Im Archäologischen Museum in Athen bekam ich eine Freikarte, als die Angestellte von meinem Missgeschick hörte, und drei volle Stunden genoss ich den Rundgang.***

***Auf dem Flughafen Athen kam ich mit einem Journalisten-Ehepaar aus Berlin-Weißensee ins Gespräch. Der Mann war ebenfalls bestohlen worden, obwohl er die Geldbörse in einer Tasche, eingenäht in die Hose in Wadenhöhe, aufbewahrte.***

***Der Nebeneffekt dieser Reise war, dass ich fünf Kilogramm abgenommen hatte.***

Am 25. Juni, kurz vor dem Beginn seiner großen England-Tournee, verstarb Michael Jackson in Los Angeles. Herzversagen wurde offiziell als Grund angegeben, aber er soll wohl Tabletten und Morphiumsüchtig gewesen sein und verstarb an der Überdosis eines Medikamentes. Die ganze Welt trauerte. Noch einmal flimmerte „Thriller" über den Fernsehschirm, die Aufzeichnung seiner Tournee in den achtziger Jahren. Es war einfach unglaublich, wie er sang und tanzte.

Die ersten Malven blühten im Vorgarten, der Sommer fährt dahin, viel zu schnell.
In diesem Jahr gab es in Inges Garten so viele Sauerkirschen, dass sie beschloss, sie dem Markthändler anzubieten. Pro Kilogramm zwei Euro handelte Inge aus, im Supermarkt kosteten sie das Doppelte und waren nicht so frisch wie Inges.
Für Susannes Geburtstag hatte sie sich etwas Besonderes ausgedacht. Sie ließ den Super 8-Film aus den Jahren 1972/73 digitalisieren und schickte ihn Susanne. Da im Film sehr viele Klebestellen waren, fiel die Rechnung sehr hoch aus. Es waren über einhundert Euro. Aber Susi würde sich freuen und die Ähnlichkeit von ihr und Lilith herausfinden.
Klaus hatte angerufen und sein Kommen mit Laura angekündigt. In Sachsen/Anhalt begannen die großen Ferien und Laura durfte eine Woche bei Inge verbringen. Mareike wollte Klaus dann gleich nach Zinnowitz zum Opa bringen. Nun musste Inge einen  Kindersitz für ihr Auto besorgen.
Lucas machte Fortschritte, er spielte nun schon die Hauptdreiklänge und eine Melodie nach Noten auf den ersten drei Bunden der Gitarre.
Inge erzählte ihm, dass Laura am Wochenende zu  Besuch käme und Lucas freute sich darauf.
Am Samstag kam Klaus, bepackt mit zwei großen, ledernen Campingtaschen, eine für Laura, eine für Mareike. Jedes Kind trug noch einen kleinen Rucksack auf dem Rücken.
Klaus zeigte Fotos vom Urlaub in Österreich. Sie hatten einen zweitausend Meter hohen Berg bestiegen und waren viel gewandert. Das Familien-Hotel hatte extra eine Kinderbetreuung, so dass die Eltern auch einmal allein etwas unternehmen konnten.
Am Nachmittag wanderten sie zum Reitbahnsee. Laura bettelte, mit den Füßen in  Wasser gehen zu dürfen. Es wurde ihr warm und sie legte das Kapuzenshirt auf die Bank. Sie vergaß es mitzunehmen und vergeblich suchte sie am Abend danach.
Am Sonntag fuhren sie nach Castrin, besuchten das Grab von Oma Margarete und sahen das Schloss, rundum mit einem Elektrozaun abgesperrt.
Am Nachmittag kam Opa und nahm Mareike im Auto mit. Nun wurde es ruhiger. Am Abend brachten sie Klaus zum Zug.
Montag früh kam Lucas zum Gitarrenunterricht. Laura hörte aufmerksam zu und wollte dann auf dem Klavier spielen.
Inge holte die alte „Damm-Klavierschule" hervor und zeigte ihr den Fingersatz der rechten Hand. Inge spielte die gleiche Melodie eine Oktave

tiefer. Laura machte das großartig. Sie ist ein blitzgescheites Mädchen. Ich werde den Eltern sagen, dass es jetzt Zeit ist, Klavier-Unterricht zu nehmen.
Der Wetterbericht kündigte für den nächsten Tag Regen an und Inge beschloss, das neu eröffnete „Müritzeum“ in Waren mit Laura zu besuchen. Als sie um 10 Uhr im Museum ankamen, schien doch die Sonne.
Neunzig Minuten hielten sie sich im „Müritzeum“ auf. Es war kindgerecht gestaltet. In der unteren Etage waren Fische im Becken und Heringe im Schwarm zu sehen. Die Ausstellung „Wald und Boden“ gehörte dazu.
Im ersten Stock wurde die Vogelwelt der Mecklenburger Seenplatte gezeigt. Besonders schön waren die Kraniche anzusehen, aber auch ein Vogelstimmen-Raum begeisterte sie. Wenn man auf einen Knopf drückte, konnte man den angezeigten Vogel singen hören. Ausschnitte aus Musikstücken von bekannten Komponisten und aus Olivier Messians “Gesang der Vögel“, sowie einer Bruckner-Sinfonie konnten ebenfalls gehört werden.
Anschließen liefen sie um das Gelände, wo ein Spielplatz und ein Teich angelegt worden waren.
Dann wollte Laura natürlich baden gehen und Inge fuhr nach Klink. Bei einer Tasse Kakao stärkte sich Laura und suchte dann Steine und Muscheln am Strand der Müritz, während sich Inge ausruhen konnte.
Ab und zu segelten einige Wolken am Himmel, aber sonst war das Wetter wundervoll
Nun könnten wir eigentlich noch das Pferd in der Schliemann-Gedenkstätte Ankershagen besichtigen, dachte Inge. Es lag auf ihrem Heimweg. Laura war begeistert, die hölzerne Rutsche im „Trojanischen Pferd“ hinunter zu schlittern.
Am nächsten Tag kam Lucas wieder zum Gitarrenunterricht. Inge machte den Vorschlag, nach Gatsch-Eck mit dem Linienschiff zu fahren, um dort zu baden. Lucas fragte seine Großeltern, die einverstanden waren.
16.45 Uhr legte das Schiff am „Badehaus“ ab. Es war diesmal richtig voll. Der Campingplatz war sehr gepflegt, sie mussten pro Person einen Euro Eintritt bezahlen. Dann waren die Kinder nicht mehr zu halten, sie stürzten ins Wasser. Inge schwamm immer neben Laura, die den Ehrgeiz hatte, auch bis zum etwas weiter im See liegenden Ponton zu schwimmen. Genau wie Lucas, der ja vier Jahre älter als Laura war, wollte sie vom Ponton ins Wasser springen.

Dann aber wurde sie müde und Inge ließ sie an ihrer Taille festhalten, so schwammen sie im Doppelpack zurück.
Am nächsten Tag kaufte Inge ein neues Kapuzenshirt, es war lilafarben, aber Laura gefiel es.
Inge hatte Laura von der Insel Hiddensee erzählt und nun bat Laura sie, auch einmal dorthin zu fahren. Inge rief in Schaprode an, wo sie Frau Mundt, Vermieterin eines Parkplatzes kannte, und fragte, ob sie am Freitag für einen Tag auf ihrem Hof parken könne. „Es ist alles voll, aber für den eine Tag finde ich eine Lücke für Ihren VW Polo!“ antwortete sie.
Um zehn Uhr starteten sie, um zwölf Uhr war sie in Schaprode. Frau Mundt versprach, das Auto im Schatten zu parken.
Eine Viertelstunde später lief das Schiff nach Vitte aus.
Es war sehr windig und kalt. Die Menschen hatten alle Jacken an und Mützen auf dem Kopf.
Um 13 Uhr waren sie in Vitte. Laura wollte sofort ans Wasser. Die Ostsee tobte geradezu und trieb die Wellen an den Strand. Von den Buhnen sah man nur ab und zu das obere Holz. Laura wollte Steine und
Muscheln sammeln und vielleicht sogar Bernstein finden. So schlenderten sie am Strand bis Kloster. In einer Imbiss-Stube tranken sie Kaffee und Fanta und Laura bekam ein Magnum-Eis. Viele Menschen suchten wie sie im Tang nach Bernstein und Miesmuscheln.
Ein junger Mann schenkte Laura zwei kleine Bernstein-Stücke. Sie war mit ihm ins Gespräch gekommen.
17.45 Uhr fuhren sie mit der letzten Fähre nach Schaprode. Was gab es da nicht alles zu sehen! Weiße Segelboote kreuzten ihr Schiff, Fähren fuhren ständig ab oder kamen ihnen entgegen. Sturmmöwen flogen tief und versuchten, von den Gästen Essbares zu erhaschen.
Gerade wollten sie Abendbrot essen, da klingelte es und Lucas stand mit seinem Vater vor der Tür. Lucas wollte sich verabschieden. Eine Orchidee und ein quadratisches Kästchen übergab Lucas ihr als Dankeschön für die Gitarrenstunden. Nun aber wollte Inge natürlich dem Vati zeigen, was Lucas gelernt hatte. Es wurde ein langer Abend.
Endlich verabschiedete sich Lucas, Laura schenkte ihm noch einen Bernstein.
Klaus hatte sie gebeten, Laura nach Zinnowitz zu bringen, wo er zum Wochenende ebenfalls eintraf, um beide Kinder wieder mit nach Hause zu nehmen.
Jetzt war die Zeit der Hundstage gekommen und Inge hatte die falsche

Route gewählt, statt wie sonst über Klempenow die Landstraße nach Anklam und dann Richtung Usedom über die Zecheriner Brücke zu nehmen, fuhr sie über Jarmen, Gützkow und kam vor und hinter der Brücke in Wolgast in einen Stau. Es
dauerte neunzig Minuten, ehe sie wieder freie Fahrt hatten. Laura wurde sehr ungnädig, schimpfte auf die
vielen Autos und war kaum zu beruhigen.
Dann verfuhr sich Inge noch in Zinnowitz und befand sich plötzlich am Ortsausgang, aber Laura erkannte die Gegend schnell, stieg aus und lief die letzten Meter allein zu Opas Haus.
Es wurde ein kurzer Abschied. Klaus, der schon Freitag angereist war, bedankte sich. „Omi, Du darfst aber jetzt nicht weinen, weil Du wieder allein bist!“ sagte Laura zum Abschied und schon war sie fort.
O, es kam Inge schwer an, leer war nun der Platz neben ihr, kein Plappermäulchen unterhielt sie mehr, aber sie war glücklich, Laura eine Woche bei sich gehabt zu haben. Und es hatte Laura bei ihr gefallen.
Inge fuhr nach Koserow, parkte gleich gegenüber vom Strand und schwamm hinaus.
Sie querte am Nachmittag die Insel bei Bansin und fuhr die gleiche Strecke zurück. Es war ein angenehmes und staufreies Fahren.

Für Laura begann die Schule, diesmal boten die Schüler der zweiten Klasse den Erstklässlern ein Begrüßungs-Programm. Begeistert erzählte sie Inge am Telefon, dass sie mit ihrer Klasse beim Handballspiel die Bronzemedaille gewonnen hatten.
„Ich beschreibe Dir mal die Medaille. Das Band ist schwarz, rot, gold.“
Dann sang sie begeistert: „Alle Kinder können lesen“ nach der Melodie des amerikanischen Liedes „Glory, Glory Halleluja“. „Was macht Kater Peter?“ Und schon hatte sie den Telefonhörer wieder weggelegt.
Cathleen hatte Inges Idee vom Klavierspiel für Laura aufgenommen.
Nun hieß es, ein Klavier zu kaufen.
Alle Verwandten rieten erst einmal ab. Das Kind würde vielleicht das Interesse verlieren, dann wäre die Geldausgabe unnütz, argumentierten sie. Nur Inge befürwortete dies.
Cathleen hatte selbst Interesse, Klavierspielen zu lernen. Die Klavierlehrerin in der Musikschule schlug ein E-Piano vor, wo man Kopfhörer anschließen und den Ton abstellen konnte.
Einen Tag vor ihrem Geburtstag klingelte es und Uta stand mit einem

großen Sonnenblumenstrauß vor der Tür. Sie hatte die Schildkröte ihres Vaters in Castrin versorgt, da dieser in Urlaub war. Zum Malen war sie in den Park von Krumbeck gefahren und nun wollte sie den Sonntag mit Inge am Tollensee-See verbringen. Ihr Ziel war Prillwitz. Die schönsten Motive bei der Radtour wollte sie mit dem Fotoapparat festhalten, um sie später als Grundlage für ihre Malereien zu verwenden.
Gemeinsam gingen sie zum Oberbach, wo sich Uta ein Fahrrad auslieh, nun konnte es losgehen.
Uta hatte die Tour noch nie gemacht und war von der Mecklenburger Landschaft und den Ausblicken auf den See begeistert.
In Prillwitz aßen sie im Restaurant des Hotels eine Kleinigkeit und radelten den gleichen Weg zurück.
Uta wurde die Zeit knapp, es war schon 19 Uhr. Sie öffnete die Kofferklappe ihres Autos, darin lagen viele Aquarelle. „Such Dir eins aus!" meinte sie und Inge entschied sich für ein kleines Aquarell in Postkarten-Format, auf dem Hornveilchen gemalt waren. Inge fand sie entzückend.
Um 21 Uhr war Uta bereits wieder zu Hause und rief Inge an. Es war ein schöner, unvergesslicher Tag, ein richtiges Geburtstagsgeschenk für Inge.
Pausenlos klingelte an ihrem Geburtstag das Telefon. Erst am späten Abend rief Klaus an. „Darf ich Dir ein Lied vorsingen?" fragte Laura, sie sang das Geburtstagslied von Rolf Zuckowski „Heute mag es regnen, stürmen oder schnei´n". Im Hintergrund hörte sie Mareikes Stimme: "Ich möchte auch singen!"
Klaus erzählte, dass sie sich in Leipzig ein japanisches Klavier „Kawai" angesehen hätten. „Das klingt genauso wie bei meiner Mutti zu Hause" meinte er. Er ließ sich die technischen Einzelheiten des elektrischen Klaviers erklären und wurde überzeugt. Er machte Cathleen das Geschenk und kaufte das Klavier.
Die Geburtstagskarte hatte Klaus per mail abgesandt. Inge ließ sie sich in der Bibliothek ausdrucken. Laura hatte mit Farbstiften gemalt. Die Sonne schien ganz oben links in der Ecke, darunter ein Regenbogen mit fliegendem Vogel darüber, ein Schmetterling, auch eine Wolke, aus der Regen fiel, daneben ein grüner Laubbaum. „Für Omi von Laura" hatte sie in ganz gleichmäßiger, schöner Schrift geschrieben. Auf der anderen Seite prangte eine große Vase mit Sommerblumen in allen Farben. „Wir wünschen dir alles Gute zum Geburtstag und Gesundheit, das wünschen dir Klaus, Cathleen, Mareike und Laura." Inge freute sich sehr darüber.
Julia schickte eine Glückwunschkarte aus Paris. Überraschung brachte

ein Päckchen von Susi. Es enthielt eine CD mit „100 Gedichten aus der DDR", gesprochen von Barbara Thalheim und Axel Prahl.
Die Weintrauben an der Südseite des Hauses waren reif. Inge pflückte fünf Kilogramm und machte Gelee und Saft daraus.

Die Scheune Bollewick bei Röbel lud zu einer Ausstellung „Wildlife Photographer oft the year" ein, die besten Naturfotos weltweit wurden gezeigt. Während in der unteren Etage der riesigen Scheune buntes Markttreiben herrschte (Kartoffelfest), wurden im ersten Stock die Fotos gezeigt. An allen Fotos stand, wo und wie die Aufnahmen entstanden waren. Bezeichnet waren sie ebenfalls als Siegerfoto oder wenn sie eine „lobende Erwähnung" gefunden hatten. Es war ein absolutes Highlight und Inge war begeistert. Singende Schwäne, sich um Beute streitende Seeadler, Giraffe und Löwe am Wasserloch. Der Löwe „spielt" mit der Giraffe, belauert sie und lässt sie nicht ans Wasserloch. Fische, Korallen und Schneeleoparden waren zu sehen.
Mitte September rief Laura an und erzählte begeistert, was sie schon auf dem Klavier spielen könne. Tatsächlich nahm nun auch Cathleen Klavierunterricht.
Da Klaus am 30. Oktober 40 Jahre alt wurde, planten sie, zur Geburtstagsfeier vierhändig ein Lied für ihn auf dem Klavier vorzuspielen.
Noch immer warf der Pfirsichbaum in Inges Garten Früchte herab. Inge sammelte sie in einer
großen Schüssel und brachte sie in den Kindergarten „Paradieswiese" in der Ihlenfelder Vorstadt, nachdem sie telefonisch gefragt hatte, ob Interesse bestünde.
Am letzten September-Sonntag war Wahltag. Die CDU und FDP gewannen die Wahl, die SPD verlor.
***Samstag, 3. Oktober 2009***
***Märchenhafte Stille, es ist Feiertag. Gestern Abend fuhr ich noch in die Scheune von Woggersin, wo der Chef von „Venter Tours"(Reisebüro) einen Lichtbilder-Vortrag hielt. Sieben Männer verschiedenster Berufe hatten sich im März 2009 zu einer Fahrt nach Botswana entschlossen, um eine Safari zu erleben. Sie nannten sich „Die sieben Zwerge".***
***Als ich halb acht Uhr mit dem Auto ankam, war der Parkplatz schon fast voll besetzt, aber ich fand zum Glück noch eine Lücke.***
***In der Scheune waren Stühle aufgestellt, zwei Leinwände hingen nebeneinander. Es gab einen Imbiss mit afrikanischem Brotaufstrich,***

*afrikanischem Wein und Bier. Musik tönte laut aus Lautsprechern. Herr Venter begrüßte die Gäste und stellte erst einmal den „Oberzwerg", seinen Vater Caspar Vent, der in Kapstadt lebt, per Foto vor und wollte nun die Verbindung nach Kapstadt über den Computer herstellen. Das klappte leider nicht. Dann marschierten die fünf „Zwerge" in den Raum. Einer der Zwerge war im Afrika-Look gekleidet und trug eine Stirnlampe. Die Bilder zeigten nun die Abfahrt vom Flughafen Berlin-Tegel, dann wurde die Karte von Botswana eingeblendet. Mit roten Pfeilen war die Strecke dargestellt, die befahren werden sollte.*
*Ich vermisste Informationen zu Land und Leuten, sah dann aber auf einem Stuhl Heftchen "botswana tourism board" liegen, in dem ich mich zu Hause in aller Ruhe kundig machen konnte. Unberührte, geschützte Natur, politische Stabilität und eine starke Wirtschaft bilden die Grundlage dafür, dass ein Beesuch in Botswana zu einem einzigartigen Erlebnis wird. Der Chobe-Nationalpark zeigt die höchste Elefantendichte der Welt. Im Norden befindet sich das Okavángo-Delta mit riesigen Tier- und Pflanzenarten. Im Zentrum des Landes herrscht halbtrockene Savannen-Landschaft der Makgadikgadi-Pans(Salzpfannen) und das Wildreservats Central Kalahari.*
*Mit 400 Vogelarten ist es auch ein Paradies für Vogelfreunde.*
*38% der Landfläche sind Nationalparks, Wildreservate und Schutzgebiete. Im Nordwesten der Kalahari befinden sich die Tsodili hills. Das sind Felsen. Lauras von der Post erhob sie in seinem Buch „Die verlorene Welt der Kalahari" zum „Louvre der Wüste". Rund um den Pyramidenhügel „Male" finden sich knapp 4000 erhaltene Felszeichnungen, die über 20 000 Jahre alte Geschichte dieser Kultur zeigen.*
*Nun ließ Herr Venter seine „Zwerge" berichten, dadurch wurde sein Vortrag aufgelockert. Richtig spannend wurde es, als „Dr. Zwerg" aus seinen originalen Tagebuchaufzeichnungen vorlas. Die beiden Landrover waren im Sumpf stecken geblieben, weil es in dem Winter 2008/09 so viel geregnet hatte, dass die Wege voller Wasser waren.*
*Sie mussten im Zelt, das auf dem Dach des Rovers aufgestellt wurde, übernachten. „Die Schnarcher hielten uns wohl die Löwen fern!" alles lachte. Am Ende der Durststrecke, als sie endlich wieder festen Boden unter den Füßen hatten, übernachteten sie in einem Luxushotel. Sie flogen mit dem Hubschrauber über die Victoria-Fälle, die sich 110 Meter tief ins Tal stürzen. Das war schon faszinierend und unvergessen und doch sahen nun die sauber gewaschenen und adrett gekleideten*

***Männer gar nicht mehr glücklich aus. Den Pulsschlag der Wildnis, den sie jeden Tag gespürt hatten, den vermissten sie wohl nun. Inge saß auf einer Bank und konnte sehr gut sehen und hören.***
***Auch sie bekam um 22 Uhr Hunger und ging zu dem improvisierten Büfett.***
***Sie wählte zwei Sandwiches mit afrikanischen Aufstrich und eine Glas Weißwein. Beides mundete ihr.***
Am 11. Oktober traf sich Inge mit Klaus, Cathleen und den Kindern auf dem Berliner Hauptbahnhof. Sie sollte vom Zug abgeholt werden. Natürlich große Freude, noch größer die Enttäuschung, als sie Niemanden bei der Ankunft sah. Erst nach einer halben Stunde erblickte sie Klaus auf der oberen Etage. Es gab Baustellen und einen Stau am ICE, wodurch sie aufgehalten wurden.
Klaus wollte das Naturkunde-Museum besichtigen, wo eine Dinosaurier-Ausstellung war. Es wimmelte auf dem Bahnhof von Reisenden, denn es waren in etlichen Bundesländern Herbstferien. Da es nicht möglich war, Handgepäck abzugeben, brachte Klaus die Reisetasche zum Auto.
Dann liefen sie los, erste Station war das Brandenburger Tor, dann folgte der Weg „Unter den Linden“ bis zum Bahnhof Friedrich-Straße. Tapfer hatte Mareike bisher mitgehalten, aber nun waren ihre Füße müde. Deshalb stiegen sie nun in die U-Bahn und erreichten die Station „Zinnowitzer Straße“, wo sich unweit das Naturkunde-Museum befand.
Die Ausstellung trug den Titel „Die Entstehung des Lebens“ und war bis November wegen des Ansturms verlängert worden.
Laura blieb bei Inge, Klaus, Cathleen und Mareike gingen allein los. Nach eineinhalb Stunden, um 14.30 Uhr, wollten sie sich wieder treffen.
Im großen Saal standen die Dinosaurier, die größten Landtiere der Erde. Mit Computer- Animation konnte nun das Dinosaurier-Skelett in ein „lebendes Wesen“ verwandelt werden.
Es war hochinteressant, abwechslungsreich, aber natürlich sehr anstrengend für die Kinder. Laura bat nach einer Stunde: “Ich will hier raus!“
Nun suchten sie ein Café. Im 2. Stock des Hauptbahnhofes entdeckten sie ein „Wiener Café “.
Während sich Mareike und Laura bei Apfeltasche, Quarkschnecke und Apfelschorle stärkten, holte Klaus die Reisetasche. Kurz und schmerzlos war der Abschied. In einer Woche wollte sich Klaus wieder mit Inge treffen und Laura in Empfang nehmen.
Nun wollte Laura beschäftigt werden und Inges Fantasie war gefragt.

Sie spielten „Stadt, Land, Fluss“, ein uraltes Spiel aus Inges Kindertagen. Sagte Inge z.B. den ersten Buchstaben, dann erriet Laura fast immer sofort den Namen des Landes, der Stadt, des Flusses usw. Dann kam sie auf die Idee, die vorbeihuschenden Bäume an der Bahnstrecke zu erkennen. Endlich, nach fast zwei Stunden kamen sie in Neubrandenburg an.
Ungeduldig erwartete Laura am Montagmorgen Lucas. Er kam um zehn Uhr und hatte eine Menge zu erzählen.
Am nächsten Morgen ging sie mit Laura zur Stadtbibliothek und Laura suchte sich Bücher aus. Am Nachmittag beschlossen sie, zum Augustasbad zu fahren. Sie erstiegen den Turm von Behmshöhe und Laura war entzückt, als sie einen riesengroßen Regenbogen erblickte, der sich vom Datzeberg weit bis in die Südstadt hinzog. „Oma, das male ich morgen gleich auf!“ Das tat sie dann auch.
Am Mittwoch unternahmen sie einen Ausflug nach Sassnitz. Drei Grad zeigte das Thermometer am Morgen, ziemlich kalt für Mitte Oktober. Da sie auch das Schwimmbad besuchen wollten, Laura aber keinen Badeanzug eingepackt hatte, kaufte sie vorher im Sportgeschäft einen knallroten Anzug mit einer Addidas-Stickerei darauf. Er passte.
Als sie um 12 Uhr in Sassnitz ankamen, schien die Sonne. Es herrschte Nordostwind mit Windstärke sechs. Das war natürlich etwas für Laura. Bevor sie loswanderten, stellte sich bei beiden der Hunger ein. In der Gaststätte „Mee(h)r“, ein Rundpavillon, direkt am Strand gelegen, kehrten sie ein. Laura wünschte sich einen Apfelstrudel mit Cola, aß aber auch ein paar Happen von Inges Dorschfilet mit Röstkartoffeln.
Nun ging es Richtung Kreidefelsen, Laura war nicht mehr zu halten. Es war auflandiger Wind und die Wellen zerstieben direkt unterhalb der Felsen. Es war ein Toben und Rauschen, dass man nichts anderes hören konnte. Der Strand war überspült und Laura begann gleich, den Felsen hinauf zu klettern. Da kam Inge nicht hinauf und bat Laura, wieder abzusteigen. An der 1.
Treppe gingen sie zur Wedding Straße hinauf und wanderten oberhalb der Steilküste in den Wald. Das Wasser war von der Kreide milchweiß gefärbt, weiter hinten smaragdgrün und in der Ferne azurblau. Inge konnte sich nicht sattsehen.
Der Rückweg streckte sich und 15 Uhr waren sie am Schwimmbad.
Die Sonne stand so tief, dass sie ins Bad leuchtete.
Inge schaffte die Rückfahrt, ohne müde zu werden. Um 19 Uhr waren sie zu Hause.

Lauras Aktivitäten waren unerschöpflich. „Oma, kauf′ Wolle, ich möchte schöne Bommeln machen!“ Sie kauften verschiedene Farben an Wolle. Mit den grünen, gelben und roten Farben sah die Bommel wunderschön aus. „Die bekommt Mama!“ sagte Laura.
In Sassnitz hatte Laura viele Steine und Muscheln gesammelt, in einem Becher sogar Sand. Die wollte sie mit auf die Heimfahrt nehmen.
Jeden Abend las Inge aus dem Buch „Die silberne Brücke“ vor, obwohl sie es schon in Dieskau ausschnittsweise vorgetragen hatte. Auch der Film „Nils Holgersons wunderbare Reise“, ein Trickfilm von 1980 in einer Koproduktion Deutschland-Japan schaute sie sich gemeinsam mit Laura an.
Wie schnell war die Woche verflogen und der Samstag brachte den Abschied. Alle Muscheln und Steine wurden nach Auswahl in die Reisetasche gepackt und dann ging es zum Zug. Diesmal hatte Inge genug Dinge eingepackt, damit Laura Beschäftigung hatte: das Neubrandenburg-Spiel, ein Würfelspiel, gerade herausgekommen, einen Zeichenblock, Malstifte und ein „Lillifee“-Heft.
Zeitgleich kam Klaus mit dem Zug im Berliner Hauptbahnhof an. Er war diesmal allein gekommen.
Nachdem Klaus die Reisetasche in der Gepäckaufbewahrung abgegeben hatte, liefen sie über den Potsdamer Platz. Vor zehn Jahre hatte Inge diesen Platz das letzte Mal gesehen. Da beherrschten riesige Baukräne das Bild. Im Cafe′ „Freier Handel“ lud Klaus zum Frühstück ein. Mit der U-Bahn ging es zum Alexanderplatz.
Vor der Museumsinsel stand eine sehr lange Menschenschlange. Die Nofretete wurde nach ihrem Auszug aus dem Charlottenburger Schloss das erste Mal im Bode-Museum gezeigt.
Gegen 13 Uhr waren sie „Unter den Linden“ gingen durch das Brandenburger Tor, vorbei am Reichstagsgebäude. Laura interessierte sich brennend für die „Grenzopfer“, riesige weiße Grabkreuze mit Datumangabe und einem Foto. „Gut, dass ich nicht in der DDR gelebt habe!“ meinte sie. „Bekomme ich auch so ein großes Steinkreuz, wenn ich gestorben bin?“ „Ach, Laura, bis dahin vergeht noch viel Zeit und Du wirst hoffentlich eines natürlichen Todes sterben!“ antwortete Inge.
Nun zeigte sich kurz die Sonne, es war richtig schön. Unangenehm kalt pfiff der Wind über den freien Platz vor dem Hauptbahnhof.
Sie setzten sich in den Wartesaal.
Sie waren alle drei rechtschaffend müde. Abschied, ein letzter Kuss, vor-

bei! Zeitgleich fuhren ihre Züge in die entgegengesetzte Richtung.
Stille Strahlend setzte sich die Sonne noch einmal durch und beleuchtete die wunderbare Landschaft. Die Laubwälder färbten sich. Inge dachte daran, wie sie vor fast genau einem Jahr, von Anafi kommend, auch so begeistert war.
Zu Hause erinnerte noch alles an Laura, der Sand auf dem Tisch, die größten Steine vom Strand in Sassnitz, grüne, gelbe und rote Wollfäden und ihre Tasse.
Dramatisch war es in Hamburg geworden. „Ich muss Lilith und mich vor Stefan schützen!“ Es war zu Streit mit Handgreiflichkeiten von Stefan gekommen. Susanne bat ihren Vater, sie abzuholen. Eine Woche hielt sie sich in Zinnowitz auf, dann brachte sie Tom wieder nach Hamburg.
Der Vermieter bot ihr eine ausgebaute Garage im gleichen Haus an, denn nun war die Wohnung, allein für Susanne, finanziell nicht mehr zu halten. Siebenunddreißig Jahre war ich immer für sie da und nun schenkt sie mir nicht ihr Vertrauen, sondern fährt zum Vater! dachte Inge traurig.
Sie ist für ihr Leben allein verantwortlich, misch´ Dich nicht ein, Inge, überlegte sie. Aber Lilith wird ohne Vater groß werden? Wird sich alles wiederholen? Nein, heute gab es ein Sorgerecht für die Mutter und Besuchsrecht für den Vater. Susanne würde das schaffen, da war sie sicher.
Nun stand die Feier zu Klaus´ 40. Geburtstag bevor. Da der 31.Oktober auf einen Sonnabend fiel, feierte Klaus an diesem Tag.
Im Hotel „Czoch“ in Kleinkugel, eine Landgaststätte in der Nähe von Dieskau, sollten die von auswärts kommenden Gäste übernachten. Da Inge aber wusste, wie müde sie nach einer langen Autofahrt am gleichen Abend sein würde, war, wollte sie einen Tag früher kommen und im „Martha-Stift“, im Zentrum von von Halle gelegen, übernachten.
Es war am Morgen des 30. Oktober um sechs Uhr Null Grad, der erste Frost. Als die Sonne sich aus dem Nebel erhob, glitzerte es überall weiß auf den Gräsern.
In Teschendorf machte sie die erste Pause. Der Verkehr war mäßig. Halb elf Uhr war sie bereits an der Raststätte Marche´, um 12 Uhr in Dieskau.
„Oma, komm´ hoch, ich zeige Dir Mareikes Zimmer!“ Inge war begeistert. Über den grün gemalten Hügel hatte Klaus Märchenfiguren geklebt. Der Kleiderschrank stand jetzt vor Mareikes Bett.
Links, fast in der Mitte, war eine Leiter installiert, daran hing eine Hängematte aus Stoff, die Laura gleich vorführte. Wie ein Fisch lag sie in der Schaukel und ließ sich hin und her bewegen.

Dann rief Klaus an, Inge gratulierte. „Warte auf mich!“ sagte er, aber Cathleen erinnerte ihn daran, dass er noch Mareike zum Turnen hinbringen und wieder abholen musste. Außerdem sollte er dann noch gleich Susanne und Lilith vom Bahnhof abholen. Inge merkte, dass Cathleen allein sein und ihre Ruhe haben wollte. „Oma, bleibst Du nicht hier?“ fragte Laura enttäuscht, als sich Inge halb fünf Uhr verabschiedete. „Ich bin ja Morgen zum Frühstück wieder hier!“ tröstete sie.

***Sonntag, 1. November 2009***

***Das große Fest ist Vergangenheit, es war ein Fest der Familie und es war harmonisch. Punkt 9 Uhr war ich am Samstag bei Klaus. Julia, Susanne, Lilith, Laura, Mareike, Klaus und Cathleen saßen am Frühstücks-Tisch. Lilith ist allerliebst, beginnt zu erzählen und lacht viel. Halb zehn Uhr fuhr ich mit Klaus und Mareike in die Stadt. Es war dicker Nebel. Mareike ist die Kleinste im Tanzkreis. Sie weinte, als wir vor der großen Turnhalle standen und wollte nicht zum Turnen. Klaus schob sie einfach in die Halle und nach ein paar Minuten rollten die Tränen nicht mehr. Vier Reihen wurden gebildet, eine Frau stellte sich vor die Kinder und los ging es. „Ein schöner Tag“ und „ich habe Augen, Nase, Mund und Ohren“ verstand ich. Nach einer Dreiviertelstunde war eine Pause. Zum Schluss kam ein großer brauner Kuschelbär, der auch vortanzte, und aus allen vier Ecken der Turnhalle liefen die Kinder in die Mitte. Es klappte wirklich immer besser.***

***Die Kinder sollten nach dem Mittagessen Mittagsruhe halten. Inge ging allein in den Park, es wollte Keiner mit spazieren gehen. Als sie halb drei Uhr zurückkam, trudelten die ersten Gäste ein. Jeder brachte einen Kuchen mit. Der Clou war eine Buttercremetorte mit einem aufgedruckten Familien-Foto von aus dem Jahre 2007.***

***Klaus sprach ein kurzes Begrüßungs-Dankeschön und dann begann das Kaffeetrinken.***

***Claudia und Jörg waren allein angereist. Malte hatte plötzlich hohes Fieber bekommen und eine Mandelentzündung. Auch Clara ging es nicht gut. Laura, die sich gerade auf Malte so gefreut hatte, war deshalb traurig. Es wurde gegessen, erzählt und fotografiert.***

***Anschließend spielten die Kinder nach Herzenslust.***

***Dann klingelte es an der Tür. „Gib´ uns Süßes, sonst bekommst Du Saures!“ Ach, ja, es war ja wieder Halloween, das schreckliche Fest, von Amerika seit einigen Jahren herüber geschwappt. Cathleen hatte vorgesorgt und jedes Kind, das klingelte, durfte in den bereitgestellten***

*Korb mit Süßigkeiten fassen und sich etwas nehmen.*
*Halb sieben Uhr fuhren wir zur Gaststätte und Jörg nahm mich in seinem Auto mit. Ich bekam die Zimmerschlüssel, zog mich festlich an und ging in den Saal. Hufeisenförmig waren die Tische aufgestellt, wie bei einer Hochzeit, dachte ich. An der Stirnseite saß Klaus in der Mitte, rechts von ihm, Cathleen, dann Tom mit seiner Lebensgefährtin. Ich saß links von Klaus, neben mir blieb der Platz leer. Dann folgten Cathleens Mutter mit ihrem Lebensgefährten, Susanne mit Lilith, Julia, Jörg, Claudia, Mareike und Laura. Ihnen gegenüber saß ein befreundetes Ehepaar mit ihren Kindern Anastasia und Laurin. Großes Hallo entstand, als gegen 19 Uhr Klaus' belgische Freunde eintrafen. Auch sie brachten zwei Kinder, fünf und sieben Jahre alt, mit.*
*Ich hatte mein schwarzes Wickelkleid mit roten Pumps und langem roten Organza- Schal an und wurde sehr gemustert. Der Disjokey spielte „Happy Birthday", alle Gäste erhoben sich und stießen auf das Wohlergehen und die Gesundheit an. "Für mich und für Euch!" sagte Klaus treffend. Das Büffet wurde eröffnet.*
*Die Kinder hatten sich inzwischen umgezogen und liefen nun verkleidet als Dracula, furchterregendes Skelett und Hexen herum. Sie tanzten und machten einen Höllenlärm.*
*Klaus und Cathleen eröffneten den Tanz, dann folgten die anderen. Jörg tanzte mit seiner ältesten Tochter Julia, die im November schon achtzehn Jahre alt wird. Die Fahrerlaubnis hat sie bereits abgelegt.*
*Ich war zum Zusehen verdammt. Später tanzte Jörg mit mir. Der Titel „Ach, ich war im Paradies und dachte, es bleibt immer so" war ja so passend. Wir waren das einzige Paar auf der Tanzfläche, alle schauten zu uns, es war schon schwer. Jörg tanzte und führte sehr gut. Er ist ein Mann geworden, dachte ich. Auch Klaus tanzte einmal mit mir.*
*Mareike hatte zu viel Süßes gegessen und erbrach sich. Laura kam zwischen zeitlich und klagte: " Oma, ich bin müde, ich will heim!"*
*Ich schlug ihr vor, in meinem Hotelzimmer ein wenig auszuruhen.*
*Das tat sie dann auch.*
*Um 22 Uhr wurden die Kinder nach Hause gefahren, eine halbe Stunde später verabschiedete auch ich mich.*
*Es war ein schönes Fest und ich dachte an die, die nicht mehr dabei sein konnten, unsere Mütter. Am Morgen war der Nebel verschwunden, strahlend ging die Sonne auf. Ich spazierte durch das Dorf und frühstückte um acht Uhr. Tom und Melitta kamen dazu und nahmen mich*

***nach Dieskau mit, wo mein Auto stand.***
***Um zehn Uhr verabschiedete ich mich. Trotz der Herbstferien waren die Straßen leer und ab Oranienburg befand ich mich so ziemlich allein auf der Straße.***
Die Geologische Gesellschaft lud zu einer Besichtigung der Findlingsmauer rund um den Park von Hohenzieritz ein. Anfang der neunziger Jahre war Inge im Sommer oft mit ihrer Mutter am Sonntagnachmittag hingefahren, aber da war der Park noch völlig verwildert. Nun wurde planmäßig Ordnung geschaffen.
Etwa eineinhalb Kilometer lang war die Mauer und aus der ganzen umliegenden Region, bis Anklam, wurden Findlinge herangefahren. Der einzige Steinschläger, den es noch gab, kam aus Brandenburg. Sie konnten dem Steinhauer zusehen, wie er einen riesigen Granitblock mittels vier Nägel, die viereckig eingeschlafen wurden, langsam spaltete.
Sie staunte, was neben dem Schloss alles entstanden war. In das ehemalige Kavaliershaus war das Nationalparkamt eingezogen. Daneben stand das renovierte Kastellan-Haus, in dem sich eine Ausstellung über die Geschichte des Parkes befand. 2010 würde der 200. Todestag von Königin Luise gefeiert werden, aus diesem Grund wurde fieberhaft gearbeitet. Die Sichtachsen im Park sind alle wieder frei geschnitten worden. Bäume waren gefällt, damit der englische Gartenbaustil durchgesetzt werden konnte.
Es nieselte und war unangenehm kalt. Jeder Stein wurde von dem Geologen genau erklärt. Inge lernte die Gesteins-Arten Basalt und Feldspat zu unterscheiden, sie fand es sehr interessant. Auf Fließgefüge im Stein wurde aufmerksam gemacht, Migmatite, Hämatite (gehärtet durch die Nähe zum Vulkan) und blaue Quarze, rote Kambrium-Platten unterschieden. Inge schwirrte anschließend der Kopf.
Danach erklärte eine junge Geologin aus dem Allgäu den Aufbau der Findlingsmauer. Zuerst muss die statische Stabilität gesichert sein, die Zwischenräume werden mit Geröll gefüllt. Dann muss die Neigung nach innen berücksichtigt werden. Es ist eine sogenannte „ungebundene Mauer", die sich allein durch ihr Eigengewicht trägt. 780 Meter sollen es werden, 150 Meter fehlen noch. Unten, am Ende des Parkes, war die sogenannte AHA-Mauer, die sich unauffällig einebnete und den Blick in die Landschaft gewährte, ohne dass man die Mauer als Mauer erkannte. Dreitausend Tonnen Steine sind schon verbaut worden. Die Kosten für den ganzen Park belaufen sich auf 1,7 Millionen Euro, eingeschlossen

sind Planungsmittel vom Land und europäische Fördermittel. Die Kosten der Mauer betrugen 44000 Euro.
Als sie das neue Söll am Quellteich besichtigt hatten, waren zwei volle Stunden vergangen.
„Sie haben in diesem Jahr Ihren Vertrag noch nicht erfüllt und ich bitte Sie daher, am Heiligen Abend für die alleinstehenden Senioren ein Programm von 11 bis 17 Uhr zu gestalten, Mittagessen bekommen Sie gratis! Überlegen Sie es sich und sagen mir dann Bescheid". Inge war wie vom Donner gerührt, das konnte doch nicht wahr sein! Es war nicht ihre Schuld, dass sie keinen kostenlosen Auftritt bestritten hatten. Zu Hause angekommen, dachte sie noch einmal in Ruhe darüber nach und kam zu dem Entschluss: Du bist ja sowieso Heilig Abend allein, dann kannst du auch zu den alleinstehenden Senioren gehen!"

***Samstag, 28. November 2009***

***„Mein Freund, der Baum, ist tot, er fiel im frühen Morgenrot". Dieses Lied kam mir in den Sinn, als mein Nachbar mit seinem jungen Arbeitskollegen am Samstagmorgen begann, unsere schöne, dreißig Jahre alte, große Birke zu fällen.***
***Jahrelang wurde gestritten, da die Birke zwei Meter entfernt vom Nachbargrundstück, im Frühjahr die Samen und im Herbst das Laub zum Nachbarn hinüberwehte. Nun hatte ich endlich zugestimmt.***
***Der junge, kräftige Mann ging mit der Kettensäge der Birke ans Leben. Ach, wie tat mir das weh! Wie wunderbar hatten die Blätter alle Jahre im Sommer Schatten gespendet.***
***Von oben sägte er Ast für Ast rund um den Baum ab. Alle Zweige wurden auf dem Rasen vor der Birke gestapelt. Der Stamm wurde gleich in Klafter geschnitten und nach vorn in das Auto gebracht. Es wurde Kaminholz für den Kollegen.***
***Dann kam die Kiefer im Vorgarten an die Reihe. Ursprünglich e i n Stamm, hatte sie sich in den darauf folgenden Jahren geteilt und jeder Stamm wuchs für sich weiter in die Höhe. Irgendwann würden sie so groß werden, dass es schwierig mit dem Fällen würde. Ich ließ die beiden Stämme kurz über der Wurzel absägen, um später Blumenschalen darauf zu stellen zu können.***
***Als sie die Arbeit beendet hatten, fragten mich die Männer, ob alles in Ordnung sei und nahmen ein kleines Entgelt. Für den Abtransport der vielen Zweige muss ich nun sorgen.***
***Ich kam auf die Idee, in den Diakonischen Werkstätten auf dem Datze-***

*berg nachzufragen. Der Leiter erklärte mir, dass die Äste zum Schreddern in die Stadtwirtschaft gebracht werden müssen und deshalb die Kosten von 50 Euro für mich entstehen.*
*Immerhin war das zur Hälfte billiger, als wenn ich einen Container bei der Stadtwirtschaft bestellt hätte.*
*Heilig Abend 2009*
*Ein ungewöhnlicher Weihnachtsabend. Seit vielen Jahren bin ich heute nicht zur Christmette gegangen. Als ich 17 Uhr nach Hause kam, war ich völlig geschafft, aber glücklich, denn es war ein schöner Tag.*
*Die Geschäftsführerin der Volkssolidarität war persönlich anwesend, als ich um 11 Uhr die Begegnungsstätte Am Anger betrat. Eine große Tafel war aufgebaut, die Tür zum Saal geschlossen. Vorn standen zwei Stühle, wie im Präsidium, dachte ich, baute meinen Notenständer zusammen und setzte mich in die Mitte der Tafel.*
*Etwa dreißig Minuten wartete Frau M., bis alle alleinstehenden Senioren eingetroffen waren. Zwei junge Frauen im Rollstuhl vom Behindertenverband waren ebenfalls zugegen. Sie sangen kräftig mit, als ich „Alle Jahre wieder“ anstimmte. Dann fragte ich, ob ich mit meinem Programm beginnen könne. Nein, erst wollte Frau M. sprechen. Sie redete, redete,*
*redete von ihrer Kindheit in Thüringen und hörte nicht wieder auf. Wie mag das auf die Senioren gewirkt haben?*
*Nun wurde das Mittagessen serviert. Es gab Mecklenburger Rippenbraten mit Rotkohl.*
*Ich kam auf die Idee, dass Jeder, der möchte, kurz erzählen sollte, wie er in der Kindheit Weihnachten erlebt hat. Das kam gut an und eine 85-jährige Frau aus Ostpreußen begann. Es war spannend. Sie sagte sogar noch ein langes Gedicht aus dem Gedächtnis auf. Endlich wurde wieder gesungen.*
*Um 14 Uhr kam der Stadtpräsident Herr Rühs und gratulierte. Als Geschenk wickelte er einen sehr großen Jahreskalender mit Fotos von Mecklenburg/Vorpommern und vom Landtag in Schwerin aus.*
*Schon war wieder Kaffeezeit. Die Frau, die neben mir saß, sagte so nebenbei, dass sie heute Geburtstag habe. Natürlich wurde sofort ein Ständchen gebracht und Frau M. überreichte ihr einen Topf mit rotblühenden Alpenveilchen.*
*Noch eine Aufgabe hatte ich an diesem Heiligen Abend. Nora, die Sekretärin in der Geschäftsstelle der Volkssolidarität, hatte mir zwei Tage*

***zuvor beiläufig erzählt, dass ihr Vater im Krankenhaus sei und sie nun keinen Weihnachtsmann für die Bescherung habe.***
***Ihre kleine Tochter Emilie sei zwar schon in der 1. Klasse, glaube aber immer noch an den guten alten Weihnachtsmann. "Das würde ich gern einmal übernehmen!" sagte ich spontan. "Kleidung habe ich, Sie brauchen nur gegen 16.30 Uhr bei mir in Granzow erscheinen". Granzow ist ein kleines Dorf, zehn Kilometer nördlich von Neubrandenburg.***
***Gesagt, getan, ich fuhr also los und klopfte leise an das Fenster neben der Haustür. Nora ließ mich ein und gab mir den weißen Rauschebart, die Zipfelmütze und den roten Mantel.***
***Die kleine Emilie wurde nun durch eine Weihnachtsfrau besucht, was sie auch akzeptierte.***
***Sie war schmal und feingliedrig wie ihre hübsche Mutti. Sie sagte ein langes Gedicht auf und sang dann mit mir gemeinsam „Schneeflöckchen, Weißröckchen".***
***Der Einladung zu einer Tasse Tee folgte ich nicht, denn es sollte ja wirklich die Weihnachtsfrau dagewesen sein.***
***Nora drückte mir zum Abschied zwanzig Euro in die Hand und sagte: "Das ist für den Sprit, frohe Weihnacht!"***
Am 3. Weihnachtsfeiertag rief Inge in Halle an. Mareike feierte ihren 5. Geburtstag, „Weil heute dein Geburtstag ist" sang sie dem Geburtstagskind vor und das erzählte, was es alles geschenkt bekommen hatte." Ich habe ein eine Kugelbahn bekommen!".
Inge konnte sich nichts darunter vorstellen, jedoch, ehe sie fragen konnte, hatte Mareike bereits den Telefonhörer aufgelegt.
Eine böse Mitteilung gab es aus Halle. Der Brief mit einem Kochbuch für Cathleen war leer angekommen. Inge sprach zwar in der Poststelle in Neubrandenburg vor, aber das Buch wurde nie geliefert.
Die anderen Geschenke hatte Inge in ein Päckchen gepackt, welches angekommen war. Nun war Cathleen natürlich sauer auf Inge, obwohl die nichts dafür konnte.
Ruhig verliefen die letzten Tage des Jahres. Sie wanderte zum Tollensesee, sah zu, wie ein Kutter mit drei Segeln kreuzte, eine jährliche Tradition des Neubrandenburger Segler-Vereins am 3.Feiertag. Holzfeuer brannten in eisernen Schalen, Bratwürste wurden am Ufer gegrillt und Bier, sowie Glühwein ausgeschenkt. Etliche Zuschauer gesellten sich dazu.
Silvester schaute sie sich das Feuerwerk durch das Balkonfenster an.
Es dauerte über eine halbe Stunde. Kater Peter rannte wie angestochen

aus dem Haus, nachdem es endlich wieder still geworden war.
Er blieb die ganze Nacht draußen und kam erst in der Frühe wieder.
Laura verbrachte ihren Geburtstag mit sieben Geburtstagsgästen im Halleschen Museum für Ur- und Frühgeschichte.
Anfang Januar begegnete Inge Herr Venter vom gleichnamigen Reisebüro. Sie sagte, wie enttäuscht sie sei, dass die Angestellte einen Kostenvoranschlag von 3000 Euro für Inge gemacht hatte. „Wieviel könne Sie denn ausgeben?" meinte er. 2500 E, sagte sie. „Ich werde mich darum kümmern!" Sollte dieser Traum doch noch in Erfüllung gehen? „Wenn Sie eine Camping-Safari mitmachen. Dann wird die Reise billiger. Ich schicke Ihnen in den nächsten Tagen eine neuen Kostenvoranschlag."
Am 9. Januar begann es zu schneien und der Schneefall hörte nicht auf. Das Radio MV brachte Horrormelddungen, auf Rügen sollten einige Dörfer abgeschnitten worden sein und wegen Schneeverwehungen nicht mehr zu erreichen sein.
Weil das Koch-Buch trotz Nachforschung nicht gefunden wurde, kaufte Inge ein zweites. Mit „Trost-Schokolade" packte sie ein Päckchen und schickte es an Cathleen. Dieses Kochbuch war eine Neuauflage aus dem „Verlag für die Frau", DDR, und ein Buch für Anfänger. Bezeichnenderweise bedankte sich nicht Cathleen bei Inge, sondern Klaus, als das Päckchen in Halle /Dieskau angekommen war.
Susanne berichtete, dass Lilith zum 1. April in die Kinderkrippe gehen wird. Ein bisschen sehr früh, dachte Inge.
Am 1. Februar kündigte sie ihre Mitgliedschaft in der Volkssolidarität und den Vertrag (Singegruppen-Leitung) in der Geschäftsstelle. Dank für ihre viereinhalbjährige Arbeit bekam sie nicht. „Herr Trottnow stört das Ansehen der Singegruppe" musste sie sich anhören. Ihn aber schamlos ausbeuten beim Vorspiel mit dem Akkordeon, das ist ihnen nicht ehrenrührig.
Schneesturm setzte in den nächsten Tagen ein. Gerade, als sie die völlig zugewehte Garageneinfahrt freischaufeln wollte, sprach sie eine Frau an. „Hören Sie auf, das machen wir!" Es war Frau Krüger, die Mutter einer ehemaligen Schülerin vom Datzeberg mit ihrem Mann. Sie fragte nach Inges neuem Buch.
Sie schlugen auch das Eis auf dem Gehweg zur Haustür auf und fegten Schnee und Eis zur Seite. Das war eine gute Tat und sie bedankte sich vielmals.
Mitte Februar schneite es so sehr, dass die Stadtwirtschaft die Bewohner

der Brauberg-Siedlung aufforderte, die gelben Säcke zum Parkplatz der Gaststätte „Sandkrug“ zu bringen, da die großen Stadtwerke-Autos nicht die Straße am Brauberg hinauf gelangten.
Inzwischen hatte Inge 125 Exemplare ihres kleinen Buches „Anafi, ich fand ein verloren geglaubtes Paradies“ im Rathaus drucken lassen. Sie schickte einige Exemplare an Freunde und Verwandte.
***Sonntag, 6. März 2010***
***Ein Biedermeierstrauß mit einer weißen Orchideenblüte, blassrosa Rosen und lila Blüten erfreut mein Herz und erinnert mich an den zweistündigen Besuch von Klaus, Cathleen, Laura und Mareike. Um drei Uhr kamen sie mit dem Auto. Zuerst stürmten die Kinder herein und begrüßten Kater Peter mit Hallo. “Geht nach oben ins Kinderzimmer, da findet ihr eure Geschenke!“ sagte ich zu ihnen. Das ließen sie sich nicht zweimal sagen. Papa half, die lästigen Plasteumhüllungen abzuschneiden und schon spielten sie mit den heiß geliebten Barby-Puppen. “Warte nicht zu lange mit der Zimmerbestellung!“ meinte Klaus in Hinblick auf meinen 70. Geburtstag im August. „Ich hatte damals auch zu lange gewartet und bekam keine Unterkunft mehr im „Park-Hotel.“ Das nahm ich mir gleich für den nächsten Tag vor. Um 17 Uhr fuhren sie ab. „Warum kommst Du nicht nach Zinnowitz?“ fragten die Kinder. „Wir wollen noch hier bleiben!“ Zeit zum Traurigsein blieb nicht.***
Am nächsten Tag besuchte Inge den Gasthof Schönbrunn. Er liegt etwas abseits von der Fernverkehrsstraße nach Stralsund. Der Wirt sagte, dass alle Zimmer für das letzte Augustwochenende ausgebucht seien. „Versuchen Sie es doch im Hotel ′Hellfeld′, es befindet sich zweihundert Meter von hier entfernt auf dem Hügel.“ Hier hatte Inge Glück. Die Gastwirtin lud sie zu einem Kaffee ein und sie kamen ins Gespräch. „Ich habe neben dem Hotel ein kleines Ferienhaus, das können Sie nutzen.“ Hier konnten Jörg und Klaus mit ihren Familien im Parterre und im ersten Stock übernachten. Für Götz mit Frau und Kind und Uta mit Mann buchte sie je ein Zimmer im Hotel.
Lange hatte sie darüber nachgedacht, wie sie ihren 70.Geburtstag feiern wollte. Dann entschied sie sich doch für die Familie. Tante Herta, die Freundin ihrer Mutter, war die einzige, die sie noch aus der Kindheit kannte und die untrennbar mit der Erinnerung an ihre Mutter verbunden war. Über all die vielen Jahre war die Verbindung zu ihr und ihrer Familie aufrechterhalten worden. Ja, sie sollte auch dabei sein und Inge lud sie, ihre Tochter Franziska, Ehemann Horst und Enkeltochter Silke ein.Tante

Herta stand kurz vor ihrem 89. Geburtstag und würde die älteste Teilnehmerin sein.
Es muss doch Frühling werden! Wie sehr wünschte sich Inge nach diesem harten Winter den Frühling herbei. Die Gärtnereien boten bereits Stiefmütterchen an und Inge kaufte gleich 25 Pflanzen mit knallgelben Blüten und pflanzte sie ins Rondell hinter dem Haus.
Rosen. Er freue sich, dass durch ihr Programm die Frauen Kontakt zueinander aufgenommen hätten. Sie kannten sich vorher alle noch nicht.
Aus Bautzen erreichte sie die Einladung zur Konfirmation von Malte am 25. April.
Mitte März kehrte der Winter noch einmal zurück. Den ganzen Tag stürmte und schneite es.
Herr Venter hatte Wort gehalten und einen neuen Kostenvoranschlag gemacht. Die Camping-Safari würde 2000 Euro kosten. Sie müsste aber immer das eigene Zelt aufbauen. Für die Fahrt ins Okawango-Delta war jedoch Malaria-Prophylaxe Pflicht. Gegen Hepatitis A und Hepatitis B wurden im Abstand von vier Wochen gespritzt. In Neubrandenburg gab es einen Tropenarzt und Inge holte sich einen Termin.
Ich schreibe die Anafi-Geschichte weiter, dachte Inge. Sie hatte 2009 nach ihren Tagebuchaufzeichnungen einen Bericht geschrieben, wollte ihn überarbeiten und die Erlebnisse von 2010 und 2011 hinzufügen.

Schon lange hatte sich Inge vorgenommen, mehr über das Leben ihres Großvaters Martin Stier zu erfahren. Die Brautbrief e von Clara aus dem Jahre 1903 (Juni bis zur Hochzeit am 1. Dezember in Motzen bei Berlin) hatten ihr ein Bild vermittelt, aber sie wollte mehr wissen. Sie erfuhr, dass im Brandenburgischen Kirchenarchiv in Bornim, einem Ortsteil von Potsdam, die Sonderakte Martin Stier vorhanden sei. Sie rief an und meldete sich für den 14. April an.
Sie fuhr am frühen Morgen los und war um neun Uhr im Kirchenarchiv.
Der Lesesaal war proppenvoll und überheizt. Zwei Stunden wurde Inge von der Lektüre der Akte gefesselt. Es kam einem Krimi gleich. Die Dokumente waren in zeitlicher Reihenfolge aufgelistet, auch Zeitungsausschnitte waren dabei. Mit einem Brief an den Regierungspräsidenten am 14. 06. 1909 beginnt es. Der Reichstag steht vor der Abstimmung der Einrichtung eines Truppenübungsplatzes in Zossen und Wünsdorf.
Damit verbunden war eine Erhöhung der Steuern.
Dass nächste Schreiben zeigt die Wankelmütigkeit der Motzener Ge-

meindevertreter, die am 01.02.1910 die Eingabe an den Reichspräsidenten zurückzogen. Der Landrat am Königlichen Konsistorium der Provinz Brandenburg schreibt am 20.01. 1910: „Flugblatt ´Achtung Schießplatzgemeinden´ hochgeneigte Kenntnis nehmen, mit dem Anheimgeben die Strafaktion gegen den Bürgermeister Dr. Wirth in Zossen von der Staatsanwaltschaft anzufordern. Aus all diesen Materialien dürfte zur Genüge hervorgehen, dass der Pastor Stier unter Missbrauch seiner Autorität als Geistlicher in aufdringlichster Weise Gemeinde-Angelegenheiten betreibt, dass er ferner in den Gemeinden Unfrieden nährt und in einer Weise agitiert, die geeignet ist, die Staatsautorität zu untergraben, dass er endlich sich nicht scheut, in der Presse unwahre Behauptungen zu verbreiten, wie besonders in dem Fall Wirth und Kettlitz. Hiermit bitte ich, gegen Stier das Disziplinarverfahren mit dem Ziele auf Entfernung aus seinem Amt einzuleiten“.
Am 18.08.1911 schreibt Martin Stier aus Friedrichroda an das Kabinett ihrer Majestät der Kaiserin und Königin:
„Motto: ´Wer da weiß, Gutes zu tun, und tut es nicht, dem ist es Sünde´ (Jakob 4,17) und ´Die Wahrheit wird euch frei machen´ (Johannes 8, 23)“. Dieser Bittbrief, ihn wieder in Motzen Pastor sein zu lassen, ist eine erschütternde Schilderung der Verleumdungen und vielfachen Demütigungen, die er erleiden musste.
…“das böse Beispiel der Großen, die Verwirrung der Gewissen, der Jammer in den Trinkerfamilien, die Not der Mütter, die in den Stunden der Entbindung vergebens auf die geübte Hand der Hebamme warten (die wenigsten wagten, davon etwas zu erzählen), der Verzweiflungskampf fast aller Stände ums tägliche Brot, da die bisherigen Steuern aufzubringen sind, der Verkauf an den Truppenübungsplatz aber einen allgemeinen wirtschaftlichen Niedergang zur Folge hat und endlich die schreckliche Verführung der Jugend, die die Schankwirte bei dem behördlich verschuldeten Überfüllen der Kneipen z. T. aufs Raffinierteste anlocken, um selbst bestehen zu können. ´Dann gehen wir alle unter´, sagen die Menschen. Was soll da noch ein Pastor predigen?“
Er endet mit der Bitte um Wiedereinstellung als Pastor in Motzen.
Am 28.19.1911 schreibt ein Herr Steinhausen an das Königliche Konsistorium Brandenburg an den Regierungspräsidenten, Potsdam:…“sind Bedenken an seiner Zurechnungsfähigkeit, insbesondere nach den Richtungen erhoben worden, ob etwa Querulantenwahnsinn vorliegt. Aktenmaterial an Psychiater Dr. Leppmann an Berlin geschickt, dass gegen

Pfarrer Stier ein Verfahren  auf Entmündigung wegen Geisteskrankheit eingeleitet worden ist, ist nicht bekannt."
Am 21.04.1911 findet ein „Förmliches Disziplinarverfahren" statt.
Unter dem 26.04.1912, also ein Jahr später, findet sich die Notiz: „Versetzung in eine andere Pfarrstelle und Zwangspensionierungs-Verfahren eingestellt". Am 14.06.1912 wird der Antrag auf Strafversetzung rechtskräftig.
All dies war geschehen, weil Martin Stier am 13.11.1911 einen Antrag auf Einleitung eines Ermittlungsverfahrens an Kommissionsrat Karl Richter, Agent des Königlichen Kriegsministerriums, wohnhaft in Spremberg, Krs. Teltow, als Makler der Regierung gestellt hatte. Pastor Stier wirft ihm Untreue vor.
Inge war erschüttert. Hier setzte sich jemand für die Gemeinde ein und wird als Querulant abgestempelt und entlassen.
Er wurde nach Neulietzegöricke versetzt, eine ungesunde Gegend mit viel Sümpfen. Hier festigte sich das Lungenleiden, an dem seine Frau Clara 1944 mit sechsundsechzig Jahren starb.
Schon in Motzen hatte Inge im Museum erfahren, dass Pastor Stier in der Kirche von der Kanzel den Bauern sagte, welchen Gewinn die Grundstücks-Spekulanten mit ihren verkauften Äckern erzielt hatten. Die Bauern waren in die Gaststätte eingeladen worden und unterschrieben dann nach gehörigem Bier- und Schnapsgenuss die Verkaufs-Urkunde. Für den dreifachen Preis verkauften die Spekulant dann an den Staat weiter. Pastor Stier rechnete den Gemeindegliedern genau vor, um wieviel Geld sie betrogen worden waren. Der Bürgermeister und der Leiter der Sparkasse waren in dem Geschäft verwickelt und die hatten die Macht und das Geld, Pastor Stier zu verfolgen.
Es gab noch mehr  , die wiederum lagen aber im Kirchenarchiv von Sachsen-Anhalt in Magdeburg, weil Pastor Stier ab1916 in Langennaundorf bei Torgau arbeitete und lebte. Inge rief dort an und erfuhr, dass dort elf Disziplinarakten und eine Personalakte von ihm vorlagen. Es gab noch viel zu Forschen für Inge.
Sie fuhr mit dem Zug nach Bautzen. Jörg holte sie ab.
Jörg hatte die Begegnungsstätte der Evangelischen Landeskirche für das Wochenende gemietet.
„Für Essen müßt´ ihr selbst sorgen, das hatte ich ja gesagt!" sprach´s und verschwand.
Inge begrüßte Susanne und Lilith. Die krabbelte wie eine kleine Mühl-

maus voller Energie im Sand auf dem Spielplatz hinter dem Haus.
Susanne hatte den ganzen Tag nichts Ordentliches gegessen und großen Hunger. So setzten sie Lilith in die Sportkarre und liefen über die große Brücke zum Dom. Da fanden sie eine Gaststätte. Sie konnten im Freien sitzen und Lilith schlief bald ein. Sie hatten Zeit, sich einmal in Ruhe zu unterhalten.
Es war bereits dunkel, als sie in der Pension ankamen.
Die Sonne begrüßte sie am Sonntagmorgen. Sie frühstückte gemeinsam mit Familie Wandslebe in der Veranda, nachdem sich Inge angeboten hatte, für alle frische Brötchen zu holen.
Dann begrüßten sie Claudia und Jörg, die Kuchen und Salate brachten. Die Tische im Saal hatten sie bereits am Vorabend gedeckt.
Um halb zehn Uhr liefen sie zum Dom. Der war nach der Reformation gleich friedlich „geteilt" worden. Ein Teil wurde von der Evangelischen, der andere Teil von der Katholischen Kirche genutzt. Der Konfirmations-Gottesdiest begann um 11 Uhr. Nach und nach trafen alle Gäste ein.
Freund Tobias, bereits grau geworden, mit seiner Frau und den Söhnen, elf und acht Jahre alt, sowie Claudias Bruder Andre´ mit seiner Tochter Marie-Sol begrüßten sie. Die ersten fünf Reihen waren im Dom für die Angehörigen reserviert worden. Ein Posaunenchor spielte und dann zogen die 13 Konfirmanden ein.
Susanne hatte sich mit Lilith ganz außen hingesetzt, um jederzeit nach draußen gehen zu können, wenn Lilith unruhig wurde. Die Rede des Pastors war sehr feierlich und doch sehr realitätsnah. Malte, nun schon fast 15 Jahre alt, überragte alle anderen Konfirmanden an Körpergröße.
Inge überreichte anschließend ihr Geschenk, einen Geldbetrag.Vom Geld wollte sich Malte einen neuen Computer kaufen.
Im Saal der Begegnungsstätte wurden Essenbehälter aufgestellt. Es gab Reis mit Lammgulasch, Hähnchenstücke, vegetarisches Gemüse und Lamm in Spinat. Jörg hielt eine Rede und zitierte Sokrates´ berühmten Spruch über die Jugend.
Arne spielte später auf dem Klavier „Die wunderbare Welt der „Amelie", seine ein Jahr jüngere Schwester, begleitete ihn auf der Querflöte.
Nun konnten die Kinder nach Herzenslust im Garten spielen. Unten an der Spree lag ein Kahn, mit dem sie rudern durften.
Sigrid, Jörgs Schwiegermutter, machte den Vorschlag mit Lilith in der Sportkarre einen Spaziergang zu machen. Inge schloss sich gern an. Interessant erzählte Sigrid nun über ihre Verwandten, die aller in der Nähe

gewohnt hatten. Sie liefen zum oberen Friedhof und genossen den Blick auf das Bautzener Schloss. Dann führte der Weg zur „Fichte-Schule", in deren Nähe sich das Haus der Großeltern befand.
Es war inzwischen verkauft worden. Lilith war bald eingeschlafen.
Carola, Claudias Schwester, werkelte inzwischen in der Küche. Sie wusch das Geschirr ab.
Jörg hatte auf der Terrasse einen Grill aufgebaut und begann die Bratwürste zu grillen. Inge war so müde, dass sie sich zurückzog und eine Weile im Zimmer ausruhte.
Nach einem erneuten Klaviervorspiel verabschiedete sich Arne mit seiner Familie.
Den Abschluss des Tages bildete eine Feuerschau, ausgeführt von einer jungen, attraktiven Frau, die ganz in Schwarz gekleidet war. Sie fand unten am Ufer der Spree statt. Brennende Holzstangen schwenkte sie um sich und ließ sie kreisen.
Um 22 Uhr verabschiedeten sich die Gäste, die Jugendlichen feierten allein weiter. Lilith krabbelte im Vierfüssler-Gang die Treppen hinauf. Sie ist ein wahres Energiebündel und die arme Mama war am Abend geschafft.
Am Montag fuhr Inge mit Susanne und Lilith im gleichen Regionalzug nach Dresden. Das gleichmäßige Rattern des Zuges versetzte Lilith sofort in einen tiefen Schlaf. Die Sonne war verschwunden.
Es begann zu regnen. Ein kurzer Abschied und schon waren die beiden im IC nach Hamburg entschwunden.
Die Amseln singen in den höchsten Tönen, jeden Abend ging Inge in ihrer Eigenheim-Siedlung spazieren.
Im Wald bei Broda und Richtung Gatsch-Eck blühten wieder die Buschwindröschen.
Am 7. Mai wurde in der Oststadt eine diakonische Begegnungsstätte eingeweiht.
Am 8. Mai klingelte es an der Haustür und eine Frau reichte ihr einen Blumenstrauß, es waren rote, gelbe und dunkelrote Rosen mit blauen Immortellen, eingerahmt von breiten, grünen Blättern. „Alles Gute zum Muttertag", stand auf dem Kärtchen, aber kein Absender. Wer hatte das wohl geschickt?
Die Erklärung kam am Sonntagmorgen, als Klaus anrief. Er hatte es in Auftrag gegeben. Besonders groß ist die Freude, wenn man nichts erwartet.

Der Birnbaum im Garten blühte, aber die Bienen flogen nicht, es war einfach zu kalt.
Auch in Neubrandenburg gab es Neues. Im Kulturpark, direkt am Ende der Schillerstraße, wurde das Eiscafe „Venezia“ eröffnet. Der Rundbau erlaubte einen schönen Blick auf den Oberbach mit der schwungvollen Brücke, auch ein Kinderspielplatz war angebaut worden.
Zur Eröffnung spielte Herr Olaf Scheibeler (Akkordeon) und ein bulgarischer Violonist (früher in der Philharmonie tätig) Csardas´ und andere flotte Weisen.
Die Reise nach Afrika rückte näher. Inge rief Venter-Tours an und fragte nach Einzelheiten. „Nehmen Sie unbedingt warme Sachen mit, es ist Herbstbeginn in Botswana. Sie werden in einem Zelt (Iglu-Art) allein schlafen. Nur einen Schlafsack müssen Sie mitbringen, Zelt und Matratze werden gestellt!“sagte man ihr.
Die Malaria-Tabletten kosteten einhundertfünfzehn Euro. Vierzehn Tage lang musste sie jeden Abend eine Tablette nehmen. Zum Schutz gegen die Stechmücke sollte die Kleidung lange Ärmel haben, außerdem sollte sie sich mit dem Spray Autan (Zeckenschutz, auch gegen einheimische und tropische Mücken) jeden Tag eincremen. Nun blieb noch ein wichtiger Schritt zu tun: eine Auslansdkrankenversicherung. Sie erhielt ein günstiges Angebot für sechs Wochen.
In der Bibliothek informierte sich Inge nun am PC über Google earth von ihrer bevorstehenden Reise. Sie sah die Welt von oben, es schien ihr wirklich wie ein Wunder.
Die ganze Fläche von Botswana zeigte die grünbraune Farbe des Herbstes. Sie schaute sich den Chobe-Nationalpark, die Stadt Maun und die Salzpfannen an. Jetzt waren diese trocken und weiß.
Auch die Tsodilo Hills, Berge, wo die ältesten über 20 000 Jahre alten Felsmalereien (4000 an der Zahl) seit Juni 2002 besichtigt werden konnten. Sie konnte die Felsen von oben sehen, ebenso das Okawango-Delta mit seinen vielen Wasserarmen, den Kwaih-River, der sich von West nach Ost entlang zog.
Klaus bot ihr an, seine Digitalkamera zu schicken. „Du wirst so schnell nicht wieder nach Südafrika kommen, nutze die Gelegenheit, ich schicke sie Dir in den nächsten Tagen!“ Von Tag zu Tag stieg die Spannung und Inge konnte kaum noch schlafen, aber dann war es endlich soweit. Inge sehnte sich so nach Sonne.
Alles hatte sie gut vorbereitet, Katzen-Nahrung für 17 Tage standen im

Vorraum griffbereit auf dem Tisch, Herrn Sager fütterte Kater Peter und Miezi in in ihrer Abwesenheit. Der Kühlschrank war abgetaut.

*01.Juni 2010*

***Ich bin durchgecheckt, eine zeitaufwendige Sache. Immer stehen, aber nun beginnt das Abenteuer. Von Tegel fliege ich nach London, hier ist es 18.56 Uhr, eine Stunde weiter, als in Deutschland. Dann muss ich drei Stunden warten. Mit dem Euro kann ich nicht einkaufen, hier wird das englische Pfund verlangt.***

*02. Juni 2010*

***Lang´ kann eine Nacht im Sitzen sein, ein paar Stunden habe ich aber wohl doch geschlafen. Mit Sitz 51 habe ich Glück, es ist der vorletzte Platz auf der rechten Seite. Er hat nur zwei Sitze, alle anderen Reihen haben drei Sitze.***

***Neben mir saß ein Mechaniker aus Dänemark, der mit seinen Kollegen die Technik im Fußballstadion von Johannisburg fertigstellen soll. Er konnte deutsch, da er es noch in der Schule gelernt hatte. Wir bekamen nicht nur Kopfhörer zum Radio hören, sondern ein Kissen, eine kleine, leichte Wolldecke, ein Paar Socken und ein schwarzes, zylinderförmiges Etwas. Das war eine Mini-Zahnbürste und Zahnpasta.***

***Nachts um ein Uhr gab es ein „Menü", bestehend aus Rohkost-Salat, Hähnchen mit Reis, Himbeermousse´und eine kleine Flasche argentinischen Rotwein. Es schmeckte vorzüglich . Um zwei Uhr erkannte ich das Lichtermeer von Algier und Tunis. Ganz deutlich sah ich den afrikanischen Kontinent und das davor liegende Meer mit vielen Schiffen. Es war ein faszinierender Anblick.***

***In alter Gewohnheit war ich halb sechs Uhr wach, ging zur Toilette, wusch mein Gesicht,***

***putzte die Zähne und fühlte mich sofort gut. Pünktlich landete um 10 Uhr die Boing in Johannisburg. Ellenlang war der Weg zum Internationalen Airport/Flugtransfer. 11.25 Uhr sollte es weitergehen, aber es gab eine Verspätung."Delayed" in rot leuchtete auf der Anzeigetafel. Nun wurden die Uhren wieder um eine Stunde vorgestellt.***

***Überall leuchtete das Zauberwort „Boarding" auf, aber die Anzeige für den Flug nach Victoria Falls blieb bei „Delayed". Endlich durften wir einchecken. Nur ein paar Personen waren im Flugzeug.***

***Im Flieger wurde nur englisch gesprochen und ich verstand kein Wort. Zu dumm, dass ich das Wörterbuch vergessen hatte. Dann übergab mir ein ebenholzfarbiger Angestellter ein Formular zum Ausfüllen, es***

*war die Visa-Erklärung für Simbabwe. Nun kam ich ins Schwitzen, aber der Herrgott half, mein Nachbar, ein rüstiger Rentner, hatte einen deutschen Pass, und ich bat ihn einfach um Hilfe.*
*Bei der Ankunft wurde das Formular abgegeben, eine Quittung ausgestellt und ein Stempel in den Pass gedrückt.*
*Es war 15 Uhr und ich der letzte Passagier. Ein junges italienisches Pärchen auf der Hochzeitsreise stieg mit mir in ein Taxi, das uns nach Victoria Falls bringen sollte. Nach zwanzig Minuten Fahrt war ich im Hotel „Amadeus Garden Guest House".*
*Es war eine reizvolle, schattige Anlage und ich bekam ein schönes Zweibettzimmer im ersten Stock. Der Chef begrüßte mich persönlich und überreichte wieder ein Formular zum Ausfüllen.*
*Dann endlich konnte ich duschen und mich in das herrliche breite Bett legen.*
*Ich hatte Hunger und aß erst einmal im Restaurant Sandwiches mit Speck und Eiern, ein wenig Tomate und Eisbergsalat dazu. 45 Dollar musste ich für das Visum bezahlen.*
*Um 19 Uhr war ich zum Treffpunkt der Safari-Gruppe eingeladen. Als ich kam, saßen bereits alle Teilnehmer am Tisch. Nach einiger Zeit kam unser Guide, der Führer.*
*Er war ein dickleibiger, junger Mensch und sprach gebrochen deutsch. Er ist in Namibia geboren, sein Vorname Durr. Wir stellten uns alle kurz vor und wurden gebeten, uns von nun an nur mit dem Vornamen anzusprechen.*
*Ein Ehepaar, Mitte fünfzig, kam aus Düsseldorf, sie waren die sprichwörtlichen rheinischen Frohnaturen. Sie wollten, wie ich, zelten, alle anderen Teilnehmer hatten die sogenannten Lodges, Bungalows auf den Campingplätzen, gemietet.*
*Ein Ehepaar stammte aus Zeulenroda, sie waren etwa fünfzig Jahre alt, hatten fast die ganze Welt gesehen, da sie kinderlos waren. Eine vierzigjährige, alleinstehende Frau aus München, ein junges Paar Aus Stuttgart und eine alleinstehende fünfzigjährige Frau aus Bremen vervollständigten die Gruppe. Ich verabschiedete mich um neun Uhr, die anderen blieben noch.*
*Um 8.30 Uhr war am Morgen der Safari-Bus mit Gepäck und Zelten bestückt. Wir fuhren eine Asphaltstraße, links und rechts huschten Büsche vorbei, die Erde war rot. Dann sahen wir den ersten Büffel.*
*Nach einer Weile erblickten wir Affen, die hoch in den Bäumen tobten.*

*In einer Stunde erreichten wir die Grenze von Simbabwe nach Botswana. Wieder wurden auf beiden Seiten Formulare ausgefüllt.*
*Nach 5 km Weiterfahrt erreichten wir Kasane, einen kleinen Ort mit einem deutschen Supermarkt „Spar".Ich staunte. Durr ging zur Bank, um Geld zu wechseln. Für 80 Dollar bekam ich 480 Pula (Kurs 1: 6.5). 20 Dollar behielt ich für den letzten Tag in Victoria Falls.*
*Für das tägliche Trinkwasser müssen wir selbst sorgen, Durr kaufte im Supermarkt für Frühstück, Mittag- und Abendessen alles ein. Um 12 Uhr verließen wir Kasane und kamen nach Chobe, in den Nationalpark.*
*Der Fluss hatte die Größe eines See´s und ich musste nun am Ufer das erste Mal mein Zelt aufbauen. Die Stangen werden einfach ineinander gesteckt, sie sind halbkreisförmig gebogen. Durr half mir dabei.*
*Dann ging es an die Küchen-Arbeit.Wir Frauen schnippelten Baby Zuccinis und Tomaten, jeder bekam ein Stück Brot, Salat, Wurst und Käse.*
*Um 15 Uhr fuhren wir mit einem kleinen Motorboot auf den Chobe-Fluss, der dem ganzen Gebiet ein frisches, grünes Aussehen verlieh. Es waren noch andere Ausflugsboote unterwegs, die waren alle viel größer. Es war eine wunderbare Fahrt.*
*Das erste Tier, das wir sahen, war ein faul in der Sonne liegendes großes Krokodil, dann gesellten sich Kudus (Rinder, braun mit weißen Querstreifen) dazu. Nun marschierten gemächlich die Elefanten zum Wasser es waren ganze Familien mit jungen, kleinen Tieren. Unentwegt fotogafierte ich, dann sahen wir Giraffen.*
*Drei Stunden waren wir auf dem Fluss. Die Sonne ging schnell unter.*
*Es dauerte sehr lange, bis unser Essen am Abend fertig war.*
*Es gab gegrillte Bratwurst-Schnecken, die einfach in kleine Stücke geschnitten wurden.*
*Dazu gab es wieder Salat und Kartoffeln, in Silberfolie gewickelt und ins Feuer gelegt. Ich trank ein Glas Rotwein aus einem Metallbecher. Ich hätte gern einen schwarzen heißen Tee getrunken, wagte aber nicht zu fragen.*
*Es wurde empfindlich kühl, denn in Südafrika ist Herbstbeginn.*
*Ich zog den Pullover und die Strickjacke übereinander, um nicht zu frieren. Um ein Uhr in der Nacht wachte ich auf, trat aus dem Zelt und war von dem herrlichen Sternenhimmel überwältigt.*
*Das Kreuz des Südens, kurz an der Milchstraße gelegen, hatte mir Durr*

*schon am Abend gezeigt.*
*Pünktlich um fünf Uhr war ich wach und deckte den Tisch.*
*410 km sollten heute gefahren werden.*
*Schnurgerade zog sich die Straße, Savannen- und Buschlandschaften lagen rechts und links der Straße.*
*Überall standen riesige LKW-Züge, sie wollen alle in den Norden, sagte Durr.*
*Von Stunde zu Stunde wurde es heißer. Nachdem wir die Stadt Nata passiert hatten, erreichtten wir nach acht Kilometern südlich unser erstes Ziel, die Salzpfannen von Makgadikgadi. Die Landschaft erinnerte an eine deutsche Seen-und Boddenlandschaft. Wir sahen Gnus, aber keine Flamingos, wie Durr vorher gesagt hatte.*
*Es war 13 Uhr, wir spürten Hunger und wieder machten wir Salat aus Tomaten, Zucchini, Eisbergsalat, dazu Toast, Wurst und Käse.*
*Zwei Stunden fuhren wir nach Planet Baobab. Baobab sind Affenbrotbäume, die eine ungeheuere Größeund ein stattliches Alter aufweisen. Zwei junge Afrikaner führten uns bei einer Buschwanderung. Sie sprachen Englisch. Überall sahen wir die weißen Termitenhügel.*
*Der Baobab, der uns vorgestellt wurde, war 2000 Jahre alt. Er besteht zu 75% aus Wasser, der Rest sind Fasern. Da die Elefanten immer am Grün der Bäume nagen, schließt sich zwar die Rinde des Baobab wieder, aber die grünen Blätter wachsen nur noch oben. Der Sichelbaum setzte uns in Erstaunen, denn beim Absterben des Baumes neigen sich die Zweige wie eine Sichel nach unten.*
*Am Ende der Wanderung wurden uns eiskalte Drinks angeboten. Ich verzichtete, mir war*
*kalt.Es gab Reis mit Huhn am Abend.*
*In der Nacht wurde es sehr kalt. Am Morgen fuhren wir in die Stadt Maun, das Tor zum Okawango-Delta genannt. Durr schärfte uns ein, genug Trinkwasser zu kaufen, da wir in der nächsten Lodge „Mankwe“ (Leopard) kein Trinkwasser vorfinden würden. In Maun schlenderte ich durch den Ort und entdeckte ein Tourismus-Büro. Ich klopfte an und fragte, ob ich*
*den PC benutzen könne. Die junge Frau war so nett und gestattete es mir. Ich hatte tatsächlich eine mail von Susanne.*
*Um 15 Uhr kamen wir im Nationalpark an und ich glaubte, am Ende der Welt zu sein. Heute sollten wir bei einer Nachtfahrt die „big five“ sehen. In der Nacht wurden wir von einer Hyäne geweckt, die die Müll-*

*tonne umstieß und nach Fleisch suchte. Nach dem Abendbrot hatten wir die Knochen in Silberfolie gewickelt und in die Tonne geworfen. Der Geruch nach Fleisch jedoch hatte dem Tier wohl keine Ruhe gelassen.*
*Die Mülltonne stand keine drei Meter von meinem Zelt entfernt und ich war ziemlich ängstlich. Durr rief aus dem Zelt:"Ingeborg bleib' im Zelt!" Das tat ich natürlich.*
*Hier ist weißer Sand wie an der Ostsee, aber dieser Sand speichert nicht die Hitze wie in Deutschland, erklärte Durr.*
*Am nächsten Morgen fuhren wir bereits 6.15 Uhr los, um im Moremi-Nationalpark ungestört die Tiere beobachten zu können. Bei Sonnenaufgang begannen die Vögel zu singen, aber ihr Gesang klang anders, als in Deutschland. Allmählich kamen Steinböcke, Nashörner, Elefanten, Giraffen, Zebras und Affen an die Wasserstelle.*
*All diese Tiere in der freien Wildbahn zu erleben, war etwas ganz Besonderes für mich. In drei Tagen habe ich 200 Fotos geschossen. Kein Wunder, dass die Anzeige am vierten Tag auswies: Wechseln Sie die Batterie! Die Batterien, die ich in Maun gekauft hatte und einlegte, funktionierten nicht. Auch Durr, den ich um Hilfe bat, wusste keinen Rat.*
*Die Pirschfahrt am Vorabend war enttäuschend. Wir fuhren in einem offenen Safaribus.*
*In der Eile hatte ich die Strickjacke vergessen anzuziehen und nun fror ich durch den Fahrtwind und die einsetzende Kühle. Der junge Ranger hielt zwei Stunden lang die Lampe in die Höhe, aber nichts war zu sehen.*
*Am Abend gab es Schaschlik am Spieß, dann Kaßlerkotelett mit halbierten Kürbissen. Diese waren mit Zimt gewürzt und schmeckten sehr gut. Gerd aus Zeulenroda hatte den Zimt und*
*das Rezept mitgebracht. Anschließend wurde, wie jeden Abend, gezecht. Bier und Wein machten die Runde.*
*Durr erzählte, dass er in Kapstadt Gesang studiert hätte. Auf Wunsch sang er nun zwei afrikanische Lieder und eine Arie aus „Tosca" von Puccini.*
*Nachdem wir drei Tag auf einem Zeltplatz waren, musste ich nun wieder das Zelt zusammen packen. Das ist anstrengend, da die Matratze ganz fest zusammen gerollt werden muss, damit sie in die Tasche passt. Nach zwei Stunden Fahrt waren wir in der „Thamalakane River*

*Lodge", wunderbar am Chobe-Fluß gelegen. Dieser Campingplatz existiert erst seit 2007. Ein Garten mit leuchtend roten Bougainvillea, Korbsessel unter Bäumen, eine Bar und ein Restaurant am Wasser erwarteten uns. Durr koppelte nur den Hänger ab und fuhr weiter nach Maun, um für die*
*nächsten sechs Tage Lebensmittel zu kaufen, da wir am nächsten Tag Richtung Namibia fahren wollten.*
*Ich suchte ein Fotofachgeschäft und fragte einen einheimischen Passanten. „Over the road" war seine Erklärung und tatsächlich, in einem winzigen, unansehnlichen Haus war das „Foto Studio". Der Besitzer schaute sich die Batterien an und schüttelte nur mit dem Kopf, warf sie in den Papierkorb. Sie waren zu schwach, sagte er und legte zwei neue Batterien in die Kamera, die nun sofort lief. Ach, war ich froh und kaufte gleich noch zwei dazu.*
*Während Gerd und Jens mit ihren Frauen in einen Hubschrauber stiegen und einen Rundflug über Maun drehten, suchte ich Ansichtskarten für meine Kinder und Enkel.*
*Auf dem Zeltplatz wurde uns zur Übernachtung ein Zelt angeboten. Es gab kein Moskitonetz im Zelt, nur Sprays und Licht zum Anzünden gegen die Mücken.*
*Am folgenden Tag begann eine endlose Fahrt in das Okawango-Delta. Zu Mittag machten wir Pause und aßen wieder Salat. Die Hitze war unerträglich. In Etosha, Flüchtlinge von Angola sollen dort ihre Hütten gebaut haben, erwarteten uns zwei Führer mit ihren Landrovern. Überall standen große Wasserlachen, ganze Flächen waren überflutet. In dem wunderbaren GUMA-Lagoun-Camp bekam ich Nescafe, den konnte man sich selbst machen. An der Lagune erholte ich mich, nachdem ich mein Zelt aufgebaut hatte.*
*Das Okawango-Delta ist das einzige in der Welt, in der das Wasser in eine Wüste, der Kalahari, versickert.*
*Um acht Uhr morgens standen wir am Bootssteg der Lodge und wurden mit einem Motorboot in das Delta gefahren.Wunderbare Lillys, Wasserblumen, wuchsen rechts und links, als wir durch einen Kanal fuhren. Der wurde immer schmaler. Herrliche weiße Seerosen lagen zu hunderten auf dem Wasser. Unzählige Vögel stiegen in die Luft, aufgeschreckt vom Motor unseres Bootes. Nach dreißig Minuten kamen wir an eine Insel, auf der große Bäume Schatten spendeten. Auf der Insel erwarteten uns fünf Mokoro-Boote mit den Stalkern, afrikanische jun-*

*ge Männer. Der Mokoro ist ein Einbaum, sehr schmal für jeweils zwei Personen. Ich musste in Durrs Boot, der mindesten einen Zentner wog. Als wir etwa eine Stunde durch das Wasser geglitten waren, ertönte ein Schrei. Ines und Susanne waren ins Wasser gefallen, weil sich das Boot umdrehte. Der junge Stalker war sicher noch unerfahren. Während Susanne geistesgegenwärtig ihre Kamera hochhielt, fiel Ines´ Kamera ins Wasser und nun begann das Suchen. Die Kamera wurde zwar nach einiger Zeit gefunden, war aber durch die Nässe unbrauchbar geworden.*

*Nach zwei Stunden kamen wir auf eine größere Insel, auf der Baobab-Bäume zu sehen waren. Die Stalker setzten sich alle um einen gusseisernen rußgeschwärzten Topf, in dem Trockenfisch stand. Jeder nahm sich einen Fisch und aß Brot dazu. Wir hatten am Morgen ein Lunchpaket gepackt. Nach dem Essen führte uns ein Einheimischer über die Insel. Er zeigte uns, wie die Fasern des Baobab aussehen und das man daraus auch Fallen für die Tiere anfertigt. Ein Baobab war völlig angefressen und der Führer erklärte uns, dass die älteren Elefanten die Rinde aufbeißen, damit die jüngeren Elefanten dann leichter an die schmackhaften Fasern kommen. Sie können nämlich noch nicht fest zubeißen. Er wies auf Flußpferd- und Elefantenspuren.*

*Zwei Stunden hatte die Fahrt zur Insel gedauert, es war sehr heiß. Als wir um 14 Uhr zurückgefahren wurden, war es angenehm, die Landschaft sah ganz anders aus.*

*Wieder ging es am Morgen durch riesengroße Pfützen, bis wir auf der Straße zum Mahangu- Nationalpark kamen. Da Durr noch Brot kaufen musste, hielten wir an einem Supermarkt für Einheimische. Hier sah man nur Farbige. Diesmal hatte ich kein Glück beim Fotografieren, die Tiere im Nationalpark waren immer auf der anderen Seite des Autos und ich konnte sie nicht fotografieren.*

*Am Nachmittag erreichten wir die Grenze nach Namibia, hier gab es Sommerzeit wie in Europa und die Uhren wurden um eine Stunde zurück gestellt.*

*Gleich nach der Grenze fuhren wir zu den „Mountains of God“, so nennen sie die Afrikaner. Im Katalog heißen sie „Tsodilo-Hills“ (Pyramidenhügel). Sie sind eine heilige Stätte der Afrikaner. Wir marschierten eine Stunde lang um den „Mutterhügel“. Es gibt noch einen großen „Vaterhügel“ und einen kleinen „Kinderhügel“. Berühmt sind die dort gefundenen viertausend Felszeichnungen, sie sind über 20 000 Jahre alt. Laurens van der Post titelte in seinem 1958 erschienen Buch „Die verlorene Welt der Kalahari“ diesen Ort als den „Louvre der Wüste“. Dort, wo rote Farbe im Felsen war, zeichneten die Ureinwohner Tiere daraus.*

*Giraffen, Büffel, Elefanten, Leoparden und sogar ein Wal waren zu sehen. Wir kamen aus dem Staunen nicht heraus. Also muss es in Afrika vor langer Zeit auch einmal ein Meer gegeben haben.*

*Durr wollte sofort in den Nationalpark, noch immer hatten wir weder einen Löwen, noch einen Leoparden gesehen. Voller Angst dachte ich daran, im Dunkeln mein Zelt aufbauen zu müssen.*

*An einer Wasserstelle stand im Nationalpark ein wunderschönes „Hippo“, ein Flußpferd. Es bewegte sich wie ein Model. In aller Ruhe ließ es sich von allen Seiten fotografieren, riss zwischendurch das riesige Maul auf und dann drehte es sich selbst noch einmal um sich.*

*Als wir in das schöne, von einem Weißen geführte Camp kamen, war es bereits dunkel. Die Gäste saßen alle am Fernseher, denn die Fußball-Weltmeisterschaft hatte begonnen.*

*Der Kölner wollte nicht mehr sein Zelt aufbauen und mietete mit seiner Frau einen Bungalow im Camp. Ich quälte mich furchtbar im Dunkeln beim Zeltaufbau.*

*Da es so spät war, schlug Durr vor, dass wir ausnahmsweise im Restaurant zu Abend essen. Es gab Antilopensteak mit Spätzle. Dazu trank ich ein Bier. Es war sehr angenehm, einmal an einem gedeckten Tisch zu Abend zu essen.*

*Die Nacht wurde schlimm, denn immer wieder stießen die Flusspferde grunzende Laute aus. Ein Hippo grunzte, Sekunden später erfolgte die vielstimmige Antwort. Es war zum Fürchten.*

*Am Morgen wurde uns ein köstliches Frühstück bereitet. Es gab ein weiches Ei, oder Rührei, Toast, Konfitüre, Nutella, Nescafe oder Filterkaffee. Dannging es in den Nationalpark. Die Morgenstimmung liebe ich besonders. Viele Vögel, Geier, Adler und Reiher sahen wir. Dann kamen Gnus, Kudus und die wunderschön anzusehenden Impalas. Durr erzählte, dass die Afrikaner die Impalas „ Mc die schwarze Zeichnung am Hinterteil die Form eines „M“ hat. Zu Mittag gelangten wir an die Popa-Fälle, die sollen die Antwort Namibias auf die Victoria Fälle sein. Es sind kleine Wasserfälle, die an unsere einheimischen Wehren erinnern. Der junge, afrikanische Führer konnte gar kein Englisch und wiederholte immer nur den einen Satz: „Im August ist es besser zu se-*

*hen!" Während wir uns alles ansahen, bereitete Durr wieder Salat vor. Ich bekomme langsam Magendrücken davon.*
*Am Abend war es ziemlich still, jeder ging seiner Wege. Ich fand den Weg zu meinem Zelt nicht, da sich der Campingplatz hinter den Bungalows an der Okawango-Seite erstreckte. Durr beauftragte einen farbigen Angestellten, für mich „Eskorte" zu sein. Der brachte mich zum Zelt, wo ich allein auf alle Geräusche der Flusspferde hörte. Wir fuhren 250 Kilometer zum Susuwe-Nationalpark. Zuvor musste im Supermarkt „gebunkert" werden, ein Ausdruck, den ich bisher nicht kannte. Der Kölner will jeden morgen ab 11 Uhr sein gekühltes Bier. Nach drei Abenden mit ständigem Bier- und Weingenuss nach dem Essen und dem Abwaschen, zog ich mich fortan zurück und ging ins Zelt. Ich wollte diese sinnlose Sauferei einfach nicht mitmachen und wurde von nun an gemobbt. Stattdessen hatte ich erreicht, dass ich jeden Abend meinen Metallbecher mit heißem, schwarzem Tee bekam, aber immer erst, wenn endlich das Wasser kochte und das dauerte lange.*
*Zur Mittagszeit sind wir im Susuwe-Nationalpark angekommen. Durr koppelt den Hänger ab, kocht Nudeln für den späteren Salat. Ich bitte einfach, zwei Esslöffel warme Nudeln gleich so zu essen. Das schmeckt richtig gut.*
*Hier in Namibia ist es heißer als in Botswana. Am Straßenrand sehen wir viele Buschfeuer. Der Wind facht immer wieder das Feuer an, erklärte uns Durr. Gelb sehen die Bäume aus, der Rasen ist schwarz. In unserem Reise-Programm stand, dass wir zuerst zur Lodge fahren, nein, Durr will gleich hier bleiben. Nun sitzen wir wieder vier Stunden am Stück im Auto.*
*Nach 16 Uhr kommen immer mehr Elefantenherden an die Wasserstelle. Die jungen Bullen trinken zuerst, dann kommt die Mutter, dann die Kleinen, zuletzt schlendern die alten Elefanten herbei. Sie haben ein strenges soziales Gefüge, stellen wir im Laufe der dreistündigen Beobachtung fest. Droht Gefahr, stellen sich die alten Elefanten rund um die jungen Elefanten mit der Mutter.*
*Kudus, Meerkatzen und Warzenschweine sehen wir, letztere sind sehr scheu und sehen possierlich aus. Der Kreislauf der Nahrung zeigt sich uns im Verhalten der Affen. Der Kot der Elefanten enthält Fasern, deshalb sieht er gelb aus. Die Affen folgen den Elefanten und stochern im Kot, wo sie die Körner heraus*
*picken. Es geht also nichts verloren.*

*Diesmal habe ich großes Glück. Die Zelttasche, die Durr Wolfgang vom Wagen gibt, ist nicht sein Zelt, sondern mein Zelt. Das stellt sich heraus, als er es aufgebaut hat. So kann ich mich diesmal ins „gemachte Nest" setzen. "Das kostet aber was!" ist der brummige Kommentar von Wolfgang.*
*Dieser letzte Campingplatz auf unserer Reise steht direkt am Ufer des Kwando. Der Kwando-Fluß, auch Cuandound Chobe, genannt, ist 1500 Kilometer lang, ein rechter Nebenfluss des Sambesi. Er entspringt im Hochland von Bie in Angola. Erst fließt er in Angola nach Süden und bildet die Grenze zu Sambia, dann durchfließt er den Caprivi-Zipfel bei Kongola, der bildet die Grenze von Botswana und Namibia.*
*Die Bungalows sind alle Baumhäuser, am Ufer im Wasser stehend, gebaut. Der Campinplatz ist sehr groß, eine Hängematte steht einladend in der Nähe des Waschraumes. Überhaupt*
*staune ich immer wieder über die erstklassig sauberen Wasch- und Toilettenräume.*
*Unser letzter Tag in Namibia ist angebrochen. Jetzt müssen die Pula-Dollar verbraucht werden. Ich kaufe eine Büchse Fanta und begehe damit eine Riesendummheit und trinke die eiskalte Fanta, und bekomme schreckliche Bauchschmerzen und später Durchfall. Durrs Apotheke ist leer. Ich muss warten. Wann kommt die nächste Stadt? Gibt es dort eine Apotheke?*
*Dienstag, 16. Juni 2010*
*Heute war der 350-Kilometer-Ritt nach Victoria Falls. Vier Mal erlebten wir das Prozedere mit dem Pass. Abmelden in Namibia, Anmelden in Botswana, Abmelden in Botswana, Anmelden in Simbabwe. Die Touristen waren fast ausschließlich Weiße. Mein Bauch war wie eine Trommel geschwollen, ich konnte kaum noch sitzen. Über den ganzen Tag hatte ich nur Tee getrunken.*
*Dann kam der Empfang in der Lodge. Das war die erste unangenehme Begegnung auf dieser Reise. Die farbige Empfangsdame thront auf ihrem Stuhl und will zuerst 20 Dollar für die Schlösser der Safes in den Bungalows. Dann endlich hat sie den Lageplan der Bungalows für uns in der Hand. Lodge 40 bis 45 beziehen wir. Alle Bungalows sind verschlossen, als wir ankommen. Die anderen stehen ratlos herum, ich gehe um die Bungalows herum und erblicke eine Angestellte, frage sie nach dem Schlüssel und sofort öffnet sie den Bungalow, der mir zugewiesen wurde und erklärt alles. Schade, dass ich mich über den un-*

*erwarteten Luxus gar nicht freuen kann, die Magenschmerzen werden immer schlimmer.*
*Noch steht der Höhepunkt des Tages bevor: die Besichtigung der Victoria-Fälle. Wir müssen uns sputen, denn um 18 Uhr schließt die Anlage und es ist bereits 16.30 Uhr.*
*Überwältigend ist das, was wir dann sehen. Der Sambesi stürzt ständig mit ungeheurem Getöse in die Schlucht. Über der Schlucht spannt sich ein gigantischer Regenbogen. Das Denkmal von Livingston, der als erster Europäer die Fälle 1955 sah, steht auf einem kleinen Platz. Die Fälle sind über 1.5 Kilometer breit und 92 Meter hoch. In Flutzeiten stürzen bis zu 550 Millionen Liter Wasser pro Minute ins Tal. Die Anlage ist so gestaltet, dass man ganz herum gehen kann und von allen Seiten die Fälle sieht. An einer Stelle führen Treppen hinab. Ich wurde ganz nass von der Gischt, die der Wind herüber wehte.*
*Durr schlägt vor, den letzten Abend essen zu gehen. Ich entschuldige mich wegen der Magenschmerzen. Er zeigt uns stolz das älteste Hotel „Victoria Falls“, über einhundert Jahre alt, im englischen Kolonialstil erbaut. Der Ceylon-Tee, den ich hier bekomme, beruhigt meinen Magen.*
*In der Lodge angekommen, sehe ich mir in aller Ruhe den Bungalow an. Das Dach ist reetgedeckt und ganz nach unten gezogen, ich vermute wegen der einfallenden Sonnenstrahlen im Sommer. Links vom Eingang befindet sich ein Bad mit Waschbecken. Knallbunte, afrikanische Malereien verzieren die Wände. Nach unten führt eine Treppe zu einem Wohnraum. Ein kleiner Holztisch mit Sitzgelegenheiten befindet sich dort. Eine Küche schließt sich an. Alles Nötige ist vorhanden.*
*Vom Eingangsbereich führt eine Treppe auch nach oben. Ein Schlafzimmer mit Doppelbett steht darin. Es gibt aber keine Fenster, sondern nur Stoffvorhänge. Ich vermute, dass im Sommer dieser Raum genutzt wird. Ines erzählte am nächsten Morgen, dass sie in einem dieser Betten geschlafen habe und es sehr kalt war.*
*Am Morgen des Abfahrtstages macht Durr Spiegeleier mit Speck. Ich trinke zwei Tassen schwarzen Tee, esse eine Scheibe Toast und hoffe, die Fahrt zu überstehen.*
*Ich bin die Einzige, die mit der British Airways fliegt und die erste ist. Großes Verabschieden von Durr.*
*In Johannisburg herrscht ziemliches Chaos beim Gepäckaufgeben. Ich habe ein ungutes Gefühl. Zu Recht, wie sich später herausstellt, denn*

***mein Gepäck ist im Flughafen Tegel am nächsten Tag nicht auf dem Band. Dann warte ich vier Stunden. Der Flug nach London- Heathrow verläuft normal, pünktlich lande ich in Berlin.***

***Samstag, 18. Juni 2010***

***Mein Gepäck ist nach zwei Tagen endlich bei mir zu Hause eingetroffen."In Johannisburg herrscht Gepäckstau, ihr Gepäck ist noch dort, wird aber über London nach Berlin-Tegel geschickt. Hier haben Sie eine Telefonnummmer!" sagt mir die Dame in Tegel. Auch gut, dachte ich, dann musst du nichts tragen. In der Apotheke des Hauptbahnhofes/Berlin kaufe ich mir sofort ein Medikament gegen den Durchfall; wegen des Wasserverlustes im Körper gibt mir die Angestellte ein Glas Wasser, in dem ein Pulver (Elektrolyte) aufgelöst ist. Es soll den Salz- und Wasserverlust ausgleichen.***

***Als ich die grünbelaubten Bäume sehe, kann ich mich nicht sattsehen, wie schön ist die Heimat!***

Allmählich stellte sich Inges Körper wieder um. Nach zwei Tagen schlief sie zehn Stunden hintereinander.

Der Garten sah schlimm aus, in den 17 Tagen ihrer Abwesenheit war alles zugewachsen, das Gras fast mannshoch und das Unkraut wucherte.

Es gab viel zu tun. Die Rosen blühten in verschwenderischer Fülle und rankten hoch zum Balkon-Geländer. Auch die Clematis blühte in kräftigem, herrlichem Blauton. Kater Peter und Miezi waren gut versorgt worden.

Am letzten Juni-Wochenende kam Klaus mit Mareike zu einem Kurzbesuch. Mareike sollte eine Woche in Zinnowitz beim Opa verbringen, die Ferien begannen in Sachsen/Anhalt.

Um 17 Uhr trafen sie am Freitag ein. Inge hatte Erdbeertorte gebacken und den Tisch im Garten gedeckt. Klaus hatte seinen Sony-Fernseher mitgebracht und wollte ihn seiner Mutter schenken, da er sich einen neuen Apparat mit Flachbildschirm gekauft hatte. „Faß´ mit an!" Die gerade Strecke ging noch, aber die steilen Stufen nach oben bedeuteten eine Quälerei für Inge, aber sie schaffte es. Klaus setzte ein neues Teil in die Satelliten-Schüssel ein.

Dann schaute er sich Inges Afrika-Fotos an. Die sind doch sehr schön geworden, meinte er. Mareike gab sie das Armband, welches sie noch in Victoria Falls bei einem Händler gekauft hatte, ebenso einige hübsche Tierfotos.

Während Klaus das Fußballspiel USA-Ghana schaute, erzählte Inge Ge-

schichten und um 21 Uhr war Mareike eingeschlafen.
Kurz vor sechs Uhr war Mareike hellwach. Inge holte das Tiermärchen-Buch ihrer Mutter hervor und las vor. Auch Laura hatte sie schon daraus vorgelesen.
Nach dem Frühstück gingen sie zum Reitbahnsee und probierten alle Spielplätze aus. Um 11 Uhr kam Opa Dieter, es hieß Abschied nehmen.
„Ich komme zu Deiner Geburtstagsfeier mit den Kindern einen Tag eher, Cathleen hat Betriebsversammlung und kommt Samstag.“ .
Wo sollte sie ihren 70. Geburtstag feiern? Das Hotel und Restaurant „Badehaus“ am Tollensesee hatte sie in Erwägung gezogen. Sie fragte dort nach den Preisen und ließ es, zu teuer. Die Gaststätte „Schönbrunn“ am Ortsausgang nach Norden gelegen, etwas abseits von der viel befahrenen B96, wurde ihr empfohlen.
Sie hatte schon ziemlich genaue Vorstellungen, wie der Geburtstag verlaufen sollte. Auf keinen Fall wollte sie vom Kaffeetrinken bis zum Abendbrot an einem Tisch sitzen. So kannte sie es von den üblichen Familienfeiern. Nein, sie hatte ihr schönes Eigenheim, es war Sommer, die Kaffeetafel wollte sie im Haus, bzw. Garten decken. Torten und Kuchen würde sie allein backen. Aber am Abend wollte auch sie sich an einen gedeckten Tisch setzen und feiern und das Tanzbein schwingen. Es sollte ein Fest der Generationen werden. Lange überlegte sie, wen sie einladen sollte. Eigentlich waren es die Familienangehörigen, die zur Beerdigung ihrer Mutter vor 15 Jahren auch anwesend waren.
Nachdem sie eine Gästeliste aufgestellt hatte, ging sie zum Gasthof „Schönbrunn“. Der Wirt machte Menü-Vorschläge, Inge lief schon beim Zuhören das Wasser im Mund zusammen: Hausgemachte Soljanka, Wildbraten mit Preiselbeeren, Schweinemedaillons, Champignons, Hähnchenbrust „Hawai“, Zanderzopf gebraten auf Kräutersoße, bunte Gemüseplatte mit Soße Hollondaise, Kroketten, Kartoffelklöße, eine Aufschnittplatte mit hochwertigen Spezialitäten dekoriert, gefüllte Eier, Käseminiaturen, Butter als Traube garniert, Salatplatte mit Dressing, Obstteller, Räucherfisch als Rose, Brotstange und verschiedene Desserts als Abschluss. Die Getränke wollte sie nach dem Verbrauch bezahlen.
Dann sprachen sie über die Tischdekoration. Inge entschied sich für eine weiße Tischdecke mit einer kleinen, gelben Decke in der Mitte. Der Raum eignete sich gut für eine L-Form des Tisches. An den Tisch sollte sich ein Büffett anschließen, dahinter war Platz für einen DJ.
Nun mußte die Übernachtung für Klaus´ und Jörgs Familie gefunden

werden. Sie hatte an eine Wohnung im Plattenbau der Neuwoges gedacht, dann aber doch lieber das Hotel Hellfeld besucht. Das befand sich 200 Meter oberhalb des Gasthofes „Schönbrunn“. Die Wirtin war sehr nett, sagte aber gleich, dass sie nur noch zwei Zweibettzimmer und ein kleines Ferienhaus neben der Gaststätte vermieten könne. Ein Zimmer ließ sie für Uta und das zweite für Götz reservieren. Wer würde kommen? Jörg mit den Kindern Julia, Malte und Clara, Klaus und Cathleen mit Laura und Mareike, Susanne mit Lilith, Uta mit Ehemann Rainer, Tante Herta mit Tochter Franziska und Horst, sowie Silke, deren Tochter, Inges Schwester Sabine mit ihren Kindern Bettina und Götz. Die Lebensgefährtin von Götz und die vierjährige Enkeltochter, ihr Cousin Bernd mit Ehefrau Hadmut, ihr Sohn Michael und ihre Tochter Christine, gehörten ebenfalls zu den Gästen. Ruth, eine Gebrauchswerberin und Hobby-Malerin mit ihrem Lebensgefährten Helmut, ein befreundetes Paar, die Inge bei der Vorbereitung des Datzeberg-Festes kennengelernt hatte, und der DJ vervollständigten die Gästezahl.
Inge wusste, wie wichtig es war, die richtige Musik nach einem guten Essen zu haben, sonst würde sich allgemeine Müdigkeit breit machen. Sie schaute sich ihre CD-Sammlung an und fand passende Titel. „Dancing Queen“, ein Titel der ABBAS, damit würde sie beginnen und die Gäste auf die Tanzflächet locken. Natürlich wollte sie wenigstens mit einem Lied die Gäste selbst begrüßen. Aber es war ja alles erst eine Planung.
Jörg rief an und teilte mit, dass Claudia in der Orthopädischen Klinik sei. Die Ärzte vermuten einen Bandscheibenvorfall und erwägen eine Operation. Sie kommt nicht zur Geburtstagsfeier, sagte Jörg.
Am 15. August begann Susanne wieder zu arbeiten, vorerst 50%. Sie sagte, dass sie erst am Samstagmittag zum Geburtstag anreisen könne.

Inge hatte die schönsten Lieder ausgesucht: Andrea Bocelli „Ich lebe für die Musik“, Musik zum Film „Jenseits der Stille“, Chansons von Jaques Brel´, gesungen von Gisela May, ABBA-Revival, Howard Carpendal, Helene Fischer u.a. Und dann war er da, der Tag, an dem sie 70 Jahre alt wurde. Pausenlos klingelte das Telefon am Morgen. Susanne, Sabine und Ruth waren die ersten Gratulanten.
Dann kamen bereits Helmut und Ruth. „Mach´ mein Geschenk bitte erst auf, wenn ich gegangen bin!“ bat sie.Warum so geheimnisvoll? Das Geschenk bestand aus einem Afrika-Buch und 95 Visitenkarten. Schon lange hatte Ruth Inge ermahnt, doch Visitenkarten von sich anzufertigen.

Außer ihrem Namen, der Telefonnummer und der Adresse, waren ihre künstlerischen Angebote aufgedruckt. Das war eine Überraschung. Später würde sie merken, wie nützlich diese Karten waren.
Langsam, aber sicher stieg bei Inge die Aufregung. Sie begann die Tortenböden für die Torten zu backen, belegte sie am nächsten Tag mit den Früchten und überlegte genau, ob sie an alles gedacht hatte. Für den Freitagabend fertigte sie eine große Schüssel Kartoffelsalat an. Klaus hatte sich bereit erklärt, Sabine und Bettina am Freitag ab Halle im Auto mitzunehmen. Da Cathleen erst Samstag kam, war genug Platz in diesem.
Wie immer spielten Laura und Mareike sofort und kümmerten sich nicht um die Erwachsenen. Sabine wurde in Susannes ehemaligem Zimmer untergebracht, Bettina bezog die Couch in der Wohnstube.
Am Samstagmorgen reiste Jörg an, er holte Susanne mit Lilith vom Zug ab, Klaus baute zwei Tische in der großen Stube zusammen.
Während die Gäste Mittagsruhe hielten, deckte Inge in aller Ruhe den Tisch für 27 Personen.
Dann ging es Schlag auf Schlag.Tante Herta, Horst, Franziska und Silke trafen um 15 Uhr ein. Sie hatten Zimmer im Hotel in Neubrandenburg-Broda bestellt. Jeder schenkte etwas: eine Buschrosenpflanze (gelb), ein Buch über Rosenpflege, eine Buschlavendelpflanze, ein Gestaltungsteil für den Garten, eine metallene Laterne mit Teelicht und ein Gutschein für das Konzert der New Yorker Philharmonie in der Hamburger Laeiszhalle am 1.11. 2010.
Dann kam Uta mit Rainer. Sie schenkten die gewünschte Tischlampe. Klaus baute sie gleich zusammen. Sie war aus Metall und hatte einen großen Schwenkarm. Die Halogenlampe war zylindrisch und zu 80% energiesparend. Nun trafen Klaus, Cathleen und die Kinder ein. Laura hatte eine Schiefertafel gestaltet, auf der eine Serviettenmalerei (rote Mohnblüten mit grünen Stengeln) aufgebracht war. Mareike übergab ihr ein Blatt, auf dem sie ein Pferd, einen Menschen und eine Blume gezeichnet hatte.
Vier Kannen Kaffee hatte Inge gekocht. Nachdem auch Ruth mit Helmut und die Pritzwalker (Bernd, Hadmut, Michael und Christine) eingetroffen waren, konnte das Kaffeetrinken beginnen. Da die Sonne schien, blieben Bernd und seine Familie gleich im Garten. Die Gäste langten ordentlich zu, nur Inge kam vor lauter Händeschütteln und Geschenke-Entgegennehmen gar nicht zum Essen. „Nun mach´ doch endlich die Papierrolle auf!“ mahnte Klaus. In Versform wurde Inge mitgeteilt, dass sie zum

Besuch des Musicals „Ich war noch niemals in New York“ mit Hotelübernachtung in Hamburg eingeladen sei. Noch sei die Karte im Internet nicht ausgedruckt, würde aber in den nächsten Tagen kommen. Das war das Geschenk von Jörg, Klaus und Susanne. Pausenlos wusch Klaus das Geschirr in der Küche ab und Cathleen trocknete ab. Götz, Karola und Leonie waren ebenfalls gekommen und die Kinder spielten und tollten im Garten.

Rasch verging die Zeit, um 18 Uhr sollten sie im Gasthof Schönbrunn sein. Anruf von Horst: „Wir haben das Hotel in Broda nicht gefunden, kannst Du uns nicht hinfahren?“ Es wurde knapp. Sie schaffte es gerade noch, sich umzuziehen und war mit einer halben Stunde Verspätung im Gasthof. Herr Riestau, der Wirt, eröffnete das Büffett. Mit Sekt wurde angestoßen. „Wenn ich einmal reich wär!“ aus der Oper „Der Fiedler auf dem Dach“ erklang. Stefan Skudov spielte das Lied auf der Violine. Inge lachte, das war genau die Musik, die zu ihrer Situation passte.

Dann griff sie zur Gitarre und sang „Schön ist das Alter“ nach der Melodie „Schön ist die Jugend“. Nun trat Jörg auf und sang drei Lieder zur Gitarre. Es waren moderne Titel. Den ersten Tanzt schenkte ihr Jörg.

Die Kinder tobten nach dem Essen erst auf dem Spielplatz, schlugen Rad und Laura hob immer die kleine schlanke Leonie in die Höhe. Inge tanzte mit allen drei Enkelkindern zu Beginn im Kreis, Laura umfasste sie plötzlich und sagte: “Du bist die liebste Omi der Welt!“ Was konnte ihr an diesem Tag Schöneres gesagt werden?

Inge begrüßte jeden einzelnen Gast am Tisch, sprach ein paar Worte mit ihm und verweilte dann bei Tante Herta. Sie war noch immer so schlank wie Inge sie aus frühester Kindheit kannte. Sie tanzte mit ihr. Ein Jahr später starb sie, wie gut, dass Inge sie noch einmal so fröhlich erleben durfte. Ruth hatte ein Spiel vorbereitet, in das alle Gäste einbezogen wurden. Ein Verein begibt sich zum Bus, um eine Ausflug zu unternehmen. Sieben Männer erhielten vorher ein Schild mit ihrem Namen: so war Rainer der Lehrer, Bernd der Tierarzt, Horst der Wirt, Jörg der Bürgermeister usw. Der Clou bestand darin, dass Jeder, der namentlich genannt wurde, schnell aufstehen und ein Schluck Alkohol oder Wasser aus dem Glas trinken musste. So kam die Gesellschaft in Stimmung. Es machte richtig Spaß. Dann tanzten endlich auch die Erwachsenen nach ABBA-Titeln. Inge wählte ein Glas trockenen Weißwein zum Essen. Das war eine gute Wahl. Gegen 23 Uhr trank sie eine Tasse Kaffee, denn langsam wurde sie müde. Cathleen und Karola verabschiedeten sich, um die Kinder zu

Bett zu bringen. Julia, die bereits Fahrerlaubnis erworben hatte, brachte Susanne und Lilith nach Hause. Auch Bernd verabschiedete sich um Mitternacht und fuhr zurück nach Pritzwalk.
„Stellt´ euch doch einmal auf und macht ein Foto mit eurer Mutti!" bat Ruth und so geschah es. Ihre vier Kinder standen um sie, Uta war das erste Mal dabei. Inge wollte ihren 70. Geburtstag als einen Tag der Versöhnung feiern, aber Wünsche gehen nicht immer in Erfüllung. Jörg kannte Uta vom Kindergarten in Castrin, aber Klaus und Susanne hatten erst 1994 von ihr erfahren. Die Fremdheit blieb, besonders Klaus hielt sich sehr zurück. Auch ihr Schwager hatte die Einladung zum Geburtstag ausgeschlagen und keinen Grund angegeben.
Der Wirt hatte das Büfett noch einmal um 22.30 Uhr aufgestellt, das kam bei den Gästen gut an. Mit dem Titel „Time to say good bye" verabschiedete sich Inge eine Stunde nach Mitternacht von ihren Gästen. „Lasst´ euch nicht stören und feiert, so lange ihr wollt!" sagte sie.
Um zehn Uhr rief Horst an, ob sie nicht zum Tollensesee kommen könne, sie wollten sich die Stadt und den See ansehen. Inge fragte ihre Gäste, ob sie einverstanden seien, sie nun allein zu lassen. „Geh´ nur, wir frühstücken inzwischen in Ruhe und packen dann unsere Sachen!"Inge hielt mit ihrem kleinen VW Polo am Badehaus und lud Horst, Franziska, Tante Herta und Silke ins Auto. Es ging gerade noch. Am Augustasbad stiegen sie aus und wanderten den kurzen Weg hinauf zum Turm von Behmshöhe. Silke war ganz begeistert von den riesigen Buchen und umgestürzten Bäumen, auf denen sich bereits Pilze angesiedelt hatten.
„Wir möchten gern noch die Stadtmauer mit den vier Toren sehen, könntest Du Tante Herta mit nach Hause nehmen?" Ja, sie konnte.
Das große Verabschieden begann. Die letzten, die spät abends abfuhren, waren die Wentorfer.
Susanne aber hatte sich den Montag frei genommen und sie konnten mit Lilith den halben Tag noch miteinander verleben.
Ein neues Lebensjahrzehnt begann. „Unser Leben währet siebzig Jahr und wenn es hochkommt, so sind es achtzig Jahre, und wenn es köstlich gewesen ist, so ist es Mühe und Arbeit gewesen." (Psalm 90). An dieses Bibelzitat musste Inge denken. Was kam jetzt noch?
Das Leben geht weiter, so Gott will. Nein, an das Sterben brauchte sie noch nicht zu denken, genug Aufgaben warteten auf sie.

## Teil VII

## Weiter nach dem 70. Lebensjahr

## Mein Lebensabschnitt von 2010-2015

Die Post brachte einen Einschreibebrief, es waren die Unterlagen für die Musical-Fahrt „Ich war noch niemals in New York“, das Geschenk ihrer Kinder zum 70. Geburtstag. Er enthielt einen Stadtplan von Hamburg, die Eintrittskarte und einen „Schlemmergutschein“ über 15 Euro im Restaurant „Imperial“.

Inge hatte große Sorgen. Wieder einmal hatte sie ihren Ex-Mann gebeten, sich an den Reparaturkosten des Hauses (Heizung) zu beteiligen. Er weigerte sich. Wen konnte sie um Rat fragen? Da kam ihr Marlies Wesemann in den Sinn, die über achtzigjährige Geschäftsfrau, Inhaberin eines Schmuck- und Uhren-Geschäftes in Husum. Sie war die richtige Ansprechpartnerin.
Marlies sagte: “Ein Haus verkauft man nicht, das versilbert man!“ Dann erklärte sie Inge diese Worte. „Wenn Du eine Mietwohnung hast, dann bezahlst du jeden Monat die Miete und das Geld ist weg. Wenn Du aber einen Kredit aufnimmst, dann kannst Du Deinen Ex-Mann auszahlen und die monatliche Kreditrate ist für Dein Haus, das Deine Kinder einmal erben werden!“
Inge hatte ihre persönlichen Gründe. Sie wollte nicht ein zweites Mal ihre Heimat verlieren. Mit zweiundzwanzig Jahren hatte sie Weißenfels verlassen, in Castrin in zwölf Jahren Wurzeln gefasst, dann in Neubrandenburg ein neues, schönes Zuhause gefunden. Alle ihre Kinder redeten ihr zu, sich eine kleine Zweiraum-Wohnung im Zentrum von Neubrandenburg zu nehmen, aber die waren natürlich sehr begehrt und nicht zu bekommen.
Marlies riet ihr, die Banken und Bausparkassen zu befragen. Sie wurde nach der Höhe ihrer Rente und vorhandenem Vermögen befragt. Nein, bei dieser Rente und nicht vorhandenem Vermögen würde sie keinen Kredit bekommen. Aber die Wüstenrot-Bausparkasse schlug einen Bausparvertrag mit monatlicher Kredit-Raten-Zahlung vor. “Warten Sie nicht mehr, der Zinssatz mit 3,3% ist sehr günstig und kann sich Morgen schon ändern!“

Inge teilte ihrem Ex-Mann mit, dass sie den Rechtsstreit, an dem nur die Rechtsanwälte verdienen würden, beenden wolle.
„Du musst mir schriftlich geben, dass Du mir meinen Anteil am Haus auszahlst, dann bin ich einverstanden!“ lautete seine Antwort. Inge hatte sich entschieden. Ja, sie würde 19 Jahre zahlen müssen, bis das Haus abgezahlt war, aber die monatliche Kreditrate würde sie schaffen. Schon immer hatte sie die Idee, eine Ferienwohnung in der unteren Etage einzurichten.
Der Vertreter der Wüstenrot-Sparkasse bat um die Genehmigung, Einsicht in das Grundbuch nehmen zu dürfen. Ein Gutachten über den Zeitwert des Hauses lehnte er ab, das würde nur Kosten erhöhen. Das Gutachten von 1999 reichte, der Ex-Mann bestand auf der Zahlung des damals angegebenen Wertes, insgesamt 200 000 DM, die Hälfte 100 000 DM, in Euro 50 000.
Inge konnte endlich wieder ruhig schlafen, denn sie hatte sich entschieden.
Jetzt wollte sie die Ballenoperation am linken Fuß vornehmen lassen.
Dr. R., den sie 2004 in Berlin kennen gelernt hatte, war inzwischen Arzt in einem Internationalen Gelenkzentrum in Berlin-Charlottenburg geworden. Inge rief an und erhielt einen Termin am 29. September. Nun aber war erst einmal der Besuch des Musicals in Hamburg an der Reihe.
Ein sonniger Herbsttag war dieser 21. September.
In Bützow musste Inge zwei Stunden überbrücken, um dann mit dem IC von Binz über Schwerin nach Hamburg zu gelangen. Erwartungsvoll stieg sie aus, aber Susanne war nicht zu sehen. Warte, sie muss kommen! beruhigte sich Inge selbst. Dann sah Inge Susanne mit Lilith im Kinderwagen. Wegen des Feierabend-Verkehrs war sie nicht so schnell zur Bushaltestelle gekommen.
Das Hotel „Imperial“ befand sich in St. Pauli. Sie liefen den Berg hinauf, Susi schob den Kinderwagen.
Im Hotel zog sich Inge schnell um und dann gingen sie essen. Lilith lief überall herum, es war inzwischen schon 18 Uhr. In der Aufregung hatte Inge nicht noch einmal auf die Eintrittskarte geschaut und war der Annahme, dass um19.30 Uhr die Vorstellung beginnt. Als sie sich um 19 Uhr von Susi und Lilith verabschiedete und ins Theater ging, erfuhr sie, dass die Vorstellung bereits 18.30 begonnen hatte.
Sie könne jetzt nur über einen Bildschirm die Handlung auf der Bühne verfolgen. Die Bedienung füllte inzwischen die Gläser mit Bier und Sekt

für die Gäste, wenn die Pause begann.
Endlich 19.45 Uhr gingen die Saaltüren auf. Das vorwiegend aus Senioren bestehende Publikum strömte heraus. Inge schaute sich erst einmal ihren Platz an. Es war die 15. Reihe, Mitte. In diesem Theater hatte sie „Cats“ und „Mama Mia“ gesehen. Sie war gespannt.
Ein Rentnerpaar beschließt, aus dem Pflegeheim auszubrechen und mit dem Schiff nach New York zu reisen. Den zwölfjährigen Enkel hatten sie mitgenommen. Die Tochter der Seniorin ist eine angesehene Moderatorin geworden und geschieden. Ihr Ex-Mann versucht, sie wieder zu gewinnen. Er sucht auf dem Schiff nach seinem Vater. Es kommt zum Streit, in dem sich die Kinder über ihre Eltern beklagen. Zwischendurch erklingen sämtliche Hits von Udo Jürgens.
Natürlich gibt es ein Happy End.
Als sie das Theater verließ, empfing sie ein bettelnder Obdachloser. Das war die Realität.
Im Hotel Imperial“ bestellte Inge eine kleine Flasche Sekt, nahm sich das „Hamburger Abendblatt“ und las darin. „Secondella“, das Modegeschäft in Hohe Bleichen, feierte sein 40jähriges Bestehen. Susanne hatte einige Zeit in diesem Geschäft, auch als Model, gearbeitet.
Am Morgen frühstückte sie bereits um 8 Uhr und machte einen Spaziergang.
Die Nebel stiegen über der Elbe auf, als sie zu den Landebrücken ging. Die Obdachlosen lagen unter der Brücke. Gehüllt in Schlafsäcke standen halbvolle Bierflaschen vor ihnen, sogar Grillgeräte waren aufgestellt.
Über die Baustelle der „Elb-Philharmonie“ stieg die Sonne aus dem Nebel. Es war noch ruhig in der großen Stadt. Nach einer Stunde aber strömten ihr massenweise Menschen entgegen.
In fünf Wochen würde sie wieder in Hamburg sein und ein Konzert der New Yorker Philharmonie erleben. Das war ein Geschenk von Tante Herta und ihrer Familie zu ihrem 70. Geburtstag gewesen.
Die Heimfahrt am Mittag war wunderschön. Die Sonne strahlte vom wolkenlosen Himmel, die Mecklenburger Landschaft entzückte sie.
Am 29.September konsultierte sie Dr. R. In Berlin Charlottenburg befand sich die Schlosspark-Klinik. Im 4.Stock derselben war das Internationale Zentrum für Gelenkchirurgie. O, wie kam Inge ins Staunen. Modelle von Knie, Hüft- und Fußoperationen  waren zu sehen.
Höflich wurde sie bei der Anmeldung gefragt, was sie zu trinken wünsche. Die Zeitschriften „Geo“ und „National Geographic“ lagen aus.

Der Arzt erklärte ihr an Hand eines Fußmodells die bevorstehende Ballenoperation. In einer Zweitklinik in Spandau würde sie operiert und nach vier Tagen entlassen werden. Er wollte einen Termin. Inge überlegte nicht lange und nannte den 8. November. Rechtzeitig war ihr eingefallen, dass sie ja noch in Hamburg das Konzert der New Yorker Philharmonie am 1.11.besuchen wollte. „Die AOK trägt nicht alle Kosten, etwa 2000 Euro Eigenanteil müssen sie rechnen. Die vier Übernachtungen nach der Operation bezahlt jedoch die Krankenkasse“. Ahnte Inge überhaupt, was ihr bevorstand? Nein, sie war blauäugig und sah nur das Ziel, aber der Weg zum Erreichen eines ballenfreien linken Fußes war hart.
Nun musste sie erst einmal die notwendigen Untersuchungen für die Operation in Neubrandenburg bei ihrer Ärztin durchführen lassen. Das waren ein Blutbild und ein EKG. Bezahlen musste sie das alles, weil die Operation eine private sein wird.
In der Wüstenrot-Filiale unterschrieb Inge den Darlehensvertrag. Danach folgte der Gang zur Notarin. Am Freitag bekam sie eine Termin, zu dem auch Tom erscheinen musste. Im Notariat sollte der Kaufvertrag ausgehandelt werden. Tom bekommt ihn zugeschickt und hat vierzehn Tage Zeit, ihn zu lesen und zu unterschreiben. Die Geldübergabe erfolgt erst, wenn die Schlüssel-Übergabe von seiner Seite aus stattgefunden hat.
Am 29. Oktober unterschrieben Tom und Inge den Kaufvertrag und den Antrag auf Eíntragung der Schuld in das Grundbuch, nachdem sie den Kaufvertrag im Vorzimmer der Notarin studiert hatten. Danach las die Notarin alle sieben Seiten noch einmal laut in ihrem Büro vor. „Es kann Wochen dauern, bis die Urkunde für den Eintrag in das Grundbuch kommt“ sagte die Notarin zum Abschied.
***Samstag, 13. November***
***Ich bin wieder zu Hause. Alles gut gegangen? Bis jetzt: ja, aber viele Zwischenfälle. Ersatzschuh erweist sich als falsches Modell. Anreise am Sonntag bei traumhaftem Wetter. Die Farben der Blätter werden immer intensiver, braun und rot. Der Busfahrer gibt falschen Bescheid. Ich laufe von der Ausstiegsstelle 300 Meter bis zur Havel-Klinik zurück. In der gleichen Straße ist nämlich noch eine Orthopädische Klinik, die „Biberburg“.***
***Ich komme auf Station I im Parterre. Im Zimmer stehen drei Betten, ich beziehe das Bett, welches vor den Einbauschränken neben der Tür steht. Das Fenster zeigt nach Südosten, hohe Bäume sind zu sehen, es ist sehr ruhig, kein Verkehrslärm ist zu hören.***

***Am Abend spricht die Narkoseärztin mit mir. Ich werde am Montag um acht Uhr operiert. Am Nachmittag wache ich auf. Meine rechte Hand ist mit einem Tropf verbunden. Zwei Tage lang bekomme ich ein Antibiotikum gespritzt. Am Dienstag muss ich bereits aufstehen. Der Fuß wird in drei Lagen im Keller der Klinik geröntgt. Am Nachmittag kommt eine junge, hübsche Assistentin zum Verbinden. „Laufen Sie barfuß, das ist gut für die Heilung!“ sagt sie, aber die Schwestern sagen: „Überanstrengen Sie sich nicht, machen Sie langsam!“***
***Am nächsten Morgen begegnet mir Dr. R. in grüner Operations-Kleidung. Er zeigt die Röntgen-Bilder und erklärt. Im großen Zeh ist eine Schraube von links nach rechts angebracht. Am Mittelfuß-Knochen sind sechs Schrauben und eine hauchdünne Titanplatte, die nach neun Monaten entfernt werden sollen. Am Donnerstag bekomme ich einen großen Umschlag, in dem ist der Operations-Bericht und Rezepte für die Nachsorge. Ich muss alles bei der Krankenkasse beantragen. Die Assistentin bringt den Schuh mit einer glatten durchgehenden Sohle, keinen „Vorfußentlastungsschuh“, den man mir im Sanitäts-Haus Neubrandenburg verkauft hatte. Rezepte für zwölf Mal Lymphdrainage, zwölf mal Krankengymnastik, Schmerztabletten, Sprays und Tupf-er erhalte ich. Am Abend nehme ich eine Schmerztablette, um schlafen zu können. In der Nacht tobt der erste Herbststurm über Deutschland. Ich werde um ein Uhr wach. Ich schlafe wieder ein, spüre keinen Schmerz im Fuß, ach wie tut das gut!***
Um 19 Uhr kam die Schwester und hielt ihr ein Handy an das Ohr. „Ihr Sohn!“
Es war Klaus. “Du klingst ja gar nicht gut!“ Verständlich, zwei Tage nach der Operation, dachte Inge nur. Am Freitag kam Walter, ein Bekannter von Inge. Im Auto prangte ein Navigator. So lernte Inge dieses Gerät auch einmal kennen.
In Teschendorf, kurz hinter Oranienburg, machten sie die erste Pause. Sie stärkten sich bei einer Tasse Kaffee und einem kleinen Imbiss. Walter besorgte ihr noch Kompressen zum Kühlen ihres Fußes in der Drogerie.
Am Montag humpelte sie zur Ärztin, zum Glück nur einhundert Meter von ihrem Haus entfernt. Die Praxis befand sich gleich hinter dem Maler-Atelier auf dem Datzeberg hinter Inges Haus. Vier Tage war der Verband nicht gewechselt worden, Inge hatte ein wenig Angst. Hilflos sah sie die Schwester an, als sie den verkrusteten Verband aufdeckte. „In Berlin hat die Schwester immer mit einem Spray angefeuchtet, damit der Verband

sich besser, löst!“ meinte Inge. Die Schwester nahm eine Flasche, auf der NaCl steht, zog mit der Spritze ein wenig Flüssigkeit heraus und tröpfelte es auf den Verband. Als sie endlich den Verband abgewickelt hat, blutete es stark aus der Wunde. Sie holt die Ärztin, die polterte gleich los:“ Der Herr Privatarzt operiert und wir haben die Arbeit mit der Nachsorge! Das sieht ja gar nicht gut aus, das lehne ich ab, das soll sich ein Chirurg ansehen!“
Sie verband den Fuß bis zum Knöchel, viel zu straff und gab ihre eine Überweisung zur Chirurgie.
Inge war am nächsten Morgen nicht in der Lage, bis zur Bushaltestelle zu gehen und dann in die Innenstadt zu laufen. Sie bestellte ein Taxi.
Die Chirurgin war gar nicht von der Wunde erschüttert, ruhig und sachlich schaute sie sich alles an, riet von der geplanten Lymphdrainage erst einmal ab und verschrieb ein Antibiotikum. „Verbinden Sie die Wunde selbst!“
Am nächsten Morgen war der Fuß stark geschwollen, obwohl Inge den ganzen Abend mit Eiskompressen gekühlt hatte. Sie rief die Praxis von Dr. R. an. „Auf keinen Fall dürfen Sie den Verband wechseln, das muss die Ärztin machen!“
Inge bestellte wieder ein Taxi und fuhr zum Ärztehaus. „Frau O. operiert!“
wurde ihr gesagt. Inge gab den Informationsbrief von Dr. R. ab und wartete.
Endlich, nach langer Wartezeit, wurde sie aufgerufen. Die Ärztin wollte die Fäden ziehen. Inge gab zu bedenken, dass der Arzt dies erst in fünf Tagen angeordnet hatte. „Sind Sie hier, oder wollen sie zu ihrem Operations-Arzt gehen?“ sagte sie und blickte Inge strafend an. Sie zog die Fäden, es schmerzte sehr. Dr. R. hatte ihr gesagt, sie solle die Wunde fotografieren lassen und als mail nach Berlin senden. Das konnte die Ärztin nicht, aber ihre Krankenschwester. Inge war schon fast am Ausgang des Ärztehauses, als sie gerufen wurde: “Sie müssen noch einmal mitkommen, die Aufnahmen sind nichts geworden! Danke für ihr Verständnis!“ sagte sie zum Abschied. Endlich einmal ein freundliches Wort. Die Chirurgin jedoch machte ihr Angst: “Wenn der Knochen infiziert ist, dann…“ Sie sprach nicht weiter. „Fahren Sie nach Berlin zu ihrem Operations-Arzt!“
Inge war so verzweifelt, dass sie wieder die Praxis von Dr. R. anrief.
Die Assistentin wollte die Telefonnummer der Chirurgin wissen.

„So geht das nicht!“
sagte sie, als Inge von dem Fädenziehen erzählte. „Es bleibt dabei, Sie lassen sich jeden zweiten Tag von der Ärztin verbinden! Wir haben über viertausend dieser Operationen gemacht. Die Aufnahmen haben wir bekommen. Die Wunde ist in Ordnung. Ich bat die Ärztin, im Sinne der Patientin besser mit uns zu kooperieren.“
So war Inge vorerst beruhigt.
Ein Brief vom Amtsgericht war eingetroffen. Die Eintragung der Hypothek von fünfzigtausend Euro war im Grundbuch vorgenommen worden. Laut Kaufvertrag bekommt Tom vierzehn Tage nach dem Eintrag ins Grundbuch die Summe von fünfzigtausend Euro auf sein Konto überwiesen. „Morgen Mittag sind wir in Neubrandenburg, kommen vorbei und schließen die Türen auf!“ sagte seine Lebensgefährtin, als Inge angerufen hatte. Bei ihrem nächsten Termin, war die Ärztin nicht anwesend. Ein junger Arzt vertrat und begrüßte sie. Zum ersten Mal war die Wunde trocken. „Im Spann ist ein Ödem!“ meinte er, drückte darauf und Inge merkte die Flüssigkeitsansammlung.
„Die Doktoren sind etwas realitätsfern, denn dass die Wunde nicht so bleibt und aussieht wie nach der Operation, vergessen Sie! Nehmen Sie morgens und abends eine Schmerztablette zusätzlich zum Antibiotikum“ sagte er zum Abschied.
„Bitte spielen Sie nicht den Helden und ertragen die Schmerzen, das bringt gar nichts.“
Die Lymphdrainage an ihrem operierten Fuß war noch immer nicht möglich.
Auch das Antibiotikum musste sie weiter nehmen.
„Wer in der Zukunft lesen will, muss in der Vergangenheit blättern!“ schrieb Marlies Wesemann. Sie hatte Inge eine Glückwunschkarte zum Kauf des Hauses geschrieben und sie schickte statt eines Blumenstraußes einen Zwanzig Euro-Schein.
Am Dienstagvormittag kam Tom und holte seine Sachen.
Am 27.Dezember, dem Tag des schrecklichen Tsunami vor sechs Jahren, war Mareikes Geburtstag. Inge hatte nach einem Wunsch gefragt. Es war eine Kinder-Überraschung, nur bei MC Donald zu haben. Wie kam sie dahin? Ein Bus fuhr nicht, also lief sie dorthin. Die Kinder-Überraschung bestand aus einer Dose, in der ein Drache, ein Baby oder ähnliches, in Folie eingeschweißt war. Inge freute sich, Mareike diesen Wunsch erfüllen zu können. Das Päckchen war bereits am nächsten Tag in Halle

angekommen und Mareike bedankte sich sofort.
Auch Lauras Geburtstag stand bevor.
"Ich möchte little petch ups" antwortete Laura auf Inges Frage nach einem Wunsch. Das sind Figuren mit Wackelköpfen, erklärte ihr Laura. Im Kaufhof schaute sich Inge diese Little petch ups an und fand sie gar nicht schön, aber die Zeiten haben sich gründlich geändert und der Geschmack von Laura ist ein eben ein anderer als der von Oma Inge.
Silvester rief Susanne an: „Ich bin´s, Dein Weihnachts-Päckchen habe ich eben bekommen. Der Briefträger hatte es beim Nachbarn abgegeben, weil ich nicht da war. Lilith spielt schon mit den Legosteinen. Küsschen für Omi!" Die Malerarbeiten hatte sie beendet, alles in Ordnung.
In der Nacht gab es einen Wetter-Umschwung. Von minus sechs Grad stiegen die Temperaturen auf plus sechs Grad. Es taute und gefährliches Glatteis entstand.
Wie immer war Silvester ein schwerer Tag für die Tiere. Kater Peter lief zur Haustür, er hielt es bei der Knallerei nicht aus und wollte hinaus. Wie der Blitz rannte er davon. Eine volle Stunde nach Mitternacht dauerte die Knallerei und am Morgen saß er brav vor der Haustür. Die kleine Mieze sah Inge gar nicht. Sie kam erst zwei Tage später.
Neun Wochen waren seit der Operation vergangen und Inge spürte, dass sie beim Laufen immer sicherer wurde. Könntest du nicht mal versuchen, Auto zu fahren? ging es ihr durch den Kopf. Sie versuchte es, der Druck auf den Fuß beim Kuppeln war stark, aber sie spürte keinen Schmerz. Ach, war das schön und welche Erleichterung, nicht mehr auf den Bus angewiesen zu sein.
Am 13. Januar teilte ihr Wüstenrot mit, dass die Kaufsumme an Tom überwiesen wurde.
Nun bereitete Inge die Renovierung der unteren Räume vor. Sie ließ sich bei einer bekannten Maler-Firma ein Angebot machen. Für die 39,45 Quadratmeter Wandfläche berechnete er 586,88 Euro. Das war Inge zu teuer.
Wieder half Ruth, ihr Lebenskamerad Helmut kannte einen arbeitslos gewordenen Maler auf dem Datzeberg. Inge nahm Kontakt zu ihm auf und er sah sich das Zimmer an. Er schlug vor, im Baumarkt preiswert einzukaufen.
Nun dachte Inge bereits an die neuen Gardinen im Ferienzimmer. In einem großen Supermarkt im Süden der Stadt schaute sie sich die Stoffe an. Ein dunkelroter Stoff gefiel ihr besonders gut. Sie konnte die Gardinen

gleich im Geschäft nähen lassen, nachdem sie diese gekauft hatte. So würde das Zimmer die Farben Schwarz, Weiß und Rot haben.
Um Kosten zu sparen, schlug Inge dem Maler vor, dass sie die Tapeten im Zimmer abreißt. Das war gar nicht so einfach, der DDR-Kleber muss sehr gut gewesen sein. Er ließ sich ganz schwer ablösen, schließlich gelang es Inge mit heißem Wasser, mit dem sie die Wände befeuchtete. In einer Dreiviertelstunde schaffte sie es, die ganze linke Wandfläche zum Heizungskeller abzureißen.
Maler Zimmermann fuhr am nächsten Tag mit ihr zum Baumarkt. Überall suchte er nach den preisgünstigsten Angeboten. In zwei Tagen, je acht Arbeitsstun den wollte er fertig sein.
Inge schaffte es, in zwei Tagen die ganze Tapete von den Wänden abzureißen. Schon um sieben Uhr klingelte Herr Zimmermann. Einen Tapeziertisch packte er aus dem Auto und eine Gerät zum Auftragen des Klebers. Um neun Uhr brachte sie ihm einen Pott Kaffee, nicht so stark, denn er war herzkrank. Sehr sauber arbeitete der Maler, Stoß auf Stoß, wie es in der Malersprache heißt.
Die längste Zeit nahm das Kleben am Fenster ein.
Am Montagnachmittag wurde er fertig. Ein Schmuckstück war das Zimmer geworden.
Die Gardinenstange brachte er auch noch an. Er war so bescheiden, dass Inge ihm eine Stunde mehr berechnete. Effektiv hatte Inge 205 E für Material und Malerarbeit ausgegeben. Sehr herzlich verabschiedete sich Inge von Herrn Zimmermann. Sie wollten in Verbindung bleiben.
Inge dachte bereits an die Vermietung. Im Fremdenverkehrsbüro klärte sie die Angestellte auf. Eine website wird eingerichtet, die eine Beschreibung der Ferienwohnung und einen Jahreskalender enthält. Dazu sollte sie Fotos abgeben und einen Fragebogen ausfüllen. Zehn Prozent ihrer Einnahmen würden als Provision monatlich abgezogen.
Die letzte Lymphdrainage und Krankengymnastik war gekommen. Viel hatte ihr Physiotherapeut geschafft. Merklich schlanker war der Fuß und das Gelenk geworden.
Nun fasste sie den Einbau einer Küche im kleinen Zimmer, das einmal Jörg bewohnte, ins Auge. Bei „Roller" waren preiswerte Küchen im Angebot. Also fuhr sie dort hin. Wie enttäuscht war sie jedoch, als sie hörte, dass schon eine kleine Küche mit zwei Herdplatten, einem Glasschrank und einem Hängeschrank ohne Kühlschrank eintausend Euro kosten würden. „Heute wird alles mit dem PC millimetergenau eingerichtet" erklärte

ihr der Verkäufer. Nun suchte Inge aus dem Angebot aus. Für die Arbeitsfläche wählte sie die Farbe marmoriert-graphit, die Vorderfront in beige. Eine Summe von 740 Euro ergab diese Einrichtung, zehn Prozent musste Inge gleich anzahlen. Das Liefern und der Einbauen würden 265 Euro kosten. Langsam wurde Inge schwindlig. Aber was sollte sie warten und wiederkommen? Nein, sie war eine Frau von schnellem Entschluss. Sie unterschrieb den Vertrag, bezahlte 10% der Summe mit ihrer EC Karte und dachte daran, dass in vier Wochen die Küche fertig sein würde. Dann konnte sie mit der Vermietung beginnen.
Jetzt aber musste sie die Handwerker bestellen, die die Anschlüsse für Strom und Gas bauen sollten.
Minus zehn Grad waren angesagt und sie wollte nach Halle fahren. Sie nahm den Zug. Cathleen hatte erlaubt, dass Inge in Halle eine Nacht schläft, sie am nächsten Mittag gemeinsam nach Weißenfels fahren und die letzte Vorstellung vom Musical „Peter Pan" ansehen. Dann würden sie wieder zurück fahren und Inge am Bahnhof in Halle absetzen.
Um 15 Uhr begann die Vorstellung. Viele Familien mit Kindern saßen in der Aula. Die Aufführung war sehr schön. Man spürte, dass Frau Teichert schon neun Musicals seit 1992 einstudiert hatte. Mareike saß auf Klaus´ Schoß, sie klatschte begeistert mit. Laura saß neben Inge.
„Erwachsenen haben keine Tränen, komm´ mit ins Nimmerland" bittet Peter Pan und Wendy Darling begleitet ihn. So begann das Spiel. Auch Piraten und Indianer waren im Nimmerland. Die Spieler liefen auch durch den Saal, verkleidet als Krokodil oder sich prügelnde Piraten.
Am Sonntagmorgen waren sie durch den Dieskauer Park um den ganzen Teich gelaufen, der eine Eisschicht trug. Sie sahen Haubentaucher und ein Schwanenpaar. Mareike rutschte die Böschung hinab ins Wasser und war bis zu den Knien nass.
Inge konnte Laura überreden, ihre Klavierstücke für den Vorspieltag vorzuspielen. Sie hatte sogar eine kleine Melodie erfunden, die Inge notieren sollte.
Der IC hatte am Abend in Halle Verspätung. Klaus ließ es sich nicht nehmen, sie auf den Bahnsteig zu begleiten und zu warten. Es ging Inge ans Herz, als er zum Abschied winkte. Er ist so ein liebevoller Vater .
„Kuscheln mit Mama", ein Buch mit Tiergeschichten kaufte Inge für Liliths 3. Geburtstag. Es waren „Geschichten zum Liebhaben".
„Ein schreckliches Erdbeben ereignete sich in Japan am 10. März. Eine Hafenstadt im Nordosten wurde von einer dreißig Meter hohen Tsuna-

mi-Welle völlig überschwemmt, ein Atomkraftwerk explodierte. Wo wird die atomare Wolke hinziehen? war die bange Frage. Aus der Luft war das Ausmaß der Zerstörung erst richtig zu sehen. Die Menschen mussten das atomar versuchte Gebiet sofort verlassen.
Die Veilchen blühten schon jetzt auf der Südseite des Hauses. Betäubend war ihr Duft. Am frühen Morgen zwitscherten die Vögel, die Finken schlugen und die mseln waren im Liebesspiel. Von Tag zu Tag wurde es wärmer.
Es wurde ein herrlicher Muttertag, denn bereits um 7.30 Uhr rief Klaus an und gratulierte. „Nächste Woche soll Laura eine Musikschülerin vertreten, die krank geworden ist und in den „Frankeschen Stiftungen" beim Vorspielnachmittag mitwirken. Du bist herzlich eingeladen."
Die Tage im Wonnemonat Mai wurden heiß. Jeden Abend goss Inge im Garten und sprengte den Rasen.
Am Samstag fuhr Inge nach Halle, um Laura beim Vorspielen zu erleben. Die Landschaft war traumhaft schön und je weiter sie nach Süden fuhr, desto mehr war der Frühling fortgeschritten. Cathleen war mit Kolleginnen auf einer Fahrrad-Tour und kam erst Sonntagabend wieder.
Laura spielte ihr gleich die beiden Stücke vor: „Bruder Jakob" und den „Indianertanz". Sie spielte fehlerfrei. Anschließend ging Inge mit den Kindern in den Park, während Klaus Einkäufe erledigte. Sie tobten ordentlich unter den Bäumen.
Als Inge am Abend ins Internet schaute, sah sie, dass sie eine Eintragung für den 11.-13.06 hatte. Zwei Personen, sie vermutete, dass es ein Ehepaar war.
Am Abend wurde der europäische Song-Test im Fernsehen übertragen. Die Kinder wollten dies unbedingt sehen, wurden aber nach zehn Uhr so müde, dass sie schlafen gingen. "Ich will bei Oma schlafen!" sagte Laura, holte ihr Bettzeug und richtete sich auf der Couch ein, wo Inge schlafen sollte.
Es wurde eine unruhige Nacht, da Laura ihr immer wieder die Bettdecke im Schlaf wegzog, aber das war nicht schlimm.
Das Vorspiel fand im Keller der Frankeschen Stiftungen statt, das sogenannte „Krokoseum", abgeleitet von dem Wort Krokodil. Einfache Bänke standen im Raum, für Kinder hatte man dicke Sitzkissen hingelegt. Dann schaute sich Inge den Raum genauer an. Er war riesig, langgestreckt, vorn befand sich eine kleine Küche, in der hinteren Ecke stand eine Bibliothek, ein Stockwerk höher war ein kleines Restaurant.

Laura war an siebenter Stelle an der Reihe. Während man allen anderen Kindern die Angst anmerkte, spielte Laura souverän. Tief hatte sie ihr Gesicht nach unten gesenkt. Die blonden Locken verdeckten es fast. Deutlich war ihre Dynamik beim Spiel. Erlöst und befreit lief sie anschließend mit Mareike sofort in die Bibliothek. Nun gab es Kaffee und Kuchen, den die Eltern der Kinder gebacken hatten.
Um 17 Uhr verließen sie die Frankeschen Stiftungen. Inge wollte zurück nach Dieskau fahren und von dort auf die Autobahn, Richtung Schkeuditzer Kreuz, aber Klaus beharrte darauf, dass sie gleich jetzt von Halle zurück fahren sollte. Laura war sehr traurig darüber.
Bis zum Riebeck-Platz fuhren sie gemeinsam, dann bog Klaus rechts ab, Inge fuhr links ab, ein Winken, und verschwunden waren alle drei. Und schon kam die erste Umleitung wegen einer Baustelle und Inge verfluchte ihre Situation. Dreimal musste sie Passanten fragen, bis sie endlich die Auffahrt zur A 9 fand. 25 Kilometer war sie herumgeirrt und hatte eine Stunde verloren.
Die Sonne schien, lebhaft war der Verkehr. Leuchtend gelbe Rapsfelder begeisterten sie, die Kastanien trugen weiße Kerzen-Blütenstände.
Sie vergaß ihren Kummer über den Abschied.
In Oranienburg begann es zu regnen, um halb zehn Uhr war sie zu Hause, es war noch hell.
„Omi, wie war die Fahrt?“ fragte Laura nach zwei Tagen am Telefon. „Ich habe im Diktat eine eins geschrieben, habe nur einen Fehler. Ich war am Sonntag so traurig, weil Du schon wieder abgefahren bist. Mir hat Deine Hand in der Nacht gefehlt!“ Ach, wie rührte sie Inge das Herz. Die Mischbatterie war eingebaut worden, der Traum von der neuen Küche war erfüllt. Das erste Mal wusch Inge das Geschirr in der neuen Küche. Nun konnten die Gäste kommen.
In der Tageszeitung las sie, dass Neubrandenburg und Neustrelitz die Austragungsorte für den diesjährigen Bundes-Ausscheid „Jugend musiziert“ sind. Es würden noch jede Menge Quartiere gesucht. Warum melde ich mich da nicht?, dachte Inge und beschloss, direkt zur Musikschule zu fahren und ihre Ferienwohnung anzubieten.
Am Freitagabend klingelte es, ein Ehepaar in Radfahrer-Kleidung stand vor der Tür. Sie wollten nur eine Nacht in der Ferienwohnung zubringen. Von Inges Küche waren sie begeistert. Inge hatte keine Anmeldung in ihrem Computer und demzufolge noch nicht die Betten bezogen. Die Frau, die in Inges Alter war, ließ nicht zu, dass Inge das tat. „Nein, ich

mache das!“ Das waren angenehme Gäste. „Wie haben Sie auf der Couch geschlafen?“ fragte Inge die Frau am Morgen.
„Wenn ich ehrlich bin, nicht so gut!“ Nun stand für Inge fest, sie musste ein gutes Bett kaufen, Und dieses fand sie in einem An- und Verkauf-Geschäft. Es sollte sogar fertig geliefert werden.
Ein Anruf aus Mittenwald nahe der österreichischen Grenze war die nächste Überraschung. Ein Herr sucht für sich und seinen Enkel eine Unterkunft vom 11.bis 13. Juni. Der Enkelsohn hatte den 1. Preis beim Gesangswettbewerb in Bayern errungen und wollte nun zum Bundes-Ausscheid in Neubrandenburg antreten. Inge kam auf die Idee, ihr Schlafzimmer zu räumen und bereitzustellen. Sie konnte ja auf der Couch in der Stube schlafen. Nun brauchte sie aber dringend noch Betten und Kissen. Das kaufte sie preiswert in einem Spezialgeschäft.
Frau T. rief 16.30 Uhr an, dass sie erst 20 Uhr mit ihrem Sohn eintreffe. Es war also kein Ehepaar, wie Inge angenommen hatte, sondern die Mutter mit ihrem Sohn, der als Pianist beim Bundeswettbewerb teilnehmen wollte. Der junge Mann war einen Kopf größer als seine völlig gestresste Mutter. Die hatte die ganze Zeit (abgefahren im Bergischen Land) am Steuer gesessen. „Gehen Sie nach oben, da können Sie ihre Stücke auf dem Klavier spielen!“
bot Inge ihm an. Dann erlebte sie einen Vollklang ihres Klaviers. Drei Stücke spielte er, während seine Mutter einen Spaziergang machte. Es waren Kompositionen von Beethoven, Frank Martin und Franz Liszt.
„Wir müssen am nächsten Tag wieder abfahren, weil mein Sohn am Montag Klavierunterricht hat!“ Das konnte Inge nur Recht sein.
Nun war Inges Haus voller Gäste. Herr S. hatte seinen Sohn von Neustrelitz abgeholt, wo er zwei Tage geprobt hatte und auch dort übernachtete. Auch er nutzte das Klavier und begleitete sich selbst beim Singen. Herr S. lud Inge am Abend zu einem Glas Rotwein auf der Terrasse ein und sie unterhielten sich angeregt.
Nun hatte sie sich ihren Urlaub verdient und finanziert und freute sich auf Anafi.
Es wurde ein wunderbarer und erholsamer Urlaub.
Margarita erwartete sie wieder am Hafen. Sie bekam Zimmer Nr.8, das sie beim ersten Besuch der Insel 2008 gemietet hatte. Jeden Morgen um sieben Uhr begann sie ihre Wanderungen und blieb ab zwölf Uhr im Zimmer. Abwechselnd las und schlief sie, so verging die Siesta-Zeit und ab vier Uhr am Nachmittag wanderte sie den Pfad hinunter an den Hafen.

Da war die größte Hitze vorbei. Sie plauderte mit Popy, die noch immer in ihrer Taverne am Hafen vermietete und für die Gäste kochte.
Diese wunderbare Stille, das Eins-Sein mit der Natur, das war es, was Inge an der Insel Anafi immer wieder faszinierte.
Im Souvenir-Geschäft, gleich neben der Post in der Chora, erblickte sie einen Vorhang, der aus verschiedenen Muscheln auf Band gefertigt war. Das wäre die richtige „Gardine“ in meiner Küche (Ferienwohnung), schoss es ihr durch den Kopf. Sie fragte nach dem Preis und war überrascht, wie billig er war, gerade einmal fünfzehn Euro. „Können Sie mir den Muschel-Vorhang einpacken, so dass ich ihn per Post nach Neubrandenburg schicken kann?“ Ja, er konnte dies. Plötzlich kam Inge die Idee, dass Grabkreuz von Ingeborg Pütz zusammenlegen zu lassen und mit einpacken zu lassen. Auf ihre Frage wurde dies bejaht.
Viel zu schnell vergingen die acht Tage. Zum Abschied sagte sie zu Margarita: „May be, next year“ (vielleicht nächstes Jahr), ja sie wollte wieder kommen.
Unversehrt war der Muschelvorhang in Neubrandenburg angekommen. Inge nahm das Kreuz mit zum Friedhof. Der Efeu hatte tatsächlich wieder ausgeschlagen. Sie stellte das Grabkreuz von Ingeborg Pütz in den Farben blau-weiß neben den Grabstein ihrer Mutter. Ein wenig exotisch sah es natürlich neben dem blauen Labrador-Stein ihrer Mutter aus.
Vom 11.-15. Juli hatte Inge erneut Gäste. Es waren zwei Arbeiter, die sogar jeden morgen Frühstück wünschten. Abends saßen sie auf der Terrasse und grillten Bratwürste und Steaks. “Wir leben sonst nicht so flott, aber bei Ihnen bietet sich das geradezu an! Wir fühlen uns bei Ihnen, wie bei Mutter zu Hause!“ Mit dieser Einschätzung machten sie Inge glücklich.

***21. Juli 2011***

***Die Sintflut ergießt sich über Neubrandenburg, es regnet ununterbrochen. Susanne hat sich für nächste Woche angemeldet.***

Sie trafen mit dem Zug ein. Nach dem Mittagessen gingen sie zum Reitbahnsee. Lilith plantschte begeistert im Wasser und schaukelte auf dem Spielplatz am Reitbahnsee. Inge ließ die beiden in ihrem Ehebett schlafen und legte sich in das neue Bett in der Ferienwohnung. Wunderbar liegt es darin, stellte sie am Morgen fest.
Am nächsten Tag wagte sich endlich einmal die Sonne hervor und Inge machte den Vorschlag eine Seerundfahrt auf dem Tollensesee zu unternehmen. Gerade, als sie nach zwei Stunden wieder am Badehaus ankamen, begann es erneut zu regnen.

Sie waren gezwungen, ein Paar Stiefel für Lilith zu kaufen.
Es waren schöne, erlebnisreiche Tage. Liliths Fröhlichkeit war ansteckend. Lange hielten sie Mittagsschlaf, Susanne brauchte den wohl dringend und Inge ließ sie auch schlafen.
Am Sonntag brachte Inge beide mit dem Auto nach Zinnowitz. Sie wollte ihnen die umständliche und lange Bahnfahrt ersparen. Hinter Neppermin ging strahlend die Sonne auf. Alle Wolken waren ins Inland gezogen. Wahrhaftig, gleich sah die Welt ganz anders aus.
Am nächsten Wochenende trafen Klaus und Mareike ein. Sie waren auf dem Weg zum Opa nach Zinnowitz. Groß und gertenschlank war Mareike geworden, ein richtiges Schulkind. „Omi, ich will ganz toll mit Dir kuscheln!" verkündete sie am
Abend. „Mareike strampelt so schrecklich in der Nacht, ich schlafe im Wohnzimmer!" verkündete Klaus.
Das Kind war so liebebedürftig, presste sich im Bett an Inge, dass die sich gar nicht mehr bewegen konnte. Nach einer halben Stunde war sie eingeschlafen.
Am nächsten Tag schauten sie sich im Spiele-Max, einem Spielwarengeschäft, um. Mareike wünschte sich ein Plüschtier und entdeckte einen entzückenden kleinen Pinguin mit großen blauen Augen. Ja, das war das richtige Geschenk zu Mareikes Einschulung, die ja nun bevorstand.
Auch einen Stick für den Eingang ins Internet in ihrem Laptop kaufte ihr Klaus und erklärte die Wirkungsweise desselben. Nun konnte Inge zu jeder Zeit in das Internet und surfen.
Am Abend sang Inge Mareike Schlaflieder vor und erfand Pinguin-Geschichten.
Am nächsten Tag kamen Opa und seine Lebensgefährtin und holten Mareike mit dem Auto ab. Auch Klaus hatte es plötzlich sehr eilig und fuhr gleich nach dem Mittagessen zurück nach Halle/Dieskau.
Ich möchte noch einmal nach Anafi, endlich Sonne genießen nach diesem regnerischen Sommer, kam ihr immer öfter in den Sinn.
Sie fragte in einem Reisebüro und erhielt das günstige Angebot: Flug mit Air Berlin von Tegel nach Santorin und zurück für 300 Euro im September. Sie bat sich einen Tag Bedenkzeit aus und entschied sich für den Flug.
Nach vier verregneten Sonntagen gab es Mitte August den ersten Sonntag mit Sonnenschein.
Jetzt reiften bereits die Weintrauben an der Süd-Seite des Hauses.

***Mittwoch, 07. September 2011***
***Unglaublich, aber wahr: ich sitze im Hafen von Athinias Port und warte auf das Schiff, das um neun Uhr abends nach Anafi fahren soll.***
***Als ich um Mitternacht im Hafen von Anafi ankam, begrüßte mich Margarita mit den Worten:„No room, all full!“ (Kein Zimmer, alles voll!) Ach, Ich hatte völlig vergessen, dass am 7. September immer der Celebration-Tag gefeiert wird und aus aller Herren Länder Menschen nach Anafi strömen, um zu feiern. Aber ich hatte wieder großes Glück, Popy aus der Livitri-Taverne bot mir einen Platz im Ehebett neben einem Feriengast aus Bulgarien an.***
***Die junge Frau war sofort einverstanden, für eine Nacht das Bett mit mir zu teilen.***
***Als ich am nächsten Tag Popy die Übernachtung bezahlen wollte, lehnte diese lachend ab: “No, you are my guest!“ (Nein, Du bist mein Gast!) Ja, das ist Gastfreundschaft auf Anafi.***
***Nun hatte Margarita wieder ein Zimmer für mich, diesmal ein Appartement mit einer Küchenzeile, so dass ich mir das erste Mal Mittagessen kochen konnte.***
***Täglich wanderte ich am Morgen und schwamm am Nachmittag im Meer. Ich fühlte mich wundervoll erholt, kam mit den Fischern und den Bauern ins Gespräch. In der Siesta-Zeit blieb ich stets im Zimmer, las oder schlief.***
Viel zu schnell vergingen die herrlichen Tage, aber nun war sie für den Herbst und Winter gewappnet. Sonne hatte sie genug getankt.
Eine böse Nachricht erhielt sie aus Halle/Dieskau. In Klaus´ Haus war von der Terrasse aus in der Nacht zum Sonntag eingebrochen worden. Die Familie war nicht zu Hause und die Rollos an der Terrassen-Tür nicht herunter gelassen worden, deshalb hatten die Einbrecher leichtes Spiel. Sie stahlen die Sparbüchsen und den Schmuck von Laura und Mareike. Die Polizei sicherte bis drei Uhr morgens die Spuren. Die Mädchen waren natürlich völlig verängstigt.
Große Freude bereitet ihr ein Dankesbrief von Julia, die ihr Abitur glänzend abgeschlossen hatte. Einige Fotos legte sie ihrem langen Brief bei und Inge konnte so diesen Tag mit ihr nacherleben.
Ein neuer Gast kam in ihre Ferienwohnung. Es war der zwanzigjährige Max, der im Rahmen seiner Ausbildung als Elektriker die Berufsschule in Neubrandenburg besuchte. Er wollte für zwei Wochen hier wohnen und war von der Ferienwohnung begeistert.

Er lud sie gleich nach zwei Tagen zum Grillen ein. Sie teilten sich die Kosten, Inge kaufte ein und machte griechischen Salat. Er interessierte sich für Geschichte und las viel, ganz ungewöhnlich für einen jungen Menschen.
Mit sechs Wochen Verspätung erhielt Inge die Blumenmalereien von Mareike und Laura zu ihrem Geburtstag. Auch Fotos lagen dem Brief bei. Entzückend sah Mareike mit ihrer Zuckertüte aus, die Cathleen selbst gestaltet hatte. Laura hatte sich sehr verändert und sah aus wie ein Teenager. Langsam wurden die Tage immer kürzer.
Inge begann wieder zu schreiben. "Wandern auf Anafi" brachte sie nach Tagebuch-Aufzeichnungen zu Papier. Das Manuskript titelte sie „Anafi, ich fand ein verloren geglaubtes Paradies". Und nun bohrte wieder der Wunsch in ihrem Kopf: ich möchte eine Buch drucken, aber sie wusste, sie würde keinen Verlag finden. Da blieb nur der Eigendruck und damit hatte sie Erfahrung.
Erneut schrieb sie an den Novum Verlag in Österreich und wurde gern aufgenommen. Ein Vertrag kam, eine Anzahlung wurde erbeten. Neun Fotos wollte Inge am Ende des Buches einfügen, die sie in Anafi gemacht hatte. Das Problem war, dass die Fotos eine Größe von neun mal dreizehn Zentimeter hatten und bei der Vergrößerung für das Buch unscharf werden würden. Als Inge darauf ablehnte, sie zu drucken, weigerte sich der Verlag und hob den Verkaufspreis um fünf Euro. Inge war empört, aber es half nichts.
Ein junger Praktikant von der Hochschule Neubrandenburg im Oststadt-Treff half ihr. Er arbeitete einige Zeit in der Begegnungs-Stätte. Er erklärte ihr, wie eine PDF-Datei erstellt wird. Diesmal hatte sie den Ehrgeiz, keinen einzigen Fehler beim Korrekturlesen zu übersehen.
„Sie brauchen neue Winterreifen!" begrüßte sie der Autohändler. Das war eine unerwartete Geldausgabe. Der Händler gestattete jedoch eine Teil-Zahlung.

Am 21.November erhielt sie einen Anruf von Franziska, der sie tief erschütterte. Tante Herta war am 18.November verstorben. Franziska erzählte kurz die Leidensgeschichte ihrer Mutter. Vor vier Wochen war sie im Krankenhaus untersucht worden und es wurde Blutarmut festgestellt. Aber es war eine falsche Diagnose, denn kurze Zeit später wurde Leukämie diagnostiziert. Wegen ihres hohen Alters, verzichteten die Ärzte auf eine Chemo-Therapie und spritzten nur noch Morphium gegen die

Schmerzen. Tante Herta wünschte sich nur Eins: sie wollte in ihrem Haus sterben. Dieser Wunsch wurde ihr erfüllt. Sie kam nach Hause und Horst, ihr Schwiegersohn fand sie am frühen Morgen des 18. November. Am 16. Dezember wäre sie neunzig Jahre alt geworden. Inge weinte bitterlich. Tante Herta war seit frühester Kindheit und Jugend mit ihrem Leben verbunden. Warum hatte Franziska nicht einmal eher angerufen? Wie gern hätte sie Tante Herta noch einmal gesehen und sich von ihr verabschiedet. ***Der Tod ist ein Horizont, und ein Horizont ist nichts anderes als die Grenze unseres Sehens,*** stand auf der Trauer-Karte, die am nächsten Tag eintraf.

Jetzt stand ihr die Entfernung der Titanplatte und der Schrauben aus dem linken Fuß in Berlin bevor. Sie rief in der Klinik von Dr. R. an und erfuhr, dass sie am 5. Dezember zu einem Narkose-Gespräch 13.30 Uhr in das Gesundheits-Zentrum Neukölln kommen sollte. In einer ambulanten Operation würde am nächsten Tag die OP von Dr. R. durchgeführt.
Wieder half der Zufall und dass Glück. Ihre ehemalige Arbeitskollegin im Bezirksverband er CDU (1981-83), Martina, wohnte in Berlin-Schöneweide. Sie bot ihr nicht nur die Übernachtung an, sondern sagte, dass ihr Sohn einen Auftrag in der Stadt Güstrow habe (Malerarbeiten) und Inge mit dem Auto bis Neubrandenburg zwei Tage später mitnehmen könne. Was hatte sich Inge für Gedanken gemacht und nun lösten sich alle Probleme in Luft auf.
Martina empfing sie sehr liebenswürdig. Sie erklärte ihr den Weg nach Neukölln in das Gesundheitszentrum und gab ihr am OP-Tag auch ihr Handy mit, damit Inge anrufen konnte. Martina wollte sie dann abholen. Das Narkose-Gespräch dauerte nicht lange. Der Arzt ratterte den Frage-Katalog herunter und schon war sie entlassen.
Pünktlich um acht Uhr des nächsten Tages wurde sie unter Narkose gesetzt, halb elf Uhr wachte sie auf. “Ich musste die Sehne des ersten Zeh korrigieren in Z-Form, in den nächsten sechs Wochen dürfen Sie den Zeh nicht nach hinten beugen! Die Heilung dauert etwa drei Monate!“
Sie rief Martina an, die sie abholte. Wieder trug Inge nun einen Ersatzschuh wie vor einem Jahr und die Wundschmerzen setzten ein. Martina umsorgte sie liebevoll. Lasse, der flinke Jack Russell-Terrier, lenkte sie ab und brachte sie zum Lachen.
Am nächsten Tag kam Jirka, Martinas Sohn, und fuhr mit ihr nach Neubrandenburg. Er erzählte ihr, dass die Zeit in Neubrandenburg die schöns-

te Zeit in seiner Kindheit gewesen sei. Sie hatten sich viel zu erzählen. Nach einer Kaffeepause bei Inge setzte Jirka seine Fahrt nach Güstrow fort.
Nun erlebte Inge die gleichen Behandlungen wie vor einem Jahr, die Wunde wurde beim Hausarzt verbunden, sie bekam eine Überweisung zum Chirurgen, trug den Ersatzschuh und musste auf die Heilung warten.
Am 16.Dezember gab es bei Inge einen Wasserrohrbruch des alten Zinkrohres. Nun war sie einmal an der Reihe. Einige Nachbarn hatte es ja schon im Sommer getroffen. Sie rief die Stadtwerke an, die für die ganze Brauberg-Siedlung das Wasser abstellte. Zum Glück war der Bruch des Zinkrohres außerhalb des Hauses, so dass die Stadtwerke die Kosten übernahmen. Die Betonplatten wurden mittels eines kleinen Kranes herausgehoben und dann wurde das Rohr freigelegt.
„Wollen Sie die Betonplatten wieder reingelegt haben?“ fragten die Bauarbeiter nach drei Tagen. “Na sicher, das ist ja meine Auto-Parkfläche“ antwortete sie. Zwei Tage vor Heilig Abend waren sie endlich fertig. Rasen wollte Inge im Frühjahr säen.
Pünktlich zum kalendarischen Winteranfang fiel Schnee.
Und dann war er da, der Heilige Abend. Das Fest des Friedens, der Freude und Versöhnung, ach, wenn es doch auch für Inge so wäre. Sie würde wieder allein den Abend verbringen.
Sie packte die Geschenkpäckchen aus. Jörgs Paket enthielt den Roman „Anna Karenina“ von Alexej Tolstoi. Susanne hatte ein kleines Aquarellbild, von Lilith gemalt, und Tee geschickt. Inge bedankte sich gleich telefonisch.
Am 23. Januar flog Klaus nach Soul. Zwölf Stunden dauerte der Flug. Drei Wochen arbeitet er dort wieder.
Am 14. März kamen Susanne und Lilith zu Besuch. Drei Jahre war Lilith am achten März geworden. Susanne war zuerst zu ihrem Vater nach Zinnowitz gefahren. Tom hat ja einen Tag vor Lilith Geburtstag. Er hatte beide nach Neubrandenburg mit dem Auto gefahren.
Lilith fragte sofort nach Kater Peter. Sie erkannte alles wieder. Am nächsten Tag fuhren sie in die Ferienanlage „Hinterste Mühle“, wo Tiere zu sehen waren und auch auf dem Pony geritten werden konnte. Lilith war von den Hamstern, Kaninchen, Vögeln und Pferden begeistert. Sie ist immer fröhlich, sie gab Inge richtigen Schwung.
Die Welt sieht anders aus; wenn man sie mit den Augen eines Kindes sieht, dachte Inge.

Es war wunderbares Vorfrühlingswetter, blauer Himmel und strahlender Sonnenschein.
Am Nachmittag wanderten sie zum Reitbahnsee und Lilith tobte auf dem Kinderspielplatz. Am Abend las Inge ihr aus dem Buch „Von der Schnecke und dem Wal“ vor. Morgens war Lilith zeitig wach, kam zu Inge, die gleich Frühstück für sie machte. Susanne freute sich, einmal ausschlafen zu können. Am letzten Tag fuhren sie zum Tollensesee und aßen ein Eis in der Gaststätte „Badehaus“.
Viel zu schnell vergingen die vier Tage und fest umarmte Lilith sie zum Abschied und gab ihr einen Kuß.
Eine neue Markise ließ Inge auf das Gestell über dem Balkon aufziehen. In zwanzig Jahren war die alte Markise, weiß-gelb gestreift, völlig verschmutzt. Die beiden Handwerker waren anscheinend Lehrlinge, denn am nächsten Tag stellte Inge beim Ausfahren der Markise fest, dass diese in den Gelenken schief hing. Sie ließ sich auch nicht mehr so weit ausziehen, wie vorher. Die Mechanik gäbe ein weiteres Ausziehen nicht her, wurde Inge belehrt. Sie rief den Handwerksbetrieb an und nun bauten die Lehrlinge die Markise noch einmal aus und nahmen sie mit in den Betrieb. Als sie erneut eingespannt war, sah Inge, dass sie bereits schmuddelig und am Ende zerknittert war. Sie war wütend, aber Regress wurde nicht anerkannt. Blau-weiß leuchtete die Markise nun.
Vom Novum Verlag kam der Freigabe-Schein. Inge musste ihn ausdrucken, unterschreiben und zurücksenden. Wenn er innerhalb von vierzehn Tagen nicht im Verlag eintreffe, würde ihr Buch vorerst nicht gedruckt werden.
Ostern stand vor der Tür. Wieder einmal reinigte Inge die Grabstätte ihrer Mutter. Sechs Eimer, gefüllt mit Laub und Tannenzapfen, entsorgte sie.
Mitte April brachte der Postbote das Belegexemplar von „Anafi, ich fand ein verloren geglaubtes Paradies“. Es war ein kleines Büchlein mit einhundert Seiten und neun Fotos geworden. Wieder verlangte die Cheflektorin die „Absegnung“ des Büchleins durch Unterzeichnung eines Freigabescheines.

Überall begann ein wunderbares Blühen und die Temperaturen stiegen.
Eine gute Bekannte hatte sie angesprochen, ob sie nicht einen Lesung in der „Rheuma-Liga“ halten wolle. Inge sagte zu.
Das Treffen fand in einem kleinen Raum in der Katherinen-Straße statt. Inge brachte auch die Gitarre, den Notenständer und ihre Liedmappe mit.

Elf Teilnehmer erwarteten sie. Sie hörten aufmerksam ihrer Lesung zu und eine Frau kaufte sogar ein Büchlein. So hatte sie also ihr erstes Buch „an die Frau“ gebracht.
Am zweiten Mai begann Inges Reise nach Tunesien. Ihre Reisekauffrau hatte ihr ein Schnäppchen angeboten und Inge konnte nicht widerstehen. Der Ort hieß Mahdia und befand sich an der Ostküste Tunesiens, südlich von Sousse.
Gegen Mittag landete sie in Enfida, einem hoch modernen Flughafen. Zwei Stunden dauerte der Transfer zum Hotel.
Das Hotel war im Maurischen Stil gebaut. Sie bekam ein Zimmer im Seitentrakt und sah nur eine Mauer, wenn sie aus dem Fenster blickte. Die Tür zur Terrasse ließ sich nicht öffnen, auch der Fernsehapparat funktionierte nicht, das konnte heiter werden!
Am nächsten Morgen sprach sie eine Mitarbeiterin der Reisegesellschaft TUI an. Im Handumdrehen bekam sie ein neues Appartement. Jetzt hatte sie einen Meerblick und seitlich zeigte sich ein Palmenwald mit Park. Gleich hinter dem Hotel war das Meer. Inges wagte sich ins Wasser, es war gar nicht kalt, obwohl es erst Anfang Mai war. Unschön waren die vielen braunen Algen, die aber als ungefährlich galten.
Ständig kamen aufdringliche Händler und wollten ihre Waren verkaufen. Inge ergriff die Flucht.
Am nächsten Tag wurden Tagesfahrten von der TUI-Reiseleiterin angeboten. Inge wählte eine Halbtagesfahrt nach Sousse und eine Fahrt mit dem Mini-Zug in die Stadt Mahdia.
Inge wanderte zuerst einmal in Richtung der Halbinsel Monastir. Da befand sich früher der Flughafen.
Ein Kleinbus wartete am Sonntagnachmittag. Als sie die Tourismus-Zone verlassen hatten, sahen sie das wirkliche Leben in Tunesien. Sie sahen schmutzige Vororte von Monastir. Hier durfte immer nur Tempo dreißig gefahren werden. Poller an Poller in den Vororten ließen den Kleinbus hüpfen. Zeitweise verlief die Straße direkt am Meer. Salzwiesen waren zu sehen.
Nach neunzig Minuten waren sie in Sousse. Riesige Gummibäume spendeten Schatten. Die Moschee hatte leider am Nachmittag geschlossen und konnte nicht besichtigt werden.
Ein großes Sandstein-Denkmal erinnerte an die Opfer der Befreiungskriege von 1956. Der Tourismus-Führer empfahl den Gästen, ein großes Kaufhaus zu besichtigen. Dieses bestand aus vier Stockwerken und war

getrennt nach Textilien, Lederwaren, Töpferwaren und Schmuck. In die oberen Stockwerke kamen sie mit einer Rolltreppe, nach unten mussten sie Treppen zu Fuß gehen.
Sousse soll älter als Karthago sein. Dreihundert v. Chr. wurde es von den Phöniziern erbaut. Heute sei Tunesien ein Vielvölkerstaat von Berbern, Afrikanern und Europäern.
Am Nachmittag fuhr der Bus zum Jachthafen von El Kautaoui. Dort wimmelte es von Besuchern, da kurz davor ein Vergnügungspark stand. Ein als Hannibal verkleideter, schwarzfarbiger Mann mit goldenem Helm lockte die Besucher, sich mit ihm für Geld fotografieren zu lassen.
Nun war lautes Kindergeschrei zu vernehmen. Ein „Piratenschiff" mit einem hölzernen Kapitän legte gerade ab. Das Schreien der begeisterten Kinder war noch lange zu hören, obwohl das Schiff schon nicht mehr zu sehen war.
Sie ging ans Meer, da war es still und sie entspannte.
Endlos erschien ihr die Rückfahrt, es dunkelte bereits, als sie um neunzehn Uhr im Hotel anlangten.
Am Abend gab es immer warme Gerichte. Inge vermisste Brot, Käse und Wurst.
Der Minizug nach Mahdia entpuppte sich als Tschu-Tschu-Bahn. Alle Wagen waren bei der Abfahrt besetzt. Über Lautsprecher hörten sie die Ausführungen des Touristenführers. Zunächst gab es eine Rundfahrt, dann ging es zum Hafen.
Staunend hörten die Touristen, dass hier Thunfische aufgezogen werden, „angefuttert", um dann ins Meer gesetzt zu werden.
Links und rechts erstreckte sich ein Friedhof, auf dem weiße Grabsteine mit arabischen Schriftzeichen zu sehen waren
Cap Africa war die letzte Station am Hafen. Begeistert erzählte der Führer von dem französischen Archäologen Alfred Merlin (1876-1965), der 1907 in Mahdia einen Marmorkopf im Meer entdeckte. Mit einunddreißig Jahre leitete er bereits die Antiken-Verwaltung im damals französisch besetzten Tunesien. Er wollte den Meeresgrund wissenschaftlich erforschen und gilt heute als Begründer der Unterwasserarchäologie.
Noch eine große Besichtigung erlebte Inge. Sie meldete sich für eine Tagesfahrt in das ehemalige Karthago an.
Bereits um sechs Uhr morgens begann die Busfahrt. Sie fuhren nur bis zum Jachthafen von Sousse, wo sie in einen größeren Bus stiegen, in dem schon Gäste saßen.

Die zweistündige Fahrt nach Tunis war wunderschön, denn als sie Kainas verlassen hatten, dehnten sich weite Weinfelder und Olivenhaine. Der junge Reiseführer sprach sehr gut deutsch. Spannend erzählte er aus der Geschichte Tunesiens. Das Altai-Gebirge, dessen Ausläufer sich bis in die Stadt Tunis erstrecken, bilde das „Rückgrat“ Tunesiens. Sie besichtigten das Museum „Bardo“, leider wurde darin renoviert und sie konnten nur ein Drittel des Museums sehen. Es wurden vorwiegend spätrömische Mosaiken gezeigt. Die Zentauren hatten Frauenleiber und Frauenbrüste, auch Stierfüße waren zu sehen.
Dann ging es nach Karthago. Ursprünglich bildete die Stadt eine Spitze zum Mittelmeer. Es war wie eine Insel, die Karthago über dem Golf von Tunesien, den beiden Punischen Häfen und dem Mittelmeer erhob. Aber die Römer holzten die Bäume ab und beseitigten alles, nicht s sollte mehr an diese, einst so mächtige Stadt, erinnern. So entstand eine Ebene.
Der Reiseleiter zeigte Bauten, die ausgegraben wurden, denn alles, was an Karthago erinnerte, war unter der Erde. Das Wort „Punier“ kam ursprünglich von dem Wort „Pöbel“ und war ein Schimpfwort. „Es ist eine Stätte der Toten!“ sagte der Führer.
Am Rande des Weges standen kleine Urnen aus Marmor, sie waren unbeschriftet. Die Urnen mit einer Inschrift waren aus spätrömischer Zeit.
Anschließend fuhren sie zu den Römischen Bädern. Nur eine einzige sechsunddreißig Meter hohe Säule hat man stehen lassen, sie sollte die Größe der Säulen in damaliger Zeit dokumentieren.
Der Vorort Sidi a bon Said war von Italienern gegründet worden. Sie hatten christliche Andalusier aufgenommen. Die Häuser waren im andalusischen Stil gebaut und hatten wunderschöne blaue Balkone, die die Hitze abhielten, aber dennoch den Blick nach draußen gewährten.
Im höchstgelegenen Cafe´ des Ortes soll der expressionistische Maler August Macke zu Beginn des Jahrhunderts gelebt und gemalt haben .
Nun war sie am letzten Tag nicht mehr zum Baden ins Meer gekommen.
Noch blühten die weißen Kerzen der Kastanien, als sie wieder nach Hause kam und blau leuchtete und duftete der Flieder. Ach, wie schön ist die Heimat, stellte Inge fest.
Die Rosen waren im Winter erfroren. Bis hoch an das Geländer des Balkons waren sie im Laufe der Jahre gewachsen. Inge war traurig darüber.
Die Schulferien in Sachsen/Anhalt rückten immer näher. Inge hatte an Laura und Mareike geschrieben und nach einem Wunsch gefragt. Gewiss hatten beide gute Zeugnisse. Mareike antwortete, Laura nicht. „Lie-

be Omi, ich wünsche mir was von LEGO, deine Mareike“ schrieb sie in großer Kinderschrift.
Am Sonntag kam Susanne mit Lilith mit dem Chrysler, den Noah ihr für die Reise ausgeliehen hatte. Lilith fand sofort Spielgefährten am Reitbahnsee und tobte auf dem Spielplatz nach Herzenslust. Mit Kater Peter hatte sie sich angefreundet und streichelt ihn ohne Angst. Er kratzt und beißt nicht.
Ein besonderer Tag wurde der Besuch des Bauernhofes in Lieschow auf der Insel Ummanz. Sie sahen nicht nur „die dickste Sau von Rügen“, sondern konnten sich noch an einer Badestelle im Bodden abkühlen.
Viel zu schnell vergingen die schönen Tage bei Spiel und Baden.
Anfang August kündigte sich schon der Herbst an. Nebel stieg am Morgen aus den Wiesen im Tollensetal.
Am vierten September flog Inge von Hamburg/Fuhlsbüttel nach Santorin. Susanne hatte ihr die Übernachtung angeboten und sie am Morgen zum Flughafen gefahren. Sie konnte nun Inges Auto für eine Woche nutzen.
Es wurden wieder unvergessliche Tage. In weiser Voraussicht hatte Inge fünf Exemplare ihres neuen Buches in letzter Minute in die Reisetasche gepackt. Wer weiß, vielleicht konnte sie einige Bücher auf Anafi verkaufen.
Als sie am Abend mit dem Schiff nach Anafi fuhr, begegnete ihr im Speiseraum Rabelia, die achtzigjährige Nachbarin ihrer verstorbenen Cousine Ingeborg Pütz. Sie war beim Arzt in der Haupstadt von Santorin, Thira, gewesen. Schade, dass sie nicht mit ihr sprechen konnte, denn Rabelia kann nicht Englisch und Inges Kennnisse der griechischen Sprache reichten nicht aus. Sie zeigte ihr wenigstens ein Exemplar ihres neuen Buches.
Am Klissidi Strand begegnete ihr am nächsten Morgen Karen Margarita, eine Nürnbergerin, die schon seit 1994 regelmäßig Anafi als Rucksack-Tourist besucht. Inge bot ihr das Buch zum Lesen an.
Welch´ eine Überraschung, als ihr Karen Margarita am nächsten Tag sagte: “Die Frau, die Du 2008 im Buch beschreibst, bin ich. Noch nie hat Jemand über mich geschrieben, oder wird dies tun. Ich kaufe Dir das Buch ab!“ Sie bot ihr das „Du“ an und reichte ihr ihre Visitenkarte.
Am Abend des siebten September, dem Celebration-Tag, standen viele Einwohner an der Bushaltestelle, um von der Chora zum Kloster am Fuße des Berges Kalamos zu fahren. Dort fand die Feier zu Ehren der Goldenen Ikone der Mutter Maria mit Kind statt.
2008 war Inge das letzte Mal im Kloster gewesen. Jetzt waren die Bauarbeiten beendet, vor dem Eingang zum Kloster waren Blumen gepflanzt

worden.
Viele Autos standen rechts und links der Straße. Unterhalb des Klosters hatte man Wein auf Terrassen angebaut.
Mittels eines Seils läuteten zwei kräftige Männer die fünf Glocken, die in der Vorderfront der Klosterkirche befestigt waren.
Inge betrat das kleine Museum neben dem Kloster. Wunderbare Ikonen und gestickte Priestermäntel waren zu sehen. Inge kaufte eine kleine Nachbildung der Ikone der goldenen Maria mit Kind.
Viele Gäste, die Inge inzwischen kennen gelernt hatte, begegneten ihr nun: der Professor aus Dortmund mit seiner Monika, Karen Margarita, die Mutter von Popy, der Bürgermeister, Rabelia und viele andere Dorfbewohner. Die Leute standen und drängten ins Innere der Kirche, um brennende Kerzen in Schalen, die mit Sand gefüllt waren, zu stecken. Es wurde dabei ununterbrochen gesungen.
Langsam ging die Sonne unter und es wurde kühl. Sie setzte sich auf einen großen Stein, der an der Straße stand und wartet auf den Bus. Ein junges Paar aus Italien gesellte sich zu ihr. Nach eine halben Stunde kam ein kleiner Lieferwagen mit einer Ladefläche. Der bot Platz für vier Personen, dachte Inge. Sofort sahen sie, dass er Platz für vier Personen bot. Sie winkten und fragten den Fahrer, ob er zu Chora fahre und sie mitnehmen würde. Er bejahte. Inge durfte neben dem Fahrer Platz nehmen.
In einem kleinen Laden in der Chora erblickte sie Gyros (türkisch Döner). Wegen der Türkenfeindlichkeit der Griechen darf man als Tourist niemals „Döner" sagen, wurde sie belehrt. Nur zwei Euro kostete das geröstete Brot mit Fleisch, Tatziki, Zwiebel- und Tomatenscheiben. Es schmeckte köstlich.
Am nächsten Tag begann ein mächtiger Sturm. Mondwechsel stand bevor.
Schon lange hatte Inge beobachtet, dass bei Mondwechsel zu Neumond oder bei Vollmond sich das Wetter plötzlich ändert.
Dicke grauschwarze Wolken jagten über den Himmel, es war so schlimm, dass Inge nicht wanderte, sondern im Zimmer blieb und las. Nach drei Tagen hörte der Spuk auf.
Am Donnerstag-Morgen bestieg sie um sieben Uhr früh die Fähre nach Santorin.
Sie musste eine Nacht im Hotel „Olympia" bleiben, da der Flieger erst am nächsten Abend über Wien nach Hamburg flog.
Jetzt aber wollte sie nach Oia, um vielleicht Uschi im Wave"- Schmuck-

geschäft zu treffen. Diesmal hatte sie Glück und stolz zeigte sie Uschi ihr neues Buch. „Ich möchte es gern kaufen, aber bitte mit Widmung!“ sagte Uschi. „Am Nachmittag kommen Freunde, lass uns gemeinsam Kaffee trinken“, sagte sie.
Es wurde ein schöner Nachmittag. Sie tranken bei einer Nachbarin im Garten Kaffee und Inge lernte ein Ehepaar aus Köln kennen. Die hatten ihr Herz an herrenlose Straßenhunde verloren und halfen, diese nach Deutschland zu bringen und weiter zu vermitteln.
„Wie schaffst Du nur das Alleinsein?“ fragte sie Uschi später. Inge erzählte von ihren musikalischen Aktivitäten im Pflegeheim und in der Senioren-Begegnungsstätte. Bonhoeffers Lied „Von guten Mächten wunderbar geborgen“ erwähnte sie auch. Es war ihr Lieblingslied geworden. Zum Abschied zückte Uschi ihr APP und Inge ihr sang eine Strophe des Liedes vor. Inge versprach Uschi, Seiten aus ihrer alten Klavier-Damm-Schule zu kopieren und nach Santorin zu schicken. Uschi wollte unbedingt Klavier spielen lernen. Ein Keyboard hatte sie sich schon gekauft.
Vier Stunden saß sie am Abfahrtstag am Flughafen und schaute immer wieder hinüber zur Insel Anafi, die von der Sonne angestrahlt wurde. Sie erkannte alle Wege, die sie gewandert war.
Der neue Flughafen in Wien war sehr groß. Das Flugzeug hatte eine Stunde Verspätung und natürlich hatte Susanne mit Lilith in Hamburg so lange nicht warten können. Sie musste ein Taxi nehmen und klingelte Susanne aus dem Schlaf.
Fröhlich begrüßte sie Lilith am Morgen und Lilith schleppte alle Kinderbücher herbei und Inge musste vorlesen. Bald verabschiedete sich Inge und fuhr nach Neubrandenburg.
Sie erschrak, als sie die Fülle der Pfirsiche sah, die vom Baum gefallen waren. Ein Zweig war von dem Gewicht der Früchte abgebrochen. Sie las die Früchte auf, sortierte die faulen Früchte aus und verarbeitete die guten zu Kompott und Marmelade.
Kater Peter wich nicht von ihrer Seite. Bestimmt hatte er die Zuwendung während ihrer Abwesenheit vermisst.
Uschi mailte von Santorin: „Ich habe Dein Buch schon ausgelesen, es ist ausgezeichnet, Du kannst wirklich schreiben!“
Goldene Herbsttage begannen. Inge blieb den ganzen Tag im Garten oder fuhr zum Tollensesee.
Mitte Oktober besuchte Susanne sie mit Lilith, in Hamburg waren Herbstferien. Sie hatten Glück mit dem Wetter, machten einen Ausflug nach

Feldberg zum Schmalen Luzin und konnten sogar mit einem Wassertreter auf den See. Die Laubfärbung hatte begonnen, es war wunderschön anzusehen.
Sogar an einem Lampionumzug nahm Lilith teil. Inge staunte, wie lange die Kleine lief, ohne müde zu werden. Beim Kuchenbacken wollte sie unbedingt helfen, ein nimmermüdes Kind, stets fröhlich. Sie war eine reine Freude für Susanne und Inge. Viel zu schnell vergingen die Ferientage.
Inge hatte sich vorgenommen, den Flur in der oberen Etage, das Treppenhaus und den unteren Flur weiß streichen zu lassen. Maler Zimmermann ging es nach seiner Herzoperation wieder besser. Auf ihre Anfrage sagte er zu. Gemeinsam kauften sie im Baumarkt zwei Eimer weiße Farbe und Klebestreifen. Das Abkleben der Fenster und Fußleisten war Inges Arbeit. In zwei Tagen war der Maler fertig und Inge freute sich riesig über das frische Aussehen ihrer Wände.
Susanne war mit Lilith zu ihrem Vater gefahren, er wollte sie anschließend mit dem Auto nach Neubrandenburg bringen. Die Straßen waren an diesem Tag so glatt und verreist, dass er eine Stunde für sechzehn Kilometer von Altentreptow nach Neubrandenburg benötigte.
Vier Luftballons in den Farben rot, blau, gelb und grün hatte Inge aufgeblasen, dazu einen gemalten Willkommens-Gruß an der Haustür befestigt. Lilith staunte und machte große Augen. Das Buch „Der Superwurm", Inges Geburtstagsgeschenk für Lilith, musste sie natürlich gleich vorlesen.
Am Nachmittag gingen sie auf den Spielplatz hinter Inges Haus. Viele Kinder hatten einen Schlitten und sie fragten eine junge Mutti, ob Lilith einmal mitfahren dürfe. Sie durfte.
Am nächsten Morgen kauften sie einen Schlitten im Baumarkt. „Lass´ uns nach Kittendorf fahren, im Schlosspark Schlitten fahren!" schlug Inge vor.
Eine herrliche Schneelandschaft erwartete sie. Fast eine dreiviertel Stunde liefen sie durch den Park. Lilith warf Schneebälle und tobte ausgelassen im Schnee. Susanne genoss die wunderbare Stille und die schon starken Sonnenstrahlen.
In der Nacht fielen die Temperaturen auf Minus acht Grad.
Uneingeschränkte Aufmerksamkeit verlangte Lilith den ganzen Tag. Am Reitbahnsee sahen sie auf einer nahegelegenen Koppel Pferde. „Ich möchte so gern reiten" sagte Lilith. Das ist kein Problem, dachte Inge. Wir haben ja das Kinder und Jugend-Freizeit-Zentrum „Hinterste Müh-

le“. Sie telefonierte und bekam für den nächsten Tag einen Termin.
Das Pony, das Lilith reiten durfte, hieß „Turbo“ und wurde von einer jungen Frau an der Leine geführt. Ach, war Lilith glücklich, sie strahlte und saß tatsächlich einmal ganz still. Zehn Runden drehte sie mit Turbo. Sie war so begeistert, dass sie am letzten Tag noch einmal den Hof am Vormittag besuchten.
Auch in den folgenden Tagen schneite es, der Winter wollte einfach nicht weichen und der eisige Nordwind ließ die Kälte noch stärker spüren.
In diesem Jahr gab es tatsächlich weiße Ostern.
Der Wetterumschwung mit Südwestwind brachte Inge eine Grippe. Es ging ihr so schlecht, dass sie zum Arzt gehen musste. Dieser verschrieb ein Antibiotikum, nun war Ausruhen angesagt. Sie hielt streng Bettruhe. Susanne schickte eine Zeichnung, von Lilith mit Buntstiften gemalt, welches einen Fisch zeigte. Damit wünschten sie gute Besserung.
Anfang April zogen die Kraniche über das Haus, nun musste es Frühling werden. Zuerst hörte Inge die typischen Rufe der Vögel, dann erblickte sie diese weit in der Höhe, durch Luftströmung in den Himmel getragen. Ein paar Tage später entdeckte sie die ersten Veilchen an der Südseite des Hauses. Mitte April war der Frühling eingekehrt, zwanzig Grad zeigte das Thermometer.
Malte wurde in diesem Jahr achtzehn Jahre alt. „Du hast doch versprochen, Malte die Fahrerlaubnis mit zu finanzieren, wenn es so weit ist“ erinnerte sie Jörg am Telefon. Versprochen ist versprochen, auch, wenn es lange her ist.
Nun stotterte sie jeden Monat einhundert Euro ab und überwies sie auf Maltes Konto.
Ende April kamen Klaus, Laura und Mareike über das Wochenende zu Besuch.
Fremd waren ihr die Mädchen geworden. Groß und sehr schlank war Laura, ihr schönes hellblondes Haar war nun dunkelblond. Am Samstagmorgen fuhren sie zum Augusta-Bad. Dort waren Erdarbeiten im Gange. Ein neues Wohngebiet mit dem Namen „Fontane-Hof“ soll dort entstehen. Mit diesem Namen soll an Fontanes Kuraufenthalt im 19. Jahrhundert erinnert werden. Dreigeschossige Häuser mit Eigentumswohnungen sind geplant. Sie wanderten zu Behmshöhe, kletterten auch die einhundert Stufen hinauf und genossen die Aussicht.
Am Abend zeigte Klaus im PC Fotos von Souel und ihrer Reise nach Oman und die Malediven.

Schon kurz nach neun Uhr abends war Inge so müde, dass sie zu Bett ging.
Am Sonntag fuhren sie nach Castrin, Klaus wollte das Grab von Oma Else besuchen.
Der Zaun um das Schloss war abgerissen worden, aber die Verbotsschilder zum Betreten des Parkes standen noch. Eine Frau sagte ihnen, dass ein Berliner Investor das Schloss gekauft hätte.
Zur Mittagszeit waren sie wieder in Neubrandenburg. In Windeseile kochte Inge das Essen und gleich darauf verabschiedeten sie sich.
Am 30.April fuhr Inge in das Evangelische Kirchenarchiv nach Magdeburg. Sie hatte sich vorher telefonisch angemeldet und ihr Anliegen vorgebracht. Noch immer warteten die Personalakten ihres Großvaters Martin S t i e r darauf, von ihr
gelesen zu werden. Das letzte Mal war sie 2010 in Potsdam im Kirchenarchiv, nun aber war die Zeit von 1913 bis 1926 ihr Studienziel.
Es war erschütternd, was sie in drei Stunden las, dass sie es kaum glauben konnte. Nie hätte sie für möglich gehalten, in welcher Armut die Familie lebte und wie das erlittene Unrecht den Großvater immer aggressiver werden ließ. Es war die Zeit des ersten Weltkrieges und der nachfolgenden Inflation. Die Großmutter Clara erlitt ein schweres Lungenleiden, war völlig unterernährt, wie ein ärztliches Gutachten aussagte.
Auf der Rückfahrt hatte sie sich bei Uta angemeldet, aber Stau auf der A1verhinderte, dass sie zum angegebenen Zeitpunkt eintraf. Es war der Vorabend des 1.Mai, ein Feiertag, und viele Menschen waren unterwegs. Erst nach zwei Stunden war sie in Vehlefanz. Uta hatte gar nicht mehr mit ihrem Kommen gerechnet.
„Möchtest Du zum Griechen oder lieber zum Italiener?“, wurde sie gefragt. Da der „Italiener“ näher lag, entschied sie sich zum Besuch dieses Restaurants. Es wurde ein schöner Abend, einmal in Gesellschaft essen und plaudern, so völlig ungewohnt für Inge.
Ausgeruht beendet sie um 23 Uhr diesen Tag und fuhr die letzten 135 Kilometer nach Hause.
Alles grünt, den ganzen Tag ist Inge im Garten.
Zum Muttertag schrieb Uta eine mail:
Liebe Inge, Dir alles Gute zum Muttertag. Und bitte keine Vorwürfe mehr machen wegen, na Du weißt schon, dass Du mich bei Papa hast aufwachsen lassen. Ich war dort ganz gut aufgehoben. Ich hab´ Dir nichts zu verzeihen, die Sache ist in Ordnung. Am Freitag kam doch zu diesem

Thema ein Film, leider habe ich nur die letzte Viertelstunde gesehen, ich habe aber in der Zeitung dazu gelesen. Lehrerin unterrichtet eigene Tochter, die sie als Baby oder Kleinkind zur Adoption freigegeben hatte. Die Tochter wusste nichts davon. Da gibt es aber viel Schlimmeres, wenn ich da immer an die Kinder von Alkoholikern denke, die dann in Pflegefamilien kommen. Dort manchmal auch nicht gut betreut werden und einen Schaden fürdas ganze Leben haben, die zu Keinem ein Vertrauen aufbauen können. Diese sind wirklich zu bedauern. Ich glaube, da gibt es so viel Leid. Da kann ich mich doch nicht beklagen, mir geht´s doch gut. Dir eine schöne Woche, Uta. Einige Tage später kam ein Brief von Uta. „Meine Mutter liegt im Sterben, den dritten Tag in Folge nimmt sie nichts mehr zu sich, aber sie hat wenigstens nicht mehr die epileptischen Anfälle. Sonntagabend sprach ich kurz mit ihr. Andrea (ihre Halbschwester) und ihr Vater, weichen nicht von ihrem Bett. Ich weiß überhaupt nicht, wie ich mit dem Tod umgehen soll!"
Inge war erschüttert und versuchte zu trösten: "Sie wird von ihrem Leiden erlöst, eines Tages wirst Du sie wiedersehen", schrieb sie ihr.
In letzter Zeit kränkelte ihr Kater Peter. In der Tierklinik hatte sie ein Vitaminpräparat gekauft. Er wurde von Tag zu Tag anhänglicher und wollte im Garten immer auf ihrem Schoß sitzen. Ahnte er, dass er nicht mehr lange leben würde? Inzwischen war er dreiundzwanzig Katzenjahre alt. Nun nahm Peter plötzlich keine Nahrung mehr zu sich. Offensichtlich war er krank. Nur geschnittene rohe Leber und ein bisschen Käse nahm er ihr ab.
Susanne und Lilith kehrten einige Tage bei ihr ein. Unbeschwerte Tage am See und im Wald verbrachten sie. „Verabschiede Dich noch von Peter, ich glaube, Du wirst ihn wohl nicht wiedersehen!" sagte Susanne.
Am Vorabend war er den ganzen Abend in der Küche geblieben, hatte nur ein wenig Milch getrunken, nichts gefressen und in der Nacht legte er sich neben Inge in das zweite Ehebett. Das hatte er noch nie getan. In der Nacht wurde sie durch sein Schnarchen wach, aber es war kein Schnarchen, sondern bereits ein Röcheln. Sie streichelte ihn und er beruhigte sich wieder. Das war wohl sein Abschied, denn am Morgen verschwand er spurlos. Auch am Abend war er noch immer nicht aufgetaucht. Sie lief die Eigenheimstraße entlang, rief ihn, nichts. Am Morgen suchte Inge weiter. Wetterleuchten, Blitze, schließlich goss es in Strömen. Nachbar W. klingelte: „Sie können ihren Kater abholen, er liegt unter unserem Apfelbaum!"

Er war tot, alle Gliedmaßen von sich gestreckt, seitlich lag sein Kopf. Die Totenstarre war schon eingetreten, denn als sie ihn anhob, war er ganz schwer. Sie weinte hemmungslos. Was tun? Er ist doch erlöst durch einen natürlichen Tod im Gras unter dem Apfelbaum ohne Stress und Angst, die er unweigerlich bei einem Tierarzt gehabt hätte.

Wie viele schöne Erlebnisse verbanden sie mit Peter. Nun blieb ihr die Miezi, seine Lebensgefährtin, die 2007 die vier Jungen vor ihre Haustür gelegt hatte.

Miezi aber war scheu geblieben und kam nicht ins Haus.

Sie fuhr zur nahegelegenen Tierklinik und fragte die Schwester, ob sie ihn im Garten beerdigen dürfe.„Wickeln Sie ihn in ein Baumwolltuch und graben Sie eine Grube von mindestens dreißig Zentimetern Tiefe!“ Das tat Inge. Es regnete den ganzen Tag, es war ein trauriger Tag.

Er wird immer in Inges Erinnerung bleiben, denn er ging ein Stück ihres Lebens mit ihr.

Im November 2012 hatte Inge eine Busfahrt zu den Lofoten und zum Nordkap gebucht.

Am 12. August begann die Fahrt. Pünktlich um 11 Uhr kam der Reisebus. In Neustrelitz, Malchow und Schwerin stiegen weitere Gäste zu. Der Fahrer stellte sich mit seinem zweiten Mann vor. Dann wurde ihnen mitgeteilt, dass sie in Hamburg übernachten würden. Sofort dachte Inge an einen Kurzbesuch bei Susannne. Aber sie hatte nicht ihre Telefonnummer. Die Sonne begleitete sie den ganzen Tag, teilweise waren die Weizenfelder schon abgeerntet.

Gegen 17 Uhr fuhren sie an der Abfahrt Billstedt von der Autobahn ab und steuerten das Hotel „Panorama“ in Billstedt an.

Inge kam mit einer gleichaltrigen Frau aus Wittenberge in ein Zimmer. “Ich schnarche!“ verkündete diese gleich bei der Begrüßung. Ich auch, dachte Inge. Sie hatte ihre Ohrstöpsel mitgenommen.

Um 18.30 Uhr war eine Besprechung im Restaurant und innerhalb einer halben Stunde ratterte der Angestellte des Reiseunternehmens seine Rede herunter. Anschließend bezahlte sie das Mittagessen für elf Tage und war gleich zweihundert Euro losgeworden.

Ihre Bettnachbarin schnarchte so sehr, dass auch die Ohrstöpsel nicht halfen und Inge fiel erst gegen Morgen in einen Tiefschlaf.

Sehr zeitig fuhren sie über Lübeck auf die Insel Fehmarn, von Puttgarden ging die Fähre nach Rodby, von dort brachte sie ein Bus nach Kopenhagen. In Kopenhagen machten sie eine Stadtführung.

Am Amalien-Schloss stiegen sie aus und liefen zur Skulptur der kleinen Seejungfrau, Kopenhagens berühmtes Wahrzeichen. Wie klein sie in Wirklichkeit war, einfach bezaubernd, stellte Inge fest.
Kopenhagen ist eine reizvolle Stadt, schade, dass es ständig regnete.
Die nächsten zweihundertfünfzehn Kilometer führten sie nordöstlich nach Jönköping, vorbei am Vetternsee. Linköping, Norrköping und Nyköping hießen die nächsten Städte, die sie streiften.
Von Kappelskär, nordöstlich von Stockholm, fuhr die finnische Fähre „Galaxy" nach Tukur.
Auf diese warteten sie über eine Stunde, von Minute zu Minute wurde es voller. Stimmengewirr von russischen, finnischen, schwedischen und japanischen Touristen umschwirrten sie. Das Terminal hatte keine Klimaanlage und es war unerträglich heiß. Die Fähre bestand aus zehn Stockwerken. Ihre Reisegruppe war im achten Stock untergebracht. Sie schaute sich erst einmal alles in Ruhe an, setzte sich dann auf die bereitstehenden Liegestühle und genoss die Überfahrt.
Bereits um sechs Uhr wurde das Frühstück eingenommen und um sieben Uhr legte die Fähre in Tukur an. Sie betraten finnischen Boden.
Bis zur Hauptstadt Helsinki war es gar nicht weit. Es regnete. In Helsinki besuchten sie die berühmte Felsenkirche aus Granit, die mitten in den Berg gebaut worden war.
Endlos lang erschien ihr die Fahrt von Helsinki über Lahti (die Skischanzen wurden besichtigt) durch die Finnische Seenplatte nach Jyväskylä.
Um 21 Uhr waren sie endlich im Hotel, an einem idyllischen See gelegen.
Je weiter es nach Norden ging, desto höher wurden die Hügel. Riesige Granitblöcke zogen sich längs der Straße entlang. Holz wurde von der jungen Reiseführerin, die in Kopenhagen zugestiegen war, als das „grüne Herz" Finnlands bezeichnet. Immer wieder sahen sie Birken, ganz kleine, ganz schlanke, auch Kiefern, aber keine Buchen wie in Deutschland.
Über Oulu, im Nordosten des Bottnischen Meerbusens gelegen, ging es weiter zum Polarkreis.
Rovaniemi ist die Partnerstadt von Neustrelitz. Natürlich wurden die weißen Linien des Polarkreises 66,36,35 Grad von allen Reisenden fotografiert. Dann gingen sie zum Haus des Weihnachtsmannes. Dort konnte man einen Brief an den Weihnachtsmann aufgeben. Jeder Besucher wurde mit Santa Claus fotografiert. Für fünfundzwanzig Euro konnte das Foto anschließend erworben werden. Inge verzichtete darauf.
Ein kleiner Ort, nordwestlich von Sirkka gelegen, war die nächste Sta-

tion. Ein wunderbares Hotel erwartete sie. In jedem Zimmer war eine kleine Sauna. Natürlich probierte sie Inge am Abend aus.
Das Abendbrot bestand diesmal aus Elchfleisch mit Kartoffelbrei und Preiselbeeren. Lachs gab es als Vorspeise. Lachs scheint hier täglich auf dem Speiseplan zu stehen. Es schmeckte vorzüglich. In der Nähe befand sich ein neunzig Meter hoher Berg.
Imposant war die Fahrt am nächsten Tag. Sie führte nach Inari, in den Norden. Da befindet sich ein Sami-Museum, welches sie aber nicht besichtigten. Sami sind die Ureinwohner Finnlands.
Die Hauptstraße wurde verlassen und sie befanden sich auf einer Schotterpiste, alles ging nun langsamer.
Die junge Reiseleiterin erzählte, dass die kleinen Birkenbäumchen von den Finnen liebevoll „Lotus-Birke" genannt werden.
Immer mehr ähnelte die Landschaft der Tundra. Die russische Stadt Murmansk liegt nur dreihundert Kilometer östlich.
Inari war ein großer See. In Karigasniemi überschritten sie die norwegische Grenze. Schlagartig änderte sich das Landschaftsbild. Hohe Berge und rauschende Bäche waren zu sehen. Die Häuser waren bunt angestrichen, von gelb, rot bis blau. Auf Holzgerüsten hingen Stockfische.
An der Grenze mussten sie die Uhren eine Stunde zurück stellen.
Porsangen hieß der See, der sich von Lakselv bis zum Nordkap hinzieht.
Viele Tunnel durchfuhren sie. Ein Tunnel soll zweihundertzweiundzwanzig Meter unter dem Meeresspiegel liegen.
Hier machten sie eine Pause, um zu fotografieren. Es war grandios. Ringsum Berge, eine blaue Ferne, riesige Granitfelsen, wie Scheiben übereinanderliegend, säumten linkerhand die Straße. Immer wieder bremste der Fahrer, weil Rentiere gelassen die Straße überquerten. Es sind wunderschöne Tiere. Um das Geweih war Bast gewickelt. Sie sahen schwarzweiß oder gefleckt aus.
Endlich war der Ort Honningsvag erreicht, der am Fuße des Nordkap-Felsens liegt. Noch neunzehn Kilometer bis zum Kap, lasen sie an der Anzeige.
In scharfen Serpentinen ging es immer höher, die Felsen wurden kleiner und die Schluchten immer tiefer.
Um 17 Uhr, nach 590 Kilometern, waren sie am Kap, am nördlichsten Punkt Europas. Das war ein besonderes Gefühl.
Zwei Stunden Freizeit warteten nun auf sie. Alle liefen zum Globus-Bauwerk, ein aus Draht filigran gestalteter Globus.

Jeder wollte ein Erinnerungsfoto machen.
Ein Restaurant war in den Berg geschlagen worden und hatte drei Etagen. Rechts neben dem Haus stand ein Denkmal für die Kinder der Welt. Eine junge Frau umfasst die Schulter eines Jungen. Dieser zeigte mit gestrecktem Arm auf fünf runde Scheiben aus Stein, die Kinder aus fünf Kontinenten gewidmet sind. Jedes Jahr am Mittsommertag findet ein großes Kinderfest statt, wo die Kinder den ganzen Tag umsonst Würstchen und Eis essen dürfen.
Um 19 Uhr sahen sie einen Film über das Nordkap im Laufe der vier Jahreszeiten in drei D-Format. Das weiße Wollgras, welches hier überall blüht, begeisterte Inge. Am schönsten waren die Aufnahmen von der Mitternachtssonne, dem Sonnenuntergang folgte nahtlos der Sonnenaufgang. Nur fünfzehn Minuten dauerte der Film und anschließend hatten sie Gelegenheit, eine Ausstellung über die Geschichte des Nordkaps anzusehen. Inzwischen zogen dunkle Wolken am Himmel auf und es begann aus allen Kannen zu schütten.
Um acht Uhr abends fuhren sie zum Fuße des Nordkap-Felsens und übernachteten in kleinen Holzhäusern.
Eine Schifffahrt mit einem Schiff der Hurtig-Route stand am folgenden Tag auf dem Programm, leider erst um 19.23 Uhr.
Sie fuhren mit dem Bus die gleiche Strecke wie am Vortag zurück zum Porsangen-See. Anfangs regnete es noch, im Laufe des Tages setzte sich jedoch die Sonne durch und verschönte alles.
Südwärts ging nun die Fahrt und zu Mittag hielten sie in Alta, eine neu erbaute Stadt, wie man ihnen erzählte. Eine gerade eingeweihte Baptistenkirche versetzte sie in Staunen. Ihr Name lautete „Nordlicht-Kathedrale“. In der Mitte eines flachen Rundbaues erhob sich eine steile, weiße Säule. Der Gottesdienst war gerade zu Ende gegangen und die Menschen strömten aus der Kirche. Sie trugen die landestypische Tracht der Samen. Die Männer trugen ein Röckchen.
Um sechs Uhr abends waren sie in der kleinen Hafenstadt Honnigsvog. Es war sonnig und warm. Da noch eine Stunde Zeit bis zur Abfahrt des Schiffes vor ihnen lag, spazierten sie durch den Ort.
Imposant erschien ihnen das Hurtig-Schiff, die Reisebegleiterin informierte sie, dass es eines der neuesten Schiffe sei.
Im achten Stockwerk befanden sich ein Cafe´ und ein Restaurant.
Da es noch warm war, setzte sich Inge ins Freie auf einen bereitstehenden Liegestuhl.

Langsam wurde es kühl. Inge fand einen schönen Platz direkt am Bug des Schiffes mit einem Rundum-Blick.
Was sie nun sah, war faszinierend. Riesige, hohe Berge zogen vorbei. Ganz l langsam schien das Schiff über das Wasser zu schweben. Die majestätische Ruhe der Berge übertrug sich auf die Menschen. Alle Passagiere waren still und schauten gebannt nach draußen. Rechterhand war die Sonne noch lange zu sehen. Sie strahlte über die Spitzen der Berge und beleuchtete die gegenüberliegende Seite. Sie wurde sehr müde.
Halb zwei Uhr wachte sie auf, die Nachbarin schnarchte wie immer entsetzlich. Sie schaute aus dem Fenster und sah, dass der Himmel gelblich gefärbt war. Das sei die Mitternachtssonne, wurde ihr am darauffolgenden Tag erklärt. Nach dem Frühstück besichtigten sie die Eismeer-Kathedrale, ein futuristisches Bauwerk, leider war sie noch nicht so früh am Morgen geöffnet. Abends wird sie angestrahlt und soll fantastisch aussehen.
Weiter ging die Fahrt. In einer Bucht befand sich die Stadt Narvik, die eine blutige Vergangenheit aufwies.
Hier begann der Eingang in die Lofoten. Diese sehen mit ihren hohen Bergen gewaltig aus, dazwischen fließt immer Wasser. Sie durchquerten fast alle Inseln von Nordwesten nach Süden.
Nach zwölf Stunden Fahrt kamen sie bei Stamsund an. Hier waren sie wieder in kleinen Holzhäusern untergebracht. Sie mussten noch auf eine Reisegruppe warten, ehe es endlich Abendbrot gab. Dorsch wurde serviert, anschließend gab es als kleines Dessert Eis. Paradiesisch war die Ruhe, die sie umgab.
Mit der Fähre setzten sie am nächsten Tag von Svolvaer nach Skutvik über. Kurz danach passierten sie die schwedische Grenze und kamen wieder über den Polarkreis.
Riesige kahle Berge erhoben sich vor ihnen und viele Tunnel durchfuhren sie.
Allmählich setzten sich wieder Birken, Tannen und Kiefern im Landschaftsbild durch. Atemberaubend waren die Ausblicke. In den oberen Regionen der Felsen waren Gletscher mit Eisresten zu sehen. Immer wieder stürzten reißende Bäche zum See hinunter.
In der Stadt Fauske wurden die Berge kleiner, der Tundra ähnlich. Elche sahen sie längs der Straße laufen. Wieder streiften sie große Seen.
Zwölf Stunden saßen sie im Bus, Inge glaubte, es nicht mehr zu schaffen, so schlecht war ihr vom Dauerfahren.

Areplog war eine Stadt, die im Winter als Auto-Teststrecke für die Firma Bosch dient, da die Seen ringsum zufrieren, so dass darauf gefahren werden kann.
Am nächsten Tag lag die längste Fahrstrecke, 829 Kilometer, vor ihnen. Bei jedem Grenzübergang spielte der Fahrer die entsprechende Nationalhymne.
Christiane, die hübsche Reisebegleiterin, erzählte von den Runen und Stabkirchen. Ein Videofilm zeigte ihnen ein Wikingerboot aus Metall (11. Jahrhundert), in dem zwölf Kerzen standen.
Bei ihren Beutezügen waren die Wikinger mit der christlichen Religion in Berührung gekommen und brachten sie nach Norwegen.
In der Nacht bekam Inge starke Halsschmerzen und Husten, sie konnte gar nicht wieder aufhören zu husten, trotzdem spazierte sie am Morgen eine Stunde um den kleinen See, der sich gegenüber dem Hotel erstreckte. Mittelschweden wurde das Fahrziel der nächsten Stunden.
Im Wald bei Storuman machten sie Rast, pflückten Heidelbeeren, sahen Unmengen von Pilzen, auch das Skelett eines Elches.
Durch die Städte Vilhelmina, Dorotea und Hammerdal ging es nach Östersund. Sechs Stunden hatten sie geschafft, nun lagen noch 425 Kilometer vor ihnen. Ein schwedischer Film über „Michel aus Hollerbü", nach Astrid Lindgreens berühmten Kinderbuch, vertrieb ihnen die Zeit. Danach folgte der Film „High society", ein uralter Film mit der jungen Grace Kelly.
In Schweden blieb die Landschaft immer gleich, Wälder, Seen und rote Falunhäuser bestimmten die Landschaft. Falun war die größte Kupfermine Europas und hatte als Nebenprodukt die rote Farbe, Eisenoxyd, hergestellt. 1992 wurde die Mine geschlossen. Das Rot soll Reichtum symbolisieren.
Um zehn Uhr abends kamen sie im Hotel an. Es hatte die Form einer Sprungschanze. Sie waren im siebten Stock untergebracht. Gegenüber im Wald befand sich eine echte Sprungschanze. Am nächsten Tag war das Endziel erreicht. In Örebro, einer großen Stadt, besichtigten sein das Schloss und die Parkanlagen.
Über Motala am Vätternsee und Jonköping fuhren sie zum Elchpark bei Lungby. Die armen Elchkühe, drei an der Zahl, mit einem Jungen und zwei männlichen Tieren, konnten Inge nur leidtun. Sie lagen apathisch, eingezäunt auf grasloser, kahler Erde.
Karlsham in Südschweden war das nächste Ziel. Endlich gab es wie-

der einmal ein gutes Mittagessen in einer Gaststätte. Schweinefilet und als Vorspeise Lachs auf Schwarzbrot und grünen Salat ließen sich Inge schmecken.
Malmö erreichten sie am folgenden Tag. Sie staunten über einen schiefen Turm, der absichtlich so konstruiert war, um die Winde aufzufangen und nach oben zu leiten. Jetzt waren alle gespannt auf die siebzehn Kilometer lange Öresundbrücke. Im Jahre 2000 war sie eingeweiht worden.
Nun waren sie in Dänemark. Die Fähre von Rodby nach Puttgarden benötigte nur fünfundvierzig Minuten Fahrzeit. Die Sonne schien, es war Mittagszeit.
Wieder in der Heimat, Mecklenburg, wie schön bist Du!
Zu Hause hörte sie das Handy ab. "Oma, wo bist Du? Wir stehen vor deiner Tür!" hatte Laura am 13.August auf Band gesprochen, Sie waren in Zinnowitz beim Opa und wollten sie auf der Rückfahrt besuchen. Inge hatte Klaus nichts von ihrer Reise erzählt.
„Heute ist dein Geburtstag, seit 19. Juli bin ich wegen unerträglicher Schmerzen in einer Klinik", schrieb Lilo. An ihrer Schrift sah Inge, dass es ihr gar nicht gut ging. Inge war sehr erschrocken und beunruhigt.
Am Abend rief sie in Ansbach an und redete mit Lilos Mann. Er erzählte, dass die Ärzte einen Kreuzbeinbruch entdeckt hätten, der die Schmerzen verursache. Da nicht operiert werden kann, bekommt sie nun schmerzstillende Medikamente.
Anfang September zeigte sich schon am Morgen Nebel, aber dann kam der Sommer doch noch einmal für ein paar Tage zurück.
In der Presse las sie, dass in Prora die Naturerbefläche, ein Baumwipfel-Pfad, eröffnet worden sei. Den wollte sie besuchen. Samstag und Sonntag schieden aus, weil die Fahrzeuge der Urlauber die Straßen verstopften, blieb also der Freitag und der war goldrichtig.
Sie benutzte ausschließlich die Alleen-Straßen auf Rügen, zuerst von Stralsund nach Garz und Putbus, dann von Putbus nach Binz. Dann suchte sie die Chaussee nach Prora, die sich sehr lang hinzog. Die Bäume rechts und links der Straße spendeten wunderbaren Schatten, denn die Sonne strahlte vom blauen, wolkenlosen Himmel. Sie stieg aus und lief die Strandstraße entlang, auf der sie bald auf die „Kraft durch Freude" Blöcke aus den dreißiger Jahren stieß. Sie waren in zwischen Ruinen geworden.
Endlich stand sie am Ufer der Ostsee, ein starker Südostwind wehte, herrliche weiße Brandung schlug ihr entgegen. In der Ferne erblickte sie den

Fährhafen von Mukran, Saßnitz und die Kreideküste.
Die Sonne stand im Zenit und sie wanderte ein Stück in Richtung Binz.
Der Baumwipfel-Pfad hatte den treffenden Namen „Adlerhorst“. Sie fand einen Parkplatz in der Nähe des Waldes und fragte ein Touristen-Paar, wo es zum „Adlerhorst“ geht. „Sie brauchen nur durch den Wald zu laufen, dann sehen sie ihn schon“ war die Antwort.
Und dann stand sie vor dem hohen „Einstiegs-Turm“.
An der Kasse wurde ihr alles genau erklärt. Der Pfad ist ganz aus Holz gebaut. 1250 Meter zieht er sich in einer schiefen Ebene nach oben. Ohne Anstrengung lief sie den Weg hinauf. Sie sah etliche Gäste mit Rollstühlen. Dann erreichte man erst den eigentlichen Aussichtsturm mit einer Gesamthöhe von zweiundachtzig Metern über dem Meeresspiegel.
Der Turm war rund um eine Buche gebaut und überragte am Ende deren Krone um einige Meter. Dreizehn Stockwerke zählte sie. Auf jeder Ebene war eine Vogelart erklärt, z.B. die Trauerseeschwalbe, der Kiebietz, die Saatkrähe und die Amsel.
Nach einer Dreiviertelstunde war sie oben angekommen. Vor ihr lag der blaue Spiegel des kleinen Jasmunder Boddens. Ein winziges, weiß gestrichenes Schlösschen, stach aus dem Grün des Waldes heraus.
***27.September 2013***
***Nun bin ich doch noch einmal im Urlaub, Sonne, Sand, Meer und ein Traumhotel auf der spanischen Insel Fuerteventura.***
***Meine Reisekauffrau hatte mich wieder einmal „verführt“. Die Nordkapreise war zwar sehr interessant, aber von Urlaub konnte man bei der täglichen Busfahrerei nicht sprechen.***
***Da der Flieger in aller Herrgottsfrühe von Schönefeld flog, fragte ich Martina, ob ich bei ihr übernachten könne. Sie sagte zu. Klaus, ihr Mann, holte mich von der S-Bahnstation Schöneweide ab.***
***Lasse, der muntere Juck Russel, konnte sich gar nicht beruhigen, als ich eintraf. Ich hatte mir nun endlich ein Handy gekauft, nachdem mir immer wieder gesagt worden war: „Als Pensions-Wirtin musst Du immer erreichbar sein, ein zweites Mal rufen die Leute nicht an!“ Nun musste ich lernen, mit diesem Gerät umzugehen und dabei half mir Arne, Martinas Sohn. Geduldig erklärte er mir die Anwendungsmöglichkeiten. Ich solle mir eine Speicherkarte kaufen, dann könnte ich die Fotos vom Handy auf meinen PC laden.***
***Um 4.15 Uhr klingelte meine „Handy-Wecker“. Essen konnte ich so früh am Morgen noch nicht. Martina brachte mich bis zur Kreuzung,***

*dann fand ich den Weg allein zur S-Bahn.*
*Es war ein großes Flugzeug, Inge errechnete die Passagierzahl. Es waren 198 Personen. Wir flogen westwärts. Nachdem wir eine Schlechtwetterfront durchflogen hatten, sahen wir unter uns das blaue Meer liegen. Beim Anflug stellte ich fest, dass die Häuser anders als in Santorin oder Athen aussahen. Sie waren in allen Farben gestrichen und ergaben ein buntes Bild.*
*Nach eineinhalb Stunden Busfahrt kamen wir im Hotel an.*
*Missgeschick für mich, mein Zimmer in „Monica beach" war noch besetzt, eine Nacht wurde ich in ein anderes Hotel gefahren. Es war sehr gediegen und ich schaute auf das Meer.*
*Die erste Strandwanderung zeigte mir einen wunderbaren feinen, weißen Strand. Rund um die Hotels waren blühende Gärten angelegt. Die Wassertemperatur betrug dreiundzwanzig Grad.*
*Als ich im Meer schwamm, stellte ich einen hohen Salzgehalt fest, die Augen brannten, als sie mit dem Wasser in Berührung kamen.*
*Am Morgen war das Meer noch kalt, aber sehr erfrischend.*
*Als ich um elf Uhr den Manager von „Monica beach" traf, konnte der gar nicht glauben, dass ich darauf bestand, im „Monica beach" zu wohnen.*
*„Ich gebe Ihnen als kleine Wiedergutmachung das schönste Zimmer mit Meeresblick, es wurde gerade renoviert. Kommen Sie 13.30 Uhr mit ihrem Gepäck."*
*Das Zimmer war tatsächlich sehr schön. Ein großer Balkon, etwa 3.50 Meter breit, bot einen grandiosen Blick auf das Meer, den ganzen Strand von links nach rechts. Hier werde ich jeden Morgen und Abend sitzen und schauen.*
*Das Zimmer ist ganz dunkel gehalten. Die Möbel sind schwarz, die Zimmerdecke lilafarben. Die Gardinen zeigten erdfarbene Töne, braun, rötlich, dunkelblau und grün. Es waren ganz schwere Stoffe.*
*Ein Fernsehgerät, schon Flachbildschirm, stand gegenüber dem Bett über dem Schreibtisch.*
*Morro Jable ist ein schönes Fischerdorf an der Südspitze der Insel, erfuhr ich von der Angestellten an der Rezeption. Sie erklärte mir, wo der Bus abfährt und gab mir gleich einen Fahrplan mit.*
*Am Nachmittag fuhr ich nach Morro Jable. Beeindruckt war ich von einer achthundert Meter hohen Bergkette, die sich von Costa Palma bis Morro Jable hinzog.*

*Viele Kurven und Viadukte, die Schluchten überspannten, gab es. Schon nach einer halben Stunde war ich in Morro Jable. Eine riesige Shopping-Meile zog sich über einen Kilometer in den Ort. Auf der anderen Seite war ein Naturschutzgebiet, welches sich bis zum Strand erstreckte. Salzwiesen mit kargem Bewuchs sah man dort. Alles war eingezäunt.*

*Lang war der Weg zum Meer. Auch hier war der Sand weiß und fein. Ich tauchte ins Meer und schwamm nach Herzenslust.*

*Um 18 Uhr sollte der Bus kommen, etwa fünfzehn Personen standen und warteten, aber es kam kein Bus, es war Sonntag.*

*Eine Frau kam auf die Idee, ein Groß-Taxi zu rufen, um nach Costa Palma zu kommen. Wir hatten Glück, sechs Personen fanden sich, und wir bezahlten Jeder vier Euro und waren in zehn Minuten in Costa Palma.*

*Am nächsten Tag nahm ich mir die Wanderung auf die Westseite der Insel vor. Die schmalste Stelle ist hier in Costa Palma. Fünf Kilometer waren ausgewiesen.*

*Zuerst verließ ich die Straße, es ging steil bergan. Ein Schild verkündete, dass hier ein Naturreservat beginnt. Auf den ausgedörrten Kalksteinböden wuchsen nur wenige Pflanzen. Im Hintergrund zogen sich die Berge der Insel wie eine Kette am Horizont entlang. Ein Schild verkündete: 1.45 Stunden nach La Pared. Als ich noch überlegte, ob ich dorthin wandern soll, kam mir ein Ehepaar entgegen. Wahrhaftig, die Welt ist ein Dorf, denn sie kamen aus Rostock.*

*„Wo ist denn nun das Meer?“ fragte ich. „Gehen Sie etwa noch eine halbe Stunde, dann sehen Sie die Klippen, aber schwimmen ist verboten, denn hier ist das Meer wild!“*

*Endlich sah ich die Küste. Schwarzes Lavagestein, grüngefärbtes Wasser und hohe Brandung boten sich meinen Augen. Immer stärker wurde das Meeresrauschen. Ich hätte die Klippen hinabsteigen müssen und nur in einer der wassergefüllten Senken baden können, nein ich ließ es beim Ansehen. Immer wieder fotografierte ich die herrlichen Ausblicke. Obwohl mir der Wind aus Westen ständig entgegen blies, war ich total durchgeschwitzt und ruhte erst einmal aus.*

*Nach gute einer Stunde Wandern war ich wieder im Hotel. Die Sonne ging kurz vor acht Uhr auf, jeden Morgen schaute ich gebannt auf dieses Ereignis. Noch einmal wollte ich nach Morro Jable fahren, um das eigentliche Fischerdorf zu entdecken.*

*Diesmal fuhr ich mit dem Bus bis zur Ortsmitte.*
*Riesige Bougainvillea-Bäume wuchsen am Straßenrand und blühten in allen Farben. Sportstätten und Parkplätze wechselten sich ab. Viele kleine Geschäfte gab es. Zur Küste sollte ich immer geradeaus gehen.*
*Eine große weiß gestrichene Kirche überragte die Häuser am Strand.*
*Treppe für Treppe erklomm ich nun. Die Kirche zierte ein schwarzes Kreuz und vier Glocken. Leider war die Kirche verschlossen.*
*Tief unter mir sah ich Hafen-Anlagen. Eine große Fähre nach Gran Canaria stand bereit.*
*Ich kletterte wieder hinab und setzte mich direkt ans Wasser in eine kleines Restaurant. Hier bekam ich einen „amerikanischen Kaffee“. Bezahlt wird, in dem man das Geld auf einen kleinen, metallenen Teller legt.*
*Zeitig stand ich an der Bushaltestelle und konnte das Treiben der farbigen Jugendlichen beobachten. Das war interessant.*
*Leise rauschte das Meer.*
*Der Morgen erwacht gegen viertel nach sieben Uhr. Bis dahin herrscht pechschwarze Nacht. Nur die silberne Mondschale, die am Himmel liegt, nicht steht, wie in Deutschland, und Sterne sehe ich.*
*Am Mittwoch beteiligte ich mich an einer Inselrundfahrt. Sie wurde der Höhepunkt meiner Reise.*
*Der Fahrer war aus Fuerteventura, der Reiseführer ein Deutscher, der bereits achtzehn Jahren auf der Insel lebt und nie wieder weggehen will.*
*Der erste Halt war in Antigua, der Kreisstadt für den nördlichen Verwaltungsbezirk. Hier empfahl uns der Reiseleiter, die Kirche zu besichtigen. Mutter Maria steckte eine Schwertspitze im Herzen, so soll sie sich bei der Kreuzigung ihres Sohnes gefühlt haben.*
*„Schauen Sie sich das Rathaus und die Polizei-Station an, Sie werden staunen, denn hier sind alle Türen ohne vorherige Terminabsprache für Besucher geöffnet“. Es stimmte, geschmackvoll waren die Zimmer eingerichtet, gar nicht amtlich, wie in Deutschland.*
*Karachio ist ein landestypisches Kaffeegetränk mit ein wenig Kondensmilch und einem Schuss Whisky. Der Reiseführer empfahl uns dieses Getränk. Ich probierte es und stellte fest: das ist ja ein richtiger Lebenswecker und trank gleich noch ein Tässchen.*
*Zur Mittagszeit erreichten wir den Nationalpark bei Corralejo im Norden der Insel, nachdem wir die Hauptstadt Rosario durchfahren hatten.*

*Unser Reiseleiter schwärmte von der Insel. Malerisch waren in der Tat die Farben des Atlantiks, die Berge und die Täler.*
*Im Hafen von Corralejo sahen wir die Insel Lanzerote auf der gegenüberliegenden Seite. Hohe Brandung schlug an die Kaimauern. Das Wasser zeigte herrliche Blautöne von hellblau, dunkelblau bis zu smaragdgrün.*
*Das Mittagessen nahmen wir in einer landestypischen Gaststätte ein. Mit einem Aperitif wurden wir begrüßt. Der löste die Zungen und bald war ich in einem angeregten Gespräch mit einem Ehepaar aus Hessen und einem Ehepaar aus dem Saarland. Die Vorspeise bestand aus Pellkartoffeln mit Knoblauch- und Tomatensoße. Diese wurden aus kleinen Schälchen gestippt.*
*Das Hauptgericht bildete eine Kichererbsen-Suppe, in der Fleischstücke schwammen. Es schmeckte mir sehr gut.*
*Die Berge von Betancuria erlebten wir am frühen Nachmittag. Sie waren sechshundert Meter hoch und gaben einen herrlichen Fernblick auf die Berge und das Meer. Der Aussichtspunkt war nicht weit entfernt von dem Museumsort Betancuria, wo wir einen 3D Film sahen. "Die Insel im ganzen Jahr!" lautete der Titel. Der Frühling verwandelt die ganze Insel in ein Blütenmeer. Klatschmohn und tausend Margueriten verzaubern die Insel, die dann grün ist. Für mich war das unvorstellbar. "Vor elf Jahren gab es den letzten Frühling" erzählte der Reiseleiter. Ursache sei die Umweltsünde der Erbauer von Costa Palma. Die natürliche Windzufuhr von West nach Ost wurde durch die Errichtung der Sunrise-Hotels gebremst und gestoppt, das zur Folge hatte: immer mehr Sand wurde an der Ostküste abgelagert. In ein paar Jahren würde es an der Westküste nur noch Steine geben.*
*Im Museumsdorf wurden selbstgemachte Konfitüren und Soßen angeboten. An einem Webstuhl führten Frauen kunstvolle Lochstickerei vor.*
*Don Pepos Ziegenfarm besichtigten wir anschließend. Blitzsauber zeigte sich der Hof. Alles wird automatisch durch Maschinen geregelt. Honigwein in kleinen „Fingerhut“ Gläschen wurden uns zum Empfang kredenzt. Aloe vera in mannigfachen Verarbeitungen konnten ebenfalls gekauft werden.*
*Verschiedene Käsesorten durften wir kosten. Ich entschied mich für einen Käse mit rotem Tomatenrand. In Folie geschweißt, würde er bestimmt die Fahrt nach Deutschland überstehen.*

***Nun ging die Fahrt nach Pajara, südwestlich von Betancuria. Bougainvillea-Bäume in den Farben gelb, rot, lila und weiß begeisterten mich. Sehr schnell waren wir nun am Ende unseres Tagesausfluges. La Pared soll sehr viele deutsche Einwohner haben. Dort gibt es eine Golf-Akademie.***
***Ich war glücklich, diesen Ausflug mitgemacht zu haben.***
***Ein Urlaubstag blieb mir noch und den verbrachte ich am Strand und lesend im Zimmer.***
***Um neun Uhr kam am nächsten Tag der Bus, düster glänzten die Fels-Landschaften im Morgenlicht. Es ging alles sehr diszipliniert und geordnet zu. Nach zwanzig Minuten war ich bereits meinen Koffer los und bekam auch noch einen Fensterplatz im Flugzeug. Wir flogen an der Küste Marokkos entlang, immer den Atlantik unter uns.***
***Über der Biskaya, Südwestfrankreich und Luxemburg wurde es stürmisch, und wir mussten angeschnallt bleiben. Dann kam die Überraschung: der Pilot verkündete, dass wir fünfzig Minuten früher in Berlin landen. Ich brauchte mir keinen Gedanken wegen des Anschlusszuges nach Neubrandenburg machen. Den schaffte ich nun problemlos.***
Zum ersten Advent meldete Klaus sein Kommen an.
Inge bereitete alles vor. Kartoffelsalat und Wiener Würstchen gab es zum Empfang. Die Kinder spielten wie immer mit den Indianer-Figuren. Mareike bat um eine Gute Nacht-Geschichte.
Es nieselte am Samstag. Am Nachmittag besuchten sie den Weihnachtsmarkt, der Auf dem Weihnachtsmarkt, der in Neubrandenburg Weberglockenmarkt heißt, bummelten sie. Grund dafür ist eine Legende. Ein Weber verirrte sich am Heiligen Abend, als er in seine Heimatstadt Neubrandenburg zurückgehen wollte.
Da hörte er plötzlich die Glocken von St. Marien und wusste, in welche Richtung er gehen musste. Deshalb gab man dem Weihnachtsmarkt diesen Namen. Es gab viel zu essen, zu trinken und zu schauen.
Im Handwerker-Stübchen sahen sie einem Kerzenmacher zu.
Zu Hause angekommen, übte Laura ihre Klavierstücke. Mareike beschäftigte sich mit dem Nitendo.
Lange schliefen die Kinder in den Sonntag hinein. Mareike turnte auf dem Spielplatz. Nach dem Mittagessen hieß es bereits wieder Abschied nehmen.
Inge wollte Susanne und Lilith in Hamburg besuchen. Ein Sturmtief war angesagt, Züge fielen einfach aus.

So entschied Inge, doch mit dem eigenen Auto zu fahren.
Strahlend ging die Sonne auf, als sie am Samstag vor dem zweiten Advent Neubrandenburg verließ. Ab Waren lag überall Schnee, direkt an der Müritz war er besonders hoch.
In Rom, einem kleinen Ort vor Parchim, machte sie die erste Pause und telefonierte mit Susanne. Alles klappte wunderbar.
Um zwölf Uhr durchfuhr sie den Horner Kreisel in Hamburg, aber dann verpasste sie doch die Kennedy-Brücke und landete in der Innenstadt. Nur keine Panik, dachte sie, fuhr durch den Elbtunnel, Richtung Husum. Dann sah sie rechterhand die Lombardi-Brücke und wusste, dahinter kommt die Kennedy-Brücke, die direkt zur Grindel-Allee führt.
Mama, wo bist Du, die Kartoffeln sind schon gar!“ fragte Susanne telefonisch und sie musste sich erklären lassen, wie sie zur Dillstraße kommt.
Beim Kaffeetrinken wurden die Kerzen der Pyramide angezündet. Anschließend gingen sie spazieren. Lilith freute sich, mit Oma eine geduldige Spielkameradin und Märchenerzählerin um sich zu haben.
In alter Gewohnheit war Inge um sechs Uhr wach. Sie beschloss, frische Brötchen zu kaufen und einen Morgenspaziergang zu machen.
Nach dem gemeinsamen Frühstück hörte sich Lilith „Der Wolf und die sieben Geißlein“ und „König Drosselbart an“. „Oma, ich habe Angst vor dem Wolf“, sagte Lilith. Inge nahm die Schallplatte vom Plattenteller. Ja, sie ist ja erst vier Jahre alt.
Endlich war der Nachmittag gekommen und nun fuhren sie zum “Dom“, dem großen Vergnügungspark von Hamburg. O, waren da viele Menschen und ein Lärm von Marktschreiern, von Musik aus den Lautsprechern der zahlreichen Karussells.
Auto fahren, das war Liliths Welt. Gekochte Maiskolben, mit Salz bestreut und vorher in Öl gewälzt, probierten sie. Es schmeckte .
Ein etwa achtzig Meter hoher Turm zog alle Blicke auf sich. Die rundherum angebrachten Gondeln schossen in die Höhe, verweilten kurz auf halber Höhe, um dann ganz nach oben zu schießen. Dort hielt das Gefährt wieder an und die Insassen konnten einen Blick auf Hamburg genießen.
In unerhörter Geschwindigkeit, gleichsam im freien Fall, rasten anschließend die Gondeln wieder nach unten. Der Krach war unbeschreiblich, denn auch die Geisterbahnen luden zum Besuch ein.
Nach einer Stunde verließen sie den „Dom“.
Gegen elf Uhr verabschiedete sie sich von Susanne. Es regnete unaufhörlich, unablässig arbeitete der Wischer auf der Frontscheibe ihres Autos,

plötzlich das Malheur, der linke Wischer löste sich aus der Verankerung und flog davon. Was tun? Sie konnte nicht einfach auf der Autobahn anhalten. Sie musste das Gestell, auf dem der Wischer befestigt war, weiter laufen lassen. Der rechte Wischer arbeitete und sie konnte halbwegs sehen. Es gab ein andauerndes, quietschendes Geräusch und am Abend sah sie, dass sich eine milchige Spur in die Frontscheibe eingeschabt hatte. „Damit kommen Sie nicht durch den TÜV, sagte der Autoschlosser, den sie konsultierte. „Sie brauchen eine neue Frontscheibe, weil auch Steinschlag an der Scheiben in vierzehn Jahren Spuren hinterlassen hat."
Sie bekam einen Termin in einer Car-Glas-Werkstatt. Da sie keine Kasko-Versicherung hatte, musste sie 376 Euro bezahlen. Aber es war ein ganz neues Fahrgefühl. Die Frontscheibe bot eine fantastische Sicht.
Klaus überwies ihr als Weihnachtsgeschenk eine Geldbetrag, Inge freute sich sehr.
Weihnachten war wieder einmal gekommen. Ein Bäumchen hatte Inge wie alle Jahre gekauft. Am Vormittag des Heiligen Abend schmückte es Inge. Mit jeder Kugel, mit jedem Strohstern kamen die Erinnerungen.
Es war ein gutes Jahr stellte Inge am Silvesterabend fest. Viele schöne Erlebnisse und wenig Kummer hatte ich, dachte sie.
Minus fünfzehn Grad zeigte das Thermometer an ihrem Küchenfenster, jetzt kamen die eiskalten Januarnächte. Tagelang schneite es, Inge war den ganzen Tag damit beschäftigt, die Straße zu fegen.
Nach langer Zeit rief Jörg an. Er ruft nur an, wenn er was will, ging es Inge durch den Kopf. Genau richtig vermutet, denn er wollte die Telefonnummer seines ehemaligen Klassenkameraden wissen.
„Feierst Du Deinen Geburtstag nach, schließlich ist es der fünfzigste gewesen?" fragte ihn Inge. „Nein, ich hatte drei Feiern, eine mit meinen Kollegen, dann auf der Burg Kriebstein mit meinen Bergsteiger-Freunden und im Urlaub mit der Familie in Andalusien. Das kostet mich zu viel, ich habe Etwas für mich gemacht!"
Am 28.Februar erhielt sie eine Hiobsbotschaft, als sie das Handy abhörte. Dieter Kirmse teilte ihr mit, dass Lilo am Vortag um vier Uhr nachmittags im Krankenhaus eingeschlafen sei. Inge war fassungslos. Lilo war in ihrem Leben immer gegenwärtig gewesen. Als Kind war sie oft bei Tante Ursel in Kitzingen am Main. Es war ihr einfach unvorstellbar, dass sie nicht mehr da sein sollte. Lilo war immer wie eine große Schwester für sie gewesen.
Inge fragte nach den näheren Umständen ihres Ablebens.

Sie hatte sich bei einem Sturz in der Wohnung zwei Rippen gebrochen und war in das Krankenhaus in Ansbach gekommen. Dort bekam sie eine Lungenentzündung. Da ihr allgemeiner Gesundheitszustand so geschwächt war, starb sie. Ihre Depressionen waren so schlimm, weil sie immer Schmerzen ertragen musste. Ein Kreuzbeinbruch war dann nach vielen Untersuchungen die richtige Diagnose. Sie bekam Schmerztabletten und wurde medikamentös eingestellt.
Inge fragte Dieter, ob sie zur Beerdigung kommen dürfe. „Ich möchte Abschied von ihr nehmen "sagte sie. Dieter gestattete dies und bat, die Zugankunft rechtzeitig mitzuteilen.
Donnerstag, 06. März 2014
Ich bin wieder zu Hause, viel erlebt, viel geweint und doch auch Freude mit Almuts Kindern gehabt.
Niklas ist neun Jahre, Bastian sieben, Mirjam fünf und Baby Linda gerade drei Wochen alt. Lilo hat das Baby noch im Krankenhaus kennengelernt. Ein Mensch wird geboren, ein Mensch geht von dieser Erde, wieder bewahrheitet sich dieser Satz.
Der ICE fuhr von Berlin nach Innsbruck durch meine alte Heimat Weißenfels und Naumburg, Jena, Saalfeld bis Nürnberg. Immer entlang der Saale, und schon stürzten die Erinnerungen auf mich ein.
In Ansbach holte mich Karin ab. Sie ähnelt äußerlich Lilo sehr.
Das Hotel „Platen" wurde mein Nachtquartier. Der Dichter August von Platen lebte in Ansbach seit 1737.
Mein Zimmer war im zweiten Stock und bot einen Blick in den Hofgarten und die Anlagen der Orangerie. Ich legte nur den Koffer ab und fuhr mit Karin gleich weiter in ihr Elternhaus. Die Eichendorff-Straße fünfundzwanzig kenne ich seit Silvester 1989, als ich von Lilo nach dem Mauerfall eingeladen worden war.
Nichts war verändert. Der Flügel stand in der Mitte der Wohnstube, das Foto von der Seemannskirche in Prerow hing an der Wand.
Ich erinnerte mich an die vielen Jahre der Gemeinsamkeiten und lange erzählten wir.
Dieter brachte mich nach dem Abendbrot ins Hotel.
Am nächsten Morgen wollte er mich um zehn Uhr abholen, um in das Beerdigungsinstitut zu fahren.
Dies war nicht weit entfernt. Außer einem Saal hatte es auch ein Cafe´ und ein Abschieds-Zimmer.
Nun kam der schwerste Moment.

Lilo lag aufgebahrt in einem weißen Bett. Sie trug ein graues Kleid mit einem kleinen, weißen Kragen. Ihre Hände waren über der Brust gefaltet und hielten ein kleines Holzkreuz. „Das ist ihr Konfirmations-Kreuz" erklärte mir Dieter. Die grauen, kurzgeschnittenen Haare waren streng nach hinten gekämmt.
Faltenlos und schön war das Gesicht, es drückte Frieden aus.
Ich musste einfach ihre Wangen und ihren Arm streicheln und schrak zurück. Sie war kalt, tot, unwiederbringlich, das wurde mir schlagartig bewusst.

Um 14 Uhr trafen wir zur Trauerfeier ein. Almut war bereits mit ihrer Familie da. Baby Linda schlief, es war gerade gestillt worden.
Ein Streichquartett spielte das „Ave verum" von Mozart, dann folgte die Rede einer Pastorin.
Dann trat Niklas an das Pult. „Oma, wo bist Du? Wo ist der Himmel?" Er erzählte von seiner Oma und endete mit dem Satz: „Der Himmel ist in meinem Herzen, und da wird Oma immer bleiben!" Das ging wahrlich allen Anwesenden unter die Haut.
Gemeinsam sangen alle das berühmte Kirchenlied „Wenn ich einmal soll scheiden" und Niklas spielte ein Stück auf der Gitarre. Das Streichquartett beendete die Feier mit dem ersten Satz aus Mozarts A-Dur Sonate.
Es war zwei Uhr geworden. Die Schlaraffen-Frauen setzten sich gleich an den Kaffeetisch. Das ist eine Korps-Bruderschaft, der Dieter schon lange angehört. Die Kinder hielt es nicht lange auf den Stühlen. Ich brauchte dringend frische Luft und ging hinaus, die Kinder folgten und spielten fast eine Stunde mit mir. Verstecken, Müde, Matt, Marode, das uralte Ballspiel und den Plumpsack. Es kam mir wie ein Aufatmen vor, das Leben geht weiter, dachte ich.
Der herrliche Frühlingsblumenstrauß wurde von Lilos Sarg genommen und zur Grabstelle ihrer Eltern auf den Waldfriedhof gebracht. In den vergangenen dreiundvierzig Jahren war der Grabstein grün-grau geworden. 1970 starb Onkel Ulrich, 1981 Tante Ursel, meine geliebte Patentante.
Es begann zu regnen.
Auf dem Kinderspielplatz vor der Orangerie trafen wir wieder alle zusammen.
Um 18 Uhr wurde zum Essen in die Gaststätte „Zur Windmühle" eingeladen. Wir saßen an einem großen Tisch, Markus saß mir gegenüber, Almut mit Baby Linda rechts von mir, links die anderen drei Kinder.

Ich zeigte Fotos von Neubrandenburg. Die Kinder waren sehr neugierig. Auch Markus zeigte nun Handyfotos von ihrem neuen Haus in Bensheim. Auch sie genießen den Blick nach Südwesten mit traumhaften Sonnenuntergängen.
„Inge, Du kommst zu Lindas Taufe!“ sagte Mirjam, die Inge sofort ins Herz geschlossen hatte. Markus erzählte, dass er Musiklehrbücher für die Klassenstufen 5/6 und 7/8 herausgegeben hätte. Um neun Uhr begann das große Verabschieden. Mein Zug fuhr bereits 5.30 Uhr. Ich bedankte mich für alle Fürsorge.
Diese beiden Tage werde ich niemals vergessen.
Eine Woche später kamen Lilith und Susanne. Am 8. März war Lilith fünf Jahre alt geworden. Sie trug ein cremefarbenes Prinzessinnen-Kleid und stürmte auf dem Bahnsteig in Inges Arme. Helles Lachen und Fröhlichkeit erfüllten von nun an ihr Haus.
Ihr erster Weg führte zur Gaststätte „Badehaus“ am See. Lilith spielte auf dem Spielplatz, während Susanne und Inge Kaffee tranken.
Gleich am folgenden Tag fuhren sie zur Ferienanlage „Hinterste Mühle“, wo Inge einen Termin zum Reiten für Lilith ausgehandelt hatte. Ach, war das Kind glücklich.
Am Nachmittag spazierten sie zum Reitbahnsee, da schlug das Wetter um. Es wurde unangenehm kalt und windig.
Aber schon am nächsten Tag schien bereits die Sonne wieder und Inge schlug vor, nach Burg Stargard in die nahegelegene Kleinstadt zu fahren. Sie parkte am Markt und wanderten den Burgberg hinauf.
Zuerst besichtigten sie die Gewand-Schneiderei, in der historische Gewänder genäht wurden und kletterten dann auf den Bergfried. Die Burg ist die einzig erhaltene Höhenburg in Mecklenburg. Einhundertvierundvierzig Stufen zählten
sie. Auch in das ländliche Museum schauten sie. Nach Herzenslust tobte Lilith danach auf dem Spielplatz.
Viel zu schnell vergingen die Tage. „Ich möchte noch einmal auf “Turbo“ oder „Sheriff“ reiten, bat Lilith. Auch diesen Wunsch konnte ihr Inge erfüllen.
Am Nachmittag brachte Inge beide zum Bahnhof. Beim“ Frühlings-Dom“ sehen wir uns wieder, versprach Susanne. Das kleine Energiebündel hatte so viel Freude und Lebensmut in ihr Haus gebracht.
Am letzten Märzwochenende machte Malte sein Versprechen, Inge zu besuchen, wahr. „Darf ich meine Freundin Linda mitbringen?“ fragte

er vorher. Vier Personen für eine Nacht beherbergen, ein bisschen viel, dachte Inge, stimmte aber zu.
Bei einem Fahr-Anfänger unter achtzehn Jahren ist die Mitfahrt eines Elternteils Bedingung, erzählte Jörg. Claudia war nicht mitgekommen. Sie weilte mit ihrer Mutter in Paris, das Geschenk zu ihrem Geburtstag. So waren Jörg, Malte, Clara und Linda ihre Gäste.
Sie besuchten das Grab von Oma Else auf dem Friedhof, gingen dann in den Schlosspark. Sie mussten über den Zaun klettern. Der Park war völlig verwildert, aber die ersten Leberblümchen lugten blau unter dem Herbstlaub hervor. Ganz in der Nähe des dreigeschossigen Wohnhauses, das sie von 1965 bis 1975 bewohnten, blühten die ersten weißen Buschwindröschen. Jörg war wie aus dem Häuschen, erzählte von seiner hier verlebten Kindheit und konnte sich gar nicht beruhigen. Ja, mit fünfzig Lebensjahren ist vielleicht bei ihm der Zeitpunkt gekommen, wo man an die Kindheit zurück denkt.
Das Gutshaus stand zum Verkauf. „Gib´ mir doch das Grammophon mit, damit ich es untersuchen lassen kann, die Feder muss erneuert werden“, bohrte Jörg. Inge traute seinen Worten nicht, er gab jedoch keine Ruhe, bis sie zusagte.
„Oma, bei Dir hat es uns prima gefallen“, sagte Malte zum Abschied.
„Der schönste Monat für das Herz, das ist und bleibt der Monat März!“ stand an der Schautafel des Cafe´ s an der Wasser-Ski-Anlage des Reitbahnsees. Wie wahr, dachte Inge.
Der April machte seinem Namen alle Ehre. Ab und zu beherbergte sie Gäste, so dass sie nicht sparen musste.
„Oma, sing´ mir doch mal das Lied vom Sandmann vor“, sagte Lilith am Telefon. Als Inge eine Strophe gesungen hatte, rief sie: “Nein Oma, bitte das ganze Lied. Es war das Schlaflied „Die Blümelein, sie schlafen“. „Ich möchte wieder mir Dir Plätzchen backen, komm´ doch nach Hamburg!“ Da kam Inge auf die Idee mit dem Teegebäck, ein Rezept aus einem alten Kochbuch, denn Weihnachts-Plätzchen konnten sie ja nun nicht zu Ostern backen.
Susanne lud sie zu Ostern ein. Drei Tag waren erfüllt von Freude und vielen Erlebnissen.
Am Ostersamstag in aller Frühe fuhr Inge los und war zu Mittag in Hamburg. Zuerst spazierten sie durch das schöne Wohngebiet, in dem Susanne wohnte, vorbei an herrlichen Jugendstilhäusern und Gärten. Die japanischen Kirschbäume blühten in herrlichem Rosa.

Natürlich wimmelte es von Menschen an der Alster.
Neue Spielgeräte waren postiert, z. B. ein Surfbrett als Spielgerät. Lilith pflückte Blüten von den Kirschbäumen und warf sie in das Wasser und der Wind trug sie gleich davon.
Am Spätnachmittag waren sie wieder zu Hause. Nun endlich konnten sie die Plätzchen herstellen. Lilith rollte den Teig aus, schnitt die Plätzchen mit Förmchen heraus und bestrich sie mit Eigelb und Mandelsplittern. Sie war glücklich, weil alles gelang, und die Plätzchen schmeckten.
Auch am Ostersonntag schien die Sonne. Das erste Grün wagte sich heraus. Im Innocenz-Park mit sehr schönen alten Bäumen, versteckte Susanne die Ostergeschenke für Lilith. Mariamu, ein zwölfjähriges afrikanisches Mädchen aus ihrem Haus, war mit gekommen und spielte mit Lilith.
Susanne kochte Mittagessen und anschließend fuhren sie nach Blankenese an die Elbe. Leider zogen nun Wolken auf, es begann zu regnen. Viele Spaziergänger drängten sich auf den Wegen oder saßen auf den Steinen am Elbufer.
Ein Cafe´ ermöglichte ihnen, einen Becher Kaffee zu kaufen. Bienenstich-Kuchen hatte Inge von zu Hause mitgebracht, der wurde dazu gegessen.
Nach diesem Tag taten Inge ordentlich die Füße weh.
Lilith begann schon, Zahlen und Buchstaben zu schreiben.
Am Ostermontag hörte es im Laufe des Vormittages auf zu regnen. Susanne schlug vor, die neuerbaute Speicherstadt zu besuchen.
Viele Eigentumswohnungen waren links und rechts der im Bau befindlichen Elb-Philharmonie entstanden.
Von dort wanderten sie zu einem ganz modernen Spielplatz mit Palmen und Sportgeräten, hier konnte sich Lilith richtig austoben. Die Sonne war herausgekommen und sie beschlossen, gleich am Kaiser-Kai in einer Gaststätte Mittag zu essen. Sie waren bestimmt drei Kilometer gelaufen und Lilith war müde geworden.
Am Dienstagvormittag verabschiedete sich Inge. Wieder schien die Sonne und mühelos kam sie in Neubrandenburg an.
Am Muttertag rief Jörg an und gratulierte.
Das war außergewöhnlich.
***Pfingstsonntag, 08. Juni 2014***
***Vor zehn Tagen schrieb ich das letzte Mal Tagebuch.***
***Nun bin ich seit gestern zurück aus Anafi. Jeder Tag war ein Erlebnis.***

*Gleich am ersten Tag wurde ich überrascht. In der Taverne am Klissidi Strand kam ich mit einem Gast aus Schweden ins Gespräch. „Sie waren schon acht Mal auf Anafi? Ich weiß, wer Sie sind. Sie haben das Buch ′Anafi, ich fand ein verloren geglaubtes Paradies′ geschrieben!“*
*Am Abend begegneten wir uns wieder. Auch er hatte bei margarita rooms gebucht und Zimmer Nummer sieben bekommen, ich hatte Zimmer Nummer sechs. Spontan lud er mich zu einem Glas Santorin-Wein ein und es wurde ein schöner Abend auf der Terrasse seines Zimmers. Wir unterhielten uns in Englisch. Physiotherapeut ist sein Beruf, etwa zehn Jahre jünger als ich. Er ist geschieden und widmet sich ganz seinem Hobby, dem Motorradfahren. Auch er liebt klassische Musik.*
*Am Abfahrtstag lernte ich in Popys Taverne eine neunundsiebzigjährige Frau aus der Schweiz kennen. Sie weilte das zweite Mal auf Anafi. Ihr Ehemann war vor einem Jahr gestorben.*
*Er war Künstler und hatte die typischen Merkmale der Insel wie Boote, Palmen und das Meer in Schwarz-Weiß gezeichnet. Sie zeigte mir einige Arbeiten und fragte, ob ich ein oder zwei Bilder (Kopien) haben möchte. Ich bejahte und suchte mir zwei Zeichnungen heraus. Für mein Buch interessierte sie sich ebenfalls und gab mir ihre Adresse, damit ich es ihr schicken könne.*
*Sie winkte mir zum Abschied auf dem Schiff zu, das war das erste Mal, dass mir Jemand im Hafen von Anafi beim Abschied zuwinkte.*
*Da in Griechenland Pfingsten vor der Tür stand, eine Woche später als in Deutschland, fuhren die Fähren eingeschränkt und ich musste noch zwei Nächte auf Santorin zubringen.*
*Der Chef vom Hotel „Olympia“ gab mir ein schönes Zimmer, als ich am späten Abend eintraf.*
*Beim Frühstück kam ich mit einem Schweizer Rechtsanwalt ins Gespräch. Ich erzählte ihm, dass ich die Wanderung von Thira nach Oia machen wolle.*
*“Darf ich Sie begleiten?“ fragte er und ich stimmte zu.*
*Nach der vier Stunden dauernden Wanderung von zehn bis zwei Uhr Mittag, war ich kein bisschen müde und mein sechzigjähriger Begleiter staunte nur. “Unglaublich, in dem Alter!“*
*Wir verabschiedeten uns in Oia und ich ging zum Schmuckgeschäft „Wave“ um Uschi zu treffen, hatte aber kein Glück.*
*Als ich um 17 Uhr im Bus nach Thira saß, fasste ich den Entschluss, gleich weiter nach Perissa, an den Badestrand von Santorin, zu fahren.*

***Der letzte Tag am Meer, da musste ich einfach noch einmal schwimmen. Der nächste Tag war ein „Afrika“ Tag. Ich landete mit dem Flieger in Köln/ Bonn und fuhr in die Innenstadt. Eine unglaubliche Hitze empfing mich. Massen von Touristen waren an der Station „Kölner Dom“. Der ICE nach Berlin fiel aus, aber ein Ersatz-Zug wurde bereitgestellt. In Berlin hatte ich durch die Verspätung des ICE nur drei Minuten, um von Bahnsteig zwölf (ganz oben) nach Bahnsteig sechs (tief) zu kommen. Ich rannte und schaffte es tatsächlich.***

Die schönste Zeit des Jahres begann. Inge hatte mit Hecken schneiden, Unkraut jäten und Rasenmähen, genug zu tun.

Doch zum Radfahren blieb immer Zeit.

Am letztenn Juli-Wochenende trafen Susanne und Lilith ein.

Lilith war gewachsen und gertenschlank. Natürlich fuhren sie nach dem Kaffeetrinken sofort zum See. Lilith spielte Wasserball mit Inge. Danach baute sie eine Sandburg. Unermüdlich lief sie am Ufer entlang und pflückte kleine Gräser und Blumen, es wurde ein richtiges Kunstwerk.

Am folgenden Tag besuchten sie den Zeltplatz Gatsch-Eck. Da war es noch schöner. Es herrschte große Hitze und endlich kam das erlösende Gewitter mit reichlichem Regen.

„Heute fahren wir nach Stralsund und besuchen das Ozeaneum“, schlug Inge vor.

Direkt am Hafen fanden sie einen Parkplatz. Der Nordostwind brachte angenehme Frische. Sie schlenderten am Hafen entlang, staunten über das Segelschiff “George Fock“ und aßen in der gläsernen Bäckerei des Cafe´ s Gumpfer Kuchen und Eis.

So gestärkt betraten sie das Ozeaneum.

Sehr dunkel war es in den Ausstellungsräumen. Am besten gefielen ihnen die Ostsee-und Nordsee-Aquarien mit lebenden Fischen.

Auf dem Dach des Ozeaneums waren Pinguine und ein Spielzimmer für Kinder. Anschließend fuhren sie zum nächstgelegenen Badestrand an der Strelasund-Promenade.

In der Nacht gab es wieder ein Gewitter und der Regen hielt auch noch am nächsten Tag an. Inge holte das alte Memory-Spiel aus dem Keller und so vertrieben sie sich die Zeit. „Bei Dir kann ich mich immer richtig erholen“, sagte Susanne zum Abschied.

Der Weinstock an der Südseite des Hauses hängt voller Trauben. Sie sind reif und Inge beginnt sie zu pflücken. Zehn Kilogramm werden es. Jede einzelne Traube streift sie mit der Gabel von der Rebe ab und entsaftet

anschließend die Beeren. Vierzehn große Gläser Saft und vierzehn kleine Gläser Gelee macht sie daraus. Das werden die Vitaminspender im Winter.
Mitte September bekommt sie einen Gast. Ein junger Mann, schwer bepackt mit einem Rucksack und zwei großen Taschen, stand abends vor ihrer Haustür. Der junge Mann war aus Stuttgart und wollte an der Hochschule in Neubrandenburg sein Geodäsie-Studium fortsetzen. Inge lud ihn zum mittäglichen Sonntags-Essen ein und schlug vor, eine kleine Rundfahrt mit dem Auto zu unternehmen, um die Stadt kennen zu lernen. Daniel, so sein Name, war hocherfreut. Vierzehn Tage wollte er bei ihr übernachten, dann würde ein Zimmer im Studenten-Wohnheim frei sein. Eine Bibel auf dem Nachttisch überraschte Inge.
Eine ganz junge Katze, die genauso schwarz-weiß aussah wie ihr verstorbener Kater Peter, begegnete ihr ständig, wenn sie der Mieze die Futterschüssel füllte. Wie der Blitz rannte sie sofort hin und fraß in Sekundenschnelle alles auf und ließ der Mieze nichts übrig. Was tun?
Sie rief im Tierheim an und Herr K. kam und beriet sie. „Der Kater ist bestimmt irgendwo entlaufen, er sieht sehr gepflegt aus, behalten Sie ihn doch!“ redete er ihr zu. Inge willigte ein, denn der Kater war nicht mehr zu vertreiben. Sie stellte einen zweiten Futternapf auf, damit die Mieze auch ihr Futter bekam.
Am 3.Oktober, seit der Wiedervereinigung ein Feiertag in Deutschland, fuhr Inge nach Stralsund, um sich im Kulturhistorischen Museum die Ausstellung der Malerin Elisabeth Büchsel anzusehen. Das Meereskunde-Museum bildet mit dem Kulturhistorischen Museum eine Einheit, es ist der Remter mit einem wunderschönen Kreuzgang. Im zweiten Stock befand sich die Ausstellung. Etwa einhundert Bilder, Aquarelle, Ölgemälde und Lithographien aus den verschiedenen Schaffensperioden der Künstlerin waren zu sehen. Seit 1904 weilte die 1867 in Stralsund geborene Malerin auf Hiddensee. Inge war von den Bildern, die schon impressionistische Züge zeigte, begeistert.
Die Sonne konnte sich an diesem Tag nicht durchsetzen, die Nebel blieben, deshalb fuhr Inge auch gleich wieder zurück nach Neubrandenburg. Noch ein wichtiger Termin stand vor ihr: der Besuch des Evangelischen Kirchenarchivs in Magdeburg. Dort wollte sie die Akten ihres Großvaters studieren. Es war nun bereits das zweite Mal.
Fünf Kartons mit der Personalakte M a r t i n S t i e r lagen vor.
Sie tauchte in die Vergangenheit ein. Die letzten beiden Pakete mit Akten

studierte sie und erfuhr Unglaubliches.
Bitterarm war die Familie 1919, als Martin Stier 1916 eine neue Pfarrstelle in Langennaundorf bei Torgau erhielt. Es war die Zeit des 1.Weltkrieges und der sich anschließenden Inflation. Wieder gab es Querelen zwischen dem Pastor, den Gemeinde-Mitgliedern und dem Bürgermeister. Bittbriefe an den Konsistorialpräsidenten in Berlin füllten die Akten und Bescheinigungen über die Höhe der finanziellen Zuwendungen.
1932 kommt die „Geisteskrankheit“ des ältesten Sohnes Johannes dazu, die durch Überarbeitung im Theologie-Studium ausgebrochen war. 1932 wird Johannes ärztlich bescheinigt, dass er geheilt sei und dennoch kommt er 1935 in die Bodelschwinghschen Anstalten bei Bielefeld. Johannes hatte einen Brief an den Prager Rundfunk geschrieben, in dem er Hitler als Mörder des SA-Führers Röhm bezichtigte. Darauf kommt es zur Anzeige. Nur durch die Aussage des Onkels Ewald Stier, Bruder seines Vaters und Professor für Neurologie und Psychiatrie an der Charite´ in Berlin, wird er im Prozess auf § 51 gesetzt und für geisteskrank erklärt. Das Gutachten rettet Johannes zwar das Leben, aber er kommt zehn Jahre nach Bethel. Dort arbeitet er als Wirtschaftskaufmann. Das muss seiner Mutter das Herz gebrochen haben. Sie erlebte seine Freilassung 1945 nicht mehr, weil sie 1944 an offener Tuberkulose starb.
1928 wird Martin Stier wegen Querulantentum zur Zwangspensionierung verurteilt. Über fünfzig Seiten enthält das ärztliche Gutachten, welches ihm eine „geistige Störung“ unterstellt. Clara organisiert den Umzug nach Naumburg, bittet den Konsistorialpräsidenten, die Kosten des Umzuges, über eintausend Mark, zu begleichen. Ihr Mann dürfe jedoch nicht erfahren, dass sie darum gebeten habe.
Nach drei Stunden scheint Inges Kopf zu platzen, das Gelesene musste sie erst einmal verarbeiten.
Einige Tage später las sie alle Aufzeichnungen, die sie im Archiv angefertigt hatte, und erarbeitete eine kleine Broschüre von zehn Seiten. In der Rathaus-Druckerei ließ sie diese drucken. Bernd, ihrem Cousin, schickte sie das erste Exemplar.
Mitte der Woche fuhr Inge ins Tierheim und lieh eine Kiste aus, die als Falle für Katzen dient. Damit wollte sie den jungen Kater zum Tierarzt transportieren und kastrieren lassen. Es dauerte eine Weile, bis der Kater zur Futterschüssel in die Falle schlich, aber dann wurde der Hunger wohl übermächtig. Alles verlief gut und am Nachmittag holte sie den Kater wieder ab. Sein rechtes Ohr war mit einem Pflaster umwickelt, das ganz

putzig aussah. Der Arzt hatte ein Stück vom Ohr herausgeschnitten, das sei das Zeichen für Kastration. Nun hatte sie ihn angenommen und nannte ihn Peter.
Die Dusche in der unteren Etage, ihrer Ferienwohnung, musste erneuert werden, da sich Schimmel in den Rändern zu bilden begann. Von drei Handwerkern ließ sie sich ein Angebot machen und hatte Erfolg. Das Angebot von Messtechnik/Sanitär Neubrandenburg, war das Günstigste. Sie bauten nach ihren Vorstellungen neue Türen und eine Duschwanne ein, ohne neue Fliesen einzusetzen. Das war nicht nötig, da die alten Fliesen noch tadellos in Ordnung waren. Statt 3500 Euro des ersten Anbieters, betrug der Kostenvoranschlag 700 Euro. Für den Einbau benötigten die Handwerker nur einen halben Tag.
Ende November waren endgültig alle Blätter an den Bäumen herunter geweht. Dennoch fuhr Inge zum See und hielt am Augustabad. Die Sonne beleuchtete die gegenüberliegende Seite mit dem weiß schimmernden Belvedere.
Der Forsythienbaum, der noch grüne Blätter zeigte, war von einem Tag auf den anderen erfroren. Am 30. November fielen die Temperaturen auf minus vier Grad.
Im Marie Hager-Haus in Burg Stargard wurde eine Ausstellung von Werken des Malers Wolfram Schubert gezeigt.
„Blumen-Malereien“ lautete der Titel. Der achtundachtzigjährige Maler lebt seit vierzig Jahren in Potzlow bei Prenzlau. In der DDR war er ein systemgetreuer Maler, der viele sozialistische Bilder geschaffen hatte.
Nun also die totale Wende. Die Blumenbilder waren als Pastelle oder Ölgemälde geschaffen und sehr schön. Ein Video zeigte den Maler bei der Arbeit. Unter tausend Euro war jedoch kein Bild zu erwerben.
Zum zweiten Advent lud sie Susanne nach Hamburg ein. Diesmal fuhr Inge mit dem Zug.
Es war ein schön es, wenn auch sehr anstrengendes Wochenende. Lilith hüpfte vor Freude, als sie aus dem Zug stieg. Mit U- und S-Bahn gelangten sie zur Grindel-Allee.
Am nächsten Tag rührten Lilith und sie Teig an, kneteten und rollten ihn aus. Dann wurden die Plätzchen ausgestanzt und weiter bearbeitet.
Lilith war begeistert.
Zu Mittag kam die Sonne heraus und sie fuhren zum Stephansplatz, wo in einer Buchhandlung Kaltnadelradierungen von Liliths Vater ausgestellt waren. Stolz sagte Lilith zu dem Geschäftsführer:

„Das hat mein Papa gemacht."
Die Sonne blieb und sie liefen zu den Landebrücken. Hier spürte man die weltoffene Stadt Hamburg. Wortfetzen in verschiedenen Sprachen tönten an ihre Ohren. Viele Menschen nutzten das schöne Wetter für einen Spaziergang.
Sie setzten sich auf eine Bank und genossen die Aussicht. Die Sonne spiegelte sich in den Fenstern der neuen Elb-Philharmonie. Wann wird diese wohl fertig gebaut sein?
Abends um sechs Uhr fuhren sie noch einmal in die Stadt. Es wurde eine tolle Stunde auf dem Dom. Bei Karusselfahren, Enten-Angeln, Maiskolben essen und Crepe´s naschen, verging die Zeit wie im Fluge. Nach einer Stunde waren sie von dem Lärm und den vielen Menschen geschafft. In der Hamburger Kunsthalle war eine Ausstellung von Max Beckmann, die sich Inge gern ansehen wollte. Am Sonntag aßen sie in der Gaststätte „Blockhaus" zu Mittag und anschließend besuchte Inge kurz die Ausstellung, während Susanne und Lilith sich die Zeit anderswo vertrieben. Sie sah achtzig Stillleben von Beckmann in abstrakter Malweise. Sie gefielen Inge nicht, die natürlichen Blumen waren ihr dann doch lieber.
Es begann zu regnen und sie mussten nun auf den Zug warten. Lilith wurde zusehends müde und quengelig. Inge schlug vor, sich schon jetzt zu verabschieden, damit Susanne mit ihr nach Hause fahren konnte. So geschah es auch.
Die schöne Adventszeit hatte begonnen. Diesmal war ein Riesenrad direkt auf der Stargarder Straße, vor dem Kaufhaus, in Neubrandenburg aufgebaut worden. Das war eine Attraktion. Inge wagt es, in eine der Gondeln zu steigen. Ein Lichtermeer war von oben zu sehen.
Überraschend hatte sie Klaus eingeladen, am vierten Advent nach Dieskau zu kommen.
Klaus holte sie vom Bahnhof ab. Keiner ließ sich blicken, als sie das Haus betrat. Cathleen war in der Waschküche bei den vier Wochen alten Katern. Ein großer Katzenbaum mit vier Schlafstellen war zu sehen. Der kleinere der beiden Kater kackte immer auf den eigenen Schwanz und Klaus musste ihn säubern. Die beiden Kater waren Rassekatzen von der Rasse Britisch Kurzhaar, erklärte ihr Klaus. Inge wollte mit den Kindern singen, aber die verspürten keine Lust. Laura zeigte stolz ihr neues Kinderzimmer. Klaus hatte es gemalert und nun in ein Jugendzimmer verwandelt. Die Wände waren türkisfarben gestrichen. Laura hielt sich den ganzen Tag in ihrem Zimmer auf.

Anders Mareike. Mit ihr konnte sie gut plaudern. Sie besaß so gut wie alles über Katzen: Spielzeug, Bücher, ein Quartett, Decken und Kissen mit Katzenmotiven. Bei gemeinsamen Quartettspielen lernte Inge nun alle Katzen-Rassen kennen.
In der Nacht stürmte es, es wird „grüne Weihnacht" geben.
Am Sonntagmorgen spazierten Klaus, Mareike und Inge durch den Dieskauer Park. Schwäne, Enten und einen Silberreiher erblickten sie. Mareike zeigte ihre Laubhütte, die sie mit Klassenkameraden gebaut hatte.
Am Abend erreichte sie Meldung vom Tod des Sängers Udo Jürgens. Gerade hatte er seinen achtzigsten Geburtstag in einer großen Gala gefeiert. So schnell geht es, dachte Inge. Sein Wunsch, einmal schnell zu sterben und nicht leiden zu müssen, ging in Erfüllung. Seine Lieder jedoch bleiben den Menschen erhalten. Pötzlich wurde es gegen Abend lebhaft im Zimmer. Klaus´ Freunde aus Belgien riefen über Skype an und Inike, die junge Frau, sagte. „Sehe ich da Deine Mutter? Ich kenne sie von Deinem vierzigsten Geburtstag." Klaus bejahte und daraufhin sollte Inge ein paar Worte sagen. „Ich lerne gerade Querflöte spielen", meinte Inike freudestrahlend, bei uns wird viel zu Hause gesungen." Inge meinte, dass sie auch das Querflöten-Spiel im Studium erlernt hätte. Sie sang spontan eine Strophe des neuen Weihnachtsliedes „Die schönste Zeit des Jahres ist die Weihnachtszeit" und Inike stimmte gleich nach den ersten Takten mit ein. Welch´ eine Freude herrschte plötzlich im Raum. Inike hatte 1990 in Klaus´ Abteilung als Sekretärin gearbeitet, war dann mit ihrer Familie nach Belgien gezogen. „Deutschland ist nicht kinderfreundlich " meinte sie.
Am Montag musste Cathleen arbeiten und Klaus fuhr am Morgen mit Laura, Mareike und Lauras Freundin in einen großen Supermarkt, in das „Saale-Center" bei Leipzig, um noch einige Weihnachts-Einkäufe zu tätigen. Er hatte bereits am Samstag eine Kartoffelsuppe vorgekocht. Laura maulte: "Immer machst Du Kartoffelsuppe, ich möchte aber eine Tomatensuppe essen!" Was war nur aus diesem, einst so fröhlichem Kind, geworden? Sie ist eben in einem schwierigen Alter, erklärte Klaus.
Auf der Heimfahrt las sie im Zug das Buch „Denn das Glück ist eine Reise", welches ihr Pastorin Seuffert geschenkt hatte. Das brachte sie auf andere Gedanken und verkürzte die Reisezeit. Das Buch trieb ihr Tränen in die Augen. Der Großvater, auf einer Reise gestürzt, muss operiert werden und wacht aus der Narkose nicht mehr auf. Adele, seine Enkeltochter in London arbeitend, besucht vor der Beerdigung das Haus ihres Groß-

vaters in der Bretagne und alle Kindheitserinnerungen brechen auf. „Hier, in seinem Haus, erwies ihm Adele die letzte Ehre, die ihm mehr bedeutet hätte, als alle Medaillen und Abzeichen dieser Welt: sie schenkte ihm einen Platz auf der Schatzinsel ihrer glücklichen Kindheit.“

***Heilig Abend 2014***

***Die Kerzen am Adventskranz brennen, auf dem Klavier steht das Transparent, das ich seit meiner Kindheit kenne. Mein kleines, dickes rundes Tannenbäumchen ist festlich geschmückt. Diesmal bekam ich Geschenke von allen drei Kindern. Jörg hatte das von Walter Kohl und Anselm Grün verfasste Buch „Was uns wirklich trägt“ nicht nur schön verpackt, sondern auch noch ein paar persönliche, freundliche Zeilen dazu geschrieben. Sein Besuch bei mir im April mit den Kindern wäre sehr schön gewesen und würde von ihm gern wiederholt werden.***

***Susanne hatte ihr Geschenk von Amazon einpacken lassen. Es war der von mir heiß erwünschte Auto-Atlas und eine schwarze Küchenschürze mit der Aufschrift: „Bei Oma schmeckt´ s am besten.“ Klaus hatte einen Geldbetrag für die neue Frontscheibe meines Autos überwiesen.***

Schon wieder wurde Europa von einem grausigen Attentat erschüttert. In Paris stürmten zwei maskierte Männer um halb elf Uhr die Redaktion einer satirischen Zeitschrift und schossen wild um sich. „Allah ist groß“ brüllten sie. Zwölf Menschen wurden getötet, der junge Chefredakteur war auch unter den Getöteten.

In der ganzen Welt waren die Menschen entsetzt. Zwei Tage später wurden die Täter gefasst, es waren Brüder arabischer Herkunft. Im Norden von Paris hatten sie versucht, Geiseln zu nehmen.

Die Jahresend-Rechnung der Stadtwerke im Januar brachte Inge eine handfeste Überraschung. Sie bescheinigten eine Nachzahlung von 427 Euro. Lag es daran, dass sie einen neuen Kühlschrank und einen neuen Fernsehapparat gekauft hatte?

Ein Elektriker hatte ihr gesagt, dass so alte Geräte wie ihre „Stromfresser“ sind.

Natürlich lag es auch an Inges Sparsamkeit.

Nie ließ sie die Geräte im stand by, wenn sie zu Bett ging. Sie erhielt eine neue Einstufung, die zu entrichtende Rate war um fünfzig Euro monatlich niedriger.

Im Gemeinde-Nachmittag stellte Inge Anselm Grün und Ralf Kohls Buch „Was uns wirklich trägt“ vor.

Sie hatte es mit großer Begeisterung gelesen und sich gut vorbereitet. Eine Stunde war viel zu kurz, um das Buch umfassend vorzustellen. Sie schaffte nur das erste Kapitel "Unsere Herkunft als Mitgift". „Sie müssen unbedingt noch einmal eine Lesung machen", wurde ihr anschließend gesagt.

***Mittwoch, 11.Februar 2015***

***Heute ist Omas 20.Todestag. Ich habe das Erinnerungsbuch mit Fotos und Kondolenz-Briefen herausgesucht und eine Kerze angezündet. Wieviele Weggefährten sind inzwischen verstorben: Onkel Hans, Tante Else, Oma Else, Tante Herta und Lilo.***

***Ich setzte mich ans Klavier und spielte Stücke aus der Damm-Klavierschule und das Vierhändig-Spiel mit meiner Mutter wurde wieder lebendig. Was soll mit der Grabstelle geschehen? Soll ich sie noch einmal verlängern? Nein, auf keinen Fall.***

***Ich besuchte einen Steinmetz in Neubrandenburg und fragte, ob ich den Grabstein in meinen Garten setzen dürfe. Ja, sagte er, dies sei möglich. „Zuerst aber müssen Sie einen Antrag auf Einebnung der Grabstätte an die Abteilung Friedhöfe beim Rat der Stadt stellen. Haben Sie die Zusage, werden wir die Grabstätte in den ursprünglichen Zustand versetzen." Damit war alles geklärt. Natürlich kostet das alles Geld, aber dies war mir das Andenken an meine Mutter wert.***

Bald würde Liliths sechster Geburtstag sein. Inge telefonierte mit Susanne und fragte nach einem Wunsch. „Ich wünsche mir das Kleid der Eiskönigin Elsa aus dem amerikanischen Animationsfilm" sagte Lilith. Woher bekam sie nun das Kleid? Im Spielwarengeschäft sagte man ihr, dass sie es über Amazon im Computer bestellen und kaufen könne. Das tat Inge und schon nach wenigen Tagen kam das Paket.

Das Kleid sah wirklich allerliebst aus. Es war blau und ein silberner Umhang mit Sternen vervollständigte es. Inge hängte es auf einen Kleiderbügel und freute sich jeden Tag daran. Noch war Zeit, ehe sie es abschickte.

Der Frühling schickte seine Vorboten, es war traumhaftes Wetter.

Der Sonntag war der achte März und Liliths sechster Geburtstag.

Früh am Morgen klingelte das Handy. Susanne hatte ein Foto mit Lilith im Kleid der Eiskönigin gemacht und Lilith winkte ihr zu. Das Kleid passte ihr, wie froh war Inge.

Neubrandenburg bekam einen neuen Bürgermeister.

Mit fünfundsechzig Prozent der Stimmen hatte der junge Kabarettist und Volkswirt Udo Witt die Stichwahl am Sonntag gegen seinen Konkurren-

ten Torsten Koplin von der Partei der Linken für sich entschieden.
Ganz Deutschland trauerte in den nächsten Tagen, ein schreckliches Unglück geschah. Eine Germanwings-Maschine der Deutschen Lufthansa zerschellte in den französischen Alpen in 1800 Metern Höhe. Im Umkreis von zwei Kilometern waren die Flugzeugteile verstreut.
Eine ganze Schulklasse aus Nordrhein-Westfalen, die ihren Spanien-Urlaub beendet hatte, war darunter.
Siebenundsechzig Deutsche, fünfundvierzig Spanier und achtunddreißig Franzosen starben einen sinnlosen Tod.
Es war kein Unglücksfall, wie anfangs vermutet, sondern es war die Tat eines psychisch kranken Piloten, der den Absturz herbeigeführt hatte, weil er sich das Leben nehmen wollte.
Die ersten Blüten leuchteten weiß am Renekloden-Baum. Auch die Forsythien zeigten gelbe Knospen, der Frühling stand in den Startlöchern und die Uhren wurden auf Sommerzeit gestellt. Wie mag es wohl in Gatsch Eck aussehen? Ob die weißen Anemonen schon blühten?
Sie fuhr mit dem Auto durch Neuendorf nach Gatsch Eck.
Tatsächlich die ersten weißen Buschwindröschen wagten sich hervor.
Die Stille war wunderbar.
Auf dem Zeltplatz war aufgeräumt worden, blitzsauber waren die Wege geharkt. Ein junges Haubentaucher-Pärchen erlebte sie auf dem See. Sie balzten und bekamen dabei einen richtige „Kragen".
„Du kannst von Ostersamstag bis Ostermontag kommen!" teilte Susanne per SMS mit. Strahlend war die Sonne aufgegangen. Die erwachende Natur zu erleben, war wunderbar. Ab Neustadt Glewe preschte sie mit 120 Stundenkilometern auf der Autobahn A 24.
Sie schaffte es sogar bis zur Hamburger Kennedy-Brücke, ohne sich einmal zu verfahren. Sie rief Susanne an und die dirigierte sie an den richtigen Ort, den Parkplatz am Amt Eimsbüttel.
Lilith rannte ihr freudestrahlend in die Armee, sie war wieder ein Stück gewachsen, stellte Inge fest. Sofort gingen sie zum Spielplatz, der sich gleich gegenüber dem Haus befindet, in dem Susanne wohnt.
Neue Zeichnungen von Lilith hingen an der Wand des Kinderzimmers, sie hatte offensichtlich Talent. Am Abend zeigte ihr Lilith zwei Spiele "Erkennst du mich?" (Tier- und Menschenköpfe) und „Lüge oder Wahrheit". Schnell schlief Lilith nach dem abendlichen Vorlesen ein.
Um zehn Uhr begannen alle Kirchenglocken in Hamburg zu läuten, es war ein feierlicher Moment.

Die Ostereier hatte Susanne am Vorabend gefärbt und nun liefen sie zum Innocenz-Park, wo sie schon im vergangenen Jahr die Ostergeschenke versteckten und von Lilith suchen ließen.
Um zwölf Uhr kam Liliths Papa mit dem Fahrrad. Nun würden sie vier Stunden allein verbringen.
Susanne zeigte ihr die Sophien-Terrasse, wo sie eine Zeitlang gewohnt hatte. Viele neue Häuser waren gebaut worden, jede Lücke schien zugebaut. Auch ein Flüchtlingsheim ist geplant. Das hat viele Diskussionen in der vornehmen Bürgerschaft des Viertels an der Außenalster erzeugt.
Danach wanderten sie zur Alster, hier stand das Wasser auf den Wiesen. Die Schwäne waren gerade aus ihrem Winterquartier geholt worden. Viele Menschen waren unterwegs.
Es war Mittagszeit. "Wir gehen zum Asiaten" schlug Susanne vor und führte sie in ein chinesisches Restaurant. Inge wählte eine Tasse heißen, schwarzen Tee und drei winzige Teigtaschen, gefüllt mit Hackfleisch. Susanne ließ sich die gebratene Ente schmecken.
Am Himmel war kein Wölkchen zu sehen, die Sonne schien mit aller Kraft. Sie hielten ein wenig Mittagsruhe und dann verlängerten sie mit Hilfe eines Imbus-Schlüssels das Bett von Lilith, das ihr schon zu kurz geworden war.
Um halb fünf Uhr brachte Omi Uli Lilith mit dem Auto.
„ Lass´ uns doch noch an die Elbe fahren!" schlug Inge vor.
Zum Mittagessen lud Inge in eine Gaststätte am Grindelhof ein, wo sie im Freien sitzen konnten.
Am Nachmittag des 2. Feiertages fuhr sie ab.
In Mecklenburg schienen die Menschen alle zu schlafen, menschenleer waren die Straßen.
In einer Tankstelle in Lübz konnte sie einen Kaffee trinken. In Hamburg hatte sie am Morgen Brötchen, Brot und Kuchen, auch für Susanne und Lilith, gekauft. Gch gegen fünf Uhr war sie in Neubrandenburg.
Am Dienstag rief Jörg an und kündigte sein Kommen mit Familie an. Sie hatten Ostern auf der Insel Rügen verlebt und waren auf der Rückreise. Bis auf die Marzipandecke, die nicht ganz glatt auf der Torte lag, gelang diese und die Gäste lobten sehr.
Angeregt unterhielten sie sich über Bücher. Alle Familienmitglieder lesen gern und Inge stellte ihnen ihre neu erworbenen Bücher vor. Für jedes Mitglied suchte sie gleich ein passendes Buch zum Mitnehmen aus.
„Komm´ doch zu uns am ersten Juli, da ist Maltes zwanzigster Geburts-

tag und wir sind alle da“ sagte Claudia zum Abschied.
Ende April wurde ihr Balkon abgedichtet. Endlich schien die Sonne und die Temperaturen stiegen über sieben Grad, dies sei zur Trocknung nötig, erklärte ihr der Arbeiter der Trocknungsfirma.
Eine große Überraschung bereitete ihr Jörg mit einem Blumenstrauß, der durch Fleurop geliefert wurde. Er kam bereits am Samstag vor dem eigentlichen Muttertag und Inge freute sich riesig über die herrlichen Blumen.
Alles begann zu blühen und Inge fielen Uhlands Verse aus dem Gedicht
Am Dienstag nach Pfingsten trat Inge ihre einwöchige Reise nach Sani beach, ein Resort im Norden der Halbinsel Kassandra auf der Chaldikidi, an. Susanne hatte dort im Herbst Urlaub gemacht und war ganz begeistert. Das Besondere war, dass sich hinter dem Hotel ein Vogelpark befand. Von Berlin-Tegel flog das Flugzeug nur zwei Stunden bis Thessaloniki, anschließend brachte sie der Bus in einer Stunde zu dem fünfstöckigen Hotel Sani beach. Sie war der einzige Gast, der ausstieg und wurde sofort von einer Hotel- Angestellten mit einem Glas Sekt begrüßt. Im Handumdrehen waren alle Formalitäten erledigt und sie konnte mit einer Karte ihre Zimmertür öffnen.
Ihr Zimmer lag im ersten Stock mit Blick auf den Eingang des Hotels. Bunte Blumenrabatten und sechs Springbrunnen sprudelten den ganzen Tag. Gleich dahinter, parallel zum Strand, begann der Vogelpark, den sie fast jeden Tag besuchte.
Beim Empfang am Flughafen Thessaloniki hatte ihr die Reiseführerin ein Prospekt in die Hand gedrückt, in dem alles über das Hotel und Ausflugsfahrten beschrieben war. Eine Fahrt zu den Meteora Klöstern interessierte sie. Sie meldete sich an und gleich am zweiten Ferientag fand die Fahrt statt.
Dreihundertfünfundsiebzig Kilometer dauerte die Fahrt dorthin.
Drei Stunden regnete es ununterbrochen, aber als sie die Meteora Klöster erreichten, brach der Himmel auf und die Sonne schien. „Gott ist Ihnen gut gesinnt!“ meinte der Reiseführer lachend. Es war ein unvergessliches Erlebnis.
Die sechs Klöster schienen auf den Bergspitzen zwischen Himmel und Erde zu schweben. Da die Klöster noch von Mönchen und Nonnen bewohnt werden, sind immer nur zwei Klöster am Tag für Besucher geöffnet.
Das Nonnenkloster Santa Barbara musste mit einhundertvierzig Stufen

erklommen werden Außergewöhnliche Wandmalereien waren im Inneren zu sehen. Sie stammten aus dem 16. Jahrhundert.
Unterhalb des Dorfes befand sich das Dorf Kalambaka. Dieses war ganz auf die Touristen eingestellt. "Kommen Sie in die Küche, schauen Sie in die Töpfe und wählen Sie sich ihr Mittagsgericht aus" wurden sie begrüßt. Inge staunte und wählte ein Lammkotelett mit Auberginen und Reis. Alles schwamm auf dem Teller in Öl und sie fürchtete schon, dass ihr Magen streiken würde. Aber nichts dergleichen, sie aß mit großem Appetit, es schmeckte hervorragend.
Die Reiseleiterin sprach ausgezeichnetes Deutsch, überhaupt wurden die Gäste mit ausgesuchter Höflichkeit behandelt. Sie gab viele Information über Land und Leute und Inge passte gut auf.
Die Ebene, die sie zu Beginn der Fahrt durchfuhren, war die Mazedonische Ebene, erklärte sie. Neunzig Prozent des Reisanbaues von Griechenland findet in dieser wasserreichen und fruchtbaren Gegend statt. Der größte Ort ist Katerini, genannt nach der Heiligen Katerina, Namenstag am 25.November und ein Feiertag in Griechenland. Elf Millionen Einwohner hat Griechenland, davon leben elf Millionen in Athen, das Umland mitgerechnet.
Eine Bergkette von sechzig Metern Länge und zwanzig Kilometern Breite heißt Olymp. Der gleichnamige höchste Berg Griechenlands hat eine Höhe von 2318 Metern. Für die Griechen ist der Berg Olymp ein heiliger Berg.
In der heutigen Zeit hat der Berg Athos diese Bedeutung übernommen.
Auch im Sommer ist der Gipfel des Olymp nicht zu sehen und wird von Wolken umhüllt. Die Griechen glauben, dass die Götter nicht von den Menschen gesehen werden wollen.
Die Olympische Bergkette ist gleichzeitig das älteste Naturschutzgebiet Griechenlands. Sechstausend Pflanzenarten gibt es, bis auf die Höhe von zweitausend Meter ist die Bergkette bewaldet. Nur vier Kilometer entfernt ist das Meer. Die Winde, von der Ägäis kommend, sollen der Grund für die Vielfalt der Pflanzenwelt sein.
Es gibt Füchse, Schlangen, Hasen und viele Vogelarten. Bären gibt es nur noch an der Grenze zum ehemaligen Jugoslawien und Bulgarien. Bis 1912 war die olympische Bergkette unter türkischer Herrschaft. Die Dörfer waren von den Griechen verlassen worden, nach der Befreiung zogen die Bewohner in die Häuser zurück, die stehen heute unter Denkmalschutz.

1912 wurde der Gipfel des Olymp das erste Mal von einem Züricher Bergsteiger erklommen.
1200 wurde die Burg von Platamon errichtet. Sie entstand im Zuge des vierten Kreuzzuges und wurde von den Franken erobert. Die Burg befindet sich direkt an einem Pass, wo die Ägäis beginnt und eine gute Überwachung des Gebietes sicherte.
Thessalien ist der südliche Teil des Olymp und geradezu idyllisch. Durch einen gespaltenen Höhenzug, entstanden durch ein Erdbeben, ergießt sich ein Fluss. Sein Wasser soll Heilwirkung haben. Frauen werden um zehn Jahre jünger, wenn sie ein Glas dieses Wassers trinken.
Larisa war die letzte große Stadt, die sie vor den Meteora Klöstern passierten.
Die Basaltgesteine, auf denen die Klöster standen, waren mit grünem Flor überzogen. Sie zeigten die vielfältigsten Formen.
Auf der Rückfahrt unterrichtete sie die Reiseführerin ausführlich über die Götterwelt der Griechen.
Im Hotel gab es im unteren Bereich zwei Restaurants. Das „Poseidon" war hauptsächlich für Familien mit Kindern gedacht, das Restaurant „Veranda" war für Erwachsene und ältere Gäste. Das Essen war vorzüglich. Landestypische Gerichte, Käsespezialitäten, Salate, Obst und Dessert standen reichlich zur Wahl.
Den Vogelpark mit den einzigartigen Aleppo-Pinien besuchte Inge gleich am ersten Tag. Diese Pinien gedeihen deshalb so gut, weil die salzhaltigen Winde, die von der Ägäis kommen, ihren Wuchs ermöglichen. Sie sollen nach einem kleinen Ort in der Türkei weltweit nur noch hier anzutreffen sein. Kaum betrat sie den Park, so zwitscherten die zahlreichen Vögel, Nachtigallen waren auch dabei.
Am Nachmittag wagte sich Inge, im Meer zu schwimmen. Die meisten Gäste lagen an den Süßwasser-Pools.
Hiking Siviri hieß die Wanderung, die im Hotel angeboten wurde. Sie war die einzige Teilnehmerin. Der junge Mann, der führen sollte, stellte sich als Student der Universität von Thessaloniki vor. Sie unterhielten sich in Englisch, was recht gut gelang.
Von der Bungalowsiedlung aus wanderten sie nun bergauf und bergab durch herrliche Pinienwälder, immer am Rand der Steilküste mit atemberaubenden Ausblicken auf das Meer. Nach zwei Stunden erreichten sie den kleinen Ferienort Simandro. Dort hatte man Ausgrabungen vorgenommen und Reste römischer Besiedlungen freigelegt.

Bei einem Frappe´ stärkten sie sich und liefen den gleichen Weg zurück. Je höher die Sonne stieg, umso schöner wurde die Landschaft. Einmal knickte Inge beim Aufwärtsklettern mit dem Fuß um und fiel die Länge nach hin. Sofort half ihr der Führer hoch. Nichts passiert, beruhigte sie ihn.
Am Morgen wanderte sie wieder durch den Vogelpark und zurück, quer durch den Pinienwald zum Strand. So früh am Morgen fand sie sogar eine freie Liege. Das Wasser hatte höchstens achtzehn Grad, der Wind weht stark von Westen. Am Nachmittag wagte sie sich zu schwimmen. Das war herrlich.
Für den Nachmittag nahm sie sich vor, den ganzen Küstenabschnitt vom Hotel zum Sani beach Club zu wandern. Sie sah viele kleine Restaurants mit verschiedenen Spezialitäten.
Jeden Abend fragte sie die Bedienung, welches Getränk sie wünsche und jedes Mal gab sie schüchtern die Antwort: „kein Getränk“. Sie blieb bei ihrer Gewohnheit und machte sich jeden Abend ein Glas heißen, schwarzen Tee im Hotelzimmer.
Die letzte große Wanderung über neun Kilometer unternahm sie wieder mit dem jungen Reiseführer am letzten Tag. Hiking Bousoulas hieß diese und führte an der Steilküste am Rande des Vogel-Parks entlang.
Schon, als sie halb zehn Uhr starteten, war es heiß. Laut zwitscherten die Vögel im Park. Von der Pumpstation aus ging es quer durch Olivenhaine und Getreidefelder. Dahinter erstreckten sich Salzteiche, die sogenannten Wetlands. Die Salzteiche enthielten keine Fische.
Vier weiße Reiher erhoben sich in die Lüfte, als sie sich den Salzteichen näherten. Dann durchquerten sie Getreidefelder. Roter Klatschmohn, blaue Kornblumen und gelbe Kamillenblüten boten ein prachtvolles Bild. Endlich kamen sie wieder in den Schatten der Aleppo-Pinien. Zum Abschied ließ sie von einer Touristin ein Erinnerungsfoto mit dem Reiseführer machen.
Urlaub ade! Alles klappte wunderbar. Obwohl sie mit dreißig Minuten Verspätung in Tegel landete, erreichte sie den Regionalzug nach Neubrandenburg in Berlin-Hauptbahnhof.
Die Sonne schien auch in Berlin und sie genoss die Zugfahrt. Bäume, Bäume, Bäume, alle im schönsten Grün. Sie konnte sich nicht sattsehen. Halb acht Uhr war sie in Neubrandenburg, lief mit dem Roller-Koffer los, kaufte gleich im Supermarkt, der auf dem Weg lag, ein und wurde stürmisch von Kater Peter und Miezi begrüßt. Alles war gut.

Noch immer blühten die Margueriten im Vorgarten.
Überraschend rief ihre Freundin aus Kindertagen an und bat sie, für ihren bevorstehenden Geburtstag eine kleine Rede zu verfassen. „Du bist die Einzige, die so etwas kann, denke ich.“ Warum nicht, dachte Inge und machte sich an die Arbeit. Im Internet fand sie Aussprüche berühmter Persönlichkeiten zum 75. Geburtstag. Außerdem schrieb sie auf, wie sie sich als achtjährige Kinder in der Heinrich-Schütz-Straße in Weißenfels kennenlernten.
Nach ein paar Tagen kam ein erneuter Anruf von Brigitte: “Ach, Inge, es wäre doch so schön, wenn Du die Rede selber hältst? Kannst Du am 11. Juni um 15 Uhr im Lingner Schlösschen zur Feier erscheinen?“ Natürlich freute sich Inge über die Einladung und erkundigte sich bei der Bahnangestellten nach einem Sparpreis.
Es wurden zwei unvergessliche Tage. Brigitte hatte ihre eine Pension zur Übernachtung besorgt und bereits um zehn Uhr morgens war sie schon in Dresden. Es war prachtvolles Wetter.
Sie wurde abgeholt, ein befreundetes Ehepaar mit zwei erwachsenen Söhnen, hielt mit dem Auto vor der Pension.
Das Lingner Schlösschen gehörte dem Gründer des Mundwassers Odol. Er war alleinstehend und so reich geworden, dass er das mittlere der drei Schlösser am Loschwitzer Elbhang kaufte. Es war im spätklassizistischen Baustil erbaut. Lingner verfügte testamentarisch, dass das Schloss für alle Zeiten der Öffentlichkeit zugänglich sein soll. Auch die Gastronomie sollte nicht nur für den wohlhabenden, sondern auch für den kleinen Mann bezahlbar sein.
2002 wurde ein Verein “Bürger engagieren sich für ihre Stadt“ ins Leben gerufen. Die Sicherung und Erhaltung des Bauwerkes war das Ziel des Vereins. Trotz laufender Sanierungsarbeiten finden dort regelmäßige Veranstaltungen und Zusammenkünfte statt, die zahlreiche Gäste anziehen.
Inge war gespannt. Das Schloss lag direkt über der Elbe.
Ein Tisch mit dreizehn Stühlen stand in dem Säulenvorbau und sie schaute direkt ins Tal auf Dresden, die Elbe und die Brücke „das blaue Wunder“ genannt.
Inge saß gegenüber ihrer Freundin mit dem Rücken zum Hang. Sie hatte gelbe Teerosen aus ihrem Garten mitgebracht. In nasses Zeitungspapier gewickelt, überstanden sie die Fahrt gut.
Mit einem Walzer eröffnete Brigitte mit ihrem Mann Eberhard den Nachmittag. Nachdem alle Gäste gratuliert und ihre Geschenke überreicht hat-

ten, wurde zu Kaffee und Kuchen eingeladen.
Eine junge Frau sang in Begleitung eines Akkordeonspielers Chansons aus den zwanziger Jahren. Sie waren heiter und ließen die Gäste schmunzeln.
Danach führte sie ein älterer Herr durch das Schloss. Sie gelangten bis ins oberste Stockwerk und waren von der herrlichen Aussicht begeistert.
Brigittes Freunde erwiesen sich als reizende Menschen. Auch sie hatten sich gut vorbereitet. Patrizia, von Beruf Kunsthistorikerin, erzählte ausführlich aus dem Leben Lingners und die Entstehung des Schlosses. Viel wurde fotografiert.
Um 19 Uhr gab es Abendbrot. Es bestand aus Spargel mit Kalbfleisch und einem Eisdessert. Inge hielt ihre Rede und Patrizia brachte alle mit Kishons Kurzgeschichten zum Lachen. Ein Gast verlangte, sächsische Worte ins Hochdeutsche zu übersetzen, was Lach-Stürme hervorrief.
Als Inge ihre Nachbarin fragte, welchen Beruf sie ausübe, sagte diese: „Verlegerin". Es wurde ein reger Gedankenaustausch. "Management ist das Wichtigste" meinte sie.
Es war ein schöner Abend, und sie wurde am Ende wieder mit dem Auto zur Pension gefahren.
Bereits um acht Uhr frühstückte sie und fuhr mit der Straßenbahn zum Altmarkt: So früh am Morgen war es still und noch keine Touristen zu sehen. Sie schlenderte zur Brühlschen Terrasse, vorbei an der Frauenkirche, dem neuerbauten „Steiger-Hotel" und der Semper Oper.
Die Linden blühten schon und verströmten einen betäubenden Duft. Vor der Kreuzkirche war eine Plastik mit Sängerknaben aufgestellt, auch eine „Gänseräuber"-und eine „Tischlein deck dich" Plastik entdeckte sie am Altmarkt.
Um elf Uhr fuhr ihr Zug nach Berlin und am Nachmittag war sie bereits in Neubrandenburg.
Am 15.Juni stellten die Arbeiter des Steinmetzbetriebes den Grabstein ihrer Mutter in den Garten. Die Goldschrift war nachgezogen und leuchtete frisch. Von zwei Rosensträuchern eingerahmt, konnte nun Inge jeden Tag in ihre „Zukunft" schauen. Sie tat es ohne einen bitteren Gedanken, nein, vor dem Tod fürchtete sie sich nicht, wohl aber vor Leiden und Siechtum.
Der Sommer begann mit April-Temperaturen, das Wetter spielte verrückt. Zehn Grad zeigte das Thermometer. Oder war es die sogenannte Schafskälte, die es schon seit Jahrhunderten im Juni gab? Sie stellte am 23. Juni die Heizung an, es war ihr einfach zu kalt am Abend.

Endlich, Ende Juni, kam die Sonne wieder und es wurde warm.
Am 1.Juli war Maltes zwanzigster Geburtstag. Telefonisch lud er Inge ein. Eigentlich wollte Inge nicht fahren, da inzwischen „Sahara“-Temperaturen in Deutschland herrschten, aber Malte wusste Inge zu überreden. „Die ganze Familie wird anwesend sein, dann siehst Du alle einmal wieder.“
So stieg sie am frühen Morgen in ihren VW Polo und war nach sechs Stunden zu Mittag in Bautzen. Strahlender Sonnenschein blieb die ganze Zeit ihr Begleiter. Am Nachmittag kamen die Schwiegereltern. Mit einem Glas Sekt wurde auf den Geburtstag angestoßen. Geplaudert wurde bei Kaffee und Kuchen und immer mehr Gäste trudelten ein. Claudias Bruder Andre´ kam mit seiner Lebensgefährtin und ihrer einjährigen Tochter Tara.
Am Abend grillte Jörg leckere Fleischspieße und ein Hähnchen in Folie. Noch lange saß die Gesellschaft im Garten. Inge zog sich bald zurück.
Bereits am Morgen verabschiedete sich Jörg. Er musste zu einer Tagung über Denkmalpflege nach Görlitz. Natürlich schliefen die Kinder noch alle.
So spazierte Inge allein in die Innenstadt. Es war Markttag und ein buntes Gewimmel. Etliche Reisegruppen strömten an ihr vorbei.
Am Nachmittag fuhr sie mit Malte und Clara in die Stadt. Claudia hatte ihr Fahrrad an Inge verliehen. Malte agierte nun wie ein richtiger Reiseführer. Es machte Spaß, ihm zuzuhören. Im Burghof war eine Bühne für das Sommer-Theater aufgebaut. Das Musical „My fair Lady“ stand auf dem Spielplan. Clara wollte gern mit ihr eine Vorstellung besuchen, bekam aber nur noch eine Karte für den Abend. So ging Inge allein und erlebte in der zweiten Reihe einen unterhaltsamen Abend. Eliza Doolittle hieß jetzt „Doolitsch“ und das typische rollende „R“ der Oberlausitzer Mundart war oft zu hören.
So verlebte Inge drei schöne Tage.
Die Hitze hielt nun schon den fünften Tag in Folge an.
Wieder startete sie halb sechs Uhr und fuhr über Kamenz nach Ruhland, weiter auf der Autobahn Richtung Berlin bis zur Abzweigung Wandlitz. Da verließ sie die Autobahn und fuhr Landstraße bis Nassenheide. Diese Landstraßen waren Alleen, deren Bäume Schatten spendeten.
Das Thermometer zeigte um 12 Uhr an ihrem Küchenfenster vierzig Grad.
Schoten und Himbeeren reiften in ihrem Garten, und Inge naschte sie

gleich von den Zweigen, so schmeckten sie am köstlichsten. Der Süßkirschenbaum trug viele Früchte und sie begann mit dem Pflücken und verarbeiten. Das wurde ein Vorrat für die Wintertage. Auch die Sauerkirschbäume hatten reichlich Früchte angesetzt. Sie schmeckten ausgezeichnet und Inge verarbeitet sie nicht nur für Kompott, sondern auch zu Saft.
Ein großes Paket von Marlies Wesemann aus Husum überraschte sie. Es war ihre Autobiographie in zwei Bänden. „Jahrgang 1925“ war der Titel, „Mein Leben von 1925 bis 1947“ der Untertitel. Band II hieß „Mein Leben ab 1947“. Inge vertiefte sich sofort in die Lektüre. Es war spannend geschrieben und enthielt unglaubliche Ereignisse und Erlebnisse. Zwei Wochen später war der neunzigste Geburtstag von Marlies und s i e schenkte ihrer Familie vorher ihre Lebensgeschichte. Inge fand das großartig.
Nach vielen Wochen sprach Susanne das erste Mal am Telefon. “Ich bin völlig fertig und urlaubsreif.“ Ihr Geburtstag stand vor der Tür. Sie kündigte einen Besuch mit Lilith in den Sommerferien an.
Ununterbrochen war Inges Ferienwohnung besetzt gewesen und das bedeutete viel Arbeit. Die Belohnung war der Verdienst, der sich daraus ergab. Endlich konnte sie den Einbau einer neuen Gasheizung planen. Im vergangenen Winter hatte die Heizung einige Male Ausfälle und der Handwerksmeister, der die Wartung betrieb, riet ihr dringend zu einer neuen Heizung. Die alte Heizung war fünfundzwanzig Jahre alt.
Drei Angebote ließ sie sich anfertigen und entschied sich dann für eine Firma, die eine Anzahlung forderte, dann aber Restzahlung in Raten gestattete.
Die Sauerkirschen waren geerntet, nun konnte Inge daran gehen, den Garten umzugestalten. Seit dreißig Jahren wucherten die Himbeersträucher unter dem Baum. Die Früchte waren klein und es lohnte sich wohl nicht mehr, sie zu erhalten. Sie grub die Sträucher aus, die starke Wurzeln entwickelt hatte, das war eine große Anstrengung für Inge. Dann war die entstandene Fläche frei für neue Blumen.
Wieder kamen heiße Tage, die Luft war so schwül, dass man es nur am Wasser oder in der kühlen Wohnung aushielt. Jetzt zeigte sich wieder, wie schön der Tollensesee war. Um das ganze Ufer herum, vom Badehaus bis zum Augusta-Bad, lagerten Familien mit Kindern und genossen das frische Bad im See.
Bald würde ihr fünfundsiebzigster Geburtstag sein und sie konnte es nicht glauben, dass es wirklich schon so viele Lebensjahre waren.

Ihre Kinder erklärten, dass sie nicht zum Geburtstag, bzw. am Wochenende darauf, zu einer Feier kommen könnten. Es war Urlaubszeit und sie verreisten mit ihren Familien.
Sie war traurig, aber es war nicht zu ändern. Es ging ihr gut, sie genoss jeden Tag ihr wundervolles Haus und den Garten. Vierzig Jahre wohnte sie nun schon darin.
Wie immer war die Vorfreude auf Susannes und Liliths Besuch das Schönste. Am Montag war es endlich soweit. In der großen Hitze, um halb zwei Uhr, fuhr der Regionalzug aus Bützow in den Bahnhof von Neubrandenburg ein. Lilith flog ihr entgegen.
Natürlich wollte sie sofort ins kühle Nass springen. Der Reitbahnsee war der nächstgelegene See. Auch Inge tobte mit Lilith im Wasser und spielte mit dem Ball. Unbeschwerte, schöne Urlaubstage folgten.
Sie besuchten das Grab von Oma Else in Castrin, erlebten eine Straußenfarm in Canzow, wo gerade Junge geschlüpft waren. Sie badeten am Lichtenberger See, welches der Südzipfel des Breiten Luzin von Feldberg bildet.
Der Tollensesee mit seinen reizvollen, kleinen, ringsum gelegenen Orten wie Klein Nemerow, war ihr Ziel.
Den Turm von Behms-Höhe erkletterte Lilith spielend. Den schattigen Buchenwald mochte sie besonders gern.
Wegen der großen Hitze blieben sie nach dem Mittagessen stets im Haus und starteten erst gegen fünf Uhr zum, Baden, da war es angenehm.
Viel zu schnell vergingen die herrlichen Sommertage.
Lilith half Inge mit großer Begeisterung bei kleinen Arbeiten im Garten. Sie sprengte den Rasen mit dem Gartenschlauch, schnitt verblühte Rosen ab, harkte gelbe Blätter zusammen. Den ganzen Tag war ihr fröhliches Lachen zu hören.
Und schon war wieder der Abschied gekommen.
Früh am Morgen fuhren sie ab.
Am 1.September sehen sie sich wieder, dann ist Liliths großer Tag, ihre Einschulung in Hamburg.

## Teil VIII

## Mein Weg zum 80. Lebensjahr

## Mein Lebensabschnitt von 2015-2020

Ich habe mich entschlossen, nicht mehr in der dritten Person mit Tagebuch-Ausschnitte zu schreiben, sondern in der Ich-Form. 2020 vollende ich mein 80. Lebensjahr, dann will ich meine voll ständige Autobiographie veröffentlichen.
Die Jahre vergehen wie im Flug, je älter ich werde, desto schneller vergeht eine Woche, ein Monat und ein Jahr.
Und dennoch habe ich nicht aufgehört, jeden Abend Tagebuch zu schreiben. Wie schön ist es, vergangene Stunden wieder zurück zu rufen, noch einmal die Freude, die ich erfuhr, zu erleben.
Ich stelle fest, dass meine Energie schwächer wird. Pausen lege ich ein, das operierte Knie schmerzt nach wie vor. Habe ich Angst vor dem Älterwerden? Ja, ich gebe es zu.
Der 31. Augst war ein sehr heißer Tag. Von Liliths Papa-Oma war ich eingeladen, die Nacht zum 1. September bei ihr zu schlafen. Sie sagte kurzfristig ab, da sie erkrankt war. Was tun?
Ich erinnerte mich, dass ich auf der Fahrt zum Nordkap im Hotel „Panorama" in Billstedt übernachtet hatte. Ich rief im Hotel an und bekam eine Übernachtung.
Nach vier Stunden Bahnfahrt kam ich um 14 Uhr in Hamburg an und in zehn Minuten war ich mit der U-Bahn in Billstedt.
Ich erfrischte mich unter der Dusche und rief Susanne an. Bei einer guten Tasse schwarzen Tee stärkte ich mich bei Susanne Die Zuckertüte und den Ranzen durfte ich schon ansehen.
Lilith sah mich am nächsten Morgen vom Fenster aus auf dem Spielplatz. „Ich will kein Kleid anziehen", forderte sie und setzte sich bei Mama durch. In kurzen Hosen und einer Bluse fühlte sie sich wohl.
Ihr Papa kam mit dem Fahrrad und dann liefen wir mit Mama gemeinsam zur Schule. Opa und M. kamen mit dem Auto.
Es war eine schöne Feier, jedes Kind erhielt eine Sonnenblume.
Der junge Direktor hielt eine gute Rede und nach einer Stunde war die Feier zu Ende.
Susanne hatte in einem Restaurant, welches früher einmal ein Kranken-

haus war, Plätze reservieren lassen. Das gebratene Hähnchen schmeckte mir sehr gut.
Lilith blieb nicht lange auf dem, Stuhl sitzen und tobte durch den Garten, der sich hinter dem Restaurant befand. Ein paar Erinnerungsfotos wurden geschossen und dann hieß es schon wieder Abschied nehmen.
Jörg schrieb eine Karte von der Insel Suwalesi (Indonesien). Sein Patenkind Anna hat dort eine preiswerte Ferienunterkunft für junge Leute. „Das ist eine völlig andere Welt“ schrieb er. Mit Schnorcheln und Tauchen erlebte er mit seiner Frau die Tiefsee.
Mein Cousin Bernd lud mich zu seinem 60. Geburtstag ein. Dieser wurde im Garten seines Hauses in Pritzwalk als Sommerfest gefeiert. Viele Freunde und Arbeitskollegen waren gekommen.
Bernd begrüßte mich und überreichte erst einmal m i r ein Geburtstagsgeschenk. Es war das Buch „Machandel“, gerade erschienen. Es erzählt die Geschichte eines mecklenburgischen Dorfes, in dem der Wacholder umgangssprachlich Machandel genannt wird.
Seine Gäste, die schon einen Tag eher angereist waren, saßen beim Frühstück. Er stellte mir seine Klassenkameraden vor: Kosta, ein Grieche und eine kleine grauhaarige Frau, eine Malerin, die gerade eine Ausstellung in ihrer Heimatstadt Leipzig hatte. Ihr Geschenk war ein selbstgemaltes Bild, das einen Mauersegler zeigte. Obwohl im Bild die Grau- und Blautöne vorherrschten, hatte es eine große Ausstrahlung und gefiel mir.
Die Gäste wollten nun eine Spritztour zum Plauer See machen. Kostas Lebensgefährtin war eine Sängerin und baute ab17 Uhr die Musikanlage vor dem Haus auf.
Ich ging in den Garten, der prachtvoll aussah. Kapuzinerkresse, Gladiolen, Astern und andere Blumen blühten darin. Dazwischen waren Grasflächen und Stauden angelegt. „Leg´ Dich in die Sonne und ruhe Dich aus!“ meinte Bernd. Das ließ ich mir nicht zweimal sagen.
Martin, sein ältester Sohn, hat inzwischen den Doktor der Physik erworben und arbeitet und lebt in Hamburg. Christine, mein Patenkind, erkannte ich gar nicht wieder. Sie trug einen Brille und war sehr ernst. Michael, ihr Bruder, nun bereits achtzehn Jahre alt, machte Krafttraining und hat sich völlig verändert. Er ist ein richtiger hübscher, junger Mann geworden und will zur Bundeswehr nach dem Schulabschluss gehen.
Ich kam mit einer Bäuerin ins Gespräch. Ihre Tiere wurden in den achtziger Jahren von Bernd betreut, da arbeitete er noch als Tierarzt in Pritzwalk. Wir waren gleich alt und die ältesten Gäste. „Ich nehme eine Un-

menge von Tabletten, habe Diabetes, drei Schlaganfälle überstanden, kranke Hüften und meine Nieren versagen“, sagte sie zu mir. Da konnte ich ja von Glück reden, wie gut es mir gesundheitlich ging.
Um 15 Uhr wurde zu Kaffee und Kuchen eingeladen, den die Landfrauen in reicher Zahl gebacken hatten.
Um 17 Uhr traf die Hälfte der Belegschaft des Perleberger Schlachthofes, Bernds Arbeitsstelle nach der Wende 1989, ein. Tierarzt Kollegen, Nachbarn und Freunde folgten.
Um 18 Uhr baute eine italienischer Unternehmer sein Büfett auf. Ich wählte ein gebratenes Steak mit gekochten Paprikaschoten, es schmeckte sehr gut. Leider durfte ich keinen Wein trinken, weil ich am Abend zurückfahren musste. Christine bereitet mir noch einen schwarzen Tee und dann verabschiedete ich mich um acht Uhr abends.
Ich fuhr zur Autobahn 19 und wollte die Abfahrt Röbel nehmen. Da war ein Kreisel eingerichtet worden, und ich stellte nach einigen Minuten fest, dass ich mich in Richtung Plau, also in die entgegengesetzte Richtung, bewegte. Nach zweieinhalb Stunden war ich endlich zu Hause, stürmisch von Kater Peter begrüßt.
Ich habe eine neue Heizung. Die Warnung meines Handwerksmeisters im Ohr, wenn die Heizung im Winter kaputt geht, kann es passieren, dass ich keine Ersatzteile habe, veranlasste mich, drei Angebote von Firmen anfertigen zu lassen. Ich entschied mich für die Firma „Heizexpert“, die ihren Sitz ganz in meiner Nähe, in der Demminer Straße hat, und eine Anzahlung mit Restratenzahlung anbot.
Einen Tag lang arbeitet die Monteure, bauten die alte Heizung aus und die neue Heizung ein. Sie erklärten mir die Handhabung und dann war die Heizung betriebsbereit.
In diesem Jahr trug meine Pfirsichbaum reichlich Früchte. Ich machte Kompott davon und verschenkte auch Früchte.
Meine Schwester Sabine hatte am 17. September ihren 70. Geburtstag und lud mich dazu ein.
Ich fuhr mit dem Zug über Berlin, Leipzig und Gera nach Greiz. Walter, ihr Mann, holte mich mit dem Auto vom Bahnhof ab. Es war prachtvolles Spätsommerwetter.
In einem kleinen Zimmer ihrer Dreiraumwohnung befand sich ein Wasserbett, indem ich schlafen sollte. Noch nie habe ich in einem Wasserbett geschlafen.
Nun aber bekam ich mein Geburtstagsgeschenk nachträglich. „A Con-

cert of Engels“ mit wunderschönen Kopien berühmter klassischer Engel-Darstellungen. Auch eine CD, mit Musik von Georg Friedrich Händel, Johann Sebastian Bach, Wolfgang Amadeus Mozart, Johannes Brahms, Felix Mendelssohn Bartholdy und Max Reger, gehörten dazu.
Ich freute mich sehr über dieses schöne Geschenk.
Wir waren eine kleine Runde am Abend in der Gaststätte. Sabines Kinder Götz und Bettina waren mit ihren Lebenskameraden gekommen.
Freundin Brigitte und Carolas Enkeltochter Leonie vervollständigten unsere Runde. Ich sang das Geburtstagslied und wir plauderten angeregt bei gutem Essen und Wein.
Das Einsteigen in das Wasserbett fiel mir schwer, aber nach einigen Versuchen gelang es.
Am Sonntagmorgen wanderten wir in den bunt gefärbten Wald.
Wir sahen sogar rote Fliegenpilze. Die frische Waldluft tat uns gut.

Sabine möchte wieder in unsere Heimatstadt Weißenfels ziehen.
„Der Menschenschlag in Greiz ist anders, sie sind so zugeknöpft, ich finde keinen Kontakt zu diesen Menschen“, meinte sie.
Am 24. Oktober durfte ich Susanne und Lilith in Zinnowitz besuchen, wo sie einige Tage bei Opa Urlaub machten, denn in Hamburg waren Herbstferien.
Wir verabredeten uns am Bahnhof und gingen zuerst zu einem Spielplatz.
Ich war doch schon ein wenig müde von der Autofahrt und bat, einen Kaffee trinken zu dürfen.
Den bekam ich in der „Backbord-Bäckerei“.Wir fuhren nach Koserow, um auf den Streckelberg zu wandern. Lilith war begeistert und lief zügig.
Die Herbstfärbung der Ahorn-Buchen-und Lindenbäume war wunderschön.
Ich erfuhr Einiges über Susannes berufliche Veränderungen.
Um zwei Uhr waren wir wieder in Koserow, und ich lud zum Mittagessen in die „Salzhütten“ ein. Und schon war wieder der Abschied gekommen.

Der November machte seinem Namen alle Ehre und begann mit dickem Nebel. Noch waren die Blätter der Bäume bunt, doch der Wind pfiff und lange würden sie nicht mehr an den Zweigen hängen.
Nach acht Monaten werde ich das erste Mal wieder Laura und Mareike sehen. Die DVD „Familienleben von 1982-86“ (vom Super 8 Film umgewandelt) packte ich als Geschenk ein. Es zeigt die Kinder und unser

Familienleben. Der 80. Geburtstag meiner Mutter ist zu sehen und viele Familienangehörige, die nicht mehr unter uns weilen.
Am Freitag, dem 13 November, fuhr ich nach Halle. Es wurde ein Unglückstag, denn am Abend erreichte uns die Meldung von einem Attentat in Paris. In einem Rockkonzert wurde einfach in die Menge geschossen, der Selbstmord-Attentäter starb ebenfalls. 125 Tote und über 250 Verletzte waren die blutige Bilanz. Der ISS bekannte sich in einem Schreiben zur Tat.
Klaus erwartete mich am Abend am Bahnhof Halle und fuhr mit mir erst einmal zur Leichtathletik-Halle, in der Mareike trainierte. Nun warteten wir auf sie und hatten Zeit zu plaudern. Mareike ist groß geworden, ihre schönen blauen Augen blicken immer freundlich und sanft.
Ich bewunderte die beiden kleinen Kater, die letztes Jahr angeschafft wurden. Es sind englische Kurzhaarkatzen. Fipsi hat ein gelblich-braunes Fell und ist kleiner als Oskar. Der hat ein richtiges buschiges graues Fell und ist auch etwas größer. Es sind Geschwister. Fipsi leckte dem Bruder das Fell und das rechte Ohr, es war allerliebst anzusehen. Oskar genoss die Liebkosungen.
Es nieselt und war kein Wetter zum Spazieren gehen. Laura und Mareike blieben zu Hause, Klaus und ich liefen aber einmal um den Teich im Dieskauer Park.
Laura übte indes mit Kopfhörern ihre Stücke auf dem Klavier und Mareike hörte sich Kassetten an.
Am Abend sahen wir uns die digitalen Filme von 1982-86 an. Mareike amüsierte sich köstlich über ihren damals dreizehn-bis sechzehnjährigen Papa.“Mann, Papa, bist Du durchtrainiert gewesen“, meinte sie anerkennend.
Natürlich war für Laura das wichtigste Thema ihre bevorstehende „Lebenswende“ Feier. Da sie die einzige Konfirmandin in ihrer Klasse ist, wird ihre Konfirmation zu Ostern nicht gefeiert.
Sie will aber mit ihren Klassenkameraden auch feiern und nimmt an der „Lebenswende-Feier“ am 7.Mai in der Moritz Kirche in Halle teil.
Diese Feier ist konfessionslos. Laura hat schon feste Vorstellungen, wie ihr Kleid aussehen soll.
Am Sonntagmorgen bat Mareike bei der Vorbereitung zur Mathematik-Arbeit am Montag zu helfen und mit ihr Multiplikation und Division zu üben.
Gar nicht schlecht, wieder einmal die grauen Zellen zu aktivieren, dachte

ich und half tatkräftig.
Um elf Uhr spazierten wir diesmal mit Mareike durch den Park und sie zeigte uns stolz die Laubhütte, die sie im Herbst mit ihren Klassenkameraden gebaut hatte.
Klaus zeigte mir eine Beurteilung seiner Person durch den Betrieb, es stand nur Lobendes darin.
Zum Bahnhof brachte mich Klaus. Fürsorglich hatte er ein Proviant-Paket für mich gepackt und das Reisegeld gab er mir trotz meines Protestes.
Es war ein schönes Wochenende für mich.
Nun begann schon die Adventszeit. Ich kaufte die Zutaten für mein Lieblingsgebäck Ischler Mandelschnitte.
Susanne und Lilith kamen am 2.Weihnachtsfeiertag. Ich freute mich, wieder einmal einen Entenbraten auf den Tisch stellen zu können.
Den ganzen Vormittag verbrachte ich in der Küche und briet die Ente, damit sie zu Mittag fertig war, Ein Anruf von Susanne brachte wieder alles durcheinander.
„Der Zug hat Betriebsschaden in Bützow, wir kommen erst eine Stunde später.“
Ein Trost war, dass es uns allen wunderbar schmeckte. Lilith hatte mir ein Bild gemalt, auf dem schon das Wort „Inge“ stand.
Lilith war ein fleißiges Mädchen und half mir beim Abwasch, indem sie das Geschirr abtrocknete.
Abends las die Mama, wie jeden Abend, eine Gute Nacht Geschichte vor.
„Oma, mein Bein tut so weh“, weckte sie mich in der Nacht. Sie holte eine Salbe aus ihrem Koffer und cremte es ein. Der Arzt sagt, dass es Wachstumsschmerzen sind, meinte Susanne am nächsten Tag. Sie schlief schnell wieder ein.
Wir wanderten wieder zum „Rapunzel“-Turm und spielten „Mensch ärgere dich nicht“.
Am 4. Januar war nicht nur Lauras Geburtstag, auch Neubrandenburg feierte den Stadt-Geburtstag.
An diesem Tag fand jedes Jahr der traditionelle Bürgerempfang in der Konzertkirche statt. In diesem Jahr wurde ich ausgezeichnet.
Telefonisch wurde ich gebeten, mich eine halbe Stunden vor Beginn einzufinden.
Der Saal war bis auf den letzten Platz gefüllt.
Die ehemaligen Bürgermeister Otto Hahn und von Jeddeloh saßen als Ehrengäste in der ersten Reihe.

Sie wurden von unserem Oberbürgermeister begrüßt.
Die Tänzerinnen der Tanzaktion Neubrandenburg boten den Tanz der Adorantinnen. Barfuß im weißen Kleid schwebten sie bei atmosphärischer Musik über die Bühne.
Die Ansprache des Oberbürgermeisters war sehr gut. Er berichtete über Erreichtes und Zukünftiges im Leben der Stadt. Fünf heitere Erlebnisse machte er zur Grundlage seiner Rede.
Die Ehrenamt-Auszeichnung nahm die Stadtpräsidentin Irina Parlow vor. Mein Herz schlug wie verrückt vor Aufregung.
Nur nicht stolpern oder fallen, dachte ich, als ich am Arm der historischen Stadtfigur Tilly auf die Bühne ging. Ich hatte mein schwarzes Wickelkleid angezogen, den roten Organza-Schal um den Hals gelegt und neue schwarze Schuhe mit kleinem Absatz an.
Der Friseur hatte mich seit langer Zeit auch einmal wieder gesehen. Ich denke, ich machte eine gute Figur.
„Vom Diakoniewerk Stargard wurde Frau Ingeborg Templin für die Würdigung des Ehrenamtes vorgeschlagen. In der Begegnungsstätte „Oststadt-Treff" arbeitet sie seit fünf Jahren ehrenamtlich und leitet dort nicht nur die wöchentliche Singegruppe, sie ist auch in verschiedenen Einrichtungen der Altenpflege musikalisch tätig, wie in den Pflegeheimen Oststadt und Robert Blum-Straße.
Verlässlich bereichert sie die Seniorenarbeit in der Friedenskirche, gestaltet Lied-Nachmittage und Buchvorstellungen. Frau Templin ist vielen Neubrandenburgern seit Jahren bekannt. Sie leitete verschiedene Chöre, so u.a. in der Grundschule Oststadt oder den Chor der Volkssolidarität. Darüber hinaus hat sie der Eine oder Andere sicher schon im NB Radiotreff 88 HZ gehört," beendete Frau Parlow ihre Rede.
Ein wunderbarer Blumenstrauß wurde mir von Tilly in die Hand gedrückt, dann gratulierte der Oberbürgermeister, der mir ein unscheinbares kleines Kästchen in die Hand drückte.
Die Urkunde für das Ehrenamt und ein Päckchen überreichten mir die Stadtpräsidentin.
Gleichzeitig mit mir wurden der Optikermeister Wolfgang Wander und Sabine Ott ausgezeichnet.
Drei weiße Lilien, drei kleine weiße Rosen mit etlichen Blüten und drei dunkelrote Gerbera, umgeben von großen grünen Blättern, bildeten meinen Strauß.
Nun ging die Veranstaltung weiter. Der Chor der „Schallplatte" vom

Datzeberg und der Chor der Evangelischen Schule Neubrandenburg umrahmten mit seinen Liedern die Feier.
Am Ende lud der Oberbürgermeister zu einem Glas Sekt für jeden Gast ein.
Ich ging an die Bar und traf auf Tilly. Wir stießen beide mit unserem Glas Sekt an und die Barfrau war so freundlich, zwei Handy-Fotos von uns zu machen.
Sie gelangen so gut, dass ich eine bleibende Erinnerung an diesen denkwürdigen Abend behielt.
Dann ging es Schlag auf Schlag. Ständig schüttelten mir Bekannte die Hände und gratulierten.
Draußen war es bitterkalt. Ich fuhr mit dem Stadtbus nach Hause.
Nun wollte ich erst einmal sehen, was mir geschenkt worden war. Das Buch „Sursum Corda" zu Deutsch „Empor die Herzen" von Urte Weindich war ein Buch über die Konzertkirche Neubrandenburg und ihre Geschichte. Umfassend wurde über St. Marien geschrieben, viele Fotos bereicherten den Inhalt. Darüber freute ich mich sehr. In Ruhe würde ich es bald lesen.
Aber was war in dem kleinen Kästchen des Bürgermeisters? Es enthielt den „Neubrandenburger Witten", eine Nachbildung der Münze, die vor 1379 in Neubrandenburg geprägt wurde.
Auf der Vorderseite befindet sich der mecklenburgische Stierkopf mit Halsfell als Symbol Mecklenburgs, umgeben von der Mönch-Schrift Civitas Magnopo (lensis), das heißt „Mecklenburgische Stadt". Die Bedeutung des Wortes lautet ursprünglich „Große Burg".
Auf der Rückseite befindet sich in der Mitte ein volles Kreuz sowie im linken Ober-und im rechten Unterwinkel desselben je ein sechsstrahliger Stern. Die Umschrift lautet: MONETA Brande(n)bo(rgensis). Das bedeutet Brandenburger Geld. Der Zusatz „Nove" fehlt noch, obwohl im ältesten Stadtsiegel von 1287 bereits NOVE-BRANDEBORG klar zu lesen ist. Gefertigt ist die Münze aus Sterlingsilber 925/1000. sie wiegt zwei Gramm, der Durchmesser beträgt 20 Millimeter.
Ich freute mich sehr über dieses ungewöhnliche Geschenk.

Im Mai findet die traditionelle Seen-Rundfahrt statt, die sich über die Müritz und den Tollensesee erstreckt. Schon im Januar erhielt ich Anmeldungen von Teilnehmern zur Übernachtung.
In der Tageszeitung las ich von einer geplanten „Poesie-Ausstellung" in

Gielow, einem Dorf bei Malchin. Die Initiatorin hatte eine Telefonnummer angegeben, ich rief an und sie erzählte, dass sie schon jahrelang dieses Projekt plane.
Ich erzählte ihr, dass in unserer Familie ein Spruch Tradition habe. Er stand das erste Mal im Tagebuch meiner Urgroßmutter, dann im Poesie-Album meiner Mutter und 1950 in meinem Poesie-Album.
Er lautet:

Efeu und ein zärtlich Gemüt
heftet sich an und grünt und blüht.
Kann es nicht Stamm noch Mauer finden,
es muss verdorren, es muss verschwinden.

Sie freute sich über meine Zustimmung und mein Interesse. Wie vereinbarten, dass ich die Alben und die Kopie aus dem Tagebuch am Tag der Ausstellungs-Eröffnung im April mitbringe.
Ende Februar bezahlte ich für die Reparatur meines VW Polo vierhundertfünfzig Euro, um durch den TÜV zu kommen.
Eigentlich wollte ich das nicht mehr tun, im Januar würde mein Auto siebzehn Jahre alt, der Händler beschwatzte mich jedoch: "Für vierhundertfünfzig Euro bekommen Sie aber noch kein neues Auto!"
Laura bewirbt dich am Künstlerischen Gymnasium Schulpforta. Sie erzählte mir am Telefon, dass sie große Angst vor dem Prüfungstag habe. Ich gab ihr einige Hinweise zum Singen und machte ihr Mut.
Sie bestand die Aufnahmeprüfung.
Der falsche Bärlauch blüht rund um den Wall im Graben,. Das ist für mich das untrügliche Zeichen, dass es Frühling wird.
Es ist das erste Grün, und ich pflücke die Gräser, zerschneide sie und lege sie auf die Butterschnitte. Es schmeckt köstlich und kostet nichts.
Mein Haus braucht einen neuen Anstrich.
Vor zwölf Jahren hatte es Tom gestrichen. Ich schrieb mehrere Firmen an. Das beste Angebot erhielt ich von einem Maler aus dem kleinen Ort Quadenschönfeld, zwischen Möllenbeck und Burg Stargard gelegen.
2770 Euro lautete der Kostenvoranschlag und war damit um eintausendfünfhundert Euro billiger, als die Angebote der Neubrandenburger Firmen.
Für drei Stunden besuchte mich Klaus und seine Familie Anfang März. Sie kamen von Zinnowitz, wo Papas Geburtstag gefeiert wurde.
Die Sonne schien und ich deckte den Tisch auf der Terrasse.
„Wir haben gerade Mittag gegessen und keinen Hunger", stöhnten die

Kinder, aßen dann aber doch ein Stück Himbeertorte mit Schlagsahne. Mareike fragte nach den Indianer-Figuren und spielte sofort mit ihnen. Laura ging gleich an das Klavier und spielte „Pour Adeline“ und und das Lied aus dem tschechischen Märchenfilm „Aschenbrödel und die drei Haselnüsse“.
Klaus trug drei große Kartons ins Haus. „Pack es erst aus, wenn wir wieder weg sind“, meinte er. Es war ein Kaffee- und Speiseservice, welches er mir schenkte. Zu Lauras Lebenswende-Feier wollte er beides neu kaufen. Das Service hatte wunderschöne farbige Obstmotive, ich freute mich sehr darüber.
Schon lange ärgerte ich mich über die Bettwäsche in meinem Schrank, die nie benutzt wurde. Ich rief die Möbelbörse an und fragte, ob sie Interesse an dieser hätten.
Auch Geschirr hatte ich übrig. Natürlich bejahten sie meine Frage. Flüchtlinge und bedürftige Neubrandenburger würden dies bekommen. Es kam eine Menge zusammen. Ich packte alles in einen großen Koffer und brachte es zur Möbelbörse.
Am 2. April fuhr ich mit Regina, eine Seniorin aus unserem Singekreis, nach Anklam zum Pommerntreffen. Auch sie hatte eine Einladung erhalten und wir beschlossen, gemeinsam mit meinem Auto hinzufahren. Es war das 25.Treffen dieser Art nach der Wende.
Viele alte, zum Teil schon sehr alte Menschen, strömten mit uns in das Volkshaus“.
Mit einem Glas Sekt wurde jeder Gast am Eingang begrüßt. Die Tische waren mit Schildern gekennzeichnet, auf denen Orte wie Stettin, Greifenhagen u.a. standen. Ich steuerte auf den Tisch „Greifenhagen“ mit Regina zu. Dort saß bereits ein Ehepaar. Wir stellten uns vor und zu meiner Überraschung war Herr Lettmann aus Woltersdorf da. Seine Angehörigen waren auf dem gleichen Friedhof wie Therese und Wilhelm Runze , die Schwiegereltern meiner Urgroßmutter Laura Mathilde bestattet.
Ihr Tagebuch veranlasste mich, Pfingsten 2001, die Gräber von Wilhelm und Therese in Woltersdorf zu besuchen. Musikalisch wurde die Feier von dem Posaunen-Chor aus Bansin eingeleitet.
Alle Teilnehmer standen auf, als das Pommernlied zum Gedächtnis der verstorbenen Pommern gesungen wurde. Der stellvertretende Bürgermeister von Anklam begrüßte die Gäste. Es folgten zahlreiche Reden. Um 12 Uhr wurde zum Mittagessen eingeladen.
„Die Volkshäger Tanzgruppe“, die seit dreiundzwanzig Jahren besteht,

bot unter anderem den pommerschen „Kegel“. Die Gruppe besteht aus zwölf Frauen unterschiedlichen Alters.
Die Shanty-Gruppe „Klaashans“ aus Warnemünde bildete den Höhepunkt. Leider dauerte der Aufbau der ihrer Technik fast eine Stunde. Zwei Akkordeonspieler und zwei Gitarristen begleiteten den Männergesang.
***Sonnabend, 16.April 2016***
Was für ein schöner Tag! Heute fahre ich zur Poesie-Album Ausstellung mit zwei Seniorinnen nach Gielow.
In der Heimatstube des kleinen Museums war die Ausstellung aufgebaut. Die Initiatorin Frau Militzer, begrüßte mich herzlich.
Ich zeigte ihr das Poesiealbum meiner Mutter, Eintrag von 1916, mein Poesiealbum, Eintrag 1950 und die Kopie aus dem Tagebuch meiner Urgroßmutter Laura Mathilde Runze, geborene Ziemssen, Eintrag von 1888. Die Heimatstube war voll besetzt.
Vier kleine Musikanten, drei Mädchen und ein Junge, boten ein Musikprogramm.
Das etwa sechsjährige Mädchen spielte zwei Stücke auf der Blockflöte, eine Sechsjährige bot ein Stück auf der Geige, ein gleichaltriges Mädchen spielte auf dem Akkordeon und ein zehnjähriges Mädchen trat mit den Füßen auf die Pedale des Harmoniums und entlockte ihm Töne.
Alle Kinder traten bescheiden auf und spielten fehlerfrei.
Nun eröffnete Frau Militzer die Ausstellung. Achtzig Poesie-Alben waren nach ihrem Aufruf in der Zeitung „Nordkurier“ eingegangen, ein Beweis für das große Interesse der Öffentlichkeit.
Das älteste Poesie-Album war aus dem Jahre 1881, dann waren Alben aus der Zeit bis zum 1. Weltkrieg, der Zeit des Nationalsozialismus bis 1945, dann die fünfziger Jahre und die DDR-Zeit ausgestellt.
Sie erzählte, dass Mitte des 19. Jahrhunderts nur Männer Tagebücher schrieben, ein Exemplar davon zeigte sie. Später kamen kleine Pappkästchen in Mode, in die Gedichte und Sprüche (in Sütterlin geschrieben) gelegt wurden.
Einige Frauen hatten sich die Mühe gemacht und alles übersetzt, auf weiße Zettel geschrieben, da viele Menschen heute nicht mehr Sütterlin lesen können.
Am Ende ihrer Rede bat sie mich, nach vorn zu kommen und ich musste erzählen, wie ich den Spruch in meiner Familie entdeckt hatte und nun meine Enkeltochter Laura in vierter Generation diesen zur Konfirmation erhielt. Frau Militzer meinte, damit hätte ich die Vorstellung

der Poesie-Alben abgerundet.
Anschließend wurden wir zu Kaffee und Kuchen eingeladen, den die Gielower Frauen gebacken hatten. Wir ließen uns den leckeren Kuchen schmecken.
Neben der Schule befand sich ein Bauerngarten, den anzusehen hatte uns Frau Militzer zum Abschied empfohlen. Der Keramikzirkel der vierten Klasse hatte Tonfiguren in allen Farben gebrannt,
und diese den Zaunpfählen übergestülpt, was entzückend aussah.

„Hallo Omi, ich habe mir den Zeitungsartikel durchgelesen (lächelndes Smily Zeichen). Jetzt war ich auch mal in der Zeitung,“ mailte Laura. Ich hatte ihr einen Artikel, der im Nordkurier einige Tag später über die Ausstellung stand, ausgeschnitten und geschickt.
Der Tag der „Lebenswende-Feier“ rückte immer näher. Laura sprach am Telefon über ihre Angst vor dem Auftritt in der Kirche. Sie soll ihre Freundin vorstellen. Ob ich ihr helfen könne.
Sie erzählte mir ausführlich von ihre Freundin Vanessa und ich sagte, so wie Du mir das jetzt erzählst, genauso kannst Du das in der Kirche sagen. Du schaffst das, machte ich ihr Mut.
Am Himmelfahrts-Tag war Kaiserwetter. Die Temperatur kletterte auf fünfundzwanzig Grad.
Um sechs Uhr begann ich meine Reise nach Dieskau. Wunderbar war es, in den erwachenden Morgen zu fahren.
Die Bäume zeigten schon grüne Blätter, während in Mecklenburg die Bäume noch kahl waren. Ich fuhr über den Berliner Ring immer auf der Autobahn bis zur Abzweigung Großkugel.
Klaus hatte mir ein Zimmer im neuen Hotel ARC in Dieskau reserviert. Ich brachte meine Sachen dort unter und ging zum Parkring. Klaus kochte Mittagessen, da Cathleen noch arbeiten musste.
Mit Mareike und Laura spielte ich anschließend auf der Terrasse Rommé´.
Schon bald wurde es ihnen zu langweilig und wir gingen in den Park Sie zeigten mir den Apfelbaum, den sie vor drei Jahren gepflanzt hatten. Er blühte noch.
Ich lud beide zum Eis essen in das Cafe am Park ein.
Anschließend verabschiedete ich mich von den Kindern, da ich nun müde wurde.
Am Samstagmorgen fuhr ich mit dem Auto in die Innenstadt von Halle

und schaute mir die Moritz-Kirche an. Sie ist seit einiger Zeit eine Katholische Kirche, weil die Evangelische Kirche sie aus Kostengründen an die Katholische Kirche verpachtet hat.
Als ich später bei Klaus klingelte, öffnete mir Laura in einem bildhübschen blauen Kleid. Sie sah bezaubernd aus. Schnell machte ich ein paar Handy-Fotos von ihr. Die langen Haare hatte der Friseur zu einem kunstvollen Zopf, der zu einem großen Knoten geschlungen war, geflochten.
Es war prachtvolles Wetter. Die Sonne schien. Endlich war es Mittag und ich zog mich festlich an.
Das Geschenk überreichte ich Laura vor der Feier. Es war das Medaillon meiner Urgroßmutter Laura Mathilde, das ich von meiner Mutter auch zur Konfirmation erhielt. Ein Geldbetrag für das Sparbuch kam hinzu.
Klaus nahm mich im Auto nach Halle mit. Langsam trafen alle Gäste ein. Ich reservierte in der Kirche Plätze, weil, wir solange wie möglich die Sonne genieße wollten. Malte war noch mehr gewachsen und überragte seinen Vater bereits.
Jörg brachte Lilith, Susanne, Malte, Clara und Julia mit.Um 14 Uhr begann die Feier. Sie dauerte eineinhalb Stunden, es wurde eine Geduldsprobe für Lilith. Mehrmals ging Susanne mit ihr nach draußen.
Das Ritual des Überganges vom Kind zum Erwachsenen gestaltete sich als ermüdendes Wiederholen: Jeder Jugendliche zeigte sein liebstes Kuscheltier, sagte, wann er es erhielt und warum er es liebe. Dann wurde es symbolisch in einen Korb geworfen. Nun zündete der Diakon die selbst gestaltete Kerze jedes Jugendlichen an, der dann begründete, warum er sie so gestaltet hatte. Bei den Jungen war manchmal auch ein Ball oder ein Buch statt eines Kuscheltieres dabei.
Unterschiedlich waren die Mädchen in ihrem Aussehen, einige waren schon sehr weit in der körperlichen Entwicklung und traten sehr selbstbewusst auf.
Laura war schüchtern. Sie stand zu weit weg vom Mikrofon und war kaum zu verstehen.
Nach der Feier wurde mit einem Glas Sekt angestoßen. Ich verzichtete darauf, weil Klaus zu Kaffee und Kuchen in das Traditionszimmer der Saline eingeladen hatte. Herr Kollert, ein echter Hallore, begrüßte uns. Das Zimmer der Halloren war ganz aus Holz gebaut und an den Wänden hingen die Fahnen der Halloren aus verschiedenen Jahrhunderten.
Wir saßen in Hufeisen-Form. Neben mir an der Stirn-Seite saßen Klaus, Cathleen und ihre Verwandten, links von mir Jörg, Susanne, Tom, Melitta

und Freunde von Klaus. Ein Baby war auch dabei und die Gemeinschaft gut gemischt.
Jörg erzählte begeistert von seinem Urlaub in Indonesien, wo er nach Herzenslust tauchen und schnorcheln konnte. Die Begegnung mit einer Seekuh und ihrem Jungen sei unvergesslich für ihn gewesen.
Nach dem Kaffeetrinken machte Herr Kollert eine eine Führung in der Saline und wir erlebten, wie Salz hergestellt wurde und heute noch hergestellt wird. Da er mein Interesse spürte, schenkte er mir zum Abschied einen großen Papiersack mit Saline-Salz.
Beim gemeinsame Foto fehlten dann leider Susanne, Lilith und Mareike, denn Lilith war ausgebüxt und wurde dann gesucht.
Ich unterhielt mich auch angeregt mit Cathleens Eltern.
Nach dem Abendbrot verabschiedete ich mich bald. Ich stellte fest, dass ich die Älteste in der Runde und sehr müde geworden war. Auch Laura wollte den Abend in Dieskau mit ihren Klassenkameraden ausklingen lassen. Cathleen hatte keinen Wein oder Alkohol getrunken und fuhr uns nach Dieskau. Herzlich verabschiedete sich Laura, sie war glücklich über den schönen, unvergesslichen Tag.
Jörg fuhr Susanne, Lilith und Julia noch am Abend wieder nach Leipzig. Im Stillen hatte ich gehofft, Lilith und Susanne am Freitag noch in Dieskau zu treffen, denn Klaus hatte beide zur Übernachtung eingeladen, aber Susanne hatte abgelehnt. Es ist eben nicht immer so, wie Du es gerne hättest, dachte ich.
Am nächsten Morgen fuhr ich zeitig zurück nach Neubrandenburg, es war Muttertag.
Nur Klaus gratulierte am Abend telefonisch und fragte: „Hat es Dir ein bisschen gefallen?“ ich bestätigte ihm, wie schön die Feier auch für mich war.
Einen sehr guten Artikel fand ich in der Zeitschrift “Christ in der Gegenwart“ im Internet. Hermann Schalück, Doktor der Theologie, Franziskaner, war Leiter seines Ordens in Rom und Präsident von „Missio“ in Aachen schrieb in seinem Buch „In Geistes Gegenwart ins Heute, ins Morgen“ folgende nachdenkenswerte Sätze:

„Überall sind Spuren des Lebens. Wenn man ihnen nicht nachgeht, verwischen sie. Wenn man ihnen aber nachgeht, dann entsteht n i c h t Vergangenes neu, sondern es entsteht Zu k u n f t. Schreibendes Erinnern vor allem wirkt, so habe ich es gelesen und so möchte ich es gern glauben-

dem biologischen und spirituellen Altern entgegen…Düfte, Klänge und Gerüche von damals öffnen mir die Türen ins Heute und ins Morgen… Und wenn die Überfahrt meies Lebens unruhig bleiben sollte, so hoffe ich doch auf einen ruhigen Abend und eine sichere Ankunft. Bei meinem Tod möchte ich verstehen, dass alles sinnvoll war. Das ganze Universum bewegt sich auf einen dreieinigen Gott hin. In Dir, Herr, möchte ich verstehen, dass nichts profan ist, weder Dinge, noch Menschen, noch Ereignisse. Denn Du bist in allem anwesend."
Ende Mai fand im Jahnsport-Forum das letzte Konzert der berühmtesten Rock-Gruppen der DDR, Pudhys, Karat und City statt. Ich hatte sie noch nie live erlebt und besuchte das Konzert.
Eine lange Menschenschlange stand vor dem Eingang. Nach zwanzig Minuten Suchen fand ich meinen Platz, rechts von der Bühne, ganz oben. Das Konzert begann mit Video-Einspielungen der Gruppen.
Karat begann. Der Sohn des verstorbenen Sängers Dreilich ist der jüngste Rocker in der Gruppe. Die Titel „Schwanenkönig", „Blumen aus Eis", „Über sieben Brücken", „Albatross" begeisterten auch mich und das Publikum klatschte begeistert und sang mit. Nach einer Stunde kam City mit Toni Krahl. „Berlin, Berlin" ist eines ihrer bekanntesten Lieder.
Toni Krahl erinnerte an Bettina Wegner und sang ihr Lied „Sind so kleine Hände" mit der berühmten dritten Strophe:

„Grade, klare Menschen wär´n ein schönes Ziel,
Leute ohne Rückgrat haben wir schon zu viel."

Ständig liefen Menchen durch die Halle, kauften Bier in Pappbechern, es wurde immer lauter und unruhiger.
Nach zwei Stunden erschöpfte mich der Lärm und ich wollte frische Luft schnappen, im Hintergrund hörte ich den bulgarischen Geiger mit dem Titel „Am Fenster", ein richtiger Ohrwurm. Er dehnte den Titel unendlich, um Zeit zu schinden. Die Vorstellung, am Ende mit diesen Massen aus der Halle zu treiben, machte mich panisch ängstlich und ich verließ die Halle. Es war genug.
Es gibt sie noch die „Traumtage". Die Hiddensee-Fahrt am am 25. Mai war so ein Tag. Rene´, unser Nachbarsjunge, der mit Klaus und Susanne als Kind gespielt hatte und seit der Wende in Wilhelmshaven arbeitet und lebt, hatte mich gefragt, ob ich ihm die Insel, die er noch nicht kannte, zeigen wolle.
Er holte mich am Morgen mit dem Auto ab und bereits halb neun Uhr wa-

ren wir in Schaprode, wo wir die Fähre nach Neuendorf bestiegen. Dort angekommen, mieteten wir jeder ein Fahrrad und los ging die Fahrt. In Kloster schlossen wir die Räder an, kletterten die erste Treppe hinauf zum Hochufer und begannen die Wanderung zum Leuchtturm. Nach einer Dreiviertelstunde waren wir bereits beim „Klausner“. Hiddensee wird immer grüner, Bäume und Sträucher sind in den achtundvierzig Jahren, seitdem ich die Insel das erster Mal besuchte, gewachsen. „Renaturierung, betreten verboten“ steht auf Schildern.

Die Sonne stand im Zenit, als wir am Leuchtturm ankamen. Im Tal flammten die gelben Ginsterbüsche. Es war überwältigend schön anzuschauen. Um zwei Uhr waren wir wieder in Kloster und gönnten uns Kaffee und Kuchen beim Bäcker.

In der Buchhandlung erblickte ich eine Neuauflage von Benno Pludras Kinderbuch „Lütt Matten und die weiße Muschel“, ich kaufte es für Lilith.

Laura schrieb einen Dankesbrief mit zwei hübschen Fotos. Einmal ist sie in der Mitte ihrer Eltern zu sehen, das zweite Foto zeigt sie am Mikrofon in der Kirche. Bildschön sieht sie aus.

Wie jedes Jahr fand auch in diesem der plattdeutsche Lieder-Wettbewerb in der Reuterstadt Stavenhagen statt. In der Tageszeitung wurde um Mitwirkung gebeten. Warum soll ich es nicht auch einmal versuchen? Ich bewarb mich, schickte eine CD mit meinem Auftritts-Lied und wurde eingeladen.

Am Sonntag, dem 19. Juni, fuhr ich bei herrlicher Sonnenschein, nach Stavenhagen.

Von den neun Bewerbern waren sieben übrig geblieben. Ich war die einzige Frau, die zweite Frau war Teil eines Duos mit ihrem Mann. Wir mussten ein Los ziehen, ich hatte Glück und war die Nummer zwei in der Auftritts-Folge. Auf was hatte ich mich da eingelassen ? Das waren plattdeutsche Sänger und Rocker aus Bremen, Rostock und anderen Orten.

Ich sang das Lied „Alles is vergäten“, welches mir Anneliese Putbrese vom Poltenbusch aus Garz auf Rügen vor zwölf Jahren beigebracht hatte. Wolfgang Rieck, ein bekannter Liedermacher aus Rostock, kannte ich von einer Weiterbildung in den neunziger Jahren. Er sang drei Lieder und bezog die Hörer mit ein. So mussten wir beim Lied über den KOK (Koch) im Refrain ständig wiederholen: „seggt he!“ Auch bei seinem Lied über die „Tanzende Alte“, nach einer Plastik von Barlach (1920 entstanden) sangen wir den Refrain mit. Das machte Spaß und Rieck erhielt den zwei-

ten Preis. Sieger wurde ein junger Mann aus Münzdorf. Er begleitete sich mit der Gitarre, sang in plattdeutsch, redete die Zuhörer mit Du an, das gefiel.
Ich erhielt einen wunderschönen Sonnenblumenstrauß.
Ich hatte viel Arbeit, denn jede Woche meldeten sich Gäste, meist Monteure an. Nun begann die Süßkirschen-Ernte. Bald danach waren auch die Sauerkirschen reif. Nachdem ich vierzehn Gläser eingeweckt hatte, entschied ich, die nächsten Kirschen zu verkaufen.
Laura mailte öfters. Sie war mit der Familie in Havbork, das ist ein Fjord in Westjütland und machte Urlaub.
Am 14. Juli fand ein Attentat in Nizza statt. Am Abend ihres Nationalfeiertages wollten die Menschen ein Feuerwerk ansehen, da raste ein weißer LKW mitten über den belebten Boulevard. Fünfundachtzig Tote und fünfzig Schwerverletzte waren die grausige Bilanz.
Am zweiten Juliwochenende kam meine neue „Klavierschülerin". Sie ist fünfundfünfzig Jahre alt und möchte unbedingt Klavier spielen lernen. Ich begann mit der Notenlehre und zeigte ihr meine alte Klavier-Damm-Schule. Sie war mit Feuereifer bei der Sache und es machte mir richtig Spaß. Sie kaufte sich über das Internet eine Europäische Klavierschule. In den folgenden Wochen zeigte sie sich enorm fleißig und machte große Fortschritte.
Nun stand meine Reise nach Santorin und Anafi bevor. Diesmal wollte ich von Hamburg nach Santorin fliegen und dieser Flieger fuhr nur einmal in der Woche am Mittwoch. Mit eigenem Auto erreichte ich Hamburg-Norderstedt, parkte dort mein Auto, um unabhängig zu sein. Die leise Hoffnung, bei Susanne schlafen zu können, wenn ich nach seiner Woche um Mitternacht in Hamburg eintraf, erfüllte sich leider nicht. „Ich muss am nächsten Tag arbeiten, das passt nicht!"
In Perissa, an der Ostküste von Santorin, bekam ich ein preiswertes Zimmer in der Ortsmitte.
Das Baden im Meer war das Schönste, aber das Laufen war sehr schwierig. Ich konnte nur kleine Spaziergänge machen.
Am Samstag fuhr ich mit dem Bus nach Thira und kaufte mir als erstes die Schiffskarte nach Anafi. Abends um 17 Uhr sollte das Schiff ablegen, aber es wurde 19 Uhr, als es endlich losging.
Bei Margarita bekam ich wieder ein schönes Zimmer in ihrer Ferienanlage.
Am Morgen spazierte ich um den ganzen Circel und besuchte den Fried-

hof. Wie sehr war ich überrascht, als ich auf „Ingeborg Runze-Pütz Gebein-Kiste“ zwei rote Rosen erblickte. Wer hatte die wohl dorthin gelegt ? Neunzehn Jahre sind seit ihrem Tod vergangen. War es ein ehemaliger Verehrer? Ich werde es nie erfahren.
Jetzt im Juni war es sehr heiß und ab 12 Uhr blieb ich im Zimmer und las. Nach vier Uhr am Nachmittag ging ich wieder ins Freie und schwamm im Meer..
Poppy von der Taverne „Livitri“ grüßte freundlich. Ihre Tochter ist erwachsen geworden und hilft schon mit bei der Bedienung der Gäste.

Ich aß am Abend eine Zucchini-Pasta als Vorspeise und Schweinefleisch-Souflaki. Die Pasta schmeckte so gut, dass ich nach dem Essen Poppy um das Rezept bat. Sie lachte und sagte:
“Top Secret“ streng geheim, nichts zu machen. Sie verriet es mir nicht. Zwei Pärchen und ein junger Mann waren die einzigen Menschen am Strand.
Ich legte mich in den Schatten einer Tamariske, nur das Rauschen der Wellen war zu hören. Das Meer zeigte Farben von Hellblau, Smaragd bis zum tief dunklem Tintenblau.
Das Schwimmen war wunderbar, denn immer schmerzte das Knie beim Laufen. Die Wirtin von der Taverne „Astrachan“ gab mir am Abend eine Karte. Es war die Reklame für ein neues Buch über Anafi. Es war ein Fotobuch in Deutsch und Griechisch. Im Souvenirladen von „Taki’s Shop“ zu kaufen. Seit zwölf Jahren kommt die Autorin Karsta Lipp nach Anafi. Sie hatte mit vielen Einheimischen gesprochen und sie fotografiert.

Schon war der letzte Tag für mich angebrochen und ich wagte eine größere Wanderung zum Kameni Beach. Unten am Strand leuchtete ein neues weißes Haus. Die Bäckerfrau erzählte mir später, dass der junge, sympathische Busfahrer sich das Haus für seine junge Familie gebaut habe. Er wollte wohl nicht mehr den Job ausüben.
Am Nachmittag besuchte ich Rabelia, die schon sechsundachtzig Jahre alt ist. Es geht ihr nicht besonders gut, die Beine wollen sie nicht mehr tragen. Schade, dass wir nicht miteinander sprechen können. Ich wünschte ihr alles Gute.
Es wurde ein langer Mittwoch, denn um sieben Uhr fuhr das Schiff nach Santorin, da musste ich den ganzen Tag verbringen, weil das Flugzeug nach Hamburg erst 20 Uhr startete. Den halben Tag verbrachte ich am

Hafen, weil kein Bus nach Thira fuhr. Zu wenig Passagiere, wurde als Grund angegeben.
Das Taxi hätte mich zwanzig Euro gekostet Erst am Mittag waren genug Gäste im Hafen und der Bus fuhr endlich nach Thira.
Da suchte ich mir einen preiswerten Imbiss und stärkte mich mit gutem Essen und einem starken Espresso.
Um zwei Uhr fuhr ich mit dem Bus zum Flughafen. Hier war es ruhig, wenig Menschen, nicht wie in Thira, wo es von Touristen, besonders vielen Asiaten, wimmelte.
Ich schaute auf das Meer und den Kegel von Anafi. Es wird wohl das letzte Mal gewesen sein, dass ich dort war.
Das Flugzeug startete mit einer Stunde Verspätung. Um Mitternacht kamen wir in Hamburg an. Nach einer halben Stunde stieg ich in mein Auto in Norderstedt. Willst Du nicht lieber hier übernachten und morgen früh ausgeruht nach Hause fahren? dachte ich. Aber ich entschied anders. Nachts würde wenig Verkehr sein, das gab den Ausschlag.
In einer Raststätte bei Bad Segeberg bekam ich eine Bockwurst und einen Pott Kaffee. So gestärkt ging die Fahrt weiter. Zwischen zwei und drei Uhr musste ich eine Pause einlegen und machte an der Raststätte „Fuchsbau“ vor Rostock „Augenpflege“.
Als ich um vier Uhr Weitin passierte, war es bereits hell. Alles war gut gegangen und todmüde fiel ich ins Bett, nicht ohne ein Dankgebet gen Himmel geschickt zu haben.
Am achten Juli war ich beim Orthopäden. Er diagnostizierte Arthrose und will im August eine MRT Untersuchung machen lassen und dann eine Behandlung beginnen.
Viele Sauerkirschen gab es in diesem Jahr an meinen Bäumen. Jeden Morgen pflückte ich und begann diese einzuwecken. Du brauchst doch nicht so viele Kirschen, dachte ich und fragte Nachbarn und Bekannte, ob sie Interesse hätten. Etliche Kilo verkaufte ich.
gefielen.

***Montag, 25.Juli 2016***

Wieder zu Hause, Gott sei Dank! Nein, ich hätte nicht zu Almut fahren dürfen. Sie ist mir fremd. Als Mutter von vier Kindern - Niklas elf Jahre, Bastian neun Jahre, Mirjam sieben Jahre und Linda zwei Jahre, geht sie ganz in dieser Rolle auf.
Nicht ein einziges Mal haben wir über meinen Großvater Martin Stier gesprochen und das war ja eigentlich der Grund meines Besuches.

Es war eine lange Fahrt über Berlin, Frankfurt/Main bis Bensheim. Lilos Mann Dieter holte mich am Mittag vom Zug ab. Ich hatte ein Familienspiel mit dem Titel „Activity“ gekauft und mitgebracht. Mein Spiel wurde freudig in Empfang genommen, sie besaßen ein ähnliches bereits. Malen. Beschreiben und Pantomime waren von den Spielern gefragt.
Ich schlief in einem fensterlosen Raum im Keller. Die Hausmädchen wohnten immer darin. Almuts Mann Marcus war nicht anwesend, er gab wieder einen Musikkurs.
Almut ernährt sich strikt vegetarisch. Die kleine zweijährige Linda saugte, so oft sie wollte, an den Brüsten der Mama.
Am Morgen wanderten Bastian und ich zum Bäcker und kauften sieben „Muntermacher“- Brötchen.
Nach dem Frühstück kam Opa Dieter. Niklas, Bastian, Mirjam, Opa und ich fuhren in die Stadt Bensheim. Niklas wollte mir die Stadt zeigen und machte seine Sache sehr gut. Ich fotografierte sehr viel und Opa spendierte am Ende für jeden eine Kugel Waffel-Eis.
Bis zum Mittagessen spielte ich mit den Kindern Scotland Yard. Mr. X musste gesucht werden. Die Polizisten durften nur bestimmte Abschnitte mit Taxi, Bus oder U-Bahn fahren.
Dann gab es Mittagessen. Es bestand aus Broccoli in Öl gebraten mit Reis; kein Stück Fleisch oder Wurst gab es dazu. Das Essen war höllisch scharf, das Gewürz Chili war der Grund. Nach zwei Stunden bekam ich Hunger.
Nach der Mittagsruhe ging es in das „Fürstenlager“. Die schöne Anlage erstreckte sich weit in die Höhe. Unterwegs wurde ein Steinofenbrot gekauft.
Es war Sonntag. Um zehn Uhr kam Dieter, er wollte mir seine Eigentumswohnung und Lilos Grabstätte zeigen. Ich verabschiedete mich von den Kindern und von Almut, weil mein Zug um zwölf Uhr abfuhr und Dieter mich zum Bahnhof bringen würde.
Zu Lilos Ruhestätte ging es einen Berg hinauf in den Wald. Wir packten das Auto und liefen dann noch ein Stück bis zu einem kleinen, ehemaligen Kloster. Im Garten desselben war das anonyme Grab. Eine Fläche von etwa drei mal zwei Meter enthielt die Urnen. Runde, eiserne Platten lagen vor der Grabfläche. Die vierte Platte von links zeigte Lilos Namen, Geburtstag- und -jahr und ihrenTodestag und ihr Todesjahr.
Eine welke Rose lag auf dem Erdreich. „Die ist von mir, habe sie vor einiger Zeit hingelegt“ sagte Dieter. Ich war sehr traurig.

Danach fuhren wir in Dieters Wohnung. Ein Stockwerk tiefer befindet sich eine Einliegerwohnung, wo später, wenn nötig, eine Pflegekraft für ihn wohnen kann. Er hat an alles gedacht. Zur Zeit benutzt Marcus das Zimmer als Studierzimmer, da er dort Ruhe hat.
Dieter zeigte mir Fotos von Tante Ursel, die er in Lilos Nachlass gefunden hatte, auch ein Bild meines Großvaters war dabei, er sah entsetzlich krank und elend darauf aus. Es war in seinem Sterbejahr1942 entstanden.
Der Zug hatte fünfzig Minuten Verspätung, in Frankfurt, und in Berlin verpasste ich meinen Anschlusszug. Ich ließ mir aber einen Antrag auf Fahrgeldrückerstattung wegen über sechzig Minuten Verspätung. In Berlin geben und bekam am nächsten Tag in Neubrandenburg 17,2d Euro zurück, ein kleiner Trost.
Schreckliche Nachrichten erschüttern ganz Deutschland. Attentat in einem Münchner Einkaufszentrum, ein sechzehnjähriger Syrer war Amok gelaufen, fünf Tote. In Ansbach wurde
am Wochenende eine Bombe während eines Musik-Festivals gezündet. Ein psychisch kranker Syrer soll die Tat begangen haben. Der Attentäter starb dabei.
Juanita hatte mich zum Sommerfest in das Pflegeheim eingeladen. Aus allen Stationen waren die Insassen in den Garten gebracht worden, wo sie an Tischen sahen.
Das Ehepaar Telcher machte Musik mit einer Stereo-Anlage. Er spielte Saxophon und begeisterte die Senioren mit Liedern und Schlagern aus ihrer Jugendzeit. Auch ich sang einige Volkslieder zur Gitarre. Es war enorm heiß und anschließend fuhr ich zum Augustabad und schwamm im Tollensesee.

Am 27. Juli kam die Firma Dewitz, um die Fassade meines Hause zu streichen. Sie bauten mit vier Männern das Gerüst um das Haus auf. Mein Weinstock musste sein Leben lassen, denn er war durch die Regenrinne gewachsen. „Der muss weg!“ verlangten sie.
Kräftige Weintrauben hingen bereits daran.
Der Regen machte ihnen einen Strich durch die Rechnung und sie zogen am Mittag wieder ab. Am nächsten Morgen kamen sie wieder und am Nachmittag waren sie schon fertig. Ich traute meinen Augen kaum, geplant hatten sie vier Tage.
Ich sah einige Stellen, die nicht gleichmäßig weiß gestrichen waren, einige Tage später wurde dies in Ordnung gebracht.

Wegen der bevorstehenden großen Rechnung hatte ich immer Gäste in der Ferienwohnung.
Am 31. Juli fand die letzte Vorstellung der Operette „Im weißen Rössl" im Park von Neustrelitz statt. 2002 hatte ich selbst auf der Bühne gestanden und im Extra-Chor mitgesungen. Nun wollte ich einmal als Zuschauer die Operette erleben. Ich kaufte ein Karte in der zweiten Reihe und konnte wunderbar sehen und hören.
Am Eingang traf ich Uta, die mit ihrem Mann und den Schwiegereltern ebenfalls die Vorstellung besuchen wollten. Wir begrüßten uns und wechselten ein paar Worte.
Die Aufführung war ein Erlebnis. Blutjunge Mädchen in farbigen Kostümen stellten die Stubenmädchen dar. Kühe, Pferde und Oldtimer fuhren über die Bühne. Ich genoss die herrlichen Melodien.
Susanne hatte von ihrem Vater zum Geburtstag ein Auto bekommen, einen Ford. Es war ein preisgünstiger Neuwagen. Susanne wollte von Zinnowitz mit dem neuen Auto kommen.
Das Auto ist weiß, Susanne wird es abzahlen. Dieter hatte es in Wolgast gekauft. Lilith fühlte sich bei mir wieder gleich wohl.
Ein schöner Sonnentag veranlasste mich, einen Ausflug mit dem Schiff nach Klein Nemerow zu unternehmen. Kurz nach zwölf Uhr fuhren wir mit dem Schiff wieder zurück.
Mittagessen bereitete ich zu Hause und am Nachmittag badeten wir im Reitbahnsee.
Am nächsten Tag regnete es und wir beschlossen, nach Stuer zu fahren, um den Bärenwald zu besuchen. Zuerst aber machten wir Rast in Klink und aßen zu Mittag in einer Gaststätte, direkt an der Müritz. Die Forelle wurde in einem Holzkasten serviert, worüber wir lachen mussten.
Der Bärenwald war sehr schön. Zwei Stunden hielten wir uns in dem Gelände auf. Ein alter Zirkus wagen am Eingang lud zum Verweilen ein. Darin war eine Fernsehapparat, der die Vereinigung
„Vier Pfoten" vorstellte. Ehe man das Gelände betrat, sollte man die Augen verbinden und drei Minuten lang durch einen Gang gehen. Nur ein Geländer half, die Orientierung nicht zu verlieren.
„Was Du hier in drei Minuten erlebst, erlebt ein gefangener Zirkus-oder Zoo-Bär dreißig Jahre.
Gespannt warteten wir nun auf die ersten lebenden Bären.
Das konnte man im Fernsehen sehen im: Transport, Ausladung und Eingewöhnung im Bärenwald.

„Separations-Gehege“ ermöglichen den Arbeitern, die Bären für kurze Zeit in ein Gehege zu sperren, damit sie Futter im Gelände verstecken können. Die Bären müssen es dann suchen.
Die Betreiber haben sich viel einfallen lassen, eine Höhle, ein Ruheraum mit Liegen und an der Decke Sternbilder des „Großen Bären“, ein Labyrinth-Gang, ganz aus Weidenruten gefertigt. In einem kleinen Teich plantschte ein junges Bären-Geschwisterpaar, das sich aufs Köstlichste amüsierte. Wir konnten uns von dem Anblick gar nicht losreißen.
Ein älterer Bär rannte immer stoisch im Kreis herum. „Er baut Stress ab!“ sagten uns die Pfleger. Dann begann es zu regnen. Wie verließen den Bärenwald.
In der Johanniskirche schauten uns am nächsten Tag die Ausstellung „Barlach und Dettmann“ an. Skulpturen von Barlach waren mit Bildern des Malers Dettmann gekoppelt.
Lilith stand morgens um halb sieben auf. Regelmäßig verwandelte sie meine Wohnstube in eine Räuberhöhle, aber mich stört es nicht. Sie hat so viel Fantasie, dass ich nur staunen kann.
Am letzten Tag kletterte Lilith auf den Turm Behmshöhe, ihren „Rapunzel“-Turm und weil es so schön war, kletterte sie gleich ein zweites Mal hinauf.
In der Hintersten Mühle hatte ich im Pferdehof angerufen und einen Reittermin für Lilith erbeten. Eine junge Frau hat den Pferdehof gerade übernommen. Die Pferdeställe haben jetzt Schilder, auf denen der Geburtstag und der Name des Pferdes zu lesen ist. Sheriff, auf dem Lilith schon in den vergangenen Jahren geritten war, ist 1990 geboren, also schon sechsundzwanzig Jahre alt. Er hat eine Risthöhe von 1,38 Metern. Lilith bekam einen Helm und los ging es. Die Leine hielt eine Angestellte.
Nun sind sie wieder abgefahren und wohltuenden Stille umgibt mich.
Am 11. August hatte ich ganz früh am Morgen Magnet-Resonanz-Tomographie im Ärztehaus. Das Gerät schien mir riesengroß. Ich bekam einen Ohrenschutz, da das Gerät einen Höllenlärm macht. Mein Kopf blieb zum Glück außerhalb des Gerätes. Anschließend wagte ich einen Blick auf den Bildschirm und sah ein hühnereigroßes Gebilde In der Kniekehle. „Das ist eine mit Wasser gegefüllte Zyste, die Baker-Zyste genannt“, belehrte mich die Schwester. Nun heißt es wieder warten, bis ich den Termin bei dem Orthopäden zur Auswertung bekomme.
Einen sehr schönen Gemeindeausflug erlebte ich am Samstag. Es ging mit einem Behindertenbus von der Friedenskirche aus nach Ankershagen.

Wir waren eine Gruppe von dreißig Teilnehmern und teilten uns. Eine Gruppe besuchte das Schliemann Museum, die andere Gruppe besichtigte die Kirche in Ankershagen. Frau Finkenstein ist Pastorin in Ankershagen.
Herr Witte, Leiter des Schliemann-Museums, betonte, dass er wenig Zeit habe und ging im Eiltempo durch die Ausstellungsruine. Die Kirche ist renoviert worden und an der Außenwand über dem ehemaligen Eingang entdeckte man ein Christusbild (12. Jahrhundert). Da damals in der Kirche kein weltliches Gericht tagen durfte, wurde dies an der Stelle getan. Das war sehr interessant.
Die nächste Station war Freibord, ein kleines Dorf bei Bocksee, welches einen „Schulbauernhof" hat. Dort aßen wir zu Mittag. Anschließend fuhren wir nach Hohenzieritz. Dort führte uns der Autor Frank Pergande aus Mirow.
Schön war der anschließende Rundgang durch den Park, der nicht wieder zu erkennen war. Anfang der neunziger Jahre besuchte ich oft mit Oma den Park, da war er verwildert.
Die kleine Rundkirche an der Straße war der letzte Besichtigungsort.
In der Luisen-Gaststätte gab es dann Kaffee und leckeren Pflaumenkuchen. Das Wetter blieb den ganzen Tag sonnig.
Frau Roth gab mir das Buch „Der Kämpfer im Vatikan" über Papst Franziskus. Eine spannende Lektüre wurde dieses für mich.
Mein Geburtstag wurde ein schöner Tag. Es war sehr heiß. Schon um acht Uhr klingelte es am Morgen, und ich sah gerade noch, dass Frau Entorf am die Hausecke verschwand. Sie hatte eine Tüte mit Geschenken an die Tür gehängt. Blumen, ein Büchlein „Das kleine Buch zum Segen" von Michael Blum und und Hans Dieter Hüsch. Eine Packung Eier vom „Hof Entorf" waren auch noch in der Tüte. Ich suchte mir die Telefonnummer vom Finanzamt aus dem Telefonbuch und bedankte mich bei ihr.
Alle Kinder gratulierten im Laufe des Tages telefonisch. Von Klaus und Susanne kam ein Blumenstrauß von Fleurop. Jörgs Strauß kam einen Tag später. Alle Sträuße enthielten weiße und rote Rosen.
Auch Juanita, Betreuerin im Pflegeheim Robert-Blum-Straße, kam vorbei und gratulierte.
Lucie aus Kittendorf schickte einen Brief, in dem „Christliche Volkslieder im Jahreskreis", ein Kalender für das Jahr 2017, enthalten war. Darüber freute ich mich auch sehr.
Pastor Finkenstein gratulierte am Nachmittag. Wie immer hatte er keine

Zeit. „Wenn Sie das Buch nicht mögen, geben Sie es bitte zurück, ich gab es ungern!“ Es war ein Buch für Kinder Bilder von Chagall Ich behielt es. Um halb sechs Uhr abends waren noch 30 Grad am Busbahnhof abzulesen. Ich fuhr noch zum See und brauchte lange, eine Park-Lücke zu finden. Es schien. als sei die ganze Stadt am See.
Das wunderbare Hoch über Mecklenburg/Vorpommern hielt an und ich beschloss, noch einmal auf die Insel Rügen zu fahren und den Baumwipfel-Pfad bei Prora zu besteigen.
Ich fuhr diesmal in Stralsund über die alte Brücke und die Allee-Straße über Garz, Putbus bis zur Abzweigung nach Binz. Die Buch en und Eichen waren schon so hoch gewachsen, dass ihre Zweige wie ein Kirchendach einen Schirm bildeten.
„Sind Sie schon Rentner?“ fragte mich die junge Kassiererin an der Kasse des Baumwipfelpfad-Gebäudes. Ich fühlte mich sehr geschmeichelt. Aber es ging natürlich um die Ermäßigung für Rentner.
Kurz nach elf Uhr wanderte ich den 1,2 Kilometer langen Weg hinauf. Der Wind kühlte und genau nach einer Stunde war ich auf dem 14.Stock ganz oben. Die Häuser aus der Nazi-Zeit waren von oben nicht mehr zu sehen, die Buchen und Eichen hatten alles überwachsen. Die Kreideküste mit Binz, Lietzow und den großen und kleinen Jasmunder Bodden sah ich. Blaues Meer und grüne Bäume, es war ein wunderbarer Anblick. Viele Familien mit Kindern begegneten mir.
Für den .Abstieg (128 Stufen) brauchte ich nur fünfzehn Minuten.
Im Auto hatte ich in der Kühltasche eingezuckerte Himbeeren und die löschten nun den Durst.
Ich fragte nach einem Parkplatz und fand ihn am Ortsausgang von Prora. Leider hatte die Ostsee viele Quallen und ich verzichtete auf baden und schwimmen.
Auf der Rückfahrt hielt ich in dem kleinen Fischerdorf Lauterbach. Es war noch immer heiß, als ich die Rückfahrt antrat.
Anfang September meldete sich ein junges Mädchen zur Übernachtung an. Sie will an der Hochschule in Neubrandenburg studieren. Sie kommt aus Karlsruhe und ist zwanzig Jahre jung. Ihr Studienfach ist Gesundheitsmanagement.
Sie will sich um eine Wohngemeinschaft bemühen. An meinem PC schrieb sie die Bewerbung für die Wohnungsgenossenschaft Neubrandenburg. Am Montag brachte ich sie zur Hochschule und zeigte ihr vorher die Stadt.

Auch mit Augustabad und Behmshöhe machte ich sie bekannt und sie rief aus: "Das ist ja wie bei meinem Papa in Südfrankreich, Berge und Wälder!" Der Vater hat zwar eine Wohnung in Karlsruhe, ist aber in zweiter Ehe verheiratet und lebt in der Nähe von Monaco in achthundert Metern Höhe.
Als wir im Augustabad einen Eiskaffee tranken, rief ihr Vater an und wollte dann auch noch mich sprechen und bedankte sich. dass ich mich so um Hanna kümmere. Am Freitag fuhr sie wieder nach Karlsruhe, die gewünschte WG wurde für sie bis Ende September reserviert. Die WG liegt ganz in meiner Nähe in der Traberallee am Reitbahnsee.
Endlich hatte ich meinen Orthopäden-Termin und ahnte, was mir bevor stand. „Die Zyste ist ein ziemlich dickes Ding, ich mache noch einen Ultraschall vom Knie!" sagte der Arzt und dann gab er mir eine Spritze in den Meniskus, der Schmerz war so intensiv, dass ich einen „Urschrei" von mir gab. „Machen Sie Quark-Umschläge!" sagte er zum Abschied. Der Quark holte die Hitze aus dem Knie und gab mir für kurze Zeit Linderung.
Das Buch „Das geheime Leben der Bäume" kaufte ich mir. Der Autor Peter Wohlleben ist Förster und sein Buch, 2015 erschienen, hat bereits die 23.Auflage erreicht. Bäume bilden mit ihren Wurzeln ein Netzwerk, sogenannte „Hilfsgemeinschaften" und versorgen z.B. bedürftige Bäume mit Zucker. Ich fand das Buch sehr spannend.
Für Sonntagabend meldete sich Hanna an, sie wollte wieder im kleinen Zimmer schlafen. Ich holte sie Sonntagabend vom Bahnhof ab. Schwer bepackt mit zwei Koffern, zwei Campingsäcken und einer Tasche mit dem PC, erwartete sie mich auf dem Bahnsteig.

Am Montag wickelte sie alles bei der Wohnungsgenossenschaft ab und konnte ihre WG beziehen. Joel, ein Freund, borgte ihr eine Matratze, da ihre Eltern erst am Wochenende kommen und Möbel kaufen. Ihren Studentenausweis bekam sie ebenfalls, weil nun das erste Semester für sie begann.
Sie schaut auf Grünanlagen und einen Spielplatz.
Nun hieß es Abschied nehmen von der Mutti. Zuvor lud diese mich zu einem Kaffee ein, und ich schlug vor, in das Eiscafé am Eingang zum Kulturpark zu gehen. Es gefiel ihnen da sehr. Hanna schluchzte hemmungslos, als sie sich von ihrer Mama auf dem Bahnsteig verabschiedete."Ich bin ein Mama-Kind!" meinte sie. Gut, dass ich sie ein wenig

trösten konnte. Ihre Mutti ist Masseuse. In der DDR waren Masseuse und Physiotherapeuten getrennte Berufe, in der BRD war das anders. Nun im geeinten Deutschland gilt für beide Berufe die Bezeichnung Physiotherapeutin.
Ich machte anschließend einen Besuch mit Hanna in Burg Stargard, anfangs wollte sie nicht mitkommen, war dann aber doch ganz begeistert von der Aussicht vom Bergfried.
Das Radisson-Hotel am Markt wird abgerissen, das Grundstück ist an einen neuen Investor verkauft worden. Es war spannend, wie beim Ablauf des Abrisses immer deutlicher die Marien-Kirche zu sehen war. Einstimmig war die Leser-Diskussion in der Heimatzeitung: „Lasst uns doch den schönen Blick auf die Konzertkirche!“ Laura lud mich zum Tag der offenen Tür in Pforta ein. Ich sagte zu, telefonierte mit Frau Hübner in Saaleck mit der gleichnamigen Pension und freute mich auf das Wiedersehen mit Laura nach einem halben Jahr.
In Neustrelitz erlebte ich ein Konzert, welches ganz russischen Komponisten gewidmet war. Die Neubrandenburger Philharmonie spielt ja immer am Donnerstag in der Konzertkirche Neubrandenburg, am Freitag in Güstrow und am Sonntag in Neustrelitz. Ich bekam einen Platz in der zehnten Reihe. Ein blutjunger Violinist, Sergej Pogadin, aus einer russischen Musikerfamilie stammend, spielte Tschaikowskis Violinkonzert in D-Dur. Er spielte hervorragend, so leise Töne habe ich noch nie von einer Violine spielen gehört.
Das Publikum erzwang eine Zugabe. Mit einem Winken und „Hand aufs Herz“ legen verabschiedete er sich vom Publikum. Nach der Pause folgte Mussorgski’s Stück „Die Nacht auf dem kahlen Berge“. Es handelt von der Versammlung der Hexen und ihr Geschwätz, Satans Zug, Verherrlichung Satans und den Sabbat. Ich war erstaunt, wie kurz das Stück war. Der Höhepunkt des Abends war Strawinskis „Feuervogel“ Das Orchester spielte fantastisch, besonders die junge Klarinettistin und der junge Fagottspieler stachen heraus.
Schon um sechs Uhr verließ ich am nächsten Tag Neubrandenburg und war in eineinhalb Stunden in Teschendorf, frühstückte eine zweites Mal, um gestärkt weiter fahren zu können.
Helmut rief ich um zehn Uhr an und fragte, ob er die Katzen schon gefüttert hätte.
„Ich muss um 12 Uhr beim Doktor in Naumburg sein!“teilte mir Laura telefonisch mit.

In der ersten Schulwoche hatte sie sich den Knöchel im Sportunterricht gebrochen. Nun sollte sie zur Abschlussuntersuchung. Mama sagte, ich soll für 11,30 Uhr ein Taxi bestellen.“ Das Geld könne sie sparen, sagte ich, denn ich werde bestimmt um halb 12 Uhr in Pforta sein. Ich konnte sie überreden, die schon bestellte Taxi abzumelden und so sparte sie tatsächlich zwanzig Euro.
Der Arzt war noch im Operationssaal und ich hatte Gelegenheit, mich über eine Stunde mit Laura zu unterhalten. Zuerst aber aßen wir beide Mittag in der Kantine des Krankenhauses.
Laura trug ein rotes T-Shirt mit einer großen Donald Duck-Ente. Das hatte ihr der Papa vor drei Jahren in Südkorea gekauft. Der Arzt bestätigte, dass ihr Knöchel gut verheilt sei.
Laura zeigte mir nun ihr Gymnasium, die Klosterkirche mit einem wunderschönem Kreuzgang, die Internate und Räumlichkeiten des Schulleiters. Die Schüler kommen aus ganz Deutschland.
Laura fand wieder sofort ein vierblättriges Kleeblatt im Gras und schenkte es mir.
Zuletzt zeigte sie mir ihr Zimmer. Vier Mädchen schlafen in dem kleinen Zimmer, welches aber sehr hoch ist. Fröhliches Lachen empfing mich. Dann verabschiedete ich mich, weil Laura zur Chorprobe gehen musste.
In der Pension schlief ich sofort ein und fühlte mich nach einer Dreiviertelstunde Tiefschlaf wie neu geboren.
Nun fuhr ich in den Ort Saaleck, der nur wenige Meter entfernt von der Pension liegt. Die Sonne schien, die Herbstfärbung hatte bereits begonnen und ich konnte mich nicht sattsehen.
Frau Hübner empfahl mir, mit Laura am Abend nach Naumburg zu fahren, das tat ich auch. Wir schlenderten einmal um die Stadt und kehrten in der Gaststätte, .Kanz1ei“ am Markt ein.
Wir aßen jeder nach seinem Wunsch. Am Samstagmorgen war ich um zehn Uhr in Pforta, da waren inzwischen alle Parkplätze besetzt.
Eltern und Verwandte besuchten am Tag der Offenen Tür das Gymnasium. Ich setzte mich in die erste Reihe in der Kirche, um Laura gut sehen zu können.
Der Mädchenchor gab ein halbstündiges Konzert. Klaus, Cathleen und Mareike kamen kurz vor Beginn des Konzertes.

Mozarts „Ave verum“ sang der Chor und deutsche Volkslieder. Die reinen, strahlenden, jungen Mädchenstimmen rührten das Herz der Zuhö-

rer. Schon wegen dieses Gesanges hat es sich gelohnt, hierher zu fahren. dachte ich.
Laura musste anschließend wieder zur Chorprobe, da sie ein sogenanntes Chorwochenende hatte, das bedeutet, bis Sonntag um 12 Uhr sind Probe angesetzt.
Ich fuhr hinauf zum „Himmelreich", eine Gaststätte genau gegenüber der Rudelsburg und Saalecks-Burg. Ich erblickte den Böttcherhof, wo ich im Mai 1945 den ersten amerikanischen farbigen Soldaten erblickte, als er die Toreinfahrt passierte.
Ich bestellte einen Seniorenteller, der völlig für mich reichte.
Nachdem ich lange den Ausblick genossen hatte, fuhr ich wieder nach Saaleck. Ich beendete den Tag mit einem Besuch des Cafe´s "Schoppe".

Susi und Lilith besuchten mich.
Ich schlug einen Ausflug nach Saßnitz zum Baumwipfelpfad vor. Lilith war begeistert.
Die Herbstfärbung war zauberhaft. Nun war ich schon das dritte Mal auf dem Adlerhorst. Leider hatte ich meine Kräfte überschätzt, das Knie schmerzte fürchterlich, aber ich hielt durch, bis ich oben stand.
Anschließend fuhren wir nach Saßnitz, hinunter zum Hafen, wanderten ein Stück zu den Kreidefelsen und stärkten uns anschließend bei Kaffee und Kuchen. Susanne fuhr zurück und wir waren bereits nach einer Stunde und vierzig Minuten in Neubrandenburg.
Lilith fand eine Spielgefährtin in unserer Eigenheimsiedlung. Neue Nachbarn zogen ein, da die alt gewordenen Besitzer verstorben waren oder das Haus verkauft hatten.
Am Donnerstagabend fuhr Susanne wieder mit Lilith nach Hamburg.
Am Wochenende kam ich einer Einladung von Götz nach, der seinen 50.Geburtstag feierte. Dazu hatte er einen ehemaligen „Rittersaal" in der Nähe seines Wohnortes Teichwolframsdorf (Greiz) gemietet. Carola, seine Lebensgefährtin, zeigte sich als hervorragende Gastgeberin. Kuchen, Salate u.a. waren im Büfett aufgestellt.
Um 17 Uhr trudelten die ersten Gäste ein: Sabine und Walter, Bettina und Michael, die Kinder aus Götz' erster Ehe, Leonie, Enkeltochter von Carola, Klaus, Cathleen, Laura, Mareike und Jörg mit Claudia. Ein Fass Bier wurde angestochen, Götz begrüßte die Gäste (Schauspielerkollegen trafen nach und nach ein) und Leonie tanzte mit ihrer Freundin Break Dance.

Jörg sang zur Gitarre Lieder von Gundermann, sehr schön, sehr emotional.
Laura zog sich in die Ferienwohnung (oben im Haus) zurück. Sie war stark erkältet. Ich leistete ihr ein wenig Gesellschaft und gemeinsam hörten wir Beethovens „Mondschein-Sonate" von einer CD. Laura liebt klassische Musik.
Dank meiner Knie-Bandage konnte ich auch ein wenig tanzen. Elvis-Schlager und Twist weckten meine Lebensgeister und ich tanzte trotz Schmerzen. Warum denn wie ein Trauerkloß herumsitzen?

Eine Familie aus Wittenberg mit zwei halbwüchsigen Jungen schlief ebenfalls in Götz Haus. Sie nahmen mich um elf Uhr mit dem Auto mit. Sabine und Walter hatten sich schon um 21 Uhr verabschiedet.
Klaus hatte am nächsten Tag Geburtstag, das Geschenk für ihn habe ich Laura am Abend schon gegeben. Es war das Wochenende der Zeitumstellung.
Um neun Uhr klingelte bereits Klaus, der mit seiner Familie nach Dieskau zurückfahren wollte. Sie verabschiedeten sich.
Leonie wollte unbedingt zum Reiterhof, um auf ihrem Pferd, das sie zum Geburtstag geschenkt bekommen hatte, zu reiten. Zwei Stunden sahen wir den Springreitern zu. Zwei junge Mädchen, drei Männer und Leonie tummelten sich im Reiterhof. Leonie ritt sogar ohne Sattel und war ganz in ihrem Element. Leonies leibliche Mutter war Götz' Einladung nicht gefolgt, worüber Carola, ihre Mutter, sehr traurig war.
Jörg erzählte spannend von seiner Lehrertätigkeit. Claudia hat ihren Job gekündigt und bezieht Arbeitslosengeld, sie strebt eine neue Ausbildung an.
Bei herrlichem Sonnenschein fuhr mich Jörg mit dem Auto zum Bahnhof Neumühle, der ganz in Wäldern versteckt lag. Die Elster fließt durch das Dorf, es ist die buchstäbliche Idylle.
Endlich hatte ich einmal Zeit eine Viertelstunde mit Jörg zu plaudern,
Die Fahrt nach Gera war sehr schön, fast ausschließlich führte sie durch Wälder.
In Leipzig waren viele Reisende und der ICE, von München kommend, sehr voll. Ich hatte Glück, da mein Platz nicht durch Reservierung besetzt war.
Pünktlich kam ich in Neubrandenburg an, Klaus erkundigte sich am Abend telefonisch, ob ich gut angekommen sei.

Der Reformationstag wurde in der ganzen Welt gefeiert. Papst Franziskus war in der Anglikaniischen Kirche in Sund zu einem Ökumenischen Gottesdienst eingeladen. In Neubrandenburg fand dieser in der 1978 gebauten Katholischen Kirche statt.
Die Kirche war brechend voll, als ich kurz vor zehn Uhr eintraf. Der katholische Pfarrer Felix Evers von der Lukas Kirche Neubrandenburg hielt eine sehr gute Predigt.
Am 15. November blieb mein VW Polo mitten im Nachmittags-Verkehr in der Usedomer Straße stehen. Alle Lampen leuchteten mit einem Mal: Batterie, Öl usw. Es war 16 Uhr, ich kam vom Oststadt-Treff.

Ich winkte einfach einen Verkehrsteilnehmer heran und bat um Hilfe. Er rief sein Autohaus an und nach vierzig Minuten kam ein Auto mit Hänger. Auf der Rampe befand sich schon ein Auto. Der Fahrer hob die Klappe vom Motorraum hoch und sagte: "Der Zahnriemen ist gerissen, da ist nichts mehr zu machen. Wann haben Sie den das letzte Mal erneuern lassen?" Das wusste ich nicht, denn immer hatte ich mich auf den Autoschlosser und die TÜV Überprüfung verlassen. „Ich nehme Sie mit bis zur Gaststätte Sandkrug", sagte er. Ich nahm alle Gegenstände aus dem Auto und veraschie dete mich mit Tränen in den Augen. Er lud meinen VW Polo auf den Hänger. Wie viele Jahre hatte er mich treu gefahren, wie viel Erinnerungen waren mit ihm verbunden!
Am nächsten Morgen fuhr ich zum Autohaus Grützner und bezahlte das Abschleppen, ich fragte gleich nach einem Gebrauchtwagen. Ja, sie hätten eine Hyundai für mich. Er gefiel mir auf Anhieb. Zählerstand 40 000 km, vier Jahre alt, nur Stadtverkehr gefahren. Preis: 4990 Euro. Der junge Angestellte machte mir gleich ein Angebot: 2,9 % Zinsen, Anzahlung 1000 Euro und achtundvierzig Monatsraten zu neunundsiebzig Euro, Letzte Rate würde achthundert Euro betragen. Ich ließ ihn für mich zurückstellen.
Der erste Tag ohne Auto, o, wie schwer wurde mir das Schleppen der Lebensmittel, besonders der Büchsen-Katzennahrung. Jetzt war ich auf den Stadtbus angewiesen. Wie viel Zeit ich plötzlich brauchte, um nach dem Einkauf wieder nach Hause zu kommen, stellte ich fest.
Wenn die Not am Größten, dann ist Gott am nächsten. Dieses geflügelte Wort sollte sich für mich bewahrheiten. Rosi, die ich im Gemeindenachmittag kennen gelernt hatte und eine Leidensgefährtin war (Knie) bot mir an: "Wenn Du Geld brauchst, ich kann Dir gern etwas leihen!"

Eine Nacht überschlief ich dieses Angebot, dann fuhr ich zu ihr in das Brodaer Holz, eine Eigen-Siedlung westlich der Stadt, Richtung Waren. Wir vereinbarten, dass ich die dreitausend Euro innerhalb von zwei Jahren abzahle, jeden Monat einhundert Euro.
Nun musste ich den Rest des Geldes aufbringen. Das schaffte ich, weil mein langjähriger Gast, Herr F. aus Dresden, sich wieder für vier Wochen zur Übernachtung bei mir angemeldet hatte. Er kam schon eine Woche früher als sonst.
Ich fragte, ob er die Summe im Voraus bezahlen könne. Ich rief im Autohaus an und am nächsten Tag bezahlte ich.
Meine Klavierschülerin machte große Fortschritte. „Frau Templin fordert Dich ganz schön, Du hast schon eine Menge gelernt in der kurzen Zeit!“ hätte ihre Tochter gesagt Darüber freute ich mich sehr.
Samstag, 10. Dezember 2016
Heute habe ich mein neues Auto bekommen. Das Auto ist größer, als ich dachte. Es hat vier Türen. Herr B., der junge Angestellte, brachte eine große Flasche Sekt seiner Firma „Autohaus Grützner“
mit. Die Sitze waren gut eingestellt. Er fuhr nach Hellfeld, nachdem er für zehn Euro getankt hatte. Ich übernahm dann das Auto nach einigen Erklärungen von ihm, er hatte es sehr eilig, weg zu kommen. Die Außenspiegel klappte ich bei der Einfahrt in die Garage ein, alles ging problemlos, und ich war überglücklich.
Willi Erdmann, der ehemalige langjährige Bürgermeister von Cölpin, starb im hohen Alter von fünfundneunzig Jahren. Eine berührende Anzeige war in der Zeitung zu lesen. Seine Frau Trude war jahrelang Kindergärtnerin in Cölpin.

„Bitte weine nicht, weil ich gestorben bin!
Lächle, weil ich gelebt habe!
Wisse, dass ich an einem glücklichen Ort bin!
Wisse, dass wir uns wiedersehen werden!
Ich werde dich dort treffen!
Du bleibst in unseren Herzen
deine Trude“

Die Vorweihnachtszeit begann und Inge fragte nach den Wünschen der Enkelkinder.
Lilith benötigte dringend einen Notenständer, denn sie lernt Blockflöte spielen. Natürlich kaufte ich ihr diesen und schickte ihn auch gleich nach Hamburg.

Rosi erzählte mir, dass im Saal des Hauses der Kultur und Bildung ein Patientenforum stattfindet.
hier Vorträge wurden von verschiedenen Ärzten gehalten. Zuerst sprach der Chefarzt des Dietrich-Bonhoeffer-Klinikums Neubrandenburg, Professor Hallauer, über Krankenhaus-Keime.
Dann endlich kam der Vortrag, der mich am meisten interessierte „Wie sicher sind künstliche Kniegelenke?“ Wenn der Verschleiß der Knorpel so groß ist, dass Knochen auf Knochen reibt, dann ist eine Vollprothese angebracht, erfuhren wir. Es war sehr interessant, aber nach zwei Stunden gespanntem Zuhören war ich so erschöpft, dass ich zur anschließenden Diskussion mit den Zuhörern nicht mehr da blieb.
Laura schickte ich ein Päckchen mit Ischler Mandelschnitten-Plätzchen, mein Lieblingsgebäck zu Weihnachten. Ich hatte genügend eingepackt, damit auch ihre drei Zimmergenossinnen etwas davon erhielten.
Auch im Pfl egeheim/ Oststadt war ich in der Vorweihnachtszeit. Immer wieder ist es beglückend zu erleben, wie die Senioren mitsingen und sich freuen.
Am Heiligen Abend verabschiedete ich mich von Herrn F., er musste noch von acht bis vierzehn Uhr im Markt-Center Waren verkaufen.
Am Nachmittag des Heiligen Abend besuchte ich das Krippenspiel in der Friedenskirche. Die neue Kinderpädagogin hatte es einstudiert. Leider sprachen die Darsteller immer ins Mikrofon, was sehr störte. Die Kirche war voll besetzt.

Nun konnte ich endlich die Geschenke auspacken. Marion hatte mir ein großes Paket in der letzten Klavierstune übergeben. Ich war erschüttert, wie viele Geschenke ich erhielt: feinste Mary Christmas Pralinen von Hussel, ein Gedicht-Buch „Gesegnete Weihnachten“, darin lag ein Kuvert mit fünfzig Euro. Eine große Packung Jacobs Kaffee war auch noch dabei. So reich bin ich lange nicht mehr beschenkt worden.
Susanne hatte einen selbstgebastelten Jahreskalender mit vielen Fotos von Lilith geschenkt.
Hanna schrieb einen liebevollen Brief mit vielen weisen Sprüchen, wie „Anteilnehmende Freundschaft macht das Glück strahlender und erleichtert das Unglück.
An beiden Festtagen regnete es ununterbrochen. Am dritten Feiertag war Mareikes Geburtstag. Sie wünschte sich einen Geldbetrag und ich überwies eine Summe auf ihr Sparkonto.

Kurz vor Silvester gastierte der „Junge Mecklenburger Bläserkreis“ in der Katholischen Kirche St. Lucas. Zwanzig Musiker, verschiedenen Alters, musizierten Werke von Bach bis Blues, von Swing zu Gospel und Mambo. Der Chorleiter Martin Huss war ein Deutsch-Argentinier, der mit unwahrscheinlichem Temperament und Witz agierte. Wir Zuhörer durften mitsingen und mit klatschen. Es war ein schöner Abend.
Nun kam der von Laura versprochene Brief und der hatte es in sich. „Ich habe nachgedacht“ und nun listete sie mir auf, wofür sie mir alles danke.
„Meine Bitte an Dich: bevor Du irgendwann stirbst, möchte ich, dass Du mit mit Jedem Frieden geschlossen hast, mit meiner Mutter, mit deinen Kindern. Ich will, wenn Du gehst, dass Du Nichts bereust!“ O, das ging mir ans Herz.
„PS. Sei kein Sturkopf, in Liebe Deine Dich liebende Enkelin Laura“.
Zum ersten Mal in ihrem Leben feierte Laura ihren Geburtstag nicht zu Hause, sondern im Gymnasium Schulpforta. Auch ihr schickte ich Geld im Geburtstagsbrief, weil ich ihre Bankverbindung nicht kannte.
Am Dreikönigstag begannen die kalten Winternächte. Das Thermometer zeigte am Morgen minus zehn Grad. Es schneite.
Am 11. Januar wurde die Elbphilharmonie in Hamburg eröffnet. Es war ein historischer Tag und den ganzen Tag waren im Rundfunk und im Fernsehen Kommentare zu hören und Bilder zu sehen. Auf einer Insel in der Elbe, nahe der Speicherstadt, steht nun das neue Wahrzeichen von Hamburg.
Der starke Nordostwind hatte die Garagen-Einfahrt völlig zugeweht. Ich brauche das Auto, also muss ich Schnee schippen. Dabei überanstrengte ich meinen Rücken und bekam starke Schmerzen, so dass ich kaum laufen konnte.
Ich suchte meine Hausärztin auf und bekam Schmerztropfen. Die halfen zum Glück.
Ein Gemeinde-Nachmittag im Februar war sehr interessant. Wir hörten von einer jungen Pastorin (Nachfolgerin des in Ruhestand gegangenen Pastors in Burg Stargard) nicht nur etwas über Luther, sondern bekamen ein hebräisches Alphabet in die Hand gedrückt und sollten nun versuchen, Textstellen zu entziffern. Die Schwierigkeit besteht darin, dass hebräisch von rechts nach links gelesen wird. Hat man sich aber erst mal damit angefreundet, ist es gar nicht so schwer zu lesen.

Lilith wurde acht Jahre alt. Ich fragte nach einem Wunsch. Sie braucht einen Schlafanzug, sagte mir Susanne. Na, das ist ja eigentlich kein Geburtstagsgeschenk, sondern ein notwendiges Kleidungsstück. Am letzten Sonntag im Februar wurde Pastor Finkenstein feierlich in den Ruhestand verabschiedet. Musiker des Heeresmusik-Corps spielten, denn Finkenstein war zehn Jahre Pastor bei der Bundeswehr gewesen.
Am 28. Februar fuhr ich in die Orthopädische Klinik nach Altentreptow. Ich hatte mir einen Termin beim Oberarzt Dr. Ganzer vor Wochen besorgt. Nachdem er das Foto vom Röntgen und MRT angesehen hatte, sagte er: „Sie haben die klassische Arthrose, das linke Bein hat bereits eine X-Stellung und die Knochen reiben schon fast aufeinander." Ich sagte, dass ich mich zu einer Operation für ein neues Kniegelenk (Vollprothese) bei ihm entschlossen habe und keine Bedenkzeit mehr benötige. Nun heißt es auf den Operationstermin warten.

Es wird Frühling, nicht nur kalendarisch. In den Vorgärten meiner Nachbarn sind Schneeglöckchen und Winterlinge zu bewundern. Bei mir wagte sich schon ein lilafarbener Krokus hervor.
Da meine Gäste oft nach Zugang zum Internet über WLAN fragten, entschloss ich mich, dies bei mir ein zurichten. Ein Techniker von der Telekom stellte die Festnetz-Verbindung her, die ich nun zusätzlich erhalte, die PC-Verbindung richtete ich selbst mittels Handy-Dialog mit der Firma 1&1 her.

***Freitag, 10.März 2017***

Heute habe ich es wahr gemacht und bin nach Erkner gefahren, um Ingo zu besuchen. Ich hatte es ihm beim Abschied im Krankenhaus in Neubrandenburg versprochen. Um halb neun Uhr startete ich und wählte die kürzeste Strecke bis Sachsenhausen auf der Bundesstraße 96, dann querte ich östlich bis Auffahrt Wandlitz auf die A 11 (Dresden-Stettin). Halb zwölf Uhr hatte ich das Pflegeheim in Erkner gefunden. Ingo freute sich sehr. Er war schmal geworden, es ging ihm nicht so gut im Moment. Er benutzt einen Rollator. Noch immer erfreut er die Insassen mit seinem Akkordeon-Spiel. Die Schwägerin besucht ihn regelmäßig und gibt ihm auch Taschengeld. Um die Mittagszeit wurde ich sehr müde und suchte ein Cafe'. Das befand sich in der Nähe. Ich verabschiedete mich von ihm, nachdem ich ihn wieder ins Heim begleitet hatte.
Der Kaffee gab mir den nötigen Schwung für die Heimfahrt. Die Großstadt lockte mich nicht. Ich fuhr über den Berliner Ring bis Gramzow

bei Prenzlau. Die Landschaft der Uckermark ist sehr schön im beginnenden Frühling. Jetzt brauchte ich nur eineinhalb Stunden bis Gramzow. In Wolfshagen, kurz vor Woldegk, machte ich eine Pause. Ich war insgesamt 520 Kilometer gefahren.
Am Sonntagnachmittag trafen Susanne und Lilith ein, die Opa in Zinnowitz besucht hatten. „Ich will zum Rapunzel-Turm!“ verkündete Lilith. Natürlich erfüllten wir ihr diesen Wunsch und anschließend tollte sie auf den Spielgeräten am See.
Ich sang ihr den Kanon „Es tönen die Lieder“ ,
vor und sofort erfasste sie die Melodie und sang mit. Der Kanon gefiel ihr sehr. Am Abend konnte sie die Melodie bereits allein singen.
Mit dem Schiff fuhren wir am nächsten Tag nach Klein Nemerow. Die Sonne bildete nur einen kleinen hellen Fleck am Himmel, schade, aber es war nicht zu ändern.
Zu Hause spielten wir „Mensch ärgere dich nicht“ und Lilith naschte Erdnussflips, die bald Durst hervorriefen.
In der Nacht hustet sie so stark, dass ich aufstand und ihr eine Tablette in einem Glas Wasser auflöste. Danach schlief sie ruhig weiter. Und schon war wieder der Abschied gekommen.
Am 16. März folgte ich einer Einladung des Seniorenbüros Schwerin. „Toleranz und Geduld - der Weg zur Integration“ war das Thema der Tagung. Dr. Miriam Saati, Leiterin des Stabes Flüchtlingspolitik im Bundesministerium für Familien, Senioren, Frauen und Jugend, begann. Sie ist Deutsch-Syrerin. Ankommen, Integrieren das ist die Zielstellung.
Die Engagierten sollten aber nicht überfordert werden. Patenschaften „Menschen stärken Menschen“ entstanden. Auch Bildungspartnerschaften wurden erwähnt. Die Integrationsbeauftragte der Landesregierung, Frau Kaselitz, nannte Zahlen. 2012 gab es in Mecklenburg/Vorpommern 30 000 Flüchtlinge, das waren zwei Prozent der Bevölkerung, am 31.12. 2015 waren bereits 65000 Ausländer in M/V, 4,2 % der Bevölkerung.

Mayssa Fattonen aus Syrien, eine junge, bildschöne Frau aus Syrien, stellte in einem Film die Sehenswürdigkeiten ihre Heimatstadt Damaskus vor. „Vermittler zwischen den Kulturen“ nannte sie ihren Vortrag.
Der Renekloden-Baum des Nachbarn trägt die ersten, weiße Blüten. Zwanzig Stiefmütterchen pflanzte ich in das Blumengestell neben der Haustür.
Auf dem Wall duftet es wieder nach dem falschen Bärlauch, die ersten

Vitamine für mich im Frühjahr. Ich pflückte eine Handvoll und aß sie am Abend, geschnitten auf dem Butterbrot.
Die Uhren wurden am letzten März-Wochenende umgestellt. Der Sommer kann kommen.
Rosi zahlte ich fünfhundert Euro, ich hatte gespart. Es war ein warmer Sonnentag und ich schlug ihr vor, zum Cafe‘ der Wasserskianlage am Reitbahnsee zu fahren. Da war es so schön, dass wir uns zwei Stunden aufhielten und plauderten.
Auf dem Beet, auf dem Erdbeeren und Erbsen im Wechsel reiften, pflanzte ich zum ersten Mal in meinem Leben Kartoffeln, ich wählte die Sorte Adretta.
Auch in diesem Jahr wurde ich wieder zum Pommern-Treffen in Anklam eingeladen. Regina bat mich, sie im Auto mit zu nehmen. Namens-Schilder standen auf den Tischen, so dass Jeder seinen Heimatkreis finden konnte.
Am Tisch „Woltersdorf“ nahm ich Platz. Herr Littmann, der seinen neunzigsten Geburtstag bei guter Gesundheit gerade gefeiert hatte, saß bereits mit seiner Frau am Tisch. Eine rege Unterhaltung begann. Gebet, Andacht und Begrüßung bildeten das Programm, genau wie im vergangenen Jahr. Erst am Nachmittag begann das Kulturprogramm. Die „Volkshäger Tanzgrupp“ aus Rostock zeigte pommersche und mecklenburgische Tänze. Ein Pommer, der in Brasilien einen Ort „Pommerode“ gegründet und benannt hatte, setzte die Zuhörer in Erstaunen. Sie pflegen das pommersche Brauchtum. Eine Fahne mit dem Kreuz des Südens und dem pommerschen Adler ziert ihre Fahne. Eine große Karte von Südamerika hing gleich neben dem Saal-Eingang. Darauf waren verschiedenfarbige Punkte und die Zeit der Entstehung der deutschen Orte eingetragen.
1940 hatte die Fluchtwelle der Juden für deutsche Niederlassungen im Südosten begonnen. Die Westküste Südamerikas war bereits 1870 von Deutschen besiedelt worden. “Pommern ist nicht abgebrannt (wie es im Lied heißt), Pommern lebt!“ rief begeistert der Fünfzigjährige in den Saal und alles klatschte.
Die Orthopädische Klinik Altentreptow teilte mir den Operationstermin mit. Am 25. Juli ist es soweit, ich freue mich, dass ich den halben Sommer noch zu Hause erleben. Der erste Mai war ein Sonnentag pur. Ich lud Hanna zu einer Fahrt auf die Insel Usedom ein. Wir fuhren über Friedland, Anklam auf die Insel und machten gleich die erste Rast an der Zecheriner Brücke. Hanna war ganz begeistert von der Peene. Von dort war

es dann nur noch eine halbe Stunde Fahrt bis Ahlbeck. Lange bin ich hier nicht mehr gewesen. Viele Menschen begegneten uns, als wir an den Strand gingen. Die Wellen der Ostsee rauschten, es war einfach herrlich. Wir fuhren weiter nach Heringsdorf, aber da verpasste ich die Ausfahrt. Deswegen hielten wir dann in Bansin.
Viele schöne, neue Hotels im alten Bäder-Stil sind entstanden. Nun war es bereits ein Uhr und ich wurde müde, aber Hanna wollte unbedingt noch mehr sehen. Ich schlug vor, zum Lieper Winkel über Morgenitz (hinter dem Wasserschloss Mellenthin) nach Rankwitz zu fahren. Da gibt es eine leckere Fischgaststätte. Wir stärkten uns bei Fischbrötchen und Kaffee. Hanna bot mir an, jetzt das Auto zu fahren, da sie schon seit drei Jahren eine Fahrerlaubnis hat. Das war sehr gut, und ich konnte mich ausruhen und die Rückfahrt genießen.
In Karnin zeigte ich ihr die Reste der alten Eisenbahnbrücke. Heute ist nur noch ein riesiger Koloss zu sehen. 1931 fertig gebaut, wurde sie im April 1945 von der deutschen Wehrmacht gesprengt. Eisenbahnfreunde kämpfen um die Wiederherstellung der Brücke.
Es war ein wunderbarer Tag. Nun gab es viel Arbeit im Garten. Verblühte Tulpen entfernte ich, legte Dahlien-Zwiebeln und hakte ständig Unkraut. Die ersten Maiglöckchen blühten bereits.
Rosi sollte um 12 Uhr in der Orthopädischen Klinik in Altentreptow zur Aufnahme einfinden. Ich brachte sie mit dem Auto hin. Sie hatte sehr viel Gepäck für fünf Wochen bei sich. Zwei Wochen Krankenhaus-Aufenthalt, dann drei Wochen REHA-Aufenthalt in Malchow waren geplant.
Vom 18.-21. Mai fand in Schulpforta ein Schulfest statt.
Ich fuhr dorthin, um Laura wieder einmal sehen zu können.
Es wurde ein wunderbares Wochenende. Zu Mittag war ich in Schulpforta und konnte im Speisesaal der Schule Mittag essen.
Laura sang um 14 Uhr in der Aula zur Feier des Goldenen, Diamantenen und Eisernen Abiturs an dieser Schule. Nach ihrem Chorauftritt brachte ich ihr den Kuchen und gemeinsam mit ihren Zimmergenossinnen machten wir Kaffeeklatsch. „Wir brauchen nichts zu trinken, wir essen den Kuchen gern so!“ sagten sie mir. Ich nahm zwei Stück Kuchen für mich mit, denn einen Kaffee hatte ich dringend nötig. Laura musste anschließend zur Probe, sie hatte das sogenannte Chorwochenende und erst ab Sonntagmittag frei.
In der Pension Hübner hatte ich mich schon vor der Reise angemeldet. Als ich eintraf, öffnete Niemand auf mein Klingeln. Dann fährst Du eben

erst einmal in die Gaststätte „Himmelreich“ und trinkst dort einen Eiskaffee, entschied ich.
Als ich am Nachmittag in die Pension zurückkehrte, war immer noch Niemand zu sehen. Die wunderbare Frühlings-Landschaft lockte mich zu einem Spaziergang, obwohl mein Knie schon sehr weh tat. Ich lief die Straße zur Saale-Brücke, immer die Burgen vor Augen.
Nach meiner Rückkehr war Frau Hübner da. „Die Zimmer waren alle auf, ich höre die Klingel nicht, wenn ich oben bin“, sagte sie mir.
Ich duschte und ging sofort ins Bett und schlief zehn Stunden.
Am Samstag um zehn Uhr ging ich zur Eröffnung des „Forum portense“. Jemand klopfte mir plötzlich auf die Schulter, es war Klaus.
Auch Cathleen, Sabine, Walter, Götz, Carola, Leonie und ihre Freundin Athena waren gekommen. Wir Gäste saßen in der Mitte unter einer großen Linde, ein kleiner Mädchenchor stand gegenüber im Kreuzgang.
Mit Begeisterung sangen alle mit und ich wagte den Wunsch zu äußern „Alles schweiget“ den Karton von Haydn zu singen. Er wurde erfüllt.
Im Park des Gymnasiums war ein Festzelt aufgestellt, in dem um elf Uhr eine Flamenco-Schau von Schülerinnen und Schülern gezeigt wurde. Ihre spanische Lehrerin hatte die Tänze eingeübt.
Zum Mittagessen gingen wir alle in die Gaststätte „Fischerhaus“ im Blütengrund.
Anschließend verabschiedeten sich Klaus, Götz, Carola, Walter und Sabine, sie fuhren nach Hause.
Für 14 Uhr hatte ich mir einen Vortrag „Fake News-Diskussion zur Lage des Journalismus in Deutschland“ herausgesucht. Leider war die Journalistin der „Zeit“ erkrankt und der Vortrag fiel aus.
Was tun? Um 17 Uhr spielte das Schülertheater Dürrenmatts „Besuch der alten Dame“, auch dies wollte ich mir ansehen. Warum nicht noch einmal zur Rudelsburg fahren? Über Lobschütz fuhr ich zur Rudelsburg, trank eine Tasse Kaffee, genoss den herrlichen Blick ins Saaletal und sang in Gedanken „An der Saale hellem Strande“.
Die Aufführung des Theaterstücks war ein großartiges Erlebnis und so aktuell. Wie immer ging es im Stück um das Geld und seine verheerende Wirkung  bei Missbrauch. Die Schüler spielten hervorragend.
Laura sollte am Sonntag um14 Uhr noch im Chorkonzert singen.
Für mich war es zu spät.
Ich wollte nicht in den Sonntags-Rückverkehr kommen. Nach dem Frühstück verließ ich am Sonntag die Pension. Die Fahrt war sehr angenehm,

ich hatte keinen Stau auf der Autobahn und war um zwei Uhr am Nachmittag wieder in Neubrandenburg.
Nun begann der Frühling und ich schaffte im Garten. Die Samen der „Wunderblume‘ in rot und weiß hatte ich im Herbst von den Blütenständen abgenommen, die kamen nun in die Erde, auch die Gladiolen Zwiebeln legte ich in die Erde. Nun konnte alles wachsen. Jeden Tag freute ich mich an Sonnenschein und Vogelgezwitscher.
Ende Mai war die große Seen-Rundfahrt um die Müritz und um den Tollense-See. Ich hatte das Haus voller Gäste. Pfingsten gab es wieder „Kunst offen“, ein Angebot von Künstlern, ihre Ateliers zu besuchen.
Ich wählte das Atelier von Heike Camp.
2003 hatte ich sie in der Ausstellung „ Farbenvielfalt“ im Literatursalon Greifswald kennen gelernt. Sie lebt in einem Bauernhaus, welches sie in Glienke erwarb Dort befindet sich auch ihr Atelier.
Am 2. Pfingstfeiertag besuchte ich sie. Ich stellte mich vor und fragte auch nach Helmut Maletzke, dem bekannten Greifswalder Maler. Er ist schon sechsundneunzig Jahre alt und bereitet wieder eine Ausstellung vor. Ihr Atelier befand sich im ersten Stock. Auffallend oft sah ich das Motiv „Klatschmohn“. Vor vierzehn Jahren malte sie in Acryl, jetzt hat sie neue Techniken entdeckt. Eine Engel-Gestalt auf hellgrau-blauem Grund gefiel mir besonders.
Am 16. Juni starb Helmut Kohl, der Kanzler der deutschen Einheit. Zu seinem 80.Geburtstag erlangte er eine Art „Wiedergutmachung“, denn als Kanzler der Einheit wird er in die Geschichtsbücher eingehen. Seine Frau Hannelore, eine gebürtige Leipzigerin, die noch die Vergewaltigung durch sowjetische Soldaten erlebte, ging 1948 in den Westen.
2001 beging sie Selbstmord, angeblich wegen einer Lichtallergie. Sie vertrug kein Sonnenlicht, in Wahrheit aber hatte ihr Mann eine Kollegin aus dem Bundestag als Liebste erkoren, die er später sogar heiratete. Es war geradezu tragisch. Die beiden Söhne durften mit den Kindern den Vater nicht mehr besuchen.
Sohn Walter ging einen anderen Weg. Nach einer persönlichen Krise fand er zum tätigen christlichen Glauben und hielt Vorträge, zum Beispiel „Leben, nicht gelebt werden“.
Ende Juni tobten in ganz Deutschland Unwetter. In Nordrhein-\Westfalen starben zwei Menschen durch herabstürzende Äste. Wir in Mecklenburg, sind glimpflich davongekommen.
Die Friedenskirche hat eine neue Pastorin. Sie ist in Laage bei Rostock

aufgewachsen und hat in Schleswig Holstein als Pastorin gearbeitet. Sie ist erst einunddreißig Jahre alt.
Am 25. Juni traf ich mich mit Uta in Mirow. Sie hatte darum gebeten. Leider regnete es den ganzen Tag, aber wir hatten viel Zeit, uns zu unterhalten. Wir trafen uns am Mirower Schloss und sahen uns die Liebesinsel mit dem Grab des letzten Neustrelitzer Herzogs an. Das „Drei Prinzessinnen Palais“ (Luise, Friederike und Sophie-Charlotte) war in jahrelanger Arbeit renoviert worden und ist jetzt ein Museum. Auch das Kavaliershaus wurde renoviert und fertiggestellt.
1918 beging der Herzog Selbstmord, da ihm Spionage durch seine englische Freundin vorgeworfen wurde. Er wurde nur sechsunddreißig Jahre alt. Die Falschheit wurde vom Künstler durch eine sich um die Säule windende Schlange dargestellt.
Am Markt fanden wir eine Gaststätte. Es dauerte vierzig Minuten, ehe wir unser Essen erhielten. Uta erzählte,dass bei ihrem Mann Krebs-Verdacht bestand, und er natürlich in Panik geriet. Zum Glück ergaben die weiteren Untersuchungen, dass es nicht an dem war.
Uta wünschte sich, die größte Scheune Deutschlands in Bollewik anzusehen. Leider war dort nur ein Cafe’ geöffnet. Da ich Torte gebacken und mitgenommen hatte, kauften wir nur einen Becher Kaffee und tranken ihn draußen unter dem Dach, der uns vor Regen schützte.
„Die Kinder sind immer die Leidtragenden, Du hast nur an Dein Studium und Dich gedacht. Mir fehlt das Urvertrauen.“ Ja, da war sie wieder, die Vergangenheit und die unheilbaren Wunden. Ich gab Uta den Rest der Torte mit und wir verabschiedeten uns am Spätnachmittag. Uta fuhr über Rheinsberg zurück nach Vehlefanz und ich fuhr die wunderbare Alleenstraße von Mirow über Wesenberg, Neustrelitz nach Neubrandenburg.
Es regnete Ende Juni ununterbrochen, es war niederdrückend. Pausenlos berichteten Radio und Fernsehen von den Überschwemmungen in Berlin und Brandenburg.
Ich hatte Hanna versprochen, einen Sonntags-Ausflug nach Kittendorf zum Schloss und zum Park zu unternehmen.
Der Regen schreckte sie nicht ab.
„Darf’ ich meine Freundin Fanny mitbringen?“ fragte sie. Natürlich war ich einverstanden.
Wir spazierten durch den Park und bewunderten die beiden mächtigen Platanen auf der Südseite des Schlosses, die bestimmt schon seit einhundert Jahren dort standen. Hanna und Fanny waren ganz begeistert.

Marion lud mich an einem Freitag in ihr Haus in Thalberg bei Altentreptow ein.
Es ist ein sehr großes Grundstück (eintausend Quadratmeter) mit einer Scheune, die zum Wohnhaus umgestaltet wurde. Der Garten war zauberhaft. Margeriten, Lavendel, Rosen, Küchenkräuter und andere Pflanzen wuchsen in ihm. Auch ein Teich befand sich darin. Alles wuchs in Hülle und Fülle. Marion zeigte mir auch die Scheune. Diese enthielt viele Zimmer, auch Gästezimmer und einen Arbeitsraum ihres Mannes. Ein befreundetes Ehepaar gesellte sich dazu. Gemeinsam tranken wir Kaffee und aßen von den drei leckeren Kuchen. Interessante Gespräche führten wir, es war ein schöner Nachmittag.
Frau Pastorin Kretschmann wurde am Sonntag in ihr Amt eingeführt. Viele Menschen waren gekommen, auch aus ihrem Heimatort Laage. Pröpstin Britta Carstensen hielt eine Rede und Frau Kretschmann predigte anschließend über Joseph und seine Brüder. Anschließend wurde im Garten zum Kaffeetrinken eingeladen.

Immer näher rückte der Termin der Aufnahme in die Orthopädische Klinik Altentreptow, und ich wollte noch einmal einen letzten Sonntags-Ausflug unternehmen.
Warum nicht wieder einmal nach Prerow? Der Wetterbericht versprach gutes Wetter.
Am Sonntag fuhr ich um acht Uhr am Morgen los, als ich Barth verließ und über den Bodden zur Halbinsel Zingst fuhr, begann es zu regnen. Vor der Seemannskirche parkte ich und spazierte über den Deich zur Ostsee. Die Bäume rechts und links des Weges boten mir Schutz vor dem Regen. Als nich den Strand erreichte, begann es so stark zu regnen, dass ich umkehrte. Schade, aber so war es nun mal. Um zwölf Uhr war ich wieder am Auto. Viel Verkehr war auf der Straße. Die Landschaft zwischen Barth, Löbnitz und Bad Sülze ist traumhaft, immer wieder sah ich Wälder, Wiesen und Weizenfelder.
Gegen ein Uhr Mittag wurde ich müde und fuhr deshalb in den Ort Bad Sülze. In einer Gaststätte mit dem Namen „ Wunderbar“ bekam ich einen guten Tee.
Am Montag war ich zur Voruntersuchung in der Orthopädischen Klinik. Die Untersuchungen dauerten drei Stunden. Zuerst wurde mir Blut abgenommen, dann ging es zum Röntgen, Brust und Bein wurden geröntgt. Beim EKG dauerte es länger und der Anästhesist fragte nach Operatio-

nen, Krankheiten und Medikamenten, die ich einnehme. Zum Schluss wurde das Narkose-Gespräch mit mir geführt „Wer Sie operiert, weiß ich nicht, aber ein Oberarzt ist immer dabei!" wurde ich belehrt.
Im Warteraum wurde ein Film über die Knie-Operation gezeigt.

***Donnerstag, 20. Juli 2017***

***Ich habe die Elbphilharmonie von außen und die Plaza (82 Meter mit Rolltreppen erklommen) kennengelernt Es war ein Supertag mit Sonnenschein von Morgen bis zum Abend.***

***Die Fahrt begann um sechs Uhr am Busbahnhof. Ich hatte einen Innenplatz in der zweiten Reihe und konnte sehr gut sehen. Der junge Kraftfahrer fuhr ausgezeichnet. Zuerst ging es nach Neustrelitz,wo an zwei Haltestellen Gäste einstiegen. Von dort ging es über eine Landstraße nach Wesenberg, Mirow bis Wittstock. Dort wechselte der Fahrer auf die A 24. Kurz nach zehn Uhr waren wir in Hamburg an den Landebrücken und wurde sofort von einem Stadtführer in Empfang genommen.***

***Dieser war erfrischend heiter und unterhielt uns nun amüsant bei der Stadtrundfahrt. Zuerst zeigte er uns den alten Elbtunnel am Fischmarkt, der 1911 fertiggestellt wurde. Damals gingen zwei Aufzüge nach oben, die so groß waren, dass Pferdegespanne hinein passten. Über die Reeperbahn gelangten wir in die Innenstadt, sahen die Kirchen St. Nikolai und den Michel, passierten die Speicherstadt, bis wir an der Elb-Philharmonie ankamen. Wir stiegen aus. Jeder Gast bekam ein Ticket, mit dem er nun die Rolltreppen zur Plaza hochfahren konnte. Der Anblick in 82 Meter Höihe war beeindruckend. Rings um das ganze Gebäude konnte man auf der Plaza gehen. Zwei „tanzende 'Türme", schlanke Hochhäuser, 2010 gebaut, der Hafen, die Elbe nach Süden und Norden und immer wieder der Blick auf Hafen und Stadt war faszinierend. Auch Restaurants im neunten Stock sahen wir uns an, die Preise allerdings waren astronomisch hoch.***

***Zwischenzeitlich hatte ich Susanne mitgeteilt, dass ich ab 13 Uhr an der Mönkeberger Straße aussteigen werde. Drei Stunden gab es nun Freizeit für uns. Lilith hatte ihren letzten Schultag und nun wollte ich sie gern sehen. „Fahre mit dem Bus Nr. 5 bis zum Grindelhof, da treffen wir uns!" sagte Susanne am Telefon. In einer Eisdiele bekam Lilith ihr Eis und sie las mir stolz die Beurteilung auf ihrem Zeugnis vor. Es war nur ein kurzes Wiedersehen, aber dennoch schön.***

***16.30 Uhr begann die Rückfahrt nach Neubrandenburg auf gleichem***

***Weg und um 20 Uhr waren wir wieder auf dem Busbahnhof Neubrandenburg.***

Fünf Wochen, fern von zu Hause, standen mir nun bevor. Jeden Tag kaufte ich Katzennahrung auf Vorrat. Helmut hatte versprochen, Kater Peter und die Miezi in meiner Abwesenheit zu füttern. Meine Aufregung stieg von Tag zu Tag.

Am 23. Juli wurde die neue Orgel in der Konzertkirche eröffnet. Der Unternehmer Weber, der sein Maschinenbau-Werk in der Stadt betreibt, hatte diese aus Anlass seines 70. Geburtstages der Stadt gespendet.

Sechs Nachwuchsorganisten spielten jeweils zwanzig Minuten auf der neuen Orgel. Alle Vorträge waren so gut gespielt, dass die Jury nur erste Platze vergab. Das Publikum klatschte begeistert. Es war ein großes Erlebnis.

Nun war der Tag gekommen, an dem ich mich in die Klinik begeben musste. Ich hatte mir überlegt, dass ich in der REHA-Klinik in Malchow bestimmt einen Wasch-Automaten finden würde und nur das Nötigste an Kleidung eingepackt. Später stellte sich heraus, dass ich richtig gedacht hatte.

Ich kam in eine Zimmer im zweiten Stock mit Blick in einen Park und die Petri Kirche von Altentreptow. Eine Frau meines Alters war noch im Zimmer. Sie war bereits operiert und sehr zufrieden.

Um 17 Uhr betrat ein Arzt mit einer sehr jungen Kollegin das Zimmer. „Ich stelle Ihnen die Ärztin vor, die Sie morgen operieren wird. Frau H. ist ihr Name.“ Ich stockte, sollte ich nicht vom Chefarzt operiert werden? Die Patientin in meinem Zimmer klärte mich auf: „Da müssen Sie noch eintausend Euro zuzahlen, gelten als Privatpatient.“ Nein, so ging das nicht, ich kannte die Ärztin gar nicht. Entschlossen lief ich auf den Flur und erwischte gerade noch den Oberarzt. „Ich möchte gern wissen, von wem ich operiert werde!“ sagte ich. „Frau H. macht gerade ihre Ausbildung Fachärztin, sie hat schon viele Male operiert, und ich bin auch bei der Operation dabei. Wenn Sie darauf bestehen, kann der Chefarzt Sie operieren, das würde aber einen enormen organisatorischen Aufwand für uns bedeuten.“ Ich überlegte. Nein, ich hatte das Geld nicht, gerade das Auto erworben und musste nun abzahlen. Die Klinik hat einen guten Ruf und besteht nicht nur aus dem Chefarzt. Ich verzichtete auf die Operation durch den Chefarzt. Ich vertraue auf Gottes Beistand.

Um sieben Uhr wurde ich in den Operationsraum geschoben, bekam Narkose und Spritzen und wachte gegen Mittag in der Wachstation auf.

Ich konnte am Abend weder essen noch trinken. Der Druck auf die Blase war so stark, dass ich ständig nach der Schwester klingelte. Sie legte mir einen Harn-Katheder an, damit sie nicht immer wieder mit dem Schieber kommen musste.
Am Nachmittag wurde ich mein Zimmer gebracht, wo ich den ganzen Tag schlief. Am Abend besuchte mich Marion und überreichte mir einen schönen Blumenstrauß. Auch Rosi meldete sich telefonisch und fragte, wie es mir ginge.
Am zweiten Tag musste ich schon mit Unterstützung der Schwester aufstehen und erste Schritte machen. Ein Paar Gehstöcke wurden nun meine ständigen Begleiter.
Drei Schläuche wurden mir am nächsten Tag neben dem Knie rausgezogen, das ging sehr‘ schnell und schmerzte sehr.
Die Visite am Freitag war spannend. „Heben Sie das operierte Bein!“ sagte der Oberarzt „Das kann ich nicht“, meine Reaktion. Er hob das Bein hoch und sagte: „Üben Sie schön!“

Jeden Morgen gab es als erstes eine Thrombose-Spritze in den Bauch, Schmerztabletten dreimal täglich. Ich beugte und streckte mein Bein mit dem operierten Knie. Mit den Gehstöcken wage ich mich nun auch schon in das Erdgeschoss.
Klaus und Jörg riefen an und erzählten von ihren Ferien-Erlebnissen.
Schmerzen blieben von nun an meine ständigen Begleiter.
Mit Helmut telefoniere ich jeden Tag. Er kümmert sich gewissenhaft um die Katzen.
Das Wetter war gar nicht sommermäßig. Ständig regnete es. Eine Woche war ich nun schon im Krankenhaus.
Die REHA-Klinik in Malchow teilte mir schriftlich mit, dass ich am Samstag den 5. August abgeholt werde und bis 23. August behandelt werde.
Die Seniorinnen vom Oststadt-Singe-Treff schrieben einen Brief und wünschten baldige Genesung, auch Frau Seifert vom Gemeinde-Nachmittag der Friedenskirche meldete sich. „Du fehlst uns sehr!“
Am Samstag ging alles sehr schnell. Ich hatte noch nicht einmal die Kompressions-Strümpfe anprobiert und nun sollte ich sehr schnell nach unten kommen,weil noch eine andere Patienten abgeholt werden musste. Statt eines Krankenwagens stand ein Taxi, Marke Mercedes, vor der Tür und ich durfte neben dem Fahrer Platz nehmen.

In Malchin wurde eine Frau vom Krankenhaus abgeholt. Nun begann eine schöne Fahrt über Burg Schlitz, die Nossentiner Hütte nach Malchow. Wir fuhren durch dichte Wälder, es war eine Freude, dies zu sehen. Um zwölf Uhr erreichten wir die Klinik, freundlich von einer jungen Schwester begrüßt. Ich wurde gewogen, mein Blutdruck gemessen und dann durfte ich mein Zimmer beziehen. Es befand sich im zweiten Stock mit Blick auf den Malchower See. Sogar ein kleiner Balkon war vorhanden. Ich hatte das Zimmer für mich allein.
Der Speisesaal befand sich im vierten Stock, ein Cafe“ mit wunderbarem Torten- und Kuchen-Angebot war ebenfalls dort. Das Essen wählte ich am Morgen und Abend am Buffet aus und eine Angestellte brachte mir den Teller an den Tisch, weil ich mit den Gehstöcken ja keine Hand frei hatte. Das Mittagessen wurde eine Woche vorher schriftlich bestellt, es gab drei Wahlessen. Später ließ ich den einen Stock liegen und trug meinen Teller selber an den Tisch.
So oft es ging. lief ich hinunter an den See. Einige Enten kamen immer angeschwommen. Ich brachte ein wenig Futter, das sie gern annahmen.
So fest und tief hatte ich lange nicht mehr geschlafen wie in der ersten Nacht in Malchow. Am Montag begannen die Untersuchungen. Ein ukrainischer Arzt und sein junger armenischer Assistenzarzt untersuchten meine Beine, Arme und meinen Rücken eine halbe Stunde lang. Alles sei in Ordnung, wurde mir gesagt.
Jeden Abend war in “meinem“ Brieffach der Plan der medizinischen Therapien. Das zog sich über den ganzen Tag hin, bis zu fünf Verordnungen waren es einem Tag.
Nach drei Tagen zog die Schwester Haken aus der Wunde. Fäden werden nicht mehr benutzt, erklärte sie mir. „Sie haben es aber sehr gut mit lhnen gemeint, ich zählte vierzig Haken“, sagte sie lächelnd.
Nun konnte ich auch am Wassertreten teilnehmen.
Kulturelle Veranstaltungen wurden jede Woche angeboten. Nach fünfzehn Minuten musste ich gehen. Das Knie schmerzte zu sehr. Ich zählte die Tage und sehnte mich nach meinen Katzen und meinem Zuhause.
Endlich war der Abreisetag gekommen. Um acht Uhr wurde ich mit zwei anderen Patienten in das Taxi geladen. Die Fahrerin war eine Frau und stammte aus meiner Heimatstadt Weißenfels.
Wir konnten uns eine Menge erzählen.
In Grimmen stieg der Patient aus, wir fuhren über die A 20 nach Neubrandenburg Halb elf Uhr war ich angekommen.

Als erstes begrüßte ich Miezi und Kater Peter. Helmut kam zu Mittag und brachte mir die nötigsten Lebensmittel. Klaus meldete sich für den späten Abend an.
Dein Sohn kommt und du hast nichts im Haus, um ihn zu bewirten, dachte ich. Da fiel mir Helmut K. ein, der mir vor kurzem mitteilte, dass er sein Haus in Ihlenfeld verkauft habe. Jahrelang hatte er dort gewirtschaftet, Hühner, Gänse, Enten gehalten und den großen Garten bestellt. Nun, da Ingo, sein treuer Helfer im Pflegeheim war, schaffte er die Arbeit allein nicht mehr."Wenn Du Hilfe brauchst, rufe mich an!" sagte er zum Abschied. Ich erreichte ihn telefonisch und bat ihn, zu mir zu kommen, damit ich beim Fleischer einkaufen konnte. Auch ich hatte großen Appetit auf ein saftiges Steak nach der Reduktions-Kost in Malchow.
Um 21 Uhr kam Klaus. Er war direkt von der Arbeit aus von Halle losgefahren.
Am nächsten Tag war mein 77.Geburtstag. Zum Feiern blieb keine Zeit, weil ich zuerst den Arzt aufsuchen musste, um die Krankengymnastik verschrieben zu bekommen. Meine Hausärztin war im Urlaub und ich musste zu ihrem Vertreter gehen. Von Rosi musste ich, dass die Krankengymnastin zu ihr nach Hause kam, aber der Doktor hatte dies nicht auf meinem Rezept vermerkt. Nun musste ich jedes Mal sehen, wie ich zur Therapie kam. Helmut war so nett und fuhr mich die ersten Male immer hin und zurück. Später nahm ich den Stadtbus.
Als wir wieder nach Hause kamen, stand ein Blumenstrauß vor der Haustür, er kam von Susanne. Rote Rosen, rosa Gerbera, weiße und hellblaue Glockenblumen enthielt er.
Zu Mittag lud ich Klaus zum Essen in die Gaststätte „Badehaus" ein. Wir bekamen einen schönen, sonnigen Platz im Garten. Nach einer Stunde waren wir wieder zu Hause und nun stürzte sich Klaus in die Arbeit. Er buddelte die Kartoffeln aus, wendete den Kompost. Danach mähte er den Rasen vor und hinter dem Haus. Mit der Heckenschere vollendete er seine Arbeit und schnitt die Hecken rings um das Grundstück. So fleißig hatte ich meinen Sohn noch nie erlebt.
Am Morgen ließ er sich nicht davon abhalten, die Wohnung sauber zu machen. Ich dankte und freute mich riesig darüber.
Gegen Mittag fuhr er ab. In Zinnowitz wollte er noch einen Abstecher zu seinem Vater machen.
Endlich wurde das Wetter besser, die Sonne schien. Ich lief unsere Eigenheimstraße auf und ab mit den Gehstöcken.

Vor einem Haus sah ich am Samstag ein Mädchen weinen. Ich fragte nach dem Grund. „Mein Kaninchen ist gerade eingeschlafen und ich versuche den Stein auszugraben, um ihm einen Grabstein zu malen“. Ich tröstete sie und sagte, dass auch ich vor drei Jahren meinen Kater verloren hatte. Dann schlug ich ihr vor, dass wir bei mir einen passenden Stein finden, und den fanden wir auch. Sie erzählte, dass sie im Einstein-Gymnasiums in einer Begabten-Klasse sei, seit zwei Jahren Klavier spielen lerne. Auch im Keramik und Theater-Zirkel der Schule arbeite sie mit.
Krankengymnastin schlug mir vor, einen Bewegungs-Trainer zu kaufen, um meinen operierte Knie besser zu bewegen. Im Sanitätshaus erwarb ich dieses. Nach wie vor ist Wasser im Knie, das die Schmerzen verursacht. „Sie müssen Geduld haben!“ Oft hörte ich diesen Satz nun von meinem Orthopäden und den Krankengymnastinnen. Auch Lymphdrainage erhielt ich.
Der zweite September-Sonntag war ein richtiger Sonnentag. In der Presse hatte ich gelesen, dass in Ivenack ein Baumkronen-Pfad eröffnet worden sei. Ich fragte Helmut, ob er Lust hatte, diesen mit mir anzusehen. Ja, er war einverstanden und um halb ein Uhr waren wir dort. Die vielen Fahrzeuge zeigten den Besucher-Ansturm.
Es wurde ein Erlebnis. In einer Höhe von sechzehn bis dreiundzwanzig Metern über dem Waldboden in Höhe der Baumkronen war ein Pfad von gut sechshundertzwanzig Metern gebaut worden. Filigrane Stege und und eine fünfzig Meter lange Hängebrücke gehören dazu. Abenteuerlich wird der Eichenwald mit seinen unterschiedlichen Baumschichten erlebbar. Man sieht die Landschaft rundum aus einer völlig neuen Perspektive.
Die Ivenacker Eichen sind das einzige Nationale Naturmonument Deutschlands. Hier stehen über tausendjährige Eichen, die zu den stärksten Eichen Europas gehören. Der Baumwipfel-Pfad besteht aus einer insgesamt vierhundertfünfzig Meter langen Stahlkonstruktion mit neun Stützpylonen. Auf der eine Seite führt eine Wendelrampe mit maximal sechsprozentiger Steigung durch den Wald nach oben, am anderen Ende steht ein Erlebnis-Turm mit großer Aussichtsplattform und einem Aufzug. Für die Errichtung wurden 230 Tonnen Stahl, 200 Kubikmeter Holz und rund 1500 Staketen verbaut.
Ein junger Mann benötigte eine Unterkunft, da er noch kein Zimmer in unserer Stadt hatte. Er war sehr höflich und bot sich sofort an, den Rasen zu mähen und bei Arbeiten, die ich wegen meines Knies nicht ausführen kann, zu helfen. Besonders freute er sich, das ich WLAN habe, und er ins

Internet mit seinem PC kommt. Er will ein Studium an der Hochschule Neubrandenburg beginnen.
Groß war die Überraschung, als es Mittwoch Nachmittag klingelte und er mit seiner Mutter vor der Tür stand. Er überreichte mir einen großen Rosenstrauß und bedankte sich noch einmal für die Übernachtung in der Ferienwohnung.
Am Donnerstag, dem 28. September wurde das Hotel in Klink an der Müritz gesprengt. Alle Bemühungen der dort Arbeitenden, es zu erhalten und unter Denkmalschutz zu stellen, waren fehl geschlagen.
Die Schiffsführer der Ausflugs-Flotte in Waren, boten an, ab 14 Uhr vor das Hotel zu fahren, damit die Zuschauer die Sprengung um 15 Uhr von der Seeseite aus mit erleben konnten. Ich fragte Helmut, ob er Interesse hätte, mit mir dorthin zu fahren. Er war ebenfalls interessiert, und ich bestellte telefonisch für uns zwei Plätze.

Es war schönes Wetter und viele Menschen standen im Hafen von Waren. Alle vier Schiffe waren ausgebucht, eine lange Schlange stand vor unserem Schiff, aber wir bekamen noch einen Sitzplatz, obwohl Helmut und ich die letzten waren, die einstiegen.
Gespannt warteten alle auf den Moment der Sprengung, das verlief so blitzschnell, dass Manche gar nicht ihr Handy so schnell bedienen konnten, wirklich, nicht länger als zwei Sekunden dauerte die Sprengung. Eine riesige Rauchwolke erhob sich, die immer größer wurde, je weiter sie in die Luft stieg. Anschließend fuhren die Schiffe wieder in den Hafen von Waren. So hatte ich also noch im Herbst eine Seefahrt erleben dürfen.
Langsam begann ich, den Garten vom Unkraut zu befreien. Ich passte auf, dass ich mich nicht überanstrengte. Die Schmerzen zeigten mir das schon an. Die Wunderblumen hatten sich sehr im Vorgarten vermehrt, es wurde Zeit, sie abzuschneiden.
Lymphdrainage und Massage bestimmten nun vier Wochen lang meinen Alltag.
Endlich kam Susanne mit Lilith in den Herbstferien. Lange hatte ich beide nicht mehr gesehen. Von ihrer Freundin, die ein Haus am Cramoner See bei Schwerin besitzt, kam sie mit dem Auto, verfuhr sich aber, in dem sie zu weit auf der Autobahn bis Abzweigung Röbel fuhr.
Den neuen Baumwipfelpfad in Ivenack besuchten wir am nächsten Tag, obwohl es sehr windig war. Je höher wir stiegen, desto stärker blies der Wind. Die Bäume schwankten gefährlich und schlugen an die Aufgangs-

Plattform. Der Fahrstuhl war außer Betrieb. Ich stieg bis ganz nach oben und genoss den Ausblick.
Lilith wollte nicht mehr „Mensch ärgere dich nicht“ spielen. Stattdessen hatte sie neue Spiele mit, die mir aber, weil ich sie noch nicht kannte, schwer fielen, zu spielen. Außerdem trug sie den ganzen Tag ein App in der Hand und telefonierte mit einer Freundin.
Diesmal ließ ich die beiden auf der Doppelbettcouch in der Stube schlafen und blieb in meinem Bett.
Lilith hat aus der Schule Läuse mitgebracht und Susanne entdeckte in ihrem Haar Nissen. „Ich muss so schnell wie möglich nach Hause, da habe ich das Mittel gegen die Nissen“ sagte sie.
Um zehn Uhr kam die Sonne heraus und wir fuhren zum See. Überall lagen bunte Blätter auf den Wegen.
Susi und Lilith stiegen auf den Turm Behmshöhe. Anschließend lud ich sie zum Essen in das Asia-Restaurant an der Marienkirche ein. Lilith wünschte sich Fischstäbchen, Susanne Peking-Ente und ich aß Garnelen mit Reis und Gemüse.
Es schmeckte uns allen gut.
Am Nachmittag packte Susanne alle Sachen zusammen, ich machte Proviant zurecht, begleitete sie in meinem Auto noch zur Tankstelle und fuhr bis zum Ortsausgang Broda mit. Zuvor hatte ich Susanne genau aufgeschrieben, wie sie zurück fahren sollte. Die kürzeste Strecke war über Waren, Karow, Crivitz, Schwerin-Süd zur A 24. Ich kenne die Strecke nach zwanzig Jahren sehr gut.
Nach drei Stunden rief sie an: “Bin schon angekommen, danke für deine Hinweise!“ Da der Reformationstag als Feiertag auf einen Montag fiel, war die Autobahn leer.

Jörg bedankte sich für mein Buchgeschenk, er war mit Claudia eine Woche in Rom. Klaus schickte eine Ansichtskarte aus Mauritius, wo er mit der Familie Urlaub machte.
Meine Freundin Lucie in Kittendorf feierte ihren 80. Geburtstag. Ein schönes Gedicht stand in ihrem Brief:

> Dankbarkeit entsteht aus Demut
> im Wissen, dass Glückwünsche und Geschenke
> nicht selbstverständlich sind.
> Die Freude steckt nicht in den Dingen,
> sondern im Innersten unserer Seele.

*Samstag, 04. November 2017*
***Heute bin ich 14.30 Uhr mit dem Regionalzug nach Berlin gefahren. Da vor Berlin an der Strecke gebaut wird, ging die Fahrt erst einmal bis Oranienburg, dann noch fünfzig Minuten bis Friedrichstraße. Die Sonne schien und ich genoss in vollen Zügen die Fahrt durch die wunderbare Landschaft. Bäume mit gelben und braunen Blättern und grüne Tannen zogen an meinen Augen vorbei.***
***Wann war ich das letzte mal in Berlin-Friedrichstraße? Ich weiß es nicht, aber die Veränderungen waren gewaltig. Ich fragte Passanten nach dem Kennedy-Museum und lief mit meinen Gehstöcken bestimmt einen Kilometer, um nach einer Stunde das Museum in der Augustus-Straße zu finden. Es befand sich im zweiten Stock einer Schule.***

***Die Barack Obama-Ausstellung begann um 19 Uhr, ich war zu früh da und musste warten. Rockmusik der fünfziger Jahre klang durch den Raum.***
***Zuerst sah ich mir die Fotoschau an, die die Familie Kennedy zeigte. Die Verfahren kamen aus Irland und waren katholisch. 1895 wanderten sie nach Amerika aus und wurden durch Heirat vermögend.***
***Der Raum mit der Obama-Ausstellung war klein. Ein Artikel hing an der Wand, gleich am Eingang: „Was brachte seine Regierungszeit?" Einen einführenden Vortrag gab es leider nicht. Die Fotos zeigten auch die Kinder von Obama im Weißen Haus bei ihrem Vater.***
***Inzwischen hatte ich mitbekommen, dass die S-Bahnstation Oranienburger Straße die nachfolgende von Friedrichstraße war und ich mir die Lauferei hätte ersparen können. Aber ich hatte dadurch so viel Neues gesehen. Ein riesiger Vollmond stand am Himmel.***

***Kurz nach sieben Uhr stieg ich in die S-Bahn und erreichte in Oranienburg den Regionalzug nach Stralsund über Neubrandenburg. Als ich durch den Tunnel zum Zug ging, begegnete mir Hanna, die von Nizza kam, wo sie ihren Vater besuchte. Nun hatte ich auch gleich Gesellschaft und die Zeit verging wie im Fluge.***
Die Blätter fallen und jeden Tag harke ich den Rasen und den Weg zur Straße. Die Rosen blühen jedoch weiter.
Am 11. November starb völlig unerwartet mein Cousin Bernd Stier. Christine rief mich einen Tag später an und überbrachte mir die schreckliche Nachricht. Ich konnte es nicht fassen und schrie „Nein". Er war von

Berlin gekommen, wo er eine betriebliche Weiterbildung absolviert hatte und wahrscheinlich einen Herzanfall erlitt. Das Auto konnte er wohl noch an die Seite fahren, es war nicht beschädigt. Er war tot, als man ihn fand. Zweiundsechzig Jahre wurde er nur. Hadmut, seine Frau war krank, sie hatte ein neues Fußgelenk bekommen und ging an Gehstöcken.
Laura überraschte mich einen Tag später mit einem Anruf: "Oma,ich habe geträumt, Du bist gestorben!" Nein, ich war es nicht, aber Bernd, und er hatte immer die Verbindung zu mir aufrechterhalten.

Vierzehn Tage später war die Beerdigung. Hadmut rief mich an, und sagte mir, dass ich mich in dem Dorf Kemnitz, vier Kilometer vor Pritzwalk, um 14 Uhr einfinden soll. Ich möchte vorher aber nicht ins Trauerhaus kommen. Ich wunderte mich schon, warum Bernd nicht in Pritzwalk beerdigt werden sollte.
Da stand ich nun mutterseelenallein auf dem Dorf-Friedhof und verstand die Welt nicht mehr. Das konnte doch nicht wahr sein! Nein, Du fragst jetzt einen Bürger, wo der Friedhof von Pritzwalk sich befindet und fährst dahin. Es kann doch nicht sein, dass ein Bürger, der jahrelang in dieser Stadt gelebt hat, dort nicht begraben werden sollte!
Es war genau 14 Uhr, als ich den Friedhof erreichte. Vor der Friedhofskapelle standen viele Menschen. Drinnen war kein Platz mehr frei, also blieb ich im Gang stehen. Hadmut saß mit ihren Kindern Martin, Michael und Christine in der ersten Reihe. Sie würdigte mich keines Blickes. Ich war geschockt und die Frage „Warum kennt sie mich nicht?" beherrschte mich.
Zwei Pastoren hielten die Trauerrede, eine älterer Mann und eine jüngere Frau. Sie schilderten in der Rede Bernd in seiner liebevollen, hilfsbereiten Art.
Endlos schien der Trauerzug, es waren wohl einhundert Menschen. Bevor ich mein Grab-Gesteck, weiße Rosen im Tannengrün, in das Grab warf, sprach ich eine paar Worte.
Sie hat Dich behandelt wie eine Fremde, oh, das tat weh. Niemals habe ich so etwas erlebt.
Bernds Tod rüttelte mich endlich auf, Du musst Dich darum kümmern, wie Du einmal beerdigt werden willst, ging es mir durch den Kopf. Ich rief die Stadtwirtschaft an und machte einen Termin.
Die Angestellte war sehr freundlich und schrieb mir genau auf, wie teuer eine Urnen-Bestattung im Rundgrab und wie teuer eine Erdbestattung

kosten würde. Mit der Kalkulation in der Hand verließ ich das Büro, legte diese zu meine Unterlagen und war beruhigt.
Ich hatte das ganze Jahr gespart, um so schnell wie möglich Rosi das geliehene Geld für das Auto zurück zu zahlen. Die ersten drei Monate zahlte ich je einhundert Euro, im März fünfhundert, im Juli dreihundert und im August fünfhundert Euro. Im Dezember beglich ich die Restsumme, niemals hätte ich gedacht, dies in der kurzen Zeit zu schaffen.
Unglaubliches erlebte ich am ersten Dezemberwochenende. Die Frau, die mich am Totensonntag auf dem Friedhof ansprach, rief mich an. „Darf ich zu Ihnen kommen, denn ich habe ein paar Sachen für Sie und die Katzen?“ Ich willigte ein und dann kam sie mit dem Fahrrad und schwer bepackt wie ein Esel. Aus vier Taschen hob sie drei mal Biberbettwäsche, drei Laken („für ihre Monteure“), ein Kissen für die Katze, ein Glas Bienenhonig, sechs Packungen Quark Katzen-Nahrung, eine Flasche Gemüsesaft, eine Flasche Orangensaft, ein Stück Seife und Hautcreme.
Ich war fassungslos. Wie kommt sie nur dazu, mir das alles zu schenken? Ich vermute, sie wollte Jemanden eine Freude machen und sich unterhalten.
Ich erkundigte mich nach ihren Lebensumständen. Es ginge ihr gut, sie habe wieder Arbeit gefunden. Sie blieb auch bei ihrem Mann, von dem, sie sich damals trennen wollte.
Sie erklärte mir, dass sie die Sachen alle gekauft hatte, weil sie so preiswert waren und nun brachte sie diese „an den Mann“.
An der Orchidee „Frauenschuh“ erfreute ich mich nun jeden Tag. Auf dem Fenstersims des Flurfensters im Erdgeschoss hatte sie die richtige Temperatur.
Laura schickte ich zum 1. Advent ein Päckchen mit Plätzchen (Ischler Mandelschnitte).
Klaus lud mich ein, nach Dieskau zu kommen, um am Sonntag, dem 17. Dezember das traditionelle Weihnachtskonzert des Gymnasiums Schulpforta zu besuchen. Ich sprach mit Helmut, der versprach, zweimal am Tag die Katzen zu füttern.
Ich fuhr am Mittag mit dem Zug über Berlin und pünktlich kam ich in Halle an. Klaus holte mich ab.
„Du kannst in Laura's Bett schlafen“, sagte Klaus.
Ich bat ihn, mir seine Fotos vom Urlaub auf der Insel Mauritius zu zeigen. Es muss eine wunderschöne Insel sein. Palmen, herrliche Strände und einen Wasserfall, aus 200 Meter Höhe abstürzend, sah ich auf den Fotos.

Sonntag Morgen bereitete Klaus wie immer das Frühstück, anschließend liefen wir rund um den Teich im Park.

Am Nachmittag traf das Ehepaar Müller ein, die auch mit nach Schulpforta fahren wollten. Es hatte ein wenig geschneit und es war kalt, überall sah ich geschmückte Fenster und strahlende Lichter. Im Hof des Gymnasiums waren schon viele Gäste. Stände waren aufgebaut, in denen Bratwürste und Glühwein angeboten wurden. Auch wir stärkten uns damit vor dem Konzert. Von Laura war nichts zu sehen.
Klaus hatte Decken mitgebracht, die wir uns über die Knie legten, denn es war sehr kalt in der Kirche. Und dann begann das Konzert mit dem Mädchenchor, bestehend aus vierzig Sängerinnen, alle aus den Klassen neun und zehn. Mit dem Gregorianischen Magnificat „Hodie Christus natus est“ begannen sie. „Komm du Heiland aller Welt“ von Ambrosius von Mailand, 12. Jahrhundert folgte. Michael Prätorius Lied „Der Morgenstern ist aufgedrungen“ und Johann Sebastian Bach´s „O, Jesulein zart“ rührten die Herzen der Zuhörer.
„Sind die Lichter angezündet“ war das einzige Lied, das zu DDR-Zeiten komponiert wurde. Gemeinsam mit allen Gästen sang der Chor zum Abschluss „Es ist ein Ros’ entsprungen“.
Endlich konnten wir nun Laura begrüßen,die leider keine Zeit für ein Gespräch hatte. Wir verabschiedeten uns und fuhren nach Dieskau zurück.
Am Montag Morgen brachte mich Klaus zum Bahnhof in Halle. Drei Stunden musste ich nun auf die Zug-Abfahrt warten. Aber ich hatte Glück, denn die Sonne kam bald heraus und ich spazierte in die Innenstadt, nachdem ich mein Gepäck abgegeben hatte.
Als der Zug um 11 Uhr eintraf, passierte mir ein Missgeschick. Ich hatte auf das Handy geschaut und es auf der Bank /Bahnsteig liegen gelassen. Das merkte ich jedoch erst, als ich im Zug saß. Am nächsten Tag fragte ich im Reisezentrum Neubrandenburg nach einer Telefon-Nummer, um den Verlust zu melden. Und ich hatte Glück, mein Handy war abgegeben worden. Ich fragte, ob Klaus es abholen könne. Ja, aber erst, wenn ich eine Vollmacht geschickt hätte. Bei mir kam es kurz vor Silvester an, ich hatte es nicht vermisst.
Uta schickte eine selbst gestaltete Weihnachtskarte, worüber ich mich sehr freute. Auch Dieter, Lilos Mann,schrieb und Marlies Wesemann aus Husum mahnte in ihrem Brief: “Du wirst doch zum Fest nicht irgendwo

hinfahren? In unserem Alter bleibt man schön zu Hause!" Aber sie ist zweiundzwanzig Jahre älter als ich, dachte ich zweifelnd.
Einen Tag vor Heilig Abend brachte ich Frau L. ein Päckchen mit Geschenken. Ich hängte es an die Gartentür, klingelte und verschwand, es sollte eine Überraschung sein.
Das Bäumchen schmückte ich wie alle Jahre am Vormittag des Heiligen Abends. Die Erinnerungen kommen mit jedem Stern und mit jeder Kugel, die ich befestigte.
Zum Fest hatte ich bei ALDI doch eine junge Ente gekauft, weil sie so preiswert war. Ich füllte sie mit Äpfeln und Backpflaumen und schob sie am Morgen des 1. Feiertages in den Backofen. Zu Mittag stand eine wunderbar kross gebratene Ente auf dem Tisch.Wie schade, dass ich sie mit Niemanden teilen konnte.
Grau war der Himmel, aber die roten Kerzen am Adventskranz und die Lichter am Tannenbaum verströmten Wärme und Licht.
Am zweiten Feiertag schien die Sonne, und ich fuhr gleich am Morgen zum See. Blau schimmerte der See und die Möwen tummelten sich auf der Seebrücke. Schreiend flogen sie davon, als ich an ihnen vorbei ging.
Am dritten Feiertag kam mein Gast, eine vierundfünfzigjährige Frau aus Mannheim. Ich holte sie mit dem Auto zu Mittag vom Bahnhof ab und fuhr mit ihr an den See. Sie war ganz begeistert, weil das Ufer nicht zugebaut, sondern überall begehbar war. Sie schreibt Gedichte.
Silvester verbrachte ich diesmal anders. Um Mitternacht ging ich mit meinem Gast und einem Glas Sekt in der Hand nach draußen. Wir schauten uns das Feuerwerk an. Nachbar T. hatte seine Garage
weit geöffnet, ein großer Metallbehälter mit loderndem Feuer stand davor. „Kommen Sie zu uns!"
Das nahmen wir gern an und gesellten uns zu den schon vorhandenen Gästen, es waren die Nachbarn.
Pfannkuchen, Sekt und Aufschnitt wurden angeboten. Wir unterhielten uns angeregt und nach einer Stunde verabschiedeten wir uns. Kater Peter und Miezi waren wegen der Knallerei ab Mittag spurlos verschwunden. Sie kamen beide erst am Neujahrsmorgen wieder.
Am 4. Januar hatte Laura ihren 15.Geburtstag. Ich erreichte sie telefonisch am Vormittag und sang das Geburtstagslied.
„Ich fahre heute mit Mama nach Leipzig, wir gehen shoppen und machen uns einen schönen Tag!"
Der Geburtstag unserer Stadt wurde am gleichen Tag mit dem traditionel-

len Bürgerempfang in der Konzertkirche gefeiert. Mein Gast begleitete mich, sie ist von der Stadt und der Umgebung begeistert. Sie zeigte mir ein Gedicht, welches sie über die Stadt erfunden hat:

Lust und Leidenschaft haben mich hierher gebracht.
Wie wunderbar bist Du Natur, darf dich erleben, idyllisch pur.
So schön ist dieses Gebiet, Danke dem, der es mir riet.
Man muss sich einfach leiten lassen
sonst wird die Welt zu schnell verblassen.

Eichen und Buchen musst du suchen.
Hab sie entdeckt, wachsen versteckt.
Ein ganzer Wald, Natur macht keinen Halt.

Es zieht mich wieder her,
der Abschied, der war schwer.
Im Sommer bin ich wieder da,
manche Träume werden wahr.

Am 5. Januar reiste sie wieder ab, schon Ostern will sie wieder nach Neubrandenburg kommen.
Eine gute Lektüre hatte ich mit dem Buch „Loki Schmidt". Ich wusste gar nicht, welche Bedeutung ihr Schaffen für den Umweltschutz und Botaniker hatte.
Mitte Januar tobte ein Orkan über Deutschland und richtete großen Schaden an. Fünf Tote sind zu beklagen.
Am ersten Wochenende im März findet der Weltgebetstag der Frauen statt. In diesem Jahr bereiten die Frauen des kleinen Landes Surinam diesen vor. Surinam liegt im Norden von Südamerika und wurde einst von den Niederländern als Kolonie erobert. In den sechziger Jahren erlangte es die Unabhängigkeit.
Wie in jedem Jahr bereiteten Frauen aus allen Kirchgemeinden Neubrandenburgs den Weltgebetstag vor. Ich erklärte mich bereit, diesmal mitzuwirken und ging zur ersten Probe am letzten Samstag im Januar. Diese fand in der Methodisten-Kirche in der Werder-Straße statt. In diesem Jahr sollte der Weltgebetstag in der Michaelskirche gefeiert werden.
Kantor Rosenow übte mit uns Frauen die zehn Lieder ein, die im Programm standen. Ich erhielt eine Sprechrolle für Almira, eine Frau aus Su-

rinam. Zweieinhalb Stunden probten wir Frauen fleißig. Es bereitete uns viel Freude, weil die Lieder sehr rhythmisch und melodiös waren. Nun solle in drei Wochen die Generalprobe in der Michaelskirche stattfinden. Am Sonntag wagte ich, nach Nonnenhof zu fahren. Nonnenhof liegt am Südufer des Tollensesees. Der Sturm hatte deutliche Spuren hinterlassen, viele Bäume waren einfach umgeknickt. Überall verstreut lagen Äste. Da Nonnenhof Naturschutzgebiet ist, bleibt alles liegen. Wunderbar war die Stille, die mich umgab.

In der Regionalbibliothek entdeckte ich ein Buch, das mich neugierig machte. Kerstin Decker, 1962 geboren, Journalistin beim „Tagesspiegel" hatte das umfangreiche Buch „Meine Farm in Afrika" geschrieben.

Es ist die Lebensgeschichte von Frieda von Bülow.

Die Bülows sind ein berühmtes Adelsgeschlecht.

Die ersten Kinderjahre lebte Frieda von Bülow in Smyrna, damals Osmanisches Reich, wo ihr Vater preußischer Konsul war. Nach seinem Tod 1869 zog sie zu ihren Großeltern nach Neudietendorf und lebte auch auf dem Rittergut der von Münchhausen in Ingersleben. Ein Schuljahr verbrachte sie in England. 1881 gründete sie in Berlin den „Frauenverein für Krankenpflege in den Kolonien" und wurde Vorstandsmitglied der „Deutsch-Ostafrikanischen Missionsgesellschaft". 1886 machte sie sich für die Errichtung eines Krankenhauses in Dunda am Kigan stark. Von 1885-1889 lebte sie in Ostafrika, gründete eine Farm und lernte Carl Peters kennen. Mit ihm arbeitete sie auch zusammen.1899 erschien ihr Roman „Im Land der Verheißung". Sie begründete damit den deutschen Kriminalroman.

Peters war ebenfalls Kolonisator, allerdings einer der übelsten Sorte. Er wurde von den Afrikanern als „der Mann mit den blutigen Händen" bezeichnet.

Nach Berlin schickte Frieda von Bülow regelmäßig Erlebnisberichte, die veröffentlicht wurden und breites Echo fanden. Im Gegensatz zu Peters liebte und achtete sie die afrikanischen Menschen. Carl Peters erwiderte ihre Liebe nicht und heiratete eine andere Frau. Eine Erkrankung an Malaria zwang Frieda von Bülow, nach Deutschland zurückzukehren.

Der „Deutschnationale Frauenbund" entlässt sie 1886 aus dem Vorstand. Unermüdlich sammelte sie weiter Geld auf Wohltätigkeits-Veranstaltungen für die Einwohner Ostafrikas.

Auf den Dornburger Schlössern lebt sie bis zu ihrem Tod. Die Lektüre des Buches war sehr spannend.

In der ersten Februarwoche sanken die Temperaturen auf Minus zehn Grad. Am Tag schien jedoch die Sonne. Da die Schmerzen im Knie wieder unerträglich waren, suchte ich einen Arzt auf, beidem ich nicht stundenlang warten musste. Er war bereits im Rentenalter, arbeitete aber immer noch, edoch nur noch zur eigenen Freude, wie er sich ausdrückte. Er zog eine Spritze auf und stach dreimal an verschiedenen Stellen in das operierte Knie. „Das wird aber nur kurzfristig lindern", meinte er. Dann erzählte er begeistert von einem neuen Buch aus Amerika, welches Forschungen über die Bedeutung der Darmflora enthält. Dr. David Perlmutter ist der Name des Autors. „Scheiß' schlau" ist der Titel. Ich bestellte das Buch in einer Fachbuchhandlung und erhielt es bereits am nächsten Tag. Das wurde eine sehr spannende und lehrreiche Lektüre. Es enthält sogar Kochrezepte zur gesunden Ernährung.
Omas 23.Todestag war am 11. Februar. Immer wieder frage ich mich: Wo ist die Zeit geblieben? Sie rast und rast, je älter ich werde.
Ich nahm mir das Trauerbuch vor und las die Kondolenzen. Nichts ist vergessen. Onkel Hans, Oma Else, Tante Herta, Lilo und Bernd weilen nicht mehr unter uns.
Jörg überraschte mich mit der Nachricht, dass er in den Winterferien nach Neubrandenburg kommen will, um einige Dinge in meinem Haushalt zu reparieren. Schon am Montag in der ersten Ferienwoche reiste er an. Zwölf gelbe Rosen schenkte er zur Begrüßung. Es war Rosenmontag und er wollte zum Tanz gehen. Im ehemaligen Güterbahnhof hatte vor einiger Zeit ein rühriger Unternehmer eine Gaststätte eingerichtet. Er traf auch wieder einen ehemaligen Freund.
Jörg brachte schönes, sonniges Wetter mit, welches die ganze Zeit seines Besuches anhielt.
Die Halterung in der Mitte der Gardinenstange (große Wohnstube) war vor Wochen gebrochen und ich konnte die Gardine nicht mehr bewegen. Beim Baumarkt kaufte Jörg Metallschrauben und bohrte in die Halterung eine neue Schraube. Nun konnte ich endlich wieder die Stores auf der Gardinenstange hin und her bewegen.
Das nächste, was er sich vornahm, war der Kompost. Er beseitigte alle Bretter um ihn herum. Da noch alles vereist war, konnte er natürlich nicht den Kompost durchsieben, wie er es vorhatte.„Das mache ich im Mai, da komme ich noch einmal wieder!" sagte er. Wir kauften im Baumarkt zwei Holzgestelle für einen neuen Kompost.

Am Mittwoch Nachmittag fuhr ich mit ihm nach Neustrelitz, wo wir die „Galerie Hoffmann“ besuchten. Er schaute sich die Ausstellung von Grafiken des Neubrandenburger Malers Gert Frick an, die ich mir schon zwei Wochen zuvor angesehen hatte. Hoffmann, der Galerist, war anwesend und Jörg unterhielt sich noch angeregt mit ihm.
Am Donnerstag Mittag verabschiedete sich Jörg und versprach gleichzeitig, im Mai oder Juni wieder zu kommen.
Am 19. Februar fand eine Reise-Verkaufsveranstaltung im „Hotel am Ring“ statt. Die Heimatzeitung „Nordkurier“ lud dazu ein. Das Reise-Unternehmen „Humboldt-Reisen“ gibt es in der Bundesrepublik seit fünfundzwanzig Jahren.
Der junge Moderator aus Hamburg stellte uns zuerst zwei Reisen mit Fotos vor. Die erste Reise führte in die Provence. Ich wurde wieder erinnert an die vielen, schönen Eindrücke dieser Gegend, da ich 1997 von Studiosus-Reisen München eine „Freizeit plus“ Reise in die Provence gemacht hatte. Nimes, Arles, Orange, Avignon, die Brücke Pont du Gard und natürlich ein Tag in der Camargue sah ich wieder. Die zweite Reise führte nach Dalmatien und Kroatien, diese Orte kenne ich noch nicht.
Nun gab es erste einmal warmes Abendessen, das wir vorher aussuchen konnten.
Die nächste Reise interessierte mich sehr, sie hatte den Titel „Auf den Spuren von Rosamunde Pilcher“. Südengland und zwei Tage Besichtigung in London waren der Inhalt der Reise.
Darin verteilte der Moderator Briefe, in einigen waren Gutscheine versteckt. Ich hatte Glück und hielt nach dem Öffnen eines Briefes einen Gutschein von 200 Euro in der Hand, den konnte ich doch nur einlösen, wenn ich sofort eine Reise buchen würde. Ich wollte jedoch nichts überstürzen und schlief eine Nacht darüber.
Am Morgen rief ich das Unternehmen Humboldt-Reisen an und sagte, dass ich mich für die Südengland Reise entschlossen habe und ob mein Gutschein nach zwölf Stunden noch gültig sei. Die Angestellte wollte mit ihrem Vorgesetzten sprechen und mich dann informieren. Ich hatte Glück und bekam die Zusage. Mit dem Gutschein hatte ich damit mehr als die Hälfte des Einzelzimmer-Zuschlages (359 Euro) bezahlt.
Am 28. Februar zeigte das Thermometer minus fünfzehn Grad. Aber die Sonne strahlte vom blauen Himmel, und ich wagte eine Fahrt mit dem Auto nach Zinnowitz. Alle Rollen unserer Super 8-Filme aus achtzehn Jahre hatte ich mir in den vergangenen Wochen angeschaut und viele

Rissstellen, die geklebt werden mussten, festgestellt. Leider schaffte ich es nicht sie zu kleben, denn Tom hatte das immer getan. Ich packte den Projektor, die Klebemaschine und einen Film ein und hoffte, von ihm empfangen zu werden. Ich fuhr auf der A 20 bis Gützkow und dann die Straße weiter nach Wolgast. Ich traute meinen Augen kaum, als die Straße plötzlich verschneit und vereist war.Von Neubrandenburg war ich erst um 13 Uhr losgefahren, das war goldrichtig, denn ich fuhr im schönsten Sonnenschein.
Um 14 Uhr war ich bereits in Zinnowitz, parkte das Auto und lief erst einmal zur Seebrücke, eisigen Wind schlug mir ins Gesicht, die See schlug hohe Wellen. Es war so kalt, dass ich der See schnell den Rücken kehrte. Würde mir Tom die Tür öffnen? Ich klingelte und M., seine Lebensgefährtin, öffnete mir. Ich brachte mein Anliegen vor und durfte das Haus betreten. „Möchtest Du eine Tasse Kaffee?“ fragte M., und ich nahm dankend an. Danach bat ich, mir eine Steckdose zu zeigen, um den Projektor anschließen zu können und zeigte einen Film von 1972, natürlich nur ein wenig vom Film, es war der 90. Geburtstag von Toms Großvater. Und dann zeigte mir Tom noch einmal genau den Klebevorgang und ich passte sehr gut auf.
Ich bedankte mich und fuhr wieder los. Beide winkten mir nach. Das hatte ich nicht erwartet und freute mich sehr. Nun würde ich es bestimmt selbst schaffen zu kleben. Die nächsten Tage war ich damit voll beschäftigt und kontrolliere alle Filmrollen und klebte die zerrissenen Film-Teile zusammen. Ich wusste aber auch, dass meine Kinder nicht mehr so ein Interesse an den Filmen hatten, wie ich. Aber mir machte es immer wieder Freude, die Familie zu sehen, meine Kinder, die nun selbst Eltern geworden waren.
Am Freitag, dem 2. März fand die Feier zum Weltgebetstag der Frauen in der Michaelskirche statt. Es war eine emotionale Stunde und nach dem Gottesdienst konnten Speisen aus Surinam, die gekocht worden waren, gekostet werden. Das Fernsehen filmte im Gottesdienst und bereits am Abend sah ich mich in der Sendung „Nordmagazin“.
An 4.März wurde Bettina fünfzig Jahre alt. Ich schickte ihr einen Blumenstrauß per Fleurop.
Lilith wurde am 8. März neun Jahre alt, ich fragte nach einem Wunsch. „Ich möchte gern das Buch „Auf dem Bauernhof“, aber ohne Stick (ein Stil), den habe ich schon“, sagte sie am Telefon. Ich bestellte das Buch in der Buchhandlung und erhielt es am nächsten Tag.

Gleich am Morgen des 8. März, ihrem neunten Geburtstag, rief ich Lilith an und sang ihr ein Geburtstagslied vor. Sie war so aufgeregt, dass sie dreimal in der Nacht aufwachte. Sie bedankte sich für mein Geschenk und erzählte, welche Geschenke sie schon erhalten hatte. Ich wünschte ihr eine schöne Feier mit vielen Kindern, die besuchen würden.
Eine Hiobsbotschaft kam aus Weißenfels. Bei Sabine wurde ein Tumor im Unterleib festgestellt. Eine Operation sollte durch die Entnahmen einer Gewebeprobe Bösartigkeit oder Gutartigkeit offenbaren. Wir hofften alle auf einen gutartigen Tumor, aber die Diagnose war niederschmetternd, der Tumor erwies sich als bösartig, also Krebs. Sabine hatte seit Wochen große Probleme mit Schwindelanfällen, ausgelöst durch den Halswirbel. Sie lag schon Sylvester aus diesem Grund im Krankenhaus, weil sie sich ununterbrochen übergeben musste. Da sie auch körperlich sehr angeschlagen ist, sehr dünn, mache ich mir große Sorgen. Sie möchte aber, dass ich erst zu ihr komme, wenn die Krebstherapie beginnt.
Der Reitbahn-See ist noch vereist, aber man spürt schon den Frühling. Ich fütterte wieder einmal die Möwen und Tauben.
Diana schickte mir wieder ein Gedicht per mail:

Sorgen
Sorgen nicht zu viel beachten,
sonst wird Unheil lang nicht warten.
Der Leuchtturm, der zieht magisch an,
auch gute Gedanken, da ist was dran.
Aufmerksamkeit auf Gutes richten,
Böses einfach vernichten.
Nichts links, nicht rechts, nur grade aus.
So richtet man das Leben aus.

Der Winter ist zurückgekehrt. Eisiger Nordost-Wind bei minus sieben Grad fegt durch die Straßen, aber die Sonne scheint wie zum Trost. Frühlingsanfang und es schneit.
Peter wurde über Nacht krank. Er fraß nichts, er trank nichts. Ich fuhr zur Tierklinik. Er hat eine schwere Lungenentzündung diagnostizierte der Arzt. „Ich gebe ihm drei Spritzen, eine gegen die Schmerzen, eine Antibiotika und eine schmerzstillende Spritze." Ich hatte berechtigte Zweifel, drei Spritzen in den geschwächten Körper? Zu Hause angekommen, würgte er und erbrach alle drei Minuten eine weiße Flüssigkeit. Ich rief

die Tierarztpraxis an und fragte. „Das ist ein Ödem aus der Lunge“ war die Antwort.
Kater Peter konnte nicht sitzen und nicht liegen, wahrscheinlich schmerzte der Körper von den Spritzen. Ich nahm ihn auf den Schoß, streichelte ihn und sprach beruhigend auf ihn ein. Die Sonne schien. Ich öffnete die Haustür, er lief sofort hinaus und legte sich auf den Rasen in die Sonne. Als ich nach ein paar Minuten hinaus schaute, war er verschwunden. Vergeblich rief ich nach ihm, er blieb verschwunden. Er war als kleiner Streuner zu mir gekommen und nun verschwand er genau so. Suchte er einen Platz zum Sterben? Man sagt das so. Vielleicht war der abrupte Abschied besser, als ihn sterben zu sehen.
Susanne versuchte mich am Abend zu trösten.“Vielleicht ruht er sich irgendwo aus und kommt wieder.“ Nein, er blieb verschwunden.
Ich weinte bitterlich, er war mir so ans Herz gewachsen. Wie viel schöne Stunden hatte ich mit ihm erlebt, jetzt war Zeit zu trauern.
Juanita bat, dass ich zum Singen und Gitarre-Spielen ins Pflegeheim komme. Dort entdeckte ich erstaunt meine Nachbarin Grete Koch, die ich schon lange nicht mehr gesehen hatte und die auch telefonisch nicht zu erreichen war. Sie unterhielt sich mit mir. Es sollte das letzte Mal sein, dass ich sie sah, zwei Wochen später verstarb sie plötzlich.
Nun stand meine Reise nach Hamburg bevor. Ich schlug Susanne vor, eine frische Ente zu kaufen und bei ihr als Festtagsbraten zuzubereiten. Sie war einverstanden.
Walter rief an, Sabines Tumor erwies sich als bösartig und wir hatten so gehofft, dass er gutartig sei. Nun muss Sabine Chemotherapie beginnen mit all den schrecklichen Nebenwirkungen. Da hilft nur beten.
Karfreitag Morgen begann ich meine Fahrt nach Hamburg. „Komm´ bitte erst nach 16 Uhr, dann ist Lilith wieder da“, sagte Susanne.

Um 12 Uhr war ich an der U-Bahnstation Schlump. Ich sah einen Parkplatz in der Nähe und hielt erst einmal an. Die Sonne schien und ich spazierte ein wenig durch die Straßen.
Ein türkisches Restaurant war geöffnet und ich verspürte Hunger. Gefüllte Auberginen waren im Angebot und ich probierte eine Portion. Es schmeckte sehr gut.
Ich hatte Susannes Zelt im Auto mitgebracht. Lilith war mit Omi Uli in der Kirche, diese sang im Chor mit. „Ich habe geweint, als ich hörte, dass Jesus gekreuzigt wurde“ sagte Lilith.

„Und wir feiern Ostern, weil, er da wieder auferstanden ist“ entgegnete ich ihr.
Samstag erledigten wir die letzten Einkäufe und spielten „Mensch ärgere dich nicht“. Am Abend füllte ich die Ente und am Ostersonntag regnete es. Der Osterhase versteckte deshalb in der Wohnstube. Sonntag Mittag hörte es endlich auf zu regnen und Susanne fuhr mit uns an die Elbe bei Övelgönne. Wir liefen hinunter an die Elbe und Lilith kletterte immer am steinigen Ufer entlang. Am Abend probierten wir noch viele Spiele aus.
Montag begann nach dem Frühstück meine Abreise. Susanne begleitete mich mit Lilith bis zum Horner Kreisel, ein kurzes Winken und schon waren sie verschwunden.
Ich kam zügig voran, die Sonne schien und um 12 Uhr war ich bereits in Silz, ein kleines Dorf in der Nähe von Malchow.
Es lag soviel Schnee, dass man glaubte, es sei Weihnachten. Ich entdeckte einen Landgasthof und erfuhr, dass die Gaststätte direkt am Nordufer des Fleesensee´s liegt.
Ich ließ mir den Wildbraten mit Preiselbeeren schmecken und war bereits nach einer Stunde Fahrt in Neubrandenburg.
Diana hatte die Zeit genutzt und viel in Neubrandenburg gesehen. Sie will sich in einem der vielen Call-Center bewerben und tatsächlich nach Neubrandenburg umziehen,
Sabine erzählte, dass ihre Leber und auch der zweite Eierstock mit Metastasen befallen seien. Fünfzehn Monate würde die Krebstherapie dauern.“Du wirst kämpfen und den Krebs besiegen, und ich werde für Dich beten“ versicherte ich ihr.
Die ersten Stiefmütterchen waren auf dem Markt und ich kaufte blaue, gelbe und dunkelrote. Wie schön wurde der Garten gleich.
Im Gemeinde-Nachmittag bat Frau Pastorin Kretschmann um Hilfe. Ein junger Eritrear möchte Hilfe, um seine Deutschkenntnisse zu verbessern. Er ist 25 Jahre alt und seit einem Jahr Asylheim in der Oststadt. Niemand hob die Hand, dann meldete ich mich.
Schon am nächsten Tag trafen wir uns in der Oststadt. Ich fuhr mit ihm nach Hause. Sein Name ist Zeru Mekenen, er kommt aus Eritrea und hat in Mendefera, die zweitgrößte Stadt Eritrea´s, im Maschinenbau gearbeitet. Von Montag bis Freitag besucht er von 9-13 Uhr eine Schule in der Oststadt. Er hatte ein kleines Heft bei sich und stellte nun Fragen. „Ich möchte nicht schreiben oder lesen, ich möchte mit Ihnen sprechen.“

Ich habe „gegießen“ brachte mich zum Lachen, er meinte „ich habe gegessen“. Ja, die deutsche Sprache ist eine schwere Sprache. Er schreibt schon deutsche Sätze und scheint sehr fleißig zu sein. Beim Sportclub Turbine trainiert er regelmäßig, zweimal siegte er schon bei Wettläufen (Marathon).
Noch immer herrschte der kalte Ostwind, aber der Frühling zeigte sich bereits. Die Kastanien am Wall hatten die ersten grünen Blätter.
Sabine erhielt ihre erste Chemo-Therapie. Acht Stunden lang war sie im Krankenhaus und hing am Tropf, wo die Flüssigkeit in ihren Körper floss. Es geht ihr ganz schlecht, weil der Körper sich wehrt und mit Krämpfen reagiert. Wenn ich ihr doch nur helfen könnte!
Regelmäßig muss ich im Garten Unkraut hacken. Bin ich an einem Ende fertig, geht es am anderen Ende wieder weiter. Wildblumen und Bienenweide säte ich aus.
Seit langer Zeit war ich wieder einmal in einer Oper. Im Theater Neustrelitz wurde die Oper „Der Bajazzo“ von Leoncavallo gespielt. In die Aufführung waren Absolventen der Staatlichen Artisten-Schule Berlin eingebunden. Der Inhalt geht auf eine wahre Begebenheit zurück. Ein Clown tötet während der Aufführung sein untreue Frau. Es war spannend und sehr gut gespielt. Die Einlagen der drei Artisten waren eine sehr gute Idee und sie bekamen viel Applaus.
Wie im vergangenen Jahr lud ich Hanna am 1.Mai zu einem Tages-Ausflug ein. Diesmal wollte ich ihr die schöne Insel Rügen zeigen. Bis Sassnitz saß sie am Steuer. Ich fuhr dann weiter und parkte ganz in der Nähe der Steilküste, am Hochuferweg zum Königsstuhl. Das erste zarte Grün war an den Buchen zu sehen. Die Farben der weißen Felsen, das Grün der Bäume und das Blau des Himmels waren eine einzigartige Farbsinfonie, und Hanna konnte sich gar nicht beruhigen. „Ist das herrlich!“ rief sie aus, ich bin so glücklich, hier sein zu dürfen!“ Nachdem wir bis zur Arndt-Höhe gelaufen waren, gingen wir zurück. Hanna lief die Treppen hinunter zum Strand und ich fuhr mit dem Auto hinunter zum Hafen. Ich wartete auf sie und bald kam Hanna. Nun wollte ich ihr auch den Baumwipfelpfad „Adlerhorst“ bei Prora zeigen. Die Sonne hatte sich ein wenig zurückgezogen, das war angenehm, da wir durch das Steigen sehr in Hitze gerieten. Der Ausblick von oben war überwältigend.
Nach zwei Stunden waren wir wieder am Fuße des „Adlerhorstes“ angelangt. „Nun möchte ich noch die Ostsee besuchen“, meinte sie. Es war windig und die See trug weiße Schaumkämme.

Helmut lud mich zu einer Fahrt nach Polen ein. Die erste Station war der Flohmarkt, gleich hinter Löcknitz, und danach steuerte er einen neuen Supermarkt in Stettin an. Wegen der zu erwartenden
Hitze waren wir bereits um acht Uhr gestartet und nach einer Stunde angekommen. Helmut kaufte Spargel, Aale und Tomaten, alles war billiger als in Neubrandenburg.
Der neue Supermarkt hatte tatsächlich 25 Kassen. Ein Bildschirm zeigte an, an welche Kasse der Kunde gehen und zahlen muss.
Die Auto-Kennzeichen verrieten, dass die Kundschaft fast ausschließlich aus Deutschen bestand.
„Ich lade Dich zum Mittagessen in die Mühlen-Gaststätte Woldegk ein", sagte Helmut. Woldegk wird wegen seiner drei Mühlen auch „Mühlenstadt" genannt. Um 13 Uhr erreichten wir Woldegk. Das Essen war wunderbar und ich erlebte einen schönen Tag. Helmut ist ein guter Unterhalter. Auch ihm gefiel dieser Ausflug.
„Schone Deine Stimme, wir wollen nur ein wenig plaudern" sagte Juanita. Zehn Männer saßen am runden Tisch. Juanita überreichte Jedem ein Geschenk: eine Duftdose und eine Flasche Bier.
„Wie habt ihr früher den Herrentag gefeiert?" begann sie und langsam kam ein Gespräch in Gang und es wurde auch gesungen. „Schön ist die Jugend" und „Ich möchte noch mal zwanzig sein" wurden gewünscht.
Am Montag beteiligte ich mich an einem Ausflug des Mehrgenerationen-Hauses Neubrandenburg nach Schwerin.
Wir besichtigten den Landtag. Für acht Millionen Euro war gerade der neue Saal eingeweiht worden. Alle Sitzplätze waren beschriftet. Wir nahmen Platz und ich entdeckte, dass ich auf dem Platz des Finanzministers saß.
Danach lud der Abgeordnete der Linken, Torsten Koplin, in sein Büro ein und erzählte über die Arbeit im Landtag. Wie schwierig diese Arbeit ist, zeigte er an einem Beispiel. Im Ausschuss stellt er einen Antrag, der dann vom Parlament genehmigt werden muss. Die Zustimmung erfolgt nicht immer.
Ein Gemälde erregte meine Aufmerksamkeit. Ich fragte, ob die Abgebildete Ruth Werner sei. Koplin bejahte. „Das Gemälde haben wir von der Carwitzer Malerin Dennewitz geschenkt bekommen. Ruth Werner lebte lange Zeit in Carwitz."
Das Mittagessen nahmen wir in der Orangerie-Gaststätte ein. Nach dem Mittagessen fuhren wir nach Branzkow in das Naturschutzgebiet Levitz.

Eine ehemalige Direktorin des Volkseigenen Gutes erzählte Interessantes aus der Geschichte der Region. Der Pferdezüchter Schökemöhle vom Gut Redefin hatte nach der Wende große Flächen für seine Pferdezucht sehr preisgünstig erworben. Wir konnten die herrlichen Stuten mit ihre Fohlen bewundern. Hengste hält er nicht.
In der historischen Gaststätte „Friedrichsmoor" tranken wir Kaffee. In dieser sind noch die Original-Tapeten aus herrschaftlicher Zeit zu sehen.

Am 19. Mai heiratete Prinz Harry in London Meghan Markle. Sie kannten sich gerade Mal ein Jahr, hatten in Botswana Urlaub gemacht. Harry war von ihrer Schönheit und Eleganz so beeindruckt, dass er sie heiraten wollte. Ihre Mutter ist eine Farbige, ihr Vater stammt aus Irland. Sie ist ein Scheidungskind. Schon früh interessierte sie sich für die Schauspielerei, zumal ihr Vater als Beleuchter in dieser Branche arbeitete. Sie arbeitete hart, um eine Rolle in der Filmbranche zu bekommen. In einer Fernseh-Serie wurde sie schließlich bekannt und anerkannt.
In der Kapelle von Windsor fand die Trauung statt und durch das Fernsehen nahmen Millionen Menschen Anteil. Auch ich sah mir den Trau-Gottesdienst an.
Pfingsten war herrliches Wetter und ich fuhr in mein geliebtes Feldberg. Diesmal bog ich am Ortseingang ab und fuhr nach Schlicht. Ich wanderte zum Reiherberg. Alles war grün geworden. Ganz allein war ich dort. Am Schmalen Luzin, oberhalb der Luzinhalle, muss man jetzt Parkgebühr bezahlen. Der abgestürzte Baum am Geländer, wo die Treppen hinunter führen, war noch nicht weggeräumt worden. Die Bäume sind so hoch gewachsen, dass man nun gar nicht mehr die Aussicht auf den Schmalen Luzin genießen kann.
Hundshitze im Mai, so etwas habe ich noch nicht erlebt. Überall sieht man bereits die Folgen der Trockenheit, das schöne grüne Gras wird gelb. Die Rosen blühen, sind aber nach zwei Tagen verblüht. Ich schneide die welken Blüten immer ab, so können neue Rosen nachwachsen.
Meine Reise nach Korfu steht vor der Tür. Ich hatte mit Klaus gesprochen, der mir vorschlug einen Tag eher anzureisen und bei ihm zu übernachten und am nächsten Morgen zum Flughafen Halle/ Leipzig zu fahren. Ich freute mich, dass ich auch Laura und Mareike wieder sah.
Laura kam eine Stunde später auf dem gleichen Bahnsteig in Halle an wie ich. Sie erkannte mich gleich. Klaus holte uns mit dem Auto ab. Laura war so erschöpft, dass sie sofort ins Bett fiel und bis abends schlief. Sie

hatte eine anstrengende Woche mit dem Konzert im Erfurter Dom, an dem ich so gern teilgenommen hätte, hinter sich. Laura machte mir später die Freude und spielte mir die Chorsätze, die sie dort gesungen hatte, vom PC vor. Drei Stücke (Sonatine von Kuhlau, ein Präludium von Johann Sebastian Bach und ein modernes Stück) spielte sie mir auf dem Klavier vor, in der nächsten Woche war Vorspielen im Gymnasium angesagt.
Klaus fuhr um 16 Uhr nach Hessen, wo Cathleen seit zwei Wochen eine Kur absolviert. Er hatte alles vorbereitet und ein Taxi für mich am nächsten Morgen bestellt.
Pünktlich um drei Uhr klingelte es und ein Taxi stand vor der Tür. Eine Frau saß am Steuer. Sie erzählte die ganze Strecke bis zum Flughafen. Klaus hatte mir sogar das Geld für das Taxi gegeben.
Reibungslos verlief die Abfertigung im Flughafen Leipzig/Halle, ich bekam einen Fensterplatz.

Korfu ist eine grüne Insel. Olivenbäume und Zypressen sind überall zu sehen.
Vom Flughafen, der sich in der Hauptstadt Korfu befindet, fuhren wir in den Norden nach Roda. Schnell verschwanden Häuser und Straßen und wir befanden uns im Grünen. Nach einer Stunde erreichten wir das Hotel „Mirabell", wunderbar am Meer gelegen. Das Hotel gibt es schon seit dreißig Jahren. Ich bekam ein Zimmer mit Meeresblick, direkt über dem Eingang. Der Garten ist von Palmen umgeben. Ich blicke auf das Meer, im Hintergrund erheben sich die albanischen Berge. Ich habe unwahrscheinliches Glück gehabt mit diesem schönen Zimmer. Der Balkon ist vier Meter breit, der Wind kommt von Nordost und die Sonne schaut erst am Abend in mein Zimmer. Hier werde ich mich erholen.
Natürlich gibt es auch einen Pool im Garten. Hoch gewachsenes Schilf steht am Ufer des Meeres.
Sofort zog ich den Badeanzug an und ging ins Meer baden, leider sehr steinig.
Um 18,30 Uhr gab es warmes Abendessen. Das Angebot war überwältigend. Ich probierte von allem.
Das Rauschen der Wellen begleitete mich in den Schlaf.
Ein junges Paar aus Ulm saß an meinem Tisch. Sie erzählten, dass sie bereits in Roda-Ort waren, etwa eine halbe Stunde zu gehen. Dort wäre der Strand sehr schön und vor allem steinfrei. Sie beschrieben mir genau den Weg und am nächsten Morgen spazierte ich los. Vorbei an zwei großen

Hotels, gelangte ich tatsächlich nach einer halben Stunde Weg zum Strand von Roda. Oleander und Jasmin-Bäume säumten den Weg. So früh am Morgen war ich ganz allein. Es gab nicht nur kostenlos Liegen (sunbed free!) sondern auch Sonnenschirme.

Der nächste Tag war ein Sonntag. Um 10 Uhr kam eine Vertreterin unserer Reisegesellschaft TUI und schilderte Reisen und Ausflüge, die wir buchen konnten. Ich entschied mich für den teuersten Tagesausflug „Malerisches Korfu" für 57 Euro.

Um halb neun Uhr begann am Montag der Tagesausflug. Die Reiseführerin, eine griechische Mittfünfzigerin, redete unablässig, aber es war sehr interessant. Wir fuhren nach Ipsos, südlich am Ionischen Meer gelegen. Malerisch in eine Bucht gebettet, erhebt sich ein Felsen mit einem Kloster. Ich entschied mich für den Aufstieg zum Kloster und wurde mit einem wunderbaren Ausblicken auf das Meer belohnt. Im Kloster sah ich Blumen über Blumen, Oleander, Trompetenblumen und die feuerroten Bougainvillea. In der Kirche hingen Ikonen.

Anschließend querten wir die Insel nach Westen durch die Landschaft Lakones.

Halsbrecherische schmale Straßen mit vielen Serpentinen verlangten dem Fahrer alles an Können ab. Wir bekamen in der kleinen Gaststätte einen Imbiss und genossen die herrliche Aussicht.

Der Achilleon-Palast, südlich von Korfu-Stadt, war der Höhepunkt unseres Ausfluges. Jeder Teilnehmer erhielt ein Audio-Gerät und ein Paar Kopfhörer. Eine Stunde wurden wir durch den Palast und den angrenzenden Garten geführt. Es war spannend. Sissi liebte die griechische Klassik. Überall standen Marmorstatuen (viele Leihgaben) und immer wieder Skulpturen von Achill. Die berühmteste steht im Garten und heißt „Sterbender Achill". Das Ende des Pfeils steckte in seiner Ferse, er versucht ihn herauszuziehen. Noch heute ist das Wort Achillessehne in unserem Sprachgebrauch.

Wieder in Korfu Stadt erblickten wir von einer Anhöhe die Mäuse-Insel und das daneben liegende ehemalige Nonnenkloster. Heute ist alles unbewohnt.

Um 18 Uhr waren wir wieder in Hotel.

Auch am nächsten Tag ging ich den reizvollen Weg zum Roda Strand. Ganz allein genoss ich die Ruhe. Das Wasser war noch angenehm kühl. Die Hitze stieg von Stunde zu Stunde. Als die ersten Gäste vorbei spazierten, war ich schon wieder auf dem Heimweg.

Schwierig war es, erst am Abend warmes Essen zu genießen, mein Magen meldete sich regelmäßig zu Mittag. Ein paar Kekse und Wasser kaufte ich deshalb beim Händler am Strand.
In Roda führt ein Kanal vom Meer in den Ort. Ich entdeckte junge Schildkröten, die von Gästen gefüttert wurden. So junge Schildkröten habe ich noch nie gesehen. Von Roda kann man mit dem Bus nach Sidari, ein Ort etwa neun Kilometer westlich, fahren. Viele Shops, viele Restaurants sah ich dort. Im Reiseführer wurde auf den „Kanal de Amour“ hingewiesen. Grün bewachsene Kalkberge überraschten mich, dazwischen die Kanäle. Jugendliche sprangen tollkühn von den Anhöhen in das kristallklare Wasser der Kanäle. Es war sehr heiß und ich suchte ein kühles Fleckchen, nachdem ich im Meer geschwommen war.
Ein englisch anmutendes Restaurant weckte meine Neugier. Ich bestellte ein preiswertes Omelett mit Käse, einen Frappe´ und ein Eis. Ich fragte den älteren, schlanken Mann beim Bezahlen, ob er Brite sei. Er bestätigte dies. „Wegen der Krise bin ich vor drei Jahren nach Sidara gekommen, es gefällt mir gut hier.“ Ich bewunderte ihn, im Alter von geschätzten fünfundsechzig Jahren einen Neuanfang im fremden Land gewagt zu haben.
In der Nacht weckte mich das Klingeln des Handys, es war Klaus, der vergessen hatte, dass die Uhren in Griechenland eine Stunde vorgestellt werden. „Ich hole Dich vom Flughafen Halle/Leipzig ab“, versprach er.

Am letzten letzten Urlaubstag war es so heiß, dass ich ab zwölf Uhr im Zimmer blieb. Die Temperatur betrug am Mittag vierzig Grad.
Um sieben Uhr waren wir am Morgen am Flughafen Korfu. Dieser war überfüllt und eine Stunde mussten wir warten, bis wir endlich eingecheckt wurden. Dann kam die Leibes-Visitation, wieder Stehen und Warten. Alle fünfzehn Minuten steigt ein Flugzeug von Korfu aus in die Luft, kein Wunder, dass es diese Menschen-Ansammlung gibt.
Das Flugzeug hatte Verspätung. Klaus hatte sich im PC erkundigt und kam später. Wegen Stürmen über den Balkan war der Pilot eine andere Strecke über Italien geflogen und dennoch pünktlich in Leipzig gelandet. Das wiederum wusste Klaus nicht, und ich musste warten.
Auch hier in Dieskau war drückende Hitze, alles wartete auf den angekündigten Regen. Der kam dann tatsächlich am Abend, gerade als wir beim Grillen im Garten saßen. Es war schön, noch einmal die Enkelkinder zu sehen.
Wie immer kümmerte sich Klaus liebevoll um mein leibliches Wohl,

packte einen Proviant-Beutel für die Fahrt und fuhr mich zum Bahnhof Halle.
Die ersten reifen Sauerkirschen entdeckte ich am Baum, pflückte etliche Kilogramm und machte Kompott davon, sie schmeckten wunderbar.
Der Teerosenstrauch blüht, betörend ist der Duft der Rosen. Er wird mich immer an meinen 70. Geburtstag und Tante Herta erinnern, die mir den Blumentopf mit Teerosen schenkte. Jetzt ist er ein großer Strauch.
Die nächsten Tage waren angefüllt mit viel Arbeit. In diesem Jahr trug der Sauerkirschbaum so viele Früchte, dass ich diese ständig einweckte. Nach dreißig Gläsern und vier großen Flaschen Saft hörte ich auf und fragte Bekannte, ob sie Interesse hätten.
Ende Juni kam Jörg am Wochenende und machte sein Versprechen vom Februar wahr. Er wollte den alten Komposthaufen abtragen und einen neuen einrichten. Ein Sieb hatte ich bereits im Baumarkt gekauft.
Gleich am Morgen begann Jörg, den Kompost durchzusieben. Ein schöner großer Haufen guter Erde war das Ergebnis. Die Dichtung am Hahn an der Regentonne war lose, auch dies reparierte er mir. Im Heizungskeller verputzte er eine Stelle in der Wand. Die Heizungsbauer hatten beim Einbau der neuen Heizung nur etwas in die Wand geschäumt.
Am Nachmittag rief ein ehemaliger Klassenkamerad an und lud Jörg zum Sommerfest nach Ulrichshusen ein. „Macht es Dir etwas aus, wenn ich am Abend nicht da bin?“ Ich verneinte, da ich ich abends ohnehin zeitig zu Bett gehe, weil ich sehr müde bin.
Hanna besuchte mich und stellte fest: “Sie haben das gleiche Lächeln wie ihr Sohn und er sieht Ihnen sehr ähnlich.“
Jörg erzählte begeistert vom Sommerfest in Ulrichshusen. Verschiedenen Kammerorchester spielten Tangos und Klezmer-Musik.
Nach dem Mittagessen, welches er mit gutem Appetit zu sich nahm, pflückte er noch einen Eimer Süßkirschen. Nachdem er die Süßkirschen, Proviant und Getränke eingepackt hatte, verabschiedete er sich und fuhr zurück nach Bautzen.
Es war Johannistag und die Friedenskirche feierte wie alle Jahre in der Kirchbaracke Küssow. Der Neubrandenburger Chor „Die Turmvokalisten“ brachte ein einstündiges Konzert. Dicke Wolken zogen über den Himmel und es begann zu regnen. Aber der Chor und wir Gäste blieben vor Ort.
Anschließend gab es Kaffee und Kuchen und viel Zeit für Gespräche. Sogar die hundertjährige Elli Sager war gekommen.

Wir freuten uns, sie wieder zu sehen.
Die Sauerkirschen im Vorgarten reiften. Jeden Tag pflückte ich einige Kilogramm. Eva bat mich, ihr Kirschen zu bringen. Sie wohnt in der Oststadt.
Wieder musste ich zum Orthopäden. Er drückte das operierte Knie nach unten und sagte: "Es ist alles in Ordnung, Sie brauchen erste nächstes Jahr wieder zu kommen!"
Am Dienstag sah ich mir den Dokumentarfilm „Papst Franziskus" im Cinestar an. Er war mit Untertiteln und zeigte die Reisen und Reden von Papst Franziskus. So wie er spricht, so lebt er, das wurde deutlich. Er ist glaubwürdig und bewegt etwas. Überall jubeln ihm die Menschen zu, sei es in Argentinien, seinem Heimatland, oder in Afrika oder auf den Philippinen (Nach Tornado-Unwetter). „Null-Toleranz gegen Pädophile!" verkündete er.
Am Nachmittag fuhr ich zum See, diesmal nach Broda und schwamm. Es ist sehr heiß. Das halbe Jahr ist vergangen und die Sonne geht erst um halb zehn Uhr ab abends unter.
Noch immer blühen die Linden und verströmen eine betäubenden Duft.

Am Samstag hatte Hanna Geburtstag. Sie wurde 22 Jahre alt. Vor einiger Zeit erzählte sie mir, dass sie gern Minigolf spielen würde. Eine Anlage befindet sich beim Augustabad. Zum Geburtstag lud ich sie ein, bezahlte den Eintritt. Auch Fanny, ihre Freundin, war dabei. Ich selbst schaute lieber erst einmal zu, weil ich noch nie Minigolf gespielt habe.
Die Kirschen-Schwemme hielt an, jetzt mache ich Marmelade.
Alle warten auf Regen, die Hitze ist unerträglich.
Am 11. Juli regnete es das erste Mal nach langer Zeit. Bäume, Sträucher, Blumen und wir Menschen atmeten auf.
Ein Konzert der „Jungen Elite" fand in dem kleinen Dorf Nossentin bei Waren statt. Der junge italienische Pianist Filippo Gorini spielte Sonaten von Beethoven und Chopin, alles aus dem Kopf. Chopins Sonate Nr. 2 b-moll mit dem berühmten Marche funebre erinnerte mich an meine Kinderzeit. In der Dammschule war dieser Marsch abgedruckt und ich liebte ihn. Solange hatte ich ihn nicht mehr gehört. Kraftvoll und sensibel war sein Spiel.
Beethovens Hammersonate Nr.29, op. 106 wird wegen ihres hohen Schwierigkeitsgrades selten gespielt. Gorini spielte auch diese Sonate auswendig. Atemberaubend, grandios, viel Beifall und Bravorufe ertön-

ten. Ich kam auf die Idee, Laura den Trauermarsch aus der Dammschule zu kopieren und zu schicken. Prompt kam die Antwort. Ich lag richtig damit, sie freute sich sehr und spielt ihn nun auch.
Susanne hatte Geburtstag, sechsundvierzig Jahre wurde sie. Ich konnte sie nicht sehen, weil sie mit Lilith eine Woche auf der Insel Kos weilt.

Am 22. Juli beteiligte ich mich an einem Tagesausflug auf die Insel Moen. Um sechs Uhr startete der Bus vom Bahnhof. Um acht Uhr waren wir im Scanline Port /Rostock. Um neun Uhr fuhr die Fähre nach Gedser. Die Fähre war sehr gut von Urlaubern besucht.
Nach knapp zwei Stunden hielt die Fähre in Gedser, über Falster ging es auf die Insel Lolland. Über eine Brücke fuhren wir östlich auf die Insel Moen.
Stege ist die erste Stadt, gleichzeitig Hauptstadt der Insel Moen. Hier stieg ein dänischer Fremdenführer in unseren Bus.
Ein großes Markttor und alte Backsteinhäuser zeugten von der Vergangenheit der Stadt.
Groß ist das soziale Engagement für Familien und Kinder. Im Sommer findet jeden Dienstag ein Markttag statt. Die Kinder dürfen kostenlos Eis genießen, die Preise in den Gasstätten sind extra niedrig.

Der nächste Halt war in Ermelund. Die Kirche besichtigten wir, wunderschöne Wandmalereien aus dem 12.Jahrhundert, gerade renoviert, waren zu sehen. Sie zeigten die Schöpfungsgeschichte. „Welche Farbe fehlt in den Malereien?“ fragte der Führer. Es war die Farbe blau, die sei damals zu teuer gewesen.
Am Klintholm Havn Strand machten wir Mittagspause. Es gab Bratfisch in einer Fischstube.
Nun kamen wir endlich zum Ziel unserer Reise, den Kreidefelsen. Eingebettet in einen herrlichen Buchenwald sind sie aber nur eine Kleinausgabe der Felsen von Rügen. 468 Stufen führten hinunter ans Meer, das war mir zu viel für mein Knie, deshalb wählte ich die 145 Stufen hinauf. In der Ferne glaubte ich die Insel Hiddensee zu sehen.
Der Liselund-Park war das nächste Ziel. Er ist eine romantische Parkanlage aus dem 18. Jahrhundert. Antoine de la Calmette hat ihn als Liebeserklärung an seine Frau Lisa angelegt. Das „Schloss“ ist reetgedeckt. Exotische Bäume sind im Park zu sehen, auch ein kleines chinesisches Teehaus. Der Reiseführer betonte immer wieder, was wir für einen herr-

lichen sonnigenTag erlebten.
Auf der Rückfahrt nach Stege sahen wir immer wieder Hünengräber.
In Stege verabschiedete sich unser sympathischer Fremdenführer. Es war noch viel zu früh, um nach Gedser zu fahren. So hielten wir vor einer großen Brücke, Überfahrt auf Falster, und sahen uns um.
Um 18 Uhr legte die Fähre in Gedser ab.
Wie immer kam Zeru Montag Abend. Eine Stunde lang übte er in deutscher Sprache. Ich bewirte ihn jedes Mal mit einer kleinen Köstlichkeit. Schon zwei Mal hatte er im Marathon-Wettlauf den 2. Platz belegt.
Keine guten Nachrichten kamen aus Weißenfels. Sabine musste wieder ins Krankenhaus, weil sie zu hohen Blutdruck hatte und Schwindelanfälle auftraten. Auch ein Tinnitus im Ohr macht ihr zu schaffen.
Von Jörg kam eine Ansichtskarte aus Georgien. Sie zeigt Svaneti. Nach drei Tagen in Tiflis wandderte er nun mit Claudia im Gebirge. „Morgen wollen wir in vier Tagen von Mesti nach Uschgoli wandern, das sind wohl ca. 800 Höhenmeter", schreibt er.
In meinem Garten ist die erste Gladiole erblüht. Kleine, weiß-rote Blüten erfreuen mich. Die gelben Ringelblumen vermehren sich rasend schnell.
Am 24. Juli traf Diana ein. Ich holte sie vom Zug ab. Kaum waren wir zu Hause, kam ihr Freund. „Ich heiße Jörg, Sie können Du zu mir sagen!" begrüßte er mich. Er wird zwei Wochen mit Diana in der Ferienwohnung sein.
Einen Abend grillte Jörg Bratwürste und Steak, ich machte griechischen Salat dazu. Dianas freundliche, herzliche Art bereitete uns einen schönen Abend.
Die Unterlagen für meine Cornwall-Reise trafen ein. Der Flug geht erst Mittag von Tegel, so kann ich in Ruhe von Neubrandenburg starten.
Am Sonntag, den 4. August kam Susanne mit Lilith. Diana reiste am gleichen Tag ab. Jörg verabschiedete sich einen Tag eher, sein Flug nach Luzern ging am Mittag. Sie hat ihr Glück mit dem Neubrandenburger Jörg gefunden.
Als Lilith am Nachmittag meine Katze füttern wollte, wurde sie an der Fußsohle von eine Wespe gestochen.
Das tat sehr weh und wir kühlten mit Wasser. Am Nachmittag liefen wir zum Reitbahnsee, dort konnte sie ihren Fuß im Wasser kühlen. Eine frisch gebackenen Waffel mit Apfelmus und Zimt ließ die Schmerzen vergessen.
Am nächsten Tag fuhren wir zum Camping-Platz Gatsch Eck.

Lilith tobte im Wasser und sprang vom Ponton.
Gegen Abend fuhren wir noch einmal zum See, diesmal am Badehaus. Susanne ging auch schwimmen. Sie trug einen schwarzen Bikini und zog mit ihrer gertenschlanken Figur viele Blicke auf sich.
Am nächsten Tag lud ich Lilith und Susanne zu einem Gerhard Schöne Konzert in die Stadtkirche  Friedland ein. Mit dabei war der Saxophonist Jens Benschu (früher in der Band „Keimzeit“) und Jens Goldhardt (Orgel). Schöne interpretierte berühmte Kirchenlieder, wie „Die güld´ne Sonne“ und las Albert Schweitzer Texte vor. Zum Ende bat er die Zuhörer, gemeinsam mit ihm den Kanon „Dona nobis pacem“ zu singen. “Lassen Sie uns mit dem Gefühl der Stille nach Hause gehen und applaudieren sie bitte nicht!“
Am nächsten Tag reisten beide ab. Ich gab Susi noch sechs Gläser Kirschkompott mit.
Nun konnte ich in Ruhe meine Reise vorbereiten. Helmut wollte, wie so oft, die Katze füttern. Nahrung kaufte ich auf Vorrat. In einem Brief bedankte ich mich bei Helmut und legte einen Geldbetrag hinein.

Es kommt immer anders, als man denkt. Ich wurde unsicher, würde ich pünktlich im Flughafen Tegel sein? Alles ging gut. Wenig Fluggäste, kein Gedränge, sehr angenehm war das Einchecken.
Dicke Wolken und Regen erwarteten mich in London Heathrow. Ein junger Mann mit Schild „Humboldt-Reisen“ begrüßte mich und noch zehn weitere Gäste. Mit zwei Transportern wurden wir in das „Radisson Hotel“gefahren. Ziemlich nüchtern war die Einrichtung, grün und weiß waren die vorherrschenden Farben.
Am Abend tauschte ich fünfzig Euro und bekam dafür 39,89 englische Pfund. Ein ziemlich hoher Kurs von 1:25. Im Mai waren es 1:18, als ich in der Commerz Bank fragte.
Zum Frühstück aß ich Croissants, locker gebacken, sie schmeckten lecker.
Zwei Stunden dauerte die Fahrt nach Winchester.
Die Stadt ist der Verwaltungssitz der Grafschaft Hampshire mit 40 000 Einwohnern.
686 erlangte die Stadt historische Bedeutung, als sie Dorchester als eigentliche Hauptstadt des alten Königreiches Wessex, ablöste.
Mitte des 9. Jahrhunderts wurde der Heilige Swithin Bischof von Winchester.

Überragend ist die weltberühmte Kathedrale. Etwas Schöneres und Erhabenes habe ich noch nie gesehen. Sie wurde 1079 errichtet. Baustile vom 11. bis 16. Jahrhundert sind an ihr zu sehen. Sie besitzt das größte europäische Langhaus (168 Meter). Im 14. Jahrhundert wurde die Westfassade abgerissen und um zwölf Meter zurückversetzt. Sie war Wallfahrtsort für den Heiligen Swithin, auch der Pilgerweg nach Canterbury beginnt hier.

Die große Halle von Winchester Castle ist ebenfalls eine Sehenswürdigkeit. Der Runde Tisch von König Artus befindet sich in ihm (seit 1463). Um den Tisch befinden sich die Namen der legendären Ritter der Tafelrunde. Winchester College beherbergt heute eine Privatschule. Ursprünglich wurde sie gegründet, um Jungen aus ärmeren Verhältnissen zu unterrichten, bevor sie zum College nach Oxford gingen. Dort schlugen sie die Kirchenlaufbahn ein.

Nach einer Stunde Freizeit ging die Fahrt nach Plymouth. Wir kamen in eine Stau, der fünf Stunden anhielt. Der Grund war, dass wir an Stonhege vorbei kamen und Tempo 30 km/h für Autos vorgeschrieben war. Alle Fahrer wollten wohl einen Blick auf Stonhege erhaschen.

Regen war angesagt für den nächsten Tag. Das Frühstück war sehr gewöhnungsbedürftig. Es gab kein Schwarz-oder Mischbrot, nur Weißbrot, das ich auf dem Toaster wärmte. Die Engländer lieben ein kräftiges Frühstück, sogar Bratwürste standen bereit.

Regen war angesagt, als wir am Morgen losfuhren. Wir passierten eine große Brücke, als wir Plymouth verließen, auf ihr flatterte eine große Fahne im Wind. Sie zeigte ein schwarzes Kreuz auf weißem Grund, es war die Fahne von Cornwall. Plymouth gehört noch zu South Devon.

Wir erreichten nach einer Stunde Polperro, einen kleinen Fischerort an der Südküste der Grafschaft Cornwall. Der malerische Hafen wird von vielen Häusern gesäumt.

Bei Niedrigwasser (Tidenhub) fällt der Hafen trocken und die Boote stehen am Grund im Schlick. So erlebten wir Polperro. Ein Museum zeigt die Geschichte des Schmugglerdorfes. Dadurch, dass Polperro tief eingeschnitten in einem Tal liegt, war Schmuggel ein einträgliches Geschäft im 19. Jahrhundert.

Weiter ging die Fahrt nach Tintagel. Die in der Nähe am Meer liegende Burgruine Tintagel Castle wurde zu König Artus Residenz erklärt. Hier soll er geboren sein. Wir konnten zu den Resten des Schlosses wandern, die auf Klippen zu sehen sind.

Einige Historiker bezweifeln dies allerdings.
Danach fuhren wir zu einem berühmten Landhaus, das Herrenhaus von Prideaux, wunderbar gelegen inmitten von Wiesen und Wäldern. Es war Tea Time und wir wurden nach der Führung zu Tee und Scones mit Erdbeermarmelade eingeladen.
27 000 Touristen besuchen jährlich das Landhaus. Damit bestreitet der jetzige Besitzer Peter Prideaux-Brune einen Teil der Unterhaltskosten des Hauses.
Siebzehn Pilcher-Filme wurden hier gedreht, auch „Die Muschelsucher", das Buch mit dem Rosamunde Pilcher weltbekannt wurde. „Wir sind das Zentrum der Rosamunde-Pilcher-Industrie" sagt Prideaux-Brune. Er arbeitete früher als Anwalt in London.
Das Landhaus hat eine graue Steinfassade, viele Erker und eine massive Holztür, es erinnert an eine Festung aus einem Ritterroman.
Vor dem Landsitz grasen Hirsche und Rehe.

Vor Ort ist die Autorin unbekannt. Ihr Sohn betreibt eine Farm in der Nähe des Touristenortes St. Ives.
Heute ist Cornwall eine der ärmsten britischen Region, nachdem Kohle-Minen geschlossen wurden und die Fischerei zu Grunde ging.
Wer hätte gedacht, dass wir am folgenden Tag in St. Ives und Lands End im Sonnenschein erleben würden? Am Morgen regnete es stark, als wir nach zwei Stunden in St. Ives ankamen, schien die Sonne. Wir standen am Atlantik. Schroffe Granitfelsen und ein großer weißer Strand lagen vor uns.
Ich kaufte mir ein paar Törtchen und wollte sie in Ruhe am Strand essen. Blitzschnell flog eine Möwe auf mich zu und schnappte mir das Törtchen vor der Nase weg. Andere Artgenossen hatten das wohl gesehen und schossen auf mich zu. Schnell packte ich den Rest meines Kuchens ein.
Zwei Stunden dauerte die Fahrt nach Lands End. Cornwall ist gekennzeichnet von einer wunder baren grüne Landschaft.
Der letzte Ort von England-Lands End. Überall wird Reklame damit gemacht. Wir sahen uns alles an und fotografierten die herrliche Aussicht.
Mount Michael streiften wir nur kurz, der Bus hielt an, und wir sahen die Burg in einhundert Meter Entfernung liegen.
Der nächste Tag war für mich ein Ruhetag. Die Fahrt nach Dart Moor (zusätzlich angeboten) schlug ich aus.
Ich schaute mir in Ruhe den Hafen an. Ein Meeresaquarium und ein

großer Segler-Hafen bestimmen den Ort. Ein Gedenkstein für die „Mayflower“, die von hier aus in See stach, erblickte ich am Hafen. Das Segelschiff startete am 16. September 1620, um in Amerika (Virginia) zu landen. An Bord waren einhundertzwei Passagiere, die ein neues Leben in Amerika beginnen wollten. Statt in Virginia, kamen sie aber in Cape Code am 21. 11. 1620 ( nahe Princetown) an.
Nachdem ich zwei Stunden durch den Hafen geschlendert war, kehrte ich in die Stadt zurück.
In einem kleinen, hübschen Bistro kaufte ich mir eine Pasta, sie schmeckte gut.
Am folgenden Tag fuhren wir nach London, der letzten Station unserer Reise.
Eine neue Reiseleiterin stieg in den Bus und erzählte eine Menge über englische Steuern Bildungswesen u.a. So vergingen drei Stunden Fahrt nach Bath, eine Stadt, die zum Weltkulturerbe von der EU erklärt wurde. Alle Häuser sind aus gelbem Sandstein gebaut, der die unangenehme Eigenschaft hat, schnell durch Witterungseinflüsse schmutzig zu werden. Durch die Stadt fließt der Fluß Avon, der Bath mit der großen Hafenstadt Bristol verbindet (Kennet Avon Kanal).
Berühmt sind die Römischen Bäder in Bath, die schon 43 nach Christus von den Römern entwickelt wurden. Diese einzigen heißen Quellen in England waren schon in vorrömischer Zeit bekannt. Während der Regierungszeit von Elisabeth I. entwickelte sich Bath immer mehr zum Kurort der wohlhabenden Bevölkerung. Viele historische Gebäude sind zu sehen.
Hier pulsierte das Leben geradezu. Viele Touristen (Chinesen, Asiaten) schlenderten durch die Stadt. Ein junger Mann stand mit seiner Gitarre und sang Beatle Songs, in einer anderen Straße schmetterte ein Trompeter „Time to say good buy“. Das ist eine lebendige Stadt, dachte ich.
„ Nun liegen noch drei Stunden Fahrt bis London vor uns“, sagte der Busfahrer, aber er schaffte es bereits in zweieinhalb Stunde.
„Holiday Inn“ heißt unser Hotel.
Ich wohne im zweiten Stock mit Blick auf eine Hauswand und das Zimmer ist sehr klein. Deshalb nutzte ich die Zeit bis zum Abendbrot, mir die Kensington street näher anzusehen. Überall waren Blumen in Hängekästen zu sehen.
Natürlich erwartete uns schon um neun Uhr am Morgen Stau auf Londons Straßen. Inmitten von London, dreihundert Meter nördlich der Themse

steht die riesige St. Pauls Kathedrale, sie ist eine Bischofskirche und gehört zu den größten der Welt. Leider durften wir sie nicht betreten. „Das kostet noch einmal zwanzig Euro“ sagte der Reiseführer.
Gigantisch sahen die Hochhäuser aus, die wir von Greenwich aus gut sehen konnten. Greenwich war früher das Zentrum der britischen Marine. Durch seine Sternwarte verläuft der historische Nullmeridian und die Zeitzone. Um 14 Uhr stiegen wir in ein großes Ausflugs-Schiff und erlebten von der Themse aus die Stadt. Die Tower Bridge war natürlich das Highlight. Sie wurde 1894 erbaut und überspannt mit 244 Metern Länge die Themse. Die beiden Brückentürme sind jeweils fünfundsechzig Meter hoch. Wir sahen den Sitz des Britischen Parlamentes und den Wohnsitz der Queen, den Buckingham Palast. Im Sommer dürfen Touristen einige Gemächer besichtigen, wenn die Queen im Urlaub und ab- wesend ist. Big Ben, die schwerste der fünf Glocken des Uhrturms am Palace of Westminster, war wegen Renovierung eingerüstet und nicht zu sehen. Natürlich zeigte uns der Fremdenführer auch das Gebäude von Scotland Yard.
Gegen 17 Uhr waren wir wieder im Hotel. Hier konnte ich mir eine Tasse Nescafe´ kochen, da in jedem englischen Hotel die Möglichkeit besteht, sich Tee oder Kaffee zu kochen.
Die vielen Eindrücke musste ich erst einmal verarbeiten. Zum Abend gab es noch ein Geschenk für jeden Reiseteilnehmer, eine Prideaux Place-Tasche mit Cromish Keksen und einer großen Packung englischen Tee. Die Kekse kostete ich gleich, sie schmeckten köstlich.
Ich hatte alle Pfund für Ansichtskarten und Briefmarken ausgegeben.
Am Abfahrtstag regnete es Strippen.
Unser Flugzeug startete um 15 Uhr. Pünktlich waren wir in Berlin Tegel, die Uhr wurde eine Stunde vorgestellt. Hier schien wieder die Sonne.
Wegen Baumaßnahmen fielen Züge nach Norden aus. Ich war erst eine halbe Stunde vor Mitternacht in Neubrandenburg. Kein Taxi fuhr, kein Bus fuhr, ich lief und rollte meinen Koffer neben mir her. Am Morgen ist es noch merklich kühl, aber zu Mittag kommt die Sonne. Gleich begann ich im Garten Unkraut zu jäten.
Ich habe meine Bank gewechselt. Der Grund war, dass die Sparda Bank plötzlich seit Jahresbeginn jedes Vierteljahr 11,50 Euro (Bankgebühr) abbuchte.
Ich erkundigte mich nach den Bedingungen anderer Banken und wurde an die Commerzbank verwiesen. Nachdem ich mir einen Beratungs-

termin geholt hatte, redete der junge Angestellte eine Stunde und klärte mich gründlich auf. Nun mussten alle Institutionen, die monatlich von meinem Konto abbuchen, informiert werden. Zum Glück hatte ich aber in der Sparda Bank bis 31. August das Konto behalten. Zwei Institutionen hatte ich vergessen und musste sofort Mahngebühr bezahlen, dann aber klappte es. Ich brauchte keine Bankgebühr mehr zu zahlen. Nach acht Wochen überraschte mich ein Startguthaben von einhundert Euro, der Dank der Bank, dass ich Kunde geworden war.
Heiße Sommertage folgten, abwechselnd schwamm ich am Augustabad und auf dem Zeltpaltz Gatsch Eck im See.
„Ich komme am Donnerstag Abend zu Deinem Geburtstag", überraschte mich Klaus. Ich bleibe bis Sonntag". Das war eine unerwartete Freude für mich. Sofort begann ich zu planen und bereitete alles vor.
Klaus traf schon kurz nach acht Uhr abends ein. Wir aßen gemeinsam Abendbrot, dann unterhielten wir uns lange. Er schlief in der Ferienwohnung. Am Morgen überreichte er mir einen wunderbaren Rosenstrauß.
Am nächste Tag traf Jörgs Blumen-Präsent ein, auch wieder ein Rosenstrauß.
Klaus beschäftige sich über eine Stunde mit meinem Computer, übertrug die letzten Handy-Fotos und versprach, siebzehn Seiten meiner Autobiographie (Teil VIII), die ich versehentlich gelöscht hatte, in Halle wieder herzustellen.
Viel Post war gekommen. Sogar Friedrich Karl Meinhof aus Kasnewitz auf Rügen, nun auch schon neunzig Jahre alt, gratulierte und zitierte einen Spruch seiner Mutter: „Die Liebe allein versteht das Geheimnis, andere zu beschenken und dabei selbst reich zu werden" von Clemens von Brentano. „Alles, was ihr tut, lasst aus Liebe geschehen" zitierte er seinen Konfirmations-Spruch aus Korinther 16,14. Seine Mutter,Tante Maria, liebte diesen Spruch besonders, schrieb er.
Am Morgen meines Geburtstages hatte es geregnet, zu Mittag kam schon wieder die Sonne heraus. Wir saßen im Garten, ich löste Kreuzworträtsel, eine neue Leidenschaft von mir, gut für das Gehirn.
Zum Abend machte ich Rucola-Garnelen Salat, eine neues Rezept, Klaus war begeistert.
Um 21 Uhr rief eine muntere Laura an und gratulierte, in dem sie mir ein Geburtstagsständchen vorsang. "Omi, ich habe die ganze Woche an Dich gedacht, hatte aber soviel zu tun, dass ich erst jetzt anrufe!"
„Hast Du noch einen Wunsch und möchtest einen Ausflug heute ma-

chen?", fragte Klaus. O, ja, da fiel mir schnell ein Wunsch ein. Wir könnten nach Hiddensee fahren, meinte ich.
Um zehn Uhr starteten wir, ein bisschen spät, aber wir zögerten, weil Regen angesagt war.
Um 12 Uhr waren wir in Schaprode. Da die nächste Fähre erst zwei Stunden später fuhr, nahmen wir ein Wassertaxi und waren in einer Viertelstunde in Vitte.
Wir liefen den Bodden-Weg nach Kloster, in der Ferne türmten sich pechschwarze Wolken. Kaum hatten wir den Hafen in Kloster erreicht, entlud sich ein Gewitter mit viel Regen, aber nach ein paar Minuten war alles wieder vorbei und wir konnten weiter laufen.
Im „Klausner" aßen wir gebratenen Hering.
Der Leuchtturm strahlte in frischem Weiß, er hatte ein rote Haube bekommen. „Ich war lange nicht mehr hier", sagte Klaus. Es war wohl in der Zeit, als er in der Sportschule in Berlin war. Da hatten wir in den Herbstferien einen Tagesausflug auf die Insel gemacht. Hiddensee ist immer eine Reise wert, stellten wir beide fest.
Um 15 Uhr fuhr das Schiff bereits wieder nach Schaprode. Es steuerte aber erst Neuendorf an, so dass wir eine Stunde Seefahrt genießen konnten.
Zurück fuhr Klaus sehr schnell. In Stralsund prasselte der Regen an die Frontscheibe des Autos, es blitzte und donnerte und ich hatte schreckliche Angst, aber Klaus ist ein guter Fahrer. In einer guten Stunde langten wir zu Hause an. Am Abend besuchte er noch seinen Schulkameraden Axel.
Fürsorglich hatte sich Klaus um mich gekümmert, ich war gerührt, er half mir beim Treppensteigen und fragte immer wieder, ob es mir gut ginge.
Diesen Geburtstag werde ich noch lange in Erinnerung behalten.
Am Sonntag nach dem Frühstück kam der Abschied, ich stieg ins Auto und fuhr zum See.
Am Dienstag feierte ich im Oststadt-Treff meinen Geburtstag nach. Ein Advents-Stern, aus Notenpapier gefaltet mit eine LED Lampe, wurde mir überreicht. Eine CD mit berühmten Kirchenliedern schenkte Heidrun Zabel. „Du meine Seele singe", „Befiehl du deine Wege", „Sollt´ich meinem Gott nicht singen?" waren darin enthalten. Auch ein großer Blumenstrauß wurde überreicht. Am Morgen buk ich einen Pflaumen-Hefe-Streuselkuchen, der mir so gut gelang, dass ich selbst staunte. Ja, Hefekuchen braucht viel Geduld, an der mangelt es mir leider oft.
Alle Seniorinnen gratulierten, wir genossen Kaffee und meinen Kuchen

und mit einem Glas Sekt wurde auf mein neues Lebensjahr angestoßen. Ich bin wirklich reich beschenkt worden.
Sabine lud mich zum ersten September-Wochenende nach Weißenfels ein. Endlich fühlte sie sich stark genug dafür. Ich freute mich und bereitete Geschenke vor.
Um 12 Uhr, sechs Stunden nach meiner Abreise von Neubrandenburg, war ich bei Sabine. Sie schloss mich in die Arme und wir freuten uns.
Nun begann das Erzählen. Sie zeigte mir ihren kahlen Kopf, den sie mit einer schönen Kurzhaar-Perücke bedeckte, wenn sie nach draußen ging.
Wir spazierten am Nachmittag zur Saale. In den vielen Jahre hatte sich hier am Wehr nichts geändert. Wilde Blumen wuchsen am Rand der Straße.
Der Samstag war ein herrlicher Sonnen-Tag und bereits um elf
Uhr starteten wir nach Bad Kösen. Sabine wollte unbedingt das Gradierwerk besuchen. Wir liefen um das stattliche Bauwerk herum.
Frisch war die Luft, die durch die Saline feucht gehalten wurde.
Nachdem wir auch im Park spazieren gegangen waren, fuhren wir hinauf zum „Himmelreich". Wir bekamen einen Tisch im Freien und genossen den herrlichen Blick auf die Saale-Aue. Die Speisekarte bot Thüringer Klöße an, und ich bestellte diese Köstlichkeit. Sabine und Walter lud ich zum Essen ein.
Nach dem Essen fuhren wir in die Stadt Bad Kösen und schlenderten durch den Kurpark. Dann war es Zeit, denn Sabine wurde müde. Immer wieder sagte sie,wie schön dieser Ausflug für sie gewesen sei.
Eigentlich wollten wir uns noch am Sonntag mit Klaus treffen, weil in Weißenfels „Federweißer" in den Gaststätten angeboten wurde. Leider meldetet sich Klaus telefonisch nicht. „Mir wäre das auch zu anstrengend geworden" sagte Sabine.
Am Sonntag-Morgen machten Sabine und ich noch einen Spaziergang in der Moritz-Hill-Straße, wo unser Elternhaus steht, dann fuhr ich los.
Wieder hatte ich wunderbares Sommerwetter. Die Autobahn war am Vormittag noch von wenig Autos befahren. Um 12 Uhr war ich bereits an der Zufahrt nach Berlin. Ich fuhr in Kremmen von der Autobahn ab und wählte eine schöne Strecke nach Teschendorf. Herrliche Alleen spendeten Schatten. Es war heiß geworden.
In Gransee hielt ich an und trank eine Tasse Kaffee. Um 16 Uhr war ich zu Hause, begrüßt von Miezi.
Der Sommer scheint zurück gekehrt zu sein, herrliches Sonnenwetter je-

den Tag. Ich fuhr zum Augustabad und schwamm im See.
Unsere liebe Frau Sager ist kurz vor ihrem 101.Geburtstag eingeschlafen. Viele Menschen aus der Friedensgemeinde kamen zur Trauerfeier in Carlshöhe. Ich kannte sie seit 1999, als ich zur Friedenskirche wechselte. Sie war ein fröhlicher, herzensguter Mensch.
Am 27. September stellte ich im Gemeindenachmittag das Buch „Eierlikörtage, Das geheime Tagebuch des Hendrick Groen 83 1/4 Jahre“ vor. In Holland war es seit dem Erscheinen (2015) ein
Bestseller, in Deutschland stand der Roman monatelang auf der Bestsellerliste. Groen lebt in einem Pflegeheim und schildert den Alltag.
Meine Zuhörer waren ganz begeistert und möchten nun auch die Fortsetzung „Tanztee - Das neue Tagebuch des Hendrik Groen, 85 Jahre“ hören.
Hanna rief mich jeden Sonntag Abend an und erzählte, wie sie die Woche im Praktikum erlebt hatte. Sie überraschte mich mit einer Einladung zum Wochenende. Ich hatte ihr erzählt, dass die Künstler-Kolonie Worpswede in der Nähe von Bremen liegt. Die wollte ich schon immer einmal besuchen. Ich könne bei ihr schlafen. Nun hatte ich wieder ein Ereignis, auf das ich mich freuen konnte.
Die Markise ist kaputt, sie lässt sich nicht hoch ziehen. Vor vier Jahren hatte ich sie gekauft und anbringen lassen. Ich bat einen Mitarbeiter der Firma, sich diese anzusehen. „Der Hebelarm ist gebrochen, ich mache Ihnen einen neuen Kostenvoranschlag“ sagte er. Zweitausend Euro sollte die Reparatur kosten. Das war mir zu teuer, zumal ich im vergangenen Jahr dreihundert Euro für eine neue Bespannung bezahlt hatte. Ich lehnte ab und ließ die Markise abbauen. Nun klaffte in der Wand, oberhalb des Balkonfensters, ein Loch. Dieses wieder zu schließen kostete mich 290 Euro.
Im Pflegeheim war ich ebenfalls wieder. Gemeinsam mit Juanita sangen wir auf ihrer Station Herbstlieder.
Ich traf eine alte Bekannte, die in Cölpin im gleichen Haus und Aufgang wie ich 1965-1975 wohnte. Ihre Kinder hatten mit Klaus gespielt.
Im Cinema Star sah ich mit Regina eine Übertragung der Oper „Aida“ aus der Metropolitan Opera New York. Wir saßen in der dreizehnten Reihe und ich musste mich erst an die Großaufnahmen im Film gewöhnen. Anna Netrebkow sang in schwindelnder Höhe und wechselte übergangslos in die Tiefe. Ihr ganzer Körper drückt die Gefühle der Aida aus.
Vier Stunden dauerte die Übertragung mit einer halbstündigen Pause. Ich war nicht ein bisschen müde. Es war ein großartiges Erlebnis.

Erntedankfest feierte ich in der Friedenskirche. Mit den Gaben der Gemeindemitglieder waren auch meine Äpfel dabei. Die Kirche war festlich geschmückt. Kinder spielten die Geschichte vom Rübchen, welches so groß war, dass viele Menschen helfen mussten, es heraus zu ziehen.
Ich legte zehn Blumenzwiebel in den Vorgarten.
Dieter Kirmse, Lilos Mann, schrieb einen langen Brief. Almut ist mit Familie für einige Zeit nach Ecuador ausgewandert. Sie arbeitet in einer Grundschu le in der Hauptstadt Quito als Lehrerin. Die Kinder lernen spanisch, was ihnen leicht fällt.
Goldene Herbsttage erlebe ich, bewundere die Färbung der Blätter vom leuchtenden gelb und rot zum allmählichen braun.
Sabine berichtete mir, dass sie in Jena bei einem Professor zur Untersuchung war. Eine zweite Unterleibs-Operation sei nötig, da der Dickdarm von Krebs befallen sei und alles entfernt werden
muss. Die Operation würde fünf Stunden dauern. Natürlich ist Sabine sehr geschockt, zumal sie so eine Operation schon im Januar erlebt hatte, aber sie will gesund werden und stimmte zu. Einen Termin bekommt sie im November.
Am Freitag, dem 26. Oktober, fuhr ich nach Bremen. „Sie müssen aussteigen der Zug endet hier, Schienenersatz-Verkehr wegen Baumaßnahmen“, sagte die Schaffnerin, als ich in Güstrow allein im Zug sitzen blieb und mich wunderte. Es wurde eine Odyssee. Mit dem Bus ging es nach Schwerin, dort erreichten wir knapp wegen Verspätung den Intercity nach Hamburg. In Hamburg das Gleiche, wir rannten, um den Zug nach Bremen zu erreichen.
Hanna erwartete mich auf dem Bahnsteig, es regnete und wimmelte von Menschen. Wir beschlossen, in die Stadt zu gehen und uns erst einmal, so viel wie möglich, anzusehen. Der Dom zog uns an und wir besichtigten ihn in aller Ruhe. Viel Interessantes gab es dort zu sehen.
Am Nachmittag gingen wir wieder zum Hauptbahnhof und fuhren mit der S-Bahn fünfundvierzig Minuten bis zur Haltestelle Turnerstraße. Nach ein paar Metern erreichten wir das Haus, in dem Hanna im Obergeschoss Praxis-Unterkunft hatte.
Wir spielten eine Partie UNO und bald darauf ging ich zu Bett, während Hanna sich auf der Matratze einrichtete.
Es wurde ein schöner Tag. Wieder fuhren wir nach Bremen, suchten dort den Busbahnhof auf und setzten uns in den Bus nach Worpswede. Dort waren wir um elf Uhr. Ich fragte schon im Bus, wo wir aussteigen muss-

ten, um das Paula Modersohn-Becker-Haus zu erreichen.
Wir spazierten durch den Ort, gingen den Weyerberg hinauf, wo wir die „Käseglocke“ sahen, ein Haus, welches den Namen wegen seiner Form erhalten hatte.
Die Landschaftsbilder von Fritz Mackensen, Otto Modersohn, Hans am Ende, Heinrich Vogeler, Fritz Overbeck und Paula Modersohn-Becker begeisterten mich. Die Künstlerkolonie bestand nur zehn Jahre von 1897 bis 1907. Dann zog es Paula Modersohn-Becker wieder nach Paris.
Worpswede wurde zu einer Lebens- und Arbeitsgemeinschaft, gelegen im Teufelsmoor, achtzehn Kilometer nördlich von Bremen. Es war die Heimat von Künstlern, die im Jugendstil, Impressionismus- und Expressionismus-Stil ihre Werke schufen. Dahinter verbarg sich ihre romantische Sehnsucht nach der bäuerlichen Idylle, nach einem einfachen, naturnahen Leben. Auch Schriftsteller wie Rainer Maria Rilke und seine Frau Clara Westhoff (Bildhauerin) und der Dichter Manfred Hausmannmann gehörten zum Künstlerkreis Worpswede.
Auf dem Hauptbahnhof Bremen erkundigte ich mich noch nach einer Zugverbindung Richtung Neubrandenburg. Von Hamburg musste ich nach Berlin und von dort nach Norden, also Neubrandenburg fahren. Ich hatte eine Stunde Aufenthalt in Hamburg und rief gleich Susanne an, dass wir uns sehen könnten.
In der Nacht war die Zeitumstellung, die Hanna und ich völlig vergaßen, da wir keine Nachrichten hörten oder fern sahen. Es war acht Uhr morgens, als wir an der S-Bahn standen. Die Sonne schien jedoch und wir spazierten noch einmal durch Bremens Innenstadt, die nun am Morgen völlig menschenleer war. Wir machten Fotos von der Skulptur „Die Bremer Stadtmusikanten“, von einer Holländer Mühle und schönen alten Gebäuden.
Herzlich verabschiedete ich mich um elf Uhr von Hanna und stieg in den Zug nach Hamburg. Susanne und Lilith erwarteten mich schon auf dem Bahnsteig. Viel zu schnell verging die eine Stunde Wartezeit. Der Regionalzug nach Berlin traf nicht ein. Da stimmte doch etwas nicht. Schließlich fragte ich einen Umstehenden. „Der Zug fährt heute von Gleis 9, haben Sie das Schild nicht gelesen?“ Nein, das hatten wir in der Aufregung übersehen. Was tun? „Du steigst jetzt einfach in den ICE nach Prag über Berlin und schilderst dem Schaffner, was geschehen ist“, riet Susanne. Und so machte ich es auch. Es herrschte Aufregung im Abteil, weil drei Wagen vom Zug abgehängt worden waren und die Fahrgäste nun nicht

ihre bezahlten reservierten Plätze einnehmen konnten.
Um Mitternacht war ich endlich in Neubrandenburg. Kein Bus, kein Taxi war zu sehen, ich schob meinen Koffer auf Rädern nach Hause.
Täglich fielen die Blätter von den Kirschbäumen im Garten und jeden zweiten Tag harkte ich diese zusammen. Jede Woche füllte ich so einen Sack.
Abend für Abend erlebte ich den herrlichen Sonnenuntergang. Blutrot ging die Sonne unter und eine ganze Weile färbten sich die umgebenden Wolken rot und gelb.
Im „Latücht“ besuchte ich eine interessante Veranstaltung. „Ex oriente lux“ war das Thema. Das Ensemble Habibi aus Berlin, die Schauspielerin Karin Hartmann vom Neustrelitzer Theater und Kantor Stähr von der Johannis-Kirche waren beteiligt. Die Schauspielerin zitierte aus Goethes „West-östlichem Divan“. Die Gruppe aus Berlin spielte im Wechsel mit Kantor Stähr. Die arabische Musik, ausgeführt von Oud, Trommel und Gitarre war sehr schön. Stähr spielte auf dem Klavier unbekannte Stücke von Mozart aus seinem Londoner Skizzenbuch. Die Veranstaltung dauerte zwei volle Stunden, war sehr gut besucht. Es war ein Erlebnis.
Die Tage werden immer kürzer, um vier Uhr nachmittags verabschiedet sich die Sonne.
Am Freitag fuhr ich zur Schwimmhalle und blieb ein halbe Stunde im Schwimmbad. Seniorenschwimmen war in der Zeitung angesagt. Es tat gut, die Beine zu bewegen, aber beim Aussteigen hatte ich Schwierigkeiten und musste mir vom Bademeister helfen lassen, der zog mich nach oben. Mit dem neuen Kniegelenk kann ich noch nicht richtig stemmen.
Ich hatte wieder Gäste, diesmal waren es zwei polnische Arbeiter, die an der Umgehungsstraße an der B 96 arbeiteten. Sie waren sehr höflich und sehr bescheiden. Da sie nicht bar bezahlten, sondern eine Rechnung wünschten, hatte ich doch ein wenig Sorge, ob sie bezahlt würde, aber nach einer Woche war das Geld auf meinem Konto.
Die Friedenskirche ist eng mit der Methodistenkirche in Neubrandenburg verbunden. Zweimal im Jahr finden gemeinsame Gottesdienste statt. Diesmal lud die Methodistenkirche zu einem Vortrag über Mosambik ein. Ein Pastoren-Ehepaar, das bereits vier Jahre in Gambine, im Süden Mosambiks lebt und arbeitet (Weltmission), hielt einen interessanten Lichtbilder-Vortrag. Sie missionieren nicht nur im Geiste Christi, sondern arbeiten auch. Er bildet junge Mosambiker im Elektrowesen aus und seine Frau schneidert mit den Frauen Campingsäcke aus farbigen Stoffen, die

den Vorteil haben, wesentlich leichter zu sein, als die herkömmlichen auf dem Markt. Ich dachte gleich an Mareike und Laura, die sich bestimmt über so einen Campingbeutel freuen würden und kaufte zwei Stück.
Ewigkeits-Sonntag. Es wurde ein trauriger Tag, denn Susanne teilte mir mit, dass sie weder an einem Advents-Wochenende, noch Weihnachten kommen wird. „Weihnachten werde ich Lilith haben und über Silvester ist Lilith bei ihrem Vater."
Dennoch begann ich am Montag Plätzchen zu backen. Jede Wochen buk ich Plätzchen. Außer den Ischler Mandelschnitten waren es Schimmersterne. Diese wurden mit Orangiat und Zitronat gebacken, zum Schluss kam eine rote kandierte Kirsche obenauf.
Das erste Plätzchen-Päckchen ging an Susanne, das zweite an meine Schwester Sabine. Klaus bekam die dritte Keksdose, als er mich am zweiten Adventswochenende besuchte.
Am St. Barbara Tag pflückte ich Kirschzweige und stellte sie in eine Vase mit Wasser. Am Heiligen Abend sollen Blüten zu sehen sein. Der Brauch rührt von der Legende über die heilige Barbara, die einen Zweig in die Vase stellte und der Heilig Abend Blüten zeigte. Ihr Vater wollte sie zwingen, den Glauben an Gott aufzugeben, sie aber blieb standhaft trotz Folter und Enthauptung.
Schnell verging die Adventszeit.
Am 2. Advents-Wochenende besuchte mich Klaus. Er machte sich wieder nützlich und besorgte einen Tannenbaum, den er in den Ständer stellte. Auf dem Balkon blieb er bis zum Heiligen Abend stehen. Die Handy-Fotos übertrug er mir auf meinen PC und ordnete die Fotos in zeitlicher Reihenfolge.
Lange hatte ich mich auf das Weihnachtskonzert des Schulpforta-Chores gefreut und nun sagte der Wetterbericht Glatteis an und warnte. Ich war unschlüssig und traurig. Als der Samstag des dritten Advents-Wochenendes anbrach, überwog mein Mut, und ich fuhr nach Schulpforta. Ich staunte, wie angenehm das Fahren war, weil fast kein LKW auf der Autobahn fuhr. Ich konnte richtig Gas geben. Nach vier Stunden war ich zur Mittagszeit in Schulpforta, rief Laura an, die sich sehr freute, dass ich nun doch gekommen war. Wie aßen gemeinsamMittag in der Schulküche.Am Nachmittag holte ich sie ab und fuhr das kurze Stück bis Bad Kösen. Im Cafe´Schoppe ließen wir uns Kaffee und Kuchen schmecken.
Mitten im Plaudern klingelte Lauras Handy, Klaus war in Pforta angekommen und suchte Laura. Wir fuhren zurück und um 18 Uhr begann

das Konzert in der Kreuzkirche. Viele Gäste waren gekommen und das Konzert ein Ohrenschmaus. Laura singt im Alt und stand in der ersten Reihe. Ich hatte einen Platz in der zweiten Reihe ergattert und konnte gut sehen und hören.
Viele unbekannte Weihnachtslieder erklangen, nur das letzte Lied wurde gemeinsam gesungen: "Es ist ein Ros´entsprungen".
Wie im vergangenen Jahr war auch diesmal ein Weihnachtsmarkt aufgebaut, wir tranken Glühwein und aßen Steak mit Brötchen. Um 19 Uhr verabschiedete ich mich. Die Weihnachtsgeschenke für Mareike und Laura hatte ich Klaus schon am zweiten Advent mitgegeben.
Am 19. Dezember sang und spielte ich auf den drei Stationen Pflegeheim Robert Blum-Straße anlässlich der Weihnachtsfeier. Bei dieser Gelegenheit sah ich Frau K. wieder, die in Cölpin mit mir im gleichen Haus wohnte. Ich versprach, sie am 2. Feiertag zu besuchen und einen Film zu zeigen, in dem Ingo, ihr Sohn, und Klaus zu sehen waren.
Sabine wurde am Freitag vor dem Fest aus dem Krankenhaus in Jena entlassen. Sie war sehr schwach, der Darmausgang war nach außen gelegt worden und muss ein halbes Jahr so bleiben.
Ich tröstete sie, so gut ich konnte. Zum Fest überwies ich ihr einhundert Euro, auch Susanne bekam noch einmal eine Geldüberweisung.
Hanna besuchte mich am Freitag vor dem Fest. Sie wird im Januar noch einmal im Pflegeheim in Bremen arbeiten. Gut, dass ich noch genügend Plätzchen hatte, um sie zu bewirten.
Im Bahnhof von Neubrandenburg wurde der Tunnel, der die Stadt mit dem Vogelviertel verbindet, eröffnet. Für mich bedeutet dies eine enorme Verbesserung, denn nun parke ich in der Heidenstraße das Auto und fahre mit dem Fahrstuhl hinunter, laufe durch den Tunnel und mit dem Fahrstuhl wieder nach oben. Ich brauche nicht mehr mit dem Auto in die Innenstadt zu fahren.
Glückwünsche zum Fest trafen ein. Lilith hatte einen Tannenbaum gemalt und einen Glückwunsch geschrieben. Auch Uta hatte eine selbstgefertigte Karte geschickt. Das freute mich sehr.
Den Nachmittag am Heilgen Abend verbrachte ich in der Friedenskirche, wo Kinder der Gemeinde ein Krippenspiel darboten. Ich hoffte auf einen Anruf von Susanne, der kam am ersten Feiertag: "Wir sitzen seit drei Stunden im Universitätskrankenhaus Eppendorf und warten. Lilith hat eine böse Herpes-Entzündung an der Lippe und einen vereiterten Daumen." Nach dreieinhalb Stunden Warten kamen sie an die Reihe. Ich

wünschte gute Besserung.
Die Kirschzweige zeigten tatsächlich am 1. Feiertag weiße Blüten. Das war ein wunderschöner Anblick.
Am zweiten Feiertag besuchte ich Frau K. Und zeigte einen Super 8 Film aus dem Jahre 1973. Ingo und Klaus beim Fasching im Cölpiner Schloss und beim Spielen im Park. Wir hatten unseren Spaß.
Auch Sie hatte keinen Besuch zum Fest.
Jörg verlebt Silvester mit Claudia auf Hiddensee. Am Samstag will er auf der Rückreise bei mir einschauen. Schier endlos empfand ich die Feiertage. Das Alleinsein ist so schwer.
Mareike bedankte sich für mein Geburtstagsgeschenk zu ihrem 14. Geburtstag.
Am Samstag Nachmittag gegen 15 Uhr trafen Jörg und Claudia ein. Sie hatten sonnige Tage auf Hiddensee erlebt. Ich bot meine letzten Weihnachtsplätzchen an. „Bitte schicke uns nächstes Jahr auch eine Keksdose mit diesen!“ meinte Jörg lachend. Beide waren gut gelaunt und schauen optimistisch ins neue Jahr. Wir unterhielten uns über die Kinder und Claudia zeigte Interesse an dem Andachtsbuch meiner Großmutter Clara. Clara hat das Buch mit zahlreichen Anmerkungen über zwanzig Jahren versehen, so dass es mir wie ein Tagebuch erschien. Da ich erst 1943 aus dem Kinderheim nach Naumburg zu meiner Mutter und Großmutter kam und diese schon ein halbes Jahr später an offener Tuberkulose starb, lernte ich sie durch das Andachtsbuch kennen.
Clara wird Logopädin und hat Freude an der Ausbildung.
Ich gab Claudia das Andachtsbuch für Clara mit. Marion hatte mir zu Weihnachten ein Andachtsbuch für 2019 geschenkt.
Ein paar Tage später machte ich einen Ausflug zu „Karls Erdbeerhof“ bei Rostock. Dort wollte ich die „Eisfiguren“ besuchen. Künstler, meist aus Russland, gestalten Eis mit viel Fantasie. Bis zum Ortseingang Rostock fuhr ich Landstraße, dann ein Stück Autobahn, da wurde der Verkehr schon heftig. Es wimmelte von Besuchern, meist Familien mit Kindern. Zweieinhalb Stunden war ich gefahren.
Ich schaute mir erst einmal alles an und löste dann eine Karte für die 16. Eiswelt, die diesmal den Titel „Komm´ ins Land der Fantasie“ trug. Durch drei Türen gelangte man in den Raum, der minus zehn Grad aufwies. Sie wird als Deutschlands größte Eisfiguren-Ausstellung bezeichnet.
„Baba Jaga“, „Schwarzer Mond“, „Alien“ u.a. lauteten die Bezeichnungen zu den Figuren. Ein Foto, neben der Figur, zeigte den Schöpfer und

gab an, woher er kam. Ich stellte fest, dass die Künstler ausschließlich in Sibirien und anderen Teilen Russlands lebten. Die Eisfiguren wurden angestrahlt, rot, grün, blau, es war beeindruckend, aber auch langsam sehr kalt.
Im Restaurant wärmte ich mich anschließend auf und suchte mir ein Gedeck aus. Der Teller wurde gewogen, danach der Preis berechnet. So etwas habe ich auch noch nicht erlebt.
Zurück fuhr ich auf der Autobahn bis zur Abzweigung Güstrow, das ging schneller.
Miezi überraschte mich, als sie nach dem Füttern ins Haus kam, bis zur obersten Treppenstufe stieg und sogar in die Wohnstube kam.Vielleicht wird sie doch noch heimisch?
Für Laura packte ich das Geburtstagspäckchen, es sollte pünktlich am 4. Januar bei ihr sein. Sie hatte sich Geschichten von Sherlock Holmes gewünscht.
Am Donnerstag kam der Klavierstimmer. Er erzählte erst einmal eineinhalb Stunden über seine Arbeit. Dann baute er das Klavier auseinander. Alle Lampen musste ich anstellen, damit er gut sehen konnte. Er hatte einen winzigen Staubsauger mit kleiner Bürste dabei und saugte nun jede Taste ab. Mit Sandpapier schmirgelte er anschließend jeden Filz der Taste. Nach fünf Stunden war er fertig und spielte mir einige Songs vor. „Ihr Klavier hat einen schönen Klang“ sagte er zum Abschied.
Die Miezi trinkt neuerdings auch ein Schälchen Milch. Am Tag ist sie draußen, aber abends kommt sie ins Haus, setzt sich unter den Tisch oder an die Heizung.
Unterschwellig ahnte ich, dass etwas mit Miezi nicht stimmte. Nach zwei Tagen erbrach sie sich, nachdem sie fast eine ganze Schüssel Wasser getrunken hatte. Ich setzte sie in den Tragekorb, ohne Murren ließ sie es geschehen. Die Tierärztin nahm Blut ab, die Auswertung war erschreckend. „Ihre inneren Organe sind alle krank, besonders die Nieren und blutarm ist sie auch.“ Ich erzählte der Tierärztin, dass sie immer draußen genächtigt hatte. „Wir können sie nur erlösen!“ Sie bekam eine Narkose-Spritze, in einem Sonderzimmer durfte ich Abschied nehmen. Ich streichelte unablässig ihr Köpfchen, ich glaube, sie schaute mich noch einmal bewusst an, ehe sie einschlief. Nach zwanzig Minuten holte sie die Schwester, sie bekam die Todes Spritze(Eutanasi stand auf der Rechnung) und ich weinte und weinte. Dann durfte ich sie mit nach Hause nehmen. Noch einmal strich ich über ihr Fell, sie war noch warm, vermied es aber, sie ganz an-

zusehen, ich wollte sie so in Erinnerung behalten, lebend, nicht tot.
An ihrem Lieblingsplatz hinter dem Kirschbaum grub ich ein tiefes Loch und begrub sie am nächsten Morgen. Nach Peters Tod im Mai war sie ein Trost für mich geworden, von nun an genoss sie meine ganze Liebe und Aufmerksamkeit.
Elf Jahre war sie bei mir, nachdem ich ihre vier Jungen dem Tierheim übergeben hatte. Sie sollte ihr Gnadenbrot bei mir bekommen. Sie hatte meinem Leben Struktur gegeben.
Ich tröstete mich, in dem ich mir das Lacrimosa aus Mozarts Requiem auf der Schallplatte anhörte. Dann schaute ich mir Fotos von ihr an, Trauer war für mich angesagt.
Das Katzenhaus, das mir Marion geschenkt hatte, brachte ich zum Müllhof, wo eine Frau sofort fragte, ob sie es bekommen könne.
Den Tragekorb brachte ich ins Tierheim, nichts sollte mich mehr an Miezi erinnern.
Auf Miezis Grab legte ich eine rote Rose. Dann schaute ich in meinen Fotoalben nach und fand viele Fotos von Miezi. Sie kuschelt sich mit ihrem Köpfchen in meinen Hausschuh, während ich mich in der Sonne im Liegestuhl aale. Ja, sie war sehr anhänglich geworden. Auch ein Foto mit ihren vier jungen Kätzchen an der Brust fand ich.
Was war mit Lucie geschehen? Seit ihrem letzten Anruf im Dezember hatte ich sie nicht telefonisch erreichen können. Also fuhr ich am Sonntag, Mitte Januar nach Kittendorf. Im Schloss fragte ich nach ihr. „Sie ist seit Dezember im Hospiz in Neustrelitz!“ sagte mir die Angestellte. Ja, wieder eine Hiobsbotschaft für mich, denn Hospiz bedeutet Ende des Lebens.
Gleich am nächsten Morgen rief ich im Hospiz an und fragte, wie es ihr ginge. Nicht gut, war die Antwort. „Darf ich sie besuchen? Ich würde gern mit der Gitarre ein paar Volkslieder singen, die liebt sie so sehr.“
„Das ist eine gute Idee“ sagte die Schwester.
Da lag meine liebe Lucie, die immer voller Lebenskraft und Lebensfreude war, still im Bett. Ach, wie tat mir das Herz weh. Aber sie freute sich. „Sing´, Inge, ich kann leider nicht mehr singen, meine Stimme versagt mir den Dienst.“ „Wahre Freundschaft soll nicht wanken“, „Im schönsten Wiesengrunde“ und viele andere Lieder sang ich ihr vor.
„Komm´bald wieder“, sagte sie zum Abschied. Ich sah sie das letzte mal lebend, denn als ich eine Woche später kam, war sie in der Nacht friedlich eingeschlafen. Es tut dennoch weh, einen lieben Menschen zu verlieren.

Die Angehörigen warteten auf den Bestatter. Ich stellte mich vor. „Gehen Sie nur hinein, sie liegt ja noch im Bett und nehmen Sie Abschied!“ Das tat ich dann auch. Sie sah so friedlich aus, erlöst von allen Schmerzen.
Sabine ist mit ihrem Mann zu einer Kur nach Bad Elster gefahren. Drei Wochen wird sie dort verbringen. Ich wünschte ihr alles Gute. Hoffentlich geht es dann wieder bergauf mit ihr.
Grauer Himmel jeden Tag. Ich möchte so gern dorthin, wo die Sonne scheint. Rosi fährt nächste Woche mit ihrem Sohn und seiner Familie auf die Insel Mauritius. O, ich beneide sie.
Warum nicht auch in die Sonne fahren?
„Jung sterben ist auch keine Alternative“ war der Titel eines Kabarett-Programmes mit Sky du Mont und der Pianistin Christine Schütze. In der Konzertkirche fand die Vorstellung statt. Ich hatte einen guten Platz in der dritten Reihe, Mitte.
Du Mont erscheint im Schlafanzug und Bademantel. Sie spielt die Schwester des Pflegeheimes, in dem du Mont lebt. Du Mont setzt sich in den Lehnstuhl und liest aus seinem Buch „Jung sterben ist auch keine Lösung“ vor. Inhalt ist ein Streitgespräch mit der Mutter. Dann spielt Christine Schütze wieder eine Melodie auf dem Klavier. Sie bringt ihm ein Glas Wasser. Dann geht es um das Einnässen. „Es läuft gut bei mir“ so du Mont, das war mir dann doch zu viel, unter der Gürtellinie. Nach eine Dreiviertelstunde war Pause, enttäuscht verließ ich die Veranstaltung.
Ich besuchte das Reisebüro im Marktplatz-Center. Ägypten schlug die Angestellte als Reiseziel vor.
Sie verschwieg, dass der Monat Februar der kälteste Monat in Ägypten ist, das erfuhr ich erst später.
Die erste Woche werde ich eine Nilkreuzfahrt absolvieren, in der zweiten Woche schließt sich ein reiner Badeurlaub in Hurghada am Roten Meer an. Das Hotel sei ein Familienhotel, sehr groß, sehr orientalisch. „Vergessen Sie auf keinen Fall eine Kopfbedeckung mitzunehmen. Sie befinden sich unmittelbar am Äquator und das steht die Sonne senkrecht auf ihrem Haupt“, ermahnte mich die Angestellte. Ein wenig bangte mir doch vor der langen Reise.
Um drei Uhr ging am Nachmittag mein Flugzeug von Berlin-Schönefeld nach Kairo. Mit Verspätung kamen wir um 21 Uhr an, die Uhr wurde um eine Stunde vorgestellt.
Um 23 Uhr verließen wir das Flugzeug in Luxor, ein Mann und ein Paar, etwa sechzig Jahre alt, stiegen mit mir aus und auf das Schiff, welches

am Nil stand. Ich bekam ein Zimmer in Mitteldeck mit Blick auf ein anderes Schiff, welches davor festgemacht hatte. Wollten wir hinaus , mussten wir dieses Schiff erst passieren. Ich war todmüde, fand dennoch keinen Schlaf, weil ich entsetzlich fror. Ich hatte angenommen, dass ich in die Sonne fahre und keine warmen Kleidungsstücke benötige, das war ein großer Fehler. Gegen drei Uhr morgens schlief ich endlich ein. Mein erster Gang führte mich am Morgen hinauf an Deck. Auf der anderen Seite des Nils erblickte ich Felder, Kühe und im Hintergrund die gelbbraune Wüste. Auf der anderen Seite tobte der Verkehr von Luxor.
Wie waren die einzigen Gäste an Bord, wurden an einem Tisch plaziert und stellten uns erst einmal vor. Das Paar war sehr verliebt. Sie wohnten in Berlin. Hubert, der auch sechzig Jahre alt war, stammte aus Frankfurt/ Oder.
Nach dem Frühstück stellte sich der Reiseführer vor. Er hatte Kunstgeschichte studiert und kannte München. Stolz war er auf seine ägyptische Herkunft. Zuerst wollte er uns überreden, an allen fakultativen Ausflügen teilzunehmen.
Wir lernten den Tempel von Karnak kennen, einen gewaltiger Bau mit riesigen bis zu 21 Meter hohen Säulen. Sie weisen einen Durchmesser bis zu 3,6 Meter auf.
Altägyptische Tempel lassen sich in zwei Kategorien einteilen. Die Kulttempel waren für die ganze Gemeinschaft zur Verehrung der Götter in Gebetshallen bestimmt und verfügten auch über Priesterunterkünfte. Die Totentempel wurden eigens für den Kult eines verstorbenen Pharao geschaffen, sie lagen in der Nähe seines Grabes und verbanden sein Bild mit dem einen oder mehreren Schutzgottheiten. In Theben wurden die Kulttempel in Karnak und Luxor errichtet, die Totentempel im Tal der Könige am linken Nilufer. Der Akt der Verehrung in einem Kulttempel bedeutet eine „kosmische Reise“, in der Tempelboden und -gänge die Erde und die mit Sternen übersäte Decke den Himmel darstellen. Je weiter der Boden ansteigt und die besternte Decke sich senkt, umso mehr nähert sich der Anbeter dem Reich der Götter, bis er es im Allerheiligsten betritt.
Ein von Bildwerken gesäumter Prozessionsweg, meist eine Sphingenallee wie in Karnak, führt von der Mole am Nilufer zum Monumental-Eingang zwischen zwei Tortürmen (Pylon).
Dahinter gelangt man in einen offenen, von Säulengängen umgebenen Hof, danach zum großen Säulensaal, dem Hypostylon, der geschmückt ist mit Skulpturen und Friesen zu Ehren des Königs und des Gottes.

Manchmal gibt es noch eine zweite Halle, dahinter folgen ein Votivraum für Opfergaben und darauf das Allerheiligste als kleine Kammer mit dem Götterbild. Zu beiden Seiten liegen die Schatzkammern und Räume zur Aufbewahrung von Kultobjekten.
Außerhalb des Tempels, aber noch in seiner Umfriedung, befindet sich ein heiliger See zur rituellen Reinigung sowie die Wohnräume der Priesterschaft. Die Ägypter errichteten Säulen hauptsächlich nach pflanzlichen Vorbildern. Die Schäfte sind steingewordene Bündel aus Stängeln, die an der Basis etwas zusammengezogen oder über der Fußplatte durch schilfähnliche Formen betont sind.
Am Nachmittag besichtigten wir den Tempel von Luxor. Überall wimmelte es von Touristen. Die kleine Stadt am Ostufer des Nils lebt hauptsächlich vom Fremdenverkehr. Sie war seit Beginn des Mittleren Reiches bis zur Ptolemäerzeit eines der geistigen und religiösen Zentren des Reiches, oft auch dessen Hauptstadt. Damals hieß die Stadt Theben und galt als eine der schönsten und größten Städte der Welt. Der um 1500 v. Ch. erbaute Tempel war einer der größten der Alten Welt. Bauherr war Pharao Amenophis III.(1402-1364 v.Ch.) unter dessen Regierung Ägypten eine Zeit des Wohlstandes erlebte. Tutanchamun (1347-1337 v.Ch.) und Ramses II.(1290-1224 v.Ch.) erweiterten die Anlage. Von Ramses stammt der gewaltige Pylon (Torbau) am Eingang, dessen Reliefs den Kampf des Pharao gegen die Hetither schildert. Der zweite der Eingangsobelisken Ramses II. steht seit 1836 in Paris.
Durch einen 52 Meter langen Säulengang gelangt man in einen zweiten säulenumstandenen Hof und schließlich ins Heiligtum.
Unser Reiseführer unterrichtete uns über die nächsten Führungen. Als Trinkgeld für alle Angestellten, ob Kofferträger, Zimmerservice Kellner oder Koch, wird eine Pauschale für jeden Gast von 28 Euro erhoben, das entbindet uns von dem lästigen ständigen Trinkgeldgeben.
Am Abend stellte der Kapitän die Angestellten vor. Eine Gruppe französischer Touristen war inzwischen zu uns gestoßen. Alle bezahlten die Pauschale.
Am nächsten Tag begann die Nilfahrt, Ziel war Edfu. Wir saßen auf dem Sonnendeck und konnten die Schleusen-Durchfahrten beobachten. Händler standen am Kai und schrien, wir sollten ihre Tischdecken kaufen. Sie warfen sie sogar hinauf und wechselten mit „Madam“ und „Frau“ ihre Anreden.
In Edfu warteten Pferdekutschen auf uns, die uns zum gut erhaltenen

Horus-Tempel fuhren. Die Ptolemäer benötigten mehr als hundert Jahre zur Errichtung des Heiligtums. Der Horusfalke ist allgegenwärtig, am schönsten in Form einer schwarzen Granitstatue im Hof zu sehen. Auf den Reliefs in den beiden Säulensälen und auf den Wänden des Allerheiligsten sind die mit dem Tempel verbundenen Rituale dargestellt. Priester und Frauen sind zu sehen, die aus Kugeln Weihrauch-Düfte herstellen. Andere Friese zeigen den falkenköpfigen Horus, der den als Krokodil oder Flusspferd dargestellten Seth- damals die Verkörperung des Bösen- besiegt. Die Sonne beschien den Horus, eine wirklich schöne, eindrucksvolle Figur.

Den nächsten Vormittag verbrachten wir an Deck. Wunderbar zum Relaxen. Die Landschaft zog an uns vorbei, es wurde immer wärmer und alles war still.

Wir landeten in Assuan. Bereits um sieben Uhr fuhren wir am nächsten Morgen mit einem Taxi zu einem Steinbruch. Als erstes überfallen uns immer die Händler, das ist sehr lästig. Sie wollen Waren verkaufen.

Der Steinbruch (Granit- und Alabaster) enthielt einen unvollendet gebliebenen Obelisken. Als man ihn erheben wollte, wurde ein Spalt in der Mitte desselben sichtbar und man ließ ihn liegen.

Weiter ging die Fahrt zum Nilufer und mit einem kleinen Motorboot weiter zum Philae Tempel. Die Isistempel auf der heute als Neu-Philae bekannten Insel wurden von Ingenieuren und Archäologen vor der Überflutung durch den Hochdamm gerettet; die „echte“ Insel Philae ist im Nasser-See versunken.

Isis war sicher die beliebteste ägyptische Göttin und zugleich diejenige, die der römischen Christianisierung am längsten widerstand, wie es Inschriften aus dem Jahre 452 beweisen. Das MalteserKreuz war deutlich zu beiden Seiten des Eingangs zu sehen.

Inzwischen war es Mittag und heiß geworden.Wir fuhren zum alten und dann zum neuen Staudamm, von 1960 bis 1970 von Nasser erbaut. Der starb bereits 1970.

Der Besuch einer Parfumerie mit dem schönen Namen Kleopatra schloss sich an. Mich interessierten die Öle aus Sandelholz mit Eukalyptus. Ich ließ mir von einem Angestellten das Knie einölen und massieren und beschloss, eine 500 ml Flasche zu kaufen. Sie wurde gut verpackt, so dass ich sie im Koffer transportieren kann. Bezahlt habe ich mit meiner EC-Karte.

Meine „Stubenmänner“ (Frauen waren nicht auf dem Schiff zu sehen)

überraschten mich mit einem Mann aus Handtüchern, die blauen Augen waren Deckel von Wasserflaschen. Ich lachte herzhaft, jeden Tag überraschten sie mich mit einer anderen kunstvollen Gestaltung der Handtücher, mal war es ein Tier, mal war es ein Herz. Alle Angestellten auf dem Schiff sind herzlich und freundlich, sie grüßen und fragen, ob es einem gut geht.
Am Nachmittag machten wir eine Bootsfahrt mit einer Feluke, das ist ein Boot mit dreieckigen Segeln. Leider war es eine einzige Enttäuschung, denn das Segel war zerrissen und unansehnlich. Der Bootsführer sah aus wie ein Neunzigjähriger, wirkte sehr ungepflegt. Er bat gleich um eine Zigarette. Ich machte mir Gedanken, warum unser Reiseführer ihn gewählt hatte und kam zu dem Schluss, daß er dem alten Mann einen Verdienst ermöglichen wollte. Anschließend schaute ich mir vom Sonnendeck aus die schönen anderen Feluken an.
Noch war der Tag nicht zu Ende, unser Reiseführer überzeugte uns von einem Besuch auf dem Markt.
Ein Gewürzladen war die Überraschung für mich. Grüner Pfeffer, Safran Muskatnüsse, Zimtstangen, Weihrauch und viele andere Gewürze zeigte der Händler, erst dann verkaufte er. Ich wählte Zimtstangen und Muskatnüsse, die in Deutschland viel teurer sind.
Nach dem Abendbrot wurden wir zu einem orientalischen Abend eingeladen. Drei Männer schlugen rasend schnell große Trommeln aus Holz, vier junge kostümierte Männer tanzten. Dann wurden wir Frauen von ihnen in den Kreis geholt und tanzten mit.
Am Morgen fuhren wir in ein nubisches Dorf, welches in einem Naturschutzgebiet liegt. Riesige Gesteinsbrocken lagen an beiden Seiten des Wasserarmes. Kormorane und Reiher saßen auf ihnen. Durch den Bau des Assuan-Staudammes wurden damals Dörfer überschwemmt und die Menschen umgesiedelt.
Es war heiß, als wir gegen elf Uhr ankamen. Wir wurden durch den Ort geführt. Im Haus des Ortsansässigen servierte uns die Frau Tee. Plötzlich spürte ich etwas Kaltes auf meinem Kopf und erschrak, als ich sah, was dies war, ein kleines Krokodil. Alle Mitreisenden lachten natürlich. Die Schnauze des Krokodils war zugebunden und es war ganz jung.
Nun folgte eine Führung durch das Dorf. Wir besichtigten den Kindergarten. Zwanzig Kinder sangen ein Lied in ihrer Sprache. „Unser Präsident will Ägypten modernisieren“, bemerkte unser Reiseführer stolz.
Am Nachmittag hatten wir Freizeit und um 17 Uhr legte das Schiff ab. Es

ging zurück nach Luxor. Nach einer Stunden erreichten wir das Heiligtum Kom Ombo, reizvoll auf einer Anhöhe über dem Fluss-Ufer gelegen. Es ist ein Doppeltempel, dessen eine Seite dem Krokodilgott Sobek, die andere dem älteren Horus geweiht ist. Er war vermutlich als eine Stätte der Versöhnung zwischen diesen traditionellen verfeindeten Kräften der Finsternis und des Lichts gedacht. Vor dem Beginn der Dampf-Schiff-Fahrten auf dem Nil im 19. Jahrhundert fanden sich Hunderte von Krokodilen auf einer Sandbank bei Kom Ombo zur Paarung oder zu einem Sonnenbad ein. In einer der Kapellen konnten wir ihre mumifizierten Urahnen besichtigen. Das war schauerlich anzusehen.
Ich hatte mir angewöhnt, jeden Abend eine Tasse schwarzen Tee zu trinken, das beruhigte meinen Magen und tat mir gut.
Am nächsten Tag blieben wir den ganzen Tag auf dem Schiff. Es war der 14. Februar, Valentinstag. Meine Dienstmänner überraschten mich mit einem Gruß, geschrieben auf einem Stück Papier und einer großen Blume aus Handtüchern mit grünen Blättern und einer roten Blüte geformt.
Der letzte Tag der Nilkreuzfahrt galt dem Tal der Könige. Um sieben Uhr begann die Fahrt nach Theben, es liegt auf der anderen Seite des Nils. Wir fuhren über eine große Brücke, überall standen Soldaten mit Gewehr im Anschlag und kontrollierten. Es war noch sehr kalt und windig, als wir um acht Uhr ankamen. Drei von 64 Gräbern besichtigten wir. Es geht tief in die Felsentäler der Wüste. Die Eingänge waren versiegelt. Trotz dieser Schutzmaßnahmen entging bis heute (Ausgrabungsarbeiten sind noch lange nicht abgeschlossen) nur die Grabstätte von Tutenchamun der Plünderung.
Herrliche bunte Wandmalereien waren zu sehen. Es sind Alltagsszenen: Fischen, Jagen, Einbringen der Ernte. In einem Grab war der Granit-Sarg des Pharao zu sehen, die Mumien der Pharaonen sind alle im Ägyptischen Nationalmuseum in Kairo. Die trockene Wüstenluft soll die Malereien so gut erhalten haben.
Auf der Rückfahrt hielten wir vor dem Tempel der Hatschepsut, eine Königin, die sich selbst anstelle ihres Stiefsohnes zum Pharao erhob. Die Tempelanlage erhebt sich über drei in den Hügel gehauene säulengeschmückte Terrassen bis zum Allerheiligsten tief im Felsen. Das Bild der Königin wurde von ihren Nachfolgern Thutmosis III. und Amenhotep IV. systematisch an den Reliefs, die ihre Geburt und ihre Expedition ins Land „Punt" (es entspricht etwa dem heutigenSomalia) darstellen, ausgemeißelt.

In einem Cafe´, ganz in der Nähe, stärkten wir uns, ohne von Händlern genervt zu werden.
Zwei Memnon-Kolosse, Riesenfiguren, sahen wir am Rande eines Feldes, sie waren im 19. Jahrhundert von französischen Archäologen ausgegraben worden.
Am Abend wurde Bauchtanz von einer Frau vorgeführt. Die Frau trug ein Ganzkörperkorsett, ungewöhnlich für eine Bauchtänzerin, fand ich.
Ansichtskarten kaufte ich, Briefmarken hatte der Händler nicht. Er wollte sie am nächsten Tag bringen und aufkleben. Ich gab die beschriebenen Karten an der Rezeption ab, ob sie je in Deutschland ankommen? Nein, sie kamen nie an.
Vier Stunden dauerte die Auto-Fahrt nach Hurghada am nächsten Morgen. Nachdem wir die kleinen Orte verlassen hatten, begann nach zwei Stunden ein Fahrt durch die Wüste und die war sehr beeindruckend. Gelbbraun sind die Felsformationen, ab und zu sind grüne Büsche am Rande der Straße zu sehen.
Dann stehe ich vor dem riesengroßen Hotel mit dem Namen „Alf Leila Wa Leila“. Auch hier wird der Eingang bewacht.
Eine schnurgerade gerade Allee führt durch das Hotel, Kindern muss dieses wie ein Schloss vorkommen. Rechts und links sind Geschäfte zu sehen, mehrere Cafes laden ein. Blumenrabatten sind am Rande des Weges und jede Menge Pools. Auch einen Sportplatz und eine Minigolf Anlage entdecke ich.
Zwei Theater laden am Abend zu Veranstaltungen ein.
Ich musste warten, da mein Zimmer noch nicht bereit stand. „Gehen Sie erst einmal in den Speisesaal und sehen Sie sich alles an!“ sagte mir der Empfangschef.
Der Speisesaal „International“ war sehr groß. Ich nahm mir eine Portion Spaghetti mit Tomatensoße. Vor dem Restaurant war ein Grill aufgebaut, der großen Zuspruch fand.
Ich bekam ein Zimmer im ersten Stock. Von meinem Balkon blickte ich auf einen Pool, an dem trafen bereits um neun Uhr die Gäste ein. Das Wasser im Pool war warm.
Mit einem Shuttle-Bus kann man alle zwanzig Minuten zum neunhundert Meter entfernten Roten Meer fahren. Nach der vierstündigen Autofahrt wollte ich nur ins Freie und ging zur Haltestelle vor dem Hotel.
Nach zehn Minuten hielt dieser bereits am Roten Meer. Lau und warm war die Luft. Ich spazierten am Strand entlang, der für jedes Hotel abge-

sperrt war. Ich legte mich auf eine Liege und ruhte eine Weile.
Das Hotel hat auch ein Italienisches, Asiatisches und Orientalisches Restaurant. Im Laufe der Woche besuchte ich jedes Restaurant. Das Italienische Restaurant gefiel mir am besten. Wenig Menschen, hier konnte man in Ruhe speisen. Die Pizza wurde nach eigenem Wunsch belegt und in den Ofen geschoben. Nach fünf Minuten war sie fertig und schmeckte köstlich.
Cafes gab es ebenfalls im Überfluss: Afandina-, Columbus-, Jazz-Cafe´und eine Eisdiele.
Da ich „All inclusive“ gebucht hatte, bekam ich Kaffee und Eis kostenlos. Die Ober umgarnten förmlich die Gäste.
Leider fand ich keinen Gesprächspartner. Ehepaare, Familien, Großeltern mit Enkeln bildeten die Mehrzahl der Gäste.
Ich erholte mich gut. Einen Ausflug buchte ich: Besichtigung der Korallenbänke in Hurghada. Das Boot hatte gläserne Wände, so dass man die Korallen und Fische sehr gut sehen konnte.
Mein Abflug war morgens um zwei Uhr.
Obwohl ich an der Reception bat, mich telefonisch zu wecken, geschah dies nicht. Vorsichtshalber hatte ich jedoch meinen Handy-Wecker gestellt. Auf den war Verlass.
Auf dem Flughafen Hudargha sah ich die Gäste vom Schiff wieder. Wir hatten uns viel zu erzählen, und die Zeit verging relativ schnell. Im Flieger von Kairo nach Berlin-Schönefeld gab es wieder leckeres Essen:
Salat, Hauptgericht, und Kuchen.
In Schönefeld strahlte die Sonne. Mein Anschluss-Regionalzug fuhr mir vor der Nase weg. Ich verließ den Hauptbahnhof, ging nach draußen und genoss die Sonne. Nach einer Stunde setzte ich die Fahrt fort und war um 18,30 Uhr pünktlich in Neubrandenburg. Da war es jedoch kalt, Null Grad.
Endlich zu Hause. Die Schneeglöckchen blühten bereits.
Susanne meldete sich für das kommende Wochenende an, in Hamburg sind Winterferien.
Drei Stunden brauchte Susanne, um mit dem Auto von Hamburg nach Neubrandenburg zu fahren. Lilith ist wieder ein großes Stück gewachsen.
Leben im Haus.
Lilith aß mit gutem Appetit. Sie hatte sich Königsberger Klopse gewünscht.
Wir spielten Memory und „Mensch ärgere dich nicht“, und ich verlor

jedes Mal. Nur beim Spiel „Stadt,Land, Fluss“ konnte ich auch einmal gewinnen.
Viel zu schnell vergingen die vier Tage, dann fuhren sie wieder ab zum Opa nach Zinnowitz, der Geburtstag hatte. Lilith wurde am 8. März zehn Jahre alt, wie schnell ist doch die Zeit vergangen!
Am Samstag besuchte ich mit Regina wieder einmal ein Ostpreußen-Treffen in Anklam. Der Kant-Chor aus Gumbinnen gestaltete ein wundervolles Konzert. Geistliche Lieder, so das Ave Maria, Ännchen von Tharau und das russische Volkslied Kalinka erklangen. Der Chor bestand nur aus dreizehn Sängerinnen und Sängern, sie sangen wunderbar. Anschließend boten sie eine CD mit ihrem Konzert an. Ich kaufte eine CD.
Das Lied „Ännchen von Tharau“ von Simon Dach feiert in diesem Jahr seinen vierhundertsten Geburtstag. Von einem Schauspieler wurde die Geschichte der Entstehung erzählt.
Der Reneklodenbaum im Nachbargarten an der Grundstücksgrenze trägt die ersten weißen Blüten, in den kahlen Zweigen sieht das umwerfend schön aus.
Die Welt wird erschüttert von der Nachricht aus Neuseeland. Ein Australier hat in zwei Moscheen mit fünf Waffen wild herumgeschossen und neunundvierzig Muslime getötet. Er ist achtundzwanzig
Jahre alt und Rechtsradikaler.
Auf Miezis Grab ist eine weißer Krokus erblüht.
Am Sonntag kam Klaus auf der Rückfahrt von Zinnowitz bei mir vorbei. Laura umarmte mich herzlich und bat, Klavier spielen zu dürfen. Klaus brachte ein neues Rollo in meinem Schlafzimmer an. Mareike ist wieder gewachsen und ähnelt Klaus immer mehr.
Überall ist der Frühling zu spüren. Der falsche Bärlauch wächst auf dem Wall.
Die ersten weißen Hyazinthen blühen in meinem Vorgarten. Ich legte Dahlien-Zwiebeln im Vorgarten. Anfang April stiegen die Temperaturen hoch, endlich kann ich die Winterstiefel in den Schrank stellen. Nun blühen schon die Forsythien. Der Rasen wächst, bald werde ich ihn mähen müssen.
Ostern rückt immer näher. Nach einer Woche setzten Nachtfröste ein. Die wunderbaren Blüten der Magnolien erfroren. Wenn die Sonne aufsteigt, steigt die Temperatur auf zwölf Grad.
Ich hatte wieder Gäste. Eine polnische Firma, ansässig in Berlin, bat um Übernachtung für zwei Mitarbeiter. Das erste Wort war: Waschmaschi-

ne? Ich sagte, dass in der Ferienwohnung keine Waschmaschine vorhanden sei, ich könne aber ihre Wäsche waschen. Nach drei Tagen lag ihre Arbeitskleidung auf dem Schaukelstuhl im Flur. Ich steckte alles in die Waschmaschine, hängte die Wäsche auf und legte alles nach dem Trockenen ordentlich zusammen. Kein Wort des Dankes.
Am Samstag verließen sie die Wohnung, auf dem Herd stand ein Topf mit Nudeln, im Kühlschrank lagen Reste von Käse, Wurst und Margarine. Nun, ich war sehr erstaunt, so hatten sich meine Gäste noch nie verabschiedet. Aber aus Schaden wird man ja bekanntlich klug. Als ich nach zwei Wochen wieder von der Firma angerufen wurde und um Übernachtung gebeten wurde, lehnte ich ab.
Am15. April erschütterte die ganze Welt die Nachricht, dass die berühmte Kirche Notre Dame in Paris brannte. Bei Renovierungsarbeiten im Dachstuhl begann es zu brennen. Ein Turm stürzte ein, aber die Grundmauern blieben erhalten. Hunderte Pariser versammelten sich vor der Kathedrale. Macron, der Ministerpräsident, sprach von „Unserer Kirche Notre Dame“. „Wir werden sie wieder aufbauen!“ versprach er. Erste Spenden von reichen Unternehmern trafen ein.
Sabine lud mich zu Ostern ein. Sie bat, dass ich ihr Kaninchenkeulen mitbringe, die sie in Weißenfels nicht bekommt. Ich buk eine Walnusstorte und am Karfreitag fuhr ich los. Zu Mittag war ich in Weißenfels. Sabine geht es nicht gut. Die Medikamente schwächen sie. Sie muss sich oft hinlegen. Es war herrlicher Sonnenschein und am Nachmittag spazierten wir durch die Gartenanlagen, wo überall Tulpen blühten und Forsythien mit ihrem strahlenden Gelb das Auge erfreuten. „Kommt morgen Nachmittag zum Kaffee!“ sagte Klaus am Telefon.
Als ich um am nächsten Tag um zwei Uhr losfahren wollte, sagte Sabine: „Ich komme nicht mit, mir geht es nicht gut, fahr´ allein hin! Und bitte fahre morgen wieder nach Hause, mir wird alles zu viel.“ Ich war geschock, was sollte ich noch hier? Packte meine Sachen zusammen, nahm die Torte auf den Arm und verließ die Wohnung. Die Torte schmeckte ihr nicht, sie hatte diese nicht mal in den Kühlschrank gestellt. „Hatte keinen Platz im Kühlschrank!“ war die Antwort auf mein Warum?
Nach einer Stunde Fahrt war ich bei Klaus, stürmisch von Laura umarmt und begrüßt. Es wurde doch noch ein schöner Tag für mich.
Nach dem Kaffeetrinken spazierten Klaus, Laura und ich durch den Dieskauer Park.
Abends grillte Klaus, machte auch griechischen Salat. Es schmeckte vor-

züglich. Da kam Freude bei mir auf.
„Du fährst nicht heute Abend nach Hause!“ sagte Klaus. Ich schlief auf dem Sofa in der großen Wohnstube. Als ich erwachte, lag Kater Fipsi neben meinem Kopf. Soviel Zutrauen zeigte er.
Klaus machte Sonntag Morgen Frühstück für mich, dann fuhr ich nach Hause, rief aber vorher meine Schwester an und verabschiedete mich. Nun sollte ich doch wieder zu ihr kommen, aber ich lehnte ab.
Unterwegs kaufte ich Spargel und die ersten Erdbeeren und so konnte ich mir ein gutes Mittagessen kochen. An der Haustür entdeckte ich Geschenke, „100 bekannte Klavierstücke und Melodien“ von Marion.
Die Sonne verwöhnt uns und ich muss oft den Rasen sprengen. Alles grünt und blüht, die Kastanien rund um den Wall haben bereits Blätter. Maiglöckchen und Vergissmeinnicht entdecke ich im Garten.
Wieder erreichten uns Schreckensmitteilungen. Am Ostersonntag explodierten in drei Städten von Sri Lanka Bomben in christlichen Kirchen und Hotels. Zweihundertdreißig Tote, es ist grauenvoll.
Am Wochenende fand unsere Reise nach Heringsdorf statt, die Doktor Baier organisiert hatte.Im Hotel „Maritim“ in Zentrum des Ostseebades stand unser Hotel. Ich war mit Rosi in einem Zweibettzimmer untergebracht. Die Sonne schien und wir machten gleich einen Spaziergang zur Seebrücke und zum Strand. Viele Gäste waren unterwegs.
Am Abend wurde vom Theater Greifswald die Operette „Die Fledermaus“ von Johann Strauß im „Kaisersaal“ des Hotels gespielt. Einhundertfünfundvierzig Jahre alt ist diese Operette, aber ihre Melodien sind unsterblich und der Inhalt noch immer aktuell.
Beim Frühstück passierte das Malheur, ich biss herzhaft in mein Brötchen und merkte, wie sich die Zahnbrücke (rechts oben) löste. Vier Zähne umfasst diese, nun klafft eine große Lücke rechts oben in meinem Gebiss, aber ich hatte wenigstens keine Schmerzen.
Die Zahnärztin gab mir zwei Spritzen und zog den unter der Zahnbrücke abgebrochenen Zahn. Sie setzte nur zweimal an, dann war er heraus. Ich hatte danach keinerlei Schmerzen und war sehr froh darüber. Nun muss die Wunde verheilen, dann werde ich wieder eine Zahnbrücke bekommen. Das wird aber noch eine Weile dauern.
Am Montag, eine Woche vor dem Muttertag, brachte mir der Postbote ein Blumengesteck. Der Strauß war von Jörg „Alles Liebe zum Muttertag“ las ich auf der beigefügten Karte. Kurz vorher hatte ein Mann geklingelt und um Geld gebeten. Ein Ausländer, ich gab ihm zehn Euro. Wer gibt,

dem wird gegeben, dieser Spruch kam mir in den Sinn.
Nach vier Monaten meldetet sich der Klavierstimmer, er wäre am nächsten Tag in Neubrandenburg und würde mir die Rechnung bringen. Es wurde langsam Zeit.
Als ich am Montag an der Ampel /Bahnhof stand wurde ich von der linken Seite angerempelt und blickte verwundert, wer das war. Ein hochgewachsener Mann mittleren Alters war es. Als ich kurz danach im Marktplatz-Center einen Einkauf bezahlen will, vermisse ich meinen Geldbörse. Also war ich bei der Rempelei bestohlen worden. Ich rief sofort die Commerzbank an und ließ mein Konto sperren, danach erstattete Anzeige bei der Polizei. In der Geldbörse war mein Personalausweis, die Gesundheitskarte von der AOK, die EC-Karte und der Bibliotheks-Ausweis. Nun musste ich überall den Verlust mitteilen.
Mitte Mai wurde es richtig warm. Jeden Tag schien die Sonne. Ich machte einen Ausflug und fuhr nach Prerow. Über Stavenhagen, Grimmen Bad Sülze gelangte ich nach Barth. Die gelben Rapsfelder standen in wunderbarer Blüte.
In Prerow verfuhr ich mich. Wie hatte sich dieser Ort verändert! 1952 war ich mit meiner Mutter das erste Mal in Prerow. Inzwischen standen Ferienhäuser überall. Ich fragte einen Einheimischen und parkte an einem Supermarkt. Wo konnte ich hier etwas essen? Nirgends sah ich eine Gaststätte. Also wanderte ich zur Seebrücke. Es wimmelte von Urlaubern. Warum nicht die Küste umfahren und in Ahrenshoop halten? Gedacht, getan. In Ahrenshoop verlief der Strand unmittelbar an der Fernverkehrsstraße. Ein scharfer Wind blies mir ins Gesicht.
Ich fand eine Gaststätte und genoss den Lammrückenbraten. Um 15 Uhr begann ich mit der Rückfahrt über Wustrow, Dierhagen bis Rövershagen und fand dort die Auffahrt zur A 19.
An der Abzweigung Güstrow verließ ich die Autobahn und war um 18 Uhr zu Hause, es war ein herrlicher Tag mit viel Sonne.
Die ersten Pfingstrosen blühen in meinem Garten.
Marion verabschiedete sich am Freitag nach der Klavierstunde. Sie hat mehrere Auftritte mit dem Gospelchor und anschließend Urlaub und kommt vorläufig nicht zum Klavierunterricht. Sie verwöhnte mich wieder einmal mit einem herrlichen Blumenstrauß aus dem eigenen Garten und Eiern von ihren „glücklichen" Hühnern.
Jeden Sonntag Abend besucht mich Hanna, sie erzählt von ihrem Studium, arbeitet an der Bachelor-Arbeit. Nächstes Jahr will sie drei Monate

nach Kanada reisen und in einem Freiwilligenprojekt
„Bedrohte Tierwelt“ arbeiten.
Die ersten Rosen blühen. Anfang Juni begannen heiße Tage. Das Thermometer am Küchenfenster zeigte um 12 Uhr vierzig Grad.
Wieder einmal streikte mein Computer. „Achtung Viren!“ verkündete mir der PC Fachmann. Er meinte, dass meine Dateien gelöscht werden könnten.
Nun stand Mareikes Jugendweihe vor der Tür, ein Ereignis, auf das ich mich schon lange gefreut hatte. „Du fährst auf keinen Fall mit dem Auto!“ verlangte Klaus. Das sei viel zu anstrengend, weil es das Pfingstwochenende war. Also kaufte ich mir drei Wochen vorher eine Spar-Fahrkarte bei der Bahn. Bereits um 11 Uhr war ich mit dem Zug in Halle, brachte meinen Koffer zur Aufbewahrung und schlenderte in die Stadt. Händels Denkmal war rundherum mit weißen und roten Blumen geschmückt, es waren wieder Händel-Festspiele.
In einem Blumenladen kaufte ich einen schönen Rosenstrauß für Mareike. Um 13 Uhr fuhr der Linien-Bus nach Dieskau. Ich durfte das Zimmer im Hotel beziehen, obwohl es noch nicht zwei Uhr war.
Nach einer Ruhepause lief ich zum Park und wollte im Park-Hotel eine Tasse Kaffee trinken. Leider war geschlossen. So lief ich doch erst zu Klaus, der zeitgleich mit mir eintraf. Ich überreichte Mareike gleich mein Geschenk und den Rosenstrauch, den blauen Aquamarin-Ring meiner Mutter und einen Geldbetrag. So hatte nun auch Mareike ein Familienerbstück wie Laura von mir erhalten.
Laura hatte das Medaillon von Laura Mathilde Ziemssen, meiner Urgroßmutter erhalten, welches ich zur Konfirmation von meiner Mutter erhalten hatte.
Am Mittag holte mich Klaus vom Hotel ab. Leider hatte ich die falschen Schuhe angezogen, eitel wie immer. Schon nach ein paar Schritten hatte ich mir eine Blase gelaufen, aber nun war es zu spät.
Alle Eingeladenen trafen nun vor dem Dom ein. Herzlich umarmte Götz jedes Familienmitglied.
Das Programm war das gleiche wie zu Lauras Lebenswende-Feier vor drei Jahren. Jeder Teilnehmer stellte sein Lieblings-Kuscheltier vor, das in einen Korb geworfen wurde, symbolischer Abschied von der Kindheit. Die selbst gestaltete Kerze wurde angezündet und die Wünsche des Besitzers für die Zukunft mitgeteilt.
Dann hielt die Pastorin des Domes eine Rede. Ein Vertreter der Eltern-

schaft folgte. Er sagte den Jugendlichen, was Erwachsenwerden bedeutet, nicht nur grenzenlose Freiheit, sondern auch verantwortliches Handeln.
Susanne war von Hamburg mit dem Auto angereist, Malte brachte seine neue Freundin mit und im Löpitzer Schloss-Restaurant tranken wir dann um 17 Uhr Kaffee. Nicht weit entfernt vom Schloss befand sich ein ehemaliger Tagebau, nun ein See. Dorthin spazierten wir und erholten uns.
Jörg kam erst zum Abend, da er im Harz mit seinen Höhlenforscher-Freunden einen Brunnen ausgeschachtet hatte.
Klaus gab mir einen Ehrenplatz am Abend, er saß links von mir, Mareike und Laura rechts von mir.
Das Abendbrot bestand aus warmen Essen, zur Wahl standen Fleisch- und Fischgerichte. Es schmeckte sehr gut. Laura bat mich, noch zu bleiben, eigentlich wollte ich schon zurück ins Hotel. Cathleen brachte Mareike nach Gröbers, wo sie sich mit Klassenkameraden treffen wollte. Cathleen hatte versehentlich den Autoschlüssel im Auto liegengelassen und kam nun nicht ins Haus. Klaus musste sie abholen. Als sie wieder eintraf, war es bereits 22 Uhr. Wir stellten uns noch zu einem Familienbild auf die Schloss-Treppe, etwa dreißig Personen waren wir.
Einen schönen Abschluss bildete die Heimfahrt. „Lass´uns doch ein paar Kanons singen" schlug Laura vor. Und dann sangen wir eine halbe Stunde lang, bis wir in Dieskau waren, das war wirklich ein unvergesslicher Abend.
Am frühen Pfingstsonntag spazierte ich in den Park. Klaus rief mich per Handy an und bat mich, zu ihm zu kommen.
Laura spielte Romme´mit mir, und ich verlor haushoch.
Susanne und Lilith hatten bei Klaus geschlafen und verabschiedeten sich nun. Sie wollten wieder zur Freundin nach Cramon, am Schweriner See, fahren. Klaus und ich machten noch einen Spaziergang in den Park.
Nach dem Mittagessen brachte mich Klaus zum Zug, wieder mit Proviant für die Reise. „Hat es Dir denn ein bisschen gefallen?" fragte er. „Ja, sehr!" sagte ich, so bescheiden ist er.
Am 15. Juni lag mein gestohlenes Portemonnai im Briefkasten. Außer der EC Karte waren alle Ausweise darin. Ich meldete mich bei der Polizei und bekam die Auflage, im Stadtbüro dies mitzuteilen.
Jeden Tag war es schwülheiß. Von 12 bis 16 Uhr blieb ich im Haus, erst dann konnte ich wieder in den Garten gehen.
Die roten und die gelben Teerosen blühen.
Die Süßkirschen beginnen zu reifen. Ich hängte sechs CD-Scheiben an

die Zweige und hielt damit wirkungsvoll die Vögel ab.
Im Oststadt-Treff machte eine junge Studentin der Hochschule Neubrandenburg ein Praktikum. Sie wollte mit uns ein Projekt gestalten. „Freude an den kleinen Dingen“. Jede Woche trafen sich drei Seniorinnen und ein Senior. Jeder brachte seine Ansicht über den Wert der kleinen Dinge zu Papier und reichte entsprechende Fotos ein. Nach vier Wochen hatte Herr Frenzel alles auf einer große Platte festgemacht und am 17. Juli offiziell gezeigt. Damit verabschiedete sich Johanna vorerst von uns. Im November kommt sie wieder. Sie war den Senioren ans Herz gewachsen.
Ende Juni pflückte ich die ersten Süßkirschen und machte Kompott davon. Jeden Tag pflückte ich Kirschen und verarbeitete sie. Ehepaar B., die ich vom Gemeindenachmittag kenne, kam am Freitag und pflückten drei große Eimer Süßkirschen. Ich war froh, dass ich Abnehmer gefunden hatte.
Nun kommen die Sauerkirschen an die Reihe. Da es jeden Tag heiß ist, beginne ich schon um sieben Uhr mit dem Pflücken. Ich mache jetzt auch Saft und Marmelade davon. Mir gehen die Gläser aus.
Gelbe und rote Rosen in meinem Garten erfreuen mich.
Klaus besuchte mich am 04. Juli und brachte ein Rollo am Balkon-Fenster in der Stube an. Endlich habe ich einen Schutz gegen die Sonne. Klaus musste am nächsten Tag schon wieder zurückfahren.
Auch er pflückte Kirschen und nahm sie mit nach Dieskau. Der Sauerkirschenbaum hat soviel Kirschen, dass ich sie nun verschenke. Endlich konnte ich mich damit bei Gerlinde bedanken, die mir schon oft Geschenke gemacht hatte. Sie kam an zwei Tagen und pflückte jedes Mal fünf Stunden lang.
Laura erfreute mich mit einer Ansichtskarte aus Kroatien. Sie war mit der Klasse dorthin gefahren. Sie schrieb ganz ausführlich und ließ mich so an ihren Erlebnissen teilhaben. Zurück mussten sie sechzehn Stunden mit den Bus fahren, eine arge Strapaze.
Im Oststadt-Treff gestaltete die junge Studentin von der Hochschule Neubrandenburg einen Nachmittag mit dem Thema „Wasser“. Wir Senioren wurden einbezogen, errieten Sprichwörter mit Inhalt Wasser und zusammengesetzte Worte, die das „Wasser“ enthielten. Das machte Spaß und aktivierte die grauen Zellen.
Meine Wunderblume, die ich wie jedes Jahr im Frühjahr säte, hat schon rote Blüten. Es ist tagsüber so heiß, dass ich jeden Tag den Garten und den Rasen sprenge.

Die Aufführung der Operette „Bajadere“ von Emmerich Kalmann im Schlosspark Neustrelitz war eine herbe Enttäuschung.
Die Handlung war trivial bis primitiv. Schade um die schönen Stimmen des Prinzen und der Bajadere. Das war meine letzte Operette, die ich in Neustrelitz sehe, schwor ich mir.
Am Sonntag hatte Susanne Geburtstag, siebenundvierzig Jahre alt wird sie. Als ich um 9.30 Uhr anrief, kam eine mail: „Sind gerade aufgestanden, rufe in zwei Stunden an!“ Wie lieblos!
Sie rief dann doch an, weil ich nicht zurückrief. Fünf Minuten dauerte das Gespräch. „Ich gebe Dir mal Lilith!“ Aber die hatte kein Lust mit mir zu sprechen.
Die Erinnerung, wie Susanne früher war und ihr jetziges Verhalten schmerzt einfach. Mein Trauern bringt nichts, ich muss es endlich akzeptieren.
Arbeit hilft mir dabei, Rasen mähen, Hecke schneiden waren angesagt.
„Sommer in Wort und Lied“ war das Thema des Gemeinde-Nachmittages und ich sollte wieder mit der Gitarre begleiten. „Das war ein schöner Nachmittag, ich bin extra wegen Ihnen gekommen“, sprach mich anschließend eine Frau an.
Am Wochenende nahm ich an einer Drei-Tage-Fahrt nach Niebüll teil. Sylt sollte an einem Tag besucht werden. Nach sechs Stunden Busfahrt über Schwerin, wo noch acht Gäste zustiegen, waren wir in Wedel. Die Sonne schien, und wir konnten uns erst einmal die Beine vertreten. Danach ging es über Heide und Husum nach Niebüll, wo sich unser Hotel befand.
Am Samstag fuhr der Bus mit der Bahn über den Hindenburg-Wall nach Westerland, die Mitte der Insel Sylt. „Sie können sich zwei Stunden alles ansehen!“ sagte der Busfahrer. Einen Reiseführer hatten wir nicht, da wir nur 18 Gäste waren.
Westerland ist ein großer Ort, viele Menschen bummelten durch die Straßen. Einen Blick auf die Nordsee konnten wir auch werfen.
Um 12 Uhr fuhren wir nach Kamp. Der Ort ist bekannt durch prunkvolle Häuser, die Reiche und Schöne in den vergangenen Jahren gebaut hatten. Nach fünfzehn Minuten ging die Busfahrt weiter nach List, im Norden der Insel. Die Wanderdünen sahen wir nicht, weil der Bus im Naturschutzgebiet nicht fahren darf, das war schon enttäuschend, denn im Programm war eine „Inselrundfahrt“ angegeben.
Von List aus geht die Fähre nach Dänemark. Wieder durften wir uns zwei

Stunden alles allein ansehen.
Als am Nachmittag die Fähre abfuhr, prasselte der Regen an die Scheiben des Schiffes.
In Rono angekommen, erwartete uns wieder eine dreistündige Fahrt nach Niebüll.
Am Montag war Abreise, und wir hielten nach einer Stunde Fahrt in Friedrichshafen. Eine Bootsfahrt durch die Grachten, der von Holländern gebauten Stadt, war sehr schön. Der Bootsführer informierte uns umfassend.
Je weiter wir nach Süden kamen, desto wärmer wurde es. Um 19 Uhr waren wir in Neubrandenburg, da zeigte das Thermometer noch dreißig Grad.
Die Hitze hält weiter an. Ich fuhr zum Augusta Bad und schwamm im See.
Sabine und Walter sind nach Greiz umgezogen. Sie wohnen in einem Haus „Betreutes Wohnen". Es gefällt ihnen sehr gut. Auch gesundheitlich geht es Sabine besser.
Am Samstag überraschte mich Laura mit einem Anruf. Sie wollte von Polen kommen, wo sie mit Klassenkameraden Urlaub erlebt hatte, in Neubrandenburg aussteigen und auf Papa warten. Am nächsten Tag wollte Klaus mit Cathleen kommen und weiter nach Zinnowitz reisen, wo Mareike bereits eine Woche Urlaub machte.
Laura kam am frühen Nachmittag mit dem Zug aus Stettin. Ich hatte Mittagessen gekocht und es schmeckte ihr. Sie war so müde, dass sie sich erst einmal ausruhen wollte. Nach zwei Stunden war sie erst wieder wach und wir fuhren noch zum See, um zu baden. „Oma, bei Dir ist alle so alt, aber ich finde es schön!" überraschte sie mich.
Laura wollte sich meine alten Schallplatten anhören. Dvoraks Sinfonie „Aus der neuen Welt" hörten wir uns gemeinsam an. Was gibt es Schöneres!
Endlich, am letzten Tag im Juli, regnete es.
Am Freitag war Sommerfest im Betreuten Wohnen im Füllortweg. Die Schwestern hatten gefragt, ob ich die Bewohner beim Singen einiger Volksliede begleiten könnte. Ich stimmte zu. Mit den Angehörigen waren es etwa einhundert Personen.
Ein junger Geiger, der in der Philharmonie spielt, fragte mich plötzlich, ob ich noch einmal das
„Heidenröslein" singen und mit Gitarre begleiten könne, er wolle mich

mit der Violine begleiten. Es sollte ein Ständchen für sein Wirtin sei, die ihn einst aufgenommen hatte, als er eine Wohnung in Neubrandenburg suchte, und die nun im Heim ihren 93. Geburtstag feierte. Natürlich sagte ich Ja. Es war sehr schön, noch nie hat mich ein Violonist beim Gesang begleitet, es war eine Sternstunde.
Die Reaktion der Gäste war sehr gut.
Zum Abend gab es gegrillte Bratwürste und gegrillten Käse, es schmeckte lecker. „Wir möchten Sie bald wieder bei uns sehen!" wünschten sich die Schwestern zum Abschied.
Beim abendlichen Baden mit Laura hatte ich mir eine schwere Blasenentzündung zugezogen und musste nun nach Urin-Kontrolle ein Antibiotikum einnehmen.
Nach langer Zeit sah ich Susanne und Lilith wieder. Susanne musste nach Wolgast in die Autowerkstatt zur Durchsicht ihres Autos. Ich sagte, dass ich am Samstag nicht kommen würde, da An- und Abreise von der Insel sei und die Straßen überfüllt. Sie willigte ein, dass ich am Freitag Mittag komme. Es passte sehr gut, da ich am Nachmittag mit ihr nach Wolgast fuhr, wo sie ihr Auto abholte. So brauchte Tom nicht ein zweites Mal fahren. Zuvor badeten Lilith und ich kurz in der Ostsee.
Das herrliche Sommerwetter veranlasste mich, einen Ausflug auf die Insel Hiddensee zu machen, denn jetzt blühte die Dünenheide zwischen Neuendorf und Vitte.
Mit dem Auto fuhr ich nach Schaprode und von dort mit der Fähre nach Neuendorf. Ich schulterte meinen Campingsack und wanderte los. Wunderbar ist die Stille, kein Auto, kein Motorrad ist zu hören. Lila blühte die Heide, ein herrlicher Anblick.
Nach zwei Stunden war ich im „südlichsten Restaurant von Hiddensee", wie ein Schild verkündete.
Ich wählte Heringshappen mit Brot, das sehr gut schmeckte.
Danach ging ich an den Strand, legte mich auf meine Windjacke und sonnte mich. Das gleichmässige Rauschen der Wellen ließen mich einschlafen.
Als ich am Abend mein Auto vom Parkplatz fahren wollte, touchierte ich zwei Autos, links und rechts von meinem Auto. Die Lücke war einfach zu schmal gewesen.
Der Autofahrer rief sofort die Polizei, die nach einer Stunde eintraf. Der Schaden an meinem Auto war sichtbar und größer, als bei den anderen Autos. Der zweite Autofahrer war nicht anwesend, eine schriftliche

Nachricht wurde hinterlassen. Ich war sehr traurig, so endete nun mein schöner Tag.
Am nächsten Tag informierte ich meine Haftpflicht-Versicherung.
Nun musste ich mein Auto reparieren lassen und ging zum Hyundai-Autohaus. 1.500 Euro sollte die Reparatur der Frontscheibe kosten. Ich überlegte, eine andere Werkstatt aufzusuchen. Das war goldrichtig. „Ich habe auch in einem Autohaus gearbeitet und kenne die Praktiken der dortigen Angestellten. Darum machte ich mich selbständig. Bringen Sie ihr Auto, wir untersuchen den Schaden
und machen einen Kostenvoranschlag!“ Sehr froh war ich, als ich dann tatsächlich nur 550 Euro bezahlen musste. Bei dieser Werkstatt werde ich bleiben.
Mein 79. Geburtstag stand vor der Tür, er fiel auf einen Sonnabend und Klaus hatte sich angemeldet.
Ein schöner Strauß aus rosafarbenen Blumen mit weißen Gerbera und roten Blüten erfreute mich. Er wollte die Äste des Kirschbaumes, die er im Juli abgeschnitten hatte, klein schneiden. Susanne hatte einen Kalender für 2020 aus Fotos von sich und Lilith gebastelt und mir geschickt.
Am Nachmittag fuhren Klaus und ich nach Neustrelitz und besichtigten den Schloss-Park, der gerade renoviert worden war.
Der Sommer neigt sich dem Ende zu und ich beschloss, am Sonntag Mittag eine Rundfahrt mit dem Schiff „Mudder Schulten“ auf dem Tollensesee zu unternehmen. Noch sind alle Bäume grün. Es war eine gute Idee und ich genoss die Fahrt in der Sonne.
Ein Vortrag über „Strahlen-Therapie“ hörte ich mir im Klinikum an. Ich wusste gar nicht, dass es so etwas gibt. In der anschließenden Diskussion fragte ich. „Lassen Sie eine Röntgen-Aufnahme ihres operierten Knies machen und bringen Sie diese mit einer Überweisung ihrer Hausärztin!“ sagte die Oberärztin zu mir.
Auch bei der Zahnärztin war ich inzwischen und nach dem Röntgen begann das Schleifen der Zähne für die neue Brücke. Dies war eine Tortur, da das Schleifen mit ungeheuer hohen Frequenzen verbunden war, mir dröhnte der Kopf nach den eineinhalb Stunden.
Eine Magen-Darm-Grippe überfiel mich ausgerechnet am Wochenende. Rückenschmerzen und Erbrechen, ich schleppte mich zum Ärztehaus, aber es war Samstag und erst zehn Uhr wurde geöffnet. Ich setzte mich in die Apotheke und krümmte mich vor Schmerzen. Die Apothekerin handelte und rief die Notfallstelle an. Ich bekam eine Infusion in den rechten

Arm, wurde auf eine Bahre geschoben und befand mich um 12 Uhr im Krankenhaus. Ich wurde untersucht und blieb bis 17 Uhr dort. Die Ärzte fanden nichts. Vier Schmerztabletten wurden mir in die Hand gedrückt, ich entlassen. Der Stadtbus kam erst nach einer Stunde.
Am Montag ging ich zur Hausärztin, sie verschrieb Iberogast, ein pflanzliches Mittel, welches endlich half.
Langsam ging es wieder bergauf, wie schnell kommt man runter, dachte ich.
Eine Woche wollte ich nach Sylt fahren. Die Vermieterin erlaubte mir, dass ich komme, wenn ich wieder gesund sei.
Nach zwei Wochen war es soweit.
Zehn Stunden dauerte die Zugfahrt bis Sylt. Von Westerland, dem größten Ort in der Mitte der Insel, brachte mich der Linienbus in den Südteil, nach Hörnum. Die Sonne schien, und sofort machte ich einen Rundgang durch den Ort, auf die Mole und die sogenannte Odde, eine kleine vorgelagerte In sel, die bei Hochwasser fast verschwand und nur bei Niedrigwasser zu begehen war. Die Unterkunft befand sich in der Strandstraße, keine hundert Meter von der Mole entfernt. Ich informierte mich über Wanderwege und ging schon um neun Uhr aus dem Haus. Fast alle Orte in der Umgebung sind Naturschutzgebiet. Rau ist das Klima, scharf weht der Wind, und ohne Mütze konnte ich gar nicht wandern. Muscheln und Krabben sind die Renner beim Verkauf. Die Preise sind hoch.
Alfred Kerr, ein Dichter (1876-1948), sagte über die Insel Sylt:"Kein Gebirge schafft ein Ewigkeitsgefühl wie diese rollenden Wasser. Und keine Luft eine Seligkeit wie diese Salzluft."
Mit dem Bus fuhr ich am nächsten Morgen nach Wassertal und wanderte über eine Stunden am Strand entlang, allein mit Wellen und Wind. Kein Mensch begegnete mir.
Zu Mittag aß ich das erste Mal gebratene Muscheln, die mir gut schmeckten. Die Miesmuscheln werden direkt vor der „Haustür" von Hörnum, in einer Anlage in der Nordsee, gezüchtet und kommen wirklich frisch auf den Tisch.
Einen Tag fuhr ich nach Westerland und schlenderte durch den Ort mit vielen Geschäften, Cafes, Restaurants und Bars. In einem Lokal „München" aß ich preiswert „eine Viertel gegrillte Ente" mit Rotkohl und Klößen, ein Festschmaus.
Schade, dass gerade an dem Tag, als ich die „Nationalpark-Safari Wattenmeer" plante, es den ganzen Tag regnete. Die Seerobben sahen wir nicht,

da die Sandbänke, auf denen sie lagern, überschwemmt waren. Drei junge Mädchen hielten abwechselnd interessante Vorträge über die Sylter Miesmuschel, die Seerobben, Heuler (junge Seerobben), Kegelrobben und Krebse. Sie absolvieren ein freiwilliges, ökologisches Jahr. Nach den zwei Stunden Seefahrt war ich völlig durchgefroren.

Schnell war eine Ferienwoche verflogen.

Mein Termin in der Strahlenklinik rückte näher. Sie befindet sich im Bonhoeffer-Klinikum in der Oststadt. Eine blutjunge ungarische Ärztin rief mich auf. Sie las einen Frage-Katalog vor. Tumor und Leukämie können nach Jahrzehnten durch die Röntgenstrahlen entstehen. Sieben Strahlungen werde ich in drei Wochen bekommen.

Inzwischen war meine Zahnbrücke fertig und ich konnte sie mir einbauen lassen. Das ging nicht ohne Schmerzen.

Die Röntgen-Strahlung ist immer nur einige Sekunden lang, ich zählte bis vier. Ob es helfen wird?

Klaus lud mich zu seinem 50.Geburtstag nach Dieskau ein. Leider haben Susanne und Jörg abgesagt, was mir unverständlich ist. Sie wissen doch, dass es ein runder Geburtstag ist.

Es wurde ein schöner erlebnisreicher Tag. Ich fuhr diesmal mit meinem Auto nach Dieskau und war in vier Stunden vor Ort. Viele Freunde waren gekommen und ich ließ es mir nicht nehmen, ihm zum Nachmittagskaffee ein Ständchen zu singen. Auch die Freunde aus Belgien kamen am Abend dazu. Es gab viel zu erzählen. Wir feierten im Hotel am Park, wo ich auch schlief.

„Ich habe eine Überraschung für Euch", verkündete Klaus am Morgen. Wir fuhren mit dem Auto nach Leipzig. Im alten Gaswerk, eine riesiger Rundbau, war eine Ausstellung „Carolas Garten" mit herrlichen Fotos von Blumen, Vögeln und Tieren des Gartens. In einem Raum war alles vom Boden bis zur Decke ausgestaltet: Fotos von der Sommerwiese, Herbst-und Frühlingsbaum, Gewächshaus, Kompost, Rückzugsraum, Gartenmöbel, die Biene, Herbst- und Winterbäume.

Um 13 Uhr fuhren wir zurück nach Dieskau. Klaus wärmte Klöße und Wildbraten vom Vortag-Abendessen auf, es reichte für alle.

Am Nachmittag waren wieder alle bei Klaus zu Hause versammelt. Die belgischen Freunde erzählten mir, dass sie die Anzeige meines Buches im Internet gefunden hätten. Nun zeigte ich ihnen meine Bücher, die ja bei Klaus im Bücherschrank standen. „Gelebt, geliebt, gelitten", das erste Buch, „Schrei nach Liebe", das zweite Buch und „Anafi, ich fand ein

verloren geglaubtes Paradies“. Der Belgier war so begeistert, dass er den Namen eines Autors nannte, der mir bei meiner Autobiographie helfen könnte. Sie schrieben sich meine mail-Adresse auf. Es war schön, so viel Interesse von mir fremden Menschen zu erleben. Die Frau war so alt wie Susanne und unterhielt sich angeregt mit mir. Zwei ihrer drei Kinder sind im gleichen Alter wie Laura und Mareike.
Cathleen bot ein Glas Weißwein an, ich trank ein Glas es bekam mir gut. Ich schlief sofort ein,als ich um 20 Uhr zu Bett ging.
Klaus hatte mir einen Weg zur Autobahn erklärt, weil ich noch eine Tankstelle suchte. Über Halle/ Ost fuhr ich auf die A 14 Richtung Magdeburg und gleich die erste Abfahrt Peißen wieder ab auf die Landstraße nach Bitterfeld. Dort fand ich die Tankstelle und verließ die Landstraße bei der Auffahrt Bitterfeld auf die A 9. Damit verkürzte ich meine Reisezeit um etliche Kilometer.
Der Belgier schenkte mir zum Abschied eine Flasche Kirschbier. Klaus erklärte mir, dass es in Belgien kein Reinheitsgebot wie in Deutschland für Bier gibt und nach Belieben gebraut wird. Es schmeckte recht gut, wenn auch ungewöhnlich.
Nun bin ich wieder im Alltagstrott. Hanna besuchte mich am Samstag mit ihrer Freundin. Ich spielte wieder auf dem Klavier. Die Freundin spielte ebenfalls auf dem Klavier ein Stück.
Nach dem letzten Strahlentermin rief mich die Ärztin zu sich. Im Januar soll ich mich telefonisch melden und mitteilen, wie die Wirkung der Behandlung auf mein Knie gewesen sei. Bis jetzt verspüre ich noch keine nennenswerte Linderung der Schmerzen.
Jeden Tag fallen Blätter von meinen Kirschbäumen. Fleißig harke ich jeden zweiten Tag. Zwei volle Säcke stehen bereits in der Garage. Klaus will am Wochenende zum zweiten Advent kommen und sie zum Müllhof fahren.
Das Theater Neustrelitz bot den „Barbier von Sevilla“ an, eine komische Oper von Rossini. Ich beschloß, die Vorstellung zu besuchen. Aber ich hatte nicht bedacht, dass ich im Dunkeln fahren würde. Es fiel mir schwer, hatte plötzlich Angst, als die anderen Autos an mir vorbei rasten. Es ging aber alles gut.
Felipe Orozo sang den Grafen Almaviva mit wunderbarer Tenorstimme, Robert Merwald als Figaro stand ihm nicht nach. Julia Tarasova, eine blutjunge Sängerin, glänzte mit einem strahlenden Sopran. Es wurde in italienischer Sprache gesungen, die deutsche Übersetzung über der Bühne

angezeigt. Eineinhalb Stunden dauerte der 1. Akt, eine Zumutung, dann eine halbe Stunden Pause, der zweite Akt eine Stunde. Im 2. Teil fiel die Spannung, es wurden sinnlose Bewegungen ausgeführt, um das Singen zu unterstützen (Koffer mehrmals ein und auspacken). Sehr schnell löste sich dann alles in Wohlgefallen auf.
Die letzten drei roten Rosen schnitt ich vom Strauch. Der Ewigkeitssonntag stand vor der Tür. Ich dachte an die vielen lieben Menschen,die mich verlassen hatten, schaute in das Gedächtnisbuch.
Nun wartete ich auf die Adventszeit.
„Halte Dir das Wochenende zum 2.Advent frei, dann besuche ich Dich!“ versprach Klaus.
Eine böse Überraschung gab es am Wochenanfang. Eric,der Berufsschüler aus Wismar war Sonntag angereist. „Sie haben Schimmelflecken in der Stube, ich habe Asthma und kann hier nicht bleiben“, verkündete er Montag Morgen. Ich hatte es nicht bemerkt.
Im PC erkundigte ich mich, wie man die Schimmelflecke beseitigt. Dreimal täglich schocklüften und das Zimmer nicht ungeheizt lassen, wurde geraten. Sofort begann ich damit. Im Gemeindenachmittag hörten wir einen interessanten Vortrag von Frau Brabant über ihre Reise nach Georgien, welches bis 1993 zur Sowjetunion gehörte. Die Fotos zeigten Klöster und Ausblicke auf den Kaukasus.
Neununddreißig Ischler Mandelschnitten fertigte am Wochenanfang an.
Meinen Vortrag über Ägypten hielt ich am Donnerstag, es klappte alles, der Küster hatte mir den PC eingestellt. Ich brauchte nur meinen Stick einlegen. Ich sprach über die Tempel in Luxor und Karnak, das Tal der Könige, den Assuan-Staudamm und den Markt in Luxor. Auch Hurghada stellte ich vor, die Reaktion der Hörer war gut.
Am Freitag vor dem 2. Advent kam Klaus. Große Überraschung, als er einen neuen Briefkasten auspackte und begann die Halterung einzubauen. „Das ist mein Weihnachtsgeschenk für Dich“ sagte er. Das nötige Werkzeug hatte er ebenfalls mitgebracht.
Er baute ein neues Schloss in der Tür zum Flur oben ein, brachte mit mir die Müllsäcke zum Müllhof. Zeit für den Tannenbaum blieb ebenfalls, den suchten wir bei OBI aus. Er stellte ihn auf meinen Wunsch hin in den Ständer und auf den Balkon. Nun kann Weihnachten kommen.
Das täglich Lüften im Gästezimmer zeigte nach zwei Wochen Wirkung. Die Ecken waren trocken.

Am Sonntag fuhr ich um acht Uhr nach Halle, Klaus holte mich ab. Cathleen weilte bereits in Schulpforta. Sie verkaufte an einem Stand Bücher, der Erlös soll helfen, die Kosten für den Abiturienten-Ball im nächsten Jahr zu decken.
Das Konzert war wieder wunderschön, für mich Weihnachten. Lieder aus sechs Jahrzehnten wurden gesungen. Andreas Hammerschmidt, Heinrich Schütz, Johann Sebastian Bach, Max Reger u.a. waren die Komponisten der Lieder.
Diesmal war das Programm nicht so lang.
Anschließend trafen wir Laura und Cathleen. Wir tranken einen Glühwein mit Unstrut-Weißwein, der sehr gut schmeckte und stärkten uns mit gebratenem Steak.
Kater Fipsi ließ sich am Abend gern von mir streicheln. „ Das lässt er sich nur von Dir gefallen, darauf kannst Du stolz sein!“ meinte Klaus. Er spürt wohl, dass ich ihn sehr mag.
Am Morgen fuhr mich Klaus zum Bahnhof in Halle.
„Dein Päckchen ist angekommen, wir haben sie schon alle aufgegessen“, sagte Lilith am Telefon. Auch Klaus bekam Plätzchen und meiner Schwester schickte ich ein Päckchen.
Nun kaufte ich die Weihnachtsgeschenke für die Enkelkinder.
Juanita hatte mich zur Weihnachtsfeier ins Pflegeheim eingeladen. Ich sagte ihr, dass ich nur auf ihrer Station singen und spielen werde. Ein Pfleger fing mich ab : “Kommen Sie doch bitte gleich in den 3. Stock, dann gehen Sie abwärts in die anderen Stationen!“ Statt zu widersprechen, gehorchte ich, sang eineinhalb Stunden am Stück, spielte mit der Gitarre dazu und war völlig fertig. Nur ein „Dankeschön!“ vernahm ich. Ich war sehr wütend. Das war reines Ausnutzen.
Überraschend erhielt ich einen Weihnachtsgruß von Klaus Runze aus Berlin. Das Bild eines wunderschönen Kapitells aus dem Berliner Bode-Museum, welches er fotografiert hatte, lag dem Brief bei.
Gleichzeitig nannte er die neue Telefonnummer, seine Telefonleitung war repariert worden.ich hatte lange nichts von ihm gehört. Er vollendet dieses Jahr sein 90. Lebensjahr. Ihm verdanke ich das Wissen um die Familie Runze, nachdem ich im Nachlass meiner Mutter 1995 das Tagebuch meiner Urgroßmutter Laura Mathilde Runze, geborene Ziemssen, entdeckt hatte.
Susanne besucht Weihnachten ihren Vater in Zinnowitz, mich will sie am zweiten Wochenende im Januar mit Lilith besuchen, ein Trost. Lilith

verbrachte das ganze Weihnachtsfest bei ihrem Vater. Weil Susanne mit Freundin, Tochter Noah und Lilith zwölf Tage im Oktober in Miami bei den Delphinen verbrachte, verlangte Stefan dies. Sehr hart für Susanne, Lilith gerade über Weihnachten nicht sehen zu können.
Wie immer feierte ich Weihnachten in aller Stille. Am Nachmittag besuchte ich das Krippenspiel in der Johanniskirche. Schon eine halbe Stunde vor Beginn stand eine große Menschen-Schlange vor der Kirche.
Der Kantor von St. Johannis hatte das Spiel einstudiert, die Lieder wurden sehr schön von den Kindern gesungen. Mein Tannenbäumchen war wie jedes Jahr wunderbar geschmückt. Zwölf Karten hatten mir Freunde und Kinder geschrieben.
Lange und ausdauernd laut wurde in der Silvesternacht mit Raketen gefeuert.
Ein neues Jahr beginnt und ich vollende mein 80. Lebensjahr.
Genau wie im vergangenen Jahr besuchten mich Jörg und Claudia am Samstag nach Neujahr. Sie hatten Silvester auf Hiddensee verlebt. Da mir die Ente zu fett war, hatte ich sie Weihnachten eingefroren und nun wieder aufgetaut und neu zubereitet. Jörg freute sich und langte kräftig zu. Claudia und ich stießen mit einem Glas Sekt auf das neue Jahr an. Jörg musste Auto fahren und unterließ das Sekt trinken.
Laura hatte ihren 18.Geburtstag. Sie weiß schon, welche Richtung sie nach dem Abitur einschlagen möchte. Es ist der Beruf einer Restauratorin.
Immer, wenn Lilith und Susanne kommen, ist für mich Ausnahmezustand. Ich beziehe die Ehebetten in meinem Schlafzimmer und räume den Kleiderschrank für sie aus. Schon Tage vorher überlege ich mir genau, was ich ihnen zu Mittag koche. Natürlich backe ich auch einen Kuchen.
Am Freitag Nachmittag kamen sie an. Nach Kaffee und Kuchen, für Lilith Kakao, spielten wir. Stadt, Land, Fluss, das alte Ratespiel machte uns großen Spaß und ich staunte, wie viel Lilith schon weiß. Nun bekam ich verspätet meine Weihnachtsgeschenke. Lilith hatte auf einer runden Holzscheibe mit vielen Nägeln ein Herz aus rotem Garn gebastelt. Susanne schenkte ein Überwurf-Tuch für kalte Tage.
Am Samstag fuhren wir in die Stadt. Susanne entdeckte ein paar preiswerte Winterstiefel für Lilith, die sie dringend benötigte, und ich schenkte sie ihr.
Am Sonntag schien die Sonne und wir fuhren zum See, Augustabad. Ich hatte trockenes Brot kleingeschnitten, welches Lilith den hungrigen Mö-

wen und Enten zuwarf. Viel zu schnell verging die Zeit, bereits nach dem Mittagsessen verabschiedeten sie sich.
Ich sehne mich so nach Sonne und Wärme. Dieses Jahr gibt es keinen Winter, wir erleben Herbst ohne Unterlass. Warum nicht in den Süden fahren? Ich erinnerte mich an Gran Canaria, wo ich vor achtzehn Jahren auch im Frühjahr acht Tage Urlaub machte. Ich suchte das Fotoalbum heraus und sah mir die Fotos an. Im Reisebüro fragte ich, ob es noch immer das Hotel „Tropical" gebe. Ja, lautete die Antwort. Ich buchte für die erste Märzwoche. Nun freue ich mich auf Wandern in der Sonne.
Zum ersten Mal in meinem Leben besuchte ich die „Grüne Woche", eine Ausstellung von Lebensmitteln aus aller Herren Länder. Gehört hatte ich schon viel davon. Mit einem großen Doppelstock-Bus der Firma Schuhmacher (Neubrandenburg) ging die Fahrt um 7 Uhr morgens los. Achtzig Personen füllten dann nach etlichen Haltestops den Bus. Ein Unfall in der Nähe von Tegel verzögerte unsere Anfahrt, erst nach dreieinhalb Stunden standen wir vor den Hallen.
27 Hallen konnten besichtigt werden, ich schaffte es tatsächlich, bis auf eine Halle, alle anzusehen.
Kleine Häppchen (aber immer zu bezahlen) konnten probiert werden. Ich hielt am Salami-Stand in der Frankreich-Halle an, probierte und kaufte gleich drei Stück, jede in einer anderen Geschmacksrichtung -mit Oliven, mit Pfeffer, mit Knoblauch und mit Camembert. Ein Glücksrad am Stand bescherte mir nach dem Drehen noch eine Salami.
Wunderschön waren die Hallen gestaltet, es erklang Musik, in der Sachsen Halle ertönte das Erzgebirgslied, vorgetragen von einem Akkordeonspieler und einem Trommler. Auch in der Bayrischen Halle war ein kleines Orchester.
In der Schweizer Halle kaufte ich echten Züricher Hüttenkäse mit Bärlauch, sündhaft teuer, aber ich wollte ihn nicht zurück geben.
Mit einem Glas Bier löschte ich meinem Durst und kam mit Gästen ins Gespräch. Da überall Sitzgelegenheiten waren, konnte ich mich bei Bedarf ausruhen.
Nach einem guten Kaffee ging die Rückreise um 16 Uhr los. Es waren viele Busse, die auf dem Parkplatz abfuhren.
Nach zehn Jahren Vermietung erlebte ich das erste Mal einen Betrüger. Nach einer Woche verlängerte er für die nächsten zehn Tage, bezahlte dann aber nicht, obwohl er versprochen hatte, zu zahlen, wenn sein Gehalt auf dem Konto sei. Zwei Handtücher ließ er ebenfalls mitgehen. In

das Gästebuch hatte er sich eingeschrieben, also versuchte ich ihn ausfindig zu machen. Nein, er wohnte nicht in der angegebenen Adresse. Ich hatte mich gewundert, dass er als Neubrandenburger eine Unterkunft suchte.
Ich stellte Strafanzeige und gab diese bei der Polizei ab.
Seit langer Zeit besuchte ich wieder einmal eine Konzert unserer Philharmonie. Das Programm war vielversprechend. Mit Rameau „Entree´" begann es, dann folgten vier Schubert-Lieder. Der Sänger Detlef Roth (50 Jahre alt) interpretierte sehr gut.
Anestris Logothetis war ein mir unbekannter Komponist (griechische Abstammung). Er stellte eine grafische Partitur vor, die uns der Dirigent erklärte. Sieben kreisförmige Gebilde wurden auf eine Leinwand projeziert, sie erinnerten an gezackte Sterne bzw. an spiralförmige Galaxien. Der Komponist beabsichtigt damit einen Klangfluss, eine Performance. Klangfarben werden gewechselt und der Toncharakter verändert. Das war echt überraschend.
Noch einmal sang Detlef Roth zwei Schubert-Lieder „Der Wanderer an den Mond" und den berühmten „Erlkönig". Nach der Pause erklang Mozarts „Jupiter-Sinfonie", die ich so liebe.
Ein Sturm tobte am ersten Februar-Wochenende über Deutschland. Flüge wurden in München, Frankfurt/Main und Berlin abgesagt. Bäume stürzten auf Bahngleise, so dass Reisend aussteigen mussten und mit Bussen weiter gefahren wurden.
Sonne, ich komme, dachte ich jeden Tag und endlich war es soweit. Um vier Uhr morgens holte mich das Taxi ab, um sieben Uhr war ich bereits im Flughafen Tegel und dann war Warten angesagt.
Ich sprach Susanne eine Nachricht ins Handy, und teilte ihr mit, dass ich auf Gran Canaria Urlaub mache.
9.30 Uhr erhob sich unser Flugzeug (Eurowings) in die Höhe. Fünf Stunden lang sah ich nur blauen Himmel und dicke weiße Wolken unter mir. „Ich fliege die Insel von Süden an!" verkündete der Pilot und dann minimierte er das Tempo so drastisch, dass ich glaubte, wir stürzen ab. Aber die Angst war unbegründet, 13,45 Uhr landeten wir, die Uhren stellten wir eine Stunde zurück. Alles war gut organisiert, wir wurden mit dem Bus in unser Hotel gefahren.
Sonne, endlich Sonne und Wärme, ach, wie gut tat mir das. Ich erkannte das Hotel„Park Tropical" nicht wieder. Vor achtzehn Jahren war es das einzige Hotel im Umkreis, jetzt wurde es von vielen mehrstöckigen Ho-

tels umgeben. Eine etwa zweihundert Meter lange Treppe führte nach unten an das Meer.
Ich erhielt ein Doppelzimmer im neunten Stockwerk, leider zur Straßenseite.
Um18 Uhr öffneten die Türen zum Speisesaal. Massen von Senioren strömten hinein. Schweinebraten und Muscheln waren im Angebot, natürlich wurden auch Salate und andere Gerichte angeboten. Es schmeckte mir sehr gut.
Am nächsten Morgen wurde von unserer Reisegesellschaft „Schau ins Land“ eine Stadtrundfahrt angeboten. Ich nahm teil, erschreckend, wie viele Bausünden zu sehen sind. Ein Hotel reiht sich an das andere, Bungalows, Ferienwohnungen, Restaurants bestimmen das Stadtbild.
Viel schöner war das Wandern am Meer, die Wellen rauschten, nichts anderes war zu hören. Ein leckeres Eis aß ich im italienischen Restaurant.
Am Abend spielte eine junge Frau Saxophon, begleitet von einem farbigen Sänger. Sie spielte ausgezeichnet und tanzte und hüpfte auch noch dabei.
Ich fragte an der Rezeption, ob es möglich sei, ein ruhigeres Zimmer zu bekommen. Tatsächlich, am Mittwoch durfte ich umziehen und war nun in einem Zimmer mit Balkon und Blick in den Park.
Puerto Mogan war das nächste Ziel. Etwa dreißig Kilometer westlich von Playa de Ingles befindet sich der reizvolle Ort, „Klein Venedig“ genannt. Viele Tunnel durchquerten wir, hoch auf ragten die Felsformationen. Auch hier war massenhaft gebaut worden, nur der Ortskern war geblieben. Viele Bougainvillea Sträucher mit roten Blüten säumten die Wege.
Ab elf Uhr kommt die Hitze, da bleibe ich lieber im Hotel. Dreißig Grad zeigte das Thermometer. Das Meer war mir zu kalt, also schwamm ich am Nachmittag im geheizten Pool.
Ich entschloss, mich zu einer Massage zu gehen. Im Nackenbereich hatte ich schon oft Probleme, hier hatte ich nun endlich einmal Zeit dafür.
Der junge Masseur arbeitete sehr gut.
San Agustin steuerte ich am nächsten Morgen an. Auch hier war die ganze Strandpromenade mit Ferienhäusern, Hotels u.a. besetzt. Nichts mehr von der ursprünglichen Schönheit des Ortes.
Im Hotel gab es eine Pool Bar. Dort konnte man essen und trinken. Ich wollte einmal ein landestypisches Gericht essen und bestellte Gazpacho, eine Suppe. Erstaunt stellte ich fest, dass die Suppe kalt war. Erster Impuls: zurückgeben, aber ich tat es nicht. Nach zwei Stunden rebellierte

mein Magen, es wurde immer schlimmer. Schließlich gab der Darm alles wieder von sich.
Zum Leuchtturm von Maspalomas wollte ich am nächsten Tag wandern, sah schon die berühmten weißen Dünen, fragte wie weit es noch sei. Sieben Kilometer sagte der angesprochene Gast. Nein, das war mir zu weit und so fuhr ich am Nachmittag mit dem Bus dorthin.
Ich schlenderte die Strandpromenade entlang und staunte über die Geschäfte, Restaurants und Ferien-Anlagen.
In einem italienischen Cafe´bestellte ich Kaffee und Kuchen, es schmeckte vorzüglich, der Preis war natürlich sehr hoch.
Und schon war die Woche zu Ende. Mittag um14,30 Uhr flogen wir zurück nach Berlin. Fünf Stunden war eine lange Fahrt. In Berlin übernachtete ich im Hotel „Meinigen“, gleich neben dem Hauptbahnhof gelegen, denn der letzte Zug nach Neubrandenburg war bereits abgefahren.
Klaus schlug mir vor, meine Wohnstube zu streichen und einen neuen Teppich zu legen. „Das ist mein Geburtstagsgeschenk!“ Ich war sprachlos. Er kümmerte sich um alles, kaufte den Teppich und schickte ihn nach Neubrandenburg. Seinen Bruder bat er, ebenfalls am zweiten Wochenende im März zu kommen und zu helfen.
Es wurden drei tolle Tage, die Jungs waren so fleißig und auch ich half tatkräftig beim Aus- und Einräumen der Schränke. Außerdem sorgte ich für das leibliche Wohl. Nachdem alles fertig war, lud ich zum Essen in unser „Badehaus“ ein. Einen Tag später begannen die Corona-Maßnahmen und alles war geschlossen, nur Supermärkte, Apotheken und Banken blieben offen. Was hatten wir wieder für ein Glück!
Am Sonntag Morgen verabschiedete ich beide.
Das Karona Virus hat auch Wirkung für beide. Laura und Mareike dürfen die Schule nicht besuchen, Jörg als Lehrer unterrichtet nicht, muss aber zur Verfügung stehen. Klaus macht home office.
Was wird die Zukunft bringen?

Mit Gottes Hilfe hoffe ich das Beste.